Seiltänzerin im W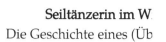
Die Geschichte eines (Üb

Susanne Katharina Röder

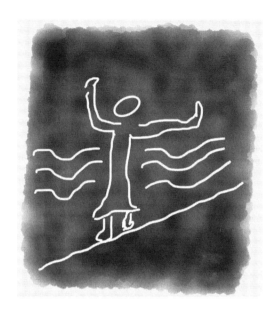

Mein Leben mit und gegen die Depression, die Borderline Persönlichkeitsstörung und einiges andere an psychischen Erkrankungen

Sowie für meine eigene individuelle Identität abseits der vorgegebenen Geschlechter

Impressum:

©2018 Susanne Katharina Röder

Autor: Susanne Katharina Röder
Umschlag & Illustration: Susanne Katharina Röder

Verlag: Amazon KDP (Kindle Direct Publishing)

ISBN: 9781723751356
Imprint: Independently published

Das Werk, einschließlich seiner Teile, ist urheberrechtlich geschützt. Jede Verwertung ist ohne Zustimmung des Autors unzulässig. Dies gilt insbesondere für die elektronische oder sonstige Vervielfältigung, Übersetzung, Verbreitung und öffentliche Zugänglichmachung.

Widmung

Für Gaby, ohne die Alles Nichts wäre

Für Markus, Danke für deine Schulter

Und ganz besonderer Dank an

S. F.

.

Für ihre Hilfe beim Balancieren
und Aufstehen

Inhaltsverzeichnis

Susanne die Seiltänzerin startet... ... 10
Die Geburt ... 21
Die Kindheit ... 24
Die Schule und der Fußball ... 27
Die Konfirmation ... 38
Weiter mit der Schule ... 44
Ein Feuerlöscher oder Nicht schuldig! ... 53
Die Geschichte einer Nonne ... 59
Die Lehrzeit – da wo gehobelt wird ... 61
Zaghafte Schritte in neue Gefühle ... 74
Nonne, Mönch, ach was weiß ich ... 85
Mein Vater Wilhelm ... 96
Meine Mutter Brunhilde ... 107
Meine Schwester Petra ... 130
Meine Oma - Burrweiler ... 137
Football & Judo, mein Sport ... 146
Frau Fischer ... 154
Gaby – DIE Person in meinem Leben ... 158
Erste Liebe – erste Reise ... 168
Leben auf der anderen Rheinseite ... 178
Meisterliche Aktivitäten ... 186
Eine Hochzeit und ein Todesfall ... 197
Eine tote Schreinerei ... 200
Bück dich – Der Versuch SM ... 217
Wer oder was ist ein Transgender ... 231
Big Apple & Superbowl ... 233
Ein Wochenende verändert alles ... 273
Das erste Mal als Frau unterwegs ... 283
Wie sage ich es meiner Mutter? ... 295
Eine Mutter sieht rot ... 300
Trans in USA ... 310
Transgender Starting Up ... 342
Ne geile Zeit ... 343
Down – Set – Hut – Die Beastie Girls ... 346
Fuck Freundschaften ... 350
Wie man richtig tackelt ... 356

Bundesliga, wir kommen	385
Start ins Frauenleben	398
Als der Rhein wieder östlich lag	406
Das Ende des väterlichen Lebenswerks	421
Arbeitslos und die Arbeit mit Behinderten	422
Technischer Betriebswirt	428
Das Türenimperium	440
Born to be wild	467
Unser Leben mit Samtpfoten aller Art	480
Born to be wild Part Two	488
Das Türenimperium schlägt zurück	491
Die Welt besteht nur noch aus Türen	496
GA-OP – Endlich frei	499
Rien ne va plus – Kein Zurück mehr!	503
Der Schritt in den Abgrund	509
Footballcoach	524
Alles ändert sich in diesem Jahr	533
Ich mache einen Burnout	535
Was ist stationäre Psychotherapie?	544
Stationär – Runde Zwei	552
Die Entlassung als Coach	558
Vierzehn Wochen für nichts	562
Aller schlechten Dinge sind drei	568
CBASP - Oder es ist nie genug, Frau Röder	577
Alles andere als Schema F	597
Ambulant – wer braucht schon stationär	613
2012 – Der Tod kommt sehr nahe	617
Hinter den Gittern der Psychiatrie	627
Was seid ihr nur für Menschen?	649
Willst du mich heiraten oder Schon wieder?	651
Paradiesische Tage	655
Das wirkliche Paradies	663
Die Seiltänzerin verlässt das Seil	680
Epilog Eins	683
Epilog Zwei	685
Danksagung	689

Seiltänzerin im Wind

Seiltänzerin im Wind
Über dem tiefen Abgrund
Schwankend im Wind hin und her
Kämpfend um ihr Gleichgewicht
Kein Schritt trauend
Weder vor noch zurück
Jeder könnte das Gleichgewicht beenden
Die Böen wechseln schnell
und unverhofft die Richtung
Angst im Herzen der Tänzerin
Angst vor dieser Tiefe
Angst den Kontakt zum Seil zu verlieren
Und zu fallen
Angst vor dem unvermeidlichen Schmerz
beim Aufprall
Doch eine Frage nimmt mehr und mehr
Raum in ihrem Kopf ein
Warum tanzt du noch?
Ist es eigentlich nicht sinnlos
Wenn der einzige Gedanke ist
auf dem Seil zu bleiben
Welchen Zweck hat dieser Balanceakt,
wenn der Wind so stark ist
Welche Entscheidung ist die
Leichtere?
Gegen die Angst zu balancieren
In der Hoffnung auf dem Seil zu bleiben
oder das Gleichgewicht zu verlieren
und Ruhe zu haben

Susanne die Seiltänzerin startet...

Alles was sie auf den vielen nächsten Seiten lesen werden, ist ausschließlich mein Buch meines eigenen Lebens. So wie ich es erlebt, gefühlt und beendet habe. Meine eigene ganz persönliche Sichtweise.

Vielleicht findet sich ja jemand in diesem Buch wieder und hat eine ganz andere Denkweise. Die gestehe ich ihm gerne zu, aber nicht in meinem Buch

Hallo, mein Name ist Susanne, geboren am 1. November 1975 im Alter von 11 Jahren als Sohn meiner Eltern die mich auf den Namen Michael getauft haben. Gefällt ihnen der Name? Mir leider nicht. Ich will ihn heute, nach diesem gelebten Leben oder besser gesagt, in diesem Leben eigentlich nie mehr hören. Am liebsten ihn verdrängen und verleugnen, weil er an eine Zeit erinnert an die ich mich nicht erinnern will. Nicht nur wegen der Sache Michael und Susanne, sondern auch weil ich in der damaligen Zeit ein verängstigtes, eingeschüchtertes und verklemmtes Häufchen Mensch war. Trotzdem wenn jemand auf der Straße diesen Namen ruft, zucke ich immer noch zusammen und hoffe niemand hat mich aus meinem alten Leben erkannt. Auch kommen Erinnerungen an dieses andere Leben, dieses fremde Universum sofort wieder hoch. Wie bei allen Kindern, kann der neue Erdenbürger ja nichts für seinen Vornamen. Er oder Sie ist abhängig davon, mit welchem Einfühlungsvermögen und Einfallsreichtum seine Eltern gesegnet sind, um dem neuen Familienzuwachs einen Namen zu geben. Viel geht nach der Mode. Da können mir sicher viele Kevins und Chantals Recht geben. Und zu dieser Zeit war Michael die Nummer Eins der beliebtesten männlichen Vornamen. Also waren meine Eltern entweder sehr modebewusst oder nur faul bei der Namenswahl. Egal.

Was der Name bedeutet? Das nachschlagen kann ich ihnen ersparen. Ist hebräisch und heißt „Wer ist wie Gott". Namensgeber ist der Erzengel Michael, der den Drachen oder Dämonen (Luzifer) mit dem Schwert erschlug. Beeindruckend, oder? Klingt nach Mut, Kraft und Stärke. Genau das Gegenteil von mir früher. Für mich war er ein

Name wie jeder andere auch. Man hört ihn von Babyalter an und verbindet ihn dann irgendwann mit sich. Eines jedoch ist sicher. Bin aber weder wie Gott, noch habe ich irgendwelche böse Drachen, Dämonen erschlagen. Wahrscheinlich bin ich sogar recht weit weg von „Wer ist wie Gott". Vielleicht bin ich ja eher der Dämon, der in der Dunkelheit lebt statt eines Engel des Lichts. Aber auf jeden Fall nicht wie Gott, ansonsten wäre Gott, vorausgesetzt es existiert, eine ziemlich verkorkste Gestalt.

Verwirrt, irritiert von alle dem? Kann ich mir vorstellen. Würde mir wahrscheinlich nicht anders ergehen. Ich bin ja noch nicht einmal fertig. Geboren wurde ich nicht wie wohl die meisten Kinder dieser Welt von einer Hebamme, oder einer Person, die sich in Geburtsfragen auskennt, oder wie es auf der Welt am üblichsten ist, in einem Kreißsaal unter Hebammen, Ärzten und Krankenschwestern. Nein, ich wurde mit Hilfe meines Vater und eines Zahnarztes auf einem alten abgewetzten Zahnarztstuhl ziemlich hart ins Leben geholt. Oder wohl eher wenn man beim Vergleich mit dem oben genannten Luzifer bleibt, in meiner Hölle geboren und bis jetzt dort geblieben. Und wie es sich für die meisten Geburten gehört, unter extremen stundenlangen Schmerzen. Irgendwas zwischen zwei bis drei Stunden dauerte wohl der ganze Vorgang. Man verliert sehr leicht das Zeitgefühl, wenn die Welt nur noch aus Schmerz besteht. Ein kleiner Vorteil war, ohne die langen vorherige Wehen und die lange Schwangerschaft, die bei einer werdenden Mutter bei der Geburt vorweg gehen. Hier kam gleich der reine Schmerz. Ich bin auch nicht, wie es sich bei einer Geburt gehört aus meiner Mutter heraus gekommen, sondern wurde ziemlich unsanft auf meinem Platz gehalten, damit ich mich ja nicht bewege. Genau genommen, war bei meiner Geburt nicht einmal (m)eine Mutter dabei. Nur einmal am Telefon war sie kurz live dabei. Und so ähnlich, wie es sonst einem werdenden Vater passiert, war sie von dem was sie bei diesem Telefongespräch mit anhörte auch sehr geschockt. Wer hört schon gerne sein Kind vor Schmerz und Verzweiflung schreien.

Natürlich habe ich das so nicht mitbekommen, meine Welt war viel zu sehr unerträglicher Schmerz, als das ich mich auf etwas anderes konzentrieren konnte. Die ganze Welt schrumpft zu diesem Zeitpunkt auf diesen einen winzigen Punkt des glühenden Schmerzes. Aber ich habe es Monate später von ihr in einem Gespräch erfahren. Bitte, bei all dem was hier geschrieben wird, nicht denken, dass über diese Erschaffung, das ist vielleicht ein besseres Wort als Geburt, oft darüber gesprochen wurde. Nein, diese Erschaffung wurde, um es mal salopp auszudrücken, ziemlich unter den Teppich gekehrt. Nicht darüber sprechen heißt, es ist nichts passiert. So schlimm war es ja nicht, er wird schon darüber weg kommen, war die Devise. Ist ja ein Junge und Jungen heulen nicht. Wird schon wieder. Wir haben definitiv keine Probleme. WIR doch nicht. WIR sind eine glückliche Familie. Was nicht sein kann, darf auch nicht sein. Fassade bewahren, um jeden Preis. Dass könnte unser Familienmotto gewesen sein

Nein, wie schon geschrieben gab es den Vater. Es fällt mir schwer ihn in dieser Situation als das zu bezeichnen war es war. Dieser musste als Assistent herhalten. und dann gab es den Zahnarzt der für Schmerz und die Geburt verantwortlich war. Wenn ich versuche mich daran zu erinnern, was mir sehr schwer fällt, weil meine kleine winzige Welt nur noch wahnsinniger Schmerz war. Es war nicht einmal eine Krankenschwester bei diesem „Akt" dabei. Sozusagen eine Geburt unter drei Männern. Was wohl auch nicht allzu oft vorkommt. Obwohl, genauer betrachtet gab es so etwas wie Wehen. Die ersten Schmerzen und das Blut waren die einer aufgeplatzten Innenseite meiner linken Backe. Was genau betrachtet eigentlich auch der Hauptgrund meiner Geburt war. Ohne diese Backe, würde es mich in dieser Form wahrscheinlich gar nicht geben. In der ersten Klinik waren wir wegen diesem blutenden Riss an der Innenseite der Backe. Erst dort machte man uns, besser meinem Vater auf das eigentliche Problem aufmerksam. Es gäbe da zwei angebrochene Zähne, die sollte sich unbedingt ein Spezialist anschauen. Also fuhren wir gegen 8 Uhr abends weiter in die Zahn- und Kieferklinik des städtischen Klinikums, wo dann alles begann.

Klingt verrückt, durcheinander unglaubwürdig? Ja definitiv. Deswegen werden wir aus diesem ganzen Wust an Aussagen, verständliche Tatsachen schaffen.

Aber eines nachdem anderen. Ich bin ein höflicher Mensch, daher stelle ich mich einmal kurz vor, damit sie auch wissen mit wem sie es zu tun haben. Mein Name ist wie gesagt Susanne Katharina Röder zumindest seit über 20 Jahren. Die Personen, die in dieser Geschichte vorkommen sind echt, aber nicht alle Namen entspringen den Tatsachen. Man muss nicht alles wissen. Deren richtige Namen bleiben mein Geheimnis und zum Schutz derjenigen Personen. Vielleicht erkennen sie sich selbst. Aber für sie als außenstehender Leser ist es für die Geschichte doch völlig egal, wie die anderen Personen in Wirklichkeit heißen. Das tut der Geschichte keinen Abbruch. Ich bin geboren und lebe immer noch in Karlsruhe. Naja das ist fast richtig. Geboren bin ich in Durlach, heute ein Vorort von Karlsruhe. Aber der Gründer von Karlsruhe, der Markgraf von Baden lebte zuerst in Durlach und gründete dann erst Karlsruhe. Deshalb fühlen sich viele Durlacher als Ureinwohner von Karlsruhe und vielleicht auch als etwas Besseres als die anderen Karlsruher. Für viele Durlacher ein sehr kleiner aber sehr wichtiger Unterschied.

Ich bin schon ein etwas älteres Kaliber, sagen wir mal so, ich gehöre zum geburtenreichsten Jahrgang der 60er Jahre. Wen es interessiert, wann das war…. tja dafür gibt es GIDF. Ich bin nicht normal, bin anders als die Anderen. Musste anders werden, wollte es aber eigentlich niemals sein. Nichts hasse ich mehr als so aufzufallen. Aber manche Dinge muss man tun, sonst würde ich nicht gerade hier am Laptop sitzen, sondern um es salopp zu sagen, die Radieschen von unten anschauen. Geduld, Geduld, zu diesem Thema werde ich noch mehr als genug schreiben.

Ich bin schon seit meiner Jugend vermutlich hochsensibel, spüre Emotionen deutlich stärker, als meine Umwelt. Im Nachhinein vielleicht auch schon unbewusst depressiv und mit einer erst latenten und dann immer stärker ausgeprägten Borderline Persönlichkeitsstörung ausgestattet. Aber das dauerte noch bis in die 2000er bis das alles richtig losging. Lange hinter dicken Mauern versteckt und gelebt. Durch äußere Einflüsse brachen nach und nach sukzessive alle psychischen Krankheiten aus. Seit vielen Jahren bin ich jetzt auch offen chronisch schwer depressiv, die oben genannte Borderline Störung ist ebenfalls zu voller Blüte ausgeufert. Manche Kliniken haben zusätzlich noch eine ängstlich, vermeidende Persönlichkeitsstörung diagnostiziert. Dazu kommt eine soziale Phobie plus eine Panik vorm Zahnarzt und zu guter Letzt auch noch schwer chronisch suizidal. Als Krönung des Ganzen, habe ich noch laut ICD 10 Code auch noch F64.0. Nein, diese Krankheit verrate ich noch nicht, denn ich tue mich schwer sie als Erkrankung anzuerkennen. Also nach Meinung von einigen landläufigen Dummschwätzern habe ich einen an der Klatsche. Aber richtig.

Zum Beispiel, wurde ich erst vor kurzem aus der Psychiatrie entlassen. In der Klinik war ich wegen konkreten suizidalen Gedanken. Naja eigentlich sind es ja nicht nur mehr Gedanken, sondern konkrete Pläne. Sehr konkreten Pläne sogar! GIDF sei Dank gibt es im Internet so viele Möglichkeiten und Ideen. Eine davon ist immer noch mein großer Favorit. Neun Wochen war ich dort untergebracht. Und der einzige Ausweg, die Erlösung von der sch… schweren Depression mit ihrer nicht aushaltbaren Traurigkeit, der unendlichen Verzweiflung und der hoffnungslosen Hoffnungslosigkeit, den ich gerade sehe, ist der Suizid. Eigentlich wollte ich nur über meine Vergangenheit schreiben. Von den ersten Erinnerungen bis zum heutigen Zeitraum. Ich habe versuche, die Gegenwart mit all ihren vielen negativen Gefühlschaosen (jaja, das Wort gibt es nicht, aber es sind manches Mal einfach mehr als nur ein Chaos das durch meinen Kopf rast) soweit es geht, aus dieser Geschichte heraus zu halten. Aber es wird nicht klappen, deswegen habe ich mich dagegen entschieden.

Das Leben spielt nicht nur in der Vergangenheit, es passiert auch genau jetzt, während ich diese Worte schreibe und sie, als Leser(in), sie lesen. Aus diesem Grund sind auf diesen Seiten auch Momentaufnahmen des Hier und Jetzt in diesem Buch enthalten. Es sind Gedanken, die mir in dieser Zeit durch den Kopf gegangen sind. Oder Erlebnisse, die mir während des Schreibens passiert sind

Damit man unterscheiden kann, auf welcher Zeitachse wir uns gerade befinden, ist die Gegenwart in Kursiv und fett dargestellt.

Ursprünglich sollten es zwei unterschiedliche Farben sein. Aber das hätte die Druckkosten so enorm in die Höhe getrieben (zumindest im Eigenverlag), dass das Buch nicht mehr bezahlbar gewesen wäre.

Dann sind wir, also sie und ich, nicht mehr in meiner Vergangenheit unterwegs, sondern in der Gegenwart. Sie haben oft nichts mit dem zu tun, was in den Zeilen voran steht. Aber während des Schreibens, passiert neben dem Erinnern auch anderes. Es werden Emotionen im hier und jetzt wachgerufen. Es wurde irgendwas in mir ausgelöst und das ist dann das was da gerade steht. Egal, ob mit oder ohne Bezug zur Vergangenheit. Deswegen nicht wundern, wenn sich irgendwann mal die Schrift ändert. Das zeigt nur an, ob wir im Früher oder im Hier und Jetzt sind.

Wie jetzt hier das erste Mal... Neun Wochen war ich wegen akuter Suizidgefahr in der Psychiatrie. Und erst seit kurzem wieder in Real Life unterwegs. Die ersten acht Wochen ohne Ausgang, bis auf eine Stunde im umzäunten Therapiegarten. Neun Wochen in denen sie mich mit einer Spritze abgeschossen haben, dass ich über drei Tage mehr oder weniger nur geschlafen habe und noch mindestens vier Tage mich wie ein Zombie, gefangen zwischen Schlaf und Wachsein, mich bewegt und vor allem gefühlt habe. Es war gut gemeint, aber diese Woche kam ich mir vor, wie mit Matsch im Hirn. Sabbernd, nicht wissend, wer, was oder wo ich gerade bin.

Neun Wochen, wo sie, als so zu sagen letzten Versuch mit Antidepressiva, mir Lithium gegeben haben. Das Wundermittel für viele aussichtslose Fälle. Das Mittel. von dem keiner weiß, wieso das Lithiumsalz wirkt, aber es doch irgendwie wirkt. Und ich wieder mal, die Ausnahme von der Regel war. Habe es absolut nicht vertragen. Deutliche Koordinationsstörungen und Sprachstörungen waren noch die harmlosesten Nebenwirkungen. Ich torkelte leicht, konnte einfachste gedankliche Aufgaben nur noch schwer oder gar nicht mehr ausführen. Wenn man Lithium bekommt, erhält man 4 Seiten über die möglichen Risiken und Nebenwirkungen und muss auch zustimmen, dass man mit der Lithium Behandlung einverstanden ist. Eine dieser möglichen Nebenwirkungen ist auch vermehrtes Wasserlassen. An und für sich klingt das nicht so dramatisch. Aber in der Nacht, durch Schlaf- und Beruhigungsmitteln in Tiefschlaf versetzt, da wird es zu einem Problem. Wenn der Kopf noch schläft und die Blase sagt, ich kann es nicht mehr halten.... Nein, nicht besonders spaßig, wenn in der Nacht es in die Unterhose geht und man dagegen dann 2 Wochen lang Windeln tragen darf, und die Ärzte einem nicht glauben, dass es vom Lithium kommt. Die einen lieber in die Urologie schicken, weil sie sich einfach nicht vorstellen können, dass die Aussagen vom mir wahr sein könnten. Als würde ich mir alles nur einbilden.

Erst hat die Pflege mir dringend empfohlen, mit dem Lithium aufzuhören und dann nach einer gefühlt endlos langer Zeit, wo ich nachts nur mit Windeln schlafen konnte, hatten es endlich auch die Ärzte eingesehen, dass das Lithium mehr Nebenwirkungen als Wirkung auf die Psyche hatte. Zwei Wochen nachts Windeln zu tragen, dass macht ziemlich viel mit einem. Es ist peinlich, als erwachsene Frau nicht mehr die Kontrolle über seine Blase zu haben. Durch die starken Beruhigungsmittel kam es dann noch vor, dass ich es zwar auf die Toilette schaffte, aber dort, dann auf der Kloschüssel einschlief und erst durch, das Klopfen des Nachtdienstes wieder wach wurde.

Es macht Angst, dass es so bleibt oder ein anderer Patient es mitbekommt und sich über einen lustig macht. Und nachdem das Lithium abgesetzt wurde, kam auch dieses Gefühl hoch, die letzte mögliche Chance auf eine Verbesserung der Stimmung vertan zu haben. Das war's, Schluss-Ende-Aus.

Und als sozusagen krönenden Abschluss hat mir meine Therapeutin angedroht, wenn ich noch einmal in so eine schwere suizidale Krise komme, dass sie meine Behandlung niederlegen würde. Das macht doch Mut. Und baut Vertrauen auf. Ok, sehr viel Ironie, es macht mir Angst, riesige Angst und ich frage mich in wie weit ich denn dann noch zu ihr ehrlich sein kann, wenn eine weitere schwere Lebenskrise das Ende unserer therapeutischen Beziehung bedeuten würde.

Das Lustige ist, dass ich nicht mal die typische Depressive bin, die alleine ohne Freunde ist, oder sich immer mehr von seinen Freunden distanziert bzw. versucht sich alleine durch das Leben zu schlagen. Am liebsten nur im Bett bleibt, weil er oder sie einfach keine Kraft mehr hat um aufzustehen, oder irgendetwas zu tun. Nein, wenn sie mir auf der Straße begegnen würden (nicht, dass das oft der Fall wäre) könnten sie wahrscheinlich nicht mal glauben wie schwer depressiv es in mir aussieht. Ich bin nicht alleine in meinem Leben. Ich habe Freunde, enge Freunde, gute Freunde, zu denen ich sogar regelmäßigen Kontakt halte. Ja, ich gehe aus dem Haus, besuche sie, telefoniere, schreibe Mails und alles andere. Es gibt sogar viele Menschen, die sich um mich Sorgen machen. Um mich, mich die nichts wert ist, ist das zu glauben? So untypisch depressiv. Und zu allem Guten kommt noch hinzu, dass ich eine feste Partnerin habe. Ja ich bin seit 1987, das sind inzwischen über dreißig Jahre(!), für Leute die zu faul zum Rechnen sind, mit Gaby zusammen. Habe mit ihr erst eine Ehe und dann noch, wie es im Beamtendeutsch heißt, eine eingetragene Lebenspartnerschaft vollzogen. Einmal reichte nicht. Diese Frau hat mit mir so viel durch gemacht und ist immer noch an meiner Seite. Sie liebt mich. Mich!! Und selbst sie würde ich im Moment am liebsten zurücklassen, weil der Lebenswille so schwach ist. Also eine ziemlich gestörte Persönlichkeit. Dafür bin ich körperlich in einer guten Verfassung. Nicht konditionell, aber meine körperlichen Werte sind fast alle in einem sehr guten Bereich. Und das trotz, wie heißt es so schön neudeutsch, starker Adipositas. Ich bin also deutlich übergewichtig. Oder Richtig fett, wenn man sich selbst nicht leiden kann. Dafür sind zur Enttäuschung der vielen Ärzte die mich kennengelernt haben, oder ich kennenlernen musste, mein Blutdruck, meine Blutwerte, Zucker und alles andere in einer erstaunlich guten Verfassung für so eine höflich ausgedrückt ziemlich kräftige, unhöflich ausgedrückt fette Frau.

Von außen die „kräftige" Frau, die im Kopf ein paar Schrauben locker hat. Ich lebe gerade in den Tag hinein, habe keine Kraft mich zu etwas aufzuraffen. Es fällt mir schwer, nein eigentlich ist es unmöglich aus eigenem Antrieb das Haus zu verlassen. Nun, vor einiger Zeit war eine sehr enge Freundin zu Besuch, die versuchte mich von meinen suizidalen Gedanken abzubringen. Als ich ihr von einem meiner Gedanken erzählte, so etwas wie ein Buch über mein Leben zu schreiben und ich die erste halbe oder ganze Seite schon im Kopf hätte, zeigte sie sich begeistert. Sie würde sie aus ihrem Berufsleben viele Leute in Verlagen kennen, also soll ich ihr jeden Tag 5 Seiten zu schicken. Also begann ich diese erste Seite in den Laptop zu tippen und dann die nächste und die nächste.

Ich möchte auch mit diesen Seiten zeigen, dass die Depression und die anderen zusätzlichen psychischen Erkrankungen nicht immer ein Happy End haben. Auch wenn viele etwas anderes behaupten. Es stimmt nicht.

Egal wann und wo etwas über das Thema Depression berichtet wird, man sieht immer nur die Leute die es geschafft haben. Die aus dieser tiefen Talsohle wieder heraus gekommen sind. Ihre Gesichter, die ausstrahlen, schaut her, ich habe es geschafft. Und wenn ich es geschafft habe, dann schaffst du das auch. So lautet doch immer und immer wieder die gleiche Botschaft. Egal ob im Fernsehen, Radio oder in den Printmedien. Stolz wird berichtet, wie schwer der Weg doch gewesen wäre, aber man habe es geschafft. Jedes Mal denke ich mir dann, was für eine Versagerin ich doch bin. Unfähig, unbelehrbar oder dieser beliebte Satz „du willst doch gar nicht gesund werden". „Wenn du es wirklich willst, dann, ja dann….." Genau, ich liebe es, jeden Tag in Verzweiflung und Traurigkeit zu leben. Vielleicht ist es einfach nur meine Blödheit.

Aber es gibt auch noch die Anderen, die nicht das Glück, die Willenskraft, oder einfach zu schwer erkrankt sind um da wieder heraus zu kommen. Die Menschen, die die Hoffnung und den Lebensmut verloren haben und ihn auch nie wieder gefunden haben. Ja, ich höre manche schon wieder sagen, Depression ist heilbar, es ist zwar anstrengend, man kommt wieder heraus. Man muss es nur wollen. Sich darauf einlassen und all die Sprüche, die man so im Laufe der Zeit zu hören bekommt. So wie „Nur ich alleine kann es schaffen".

In der letzten Zeit war ich auch des Öfteren in der örtlichen Psychiatrie und habe dabei viele junge Therapeuten und Therapeutinnen kennengelernt und ihren Gesichtsausdruck, wenn sie mit meiner verzweifelten Situation, meinem Zustand der fast nicht mehr aushaltbaren Traurigkeit konfrontiert werden. Und man erkennt es an ihren Augen und ihrem Verhalten, wie sehr sie mit dieser Situation überfordert sind. Dies zu erkennen, die Unsicherheit des Gegenüber, macht die Situation für einen selbst nochmals schwerer.

Ich beglückwünsche und beneide jeden, der es alleine, mit einem Therapeuten oder einem Klinikaufenthalt geschafft hat, diese Krankheit zu besiegen. Vor kurzem kam mir wieder der Satz in den Kopf, die Geschichte schreibt der Sieger. Von den Verlierern, die die in ihrem Kampf unter gegangen sind, wird nicht mehr gesprochen und sie werden vergessen.

Und ich bin eine von diesen sogenannten „Verlierern"!

Die, die es „bisher" nicht geschafft haben ihre psychischen Probleme zu überwinden und sich schon so lange auf der dunklen Seite des Lebens befinden, dass es gar nichts anders mehr für sie gibt.

Auch wenn es nicht der Wahrheit entspricht, ist es ganz wichtig dieses Wörtchen „bisher" einzuflechten, denn damit beruhigt man alle, die beruflich mit dieser Krankheit zu tun haben und sich unter Umständen Sorgen machen könnten.

Für die Freude, Lust am Leben, Lachen, Spaß, Glück, sich nur noch wie ein lange zurück liegendes Kindermärchen anhören, dass von Feen, Elfen, Drachen und anderem Phantasiewesen und -welten handeln. Oder die in ihren Erinnerungen schon immer in der eigenen Hölle leben müssen und gar nichts anderes als Hölle, Hölle kennen

Alles Positive so unwirklich, unvorstellbar, nicht greifbar ist. Das diese positiven Emotionen, die wahrscheinlich in jedem von uns stecken könnten, schon so tief ver- oder begraben wurden, dass sie unter all dem Schmerz verloren gegangen sind. Sich wie Rauch im Wind aufgelöst haben. Die, die trotz der vielen Medikamente die es auf dem Markt gibt, den vielen Therapiemethoden, den unzähligen

Kliniken keine Verbesserung ihrer Situation erlebt haben. Die mit jedem Tag ein Stückchen weniger die Hoffnung auf eine Verbesserung ihrer Situation haben. Die, die durch die permanente Traurigkeit und Hoffnungslosigkeit dermaßen resigniert sind, dass sie mit jedem Tag etwas mehr Lebenswillen verlieren und irgendwann aufgeben.

Die, die eigentlich nur noch einen endgültigen Ausweg als Alternative gegen all diese Traurigkeit, Hoffnungslosigkeit und Schmerz sehen. Die Erlösung von ihrem Leid durch den Tod. Manche warten bis er von alleine kommt, andere helfen nach. Ich kann mich als Beispiel nennen, eigentlich will ich leben, aber der psychische Schmerz lässt dieses nicht mehr zu. Die einzige Möglichkeit diesem nicht mehr aushaltbaren Schmerz zu entgehen ist der Tod. Über diese Menschen, die sehr vieles probiert haben und trotzdem gescheitert sind, habe ich noch keinen einzigen Bericht im Fernsehen, oder Printmedien gesehen. Wer will das auch näher betrachten? Versager, Loser, Gescheiterte. Wer will sehen, wie sich diese Menschen jeden Tag aufs Neue quälen und überwinden zum (Über)leben. Keiner! Das deprimiert zu sehr.

Wie schon gesagt, genau zu dieser Gruppe gehöre ich. Meine Depression frisst mich immer weiter auf, bis vielleicht irgendwann nichts mehr da ist, das leben kann oder will.

Ich kann mir auch vorstellen, dass diese doch sehr pessimistischen Aussagen viele Therapeuten und eine Menge Besserwisser auf den Plan rufen, „wie kann sie nur solche Aussagen treffen", „solange nicht wirklich alles ausprobiert wurde, darf man nicht aufgeben", „man darf niemals aufgeben", „das können sie doch nicht ihrer Familie antun", „das ist so eine egoistische Tat"

ICH WOLLTE IHR MÜSSTET NUR EINMAL EINEN EINZIGEN TAG IN DIESER HÖLLE, DASS IHR SO NAIV LEBEN NENNT, EXISTIEREN. DAS IHR AUS EURER ZUM KOTZEN GUT GEMEINTEN THEORIE DER WOHLWOLLENDEN RATSCHLÄGE UND PSEUDO HOFFNUNGSSCHIMMER HERAUS KOMMT. DIE HARTE, BRUTALE UNERTRÄGLICHE TRAURIGKEIT, DEN

SCHMERZ DES ALLTÄGLICHEN LEBENS, UND DIE EISKALTE VERZWEIFLTE HOFFNUNGSLOSIGKEIT ERSPÜRT.

DANN REDEN WIR WEITER

Jetzt könnt ihr mich und meine Aussagen zerreißen wenn ihr möchtet. Wie heißt es so schön neudeutsch „Möge der Shitstorm" beginnen

Mich gibt es wirklich, ich bin definitiv keine Erfindung eines/einer Schriftstellers oder Schriftstellerin. Wobei es einfacher wäre, zu sagen alles ist nur eine erfundene Geschichte der Susanne Röder. Aber leider Nein, es ist alles Realität. Muss jeden Tag mit dieser Krankheit leben, zu überleben versuchen.

Alles was da auf den kommenden Seiten zu lesen ist, ist so wahr wie meine Erinnerungen es zulassen und so in meiner, zugegebenermaßen subjektiven, Sichtweise passiert ist. Ich versuche einer gewissen Chronologie zu folgen. Was nicht immer klappen wird. Es wird mit Sicherheit nicht immer richtig chronologisch sein, geschweige denn logisch und manches aus dieser Geschichte wird auch chaotisch wirken. Aber es ist meine Geschichte und ich habe mir die Freiheit genommen, sie so zu schreiben wie ich sie in meinen Erinnerungen aufgefunden habe.

Dieses Buch ist mein eigenes Projekt. Keiner außer mir, hat daran gearbeitet. Kein Profi hat das Manuskript hinterher bearbeitet. Es ist alles mein, inclusive aller Fehler. Auch wenn ich versucht habe, diese zu vermeiden bzw. zu korrigieren, es wird mir nicht überall gelungen sein. Dafür bitte ich um Nachsicht und Entschuldigung.

Die Geburt

Begonnen mit der Geburt hat alles am 1. November 1975 auf dem Fußballplatz des ASV Durlach. Wer der Gegner war, da muss ich leider nach nun ziemlich etwa 40 Jahren passen. Aber das ist für den weiteren Fortgang dieser Geschichte, Dokumentation, oder wie auch immer man es nennen möchte, auch völlig egal. Auf jeden Fall gab es einen Einwurf für unsere Mannschaft. Was lustig ist, ich kann Ihnen heute noch genau die Stelle zeigen wo es passiert ist. Das ist so fest in der Erinnerung verankert, unauslöschlich abgespeichert. Diesen Einwurf wollte ich mit der Brust stoppen, während einer der eigenen Mitspieler den Ball mit dem Kopf weiterspielen wollte. Leider traf er dabei aber nicht den Ball, sondern meine linke Backe. Sekunden später schmeckte ich auch schon das Blut in meinem Mund. Das Spiel ging weiter, ich blutete aus dem Mund, der Trainer nahm mich aus dem Spiel, umziehen und dann mit meinem Vater ab ins Durlacher Krankenhaus. Dort wie bei jedem Krankenhaus an einem Wochenende warten und dann die erst mal positive Nachricht „Hey alles halb so schlimm. Die Wunde ist nicht tief, dass heilt ganz von alleine, da muss man nicht tun……" aufatmen schon halb auf dem Weg ins sichere Zuhause und dann das Wort, dass nie jemand hören will „aber….." und dabei schaute er meinen Vater an „die Zähne sehen nicht so gut aus, sie sollten das mal in der Zahn- und Kieferklinik vorsichtshalber nachschauen lassen" Der Satz der ein komplettes Leben auf den Kopf stellt. Also sind wir nicht nach Hause sondern ohne an etwas Schlimmes zu denken, dorthin gefahren. Wie es dann weiterging, davon ist vieles aus meinem Gedächtnis, wie weggewischt.

Das meiste ist unter einem Teppich aus Schmerzen verborgen. Es gibt nur noch Bilder von einem Zahnarztstuhl, einem Mann im weißen Kittel, meinem Vater, der mit seinem vollem Gewicht, und das war wirklich nicht wenig, auf mir darauf saß, mit seinen starken Beinen meine eigenen einklemmte, seine Ellenbogen fixierten meine Schultern auf dem Zahnarztstuhl und seine Hände hielten meinen Kopf in einem Schraubstock. Keine Chance mich dagegen zu wehren. Pure Gewalt, dagegen kam ich nicht an. War zur völligen Bewegungslosigkeit verdammt. Dann ging der Spaß los. Oh ja, das war ein Spaß. Sorry falls sie es nicht bemerkt haben, aber das war zynisch. Aber ohne diesen Zynismus würde ich bei Gedanken an diesen Moment wohl durchdrehen.

Die komplette obere Zahnreihe bekam ein Drahtgestell um die zwei angebrochenen Zähne zu stabilisieren. Das hört sich gar nicht mal so schlimm an. Problem war nur, dass die Drähte oben, da wo der Zahn ins Zahnfleisch übergeht, durch das Zahnfleisch durchgestochen werden mussten. Von vorne nach hinten, und von hinten nach vorne. Klingt fast wie beim Stricken. Leider kann ich nicht stricken, will es aber mal lernen, aber der Spaß in der Klinik hatte auch nichts mit dem Spaß beim Stricken zu tun. Die Schmerzen waren schier unerträglich, ich muss geschrien haben wie am Spieß. Wo kommt die Redewendung eigentlich her? Wenn man so googelt, dann aus irgendwann aus dem Mittelalter als Frauen oder Delinquenten bei der Inquisition mit entsprechenden Gegenständen gepfählt wurden. Ok, ganz so schlimm war es bei mir nicht, aber die Schmerzen waren extrem und ich bleib dabei, ich habe vor Schmerzen geschrien wie am Spieß. Wie schon weiter oben beschrieben, musste genau in solch einem Moment wohl auch meine Mutter anrufen und sich nach meinem Gesundheitszustand erkundigen haben. Naja, als sie mich so schreien hörte, war es wohl klar, wie es stand.

Warum keine Narkose? Oder zumindest Spritzen gegen die Schmerzen? Auch das wieder eine gute Frage, ich weiß es nicht. Ich meine mich zu erinnern, dass diese Frage mein Vater den Zahnarzt auch gestellt hat und die lapidare Antwort war, dass man dann jeden Zahn einzeln hätte betäuben müssen und das hätte bestimmt genauso weh getan. Ich bin seit dieser Zeit, kein großer Freund des zahnärztlichen Gewerbes, aber wenn ich einmal dort war, waren die Spritzen das harmloseste. Meist war es ein kleiner Piecks und gut war. Vielleicht gibt es da draußen Menschen, die andere Erfahrungen mit Spritzen bei einem Zahnarzt gemacht haben, aber meine Erfahrung mit Spritzen waren hmmm... nicht so gut, aber auch nicht so unangenehm geschweige denn schmerzhaft, wie dass was da gerade passierte. Also warum in Dreiteufelsnamen hat dieser Drecksack von Zahnarzt, nicht die Bereiche betäubt, oder bis Montag gewartet und mich narkotisiert. Egal wie, aber so hätte ich unter Umständen ein normales Leben leben können. Stattdessen wurde ich auf eine Reise geschickt, die die Grenzen der meisten „Normalos" doch ziemlich überschritten hat. Ok, gerechterweise muss ich sagen, vielleicht wäre ja alles auch so gekommen ohne diesen Unfall. Aber irgendjemand oder –etwas die Schuld für irgendetwas zu geben ist doch so verdammt menschlich und einfach.

Halt doch, ich habe noch mal nachgedacht, es hat sich durch den Eingriff doch sehr viel verändert. Ähnlich, wie auf einer mechanischen Festplatte wurden alle meine Erinnerungen von den frühsten als Baby bzw. Kleinkind bis zu diesem Tag auf dem Zahnarztstuhl gelöscht. Keine Erinnerung an irgendwas ist noch im Kopf vorhanden. Elf Jahre des eigenen Lebens gelöscht. Puff und weg. Es ist nichts mehr da. Ok, man kann streiten ob gelöscht oder verdrängt. Aber egal wie man es nennt, sie sind definitiv weg.

Laut Wikipedia heißt es...... *Erinnerungen sind meist multimedial: Sie enthalten bildhafte Elemente, Szenen, die wie ein Film ablaufen, Geräusche und Klangfarben, oft auch Gerüche und vor allem Gefühle.* Und solche bildhaften Elemente gibt es erst für die Zeit nach 1975. Alles was ich von vor dieser Zeit weiß, sind nur Geschichten, Erzählungen, die hauptsächlich von meinen Eltern kommen. Dazu gibt es keine Bilder in meinem Kopf. Diese Geschichten könnten auch theoretisch von ihnen oder jedem anderen fremden Menschen stammen. Aber, da sie von meinen Eltern kommen, gehe ich mal davon aus, dass sie in ihren Augen so abgelaufen sind, wie sie sie erzählt haben.

Die Kindheit

Die erste, also jüngste Erzählung über die frühen Jahre, beginnt so irgendwann zwischen meinem zweiten und dritten Lebensjahr. Ich war noch nicht „stubenrein" und meine Eltern hätten mich wirklich gerne schnellstmöglich dazu gebracht, endlich Bescheid zu sagen, wenn ich aufs Klo wollte. Aber alles liebe Zureden half nicht. Fand es wohl bequemer. Ok, das ist natürlich ein Joke.

Eines Tages, wir waren bei Verwandten zu Besuch und die hatten einiges an Spielzeug, weil sie selbst Eltern waren. Unter anderem einen schwarzen Stoffkater mit orangener Hose, uns gestreiftem Hemd. So eine Art wohl von frühem Findus. Dieser schwarze süße Kater, der gefiel mir so gut. Wollte nur noch mit ihm spielen, ihn nicht mehr hergeben. Irgendwann gingen wir dann von dort nach Hause, da habe ich mir den Stoffkater eingesteckt und um es mal salopp zu sagen, schlicht und einfach geklaut. Ja, noch keine 3 Jahre alt, und schon ein Dieb. Nein, ich wollte ihn für immer behalten. Nie mehr hergeben. Meiner! Meiner!

Natürlich entdeckten meine Eltern zuhause das Corpus Delicti, es war ihnen schrecklich peinlich und sie schämten sich sehr für mein Verhalten. Deswegen gab es auch einen ziemlichen Anschiss. Aber ich sah es nicht ein, er wollte doch zu mir. Aber am Ende musste ich das Stofftier leider doch wieder schweren Herzens zurückgeben. Aber meine Eltern waren schlau, sie verwandelten diesen Diebstahl in eine erste Art von Bestechung. Nach dem Motto, eine Hand wäscht die andere. Also ich mache nicht mehr in die Hosen und sie kaufen mir diesen Kater als Schmusetier. Ich nahm den Deal an und von diesem Augenblick ging der Windelverbrauch stetig zurück und ich erhielt dafür dann wirklich genau den gleichen Stoffkater als neues Schmusetier und gab ihm den Namen Felix. Diesen Felix gibt es sogar heute noch. Er hat einen Ehrenplatz. Er liegt zwischen Gaby und mir in unserem Bett.

Die nächsten zwei Ereignisse waren wirklich weltbewegende Geschehnisse. Das eine ist die Mondlandung im Juli 1969, wir als kleine Kinder, ich 5 meine Schwester 2 Jahre wurden mitten in der Nacht aus den Betten geholt um live mit zu erleben, wie der erste Mensch den Mond betrat. Natürlich war uns in diesem Alter nicht die Tragweite bewusst, als wir halb schlafend auf einem Schwarzweiß Fernseher diese krisseligen Bilder da sahen. Welche technische Leistung dahinter stand. Wir sahen bloß einen Mann in einem komischen Anzug eine staubige Fläche betrat. Seine berühmten Worte gingen damals an uns Kindern bedeutungslos vorbei.

Das andere Ereignis war ein sportliches. Die Fußballweltmeisterschaft im eigenen Land. Das Endspiel gegen die Niederlande schaute die ganze Familie bei unserem, ansonsten ziemlich grummeligen und später auch jähzornigen Nachbarn an. Das Besondere daran? Es war mein erstes Fernseherlebnis in Farbe. Fernsehen in Farbe, das beindruckte damals doch. Heute ist das ganz was selbstverständliches, da geht es ja nur noch um die Frage der

Auflösung (UHD oder nur HD?), der Bildschirmdiagonalen und wie viele HDMI und USB Anschlüsse das Gerät hat. Oder höchstens noch die Frage, werden sich die 3D Fernseher durchsetzen? Aber damals kannte ich Bilder im Fernsehen nur als schwarz weiße Aufnahmen. Dieses Spiel zu gewinnen und dann auch noch in Farbe muss ein wirklich beeindruckendes Erlebnis gewesen sein.

Es gibt noch zwei Erinnerungen und diese haben mit Wasser zu tun. Bei beiden hätte es sein können, dass ich diese Zeilen hier nicht mehr schreiben konnte. Denn bei diesen beiden Erinnerungen geht es um Leben und Tod. Huh, wie dramatisch, denken sie vielleicht, aber schauen wir mal. Mein Vater hat(te) eine große Familie, also viele Onkeln und Tanten. Die ganze Familie ging, wie es heute auch noch viele im Sommer machen, an den Baggersee. Große Menge Leute, dazwischen ich. Alle reden miteinander, jedoch Blickrichtung weg vom Baggersee. Und ich sehe einen Wasserball, der vom Wind weggetragen wird. Ich hinterher, fand es spaßig dem davonrollenden Ball zu folgen. Leider rollte der Ball aber ins Wasser. Dass hinderte mich nicht daran ihm hinterher zu rennen. Die ersten paar ein bis zwei Meter war das ja noch ok, aber dann wurde das Wasser schnell tiefer und ich verschwand schnell und ganz unter Wasser, verschwand einfach, schwimmen konnte ich natürlich noch nicht, also ging ich unter wie ein Stein. Die einzige die zu dem Zeitpunkt auf das Wasser schaute war meine Mutter und die bekam einen Schreianfall, als sie mich untergehen sah. Mein Vater, das muss man ihm wirklich zugutehalten, reagierte blitzschnell. Ließ alles fallen und rannte zu der Stelle wo ich vor wenigen Sekunden verschwunden war und holte mich raus und rettete mir damit mein Leben. Passiert ist gar nichts, aber hätte meine Mutter sich an der Unterhaltung beteiligt und nicht zufällig auf den See gesehen, wäre es um mich geschehen. Tod durch Ertrinken. Meine Eltern packten nach dem Schock alles zusammen und verließen die Gruppe. Seit diesem Zeitpunkt war das Thema Baggersee für meine Mutter ein rotes Tuch, ein Reizthema. Der Schock saß ihr ganzes Leben in ihren Knochen, wie man so sagt. Sie hat auch nie wieder einen Baggersee aus der Nähe gesehen. Obwohl ich mich nicht an die Geschichte erinnere, sondern sie nur aus Erzählungen kenne, sind Baggerseen auch für mich heute immer noch unheimlich. Seit diesem Zeitpunkt ist die Familie nur noch in Schwimmbäder gegangen.

Das andere Ereignis spielte sich in der Nähe von Karlsruhe ab. Die Stadt liegt am Rande des Schwarzwaldes. Auf der Straße die in den Schwarzwald führt, liegt ein kleiner Flecken mit dem Namen Fischbach. Dort in der Nähe fließt ein Bach, ganz umgeben von Wiesenflächen. Wieder die gleichen Teilnehmer, Verwandtschaft, meine Eltern und ich. Auf dieser Wiese ganz in der Nähe des schnellfließenden Baches. Also, ich spielte am Rande es Baches und ehe ich es mich versah, fiel ich in diesen eiskalten, schnell fließenden Bach hinein. O-Ton meiner Eltern, wie ein Torpedo wäre ich den Bach hinunter gerauscht. Zum Glück stand ein Onkel ein paar Meter tiefer am Rande des Baches und fischte das kleine menschliche Torpedo wieder heraus. Wenn nicht hätte mich der Bach noch eine Weile weiter geschleppt, den dieser Bach mündet bei Fischbach in einen anderen größeres Flüsschen. Vielleicht hätte ich mir unterwegs im Wasser an den vielen Felsen den Kopf angeschlagen oder wäre einfach ertrunken.

Die Schule und der Fußball

Noch nie war ich so was wie ein wilder draufgängerischer Junge, der gegen alles rebelliert hatte. Schon immer war ich ein zurückhaltender, um es brutal auszudrücken, extrem schüchterner, verklemmter Junge gewesen. Es gibt irgendwo ein bzw. zwei Bild(er) aus der ersten Klasse. Auf diesen Bildern wurden die kompletten Schüler der ersten Klasse als Gruppe fotografiert und wie schon gesagt, wir waren der geburtenreichste Jahrgang. Das waren eine ganze Menge Erstklässler. Und wenn man sich das Bild bzw. die Bilder anschaut, gibt es da ein kleines verschüchtertes Menschlein, völlig verloren in dieser großen Menge. Dieser Jemand war ich. Mit einem traurigen, fast verzweifelten Gesichtsausdruck saß ich unter dieser sehr großen Menge an Erstklässlern. Auf dem einen Bild sitzen wir alle ganz brav da, da sehe ich wirklich aus, als hätte gerade jemand meine Mutter umgebracht. Beim zweiten Bild sollten wir dann alle Irgendwie Grimassen machen und uns, wie heißt es immer so schön, des Lebens freuen. Selbst im Jubeln sehe ich aus als ob jemand gerade gestorben wäre. Also selbst in der Zeit vor dem Unfall war ich schon der verschüchterte, sich nicht trauende Junge. Nur wurde es durch den Unfall nur noch einen sehr deutlichen Ticken heftiger.

Dies sind die einzigen winzig kleinen Geschichten, die einen Einblick auf eine ansonsten verlorene Vergangenheit zeigen

Freundschaften gab es keine. In meiner Klasse gab es so etwas wie eine Gruppe von sechs Jungs, die, wie soll ich es sagen, sehr eng zueinander standen und den engsten Zusammenhalt in der Klasse hatten. Ich hatte das Glück, dass ich dort irgendwie dabei war, aber nur als eine unbedeutende Randfigur. Hatte nichts zu sagen, geduldet, weil man bei mir die Hausaufgaben oder Prüfungen abschreiben konnte. Der dümmste war ich auch nicht gerade, was bei manchen Fragen des Lehrers von Vorteil war. Der Job einer Souffleuse. Hilfestellung bei Unwissenheit. Außerdem hatte ich immer die neusten Micky Maus und andere Comichefte, mit denen die anderen sich in Kunst- oder Religionsstunden die Zeit totschlagen konnten. Also durch Bestechung geduldet.

Ja, ich war auch im gleichen Sportverein wie sie, saß mit ihnen in der Schule am gemeinsamen 6er Tisch (es wurden immer 3 Bänke zu einem Block zusammengestellt), aber richtig dazu gehört habe ich eigentlich nie. Wenn man es heute mal Facebooktechnisch ausdrücken will, ich war ein Bekannter, kein Freund, oder geschweige denn ein enger Freund. Aber andererseits hatte ich auch das Glück nirgendwo der Außenseiter zu sein, derjenige zu sein, der den Hohn, Spott oder körperliche Gewalt für seine andersartige Lebens- oder Denkweise, sein Verhalten oder Aussehen abbekam. Da gab es, für mich damals Gott sei Dank, andere, die auf der Quälliste der Klassenterroristen ganz oben standen.

Es klingt so, also ob meine „Freunde" die Schuld daran tragen, dass ich ein Außenseiter geblieben bin. Dem ist aber nicht so. Die Verantwortung für dieses Randfigurendasein lag schon bei mir. Schon immer konnte ich mich den Themen der anderen Jungs nicht anfreunden. Ob es anfänglich so etwas in der Art von Cowboy und Indianer war, oder nachmittags auf der Suche nach Abenteuern durch

Durlach laufen, später Fußballthemen, obwohl ich es gespielt hatte, oder als man ins Alter kam, wo Mofas und Mädchen (damals war das Peugeot 103 das Mofa der Mofas) zum Hauptthema wurden. Bei all dem konnte ich mich nicht dazu äußern. Das waren Themen die mich einfach nicht interessierten. Kleines Beispiel gefällig zum Thema Andersartig sein? Selbst beim Thema Fußball. Wir sind Anfang der 70er Jahre. Es gab in Deutschland in der Bundesliga zwei auch international erfolgreiche Vereine. Der eine war Bayern München, der andere Borussia Mönchengladbach. Während alle, außer mir, für die Bayern waren, war mein Verein Mönchengladbach. Von meinem Großvater bekam ich zu Weihnachten immer ein paar Fußballschuhe geschenkt. Auch hier wie in der Bundesliga gab es zwei Möglichkeiten, entweder die mit den drei Streifen oder die mit dem Raubtier Logo. Ich bekam immer die mit dem Puma Logo. War mein Großvater ein Bayernhasser oder ein heimlicher Gladbach Fan? Denn die trugen ja Trikot und Schuhe mit diesem Logo, während die Roten, immer die Marke mit den 3 Streifen trugen. Also selbst bei diesen kleinen Dingen, war ich anders als die Anderen. Aber vielleicht verkaufte das Sportwarengeschäft, wo er die Fußballschuhe kaufte, einfach nur kein Adidas

Wenn jetzt der Einwurf von jemandem kommt – Hey, du hast doch Fußball gespielt und da muss du doch auch Freundschaften geschlossen haben - dann hat er Recht. Richtige Jungs spielen Fußball. Aber war ich denn jemals ein richtiger Junge? Zwischen Fußballspielen und Fußballspielen, liegen Welten. Ich habe beim ASV Durlach gespielt, weil all meine Freunde aus der Schule auch in diesem Verein waren. Zwischen der E- bis B-Jugend war ich ein Teil des Vereines. Bis dann das passierte, was ich anfangs geschrieben habe.

Ich besuchte das Training und war bei den Spielen dabei. Aber ich war alles andere als ein begnadeter Ball Behandler. Also war ich auch hier nur einer von vielen. Kein Leader, wie es so neudeutsch heißt. Kein Spielführer und dadurch war ich auch hier nicht besonders beliebt oder konnte Freunde gewinnen. Nur die guten Spieler hatten ihren Freundeskreis. Technik war nie meine Stärke. Vor dem Training, als der Trainer die Bälle verteilte und sich die meisten warm schossen, stand ich lieber im Tor, als selbst aufs Tor zu schießen. Sich hinwerfen um einen Ball abzufangen, mochte ich zwar auch nicht, aber immer noch lieber ein schlechter Torwart, als ein schlechter Schütze zu sein. Über den Torwart wurde nie gelästert wenn er einen Ball durchließ, aber wenn ein Schütze den Ball schlecht schoss, gab es schon freundlich hämische Worte für den Fehlschuss.

Ich gehörte aufgrund meiner „väterlicherseits erblich" bedingten körperlichen Konstitution eher zur robusteren Art. Daher wurde ich meist als Verteidiger eingesetzt. Ich war nie jemand der Dribbeln, Tore schießen, Flanken schlagen und all die anderen eher filigranen Fußballdinge konnte. Also eher ein Bertie Vogts als ein Franz Beckenbauer, wenn das jemanden heute noch was sagt. Nur darauf konzentriert dem Anderen den Ball abzujagen oder halt anderweitig zu stoppen. War da eher der grobmotorische Spieler. Nein, Fußball gehört definitiv nicht zu meinen Stärken. Bei mir ging es so nach dem Motto, das ist dein Gegenspieler, den ausschalten. Das habe ich verstanden. Ich weiß noch, als wir einmal gegen ein Team spielten, dass einen moderneren Fußball spielte, mit Wechsel der Flügelspieler Links- bzw. Rechtsaußen hieß das damals noch. Mit diesen Positionswechseln war ich total überfordert, als mein Gegenspieler plötzlich nicht mehr da war und auf der anderen Seite des Spielfeldes auftauchte. Das hat mich total aus dem Konzept gebracht. Deswegen gab ich auch des Öfteren einen sehr guten Auswechselspieler ab.

Mit dem Unfall hatte sich dann auch meine fußballerische Karriere, wenn man es so nennen konnte, entsprechend aufgelöst. Wenn ich jetzt böse wäre, glaube ich, dass mir keiner im Verein eine Träne nachweinte. Aber umgekehrt ich ebenso nicht. Ich machte mit, weil meine Schulkameraden in dem Verein waren und ich so an Kontakte hätte kommen können.

Nein viel lieber spielte ich zuhause mit meiner damals noch kleinen Schwester Abenteuergeschichten. Aus unserem Kinderzimmer wurden Raum- oder Piratenschiffe. Wir waren Rudi (Keine Ahnung warum meine Schwester diesen Namen wählte) und Michael. Jahrelang war dies unser Spiel an den Nachmittagen, als meine Mutter arbeiten ging und unsere Oma schon tot war. Wir hatten ein Hochbett, das mein Reich war, Petra schlief unten. Dieses Arrangement war fantastisch. Die Leiter um ins Hochbett zu kommen, mit der konnte man so viel anstellen. Während meine Klassenkameraden immer mehr in die Jugend, in die Pubertät hineinwuchsen, blieb unser Kinderzimmer ein Hort der Kindheit. Nichts zu spüren, von Fußballplätzen, mit Kumpels herumhängen, irgendwelche jugendliche Dummheiten machen, von den richtigen Ritzeln (WTF ist ein Ritzel?) an Mofas fachsimpeln, oder wie man sonst das Mofa schneller als die erlaubten 25km/h macht.

Ok, bei den 2 Rädern gab es noch eine weitere Fraktion, die vehement dagegen war. Meine Mutter. Sie hatte eine so große Angst vor Zweirädern, dass sie uns beiden den Umgang damit vehement verbot. Sie war in diesen Dingen übervorsichtig. Sie packte mich, ihren Besitz, wie eine kostbare Ware immer in Watte.

Selbst als meine Schwester erwachsen war, mit ihrer besten Freundin auf einer griechischen Insel Urlaub machte, prägte sie einen Satz der in unserer Familie zum geflügelten Satz wurde „Leihed mer bloss koi Mopeds aus", also auf Hochdeutsch „Leiht mir bloß keine Mopeds aus". Natürlich hat sich meine Schwester nicht daran gehalten und beide sind mit ihren geliehenen Mopeds kreuz und quer über die Insel gedüst. Was kümmert meine Schwester die Sorgen meiner Mutter. Es ist mein Leben, meine Verantwortung. Ich mache das was ich will. Was du mir da für Ratschläge gibst, ist mir scheißegal.

Da war sie schon immer anders als ich. Sie scherte sich, besonders in der Zeit zwischen 18 und 25Jahren einen „Scheißdreck" (sorry für die Ausdrucksweise) darum, was andere, vor allem meine Mutter dachten, ob sie sich Sorgen machte, sie die alten oder neuen Freunde ablehnte, was kümmert es meine Schwester. It's my life and I'm doing what I want! Was auch immer. Sie tat, dass was sie machen wollte. Wie ich sie dafür beneidete. Denn ich war genau das Gegenteil.

Aber zurück zu Rudi und Michael, da waren wir ja ursprünglich. 1978 war ein ganz besonderes Jahr. Zumindest für Cineasten und uns beiden kindlichen Rollenspieler. Star Wars kam damals in die Kinos. Viermal habe ich mir, in meinen damaligen Augen diesen unbeschreiblich guten, fantastischen Film angesehen. Und zuhause nachgespielt. Petra, meine Schwester, als Luke Skywalker und ich als Han Solo. Ich muss sogar etwas schmunzeln, wenn ich an diese Zeit denke. Es lebe Lego, mit denen man so viele schöne Dinge nachbauen konnte. Leider keine Lichtschwerter, aber nichts ist perfekt. Das war vielleicht das schönste unserer Spiele, als wir beide die Galaxie retteten, aber es war auch so etwas wie ein Abschluss in diesen ganzen Rollenspielen.

Ich, mein Kind in mir, hätte gerne ewig so weiter gespielt, wobei gespielt eigentlich das falsche Wort ist, für mich war es eine Art Wirklichkeit oder eine Flucht vor dieser. Aber meine Schwester wurde eine junge Frau, die Pubertät fing an, neue Freunde wurden wichtiger als diese komischen Spiele mit dem komischen Bruder, der zwar älter war, aber immer noch mehr Kind war als sie selbst. So wurden von einem Tag zum anderen diese Spiele zu kindischen Spinnereien. Sie war nachmittags nicht mehr zuhause. Sie schaffte den Absprung zum Erwachsenwerden. Während ich trotz der drei Jahre die ich älter war immer noch kindlich blieb. Ich hatte sogar die Chance es ihr nachzumachen. Zum Beispiel haben mich meine Schulkameraden besuchen wollen und ich bekam eine solche Panik davor. Wir hatten in der damaligen Wohnung einen Balkon vorne raus zur Straße. Nachdem das Klingeln nicht gebracht hatte, kletterten sie auf den Balkon um in die Wohnung zu schauen, ob sie mich irgendwo sehen. Ich habe mich dann tief in der Wohnung versteckt, nur damit ich nicht entdeckt werde. Die Vorstellung, dass sie mich entdecken, ich sie in die Wohnung lassen müsste, war schrecklich. Was würden sie wohl mit der Wohnung anstellen, die von meiner Mutter so geliebte Ordnung und Sauberkeit durcheinander bringen? Oder würden sie mich vielleicht mit nach Draußen nehmen, zu irgendwelchen außerhäuslichen Aktivitäten? Irgendwohin, wo ich nicht mehr nach Hause finden würde? Der blanke Horror in meinen Augen. Wie groß war die Erleichterung, als sie endlich wieder abzogen und ich in meiner Festung der Einsamkeit, um in der Comicsprache zu sprechen, bleiben konnte. Ich verstand ihre Sprache, körperlicher aber auch verbaler Art, nicht. Ihre Lebensweise, ihre Sprache, ihr Verhalten, ihre

Musik. Ihr z.T. rauer Umgang mit sich und anderen, ihre Art Dummheiten zu machen. Sich mit der „ganzen" Welt anzulegen, der Versuch seinen eigenen Weg zu finden, all das war so befremdlich und unverständlich, eine extrem fremde Welt für mich. Ich wollte das alles auch nicht an mich heran lassen. Wäre am liebsten in die Stagnation verfallen. Alles so zu lassen wie es war. Aber das funktionierte nicht. Die Welt und das Leben drehen sich unaufhaltsam weiter

Irgendwann habe ich für mich gelernt, um nicht unterzugehen, oder als Bekloppter dazustehen, alles Emotionale nach innen zu verbannen. Eine Rolle zu spielen, die die Welt um mich herum von mir erwartete. Ich lernte mit dem Strom zu schwimmen, alles was an Gedanken in meinem Kopf waren, wurde sorgfältig gesiebt und kontrolliert, bevor ich es nach außen ließ. Habe der Welt nur das gezeigt, was sie sehen wollte.

Vielleicht deswegen oder aus einem mir unbekannten Grund hatte ich das Glück, wenn man es so nennen darf, nie das Opfer einer bestimmten Gruppe zu werden. Egal, ob in der Schule, der Konfirmandenzeit, oder auch in der Ausbildung. Ich gehörte damals nie richtig irgendwo dazu, war nie fester Bestandteil einer Gruppe, immer nur am Rande, nie richtig drin, aber auch nie ganz draußen. So als ob ich eine Art Unauffälligkeits-Gen gehabt habe. So als wäre ich fast durchscheinend, anwesend, aber absolut unauffällig. Da aber auch nicht da. Selbst wenn man mich berührt hätte, wäre ich zurück gewichen, bloß sich nicht wehren. Das hätte ja bedeutet sich aufzurichten und zu stellen. Doch die Angst vor den Konsequenzen lähmte.

Hätte man die Personen um mich herum gefragt „habt ihr Michael gesehen?", keine Ahnung ob dann jemand gesagt hätte „ja klar, da ist er doch" oder eher „keine Ahnung, ist mir bis jetzt nicht aufgefallen". Wenn ich richtig schlecht drauf bin, dann schiebe ich auch noch die Frage ein „Welcher Michael?"

Der Sonderling, den man irgendwie toleriert, mehr aber auch nicht. Das Glück in meiner Jugend nie Opfer gewesen zu sein, darüber bin ich sehr froh. Keine Ahnung, was passiert wäre, wenn ich, wie heißt es heute, ein Mobbingopfer geworden wäre. Was mit mir passiert wäre, wenn ich diese Rolle gepresst worden wäre? Ich weiß es nicht, vielleicht das was auch heute mit so vielen jugendlichen Mobbingopfer passiert. Sie verzweifeln an der Situation und gehen, für immer. Ja, natürlich taten mir die Jugendlichen Leid, die die Gewalt und den Spott abbekamen. Aber ich war noch sehr viel froher darüber, dass es nicht mich erwischte. Das alles klingt so feige, so erbärmlich und das ist es auch. Mut zum Aufstehen, mich zu wehren, das war nicht vorhanden. Aber ich war einfach nur froh, es nicht zu sein. Ich mochte mich nicht, Mochte die Rolle nicht, die ich spielen musste. War eine tote Seele in einem lebenden Körper. Wollte nicht zur Gruppe gehören, weil ich mich da schon anders fühlte. Aber ohne Selbstvertrauen auf die eigenen Stärken, gab es nur zwei Möglichkeiten, mit der Gruppe oder gegen die Gruppe. Für das dagegen, hatte ich nicht den Mut. Ich wusste, dass ich da nicht hinein passte, aber andererseits wusste ich noch nicht, wo mein eigener richtiger Platz war. Unterordnen oder Untergehen. Ich entschied für mich erstes. Dass so eine Stärke in mir schlummerte, dass konnte gar nicht sein. Selbst wenn mir das jemand damals erzählt hätte, geglaubt hätte ich ihm definitiv nicht. Daher blieb nur die Gruppe, als kleineres Übel. Ich hasse mich und tue es immer noch.

Sommer, Sonnenschein, Wärme, was macht man da normalerweise als Jugendlicher oder natürlich auch Erwachsener? Man geht Baden, ins Freibad oder ähnliches. Trifft sich mit Freunden und hat Spaß. Man(n) sucht natürlich auch den Kontakt zum anderen Geschlecht. Die Hormone drehen in diesem jugendlichen Alter durch und suchen nach Möglichkeiten sich auszutoben. Alles in allem wollen die Menschen, nur ihren Spaß am Leben haben, ihrer Freude lebendig zu sein, frönen. Aber für mich war und ist Spaß (leider) immer noch ein großes Fremdwort. Naja, das ist jetzt etwas theatralisch ausgedrückt. In einem bestimmten kurzen Zeitraum änderte sich das dann doch deutlich. Aber dazu später. Während also alle nach der Schule ins Freibad gingen, ging der Michael ins Hallenbad. Um dort Runden zu schwimmen. Und wie gerne hätte ich damals den einen Ring aus Herr der Ringe gehabt. Überstreifen und unsichtbar sein. Keine Angst zu haben, jemand aus der Schulklasse zu treffen. Mit ihm reden zu müssen, vielleicht noch erklären müssen, warum ins Hallenbad und nicht ins Freibad zu den anderen gehen. Fast strategisch habe ich den Weg geplant, wie ins Hallenbad zu kommen, um so wenigen Menschen wie möglich über den Weg zu laufen. Besonders jenen aus der Schulklasse oder noch schlimmer der Parallelklasse. Da waren ein paar Typen drin, die auch nicht lange fackelten wenn es um eine Abreibung ging. Davor hatte ich immer den größten Schiss. Einem von denen zu begegnen. Daher am liebsten den Ring. Unsichtbar sein, vor den Augen anderer Menschen geschützt zu sein. Ein schöner Traum, aber leider nicht machbar, außer jemand findet den Weg nach Mittelerde. Wobei nützen würde es ja auch nichts mehr. Der Ring ist ja futsch. Geschmolzen im Schicksalsberg. Danke Gollum.

Die andere Einrichtung die ab diesem Zeitpunkt für mich sehr wichtig wurde, war die Bibliothek. Bücher wurden zu Freunden, dort konnte man in Abenteuer starten, ohne jemals das Haus zu verlassen, keine fremde Menschen sehen oder noch schlimmer mit ihnen reden. Man kann in die Seite, auf der die Geschichte aufgeschrieben ist, hinein tauchen. Alltag vergessen. Also, zu dem Zeitpunkt gab es noch kein GIDF, sondern nur die Bücher. Sie trugen einen fort in andere Welten. Zu anderen Menschen, die zwar nur auf diesen Seiten lebten und agierten, aber sie zogen mich dabei nicht mit hinein. Ich war der Betrachter von außen. Dabei und doch auf Distanz. Ich konnte Stunden zwischen diesen all diesen Welten auf gedrucktem Papier verbringen. Die Auswahl war so groß. Wohin ging dieses Mal die Reise?

Ich wurde immer einsamer, schaffte den Absprung zu anderen Menschen nicht mehr. Wie hasste ich es, mit meiner Mutter in Durlach einkaufen zu gehen. Meine Mutter war eine extrovertierte Person, mit ihr unterwegs zu sein, hieß auffallen. Bei so vielen Menschen die sie kannten, war es schier unmöglich ruhig und unauffällig durch Durlach zu gehen. Die Gefahr von Schulkameraden oder deren Eltern gesehen zu werden und dann noch in Begleitung der eigenen Mutter. Peinlich. Muttersöhnchen. Welche Schande. Die Angst vor dem Satz „Guck mal, der läuft noch mit seiner Mutter herum, traut sich nicht alleine heraus" war gewaltig. Dieses Gefühl, das ALLE mit dem Finger auf einen zeigen, macht Angst. Ich hasse die Ferien, sie nahmen mir die Strukturen, die Sicherheit der Schule, die Sicherheit er häuslichen Nachmittage, das geregelte Leben kaputt. Regeln waren mir extrem wichtig. Sie schufen Verlässlichkeit, Sicherheit. Sie gaben dem Leben den Rahmen. Zu wissen was zu tun war. Und dann diese Ferien, jeder freute sich auf diese Zeit, keine Regeln mehr zu haben, tun und lassen können was man möchte. Ich hasste es. Wie ich es hasste. Unbewusst auch das Gefühl zu haben, dass man von mir erwartete, raus zu gehen. Ich wollte nicht. Zuhause war Sicherheit, draußen war neues, vielleicht sogar schönes neues, aber ich wollte, konnte es einfach nicht da hinaus zu gehen. Ich war so froh, einen begrünten Hof zu haben, dort z.B. mit einem Softball Tennis gegen die Wand zu spielen, davon zu träumen gegen bekannte damalige Tennisgrößen zu spielen. Aber das wichtigste waren und blieben die Bücher. Sie halfen mir durch die Stunden der Einsamkeit, trugen mich in andere weit entfernte, sichere Welten.

Ich war froh, wenn Wochenende war und die Eltern da waren, da gab es wenigstens so etwas wie Struktur. Auch wenn es manchmal hieß, im Garten zu helfen. Das hasste ich, im Garten mit zu helfen, Unkraut jäten, Beete anlegen und all die anderen Arbeiten, die anfielen, nur um eigene Karotten, Salate, Äpfel o.ä. zu bekommen. Die Abneigung habe ich mir bis heute erhalten. Während andere von Schrebergärten träumen, wäre dass mein größter Albtraum. Jede freie Minute in einem Garten arbeiten zu müssen. Bis heute würde ich eine Harke, Rasenmäher oder all das ganze andere Gartenzeugs nicht mehr freiwillig anrühren. Mit den Händen etwas tun, NO WAY!

Ist ihnen schon aufgefallen, wie oft ich irgendwas hasste. Wie groß die Wut in mir war, über alle die Dinge die ich tun musste obwohl ich es nicht wollte. Die ich mit Widerwillen tat, weil man es von mir erwartete. Ja, Wut war da, aber sie durfte niemals heraus. Herum schreien, dass ging ja gar nicht. Da würde ich doch auffallen und zuhause auch noch den Blick meiner Mutter einfangen, der sagte „Du bist ein böser Junge, dich mag ich nicht mehr".

Ich war, bin, und werde wohl immer ein Kopfmensch sein. Selbst heute noch ist Gaby die Heimwerkerin, die schraubt, sägt oder was in unserem kleinen Hofgarten tut (naja es würde noch eine Zeit geben, wo ich jeden Tag mit den Händen arbeiten würde... die sogar schneller kommen sollten als mir lieb war) Sich dreckig machen. Ohne mich! Oder erst das Rasenmähen. Stupide, langweilig. Ich hasse all das von ganzem Herzen. Aber es war Struktur. Und dann zum Abschluss dann grillen. Die ganze Familie vereint, naja bis halt Petra mit 16 oder 17 anfing ihr eigenes Leben zu leben. Aber selbst danach, als auch der Viererfamilie eine Dreierfamilie wurde war ich froh nicht raus zu müssen. Home Sweet Home. Keine richtigen Freunde, alleine. Ja, ich war ein Stubenhocker, ein richtiger verklemmter Stubenhocker. Und diese Verklemmtheit wurde nicht besser. Woher auch. Ich baute mir Schutzmauern aus Regeln, Vorschriften, Einschränkungen und Begrenzungen. Mit jedem Tag, Monat und Jahr wurden die Mauern immer dicker, ich immer stiller. Wusste immer weniger mit anderen Menschen etwas anzufangen. Wie sehr ich diese Person, diesen alten Teil von mir hasste. Irgendwo in mir sind immer noch kleine Teile davon vorhanden, die in meinem Kopf eitern und die Gedanken manches Mal vergiften. Habe ich schon gesagt, wie sehr ich mich hasse?

Dann musste ich aber doch irgendwann einmal regelmäßig raus. Mütterlicher Druck und die Verlockung des Geldes. Ich bin auf dem Papier halt evangelisch, Mütterlicherseits wollte man es so. Getauft und alles andere was dazu gehört. Und als evangelisches Gemeindemitglied wird man mit 13 Jahren üblicherweise konfirmiert. Zum Glück gab es bei uns im Haus noch eine andere Familie, deren Sohn im gleichen Alter war. Wir kannten uns vom Sehen, hatten aber bis dahin nichts gemeinsam. Meine Mutter, wer sonst als sie, wusste, dass ich mich nicht traute, da alleine hinzugehen. Also, nahm sie mich wieder mal bei der Hand, ohne zu fragen, ob ich das will oder nicht. Sie wusste doch sowieso immer besser, was gut oder schlecht für mich war. Ja, es war mir sehr peinlich.

Meine Mutter war sehr dominant. Gegen ihren Willen anzugehen, war wie ein Wettkampf der Kraft zwischen einem Elefanten und einem Kind. Nicht das mein Vater ein weniger dominanter Mensch gewesen wäre. Aber seine Dominanz beschränkte sich fast ausschließlich auf seine Schreinerei. Jeder dieser zwei Leittiere hat so sein eigenes Revier. Wenn jeder in seinem blieb, war alles ok. Wenn nicht dann krachte es und zwar heftig.

So zwischen zwei dominanten Menschen aufzuwachsen ist kein Spaß. Entweder man wird selbst dominant und entwickelt eine starke Persönlichkeit und fängt an, sich gegen den Druck zu wehren, wie meine Schwester. Oder die gefühlsmäßige einfachere Alternative, du duckst dich, machst dich so klein als möglich, tust was man dir sagt und versuchst nicht aufzufallen und wirst dabei zu einem Menschen ohne Selbstvertrauen.

Die Konfirmation

Aber da sind wir schon wieder zu weit. Zurück zur Konfirmation. Meine Mutter wusste, dass der Sohn der Familie F. auch zur Konfirmation ging und ich mich nicht traute ihn zu fragen, ob wir vielleicht zusammen hingehen könnten. Also übernahm meine Mutter es, die Mutter von Matthias zu fragen ob es denn nicht möglich wäre, dass wir gemeinsam dahin gehen würden. Ich war froh und gleichzeitig hasste ich es, dass sie es getan hatte. Es zeigte, wieder einmal, wie unselbstständig und abhängig ich von ihrem Rockzipfel war.

Nachdem sie ihn gefragt hatte, war klar, dass er damit einverstanden war. Also gingen wir gemeinsam zum Konfirmandenunterricht, sonntags mussten wir ja noch zum Gottesdienst. Wie ich das frühe sonntägliche Aufstehen hasste. Eine ganze vergeudete Stunde. Nicht das ich was Besseres vor gehabt hätte, aber die Stunde war nur vergeudet. Die damals harten Bänke, die für uns so unverständlichen, langweiligen Rituale. Schon lustig was einem da so alles einfällt. Es war einer der ersten sonntäglich Muss-Kirchebesuchen. Alles lief gut, bis gegen Ende des Gottesdienstes urplötzlich die Glocken anfingen zu läuten, alle Leute aufstanden und vor Richtung Altar strömten. Was wollen die denn da alle? Das war uns nicht geheuer. Was passiert denn da? Wir beide total verunsichert, was müssen wir denn jetzt machen? Also sind wir klammheimlich aufgestanden und aus der Kirche geflüchtet. Den meisten wird wohl klar sein, dass es da nur ums Abendmahl ging, Leib und Blut Christi und all das andere. Aber wir wussten es damals noch nicht besser. Also nichts wie weg. Später wurde es uns dann schon noch klar, der Konfirmandenunterricht war ja nicht umsonst, worum es dabei ging. Aber erst bei der eigentlichen Konfirmation, wenn man vom aus kirchlicher Sicht vom Kind ins Erwachsenenleben übertritt, haben wir zum ersten Mal das Abendmahl mitgemacht. Die ganzen Monate vorher sind wir immer schön auf unseren Plätzen sitzen geblieben und habe das Ende des Gottesdienstes sehnsüchtig erwartet. Es war immer wie eine Erlösung, wenn dann endlich alle dem Ausgang zu strebten.

Von den einzelnen Konfirmandenstunden, die wir einmal in der Woche hatten, ist nichts hängen geblieben. Allzu auffällig werde ich dort wohl auch nicht gewesen sein. Der übliche ängstliche sich nichts trauende Michael. Stelle gerade fest, dass das Aussprechen bzw. Schreiben meines ursprünglichen Namens manches Mal mir sehr schwerfällt. Gerade ist wieder so ein Moment. So ein Ekelgefühl kommt da hoch.

In dieser Konfirmandenzeit gibt bzw. gab es, weiß ja nicht, ob es heute noch genauso ist, zwei wichtige Ereignisse. Die Konfirmandenfreizeit und so etwas wie eine Abschlussprüfung unter den Augen der Eltern.

Beginnen wir mit ersterem. Der Konfirmandenfreizeit. Ich war 13 Jahre alt und noch nie von zuhause bzw. meinen Eltern getrennt gewesen. Dies war für mich das allererste Mal wo ich alleine weg war. Statt die Freiheit zu genießen, schob ich Panik. Zum Glück war es nur ein Wochenende. Heiligenkreuzsteinach hieß der Ort wo wir dieses Wochenende verbrachten. Nicht mal weit weg von Karlsruhe. Aber weit genug für mich. Es hätte auch auf der anderen Seite der Weltkugel oder einem anderen Planten sein können. So weit entfernt von Zuhause fühlte es sich an. Umgeben von Mädchen und Jungs mit denen ich, bis auf Matthias, bisher wenig bis gar keinen Kontakt hatte. Aus der üblichen Sechser Gruppe der Schule war niemand dabei. Von der Parallelklasse jedoch einige. Vor allem auch der oder die Rowdys die schon das ganze normale Schuljahr andere drangsalierten, ihre stärkeren Kräfte an anderen ausließen, immer darauf bedacht waren zu den Alphatieren zu gehören und dies auch notfalls mit Gewalt durch zu setzten. Jungen mit denen sich keiner gerne anlegen wollte. Und ausgerechnet mit zumindest einem von ihnen, war ich zusammen in einem 6-Bett-Zimmer. Zum Glück hatte ich das Bett, ganz vorne am Fenster. Weg von der Tür, wenn andere Zimmercliquen irgendwelche Streiche spielen wollen und ich lag oben. Oben war für mich einfach sicherer. Es war schwerer für Andere nach oben irgendwelche Dummheiten zu machen als mit Leuten die unten lagen. Und sie stellten mit einigen wirkliche Dummheiten an. Irgendjemand wusste von irgendwoher, wenn man eine Hand in warmes Wasser legt, dass er dann nach einer gewissen Zeit von selbst in die Hose machen würde.

Heute würde ich sagen, der Typ hat im Internet nach so etwas gesucht, aber woher wusste jemand Mitte der 70er Jahre von dieser Art von Streich? Wurde so etwas von Vater auf den Sohn übergeben? Es ist mir wirklich schleierhaft woher sie ihre Informationen hatten. Denn es funktioniert ja wirklich. Das Opfer, ein Junge mit einem, für ihn leider, sehr guten Schlaf in einem unteren Bett wurde vorbereitet. Woher sie nachts eine Schüssel und Lauwarmes Wasser aufgetrieben haben, keine Ahnung. Aber sie platzierten alles entsprechend so hin, dass es funktionieren musste. Ein kleiner Hocker, die Schale mit dem warmen Wasser, die eine Hand rein und abwarten. Alle vier Anderen aus dem Zimmer warteten auf das bald einsetzende Ereignis. Ich war zwar wach, aber vor Angst wie gelähmt, hoffend, dass sie nicht auch noch auf die Idee kamen, etwas mit mir anzustellen. Aber auch von einer perfiden Neugier gepackt, ob es klappt.

Mir tat das Opfer unendlich leid, aber ein Held war ich nicht. Nicht den Mut zum Stopp sagen gehabt. Ich hielt meine Klappe, war froh, dass es nicht mich erwischte, sondern jemand anderen. Das klingt gehässig. Ist es auch, aber was hätten sie getan, als verschüchterter, ängstlicher Junge? Wären sie aus dem Bett gesprungen und hätten die Aktion verhindert? Sind sie ehrlich zu sich. Sie hätten genauso wenig getan um es zu verhindern. Hat es funktioniert? Wie viele stellen sich jetzt diese Frage? Und die Antwort, ich weiß es nicht mehr. So sehr ich auch versuche mich daran zu erinnern, ich weiß es nicht mehr. Irgendeine Erinnerung aus einer kleinen Schublade meiner Erinnerungen sagt mir, dass das Opfer rechtzeitig aufgewacht ist, aber trotzdem Hohn und Spott abbekam, als er sich darüber aufregte.

Der andere Scherz, der an diesem Wochenende sehr beliebt war, war die Zahnpasta an der Unterseite des Türgriffes. Aber wenn man es zu oft macht, dann nützt sich der Scherz ab. Irgendwann greift jeder den Türgriff nur noch so an, dass er nicht mehr in Zahnpasta greift.

An meinem „Freund" Matthias, mit dem ich ja sonst immer in die Konfirmandenstunden ging und sonntags in die Kirche habe ich keine einzige Erinnerung was er in dieser Zeit alles getan hat. Dafür schmiedet der Zufall Allianzen, die kommen völlig überraschend und verschwinden auch wieder, sobald man den Alltag wieder erreicht hat. Ich bekam Kontakt mit einem Jungen aus der Parallelklasse aus der Schule. Vom Typ ähnlich mir, auch eher introvertiert, anders als die ganzen Rabauken von dort. Wir fanden irgendwann, irgendwie zueinander. Die Unterkunft lag außerhalb der Ortschaft, irgendwie im Wald. Ich erinnere mich noch an Spaziergänge mit Heinrich, so hieß der Junge. Dies waren die Momente, wo ich, und vielleicht er auch, etwas entspannt sein konnten. Wir gingen in der Umgebung auf Erkundung und führten Gespräche die wohl nur dreizehnjährige Jungs interessieren. Aber diese Allianz war nur aus der gemeinsamen Notsituation geschmiedet. Waren wir wieder Zuhause in der vertrauten Umgebung, wie zum Beispiel in der Schule war es vorbei. Es war fast so, als würden wir uns nicht wieder (er)kennen. Gut, da er in der anderen Klasse war, wäre es auch schwierig gewesen, Kontakt mit ihm zu halten. Jede Klasse war so etwas wie eine Art Familie, die keinen Kontakt mit anderen Familien wollte. Wären wir Hunde gewesen und hätten uns gegenseitig am Allerwertesten beschnüffelt, hätten wir festgestellt, dass er bzw. ich bei ihm nicht ins Rudel gehören. Also hau ab, du gehörst nicht zu uns. Aber eines habe ich unbewusst gelernt, irgendwie bin ich so etwas wie unsichtbar. Oder so uninteressant, oder unauffällig, dass mich niemand beachtet.

Schlimm waren wirklich die Nächte, in denen man versuchte wach zu bleiben, oder seine Überlebensinstinkte so schärfte, dass schon kleinste Geräusch Gefahr signalisierten. Dann sofort umschaltete auf Wachmodus, ob sie etwas mit dir oder einem anderen anstellen würden. Nein gut geschlafen habe ich in diesen zwei Nächten definitiv nicht. In vielen Romanen oder heutigen Filmen schläft der Held, wacht aber beim kleinsten Geräusch auf, ist sofort kampf- bzw. abwehrbereit. Was für ein Mythos. Wenn man das mehr als ein paar Nächte macht, dreht man aus Schlafmangel irgendwann durch. So würde ich es zumindest einschätzen. Wie angenehm war es am Sonntagabend, wieder zuhause, weg zu sein, von all den mir Angst machenden Jungen. Endlich wieder in Ruhe im eigenen Bett schlafen zu können. Nicht mehr mit einem Ohr auf die Umgebungsgeräusche zu lauschen. Alles was ich zuhause hörte, waren wieder die vertrauten, Sicherheit bedeutenden Geräusche. Wie war ich froh, als endlich, wieder alles seinen geregelten Gang ging. Soweit das erste wichtige Ereignis der Konfirmandenzeit.

Das andere war diese Art Abschlussprüfung. Der Pfarrer stellte ein paar Fragen zu Bibel, Kirche usw. Und wie mein ganzes Leben lang, lernte ich wie verrückt. Nur nicht versagen. Mich zu blamieren, vor den gesamten Konfirmanden und dazu noch allen Zuschauern, ein richtiger Graus. Auffallen durch Unwissenheit. Meine Mutter würde sich schämen. Man hätte mich wirklich alles fragen können. Perfektion, auf alles vorbereitet sein. Ohne Probleme wäre meine Antwort gekommen. Der inoffizielle Plan war, dass jeder der Konfirmanden eine Frage beantwortet. Perfekt vorbereitet, was hätte schief gehen können? Alles. Leider lief die Veranstaltung so nicht ab. Der Pfarrer stellte Frage um Frage und irgendein Konfirmand meldete sich und beantwortete sie. Und da fingen die Schwierigkeiten an. Das gleiche wie in der Schule. Alle Antworten kennen, aber nicht den Mut den Finger bzw. die Hand zu heben und sich zu melden. In der Generalprobe am Tag vorher, meinte der Pfarrer, dass sich jeder einmal melden soll um eine Frage zu beantworten. So das jeder beweisen kann, wie gut er im Konfirmandenunterricht aufgepasst hat. Ein Problem? Eigentlich nicht, ich wusste ja die Antworten. Aber ich schaffte es nicht ein einziges Mal den Finger zu heben. Eine Stimme im Kopf meinte „Jetzt, du weißt die Antwort", aber die andere setzte dagegen „Aber vielleicht ist sie falsch und du stehst als Dummkopf da" Jetzt – Nein – jetzt – Nein. So ging das die ganze Veranstaltung. Sogar der Pfarrer warf mir schon Blicke zu, so nachdem Motto, na komm, dass weißt du doch, also melde ich dich bitte einmal. Aber nach Ewigkeiten von vielleicht anderthalb Stunden war die Veranstaltung fertig und ich hatte mich kein einziges Mal gemeldet. Wie enttäuscht meine anwesenden Eltern waren, weiß ich nicht, aber ich war von mir schwer enttäuscht, machte mir schwere Vorwürfe was für ein Versager ich doch bin. Ja, diese Art der Herabsetzung und Selbstentwertung, das konnte ich auch schon mit 13 Jahren ziemlich gut.

Ja und dann der krönende Abschluss. Die Konfirmation bei einem Sonntagsgottesdienst. Jeder Konfirmand sucht sich im Vorfeld seinen eigenen Konfirmandenspruch aus. Meiner ist, ja ich kann ihn immer noch auswendig - Bleibe Fromm und halte dich recht, denn solchem wird es wohl ergehen – Ich finde ihn eigentlich immer noch gut, er klingt nicht so extrem christlich. Finde, ist eher ein Spruch der allgemein gültigen Art. Mach keinen Scheiß in deinem Leben, und es wird dir gut ergehen. Aus diesem Grund hatte ich ihn mir damals auch ausgewählt. Hat einen Bezug zum Glauben, klingt aber ganz vernünftig.

Also saßen nun alle Konfirmanden dieses Jahrgangs versammelt in der vorderen Reihen der Kirche. Immer vier von uns dann vor zum Altar und dann zum meinem großen Glück verlas der Pfarrer den Namen des Konfirmanden und seinen Spruch. Wenn das jeder selbst hätte machen müssen. In der vollen Kirche, unter den Augen der ganzen Familie und Verwandtschaft. Oh mein Gott. Hätte ich das gepackt? Hätte ich Panik und Schüchternheit abschalten können? Emotionslos sein, die Angst unterdrücken und diesen kurzen Satz heraus bringen? Vielleicht schon, mit einem großen Fragezeichen. Hätte ich damals schon funktionieren können? So wie in den vergangenen Jahrzehnten, wo ich alles schaffe, was ich schaffen musste, mit perfekt sitzender Fassade das zu tun, was verlangt wurde, ohne in diesem Moment Angst zu fühlen. Die kam ja erst dann wieder mit aller Macht hoch, wenn alles vorbei war.

Weiter mit der Schule

Auf zur Schule, die gab es ja auch noch. Hauptschule, oder nur Hauptschule. Wie man es nimmt. In der vierten Klasse, als es in Prüfungen darum ging, auf welche Schule, Realschule oder Gymnasium oder doch nur Hauptschule, man gehen darf, habe ich total versagt. Ich weiß davon nicht mehr viel. Es wurde Prüfungsangst vermutet. Eine einzige Prüfung und man ist abgestempelt. Auf jeden Fall reichte es nur für die Hauptschule. Fünf langweilige Jahre standen nun bevor. Der Unterrichtsstoff forderte mich nicht allzu sehr. Eher unterforderte er mich. Schaffte den Abschluss in der 9. Klasse mit einem ziemlich guten Abschlusszeugnis. Jahrgangsbeste. Bekam dafür vom Rektor ein Buch mit Piratenkurzgeschichten und darin war ein schlecht kopierte Auszeichnung für die Jahrgangsbeste.

Die Schloßschule in der ich meine Zeit von der Grundschule bis zum Abschluss der 9 Klasse verbracht habe, hat ein Hauptgebäude, sowie 3 Blöcke (A-C) mit jeweils 4 Klassenräumen im 1. Und 2. OG. Im Block A waren noch so die besseren Schüler untergebracht. Ich hoffe ich trete damit niemanden auf die Füße. Aber das war so die allgemein gültige Regel. Je weiter man in den Blocks nach hinten kam, desto sonderbarer wurden die Schüler. Sonderschüler hieß das damals. Also Kinder mit Lernschwäche oder einer leichten Behinderung. Also war in unseren Augen der A-Block so etwas wie die Elite. Sitze gerade da und schmunzle. Wenn ich da teilweise an Mitschüler und Mitschülerinnen denke, da ist das Wort Elite wohl auf das deutlichste übertrieben. Mir fallen in diesen Situationen immer zwei Begebenheiten ein. Das sind wirklich passierte Anekdoten. Das habe ich mir nicht ausgedacht.

Bei der ersten hat eine Mitschülerin beim Abschreiben gleich den Namen der Anderen mit abgeschrieben. Oder eine andere schrieb, als es in Erdkunde um die friesischen Inseln ging, dass sie vom Terrorismus leben statt vom Tourismus. Etwas Respekt hat sie schon verdient, dass sie erstens das Wort Terrorismus kannte und zweitens auch noch richtig schrieb. Ich weiß es wird überheblich klingen, aber viele der Schüler und Schülerinnen aus unserem Jahrgang können froh sein, dass es die Hauptschule gab.

Um zu zeigen, wie früh ich schon anders war, als die anderen. Schon mit 12 oder 13 wäre ich viel lieber am Sechsertisch der Mädchen gesessen und hätte meine Zeit mit ihnen verbracht, trotz der nicht gerade Intelligenz versprühenden Geisteshaltung vieler Mädchen dort. Und das war zu einem Zeitpunkt lange bevor eines der wichtigsten Themen in meinem Leben zu einem Thema wurde. Aber ich will nicht nur die anderen schlecht machen. Auch ich hatte sehr schlechte Tage in der Schule. Der Schlimmste, dafür schäme ich mich noch heute, war der Tag, an dem ein Englischtest geschrieben wurde. Hatte nicht gelernt. Hatte vergessen, dass dieser Test an diesem Tag geschrieben wurde, oder ich hatte gedacht es wäre an einem anderen Tag. Auf jeden Fall gab es diesen Test und ich hatte absolut keine Ahnung was von uns gefordert wurde. Ich wusste absolut nichts. Ich hatte richtige Panik. Ich würde eine schlechte Note bekommen. Vielleicht sogar eine sechs. Was mache ich nur, wie soll ich das meiner Mutter hinterher erklären, dass ich den Test vergessen und noch schlimmer versagt hatte? Was mach ich jetzt bloß, wie kann ich dem allem entgehen? Am besten Abhauen, aber wie erkläre ich das zuhause? Eine Entschuldigung würde meine Mutter nie schreiben. Also keine Option. Den Stoff versuchen in der verbleibenden Fünf Minuten Pause noch zu lernen? Keine Chance. Ich der sonst so gute Schüler, saß auf einmal ganz schön in der Patsche. Also was kann ich nur machen, damit ich nicht versage? Ja schon damals war die Angst vor dem Versagen ziemlich groß. Und sie ist mit den Jahren nicht weniger geworden, sondern eher exponentiell gestiegen. Nur bei guten Noten gab es Lob zuhause und das war mir so extrem wichtig. Lob = Liebe. Auf diese einfache Regel konnte man es herunterbrechen. Aber jetzt, ein Test, nicht gelernt, keine Ahnung was da auf mich zukommt. Das konnte nur in einem Fiasko enden. Und es endete wirklich in einem Fiasko. Ich versuchte zu schummeln. Das einzige Mal in meinem Leben. Ziemlich stümperhaft, hatte ja keine Ahnung wie man das unauffälliger und damit professioneller macht. Hatte es noch nie gebraucht (und habe es im Anschluss mein ganzes Leben nie mehr gebraucht, so sehr beschämt mich die Situation heute noch). Ich habe das Englischbuch auf meinem Schoß liegen und schaute natürlich immer wieder auf die entsprechenden Seiten. So unauffällig, dass es selbst einem blinden, extrem beschränkten Lehrer aufgefallen wäre. Irgendwann stand die Englischlehrerin neben mir, hatte sie nicht mal kommen gesehen, so konzentriert war ich auf das Abschreiben. Sie sah das Buch, nahm mir den Prüfungsbogen weg, schrieb eine 6 darauf und stellte mich vor der ganzen Klasse bloß. Ich hasste, hasse und werde immer hassen aufzufallen und in dem Fall bin ich richtig aufgefallen. Und es gab nicht nur die Note sechs, die meine Englischnote in diesem Halbjahr total versaute. Nein! Ich musste auch noch einen Zettel mit nach Hause nehmen, den ein Elternteil dann auch noch unterschreiben musste. Selbst heute, vielleicht 35 Jahre später, war und ist dieser Tag einer der schlimmsten in meinem Leben. Ich schreibe und die Scham im Kopf ist da. Und das „lustige" an dieser Erinnerungen, sie ist nicht schwächer geworden. Trotz aller Erfolge, die danach noch kamen ist diese Scham so deutlich eingebrannt auf meiner Gedächtnisfestplatte. Ja, ich bin sogar versucht diesen gefühlt größten „Makel" meines Lebens auszutilgen. Die Buchstaben, die Wörter, die Sätze alles zu löschen um mich nicht daran zu erinnern. Natürlich wäre damit die Schmach vor ihren Augen getilgt, aber in meinem Kopf, da wird sie wohl bis zum letzten Tag unauslöschlich drinnen bleiben.

So ging die Zeit dahin, ich blieb der der ich war, alleine. Während die anderen ihre Gruppen festigten und enger zusammen wuchsen. Gemeinsamer Nenner die Schule, die uns anfangs von Montag bis Samstag, später dann nur noch bis freitags verband. Ja wirklich, heute kaum noch vorstellbar, in der Anfangszeit der Schule hatten wir sogar samstags Unterricht. Nur 4 Stunden, aber auch die waren Pflicht. Erst später wurde dann, wie im übrigen Berufsleben auch, die 5 Tages Woche eingeführt. Der Samstag wurde ein freier Tag. Apropos, wo wir gerade beim Thema Stubenhocker, verklemmt usw. sind. Ich war dermaßen schüchtern, wollte nur nicht auffallen, dass ich mich in der ganzen schulischen Zeit wohl nur eine Handvoll mal meldete, wenn der Lehrer etwas fragte. Aus diesem Grund waren meist die schlechtesten Noten im Zeugnis die bei Mitarbeit, oder wie das damals im Zeugnis hieß. Ich hatte solche Angst, mich zu melden, weil dann ja alle Augen auf mich gerichtet wären. Und da die Antworten wohl meistens auch richtig waren, als Streber und/oder Versager dazustehen. Daher blieb ich still und hielt meine Klappe

Wie es üblich ist, verreisen Klassen, meist gegen Ende der gemeinsamen Zeit zusammen. Wenn ich höre, wohin heute die Reisen gehen, da könnte ich fast neidisch werden. Dagegen war unserer nur ein kleiner Ausflug in die nähere Umgebung, pillepalle. Aber man daran denken, das war in den späten Siebzigern, Fernreisen waren noch nicht so normal wie heute und man muss dabei natürlich auch nach den finanziellen Möglichkeiten der Eltern zu schauen. Es ist schon schwierig, bei Familien aus ärmeren Verhältnissen, sie zu überzeugen für so etwas Geld auszugeben. Und davon gab es einige bei uns. Also ging es nach Herrenwies im Schwarzwald. Vielleicht 60km von zuhause entfernt. Aber für mich war es so, also ob wir wieder tausende von Kilometern weg, ganz weit weg, von zuhause wären. In einem Zimmer mit den 5 Leuten, mit denen ich auch schon meine Zeit in der Schule verbringen durfte oder musste. 6-Bett-Zimmer. Ich hatte das obere Bett nahe beim Eingang. War froh darüber, oben zu schlafen. Das machte es schwieriger, Streiche von den anderen abzubekommen. Das war eine der Lehren, die ich aus der Konfirmandenfreizeit mitgenommen hatte. Wenn du unten liegst, können sie viel leichter mit dir Dummheiten anstellen. Die anderen redeten schon im Vorfeld davon, Nächte durchmachen, abzuhauen, Party machen und anderem für mich wild klingendes Zeug. Ich wollte doch bloß schlafen. Die Panik stieg ziemlich schnell an. Der Gedanke ständig im Kopf, du musst wach bleiben bis der letzte eingeschlafen ist und sofort beim kleinsten Geräusch wieder hoch zu schrecken und in Lauerstellung gehen, ob sie was mit dir anstellen wollen. Das waren so die Gedanken, die mir als erstes einfielen, als ich mein oberes Stockbett bezog. Aber zu meinem Glück fielen die Nächte dann doch recht entspannt aus. Ja manches Mal fanden sie einfach kein Ende mit ihrem Gerede. Bis spät in die Nacht ging ihr Geschnatter. Nicht nur Frauen sind im Verbund geschwätzig. Nein auch junge Kerle können, zwar andere Themen, aber auch sie können manches Mal einfach nicht aufhören.

Und damals war ein anderes Leben. Ein ganz anderer Mensch. Heute, nach all dem was noch passieren wird, bin ich auch eher ein Nachtmensch. Heute würde ich, in einer ähnlichen Situation wie damals, mit Sicherheit eine der am lautesten sein, die da schnattert und die Nacht zum Tage macht. Ich sehe lieber den Sonnenuntergang als deren Aufgang. Aber damals war die Nacht zum Schlafen da, ALSO HALTET DOCH BITTE MAL EURE KLAPPE, hätte ich ihnen am liebsten entgegen geschleudert, aber das sind die Nachteile einer Randfigur in einer Gruppe. Auf sie hören würde keiner. Oder schlimmer, es hätte nur die Aufmerksamkeit auf mich gelenkt und was dann passiert wäre, ich will lieber nicht darüber nachdenken. So blieb mir nichts übrig als versuchen nicht einzuschlafen, denn die Angst, dass sie was mit mir anstellen würden war enorm. So ging es dann halt jede Nacht in dieser Woche. Dazu brauchen pubertierende Jugendliche wohl auch wenig Schlaf.

Um dazu zu gehören, bin ich sogar frühmorgens nach sehr kurzer Schlafenszeit mit den Jungs aus einem Klofenster im Erdgeschoss gestiegen um die Gegend unsicher zu machen. Wobei unsicher machen, etwas übertrieben ist. Dort gab es, bis auf einen Campingplatz in einiger Nähe nichts, was man hätte unsicher machen können. Es war einfach nur ein Aufbegehren gegen Regeln, wollten sich frei fühlen, nicht mehr an Konventionen sich halten müssen. Weiß gar nicht mehr genau, was wir in diesen frühen Stunden alles machten. Viele Möglichkeiten blieben nicht, als vielleicht auf dem Bolzplatz morgens um sechs Uhr Fußball zu spielen, etwas in den Wald zu gehen, Hasen oder Rehe erschrecken. Keine Ahnung. Das Landschulheim liegt so weit vom Schuss, dass die Möglichkeiten extrem begrenzt waren. Dem einzigen dem dabei unwohl war, war…. wer wohl… ich. Wir verstießen gegen Regeln, machten verbotene Dinge. Was würde bloß passieren, wenn sie uns erwischen würden. Ich stelle mir einen riesigen Anschiss vom Lehrer vor und allein das ließ meine Angst in die Höhe schnellen. Etwas außerhalb der Regeln tun, etwas Verbotenes, ein richtiger Horror für mich. Wenn ich es mir heute überlege, was hätte schon passieren sollen? Außer einem Anschiss, nichts! Aber wir wären aufgefallen, man hätte vielleicht unsere Eltern informiert. All das in Grunde genommen kein Dramen. Aber z.B. als „böser ungezogener" Junge vor meiner Mutter zu stehen, war kein guter Gedanke. Ja, ich kann mir denken, welche Gedanken gerade durch ihren Kopf gehen. Kann es sein, dass ich ein ungesundes Verhältnis zu meiner Mutter habe? Ja, mit Sicherheit hatte ich das bis zum Schluss. Aber darüber später vielleicht mehr.

Eine Erinnerung an das Landschulheim war auch das schlechte und vor allem zu wenige Essen. Es gab nie genug, als das wir richtig satt wurden. Wir alle waren in der Pubertät, waren körperlich am Wachsen und die stellten einfach so wenig hin. Bis heute weiß ich noch, als wir sonntags endlich wieder zuhause waren, dass meine Mutter einen Riesenberg selbstgemachte Spätzle (nein keine geschabten, sondern mit dem Spätzleschwob gemachten) machte. Wer nicht weiß was das ist, einfach GIDF, wie immer wenn man was nicht kennt. Mir war es damals wie heute völlig egal ob aus dem Spätzleschwob oder handgeschabt. Ich liebte ihre Spätzle heiß und innig. Damals gab es dazu eine große Schüssel Soße (je mehr desto besser) und einen Braten. Es fühlte sich an, als wäre endlich die Gefahr vorm Hungertod vorbei.

In dieser Woche, wo wir da im Landschulheim waren, hatte die einzige öffentliche Telefonzelle im Dorf den wohl (geschätzt) größten Umsatz ihres Lebens. Jeden Tag rief ich in meiner Verzweiflung zuhause an, um meiner Mutter (wem auch sonst) mein Leid zu klagen. Vertelefonierte Mark um Mark. Das ich nach Hause will, es nicht mehr aushalte. Und jeden Tag musste meine Mutter mich beruhigen, mich wieder von diesem Fluchtgedanken herunter bringen. Jeden Tag zählte ich rückwärts, noch fünf Tage hier bleiben, noch vier noch drei.

Aber nicht alles war so schlecht, wie es sind vielleicht anhört. Es gab auch schönere Momente, wo ich nicht so einsam gefühlt habe, oder die Einsamkeit etwas Schönes war. Wir, als ganze Klasse, sind an einem Tag gewandert, erst auf die Hornisgrinde, den mit 1163m höchsten Berg des Nordschwarzwaldes, was eine ziemliche Strapaze war Zum Glück waren entweder wir soweit hintendran oder soweit vorneweg, dass unser Lehrer nicht die Flüche und Schimpfkanonaden über diesen anstrengenden Aufstieg hören konnte. Oder er hat es überhört. Irgendwann waren wir, trotz aller Anstrengungen bzw. wegen dieser Anstrengungen oben auf dem Gipfel. Die Hornisgrinde ist eigentlich kein schöner Berggipfel. Nicht so wie in den Alpen, wo es eine Bergspitze gibt, darauf möglichst noch ein Gipfelkreuz. Die Hornisgrinde ist eine einfache große Kuppe und kein Baum steht dort. Im eigentlichen Sinne kahl. Eine gute Aussicht auf den unter einem liegenden Schwarzwald hat man. Aber wir waren heilfroh, als wir endlich oben waren. Die schlimmste Anstrengung lag hinter uns. Nachdem wir dort wieder zu Luft gekommen sind, und unser Vesper gegessen haben sind wir abgestiegen zum Mummelsee. Ein Touristenmagnet im Schwarzwald. Der Sage nach soll es dort ja so etwas wie Nixen (Mümmeln) geben, die den Menschen helfen, dort musizieren und allerlei andere freundliche Dinge mit den Menschen in den Tälern anstellten. Was mir aber jetzt gerade einfällt, warum wenn es um Nixen geht, steht dort ein Wassermann? Der Mummelsee ist ein wirklich schöner Flecken im Nordschwarzwald. Etwas überlaufen, aber ansonsten sehr schöne Gegend. Dort, keine Ahnung wie es dazu kam, saß ich mit ein paar Mädchen aus meiner Klasse auf einer Bank am Rande des Mummelsees. Dort unter dem Geschlecht, dass ich am liebsten sein wollte, fühlte ich mich wohl und der Schalk der damals sehr tief versteckt war, blitzte da mal kurzfristig auf. Und ich hatte auch den Mut ihn herauszulassen. Bei Leute, die bei unserer Bank vorbei liefen, fragte ich nach, wie denn dieser See heißen würde, unserer Lehrer hätte zu uns gesagt, dass wäre der Schluchsee (Zum besseren geographischen Verständnis, der Schluchsee ist der größte [Stau]See des Schwarzwaldes und liegt weit im Süden des Schwarzwaldes. Sehr weit im Süden). Und die Leute haben uns dann mit völliger Ernsthaftigkeit zu erklären versucht, dass dies eben nicht der Schluch- sondern der Mummelsee sei. Was wir denn da für einen Lehrer hätten, der so etwas behauptet. Die Behauptung sei völliger Unsinn. Er sei ja völlig ungeeignet für seinen Beruf. Wie haben wir uns amüsiert und gelacht, als die Leute weiter gingen. Und es war schön im Kreise der Mädchen im Mittelpunkt zu stehen. Überspitzt formuliert, da habe ich mich innerlich als Mädchen unter Mädchen gefühlt.

Das ist immer noch einer der schönsten Erinnerungen an die Zeit im Landschulheim. Und in dieser Nacht war es auch relativ schnell ruhig auf dem Zimmer. Die Anstrengungen forderten ihren Tribut. Zum ersten Mal mit ruhigem Gewissen einschlafen können, herrlich.

Oder eines Abends wurde dann an einem Lagerfeuer gegrillt, die Dunkelheit, das Feuer, auch das gehört zu den positiven Erinnerungen. Ganz in der Nähe gab es den Sandsee. Wenige Minuten zu Fuß vom Landschulheim entfernt. Dort konnte man richtige Ruhe finden. Eine schöne Bank am Ufer. Keiner der Jungs ließ sich in der ganzen Zeit dort blicken. Dafür tauchten überraschenderweise ab und zu ein paar Mädels aus der Klasse auf. Und oh Wunder, sie setzten sich zu mir und man konnte ein ganz anderes für mich ungewöhnliches ruhiges Gespräch führen. Über Themen die gar nicht so fremd waren, wie die der Jungs. Mich, keine Ahnung wie ich es besser ausdrücken soll, viel mehr ansprachen. Mädelsthemen halt. So waren diese kurzen Ausflüge zu diesem See recht entspannte Momente, die es lohnten sie zu genießen.

Aber auch mit den Jungs gab es Momente an die es erinnern lohnt. Es gab genug ja genug Wege die in den nördlichen Schwarzwald hineinführten. Eines Tages, wir hatten Freizeit, also verschwanden wir auf irgendeinem Weg zwischen den Bäumen und liefen los, ohne genau zu wissen wohin uns unser Weg führt. Bis wir einen stillen kleinen See stießen. Völlig umwachsen von Schilf. Nur ein Bootssteg führte über das Schilf hinaus. Der See war dunkel fast schwarz, aber er lag so wunderschön, von all den Bäumen umgeben, das ganze Schilf und dann dieser verlockende Steg. Irgendjemand kam dann auf die natürlich einzig wahre Idee. Alles ausziehen, naja fast alles, und hinein ins kühle Nass. Keine Ahnung, was für Fische, Schlangen oder anderes Getier sich sonst an diesem See trafen. Da war es egal. An diesem Tag war es unser See. Er war so tief schwarz, dass man keinen Grund unter den Füßen hatte. Nur das herrliche kühle Nass. Es war ja Hochsommer, als wir dort im Landschulheim waren und die Kühle des Wassers war sehr erfrischend. Danach sich und die wenigen anbehaltenen Sachen auf dem Steg in der Sonne trocknen lassen. Das war einer dieser wirklich wenigen Momenten, als ich das Gefühl hatte, dazu zu gehören. Ein Teil dieser Clique zu sein. Nicht das fünfte Rad sondern dabei, innen dabei zu sein. Das habe ich sehr genossen. So nah war ich diesen fünf Jungs wohl nie wieder. Weder vorher noch hinterher.

Ich lernte auch zum ersten Mal eine Art von Disco kennen. Ich hatte ja absolut keine Ahnung, welche Musik gerade bei unserem Jahrgang bekannt und beliebt war. Dass es einen eigenen Jugendsender gab, war mir unbekannt. SWF3 hieß damals noch der Sender, der die ganzen Hits der damaligen Zeit spielten. All das ging an mir vorbei. Es gab den Sender meiner Eltern, die zum Glück keine Volksmusikfreunde waren, aber es war andere Musik, als die die 15jährige üblicherweise hören wollen. Es gab sogar eine kleine Lightshow und die Musik, die von meinen Klassenkameraden gehört wurde in einer Lautstärke die für mich absolut unbekannt war. So laut, dass man sein eigenes Wort nicht mehr verstehen konnte. Ja, ich sah zum ersten Mal Mädels beim Headbangen. Hörte Lieder von Status Quo, oder Black Sabbath, dazu dann noch richtigen Discosound. Mein Favorit bis heute ist immer noch Hard Stuff von Donna Summer. Das wird immer das Lied von Herrenwies bleiben, dass ich stundenlang anhören konnte. Oder auch Pop Muzik von M ist eines dieser Lieder, die mich zurück in diesen Keller der Jugendherberge bringen und die meisten heutigen Musikkonsumenten mit einem großen Fragezeichen zurück lassen.

Oder warum macht man eigentlich Nachtwanderungen? Damit man sich etwas gruseln kann, oder warum auch immer. Wir machten auch so etwas in dieser Zeit. Irgendwie dem Mann mit der Taschenlampe da vorne folgen. Das einzig lustige war, vor allem weil es mich nicht betraf und ich auch mal jemanden auslachen konnte, Norbert, einer aus unserer 6er Jungsgruppe fiel in einen Bach und war danach tropfnass. Sehr zum Gelächter der ganzen Klasse. Da war ich ein Teil der Gemeinschaft, wenn es um Auslachen eines anderen geht, dem so ein Missgeschick passiert ist. Aber irgendwie war es doch lustig, kein Spott abzukriegen sondern austeilen zu können.

Also es gab nicht nur schlechte Momente, auch wenn sie gefühlt deutlich im Vordergrund waren. Und irgendwann, nach einer gefühlten ewigen Woche an einem Sonntag kam endlich der Bus um uns wieder nach Hause zu bringen. Jippieiho. Noch wenige Stunden und ich war endlich wieder in meiner vertrauten sicheren Umgebung. Weg von den zwanzig oder fünfundzwanzig Fremden die meine Klassenkameraden waren. Zu wissen, dass, Spätzle daheim auf mich warteten, war ein schönes Gefühl.

Ein Feuerlöscher oder Nicht schuldig!

Ein anderes Ereignis, dass mit der Schulzeit für immer unauslöschlich verbunden ist diese Geschichte. Es gab dann noch die Sache mit dem Feuerlöscher in der Schule. Wahrscheinlich, nein mit Sicherheit, kann sich heute keine Menschenseele mehr an DAS erinnern. Unser Lehrer, der Rektor, die Putzfrauen und all die anderen Erwachsenen die damals mit der Rekonstruktion, Säuberung und all den anderen Sachen beteiligt waren, werden heute wohl nicht mehr leben oder andere Bücher lesen. Aber damals war es das Ereignis der ganzen Schule, über das Tage und Wochen gesprochen wurde. Für Lale, Jürgen, Norbert, Wolfgang, Frank und den anderen Michael wird es wohl auch nur noch eine Randerinnerung sein, wenn sie sich überhaupt noch daran erinnern. Für mich jedoch ist eine Erinnerung die noch ganz deutlich in meinem Kopf herumspukt. Vielleicht weil ich da indirekt in einen riesigen Schlamassel hineingeraten bin, in den ich gar nicht hinein werden gezogen wollte. In der ich vor sehr wichtigen Respektspersonen lügen musste. Es war die Hölle, den Rektor und meine Mutter anzulügen. Aber ich machte das verdammt glaubhaft.

Denke mal, das wird der Grund sein, warum ich mich immer noch so lebhaft daran erinnere. Begonnen hat das ganze Drama kurz nach der großen Pause. Zum besseren Verständnis… An diesem Tag war der Block A war noch so gut wie leer. Nur in zwei Klassen wurde schon unterrichtet. Aber nicht in unserer. Unser Lehrer hatte sich verspätet. Es waren auch nicht viele von uns schon auf dem Stockwerk. Irgendein Vollpfosten der oben genannten „Freunde" schlug dann mal mit der Faust auf den Griff des Feuerlöschers. Der Sicherungsring hatte irgendjemand schon im Vorfeld gezogen. Der Schlag auf den Griff, sollte eigentlich den Feuerlöscher auslösen. Was er aber nicht tat. Ein weiterer Idiot der Clique, sorry Jürgen, aber das war wirklich idiotisch von dir, nahm den Griff in die Hand, drückte auf diese Auslösefunktion am Griff und schaute mit einem Auge in das Rohr hinein. Wenn der Feuerlöscher da losgegangen wäre, dein Auge hättest du wohl abschreiben können. Aber auch dieses Mal passierte (glücklicherweise) wieder nichts. Der Feuerlöscher wurde damit uninteressant, wir alle standen schon wieder vorne am Geländer um auf den Lehrer zu warten. Schauten durch das Treppenauge nach unten und warten darauf das er endlich auftaucht, damit er die Klassenräume wieder aufschloss. Ja, so scharf waren wir auf den Unterricht. Das war ironisch gemeint. Keiner von denen hatte es wirklich eilig zurück in die Klasse. Außer mir.

Mit einem Mal jedoch fing der Feuerlöscher an genau das zu tun, wozu er gemacht wurde. Er begann sein Pulver, im wahrsten Sinn des Wortes zu versprühen. Er war immer noch an der Wand befestigt, nur der Schlauch war lose und der begann sich mit einem Mal wie verrückt zu drehen und den Löschschaum überall zu verteilen. In wilder Panik rannten alle vom obersten Stockwerk runter ins Freie. In den beiden Klassenzimmern im 1. OG brach so etwas wie Panik aus. Irgendjemand muss da wohl „Feuer" oder etwas Ähnliches gerufen haben. In den beiden Klassen waren noch Grundschüler, bei ihnen war da die Panik besonders groß. Chaos, Geschrei, niemand wusste zu dem Zeitpunkt was eigentlich genau passiert ist. Nur das alle so schnell als möglich aus dem Gebäude wollten. Eine der beiden Lehrerinnen, eine ziemliche Schreckschraube erriet wohl schnell, dass nichts Ernsthaftes passiert war, sondern dass jemand ziemlichen Mist gebaut hat. Sie rief schon bald danach lautstark nach der Polizei. „Die gehören verhaftet" und weiteres, für mich angsterfüllendes lautstarkes Geschrei. Die Gruppe und damit auch ich, standen im Rampenlicht. Was bei mir die Panik in noch höhere Regionen steigen ließ. Ich sah mich schon im Verhör mit der Polizei und im Knast verrotten. Ja, in solchen Situationen habe ich eine ziemlich gut funktionierende Phantasie. Mein Puls schlug wohl im oberen Anschlagbereich.

So ein Feuerlöscher stößt seine Ladung mit einem ziemlich hohen Druck aus, es dauerte also nicht allzu lange bis er seine Ladung verteilt hatte. Der Feuerlöscher sieht, wenn man ihn mal neutral beachtet nicht SO groß aus, man kann gar nicht glauben, wie viel Ladung da in solch einem Gerät ist. War es Glück, Zufall oder was auch immer. Dieser Feuerlöscher war mit Löschpulver und nicht Schaum gefüllt. Die Ladung reichte aber aus, um das ganze Treppenhaus des dreistöckigen Gebäudes, vom Keller bis zweites OG, mit diesem Pulver zu füllen. Zum Glück waren wenigstens die Klassenzimmer alle geschlossen, so dass dort nichts von dem Staub hinein gelangte. Aber alles andere war mit einer mehr oder weniger dicken Schicht des Löschschaumes bedeckt.

Es gab ja nur 6 Verdächtige, uns. Also wurden wir einer nachdem anderen zum Rektor gebeten und von ihm ausgefragt. Es kann sich wahrscheinlich keiner vorstellen, was für ein Gefühl es für mich war, eine wichtige, weit über mir stehende Person anzulügen. Wie groß diese Angst vor sogenannten Respektspersonen war und ist.

Naja, das Problem habe ich bis heute. Wobei heute sind es eher Oberärzte und Vorgesetzte und solche „wichtigen" Leute, vor denen ich erstarre und mich nichts mehr traue zu sagen.

Aber zurück zum Rektor, man kann sich also vorstellen, welche Höllenqualen ich durchlebte, als ich an der Reihe war und meinen Satz sagen musste. „Wir alle standen ganz friedlich am Geländer, haben uns unterhalten, als plötzlich dieser Feuerlöscher ganz von alleine losging" „Nein, wir haben wirklich nichts angefasst". Hier war wirklich unser Glück, dass dieser schon oben genannte Vollpfosten vor einer kleinen oder großen Ewigkeit den Sicherungsstift abgezogen hatte und damit eigentlich den Feuerlöscher scharf gemacht hatte. Hätte man wohl am Tatort irgendwo diesen Ring gefunden, wäre unsere ganze Geschichte von dem allein losgegangen sein, zusammengefallen wie ein Kartenhaus. So aber wussten sie eigentlich alle, dass die Story nicht stimmte, aber leider gab es keine Beweise für das Gegenteil. Und zu meiner großen Erleichterung blieb die Polizei wie von der Lehrerin gefordert, weg. Selbst heute kriege ich noch Schauer bei ihrem Namen. Kurze Randbemerkung, viele Jahre danach war sie einmal Kundin unserer Schreinerei. Hatte ich eine Angst, dass sie mich erkennen würde und mich zur Rede stellt.

Die größten Leidtragenden an diesem Tag waren die Reinigungskräfte, die die ganze Schweinerei über die 3 Stockwerke wegmachen mussten. Dabei muss man bedenken, diesen Schaum, kann man nicht einfach so zusammenkehren oder nass aufwischen. Bei beidem wird es eine riesengroße ekelhafte Pampe. Er wird klebrig, und verwandelt sich in so etwas wie flüssige Marshmellows. Ich weiß nicht, wie sie es geschafft haben, den Schaum wegzubekommen. Selbst heute noch tun mir diese Damen leid, was für eine Arbeit sie erledigt haben müssen.

Wäre ich eine dieser Reinigungskräfte gewesen und wir im altem Rom oder Mittelalter, ich hätte jeden einzelnen von uns in einer dunklen Ecke aufgelauert, ihm die Gedärme herausgeschnitten, dass Herz noch bei lebendigem Leib herausgeschnitten und aufgegessen. Aus dem Rest, wenn gut gehäutet, hätte ich einen Eintopf gekocht und ihn an die Armen und Hungernden verteilt. Ok, das klingt jetzt doch ziemlich sozio- oder psychopatisch. Naja, dann halt an die herrenlosen Hunde und Katzen verfüttert. Ich hätte wirklich eine gewaltige Wut auf diese sechs jungen Leute gehabt. Und vor allem, bei den Rowdys der anderen Klasse und Leuten in unserer Klasse war unsere Aktion das aufregendste was sie bisher in ihrer Schulzeit erlebt hatten. Und weil man uns ja nichts nachweisen konnte, waren wir so etwas wie kleine Helden unter den Schülern.

Und was gab es von uns für Frauen, die die ganze Schweinerei, wahrscheinlich sogar in Überstunden wegmachen mussten? Eine Tafel Pralinen und ein liebloses Dankeschön und Entschuldigung. Also daher liebe Reinigungskräfte von damals, egal ob noch lebend oder tot, es tut mir von ganzem Herzen leid, dass wir ihnen das angetan haben.

Und zuletzt nicht zu vergessen, die Inquisition zuhause. Meine Mutter war Elternbeirat in unserer Klasse. Als sie erfuhr was da passiert ist, war das Donnerwetter schlimmer, als alles das was in der

Schule abgegangen ist. Das gegenüber einer Mutter, bei der ich immer versuchte, in einem guten Licht da zuzustehen, um geliebt zu werden. Und bei all den Fragen, bleib bei der Geschichte, erzähl bloß nichts Falsches. Wenn sie herausfindet, was wirklich passiert ist, wäre der nächste Schritt zum Lehrer und Rektor. Und was dann mit mir passiert wäre, wenn ich alleine mit meinen Mitverschwörern gewesen wäre…. So wie im Western? Lynchjustiz oder ähnliches. Auf jeden Fall wäre ich ein Paria geworden. Aber zum Glück blieb mir als das erspart, weil ich es in einem der wenigen Fälle meiner Mutter widerstanden habe.

Ich habe sogar einmal das Leben eines meiner Mitschüler gerettet, das klingt doch ziemlich pathetisch, ist vielleicht auch etwas übertrieben. Wie schon mal geschrieben, war unser Klassenzimmer im 2. OG des A-Blocks. Wie öfters kam unser Lehrer etwas später aus der großen Pause. Wie immer waren die üblichen Leute schon oben. Also unsere Sechser Gruppe. Es kam irgendwie zu einem Gerangel zwischen zwei von ihnen. Einer gab Norbert einen Stoß und er fiel rückwärts Richtung Treppe. Keine Chance den Fall aufzuhalten, aber zu seinem Glück stand ich an der Ecke der Plattform des 2. OGs und der Treppe. Ohne groß nachzudenken, griff ich nach dem Arm von ihm und verhinderte so, dass er die Treppe herunter fiel. Was bin ich doch für ein Held. Er hat sich überschwänglich bei mir für diese „Rettung" dankt, aber ansonsten hat sich dadurch für mich in der Gruppe nicht verändert. Bekam auch keine Medaille dafür oder sonst etwas. Diese Geschichte ist einfach eine weitere Randgeschichte meiner Schulzeit. Warum ich es dann erzähle, vielleicht will ich einfach etwas besser dastehen. Mir einreden, etwas besser in der Gruppe dazustehen? Keine Ahnung, wieso. Bilden sie sich einfach ihre eigene Meinung, warum ich ausgerechnet diese Geschichte hier mit aufgenommen habe.

Können sie sich noch erinnern, dass ich geschrieben habe, dass ich sehr schwer depressiv bin und eine Borderline Störung habe? Wenn ja, dann Respekt vor ihrem Gedächtnis, wenn nein, dann einfach die ersten Seiten nochmals durchlesen…. Sorry, es klingt gerade irgendwie sarkastisch. Ich bin auch in einer sehr sarkastischen Stimmung. Die geht meist einher mit der schlechten psychischen Verfassung. Je schlechter die Stimmung, desto sarkastischer werde ich.

Eigentlich ist es ja eine Geschichte meiner Vergangenheit. Aber ich habe festgestellt, dass das irgendwie nicht immer funktioniert. Das die Gegenwart sich manches Mal schwer ausblenden lässt. Dies kann immer wieder passieren, und ich dann auch diese Momente in diese Geschichte mit einfließen lassen werde. Denn nicht nur die Vergangenheit ist mein Leben, auch die Gegenwart, so wie jetzt, ist ein Teil der, meiner, Geschichte.

Gerade ist so ein Moment, oder besser gesagt eine Zeitraum wo ich es nicht schaffe in der bis jetzt, naja, fast unschuldigen Vergangenheit zu bleiben. Es ist ein Sonntag, ich wollte eigentlich weiterschreiben, aber die Gegenwart schlägt gerade mächtig zu. Gerade bin ich in einer heftigen schweren depressiven Stimmung, gleichzeitig ist der Hass auf mich so groß. Ich bin wütend. Wegen einer dummen Kleinigkeit. Ich werde gegen 14Uhr immer müde. Also habe ich mich hingelegt, bin eingeschlafen. Plötzlich höre ich mein Telefon, dass in der Küche lag..., naja egal dachte ich mir, lass es bimmeln. Aber innerhalb gefühlter kürzester Zeit klingelte es noch zweimal. Ich war wütend auf mich, auf Gaby, dass sie nicht mal nachschauen konnte, wer mich denn da dreimal anrufen wollte. Also bin ich aufgestanden, habe auf mein Telefon gestarrt und gesehen, dass gar keine Anrufe darauf waren und mir Gaby sagte, sie hätte mein Telefon nicht gehört. Also in die Küche und aufs Handy gestarrt... sie hatte Recht. Kein einziger Anruf. Rätsels Lösung ist so profan. Ich hatte in meinem Halbschlaf die Titelmelodie von der Serie „Die Rosenheim Cops" gehört. Dessen Titellied, „Pfeif drauf" von Haindling, hatte ich auch als Klingelton gewählt. Als ich erkannte, das ich wegen einer verkackten Serie aus dem Schlaf gerissen wurde, hätte ich am liebsten irgendwas an eine Wand geworfen. Aber wenn die Wut ist da ist, laut und heftig, so wie jetzt, nur weil diese Serie mich so aus dem Schlaf gerissen hat, und ich nichts gegen die Wut nach außen etwas machen kann, richte ich sie gegen mich selbst. Die Wut war so groß, dass ich am liebsten ins Bad gehen würde und eine Rasierklinge genommen und weitere Zeichen *in meine Haut geritzt hätte. Aber nicht nur ein paar kleine, nein ich hätte solange geschnitten, bis das Waschbecken rot vom Blut gewesen wäre. Gleichzeitig ist der Wunsch alles hinter sich zu lassen so verlockend. Keine Verzweiflung, keine Traurigkeit mehr zu spüren, ich würde (fast) alles dafür tun um diese Gefühle nicht mehr zu spüren. Wie ich mich hasse........ Mir wünsche, ALLES, wirklich alles, hinter mir zu lassen?*

Okay, versuche wieder zurück zum eigentlichen Thema zu kommen. Fällt mir gerade schwer, vor allem weil ich jetzt gerade über eines der wichtigsten Momente meines Lebens schreiben wollte.

Die Geschichte einer Nonne

Glauben sie daran, oder können sie sich vorstellen, dass es einen Moment gibt, im Leben eines, in diesem Fall meinem, der mit einem Mal das gesamte Leben verändert? Alles auf den Kopf stellt, einen schwer verwirrt und gleichzeitig aber auch freudig erregt. Diese Veränderung kommt bzw. kam nicht mit einem Schlag, nein eher wie ein Samen, der in die Erde gelegt wird und dann langsam wächst und wächst. Bis zu einem Punkt wo diese „Pflanze" entscheiden muss, wie sie weiterwachsen will oder aufhören soll zu wachsen und das ihr Leben einstellen soll.

Naja, diese Augenblicke gibt es wirklich. Im Alter von ca. dreizehn Jahren, also zu Beginn der Pubertät gab es diesen Augenblick bei mir. Komisch, an welche Dinge man sich erinnert, ich lag auf dem Boden, unter dem Wohnzimmertisch, und schaute einen Film im Fernsehen an. Damals gab es ja nur ARD oder ZDF und das Dritte. Die Privaten wurden erst in ein paar Jahren eingeführt. Der Film der da lief war „Die Geschichte einer Nonne" mit Audrey Hepburn. Und von diesem Moment an, wollte ich eine Nonne, werden. Nicht weil ich besonders gläubig war, sondern weil Nonne schlicht und einfach eine Frau ist. Mit einem Mal war dieser Gedanke im Kopf, ich will eine Frau sein. Ich möchte weiblich sein. Und er ging nicht mehr weg. Ich wusste mit einem Mal, wohin ich gehörte. Das fühlte sich so stimmig an. Hätte ja einen Wunschzettel an den Weihnachtsmann schreiben können „Bitte lieber Weihnachtsmann, ich wünsche mir nichts sehnlicher als ein Mädchen und später eine Frau zu sein. Kannst du mir das erfüllen?"

Das alles, brachte meine Gedankenwelt dann doch gehörig durcheinander. Ich wusste, dass ich da etwas zwischen den Beinen hatte, das mir mehr als deutlich zeigte, dass ich ein Mann war.

Gleichzeitig aber wollte ein immer stärkerer Teil von mir eine Frau sein. Wie gesagt, ich war nie richtig gläubig, trotz oder wegen Konfirmandenunterrichtes. Also wollte ich keine Braut Christi werden, sondern einfach nur die Bekleidung haben. Denn mit diesem Gewand ist es völlig klar zu welchem Geschlecht man(n) bzw. Frau gehört. So ähnlich geht es mir auch mit einem Tschador oder einer Burka. Bitte alle die sich jetzt vielleicht aufregen, dass ich die religiösen Gefühle anderer verletzten will, das ist definitiv nicht meine Absicht. Aber all diese Kleidungsstücke sind eindeutige Zeichen dafür, dass sich darunter eine Frau befindet. Und genau deswegen übten diese Kleidungsstücke einen solchen Reiz auf mich aus. Auch nicht aus sexueller Absicht wollte ich so herum laufen. Wer so herum lief, war eine Frau. Keine Diskussion. Und das war es, was ich wollte, nichts anderes mehr, als weiblich sein. Ich hoffe es kommt verständlich herüber. Sie waren keine, wie heißt es so schön, Fetische um sich mit den Sachen „einen runter zu holen" und dann wieder zurück zum Alltag. Nein, ich wollte die Frau unter diesem Kleidungsstück sein. Natürlich war mir klar, dass das ja nicht geht, ich bin ein Mann, Männer ziehen sich anders an. Alles andere wäre ja pervers. Ich hätte Regeln brechen müssen. Aus meinem verklemmten Schattendasein heraus müssen. Ein Leben abseits der Norm, beängstigend und verstörend.

Zum Zeichen oder als Beweis für mich selbst, dass ich definitiv ein Mann bin und auch bleiben will, ließ ich mir einen Bart wachsen, sobald aus dem ersten Flaum Haare wurden. Ich wehrte mich mit aller Kraft gegen dieses Verlangen, dass ich eine Frau werden wollte. Zeigte allen, ich bin ein Mann. Hey guckt her, ich habe einen Bart, also kann ich ja nur ein Mann sein. Nicht das ihr was anderes denkt. Hat es was geholfen, dieser krampfhafte Versuch, das zu verdrängen, was als kleiner Teil in mir immer begann, aber von Monat zu Monat wuchs und wuchs? Nein, natürlich nicht

Man muss dazu sagen, ich bin ein Kind meiner Mutter. Ja, natürlich bin ich das, sie hat mich ja auf die Welt gebracht.... Aber ich bin äußerlich und innerlich IHR Kind. War und bin, ganz klar das Abbild meiner Mutter. Wir sind uns ähnlich, zu ähnlich, nah, zu nah. Keine Distanz. Oder es konnte nie eine Distanz aufgebaut werden. Meine Schwester hat dafür die meisten Gene unseres Vaters geerbt. Es gab und gibt etliche Momente, wo ich mir denke, eigentlich hätte sie der Junge und ich das Mädchen sein sollen. Sie wäre bestimmt eine gute Erbin vom Geschäft meines Vaters geworden. Aber damit greife ich schon zu weit vor.

Die Lehrzeit – da wo gehobelt wird

Aber darauf wollte ich eigentlich gar nicht hinaus. Im letzten Jahr veranstaltete das Arbeitsamt in der Schule OiB. Orientierung im Berufsleben. Da gab es Fragebögen, die einem verrieten für welchen Beruf man die besten Voraussetzungen hatte. Als ich meinen Fragebogen des Arbeitsamtes ausfüllte, kam etwas ganz anderes heraus, als ich eigentlich wollte. Der Fragebogen meinte, dass der ideale Beruf für mich Florist wäre. Vielleicht, oder wahrscheinlich wäre es, sogar die bessere Wahl gewesen. Zumindest aus heutiger Sicht. Ich habe eine ausgeprägte künstlerische Ader. Bin gerne kreativ. Ich zeichne gerne, arbeite sehr gerne mit Ton und Farben. Kann auch gut schreiben, sie haben ja den besten Beweis in ihren Händen. Also vielleicht wäre es wirklich besser gewesen dem Fragebogen zu vertrauen. Aber wie hätte ich das meinem Vater beibringen sollen? Wie den Mut aufbringen, diesem dominanten Vater gegenüber eine eigene Meinung vertreten? Und noch viel schlimmer, ich soll als junger Mann einen Frauenberuf ausüben. Geht doch gar nicht. Naja, schon seltsam, wenn du dir im Nachhinein denkst, dass ein Fragebogen dich besser einschätzen konnte als du dich selbst. Also kam es gar nicht in Frage, ich und Florist.... Schwachsinn. Was für ein blöder Test ist das denn?

Für mich stand ja schon von vorne herein fest, dass ich Schreiner werde wollte. Die ganze Klasse hat sich Betriebe herausgesucht in denen sie ein Praktikum absolvierten. Um zu testen, ob der von uns favorisierte Beruf auch der richtige sei. Ich ging natürlich zu meinem Vater in den Betrieb. Ok, das hatte ich vielleicht noch nicht geschrieben, mein Vater hatte eine eigene kleine, sehr kleine Schreinerei. Sie war sein ein und alles. Er war um es mit heutigen Worten zu sagen so etwas wie ein Workaholic, oder jemand der seine Leidenschaft zum Beruf gemacht hat. In meiner Kindheit kam des Öfteren vor, dass mein Vater, je nach Auftragslage, erst zwischen 21 und 22 Uhr aus der Werkstatt zurückkam. War er nicht im Geschäft, dann saß er am Schreibtisch, machte Angebote, oder schrieb Rechnungen. All sein ganzes Denken drehte sich um seine Schreinerei. Wenn ich die Augen zu mache und ihn mir vorstelle, was mir nicht leicht fällt, dann sehe ich ihn immer nur in einer Latzhose vor der Werkstatttür stehen. Die Arme verschränkt mit einer Zigarillo im Mund. Es gibt kein anderes Bild von ihm. Ihn mir in normaler Bekleidung vorzustellen, ist unvorstellbar. Es klappt einfach nicht.

Er hatte die Werkstatt Mitte der 60er Jahre gegründet. Er war bis zu seinem Tod auch Schreiner mit Leib und Seele. Er hatte ein Gespür für das Material. Nicht so sehr mit den Menschen in seiner Umgebung, aber der Werkstoff Holz, dafür war er wirklich geboren.

Im Alter von 15 Jahren wusste ich nicht was tun. Eigener Wille war nicht vorhanden. Ich machte die Arbeitsprobe in der Schreinerei meines Vaters. Wo denn sonst. Sohn eines Schreiners kann nur Schreiner werden. Also war, unausgesprochen, klar Nachfolger meines Vaters zu werden. So war wohl auch die klare, aber nie offen ausgesprochene Vorstellung von ihm. Habe ich schon gesagt, dass bei uns in der Familie nicht sehr offen miteinander gesprochen wurde? Meine Eltern hatten meine Zukunft schon verplant. Inoffiziell. Gefragt wurde ich nicht, gewehrt habe ich mich aber auch nicht.

Er meinte für sich, ich habe einen erstgeborenen Sohn, dadurch ist die Zukunft meines Lebenswerkes gesichert. Also war es beschlossene Sache, ich fange meine Lehre im Betrieb meines Vaters an.

Aber es gab auch noch einen zweiten Grund, einen, wenn ich ehrlich bin zu mir bin, der einzig wahre Grund warum ich dort anfing. Einen denn ich aber niemandem offenbarte. Wie auch.

Ich hatte ihnen ja schon erzählt, dass ich nicht gerne hinaus ging, fremde Menschen waren mir ein suspekt, schwer einzuschätzen. Zu schüchtern um mich etwas zu trauen. Es war eine riesige Angst in mir, irgendwo einen Beruf anzufangen, ständig mit fremden Menschen und unbekannten Orten umgeben zu sein. Angst vor der eigenen Freiheit. Gelähmt von meiner eigenen Unsicherheit. Das war zu viel Fremdes, zu viele Fragezeichen um dieses Risiko einzugehen. Also schlug ich doch zwei Fliegen mit einer Klappe. Ich muss nicht zu fremden Menschen in fremde Umgebungen und fremde Dinge tun. Mich nicht mit anderen Menschen auseinandersetzen, und gleichzeitig konnte ich meinen Vater stolz machen, dass mit seinem Sohn die Nachfolge geregelt war. Ich konnte in der mir vertrauten Umgebung bleiben. Ich kannte meinen Chef, die Schreinerei war mir vertraut. Musste nicht mal mit Straßenbahn oder ähnliches fahren. Nein, ich konnte gemütlich auf dem Beifahrersitz sitzen und mich chauffieren lassen. Was sollte schon schiefgehen?

Einiges, kann ich nur sagen. Das erste Jahr, war in drei Teile aufgeteilt. Montag war Betrieb, Dienstag und Mittwoch war Theorieunterricht und Donnerstag und Freitag war der praktische Teil angesagt.

Montag im Betrieb war ok, nicht berauschend, ich stellte so langsam fest, dass mir die Arbeit keine richtige Freude bereit. Dienstag und Mittwoch waren super. Ich liebe Theorie. Alles was man mit dem Kopf macht und nicht mit den Händen ist gute Zeit. Der Donnerstag und Freitag waren dann dafür die Hölle. Wie ich die beiden Tage hasste. Einen Hobel, Stecheisen, eine Schlitz- oder Absetzsäge in die Hand zu nehmen. Nicht mein Ding. Ich habe heute noch kleine Möbelstücke, ein kleines Schränkchen, dass seit den damaligen Tagen nie mehr aufgemacht wurde, oder ein Flaschentrage bei mir herum stehen und immer noch geht ein Schaudern über meinen Rücken, wenn ich daran denke wie ich sie mit meinen ungeschickten Händen gemacht habe. Oder vielleicht auch einfach nur mit halbem Herzen daran gearbeitet habe. Ich habe einfach nicht die Begabung mit den Händen zu arbeiten. Ist einfach nicht mein Ding. Was genauso schlimm war, das Donnerstag und Freitag alle in einem großen Bankraum arbeiteten. Bankraum bedeutet der Raum in dem die Hobelbänke stehen. Der Lehrer des Öfteren in seinen Raum verschwand und wir so die Freiheit hatten, während wir an den Werkstücken arbeiteten auch zu quatschen oder anderes zu tun. In den normalen Unterrichtsstunden Dienstag und Mittwoch gab es ja 45 Minuten Unterricht, der Lehrer beschäftigt die Klasse. Um es auf den Nenner zu bringen, der Lehrer redet, die Klasse schweigt und schreibt mit. Herrlich. Es ist Ruhe, keiner redet Schwachsinn. Die einzigen Phasen wo man sich mit den Anderen auseinandersetzen musste waren diese fünf Minuten zwischen den einzelnen Unterrichtsstunden. Aber die konnte man überstehen.

Aber an den letzten beiden Praxistagen war einfach mehr Freiraum. Klar musste jeder seine Arbeit tun, aber es blieb einfach zu viel Zeit dazwischen. Auch um richtigen Mist zu bauen. Beispiel dafür? Wir hatten anfangs einen ehemaligen Bundeswehrspieß, oder so etwas in der Art, als Lehrer. So war auch sein Umgangston, laut, ruppig, beängstigend in meinen Augen. Vielleicht war es so klischeemäßig – raue Schale weicher Kern. Naja, nur das man von dem weichen Kern nichts mitbekam. Naja und er war dem Alkohol nicht ganz abgeneigt, wie wir in späteren Lehrjahren noch entdeckten. Im zweiten Lehrjahr, da verdrückte er sich gerne in sein Büro um einen hinter die Binde zu kippen. Am Ende dieses zweiten Jahres fragte er, ob wir alle damit einverstanden wären, wenn wir eine 2 bekommen würden. Hey, warum sollte ich Nein sagen, das war meine beste Praxisnote, die ich jemals in meiner Ausbildung bekommen habe.

Vom Bankraum führte ein kurzer Gang in den Aufenthaltsbereich der Lehrer. Dorthin war er verschwunden. Noch eine kurze Erklärung braucht es um zu verstehen, was passiert ist. Die Unterrichtsräume waren eine ehemalige Schreinerei, wie die meines Vaters, auch im Hinterhaus. Zweigeschossig. Unten die großen Hobelmaschinen, Kreissäge, Bandschleifapparat und oben über eine Außentreppe zu erreichen, der Bankraum. Dieses L-förmige Gebäude hatte auch einen relativ großen Hof, wo Material angeliefert wurde, oder und hier knüpfen wir wieder an die Geschichte an, unser Lehrer sein Auto parken konnte. Es war ein relativ neues Auto, aber keine Ahnung mehr welche Marke oder Typ. Ein paar Idioten, aus der Klasse fingen an mit den Spitzbohrern zu spielen. Für Leute die nicht wissen was das ist, ein Griff, eine lange Metallstange die vom Hersteller vorne meist dreieckig zu geschliffen wird. Sie dient zum Vorstechen ins Holz(daher der Name) um Schrauben oder Nägel punktgenau ansetzen zu können. Zwei Idioten, anders kann man sie nicht nennen standen sich wie zwei Revolverhelden gegenüber und warfen sich den Spitzbohrer zwischen die gespreizten Beine. Je näher man an die Beine traf, desto besser. Einer machte es dann besonders gut. Sein Wurf blieb im Fuß des Gegenübers stecken. Das war eine „Freude" mit anzusehen, wie der mit dem Spitzbohrer im Fuß anfing vor Schmerzen zu schreien, das Gebrüll des Lehrers, als er aus seinem Kabuff herausgeschossen kam, der Krankenwagen, der dann kam und den durchlöcherten Schüler mitnahm. Und oh Wunder keiner war es gewesen. Ja, die Sitten waren rau. Ich glaube, wie in vielen anderen Handwerksberufen auch. Das war nicht meine Welt. Ich bin für diese Rauheit nicht geeignet. Damals hätte man gesagt, ein Weichei.

    Ein anderes Mal war es sogar noch "lustiger". Ein Schüler hatte einen anderen dermaßen geärgert, dass dieser seinen Spitzbohrer nahm und ihn dem Anderen nachwarf. Wenn man sich heute in Ruhe überlegt, was da hätte passieren können, Spitzbohrer mit voller Kraft auf den Körper eines anderen zu werfen…, hmmm, es ging gut. Zumindest für den eigentlichen Empfänger des geworfenen Spitzbohrers. Er konnte sich schnell genug ducken. So jetzt kommt hier das Auto ins Spiel. Es war Sommer. Heiß. Alle Fenster standen offen. Das Fenster hinter dem sich Duckenden stand leicht schräg. Der Spitzbohrer prallte vom Glas des Fensters ab, flog nach draußen in den Hof, folgte der Schwerkraft nach unten und blieb genau in der Motorabdeckung des Autos unseres Lehrers/Bundeswehr Feldwebel stecken. Wir alle fanden es anfangs schon lustig, was am Ende der Kausalkette heraus gekommen ist. Einer fand es nicht komisch. Der Lehrer. Und in diesem Moment war ich froh noch nicht bei der

Bundeswehr gewesen zu sein. Zum Glück blieb mir das auch mein Leben lang erspart. Aber in diesem Moment war er nicht mehr unser Lehrer sondern wieder der alte Feldwebel, der mit voller Kraft aus ihm hervor heraus brüllte. Nein, Ab diesem Moment da war es nicht mehr spaßig. Gar nicht mehr. Ich habe selten Leute in meinem Leben gesehen, die SO sauer und SO laut geschrien haben. Ich glaube am liebsten hätte er uns alle in diesem Moment standrechtlich erschießen lassen oder 20km mit schwerem Werkzeug auf dem Rücken durch Karlsruhe marschieren lassen. Zugeben, wäre das mein neues Auto gewesen und ich hätte den Spitzbohrer darin entdeckt, ich wüsste nicht, was ich getan hätte.

Es gab auch andere Arten von Streichen, sehr unappetitliche zum Beispiel. Irgendjemand fand Holzwürmer in seinem Holzstück. Die Idioten hatten nicht besseres zu tun, als sie jemanden in die Getränkeflasche zu geben. Aber auch hier half mir wieder dieses Unauffälligkeitsgen. Ich wurde nie Opfer. Sie taten mir leid, dass sie den Hohn, den Spott oder die Gewalt der Gruppe abbekamen. Aber leider fand ich nie den Mut da irgendetwas dagegen zu tun. Wie schon in der Hauptschule war ich so eine Randfigur einer Gruppe. Nicht richtig dazugehörend, aber dennoch unter dem Schutz dieser Gruppe stehend. Und das wollte oder besser konnte ich nicht aufs Spiel setzen. Ja, das ist Feigheit, völlig richtig, aber auch hier war ich nur froh nicht dazwischen zu sein. Bei allem Mitleid mit den Opfern war ich froh, dass sie das nicht mit mir machen. Ich davor geschützt war. Wenn die Gruppen zu denen ich gehörte, so etwas wie ein Schirm waren, so wurde ich vorne nie nass, aber mein Rücken schon.

Aber gleichzeitig sonderte ich mich auch von der Gruppe ab, suchte Abstand, wollte nicht mehr als das Nötigste mit ihnen zu tun haben. Wie schon in der Schule verstand ich ihre Welt nicht. Ihre Art auf Schwächeren herum zu hacken, ihre Witze. Ich lachte mit, aber nicht aus Spaß, sondern um dazu zu gehören. Diese ehemalige Schreinerei war in der Gerwigstraße. Eine kleine Nebenstraße im Osten von Karlsruhe. Vom Schulbeginn im Herbst, über kalte Winter bis wieder Frühjahr und Sommer als dieses Jahr endlich endete. Dieses komplette erste Schuljahr, jeden Donnerstag und Freitag zur Mittagspause, egal zu welcher Jahreszeit, auch im Winter, wenn es richtig kalt war, bin ich in der Mittagspause abgehauen. Weg von den Räumlichkeiten, die ich hasste. Weg von meinen Klassenkameraden vor denen ich Angst hatte und gleichzeitig ihre Art und Weise, ich sage es mal krass, ihrer Dummheit oder Bauernschläue, die mich so anödeten.

Ganz in der Nähe dieser Unterrichtsräume gab es einen kleinen Spielplatz. Eine Holzbank stand dort. Dort machte ich meine Mittagspause. Ich hatte mein belegten Brote, meine Dose Aldi Sprudel und mein Perry Rhodan Heft. Die Mittagspause dauerte fast eine Stunde. Und in dieser Stunde saß ich bei jeder Jahreszeit auf meiner Bank. Ich hatte meine Ruhe. Keine nervigen Mitschüler, keine verhasste Arbeit. Eine ganze Stunde Ruhe. Ein kleiner Luxus. Weg von der Angst, die dort auf mich wieder und wieder wartete. Da war, z.B. die harte, unangenehme Kälte im Winter, ein kleiner Preis, den ich gerne bereit war zu bezahlen, für diese eine Stunde Ruhe. Das ging ja ein ganzes Jahr so. Vom Schulanfang im Herbst, bis zum Sommer, als das erste Lehrjahr vorüber war. Dieser Spielplatz war von Häusern umgeben. Und eine Frau aus dem Erdgeschoss eines dieser Häuser stand jeden Mittag am Fenster und beobachtete mich immer eine Weile. Als es noch warm war, bzw. das Wetter erträglich war, gelegentlich mit einer Spur Misstrauen in ihrem Blick. Was macht der junge Kerl denn da auf diesem Spielplatz. Als es kälter wurde, änderte sich auch ihr Blick. Ich hatte das Gefühl, dass er manches Mal fast mitleidig war und sie mir am liebsten was Warmes zum Trinken heraus gebracht hätte. Im Frühjahr waren wir uns dann bekannt genug. Sie hatte sich an meinen Anblick und ich mich an ihren beobachteten Blick gewöhnt. Vielleicht hat sie mich ja sogar vermisst, wenn Schulferien waren und ich nicht in diese verhasste ehemalige Werkstatt musste. Aber das sind natürlich nur Spekulationen. Vielleicht hat sie sich auch nur über den Spinner gewundert, der da jeden Donnerstag und Freitag auf dieser Bank saß, etwas aß und trank und dabei irgendwelche Dinge las. Nicht oft genug kann ich sagen, wie ich diese Donnerstage und Freitage hasste. Ich zählte an jedem dieser Tag die Minuten herunter, Noch 240 Minuten, noch 200, noch 60 Minuten. Vielleicht noch 10 Minuten Klo abziehen, wieder etwas näher dem Ende des Schultages und dem Ausgang. Dann endlich die erlösende Ansage, die Schreinerei zu fegen und dann Feierabend zu machen. Es war eine endlose Quälerei.

Warum tat ich mir das an, wenn es so schlimm denn war? Könnte jetzt viele Argumente aufzählen, aber am Ende war und blieb es die Angst. Zu meinem Vater zu gehen, ihm eingestehen, dass ich nicht mehr Schreiner werden wollte. Und dann das große Nichts dahinter. Ich hätte keine Ahnung, welche Alternative es gäbe. Was ich denn dann werden wollte, wäre mit Sicherheit von beiden Elternteilen gekommen. Und ich wusste keine Antwort darauf. Diese Konfrontation machte mir so große Angst, dass ich lieber diese ganzen unendlich verhassten Tage ertrug.

Kennen sie das, wie ein einziger Song, wie eine einzige Textzeile alles verändern kann? Die vielleicht bis dahin relativ gute Stimmung kippt?, Der Tag, man selbst? Das Schreiben dieser Zeilen. Alles ist auf einmal düsterer, trauriger. Ich schreibe und nebenher trällert mein kleiner Bluetooth Lautsprecher. Bis urplötzlich das Lied „Wish you where here" von Pink Floyd aus dem Lautsprecher kommt. Die Ersten Gitarrenakkorde, die ersten Zeilen und ich bin im Kopf wieder ein paar Wochen früher. Wieder in der Klinik, wieder dieses Gefühl vom Eingesperrt sein. Die Tränen kommen ganz automatisch als der Text beginnt. Du denkst daran, dass du Bilder von den ersten vier Zeilen gezeichnet hast. Was dieses Lied dir in dieser schweren Zeit bedeutet hat. Der Wunsch jetzt eine Diazepam Tablette oder noch besser eine Tavor einzuwerfen um diesen Schmerz nicht mehr so deutlich zu spüren ist so verdammt stark. Lieber zwei um ganz sicher zu gehen, dass dieses Gefühl nicht mehr so schmerzhaft durch die Gehirnwindungen rauscht, dass die Emotionen weniger werden. So verlockend und trotzdem widerstehe ich diesem Verlangen. Warum tue ich das? Angst vor der Abhängigkeit? Wohl eher nicht. Vielleicht will ich diesen Schmerz fühlen, heftig, stark, so stark das die Tränen kommen, einfach um das Gefühl zu haben, am Leben zu sein. Denn psychischer Schmerz ist Leben. Das Leben besteht fast nur aus einem

psychischen Schmerz. Also wenn du leben willst, dann muss es in der Psyche schmerzen. Je mehr desto besser. Ohne Schmerz kein Leben.
So viel zu Gegenwart, ich habe aus Eigenschutz ein Lied weiter gedrückt aber singe es ihm Kopf aber immer und immer weiter.

Dieses sich aus der Gruppe verdrücken, während der Mittagspause, ist natürlich allen aufgefallen und es gab etwas Hohn und Spott dafür. Sie wussten ja nicht, was oder wo ich gesteckt hatte. Ich war für sie einfach verschwunden. Wie hasste ich Regentage in diesem Jahr. Als ein Rausgehen unmöglich war. Alles andere Wetter war mir egal, Minus Temperaturen oder Höchste Sommertemperaturen, egal. Nur wenn es regnete und ich „meine" Abschaltstunde nicht bekam, wurde es stimmungsmäßig deutlich schlechter.

Um die Ecke gab es eine Bäckerei, wo wir in der Frühstückspause ab und an uns etwas holten. Noch heute erinnert mich ein aufgeschnittener Weck mit einem zerdrückten Mohrenkopf wurde, an diese Zeit. Ich habe seit damals, zumindest in meiner Erinnerung, auch nie wieder einen Mohrenkopfweck gegessen.

Wish You Where Here. *Das Lied von Pink Floyd geht mir nicht mehr aus dem Kopf. Jede Zeile davon ist derzeit so passend*

Ob er mir heute wieder schmecken würde? Wahrscheinlich nicht. Würde ich mich überhaupt trauen so etwas in einer Bäckerei wieder zu bestellen?

Irgendwann wurde dann unser Bundeswehrlehrer von einem anderen Lehrer abgelöst. Herr Bott heißt oder hieß er. Nicht mehr dieser Ex-Bundeswehrler, nicht mehr der raue, rumplige Typ, dabei aber fast kumpelhaft zu uns Schülern. Der Neue war kühler, berechnender. Ich mochte, nein ich mag ihn bis heute nicht. Seine Art und Weise behagte mir nicht. Was die Donnerstage und Freitage nicht leichter machte.

Auf dem Weg von der Haltestelle der Straßenbahn bis zur Schule, war jede Woche ein beschissenes, fast panisches Gefühl. Je näher ich diesem verhasstem Ort kam, desto schwerer wurde es die Füße vorwärts zu setzen. Der Wunsch herum zu drehen und irgendwohin verschwinden war fast übermächtig. Die Angst vor diesen beiden Tagen steckte immer tiefer in den Knochen. Nur noch Gedanken an Flucht. Du würdest am liebsten umdrehen und davon rennen, gleichzeitig weißt du aber, dass das nicht möglich ist. Dein eisernes Pflichtgefühl, die Angst vor unangenehme Konsequenzen hindern dich. Also ging ich jedes Mal den Weg bis zum Ende und brachte die Zeit herum. Einfach Augen zu und durch. Resignation, das Unausweichliche zu ertragen. Keinen Ausweg. Es war meine Pflicht. Dieses Wort gehörte immer mehr zu meinem Wortschatz.

Ich lernte in diesem ersten Jahr von Hand zu hobeln, zu sägen, lernte Zapfen und Schlitz, lernte zu zinken. Begann Holzstücke mit der Raubank zu bearbeiten, damit sie gerade und winklig werden, oder baute als Highlight des Jahres ein kleines Schränkchen die Türen die mit Schlitz und Zapfen zusammengehalten wurden. Der Korpus war mit der schwierigste aller Eckverbindungen hergestellt, Zinken und Schwalbenschwanz, und das noch in der halbverdeckten Variante. Alles die Dinge die ein Schreiner braucht, um seinen Beruf auszuüben zu können. Wissen wann man welchen Hobel, welche Säge für welchen Einsatz um eine Arbeit perfekt oder zumindest gut abzuschließen. Und meine Werkstücke waren alles, aber weder gut, geschweige denn perfekt. Alles passte gerade so zusammen. Kein schöner Anblick.

Bei dem kleinen Schränkchen, von dem ich geschrieben hatte, dass es noch bei mir herum steht, passen die halbverdeckten Zinken nur mittelmäßig, die Tür ist so schlecht zusammen gesägt, dass ich versuchte mit aller Gewalt der Zwingen die Fugen zusammen zu quetschen. So das an den Ecken das Holz zusammengedrückt war, dass es oben und unten 5mm schmäler war, als in der Mitte. Versagt. Man musste ein Stück des Längsfrieses weg sägen und ein neues Stück daran leimen, damit es wieder gleich breit war. All das kam natürlich der Note nicht zugute. Wenn ich mich recht entsinne gab es eine schlechtere Note als 4 dafür. Nicht das das ungewöhnlich gewesen wäre. Meine Noten im Praxisbereich bewegten sich immer so zwischen 3 und 4. Besser wurde es nie. Ich glaube für irgendein kleines Werkstück gab es mal etwas mit einer 2 vor dem Komma. Das war dann so das Highlight in diesem Bereich. Bei wohl keinem anderen Schüler des Jahrgangs 79/80 waren der Unterschied der Noten zwischen Theorie und Praxis, so groß wie bei mir. Ich glaube es hat in Praxis mit Ach und Krach zu einer sehr schlechten Drei gelangt. Sehr schlechten 3. Wie schon mal gesagt, mir liegt die Handarbeit nicht, nach diesem Jahr hasste ich sie sogar. Inständig! Für die anderen in der Klasse waren diese beiden Tage relativ entspannte Tage. Man konnte die Zeit konnte freier einteilen. Es gab weniger Stress. Es war nicht so starr strukturiert wie während der Theoriestunden. Aber nicht so für mich, da war es einfach nur Hölle. Wenn es Freitagnachmittags hieß, Werkstatt aufräumen und zusammenfegen, waren dies immer die schönsten Worte am Ende der letzten beiden Wochentage.

Es gab aber auch noch skurriles beim praktischen Arbeiten in der Schule. Die Zwischenprüfung im zweiten Lehrjahr machten wir aus Platzmangel in der Werkstatt eines Heims für schwer erziehbare Jugendliche. Während wir dort unsere Arbeitsprobe ablegten, sollten diese Jugendliche im gleichen Raum Nistkästen mit einem Druckluftnagler zusammenbauen. Nur hatten diese Jugendliche weniger Lust die Nistkästen zusammenzubauen, als sich gegenseitig mit den Naglern zu beschießen. Und dazwischen waren wir. Einerseits die Arbeitsprobe ablegen und gleichzeitig aufpassen, nicht von den Nägeln getroffen zu werden. War das spaßig. Wie froh war ich als ich dort wieder raus war.

Am Ende des dritten Lehrjahres stand dann die Gesellenprüfung an. Der bzw. die letzten Schritte vom Lehrling zum Gesellen. Theorie wie immer bravourös bestanden, in die Arbeitsprobe mit einer riesigen Panik gegangen. Und auch gleich Bockmist gebaut. Wir sollten einen Schemel bauen. Bei der Prüfung war auch eine Falle eingebaut, die bei ruhiger, sorgfältiger Betrachtung umgangen werde konnte. Aber ich in meiner Panik, wusste nicht mehr ein und aus. Rationales Denken war nicht besonders viel vorhanden. Ich schaute auf andere Prüflinge und sah, dass sie schon am Zuschneiden waren. Also fing ich an, das gleiche zu machen. Zum Glück schaute ich aber auch noch auf ein paar

Andere, die den Haken an diesem Werkstück entdeckten und ihn umgingen. Als ich diese Leute dann sah, fiel mir mein Fehler auf und ich konnte in letztem Moment den entscheidenden Denkfehler vermeiden.

Der letzte Teil der Gesellenprüfung war der aufwendigste. Die Herstellung des Gesellenstückes. Ein Möbelstück nach freier Wahl, selbst, oder in Zusammenarbeit mit dem Meister, entworfen. Dieses wurde dann einem Prüfungsausschuss vorgelegt, der entschied, ob der Schwierigkeitsgrad hoch genug war, das alle vorgeschriebenen Eckverbindungen vorhanden waren. Wenn ja, dann bekam man seinen Stempel auf die Zeichnung und konnte beginnen. Ich baute einen Gläserschrank, mit zwei Schubladen. Er steht heute noch im Haus meiner Schwester. Aber auch hier brauchte ich Hilfe. Es war nicht so schlimm, wie bei der praktischen Prüfung, wo ich komplett mit der Situation überfordert war. Nicht wusste auf was ich achten musste. Dieses Möbelstück hatte ich selbst konstruiert und ich konnte es in der heimischen Werkstatt bauen. Aber bei vielen Feinarbeiten fehlte mir dann die Feinmotorik. Dieses Quäntchen Können, was einen guten von einem mittelmäßigen Schreiner ausmacht. Der Unterschied zwischen Theorie und Praxis. In diesen Situationen musste mein Vater mir helfen, um aus dieser Schwierigkeit heraus zu kommen. Als bei der Arbeitsprobe dann die Herren Schreiner von der Prüfungskommission mein Gesellenstück begutachteten, fanden sie keine Fehler. Das einziges Manko, dass sie bemängelten, ich hätte zu viele Schrauben in die Rückwand geschraubt. Ohne die Hilfe meines Vaters, hätten sie wahrscheinlich deutlich mehr zu bemängeln gehabt.

Wie hätte wohl mein Vater reagiert, wenn ich ihm nach der Gesellenprüfung gesagt hätte, ich will den Beruf nicht mehr weiter ausüben. Mir etwas anderes, eigenes suchen. Der Umgang mit dem ganzen Werkzeug, es war und blieb mir fremd. Ich habe einfach nicht die Geschicklichkeit, besser gesagt den Spaß oder die Leidenschaft, der von Nöten ist, diesen Beruf gut auszuüben. Dass wusste ich aber schon nach vier Wochen, dazu hat es nicht das ganze Schuljahr gebraucht. Was hätte mein Vater wohl wirklich gemacht? Enttäuscht – natürlich. Ich glaube er hätte mich das unterschwellig immer und immer wieder spüren lassen, wenn wir im Kreis der Familie zusammen gekommen wären. Hätte ich damit umgehen können, wenn jemand enttäuscht von mir gewesen wäre? Ich glaube nein, das ist ja bis heute eines meiner Probleme. Das Gefühl zu haben, andere zu enttäuschen, die sich dann von mir abwenden könnten. Alleine gelassen werden

    Wäre er wütend geworden? Nein, das nicht. Das wäre auch leichter zu ertragen gewesen. Aber nein, angeschrien oder ähnliches hätte er mich nicht, denke ich mal. Ich wäre einfach nur seine riesengroße Enttäuschung gewesen. Aber seine Augen sagten mehr als genug, wenn er mich anschaute. Er wusste, dass ich nicht seine Gene geerbt habe. Aber ich machte weiter und weiter und weiter. Bis 1998 übte ich einen Beruf aus, der mir schon 1979, nach knappen vier Wochen nicht mehr zusagte.

    Aber ich mach hier mal einen Break. Einen Themenwechsel. Weg von eher allgemeinen, hin mal wieder zu meinem Inneren. Ok, ich mochte meinen Beruf nicht, aber wie jeder Beruf hat das Arbeiten einen großen Vorteil. Man verdient eigenes Geld. Im ersten Jahr war es noch recht bescheiden, da es ja ein fast reines Schuljahr war und wir nur montags in den Betrieben arbeiten gingen, bekamen wir keinen Lohn. Für den Montag im Betrieb gab es 58DM und das bei vier Montagen, ist nicht sehr viel Geld. Nicht sehr viel, aber da weder meine Schwester noch ich etwas von dem Geld daheim abgeben mussten, war es ausreichend. Vor allem, da ich ja immer noch der Stubenhocker war. Also eigentlich nicht viele Gelegenheiten hatte das Geld auszugeben. Die einzigen Ausflüge in die „Welt" draußen, waren die mehr oder weniger regelmäßigen sonntäglichen Kinobesuche mit meinem ehemaligen Bekannten Matthias aus der Konfirmandenzeit und der Kauf von vielen Büchern. Mit ihm ging ich regelmäßig ins Kino und anschließend noch irgendwo eine Pizza essen. Das war mein Highlight der Woche. Sonst nichts. Klingt und ist armselig.

Zaghafte Schritte in neue Gefühle

Aber ich hatte ja erzählt, wie der Film „Die Geschichte einer Nonne" etwas in mir erwachen hat lassen. Der Wunsch nach Frau sein. Und nun hatte ich eigenes Geld, über das ich ohne Rechenschaft abzulegen, verfügen konnte. Was kann man damit anfangen. Das was jetzt kommt, weiß bisher eigentlich niemand. Nicht mal die vielen Therapeuten, bei denen ich so gesessen bin. Zumindest nicht so im Detail, wie jetzt hier beschrieben.

Ich fing an Flohmärkte abzugrasen, um dort nach Kleidern zu suchen. Mein erstes Kleid das ich dort kaufte, war ein blaues, vorne durch geknüpftes, knielang. Ja so deutlich können Erinnerungen sein. Aber es gab auch einige andere Kleider die ich einfach nach Aussehen gekauft habe. Oder einmal nahm ich meinen ganzen Mut zusammen und ging in einen Laden. Irgendwas mit Spatz hieß er. Roch nach Patschuli, dass einem fast schwindelig wurde. Die Kleider sahen eher nach Flower Power aus. Blumig, bauschend. Aber mir gefielen sie so sehr. Wobei, in der Phase gefiel mir alles, was nach einem Rock, Kleid oder ähnliches aussah. Der Gedanke, nach so einem Kleidungsstück war sehr stark. Stärker als alle anderen Gedanken

Wie oft bin ich an dem Laden vorbei gegangen mit dem Gedanken „Los trau dich, jetzt gehst du rein" nur um wieder daran vorbei zu laufen. Keine Ahnung wie oft ich das machte, der Laden lag auf der Strecke von der Berufsschule zur Haltestelle und jedes Mal wieder dieser innere Kampf. Ja oder Nein?! Was machst du da? Das ist falsch, was du da tust! Aber ich möchte es so gerne haben! Ich möchte es anziehen, mich darin bewegen!

Bestimmt lief ich jeden zweiten Tag an diesem Laden vorbei. Rauf und runter die Straße. Heute ist meine Ambivalenz eines meiner vielen psychischen Probleme. Dies Hin und Her gerissen sein, keine Entscheidung fällen zu können. Vielleicht hat es da begonnen? Wer weiß. Aber das ist auch sekundär.

Immer im Kampf mit dem inneren Ekel und der inneren Wunsch nach mehr Weiblichkeit. Irgendwann siegte dann das haben wollen, über den Ekel und ich ging in den Laden rein. Was fühlte ich mich unsicher, die Verkäuferin aber ganz cool. Meinte zu ihr, meine Schwester würden diese Kleider gefallen und sie hätte ja bald Geburtstag und da würde ich ihr gerne ein Kleid schenken. Und dann DAS Problem. Ich hatte von Damenkonfektionsgrößen absolut keine Ahnung. Ein Internet zum schnell mal nachschauen gab es nicht, also war es irgendwie ein Ratespiel. Natürlich mit keinem guten Ausgang. Im dem Laden beschrieb ich meine Schwester schon als sehr kräftige, große Frau und die Verkäuferin suchte dann auch die größte Größe heraus. Dann der größte Nervenkitzel. Jedes Mal das Spiel, wie schaffe ich das Kleid nach Hause, ohne das es einem auffällt was ich da gekauft habe um es dann anzuprobieren. Habe es jedes Mal mit hochrotem Kopf und großer Nervosität geschafft. Immer die Angst, dass mich jemand überrascht und mir Fragen stellen könnte

Zum besseren Verständnis muss ich kurz noch etwas einwerfen. Wir hatten eine Vierzimmerwohnung Altbau in Durlach. Wohn- und Schlafzimmer der Eltern, ein Esszimmer und ein gemeinsames Kinderzimmer. Irgendwann jedoch brauchte und wollte aber jeder von uns Kindern sein eigenes Reich. Auf Grund des Wohnungsschnittes war es nicht möglich das Esszimmer in mein Zimmer umzubauen. Naja, im Endeffekt wäre es wahrscheinlich schon gegangen. Warum ist man denn Schreiner. Stopp, es ging wirklich nicht, denn außer Esszimmer war es noch Büro meines Vaters. Und das wollte oder konnte er nicht woanders neu aufstellen. Also welche Möglichkeit blieb uns? Umziehen kam nicht in Frage. Irgendwann hatte dann mein Vater eine Idee. Wir wohnten im Erdgeschoss. Die Raumhöhe im Erdgeschoss sind in Altbauten öfters die höchsten im ganzen Haus. Die Beletage halt. Bei uns damals um die 3,50 Meter. Also lass uns was Verrücktes tun. Wir haben im Esszimmer eine Zwischendecke eingezogen, so dass man unten noch bequem durchlaufen konnte und oben genügend Platz war zum Sitzen und leben. Diese Zwischendecke machten wir so stabil, dass ich oben auf die Zwischendecke mein Zimmer einrichten konnte. Von der Fläche her war es vielleicht 3x4 Meter. Problem war halt dabei, dass mein Zimmer nur 1,50 Meter hoch war. So viel Platz gab es noch zwischen meinem „Fußboden" und der richtigen Decke. Ich hatte ein Bett, Regale für meine Bücher, einen selbstgemachten Tisch aus Nussbaum und 2 Hocker. Wenn man auf denen saß, passte jemand mit meiner Größe von 180cm ziemlich genau bis unter die echte Zimmerdecke. Eigentlich ungerecht, meine Schwester bekam ein Zimmer in der Größe 5x3,5 Meter mit einer Raumhöhe von 3,50 Metern und ich muss mich zwischen eine Zwischendecke und der Zimmerdecke quetschen. Warum ich da oben eingezogen und nicht meine Schwester? Gute Frage. Naja, würde sie noch leben, würde sie mir da vielleicht widersprechen, aber ich glaube ich hatte es schon mal erwähnt, dass meine Schwester sehr nach meinem Vater kommt und ein sehr dominantes Verhalten an den Tag legen konnte. Diskussionen waren da einfach sinnlos, ich konnte nur verlieren. Sie macht sehr deutlich, dass das schon immer ihr Zimmer gewesen sei und sie diesen Platz brauchte und damit Ende jedweder Diskussion. Und ich kuschte. Wie (fast) immer zog ich den Kürzeren im Streit mit er Familie. Wenn wir schon am Jammern sind, es sind also nicht nur zwei dominante Elternteile sondern zu allem Unglück ist meine Schwester aus dem gleichen Holz geschnitzt. Jaja, was war ich doch ein armes Kind.

Aber mein „Zimmer" hatte einen riesigen Vorteil. Bei uns wurden eigentlich nie die Türen geschlossen. Also alles stand offen, jeder konnte überall hineinschauen. Zumindest bis meine Schwester anfing Freunde mitzubringen, die nicht immer die Zustimmung unserer Eltern fand. Aber selbst das war für meine Mutter kein Hindernisgrund manches Mal dort aufzutauchen um hallo zu sagen, oder eher kontrollieren.

Mein Zimmer war von unten nicht einsehbar und nur über eine Leiter erreichbar. Außer unserer Katze und mir benutze eigentlich niemand diese Leiter. Ich hatte da oben also meine Ruhe. Es war wie ein Adlerhorst, wo man weg von allem war und niemand kam an einen so einfach heran. Soweit die Vorsituation, wenn ich also mit meinen heimlich gekauften Frauenkleidern musste ich es nur schaffen, sie unauffällig nach oben in mein Zimmer zu schaffen. Dann war ich in Sicherheit.

Zurück zu den heimlichen Erwerbungen. Die Kleider von den Flohmärkten passten natürlich nie, weil ich sie nur nach Aussehen kaufte. Mich auch nicht traute nach die Leute nach der Größe zu fragen, oder sogar zu fragen, ob sie, verrucht, verrucht, etwas in meiner Größe hätten. Aber beim diesem Kleid aus dem Laden hatte ich zum ersten Mal so etwas wie eine große Hoffnung, etwas gefunden habe, was mir hoffentlich passen könnte. Doch wie groß war die erneute Enttäuschung als ich nicht hineinpasste. Ich hätte heulen können.

Mit der beginnenden Pubertät beginnt auch die Sexualität sich zu regen. Ich weiß sogar noch wo ich meinen ersten unfreiwilligen Samenerguss. Eine Pension in schönen Montafon. Völlig erschrocken was da nach einem komischen Traum aus dem Ding da unten herauskam. Und natürlich war es meine Mutter die mir das mit der Pubertät und den Dingen die mit dem Körper und auch der Psyche dabei passieren. Keine Ahnung, ob es normal ist, dass die Mutter den Jungen über seine beginnende Sexualität aufklärt, sollte das nicht so eine Männersache sein? Vom Vater zum Sohn, oder so? Aber mit meinem Vater reden war immer so eine Sache. Es gab irgendwie nie eine richtige Konversation zwischen uns.

Warum wird es abends immer schlimmer, die Ängste, die Verzweiflung, die Traurigkeit. Der Wunsch, dass das irgendwann oder irgendwie aufhören soll, nein besser muss, ist einfach so stark. Nichts mehr fühlen müssen. Die Versuchung nach Diazepam oder Tavor ist stark. Abschießen. Hauptsache, irgendwas was die Angst und die Traurigkeit zurückdrängen kann. Nichts mehr fühlen, nichts mehr ertragen müssen. Warum?

Naja, nach dieser ersten Erfahrung mit der eigenen Sexualität passierte einige Zeit nicht mehr viel zu dem Thema. Bis eines Tages mein Hirn eine Bewegung eines Schulkameraden, ein Auf und Ab mit der Hand, dem Wort Wichser und einem erigiertem Penis herstellte. Ich hatte das Onanieren entdeckt. Wie so viele andere Jugendliche in diesem Alter wohl auch. Und wie passt das mit dem Wunsch zusammen Frau zu sein. Gute Frage, was ist stärker, das Gefühl der Frau oder die sexuelle Befriedigung und da der Körper halt immer noch männlich war, siegte das Gefühl der Selbstbefriedigung. Ja ich gebe es auch zu, ich habe mir auch ein, zweimal den Playboy gekauft, natürlich wie andere auch nur wegen der guten Artikel.

Aber dann begannen die Träume. Die ersten Träume waren noch ein normaler, typisch männlicher, Traum. Es gab Sex mit einer Frau in einem nächtlichen Möbelhaus. Aber dann veränderten sich die Träume deutlich, gingen in eine ganz andere sehr verwirrende Richtung. Es gab eigentlich nur noch Träume, in denen ich immer irgendwie entführt und verschleppt wurde. Dort in einem Labor, auf einen Gynäkologenstuhl gefesselt. Woher wusste ich überhaupt, wie solch ein Stuhl aussieht? Dort wurde mir eine Vagina hmm sagen wir mal naiv gebohrt. Klingt brutal, aber andere operative Methoden hatte ich in diesem Traum leider nicht zur Verfügung. Wie auch immer, ich erhielt eine neue funktionstüchtige Vagina, manches Mal behielt ich den Penis, manches Mal nicht. Anschließend wurde ich dann in die Prostitution geschickt und konnte so beide Geschlechter befriedigen.

Die Angst vor dem Schlaf ist so unfassbar groß. Ich weiß nicht, ob ich meine Medikamente noch nehmen soll. Geisterstunde. Kurz nach 24 Uhr. Die Angst vor dem Schlaf, vor dem was im Schlaf passiert. Meist erst gegen morgen, aber in richtig schlimmen Nächten kann es auch schon sich die ganze Nacht durchziehen. Schlechte, negative Träume. Nein, kein Albträume, aus denen ich schreiend erwache. Nein, Träume die so real sind. So nicht zu stoppen. Vom Gefühl her die ganze Nacht sich durchziehen. Beispiel gefällig für einen dieser Träume? Gut, Gaby unterwegs mit einem Forscher. Als irgendeinem Loch kriecht eine riesige Kobra. Nur kurz am Rande, ich habe eine panische Angst vor Schlangen, also diese Kobra schlängelt sich ganz ruhig aus ihrem Versteck. Der Forscher, mit dem Gaby unterwegs war streckte die Hand aus, dass die Schlange darüber gleiten konnte. In dem Moment als sie über die Hand kroch, schnellte sie blitzschnell vor und biss dann wie verrückt immer wieder in Gabys Hand. Ihr komplettes Gift pumpte sie in Gabys Hand. Ich sah sie dann langsam sterben, als das Gift sich in ihrem Körper verteilte. Ich konnte nichts tun, war völlig hilflos. Ich schrie. Der Traum ging dann weiter, dass

Dutzende kleiner Kobras sich wie ein Armband um mein Handgelenk geschlungen hatten, und all diese kleinen Kobras bissen immer wieder zu. Irgendwann bin ich dann aufgewacht, wollte mich nicht bewegen, weil ich Angst hatte, dass in meinem Bett hinter meinem Rücken diese Schlange lag.

Aber ich habe auch Träume, in denen ich von meinem Vater auf der Baustelle vorgeworfen bekomme, was für ein schlechter Schreiner ich doch bin. Das schlimme an diesen Träumen ist, sie gehen teilweise selbst dann weiter, wenn ich wach geworden bin und dann wieder einschlafe. Die Träume gehen einfach weiter. Wie wenn man auf die erneute Playtaste drückt. Ich habe solche Ängste vor dem schlafen, vor dem im Dunkeln liegen. Warum gibt es keinen Knopf – aus und weg. Ja, weg, ich schmunzle, weg – wie zweideutig. Welchen Schlaf? Schlaf, oder Schlafes Bruder. Hypnos oder Thanatos? Der Eine griechische Gott des Schlafes der andere der des Todes. Ich bin so müde, sehne mich nach beiden.

Leere in mir,
wohin ich auch hinein fühle
da ist nichts, nichts
was wie Licht aussieht
Dunkelheit, Trübniss
Positives nicht vorhanden
Nur Trauer umfängt mich
Kleiner oder großer Schlaf
sind so verlockend
Müdigkeit, Schwere
Einfach nicht mehr aufwachen
Schreien ohne Stimme
Schmerz ohne Ende
Keine Tränen schaffen es heraus

Der Traum wurde ein fester nächtlicher Bestandteil. Anfangs noch unbewusst geträumt, später wurde aus diesem unbewusstem Traum ein immer wiederkehrender Wunschtraum. Fast täglich nutze ich diese Phantasie zum Einschlafen. Stellte in meinen Gedanken diese Szenen immer wieder vor, manches Mal etwas abgewandelt, aber meistens gleich. Immer und immer wieder. Welch schönes Gefühl das in meinen Gedanken auslöste.

Aber je älter ich wurde, Monate oder vielleicht ein Jahr, je reifer der Verstand wurde, wurde mir klar, dass das alles niemals wahr werden würde. Solche Maschinen, einen Mann in eine Frau zu verwandeln gibt es nicht. Wunschdenken. Ich schaute nach unten und da war und blieb mein Penis. Also war und blieb ich ein Mann für den Rest meines Lebens. Welche Wahl hatte ich denn?

Es wurde mir auch klar, dass ich über all das, was da in meinem Kopf an verrückten Gedanken durcheinander wirbelte, absolutes Stillschweigen wahren musste. Über alles, auch das mit dem Job, den ich ihn nicht mochte, Klappe zu. Mund halten. Zu NIEMANDEN ein Wort. Was hätten sie wohl damals Anfang der Achtziger zu mir gesagt, wenn ich gekommen wäre, entschuldigt aber ich fühle mich nicht als Mann, sondern ich wäre lieber eine Frau? Ja klar, wenn man im World Wide Web nachschaut gab es in Amerika seit den Fünfzigern schon die ersten Erfahrungen mit diesem Thema. In den dreißiger Jahren in Berlin gab es so etwas wie geschlechtsangleichende Operationen schon. Oder in den Siebzigern gab es auch in Casablanca entsprechende Chirurgen, wohin es dann viele Transsexuelle gezogen hat. Aber wir reden von einer badischen mittelgroßen Stadt. Damals gab es noch kein Internet, mit Sicherheit keinen Arzt der eine Ahnung von diesem Thema hatte. Selbst in der Bibliothek gab es wohl wenig bis gar keine Info zu diesem Thema.

Ein Mann ist ein Mann und blieb auch einer, damit fertig. Sie hätten mich wohl für verrückt erklärt, was diese perversen Gedanken den sollen, ich soll aufhören solchen Quatsch zu reden. Mich zusammenreißen. Ich glaube, als reine Vermutung, mein Vater wäre wohl etwas mehr ausgetickt als meine Mutter. Aber meine Mutter hätte wohl deutlich mehr Angst gehabt, dass das Verhalten ihres Sohnes zu einem Skandal führen könnte. Oh mein Gott, mein Kind ist ganz anders wie alle anderen. Er blamiert mich ja so. Hätte sie Angst gehabt, dass damals man in dem kleinen Städtchen mit dem Finger auf sie zeigt? Oh ja, definitiv! Denn sie kannte ja die halbe Einwohnerschaft, und die andere Hälfte kannte sie. Durch ihre Arbeit als Elternbeirat kamen noch ein paar mehr hinzu. Sie kannte die Eltern aller Klassenkameraden, Dann kannte sie die anderen Elternbeiräte der anderen Klassen. Sie war definitiv keine Unbekannte. Mit ihr durch Durlach zu laufen war für sie ein angenehmes Gefühl, von vielen begrüßt und geschätzt zu werden. Immer gab es ein Hallo dort, ein „Wie geht's" da und viele Leute die ein Schwätzchen mit ihr hielten. Also, wie groß wäre Ihre Angst gewesen, dass sie ausgegrenzt geworden wären, dass die ominösen Anderen mit dem Finger auf sie zeigen, Ihr vorwerfen würden, was sie für eine Mutter sei? „Kann sie ihre Kinder nicht richtig erziehen?" „Was für eine Versagerin als Mutter…". Als Fazit kann man sagen, dass meine Mutter, wie ihr ganzes Leben, eine unheimliche Angst davor hatte aus dem Rahmen zu fallen, aus der Menge aufzufallen. Aus diesem Grund hätte sie mich wohl damals nie unterstützt. Bei meinem Vater ging es wohl weniger um die Angst aufzufallen, als vielmehr um die Angst, was wird aus meiner Schreinerei, wenn mein Sohn so etwas Verrücktes, Abartiges machen würde.

Aber von beiden wäre ich definitiv als Verrückter abgestempelt worden und von beiden Seiten ziemlich verbal niedergemacht worden. Was hätte ich dann wohl gemacht? Mich aufbegehrt, versucht meinen Willen durchzusetzen. Mich umgebracht?

……….
………
……..

Entschuldigung, aber ich musste kurz laut auflachen, natürlich über mich. Über wen denn sonst. Damals wäre Aufbegehren wohl das letzte gewesen, was ich getan hätte. Ich und mich wehren, zwei Dinge die einfach nicht zueinander passten. Viele eigene Vorstellungen, oder Ideen, Phantasien, wie ich mein Leben gerne leben wollte. Aber immer zu feige, einen einzigen Ton zu sagen. Ich war irgendwo zwischen 18 und 23. Alt genug sein eigenes Leben zu führen. Aber innerlich, bis unter die Haarspitzen zerfressen von Feigheit und Angst vor dem Leben.

Selbst heute, in bestimmten Situationen ist dies ein großes Problem. Vor allem weg der Gegenüber im Rang deutlich über mir steht. Der Chef im Geschäft, der Oberarzt in der Klinik, mein Vater.

Resignation machte sich in mir breit. Ein Gefühl von es gibt keinen Ausweg mehr. Du kannst bzw. musst „einfach" weiter machen. Was blieb mir anderes übrig. Aber es wurde noch schlimmer.

Meine Großeltern, hatten ein Haus am Rand des Pfälzer Waldes, oberhalb des Dorfes Burrweiler. Mein Großvater hatte, ca. 2 Jahre später einen Herzinfarkt und war innerhalb Sekunden tot. Morgens beim Aufstehen meinte er noch ihm sei übel, fiel zurück aufs Bett und war tot. Alles Schrecklich, aber eigentlich war es das nicht. Sein Tod ging an mir vorbei. Keine großen emotionalen Empfinden dabei. Erst durch seine Abwesenheit wuchsen wir alle zusammen.

Die ganze Familie traf sich regelmäßig dort an Wochenenden und auch zu manchen Urlauben. Aber dazu werde ich noch an späterer Stelle kommen. Bei einem dieser Wochenendaufenthalte besuchten wir Speyer. Zu der Zeit gab es weder das Technikmuseum noch Sea Life. Also war der Dom das einzige Highlight. Ich hoffe, gewisse Leute aus Speyer lynchen mich wegen dieser Aussage. Klar es gab noch die schöne Altstadt. Aber das Highlight war der Dom. Er ist im romanischen Stil erbaut. Als kleine Klugscheißerin sage ich mal mit seinem Bau ist am Anfang des ersten Jahrtausends begonnen worden. Massiv, wie alle romanischen Bauwerke. Beeindruckend. Aber das ist Nebensache. Wollte nur ein bisschen angeben mit meinem Wissen. Wir also besuchten den Dom. Irgendwann liefen wir an einem Ständer mit religiösen Broschüren vorbei. Da gab es auch einen Flyer über Ordensfrauen. Erinnern sie sich noch, bei was ich entdeckte, dass ich lieber eine Frau sein wollte? Genau beim Film Geschichte einer Nonne. Ich wollte diesen Prospekt unbedingt haben. Aber ihn vor den Augen der Familie einfach einstecken. Undenkbar. Welche Diskussionen wären da wohl losgegangen? Beim ganzen Besuch des restlichen Speyers dachte ich nur daran, wie komme ich an dieses Prospekt? Auf dem Rückweg zum Parkplatz, er liegt hinter dem Dom, hatte ich meine Chance. Unter einem Vorwand, was weiß ich noch, vielleicht ein Foto vom Inneren des Domes zu machen o.ä., bin ich noch einmal kurz alleine in den Dom zurück. Nichts wie hin zu dem Ständer mit den Broschüren. Und da war sie wieder die Ambivalenz, die mich schon mein ganzes Leben begleitet. Nimm sie – was soll der Schwachsinn – nimm sie mit – was willst du denn damit anfangen? – Nimm sie – Du bist doch echt verrückt – Nimm sie. Ja ich nahm sie, kam mir dabei vor, als wenn ich den Kirchenschatz des Speyrer Domes stehlen würde. Also die Beute irgendwie unter der Kleidung versteckt und nichts wie raus aus dem Dom. Ich hatte wirklich Angst, dass mich jemand anspricht, warum ich als Mann diese Broschüre über Ordensfrauen mitgenommen habe. In mir der Kampf zwischen „Ja, ich hab es getan" und „Du bist pervers". Dass mir das keiner angesehen hat, wundert mich wirklich.

Eine neue Nacht, die gleiche altbekannte Angst. Wieder wie jeden Abend bzw. Nacht, soll ich die Medikamente nehmen oder soll ich einfach wach bleiben. Wie in dem Buch Schlafes Bruder von Robert Schneider. Wo einer der Protagonisten sich entschließt solange wachzubleiben bis der Tod kommt. Das ist gerade sehr verlockend. Immer die Frage, warum macht mir die Nacht, bzw. der Schlaf eine solche Angst. Es ist auch egal wo ich gerade bin, zuhause oder in der Psychiatrie oder im Urlaub. Wieso? Immer wieder die Frage Wieso? Die letzte Nacht war ok, was wohl an den 5mg Diazepam lag. Sind es die Ängste vor den Träumen die mich am Schlafen hindern wollen? Oder dieses Gefühl morgens bzw. den ganzen Tag nie richtig wach zu werden. Immer müde zu sein. Ich fröne einer neuen Sucht. Dem Genuss österreichischer Engergy Brause. Seit neustem hat es Aldi im Angebot und ohne mindestens eine Dose dieser extrem süßen Brause überstehe ich keinen Tag. Immer nur das Gefühl müde, und erschöpft zu sein. Eigentlich brauche ich spätestens gegen 2 Uhr nachmittags eine Ruhepause, einen Mittagsschlaf. Was faszinierend ist, wenn ich müde und erschöpft bin, ist keine Kraft da zum sich Schlechtfühlen. Erst gegen Abend, wenn die Müdigkeit und Erschöpfung weicht, ich fitter werde (ohne die Brause) dann steigt auch die Depression exponentiell an. So schlimm, das ich vor Verzweiflung schreien könnte. Der Schmerz der Traurigkeit unerträglich ist. Die Ängste, der Wunsch nach Erlösung. Tagtäglich das gleiche beschissene Gefühl. Wenn wir schon bei Romantitel nennen sind. The Big Sleep von Raymond Chandler. Was damit gemeint ist, ist wohl jedem klar. Trotzdem habe ich mich entschieden das Dominal zu nehmen. Aber ohne das Diazepam. Vielleicht bin ich dann nicht ganz so erschöpft und müde, wie mit dem Diazepam. Ich habe Angst, was der Schlaf an Geister schicken wird.

Morgen ist Montag. Das heißt wie immer Großeinkaufstag und um 17 Uhr gibt es noch einen wichtigen Termin bei meiner Hausärztin. Da muss ich fit sein. Alles durchstehen. Bin sehr nervös vor dem Besuch bei der Ärztin. Es hängt so viel davon ab. Ich brauche für meine private Ergotherapie eine simple Verordnung. Leider bekomme ich keine von der PIA, der psychiatrischen Institutsambulanz, da wo meine Therapeutin und meine Krankenschwester arbeiten. Sie können mir nur Ergo von der PIA anbieten. Aber das will ich nicht. Vor dem Klinikaufenthalt hieß es von meiner Hausärztin, ich würde keine mehr bekommen. Daraufhin hatte ich ihr einen Brief geschrieben. Keine Ahnung welche Reaktion er ausgelöst hat. Denn kurz danach bin ich ja für die neun Wochen in der Klinik verschwunden. Also werden wir Morgen, bzw. heute sehen (Mitternacht ist schon ne Weile vorbei) wie sie sich entschieden hat. Ob sie bei ihrem Nein bleibt, oder ob sie ein Einsehen hat. Werde ihr auch den vorläufigen Arztbrief aus der Klinik geben. Weiß bisher nicht mal was drinnen steht, weil ich Angst davor habe nachzuschauen. Was bin ich doch für ein mutiges Menschlein. Hosenschisser.

Was mache ich jedoch nun mit diesem Prospekt aus der Kirche? Was soll ich damit machen? Ich wusste es nicht. Ich hatte, dass was ich wollte und wusste aber nichts damit anzufangen.

Nonne, Mönch, ach was weiß ich

Irgendwann reifte dann ein noch seltsamerer Plan in meinem Kopf. Wenn schon nicht Nonne, dann doch wenigstens Mönch. Die laufen doch auch mit solch ähnlichen Bekleidungen herum. Klingt seltsam, ist es auch. Sehr schräg! Vor allem weil ich in meinem bisherigen Leben mit der christlichen Denk- und Lebensweise nichts am Hut hatte. Die ganze Familie war niemals irgendwie gläubig. Weder der katholische, von väterlicher Seite, noch der evangelische, von Muttern und Konfirmation. Glaube war auch nie irgendwann ein Thema in unserer Familie. Besonders mein Vater war innerlich schon so etwas wie ein Atheist. Bei seiner Vorgeschichte auch kein Wunder. Und jetzt auf einmal kommen solche seltsamen Gedanken in meinem Kopf hoch. Also warum komme ich auf einmal auf den Gedanken Gott zu folgen? Jemand an den ich mein ganzes Leben noch nie geglaubt, dem will ich nun urplötzlich freiwillig folgen. Und das einzig und allein, weil ich kein Nonnentracht haben konnte, deswegen nun das Habit eines Mönches als Ersatz nehme. Ich fing an mich mit dem katholischen Glauben zu befassen. Kaufte mir Bücher über Heilige, ein Stundenbuch. Was das ist? Ein Gebets- oder Andachtsbuch. Darin sind für fünfmal am Tag Gebete drin. So wie im Kloster auch Von des Laudes ganz früh morgens, über die Terz, Sext, Non und Vesper zur Nacht. Nein nichts zum Essen. Aber damit greife ich auch schon etwas vor.

Wie schon geschrieben, spielten in meinem Hirn ein paar Synapsen etwas verrückt und ich entschied mich Mönch zu werden. In der Broschüre über die Ordensfrauen war auch eine Adresse woher man weitere Informationen bekommen konnte. Die haben ich angeschrieben und um weitere Informationen gebeten. Zurück kam dann eine ähnliche Broschüre, nur für Männerorden. Ich suchte mir ein paar Adressen von verschiedene, in der Öffentlichkeit eher unbekannte Orden heraus und habe dann die angeschrieben und um weiteres Infomaterial gebeten. Was sie dann auch fleißig getan haben.

Wenn ich das alles hier so schreibe, denke ich mir, auf was für seltsame Gedanken ich in meiner Einsamkeit gekommen bin. Was für ein schräger Mensch ich da war. Ich war niemals von dieser Liebe zu Gott angesteckt, die man braucht, oder haben sollte um diesen Schritt zu gehen. Der Glaube fehlte, dieses Gefühl, sein Leben ganz Gott zu weihen. Wie sollte es auch, wenn da nur eine große Leere war. Wie verquert müssen da die eigenen Gedanken im Kopf sein, wenn man das in sich selbst nicht erkennt, dass das entscheidende, der Glaube, fehlt.

Aber trotzdem machte ich weiter. Ich hatte ja so etwas wie ein Ziel ins Auge gefasst. Ich machte mich auf den Weg, vom dem schon von Anfang an klar war, dass er in einer Sackgasse enden würde. Aber dafür fehlte mir der Blick

Im Zuge dieser ganzen Bewegung hin zum Glauben, bekam mit einem Mal einen solchen Selbstekel vor mir selbst, sagte mir, wie kannst du nur so pervers so sündig sein, du bist ja wirklich ekelhaft, auf Frauenkleider stehen.

Mein Bett hatte wegen der geringen Raumhöhe keine Füße, sondern nur ca. 2 cm hohe Platten, auf den das Bett lag. Darunter hatte ich meine ganzen Schätze versteckt. Durch die geringe Höhe der Platten konnte man also nicht unters Bett schauen. So waren die Kleider vor neugierigen Blicken geschützt. Wobei ich mir bis heute nicht sicher bin, ob meine Mutter nicht doch in ihrer großen Neugier sich die Mühe machte unters Bett zu schauen und meine perversen Neigungen entdeckte. Aber wie schon gesagt, ich weiß es nicht ob oder ob nicht. Ist auch im Nachhinein völlig egal.

Auf jeden Fall nahm ich in einem Anfall von besonders großem Ekel, alle meine Schätze und schmiss sie in den Müll. Nur weg mit dem perversen Zeug. Vielleicht in der Hoffnung, es dann auch aus meinen Gedanken zu verbannen.

Habe gerade eben die Erfahrung gemacht, dass chronisch krank zu sein, ein immer größerer Fluch wird. Seit mehreren Jahren gehe ich regelmäßig zur Ergotherapie. Anfangs hatte meine Psychiaterin die Verordnungen ausgestellt. Dann bin ich zur PIA, der psychiatrischen Institutsambulanz, der Karlsruher Psychiatrie gewechselt. Dort habe ich meine Therapeutin, Unterstützung durch Krankenschwestern.

Aber was sie nicht können, ist eine Verordnung für eine externe Ergotherapie ausstellen. Dies hat die letzte Zeit nun meine Hausärztin ausgestellt. Nun war ich heute dort um mit ihr über dieses Problem zu reden. Tja, jetzt fühle ich mich gerade so, als ob mir einer in die Fresse geschlagen hat. So nachdem Motto sie hätte ein so kleines Budget für chronisch Kranke, dass sie fast keine Verordnungen mehr ausstellen kann. So kann es sein, dass die Verordnung die ich heute bekommen habe, die letzte war. Wenn ich im neuen Quartal eine neue Verordnung brauche, habe ich keine Garantie auch eine zu bekommen. Das zieht mich gerade dermaßen herunter. Keine Ahnung, wie es weiter gehen soll, wenn die zehn Behandlungen vorüber sind. Und natürlich hat sie als Allgemeinärztin eine ganz andere Theorie, alles Psychische liegt am Schnarchen... WTF, was soll denn dieser Scheiß? Kennt mich nur von ein paar Besuchen, den Unterlagen der Psychiatrie und sie als Expertin kommt zu dem Schluss, all die psychischen Erkrankungen kommen nur vom Schnarchen. Super!

Komme mir gerade so vor, wie in der Klinik mit dem Lithium und der Blasenschwäche. Jeder hat eine vorgefasste Meinung. Nur so kann es sein.

Wie lange dauert es noch, bis man chronisch Kranken statt einer Verordnung oder einem Rezept auszustellen einfach eine große Packung Schlaftabletten hinstellt. Oder ein Strick. Je nach Vorliebe. Nächste Woche wollen Gaby und ich mal zu meiner Krankenkasse fahren und dort versuchen mit meiner Sachbearbeiterin über das Problem zu reden. In der Hoffnung dort irgendeine Lösung zu finden. Ich bin gerade absolut resigniert.

Es war eine Zeit, in der meine Ambivalenz schon richtig ausgereizt wurde. Diese Zerrissenheit in zwei Hälften prägte sich in dieser Zeit immer aus. Einerseits konnte ich von den „sündigen" Gedanken und Taten nicht lassen. Ich befriedigte mich weiterhin selbst, mein Wunsch nach Frau sein bekam ich auch nicht aus dem Kopf. Und auf der anderen Seite dann der Versuch die Moral der katholischen Kirche zu übernehmen. Was natürlich nicht besonders gut klappen kann und nebenbei auch sehr anstrengend für meine Psyche war. Man muss dabei bedenken, dass all das während der Pubertätsphase angefangen hat und weiter gesponnen wurde.

Während andere Jungs ihre Sexualität entdeckten, mich sich selbst, oder Mädchen, bzw. zu dem Zeitpunkt sind es ja schon junge Frauen, ohne Scham oder schlechtes Gewissen vor der eigenen Sexualität wurde das bei mir immer schlimmer.

Pubertät war sowieso irgendwie nicht richtig vorhanden. Für Kontakte zum weiblichen Geschlecht fehlte der Mut, die Schüchternheit war nicht schwächer sondern wurde stärker mit jedem weiteren Tag und jede Selbstbefriedigung war ja Sünde. Wie es schon in der Bibel steht. Ich war ein so braves angepasstes Kind, dass genau das tat was die Eltern sagte, keinen Widerstand leistete, sich nichts traute. Und in dieser Phase kam dann auch noch die katholische Kirche mit ihren engen Moralvorstellungen dazu. Das und das darfst du nicht, das alles ist Sünde. Ich hatte mit einem Mal zwei Seiten, die mir vorschrieben, was ich zu tun und zu lassen hätte.

Nun nehmen sie all das, werfen es in einen großen Mixer der Psyche, stellen diesen auf volle Pulle und schauen mal vor was dabei herauskommt. Auf jeden Fall ein ziemlich verstörtes Etwas. Diese Zeilen zu schreiben ist gerade sehr anstrengend.

Ich schäme mich für mich selbst. Für diese Person, die ich da war. Hasse mich für diese Zeit so sehr. Vielleicht, weil ich, im Gegensatz zu vielen anderen Themen, dieses hier noch nie Thema in einem Therapeutengespräch war. Um es auch klar zu stellen, ich will dies alles nicht als Vorwurf gegen die katholische Kirche sehen. Nicht sie hat mich zu dem damaligen Menschen gemacht, sondern das war ich ganz alleine. Vieles verstehe ich heute auch nicht mehr, warum ich dies oder das tat. Es klingt, wenn man es gerade in die Tasten der Laptops tippt, so verrückt, so krank. Wie konnte ich nur so etwas werden? Das was da auch dem Mixer gekrochen kam, war kein gesunder Menschenverstand mehr, es war Matsch. Es wäre gut gewesen, über dieses Thema mit jemand zu reden, ihm oder ihr versuchen zu erklären, was da gerade in meinem Kopf für ein Durcheinander ist. Aber dazu fehlte mir einerseits der Mut und andererseits war in unserer Familie ein offenes Gespräch etwas ziemlich unbekanntes Erlebnis. Ich glaube das erste so etwas wie ein offenes Gespräch gab es irgendwann 1995, als ich Bruni von meinen wahren inneren Gefühlen erzählen musste. Aber bis dahin dauerte es noch mehr als ein Jahrzehnt.

Aber die Geschichte geht ja weiter. Ich hatte die verschiedenen Orden angeschrieben und auch von jedem mehr oder weniger Informationen zurückbekommen. Meine Mutter nahm ja die Post entgegen. Sie merkte ja was da plötzlich für Briefe zurückkamen. Die Absender waren überall gut zu lesen. Was wäre wohl mit mir, meinem Leben passiert, wenn sie in dieser Zeit mich einmal zur Seite genommen hätte und wir ein Vier-Augen-Gespräch geführt hätten. Sie haben ja Recht, ich hätte es von mir aus machen können. Aber wie schon mein ganzes bisheriges Leben war ich ein Feigling. Froh, wenn er nicht angesprochen wurde oder etwas aus eigener Initiative zu tun. Nur nicht auffallen.

Ich weiß nicht, ob es an diesem Thema liegt, oder am schlechten, zu früh unterbrochenen Schlaf, aber heute ist mein Selbstekel besonders groß. Man braucht kein großer Psychologe zu sein, natürlich liegt es mit größter Wahrscheinlichkeit an dem Thema. An dieser Phase in meinem Leben die mich wahrscheinlich zu dem psychischen kranken Menschen gemacht hat, der ich heute bin. Das Schreiben über dieses Thema fällt mir extra schwer. Habe jetzt schon so viele Seiten geschrieben, aber so nahe wie gerade jetzt war ich dem Aufgeben noch nie. Das alles wühlt eine in mir Seite auf, die mich derartig herunterzieht, dass ich am liebsten hinschmeißen würde. Wie ekle ich mich vor der Person über die ich da gerade schreibe. Sie kotzt mich so an. Und das schlimmste daran, die Person, das bin ich selbst!

Die Briefe legte sie kommentarlos oben auf meinen Fußboden. Ich schaute mir die Informationen an und entschied mich für den mir unbekanntesten Orden um ihn anzuschreiben. Es war der mir absolut unbekannte Karmeliterorden. Nicht bekannt? Nein? Kein Drama. An diesen Orden habe ich dann einen Brief geschrieben. Was ich geschrieben, keine Ahnung mehr, wahrscheinlich irgendwas von Interesse am Ordensleben, Eintritt in den Orden usw. Und ich bekam relativ schnell eine Antwort von einem Pater Thomas. Daraus entwickelte sich ein reger Briefwechsel. Es ging um christliche Themen, die katholische Kirche und all anderen was mit Klosterleben und auch das Thema Onanieren. Wenn es wirklich ernst von meiner Seite gemeint gewesen wäre, dann hätten die nächsten Schritte wohl so aussehen müssen... Erstmal mit den Eltern reden, ihnen meinen Entschluss bekannt geben, dann in der Heimatgemeinde zum katholischen Glauben konvertieren, regelmäßig die Messe besuchen, Mal für ein Wochenende ins Kloster fahren. Und dann irgendwann den endgültigen Schritt zu tun. Der Aufbruch. Das hätte aber Initiative vorausgesetzt. Was aber da niemals vorhanden war. Ich traute mich mal wieder nicht, oder besser gesagt, so wie immer nicht, die Sache an- oder auszusprechen. So blieb der Briefverkehr zwischen dem Pater und mir wohl ein Geheimnis zwischen mir und meiner Mutter. Es waren eine ganze Menge Briefe, die da hin und her geschrieben wurden. Warum waren es so viele? In diesen Briefen wurden auch persönliche Dinge angesprochen, natürlich nicht das Frauensein, das wäre dann des Guten zu viel. So weit ging mein Vertrauen dann doch nicht, bzw. das war zu intim, oder ich hatte Angst wie er meine Perversität aufgenommen hätte.

Sie nahm die Briefe entgegen, legte sie mir kommentarlos auf meinen Deckenboden. Sie las ja den Absender, konnte sich also vorstellen, um was es in den Briefen ging. Auf der anderen Seite nahm ich Briefe stillschweigend an mich. Darüber gesprochen, niemals. Naja, es könnte sein, dass sie einmal in einem Nebensatz kurz angefragt hat, ob ich ihr was zu sagen hätte. Aber da bin ich mir nicht mehr sicher. Es könnte auch nur Hoffnung sein, dass meine Mutter etwas Interesse an meinem Leben, meiner Zukunft zeigen würde. Aber vielleicht dachte sie, ich soll den ersten Schritt auf sie zumachen. Und wir beide einfach bzw. leider aneinander vorbei gelebt haben, oder ich einfach nur Angst vor diesem einen entscheidenden Gespräch hatte. Natürlich könnte es auch sein, dass sie irgendwie hoffte das das nur eine spinnige Phase im Leben ihres Sohnes ist, die sich irgendwann wieder von alleine legen würde. Oder es war halt wie immer, wir schweigen das Problem tot. Wenn wir nicht darüber reden, gibt es das Problem vielleicht gar nicht.

Naja, Probleme gab es schon in der Familie, in welcher Familie gibt es keine. Die wurden dann aber nicht, wie es eigentlich üblich sein sollte, ausdiskutiert, oder in einem höflichen und wertschätzenden Umgangston an- oder ausgesprochen. Nein, es wurde sofort lautstark gestritten, ohne das es je zu einer Einigung oder Einsicht von einer der streitenden Seite kam. Oft habe ich mir in solchen Situationen die Frage gestellt, lieben sich meine Eltern noch? Oder war es nur noch eine reine Zweckgemeinschaft? Zusammenbleiben aus Angst was die Nachbarn sagen? Und jeder, Bruni und Willi hatte natürlich das alleinige Recht haben gepachtet. Etwas, dass meine Eltern sehr gut konnten.

Beide waren extreme Sturköpfe, keiner konnte oder wollte nachgeben. Deswegen blieb ich wohl psychisch auch so klein. Neben dem Unfall auch noch zwei, fast könnte man sagen, Egomanen ständig um einen. Kein Platz fürs eigene Ego, In die Schusslinie zwischen die Beiden zu kommen, war kein Spaß. Aber ich selbst war manches Mal auch kein Waisenknabe. Das Lautwerden habe ich wohl von beiden Elternteilen gemeinsam geerbt. Aber beide haben mir auch sehr schnell beigebracht, dass sie lauter und dickköpfiger sind als ich. So lernte ich schnell, dass es sich nicht lohnt sich zu wehren, du ziehst immer den Kürzeren. Keine Chance, mal Recht zu bekommen. Resignation. Also warum es dann noch tun. Das haben mir beide gründlich ausgetrieben.

Das es auch anders geht, hat mir meine Schwester bewiesen, die ein genau solcher Dickschädel, wie wir drei anderen, war. Aber statt in die aussichtslose Konfrontation zu gehen, machte sie ihr Ding. Völlig wurscht was meine Eltern darüber dachten, oder mögliche Konsequenzen, sie tat es einfach. Ich weiß nicht, wie es da in ihr ausgesehen hat, aber nach außen wirkte sie dabei sehr tough. Ich hätte ihr gerne damals ein einziges Mal gesagt, wie ich sie dafür bewunderte. Um ihr Durchsetzungsvermögen, um die große Anzahl an Freunden, um ihre Art zu leben. Sie zog ihr Ding durch, dafür zolle ich dir Petra, meinen Respekt. Leider ist es inzwischen zu spät um es ihr zu sagen. Aber ich wäre gerne wie du gewesen und nicht so ein verklemmter, einsamer, buckliger und gehorsamer Mensch. Klingt es zu sehr nach Jammern? Das soll es aber nicht. Es ist ja nicht so, dass mir das Schicksal dieses Leben aufgebürdet hat. Nein, ich hätte es ja genauso machen können, meinen Weg gehen. Aber ich habe es nicht getan. Vielleicht wenn der Unfall nicht passiert wäre. Ja, hätte, können, sollen. Nützt alles nichts. Ich habe schlussendlich gar nichts getan um diesen chaotischen Weg zu verlassen. Credo, verflucht nochmal nur niemals auffallen!

Doch zurück zum eigentlich Thema. Ja, ich versuchte so etwas wie katholisch zu leben. Heimlich. Eine Art Phantasiekatholisch. Lebte im Geheimen eine Art von Katholizismus. Eine Art von kleinstmöglichem Privatzirkel. In meinem Unterderdeckezimmer habe ich die Vesper Wort für Wort nachgebetet. Habe die Stellen lautlos nachgesprochen, es durfte mich ja sonst keiner hören. Bei der Laudes, dem Morgengebet versagte ich dann doch fast immer. Eine halbe Stunde länger schlafen waren mir wichtiger, als die Lobpreisung Gottes. Habe sogar versucht den Rosenkranz zu beten. Diese 10 Ave Marias, mit den jeweiligen Geheimnissen und dann die Vater unser. Dabei aber fast immer am Einnicken. So etwas wie ein Meditation Effekt hat sich leider bei keinem Versuch eingestellt. Aber ich kann bis heute immer noch beides auswendig. „Gegrüßest seist du Maria, voll der Gnade, der Herr sei mir dir". Selbst das katholische Glaubensbekenntnis ist immer noch abrufbar. Sonntags sogar versucht den katholischen Gottesdienst im Fernsehen anzuschauen nur um nach 5 Minuten aus- oder weiter zu schalten, weil es einfach zu langweilig war. Eher aus- als umgeschaltete um genau zu sein. Ich hatte damals nur so eine damals übliche Zimmerantenne. Viel Alternativen hatte ich also nicht. Dann aber im Bett sich vor dem Einschlafen vorstellen, wie es wäre, gefangen zu werden und zur Frau umgewandelt zu werden. Sehr viel krasser kann es eigentlich nicht sein. Fünf Minuten vorher noch versucht mit Gott zu reden und dann solche anregenden Vorstellungen. Die wohl absolut das genaue Gegenteil von ersterem sind.

Es funktioniert halt einfach nicht, wenn kein oder nur sehr wenig eigener Glaube mit im Spiel sind. Wenn es eine Plattitüde ist, dann bleibt es nur oberflächlich. Es geht nicht ans Herz. Und das ist zum Glauben oder eine andere Leidenschaft notwendig. Und das Herz war zu sehr verkümmert, um da etwas an sich heran zu lassen. Und Glaube ist etwas, was mir, manchmal auch leider, fehlt. Weder zu Gott noch zu den Menschen. Ja, manches Mal beneide ich gläubige Menschen, sie haben immer so etwas wie einen, wenn auch imaginären, Ansprechpartner. Einen, der immer für sie da ist. Der einem Kraft und Zuversicht spenden kann. im Notfall um etwas bitten können. Ob es wirklich funktioniert?

Naja, sehr wahrscheinlich nicht, aber es kann tröstlich sein. Aber andererseits bin ich aber auch froh, nicht gläubig zu sein. Ich bin froh, dass wenn der Sensenmann kommt, egal ob selbst herbei geführt, natürlich oder Krankheit, dass dann endlich alles vorbei ist. Kein „Hallo, Ich bin der Petrus, willkommen in deinem neuen Zuhause". Ok, klingt nach purem Sarkasmus und das soll auch so sein. Aber ich will danach einfach nicht mehr weiter machen. Genug ist genug. Und als was würde ich denn wieder geboren? Hmm..? Mit oder ohne das Teil zwischen meinen Beinen? Als Susanne oder Michael. Und wenn man dann seine ganze Familie wieder trifft, wenn würden sie wohl sehen wollen? Wie würden sie auf mich reagieren, wenn sie dann erfahren, was ich wirklich über sie gedacht habe? Wenn nach der Trauerfeier ich nichts mehr bin, als ein Häufchen Asche, dass im Friedwald unter einem Baum vergraben wird, das reicht mir voll und ganz.

Ja, endlich hat das ganze Leid, die Verzweiflung und Traurigkeit in meinem Leben ein Ende. Ein endgültiges. Aus und vorbei. Finde z.B. den Gedanken wunderschön, dass ich dem Baum als Nährstoff diene. Ein Teil eines schönen Lebewesen zu werden. Und alles ohne das, was mich jetzt noch so verzweifelt quält.

Neben dem Gläubigen und der Frau gab es zu allem Überfluss auch noch eine dritte Partei, die in meinem Kopf auch noch eine Rolle spielte. Das kleine Kind. Dass das nie erwachsen werde will. Eine Art Peter Pan meiner Psyche. An den Wochenenden, wenn ich oben unter der Decke in meinem Zimmer war, konnte dieses kleine Kind heraus. Keiner konnte es sehen, vielleicht hören, aber es versuchte immer sehr leise und unauffällig zu sein. Dort in meinem Zimmer konnte es noch mit z.B. mit Plastikfiguren spielen. Meist Fußballspiele, aber auch Abenteuergeschichten. Eine kleine Biberfigur war mein Held. Er verkörperte einen jungen Fußballspieler, der es schwer hatte, mit den anderen Tieren aus seiner Mannschaft, da sie ihn als extrem jungen Spieler nicht akzeptieren wollten. Dafür konnte er aber perfekt mit dem Ball umgehen. Er konnte dribbeln, exakte Pässe schlagen und wurde so schnell zum Star der Mannschaft. Ich konnte darin völlig aufgehen.

Das alles, während unter mir mein Vater über geschäftlichen Dingen saß und sich wahrscheinlich nichts Sehnlicheres wünschte, dass sein inzwischen fast körperlich erwachsener Sohn sich doch mehr für den Beruf und die Schreinerei interessieren würde. Immer wieder gab oder lege er mir Fachzeitschriften zum Lesen hin. Aber es interessierte mich einfach nicht. Es war mir völlig egal ob die Firma X einen neue Hobelmaschine Typ Y herausgebracht hat, oder die Dübelmaschine 25000 Löcher in der Minute schafft. Oder welche Holzart am besten zu verarbeiten ist. Wir lebten in zwei Welten. Jede hatte einen anderen Mittelpunkt ein anderes Zentrum. Wenn man es als Metapher betrachtet und meine Vater sich als Sonne oder Planet dieses Sonnensystems betrachtete, so war ich nicht mal ein Planet im gleichen Sonnensystem, sondern in einem anderen System Lichtjahre weit weg von dem meines Vaters. Mein Vater sah sich wohl eher als Sonne, um dich sich alles drehte als ein Planet

Zu diesem Zeitpunkt war mir schon lange klar, dass der Schreinerberuf nur ein Job war und immer sein würde. Ich konnte ihn ausüben, brachte es auch (aber auch nur) auf eine, mit der Zeit, einigermaßen akzeptable Fingerfertigkeit, obwohl es mir sehr schwer fiel. Ja, ich konnte mit Hobel, Stecheisen, aber auch den großen Maschinen umgehen. Meine Möbelstücke können sich auch sehen lassen. Ich konnte, wenn ich musste. Aber wenn ich nicht mehr musste, wenn es Freitagabend wurde, alle Türen abgeschlossen wurden, war die Schreinerei, der Beruf, Vergangenheit. Zumindest für zwei Tage, wollte ich nichts mehr mit diesem allem etwas zu tun haben. Ich glaube, ich hätte meinem Vater keine größere Freude machen können, wenn ich am Wochenende mal mit ihm über das Thema Schreiner, Werkzeuge, Design, Konstruktion und Holz an sich gefachsimpelt hätte. Ich glaube, dass wäre ein glücklicher Tag für ihn gewesen. An manchen Tagen, nein an unzähligen Tagen konnte ich seine Enttäuschung fast körperlich spüren. Hochsensibel zu sein ist manchmal eine Last. Empathie hatte ich damals schon im Überfluss. Wenn ich ihm die Fachzeitschrift nicht aus den Händen gerissen habe, ich sie einfach achtlos auf die Seite gelegt habe, dann spürte ich seine maßlose Enttäuschung. Ich vermute, seine Enttäuschung über mich und meine Interessenlosigkeit an seinem Erbe hat er bis zum Schluss mit ins Grab genommen. Zumindest sagt mir das mein Bauch und der ist in Gefühlsdingen eigentlich recht zuverlässig. Ja, unter der Woche war das kleine Kind tief vergraben, bzw. ich musste es selbstständig tief begraben, jeden Montag aufs Neue. Da musste der erwachsene Sohn wieder auf der Bühne stehen und sich erwachsen geben. Seine Rolle im Theaterstück des Lebens spielen. Sein Werk vollbringen, Oder wieder auf meine Art und Weise den „angehenden" Mönch spielen. Mindestens 40 Stunden, manches Mal auch etwas mehr musste ich in der Werkstatt aushalten, mit der Kreissäge, der Hobelmaschine, dem Reformputzhobel und all den anderen Werkzeugen umgehen.

Auf Baustellen gehen, ich hasse es. Die Rohbauten an sich und die anderen Handwerker dort. Egal ob Gipser, Elektriker, Installateure, ich bedauerte sie, das sie eigentlich, Tag ein Tag aus, auf diesen Rohbauten, im diesem Lärm und Dreck arbeiten mussten. Außerdem waren sie meist laut und irgendwie primitiv, einfach unangenehm. Lieber waren mir Baustellen in privaten Häusern oder Wohnungen. Erstmal konnte man seine Neugier befriedigen, wie andere leben. Denn so eine Wohnung oder Haus sagt sehr viel über den Charakter eines Menschen aus. Außerdem war es ruhiger als auf den Rohbauten. Klar, mit z.B. einer Schlagbohrmaschine ein Loch in eine Betonwand zu bohren macht richtigen Lärm, aber nur kurz. Aber der große

Vorteil, denn es gab war, dass man alleine vor Ort war, ohne andere Handwerker. Nur der Kunden und wir.

Wir, hieß in den meisten Fällen Meister, Geselle, Lehrling. Also Vater, Sohn und ein Lehrling der bei uns seine Ausbildung machte. Aber am besten war es immer noch, wenn man in seinen eigenen vier Wänden der Schreinerei bleiben konnte.

Noch nie war ich so fertig nach dem Schreiben von ein paar Seiten und ich weiß nicht einmal ob sie für verständlich genug geschrieben sind. Das war alles so ein psychisch aber auch physische Chaos, das mich selbst sehr aufgewühlt hat. Die Panik vor der Nacht ist schon da. Meine Frau ist mit dem Motorrad vom Geschäft nach Hause unterwegs. An einem normalen depressiven Tag geht es mit der Angst, dass ihr etwas passiert. Aber heute, heute war die Panik, dass ihr auf dem Heimweg ein tödlicher Unfall passiert so groß, dass ich kurz davor war, mir mehrere Tavor einzuwerfen. Ich war übernervös, überängstlich. Stellte mir schon die schlimmsten Dinge vor. Aber zum Glück hat sie es unfallfrei nach Hause geschafft. Erleichtert. Aber Angst ist dermaßen groß, dass ich schreien könnte

Nachdem jetzt schon so viele Seiten meines bisherigen Lebens erfahren habt, möchte ich euch auch einmal meine Familie vorstellen. Über die Menschen, die mich gezeugt, geboren und mit denen ich 23 Jahre zusammenlebte, bis sich unsere Wege räumlich trennten. Mit Gaby zusammen unsere erste eigene Wohnung mietete. Wer diese Gaby ist, dazu kommen wir noch, immer mit Geduld. Ich versuche es immer noch so mit etwas Chronologie. Und sie war damals vielleicht ein Traum von mir, aber zusammen kamen wir erst später. Jetzt erst einmal zu meiner Kernfamilie. Die fast typisch deutsche Familie, Vater, Mutter und zwei Kinder.

Mein Vater Wilhelm

Anfangen werde ich mit meinem Vater, dem Menschen zu dem ich den wenigsten Bezug habe. Der mir immer ein Fremder war und geblieben ist. Vielleicht dadurch, dass er bei meiner zweiten Geburt mitgeholfen hat. Vielleicht ist auch deshalb der Bezug zu ihm so gering. Geboren wurde er als Wilhelm „Willy" Stefan. Den Zweitnamen habe ich eigentlich erst am Ende seines Lebens erfahren. Er hat ihn nie erwähnt oder jemals benutzt. Er selbst war eines von ursprünglich elf Kindern von denen aber ganz jung vier oder fünf schon starben. Geboren 1934 irgendwo in Schlesien. Wie es dort war, was er dort erlebte, wie er dort lebte, darüber hat er nie gesprochen. Zumindest nicht mit mir. Ich weiß nur ein winziges bisschen von seinen Geschwistern, die zu Zeiten des kalten Krieges, den Hof in Schlesien besucht haben. Heißt es heute eigentlich noch politisch korrekt Schlesien? Egal. Kann mich vage an Bilder eines verlassenen kleinen Gehöfts erinnern. Ein kleiner Hof, etwas Vieh? Ärmliche Verhältnisse? Ich weiß es nicht. Sieben Kinder zu ernähren plus sich als Mutter selbst, war bestimmt sehr schwer. Von seinem Vater weiß ich eigentlich gar nichts, außer dass er selbst Schreiner war und sehr früh nach dem Krieg starb. Ich glaube ich habe mal ein einziges Bild von ihm gesehen. Ich weiß ansonsten absolut nichts über meinen Großvater.

Durch diesen Verlust musste meine Großmutter, in der Nachkriegszeit und der Flucht aus der Heimat, die Kinder und sich selbst alleine versorgen. Seine ganze Kindheit, wie das seiner Geschwister muss wohl sehr schwierig gewesen sein. Seine eigene Mutter, also meine Großmutter, war eine sehr harte, zum Teil auch jähzornige Frau. Wenn es nicht nach ihrem Willen ging, gab es für die Kinder Schläge und andere Bestrafungen. Aber das was mir meine Tanten über ihre eigene Mutter erzählten, war heftig. Meine Oma, ihre Mutter war den ganzen Tag am Geld verdienen. Die Kinder mussten schon früh im Haushalt mithelfen, die größeren die kleineren versorgen, die Wohnung sauber halten und wehe es war nicht so wie sie es sich vorgestellt hatte. Dann muss meine Großmutter ziemlich ausgetickt sein. Hat ihre Kinder geschlagen, sie mussten alles noch einmal machen. Es klingt so schrecklich brutal.

Meine Mutter hat mir irgendwann, lange nachdem Tod meines Vaters erzählt, dass er mit neun Jahren zum ersten Mal zu seiner leiblichen Mutter auch Mutter sagte. Das sagt einiges über die damaligen Verhältnisse aus. Auch innerhalb der Familie. Das einzige, was ich von meinem unbekannten Großvater besitze, sozusagen geerbt habe, als meine Eltern starben, war sein Gesellenbrief als Schreiner.

Mein Vater, groß geworden in der Nazizeit, als Kind den 2. Weltkrieg erlebt. Nachdem Krieg aus der Heimat vertrieben, wie so viele andere auch und irgendwie durch Zufall hier in Karlsruhe gelandet. Mit all den Entbehrungen die diese Zeit mit sich brachte, aufgewachsen. In den 50ern dann die wilde Zeit, die Pubertät, das Erwachsenenwerden. Irgendwann Ende der 50er Jahre haben sich dann meine Eltern kennen und lieben gelernt. Wie und wo, ich werde es nie erfahren. Über diese Zeit wurde niemals ein Wort gesprochen. Ohne ein paar Schwarzweiß Bilder meiner Eltern bei Partys, bei denen es scheinbar ziemlich wild und heftig herging, wüsste ich gar nichts. Whisky und anderer Alkohol stand da auf dem Tisch. Anfang der 60er heirateten sie in einer Kapelle in Jockgrim. Das war für die damalige Zeit schon ein kleiner Skandal, dass eine evangelische Frau einen katholischen Mann heiratet. Sie brauchten eine lange Zeit, bis sie einen Pfarrer fanden, der sie trotz der unterschiedlichen Konfessionen traute.

In Jockgrim, kurz über den Rhein, hatten meine Großeltern mütterlicherseits eine Gaststätte. Dort wurde auch die Hochzeit gefeiert. Ich finde es so schade, dass meine Eltern nie etwas über diese Zeit erzählten, dass das alles nun für alle Ewigkeit verloren ist.

1963, nach Abschluss seiner Meisterprüfung als Schreiner eröffnete mein Vater seine eigene kleine Schreinerei. Sein Ein und Alles. Der Stolz, über das was er da aufgebaut hat war bestimmt riesig. Für ihn ist damit sein Traum in Erfüllung gegangen. Er lebte und atmete Schreiner. Es gab für ihn nichts anderes als seine Schreinerei, sein Reich

Ein wichtiges, lebenswichtiges Ereignis ereignete sich noch vor meiner Geburt. Irgendwann Anfang der 60er Jahre, vielleicht 1963 sprang mein Vater zum ersten Mal dem Tod von der Schippe. Ein Magendurchbruch mitten in der Nacht. Er lag total verkrümmt vor Schmerzen in seinem Bett. Konnte nicht mehr reden, die Schmerzen müssen wirklich heftig gewesen sein. Und die größte Angst meiner

Mutter war nur folgende. Es war Sommer, dazu heiß, mein Vater zumindest schlief nackt wie Gott ihn schuf und meine Mutter machte sich fast mehr Sorgen darum, was die Notärzte wohl denken, wenn sie ihn da so nackt liegen sehen würden. Sie zwang meinen Vater, der sich in Fötus Haltung zusammenkrümmte und sich weiterhin unter heftigsten Schmerzen wandte, zumindest eine Unterhose anzuziehen. Ja, so war meine Mutter, immer in Sorge was Andere von uns denken würden. Aber ich greife damit vor. Der Notarzt brachte ihn ins Vicentius-Krankenhaus. Heute nur 2 Querstraßen von unserem heutigen Zuhause entfernt. Dort wurde ihm, in einer Notoperation, von einem italienischen Arzt, einem Dr. DeProsa, das Leben gerettet. Wie klein die Welt manches Mal ist zeigt sich darin, dass genau dieser Dr. DeProsa Jahrzehnte später, nachdem Tod meines Vaters, zu den Kunden der Schreinerei gehörte. Bei jedem Besuch gab es einen typischen italienischen Espresso zu trinken. Er und seine Frau sind wirklich sehr nette Kunden gewesen und es war immer eine Freude bei ihnen etwas zu tun zu haben.

1964 kam ich zur Welt, Drei Jahre später meine Schwester Petra. Willy war Schreiner mit Leib und Seele. Seine Werkstatt, sein Zuhause. Sin Alles. Viele Mal war er dort vielleicht sogar glücklicher als im eigentlichen familiären Zuhause. Ich weiß noch, aus eigenen Erlebnissen und Erzählungen meiner Mutter, dass er manchmal erst sehr spät nach Hause kam. Bei manchen Aufträgen schlief er auch nachts dort. Wenn er z.B. Kanten aufleimen musste. Immer eine Kante aufleimen, dann sich auf die Hobelbank zum Schlafen legen. Bis der Leim getrocknet ist, dauert es ca. dreißig Minuten. In diesem Zeitraum hat er sich zum Schlafen hingelegt, den Wecker gestellt, um dann anschließend die nächste Kanten aufzuleimen. Er liebte, dass was er da tat von ganzem Herzen. Für ihn gab es wahrscheinlich nicht viel Besseres. Im Grunde genommen, ist oder war seine Einstellung bewundernswert. Er hatte, so etwas wie seine Berufung gefunden. Etwas was sein Leben ausfüllte, ihm Sinn gab. Ich glaube auch, er musste selbstständig werden. Er hatte keine Alternative dazu. Mein Vater war kein Mensch, der sich von jemandem etwas sagen lassen ließ. Er brauchte die Kontrolle. Er wollte das Sagen haben. Immer.

Oben stehen. Recht haben. Um jeden Preis. Wenn ich mir Bilder von meinem Vater aufrufe, ist er immer nur in Latzhosen vor seiner Schreinerei zu sehen, seine Zigarillos am Rauchen. Stolz in den Augen über sein Reich. Da wo er alleiniger Herrscher war.

Aber es gab auch andere Momente. Ich spielte, wie erwähnt, im Verein Fußball. Da war er meistens, trotz seiner vielen Arbeit, zur Stelle, wenn die Mannschaft ihn brauchte. Wir hatten natürlich auch Auswärtsspiele, in anderen Stadtteilen oder Vororten von Karlsruhe. Wie kamen wir dorthin? Da war mein Vater dann zur Stelle. Wir hatten schon immer Caravans von Opel. In den 70er Jahren wurde vieles im Straßenverkehr noch sehr locker gesehen. Die Mannschaft bestand meist aus ca. 15 Jungen. In unseren Caravan passten mit Beifahrersitz, Rückbank und Ladefläche mindestens 7-8 Jungen hinein. Also schon die halbe Mannschaft. Dann gab es noch den Trainer und ein oder zwei andere Väter, meist immer die gleichen, und die Mannschaft wurde in die vorhandenen zwei oder drei Autos verteilt. Sicherheitstechnisch natürlich absolut riskant. Keiner war angeschnallt. Wäre da jemals was passiert, dann hätte es wohl sehr viele auf einmal erwischt. Aber zum Glück gingen alle Fahrten gut aus.

Aber ich kann mich nicht erinnern, dass er auch nur einziges Mal stolz auf mich war. Kein „gut gespielt" oder so was in der Art. Begeisterung kam bei ihm eigentlich nur auf, wenn es um seinen Beruf ging.

Schöne Momente waren später die Spieleabende. Fernsehen hatte bei uns abends nie den großen Stellenwert. Da haben wir oft gemeinsam Karten gespielt. Eigentlich immer nur Canasta. Das hatten meine Schwester und ich einmal in einem Urlaub im Montafon von anderen Gästen gelernt. Seit der Zeit war Canasta DAS Spiel der Familie R. Wir spielten es fast jeden Abend, wenn nichts im Fernsehen lief und das war oft. Ich konnte es irgendwann nicht mehr sehen bzw. spielen. Zu oft. Erst heute fast 30, 35 Jahre später kann ich es wieder spielen. Im Kopf kommen, dann trotz allem die Bilder der Jugend hoch.

Aber zurück zu meinem Vater. Ab dann war es weniger ein Vater – Sohn Verhältnis, eher wie bei einem Meister – Gesellen. Wir sahen uns ja jeden Tag mindestens acht Stunden in der Werkstatt. Wir lebten eigentlich nebeneinander. Er wusste immer weniger von mir und ich außer beruflichem, auch so gut wie nichts von ihm. In der gleichen Wohnung, im gleichen Betrieb. Verbrachten Urlaube zusammen, aber gemeinsames war und ist bis heute sehr wenig vorhanden. Als ich anfing beim ihm in die Lehre zu gehen, war es üblich, dass er bis 18 Uhr im Geschäft blieb und dann meine Mutter in der Stadt, nach ihrem Feierabend an einem bestimmten Ort abholte. Meist war es dann so, dass ich um fünf Uhr ging, eine Stunde durch die Einkaufsstraße schlenderte, mich mit meiner Mutter traf und wir dann zu dritt nach Hause fuhren. Da war auch öfters so etwas wie Enttäuschung zu verspüren. Warum bleibt er die Stunde nicht hier bei mir, warum lässt er mich alleine? Nein, natürlich hat er das nie ausgesprochen. Hatte ich doch schon geschrieben, dass es Aussprachen in unserer Familie nie gab. Aber ich konnte schon mein ganzes bekanntes Leben die Emotionen anderer Leute gut erspüren. Ob es an meiner damals noch unentdeckten, schlummernden Borderline Störung oder Hochsensibilität lag, oder einfach nur eine Begabung ist, ich kann es einfach. Und diese Enttäuschung konnte ich bei ihm stark spüren. Jeden Tag konnte ich seine Enttäuschung fast körperlich in mir spüren.

Mein Vater war ein Sturkopf erster Güte. Es gibt diesen blöden Spruch „Wir können über alles diskutieren, solange ihr meiner Meinung seid". Das könnte wirklich der Wahlspruch meines Vaters gewesen sein. Es gab nur ein Richtig. Seines. Das was er für richtig empfand war richtig. Nichts sonst. Alle die anderen Meinungen waren, wurden, mit Vehemenz und einer ziemlichen Lautstärke niedergemacht.

Wenn mein Vater meinte der Himmel ist grün, dann war der Himmel grün. Und wenn sieben Milliarden andere Menschen sagen es ist blau, das wäre völlig egal. Es ist grün, es müssen sich alle anderen Menschen auf der Welt irren. Er ist der einzige der die Wahrheit kennt. Und wenn er mal Unrecht hatte, und keine Chance mit

Lautstärke die anderen von der einzigen wahren Wahrheit zu überzeugen, dann wechselte er sehr schnell auf die Seite der Märtyrer. Wie arm er doch daran ist. Die ganze Welt hat sich gegen ihn verschworen, gegen ihn, der doch die einzige richtige Antwort weiß.

Wenn ich an seinem Grab stehe, was verdammt lange her ist, dann liegt da nicht mein Vater drinnen, sondern von der Emotion her, eher so etwas wie ein Fremder. Etwas? Kein Bezug zu ihm. Vermisse ich ihn? Nein! Doch! Nicht den Menschen, aber die verpassten Möglichkeiten, die verpasste Nähe

Hat mein Vater mich geliebt? Spontan kommt ein sofort ein NEIN hoch, aber auf seine Art irgendwie, wahrscheinlich schon. Nur gezeigt hat er es nie. Zärtlichkeit, Geborgenheit in Verbindung mit meinem Vater sind zwei Gegensätze die nicht zusammenpassen. Ich kann mich an keine einzige Gegebenheit erinnern wo mit ihm, bei ihm ein Gefühl von Wärme und Vertrauen entstanden ist. In den Armen nehmen, undenkbar. Ich hatte Respekt ja, Angst ja, aber Nähe nie. Menschliche Wärme habe ich bei ihm nie kennengelernt. Ich glaube richtig stolz auf mich, war er einmal in seinem Leben, als ich meine Meisterprüfung bestanden hatte. Aber Stolz auf jemanden zu sein, ist etwas ganz anderes als ihn zu lieben. Ihm Liebe zu geben. Wärme schenken. All das habe ich nicht bekommen. Habe ich es vermisst? Nein, wie kann man etwas vermissen was man nicht kennt? Es war einfach normal so, und ganz automatisch denkt man, dass das in allen anderen Familien genauso ist. Einen Vorwurf mache ich ihm deswegen meist nicht. Es ist schwirig etwas weiterzugeben, was man in seiner eigenen Jugend nicht von seinen Eltern, speziell von seiner Mutter nie gelernt hat. Wie erwähnt, war seine Kindheit hart, da blieb keine Zeit für Sentimentalität. Das Überleben war wichtiger als Zärtlichkeit. Also wie kann ich ihm nach seinen eigenen schlimmen Erfahrungen böse sein? Nein, ja, nein. Und trotzdem schreie ich ihn manchmal in meinen Gedanken an „Warum hast du nicht", „Warum gabst du mir nicht". Warum? Da kommt dann die Wut auf das nie erhaltene hoch. Aber meist, ist er einfach aus dem Kopf weg, keine Gedanken daran jemals einen Vater gehabt zu haben

Mein Vater war ein starker Raucher zumindest bis Mitte der 80er Jahre, als er auf einen Schlag mit dem Rauchen aufhörte. Einen eisernen Willen hatte er. Aber trotzdem denke ich, dass die vielen Jahrzehnte vorher zu seinem frühen und qualvollen Tod beigetragen haben.

1992 wurde bei meinem Vater Speiseröhrenkrebs festgestellt. Er wurde einer schweren Operationen unterzogen. Der Teil der Speiseröhre mit dem Krebsgeschwür wurde entfernt und durch ein Stück Darm ersetzt. Er lag eine lange Zeit auf der Intensivstation und eine ganze Weile auf der normalen Station. Danach erfolgte eine Chemotherapie. Die aber wohl nicht allzu heftig war, da es zu keinem Haarausfall oder sonstige üblichen Folgen kam. Vielleicht hätte er aufgrund des schon geschwächten Gesundheitszustandes eine starke Chemotherapie nicht überstanden, oder es war schon zu diesem Zeitpunkt klar, dass es keine langfristige Heilung dafür geben wird.

Nach einem langen Krankenaufenthalt konnte er dann wieder das Krankenhaus verlassen. Aber er hatte sich absolut verändert. Vorher war er ein starker, kräftiger Mann, der nach dem Ende seiner Raucherzeit deutlich an Gewicht zugelegt hatte. Nach dieser Zeit im Krankenhaus war er irgendwie kleiner, hatte viel Gewicht verloren. Er war nachdenklicher, stiller fast menschlicher geworden. Die Aura der Stärke war weg.

Ich denke zu diesem Zeitpunkt war seine Schreinerei, dass einzige was ihm Kraft zum Weiterleben gab. Er hatte nicht mehr die Kraft um richtig mit zu arbeiten. Aber er konnte in seinem Büro sitzen, war so immer noch ein Teil des Betriebes. Er konnte die Maschinen hören, ich ihn um Rat fragen, so hatte er das Gefühl noch gebraucht zu werden. Ich übernahm den körperlichen Teil der Arbeit, musste da immer mehr Verantwortung übernehmen. Während er so weit als möglich die Büroarbeit übernahm. Es gab eine Zeit, da war so etwas wie Hoffnung vorhanden, dass alles wieder gut werden würde. Aber das war leider eine trügerische Hoffnung. Anderthalb Jahre später brach der Krebs an einer anderen Stelle in der Speiseröhre erneut aus. Und mein Vater war zu geschwächt um eine weitere OP zu überstehen. Nur langsam wurde es klar, was dies bedeutete. Mein Vater war zum Tode verurteilt. Es war keine Frage mehr des Ob, sondern nur noch des Wann er sterben wird. Man kann sagen, was man wollte über meinen Vater. Aber ertrug es wie ein Mann. Stoisch. Das Unausweichliche akzeptieren. Zumindest in den Momenten, wo ich ihn noch gesehen habe. Aber selbst in diesen verzweifelten Zeiten, wurde nicht über Gefühle geredet.

Irgendwann war die Speiseröhre vom Krebs zu gewuchert, er konnte nichts mehr essen und trinken. Er ging wieder ins Städtische Klinikum, wo man ihm eine Magensonde einpflanzte um ihn mit einer Art Astronautennahrung zu ernähren. Das sollte eigentlich ein simpler einfacher, kleiner Eingriff sein. Aber schon Stunden nachdem Eingriff fiel die Magensonde einfach wieder heraus. Ein Arzt hatte da wohl gepfuscht. Tja, Pech. Eine zweite Magensonde war wohl nicht mehr drin.

Seit dieser Zeit ist mein Verhältnis zum Städtischen Klinikum und den Ärzten nicht sehr gut. Vertrauen in die dortigen Ärzte ist gleich Null.

Seine letzten Monate musste er mehrmals täglich Infusionen bekommen. Es war die einzige Möglichkeit ihn noch irgendwie mit Flüssigkeit und Nährstoffen zu versorgen. Viermal am Tag kam eine Krankenpflegerin vorbei um den Infusionsbeutel zu wechseln. Das war die einzige Nahrung die verhinderte, dass er verhungerte und verdurstete. Ich kann nur ungefähr nachvollziehen, wie schwer das für ihn gewesen sein muss. Doch der Krebs breitete sich immer weiter aus. Er fraß immer mehr und mehr von ihm. Ich weiß nicht, ob sie schon einmal den Geruch der Verwesung gerochen haben. So ekelhaft süßlich, so unverwechselbar. Der sofort einen starken Würgereiz auslöst. Selbst wenn sie es noch nie gerochen haben, sie wissen gleich was das für ein Geruch ist.

Genauso roch mein Vater immer mehr. Ehrlich gesagt, ich weiß nicht wie meine Mutter diesen Geruch tagtäglich ausgehalten hat. Liebe?

Ich bin sehr in diesen Geruchsdingen sehr empfindlich. Es war sehr schwierig für mich diesen Geruch auszuhalten, wenn wir bei meinen Eltern zu Besuch waren. Von Tag zu Tag wurde er weniger und weniger. Man konnte dabei zusehen, wie er nach und nach verschwand. Körperlich und geistig. Bevor die Krankheit begann, hatte er vielleicht gute 140kg. In seinen letzten Tagen, waren es vielleicht nicht einmal mehr 50kg. Er hatte noch so etwas wie Glück im Angesicht des Todes. Er konnte bis zum letzten Tag zuhause bleiben, musste kein Krankenhaus mehr von innen sehen. Bis zum letzten Tag war er noch so weit als möglich, agil innerhalb der Wohnung, zwar immer mit diesem Infusion Ständer, aber er konnte bis zum Schluss noch alleine auf die Toilette gehen und alles andere machen. Erst an seinem letzten Tag ließ sein Körper ihn zum ersten Mal im Stich und die Blase gab nach, bevor er auf der Toilette war. Das war ihm noch extrem unangenehm. Stunden später, ging es dann sehr schnell. Der körperliche Zerfall beschleunigte sich zusehens. Er dämmerte immer weiter weg. Der Hausarzt, der gerufen wurde, meinte, dass es nicht mehr lange dauern würde. Er gab ihm noch eine Morphiumspritze um die Schmerzen erträglicher zu machen. Als er dann starb, waren seine Frau, unsere Mutter und die Krankenpflegerin an seinem Bett. Ich glaube für diese tödliche Erkrankung war die Art zuhause zu sterben in Beisein seiner Frau noch die „angenehmste". Ein Hinüberdämmern in den Tod.

Was ich damals dabei fühlte, als ich meinem Vater bei seinem Sterben zusehen musste? Nichts! Das es mir egal gewesen wäre, wäre übertrieben. Aber fast. Ich spürte nichts. Keine Trauer, kein Gefühl von Verlust. Er war und ist mir auch in diesen letzten Momenten fremd geblieben. Konnte und wollte keine Liebe zu ihm entwickeln.

Zu dem Zeitpunkt in meinem Leben, war ich schon so emotional abgestumpft, dass die Gefühle fast vollständig unterdrückt waren. Spürte mich selbst nicht mehr und damit auch keine anderen Menschen. Er ist tot, na und. Selbst heute wo die Emotionen wieder kommen, ist so gut wie kein Schmerz über den Verlust da. Ab und ein bisschen Traurigkeit.

„Hast du mich jemals geliebt", das würde ich ihn gerne fragen, ihn anschreien. Betteln um etwas Liebe. Würde ich eine Antwort bekommen? Nein natürlich nicht, es sind nur ein paar sentimentale Hoffnungen.

Einige Zeit nach dem Tod meines Vaters erzählte mir meine Mutter etwas, was mich immer noch sehr traurig macht. Sie erzählte mir, dass sie ihn gefragt hat, warum er mir nicht sagen würde, dass er stolz auf mich ist? Seine Antwort wäre gewesen „Das weiß er doch" Wenn ich diesen Satz lese, habe ich immer noch seinen barschen Ton in meinen Ohren. Wenn es nicht so traurig wäre, könnte man fast darüber lachen. Ja klar, woher soll jemand, der sein ganzes Leben kein Lob von diesem Mann bekam, denn wissen das er stolz auf mich war? Ich kann Emotionen spüren, aber bei einem Mann der ein noch besserer Profi im Verstecken und Unterdrückungen von Gefühlen war, als ich selbst es jemals sein werde , da schaffte ich es nicht durch diesen emotionalen Panzer zu schauen. Auch das ist ein Grund für mich zu hoffen, dass nach dem Tod wirklich nichts mehr kommt. Viele hoffen ja, dass sie nach dem Tod wieder mit ihren Liebsten vereint werden. Was würde er wohl zu mir sagen, wenn er mich wieder sehen würde…. Nichts Gutes. Seine „Tochter", die früher sein Sohn gewesen ist von dem er wahrscheinlich ziemlich enttäuschend war, die dann später noch seinen Lebenstraum, die Schreinerei, zerstört hat. Was würde er wohl sagen? Willkommen Michael, oder was auch immer du gerade darstellst, danke, dass du alles, wirklich alles, zerstört hast, was ich aufgebaut und geliebt habe?

Wie schon öfters, entscheiden sie selbst.

Es gab einen einzigen Moment wo mir beim Gedanken an ihn, Tränen kamen, 14 Jahre nach seinem Tod stand ich mir meinem späteren besten Freund am Grab und habe ihn gefragt, ob er stolz auf mich ist. Natürlich gab es keine Antwort, leider. Aber in diesem kurzen Augenblick, verspürte ich so etwas wie Schmerz und Trauer über seinen Verlust. Das erste und einzige Mal nach seinem Tod. Ansonsten ist nicht irgendein Gefühl von Nähe oder Liebe in meinem Herzen. Da war und blieb nur ein dunkler Fleck. Ich blieb ohne Antwort und werde es wohl immer auch bleiben. Bitte verstehen sie mich nicht falsch, ich mache ihm definitiv keinen Vorwurf, er konnte einfach nicht anders, die Entscheidungen die mein Leben betreffen, habe ich getroffen bzw. muss ich selbst treffen. Ich wünschte nur, ich hätte meinen Vater besser kennen gelernt und nicht meinen eher den schweigsamen, den unfähig Emotionen zu zeigenden, Chef.

Meine Mutter Brunhilde

Nach so viel Patriarchat wechseln wir nun herüber ins Matriarchat. Der Teil der Eltern, der mich viel mehr geprägt hat. Meine Mutter Brunhilde „Bruni". Ihr bin ich nicht nur äußerlich, sondern auch innerlich sehr ähnlich. Selbst heute erschreckt es mich manches Mal noch, wie sehr. Es gibt Momente, wo ich vermute, dass sie im Innern eine sehr traurige Frau gewesen war und auch so etwas wie Depressionen hatte. Wobei hatte sie überhaupt, so eine Art Depressionen? Sie hatte manchmal, so eine traurige Ausstrahlung. Der Blick, sah nach vergebenen Chancen aus. Ob es stimmt? Ich weiß es nicht, es sind und werden immer nur meine Vermutungen bleiben. Darüber gesprochen wurde ja nie. Was mir gerade so durch den Kopf geht, ist sehr dünnes Eis und ich habe so eine Art Schuldgefühl meinen Eltern gegenüber, es auszusprechen. Wie schon gesagt, über Sorgen, Probleme oder Depressionen(?) wurde nicht gesprochen. Aber auf ein recht übliches „Antidepressiva" aus dieser Zeit wurde gerne zurückgegriffen. Alkohol. Der große Cognac oder auch mal zwei nach der Arbeit zum Entspannen, die Flasche(n) Wein am Abend halfen vielleicht relaxter zu werden, die Sorgen leichter zu nehmen. Wie schon geschrieben, es ist sehr dünnes Eis. Meine Eltern als Alkoholiker zu beschreiben, wäre zu viel des Guten bzw. Schlechten. Aber es gab einen regelmäßigen Alkoholkonsum bei Beiden. Das ist mir auch schon als Jugendlicher aufgefallen, gab es nicht sogar so etwas wie eine Aufklärung über Alkoholismus in der Schule? Kam daher schon damals war die Sorge, dass sie zumindest deutlich gefährdet gewesen waren. Das der Cognac nach dem zuhause ankommen, schon ein festes Ritual war, oder wenn die Spannung zu groß wurde, man sich zum Entspannen noch einen gönnte. Nein, im Endeffekt glaube ich, oder eher hoffe ich, dass beide keine Alkoholiker waren. Ich tue mich schwer mit der Äußerung. Ich weiß, hoffe es, dass sie keine waren, aber ein gewisser Grad an Zweifel ist in mir hängen geblieben. Daher gibt es bei uns, also Gaby und mir, bis zum heutigen Tag, so gut wie keinen Alkohol zum Trinken. Wir verzichten nicht komplett auf den Alkohol, aber nur in sehr geringen Dosen und sehr unregelmäßig. Ein guter Single Malt Whisky, wissen wir schon zu schätzen, aber wirklich nur in homöopathischen Mengen. Das Beispiel meiner Eltern hat mich doch abgeschreckt und geprägt, nie so zu werden.

Zwischen meiner Mutter und mir war es manches Mal wie bei einer Hassliebe. Wie geht dieser Spruch, sie konnten nicht ohne einander aber auch nicht miteinander. Es gab Zeiten, da hasste ich sie von ganzem Herzen und trotzdem konnte ich sie nicht loslassen. Sie hatte zu mir eine starke einnehmende und auch bevormundende Persönlichkeit. Nach außen aber war sie immer die extrovertierte, nette, tolle Frau, die jeder kannte. Das, was bei meinem Vater eiserne oder besser hölzerne Härte war, diese Unnachgiebigkeit, mein Wille geschehe, ich besitze den einzig wahren Weg, alle anderen liegen falsch. All das passte auch auf sie. Aber während mein Vater eher sozusagen der Brechstangentyp war, war meine Mutter eine virtuose Klavierspielerin, die mit meinen Gefühlen spielen konnte wie sie wollte. Sie spürte, meine Abhängigkeit von ihr. Von meinem Vater war so etwas wie Liebe, Zuneigung nicht zu bekommen, also war sie die einzige wo ich mir dies, in einem gewissen Rahmen, holen konnte. Aber ich bekam es ja nie, es ist irgendwie bei diesem Bild mit dem Esel der der Mohrrübe vor seiner Nase. Sie wedelte mit der Mohrrübe, in ihrem Fall war die Mohrrübe eine mögliche Nähe oder Liebe. Wenn du brav bist, dann können wir über Nähe oder wenn du ganz brav bist, auch über Liebe reden. Sei ein braves Kind und tue das was ich von dir will, dann kriegst du unter Umständen, die entsprechenden Streicheleinheiten. Oder zumindest das Gefühl von Nähe. Dieses „Hab dich lieb" Gefühl.

Liegt es an meiner Vergesslichkeit, oder gab es wirklich keine körperliche Nähe? Ich kann mich an keine Umarmung, eine körperliche Tröstung in meiner Kindheit oder als Jugendlicher erinnern. Vielleicht in der Zeit vor dem Unfall, wer weiß. Aber da ich daran so gut wie keine Erinnerung mehr habe, bleibt das auch in dieser Zeit verschollen.

Dieser Wunsch um jeden Preis, selbstlos geliebt zu werden. Ich glaube sie spürte das auch, wie groß dieser Wunsch in mir war. Wie auf einem Klavier spielte sie mit meinen Emotionen. Wenige Worte, Gesten von ihr und ich hatte ein dermaßen schlechtes Gewissen ihr gegenüber. Ein richtiges Schuldgefühl, dass ich fast alles tat was sie von mir verlangte. Dies war aber nicht nur auf die Kindheit und die Adoleszenz begrenzt. Bis wenige Jahre vor ihrem Tod, konnte sie auf mir immer noch spielen. Dieses Wechselspiel tue das was ich will und ich liebe dich, tust du es nicht, bist du ein böses Kind. Und böse Kinder bekommen keine Liebe ab. Hast du deine Mutter nicht lieb? Doch, warum tust du dann nicht das, was ich von dir will? Das Erzeugen von Schuldgefühlen, darin hat sie sich zu einer Meisterin entwickelt. Und ich schaffte es nicht aus diesem Spiel auszusteigen.

Stopp zu sagen, könnte ja bedeuten, ich verliere ihre Liebe. Und dieses Risiko konnte, oder wollte ich nicht eingehen und bin dabei fast unter gegangen. Bis heute habe ich das Gefühl, dass sie bis zu Letzt das Gefühl hatte ich wäre ihr kleines Kind. Dieses Gefühl loszulassen, ihrem Kind das Fliegen beizubringen und dann aber auch loszulassen, wenn es die ersten Flugversuche macht. Es in die die Freiheit zu entlassen, in der Hoffnung, dass der junge Vogel, wenn ich so frei sein darf, diese Metapher zu benutzen zu dürfen, sich an das Muttertier erinnert und gerne zum Nest zurück kommt, das hat sie leider nie richtig getan. Sie brachte mir nur das rudimentäre Flügelschlagen bei. Schaffte es gerade so, von Stange zu Stange zu hüpfen statt zu fliegen. Danach wurde der junge Vogel, ich, in eine Voliere gesperrt, wo es nicht verloren gehen kann und sie jederzeit Zugriff auf ihr, krass ausgedrückt, Eigentum hat. Sie hat jederzeit die Kontrolle über ihr Küken, lückenlos und wehe man hatte ihr etwas verschwiegen.

Kleiner Spatz
geboren um zur Sonne
zu fliegen
unbeschwert und frei
ein Lied zu trällern
mit anderen Spatzen

das Leben genießen
Doch deiner Flügel
wurden gebrochen
die Federn gerupft
auf ewig verdammt
im dunklen Käfig
einsam zu verdorren

Gleichzeitig war sie aber auch abhängig von mir. Die Angst mich zu verlieren steigerte sich mit den Jahren immer mehr. Was nützt die Macht über einen Menschen, wenn dieser Mensch nicht mehr da ist? Sie hatte beim Autofahren, egal ob mit meinem Vater oder mir eine große Angst. Sie bremste ständig mit, obwohl sie vom Autofahren absolut keine Ahnung hatte. Sie besaß nie in ihrem Leben einen Führerschein. Aber die Angst, dass etwas passieren könnte, war wohl sehr groß in ihr. Warum das so war, keine Ahnung. Aber es war keine Freude mit ihr als Beifahrerin. „Mach nicht so schnell" „Achtung" „Brems doch", immer redete sie einem hinein, drückte auf ihrer Seite des Autos das Bodenblech vor lauter Bremsen treten durch. Dabei erzeugte sie ständig so ein Geräusch, zog die Luft zwischen den geschlossenen Zähnen ein. Mein Vater und ich hassten dieses Geräusch. Steigert die eigene Wut. Es zeugte ja nicht von großem Vertrauen in unsere Fahrkünste. Kennen sie den Griff oberhalb der Tür im Auto? Da war ständig eine Hand von ihr.

Ich glaube in jedem unserer Autos waren da ihre Handabdrücke fest eingeprägt. Wie schon gesagt, sie hatte keinen Führerschein und damit auch keine Ahnung von Bremsweg, Beschleunigung, Schalten usw., ich glaube es war einfach nur Angst, weil sie keine Kontrolle über die Situation hatte. Nicht eingreifen konnte, wenn es irgendwie zu einer Gefahrensituation gekommen wäre. Dabei gab es nie eine Situation, die richtig bedrohlich für das Auto und uns gewesen wäre. Ja, ich gebe zu, dass ich schon etwas flotter gefahren bin, es auch vielleicht zwei – drei Situationen gab, wo es aus einem Mix aus Unerfahrenheit und Schnelligkeit zu etwas knapperen Situationen gekommen ist. Aber niemals in richtig gefährliche. Ja, klingt nach

Entschuldigung für Raserei, ist es aber nicht. Ich war kein Raser und bin keine Raserin. Ja es gefällt mir, schnell an der Ampel loszufahren. Dieser kleine Nervenkitzel, wer der Schnellere ist. Oder die Geschwindigkeitsbeschränkungen naja so um 10km zu überschreiten. Aber das ist keine Raserei?! Zu schnell Fahren ja, aber meine Definition von Rasen ist irgendwie anders. Aber natürlich ist das nur (m)meine subjektive Meinung.

Die einzige Person, bei der sie niemals Angst hatte, im Auto zu sitzen, war Gaby. Wenn Sie am Steuer saß und ich hinten auf der Rückbank, war sie absolut entspannt. Danke fürs Vertrauen! Es war fast ein Synonym für unser Verhältnis. Egal was ich tat, es war nie Vertrauen in mich da. Aber wie in vielen Situationen überwog einfach die Resignation. Diese ständige Geräuschkulisse, der Griff an die Haltestange über der Tür, die Geräusche, dass Hineinreden, wurden zu Automatismen. Sie gehörten einfach dazu.

Sich Aufregen bedeutete nur Streit im Auto, Ablenkung und irgendwann den Vorwurf, man würde gar nicht mehr auf den Verkehr achten. Wie soll man, ich, auch mit jemanden diskutieren, der von dieser Sache keine Ahnung hat, noch nie hinter einem Lenkrad saß, aber meint, dass er immer Recht hat. Die, die hinterm Lenkrad sehen ja nichts, sind blind, rasen unkontrolliert und wollen uns alle nur umbringen. Sie als einzige hat den richtigen Überblick und kann die Lage richtig einschätzen. Selbst bei einer Sache, von der sie keine Ahnung, hatte, dominierte sie die Situation.

Nach so viel emotionalem wieder zurück zum rationalen Wie bei meinem Vater ist vieles aus der Vergangenheit für alle Zeiten verloren. Aber es gibt ein paar Splitter mehr die ich von ihrer Kindheit im Gedächtnis habe. Irgendwie stammt sie aus Verbindung zwischen einer elsässischen und norddeutschen Verbindung. Mein Urgroßvater war ein U-Boot Kapitän, der den Krieg leider nicht überlebt hat. Aber wie sich Elsass und Norddeutschland vereinigt haben, dass bleibt ein Geheimnis der Familiengeschichte. Sie, oder meine Oma erzählte davon, wie meine Oma mit meiner Mutter im Kinderwagen im beginnenden Bombenhagel Richtung Bunker rannten. Oder das sie wegen des Bombenhagels ausgesiedelt wurden, irgendeinen

Bauernhof aus dem Lande, es könnte irgendwo im Odenwald gewesen sein? Dort, hat wohl meine Oma als eine Art Magd auf dem Hof gearbeitet hat. Aber so haben sie die Bombardierung von Karlsruhe überstanden, sie mussten keinen Hunger leiden, was in der damaligen Zeit auch sehr viel wert war. Irgendwann waren wir Drei, meine Mutter, meine Schwester und ich in einem Urlaub sogar einmal zu Besuch. Die Bauersleute konnten sich sogar noch an meine Mutter erinnern. Es war damals ein ziemlich emotionales Zusammentreffen für sie. Das sind die Erinnerungen die ich von meiner Mutter mitbekommen habe. Alles, was dann aber in der Nachkriegszeit, den Fünfzigern und Sechzigern passierte, gibt nur ein paar Bilder auf denen sie mit meinem Vater zu sehen ist. Also ebenso wie bei meinem Vater gibt es so gut wie keine Zeugnisse, oder Geschichten über diese Zeit. Keine Ahnung, wie beide als Teenager oder Tweens waren. Doch eines weiß ich noch, sie machte ihre Ausbildung zur Einzelhandelskauffrau bei der Fa. Metz, diese Firma stellte Feuerwehrwagen her. So waren die Beiden für mich eigentlich nie richtige Menschen die ein eigenes Leben hatten, sondern nur Eltern. Sie wurden selbst erst in dem Moment geboren, als ihre Kinder auf die Welt kamen. Und es gibt Dinge die man sich bei Eltern nie vorstellen kann, dass sie auch nur Menschen sind, mit Bedürfnissen wie z.B. Sex. Die Vorstellung, dass meine Eltern miteinander Sex hatten, während wir Kinder in unserem Kinderzimmer schliefen ist seltsam. Sehr seltsam. Eltern sind für ihre Kinder, zumindest bei mir, asexuelle Lebewesen.

Aber zurück zu meiner Mutter. Wenn ich heute in den Spiegel schaue, schaut mich meine Mutter an. So ähnlich sind wir uns.

Sie war eine extrem reinliche Frau, jeden Tag immer die gleiche Routine mir Staubsaugen, Bettenmachen usw., es war manches Mal sehr anstrengend. Warum sie das tat? Nein, wir waren keine Dreckspatzen, oder schleppten von draußen, zu viel Staub oder was auch immer, mit in die Wohnung. Es war die Angst vor völlig fremden Menschen, die zufällig bei uns vorbei kommen könnten um uns zu besuchen, oder ein Notarzt wie damals bei meinem Vater vorbeikommen müsste. Nicht das das jemals passiert wäre, abgesehen von 1963. Es gab nie einen überraschenden Besuch. Aber diese Angst steckte so tief in meiner Mutter, dass sie neben ihrem Halbtagesberuf den ganzen Vormittag mit Putzen verbrachte. Dazu noch Einkaufen und Kochen für uns Kinder. Danach ging sie von 14-18Uhr bei der hier in Karlsruhe erscheinenden Tageszeitung arbeiten. Zusätzlich half sie dann noch meinem Vater. Sie tippte am Wochenende die Rechnungen, Angebote und alle weitere Geschäftspost und weil das noch nicht genug machte sie zumindest die ersten Jahrzehnte die Buchführung des Betriebes, bis dies ein Steuerbüro übernehmen musste. Dazu noch unser, wenn auch nicht so große Garten. Alles im allem klingt es und war es wohl auch sehr stressig.

Wir machen nun einen kleinen Zeitraum bis 1994, das Jahr in dem mein Vater starb. Danach wurde es für uns Kinder ziemlich anstrengend, bzw. unsere Mutter wurde anstrengender. Sie litt die Zeit unter einer enormen Einsamkeit. Es gab kein soziales Netz das sie auffangen konnte. Außer meiner Schwester und mir. Und meine Schwester hatte es ein kleines bisschen leichter. Durch den Beruf ihres Mannes zogen sie nach Erlangen. Also ein gutes Stück weg von Karlsruhe. In dieser Zeit nach Vaters Tod waren wir Kinder, ihr einziger Kontakt, mit denen sie reden konnte. Aber sie übertrieb es dabei maßlos. Sie überschritt Grenzen, ihre Einsamkeit ließ sie nur an sich denken.

Es konnte sein, dass sie am Tag vier, fünf oder sechsmal bei uns anrief. Nicht weil es so viel zu erzählen gab, sondern weil sie die Einsamkeit, die Stille zuhause nicht ertrug. So wurden wir ihre Telefonseelsorge. Wenn sie anrief, konnte es sein, dass sie wieder und wieder das gleiche Thema ansprach. Zum Teil war es so schlimm, dass ich den Hörer einfach auf die Seite legte, ganz leise konnte man noch hören, dass sie etwas sprach. Ich tat irgendwas anderes, nahm nur ab und zu den Hörer in die Hand, machte ein kurzes aha, jaja oder brummte etwas in den Hörer und sie sprach und sprach weiter.

Wenn es wenigstens Themen gewesen, wo man gemeinsame Anhaltspunkte gehabt hätte. Oder sie mal Interesse an unseren Dingen gezeigt hätte. Uns zugehört hätte. Nein! Es ging um sie, um sie, um die Gerüchteküche aus Durlach, um sie, ihre Erlebnisse in ihrem Beruf.

Das alles waren Themen, die ihr auf der Seele lagen und nun bei irgendjemandem raus wollten. Aber wenn man die gleiche Geschichte immer und immer wieder hört, manches Mal etwas abgewandelt, aber hauptsächlich wieder und wieder das gleiche. Mit der Zeit geht es, bei allen Gefühlen zur eigenen Mutter, ziemlich auf die Nerven.

Aber das war noch nicht mal das schlimmste. Sie entwickelte einen starken Kontrollzwang. Was macht ihr gerade? Wo seid ihr gerade? Habt ihr Besuch? Warum seid ihr vorhin nicht ans Telefon gegangen? Wart ihr fort? Wenn ja wohin? Nichts konnten wir unternehmen. Zum Glück gab es damals noch so gut wie keine Handys und wenig Netz, ansonsten hätten wir wohl nirgends mehr Ruhe vor ihr gehabt.

Aber ich hatte das Gefühl, oder den Verdacht, es war ihr egal, Hauptsache sie hat ein neues Gesprächsthema. Es steckte kein wirkliches Interesse dahinter. Brutal gesagt, sie wollte einfach nur selber reden, reden und wissen, dass am anderen Ende jemand ihr zuhörte. Wie es dem/der an der anderen Seite ging, war ihr, ok ich bin jetzt böse, aber ich sag es einfach mal, völlig scheißegal.

Diese Anrufe kamen auch noch als ich begann in mein neues Leben zu starten und selbst einige „kleinere" Probleme hatte. Sie kannte keine Grenzen. So ging das in einem fort. Man hatte keine Ruhe mehr. Wir begannen das Klingeln des Telefons zu hassen. Denn es konnte eigentlich nur eines bedeuten, stundenlanges Gerede und keine Chance dem zu entkommen. Sie ließ auch nicht locker. Wenn wir mal nicht dran gingen, dann probierte sie es wieder und wieder, bis wir es nicht mehr aushielten und ich das Gespräch, sozusagen gottergeben, über mich ergehen ließ.

Wie dieser, darf ich sagen Telefonterror zum Teil ablief, oder klingt das zu böse seiner Mutter gegenüber? Hier ein kleines Beispiel dafür. Ich hatte zu diesem Zeitpunkt angefangen elektronisch Tagebuch zu führen und daraus sind folgende Textpassagen

„Um dreiviertel Drei klingelte das Telefon und mit tränenerstickter Stimme machte sie uns Vorwürfe, dass sie noch nichts von uns gehört hatte. Könne wir ihr **nicht mal** Bescheid geben, was wir nun machen würden, oder wären wir dazu nicht mehr in der Lage?" Weiter ging das Gespräch dann mit Schlägen unter der Gürtellinie. Sie schnauzte mich an, ich solle sofort den Lautsprecher des Telefons ausschalten. Als ich dem ganz brav nachgekommen bin, sagte sie mir, „Es sei immer noch besser sich zu viel umeinander zu kümmern, als so gefühllos zu sein, wie es bei Resimius (Gabys Eltern) zuginge". Das war zu viel. Jetzt wurde ich richtig sauer und ich begann mich dagegen zu verwehren, da hatte sie nichts Besseres zu tun als mitten im Gespräch einfach den Hörer aufzulegen"

Ja, selbst bei diesem Spielchen, wer ist der schnellere und Wütendere beim Auflegen, hat sie, wie immer, gewonnen. Und voller Genugtuung konnte sie sagen Ich! So nachdem Motto, dir habe ich gezeigt wer der wütendere ist. Aber selbst nach solchen Aktionen, die schon weit unter der Gürtellinie waren, konnte ich das Band nicht zerschneiden. Ich war immer noch ihre emotionale Gefangene. Das kleine Kind, das Angst hat seine Mutter und deren Liebe zu verlieren.

Erst Jahre später, auch einer heftigen Aussprache, im Beisein ihrer besten und ältesten Freundin, die sich aus ihrer Sicht auch noch auf unsere Seite schlug und uns zustimmte, dass sie zu weit ging, da wurde diese ständige Kontrollieren und Telefonterror endlich weniger. Natürlich brach sie in Tränen aus. Aber kein Entschuldigung oder ähnliches kam von ihrer Seite. Sie weinte, aber nicht weil sie selbst erkannte, dass sie zu weit ging, sondern aus purem Egoismus. Dass sie nun niemand mehr hatte, zum Reden.

Trotz ihrer Tränen, starb hier oder um diese Zeit das letzte Gefühl der Zuneigung zu ihr. Ich glaube sie hatte niemals ein Gespür dafür, dass und wie weit sie unsere Grenzen überschritten hatte. Vielleicht war es brutal, aber wenigstens war danach etwas mehr Ruhe.

JA, urplötzlich konnten wir uns etwas freier fühlen, sie beschränkte sich beim Anrufen auf jeden dritten oder vierten Tag und das ganze normalisierte sich mit der Zeit etwas mehr.

Aber nicht nur am Telefon waren wir vor ihr sicher. Wie ich schon geschrieben hatte, konnte sie auf meinen Gefühlen virtuos spielen. Sie schaffte mehr oder weniger unterschwellig mir ein schlechtes Gewissen zu erzeugen, dass ich mich nicht um sie kümmern würde, sie ständig so einsam sei. Dazu warf sie einen Köder aus, der es mir sehr schwer machte ihn nicht zu schlucken. Mutters Küche. Man kann wirklich viel über meine Mutter sagen, aber kochen konnte sie. Naja, das werden wohl die meisten Kinder vom Essen ihrer Mutter sagen. Also köderte sie mich und damit auch Gaby mit gutem Essen, damit wir sie besuchen. Das ging dann soweit, dass wir jeden Samstag zu ihr fuhren mussten. Es war keine Einladung mehr, sondern zu einem festen Ritual geworden.

Jeden Samstag bei ihr essen, immer über die gleichen Themen redeten und eigentlich nur auf den richtigen Moment warteten, endlich aufbrechen zu können. Auch das dauerte noch eine ganze Weile, bis wir, ich, ihr klar machen konnten, dass das so nicht weitergehen kann. Ab und an gerne, aber jeden Samstag das ging einfach nicht mehr. Vor allem war wir ja in der Zwischenzeit einen eigenen Freundeskreis aufgebaut hatten, mit dem wir halt lieber die Zeit verbrachten, als mit der Mutter.

Natürlich war es anfangs eine schwere Zeit für sie. Der so frühe Verlust ihres Mannes, dass entstandene Vakuum, ihr ging es ja nicht besser als mir selbst, auch sie hatte zu diesem Zeitpunkt keine Freunde. Wie sich Einsamkeit, ohne Freunde anfühlte, weiß ich nur zu gut. Es gab noch eine kurze Phase im Leben im Leben meiner Mutter, wo sie richtig glücklich war. Um 1996, erklärte ihr Wolfgang, ein Geschäftskollege, denn sie schon aus den 60ern Jahren kannte, dass er sie immer noch sehr mag. Oder mehr als mag. Sie liebte. Scheinbar waren sie damals auch schon etwas liiert, aber sie hatte sich dann für Willy, unseren Vater entschieden. Aber jetzt war der Weg erneut frei, und er sprach sie an, dass er immer noch Gefühle für sie hege. Problem war nur, dass er leider verheiratet war. Aber trotzdem entwickelte sich zwischen beiden ein Liebesverhältnis. Ein sehr intensives Liebesverhältnis, mit allem Drum und Dran. Ja, auch mit XXX. Es war eine gute Zeit für sie, wieder geliebt zu werden, auch wenn er nicht bei ihr wohnte, sondern sie nur besuchte, war da wieder das Gefühl jemand um sich zu haben, der einen liebt. Wolfgang war ein begeisterter Radfahrer, der zum Teil große Strecken fuhr und dann im Anschluss bei ihr vorbei kam. Sie genoss es sehr. Manches Mal hatte ich sogar das Gefühl, dass sie bedauerte sich damals für Willy entschieden zu haben und nicht für Wolfgang. Nein eigentlich kein Gefühl eher Gewissheit. Irgendwann sagte sie mal, dass Wolfgang schon immer die große Liebe ihres Lebens gewesen sei. Und jedes Mal, wenn sie in die Druckerei ging, wo Wolfgang arbeitete, sollen die Funken gesprüht haben. Aber warum zum Teufel, hat sie sich dann für Willy entschieden? Leider kann diese Frage auch niemand mehr beantworten. Auch Wolfgang nicht, denn 1997 stellten sie bei ihm einen Hirntumor fest. Vier Wochen später war er tot. Ich glaube davon hat sie sich nie wieder erholt. Erst verliert sie ihren Mann mit dem sie über 30 Jahre zusammen war und dann als es so etwas wie einen neuen Funken Hoffnung gab, stirbt ihre große Liebe. Ich glaube erst dieser Verlust, hat dann in ihr alles zerstört und sie verlor jede Hoffnung. Es blieben ihr also nur noch ihre Kinder.

Durch meine Veränderung der psychischen und physischen Art, gab es endlich so etwas wie eine Art Waffenstillstand zwischen uns. Hatte mir durch die Transsexualität einen gewissen Freiraum geschaffen. Emanzipieren konnte ich mich wohl mein ganzes Leben nicht. Sie meinte bis zum Schluss, dass es ihr mütterliches Recht ist, sich in mein bzw. unser Leben einzumischen, alles immer besser zu wissen. Ich glaube nicht, dass sie mich jemals als selbstständigen, erwachsenen Menschen betrachtete. Nein definitiv nicht.

Wobei man den Freiraum auch nicht überbewerten sollte. Nachdem März 1994 mit dem Tod des Vaters sind wir drei, Gaby, meine Mutter und ich relativ spontan im Herbst nach Kreta geflogen. Und wer hat es organisiert, ja klar. Meine Mutter. Und aus diesem als einmalig gedachten gemeinsamen Urlaub wurde eine weitere Gewohnheit. Sie war bei jedem Urlaub mit dabei. Ob Hotel bzw. Ferienwohnung auf Kreta, Kefalonia, Ferienwohnung im Allgäu, sie war immer mit dabei. Das ging bis 2006 so. Erst dann machten wir zum ersten Mal alleine ohne meine Mutter Urlaub. Wenn auch mit anfangs schlechtem Gewissen.

Aber da wir im Allgäu unserem Hobby, dem Motorradfahren, mit den Hausleuten der Ferienwohnung fast täglich nachgingen, war sie außen vor. Den ganzen Tag alleine in der FeWo, bzw. fast alleine, denn unsere Katzen waren ja im Allgäu auch immer mit dabei, wollte sie dann doch nicht bleiben. Also blieb sie zuhause. Anfangs war es ein seltsames Gefühl, diese Freiheit zu spüren. Tun und lassen zu können was mal wollte. Besonders Gaby war über diese Entwicklung sehr, sehr froh. All die Jahre zuvor, baute sich jedes Mal eine Spannung zwischen den beiden auf, die sich dann nach ca. der Hälfte des Urlaubes entlud. Meine Mutter hatte einen sehr bestimmenden Charakter. Sie wusste was gut war. Sie allein. Alle anderen nicht. Wenn sie anfing, so unterschwellig Gaby zu kritisieren, dass es nicht sauber genug wäre, oder warum macht du das so und nicht so, so wäre es doch viel besser stieg in Gaby der Wutpegel höher und höher. Gaby schluckt viel, aber irgendwann ist es genug und sie platzt. Also gab es Krach zwischen den Beiden. Ich dazwischen gefangen zwischen der Liebe zu meiner Frau und dieser übertriebenen Mutterliebe. Wobei meine Mutter aber schnell merkte, auf welcher Seite meine Sympathien lagen. Einmal sagte ich ihr, sie solle mich niemals vor die Entscheidung stellen, auf welcher Seite ich stehen würde in Falle eines Konfliktes zwischen ihnen Beiden. Da würde sie DEFINITIV den Kürzeren ziehen. Ich glaube sie hat schon verstanden, dass sie nur noch die Nummer Zwei in meinem Leben ist, aber es hinderte sie nicht daran, jeden Urlaub wieder und wieder mit ihrer Besserwisserei anzufangen. Also war der Konflikt jedes Mal schon wieder vorprogrammiert. Fast wie bei Diner for One „The same procedure as every year".

Jetzt stellen sie sich wahrscheinlich die Frage, warum dem Ganzen nicht einen Riegel vorschieben und alleine Urlaub machen. Nur ein Wort: Schuldgefühl. Dieses, unnatürlich ungesunde Gefühl, sie im Stich zu lassen. Die arme, vereinsamte Mutter alleine zu lassen, während wir uns vergnügten und Spaß hatten, was für ein böses Kind. Das konnte sie ohne direkt auszusprechen mir ganz deutlich mitteilen. Ein Schnaufen, ein kleines Stöhnen genügten schon. Meine hochsiblen Sinne spürten ganz genau, was sie von mir erwartete. Und wenn es in ihren Kram passte, dann konnte sie auch meine übersensiblen Sinne mit Füßen zertreten. Die Ketten die sie zwischen uns geschmiedet hatte, waren zu diesem Zeitpunkt noch zu fest.

In den folgenden Jahren entstand dann ein distanziertes Verhältnis zwischen uns Beiden. Sie hielt sich zurück, beim Anrufen, baute sich einen kleinen Freundeskreis um ihre alte Schulkameradin auf. Die Distanz wurde größer, das Verhältnis angenehmer. 2011 veränderte sich das Ganze dann noch einmal. Sie erhielt die Diagnose Darmkrebs und musste sich einer Operation unterziehen. Ich saß mit ihr in der Aufnahme, sah ihre Angst in den Augen. Ich glaube sie hätte gerne gehabt, dass ich sie umarme oder tröstete. Aber ich konnte es nicht, ich wollte es auch nicht. Einem Teil von mir war es sogar fast egal. Ich habe unter anderem weg ihr, Mauern errichtet, um nichts an mich heranzulassen und aber auch nichts hinaus zu lassen. Wie sollte die diese dicken Mauern so schnell einreißen?

Die OP und die anschließende Chemotherapie verliefen erfolgversprechend. Es gab keine Metastasen, der Tumor konnte vollständig entfernt werden. Einziges Problem war, dass durch die Abführmittel, die sie vor der OP bekam, die Operation selbst und vielleicht noch durch die Chemotherapie die Darmflora zerstört war. Sie hatte Probleme mit dem Stuhlgang, Durchfall, der ganz plötzlich auftrat und sie es im Krankenhaus teilweise nicht mehr auf das Klo schaffte. Dieses Problem mit dem Stuhlgang behinderte sie in der anschließenden Zeit. Sie konnte sich nicht mehr so frei bewegen, konnte nur noch dahin, wo ein Klo in der Nähe war. Sie war dadurch sehr eingeschränkt. Wir mussten für sie viele Einkäufe erledigen, weil die Wege einfach zu weit waren und das Risiko unterwegs Durchfall zu bekommen, zu hoch war. Sie wurde immer unsicherer auf den Beinen. Zur Sicherheit ließen wir ein Notrufsystem installieren, dass wenn was passierte, sie jederzeit Hilfe rufen konnte. Wie wichtig es wurde, stellten wir dann Spätherbst 2011 fest. Morgens um 7 Uhr erhielt ich einen Anruf von der Leitstelle der Notrufzentrale. Meine Mutter sei gestürzt und befinde sich auf dem Weg ins Krankenhaus. Ich also so schnell als möglich raus nach Durlach in die Paradingens Klinik. Diagnose Oberschenkelbruch. Sie fuhren sie gleich in den OP. Der Bruch sollte genagelt werden. Auf der Krankenbahre sagte sie noch zu mir „Ich mag nicht mehr, ich will nicht mehr". Sie war sehr verzweifelt. Nicht schon wieder Krankenhaus. Das waren die letzten verständlichen Worte, die meine Mutter in ihrem Leben zu mir gesprochen hat.

Als ich von der Klinik erfuhr, dass sie aus dem OP heraus ist, und langsam am Aufwachen war, fuhr ich zurück in die Klinik. Was ich dann sah, erschreckte mich zu tiefst. Ich habe eine müde, von der OP und der Narkose erschöpfte Mutter erwartet. Stattdessen lag in diesem Bett, ein verwirrte und verängstigte Frau, ganz alleine in einem leergeräumten Zimmer, weil die Klinik Angst hatte, dass der Durchfall meiner Mutter von einer ansteckenden Krankheit kommen könnte. Aber ganz alleine in diesem Raum, lag meine Mutter da,, mit Verzweiflung, großer Angst in den Augen, die versuchte mir etwas mitzuteilen, aber es kamen nur unverständliche Worte aus ihrem Mund. Ohne jeden Zusammenhang. Ich bekam Panik. Wie sollte ich mich verhalten? Keine Ahnung was bei dieser OP falsch lief, aber, und das mache ich der Klinik bis heute zum Vorwurf, irgendwas ging schief. Die Schwestern auf der Station versuchten mich zu beruhigen, dass das alles nur von der Narkose kam. Gut es wurde besser mit den Tagen.

Aber meine Mutter hatte irgendwie den Lebenswillen verloren. Obwohl sie, nach Aussage der Ärzte, hätte aufstehen können um z.B. selbstständig auf die Toilette zu gehen, machte sie es nicht. Sie blieb einfach liegen. Eigentlich hätte eine Physiotherapeutin mit ihr arbeiten sollen, aber es kam keine. Keine Zeit, chronisch unterbesetzt und die Zeit verwendete sie auf andere, vielleicht jüngere Patienten wo es noch Hoffnung gab. Aber bei einer so alten Frau, die durch ihren Durchfall natürlich auch nicht besonders angenehm roch, warum sich noch darum bemühen. Diese Klinik in Durlach war hoffnungslos unterbesetzt. Am Wochenende kam es vor, dass eine einzige Schwester für zwei Stationen zuständig war. Ich gebe dabei nicht der Pflege die Schuld, dass liegt am Management. Einsparen, Einsparen wo es nur geht. Aber die Pflege trägt auch eine gewisse Schuld, weil sie meiner Mutter, trotz unserer Einwände Essen gab, was den Durchfall noch förderte. Wir versuchten meine Mutter zu motivieren, sich doch etwas zu bewegen, und wenn es nur im Liegen ist, einfach mal die Beine anzuziehen und wieder auszustrecken, aber sie wollte einfach nicht mehr. Stück für Stück brach ein Teil ihres Lebenswillens weg. Wir sahen zu, wie meine Mutter jeden Tag ein bisschen mehr aufgab. Irgendwann gab es durch die lange Liegezeit Probleme mit der Lunge, sie konnte nicht mehr richtig atmen, sie mussten sie intubieren und versetzten sie ins künstliche Koma. Das war der Anfang vom Ende. Ihre Vitalfunktionen wurden immer schlechter. Meine Mutter hatte eine Patientenverfügung, sie wollte keine Lebensverlängernden Maßnahmen, hatte dies auch schriftlich festgelegt und die Entscheidungsgewalt darüber übertrug sie meiner Schwester und mir. Ein besonders einfühlsamer Arzt rief uns an(!) Heilig Abend an, dass wir nun, mehr oder weniger sofort, entscheiden sollten, ob sie die Beatmungsmaschinen weiterlaufen lassen sollen oder abschalten und sie sterben lassen. Fröhliche Weihnachten hohoho. Es war kein sehr gutes Weihnachten, wirklich nicht. Es war für mich die Hölle zu entscheiden zu müssen, ja oder nein zum Abschalten. Auch wenn es der Wille meiner Mutter war, wir hatten das Thema auch schon Jahre vorher diskutiert und sie hatte uns eindeutig klar gemacht, wenn es soweit ist, will sie nicht künstlich am Leben gehalten werden. Aber für mich war es, trotz dem Wissen, das es ihr selbstbestimmter Wille war, so als würde ich meine Mutter töten. Ja, irgendwie hätte ich mich als schuldig an ihrem Tod, als Mörder meiner Mutter gefühlt. Egal was sie vorher auch vereinbart hatten. Ich weiß nicht, ob ich es geschafft hätte das entscheidende Ja zum Abschalten zu geben. Der Verstand hätte Ja gesagt, aber innerlich wäre ich zerbrochen. Aber zum Glück war meine Mutter noch so stark, diese lebensentscheidende Krise zu überwinden. Es wurde sogar etwas besser, die künstliche Beatmung konnte abgeschaltet werden und sie atmete alleine weiter. Sie haben auch angefangen sie aus dem künstlichen Koma zu holen. Aber nachdem sie Monate darin verbracht hatte, war dies sehr schwer und langwierig. Für diese Zeit muss ich Gaby immer noch von ganzem Herzen danken DANKE GABY, dass du in dieser Zeit an meiner und auch an der Seite meiner Mutter warst. Ich schaffte es nicht sie in dieser Zeit zu besuchen. Warum nicht? Feigheit, Ekel vor dem Geruch nach Kot und Urin, der auf dieser Intensivstation um meine Mutter herum waren.

Es war immer Gaby, die raus in die Klinik fuhr und mit ihr redete, auch wenn sie es vielleicht nicht mitbekam, sie auch streichelte, ihr gut zuredete. Das was ich in meiner Unfähigkeit nicht schaffte. Sie war, wie schon in unserer ganzen Zeit der Beziehung, die gute Seele. Die mit dem großen Herzen. Die die ich nicht verdient habe.

Ich habe es ein einziges Mal versucht, aber dieser Geruch, der in diesem Raum herrschte, dieser Geruch nach Exkrementen und was sonst noch alles, war zu viel für mich. Ich ertrage viel, Schmerzen, meine psychischen Probleme, aber bei Gerüchen bin ich extrem empfindlich, überempfindlich. Ich kann nicht mal den Geruch von Druckerschwärze ertragen, mit dem Gaby von ihrer Arbeit kommt, wenn eine unserer Katzen gefressenes Gras wieder auskotzt. Bei all dem beginne ich sofort stark zu würgen. Bei diesem einen Besuch, als dieser Geruch in meine Nase stieg, kam ganz schnell dieser Würgereflex. Ich musste raus, sonst hätte ich mich übergeben. Nein ich kann ihn nicht kontrollieren. Er kommt, egal wie ich mich anstrenge, er kommt. Ich musste denn Raum verlassen. Das war das letzte Mal, dass ich meine Mutter lebend gesehen habe. Als ich mehr oder weniger vor dem Geruch flüchtete, trafen sich kurz unsere Blicke. Keine Ahnung, ob sie mich erkannte, ob sie überhaupt schon so wach war um etwas zu erkennen. Aber ihre Augen flehten mich an, riefen um Hilfe, vielleicht Erlösung, vielleicht Liebe. Mit meinem Blick versuchte ich mich bei ihr für meine Flucht zu entschuldigen, aber ich glaube nicht, dass sie es verstehen konnte, warum ich sie alleine ließ. Aber dieser letzte Blick birgt auch noch jede Menge Schuldgefühle gegenüber meiner Mutter. Welche Enttäuschung ich doch war.

Höre ich da irgendwo Vorwürfe von ihrer Seite? Ich hätte mich zusammenreißen sollen. Es ist ja schließlich meine Mutter, die Frau, die mich auf die Welt gebracht hat. Ich hätte mich nicht so anstellen sollen? Geht, ihnen das gerade durch den Kopf, oder haben sie Verständnis für mein Verhalten? Ich kann sie beruhigen, selbst jetzt Jahre nach ihrem Tod schäme ich mich immer noch für mein Verhalten und mache mir schwere Vorwürfe. Ich ekle mich immer noch vor mir, vor meiner Feigheit und welch eine Enttäuschung ich wohl für sie bin. Sie lebte noch bis Ende Januar 2012, dann gab sie endgültig auf und starb. Ich nahm es, ohne große Emotionen auf. Bei der Beerdigung, saßen meine Schwester mit Familie rechts vom Gang, Gaby, ihre Mutter und ich links. Der Pfarrer sprach nur Petra und Familie ihr Beileid aus. Gaby und ich existierten gar nicht. Wir wurden kein einziges Mal vom Pfarrer angesprochen, geschweige denn hat er uns sein Beileid ausgedrückt. Welch passender Abschluss. Wenn man jetzt an Übersinnliches glauben würde, konnte man fast meinen, es wäre die letzte Rache an mir. Aber zum Glück glaube ich ja an so etwas nicht. Es war also nur ein blöder, dummer Pfarrer. Aber es schmerzte diese Nichtbeachtung vor der ganzen Trauergemeinde. Ein einziges Mal, bei ihrer Beerdigung kamen mir Tränen, als sie denn Sarg hinausfuhren und dabei ein Lied von Johnny Cash lief, das Petra und ich herausgesucht haben, da kamen zum ersten Mal und einzigen Mal die Tränen. Ja Musik, schafft es eine emotionale Seite in mir anzusprechen. Eine Note, eine Textzeile und die Emotionen überfluten mich. Meine Mutter wurde nach der Trauerfeier ins Krematorium gefahren und dort verbrannt. Bei der Urnenbesetzung, wo Petra mit ihrer Familie, Gaby und ich uns noch einmal trafen, war das letzte Mal, wo ich dort am Grab gewesen bin. Nichts zieht mich dorthin.

Die Zeit danach war geprägt von Wohnungsauflösen. So wie sich ihr Leben auflöste, löste sich auch ihre Habe auf. Bis auf wenige Dinge. Die Familie meine Schwester Petra, nahmen das Meisterstück, dass mein Vater zu seiner Meisterprüfung hergestellt hatte und mein Gesellenstück. So wie ein Teil des Familiengeschirrs. Bei uns in der Wohnung stehen die Küchenschränke in der schon meine Mutter ihre Vorräte, ihre Teller und alles andere untergebracht hat. Diese Küche wurde von meinem Vater und mir vor über fünfundzwanzig Jahren gebaut. Heute, sind dort nun unsere Vorräte und Kochgeschirr untergebracht.

Oder hier im Wohnzimmer, stehen die Zwei- bzw. Dreisitzercouch, die mein Vater, vor über 40 Jahren aus massivem Teakholz gebaut hat. Die Auflage dazu handgefertigt von einem Polsterer. Während ich diese Zeilen schreibe sitzt mein Hintern auf fast derselben Stelle der Dreisitzercouch auf der schon mein Vater Jahrzehnte saß. In sehr seltenen Momenten denke ich daran, dass unsere Möbel auch eine

Erinnerung an meine Eltern beinhaltet. Dass sie schon Teil ihres Lebens waren. Aber nur in sehr selten Momenten. Nachdem sie nun schon einige Jahre hier in unserer Wohnung stehen, sind sie zu einem Teil von Gabys und meinem Leben geworden.

Vielleicht wundern sich einige von ihnen, warum ich immer nur Vater und Mutter schreibe oder sie nur beim Vornamen nenne. Niemals aber die Koseform Mama und Papa. Sie sind für mich nicht die Mama und der Papa. Diese Kosenamen muss man sich verdienen. In meinen Augen haben sie ihn nicht verdient. Klingt wieder hart und egoistisch. Dazu war und ist einfach zu wenig Liebe an sie in mir vorhanden. Bin ich kaltherzig? Respektlos? Oder sogar lieblos? Bin ich die Böse? Vielleicht ja. Aber für mich haben sie diese Kosenamen nicht verdient, denn dafür haben sie zu wenig getan.

Es gibt ein Zitat aus dem Film „The Crow". Den Film und die Comicvorlage liebe ich. Dieses Zitat lautet *„**Mutter ist das Wort für Gott in den Herzen und auf den Lippen aller Kinder dieser Welt"***

Gab es in meinem Herzen jemals diesen Gott? Hat dieser Gott seinen Auftrag, Liebe und Zuneigung in die Herzen der Kinder zu bringen, eigentlich erfüllt? Muss ich ein schlechtes Gewissen haben, so über meine Mutter zu schreiben? Ja, ich habe ein sehr schlechtes Gewissen deswegen. Das kleine Kind in mir hat immer noch Angst, seine Mutter traurig zu machen, das Gefühl etwas Böses, Frevelhaftes zu tun ist übermächtig. In Gedanken entschuldige ich mich bei ihr für diese Worte. „Das hat sie nicht verdient, dass du so über sie redest" „Sie hat dich doch geliebt". Hat sie es? Warum spüre ich dann kein positives Echo, wenn ich ihren Namen ausspreche oder mir ihr Bild aus der Erinnerung hochhole? Je mehr ich über beide Elternteile schreibe, desto mehr Warums und Fragezeichen tauchen auf. Und da mir niemand mehr darauf antworten kann, kommen die Wut, der Schmerz und auch die Trauer für die vergebene Zeit, die vergebenen Chancen hoch.

Ich bin nun über 50 Jahre alt und innerlich immer noch wie ein kleines Kind, dass seine Arme ausstreckt um umarmt und geliebt zu werden und ich hasse mich dafür!

Aber warum war dann meine Schwester so anders, so offener, selbstsicherer? Eine Therapeutin meinte mal, dass sich meine Schwester, dass was sie zuhause nicht bekam, die Anerkennung, die Zuneigung, sich bei ihren Freunden holte und sie sich dadurch ganz anders entwickelt konnte.

Wir waren vor kurzem bei einem sehr guten Freund zum Grillen eingeladen. Auch er hatte emotionale Probleme mit seiner Mutter, sie verstarb letztes Jahr, er meinte er hätte seiner Mutter im Nachhinein verziehen und dadurch seinen Frieden mit ihr gemacht und dadurch, dass er diesen Frieden mit ihr schloss, geht es im auch psychisch deutlich besser. Ich habe ihn beneidet, ich konnte ihm nur dazu gratulieren.

Leider funktioniert es bei mir nicht. Warum? Jetzt klinge ich wahrscheinlich ganz hartherzig, aber um jemandem verzeihen zu können, muss noch so etwas wie Wut oder Hass vorhanden sein. Irgendeine Art von Emotionen. Da ist nichts bei mir. Keine Nähe aber auch keine Wut gegenüber meinen beiden Elternteilen. Die meiste Zeit sind mir die beiden Menschen, die mich gezeugt, geboren, aufgezogen haben, völlig egal. Es ist nichts da, keine Wut oder Hass, keine Trauer, kein Schmerz. Einfach nichts. Es gibt einen Gärtner, der sich regelmäßig um das Grab kümmert, es im Sommer gießt, das Immergrün schneidet, ein Paar Pflanzen einsetzt, das Grab also sozusagen in Schuss hält. Das niemand Anstoß daran nimmt, wenn das Grab verkommen würde. Mir selbst wäre es egal, ob es zuwuchert oder verdorrt. Egal! Denn seit der Urnenbeisetzung meiner Mutter war ich nicht am Grab. Warum auch. Nichts zieht mich dorthin. Es gibt so gut wie keine Gefühle mehr für sie. Eigentlich.

Wenn es so einfach wäre. Es gibt auch Momente wo ein Teil meines Hirns so etwas wie enttäuschte Hoffnung spürt. Warum habt ihr nicht.... Wie gerne würde meine inneres kleines trauriges Kind nur ein einziges Mal noch eine Umarmung meiner Mutter spüren, und ein „hab dich lieb" ins Ohr geflüstert bekommen. Bei der Familie meiner Schwester habe ich gesehen und erlebt, wie es ist, wenn die Familie enge, keine einengende(!), körperliche Nähe untereinander sucht und sie sich gegenseitig gibt. Ich beneide meine Neffen, Petra und Jochen um diese wohltuende, stabilisierende, emotionale aber auch eine körperliche Nähe mit in dem Arm nehmen, Zärtlichkeiten zwischen allen Familienmitgliedern. Die Bindung als Familie, die sie dadurch unter allen gemeinsam schaffen.

Aber, ich werde niemals mehr die Chance auf Nähe zu meiner Mutter bekommen. Dafür ist es eindeutig zu spät, ich jage da höchstens einer Art von verlorenen Geistern nach. Wenige Jahre vor ihrem Tod, habe ich sie ein einziges Mal gefragt, ob sie mich liebt und stolz auf mich wäre. Sie sie meinte, natürlich würde sie mich lieben und stolz auf mich sein. Wir beiden hatten Tränen in den Augen, aber ich konnte ihr einfach nicht mehr glauben oder vertrauen. Irgendwie war es zu diesem Zeitpunkt einfach schon zu spät. Was würden wohl meine Eltern zu mir sagen, wenn es hypothetisch ein Leben nach dem Tod geben würde. Würden sie mich mit offen Armen empfangen oder sich vor Enttäuschung nach all dem hier geschriebenen ist, von mir abwenden? Zum Glück werde ich es nach meinem Tod wohl nicht erfahren. Game Over und Schluss. Keine Familienzusammenführung im Jenseits. Bloß nicht, niemals.

Falls sie gläubig sind, dann malen sie sich doch einmal aus, wie diese Familienzusammenführung wohl aussehen würde.

Was denken sie, würden meine Eltern zu mir zu sagen. Dass es ihnen Leid tut wie sie sich verhalten haben, dass sie so lieblos waren. Meine Hochsensibilität nicht mit bekommen haben. Das sie immer schon stolz auf mich gewesen sind?

Oder das Gegenteil von dem. Das ich sie schwer enttäuscht habe? Das sie alles für mich getan habe und ich alles in den Sand gesetzt habe.

Anderes Beispiel unserer Problematik bei der Zusammenführung, an wen würde sich z.B. meine Mutter wenden wenn es darum gehen würde, mit wem sie die kommende Ewigkeit verbringen möchte, An die Seite ihres Ehemann mit dem sie über 30 Jahre in Liebe, Streit, Hass oder Gewohnheit zusammen war, oder ihre wirkliche, wahre große Liebe?

Oder was würde wohl mein Vater zu mir sagen, dass ich seinen großen Lebenstraum zerstört habe? Dreißig Jahre hat er seinen Betrieb aufgebaut und geführt, es war SEINE Berufung, sein Ein und Alles und ich komme, keine vier Jahre nach seinem Tod, daher und mache alles innerhalb weniger Wochen „dem Erdboden gleich". Aus Räumlichkeiten, die sein Leben waren, machte ich eine leere räumliche Hülle. Genau, die Zusammenführung unserer Familie würde bestimmt spannend werden und wie es ausgehen würde, weiß nur der liebe Gott.

Sorry, für diese Wortspiel. Jemand meinte mal zu mir, dass im Himmel alle irdischen Sorgen und Problematiken nicht mehr vorhanden wären. Friede, Freude Eierkuchen. Wir haben uns alle lieb und leben glücklich und zufrieden im Paradies. Ach fuck off! So ein ausgemachter Bullshit. Alles nur das nicht. Wenn es vorbei ist, dann soll das große Nichts, das Vergessen, das Nicht-mehr-vorhanden-sein kommen und mich für immer verschlingen.

Heute war das Gespräch mit meiner Therapeutin. Können sie sich noch an den Anfang des Buches erinnern? Als ich mich über sie beklagte, dass sie mich so angefahren hat, mir gedroht hat, mich nicht mehr als Patientin haben zu wollen. Nun dieses Gespräch war heute. Die Angst davor war so groß und ich bin eine kleine Angsthäsin, oder ehrlicher gesagt, eine ziemlich große. Sehr große. Am liebsten wäre ich gar nicht hingegangen, da es für mein (falsches) Gefühl sowieso klar war, dass ich nicht mehr lange dort sein werde. Also warum dann noch hingehen. Aber mein Gefühl für Verpflichtungen einhalten ist ein sehr starkes Gefühl. Wenn ich eine Verpflichtung eingehe, dann halte ich sie auch ein, und wenn es das letzte wäre, was ich tun würde. Also bin ich mit dem Gedanken hingegangen, bringen wir es hinter uns. Sag mir, dass ich nicht mehr deine Patientin bin. Bringen wir es hinter uns. Saß da, wie jemand der sein Todesurteil erwartet. Die Viertelstunde vom Ankommen in der Klinik bis zum Gesprächsanfang eine kleine Ewigkeit

Dann saßen wir uns gegenüber, ich angespannt wie ein schussbereiter Bogen. Und dann stelle sich heraus, dass das alles nur ein Missverständnis war. Ich hatte in diesem Aufenthalt einmal die Stationsärztin gefragt, was sie denn machen würde, wenn ich jetzt gehen wollte, würde sie mich aufhalten? Damit wollte ich testen wie ernst sie mich nehmen. Ihre Antwort war, dass sie dann einen Richter holen würde, was Zwangseinweisung bedeutet. Für mich war es klar, dass ich nicht gehen will. Wie schon geschrieben, war es für mich ein Test, ob sie sich im mich Sorgen machen. Mehr nicht.

Nun muss irgendjemand meiner Therapeutin erzählt haben, ich wolle gehen, die Klinik verlassen. Da kamen natürlich bei ihr die Gedanken hoch, Stark suizidal und dann will sie gehen? Was soll das? Sie dachte sich, jetzt habe ich sie mit Ach und Krach vom Bleiben überzeugen können, und dann fängt sie wenige Tage danach an, von Entlassung zu reden. Das solches natürlich auf Unverständnis stößt, ist doch klar.

Dabei wollte ich auf der Station bloß testen, ob sie mir die Entscheidung für Bleiben weiterhin abnehmen. Ich habe sehr starke Probleme damit, solche Entscheidungen, die mich betreffen, zu fällen. Ist es schwierig für mich um Hilfe zu bitten, ja. Ist es schwierig Verantwortung für mich zu fühlen und zu übernehmen, erst recht ja. Will ich die Verantwortung jemand anderem aufbürden, wieder definitiv ja. Warum? Wenn ich das genau wüsste. Kann mich nicht spüren. Die Übersensibilität bei anderen ist bei mir selbst nicht vorhanden. Bin immer hin und her gerissen, zwischen ich stehe schon mit einem oder zwei Beinen über dem Abgrund, oder es ist noch viel Platz zwischen mir und dem Abgrund.

Aber es kann auch viel einfacher sein! Dass kleine Kind in mir will keine Verantwortung für mich übernehmen und schiebt sie immer auf Andere. Die sollen für mich entscheiden, will keine Verantwortung für mich tragen.

Falls sie eine passende Antwort haben, weil sie vielleicht psychologisch geschult sind, oder einfach nur es besser wissen als ich, dann nichts wie raus damit. Oder sie behalten es für sich und bilden sich ihre eigene Meinung von einer ziemlich durchgeknallten Depressiven

Nachdem sie also nun von meinem Gedankenspiel von Jemand auf der Station hörte dann ratterten ihre Gedanken los „Jetzt ist sie also in Sicherheit und dann will sie, obwohl immer noch hoch suizidal wieder gehen. Nur um dann wahrscheinlich drei Tage später wieder bei mir auf der Matte zu stehen und um Aufnahme zu bitten, weil sie die Situation zuhause nicht aushält" Und dieses Spiel wollte sie nicht mitmachen und hat mir das sehr deutlich zu verstehen gegeben.

In diesem Kontext entstand auch der Satz „Wenn ich noch einmal so hoch suizidal wäre, würde sie mich als Patientin nicht mehr betreuen".

Das war damals ein riesiger Schock für mich. Ich vertraue ihr, wie nur wenigen anderen Menschen auf dieser Welt, aber in diesem Moment dachte ich wirklich alles bricht auseinander. Wieder jemand dem du vertraut hast, verlässt dich. Schlussendlich, du kannst wirklich niemandem vertrauen. Selbst ihr nicht. Jetzt, nach dem Gespräch, wo ich weiß, warum sie so ausgerastet ist, ist ihre Reaktion natürlich mehr als verständlich.

Ich dachte im Gegenzug, sie wäre mit meiner hoch suizidalen Phase vor dem Klinikaufenthalt nicht zurechtgekommen, dass ich zu viel gefordert, sie überfordert habe. Dass ich sie über ihre persönliche, aushaltbare Grenze gebracht habe. Seit ihrem Besuch in meinem Zimmer habe ich mich immer wieder gefragt, was mache ich nur, wie geht es weiter. Wenn ich wieder in so eine kritische Phase komme. Soll ich mich dann verstellen, so tun als wäre alles in Ordnung, aber wenn ich sie belüge, nicht mehr ehrlich sein kann, wozu brauche ich sie dann noch. Therapie und lügen schließt sich einfach aus. Ich wusste nicht mehr ein und aus. Je länger ich darüber nachdachte, desto sicherer wurde ich mir, dass es keine Zukunft gibt.

Das Gespräch ging annähernd eine Stunde und als ich raus kam, die Missverständnisse geklärt waren, war die Erleichterung fast körperlich bei mir zu spüren. Sie gehörte wieder zum kleinen Kreis der Menschen, denen ich sehr weit vertraue. Und ich kann auch weiterhin zu ihr kommen, egal wie schlimm die Depression gerade ist, auch wenn es um Leben und Tod geht. Dass wir, ich, noch lernen müssen offener zu sein. Ich versuchen mehr Verantwortung für mein Leben zu übernehmen. Erkennen, wann der Punkt erreicht ist, wann es genug ist und ich Hilfe brauche und holen muss.

Danach sind Gaby und ich ins Freibad und es gab fast einen halben Tag, wo ich relativ gut drauf war, fast kann man sagen glücklich. Aber mit diesem Ausdruck gehe ich sehr vorsichtig um. Weiß vielleicht nicht wie man mit dem Glück umgehen bzw. halten kann. Dazu gibt es einfach zu wenig Erfahrung. Naja, auch diese heutige glückliche Phase löste sich nach wenigen Stunden wie Rauch auf. Ich saß auf meinem Stuhl, schaute auf den Rhein, das Bad liegt direkt am Rheinufer, und konnte spüren wie dieses Gefühl des Glücklich seins, sich wie Rauch im Wind auflöste und von der alten verhassten Freundin, der Traurigkeit mehr und mehr ersetzt wurde.

Ich kann schon hören, wie sie sich fragen, warum ich dieses Glücksgefühl nicht wieder abrufen kann. Wenn mir schlecht geht, warum denke ich dann nicht an die Stunden wo ich einmal glücklich war? Dann würde es mir doch bestimmt besser gehen. Antwort, weil ich es nicht schaffe diese Gefühle zu konservieren. Wenn ich aus der Glückssituation, selbst so etwas wie unsere Hochzeit, heraus bin, ist auch dieses Gefühl für diese Situation für immer weg. So als hätte es dieses Gefühl niemals gegeben. Zurück bleibt nur ein schwarzes Loch.

Meine Schwester Petra

Puh, nach so viel Gegenwart wird es nun Zeit, zurück zum letzten Familienmitglied zu gehen, meiner Schwester Petra. Die Person, zu der ich den wenigsten Kontakt hatte. Nach unserer gemeinsamen Rollenspielzeit als Kinder, hat sich unser beider Leben ziemlich schnell auseinander gelebt. Sie schaffte sich in kürzester Zeit ihr eigenes Leben, konnte problemlos den Absprung von der Familie vollziehen. Schon früh hatte sie einen großen Freundeskreis, seid ihrer eigenen Konfirmandenzeit eine allerbeste Freundin. Eine mit der mal alles teilt. Nein nicht wie ein Ehepartner, das ist ganz etwas anderes als die allerbeste Freundin. Den Ehepartner liebt man. Mit der besten Freundin teilt man alles, quatscht über alles. Haben sie eine beste Freundin? Naja, dann kennen sie ja auch den Unterschied. Etwas wonach ich schon mein ganzes Leben Sehnsucht habe, aber nie gefunden habe.

Ich denke solche Freundschaften entstehen irgendwann in der Kindheit oder Jugend und bleiben dann ein ganzes Leben erhalten. Und dieses Glück hatte meine Schwester. Ein weiteres Detail um das ich meine Schwester beneidet habe. Ganz früher, als meine Schwester gerade anfing in die Schule zu gehen und wir ja einen gemeinsamen Weg hatten, gingen wir immer zusammen. Oder besser gesagt hintereinander. Ich wollte vor meinen „Freunden" nicht als jemand aussehen, der seine kleine Schwester zur Schule bringen muss. Also musste sie immer ein paar Meter hinter mir laufen. Nicht sehr nett, stimmt. Aber ich hatte wirklich Angst, dadurch ausgelacht zu werden. Den Spott der Freunde abzubekommen. Ausgegrenzt zu werden. Ist feige. Ja. Ich weiß.

Aber schon relativ bald hatte sie genügend Selbstvertrauen entwickelt. Sie verschaffte sich in ihrer Klasse Respekt und bekam Freundschaften, richtige Freundschaften in ihrer Klasse. In der Pubertät, wurde es dann für sie noch intensiver. In ihrem Zimmer traf sich ihr Freundeskreis. Manche ihrer Freunde waren, vor allem meinem Vater, aber auch meiner Mutter, nicht so recht. Wer da alles in ihrem Zimmer hockte, was das bloß für Typen seien. Lauter solche Gedanken bewegten meinen Vater. Die Wege von uns Geschwistern gingen immer weiter auseinander. Während sie immer freier bewegte, ihr eigenes Leben entwickelte und ausbaute war es bei mir immer mehr Rückzug. Einsamkeit.

Sie hatte eine richtig wilde Zeit mit Feiern, Partys und vom Rest naja, das bleibt im Verborgenen. Meine Mutter, die Überängstliche, konnte vor Sorgen nie schlafen, bis sie endlich spät nachts oder früher Morgen nach Hause kam, wenn z.B. das Café Wien geschlossen hat. Ich konnte ebenfalls nicht schlafen, weil ich hörte, wie meine Mutter immer wieder vorne ans Erkerfenster, im Zimmer meiner Schwester, ging um zu schauen, ob sie sie kommen sieht. Spürte die Angst meiner Mutter, als ob ich es selbst fühlen würde. Erst wenn sie sie sah, oder den Schlüssel im Schloss hörte, entspannte sie sich.

Meist folgte dann eine heftige Diskussion zwischen den beiden. Ich hatte doch erzählt, dass ich meiner Mutter innen wie außen sehr ähnle. Meine Schwester ist dafür das fast genaue Ebenbild unseres Vaters.

Oder noch besser gesagt, sie sieht aus wie die Großmutter väterlicherseits. Vor allem geht es um die Äußerlichkeiten, aber auch die innere Sturheit ist ebenfalls vorhanden. Sie ist genauso dickköpfig wie mein Vater. Stur wie ein Panzer gibt es doch als Sprichwort. Ja, das war sie. Und nun stellen sie sich mal vor, nachts um 3 Uhr eine Diskussion zwischen zwei extremen Dickköpfen. Die dann auch noch im gleichen Zimmer schlafen mussten, weil unser Vater schnarchte und meine Mutter dann ins Zimmer meiner Schwester auswich. Das waren harte Zeiten.

Die Ängstlichkeit meiner Mutter um ihre Kinder hat sie auch bei mir gehabt. Als ich Gaby näher kennenlernte und dann sie öfters zuhause besuchte, konnte sie erst schlafen, wenn sie mein Auto auf dem Gehweg parken hörte.

Aber zurück zu meiner Schwester, sie ist ja nun das Thema. Nach bestandenem Abitur fing sie an zu studieren. Ihr Berufswunsch war Erzieherin. Sie begann in Landau zu studieren. Aber dort fielen so viele Stunden aus, dass sie die dadurch gewonnene Freizeit in Partyzeit umwandelt konnte.

Der Streit eskalierte immer mehr. Sie machte nur noch was und wann sie es wollte. Erst als es um den elterlichen Geldhahn ging und der langsam immer mehr versiegte, lenkte sie etwas ein, und suchte sich einen anderen, etwas mehr professionelleren Studienplatz. Also wurde der Tagesablauf etwas ruhiger und unsere Mutter beruhigter, dass ihre Tochter doch noch einen anständigen Beruf erlernt.

Dann lernte sie ihren zukünftigen Ehemann Jochen kennen. Aus einer Beziehung entwickelte sich eine große Liebe. Die erste gemeinsame Wohnung in der Oststadt. Ich kann mich noch an eine Feier erinnern, zu der Gaby und ich eingeladen waren. Die ganze Wohnung voll mit ihren Freunden. Das jemand so viele Leute kennen konnte, war mir in der damaligen Zeit unbegreiflich.

So verloren kam ich/wir uns ganz selten vor. Wir kannten niemanden. Sobald es ging haben wir uns verzogen. Konnte zur damaligen Zeit, mit Fremden, keinen Kontakt herstellen.

Die Beziehung zwischen Petra und Jochen entwickelte sich immer weiter. Durch den Beruf von Jochen mussten sie aus Karlsruhe wegziehen und in Frauenaurach in der Nähe von Erlangen ein neues Leben aufbauen. Aber ihre Art schaffte auch dort schnell einen neuen Freundeskreis aufzubauen. Als der rebellischen Jugendlichen wurde durch oder mit Hilfe der Beziehung zu Jochen eine erwachsene, verantwortungsvolle Frau. Dazu kamen dann noch drei Kinder, die die Beiden gezeugt und meine Schwester geboren hat. Lennart, der Erstgeborene, Steffen, als mittleres Kind und das jüngste Kind Hannes. Dazu bauten sie auch noch ein Haus. Ja, sie wurde eine richtige Hausfrau. Baute sich eine richtige Familie auf.

Da veränderte sich auch das Verhalten meiner Mutter zu ihrer Tochter. Es wurde immer besser. Sie verstanden sich immer besser. Naja, ab und an, gab es ja immer wieder kleinere Streitereien. Beides Dickköpfe. Aber diese Konflikte waren anders. Es waren Streitereien zwischen zwei Müttern, da gab es Diskussionen um Erziehung oder ähnliches.

Meine Mutter hatte dann auch nur noch ein Thema, wenn sie sich mit uns traf. Petra und ihre Familie. Sie haben das, sie haben jenes getan. Die Enkel das, die Enkel jenes. Stolz war in jedem Satz zu hören.

Es entwickelte sich in mir eine Eifersucht, weil sie nur noch Petra und ihre Familie im Kopf hatte. Was in meinem bzw. unserem Leben passierte, dafür hatte sie einfach keine Gespür mehr, oder auch keine Lust mehr. Ich hatte das Gefühl, dass ich immer mehr in die hinterste Reihe rutschte. Das Gefühl noch mehr ungeliebt zu sein.

Über jedes Tor, dass einer ihrer Enkel geschossen hatte, wurde ausgiebig gesprochen, während meine Trainerarbeit sie nie richtig interessierte. Ja, das klingt nach Neid und es ist auch definitiv Neid. Meine allererste Therapeutin meinte dazu, dass ich keine Chance hätte, gegen die Macht der Enkelkinder. Dieses Gefühl eine Oma zu sein. Und da hat sie Recht gehabt, meine Schwester hatte alles was man sich als Mutter für seine Kinder wünscht, einen guten, liebevollen Ehemann, der auch noch Karriere macht. Ein eigenes schönes Haus und drei Enkelkinder. Was hatte ich dazu schon im Vergleich zu bieten. Transe, krank, verrentet.

Ja es klingt immer noch nach Neid, ziemlich großen Neid sogar. Aber nicht auf meine Schwester, Schwager und Neffen, sondern auf das Gefühl der Zurücksetzung. Ich, weiß, ich weiß, keine Chance dagegen.

Durch den räumlichen Abstand und die sehr unterschiedliche Entwicklung hatten wir immer weniger Kontakt zueinander. Man traf sich, wenn sie in Karlsruhe zu Besuch waren, zum Essen bei meiner Mutter. Redete und aß und ging dann wieder seines Weges. Ein paar Mal besuchten wir sie auch in Frauenaurach mit dem Zug oder dem Motorrad. Aber ohne meine Mutter, wären wir vielleicht auseinander gedriftet, hätte sich irgendwann immer mehr aus den Augen verloren und irgendwann wäre der Kontakt wohl ganz eingeschlafen. Es war nicht so, dass wir irgendwie uns gestritten haben, aber die Welten in denen wir lebten waren wie unterschiedliche Dimensionen. Aber unsere Mutter war der Klebstoff der uns alle zusammenhielt. Als dann unsere Mutter so schwer erkrankte erlebten wir noch einmal ein Gefühl von Zusammengehörigkeit. Gemeinsam standen wir diese Zeit durch. Wir telefonierten viel, sie waren auch oft in Karlsruhe um sie im Krankenhaus zu besuchen und in der Zeit nach ihrem Tod die Wohnung aufzulösen, unsere eigenen persönlichen Erinnerungsstücke mitzunehmen.

Danach folgten wieder zwei Jahre wo wir gelegentlich miteinander telefonierten, zu Weihnachten von ihnen eine selbstgemachte Karte bekommen. Aber ansonsten lebte jeder sein eigenes Leben. Wir hatten auch mal von gemeinsamen Plänen gesprochen, mit den Motorrädern eine gemeinsame Ausfahrt zu machen. Mein Schwager Jochen hatte sich inzwischen eine Gummikuh gekauft. Was das ist? Motorradfahrer werden jetzt schon schmunzeln, alle anderen wohl eher unwissend dreinschauen. Also als Gummikuh bezeichnet man Motorräder der Marke BMW. Damit und unseren beiden eigenen Moto Guzzi wollten wir ein Wochenende durch die fränkische Schweiz fahren.

Aber all das änderte sich, im Frühsommer 2013, als ich die tränenreiche Stimme meiner Schwester am Telefon hörte. Schon bei den ersten Worten, war eine große Verzweiflung zu spüren. Man hat bei ihr Brustkrebs festgestellt. Man spürte durch das Telefon ihre Angst, ihr Besorgnis. Sie unterzog sich in der Folgezeit einer heftigen Chemotherapie, sie erzählte davon wie groß die Übelkeit und das

Erbrechen und der Haarausfall waren. Nach Abschluss der Chemotherapie wurden beide Brüste dann entfernt. Die Ärzte waren zuversichtlich, es hätte keine Metastasen geben, also wären die Erfolgsaussichten auf Heilung ziemlich groß. Bei einem ihrer Besuche in Karlsruhe, die sie bei ihrer besten Freundin verbrachte, sahen wir uns bei einem Kaffee in einem Café wieder. Ich hätte sie fast nicht wieder erkannt, die ganzen Behandlungen hatten sie sehr verändert. Irgendwie sah sie unserer Großmutter väterlicherseits noch ähnlicher. Aber sie war zuversichtlich, dass nun alles langsam wieder besser werden würde.

Was hätte ich anders gemacht, wenn ich damals schon gewusst hätte, dass es das letzte Mal war, wo ich meine Schwester lebend sehen würde? Ich weiß es nicht. Ihr vielleicht sagen, dass ich sie als Schwester gern habe, oder sogar liebe? Auf Facebook hatte ich einmal einen Spruch geteilt, so dass sie es auch sehen konnte, darin ging es darum, wie sehr jemand seine Schwester liebte und wie stolz er oder sie auf seine Schwester ist. So ähnliche Gedanken kommen wir ab und an in den Kopf, aber nüchtern betrachtet, waren wir zu unterschiedlich, führten andere Leben, es wäre vielleicht anders geworden, wenn wir es geschafft hätten uns zusammen zu setzen und über unsere Gefühle zu reden. Aber wie mit allen aus unserer Familie war das „Darüber reden" nicht so unser Ding. Keine Ahnung, im Endeffekt ist und bleibt es alles nur fruchtlose Spekulation. Über Weihnachten und Silvester fuhr dann die komplette Familie zum Urlaub auf die Kanaren. Ende Januar bekam ich noch einmal eine SMS, wo sie schrieb, dass sie wieder zum Arzt müsse, weil die Blut und Leberwerte ziemlich schlecht wären. Am 15. Februar kam dann der Anruf meines Schwagers, dass meine Schwester in der Nacht gestorben wäre. Es war ein riesiger Schock, dies zu erfahren.

Bei ihr war, im Gegensatz zu meinen Eltern, Trauer da. Ich weinte, zum ersten Mal, beim Tod eines Familienmitgliedes. Auch über die Ungerechtigkeit des Lebens, warum musste sie schon mit 47 Jahren sterben. Was müssen zu diesem Zeitpunkt Jochen, Lennart, Steffen und Hannes durchmachen. Die Ehefrau, die Mutter so früh zu verlieren. Bei der Beerdigung, sahen wir auch, wie beliebt meine

Schwester und die Familie in ihrer Heimat waren. Selbst in so einer Situation spüre ich noch etwas wie Neid. Das sie selbst im Tod mehr Menschen um sich hat, wie ich im Leben.

Die Kirche war bis auf den letzten Platz gefüllt, mit Familienangehörigen, Freunden und Bekannten der ganzen Familie. Die Zeremonie war sehr bewegend, besonders als der Sarg aus der Kirche getragen wurde und dabei ein Lied von Bruce Springsteen gespielt wurde. Seit damals, denke ich jedes Mal an meine Schwester, wenn ich ein Lied von ihm höre.

Es ist ein seltsames Gefühl, zu wissen, dass man das letzte lebende Mitglied der Familie ist und mit meinem Tod der Name R. für alle Zeiten verschwinden wird. Es gibt keinen Nachkommen mehr, der diesen Namen trägt. Tja, wenn man es böse meint, ist das auch meine Schuld. Es gab ja mal eine Zeit, wo es mir noch möglich gewesen wäre einen Stammhalter zu zeugen. Wir hatten es sogar, im früheren Leben, über ein halbes Jahr probiert, mit Thermometer und allem. Aber leider, oder zum Glück hat es bei uns nicht geklappt. Keine Ahnung, wie ich als Vater oder Mutter gewesen wäre. Oder wie das Kind mit dem allem, was passierte, zurechtgekommen wäre.

Es ist Wochenende, das kleine Kind in mir ist sehr stark. Der Lebenswille ist schwach, extrem schwach. Die Hoffnungslosigkeit und die Traurigkeit sind fast nicht mehr aus haltbar. Keine mehr Hoffnung zu haben. Am Donnerstag waren mit einer Freundin in einem Irish Pub ganz in der Nähe unserer Wohnung. Da war es der erwachsene Anteil der wieder dominierte. Wir redeten über die Zukunft, bei meiner alten Firma zumindest für ein paar Stunden wieder zu arbeiten. So etwas wie Normalität, Struktur, Kontakt mit normalen, gesunden Leuten zu bekommen. Da in diesem Moment, nach zwei Snakebites, einem Whisky und einem guten, unterhaltsamen Abend mit Gaby und unserer Freundin klang das für den erwachsenen Anteil ziemlich gut. Wieder anfangen, so etwas wie ein normales Leben führen. Ja, die Erwachsene hielt das wirklich zu dem Zeitpunkt für eine gute Idee. Aber zuhause wechselt mein innerer Anteil. Es dominiert jemand anderes. Das kleine, traurige, verzweifelte, hoffnungslose Kind. Das was jetzt auch hier sitzt und mit seiner Angst, seinem Wunsch nach Erlösung, mit der Sehnsucht diesen Schmerz nicht mehr spüren zu müssen. Aber gleichzeitig ist dieses Kind zu ängstlich, hat nie gelernt auf sich und seine Bedürfnisse zu hören oder zu kümmern. Habe gerade das Gefühl, dass sich das kleine Kind und die Erwachsene immer weiter auseinander bewegen, wie die zwei Teile einer Schere. Wann wird es mich wohl zerreißen?

Sonntag, der zweite Tag wo ich nicht aus dieser Traurigkeit heraus komme. Ich will die Verzweiflung nicht mehr fühlen müssen. Wenn ich beten könnte, würde ich ihn um eine schnelle Erlösung bitten.

Meine Oma - Burrweiler

Nun habe ich ihnen, meine komplette Familie vorgestellt. Wobei der Eindruck entstehen könnte, dass es keine sehr gute, oder liebevolle Familie war. Sie waren nicht schlecht aber auch nicht gut. Oft habe ich mir gewünscht, dass es schlecht gewesen wäre. Dann hätte ich wenigstens einen triftigen Grund für die Lieblosigkeiten.

Um das Bild der Familie jedoch zu vervollkommnen oder abzurunden gibt es noch einen Ort, einen Ort wo vieles anders war. Wo wir eine Einheit, eine Familie waren. Und dieser Ort war das Haus meiner Oma. Ja, bei ihr habe ich absolut kein Problem sie in der Koseform zu nennen.

Ein Haus am Rande des Pfälzer Waldes, in den Hang hinein gebaut. Oben auf der Kuppe des Hügels steht eine Wallfahrtskirche und irgendwo zwischen dem Dorf und der Wallfahrtskapelle mitten im Wald steht dieses kleine Haus. Anfangs als mein Großvater noch lebte, war es nur das Haus der Großeltern, wo wir ab und an zu Besuch vorbei kamen.

Erst nachdem Tod meines Großvaters wurde aus den gelegentlichen Besuchen regelmäßige Besuche an den Wochenenden. An viel von meinem Großvater kann ich mich nicht mehr erinnern. Nur das er ein Schlürfer vor dem Herrn war. Jede Suppe oder Eintopf wurde unter lautem Schlürfen zu sich genommen. Und das Schlürfen ist eines dieser Geräusche auf die ich allergisch reagiere, bzw. mir äußerst unangenehm sind. Er war noch ein Mann der alten Schule. Er

Chef. Er hatte die Kontakte unten im Dorf, er bestimmte wo es lang ging. Er hatte das Auto, er fuhr runter ins Dorf zum Einkaufen und knüpfte die Kontakte inner- und außerhalb des Dorfes. Aber das kann auch nur ein falscher Eindruck sein, einfach weil er so schnell aus meinen Erinnerungen verschwunden ist.

Es war überraschend, wie positiv sich meine Oma nach dem Tod ihres Ehemannes veränderte. Sie wurde selbstsicherer, mit den Einwohnern von Burrweiler knüpfte sie enge Verbindungen. War in die Gemeinschaft gut integriert. Sie hatte keinen Führerschein, musste also jedes Mal den Berg runter ins Dorf laufen und mit ihren Einkäufen den Weg zu Fuß wieder hoch laufen. Viele Male halfen ihr dann die Bewohner beim Transportieren der Einkäufe. Und durch die viele Bewegung mit den Hunden und das Hügel rauf und runter, war sie auch in einer körperlich guten Verfassung. Denke ich an Burrweiler, denke ich an meine Oma.

Mein Opa kommt da einfach nicht vor. Einfach weil erst nach dem Tod der Kontakt so intensiv wurde. Mein Zweitname Katharina habe ich ihr zum Andenken gewählt. Man muss sich das auch durch den Kopf gehen lassen, sie lebte alleine mitten Im Wald. Es gab noch ein paar Häuser um sie herum, aber die wurden, selten und dann fast nur an den Wochenenden genutzt Zumindest unter der Woche war sie da oben ganz alleine. Der obere Teil des Hauses war aus Holz gebaut. Und Holz arbeitet, was bedeutet, dass sie immer wieder mal hier und da knarzte. Oder der Wald macht auch Geräusche, Wind und Tiere erzeugen auch z.T. seltsame Geräusche. Dann in einem Wald mit den Hunden unterwegs zu sein, in der Gewissheit dass um einem herum niemand anders unterwegs ist. An all das und die Einsamkeit sind sehr schwer auszuhalten.

Also, ich musste einmal einen Monat, als meine Oma im Krankenhaus war, das Haus hüten. Und diese Stille auf der einen Seite und die ungewohnten Geräusche auf der anderen, sind anfangs wirklich schwer auszuhalten. Man zuckt anfangs bei jedem Geräusch zusammen, fragt sich was oder wer das gerade war. Es kommen ganz unbewusst eine Art Urängste oder kindliche Ängste von Monstern, Psychopathen oder ähnlichem hoch. Ist die Tür abgeschlossen, alle

Fenster zu? Ist das Böse ausgesperrt, keine Möglichkeit hier herein zu kommen? Auch das Gassi gehen mit den Hunden in diesem einsamen Wald ist gewöhnungsbedürftig. Eine Stille, die für jemand aus der Stadt so ungewohnt ist. Man hört nur den Wind in den Bäumen und seine eigenen Schritte, sonst nichts. Man hat anfangs Angst, dass einen jemand hinter einem Baum hervor springt und einen anfällt. So wie in einem Horrorfilm, der sich im Kopf abspielt. Dabei ist es mit größter Sicherheit sehr viel wahrscheinlicher in der Stadt überfallen zu werden, als in diesem einsamen Wald. Wer sollte sich den darin aufhalten, außer Rotkäppchen und der böse Wolf. Ok, beiden bin ich nie begegnet dafür aber öfters einer Rotte Wildschweine und wenn die deinen Weg kreuzen, da wirst du schon etwas nervös.

All zwei Wochen fuhren wir die 60km zu ihr. Einfach um ihr die Einsamkeit etwas mit Leben zu füllen. Es waren wunderschöne Wochenenden. Wir vier, mit unserer Katze, ja auch sie musste diese Reise mitmachen. Meist ungern, vor allem weil sie sich mit den Katzen vor Ort arrangieren mussten, was nicht immer gut klappte. Aber sie hatte leider keine Chance, sich dem zu entziehen. Freitagabend nach Feierabend ging es los, meist bis Sonntagnachmittag waren wir gemeinsam unterwegs. Meine Oma hatte zwei Hunde und eine bis zwei Katzen. Man trat aus dem Haus und stand mitten im Wald. Und die Hunde brauchten zweimal am Tag ihren Auslauf. Also gingen wir alle gemeinsam, oder in kleinen Grüppchen oder ganz alleine mit den Hunden regelmäßig spazieren. Es gab mehr als genug Wander- und Forstwege auf denen man stundenlang spazieren oder wandern konnte. Mit der Zeit hatte man die meisten Wege erkundet und konnte so den Besucherströmen die an den Wochenenden mit uns ebenfalls in den Pfälzerwald kamen, entkommen. Selbst im Herbst, wenn der Pfläzerwald wegen den Esskastanien, dem guten Essen und der Schönheit der Natur von Touristen überquoll, fanden wir Wege wo es ruhig und nicht überlaufen war.

Bei der Wallfahrtskirche gab es auch eine Hütte des Pfälzerwald-Vereins, eine halbe Wegstunde eine weitere, die am Wochenende geöffnet hatten. Das waren Ziele, die wir zusammen besuchten, ein Schoppen Wein tranken, oder eine Cola als Kinder und etwas

Zünftiges aßen. Das waren Tage, wo wir gemeinsam waren. Sogar mein Vater, der auch in Burrweiler einen Schreibtisch im Untergeschoss hatte, verbrachte sehr wenig Zeit an diesem. Stattdessen war er mal nicht Chef sondern fast nur Vater. Im Sommer draußen grillen, wir haben gemeinsam mit Pfeil und Bogen, oder einem Luftgewehr geschossen, es war wie eine andere Welt.

Die Gegend war zu jeder Jahreszeit schön. Ob im Frühjahr, wenn die ganzen Bäume wieder grün wurden. Im Sommer, wenn man der Hitze der Stadt entkommen konnte, das gemeinsame Grillen und Zusammensitzen. Besonders schön war der Herbst, wenn sich die Blätter der Bäume in wunderbare Rot- und Gelbtöne verfärbten, die Spaziergänge waren noch etwas schöner als sonst, die Esskastanien von den Bäumen fielen, man den neuen Wein mit Zwiebelkuchen genießen konnte. Oder im Winter, da waren zwar nur die Gerippe der Bäume zu sehen. Aber in der Dunkelheit den Waldweg entlang zu fahren um dann das hell erleuchtete Haus zu sehen erzeugte ein Gefühl von Daheim. Zu wissen, dass in diesem Haus, unsere Oma mit selbstgemachten Dampfnudeln und Weinsoße auf uns wartete.

Das Haus war, ein Hort der Heimeligkeit. Wenn es so etwas wie Familie gab, dann hier in diesem Haus. Dann gab es Samstagsabend ein weiteres Highlight. Im Untergeschoss gab es einen offenen Kamin. Draußen die Kälte, alles Dunkel bis auf das Feuer im Kamin. Wir alle saßen dann unten, genossen diese besondere Wärme und Stimmung, die ein Kaminfeuer erzeugt. Dazu gab es dann noch ab und an Feuerzangenbowle, oder wir rösteten Wurst in der Glut des Feuers. Manches Mal war es, bis auf das Knistern im Kamin, richtig ruhig. Keiner sprach ein Wort, aber es war keine unangenehme Stille, sondern eine liebevolle, entspannte Ruhe innerhalb einer gefühlten liebevollen Familie. Diese Wochenenden waren so etwas wie eine Art Kleber für uns als Familie. Ich liebte diese Zeit. Gemeinsame Zeit als Familie. Das Spazierengehen mit den Hunden. Ob in der Gruppe, oder auch alleine. Die Ruhe, weit ab von allem zu sein ist sehr entspannend.

Besonders schön waren immer die Weihnachts- und Silvesterzeit. Da traf sich die komplette Familie zum Feiern. Erst nur wir vier, dann später auch mit unseren Lebenspartnern. Es gab Fondue, stundenlange

Wok Sessions, wo jeder abwechselnd für alle anderen kochte, Raclette. Alles als Familie. Alle gemeinsam. Selbst heute haben Erinnerungen an diese Tage so etwas Wärmendes Anheimelndes

Zu den Wochenenden, verbrachten wir in den Achtzigern auch einige Urlaube dort. Meist aber auch mit viel Arbeit verbunden. Sie erinnern sich... Holzhaus. Das bedeutet unter anderem, regelmäßige Pflege der Außenfassade. Ich hasste das, jetzt nicht nur während der Arbeitszeiten, nein nun auch noch in den Ferien, Schreiner spielen zu müssen. Das Ab- bzw. Anschleifen der alten Lasur und Neustreichen, den Dachkandel saubermachen, die Blätter auf dem Grundstück und der Zufahrt entfernen.

Leider verstarb meine Oma Anfang der Neunziger Jahre nach einem Schlaganfall. Noch heute regt sich in mir Wut auf den Bruder meiner Oma. Eines Tages hat sie sich ziemlich über ihn aufgeregt, weil er ihr Essen mit abgelaufenem Haltbarkeitsdatum vorbei gebracht hatte. Sie hat sich gewaltig aufgeregt, über seinen Geiz und seine Unverschämtheit, ihr das abgelaufene Essen als Unterstützung zu verkaufen. Irgendwann war diese Aufregung zu viel und sie bekam diesen Schlaganfall. Sie fiel ins Koma, außer dem sie leider nicht mehr erwachte. Als Erbmasse bekamen wir die Katze von ihr und meine Eltern und Petra den noch verbleibenden schon ziemlich alten Hund. Er war so anhänglich und treu. Lassie war sein Name.

So wurde aus diesem ständig bewohnten Haus ein Wochenendhaus, wie alle anderen Häuser rundherum. Der Rhythmus blieb der gleiche. Im Sommer war es noch ganz angenehm in das nun leere, vereinsamte Haus zu kommen. Aber im Winter, wenn es richtig kalt war, dann war die Bude richtig, richtig kalt. Es gab keine Heizung, bzw. nur einen Holzofen in jedem Stockwerk. Und bis die es geschafft haben, das Haus auf eine angenehme Raumtemperatur zu bringen, dass dauerte oft Stunden. In diesen Stunden naja half dann meist nur Mutters selbstgemachter Eintopf über die Kälte hinweg. Aber dann, wenn der Ofen richtig durchgeheizt hatte, war die Wärme so richtig wohlig. Die Wärme eines Holzofens oder eines Kamins erzeugt eine ganz andere Wärme als ein Elektro- oder Gasofen.

Aber je weiter die Zeit voranschritt, desto schwieriger wurde es mit Burrweiler. Meine Schwester war ja nach Erlangen gezogen, die Krankheit meines Vaters, machte es schwieriger für meine Eltern dorthin zu kommen. Da mein Vater ihr nicht mehr helfen konnte, lag die ganze Arbeit an ihr. Überforderte sie mehr und mehr. Am Ende war sie nervlich fast am Ende. Auch Gaby und ich entwickelten uns weiter, neue Freunde, neue Interessen. Das Haus wurde sekundär. Ja, irgendwann war die Zeit reif dieses Kapitel leider zu schließen. Meine Mutter beschloss, in Rücksprache mit uns allen das Haus zu verkaufen. Das Leben hatte sich weiter entwickelt und auch auseinander entwickelt. Wegen der vielen schönen Erinnerungen, fiel es mir sehr schwer, hinter dieser Entscheidung zu stehen, aber mein Verstand gab meiner Mutter Recht. Denn im Endeffekt wäre die ganze Arbeit im, um und am Haus an Gaby und mir hängen geblieben. Wie schon gesagt, meine Schwester über 350km weg von Karlsruhe und Burrweiler, meine Mutter keinen Führerschein, also wäre alles an uns beiden hängen geblieben und das in einer Zeit meines eigenen Umbruchs. Da war gerade kein Platz mehr für Burrweiler. Wir kommen auf unseren Motorradtouren gelegentlich in Burrweiler vorbei. Da mache ich immer einen Stopp um das Grab meiner Großeltern um ihnen Hallo zu sagen. Dann schaue ich auch den Hang hinauf, wo ungefähr das Haus liegt. In dem Moment vermisse ich es nicht, oder doch ein bisschen schon.

Nur an Weihnachtstagen, da denke ich jedes Jahr an die schönen Zeiten, wo wir alle noch eine Familie waren, vor allem alle noch am Leben waren. Da wird die Trauer, dann manches Mal nur schwer ertragbar. Da werden die Bilder dieser, für mich sehr glücklichen Momente, wieder wach und eine Sehnsucht nach dieser Zeit steigt in mir auf und die Gegenwart wird dann umso schwerer zu ertragen.

Heute ist der letzte Urlaubstag von Gaby. Wir wollten gerade los zum Einkaufen, als uns auf der Straße unser ehemaliger Nachbar aus der oberen Wohnung über den Weg lief. Er wohnt normalerweise in der Nähe von Köln und war auf einem Zwischenstopp in Karlsruhe und wollte uns auf Verdacht besuchen. Welch ein Glück, dass wir keine zwei Minuten früher aus dem Haus gingen, sonst hätte er umsonst geklingelt und wir wären um einen schönen Besuch ärmer gewesen. Während er uns besuchte, war natürlich wieder der erwachsene Anteil da. Er genießt es, mit Freunden zu sprechen, mit ihnen etwas zu unternehmen. Sich zu freuen, den Besuch genießen. Doch kaum war er fort, wir auf dem Weg zum Supermarkt war der erwachsene Teil auch schon wieder weg und zurück blieb der Anteil der traurigen Kindes. Zu dieser Traurigkeit gesellte sich im Laufe des Tages auch noch eine Panik dazu. Wovor, ich weiß es nicht. Ich hätte nur wieder schreien können, weil es wieder mal fast nicht aushaltbar war. Die Diskrepanz zwischen diesen beiden Anteilen wird größer und größer. Das Gefühl, dass mich diese zwei Anteile langsam aber sicher zerreißen, wächst mit jedem Tag. Leider sind die Anteile nicht paritätisch verteilt, sondern der Anteil des kleinen Kindes überwiegt ganz deutlich. Was das bedeutet, ganz einfach, das Risiko das das Kind genug von der Traurigkeit hat und Schluss machen will, steigt. Ok, klingt langatmig. Auf einen kurzen Nenner gebracht, das Risiko der Suizidalität ist am Steigen. In dieser Phase ist es auch extrem schwierig den gesunden, den alltagbewältigenden Anteil anzusprechen, und zu stärken. Zu mächtig ist das traurige Kind. Sie können sie noch erinnern, dass ich bei einem Treffen mit einer Freundin im Erwachsenenmodus mir überlegt habe, meinen alten Chef anzuschreiben um wieder Struktur und ein kleines bisschen Normalität in meinen Leben zu lassen? Gerade keine Chance. Ja im Kopf versuche ich die Mail zu formulieren, aber immer wieder funkt der traurige, verzweifelte Anteil dazwischen. Ich bin so resigniert.

So nach dem sie nun meine Familie und einen sehr wichtigen Ort für uns kennengelernt haben, möchte ich wieder versuchen wieder etwas in die Chronologie einzusteigen. Die letzten 2 Jahre hatte manches verändert. Das Thema Kloster und die Religiosität wurden deutlich schwächer, bis es gar nicht mehr vorhanden war. Ich machte meinen Job als Schreiner immer noch, und immer noch bei meinem Vater, oder besser gesagt im Schatten meines Vaters. Freunde gab es immer noch keine. Naja, bis auf Matthias unseren ehemaligen

Nachbarsjungen, mit dem ich zusammen die Konfirmation gemacht hatte. Er war in der Zwischenzeit bei der Bundeswehr. Aber man traf sich noch gelegentlich. 1986 im März fragte ich ihn, ob er nicht mal Lust hätte mit mir in den Urlaub zu fahren. Hintergrund dazu, meine Mutter arbeitete ja in der Anzeigenabteilung der hiesigen Tageszeitung und da besonders im Bereich Reiseanzeigen. Da lernte sie auch ein Reisebusunternehmen kennen das unter anderem auch Spanien anfährt. Auch Lloret de Mar. Schon in den Achtzigern eine Partyhochburg. Matthias sagte zu und so buchten wir eine Woche Nordspanien. Reisezeitpunkt irgendwann Ende März. Auf der einen Seite, der durch seine Bundeswehrzeit in Selbstständigkeit, Party, Alkohol und Abwesenheit von Zuhause sehr erfahrene, erwachsene Matthias. Auf der anderen Seite, der noch nie alleine verreiste, zum ersten Mal alleine weg von Zuhause, schüchterne & jungfräuliche Michael, der dazu noch das Lachen und die Freude am Leben nie gelernt hat und den Rest verloren hat. Disco war ein Begriff, aber keine Ahnung wie so etwas von innen aussieht. Gegensätzlicher hätte es nicht sein können. Und diese beiden Gegensätze fuhren nun gemeinsam mit dem Bus nach Lloret de Mar. Nach unzähligen Stunden erreichte unser Bus dann das Hotel. Dieser Urlaub war ein Urlaub voller Gegensätze.

Tagsüber war es wirklich schön, wir hatten uns ein Auto gemietet, sind zum Kloster Montserrat gefahren, haben Barcelona mit dem eigenen Auto erkundigt, waren auf der Rambla, in der großen Markthalle, am Hafen beim Nachbau von Columbus Santa Maria, den Rohbau der La Sagrada Familia, oder einfach nur am Hotelpool zu liegen und Lumumba (Brandy mit Kakao) trinken. Anhand der La Sagrada Familia merkt man auch, wie alt wir geworden sind. Mitte der Achtziger Jahre war es nicht mehr als eine Andeutung einer Kirche. Nur ein paar Türme und Außenmauern standen damals. Heute etwas mehr als dreißig Jahre danach, steht diese Kirche nun fast komplett fertig gestellt da. Eine sehr lange Zeit ist seit damals vergangen.

Das tagsüber war wirklich alles ok, da fühlte ich mich noch einigermaßen wohl. Da waren wir nur zu zweit, überschaubar. Wir waren da alleine. Aber sobald es dunkel wurde, und die neudeutsch genannte Partymeile sich öffnete, die Discotheken aufmachten, dann war das ein Welt wo ich mir vorkam, wie ein Alien auf einem fremden Planeten. Meist waren wir zuerst in einer Spielhalle, da ging es noch, aber dann ging es auf Tour. Ich saß dann meist alleine an der Bar oder Tisch mit was zu trinken, während Matthias sich auf der Tanzfläche amüsierte. Ich verstand es einfach nicht wie es ist, fröhlich zu sein, Spaß am Tanzen zu haben, sich mit anderen zu vergnügen. Sich überhaupt mit jemand fremden zu unterhalten. Fühlte mich so einsam und fremd. Meist verschwand ich dann schon gegen 23 Uhr und ging zurück ins Hotel, während Matthias weiterfeierte. Ob allein oder zu zweit, wer weiß. Ist ja auch egal, alt genug war er dafür. So war diese Woche ein Auf und Ab. Zwischen den Tagen, die ganz angenehm waren und den Nächten, wo ich mich so einsam fühlte. Am liebsten hätte ich zuhause bei meiner Mutter angerufen. Aber das verbot ich mir dann doch selbst, einerseits weil es meistens schon wegen der Uhrzeit zu spät war und andererseits wollte ich auch keine Schwäche zeigen.

Ich habe ja diesen Urlaub gewollt, also habe ich das alleine durchgezogen. Obwohl ich eine große Sehnsucht nach zuhause hatte. Das klingt nicht nur nach Muttersöhnchen, sondern das ist das perfekte Beispiel dafür. Nicht loslassen zu können. An Mutters Rockzipfel hängen. Ja war ich damals richtig gut darin. Am letzten Tag sollte uns der Bus erst gegen 23Uhr im Hotel abholen. Problem war, was ich bisher nicht wusste, weil ich ja noch nie alleine in einem Hotel war, das man das Zimmer schon um 10Uhr morgens räumen muss. Das erzeugte gewaltige Panik in mir. Wie sollen wir die 13 Stunden herum bringen, was passiert mit dem Gepäck, tausend Fragen schossen mir durch den Kopf. Den Tag konnten wir noch auf der Sonnenterasse verbringen. Zum ersten Mal in den Pool des Hotel gesprungen. Im März in einen unbeheizten Pool auch in LLoret mit vielleicht 23° Außentemperatur, ist das ein Erlebnis der besonderen Art. Das Wasser war so kalt, dass ich dachte mein Herz bleibt stehen, bekam fast keine Luft mehr. Kälter war es nur noch im Valle Verzasca, als ich Jahrzehnte später in diesem Gebirgsbach geschwommen bin. Ich bin wirklich fast gestorben als wir aufgeheizt vom stundenlangen

Liegen in der Sonne auf die Schnapsidee kamen in den Pool mit Anlauf rein zuspringen. Herzinfarkt mit 22 Jahren. Auch nicht schlecht. Dann kam der Abend, die Nacht. Auch an diesem Tag, oder besonders an diesem Tag wieder die Frage, wie verbringe ich die restlichen Stunden bis der Bus kommt. Matthias ist noch einmal losgezogen, während ich in der Lobby sitzen blieben, damit ich ja nicht den Bus verpasse. Sicher ist sicher. Er könnte ja auch früher kommen, oder sich irgendetwas verändern und ich wäre nicht da. Ganz alleine in LLoret festhängen, ohne Ahnung, wie ich wieder nach Hause komme. Habe ich ihnen schon gesagt, dass ich ein sehr ängstlicher Mensch war?

Natürlich klappte alles, der Bus kam zur verabredeten Zeit, Matthias war auch da und 15 Stunden später war auch dieses Kapitel erledigt. War froh, es hinter mir zu haben, und den richtigen Urlaub mit meinen Eltern zu verbringen. Nein, damals war ich definitiv noch nicht bereit, den Rockzipfel loszulassen. Ironischerweise, hätte ich den Urlaub elf oder zwölf Jahre später gemacht, wäre ich wahrscheinlich eine richtige Nachtschwärmerin geworden. Feiern und Party ohne Ende, dazu noch ein paar Cocktails, ein Jahrzehnt später und ich hätte LLoret mit Sicherheit genossen. Aber soweit war ich 1986 leider noch nicht.

Football & Judo, mein Sport

Mitte der Achtziger Jahre, als das Privatfernsehen aufkam und sich die Fernsehlandschaft immer mehr vergrößerte, da entdeckte ich zum ersten Mal auf einem Sportkanal American Football. Im Nachhinein waren es irgendwelche unbekannten College Footballspiele. Sie liefen meist sonntags, so gegen 14Uhr. Meine Eltern hielten ihren sonntäglichen Mittagsschlaf und ich schaute gebannt und fasziniert zu, was da auf dem Bildschirm lief. Ich hatte keine Ahnung, wie die Regeln waren, wie so ein Spiel ablief. Aber der Sport faszinierte mich mehr und mehr. Mein erstes Wissen über diesen Sport, das lernte ich nach und nach vom Zuschauen. Die englischsprachigen Kommentare verstand ich mit meinem Hauptschule Englisch so gut wie gar nicht. Es dauerte noch etliche Jahre, bis mein Englisch so gut war, dass ich einen amerikanischen Sportmoderator verstehen kann. Je mehr ich schaute desto mehr interessierte mich der Sport. Ich machte mich auf die Suche, wo man so etwas spielen konnte. Mit den damals möglichen Mitteln, also ausschließlich dem Telefon, machte ich mich auf die Suche ob es eine Möglich gibt, diesen Sport in Karlsruhe zu spielen. Habe sogar bei der US Army angerufen. Zu dem Zeitpunkt waren sie noch in Karlsruhe stationiert. Auf dem Gelände der Army gab es ein Football Field. So nach und nach erfuhr ich, dass Karlsruhe sogar einen eigenen Footballverein hat. Die Badener Greifs. Fand eine Telefonnummer des Vereins und habe die angebende Nummer angerufen und die aktuellen Informationen erhalten. Das erste Treffen war noch rein theoretischer Natur, draußen irgendwo im Eggensteiner Industriegebiet, in der Nähe von Karlsruhe. Ich raffe meinen Mut zusammen und bin dorthin gefahren. Alleine! Es war gerade eine Mannschaftssitzung. Die Saisonvorbereitung für nächstes Jahr wurde besprochen. Dort relativ gut aufgenommen worden. Kannte ja niemand, hatte ja nur die theoretischen Kenntnisse vom Fernsehschauen. Saß da etwas verloren herum, verstand nichts vom dem was geredet wurde. Am Ende erhielt ich sogar ein Schoulderpad und einen Helm. Nächste Woche dann das erste Training. Bei der Mannschaftssitzung lernte ich jemand kennen, der auch aus Durlach kam. Mit ihm fuhr ich zu meinem ersten richtigen Football Training. Und das war in Knielingen, einem Stadtteil von Karlsruhe, auf einem weiteren Gelände der US Army. Um da reinzukommen, musste erst einmal an den bewaffneten Wachen am Eingang vorbei. So ein komisches Gefühl. Die nächsten zwei Stunden waren dann ziemlich ernüchternd. Ich wusste nicht, was mich genau erwartet. Aber das was dann passierte, war dann doch nicht das was ich erwartet habe. Naja, ich war noch nie so der sportliche Typ. Joggen oder andere Laufarten war nie meine Stärke. Und bei jedem Football Training werden erst einmal Runden gelaufen. Das war schon extrem anstrengend. Und dann mussten alle Rookies, also die Neulinge, das ganze Training nur den 3-Punkt-Stand üben. Diesen Stand zu können, ist von grundsätzlicher Wichtigkeit für diesen Sport. Fast die komplette Mannschaft muss diesen Stand beherrschen. Aber diese zwei Stunden immer das Gleiche machen, den Platz rauf und runter, wieder und wieder. L a n g w e i l i g! Auf die Art gewinnt man keine neuen Spieler, sorry. So hatte ich mir das Football Training nicht vorgestellt. Das zweite Training verlief nicht viel anders. Stupide Übungen wieder und wieder. Football ist ein sehr strategischer, explosiver, schneller Sport, der eine große Menge Teamgeist erfordert. Ich kenne keinen anderen Sport bei dem jeder Spieler seine ganz spezielle Aufgabe hat und wenn nur ein einziger davon, dass nicht macht, was er hätte machen sollen, zerstört er unter Umständen den kompletten Spielzug. Nicht umsonst nennt man American Football auch Rasenschach. Und von all dem habe ich in den Trainingseinheiten so gut wie nichts gespürt. Dazu kam noch, dass ich mit einigen Spielern nach dem Training noch etwas trinken ging, um besser in die Mannschaft hineinzuwachsen. Aber das was sie mir das so erzählten, von Rookie Taufen, wo die Neulinge irgendwelches ekelhafte Zeug trinken müssen, als Aufnahmeritual in die Mannschaft, war nur abschreckend. Von Trainingslagern, und wie es dort abging, dass erinnerte mich stark an die vergangenen Landschulheime und Konfirmandenfreizeiten, die definitiv keinen Spaß waren. Es waren Männer und ich war innerlich irgendwie schon damals keiner. Ich fühlte mich unwohl bei ihren männlichen Verhaltensmustern und Imponiergehabe. Unwohl und fremd. Es war eine andere, männliche, aber nicht meine Welt.

Zur gleichen Zeit habe ich dann auch noch mit Judo angefangen. Etwas ganz anderes. Sauberer, eleganter. Wo Football auf Team setzt, ist beim Judo der Einzelne im Kampf auf sich alleine gestellt. Niemand kann einem in diesem Kampf helfen, man kann und muss sich auf sich selbst verlassen. Nur meine Kraft, meine Technik, mein Können entscheiden über Sieg oder Niederlage. So hatte ich in der Woche die zwei Extreme. Alleiniger Kampf mit nur einem Gegner und auf der anderen Seite, der Sport der nur als Team funktioniert, wo einer für den anderen da sein muss.

Die Begeisterung für den Teamsport wuchs mit jedem Spiel das ich mir im Fernsehen ansah. Aber die Wirklichkeit war so ganz anders. Das Football Training war anfangs so stupide. Wieder und wieder das gleiche. Ohne das einer mal kam und mir erklärte, warum ich das machen muss. Welcher Sinn hinter allem steckte. Nein, nicht denken, nur tun. Fragte mich, wann lernte man die ganzen coolen Sachen, die man da bei den Spielen im Fernsehen sah?

Was war es, das was mich schließlich dazu bewog, mich für Judo und gegen Football zu entscheiden? Die Übungen? die mannschaftliche Geschlossenheit? Das Training, die immer gleichen Einheiten? Eigentlich kann dies nicht stimmen, denn ab ca. Mitte der Neunziger Jahre, waren es die gleichen Übungen, nur unter anderen Voraussetzungen und da machten mir die Übungen absolut nichts mehr aus. OK, bis auf das Warmlaufen, dass hasste ich immer. Drei Stunden auf dem Feld, kein Problem, drei Runden um den Platz Hölle.

Da machte das Selbstausüben des Sportes mit einem Mal richtigen Spaß. Aber wie schon gesagt, meine Voraussetzungen waren zwischen diesen beiden Footballzeiten ganz anders geworden. Der wahre Grund, diesen Sport aufzugeben war also nicht der Sport an sich, sondern, wenn ich ehrlich bin, die Mitspieler. Sie hatten einfach das falsche Geschlecht. Sorry Guys. Und das hat mich, damals noch unbewusst, davon abgehalten weiterzumachen. Also gab ich meine Footballausrüstung zurück und erklärte als Grund, dass ich mich lieber auf meinen anderen Sport, Judo, konzentrieren wollte. Aber vielleicht hätte ich mich durchgebissen und den Spaß gefunden um diesen Sport aktiv weiterzumachen. Viele Abers, im Grunde war es dennoch die richtige Entscheidung, damals nicht weiter zu machen.

Die Begeisterung beim Zuschauen im Fernsehen hat darunter aber nie gelitten. Im Fernsehen faszinierte mich der Sport von damals bis heute immer noch. Jede neue Saison erwarte ich immer noch voller Spannung. Jeder Superbowl ist eines der Highlights des Jahres. Meinen aller ersten Superbowl denn ich gesehen habe, war 1986 als Aufzeichnung der ARD. Damals verprügelten die Chicago Bears die New England Patriots überdeutlich mit 46:10. Aber das allererste Spiel der NFL das ich jemals gesehen habe war zwischen den Miami Dolphins gegen die New York Jets. Sogar das Ergebnis weiß ich heute noch. 45:41 für die Dolphins. Und seit dieser Zeit bin ich ein treuer Fan der Miami Dolphins. Auch in den all den schlechten Spielzeiten seit damals. Eigentlich gab es seit damals nur noch schlechte Spielzeiten und die Leidensfähigkeit eines Dolphins Fans muss sehr, sehr groß sein.

Deswegen haben wir sogar Anfang der Neunziger ein Premiere (heute SKY) Abo abgeschlossen, weil sie damals die Ersten waren, die regelmäßig Football im Fernsehen anboten. Sogar in Deutsch. Ich habe sogar seit diesem 86er Superbowl alle nachfolgenden in voller Länge auf einer Festplatte. Jäger und Sammler halt.

Judo war eine andere Welt. Sehr viel individueller. Aber auch die (meisten) Leute hatten ein anderes Bildungsniveau. Mit Matthias, ja jener vom LLoret de Mar Urlaub, machte ich den Anfängerkurs. Schon wieder er? Ja, damals war er der einzige regelmäßige Kontakt mit Gleichaltrigen. Kaufte mir nach den ersten Stunden einen Judoanzug und den weißen Gürtel, der für Anfänger steht. Nachdem Grundkurs gingen wir dann ins normale Training. War bei weitem nicht so laufintensiv wie Football, was mir auch sehr entgegen kam. Machten Fallübungen, übten Wurftechniken, Halte und Würgegriffe und am schönsten waren die Randoris. Übungskämpfe. Mann gegen Mann. Entweder im Stehen, oder auf Knien. Am liebsten waren mir die Bodenrandoris, beim dem beide Kontrahenten auf Knien den Kampf begannen. Ich hatte eine relativ schnelle Methode entwickelt, meinen Gegner durch einen festen Griff bzw. Zug am Anzug ihn in einem Würgegriff zu bringen, was entsprechende Vorteile für mich natürlich brachte.

Hinterher gingen die meisten Schüler mit dem Trainer noch etwas trinken. Ganz in der Nähe unserer Werkstatt gab es ein kroatisches Restaurant, dieses diente als fester Bestandteil der Trainingsablaufes.

Der Sport machte mir sogar Spaß, irgendwann stand dann die erste Gürtelprüfung zum Gelbgurt an. Bei (fast?) allen asiatischen Kampfsportarten beginnt man als Weißgurt und kann sich bis zum schwarzen Gürtel hocharbeiten. Nach Schwarz gibt es farbtechnisch nichts mehr. Es kommen dann noch Dan Grade, im Prinzip so etwas wie die Meistergrade beginnend mit dem 1. Dan. 2. Dan usw.

Bei Trainingsbeginn knien sich der Trainer (Meister) und die Schüler gegenüber. Die Schüler in der Rangfolge der Farben. Die

Weißen knieten immer ganz links, am Ende der Schülerreihe. Und da wollte ich weg, etwas weiter in die Mitte kommen. Nicht mehr als Anfänger zu gelten, sondern als „erfahrener" Judoka. Also trainierte ich sehr intensiv auf diese Prüfung. Wie bei jeder Gürtelprüfung sind bestimmte Würfe und Hebel- und Würgegriffe gefordert. Und ich bestand und voller Stolz habe ich mir ihm Sportgeschäft einen gelben Gürtel gekauft. So ging es weiter. Über orange, grün bis zum blauen Gürtel erwarb ich mir die Kenntnisse und sportlichen Voraussetzungen.

Bei den anschließenden gemeinsamen Essen beim Kroaten, war ich aber immer sehr schüchtern, fand nicht die richtigen Worte um irgendwo dazu zu gehören. War dabei, interagierte auch mit den anderen, aber die Suche einem echten Freund oder Freundin war auch hier anfangs vergeblich. Das sollte sich dann aber bald radikal ändern. Das komplette Leben sollte sich bald radikal ändern. Aber es fehlte noch ein kleines bisschen dazu. Also noch etwas Geduld.

In meinem Anfängerkurs gab es eine Frau mit dem Namen Karin, sie blieb ebenso wie ich dem Judo treu. Wir lernten uns näher kennen, nein nicht so nahe wie sie jetzt vielleicht denken oder vorstellen. Wobei ich nichts dagegen gehabt hätte, wenn wir uns näher gekommen wären.

Wir waren auf einer ähnlichen Wellenlänge, haben für mehrere Gürtelprüfungen gemeinsam trainiert und durchgezogen. Dadurch entstand schon etwas wie Nähe. Zumindest bei mir. Ich habe sie sogar einmal zu einer meiner eher kleinen Geburtstagsfeiern eingeladen. Leider konnte oder wollte sie nicht kommen. War doch sehr enttäuscht, dass sie sich dagegen entschied. Ich denke einfach, dass dieses Gefühl von mehr als normale Freundschaft nur sehr einseitig von mir war. Für mein damaliges Verständnis, leider.

Und dann verliebt sie sich auch noch in einen von unseren Trainern. Ich war schon sehr enttäuscht darüber. Verlorene Hoffnung. Aber im Nachhinein war es für mich ein doppelter Glücksfall. Sorry, das ist makaber und auch sehr pietätslos, wie sie gleich feststellen werden. Denn für zwei Familien war mein Glücksfall, das wohl schlimmste Ereignis ihres Lebens. Karin und Zacharias, nein nicht meiner, sondern der Trainer heirateten und bekamen zwei Kinder. Also könnten sie richtig glücklich sein. Leider ist dem nicht so. Karin verstarb sehr früh, an was genau, da muss ich passen, aber ich denke in dem Alter kann es fast nur der verdammte Krebs gewesen sein. Aber das schlimmste ist, dass die Kinder nicht nur ihre Mutter so früh verloren haben, sondern auch ihren Vater. Und zwar durch Suizid.

Der Schmerz seine geliebte Frau so früh verloren zu haben, war so groß, das er keinen Sinn mehr im Leben sah, trotz seiner beiden Kindern, und sich erschoss. Zwei Kinder, die nun so kurz hintereinander durch Krankheit und Gewalt gegen sich selbst ihre beiden Eltern verloren haben und bei ihren Großeltern aufwachsen mussten. Kein sehr angenehmer Gedanken. Ideale Voraussetzungen für ein ausgewachsenes Traumata. Ok, das alles ist natürlich reine Spekulation, aber die Vorstellung so seine Eltern zu verlieren macht mich unheimlich traurig.

Es fällt mir schwer nach so viel Trauer, Verzweiflung und Schmerz in dieser Familie von meinem Glück zu beginnen.

Es klingt egoistisch gerade jetzt über mich selbst zu reden, aber die Zeilen, die ich gerade geschrieben habe, erinnern an meine eigenen Gedanken zum Thema Suizid. Wie gut ich ihn verstehe, dass man trotz Menschen, die einem lieben, die einen brauchen, diesen Schritt gehen möchte oder sogar gegangen ist. Spielt da Neid mit, dass er etwas geschafft, wozu mir der Mut fehlt? Mir tun die Angehörigen leid, die das ertragen mussten und ihnen gilt mein aufrichtiges Beileid und Bedauern, dass es so weit gekommen ist. Aber ich verstehe auch zu gut, die andere Seite, da wo die Verzweiflung und Traurigkeit herrscht. Die Ausweglosigkeit die die Emotionen beherrschen. Niemand der einem den Schmerz nehmen kann. Die einen jeden Tag etwas mehr auffrisst. Wenn ich es machen würde, würden bei mir, meine geliebte Frau, die engen Freunde mich betrauern und auch bedauern, dass ich diesen Schritt gegangen bin. Irgendwann kommt dann früher oder später unweigerlich das Wort egoistische Tat auf den Tisch. Wie kann man das seinen geliebten Menschen antun. Ja natürlich ist es egoistisch sich davon zumachen. Aber hat man denn nicht jahrelang zuvor nur an die anderen gedacht.

Du darfst dich nicht davonstehlen, stell dich deiner Krankheit, deinem inneren Schmerz. Du musst funktionieren. Du musst stark sein, nicht für dich, aber für die, die dich brauchen und lieben. Aber irgendwann schwindet die Kraft und damit auch die Zurückhaltung, diesen Weg zu gehen. Dafür wächst dieser sogenannte Egoismus. Ja, Suizid ist scheiße, richtig scheiße. Man zerstört damit die Seelen der Hinterbliebenen. Aber keiner denkt an die Traurigkeit in der Person, die gegangen ist. Viele werden sich über diese hier geschriebenen Zeilen aufregen. Wie kann sie nur so etwas sagen, dass Suizid gut ist. Nein ist er nicht! Aber wie gerne würde ich euch mal einladen, mit mir zu tauschen. Einen einzigen Tag mit meiner Traurigkeit, meinem Schmerz, meiner Verzweiflung und besonders mit dem Gefühl der Hoffnungslosigkeit zu leben. Was würdet ihr wohl am nächsten Tag von mir denken? Würdet ihr dann noch leben? Leider, könnt ihr das nicht spüren, aber vielleicht schafft ihr es mit etwas Einfühlungsvermögen diesen schweren inneren Kampf nachzuvollziehen. Jeden Tag aufzustehen, sich zu sagen, tue es nicht, bleib da.

Ich spreche hier noch einmal mein Bedauern und mein Beileid aus für all die Hinterbliebenen eines Suizides aus. Der Verlust ist schrecklich für jeden der mit diesem Verlust, jeden Tag leben muss. Das ist ein schreckliches Los und ich kann nur erahnen wie groß der Schmerz der Hinterbliebenen ist. Aber bitte bedenken sie eines, kein Suizid wird aus Spaß gemacht. Hinter jedem Selbstmord steckt eine große Verzweiflung. Verdammt sie nicht wegen ihres Egoismus, der keiner ist. Bedauert und betrauert den Verlust des geliebten Menschen aber liebt sie in euern Herzen weiter.

So es ist nach Mitternacht, für heute werde ich den Laptop auf die Seite legen, eine Tavor nehmen und versuchen zu schlafen. Wenn ich jemandem beleidigt habe, oder jemand das Gefühl hat ich bin zu weit gegangen, oder alte schmerzhafte Wunden wieder aufgerissen habe, dann entschuldige ich mich hiermit aufrichtig dafür.

Entschuldigung, dass ich ihnen das angetan habe

So, die Nacht, ist vorüber, aber noch fällt es mir schwer zu den positiven Dingen zu kommen, die mir durch das Judo noch passieren werden.

Bevor ich zu der für mich wichtigsten Person in meinem Leben komme, will ich ihnen noch die hmmm zweitwichtigste Person für mich vorstellen. Vor allem nach diesem Thema von eben, dem Suizid. Die einzige Person außerhalb meiner Familie. Nichts desto trotz aber ist sie in den letzten Jahren seit 2012, ein sehr wichtiger Bestandteil meines Lebens geworden. Und vielleicht wäre ich ohne sie gar nicht mehr hier um diese Zeilen zu schreiben. Ihr Name ist auf den Seiten, wo ich über das Jetzt und die Gegenwart erzähle, schon des Öfteren gefallen. Jetzt will ich sie ihnen detaillierter vorstellen

Frau Fischer

Ja, einer der wichtigsten Frauen der letzten Jahre muss ich natürlich auch ein eigenes Kapitel widmen. Sie ist ja in den vorangegangen Seite immer wieder mit aufgeführt. Aber ich weiß nicht, ob da herüber kommt, wie wichtig diese Frau für mein Leben ist. Und ich meine das wortwörtlich. Sie ist dafür verantwortlich, dass ich auf diesem dünnen Seil, genannt Leben immer noch bleibe, obwohl der Wind sehr heftig weht.

Frau Fischer hat einiges, mit viel Engelsgeduld und einer großen Portion Sturheit, bei mir erreicht. Sie ist wirklich eine der aller, aller wenigsten Menschen in meinem Leben denen ich zu fast einhundert Prozent vertraue. Natürlich funktionierte das nicht von Anfang an und es dauerte viele Jahre, bis ich an diesem Punkt des Vertrauens angekommen bin. Es gibt immer wieder Situationen wo ich ihre Loyalität anzweifle, das Vertrauen ins Schwanken kommt, aber am Ende dann doch nie enttäuscht wird. Ganz pathetisch gesagt, wenn Frau Fischer etwas zusagt, dann klappt es auch.

Obwohl 2012, der Beginn unserer therapeutischen Zusammenarbeit nicht besonders vielversprechend angefangen hat. Bei meinem ersten

Aufenthalt hier in der Psychiatrie ist der erste und einzige Satz von Frau Fischer immer noch im Gedächtnis. „Wir sind hier eine Klinik für Menschen in Krisen, hier gibt es keine Psychotherapie!". Damals war das eine ziemlich deutlich Ansage mit Bäääääm! Ein Satz der mich schon geschockt hat. War ich doch in den Jahren davor, in den bisherigen immer psychotherapeutische Kliniken etwas anderes gewohnt gewesen.

War wirklich eingeschüchtert von ihrer Art und Weise. Sie kam mir so distanziert vor, so unnahbar. Klare Regeln aufstellend. Ich dachte mir, wow, ist sie knallhart. Und sie hatte natürlich recht damit. Eine Psychiatrie ist kein rechter Ort für psychische Gesundung, sondern dient hauptsächlich nur zur Stabilisierung. Auch wenn es hart klingt, es ist die Realität. Ich hatte sie noch ein paarmal auf der Station P31 wenn ich wieder kam.

Irgendwann wechselte sie auf die PIA, die Psychiatrische Institutsambulanz. Weg von der Station. Ich landete dann nach ein paar stationären Aufenthalten auch in der PIA. Doch bevor ich zum Glück bei Frau Fischer landete, hatte ich noch 2 ziemliche Flops als Ärzte oder Therapeuten. Besonders eine Ärztin war wirklich eine Katastrophe. Die Stunden bei ihr waren vergeudete Zeit. Sie hatte null Einfühlungsvermögen. War ruppig und war definitiv nicht hilfreich. Ich war froh, als sie in einer andere Stadt zog. So kam ich dann letztendlich zu Frau Fischer. Wie beschreibe ich Frau Fischer. Rein äußerlich ist sie kein Frauchen, eher eine gestandene Frau. Sehr groß, und naja schmal ist sie auch nicht gerade. Mit einem sehr persönlichen, unverwechselbaren Kleidungsstil. Sie liebt fließende Stoffe und Kleidungsstücke. Der Stil hat immer einen Hauch von Orient mit dabei und irgendwie bewundere ich ihren Kleidungsstil. Er ist sehr feminin und zeugt von einem starken Willen, ihre persönlichen Vorlieben auszuleben. Dagegen wirkt meiner irgendwie langweilig, Standard. So eine feminine Seite, würde ich auch gerne tragen. Nicht kopieren, das wäre unpassend und geschmacklos, aber so etwas meinen eigenen femininen Style kreieren, dass fände ich klasse.

Frau Fischer kann freundlich, liebevoll, spaßig, lustig sein. Sie hat eine tolle Art von Humor, der sehr gut zu meinem passt. Wir können während der Therapiestunde immer wieder mal ironisch sein, einen Scherz machen oder lachen, ohne das ernste Thema aus den Augen zu verlieren.

Und ja manchmal, ist sie auch so etwas wie eine Art Mutterersatz. Nein nicht was sie jetzt vielleicht denken, nichts Körperliches. Aber sie vermittelt eine Nähe und ein Vertrauen, wie ich es mir von meiner Mutter gewünscht hätte. Beispiel dafür? Nach einem Zahnarzttermin, der mich psychisch sehr belastet hatte, schenkte sie mir bei unserem nächsten Treffen ein Überraschungsei. Ok, eigentlich nicht mir, sondern der kleinen Susanne in mir. Weil diese kleine Susanne, dass alles so tapfer ertragen hat, bekam sie nun eine Belohnung. Und ja, es kam durch bis zur Kleinen.

Haben sie einen Therapeuten? Würde er sie zum Zahnarzt begleiten und ihre Hand halten? Es sind diese Gesten, die das Vertrauen in ihre Person so ungemein stärken.

Aber auf der anderen Seite kann sie auch knallhart, stur wie ein Panzer sein. Einen Spruch von ihr habe ich nach all den Jahren immer noch im Kopf „Es kann passieren, dass ich meine Therapeutenkappe abziehe und meine Polizistenkappe aufziehe und dann wird definitiv nicht mehr diskutiert!" Vor allem, wenn es ums Thema Gefährdung des eigenen Lebens geht. Bisher konnten wir beide vermeiden, dass sie ihre Polizistenkappe aufziehen musste. In der Hand hatte sie die Kappe schon, aber aufsetzen musste sie sie bisher noch nicht. Wenn ihr etwas nicht passt, dann scheut sie auch keine Konfrontation, und gibt klare Statements. Als ich einmal, ok zweimal, eine ziemliche Dummheit angestellt habe, was nicht die erste und auch nicht die letzte gewesen sein wird, hat sie dies sehr deutlich erzürnt. Infolge dessen bekam ich eine verdiente deutliche Ansage von ihr zu hören. Sehr deutlich sogar.

Aber was sie in diesen Jahren der Zusammenarbeit geschafft hat ist eine riesige Leistung von ihr oder von uns Beiden. Bei fast jedem Anderen, fasse ich Kritik als Angriff auf mich persönlich, auf meine Person auf. So nachdem Motto, ich bekomme Kritik, dann kann das nur bedeuten, dass dieser Mensch mich in meiner Gesamtheit nicht mehr mag oder sogar hasst. Und Frau Fischer hat in einer Sisyphusarbeit mir Stück für Stück klarzumachen, dass dem nicht so ist. Das man Kritik an einer Tat äußern kann, aber den Menschen als ganze Person immer noch zu schätzen weiß. Leider klappt das bei anderen Personen nur suboptimal. Aber das ist ein anderes Thema. Zurück zu Frau Fischer. Das Vertrauen in sie ist inzwischen so stark, dass auch Krisen dieses Vertrauen nicht erschüttern können. Kurze Momente gibt es immer wieder, wo ich zweifle, aber sie schafft es immer wieder diese Zweifel auszuräumen. Ich habe mit der Zeit viele unterschiedliche Therapeuten gehabt, die die unterschiedlichsten Therapieformen angewendet haben. Was Frau Fischer, von allen mir bekannten Therapeuten unterscheidet, ist dass sie sich entschuldigen kann. Das sie Fehler macht und diese dann auch eingestehen kann. Die anderen Therapeuten machten natürlich auch Fehler, aber sie haben eigentlich immer die Schuld beim Patienten gesucht, sei es das nicht richtig mitgearbeitet wurde, oder sie falsch verstanden worden sind, oder der Einwand aus dem Kontext gerissen zitiert worden ist, so war es niemals gemeint und, und, und. Aber nie hat einer gesagt, Frau Röder sie haben recht, es tut mir leid, was ich da gesagt habe.

Frau Fischer ist die einzige, die die Courage, das Herz und die Selbstsicherheit hat, die Fehler auch zuzugeben. Eigentlich sollte das selbstverständlich sein. Auch Therapeuten sind nur Menschen. Naja, zumindest vermute ich dies. Aber Beweise dafür habe ich noch keine gefunden. Bis auf Frau Fischer. Sie hat kein Problem damit, auch mal zu sagen, sorry Frau Röder, das war nicht klug gedacht und gesagt. Warum ist das so schwer für andere? Dieses Eingeständnis der eigenen Fehlbarkeit macht sie doch umso glaubwürdiger und ehrlicher als Therapeut. Oder noch besser gesagt Menschlicher!

Das Frau Fischer mit allen Wassern gewaschen ist, sich beruflich nichts vormachen lässt, das habe ich hoffentlich schon anklingen lassen. Das bringt mich zum wahrscheinlich letzten Punkt der Lobrede auf Frau Fischer. Sie ist eine über Jahrzehnte erfahrene Psychologin oder Therapeutin, keine Ahnung was nun der richtige Ausdruck dafür ist. Sie kennt die unterschiedlichsten Therapieformen als dem Effeff.

Und das macht sie so einmalig, in meinen Augen. Ja, sorry Frau Fischer, ja ich bin auch gleich fertig mit den Lobeshymnen. Sie ist nicht auf eine, Therapieform beschränkt, sie nimmt sich je nach Bedarf und Zustand der Frau Röder, das Richtige heraus und wendet es an. Sie hat eine so reiche Erfahrung, kann ohne viele Worte den Zustand ihres Gegenübers einschätzen und tut in den allermeisten genau das richtige um ihren Patienten zu helfen.

Liebe Frau Fischer, sie leisten dabei eine hervorragende Arbeit an dieser, meiner Person. Danke!

Gaby – DIE Person in meinem Leben

Wie in der Zeile oben genannt, ist Gaby die wichtigste Person in meinem Leben. Der Anker, die Person, die mich zusammenhält. Der einzige Grund morgens aufzustehen und zu versuchen zu überleben!

Bevor Karin und Zacharias geheiratet haben, veranstalteten sie einen Polterabend mit unzähligen Personen, aus der Familie der beiden, Freunde und Bekannte und auch die Leute vom Budoclub waren eingeladen. Gefeiert wurde in irgendeinem Dorf im größeren Umkreis von Karlsruhe. Warum ich überhaupt hingegangen bin? Wahrscheinlich weil Karin meinte, dass sie sich freuen würde, wenn ich vorbei kommen würde, weil wir beide kurz zuvor zusammen den blauen Gürtel gemacht hatten. Also fuhr ich hin, in der Hoffnung unter den Judo Leuten jemanden zu finden, mit dem ich sprechen kann. Tja, dem war nicht so. Ich stand alleine da. Aber es stand noch jemand so verloren wie ich herum. Es war Gaby. Ich kannte sie vom Sehen beim Training. Sie war auch ab und an bei den anschließenden Treffen beim Kroaten dabei. Aber besonders aufgefallen ist sie mir damals noch nicht. Wenn man ehrlich ist, Schönheiten, im üblichen Sinne sind wir beide nicht. Aber sie hat Charme und Charisma. Weder ihr noch mir würde man auf der Straße nachschauen. Damals stand ich nun vor der Entscheidung, spreche ich diese Frau an, die auch niemand hatte, oder hole ich mir was zu essen und trinken und verschwinde bald wieder. War ein Kampf zwischen Schüchternheit und der Chance nicht allein zu sein, jemandem zu unterhalten haben.

Zum Glück habe ich mich fürs Ansprechen entschieden. Ein weiterer Wendepunkt der Geschichte. Ohne dieses Ansprechen, wäre ich mit ziemlich großer Sicherheit heute nicht mehr am Leben. Oh, wie dramatisch, denken sie jetzt gerade? Ja es ist dramatisch, entweder hätte ich, ohne ihre Unterstützung, niemals die Verwandlung durchgemacht, sondern wäre eher durch Suizid gestorben, oder ich hätte so weitergelebt wie bisher, im Schatten meiner Eltern, hätte den Betrieb übernommen und hätte mich damit psychisch übernommen und es wäre irgendwann zum gleichen Ereignis, dem Suizid gekommen. Also so viel zum Thema dramatisch. Gaby als Person und ihre Liebe zu mir war und sind, ein sehr mächtiger Anker, der mich von der Selbsttötung bisher abgehalten hat. Sie zu finden und zu meinem Lebensmittelpunkt zu machen, war wohl die wichtigste und beste Entscheidung für meine Zukunft. Klingt immer noch sehr dramatisch und das das war und ist es auch.

Nach dem Vorgeplänkel, Hallo, auch vom Budoclub usw. haben wir uns zusammen gesessen und geredet und geredet und geredet. Stundenlang. Alles passte zwischen uns so gut zusammen. Die Zeit flog dahin. Über alles Mögliche, Filme, Musik. Haben festgestellt, dass wir in vielen Dingen ähnliche Geschmäcker haben. Zum ersten Mal kam ich in meinem Leben in einen näheren Kontakt mit dem anderen Geschlecht. Und zum ersten Mal regte sich auch so etwas wie Begehrlichkeit in mir. Ich fand sie sehr sympathisch. Wie schon geschrieben, sind wir beide keine Schönheiten, aber darum ging es mir auch nicht, es waren, um es mal klischeemäßig auszusprechen, die inneren Werte. Nicht nur ich habe mich verändert, auch Gaby hat sich neu erschaffen. Oder, wie heißt es in der Werbung immer so schön, sie hat ihren Outfit Style total verändert. Als ich sie das erste Mal zu mir nach Hause nahm, war meine Mutter, über das Aussehen entsetzt. Zu dem damaligen Zeitpunkt hatte sie lange, sehr lange Haare, mit Dauerwelle und die Art der Bekleidung lag eher auf unauffällig als auf schön. Wer sie nur vom jetzigen Standpunkt aus kennt, mit ihren kurzen Haaren, den knallig bunten, hübschen Klamotten, kann sie sich wahrscheinlich gar nicht so vorstellen. Irgendwas hatte sie früher vom Aussehen her, wie eine Madonna in der Kirche. Aber wir, Gaby & ich (ja, ein klein wenig habe ich mit geholfen, in aller Bescheidenheit) haben es geschafft aus ihr einen ganz anderen Stiltypus zu machen. Aber nicht nur äußerlich hat es eine Veränderung gegeben, sondern aus innerlich. Aber da greife ich zu weit vor. Gehen wir zurück zu jenem Polterabend. Der Abend schritt voran die Unterhaltung lief immer besser und besser.

Sorry, aber hier muss ich gerade unterbrechen, bin nur halb in Gedanken am Schreiben. Die meiste Zeit denke ich an meinen besten Freund, meinen Trauzeugen, der heute zum Röntgen muss; weil er große Schmerzen im Brustbereich hat. Er hat den Verdacht, dass es Krebs ist. Er will mir Bescheid was dabei heraus gekommen ist. Ich habe Angst um ihn, ihn zu verlieren würde ein riesiges Loch in mein Leben sprengen. Nicht schon wieder. Ich habe die Schnauze voll, Menschen zu verlieren, an denen wir etwas liegt. Verdammte Sch… er ist nur 44 Jahre alt. Und dann fragt er mich nach Weblinks. Was für Weblinks? Können sie sich noch erinnern, dass ich erst vor kurzem aus der Psychiatrie gekommen bin, wegen akuter Suizidgefahr. Im Vorfeld, dessen, war ich sehr intensiv im Web auf der Suche nach Suizidmethoden und habe auch entsprechende Seiten und Methoden gefunden, die (angeblich) schmerzlos und relativ schnell funktionieren sollen. Eine davon habe ich mir ja selbst herausgesucht. Und nun fragt er mich, mein bester Freund, nach genau diesen Links. Dabei ist ja noch gar nichts geklärt, was es ist, wie schlimm es ist. Aber er will für den Fall der Fälle vorbereitet sein. Ich kann ihm doch nicht so etwas geben. Wie sollte ich denn damit leben, dass ich mitverantwortlich an seinem Tod zu sein könnte. Wie soll ich seiner Frau in die Augen schauen? Das würde ich nicht ertragen. Schon jetzt bin ich wegen der Ungewissheit furchtbar nervös. Schaue ständig auf das Handy oder in meinem Mailaccount ob irgendeine Nachricht von ihm gekommen ist. Ich habe Angst um ihn, aber auch um mich. Das sehr fragile Gleichgewicht meiner Psyche steht da ebenfalls auf dem Spiel. Die Vorstellung dass ich mit verantwortlich für sein Lebensende sein könnte, dass ich das niemals tun könnte, machen mich fast verrückt. Habe es ja schon angedeutet, dass ich nicht sehr gläubig bin, genau genommen gar nicht. Aber in solchen Momenten fängt man doch an zu beten, auch wenn man weiß, dass es eigentlich sinnlos ist, dass alles gut ausgehen soll. Alles nicht so schlimm, wie es in der eigenen Vorstellung ist. Ich habe furchtbare Angst um ihn und damit auch sekundär um mich. Schon als er gestern mir von seinem heutigen Röntgen und seiner Befürchtung geschrieben habe, brauchte ich eine, für mich derzeit, hohe Dosis an Diazepam um nachts zu Ruhe zu kommen. Immer wieder wandern meine Gedanken zu ihm, drücken ihm in Gedanken die Daumen.

Jetzt wieder zurück zu dem Polterabend zu finden ist schwer. Wenn man nur mit halben Herz und Verstand dabei ist.

Verdammt, melde dich endlich und doch ist die Angst davor den Worst Case Fall zu hören, fast noch größer

Also Polterabend. Es wurde relativ spät. Ich hatte noch nie zuvor solange am Stück mit einer Frau gesprochen. Das was um uns herum abging, die Tonnen von Geschirr, Kloschüssel und anderem Keramikmaterial die die anderen im dem Hof verteilten, das Zusammenkehren der Scherben durch die Brautleute und als sie alles in einen Container geschafft hatten, dass Umkippen des Containers um alles noch einmal zusammen zu kehren, all das haben wir nur nebenbei mitbekommen, so intensiv waren wir mit uns beiden beschäftigt.

Irgendwann gegen 2 oder 3 Uhr sind wir dann gemeinsam aufgebrochen. Da sie sich in der Gegend auch nicht auskannte, entschloss sie sich mir anschließen. Das Problem daran, ich wusste bzw. fand den Weg heim nicht mehr. So im Dunkeln sah alles anders aus. Ich fuhr halt mal los in eine Richtung. Blöd nur, dass es die falsche wahr. Die Ortschaft lag in der Nähe des Rheins. Und auf der Höhe von Germersheim wechselten wir in das angrenzende Bundesland Rheinland-Pfalz. Wir fuhren immer weiter, ich wusste immer weniger wo wir waren. Dann nach einer gefühlten Ewigkeit entdeckte ich endlich etwas Bekanntes. Die Autobahn 65, die Strecke die wir immer fuhren, wenn es Richtung Burrweiler ging. Keine Ahnung, wann und wie wir über den Rhein kamen. Hätte ich das übersehen, wären wir wohl immer weiter Richtung Westen gefahren und irgendwann in Frankreich gelandet. Aber das blieb uns ja zum Glück erspart. Das wäre für mich auch ziemlich peinlich geworden. Dieser große Umweg war mir schon peinlich genug und ich hoffte, dass Gaby davon nichts mitbekommen hat

Von da an wusste ich, wie wir fahren mussten. Ständig schaute ich auch in den Rückspiegel, dass ich meine wertvolle Fracht nicht verlor. Keine Ahnung was in ihrem Kopf vorging, ob sie überhaupt merkte welchen gewaltigen Umweg wir gefahren sind. Eigentlich wollte ich sie ja nach Hause begleiten und sie nach einem möglichen zweiten Date zu fragen. Sie hatte mir in dem langen Gespräch gesagt, wo sie wohnt und ich wusste wie ich dorthin fahren musste, zumindest auf meine Art. Als ich dann in den Rückspiegel schaute und sah, dass sie den Blinker, eine Ausfahrt früher setzte und abbog war ich entsetzt, enttäuscht und verzweifelt. Chance vertan. Verdammt!

Dann beim nächsten Training wollte ich sie dann ansprechen wegen eines Dates. Doch stattdessen hatte ich das Gefühl sie geht mir sogar aus dem Weg, bei Trainingsbeginn, dem traditionellen Verbeugen vor dem Meister bzw. Trainer, saß sie auf der anderen Seite der Matte und zum krönenden Abschluss saß sie mit einem anderen älteren Mann im unserem kroatischen Restaurant und redete mit ihm weiter. Hatte das Gefühl, dass sie gar kein Interesse mehr an mir hatte.

Hatte sie die schönen Stunden mit unserer Unterhaltung auf dem Polterabend schon wieder vergessen? War ich eifersüchtig? Definitiv ja. Obwohl wir ja gar keine Beziehung hatten, uns nur ein einziges Mal in diesem Leben unterhalten hatten, war ich dermaßen eifersüchtig. Ein völlig neues Gefühl, dass ich bisher noch bisher noch nie kannte. Woher auch, diese war ja mein erstes Mal, wo ich solche Gefühle gegenüber einer Frau empfand. Es gab mal früher, vor ewigen Zeiten, einen kurzen Kontakt zu einer anderen Frau (Mädchen?), aber das war rein platonisch, über gelegentliches Händchen halten ging es nicht hinaus. Weiß heute gar nicht mal mehr, ob sie überhaupt so etwas wie eine Beziehung wollte.

Nicht mal das Küssen war bisher in meinem Leben passiert. Nichts! Totale Jungfrau! Und so wie es nach diesem Tag aussah, blieb es auch weiter dabei. Mehr als enttäuscht fuhr ich nach diesem Training und dem gemeinsamen Essen wieder nach Hause. In der Gewissheit, dass sie diesen älteren Mann besser, attraktiver, reifer als mich empfand und ihn deswegen mir vorzog.

So vergingen einige Tage, ich hörte nichts von ihr, warum auch. Und warum sollte ich sie anrufen, wenn sie sich für einen anderen entschieden hat.

Und dann kam das anschließende Wochenende. Es war warm, irgendwann im Juni, mit meinem Vater saß ich oben im Garten. Grillzeit. Ein ganz gewöhnliches Wochenende, wie schon Hunderte davor. Alleine mit der Familie. Aber es änderte sich alles in diesem Moment. Meine Schwester kam in den Garten gerannt und meinte eine Gaby wäre am Telefon und wolle mich sprechen. Dabei schaute sie fast etwas ungläubig. So nach dem Motto, was will denn EINE Frau von dir? Die ersten Sekunden war ich absolut perplex, was will sie von mir? Dann aber begann ich zu realisieren, Gaby ist am Telefon. Also bin ich mit einen Affenzahn vom Garten runter in die Wohnung gerannt. Sie war es wirklich. Sie wollte sich mit mir treffen, auf der Karlstraße gäbe es eine neue Wirtschaft, ob ich denn nicht Lust hätte, mich dort mit ihr zu treffen und was trinken zu gehen. Klar hatte ich Lust, im Gegenzug fragte ich sie, ob sie mitkommen möchte wenn ich mir meinen ersten CD-Player kaufe. Sie war einverstanden, und so verabredeten wir uns für Anfang der nächsten Woche zu unserem ersten Date. Nach diesem Gespräch hatte ich nur noch eine Schallplatte mit einem Sprung in meinem Kopf. Ständig blieben die Gedanken an der gleichen Stelle hängen. Sie will was von mir, sie will was von mir sie will was von mir.

Ich konnte es immer noch nicht so recht glauben, konnte aber auch die Tage bis zu unserem ersten Treffen fast nicht mehr aushalten.

Dann endlich war der Tag da, ich meine es war ein Dienstag. Gleich nach Feierabend direkt zu dem Händler, wo wir uns treffen wollten. Nein, ich war gar nicht nervös. Warum sollte ich es auch sein. Meine erste richtige Verabredung mit einer Frau. Gab doch kein Grund zur

Nervosität. War die Coolness himself. Haben sie mir die letzten Sätze geglaubt? Dachte ich es mir doch. Natürlich nicht. Ich war angespannt, unruhig und sehr nervös. Wird sie wirklich kommen? Ja, sie kam wirklich, ich habe mich sehr darüber gefreut, sie wiederzusehen. Gemeinsam dann erst den CD-Player gekauft und anschließend noch etwas trinken gegangen. War ein klasse Abend. Die Unterhaltung lief immer noch so schön, wie damals bei dem Polterabend. Die Sympathien wuchsen, zumindest bei mir. Wie es bei ihr aussah, wusste ich natürlich nicht.

Ich wollte sie unbedingt wiedersehen, die Chance nicht vertun, nicht das sie doch noch zu dem Kerl vom Training zurückkehrt, das wollte ich auf jeden Fall verhindern. Also habe ich mich mit ihr gleich einen neuen Termin, sorry Date, ausgemacht. Es gibt in Durlach jedes Jahr, Anfang Juli, ein sehr großes zweitägiges Fest, das Altstadtfest. Es ist eines der größten Feste im Karlsruhe. Da Durlach, die ursprüngliche Residenz der badischen Markgrafen war und damit zu den ältesten Teilen der Stadt gehört, ist die Altstadt eng, verwinkelt und kopfsteingepflastert. In diesen engen alten Gassen der Durlacher Altstadt schieben sich an diesen beiden Tagen dann bis zu mehreren hunderttausend Leuten durch die Gassen. Die Durlacher Vereine stellen Essensstände, sowie genügend Stände mit Bier und andere Getränke auf. Live Musikbands spielen. Es ist dort so gerammelt voll, dass es keinen freien Quadratmeter mehr gibt. Es ist übervoll. Bisher war ich nur wenige Male, zu Schulzeiten mit „unserer" Clique dort, was nicht sehr prickelnd war. Danach noch anfangs mit meinen Eltern. Aber als Jugendlicher bzw. junger Erwachsener sich mit seinen Eltern vor allem Mutter dort sehen zu lassen, war mit der Zeit oberpeinlich. Also blieb ich schon einige Jahre lieber weg von diesem Fest. Doch um Gaby enger an mich zu binden, überwand sich sogar meine Abneigung, gegen die vielen Menschen, die Angst jemanden Bekannten zu treffen. Aber ich hatte ja dieses Mal einen unschätzbaren Vorteil gegenüber früher. ICH HATTE EINE FREUNDIN dabei, statt den peinlichen Eltern. Naja, zumindest wäre es klasse, wenn sie meine Freundin werden würde.

Also habe ich sie zu diesem Fest eingeladen. Besonders gut war, dass meine Eltern an diesem Wochenende in Burrweiler waren und Petra bei ihrem Freund und zukünftigen Ehemann war. Sturmfrei Bude. Gaby kam und wir ließen uns mit der riesigen Menschenmenge treiben. Aßen Langosch, die ersten die ich in meinem Leben aß. Besonders lecker fanden wir sie mit Knoblauchsoße. Auch wenn man eine kleine Ewigkeit darauf warten musste. Irgendwann landeten wir am alten Friedhof und dem Basler Tor Turm, das letzte Durlacher Stadttor. Es war ein wunderbarer Abend. Reden, gemeinsam essen und trinken. Spaß mit einer Frau haben, toll! So etwas hatte ich noch nie in meinem Leben gehabt. Also wir dann dort standen, so gut wie keine Menschen um uns herum. Denke mal es war so kurz nach ein Uhr. Noch keine Lust sie gehen zu lassen. Also schwärmte ich ihr von einem Film vor, der ich erst vor kurzem gesehen habe. Highlander mit Christopher Lambert. Erzählte ich ihr von dem Film, wie toll er wäre, wie spannend. Ich hatte ihr zwischen unserem ersten Date und dem Altstadtfest schon einige Videos ausgeliehen und dabei festgestellt wie ähnlich unser Filmgeschmack war und ist. Fragte sie, ob sie nicht noch Lust hätte gemeinsam mit mir jetzt noch den Film anzuschauen. War ja erst kurz nach Ein Uhr nachts, also früh am Tag. Sie hatte Lust, also zurück zur Wohnung und den Film eingelegt. Aber ganz brav, saß jeder von uns auf seiner eigenen Couch. Großer Abstand. Noch keine körperliche Nähe. Waren ja noch kein Paar. Und ich als Jungfrau hatte keine Ahnung, wie es denn weitergehen sollte. Ich wusste nur, ich fühlte mich in ihrer Nähe sauwohl. Dieses geflügelte Wort von einer Wellenlänge, dass passte auf uns zwei, von Anfang an. Nachdem Film ging, bzw. fuhr sie wieder nach Hause und ich ging alleine ins Bett.

Aber der Funke war auf beiden Seiten entzündet. Der Kontakt wurde öfter und öfter. Ich lernte ihre Eltern Hans und Toni (Antonia) kennen, sie Bruni und Willy. Ich weiß noch, als ich das erste Mal zu ihr ging und ihr Vater aufmachte. War ziemlich überrascht, wie er aussah. Wenn jemand noch weiß, wie der französische Sänger Georges Moustaki aussah, genauso so stand er das erste Mal vor mir. Schlohweißes Haar und einen riesigen Rauschebart auch komplett in Weiß und einen naja etwas grimmigen Blick, als er die Tür öffnete. Er stellte sich als Hans vor, die Mutter von Gaby war eine zierliche Frau, sehr dünn und Gaby absolut nicht ähnlich. Aber ihr Verhältnis war ein gesundes Mutter-Kind Verhältnis. Erwachsen. Jeder jedem seinen Freiraum lassend. Gaby hatte mehr von ihrem Vater geerbt als von ihrer Mutter. Wie ich später feststellte war Gabys Bruder Michael äußerlich dafür das Ebenbild von Toni, wie ihre Mutter von allen genannt wurde. Die Kurzform von Antonia, aber dieser Name mochte sie wirklich nicht. Deshalb war und blieb sie für alle nur Toni. Wie ich sehr schnell feststellte ein sehr liebes, kluges Paar. Die Eltern alleine aber auch mit ihren beiden Kindern sind schon in Europa herum gekommen, hauptsächlich Spanien, aber auch Kroatien und bis Elba waren sie schon. Immer mit Zelt und später Wohnmobil. Wir dagegen, ich hatte noch nie das Meer gesehen. Ein einziges Mal vor einer Ewigkeit mit 2 Jahren. Da waren meine Eltern mit mir in LLoret de Mar. Aber daran hatte ich ja keine Erinnerung. Danach fuhren wir immer in die Berge. Immer die gleiche Pension im Montafon, die gleichen Ferienwohnungen im Allgäu. Gabys Eltern waren mal begeisterte Fotografen und wie ich später feststellte ein sehr verständnisvolles Ehepaar. Man konnte mit ihnen über alles diskutieren, z.B. Politik. Sie waren wie soll ich es sagen, so viel offener als das was ich von zuhause kannte. Etwas was ich von zuhause eigentlich gar nicht kannte. Es sollte schon bald noch eine Zeit kommen, da ich ihre Eltern und ihren Bruder mit seiner Frau Patricia schnell besser kennen lernen würde. Aber das dauerte noch knapp etwas mehr wie einen Monat. Aber bis dahin mussten wir erst nochmal ein richtiges Paar werden.

 Der Anfang passierte nach einem Besuch im Metro, diesem Supermarkt für „Wiederverkäufer". Damals hatten wir ja noch die Schreinerei und damit einen Ausweis zum Einkaufen. Gaby rief an und fragte mich, ob ich mit ihr in die Stadt gehen würde, weil sie sich einen Walkman kaufen wollte. Naja, nicht den Original Walkman, aber ein tragbares Kassettenabspielgerät mit Kopfhörern. Natürlich wollte ich mit. Aber da ich sowieso vor hatte zum Metro zu fahren, habe ich sie gefragt, ob sie nicht mitkommen will und dort nach einem Gerät schauen will. Also dann ab zum Metro. Gaby fand ihren nachgemachten Walkman und kaufte sich noch dazu eine Musikkassette mit den Greatest Hits von Hot Chocolate. Danach brachte ich sie nach Hause, als ich mich verabschieden wollte, da passierte es! Der erste Kuss. Auf den Treppen vor ihrem Hauseingang nahm sie meine Hände und drückte mir ihren Mund auf den Meinen. Zuerst überrascht, gab ich mich aber schnell dem Kuss hin. Ganz automatisch öffneten sich unsere Münder und unsere Zungen vollführten zum ersten Mal den gemeinsamen Tanz. Der erste Zungenkuss meines Lebens. Ich fühlte mich auf Wolke 7 schwebend. Jetzt war es definitiv Liebe, von beiden Seiten wuchs und gedieh sie immer weiter. Jede freie Minute versuchten wir gemeinsam zu verbringen.

Der nächste Schritt war dann, ein gemeinsames Wochenende in Burrweiler. Im oberen Stock war meine Oma und wir beide ganz alleine im unteren Stockwerk. Im eigentlichen Schlafzimmer meiner Eltern, wenn wir alle zusammen dort waren. Dort hatten wir das erste Mal Sex. Oder sagen wir mal so, die ersten beiden Male waren für sie nicht so befriedigend. Wenn ich noch nie einen Zungenkuss gemacht hatte, wie soll ich dann wissen wie richtiger Sex funktioniert. Was denn eine Missionarsstellung ist usw. Absolut keine Ahnung. Aber ich lernte dann doch schnell und wir beiden fanden mit viel erregenden Übungen unseren Weg zum O…. Sie wissen ja was ich meine. Oder?

Nebenbei lernte sie auch noch den Pfälzer Wald etwas näher kennen. Am Samstag sind wir wandern gegangen und Gaby lernte in einer der zahlreichen Wanderhütten des Pfälzer Waldvereins, Weinschorle kennen. Vierfünftel Wein und der Rest Zitronensprudel. Wenn man das nicht gewohnt ist steigt der Wein ziemlich schnell in den Kopf. Dazu noch eine weitere Pfälzer Spezialität. Leberknödel mit Sauerkraut. Auch das ist eine sehr explosive Mischung. Das Sauerkraut kann eine durchschlagene Mixtur in den Gedärmen produzieren. Das hat auch Gaby erfahren. Auch bei ihr schlug das Kraut zu. Nach ein paar (Kilo)Meter laufen, musste sie in den Wald abbiegen um etwas Dringendes loszuwerden. Learning by doing, mit fremdländischem Essen. Von meiner Oma bekam ich einige Vorwürfe zu hören „Wie kann ich das Mädchen gleich beim ersten Mal auf so eine andere Wanderung mitnehmen" „Sie ist ja total fertig" „und dann sie noch so abfüllen"

Nachdem diesem Burrweiler Wochenende trafen wir uns von da an jeden Tag. Einen Tag bei ihr, den nächsten bei mir. Wenn wir bei ihr waren, hatten wir einen großen Vorteil. Ihr Zimmer war nicht innerhalb der Wohnung, sondern einen Stock höher. Sie hatte ein Zimmer in der Mansarde. So waren wir dort absolut ungestört und konnten unserer Sexualität freien Lauf lassen. Sie hatte eine Engelsgeduld mit mir. Anfangs absoluter Anfänger, lernte ich jeden zweiten Tag immer etwas besser zu werden. So langsam lernte ich ihren und meinen Körper besser kennen. Es machte immer mehr Spaß. Meist sagte ich nur kurz Hallo zu ihren Eltern und wir verschwanden hoch in ihr Mansardenzimmer um meistens das Eine zu machen.

Ganz im Gegensatz waren da ihre Besuche bei mir. In meinem Zimmer konnten wir uns leider nicht so frei verhalten. Ich hatte zwar einen guten Sichtschutz, aber die entsprechenden Geräusche wären halt durch die ganze Wohnung zu hören gewesen. So saßen wir in meinem Unter-der-Deckenzimmer und unterhielten uns, hörten Musik und schmusten so leise wie möglich. Aber sehr oft, hatte ich ein schlechtes Gewissen meiner Mutter gegenüber. Wie schon geschrieben, mein Verhältnis zu meiner Mutter war nicht sehr gesund oder normal. Ich wollte jede freie Minute mit Gaby verbringen und hatte das Gefühl meine Mutter im Stich zu lassen. Ja, ich weiß, dass ist bescheuert oder krankhaft. Je nachdem wie man es ausdrücken will. Die Psychologen haben bestimmt ein entsprechendes Krankheitsbild dafür. Abhängigkeit, Hassliebe zwischen der Mutter und ihrem Sohn. Keine gute Voraussetzung für eine gesunde Entwicklung. Also hocken wir viel und oft zu viert im Wohnzimmer bei meinen Eltern. So ging es von Juli bis in den August.

Erste Liebe – erste Reise

Dann hieß es eigentlich für drei Wochen Abschied nehmen. Gaby, ihre Eltern und ihr Bruder mit seiner Frau wollten in den Urlaub fahren. Urlaub in Portugal an der Algarve in einer Ferienwohnung. Gerade in der Phase wo wir ganz verrückt aufeinander waren, körperlich am liebsten verschmolzen wären, wo wir nicht voneinander lassen konnten, da musste sie in den Urlaub fahren. Drei Wochen ohne sie. Das würde hart werden. Und meine eigenen Pläne…. Urlaub mit meinen Eltern im Allgäu. Genau 23 Jahre und immer noch Urlaub mit den Eltern. Wie spannend. Was sonst hätte ich machen sollen. Hatte ja niemand, bis Gaby kam. Und diese Gaby kam nun eines Abends ganz freudestrahlend zu mir nach Hause. Ob ich nicht Lust hätte mit nach Portugal zu fahren. Sie hatte gegenüber ihren Eltern und Bruder geklagt, dass sie nun drei Wochen ohne mich auskommen müsse. Also die gleichen Gedanken, die ich auch hatte. Wir konnten einfach nicht voneinander lassen. Es war halt diese erste Extrem-Rosa-Brille Phase. Und als sie so klagte, kam die lakonische Antwort „dann nimm ihn doch mit" Also kam sie an diesem Abend ganz glücklich zu mir und fragte mich, ob ich nicht mit nach Portugal kommen will. Die Ferienwohnung hatte sowieso nur 2 Schlafzimmer, die von ihren Eltern und Ihrem Bruder mit Frau belegt wurde. Gaby hatte die Bettcouch im Wohnzimmer und da konnten auch zwei Leute darauf schlafen. Ich zögerte kurz, ich kannte Gaby, aber den Rest der Familie nicht so richtig. Und mit ihnen dann drei Wochen verbringen. Und meine Eltern alleine lassen, welch ein Frevel. Aber ich überwand diesen Punkt, weil die Liebe zu Gaby dann doch stärker war und sagte freudestrahlend zu. Viel Zeit hatte ich nicht mehr, um mich darauf vorzubereiten. Nur weniger Tage später schon sollte die Reise starten. Von den fünf Leuten, mit denen ich auf diese Reise ging, kannte ich nur eine einzige richtig. Eine Reise ins Unbekannte, fremde Menschen, fremde Welten, keine Ahnung was mich in diesen drei Wochen erwarten wird, und wenn es nicht klappen sollte, keine Chance auf eine vorzeitige Rückkehr, auf Gedeih und Verderben fremden Menschen ausgeliefert sein. Was soll ich machen, wenn es zu Problemen kommt? So weit weg von zu Hause war ich noch nie in meinem Leben. So eine Situation hatte ich noch nie in meinem Leben. Warum lasse ich mich nur darauf ein? In einer normalen Situation wäre mir das wahrlich zu viel und zu riskant. Zu viele Unwägbarkeiten. Es gab keinen Plan B, entweder es geht gut und es wird eine extrem harte Zeit. Aber all das Risiko ging ich aber ein, weil eine Person dabei war, die mein Vertrauen hatte. Oder einfacher gesagt, weil ich verliebt war, fand ich den Mut etwas Neues auszuprobieren. Der sogenannte Sprung ins kalte Wasser.

Also hieß es Kofferpacken. Was nimmt man mit, in eine Gegend, in eine Klimazone die man nicht kennt? Das was ich mir als erstes kaufte, war eine neue Spiegelreflexkamera. Meine erste eigene. Eine Nikon. Warum eine Nikon? Weil die Objektive, die Gaby besaß einen Adapter für Nikon Kameras hatten. Und das war noch eine klassische Kamera, in die man Dia-, S/W oder Farbfilme eingelegen musste. Damals gab es nichts digitales, keine Speicherkarten. Ganz klassisch. Sechsunddreißig Bilder dann musste man den Film wechseln. Dann noch ein paar Bücher und die Klamotten in den Koffer, das letzte was ich noch hinein legte, war ein großes Fragezeichen.

Der Urlaub soll drei Wochen dauern, davon waren aber jeweils drei Tage Hin- bzw. Heimfahrt geplant. Wie ist es drei Tage in einem Auto zu verbringen? Zwei Übernachtungen in fremder Umgebung. Quer durch Europa. Auf was lasse ich mich da ein? Egal. Es ist 23Uhr, der Koffer ist gepackt, es dauert noch wenige Momente, bis es klingelt. Bis der Campingbus von Gabys Eltern vor der Tür steht. Anspannung und Nervosität bis zum Anschlag.

Es ist so weit, irgendwann zwischen 23 und 24 Uhr klingelt es. Sie sind da. Der Koffer wird eingeladen und es heißt Abschied nehmen von zuhause. Mit einem schlechten Gewissen. Immer noch. Gabys Eltern haben die hintere Sitzbank zu einer Schlafgelegenheit umgebaut. Gaby und ich können uns also schlafen legen, während der Bus sich auf die lange Reise macht. Von der der deutschen Autobahn kriege ich noch was mit. Baden-Baden und Freiburg ziehen an uns vorbei. Nach der französischen Grenze sehe ich die riesigen Benzintanks neben der Autobahn. Dann siegt die Müdigkeit. Wir schlafen direkt über dem Motor. Hin und wieder dämmere ich etwas hoch, wenn der Motor die Drehzahl kurzfristig erhöhte und ich denke im Unterbewusstsein, schalt doch endlich in einen höheren Gang und lass den Motor nicht so hoch drehen. Dann bringt mich das gleichmäßige Rattern des Motors wieder in Reich der Träume. Ich schlafe ich schon wieder ein.

In der Morgendämmerung werden wir langsam wach. Irgendwo mitten in Frankreich. Rhone Autobahn. Eine der langweiligsten Strecken die ich kenne. Stupide gerade aus, rechts und links nicht viel zu sehen. Gegen morgen sind wir auf der Höhe von Lyon. Die Stadtautobahn, der erste Stau. Danach geht es weiter, Stunde um Stunde Richtung Süden. Langeweile macht sich breit. Auch etwas Heimweh und die Frage, ob ich das richtige gemacht habe. Das muss ich ja noch zwei weitere Tage aushalten. Man schaut aus dem Fenster des Wagens, ist froh über jede Abwechslung. Der Bus war nicht der schnellste, meist so um die achtzig Kilometer in der Stunde. Und die Strecke durch Frankreich nach Spanien ist lang. Die Autobahn entlang der Rhone zieht sich. Doch irgendwann ist man doch in Spanien. Kurz nach der Grenze sieht oder sah, man immer den Stier einer spanischen Brandymarke. keine Ahnung ob er noch dort oben auf dem Hügel steht, aber seit dieser Zeit ist dieser Werbestier das Signal für mich und meine Familie, wir sind in Spanien. Raus aus dem langweiligen Frankreich. Diesen Stier auf dem Hügel habe ich jedes Mal, als ich nach Spanien fuhr in den frühen Morgenstunden gesehen. Es ist so etwas wie das Symbol für Urlaubsbeginn. Nach endlosen Stunden in der Nacht auf französischen Straßen beginnt mit diesem Stier der angenehme Teil des Urlaubs. Der eigentliche Urlaub startet genau hier. Die meisten Touristen fahren dann weiter entlang der Küstenautobahn Richtung Barcelona und Valencia zu den ganzen Urlaubsorten der spanischen Mittelmeerküste. Doch wir bogen irgendwann rechts ab. Unser Weg führte uns Richtung Saragossa. Es wurde Nachmittag und früher Abend. Der erste Tag neigte sich dem Ende zu. An irgendeinem Fernfahrer Hotel stoppten wir. Nahmen uns Zimmer, das erste gemeinsame Abendessen mit der Familie von Gaby. Gazpacho, das erste Mal, dass ich dieses Wort hörte und auch probierte. Dieses typisch spanische Gericht, profan gesagt, eine kalte Gemüsesuppe. Ungewohnt aber lecker. Eine völlig neue Erfahrung. Und es war ok, unter Fremden, Gabys Familie, zu sitzen, die mich aber gar nicht wie einen Fremden behandelten. Nach einer lauten und damit schlechten Nacht, ging es weiter. Tag zwei der Reise begann. Aber nicht wie erwartet weiter auf der Autobahn, sondern ab Saragossa bis zum

Urlaubsort in Portugal fuhren wir nur noch Landstraßen. Das dauerte seine Zeit. Aber so habe ich Spanien auf eine ganz andere Art kennenlernen dürfen.

Wir haben am monumentalen Grab von Franco, dem Valle de Los Caidos Halt gemacht. War beeindruckend, wie riesig dieses Mausoleum und der Platz davor ist. Das alles für einen Diktator, der Spanien über vierzig Jahre beherrschte und unterdrückte. Viele Opfer, wie bei jedem Diktator, sind zu beklagen. Dennoch besitzt er immer noch eine Menge Pathos bei seinen Anhängern. Und dieser riesige Platz vor dem Mausoleum ist ein „toller" Platz zum Aufmarschieren, wie ihn wahrscheinlich alle Faschisten so lieben. Und dennoch bleibt dieser Monumentalbau erhalten. Da sieht man mal wieder, dass der Sieger die Geschichte schreibt. Ganz unbewusst, stellte ich mir vor, wie wohl das Grabmal vom Adolf aussehen würde, wenn wir den Krieg gewonnen hätten. Dann wäre wohl dieses Valle de Los Caidos ein Klacks dagegen. Und da bin ich sehr froh, dass der Faschismus bei uns verloren hat und die Geschichte von einem anderen Sieger geschrieben wurde.

Quer durch Spanien ging die Anreise, durch Madrid und die beeindruckende, beängstigte Extremadura. Dieser Landstrich, ist eine riesige Hochebene. Alles platt. Fast nur Landwirtschaft. Stunden fährt man, ohne das sich groß die Landschaft verändert. Nur Felder rechts und links de Straße. Ich war schon froh, wenn ein Baum, ein Haus in Sichtweite der Straße, diese Eintönigkeit unterbrochen hat. Dann haben wir Spanien verlassen. Diesen Mini Kontinent, der alles zu bieten hat, von Meer bis Skifahren, von totaler Leere bis zum Massentourismus. Nach dem Grenzübertritt nur noch wenige Stunden und wir haben die Algarve und die Stadt Quarteira endlich erreicht.

In den nächsten zwei Wochen habe ich Gabys Familie doch sehr viel näher kennen gelernt. Ihre Eltern waren absolute Morgenmuffel. Vor 11Uhr bitte nicht ansprechen und dann auch erst einmal einen Kaffee und eine Zigarette. Erst dann wurden beide gesprächiger. Man merkte, dass sie beide im Gastronomiebereich gearbeitet haben. Beide waren Nachtmenschen. Morgens nicht ansprechbar, aber nachts, da wurden beide munter. Zu Gabys Bruder und Frau fand ich nie richtig

Zugang. Nette Konversationen, aber mehr auch nicht. Das Gute an diesem Urlaub war, dass Gaby und ich den ganzen Tag für uns alleine hatten. Die Algarve hat längere Sandstrände aber auch viele kleine Buchten mit Felsen zu bieten. Während die anderen Vier sich lieber zu dem langen Sandstrand von Quarteira aufmachten, konnten Gaby und ich alleine mit dem VW Bus ein Stück weiter Richtung Westen fahren, wo wir eine schöne kleine Bucht fanden, mit nicht allzu vielen Leuten. Vor der Bucht eine Felsnadel. Unter Wasser viele Felsen. Also ideal fürs Schnorcheln. Das haben wir dann wirklich stundenlang gemacht. Auf dem Wasser treibend und mit den Taucherbrillen die Unterwasserwelt beobachten. Bis heute unsere Lieblingsbeschäftigung während eines Urlaubes. Irgendwann haben wir es wohl auch etwas übertrieben. Die Algarve liegt am Atlantik und damit ist das Wasser doch einige Grad kühler als im Mittelmeer. Auf jeden Fall hatten wir uns beide für ein paar Tage einen Schnupfen eingefangen. Aber ansonsten konnten wir schalten und walten wie es uns beliebte.

Aber es gab auch gemeinsame Ausflüge mit der ganzen Familie. An einen kann ich mich zumindest noch gut erinnern. Wir alle fuhren nach Sagres, dem südwestlichsten Punkt Europas. Eine wunderschöne Steilküste gab es da. Und die ganze Zeit hatten wir Sonnenschein und warmes Wetter. Am Parkplatz verkaufte jemand dicke Pullover, da dachte ich noch, wie er bei über dreißig Grad auf die Idee kam, auch nur einen einzigen Pullover zu verkaufen. Aber wenige Schritte weiter, wussten wir warum. Dort zog dann ein richtig kalter Nebel auf. Die Temperatur fiel um über zwanzig Grad. Es wurde sehr schnell ziemlich kalt und sehr schnell ungemütlich.

Oder ein andermal waren wir alle sechs unterwegs nach Albufeira. Erst mit dem Boden die Küste entlang und die Felsformationen vom Wasser aus bewundert. Inclusive Badestopp vom Boot aus. Danach am Hafen die wohl frischesten und leckersten Sardinen in meinem Leben gegessen. Vom Boot direkt auf den Grill. Schnell und einfach. Abgerechnet wurden am Ende, wenn man satt war, dann einfach die Köpfe die übrig geblieben sind zusammen gerechnet. Dazu frisches Brot und Rotwein. Mehr braucht es nicht um ein schönes leckeres Essen zu genießen. Gutes kann so simpel sein.

So ging unser erster gemeinsamer Urlaub sehr schnell zu Ende. Ab und An hatte ich Sehnsucht nach Zuhause, nach vertrautem, aber die meiste Zeit fühlte ich mich unter Gabys Familie sehr wohl. Aber natürlich war die schönsten und entspanntesten Momente, die in denen Gaby und ich alleine unterwegs waren. Die gemeinsamen ruhigen Tage am Meer. Das gemeinsame Schnorcheln.

Eines habe ich von ihren Eltern gelernt, nämlich Gin Tonic zu lieben. Nachmittags am Swimming Pool, wenn wir vom Strand zurück kamen oder abends nachdem Essen nochmal in oder an den Pool und dabei dann einen Gin Tonic trinken. Lecker.

Vor diesem Urlaub hatte ich noch nie geschnorchelt. Wie auch, war zum ersten Mal seit 1966 wieder am Meer. Und damals als Zweijährigen hat mich das Meer verängstigt. Aber seither ist es das schönste was man am Meer machen kann. So schnell wie möglich, sein Zeug am Strand aufbauen und dann ab ins Wasser und schauen was dort unten los ist. Und das hat sich bis heute nicht geändert. Ein Ort mit warmen Wasser, Felsen, vielleicht noch ein Kiesstrand und es wird ein schöner Tag am Meer.

Irgendwann wurde es Zeit für den Heimweg, dieses Mal nicht mehr quer durch das Land, sondern mehr oder weniger an der Küste Portugals und Spaniens entlang. Wieder waren drei Tage veranschlagt für die Heimreise. Mit der Fähre, über den Fluss Guadiana, verließen wir Portugal und landeten in Spanien. Am ersten Tag fuhren wir über Sevilla bis nach Granada. Quer durch Andalusien. Endlose Olivenhaine, Sevilla im August war einer der heißesten Orte in denen ich jemals war. Der Aufenthalt dort in der Altstadt hatte etwas von einem Backofen.

Granada an sich, das Hotel usw. war nichts Besonderes. Aber dort steht die Alhambra. Dieses beeindruckende Bauwerk, von den Mauren erbaut. Die Gärten, die Prachtbauten, der berühmte Löwenbrunnen, die vielen anderen Springbrunnen, die durch ein sehr ausgeklügeltes System von Wasserleitungen versorgt werden. All das mit eigenen Augen gesehen zu haben, dafür bin ich bis heute noch Gabys Eltern dankbar.

Zu diesem Zeitpunkt meines Lebens war ich eigentlich ein sehr konservativer, grüblerischer Mensch. Und dann auf Südspanien treffen. In den Städten pulsierte das Leben, zumindest in den Morgenstunden, aber besonders am Abend, wenn die Hitze nach ließ. Dann war auf der Straße, in den Bars und Restaurants das pulsierende Leben, die Lust am Leben und Feiern zu spüren. Bis spät in die Nacht hinein war der Lärm auf der Straße, vor allem die knatternden Motorroller zu hören. Und dieses Gefühl war mir nicht geheuer, so fremd gegenüber dem klar strukturierten Leben, dass ich ansonsten führte. Hier war Chaos, positives Chaos und damit hatte ich enorme Schwierigkeiten. Warum gingen DIE nicht wie anständige Leute zwischen 22 und 23Uhr ins Bett? Stattdessen fing um diese Uhrzeit erst richtig die Party an. Ich wollte schlafen, und DIE da draußen dachten gar nicht daran leise zu sein. Sie feierten, genossen das Leben. Eine ganz fremde, unbegreifliche Welt. Was ist feiern, was ist das Leben genießen? Wie kann man dieses so zelebrieren?

Ein richtiger Kulturschock. Dieses südländische Lebensgefühl unbegreiflich, für mich, der bisher nur Österreich und Allgäu kannte und damit die eher ernste Mentalität der Mitteleuropäer gewöhnt war.

Der nächste Abend war noch schlimmer. Wir übernachteten in einer kleinen Stadt in einem Motel/Hotel. Dort war irgendeine Fiesta am Gange. Erst waren wir dort und haben dem Treiben zugeschaut, aber irgendwann wurde ich müde und wollte nur noch schlafen. Aber die Spanier dachten ja gar nicht daran, Rücksicht auf meinen Schlafrhythmus zu nehmen. Es wurde gefeiert, Musik gemacht, getanzt, gesungen und gelacht. Wieder Lebensfreude pur und ich wollte nur noch schlafen. Bis nachts um Drei war die Party in Gange. Am liebsten wäre ich rausgestürmt und hätte herum gebrüllt, dass sie endlich mit dem Lärm aufhören zu sollen. Ja so war ich früher. Die Leute haben einfach keine Zucht und Ordnung. Kleinkariert, freudlos, spießig, das waren meine Attribute. Warum haben wir nicht mitgefeiert? Ich hatte Urlaub, keinen Druck und doch konnte ich mich dennoch nicht darauf einlassen.

Ab Tag 3 der Heimfahrt war der Urlaub vorbei. Wir sind irgendwo im Süden auf die Autobahn gefahren und erst wieder in Karlsruhe davon runter. Und die komplette Hin- sowie die Rückfahrt ist Gabys Vater am Steuer gesessen. Im Auto saßen vier Leute mit Führerschein, aber er ließ keinen anderen ans Steuer. Mit Kaffee und Zigaretten hielt er sich die vielen tausend Kilometer auf den Beinen.

Was das für eine Strapaze ist, erfuhren Gaby und ich ein Jahr später. Als wir wieder Richtung Spanien fuhren. Der Urlaub in der Sonne, hatte Lust auf Meer gemacht. Deswegen sind wird ein Jahr später wieder nach Spanien. Dieses Mal aber mit umgekehrtem Elternpaar.

Meine Eltern waren zum ersten Mal nach fast einem Vierteljahrhundert wieder in Spanien und am Meer. Ein Kollege meiner Mutter hatte in Denia, hinter Valencia, ein Ferienhaus. Dies vermietete er immer wieder an Kollegen und Freunde. Dieses Mal an uns. Gaby und ich luden unseren damaligen VW Scirocco mit dem Gepäck von uns 4 Leuten voll und fuhren los. Kofferraum und Rückbank vollgepackt. Bruni und Willy sind dann am nächsten Tag nachgekommen. Und zwar mit dem Bus des gleichen Reiseunternehmens, mit dem ich ein paar Jahre vorher in Lloret der Mar war. Sie haben sich für die entspanntere Methode entschieden. Wir waren achtzehn Stunden unterwegs. Am Stück, Pause nur um zu tanken, Toilette und etwas die Beine vertreten. Ansonsten sind wir gefahren und gefahren. Wenigstens haben wir uns abgewechselt. Aber es war eine Strapaze. Die Rhone Autobahn war genauso langweilig wie letztes Jahr. Der Stau in Lyon haben wir auch hinter uns gebracht. Aber es dauert wirklich eine kleine Ewigkeit Frankreich hinter uns zu lassen. Frankreich ist Arbeit. Da beneide ich keinen LKW Fahrer, der dies tagtäglich machen muss, aber vielleicht gibt es auch einige die ihre Freude daran haben. Es ging nur darum, möglichst schnell viele Kilometer hinter sich zu bringen.

Wir sind in der Nacht gestartet und am frühen Morgen war endlich die Silhouette der schwarzen Stiers an der spanischen Grenze zu erkennen. Ab diesem Zeitpunkt waren wir im Urlaub. Die Anspannung fiel von uns ab. Auch wenn es noch einige hundert Kilometer bis zum Ziel waren. Wir haben Spanien erreicht. Die Sonne schien, die Straße war nicht sehr voll. Gegen Nachmittag erreichten wir dann endlich Denia und fanden in dieser Anlage auch das richtige Haus. Am nächsten Tag trafen dann auch meine Eltern mit ihrem Bus ein. Der Urlaub konnte beginnen. Auch hier verbrachten wir alle viel Zeit am Strand, wir natürlich mit Schnorcheln. Abends wurde dann im Hof gegrillt.

Tagsüber war es dort wunderschön, im Hintergrund des Hauses ein Bergmassiv. Aber die Nacht war meist die Hölle. Der Berg hinter uns strahlte eine enorme Hitze ab und dann gab es noch abertausende Schnaken, die einem fast nicht schlafen ließen. Ständig dieses Gesumme am Ohr. Besonders schlimm erwischte es Gaby. Sie hatte das Pech bis morgens die meisten Stiche abbekommen zu haben. Sie war da oft den Tränen nah. Nicht richtig schlafen können und dann auch noch so zerstochen zu werden ist sehr ungerecht. Naja, ausgleichende Gerechtigkeit. Heute werde ich von den Biestern zerstochen, während Gaby neben mir seelenruhig schlafen kann.

Aber wir hatten auch nette Tiernachbarn. Eine ganze Katzenschar. Ihr Anführer, ein schwarzweißer Kater war sogar so frech und kam morgens ins Haus um meine Mutter zu wecken. Die nächsten zwei Wochen versorgten wir bestimmt 7-8 Katzen mit Futter. Sie werden die Zeit mit uns genossen haben. So volle Bäuche werden sie nicht so oft haben, besonders die rangniedrigen Clanmitglieder nicht. Den der Anführer der Katzenbande war immer der Erste am Futternapf und erst wenn er genug hatte, dann durften die anderen ran. Damit begann eine lange Tradition. Besonders später, auf den griechischen Inseln, wurde die Tradition ausgebaut. Wir versorgten die dort lebenden Katzen mit Futter. So das sie sich wenigstens 14 Tage vollfressen konnten.

Ich würde gerne meine Eltern fragen, wie ihnen dieser Urlaub in Spanien wirklich gefallen hat. Die Hitze, die weite Anreise, das am Strand liegen, die fremde Sprache, all das war so gut wie neu für sie. Wobei ich denke meiner Mutter hat es gefallen. Auch das Einkaufen im Supermarkt. Gaby hatte über die Volkshochschule etwas spanisch gelernt und spielte für meine Mutter an der Fleischtheke die Übersetzerin. Meine Mutter genoss es, dass die Verkäufer dann immer sie ansahen und nicht Gaby, weil sie ja bestimmte, was gekauft wurde.

Sie war die Donna, die Chefin. Und das gefiel meiner Mutter. Bei meinem Vater bin ich mir nicht so sicher, wie er das für ihn einmalige Abenteuer Mittelmeer fand. Auf den Bildern schaut er immer etwas griesgrämig. Bis zum Tod meines Vaters 1994 sollte er und meine Mutter das Meer nicht mehr sehen. Vertrautes war wieder angesagt, Allgäu und Montafon.

Leben auf der anderen Rheinseite

In der Zwischenzeit waren Gaby und ich nun schon 2 Jahre zusammen. Unter der Woche pendelten wir abwechselnd zur Wohnung ihrer bzw. meiner Eltern. Wenn wir bei ihr waren hatten wir fast immer Sex. In der Zwischenzeit hatte ich auch schon genug Erfahrung gesammelt um zu wissen wie man(n) es macht, dass beide ihren Spaß daran haben. Die Tage bei meinen Eltern, naja, die verbrachten wir meist mit meinen Eltern. Also das genaue Gegenteil von dem was am Tag davor oder dem danach passierte. In meinem Kopf war immer noch dieses Schuldgefühl besonders meiner Mutter gegenüber, wenn ich sie „alleine" ließ. Sie hatte mich immer noch im Griff und ich ließ sie gewähren. Selbst in diesem erwachsenen Alter mit Freundin war unser Verhältnis wie einer Mutter zu ihrem kleinen Kind.

Wenn ich mir heute so überlege, waren die von 1987 bis ca. 1990 die einzigen Jahre, wo ich so gut wie nie an meine weibliche Seite gedacht habe. Oder sie verdrängt habe? Normaler männlicher Sex mit einer Frau, der mir auch Spaß machte. Darf er mir als Transsexuelle denn Spaß machen? Oder ist das ein Sakrileg?

Nach diesen 2 Jahren war die Beziehung gefestigt genug, dass der Gedanke kam, endlich auf eigenen Füßen zu stehen zu wollen. Eine eigene Wohnung. Mittels einer Anzeige machten wir uns auf die Suche. Aber alle Angebote waren nicht geeignet. Zu klein, zu niedrig, zu teuer. Einer bot uns ein Dachgeschosswohnung an, fragte aber gleichzeitig wie groß wie wären. Und wir waren zu groß für die Wohnung.

Was soll man dazu sagen. Wir fanden einfach nichts, was uns gefiel. Dann kam irgendwann ein Anruf von einer Frau, die uns eine

Wohnung in Kandel anbot. Erst einmal waren wir perplex. Man muss dazu sagen, dass Kandel über dem Rhein in Rheinland-Pfalz liegt und ca. zwanzig bis fünfundzwanzig Kilometer vom Zentrum von Karlsruhe entfernt ist, nach Durlach zu meinen Eltern kommen noch einmal zehn Kilometer dazu. Aber da wir bisher nichts gefunden hatten, dachten wir uns, warum nicht. Schauen wir uns die Wohnung mal an. Haben ja nichts zu verlieren. Nein sagen können wir immer noch. Wir fuhren also rüber und besichtigten die Wohnung. 100qm, drei Zimmer, Küche, Bad und Erdgeschoss. Die Zimmer groß und die Wohnung hatte Potential. Und dann der Preis, für die 100qm verlangten die Vermieter gerade einmal 450 DM, in Euro umgerechnet ca. 230€. Ein absolutes Schnäppchen. Also haben wir die Wohnung gemietet.

Wir haben die Wohnung nach unserer Vorstellung renoviert. Die alten, weiß gestrichenen, profilierten Holzzargen sowie die Füllungstüren habe ich abgelaugt, geschliffen und geölt, so dass das natürliche Holz unter all der Farbe wieder hervor kam. Das war eine Heidenarbeit. Die ganzen Profile von Hand zu schleifen, wieder und wieder bis auch die letzten Farbreste verschwunden waren. Unter dem Teppich befand sich ein schöner Dielenboden. Denn haben wir abgeschliffen und lackiert. Überall die Tapeten herunter gemacht, im Wohnzimmer und Küche Laminat verlegt, weil der Boden nicht abgeschliffen werden konnte.

Drei Monate waren wir mit diesem Umbaumaßnahmen beschäftigt. Meist fuhren wir direkt nach dem Geschäft zur Wohnung, haben bis 21 Uhr dort gearbeitet und sind dann nach Durlach gefahren, kurz was gegessen und dann zusammen in mein Bett gegangen. Das alles in einem Zeitraum von einem Vierteljahr, Tag für Tag unter der Woche, den ganzen Samstag verbrachten wir in dieser Wohnung. Es war eine extrem anstrengende Zeit, es gab nichts mehr anderes. Und wenn ich nicht in der Wohnung war, dann in der Schreinerei. Es mussten Betten, ein Küchentisch und andere Möbelstücke bis zum Einzug fertig gemacht werden. Beim Tapezieren machte ich mich rar, ich hasse die Arbeit mit klebrigen Sachen, wie z.B. den Tapetenkleister. Also arbeite ich lieber in der Schreinerei an den Betten, während Gaby mit Bruni und Willi die Tapeten an die Wand brachten.

Mit Beginn der Renovierung ist Gaby quasi bei ihren Eltern ausgezogen und bei mir bzw. meinen Eltern eingezogen. Es wäre einfach zu anstrengend, nach der normalen Arbeit, der Renovierung noch zu ihr nach Hause zu fahren. Erschöpft und müde wie wir waren, hatte sie keine Kraft mehr, um noch mal ins Auto zu steigen. Deswegen blieb sie da. Zumindest für diese Übergangsphase. Damit man sieht wie groß unsere Liebe zu dem Zeitpunkt war, wir haben zusammen in einem Bett geschlafen, das nur 190 x 90cm groß war. Zu zweit! Heute wäre diese Bettgröße für mich alleine schon zu deutlich zu klein.

Nach drei Monaten war es endlich soweit. Wir packten unsere damals noch wenigen Habseligkeiten zusammen und schafften alles rüber in unsere neue Wohnung. Das Wohnzimmer war ein Provisorium. Keine Couch, kein Bücherregal für die ganzen Bücher. Die lagen erst einmal alle aufeinander gestapelt auf dem Boden. Keine richtigen Küchenschränke, keine richtigen Kleiderschränke, nur mein kleiner Kleiderschrank aus meiner Kindheit. Aber wir hatten zwei Betten, zwei mal einen Meter groß. Wir hatten zum ersten Mal wieder richtig Platz zum Schlafen. So nach und nach kamen dann zwei Couchgarnituren dazu. Von einem schwedischen Möbelhaus standen dann viele Billys als Bücherregale herum. Die Küche erhielt aus dem gleichen Laden neue Küchenschränke. Es wurde mit der Zeit immer gemütlicher dort. Es wurde immer mehr unser Zuhause. Nicht mehr Durlach, sondern Kandel wurde der Lebensmittelpunkt. Aber die Leine meiner Mutter reichte auch bis dorthin. Meist waren wir zumindest einen Tag am Wochenende in Durlach zum Essen. Nicht zu vergessen, die regelmäßigen Anrufe.

Was das Wohnen in Kandel aber langfristig zur Qual machte, war die Fahrten zur Arbeit und wieder nach Hause. Da wir auf der anderen Seite des Rheines nun lebten, mussten wir tagtäglich über das Nadelöhr der Rheinbrücke. Kurz vorher vereinen sich noch eine vierspurige Bundesstraße und eine weitere Straße mit dieser Autobahn. Und es sind eine Menge Pfälzer und Elsässer die in

Karlsruhe arbeiten. Jeden Morgen, jeden Abend standen wir im Stau. Für die 20 Kilometer mussten wir im Durchschnitt eine Stunde Fahrzeit rechnen. Gaby fing damals noch um 7 Uhr morgens an. Wir mussten als vor sechs Uhr das Haus verlassen. Wenn wir nur wenige Minuten später gingen, kostete uns die Deutsche Bahn weitere wertvolle Zeit. Denn am Ortsausgang ist der Bahnhof von Kandel und kurz nach 6 fährt ein Regionalzug Richtung Karlsruhe. Und der Bahnhofsvorsteher ließ immer die Schranken fünf bis zehn Minuten vor Abfahrt des Zuges runter. Auch wenn der Zug Verspätung hatte. Wir mussten also immer so rechtzeitig das Haus verlassen, dass wir vor dem Zug Richtung Karlsruhe unterwegs waren. Das schlimmste daran, wir mussten kurz nach 5 Uhr morgens aufstehen und ich hasse fast nichts mehr als früh aufstehen. Fünf Uhr ist mitten in der Nacht!

Wir versuchten es sogar eine Zeitlang selbst mit dem Zug zu fahren. Aber unpünktlich, überfüllt, keine gute Anbindung. Jeden Morgen der Kampf um die richtige Stelle am Bahnsteig, wo sich die Türen des Zuges öffnen. Denn nur dann und mit etwas Ellenbogen hatte man die Chance auf einen der wenigen übriggebliebenen Sitzplätze. Mit der Zeit kannte man die Stellen wo man warten musste und kannte seine Gegner um die Sitzplätze. Dazu kam aber immer noch dieses gewisse Glückspiel, weil der Zug ja nicht immer hundertprozentig an der gleichen Stelle hielt. Manchmal einen Meter vorher oder einen Meter weiter. Und dann ging das Geschiebe, Gedränge erst richtig los. Aber es nervte immer mehr, die Enge, die gleichen Leute, die gleichen Gespräche. Also mussten wir abwägen, einerseits Stress und Enge im Zug dafür einigermaßen pünktlich oder etwas entspannter zu zweit im Auto dafür aber das immerwährende, unkalkulierbare Risiko eines Staus. Und nicht zu vergessen, die Fahrkosten für Zug und Straßenbahn. Und durch unsere Arbeitszeiten war eine gemeinsame Heimfahrt meist auch nicht gewährleistet. Ich hatte, gerade im Winter, wenn ich nach einem körperlich anstrengenden Tag in der Schreinerei, im beheizten Zug saß, ein echtes Problem mit dem wach bleiben und rechtzeitig auszusteigen. An einigen Tagen war es wirklich knapp. Das monotone Rattern der Schienen, dieser Klangteppich der Gespräche, war verlockend sich dem Schlaf hinzugeben. Dazu musste man noch quer durch den Ort laufen, bis man endlich zuhause war. Es war dann irgendwann keine schwere Entscheidung mehr. Die Bequemlichkeit siegte. Es blieb also nichts anderes übrig, als wieder ins Auto umzusteigen.

Bin gerade schwer am Rudern. Mein bester Freund Markus, hat starke Schmerzen im Brustbereich. Er vermutet oder befürchtet dass er irgendeinen Tumor hat und bald sterben muss. Das Röntgen hat nichts gefunden, am Freitag hatte er einen CT Termin. Warte eigentlich auf irgendeine Nachricht, was dabei heraus gekommen ist. Ich habe Angst einen weiteren Freund zu verlieren. Letztes Jahr meine Schwester jetzt er? Warum meldet er sich nicht? Ungewissheit und die daraus resultierende Angst, lassen der Phantasie so viel Platz für Spekulationen und je länger man spekulieren kann, desto düsterer werden die Gedanken. Dazu macht er sich selbst so klein. Ok, das kommt mir natürlich sehr bekannt vor, geht mir ja genauso.

Würde ihn am liebsten schütteln, dass er aufwacht und sieht, was er für andere wert ist. Wie sagte mal eine Therapeutin „sie sind ein wertvoller Mensch" Genau, bei anderen kann ich das sagen und vor allem auch sehen, nur bei mir selbst nicht. Stimmt. Völlig richtig. Ich sehe in jedem anderen das wertvolle, außer beim Blick in den Spiegel. Da sehe ich einen Menschen den ich nur verabscheue. Der nicht liebenswert ist. Nicht geliebt werden darf, weil dieser Mensch es nicht verdient hat. Es lebe die Borderline.

Dazu hat mein Freund ziemlichen Stress im Geschäft, ist nahe an seiner Überlastungsgrenze. Vielleicht auch schon darüber. Aber er macht weiter und weiter. Was muss das muss. Pflichterfüllung. Naja, irgendwann macht entweder der Körper oder der Geist schlapp. Ich hoffe und wünsche ihm, dass er es noch rechtzeitig merkt. Nein, daran glauben tue ich nicht. Die Angst vor der Krankheit, der Stress im Geschäft, die Arbeit das Elternhaus aufzuräumen und umzubauen. Das alles ist ein Cocktail aus psychischem Gift. Und obwohl er sehr wahrscheinlich weiß, was in dem Cocktail drinnen ist, wird er ihn bis zur Neige trinken. Wie ich es auch tun würde und schon getan habe.

Dazu kommt gerade noch, dass sich die Mainzer Psychosomatische Klinik gemeldet hat. Die Stationsleiterin, mit der ich regelmäßig in Kontakt stehe, schrieb mir, ich stehe immer noch auf der Warteliste. Ob ich den weiterhin Interesse habe, darauf zu bleiben. Als besonders Schmackerl schrieb sie noch, dass meine alte Zimmergenossin sich auch wieder auf die Warteliste hat setzen lassen. So wäre es schon einmal die Besorgnis geringer, nur fremde Menschen um mich herum zu haben. Aber ich habe eine solche Angst davor, wieder dorthin zu gehen. Die Angst die Erwartungen, den Anforderungen nicht gewachsen sein. Zu Versagen. Denn alleine bei der Frage „welche Ziele haben sie für den Aufenthalt?" „was wollen sie in dieser Zeit erreichen?" Diese Fragen werden kommen und ich finde schon jetzt keine Antwort darauf. Stabilität oder Hoffnung sind zu allgemein. Warum wird man gleich am Anfang so unter einen Druck gesetzt? Die Auswahl ist so groß, iw soll ich das eine Thema finden, über das in diesem Aufenthalt gesprochen wird. Und dieses Thema steht ja nicht alleine da. Es ist mit zahlreichen anderen weiteren Themen verknüpft. Wie soll ich da etwas Einzelnes heraus picken? Aber gerade an der Hoffnung fehlt es mir dermaßen. Bringt dann der Aufenthalt überhaupt etwas? Können sie mir helfen, will ich mir helfen lassen?

Diese Freundin, Sabine, die ich aus dem ersten Klinikaufenthalt in Mainz noch kenne. Auch sie mit der Diagnose Borderline (Das kommt noch, nur Geduld). Sie hat derzeit Ohnmachtsanfälle, wurde daraufhin ins Krankenhaus gebracht. Während dieses Klinikaufenthaltes hat sie sich so selbst verletzt, dass es mit acht Stichen genäht werden musste.

Ich stehe gerade mit ihr in engerem Kontakt, wegen dieses möglichen weiteren Klinikaufenthaltes. Sie macht gerade eine Menge Druck oder Unruhe auf der Station. Sie will so schnell wie möglich dorthin. Bei ihr könnte es noch eine Weile dauern, bis sie einen bzw. wir zwei gemeinsame Therapieplätze für uns haben. Am liebsten würde ich warten bis zum April nächsten Jahres. Da wird unsere ursprüngliche Therapeutin aus dem Mutterschaftsurlaub zurückkehren. Obwohl ich hoffe, dass sie auf unsere Wünsche eingehen, zusammen, in einem Zimmer zu sein, ist die Angst vor dem Unbekannten zu mächtig.

Sie sagt zu mir, ich wäre die einzige mit der sie so offen reden könne. Als ich mit ihr telefonierte, meinte sie, dass sie sie in die Psychiatrie verlegen wollen. Das ihr Druck, sich dadurch selbst zu verletzen so groß ist. Sie will nicht in die Psychiatrie, weil sie in einer Woche mit ihrer Tochter in die alte Heimat fahren will. Durch den Druck mit der Psychiatrie wächst der Druck nach der Rasierklinge noch mehr. Eine dreiviertel Stunde habe ich auf sie eingeredet, damit sie auch ihren Geheimvorrat abgibt. Sie hat es getan, ich war live am Telefon dabei. Susanne, die Hobbytherapeutin. Ich weiß im Gegenzug nicht, ob ich es geschafft hätte alle meine Klingen abzugeben, keine Möglichkeit mehr zu haben, dem Druck abzubauen. Daher habe ich meine Zweifel, ob sie es wirklich geschafft hat auch die letzte Klinge abzugeben. Das ganze triggert natürlich auch gewaltig. Die Versuchung selbst die Klinge zu nehmen, wird größer. Warum soll ich mich beherrschen, wenn es andere auch nicht auch nicht tun. Diese drei Ereignisse haben das Seil, auf dem ich balanciere, sehr stark in Schwingungen versetzt. Es wird immer schwerer die Balance zu halten.

Ich bin gerade dermaßen am Ende. Ich kann nicht mehr. Ich will nicht mehr. Die Abende werden zur Hölle. Wenn die inneren Dämonen heraus gekrochen kommen. Ich bin so verzweifelt, ich bin lebensmüde. Der Schmerz ist so unerträglich. Der Druck ist so groß. Ich habe zwei Tavor in mir, die Schlaftablette ist auch geschluckt. Hoffentlich wirken die Tabletten bald. Wenigstens eine Art von Erlösung. Vergessen, schlafen, traumlos. Nichts mehr spüren. Leider ist irgendwann Schluss mit diesem Schlaf und die Wirklichkeit schlägt wieder zu. Wieder einen neuen Tag, mit neuer Traurigkeit, neuem Schmerz, es ist einfach zu viel Verzweiflung. Wie lange noch?

ICH KANN NICHT MEHR, ICH BIN ES LEID DEN SCHMERZ ZU ERTRAGEN. WANN HÖRT ES ENDLICH AUF?

Die Nacht ist vorbei, das Gefühl des Verzweifelt seins ist immer noch so stark. Mutlosigkeit, keinen Antrieb, keine Hoffnung. Verloren in der Dunkelheit.

Natürlich können sie jetzt sagen, ich verfalle in Selbstmitleid. Waschlappen, ich soll dagegen ankämpfen, mich nicht aufgeben. Immer wieder aufstehen, wenn man auf die Fresse fällt. Hört sich so gut, so einfach an. Also warum tue ich es nicht? Weil die Hoffnung fehlt. Es ist wie die Hoffnung auf den Lottogewinn. Diesen entscheidenden Sechser im Lotto. Genauso groß ist meine Hoffnung auf eine Verbesserung meiner Situation

Nach so viel Schmerz in der Gegenwart, ist es gerade schwierig, die Vergangenheit aufzurufen. Die Gegenwart ist gerade so erdrückend, so einnehmend, dass die Vergangenheit dagegen verblasst. Und trotzdem versuche ich wieder in die damalige Zeit einzutauchen um weiterzumachen. Unsere erste gemeinsame Wohnung, der tagtägliche Stress mit dem Fahrt ins Geschäft und wieder zurück. Das schlimmste was einmal passiert ist, war eine Verkehrsbefragung im morgendlichen Berufsverkehr. Wir brauchten geschlagene zwei Stunden für die Fahrt nach Karlsruhe. Wir, wie alle anderen Leidtragenden auch, hatten eine Stinkwut auf die Leute. Zum Glück für die Interviewer war die Polizei mit dabei. Sonst wären sie wohl gelyncht worden.

Acht Jahre machten wir diesen Stress mit. Mit jedem Jahr wurde es aber schwieriger und anstrengender diesen Stress zu ertragen. Vor allem weil sich gegen Ende unserer Wohnzeit dort, unser Lebensmittelpunkt immer deutlicher zurück Richtung Karlsruhe verlagerte. Aber bis dahin sollten es noch einige Jahre dauern. Bis dahin war die Wohnung in Kandel, wie eine Burg. Zurück von der Arbeit, rein in die Wohnung und sie nicht mehr verlassen. Die einzigen Momente, in der wir oder ich diese Burg, dieses Verlies, verließen, waren die Einkäufe beim Metzger und Bäcker in der Kleinstadt, oder beim damals einzigen Supermarkt im Ort, der nur so von unhöflichem Personal strotzte, wo so etwas wie Kundenfreundlichkeit ein absolutes Fremdwort war. Und dann noch unvermeidlichen Besuche bei meinen Eltern am Wochenende. Ansonsten blieben wir unter uns. Eingeschlossen, in vermeintlicher Sicherheit. Unsere Wohnung eine Insel im tobenden Meer des Lebens

Meisterliche Aktivitäten

1991 machte ich einen weiteren Versuch Richtung ein richtiger Mann zu werden. Gegen meinen Widerwillen etwas anzugehen. Sich endlich beruflich weiter zu bilden. Der Traum meines Vaters wurde wahr, endlich folgt sein Sohn seinen Spuren, er bekommt endlich einen Nachfolger. Ich bewarb mich an der Meisterschule für Schreiner in Karlsruhe. Dabei wollte ich es eigentlich gar nicht. Mir kamen von Anfang an die Ängste vor praktischen Unterricht hoch. Ich hatte ja schon Probleme damit auf dem Level als Lehrling bzw. angehender Geselle mitzuhalten. Aber jetzt wurde ja sehr viel mehr in diesen Dingen von mir verlangt. Perfektion. Eines Meisters würdig. Und bei meiner Geschicklichkeit und meinem Desinteresse hatte ich mehr als nur kleine Bedenken. Nun wurde natürlich sehr viel mehr von einem erwartet. Hier wurden zukünftigen Betriebsleiter ausgebildet. Entweder um in die Selbstständigkeit zu gehen, den elterlichen Betrieb zu übernehmen, oder um in größeren Schreinereien Führungspositionen zu übernehmen. Alles Dinge, für die ich „so" geeignet war, wie ein Frosch fürs Kühe melken. So viel Freude an diesem Beruf hatte, wie eine Katze beim Duschen. Aber ich war ein braver Sohn, versuche die Erwartungen selbstverständlich zu erfüllen, die man in mich gesetzt hatte. Es gab natürlich nie richtigen Druck, so nach dem Motto, du musst jetzt den Meister machen. Sie waren da viel subtiler, es war leicht zu spüren, wenn sie auf das Thema kamen und ich nicht so reagierte, wie sie es erwarteten. Übersensibilität ist sehr oft ein richtiger Fluch. Ihre Enttäuschung zu spüren, diesen Blick den vor allem meine Mutter so meisterlich beherrschte, dies „schon gut, mach was du willst und lass deine arme Mutter alleine". Die Betonung liegt auf arm! Dies wollte ich um keinen Preis. Wenn ich schon so keine Zuneigung bekam, vielleicht musste ich mich nur ein kleines bisschen mehr anstrengen, um endlich das zu bekommen, was ich mir seit meiner Kindheit wünschte. Liebe.

Nein sagen. Meine Bedürfnisse, es interessierte doch keinen, was soll es. Ziehen wir es durch. Sei ein Mann. In diesen wenigen Jahren wurde der Druck von meiner Mutter auch größer, endlich eine Familie aufzubauen. Beruflich mittelfristig den Betrieb übernehmen, privat zu heiraten, Kinder zu kriegen. So war die sehr konventionelle Vorstellung meiner Mutter. Das klassische Rollenbild in Familie und Beruf. Hatte ich eine Wahl…?

Also meldete ich mich auf der Meisterschule der Schreiner hier in Karlsruhe an. Ein Jahr Vollzeitschule. Von allen Bewerbern auf die 20 Plätze werden die Auserwählten nach den Abschlussnoten der Gesellenprüfung und anderen Kriterien von einem Computer ausgewählt. Und ich gehörte relativ schnell zu diesen Auserwählten. Und im Vergleich zu den ganzen anderen Meisterschulen in Baden-Württemberg hat die Meisterschule Karlsruhe die niedrigste Durchfallquote. Im Durchschnitt schaffen es zwischen 80-90% der Schüler die Meisterprüfung. In anderen Schulen schafften es manches Mal nur zwischen 50-60% der Meisterschüler. Wer weiß, vielleicht lag es am guten Auswahlprogramm, an den Lehrkräften oder was auch immer. Karlsruhe hatte zumindest Anfang der 90er einen sehr guten Ruf.

Zu diesem Zeitpunkt wohnten wir ja noch in Kandel. Zu unserer Wohnung gehörte auch eine Waschküche, die wir vor der Meisterschule eigentlich nur zum Wäschetrocknen benutzen. Ein separater Raum. Im Vorfeld der Meisterschule bauten wir die Waschküche, dann zu meinem Büro um. Unsere Vermieter unterstützen uns dabei sogar, ließen eine Heizung verlegen, ein neues Fenster einbauen. Die große DIN A0 Zeichenmaschine stand darin und alle Bücher. So konnte ich dann etliche Nächte am Zeichenbrett stehen, ohne Gaby zu stören. Und es waren viele Nächte, die mich die Zeichnungen gekostet haben.

Und wie in der Lehrzeit war ich mal wieder sehr Zwiegestalten. Theorie wie immer klasse, dreieinhalb Tage waren echt ok. Aber die anderen anderthalb Tage waren genauso schrecklich wie damals in der Lehrzeit. Wie ich es immer noch hasste, mit der Absetzsäge, den Stecheisen oder Hobeln umzugehen. Dafür entdeckte ich mein neues Lieblingsfach. Buchhaltung. Das Verschieben der Zahlen, die Arbeit mit dem Kontenplan, alles so logisch, strukturiert, Zahlen, da gab es keine Interpretationsmöglichkeiten. Am Ende muss alles im

Gleichgewicht sein. Schwarz und weiß. Es gab nur ein richtig und falsch. Entweder es passt oder es passt nicht. Das Ganze war für mich so einfach, während für die meisten anderen aus der Klasse dieses Fach ein Buch mit sieben Siegeln war. Während sie sich, mit rauchenden Köpfen bemühten, Soll und Haben ins Gleichgewicht zu bringen, war ich meistens schon fertig. Wenn alles so leicht gewesen wäre wie die Buchhaltung, ich wäre ein guter Schreiner, oder Buchhalter geworden. Naja, die anderen theoretischen Fächer waren auch nicht das große Problem. Wie immer, ich bin eine Theoretikerin, keine Praktikerin.

Im Praktischen Bereich hatten wir den gleichen Lehrer wie damals im ersten Lehrjahr. Ich hatte geschrieben, dass ich ihn nicht besonders mochte. Aber ohne ihn, weiß ich nicht, wie viele von uns bei der Arbeitsprobe im Rahmen der Meisterprüfung durchgefallen wären. Ich inclusive. War schon mit der recht simplen Arbeitsprobe bei der Gesellenprüfung fast überfordert. Hier wäre ich sang- und klanglos untergegangen.

Das Werkstück, ein Kästchen, sah so einfach aus, eigentlich auch für mich ein Klacks. Aber in diesem Werkstück wurde eine raffinierte Falle eingebaut. Eine an die ich niemals im Leben gedacht hätte. Wenn wir auf die übliche Art und Weise an das Werkstück heran gegangen wären, wären wir alle durchgefallen. Naja, einigen wäre es wahrscheinlich schon aufgefallen, aber dem Großteil, incl. mir, wohl nicht. Aber er ließ in seinem Büro die Zeichnung für die Arbeitsprobe zufällig liegen und einer von uns hat es dann schnellstmöglich kopiert. Ob es zufällig war, oder er uns behilflich sein wollte, wer weiß. Obwohl, es war wohl eher nicht zufällig, denn zusätzlich gab es noch einen kleinen Tipp auf was wir achten sollten. Nur so konnten wir uns richtig auf die Arbeitsprobe vorbereiten. Sie so ausführen, dass wir diesen einen groben Fehler bei Ausstemmen der Zinken der zum Durchfallen bei der Prüfung geführt hätte, verhindern konnten. Ohne die Hilfe des Lehrers, hätte ich nie diese Prüfung bestanden. Wäre voll auf diesen versteckten Haken reingefallen.

Zu den nicht unbedingt ernstgemeinten Höhepunkten des Schuljahres zählte immer der Besuch der Kölner Möbelmesse. Dort sollten wir Inspiration für unsere zukünftigen Meisterstücke finden, Neuheiten, Trends im Bereich der Möbelindustrie entdecken und für uns nutzbar machen. Inspiration fürs kommende Meisterstück finden. Der Ausflug ging über das Wochenende. Freitag war Anfahrt mit dem Zug, die Fahrt ins Jugendheim. Wieder mal Zimmer mit vier Stockbetten, wieder mal die Angst vor den Nächten. Was wohl diese Erwachsenen für komische Streiche oder andere Dummheiten in der Nacht vorhatten? Ich war, wie jedes Mal, wenn es um Nächte in solchen Jugendherbergen geht, sehr nervös. Freitagabend ist dann noch die ganze Klasse in die Kölner Altstadt. Auf zum meterweise Kölsch trinken. Die kleinen 0,2L Gläser wurden auf einem Brett geliefert, das einem Meter lang war, acht oder zehn Gläser passten auf einen Meter. Wir haben einige Meter getrunken. Naja, viel vom Alkohol habe ich nicht gemerkt, dass einzige was man öfters tun muss, ist seine Blase entleeren. Sorry liebe Kölner, aber ein richtiges bayrisches oder badisches Bier ist mir bedeutend lieber. Mehr Geschmack. Fühlte mich die ganze Zeit wie ein Fremdkörper, obwohl ich mit den Leuten schon mehr als ein halbes Jahr täglich zusammen war und auch Freunde naja Bekannte hatte.

Der Samstag stand dann ganz im Zeichen des Messebesuches. Mit ein paar Klassenkameraden, mit denen ich mich während des Schuljahres angefreundet hatte, schauten wir uns dies und das an Möbeln an. Wie immer im bisherigen Leben trotte ich dem Trupp hinterher. Wo sie hingingen, ging auch ich hin. Es gab einiges was ganz interessant war, vieles war einfach nur langweilig. Und ständig mit den gleichen Leuten zusammen sein. Ihnen machte das nichts aus. Ich fühlte mich wie immer außen vor. Dabei und doch irgendwie auch nicht. Die Einsamkeit unter Menschen. Nach einer gefühlten Ewigkeit war der Besuch zu Ende und wir gingen Richtung Jugendherberge. Noch mehr Stunden mit denselben Leuten, noch mehr Stunden mit Menschen zu denen ich keine richtige Verbindung hatte. Noch ein Abend und noch den ganzen Sonntag. Ich hatte keine Lust mehr dazu, wollte nach Hause in Sicherheit. Da beschloss ich etwas Gewagtes, Verwegenes zu machen. Noch nie dagewesenes. Zu fliehen. Still und heimlich. Weg von all den Menschen, die ich zwar kannte, aber mir doch nur Fremde waren. In mir reifte der Plan, mein Zeug zu packen und einfach nach Hause zu fahren. Zu verschwinden. Statt noch den Sonntag mit den Klassenkameraden zu verbringen, lieber am Sonntag mit Gaby zusammen sein. Ich brach zum ersten Mal aus! Also am frühen Abend, meine Tasche gepackt und zum Bahnhof gelaufen. Ich ertrug einfach die Menschen aus meiner Klasse, den Lehrer nicht mehr. Ja, ich war schon so selbstständig, kaum zu glauben aber wahr, dass ich die nächste Zugverbindung nach Karlsruhe herausfand und still und leise ohne mich von jemandem zu verabschieden wieder zurück nach Karlsruhe fuhr.

Ein Sonntag mit Gaby alleine, weg von anderen fremden Menschen. Ruhe. Schutz. Ich verstand einfach nicht die Sprache, das Verhalten der anderen Mitschüler. Das Gefühl ein Alien unter Menschen zu sein war übermächtig

Dafür war der Anschiss von unserem Hauptlehrer am Montag deutlich weniger schön. „Wie ich so einfach verschwinden könne, ohne Bescheid zu sagen" „Das geht doch gar nicht". Ja, der Herr Gondeleier war schon ein harter Brocken mit einem lauten Organ. So ging es weiter. Als ob ich ein kleines Kind wäre, statt einem Erwachsenen. Aber mir war es egal. Das war mir dieser Sonntag, fern ab von den Menschen, im Schutz der eigenen vier Wände, wert.

Aber es gab auch einen Tag, an dem die komplette Klasse kurz vor dem Rausschmiss stand. Wo wir alle es deutlich übertrieben haben. Es war erster April und wir hatten nach den ersten beiden Stunden dann Unterricht bei einer Lehrerin für Entwurf und Design, die nicht besonders beliebt war. So kamen wir auf die Idee, alle zusammen zu verschwinden. Zu dem Zeitpunkt fanden wir es irgendwie lustig. Sie einfach so in einem leeren Klassenzimmer stehen zu lassen. Irgendeiner schrieb dann auch noch an die Tafel April, April, was das Verständnis für diesen Scherz nicht gerade verbesserte. Aber natürlich war es eine bescheuerte Idee im Nachhinein. Da ist man immer schlauer. Den Wutanfall am nächsten Tag durch den Lehrer war extrem heftig. Er brüllte herum, war stinkesauer und hätte uns am liebsten alle von der Schule geschmissen. Aber zum Glück für uns, hatten bei diesem „Scherz" wirklich alle mitgemacht. Wenn nur ein paar nicht mitgemacht hätten und dageblieben wären, der Rest wäre hochkant von der Schule geflogen. Aber einen kompletten Jahrgang Meisterschüler raus zu werfen, diesen Skandal konnte oder wollte sich die Schule auch nicht leisten. So stand also die ganze Klasse für den Rest des Schuljahres unter Bewährung.

So ging das Schuljahr in seine letzte Phase. Die Meisterprüfung. Erst die Theorie, die ich problemlos meisterte. Ja besonders die Buchhaltung war ein Klacks. Aber auch die anderen theoretischen Prüfungsfächer habe ich mit Bravour bestanden. Selbst die außergewöhnlichen Prüfungsfächer, Psychologie, oder das Arbeiten mit einem Lehrling. War kein Problem. Ganz im Gegenteil, solche Thematik mag ich bis heute. Seit Köln steuerte alles auf das Highlight der Meisterprüfung zu. Der Entwurf und der Bau des Meisterstückes. Ich hatte mich für einen Vitrinen Schrank entschieden. Viel Glas, die Seitenwände und Türen als Rahmenkonstruktion. Über Wochen wurden Entwürfe entwickelt, designt, Modelle gebaut. Da muss ich mich auch noch bei Gaby bedanken, die diese Modelle im kleinen Maßstab gebaut hat. Ihr reicher Schatz an Materialien und ihre Fingerfertigkeit waren eine sehr große Hilfe. Unser Lehrer war ein ziemlich sturer und harter Knochen. Ihn zu überzeugen, wieso man das so und nicht anders machen will, war harte Arbeit. Insgesamt wurde fast 3 Monate am Meisterstück gefeilt. Nachdem der Entwurf dann endgültig stand, musste eine DIN A0 Zeichnung von Hand auf Transparenzpapier gezeichnet werden. Erst mit Bleistift vorzeichnen, dann mit Tuschstiften in unterschiedlichen Dicken nachgezeichnet. Ein einziger falscher Stift, einmal falsch angesetzt, den Strich zu weit gezogen, oder durchgezogen statt gestrichelt und schon war die Zeichnung fast nicht mehr zu gebrauchen. Die einzige Chance war, mit einer Rasierklinge die fehlerhaften Stellen ganz vorsichtig wegzukratzen. Wenn man zu viel wegschabte, war das Blatt ruiniert und man durfte ganz von vorne beginnen. Neues Blatt, Bleistift, Tusche. Wenn dann alles sauber gezeichnet war, musste man zum Kopierladen, um aus der Zeichnung auf Transparentpapier eine gedruckte Zeichnung auf Papier zu erstellen. Diese wurde dann der Prüfungskommission vorgelegt. Man musste den alt eingesessenen

Schreinermeistern Rede und Antwort stehen und bekam dann den Stempel. Zusätzlich musste noch eine Kalkulation aufgestellt werden, was dieses Werkstück kosten würde, jeder Arbeitsschritt mit Stundenangabe musste angegeben werden.

Ab jetzt ging es los. Kalkulierte 130 Stunden dauerte der ganze Herstellungsprozess. Es war eine verdammt harte Zeit. Ich war mehrmals mit meinen Nerven am Ende. Mein Meisterstück war vom Schwierigkeitsgrad her, eigentlich am unteren Level angesiedelt. Es ging mit Ach und Krach als Meisterstück durch. Aber selbst damit war ich überfordert. Ohne die Hilfe meines Vaters, der mir in etlichen Situationen half, oder sogar die Feinarbeit ausführte, wäre aus dem Stück wohl nichts geworden. Bestes Beispiel wie durcheinander und nervös ich war, als ich den Schrank und alle anderen Teile lackierte, habe ich ziemlichen Bockmist gebaut. Ich stand so komplett neben mir. Die Panik zu scheitern, lähmte Körper und Geist. Der Lack wird in 30 Liter Kanistern geliefert. Bevor man ihn verarbeitet, muss der Lack und das Lösungsmittel miteinander vermischt werden. Erst dann ist der Lack zu Verarbeitung fertig. Tja und ich habe vor lauter Nervosität, Angst, Verwirrung vergessen, den Lack umzurühren. So wurde aus der ursprünglich angegebenen seidenmatten Lackierung eine Hochglanzlackierung. Was natürlich bei der Abnahme gleich kritisiert wurde. Wieso, weshalb warum. Warum ich in der Beschreibung des Werkstückes seidenmatt angegeben habe und jetzt glänzt das Stück wie eine Speckschwarte. Was sollte ich sagen, dass ich zu blöd, nervös war um einen Kanister umzurühren? Die hätten mich ausgelacht und durchfallen lassen. Ich versuchte halt so gut es geht, irgendeine einigermaßen vernünftige Antwort zu finden. Ich denke, ohne den Bonus, das mein Vater ein Schreiner der hiesigen Innung war, wäre ich wohl durchgefallen. So bekam ich gerade noch eine Note mit der ich bestanden habe. Nach der Arbeitsprobe stand dann fest, ich war ab diesem Moment ein offizieller Schreinermeister.

Diese Arbeitsprobe war die reinste Hölle. Drei sehr selbstgefällige, oder böser gesagt, ziemlich arrogante Schreinermeister des Prüfungsausschusses liefen während der Arbeitsprobe permanent durch die Reihen. Schauten einem über die Schulter. Was an sich mich schon extrem nervös machte. Überprüften, ob wir die Ordnung und Sauberkeit auf der Hobelbank immer aufrecht hielten. Schauten wie unser Werkzeug geschärft war und, und, und. Zur schon vorhandenen Nervosität machten die es einem nicht leichter. Besonders so ein Bauernschlauer, der mit Hosenträgern herumlief und ständig an ihnen herumspielte, war der unangenehmste von diesen Prüfern. Anderthalb Tage dauerte die Arbeitsprobe, dann war es endlich vorbei. Ich dankte noch einmal meinem nicht existenten Schöpfer, dass ich wusste, was auf mich zu kam und ich mich zuhause vorbereiten konnte. Ohne dies, wäre ich sang und klanglos untergegangen.

Ich glaube, dass dies der erste und einzig wirkliche Moment war, wo mein Vater so etwas wie Stolz auf seinen Sohn verspürte, auch wenn er genau einzuschätzen wusste, wie knapp es war. Oder das ich ohne seine Hilfe nicht so weit gekommen wäre. Ok, das sind natürlich nur meine eigene Gedanken, Spekulation oder Befürchtungen? Irgendwie wie waren sie schon stolz, denn nach der bestandenen Prüfung gaben sie eine Anzeige in der hiesigen Tageszeitung auf, wo sie mir zur bestandenen Prüfung gratulierten.

Also waren sie stolz? Vielleicht, nein, wahrscheinlich mit Sicherheit waren sie es wirklich, aber ich kann es ihnen einfach nicht abnehmen. Wenn sie nie auch nur ein Lob gehört haben, warum dann urplötzlich nach 28 Jahren. Warum sollte es denn jetzt ernst gemeint sein.

Nachdem nun meine berufliche Zukunft, mit der Weiterarbeit im väterlichen Betrieb des Vaters, gesichert war, ging es ganz normal weiter. Der unausgesprochene Plan war, so nach und nach, langsam die Übernahme des Betriebes durch mich. Mein Vater hätte sich nach und nach langsam zurückgezogen, bis der Betrieb ganz auf mich übergeht wäre. So die Theorie. Wobei, ich glaube mein Vater hätte wohl freiwillig nie auf sein „Kind", seine mit eigenen Händen aufgebaute Schreinerei verzichtet. Vielleicht wenn er alt, grau und zittrig geworden wäre und ich echte Begeisterung für den Beruf und seine Schreinerei an den Tag gelegt hätte, dann vielleicht hätte er die Verantwortung abgegeben. Aber zu dem Zeitpunkt war es zumindest die Übernahme durch den Sohn vorstellbar. Erstes Ziel erreicht.

Berufliches Zukunft nach Vorstellung meiner Eltern gesichert. Abgehakt.

Danach machte sich meine Mutter daran, die andere, die familiäre Zukunft von Gaby und mir so zu gestalten, wie sie sie sich es vorstellte. Nach dem Beruf sollte nun endlich die Ehe vollzogen werden und dann die Enkel kommen. Das Verhältnis mit Gaby ist zu dem Zeitpunkt schon vier Jahre alt, so gefestigt, dass man sagen kann, es ist was Ernstes. Also da kann man doch den oder die nächsten Schritte einleiten. Hochzeit und Kinder. Dann wären wir ja eine perfekte Familie. Vater, Mutter, Kind(er). Genau das, was sie ja selbst vorlebte.

Diese, ihre Vorstellung, versuchte sie entsprechend unterschwellig, aber permanent, zu unserer eigenen Vorstellung zu machen. Sie hätte vielleicht ihre Versuche weiter intensiver, wenn nicht die Krankheit meines Vaters ausgebrochen wäre. So wurde dies ihre nächste schwere Aufgabe. Die aufwendige, körperlich extrem anstrengende Operation. Das Hoffen und Bangen, wird der Krebs besiegt sein?

Während mein Vater mit dem Krebs kämpfte, versuchten wir, die unterschwelligen Wünsche meiner Mutter umzusetzen. Wir versuchten Kinder zu zeugen. Anfangs noch mit Lust in den Tagen wo Gaby empfangsbereit war. Als das dann nicht klappte, mit Thermometer, Eisprung berechnen und allem anderem. Aber obwohl wir es fast ein dreiviertel Jahr probierten, hat es nie geklappt. Damals war ich richtig gehend erleichtert, dass es nicht geklappt hat. Der Stress im Geschäft, die Krankheit meines Vaters, es gab so viele Gründe dafür, die gegen das Kinderkriegen waren. Mit der Gefühlskälte und Emotionslosigkeit die damals in mir herrschten, wäre ich wohl wahrscheinlich kein besonders guter Vater geworden.

Es gibt heute immer wieder Momente, wo ich es bereue, keine Kinder zu haben. Am liebsten hätte ich sie selbst ausgetragen. Aber da hat die Natur dann doch etwas dagegen. Vielleicht wäre ich kein guter Vater geworden, aber mit Sicherheit eine bessere Mutter.

Ich denke, Gaby vermisst Kinder weniger als ich. Die meiste Zeit bin ich auch froh, dass es damals nicht geklappt hat. Was hätte dieses Kind alles mitmachen müssen? Papa wird Mama, oder wäre das alles gar nicht passiert? Wären wir heute ein glückliche „normale" Familie? Ich denke nein. Das innere Gefühl anders zu sein, war ja zu dem Zeitpunkt schon da. Gaby hat mit mir ja schon einige Zeit vorher, meinen ersten Spitzen-BH und Slip gekauft. Also irgendwas rumorte in meinen Gedanken tief drinnen, oder wurden wieder stärker. Dazu die ab diesem Zeitpunkt auch immer wieder kommenden Depressionen, die ja im Laufe späterer Jahre immer mehr und mehr mein Leben bestimmten. Also sich innerlich als Frau fühlen, dazu die Depression. All das zusammen, kein guter Nährboden für Kinder. Ich wäre wohl nie ein gutes Elternteil geworden. Wenn man die meisten Menschen anschaut, wenn sie Babys sehen, dann geht ein Strahlen über ihr Gesicht. Bei mir nicht. Bei mir bauen sich keine liebevollen Gedanken beim Anblick eines Babys auf. Ich weiß nichts mit ihnen anzufangen. Will sie nicht anschauen, will sie nicht auf den Arm nehmen. Kann irgendwie keine Beziehung zu diesen kleinen Menschenkindern aufbauen. Bei Katzenbabys da habe ich diese Gefühle, aber bei menschlichen Babys sträubt sich alles in mir.

Nach dem vergeblichen Versuch ein normaler Mann werden zu wollen war die Enttäuschung schon irgendwie da. Aber auch die berufliche Perspektive hätte verhindert, dass wir glücklich geworden wären. Irgendwann ließen wir es dann bleiben, weiterhin so exzessiv auf eine Schwangerschaft hinzu arbeiten. Es wurde zu anstrengend und nervig ständig auf den Punkt genau Sex zu haben. Zusätzlich dazu veränderte sich unser Leben zu sehr in eine andere Richtung, weg vom Versuch sich wie ein Mann zu fühlen, weg von der Vorstellung der klassischen Rollenverteilung Vater-Mutter-Kind, weg von den Erwartungen und Vorstellungen meiner Mutter. Zu diesem Zeitpunkt hatte ich noch keine Worte dafür, keinen Begriff für das was mit mir nicht stimmte. Es war nur irgendetwas anders als bei den anderen Menschen um mich herum. Ein Gefühl rumorte in mir. Eine der Vorteil aber war, dass ich diese Gedanken, die sich noch sehr leise und unsicher äußerten, nicht mehr verteufelte oder als Perversität abtat, oder versuchte abzuwehren, sondern ihnen einen Raum gab, sie eine immer größere Berechtigung hatten, in meinem Kopf zu bleiben.

Trotz allem dauerte es noch ein paar Jahre und den Tod meines Vaters, bis ich es mir selbst eingestehen konnte und es mir selbst erlaubte zu akzeptierten, so zu sein wie ich sein wollte. Es klingt vielleicht brutal, aber erst die Krankheit und dann der Tod meines Vaters verschafften mir den Freiraum und den Mut diesen Schritt zu gehen. Ich glaube nicht, dass ich den Mut gefunden hätte, den Schritt zu gehen, ihm in die Augen zu schauen und ihm erklären, was aus seinem Sohn werden würde, wenn er zu diesem Zeitpunkt noch bei guter Gesundheit gewesen wäre. Der Druck und die Angst vor ihm und seiner wütenden, nicht diskutierbaren Meinung hätten mich wohl davon abgehalten. Aber so, fiel langsam aber sicher die Dominanz, die Übermacht und ein verletzlicher, kranker, zum Tode verurteilter Mann kam zum Vorschein. Ich musste nicht mehr Angst vor ihm haben. Ich durfte da etwas freier werden.

Die letzten Tage und auch heute, sind von einer derartigen Traurigkeit und Hoffnungslosigkeit geprägt, dass ich nicht mehr weiter weiß. Letzten Freitag war ich in der psychiatrischen Institutsambulanz, bei meiner Bezugspflegerin oder Krankenschwester, was auch immer der korrekte Ausdruck ist. Hatte ihr von Mainz erzählt, dass ich dort immer noch auf der Warteliste stehe, das meine ehemalige Zimmergenossin Sabine auch wieder kommen will und wir gemeinsam dort aufgenommen werden wollen, ich aber keine Antwort finde, was ich konkret dort bearbeiten will. Ihre Frage war dann sinngemäß, warum dann Klinik, wäre es nicht besser sich anderweitig mit ihr zu treffen? Wochenende, Urlaub oder ähnliches? Nur um die Freundin zu treffen in die Klinik gehen?
Und sie hat ja Recht. Was will ich in der Klinik, wenn ich keine Hoffnung habe. Gaby meinte ich sei wie ein Brunnen, der vollkommen ausgetrocknet ist. Woher nehme ich das Wasser um zumindest den Brunnen wieder mit ein paar Zentimetern Wasser zu füllen? Ja, die Theorie sagt mir, dass das Wasser nur aus meinem Inneren kommen kann, das es keine Tablette dafür gibt. Aber ich weiß nicht mehr, wie ich an das Wasser heran komme. Keine Hoffnung mehr. Positives was ich bekomme, wenn man bei dem Vergleich mit dem Wasser bleibt,

verdunstet oder versickert sofort wieder und es bleibt nichts als der trockene staubige Brunnengrund zurück. Ich bin gerade lebensmüde. Ohne Hoffnung, warum weiterleben, sich durch jeden Tag zu quälen. Es sind keine konkreten Suizidgedanken, selbst dafür fehlt mir die Hoffnung, dass ich es noch einmal schaffen werde, denn Mut aufzubringen. Ich will nur einfach nicht mehr.

Eine Hochzeit und ein Todesfall

Aber, ich hatte es schon geschrieben, das dauerte noch ein paar Jahre. Bis dahin erfüllte ich wenigstens einen Wunsch meiner Mutter. Am Geburtstag von Gaby 1992 machte ich ihr einen Heiratsantrag ihm Beisein ihrer und meiner Eltern. Und nicht ganz überraschend hat sie Ja gesagt. Ich hatte im Vorfeld schon die Verlobungsringe bei einem Juwelier in Kandel besorgt. Wenn es nach Gaby und mir gegangen wäre, wir hätten nicht heiraten brauchen. Was hätte sich auch verändert, ob nun mit oder ohne Trauschein, wir lebten, so oder so, unser Leben weiter. Der Ring am Finger war der einzige Unterschied. Aber meiner Mutter Wille ist ihr Himmelreich. Sie will doch nur, dass ihr Sohn glücklich ist. Oder so wie sie sich sein Glück vorstellt.

Am siebten Mai des kommenden Jahres 1993 war die standesamtliche Trauung in Durlach, meiner ehemaligen Heimat. Das Standesamt ist im ehemaligen Schloss von Durlach untergebracht, schöne hohe und restaurierte Räume, ideal für Hochzeiten. Als Trauzeugen waren Gabys Bruder und Petra, meine Schwester, dabei. Gingen danach noch gemeinsam essen und ab diesem Moment waren wir auch offiziell ein Paar. Nun war Gaby nicht mehr Gaby R.... sondern Frau Gaby Röder.

Am nächsten Tag, dem achten Mai, war dann die kirchliche Trauung. Es war ein wunderschöner warmer Tag. Richtiges Hochzeitswetter. In Burrweiler, in der dortigen katholischen Wallfahrtskirche durften wir evangelisch heiraten. Der Pfarrer aus dem Nachbardorf vollzog die Trauung. Das es möglich war, dort zu heiraten, war nur durch unsere Connection im Dorf möglich. Der katholische Pfarrer kannte meine Großeltern gut. Warum noch kirchlich? Weil es einfach dazugehörte. Mehr Brimborium.

Standesamt, ist schön und gut, aber es ist nur ein formeller Akt. Die Zeremonie dauert maximal eine Viertelstunde bis zwanzig Minuten. Zweimal Ja sagen und jeweils eine Unterschrift, fertig. Ein eher geschäftlicher Akt. Kein weißes Brautkleid. Keine große Feier.

Eine halbe Stunde vor der Hochzeit sah ich Gaby zum ersten Mal in ihrem Brautkleid. Dabei entstand so etwas wie Neid auf ihr wunderschönes Brautkleid. Hätte am liebsten auch eines gehabt. Ich hatte dagegen nur einen dunklen Anzug, zwar elegant mit Bauchbinde und Fliege. Aber im Vergleich zu ihr, sie sah so klasse aus. So beneidenswert. Zog die ganzen Blicke auf sich. Die Leute hupten, wenn sie sie sahen. Bei der Hochzeit waren nur die Familien von Gaby und mir dabei. Keine Freunde. Es gab ja keine. Von Gabys Seite waren ihre Eltern, ihr Bruder mit seiner Frau und ihre Tante mit Ehemann. Bei mir war es meine Eltern, meine Schwester und meine Oma. Also eine Hochzeit in sehr überschaubaren Rahmen. Die Feier fand dann unten im Dorf in einem Restaurant statt, in dem wir des Öfteren schon gegessen hatten und die ganze Familie gut bekannt war. Es wurde eine Menge Essen aufgetischt. Dazu später noch Kuchen. Gabys Bruder war der Retter beim Essen. Was er alles vom Mittagsessen und Kuchen gegessen hat, war wirklich beindruckend. Zum Beispiel hat er fast alleine einen ganzen Rhabarberkuchen verdrückt, nach einem opulenten Mittagessen! Ohne seinen Appetit wäre eine sehr viel größere Menge an Essen und Kuchen übrig geblieben. Nachdem Mittagessen haben dann alle im Dorf einen Verdauungsspaziergang gemacht. Ihr Bruder stellte fest, dass in einer Besenwirtschaft Schlachtfest war und hat dann dort auch noch eine Kleinigkeit gegessen. Also ich war kein schlechter Esser, aber das was er alles an diesem Tag verdrückt hat. Respekt, da hätte ich schon viel früher kapituliert.

Es gab Geschenke, hauptsächlich Geld, sogar eine ganze Menge davon, aber keine Flitterwochen, keine Hochzeitsreise. Nachdem Wochenende ging der Alltag ganz normal weiter. Bis auf eine Familienbibel, ein Stammbuch und die zwei Ringe hatte sich ja gar nichts geändert. Unser Leben verlief weiterhin in den gleichen Bahnen. Unter der Woche Arbeit in Karlsruhe, Wochenende Durlach, Kandel oder Burrweiler. Andere Ablenkungen gab es nicht. Wir hatten niemand außer uns.

Im gleichen Jahr wie unsere Hochzeit brach der Krebs bei meinem Vater erneut wieder aus. Wieder Speiseröhrenkrebs. Nur an einer anderen Stelle. Dieses Mal gab es keine Chance mehr. Er war nur noch ein Schatten seiner selbst. Eine erneute Operation kam aufgrund der körperlichen Verfassung nicht mehr in Frage. Ab Herbst war ich alleine in der Schreinerei. Es ging beim nicht mehr viel. Die Kraft schwand. Da er nichts mehr essen und trinken konnte und nur noch durch Infusionen am Leben gehalten wurde, war es ihm nicht mehr möglich das Haus verlassen.

Eigentlich war es nur noch ein Warten bis gar nichts mehr ging und er, von seinem Leiden erlöst wurde. Welch eine nette Umschreibung für das Sterben eines Menschen. Zu warten, bis der Körper aufgibt, aber dabei die Seele oder der Verstand noch völlig klar ist. Was sind das für Gedanken, die diesem Menschen in dieser Zeit durch den Kopf gehen? Hat mein Vater auch einmal geweint, seine Angst und Verzweiflung heraus gelassen? Oder hat er die Krankheit mehr oder weniger stoisch ertragen? Wenn ich ihn sah, war er eher emotionslos. Spielte er da nur seine Rolle weiter? War er, wenn meine Eltern alleine waren, emotionaler?

Keine Ahnung, damals war es mir fast egal, ich hatte da selbst schon eine perfekte Mauer um mich herum aufgebaut. Ließ nichts mehr rein oder raus. Wie hätte ich reagiert, wenn er plötzlich angefangen hätte, vor mir zu weinen. Wenn er Trost bei mir gesucht hätte? Damals hätte ich ihn wohl nicht an mich heran gelassen. Selbst jetzt gerade, ist eher das Gefühl da, ihn wegzustoßen, statt die Arme aufzumachen. Auch wenn ich durch die eben geschriebenen Zeilen einen kurzfristig besseren Draht zu seinem Leiden bekommen habe. Er war einen Moment ein Mensch, der mir nahe stand. Aber das Gefühl von „er ist mir egal", die Distanz wächst wieder. Er war mein Vater, mein Erzeuger, mein Chef, aber gefühlsmäßig war er nie Papa. Ich würde oder könnte auch nie dieses Kosewort zu ihm sagen. Ich versuche es innerlich, aber alles sträubt sich in mir. Papa, Papa, nein und nochmals nein. Klingt viel zu fremd. Ich stoße ihn weg. Warum soll ich dieses Wort in den Mund nehmen oder in Gedanken verwenden, wenn es nie so war?

Wäre mein Vater ein Hund oder Katze, wäre er vom Tierarzt auch von seinem Leiden erlöst worden. Da hört man diese Floskel meist auch immer. Wenn mein Vater diese Möglichkeit gehabt hätte, was wäre seine Entscheidung gewesen? Was hätten wir als Angehörige gemacht? Hätten wir seinen Wunsch akzeptiert, oder versucht es ihm auszureden? Meine Mutter war in dem letzten Vierteljahr auch immer hin und her gerissen. Einerseits war sie morgens froh, wenn sie ihn noch atmen hörte, das ist der Egoismus. Andererseits ist da auch die Liebe die konträr gegen zum Egoismus ist, die sagt, er leidet so sehr, ich will ihn nicht verlieren, aber es ist gut wenn er einfach loslassen würde. Weil ich dich liebe, lasse ich dich gehen. Du darfst gehen.

Ok, das war jetzt doch ziemlich emotional und auch wieder nicht. Ich suche immer noch, nach all den Seiten in diesem Buch, nach einer Spur von Liebe in unserer Familie. Wahrscheinlich gab es sie und ich bin nur zu unfähig es zuzulassen, daran zu glauben. Oder zu vergesslich? Oder ich bin einfach ein schlechter Mensch, der seine Familie so verunglimpft.

Im März 1993 war es dann soweit. Mein Vater starb. Friedlich ist er eingeschlafen. Durch das Morphium ist er wohl in den Tod hinüber gedämmert. Meine Mutter war bis zum Schluss bei ihm. Hielt seine Hand. Vielleicht spürte er die zärtliche Berührung noch, vielleicht fühlte er sich nicht so alleine beim Gehen.

Es gab eine Beerdigung, wo sich die große Verwandtschaft, sogar der Innungsmeister einfanden um ihm die letzte Ehre zu erweisen.

Eine tote Schreinerei

Eine Woche blieb die Schreinerei wegen Trauerfalls geschlossen. Dann schloss ich die Türen wieder auf und war mit einem Schlag vom Gesellen mit Meisterbrief zum Betriebsleiter einer kleinen Ein-Mann-Schreinerei aufgestiegen. Ein Gefühl, von großer Hilflosigkeit, Überforderung und Angst vor der neuen Verantwortung überfluteten mich. Irgendwie machte ich einfach weiter. Gefühl aus, nur Kopf an. Machte Angebote, erhielt Aufträge, wickelte die Aufträge zur

Zufriedenheit meiner Kunden (nicht meiner) ab und stellte die Rechnungen. Aber ehrlich gesagt, war mit dem Tod meines Vaters auch die Seele der Schreinerei gestorben. Sie war, wie mein Vater mit seinem Krebs, schon auf dem Weg des Untergangs. Anfangs wollten meine Mutter und ich es uns nicht richtig eingestehen, aber ganz nüchtern betrachtet war es auch hier keine Frage mehr des Ob oder Ob nicht, sondern nur noch eine Frage des Wann.

Zum Teil gab es für meine Verhältnisse ziemlich große Aufträge, wo dann immer der eigene Zweifel aufkam, habe ich richtig kalkuliert, wo steckt der Fehler beim Angebot, was habe ich falsch gemacht, sonst würde ich ja keinen solchen Auftrag bekommen. Die Fragen waren dann jedes Mal da. Eigentlich hätte man, um zu sehen, ob die Kalkulation richtig war, eine Nachkalkulation erstellen sollen. Materialkosten, der geschätzte mit dem tatsächlichen Zeitaufwand vergleichen sollen. Aber ich habe es nicht getan, im Endeffekt war ich froh, wenn ich was zu tun hatte, wenn ein Auftrag erteilt wurde, denn es gab auch Phasen wo gar nichts lief. Die Auftragslage war teilweise so schlecht, dass meine Mutter mir keinen Gehalt mehr zahlte, sondern nur noch die Sozialabgaben vom Lohn überwies. In dieser Zeit lebten wir sehr oft nur vom Gehalt von Gaby.

Irgendwie wollten wir auf Teufel komm raus, dieses Erbe am Leben erhalten. Vier Jahre lang ging das so weiter. In dieser Zeit habe ich sogar noch einen weiblichen Lehrling übernommen. Aber die Arbeit reichte meist nur für eine Person. Die schweren Arbeiten habe ich dann noch übernommen, aber sobald es einfachere, leichtere Arbeiten waren, habe ich mich ins Büro zurückgezogen und habe Solitäre gespielt. Oder bin in Latzhose in die Stadt hinein und ziellos herum gelaufen. Oder habe auch schon mal um drei Uhr die Schreinerei zu gemacht. Warum auch dort bleiben, wenn es nichts zu tun gab? Negativer Höhepunkt in diesen Jahren und für mich auch der endgültige Ausschlag den Betrieb zu schließen, war ein Auftrag der mich an der Rand und darüber hinaus, meiner psychischen Belastung brachte.

Zu unseren Stammkunden gehörte eine Einrichtung, die mehrere Alten- und Pflegeheime führte. Für sie haben wir schon eine sehr lange

Zeit immer wieder Aufträge ausgeführt und in fast allen ihrer Heime gearbeitet. Von Kleinstaufträgen bis größeren Umbauarbeiten. Bisher hatten wir es dabei eigentlich ausschließlich mit dem Leiter der Einrichtung zu tun. Er war unser Ansprechpartner. Bei diesem neuen Auftrag war zum ersten Mal ein Architekt dazwischen geschaltet. Hänsel hieß er, diesen Namen werde ich wohl nie mehr vergessen und immer noch jagt er mir einen Angstschauer über den Rücken. Jeden Morgen bin ich mit einer Todesverachtung ins Büro. Wenn ich eine neue Nachricht im Fax sah, schoss Panik und Verzweiflung in mir hoch. Was will er jetzt schon wieder? Kann er mich nicht in Ruhe lassen. Ich will nicht mehr von ihm HÖREN! Im Nachhinein, war dieser Auftrag das Ende der Schreinerei. Dieser Auftrag hat mich dermaßen ausgelaugt, zum ersten Mal in meinem Leben zeigte sich so etwas ein depressiver Zustand. Jedes Wochenende am Sonntagnachmittag gingen wir in Kandel um Umgebung spazieren. Durch die Felder zu laufen, an den kommenden Montag denken. An jedem dieser Sonntage war die Angst, die Verzweiflung vor dem kommenden Montag da. Brutal, heftig, kaum auszuhalten. Wenn es nicht „meine" Schreinerei gewesen wäre, oder ich in einem Betrieb angestellt gewesen wäre, hätte ich mich krankschreiben lassen. Aber ich musste wieder hin, wieder und wieder und wieder. Mit jedem Tag, jeder Woche wollte ich immer weniger etwas hören noch sehen. Ging nicht mehr an Telefon, schaltete den Anrufbeantworter aus. Floh in die Stadt um bloß möglichst weit weg von der Schreinerei zu kommen. Aber ich hatte ja eine Verpflichtung, ich musste durchhalten, keine Schwäche, keine Hilfe. Wer sollte mir auch helfen. Ich muss durchhalten, aushalten, koste was es wolle. Da kamen die ersten heftigen Angstattacken, besonders Sonntag waren sie so stark, ich wollte nicht mehr, konnte nicht mehr. Mir schnürte es die Kehle zu. Die Angst vor der neu beginnende Woche, ich hätte schreien können. Es flossen auf diesen Spaziergängen oft die Tränen. Ich war wie gelähmt und starr vor Angst. Gerade diese Sonntage in Kandel waren die ersten Erfahrungen mit der Angst und das was man Depression nennt. Wie viele Sonntage wollte ich alles hinter mir lassen, entweder abhauen, die Schreinerei zu schließen, alles vergessen. Hilfe wusste ich mir keine zu holen. So ertrug ich all die Angst und die Verzweiflung und stand meinen Mann, *kurzes Auflachen* so wie man es von mir erwartete, Montagmorgens wieder im Geschäft. Die Situation wurde immer unerträglicher und nur mit Mühe schaffte ich die Fassade aufrecht zu halten. Funktionieren auf Teufel kommt raus. Natürlich hätte ich auch kündigen können, war ja nur angestellt. Durch die Erbschaft war meine Mutter die alleinige Inhaberin der Schreinerei. Ich hätte einfach Tschüss sagen und gehen können Mich nach einer anderen Stelle umschauen. Weg von all dem Horror, der Angst. Aber das hätte bedeutet ich müsste meine Mutter alleine lassen mit diesem Überresten der Schreinerei. Und das schaffte ich nicht. Ich war immer noch ihr besonders braver Sohn. Falle nicht aus dem Rahmen, falle um keinen Preis auf. Sei angepasst und gehorsam

Über diese Phase zu schreiben fällt mir gerade sehr schwer. Es war eine schlimme, verzweifelte Zeit. Dazu noch die Traurigkeit und Verzweiflung die sowieso gerade in mir wütet. In mir baut sich ein Druck auf, weiß nicht wohin damit. Der Fluchtreflex ist riesig groß. Vielleicht würde ich es sogar machen, wenn es draußen nicht gerade fast 40° wären und ich meine Angst vor dem Rausgehen überwinden könnte. Aber es gibt noch eine andere Möglichkeit. Im Bad wartet eine Rasierklinge auf mich. Auch sie könnte unter Umständen den Druck verringern. Oder ich schlucke eine Tavor. Oder ich mache dem Ganzen ein endgültiges Ende. Nein, dazu fehlt mir der Mut. Also was tun? Aushalten. Wie immer. Wie ich das Leben, mein Leben, mich hasse. Also immer noch das gleiche wie die Tage, Wochen davor auch schon.

Warum bin ich so zwiespältig? Sobald ich draußen in der Welt bin, verändert sich mein Wesen total. Ich bin eloquent, kann offen über alles reden, bin von meiner Krankheit weit entfernt, finde keinen Zugang zum kleinen traurigen Kind. Oder das kleine Kind hat sich soweit in seine dunkle Ecke verzogen, dass ich es nicht mehr spüre oder finde. So als ob es nie existiert hätte. Gestern erst bei meiner Therapeutin gewesen, dann habe mir Blut abnehmen lassen von meiner Bezugsschwester anschließend noch bei meinem

Endokrinologen gewesen um ein Rezept abzuholen und zu guter Letzt noch in der Apotheke gewesen um die Rezepte einzulösen. Bei all dem bin ich nur Kopf, kein Gefühl. Erst zuhause schlägt das kleine Kind mit Macht wieder zu. So als ob es nur im Dunkeln lauert, Kräfte sammelt und auf seine Chance wartet um zuzuschlagen. Und die Chance ist sofort da, wenn die Wohnungstür hinter mir zugeht. Dann ist die erwachsene Person nicht mehr auffindbar. Und all die Traurigkeit kommt wieder hochgestiegen. Wie eine Flut die alles wegreißt und zerstört. Schreiend vor Wut stürmt es heraus.

Spannung zwischen Gaby und mir, macht gerade das Leben auch nicht leichter. Kleinigkeit, die sich sehr schnell aufschaukeln, sich von beiden Seiten dann schnell in Selbstvorwürfen gegen sich selbst hochschaukeln. Dann beginnt der schlimme Teil, Gaby fängt an zu schweigen, heute sehr lange. Geht mir aus dem Weg. In mir steigt der Druck, die Verzweiflung und das Gefühl das Gaby ohne mich besser dran wäre. Sie ist so viel selbstsicherer, wenn ich nicht da bin, wenn sie Entscheidungen alleine treffen muss. Ich habe dann das Gefühl, nur noch eine Last, eine Behinderung zu sein. Mach das richtige, gib Gaby frei und lass sie ihr eigenes Leben ohne dich leben. Frei ohne mich. Mach Schluss mit deinem Leben und so hat Gaby dann die Chance und die Freiheit ihr eigenes Leben ohne diese schwere Belastung meiner Erkrankung zu führen.

Bin in Bad gesessen, die Klinge in der Hand. Die innere Stimme schreit lauthals „TUE ES, VERDDAMMT, TUE ES. LASS DAS VERDAMMTE BLUT FLIESSEN, JE MEHR BLUT, JE MEHR SCHMERZ DESTO BESSER. BITTE TUE ES ENDLICH" und eine winzig kleine Stimme, meint „Lass es bitte, es hilft doch nicht wirklich". Einen winzigen Schnitt habe ich getan. Die ersten Bluttropfen rinnen das Handgelenk hinunter. Die Lust weiter zu machen war sehr groß. Gaby kam dann herein und nahm mir die Klinge ab.

Wir müssen reden, offen und öfters. Gaby ist schon in so einer Co-Abhängigkeit. Sie will immer Rücksicht auf mich nehmen, mich nur nicht verletzen. Zurückstecken. Aber ich will die Selbstsichere Gaby und keine die auf Teufel komm raus, vor lauter Rücksichtnahme auf meine Krankheit sich selbst verliert und damit auch unsere Beziehung.

Zurück zum dem Zeitpunkt mit dem Architekten....

Nein, gerade, schaffe ich nicht zurück zu blicken. Zu viel Chaos im Kopf. Erst gestern und dann noch heute. Im Kopf rotieren die Gedanken, fühle mich total überfordert und weiß nicht was ich tun soll. Angefangen gestern, für die meisten „Normalos" ein gewöhnlicher Samstagvormittag. Wollte nur in die Apotheke und meine Medikamente zu holen. Fühlte mich anfangs noch so stabil, dass ich mich auch noch entschied mit Gaby einkaufen zu gehen, was ich ansonsten so gut wie gar nicht mache. Also gingen wir erst zur Apotheke, dort, neben den Medikamenten abholen, noch mit der Besitzerin 20 Minuten einen Plausch gehalten. Auf dem Weg zum Auto eine Nachbarin aus der Straße getroffen, nochmal 20 Minuten uns mit ihr unterhalten. Weiter zum Aldi, dort jemand vom Personal der Psychiatrie getroffen, wieder geredet. Weiter zum Metzger, mit der Filialleiterin, na was wohl, auch noch eine Unterhaltung geführt. Das Ganze hat dann so ca. zwei Stunden gedauert. Wie immer war ich in der Situation, in diesen zwei Stunden, ruhig. Merkte keine Belastung. Hatte keinen Kontakt zur Angst, zur emotionalen Seite meines Ichs. Kurz im Aldi, erfasste mich ein Angstschub, den ich aber mit Gewalt zurück drängte. Erst zuhause, und vor allem ein paar Stunden später kam dann all das unterdrückte wieder hoch. Ich stand nachmittags in der Küche, bereitete das Abendessen vor, da schlug die Angst, fast schon die Panik zu, hatte das Gefühl 20 Dinge gleichzeitig tun zu müssen, wusste nicht mehr wo ich anfangen sollte. Die Gedanken sprangen wie verrückt hin und her. Drehte mich im Kreis, immer schneller, immer verzweifelter, immer hilfloser in der Situation. Konnte nicht mehr stopp sagen. Entweder ich nehme dann eine Tavor oder es ist irgendwann dann soweit, dass oben im Hirn die Sicherung rausfliegt. Ich habe auf die Tavor verzichtet und so knallt es die Sicherung raus, dann macht sich eine psychische Erschöpfung breit und eine Resignation

Sonntag wurde dann noch besser. Ich schaute zufällig im Internet in mein E-Mail Konto und entdeckte dabei in einem Postfach, in das ich nicht zu oft schaue, eine Mail von der Mainzer Klinik. Die mit der Schematherapie. Hatte doch geschrieben, dass mir die Stationsleiterin geschrieben hat, dass ich überraschenderweise noch auf der Warteliste stehe. Jetzt habe ich, durch die Ärztin Fr. Schild erfahren, dass ich seit dem zweiten Februar schon auf der Warteliste stehe und derzeit Platz 4 einnehme. Was bedeutet es kann jeden Moment passieren, dass ich einen Anruf aus Mainz erhalte, wo es heißt dass ich zwei Tage später dort erscheinen kann. Das löst gerade eine riesige Panik in mir aus. Ende Juli habe ich erst erfahren, dass ich überhaupt auf der Liste stehe und jetzt noch Platz Vier. Wollte doch eigentlich zusammen mit Sabine, meiner ehemaligen Zimmergenossin dort aufgenommen werden. Aber sie steht am anderen Ende der Warteliste. Was bedeutet ca. sechs Monate muss sie noch auf einen freien Therapieplatz warten. Ich muss nun eine Entscheidung treffen, ob ich auf diesem vierten Platz bleibe, in den nächsten 2-3 Wochen wahrscheinlich dorthin kann, alleine ohne Sabine, oder ich lasse mich in der Warteliste soweit zurücksetzen, dass wir ungefähr zur gleichen Zeit dort aufgenommen werden können, oder als letzte Möglichkeit, ich tausche mit Sabine den Platz. So dass sie statt mir in den nächsten Wochen dort aufgenommen wird. Am Dienstag treffe ich mich mit Sabine in Stuttgart um über diese Situation zu reden. Danach muss ich eine Entscheidung treffen und in Mainz Bescheid sagen. In mir drinnen wehrt sich alles dagegen, jetzt schon zu gehen. Zu schnell, zu unvorbereitet, mir wäre es am liebsten ich würde erst nächstes Jahr aufgenommen. Oder doch nicht? Oder wäre es besser die Chance jetzt schon zu nutzen und baldmöglichst, ohne Sabine dorthin gehen? Hin und Her springen die Gedanken. Nochmals Chaos im Kopf. Fühle mich überfordert. Diese sch... Ambivalenz. Ja oder Nein, Jetzt oder in sechs Monaten. Entscheidungen. Ich muss eine fällen, irgendeine, egal wie. Wie zwei Personen in meinem Kopf. Die eine sagt Ja, nutze die Chance, du wirst andere Leute treffen und Freundschaften zu anderen Mitpatienten schließen. Die andere sagt, denke an letztes Jahr, da hast du niemand gefunden und hast die Therapie abgebrochen. Also wäre es doch besser, wenn Sabine mit dir dort wäre, dann kennst du schon jemanden. Die Gedanken spielen Flipper in meinem Kopf. Wie schon geschrieben, mir wäre es lieber erst nächstes Jahr, aber vielleicht ist das auch die falsche Entscheidung. Vielleicht wäre es besser jetzt doch zu gehen. Das schlimme daran ist, dass ich nie zu einer Entscheidung komme. Es bleibt immer diese Fifty-Fifty Situation. Ich schaffe es nicht mich für eine Seite zu entscheiden. brauche denn einen Stups in einer der beiden Richtungen von einer externen Seite. Mir ist selbstverständlich bewusst, dass es natürlich falsch ist, ich sollte selbstständig die beste Entscheidung für mich treffen, aber ich schaffe es nicht. Kriege es einfach nicht hin. Will ich mich für die eine Seite entscheiden, macht sich die andere Seite sofort lauthals bemerkbar. Sollte, könnte, müsste. Geht aber derzeit nicht. Das ist meine eigene verdammte Ambivalenz. Ich bin kurz vorm Durchdrehen.

Druck kommt auf. Druck sich selbst zu verletzen. Mich zu bestrafen, weil ich zu blöde bin, eine Entscheidung zu treffen. Weil ich die Situation nicht mehr aushalte. Habe die Fr. Dr. Schild in Mainz angeschrieben und um Bedenkzeit bis Mittwoch oder Donnerstag gebeten. Dann muss entweder ich per Mail meine Entscheidung mitteilen, oder ich bitte Fr. Fischer meine Therapeutin hier in Karlsruhe, dass sie mit Fr. Dr. Schild telefoniert und die Sache mit ihr bespricht, klärt oder was auch immer.

PAUSE, Schluss, Ende. Bin erschöpft. Muss weg vom Laptop, Klinge, Tavor oder aushalten. Keine Ahnung, eine weitere Entscheidung. Ich hasse es

Ich komme gerade nicht mehr dazu, über die Vergangenheit zu schreiben, zu sehr beschäftigt mich gerade die Gegenwart

Habe mich mit Sabine, meiner Ex-Zimmergenossin in Stuttgart getroffen. Leider war das Ergebnis sehr ernüchternd. Erstes Problem war, dass sie ihre Kinder dabei hatte. Um diese zu beschäftigen, während wir reden wollten, sind wir in einen Indoor Spielplatz gefahren. Haben sie schon mal versucht, in einer großen Halle die vom

Geschrei von Kindern wiederhallt ein vernünftiges Gespräch zu führen? Und dann noch wenn es wenn zwei Depressive sind, denen der Lärmpegel sehr an die Nerven geht. Mit einem Wort unmöglich. Danach am Hauptbahnhof noch den Mackes besucht. Auch hier waren die Kinder ständig dabei, wollten beschäftigt werden. Kein Vorwurf an die Kinder, die können nichts dafür, aber für das eigentliche Anliegen war es absolut ungeeignet und frustrierend. Nach 5 Stunden Aufenthalt in Stuttgart wieder im Zug gesessen und sehr enttäuscht gewesen. Mit der Zugfahrt 7 Stunden Stress auf mich genommen für Nichts, absolut nada. Naja, vielleicht nicht ganz. Wenn ich, so im Nachhinein, die Reaktion von Sabine betrachte, ist es ihr eigentlich egal, ob sie mit oder ohne mich nach Mainz in die Klinik geht. So wichtig wie es mir eigentlich ist, dass sie zur gleichen Zeit dort ist, ist es ihr scheinbar nicht. Dadurch bin ich dann doch sehr ernüchtert und so langsam stellt sich mir die Frage, ob es wirklich unbedingt sein muss, dass Sabine mit dabei ist.

Dadurch fängt meine Ambivalenz sehr stark an zu spinnen. Soll ich, oder soll ich nicht. Gleich Gehen oder doch erst nächstes Jahr mit ihr? Ja oder Nein, jetzt oder später, Ja oder Nein, jetzt oder später und das die ganze Zeit tobt diese Unentschlossenheit in meinem Kopf. Ich stehe in der Mitte und die beiden verschiedenen Argumente zerren mich jeweils in eine andere Richtung. Und je länger es so geht, desto mehr besteht die Gefahr, dass mich diese Stagnation, diese verdammte Ambivalenz zerreißt. Fühle mich der Situation gegenüber so hilflos, ausgeliefert. Natürlich weiß mein Verstand, dass ich diejenige sein sollte die ihre eigenen Bedürfnisse kennt und aus eigenem Antrieb, mit eigenem Willen für sich selbst entscheidet.

Was für die allermeisten Menschen etwas völlig Normales, Alltägliches ist, da kämpfe ich mit diesen verschiedenen Variablen ohne jemals zu einer Entscheidung zu kommen. Klar, ich kann entscheiden, was ich heute Abend koche, oder ob ich lieber Cola oder Orangensprudel will oder die oder eine andere Sendung anschauen möchte, Also bei banalem Dingen dann klappt es, aber bei den wichtigen, lebensentscheidenden bzw. verändernden Fragen da bin ich wie gelähmt. Fühle mich eine Versagerin, bin 51 Jahre alt und schaffe es nicht eine für mich wichtige Entscheidung zu treffen. Fühle mich gerade wie eine Elf- oder Zwölfjährige. Loser!

Am Abend hat dann noch eine enge Freundin in einem Telefongespräch großen Druck auf mich ausgeübt, dass ich so schnell als möglich in die Klinik gehen soll. Ich weiß einfach nicht was ich machen soll. Einerseits schaffe ich es nicht alleine eine Entscheidung zu treffen, aber wenn jemand anders dann mit zu starkem Druck auf mich einwirkt, ist es auch falsch. Dann fange ich an zu sperren. Bin durcheinander, im Kopf ist Chaos. Habe jetzt meine Therapeutin in Karlsruhe angeschrieben, dass sie sich mal mit der Frau Schild, der Therapeutin in Mainz in Verbindung setzen soll und sich mit ihr mal über meine Situation austauschen soll. Jetzt kann ich nur hoffen, dass sie das zügig schaffen, bevor ich auf Platz Eins vorrücke und dann, tja was dann.... Würde ich gehen oder mich auf der Warteliste zurücksetzen lassen. Ich könnte gerade vor Frustration schreien, gegen Wände schlagen oder die Rasierklinge nehmen. Irgendwie muss der Druck, das Chaos etwas weniger werden.

Ja – Nein - Ja – Nein - Ja – Nein - Ja – Nein

WAS SOLL ICH TUN?

Warum noch Hilfe beanspruchen? Lohnt es sich überhaupt noch? Fühle mich gerade wie ein Krebskranker, der keine Chance mehr auf Heilung hat, aber voll allen Seiten Druck bekommt noch eine weitere Chemotherapie zu machen, obwohl es nichts mehr nützen wird.

Wieder Pause, wieder Abstand gewinnen. Luft holen. Die Gegenwart erschöpft mich dermaßen.
Bin jetzt gespannt, wann, ob und wie sich die beiden Therapeutinnen aus Karlsruhe und Mainz austauschen werden. Und wenn ja, was dabei herauskommt. Und ich kämpfe immer noch mit mir, wie ich mich entscheiden soll

Zwei Tage sind seit dem Treffen in Stuttgart vergangen und ich bin mir immer klarer was das Thema Sabine angeht. Ich möchte nicht mehr mit ihr zusammen dort aufgenommen werden. Ich glaube ich jage da dem Geist von 2013 hinterher und hoffte, dass wir das als Duo machen. Aber es ist leider kein Duo, sondern ich bin allein mit diesem Gedanken. Gemeinsam aufgenommen werden und dann feststellen, dass sie mich mehr oder weniger links liegen lässt, kein sehr schöner Gedanke. Eigentlich sogar ein sehr schlimmer Gedanke. Es schwirrt sogar so etwas wie Eifersucht mit, die Gefahr das sie sich mit jemand anderem besser verstehen würde. Sie steht noch mit einer Besucherin von damals auf der Station, auch eine Suzanne (mit z) in Kontakt. Wenn sie sich also mehr um sie kümmern würde als um mich. Jep, nennt man das Eifersucht. Aber das ist ein sehr wichtiger Grund, mich gegen Sabine zu entscheiden. Ist das ein böser Gedanke? Aber es gibt noch einen zweiten Grund, der weniger egoistisch ist, vielleicht sogar vernünftig. In diesen fünf Stunden wo wir uns in Stuttgart trafen, drehte sich alles um sie selbst. Wie schlecht sie sich fühlt, wie groß ihr Druck zurzeit ist, dass sie wahrscheinlich wieder in die Psychiatrie muss. Es gab immer nur ein Ich, kein Wir. Als sie vor unserem Treffen sich im Krankenhaus selbst verletzt hat und ich sie in einem dreiviertelstündigem Gespräch überreden konnte, dass sie ihren kompletten Vorrat an Klingen abgibt. Kein Dank, oder sonst eine Reaktion. Kein einziges Mal hat sie mich gefragt wie es mir eigentlich geht. Es ist ja nicht so, dass sie nicht weiß, dass ich selbst bis Mitte Juni in der Psychiatrie gewesen bin, weil ich nicht mehr leben wollte. Aber von ihr kam keine einzige Frage nach dem „Wir geht's dir so jetzt". Das brauchte eine Weile bis ich dieses Gefühl benennen oder finden konnte, was mich an dem Gespräch so unterschwellig gestört hat, was mich irritiert hat. Bis es mir mit diesen Sätzen klar geworden ist. Ich, ich & ich.

Habe nicht viel Ahnung von Freunden, haben ist es nicht so, dass beide Seiten Interesse für das Wohl und Weh des Freundes bzw. Freundin zeigen. Das irgendein Wir-Gefühl entsteht? Aber vielleicht habe ich da einfach zu viel von mir auf andere projiziert. Ich weiß nur, dass meine Freunde mich jederzeit anrufen könnten, und ich bin für sie da. Aber das ist wahrscheinlich nur meine, von mir zu sehr romantisierte Art einer Freundschaft. Immer wiederfällt mir da das Lied von Carol King ein, indem sie davon singt, dass sie für ihre Freundin da ist, zu jeder Zeit, an jedem Ort. Sie braucht nur rufen. Sie würde kommen. Ja, so etwas in der Art, dass würde ich mir wünschen. Sehr sogar. Einen wahren Freund, der einem beisteht, egal wann, egal wo

So einen Satz, würde ich gerne mal von verdammt Irgendeinem mir gegenüber hören, aber bisher war das noch nie der Fall. Ok, klingt ziemlich nach Selbstmitleid. Aber mal ehrlich wer würde so etwas nicht wirklich von einem guten Freund hören. Sie etwa nicht? Und haben sie so einen Satz von einem ihrer Freunde zu hören bekommen?

In der Zwischenzeit hat sich Frau Fischer, meine Therapeutin aus Karlsruhe, mit der Frau Schild, der aktuellen Leiterin(?) der Station 5 gesprochen. Danach hat sich Frau Fischer bei mir telefonisch gemeldet und von dem Telefongespräch etwas erzählt. Beide sind sich einig, dass es auch aus therapeutischer Sicht nicht gut ist, wenn Sabine und ich gemeinsam auf der Station sind. Außerdem hat sie mich beruhigt, dass es keine Begrenzungen gibt, wie oft man kommen kann. Solange die Krankenkasse nicht Nein sagt und es therapeutisch keine Einwände gibt, steht es mir frei auch noch öfters die Therapie in Mainz fortzusetzen. Das ist schon mal eine große Beruhigung und nimmt mir eine Last von den Schultern. Frau Fischer meinte noch, nach ihrer Meinung wäre es wohl das Beste, wenn ich bis nächsten April mit der Therapie in Mainz warten würde. Denn zu diesem Zeitpunkt kommt Frau Westgrün-Meier, meine bisherige Therapeutin bei beiden Aufenthalten in Mainz, wieder aus ihrer Babypause zurück. Und sie kennt mich aus den zwei voraus gegangen Aufenthalten sehr gut und von meiner Seite herrscht ein großes Vertrauen zu ihrer Person. Ein Vertrauen, dass zu den jetzt dort arbeitenden Therapeuten nicht besteht. Das müsste erst aufgebaut werden. Und außer Frau Schild würde es wohl sowieso niemanden geben, dem ich so vertrauen würde wie Frau Westgrün-Meier. Sie kam mir während der Aufenthalte so nahe wie nur sehr wenige Menschen in meinem Leben. Ich denke sie und Frau Fischer hier in Karlsruhe, sind die beiden Therapeuten die es geschafft haben in der Vergangenheit, Gegenwart und auch in Zukunft mein Abwehrbollwerk zu durchbrechen.

Aber hat das Gespräch mit Frau Fischer gegen meine Ambivalenz geholfen? Nein natürlich nicht, es ist immer noch meine eigene Entscheidung, ob ich nun auf Platz 4 bleibe und baldmöglichst aufgenommen werde, oder doch bis April 2016 warte, oder mich über die Meinung beider Therapeutinnen hinwegsetze und doch mit Sabine in die Klinik will. Naja, wobei diese Möglichkeit habe ich ja schon selbst ausgeschlossen. Also dann nur noch die Frage Jetzt oder 2016? Aber die Meinung von Frau Fischer ist mir sehr wichtig und vielleicht hat dieser Satz von ihr, die bisherige Ambivalenz etwas aufgeweicht und der Pendel schlägt leicht Richtung April 2016 aus. So nach dem Motto für die Aufnahme jetzt 49,5%, für die Aufnahme Nächstes Jahr 50,5%. Das ist nicht viel, aber jede noch so kleine Bewegung ist eine Bewegung in eine Richtung und geht weg von der Stagnation.

Wieder ein Tag vergangen, war gestern noch so etwas wie Euphorie zu spüren. Eine Art Aufbruch, ist heute alles wieder verpufft und ins Gegenteil umgeschlagen. Wie ein Strohfeuer, hell und stark aufflammend, aber es hält nur wenige Minuten und ist dann verpufft. So als ob die Hochstimmung, so viel aus mir heraus presst, dass nichts mehr übrig bleibt. Gerade dazu noch von Johnny Cash „Hurt" gehört. Das passt gerade so verdammt gut. Allein die beiden ersten Zeilen, dass er sich selbst verletzt hat um sich überhaupt noch zu fühlen und wie er sich auf dem Schmerz konzentriert was das einzig Reale im Leben ist. Das ist gerade auch mein Gedanke. Es gibt nur Schmerz. Es beginnt mit Schmerz und endet im Schmerz. Als Endsumme übrig bleibt nur Schmerz. Stimmt nicht, werden sie jetzt sagen, dass leben hat so viele schöne Seiten dazwischen. Stimmt vermutlich. Aber leben sie mal in meiner Welt.

So genug gejammert, versuchen wir uns nach diesen unzähligen Seiten wieder dem ursprünglichem Thema zuzuwenden

Erinnern sie sich noch an die Angst vor diesem Architekten, die Angst jeden Morgen wieder in die Werkstatt zu kommen und warum war das so? Ich brauchte Aufträge und der Leiter der Einrichtung wollte unbedingt unsere (meine) Schreinerei für dieses Bauvorhaben. Wir waren ja schon lange für sie tätig und haben von kleinsten bis größeren, alle Aufträge zur Zufriedenheit erledigt. Als Dankeschön, wollte er uns von diesem größeren Bauvorhaben nicht ausschließen. Aber ich war naiv, zu naiv für diesen Auftrag. Es waren einige Kleinigkeiten die man umbauen sollte, das war noch nicht das Problem. Das entstand, als ich eine spezielle Tür herstellen und einbauen sollte. Sie diente als Trennung zwischen zwei Gebäuden und sollte in Krisenzeiten beide Bereiche trennen. Was und wie ich diese Aufgabe erfüllen sollte, davon hatte ich damals absolut keine Ahnung. Wie so ein Türelement aussehen musste, oder welche Anforderungen an so eine Tür gestellt werden, keine Ahnung. Naiv, sagte ich doch!

Das man eigentlich solche Türen fast unmöglich selbst herstellen kann, keine Ahnung. Technisch ist es natürlich machbar, aber das bedeutet viele Genehmigungen. Wie war ich doch naiv!

Das es Firmen gibt, die sich auf solche Türen spezialisiert haben, wusste ich nicht. Hätte einfach nur meinen Holzlieferanten fragen müssen, habe ich aber nicht getan. Nicht daran gedacht. Stattdessen habe ich versucht alleine herauszufinden wie solche Türen gebaut werden und das in einer Zeit wo es noch kein World Wide Web gab und mal schnell googeln konnte. Habe sogar auf verschiedenen Ämtern angerufen, aber die konnten mir auch nicht weiterhelfen. Stand vor einer Aufgabe, der ich nicht gewachsen war.

So baute ich aus den wenigen Informationen eine Tür, aus Esche Massivholz, verglast mit einfachem Drahtglas, elektrischem Türschließer mit eingebautem Rauchmelder usw. Bzw. den Türschließer, die anderen notwendigen Teile wurden vom Elektriker eingebaut. Was auch im Übrigen auch nicht erlaubt ist.

Wenn ich mir heute überlege, was ich da gebaut habe, nur um beschäftigt zu sein wird mir Angst und Bange. Wenn in einem dieser Gebäude Probleme entstanden wären, hätte das unter Umständen gewisse negative Folgen für mich persönlich gehabt. Dass das eine

Gebäude ein Alten- und Pflegeheim war, machte die Situation nicht einfacher. Und das in einer depressiven Stimmung, die täglich anstrengender wurde. Aber zum Glück ist bis heute nichts passiert. Über zwanzig Jahre ist das schon her, aber ich werde immer noch nervös, wenn ich daran denke.

Wobei, der Architekt hat mich auch nie nach dem Unterlagen gefragt und deswegen natürlich auch keines bekommen. Er hätte aber eigentlich darauf bestehen müssen. Kann ich also einen Teil meiner Schuld auf ihn abwälzen? Nein, natürlich nicht. Aber es wäre doch klasse wenn es funktioniert hätte.

Die Problematik ging aber nach der Bau des Türelementes weiter. Der Architekt wollte das Element in einen bestimmten Grauton lasiert haben. Ich weiß es nicht mehr genau, ob es ein bestimmter RAL Ton sein musste (RAL Farbe sind bestimmte vereinheitliche Standardfarben mit einem bestimmten vierstelligen Farbcode z.B. RAL 7035 bedeutet die Farbe Lichtgrau. Wer mehr darüber wissen will, den verweise ich auf GIDF. Bis wir endlich die passende Farbe gefunden hatten und diese vom Architekten abgesegnet wurde war wieder reine Nervensache. Ein Maler aus dem Haus, wo wir unsere Werkstatt hatten, strich während unseres Urlaubes die Elemente. Ok, dann war die Tür fertig, nun ging es ans Einbauen. Normalerweise dauert so ein Einbau naja ca. zwei bis vier Stunden. Aber dieser Einbau dauerte Tage. Oder vielleicht waren es auch nur gefühlte Tage. Niemand sagte mir, dass unter dem Putz kein Mauerwerk war, sondern massive Eisenträger. Also nutze mir die sonst übliche Schlagbohrmaschine herzlich wenig. Ich musste mit einem normalen Bohrer Löcher in den Stahlträger und dann in die Löcher Gewinde bohren. Sie haben das wohl noch nie selbst probiert, oder? Also die Eisenträger sind aus besonders hartem Stahl, die Bohrer wurden sehr schnell stumpf. Ich musste also immer wieder in die Werkstatt und die Bohrer nachschärfen. Das dauerte sehr viel länger als geplant, funktionierte nicht so wie es eigentlich sein sollte. Für die acht Löcher brauchte ich mehr als einen Tag. Der Architekt tauchte dann auch noch auf und machte Druck. Genau das was ich an einem solchen Tag, wenn alles so gut klappt, gebrauchen kann. War mit den Nerven total am Ende. Verzweifelt, überfordert.

Als endlich die Tür fertig eingebaut war sowie richtig funktionierte, vom Architekten abgenommen wurde und endlich die Rechnung gestellt werden konnte war ich dauerhaft psychisch so fertig, dass ich mich nicht mehr davon erholen konnte. Danach war es mir völlig egal, wie es weiterging, ich ließ die Schreinerei immer mehr schleifen. Es war totes, verseuchtes und verfluchtes Gelände. Ich vermied immer mehr etwas mit diesem Geschäft zu tun zu haben. Alles in allem war die Schreinerei in einem Zustand der Agonie. Der einzige Grund warum ich überhaupt noch tagtäglich kam, hatte nur einen bestimmten Grund. Ich hatte noch einen weiblichen Lehrling mit dem Namen Katrin. Eingestellt noch 1994, sie war damals schon im ersten Lehrjahr und war mit ihrem damaligen Ausbildungsbetrieb unzufrieden. Also habe ich sie eingestellt. Was ich nicht bereut habe. Der Kontakt zu ihr ist bis heute bestehen geblieben. Sie hat mit ihrem damaligen Gesellenstück für ziemliche Furore gesorgt, weil es gegen viele Konventionen, der alteingesessenen Schreiner verstieß. Aber es erfühlte alle Kriterien und sie durfte es dann trotz aller Bedenken bauen.

Wir hatten eigentlich immer Lehrlinge in unserem Betrieb gehabt und der letzte hatte im Sommer seine Gesellenprüfung bestanden. Das war Mehmet, unser erster türkische Lehrling. Er war kein schlechter Lehrling, aber er war kein Mann vieler Worte. Ich muss immer noch über ein Erlebnis lächeln. Es war ein gutes Beispiel für seine Wortkargheit. Ich stand oben auf einer Leiter, hatte irgendetwas in beiden Händen und fragte Mehmet, der unten stand ob das Teil denn passt. Schweigen. Erneutes Nachfragen „Mehmet, passt es?" Wieder kam keine Antwort. Ich wurde sauer und wütend. Beim dritten Nachfragen drehte ich dann mit einigen Schwierigkeiten meinen Kopf und sah, dass er fleißig nickte. Er stand einfach da und nickte. Mehr nicht. Kein Ton kam über seine Lippen. Zu dem Zeitpunkt hätte ich ihm am liebsten den Hals herumgedreht. Man steht da oben, das Teil das man da in den Händen hat ist schwer und unhandlich und mal will nur ein einfaches Ja oder Nein hören und nichts kommt zurück

Aaargh! Ich glaube in den drei Jahren hat er vielleicht zwanzig meist nicht mal vollständige Sätze gesprochen. Heute ist es nur noch eine angenehme Episode, aber damals, ich hätte ihm am liebsten den Hals herumgedreht. Er war ein fleißiger Schaffer, tat seine Aufgaben die man ihm übertrug zu meiner Zufriedenheit. Aber nur diese Aufgabe. Eigeninitiative Fehlanzeige. Wenn er seine Aufgabe bekam, nickte er nur kurz, brummte vielleicht noch etwas und machte sich dann an seine Arbeit.

Noch kurz eine Story von einem anderen Lehrling, der, wie sagt man so abfällig, ein waschechtes Landei war. Seine Mutter kaufte zum ersten Mal Kiwis, die es zu dieser Zeit, in den Achtzigern, in Deutschland erst bekannt wurden. Er aß seine allererste Kiwi. Fand sie schmecken sehr gut, aber die Haut war so pelzig und schmeckte gar nicht. Aber er hat sie brav mitgegessen. Woher sollte er auch wissen, dass man nur das Fruchtfleisch isst. Auch so kann man seine Erfahrungen sammeln. Try and Error.

Aber zurück zu Katrin, meinem ersten weiblichen Lehrling und auch die letzte die ich ausgebildet habe. Die meiste Zeit während der ihrer Ausbildung war nicht genügend Arbeit für zwei Leute da. Daher übernahm ich die Maschinenarbeiten, oder die Arbeiten, die besondere körperliche Kraft voraussetzten und überließ ihr dann die restlichen Arbeiten, während ich im Büro saß, am Computer Solitäre oder Free Cell spielte. Ich ging nur noch aus dem Büro raus, wenn sie meine Hilfe brauchte, oder ich mal wieder für eine Stunde oder mehr verschwand. Keine Telefonanrufe mehr, kein Anrufbeantworter, nichts mehr. Nur das nötigste noch. Das Geschäft, der Betrieb hing mir nur noch wie ein Klotz am Bein. Geld bekam ich ja sowieso nur sehr selten. Also warum, sich engagieren? Katrin bekam auch meine äußerlichen und auch innerlichen Veränderungen mit. Wie ich zu Arztbesuchen verschwanden, die Stundenlang dauerten, das ich mich ja jedes Mal komplett in einen anderen Menschen verwandeln musste, was einfach Zeit dauerte. All das ließ sie natürlich neugierig werden und irgendwann fragte sie mal, was denn mit mir los sei und ich habe es ihr erklärt. So entwickelte sich aus einem reinen Meister – Lehrling Verhältnis ein freundschaftliches Verhältnis.

Noch ein Hinweis zum depressiven Verhalten. Nachdem der Auftrag erledigt war, wurden auch die depressive Episode deutlich weniger.

Bück dich – Der Versuch SM

Je mehr ich mich von dem Betrieb abwandte, desto mehr wurde ein anderer, ein sehr viel privaterer Bereich interessanter. Ein eher anrüchiger, mit so vielen Klischees behafteter Bereich des menschlichen Lebens. Sagt ihnen der Begriff BDSM etwas? Vielleicht klingelt es bei manchem, wenn er die letzten beiden Buchstaben liest und ein leichter oder stärkerer Verdacht steigt im Kopf auf. Das wird doch nicht das bedeuten, was ich gerade denke? Doch das tut es. Für alle denen die Bedeutung dieser vier Buchstaben nichts sagen. Also dann, ruhig hinsetzen und genießen, BDSM steht für *Bondage & Discipline, Dominance & Submission, Sadism & Masochism*. Auf Deutsch Fesselspiele & Disziplinierung, Dominanz und Unterwerfung sowie Sadismus und Masochismus. Für den der es immer noch nicht kapiert hat, es geht um das, was der Normalbürger unter sogenannten SadoMaso Spielen versteht. Höre ich da ein „Wie kann man nur", „Das ist doch pervers?" „Ekelhaft". Bestimmt fallen ihnen noch ein paar mehr Argumente dagegen ein. Oder ist es bei ihnen eher das Gegenteil. Selber daran interessiert?

Es gibt Bereiche auf die treffen die oben angeführten Aussagen eindeutig nicht zu. Beim Beispiel Pädophilie oder Zoophilie da hört eindeutig der „Spaß" auf. Das ist krankhaft und gehört bestraft! Das ist wirklich krank und abartig. Denn hier hat nur eine Seite das „Vergnügen", während die andere Seite unendlich darunter leidet.

Aber BDSM gehört eindeutig nicht dazu. Hier sind es zwei erwachsene Menschen im gemeinsamen Einverständnis die ihre besondere Art von Spaß ausleben.

Bevor ich von meiner Erlebnisse in diesem Bereich erzähle, ein paar grundsätzliche Dinge zu diesem Thema. Egal ob Fesselspiele, Herr(in) und Sklave oder das Bearbeiten mit Peitsche oder anderen Dingen die Schmerzen verursachen. Beide Parteien genießen ihre jeweilige Rolle. Der der zuschlägt und der der die Schläge empfängt. Oder der Herr oder die Lady und der Sklave bzw. Dienerin, alles ist freiwillig. Beide finden Gefallen an ihrer Rolle. Jeder genießt seinen Part. Und solange das der Fall ist, ist nichts gegen diese Art von Spielen einzuwenden.

In den meisten Fällen geht es nicht einmal um Sex. Es ist wie eine Phantasie. Eine Rolle in die jeder der beiden Parteien schlüpft. Jeder lebt seinen eigenen geliebten Traum, seine Vorstellung. Und wenn sie denken, der oder die Arme, die da geschlagen wird, die zur Sklavin oder Sklaven erniedrigt wird. Falsch! Wie bei allen Spielen, egal ob Mensch ärgere dich nicht oder BDSM, gibt es Regeln. Spielregeln in die beide Parteien einwilligen müssen. Und die meisten Regeln werden bewusst oder unbewusst vom submissiven, also vom unterwürfigen, Teil erstellt. Wie weit darf der dominante Part gehen, wann ist die (Schmerz)Grenze erreicht? Wo hört die gewollte Erniedrigung auf? Er gibt den Rahmen vor, in dem das Spiel gespielt wird. Er oder sie gibt das Codewort vor, falls seine Grenzen überschritten werden sollten. Selbst eine Domina spielt doch nur das, was die Phantasie ihrer Kunden vorgibt. Also überlegen sie ruhig mal, ob der Herr oder Herrin wirklich der bestimmende Teil ist, wer hat das Sagen? Klar, innerhalb des Rahmens da bleibt es dem dominanten Teil und seiner Phantasie überlassen, wie er mit dem unterwürfigen Part umgeht. Aber die Rahmenbedingungen sind Sache des passiven Teils.

Heute war ein emotional sehr schlechter Tag, die Stimmung schwankte wie Wellen in einem Sturm. Markus geht es psychisch ziemlich schlecht. Steuert geradewegs auf einen Burnout zu und kann bzw. will die Abwärtsfahrt nicht stoppen. Die Hilflosigkeit der Situation gegenüber erzeugt eine tiefe Traurigkeit.

Gleichzeitig bin ich gerade so resigniert über mein eigenes Leben, dieses Gefühl nicht mehr aus dieser Spirale heraus zu kommen. Ich durchforste gerade, wegen dieses Buches, meine Tagebücher der Klinikaufenthalte und bin überrascht, wie verzweifelt, resigniert, suizidal ich schon vor sechs Jahren waren und wie wenig sich die Situation verbessert hat, wobei das eigentlich falsche Wort dafür ist. Verbessert hat sich nämlich gar nichts.

Es wurde sukzessive schlechter und schlechter. Und gerade ist heute wieder ein Schritt abwärts. Und das obwohl heute Besuch von der PIA, der psychiatrischen Institutsambulanz, da gewesen ist. Frau Siegt, meine Bezugs-Krankenschwester, machte heute wieder Hausbesuch. In dieser Stunde war ich mal wieder fast euphorisch, besonders weil ich ihr helfen konnte, mit einem Klingelton, einem Hörbuch und ein E-Book. Und ich mal wieder meine empathische Seite einsetzen konnte, um ihr das Leben etwas leichter zu machen. Sie sah so erschöpft und müde aus, und war froh dass ich ihr einen Espresso gemacht habe. Sie wollte mich anfangs noch zum Eis essen, Spazierengehen oder etwas spielen motivieren. Ich solle schauen, zu was ich Lust habe. Aber in der Stimmung wie ich war, konnte ich mich zu nichts aufraffen geschweige denn entscheiden, was mir Spaß machen würde. In diesem Tal der Tränen ist Spaß ein echtes Fremdwort.

Aber etwas hat mich dann gestört, ohne genau zu wissen warum. Erst später fiel mir auf was es war, was mich so nervös machte. Als ich auf die Mail von Markus geantwortet habe, schrieb ich ihm, dass ich ein Auffangnetz habe. Eines das mich in einem psychischen Notfall auffangen kann. Frau Siegt erwähnte so nebenbei, dass die Psychiatrie in Karlsruhe wieder einmal so überfüllt war, das Patienten auf Matratzen auf dem Boden schlafen mussten, weil es keine freien Betten mehr gab. Wenn die Klinik also so voll ist, wie soll mich dann die Psychiatrie, mein Auffangnetz, denn überhaupt auffangen? Das, verbunden mit der Vorstellung noch ca. acht Monate auf den Klinikplatz in Mainz zu warten versetzte mich schon in eine gewisse Panik. Was mache ich ohne das Netz, wenn es mir schlechter geht?

Einen Tag später postet eine Freundin von mir folgenden Satz „Hör auf zu funktionieren – Deine Mission heißt LEBEN nicht überleben" Das ist ein wahres Wort. Aber was, wenn man, bzw. ich, schon mit dem Überleben überfordert ist. Als ich ihr das darunter gepostet habe, schrieb sie zurück „ich soll das Wort „über" streichst, aber nicht in den Farben schwarz oder grau" „wenn ich schwarz nicht nehmen kann, dann wähle ich eine blutrote Farbe" war mein Antwort darauf.

Natürlich hat sie recht, einfach das Leben (genießen) ist das Motto. So einfach ist es..., natürlich nicht. Was bleibt ist Traurigkeit

Zurück zu meinem Ausflug in die Welt des BDSM. Ganz in der Nähe der Schreinerei entdeckte ich per Zufall einen Laden der ausschließlich alles aus dem Bereich des BDSM verkaufte. Und das Ganze in einem ansprechenden Look. Kein so ein schmuddeliger Sexshop, wo es einen schon fast ekelt hineinzugehen. Keine solche Heftchen mit den dazu gehörigen Spannern, keine Dildo, Vibratoren, aufblasbare Puppen. Nein der Laden machte einen sauberen, seriösen Eindruck. Darin hätte auch Bücher, CDs oder Waschmaschinen verkauft werden können. Nachdem ich ihn entdeckte, bin ich einige Male um den Laden herum geschlichen. Warum schreibe ich eigentlich geschlichen. Das klingt so, also ob ich mich dafür schämen müsste. Was ich aber (heute) nicht mehr tue. Damals war es schon ein Kampf zwischen der Moral und dem Reiz des Verdorbenen. Soll ich rein oder soll ich nicht. Immer wieder in meinem Leben verhindert diese Ambivalenz eine Entscheidung. Pro oder Kontra. Nein ich bleibe in der Mitte. Kriege wieder nicht fertig den Zeiger in eine Richtung zu bewegen.

Ich muss dazu sagen, dass diese Zeit eine Zeit des Umbruches war. Ich spürte immer mehr, dass irgendetwas mit mir nicht stimmt. Das etwas in mir anders war. Das was damals als Dreizehnjähriger begann, fast 5 Jahre in Geheimen heranwuchs, bis ich auf Teufel komm raus, versuchte normal zu werden, mein wahres inneres Ich verleugnete. Mich dafür schämte, pervers zu sein. Mich vor meiner weiblichen Seite geekelt habe. Verleugnet. Nach anderthalb Jahrzehnten langer Unterdrückung kam wieder dieses Gefühl des Frauseins mehr und mehr hoch. Aber es blieb noch unter der Oberfläche des Bewusstseins. Ich habe es wirklich versucht normal zu werden, zu sein. Aber es klappte einfach nicht mehr. Noch konnte ich es nicht benennen, geschweige denn erklären. Aber die Suche begann und sie begann in diesem SM Laden. Aber es dauerte noch einige Zeit bis ich den Mut fand dort überhaupt hineinzugehen. Mehrere Tage lief ich am Laden vorbei, schaute in die Auslage. Wahrscheinlich wäre ich alleine nie hingegangen. Ich sprach mit Gaby, zeigte ihr den Laden und zusammen mit ihr gingen wir hinein. Wieder einmal musste jemand von außen kommen und die Waage in eine Richtung drücken.

Bin gerade am Verzweifeln, habe Wutanfälle, fluche laut und unanständig, würde am liebsten alles kurz und klein schlagen. Beim Verschieben von großen Dateimengen von einer externen auf eine andere externe Festplatte hängt sich der Computer auf. Nichts geht mehr. Die Festplatten haben aufgehört mit dem verschieben. Ich musste einen Badenwerk-Reset machen. Auf Deutsch, ich habe den Stecker ziehen müssen. Dadurch wurden Bereiche aus diesem Buch auch mitgelöscht, keine Ahnung, ob ich Daten auf einer der beiden Festplatten verloren habe. Zwei Tavor schon intus. Immer noch ist der Druck da, sich selbst zu verletzen. Gegen Wände zu schlagen, bis die Knöchel blutig sind oder gebrochen. Ganz egal. Druckabbau muss her. Schmerz um diesen Hass auf mich selbst zu stillen. Trotz des Tavors kriege ich meine Nerven nicht ruhig. Wut, Schmerz, Hass alles gegen mich gerichtet. Schlafmedikamente genommen dazu noch 5mg Diazepam. Hoffe das es irgendwann wirkt. Das die Reste des Tavors plus die jetzt genommenen Medikamente endlich wirken. Wut und Resignation. Beides gleichzeitig. Ich will dass es aufhört. Hannah, eine unsere Katzen, versucht mich ins Bett zu locken. Denn sie schläft immer bei mir, zwischen den Beinen. Und ich glaube sie will ins Bett. Werde es wohl probieren. Hoffe auch die Gedanken die gerade noch wütend, hassend laut herumbrüllen, ein Ende finden. Ich hoffe unseren Wellensittichen macht das Brummen des Laptops nichts aus. Es werden noch ein paar Stunden Daten verschoben. Und solange würde ich am liebsten warten. Aber unsere Katze und die Medikamente werden mich wohl nicht so lange durchhalten lassen.

Gott, warum hasse ich mich dermaßen. Warum ist der Drang nach Selbstverletzung, Blut so groß? Die Wut auf mich ist unbeschreiblich.

Meine Katze ist schon wieder da und versucht mich ins Bett zu locken. Sie will schlafen, ich nicht. Festplatten sind immer noch am Arbeiten. Will nicht schlafen. In der Dunkelheit kriechen die Gedanken wieder hoch. Es kommt die Angst vor dem Sterben nach langer Zeit wieder hoch. Wie kann man vor etwas Angst haben, was man eigentlich herbei sehnt.

Neuer Tag, gleiche Stimmung. Die Wut ist immer noch da. Das Verschieben dauert an, obwohl der Laptop und die Platten die ganze Nacht gearbeitet haben. Aus der heißen Wut wird langsam wieder die kalte Resignation.

Wieder zurück zu dem SM Laden. Gaby und ich sind also in diesen Laden hinein. Nette Ladenbesitzerin. Haben ein paar Spielsachen gekauft. So eine Art Starterpaket, ein bisschen was zum Schlagen, fesseln. Naja um es kurz zu machen, so richtig sprang der Funke nicht herüber. Ich stehe nicht auf Schmerzen, Gaby hat absolut keine dominante Ader und auch keinen Spaß am Schmerzen bereiten. Also schied das schon mal aus.

Aber dieses ganze Umfeld zog mich irgendwie an wie ein Magnet. Ich kam immer öfter in den Laden, um mit der Besitzerin zu plaudern, hier konnte ich zum ersten Mal meine geheimen Phantasien nicht ausleben, aber offen ansprechen. Hier war niemand der mit dem Finger auf einen zeigte. Übertrieben gesagt, man war nur eine Perverse unter Perversen. Wobei so viel mit anderen Perversen hatte ich gar nicht zu tun. Auch hier blieb ich wieder außen vor. Wagte es nicht tiefer in die Szene einzutauchen. Naja, einmal schon. Da hatte ich einmal auf so eine Kontaktanzeige reagiert, von irgend so einem Typen. Mich schüttelt es heute noch, wenn ich daran zurückdenke. Gaby fuhr mit, als meine Herrin und ich als ihr Sklave. Der Typ war so schleimig. Ich musste nur knien, erst in der Ecke seines Wohnzimmers und dann im Bad. Das war mal frustrierend, währenddessen wollte er, oder er hat sogar Gaby irgendwelche SM Videos gezeigt. Das war ihr äußerst unangenehm. Irgendwann wurde es ihr und mir zu viel und wir haben einen Abgang gemacht. Um eine Erfahrung reicher. Einer sehr unangenehmen.

Mit Grausen denke ich noch an diesen Abend zurück. Sicherlich gibt es noch andere niveauvollere Herrschaften. Aber der da, gehörte definitiv nicht dazu. Hatte hinterher wirklich das Gefühl in Desinfektionsmittel baden zu müssen. Ab diesem Moment war das

Thema fremde(r) Herr oder Herrin erledigt. Mich schüttelt es immer noch und dieser Tag gehört definitiv nicht zu meinen Highlight Tagen. Ok, einmal habe ich in einer Anzeige übers aufkommende Internet eine Frau aus Speyer kennengelernt. Sie versprach eigentlich interessant zu sein. Wir haben eine Weile Mails ausgetauscht und die klangen eigentlich recht viel versprechend. Aber das war aber auch gleichzeitig schon die Zeit wo ich langsam immer mehr Frau wurde. Und die Dame aus Speyer wollte eine Bio-Frau, keine Transenfrau.

Keine Ahnung was ich gemacht hätte, wenn sie keine Probleme damit gehabt hätte. Wäre ich zu ihr hingegangen? Wäre ich bereit gewesen, die Kontrolle abzugeben? Wäre der Mut dagewesen, etwas Anrüchiges, Verwerfliches zu tun? Dunkle Phantasien ausleben? Gegen die gesellschaftlichen Normen verstoßen? Mich auf unbekanntes Terrain begeben? Und vor allem, jemand Fremden so tief vertrauen?

Wie hätte sich das auf Gabys und meine Beziehung ausgewirkt? Vor allem dieser Aspekt hat mir schweres Kopfzerbrechen bereit. Wie hätte Gaby darauf reagiert? Ich denke oder vermute, eine Zeitlang hätte sie es vielleicht sogar toleriert, weil ich von der Dame das bekommen hätte, was sie mir nicht geben konnte. Aber auf einen längeren Zeitraum betrachtet wäre es wohl zu Spannungen gekommen und vielleicht sogar zum Bruch. Zum Glück ist es nicht so weit gekommen. Vor allem auch im Hinblick darauf, dass dieser damals eingeschlagene Weg bald darauf zu einer Sackgasse wurde. Das meine Suche nach dem richtigen Weg meines Lebens weiter ging.

So blieb es bei den Besuchen im SM Laden, wo ich in dieser Zeit auch einiges an Geld gelassen habe. Latex war so ein Material dass mich anzog, im wahrsten Sinne des Wortes. Latexstrümpfe und Handschuhe waren ein Versuch diesen Fetisch auszuleben. Aber auch der erkaltete relativ schnell. Wie so viele Sackgassen in meinem bisherigen Leben.

Wenn man die Latexsachen eine längere Zeit an hat, dann sammelt sich darunter eine Menge Schweiß. Wenn man dann mit diesen Strümpfen herumläuft, quietscht es die ganze Zeit, was recht abtörnend ist. Und das schlimmste daran, dass Hinterher. Jedes Mal wenn man die Teile auszogen hat, musste man sie waschen und einpudern, damit das Latex nicht zusammenbackt. Das war eine Menge Arbeit für ein bisschen oberflächlichen Spaß. Zu viel Arbeit um das auf die Dauer weiterzumachen.

Latex fühlt sich gut auf der Haut an. Ich liebe diesen Stoff immer noch. Aus diesem Grund habe ich in diesem Laden auch mein erstes weibliches Kleidungsstück bestellt. Ein weiter Rock aus Latex mit einer Korsage die bis unter die Brust ging. Das war wirklich ein schönes Teil. Aber wo hätte ich es anziehen sollen. In die Szene gingen wir nicht, Ich traute mich nicht dorthin und hätte wohl nie den Mut aufgebracht dort aufzutauchen, geschweige denn mich dort wohl gefühlt. Und Gaby wäre wohl ganz falsch an so einem Ort gewesen. Zuhause anziehen lohnt sich aber nicht. Und zum Auf die Straße gehen, war es etwas zu auffällig. Also hing das schöne Stück fast die ganze Zeit im Schrank. Und irgendwann ging es dann mit den ganzen anderen Sachen in den Verkauf. Die Zeit war um für dieses Thema. Es war die schon angesprochene Sackgasse.

Aber ein paar Lektionen, Erfahrungen und/oder Lebens veränderndes habe ich aus dieser Zeit dann doch mitgenommen. Das erste ist eine Erfahrung die wohl die meisten nicht verstehen werden. Sich angeekelt abwenden oder mich mit großen Augen anschauen und ihre Augen werden fragen „DU?". Ja ich. Also doch pervers? Wie kann ich nur so was gut finden. Das ist doch nicht normal. Hahaha, seit wann bin ich normal. Aber ich stehe dazu, denn auch das ist ein Teil von mir. Ein etwas düsterer, jenseits der Norm, aber nichts desto trotz gehört dies auch zu mir. Bei unseren Versuchen wurde ich auch gefesselt, bewegungslos gemacht. Das Ganze funktioniert natürlich nur auf freiwilliger Basis und dem vollkommenen Vertrauen in den anderen Partner, dass er auf einen aufpasst. Also auf Deutsch gesagt, die einzige Person der ich soweit vertraute, war Gaby. Bei keinem anderen würde ich mich darauf einlassen.

Eine Ledermaske über dem Kopf, mit nur zwei kleinen Löchern zum Atmen. Ohrstöpsel, damit man so wenig wie möglich hören kann. Knebel oder Klebeband damit kein Ton erzeugt werden kann. Also der meisten Sinne beraubt, die für die Kontaktaufnahme nach außen zuständig sind. Es war jedes Mal ein sehr unheimliches Gefühl. Bewegungslos, blind und taub. Anfangs rasen die Gedanken wie verrückt in deinem Kopf, man versucht sich zu befreien, irgendwelche Reize von außen zu bekommen. Aber weder das Befreien klappt, noch gelangen irgendwelche Reize zu einem. Das macht panisch. Große Panik. Die Gedanken rasen wie verrückt. So als ob hunderte von Personen in deinem Kopf gleichzeitig reden und reden und reden.

Man verliert sein Zeitgefühl. Und je länger man von all den Reizen abgeschnitten ist, desto mehr verstummten in mir die Stimmen. Es wird ruhiger und ruhiger, bis eine komplette Stille im Kopf entsteht. Dieses Gefühl ist unbeschreiblich, es entsteht eine Leere im Kopf, kein Gefühl mehr für Raum und Zeit, diese Ruhe, Es herrscht Frieden im Kopf. Diese Entspannung ist so faszinierend, so angenehm. Kennen sie diese Floating Tanks? Das ist eine Röhre, gefüllt mit Wasser, das einen sehr hohen Salzgehalt hat. Man schwebt sozusagen auf dem Wasser. Wie im roten Meer, das einen ebenso hohen Salzgehalt hat, dass man nicht untergehen kann. Dieses Schweben auf dem Wasser, in dem Tank, der dazu noch geschlossen wird. Man liegt in einer absoluten Stille und fast schwarzer Dunkelheit. Dadurch wird derjenige ebenso von allen Reizen abgeschottet. Dabei entsteht auch das gleiche Gefühl, wie ich eben beschrieben habe. Zusätzlich zu dem Reizentzug kommt noch das schwerelose Schweben. Da wir heute das Fesseln nicht mehr anwenden, würde ich gerne einmal so einen Floating Tank ausprobieren. Wie sich dies wohl anfühlen wird. Erzielt man dadurch ebenso diesen Entspannungszustand? Leider sind die Angebote zu den Floating Tanks sehr teuer und wahrscheinlich auch zu kurz um in diesen ersehnten Zustand zu kommen und in den meisten Angeboten steht drin, dass es diese Tanks nicht für depressive Menschen geeignet sind. Warum wird leider nirgendwo begründet. Wahrscheinlich meinen sie damit normale Depressive, dass es aber auch die aus der Norm fallenden depressiven Borderliner gibt daran haben sie wohl nicht gedacht.

Ok, Spaß beiseite, überlegen sie es sich gut, so etwas auszuprobieren, besonders wenn sie unter Depressionen und klaustrophobischen Zuständen leiden, ob sie dieses Risiko auf sich nehmen wollen. Dieser Reizentzug kann nämlich auch nach hinten losgehen und Angst bis Panikanfälle auslösen. Also gut überlegen, ob sie diesen Trip antreten wollen. Er kann in den Himmel der Entspannung führen, aber sie vielleicht auf die Straße zur Hölle bringen. Sagen sie also nicht ich hätte sie nicht gewarnt.

Momentan sehne ich mich so sehr nach dieser Ruhe. Ich bin hundemüde. Mein Körper schreit nach Schlaf, dabei ist gerade später Nachmittag. Ich habe versucht mit einem sehr bekannten Energydrink wachzubleiben. Aber dieses Mal nützte die Brause sehr wenig.

Habe versucht mich hinzulegen, aber die Gedanken im Kopf lassen mir keine Ruhe. Gerade wäre ein Floating Tank recht. Oder irgendwelche Medikamente, oder der Tod, die dieses Chaos im Kopf beenden. Ich träume auch die letzten Tage sehr viel, nur negative Träume. Von der Vergangenheit, vermische Positives mit sehr negativem. Heute Nacht habe ich die Mainzer Klinik mit Höhenbrand (kommt noch) vermischt. Mainz ist sehr positiv besetzt, während Höhenbrand für einen extrem negativen Klinikaufenthalt steht. Und diese Vermischung war kein gutes Gefühl.

Katrin, eine gute Freundin, wollte von mir heute ein Lebenszeichen per SMS, da ich auf ihre vorherigen SMS nicht geantwortet habe. Es ist gerade so anstrengend zu leben. Auf der einen Seite fühle ich eine riesige Einsamkeit in mir, keine Treffen mit Freunden möglich. Alle sind gerade mit anderen Leuten an den Wochenenden beschäftigt, verreist oder anderweitig beschäftigt. Es gibt keine Ablenkung und gleichzeitig fehlt mir die Kraft um einen regelmäßigen Kontakt zu halten. Ist natürlich kontraproduktiv. Die Stimmungstäler werden immer tiefer. Und daraus herauszukommen fällt mir immer schwerer. Ich bin so müde. Lebensmüde. Und derzeit nicht mal die Möglichkeit des Rückzuges in die Klinik. Wie heißt es so schön „wegen Überfüllung geschlossen". Ich weiß ja nicht einmal, ob es mir so schlecht geht um wieder zurück in die Klinik zu gehen, aber alleine dieses Gefühl keine Alternative zu haben, zieht mich runter. Aushalten müssen auf Teufel kommt raus.

Die zweite Lehre aus dieser BDSM Zeit ist auch wieder etwas anrüchig, dunkel und weit ab der Normalität. Irgendwo tief drinnen ist doch eine devote Ader vorhanden. Zumindest in der Phantasie. Ich liebe Geschichten darüber. Die Bücher „Die Geschichte der O" oder die „Dornröschen Trilogie" sind sehr anregend. Beides stand eine lange Zeit auf dem Index. Wie fast jedes Hobby, hat auch die SM Szene hat ihre eigene Zeitschrift. Darin gibt es neben entsprechenden Bilder, Kontaktanzeigen auch entsprechende Geschichten, manche weniger erregend, wenn das Hauptthema der Schmerz ist, oder das Schlagen. Aber es gab und gibt auch sehr viele Geschichten, wo es um Unterwerfung, Selbstaufgabe, totaler Kontrollverlust geht. Dies sind die Geschichten, die mich, darf ich das hier sagen, erregen. Natürlich, sind diese Geschichten reine Fiktion, aber die Vorstellung davon, jemand könnte DAS(!) mit mir machen, lässt wohlige Schauer über den Rücken gleiten. Die Vorstellung einmal Sklavin z.B. übers Wochenende zu sein, mit Kerker, gefesselt, der Herrin ausgeliefert sein, ihr alle Wünsche zu erfüllen, ist mächtig erregend. Es gibt ja genügend Räumlichkeiten die man anmieten kann. Von Zimmern, über Schlösser bis zu Ferienwohnung auf griechischen Inseln in Strandnähe mit eigenem Sklavenkäfig und Spielzimmer, ist ja alles zu bekommen.

Über Kontaktanzeigen gibt es ja auch genügend Herrschaften die für den Gegenpart, den dominanten Teil. Es wäre schön mal in der Realität zu erleben was man sich in den dunklen Träumen so lustvoll ausmalt. Wobei wäre es das wirklich?? Sehr oft, haben Phantasie und Realität nicht miteinander gemeinsam. Merke ich da gewisse Abscheu, Ekel, Sympathieverlust meiner Person? „Wie kann sie nur so etwas nur gut finden, das ist doch richtig pervers" Für sie mag das ja so sein, mich ist einfach nur eine weitere Spielart zwischen zwei (oder auch mehr) Menschen, die einvernehmlich Spaß an einem speziellen Spiel haben.

Soweit die Phantasie. Die Wirklichkeit ist dagegen, sehr viel trister, realistischer. So gerne ich davon träume mich zu unterwerfen, mich selbst aufzugeben, es wird in der Realität wohl niemals funktionieren. Einfach, weil ich es nicht schaffe, loszulassen, die Kontrolle abzugeben. Der Kontrollfreak ist viel zu stark. Was wäre ich wohl ohne Kontrolle für die Situation um mich herum, sowie in mir drinnen. Beides, oder auch nur eines von beiden zu verlieren, unvorstellbar. Nicht machbar. Mein ganzes Leben kontrolliere ich mich schon, baue Fassade um Fassade auf, dass ja nur niemand dahinter schaut. Es wird alles kontrolliert, wie laufe ich, was sage ich, wie sage ich es, wie viele Emotionen lasse ich heraus, oder lasse ich sie überhaupt heraus? Denn jede Emotionen, ist eine Art Kontrollverlust. Also schließt sich hiermit schon beides gegenseitig aus. Und die Angst davor, diese Kontrolle zu verlieren, wird nicht weniger, sie wird mit jedem Tag etwas fester. Kontrolle heißt leben, überleben. Kontrollverlust bedeutet Chaos, zumindest gehe ich davon aus, da ich es noch nie zugelassen habe. Jeder will nur was von dir, dass zu seinem eignem Vorteil gut ist. Vertraue niemandem, dieses Credo meines Vaters habe ich bis in die tiefsten Tiefen meiner Psyche verinnerlicht, seinen wahrscheinlichen Zusatz, „außer dir selbst", absolut gar nicht.

Ich glaube nicht einmal bei Gaby, hätte ich dieses Vertrauen, mich ihr so zu einhundert Prozent hinzugeben. Dieses Urvertrauen, das man als Kind entwickelt, ist bei mir zerstört oder zumindest nicht mehr vorhanden. Sie kennen doch sicher diese vertrauensbildenden Maßnahmen von Gruppen, wo sich jemand nach hinten fallen lässt und der Rest der Gruppe einen dann auffängt. Dieses blinde Fallenlassen, ist ein Ding der Unmöglichkeit. Ich vertraue niemand zu einhundert Prozent. Gaby vielleicht zu siebenundneunzig Prozent. Dann kommt sehr lange nicht. Ein paar sehr gute Freunde schaffen es vielleicht auf siebzig bis fünfundsiebzig Prozent. Meine Therapeutin in Karlsruhe, sowie die Therapeutin Mainz bewegen sich etwa im gleichen Bereich. Jedoch genügend bei ihnen manches Mal eine Kleinigkeit, ein missverstandene Kommunikation zwischen beiden Seiten, oder eine falsche Geste um die Vertrauensbasis sehr rapide unter fünfzig Prozent oder tiefer schwinden zu lassen. Und um dieses Vertrauen wieder aufzubauen dauert. Bedarf es eines längeren Zeitraums in dem ich erst wieder das Vertrauen zu der Person erlernen muss. Und das kann länger gehen.

Einen Turm einzureißen dauert meist deutlich weniger Zeit, als ihn wieder aufzubauen. Und nun, mit diesem Hintergrund, wie soll so ein Mensch, also ich, da das Vertrauen finden, komplett loszulassen und sich jemandem hingeben. Ich meinem Besitz befindet sich sogar der sogenannte Ring der O, jaha, ein richtiger Ring für den Finger an dem eine kleine Öse angebracht ist. Quasi als Symbol für das Halsband der O an dem so ein Ring befestigt ist, mit der man sie irgend anketten konnte. Sie kennen den Film nicht. Vielleicht sollten sie ihn mal anschauen.

Dieser Ring ist ein Erkennungsmerkmal der Szene. Je nachdem an welcher Hand man ihn trägt, outet man sich damit als Dominant oder Submissiv. Welche Hand zu welcher Seite gehört? Probieren sie es doch mal aus? Ok, ok, sie wollen es nicht ausprobieren sind aber trotzdem neugierig? Hier kommt die Lösung. Linksringträger sind die Dominanten, dann sind also die Rechtsringträger die Submissiven. Daran denken, wenn sie das erste Mal zu einer SM Party gehen und sich dabei fragen, was will ich heute denn sein und dann hoffentlich den Ring an die richtige Hand stecken.

Aber auch als ich den Ring an der rechten Hand in aller Öffentlichkeit getragen habe, hätte ich wohl ziemlich ablehnend bis feindselig reagiert wenn mich ein Dom darauf angesprochen hätte. Klingt wirr und verrückt? Ja stimmt, bin ich doch schon die ganze Zeit. Eine sehr vielschichtige Person. Später, als der andere Prozess schon fast abgeschlossen war, habe ich sogar entdeckt, dass es Firmen gibt, die Kleider aus dem Film nachschneidern. Mit all dem barocken Touch und den ganzen Raffinessen des Kleides. Zu mehr Infos verweise ich wie schon öfters auf GIDF. Aber da war das ganze Thema schon zu weit weg um es nochmals aufzuwärmen, aber von den Kleidern kann man ja träumen.

Seit mindestens fünf Tagen bin ich nicht mehr an diesem Buch gesessen, weil es mir körperlich schlecht ging. Von Bauch- über Kopfschmerzen, Schüttelfrost, kalten Scheißausbrüchen, bis Hitzeschübe war alles dabei. War es ein Magen-Darm-Virus, ein anderer Virus oder, oder, oder. Nichts Genaues weiß man, zum Arzt habe ich mich ja nicht getraut. Vielleicht ist es bis dahin ja auch verschwunden und ich stehe als Lügnerin da, oder eher das gefühlsmäßig deutlich überwiegende Gegenteil davon, irgendeine Art von tödlicher Krankheit wird dort diagnostiziert.

Solche Situationen versetzen mich in einen gewissen Panikzustand. Ich bin ja schon als Kind, oder Jugendlicher sehr empathisch und hochsensibel, was anstrengend ist. Für mich also nichts neues, eher schon selbstverständlich. Aber auf meine Maschine, meinen Körper, konnte ich mich stets verlassen. Bis auf solch simple Erkrankung wie Schnupfen war ich eigentlich nie richtig krank gewesen, naja außer 2006 (dazu kommen wir noch). Ein „normales", Krankenhaus, wo es um körperliche Erkrankungen geht, habe ich als Patient habe ich auch nur ein einziges Mal von innen erlebt. Auch dazu werden wir noch kommen. Deswegen machen mich solche körperlichen Erkrankungen, vor allem wenn sie nicht zu deuten sind aufs extremste nervös. Einmal, weil ich nicht gewohnt bin körperlich krank zu sein und das wichtigere, sie erinnern an die eigenen Endlichkeit. Diese Menschmaschine läuft nun schon seit über fünfzig Jahren fast fehlerfrei, trotz Übergewicht und Bewegungsmangel, aber das Risiko einen schwerwiegenden Schaden zu bekommen, der sogar bis zum Totalausfall führen kann, wird mit jedem Tag nicht geringer. Es steigt sogar von Tag zu Tag. Und solche unkontrollierbaren Dinge (hatten wir es nicht davon...) machen mich nervös.

Wenn also zur lebenslangen psychischen Erkrankung dann auch noch eine physische Erkrankung hinzukommt, stürzt die Stimmung sehr viel rapider und tiefer in den Keller. Urängste kriechen hoch, das Wort Sterben lösen Panikanfälle aus. Mit Depression habe ich gelernt umzugehen, sie auszuhalten, fast als einen ständigen Teil von mir zu betrachten. Aber körperliche Erkrankungen waren bisher so selten und wenn doch, so ungefährlich, dass ich mir über meine Maschine, meinen Körper keine Gedanken machen musste. Dann aber entdeckt man, dass diese Maschine anfälliger ist und irgendwann auch ihren Betrieb aufgeben wird. Es geht dabei nicht um den Tod. Das ist immer noch das Ziel, weil dann NICHTS mehr ist. Keine Traurigkeit und Verzweiflung mehr. Es ist die Angst vor dem Weg dahin. Wie fühlt sich dieser Weg des Sterbens an? Ich kriege Angst vor diesem Gedanken.

Gleichzeitig macht mir auch etwas rein Psychisches einige Sorgen. Immer öfters gibt es fast schon euphorische (für meine Verhältnis) Ausschläge und danach Abstürze in fast bodenlose. Dieses Auf und Ab, die größere Differenz zwischen Hoch und Tief setzt mir ziemlich zu. Auch damit komme ich gerade schwer zurecht.

Es ist 4 Uhr morgens, während ich die letzten fünf DIN A4 Manuskript Seiten geschrieben habe. Seit halb Zwei nachts sitze ich dafür schon dran. In drei Stunden geht Gabys Wecker. Wachbleiben oder versuchen, endlich etwas Schlaf zu finden. Ich bin mir zu fast einhundert Prozent sicher, dass ich meine Medikamente rechtzeitig eingenommen habe. Warum haben sie nicht gewirkt, keine Ahnung. Der zweite Satz der in meinem Hirn entsteht ist, du bist zu dumm und blöde um dir so etwas Einfaches „wie habe ich meine Tabletten genommen, ja oder nein" zu merken. Wut kommt hoch, auf mich, auf die Nacht, die keine war, sondern nur aus einem Aneinanderreihen von Wörtern in meinen Computer bestand.

Wer oder was ist ein Transgender

Aber zurück zum letzten und wichtigsten Grund warum diese SM Phase und diese spezielle SM Zeitschrift so wichtig für mich ist. Dieser Grund sind ein paar läppische Zeilen einer Buchrezension im einem der der Hefte. Ja, auch so was gibt es dort. Surprise, Surprise. Diese Zeilen entlarvten SM als Sackgasse für meinen weiteren Lebensweg und führten mehr oder weniger sofortigen Beendigung dieses Weges. Bereiteten aber gleichzeitig den richtigen Weg für mich vor, der erste und einzige Weg, denn zu gehen ich noch nie bereut habe. Obwohl die Anfangszeit zum Teil die Hölle und dann aber auch wieder der Himmel auf Erden war. Zurück zur Buchrezension. Das Buch heißt „Messer im Traum – Transsexuelle in Deutschland" Dieses Buch war so etwas wie die Offenbarung für mich. Es sind Lebensgeschichten von Männern und Frauen, die im falschen Körper geboren wurden und ihrem weiteren Weg. Wie sie zudem wurden, was sie im Kopf schon immer waren. In einem Dokumentarfilm hieß es einmal, das Geschlecht eines Menschen ist zwischen den Ohren und nicht zwischen den Beinen. Ich fand mich in diesen Geschichten so wieder. Die Gefühle, die Empfindungen, diese innere Stimmigkeit. Je mehr ich diese Lebensgeschichten las, desto mehr war in meinem Kopf ein Ja, genauso, ja. Ja, so fühle ich mich auch. Ja, du bist nicht alleine mit diesen Gedanken. Ja, es gibt eine Möglichkeit diesen Weg zu gehen. Ja, das Ganze hat sogar einen offiziellen Namen und nennt sich Transsexualität und endlich zu wissen das es nicht eine Perversität ist. Jajajaja.

Ich war so glücklich, endlich zu wissen, wohin der Weg gehen kann. Nein nicht kann, wohin er gehen muss. Es ist wie ein Wandern in der Dunkelheit wo man den Weg so gut wie nicht sieht und dann, geht mit einem Mal die Sonne auf und beleuchtet klar den weiteren Weg. Zum ersten Mal liegt die Zukunft nicht mehr im Trüben.

Aber gleichzeitig kam die Angst, die meisten Geschichte hatten kein glückliches Ende. Viele endeten schlecht, Suizidversuche, Einsamkeit, die Familien haben sich von ihnen abgewandt, keine Partner, Rotlichtmilieu, Gewalt gegen die eigene Person und so weiter. Es waren wahrlich keine strahlenden Heldinnen und Helden die glücklich in den Sonnenuntergang reiten. Aber sie hatten keine Wahl, als diesen Weg zu gehen. Wie ich auch nicht. Do or Die. An diesem Punkt steht man irgendwann. Weil die Stagnation im falschen Körper kein Ausweg mehr war. Manche im dem Buch haben gelernt zu überleben, sich zu wehren. Aber das war mir klar, zu dem jetzigen Zeitpunkt, wo ich diese Lebensgeschichten zum ersten Mal las, war dies für mich keine Option. Dazu hatte ich nicht den Biss, die Kraft.

Aber am Anfang war ich erst einmal froh, diesem Gefühl, dass seit fast 17 Jahren in mir lebte, einen Namen zu geben. Transsexualität.

Hier muss ich aber einen kurzen Cut machen. Weg von diesem Thema. Den später, wieder beim Thema TS hat eine Frau einen Kurzauftritt, der aber entscheidend war für die weiteren Fortschritt meines Lebensweges und diese möchte ich vorher noch hiermit einführen. Also wechseln wir hier mal die Themenseite und mache eine neue auf.

Big Apple & Superbowl

Januar 1995 wurden Gaby und ich ziemlich nervös je näher das Ende des Monates heranrückte. Wir warteten auf den Tag an dem uns unsere erste Amerikareise starten sollte. Bisher Montafon, Allgäu einmal Spanien und einmal Portugal stand in meinem imaginären Reisepass. Weiter bin ich in meinem bisherigen Leben noch nie gekommen. Und jetzt erwartet uns ein transatlantischer Flug, die Stadt die niemals schläft, dann noch eine Stadt die in den Achtzigern für ihr „Vice" stand. Für ihre Lasterhaftigkeit, das Verbrechen und die Drogen. Und zum krönenden Abschluss noch das größte sportliche Ein-Tages-Event der Welt.

Begonnen hatte alles nach unserer Hochzeit, als wir einiges an Geldgeschenken bekommen hatten. Damit war, mit unserem bisherig Angesparten einiges auf den Konten. Und wir begangen zu überlegen, was wir damit anfangen könnten. Ein bisschen Wir und vor allem ich sind ja große Footballfans. Die letzten Jahre wurde über Premiere sehr viel und auch live über American Football berichtet. Der Sport begann also auch die deutschen Wohnzimmer immer mehr zu erobern. So kamen wir auf die Idee uns für eine Superbowl-Reise zu interessieren. Auf ins Reisebüro und irgendwann im Sommer 1994 nachgefragt, was es da, für Möglichkeiten wir da haben würden. Ja, da gäbe es einen Anbieter der solche Reise organisiert. Problem, eine endlos lange Warteliste. Es gibt ein ziemlich geringes Kontingent an Karten für dieses Sportereignis und sie konnte uns nicht garantieren, ob wir es schaffen würden zwei der begehrten Karten zu erhalten und damit auch den Rest der Reise antreten können. So bald genau feststeht, wie viele Eintrittskarten für den Superbowl der Reiseanbieter von der National Football League erhält, beginnt das Abtelefonieren. Nach und nach werden die Leute auf der Liste von Eins an abwärts angerufen, ob sie noch Interesse an den Karten haben. Wenn nein, der nächste, solange bis das Kontingent erschöpft ist. Tja und irgendwann Anfang November klingelte das Telefon bei uns. Unser Reisebüro fragte „Wollen sie oder wollen sie nicht?". Damit standen wir nun vor der Entscheidung, wagen wir diese Reise oder entscheiden wir uns wegen des Preises dagegen? Hmm, kurzes Zögern, dann haben wir Ja gesagt. Superbowl live erleben, beim größten Sportereignis der Welt dabei sein. Football Geschichte hautnah erleben und das alles noch in Miami. Eine Stadt die für uns einen exotischen Reiz hatte. Vier Tage sollten wir dort bleiben. Dem Sunshine State. Miami Beach erleben. Dazu als sozusagen Vorprogramm, buchten wir noch 3 Tage New York City. Damals als es noch keine verwundete, tief vernarbte Stadt war. Die Twin Towers standen noch als leuchtendes Symbol des American Way Of Life.

Man muss dazu sagen, dass damals die Ticketpreise für den Superbowl XXIX noch verhältnismäßig moderat waren. Wenn man sich heute anschaut was sie für eine Superbowl Reise verlangen. Für den nächsten Superbowl kostet das Ticket für einen schlechten Platz, in den obersten Blöcken fern ab dem Geschehen, mit 4 Tagen in einem Motel in der Nähe des Stadions, aber fernab jedweder großen Stadt über viertausend Euros. Ohne Flug! Pro Person!

Da waren unsere damaligen sechstausend Mark für den einwöchigen Trip mit zwei Weltstädten incl. Superbowl Tickets für zwei Leute ein echter Spottpreis. Aber vielleicht ändert sich mit der Zeit auch das Verhältnis oder die Einstellung zum Geld. Aber das ist das Problem zukünftiger Superbowl Besucher. Ich habe einen live erlebt und er ist das Geld nicht wert, dass sie sich vielleicht überlegen auszugeben.

Bitte nicht falsch verstehen, es geht nicht um das Spiel. Es geht um die Stimmung. Kein Vergleich zu einem regulären Ligaspiel. Beim Superbowl werden fast alle Karten unter den 32 Teams gleichmäßig verteilt. Was bedeutet 30/32 der Fans sind enttäuscht, dass nicht ihr Team im Superbowl ist. Also warum eines der zwei übrig gebliebenen Teams anfeuern? Klar sind sie froh, zum elitären Kreis zu gehören, der eines der seltenen Tickets erhalten hat. Wenn sie also jemals ein richtig emotionales Footballspiel sehen wollen in dem ein voller Stadion brüllt und ihr Team anfeuert, dann schauen sie sich ein reguläres Spiel der NFL oder noch besser ein Collegespiel live im Stadion an. Dann wissen sie was Atmosphäre ist.

Egal, im Linienflug ging es von Frankfurt los Richtung New York. Im Vergleich zu unserem ersten Flug letztes Jahr nach Kreta, war dieser Flug wahrer Luxus. Beinfreiheit, so viel man wollte. Kein Vergleich mit der Economy-Class in einem Touristenflieger. Besseres Essen und mein erstes echtes amerikanisches Budweiser. Und als Dennis Hopper, der Schauspieler, auch in den Flieger stieg, war ich auf fast lächerliche Weise beruhigt. Wenn ein Prominenter mitfliegt, dann können wir doch gar nicht abstürzen.

Als uns der Transferbus zum Flieger brachte, sind wir zum ersten Mal mit einem jungen Paar aus Frankfurt ins Gespräch gekommen. In Miami haben wir uns dann noch besser kennengelernt. Zu ersten Mal in einer Boeing 747, einem Jumbo Jet. Knapp 9 Stunden dauerte der Flug. Die Route ging über die Arktis, bei schönstem Wetter. Sogar aus der hohen Flughöhe konnte man die riesigen Eisfelder sehen. Beeindruckend. Irgendwann mussten wir dann auch diese lustigen Einreiseformulare ausfüllen, wo man gefragt wird, ob man Drogen ins Land schmuggelt, oder ein Terrorist ist, man vorbestraft ist, man irgendwelche Verbrechen in den USA plant und weitere solch kurioser Fragen, wo sich dann einem ganz automatisch die Frage aufwirft, welcher Depp kreuzt da irgendwo ein Ja an? So doof kann doch keiner sein?

Am Nachmittag New Yorker Ortszeit gelandet. Der erste Eindruck des berühmten JFK Flughafens sehr ernüchternd. Baufällig, einige Deckenleuchter hingen herunter, neue Farbe suchte man auch vergeblich. Dann die Krönung, Passkontrolle. Welch eine unhöfliche Truppe dort. Eigentlich soll man einzeln an den Einreiseschalter heran gehen. Außer man ist ein Ehepaar. Als Gaby also mir folgen wollte wurde sie von einer sehr unhöflichen Dame zurückgeschickt „Einzeln vortreten!" Also sie wieder brav zurück in die Reihe. Als ich dann fast fertig war, versuchte ich ihm klarzumachen, dass ich mit meiner Frau einreise. Er daraufhin in einem gar nicht netten Anschiss „Warum haben sie das nicht gleich gesagt, jetzt muss ich alles neu machen" Also hat er Gaby mit seiner zuvorkommenden Art heran gewunken und uns beide dann doch noch abgefertigt. Vielleicht war es ganz gut, dass mein Englisch nicht ganz so perfekt war und ich nicht alles so gut verstand, was der Beamte da vor sich hin murmelte. Vielen Dank dafür. Idiot.

Entschuldigung, dass ich euer Land besuchen will, Dollars loswerden will, was für eure Wirtschaft tun. Und Ihr behandelt uns wie Verbrecher, die in euer Land einbrechen wollen. Hallooooooo, wenn ihr jeden Touristen so freundlich behandelt, braucht ihr euch nicht zu wundern, wenn die Welt so schlecht von euch denkt. Aber irgendwann, sind auch die unhöflichsten, unkooperativsten Zollbeamten mit ihrer Kontrolle fertig. Welcome in the Home of the Brave. Der Bus brachte uns direkt in die City. Auch da machte alles einen etwas herunter gekommen Eindruck, erst Flughafen und jetzt die Straßen. So viele große Schlaglöcher wie auf dieser Fahrt und dann im ganzen Rest der Stadt habe ich nie mehr gesehen. Die rotweißen Schornsteine wo der Dampfdruck an den Baustellen abgelassen wurde, waren auch in fast jeder Straße zu sehen. Die Straßen waren im schlimmsten Zustand, den ich an irgendwelchen Straßen bisher gesehen habe. Scheinbar fehlt es der Stadt an entsprechendem Kleingeld um ihre Infrastruktur aufrecht zu halten.

Wenn ein Radfahrer in eines dieser Schlaglöcher hinein gerät, wäre er wohl für immer verschwunden oder es hätte in zumindest sehr auf die Fr…, den Mund gelegt. Unser Hotel lag mitten in Manhattan. Gegenüber war das Walldorf-Astoria. Zumindest hatten wir die Rückseite des Hotels vor Augen. Der Reiseführer der uns am Bus empfing, empfahl uns noch an diesem Abend unbedingt aufs Empire State Building zu fahren und den Sonnenuntergang genießen. Wären ja nur ein paar Blocks entfernt. Also nachdem Einchecken, alles stehen und liegen gelassen und zum Empire State Building gelaufen. Wissen sie wie groß die Blocks in New York sind? Etwas größer als in Deutschland. Es wurde dann doch ein etwas längerer Spaziergang, bis wir vor dem Gebäude standen. Hoch gefahren, irgendwas in oder um den achtzigsten oder fünfundachtzigsten Stock. Natürlich muss man für die Fahrstuhlfahrt bezahlen. Es lebe der Kapitalismus. Aber die Alternative 80 Stockwerke zu Fuß, dann hätte es wohl nicht für den Sonnenuntergang sondern nur für den Aufgang am übernächsten Tag gereicht.

Aber oben, auf der Aussichtsplattform muss man ihm wirklich recht geben. Einmalig. Der Anblick auf ganz Manhattan, die Sonne gerade am Untergehen, ein warmes Licht, dass ganz Manhattan und die anderen Stadtteile mit den ganzen Gebäuden in ein besonders warmes Licht tauchten. Die Stadt wechselte langsam vom Tagesbetrieb in den Nachtmodus. Immer mehr Häuser und die Auto schalteten ihre Beleuchtungen an. Es war ein Anblick, der selbst nach nun über zwanzig Jahren noch fest im Gedächtnis verankert ist.

Dann die erste Erfahrung mit den Einheimischen gemacht. Am Abend im Restaurant des Hotels versucht French Fries also Pommes, zu meinem Rindersteak zu bestellen. Der Kellner kam wohl irgendwie mit meinem german slang, meinem badisch angehauchten, Englisch nicht zurecht. Dreimal vom Kellner angefragt, dreimal „French Fries, please" geantwortet. Er wurde so langsam ungehalten, ich wurde so langsam ungehalten. Er denkt sich wahrscheinlich „Sch…. Touristen, wie blöd sind die denn?"

„Hat der was an den Ohren, warum versteht der Idiot mich nicht?" dachte ich auf der anderen Seite.

Tja und auf dem Teller hatte ich dann statt der gewünschten Pommes eine Kelle von trockenem Reis. War so passend zu einem Steak. Wie ein Salat ohne Salatsauce. Trocken.

Naja, andere Länder andere Sitten. Es war aber das einzige Mal, wo die New Yorker und ich Sprachschwierigkeiten hatten. Am nächsten Morgen, halb 8 Uhr in der Früh, in der Nähe ein Frühstück eingenommen. Das hat mich mit New York wieder versöhnt. Es war aber was ganz anderes. Wieder ein Rindersteak, mit Spiegelei, Hash Browns und das um diese frühe Stunde, dass lobe ich mir. Ich liebe New York. Gaby hatte die ersten Pancakes ihres Lebens mit Würstchen und Ahorn Sirup. Damals war für uns die Combo aus süßem Sirup und würziger Wurst noch etwas ungewohnt und gewöhnungsbedürftig. Sie bestellte Kaffee, denn sie bis zum Abwinken bekam. Kaum war der Grund der Tasse zu sehen, kam schon die Kellnerin „Do You like more coffee?". Leider mag ich keinen Kaffee, also bestellte ich Tee. Ja, mit Tee haben es die Amis nicht so ganz. Das wusste ich danach dann auch. Man kriegt einen Teebeutel.

Die Betonung liegt auf einen! Ganz wie aus Deutschland gewöhnt, drückte ich meinen Teebeutel aus, legte ihn zur Seite, trank meine Tasse Tee und wollte dann noch eine zweite Tasse. Tja, die Kellnerin kam und füllte meine Tasse einfach mit heißem Wasser auf und ging wieder. Teebeutel hatte ich ja noch. Naja, der Zweitaufguss eines ausgelutschten Teebeutels schmeckt nicht besonders, auch nicht nach zehn Minuten in der Tasse lassen. Wie es beim dritten Aufguss wohl geschmeckt hätte? Wieder etwas gelernt. Niemals mehr Tee in den USA bestellen. Zumindest nicht in einem Diner.

Dann ging es auf Tour. Wir hatten erst eine geführte Tour, im Preis inbegriffen, der uns zu einem paar Sehenswürdigkeiten brachte. Zum Financial District gefahren, Blick auf Freiheitsstatue. Kurz und knapp. Den Winter Garden mit all seinen Palmen besichtigt. Beeindruckend. Schade, dass wir nicht mehr Zeit hatten um dort einen Kaffee zu trinken. Am Fuß des World Trade Centers, den Twin Towers, gestanden. Leider nicht oben gewesen.

Mit dem heutigen Wissen, dass an diesem Ort sechs Jahre mehrere tausend Menschen ihr Leben verlieren werden, Amerika und die Welt geschockt zurück lassen, ist es seltsam befremdlich an diesen Augenblick des eigenen Lebens zurückzudenken, wo man sich ganz an die Hauswand gedrückt hat, um ein Bild, senkrecht an der Fassade entlang Richtung Himmel, zu schießen.

In diesen drei Tagen, in der Stadt die niemals schläft, haben auch wir sehr wenig geschlafen, waren nur unterwegs um so viel als möglich an Erinnerungen und Bildern mitzunehmen. Es gab so viel was man anschauen musste. Das Naturkundemuseum mit der dÄgypten Ausstellung, das Guggenheim Museum, den Central Park. Die Eisbahn beim Rockefeller Center, alles angeschaut. Macys, das nach eigenen Angaben damals größte Kaufhaus der Welt mit seinen Rolltreppen aus Holz(!). Dabei auch die vordergründige Freundlichkeit der Amerikaner kennengelernt, als ich mir meinen ersten Chronographen dort gekauft habe. Diese hingeworfene Floskel „How are You", die Frage wie es einem geht, aber dabei erwartet keiner darauf eine ehrliche Antwort. Nur ein „Danke, gut"

Im Schwarz's gewesen. Ein riesiger Spielzeugladen mit den größten Stofftieren die wir jemals gesehen haben. Ein Traum für jedes kleine aber auch große Kind mit einer gut gefüllten Brieftasche bzw. Kreditkarte. Den großen Bahnknotenpunkt Central Station mit den ganzen Zügen die an und abfuhren, auf uns wirken lassen. Times Square mit all den riesigen Reklametafeln, laut, hell, bunt. U-Bahn gefahren, Gabys Erfahrung in der Subway, auf die sie gerne verzichtet hätte. Einer hat sich in der vollen Bahn an ihr gerieben, so ein perverser Arsch.

Über die Brooklyn Bridge gelaufen unter uns die ganzen Autos die von und nach Manhattan fuhren. Wir sind irgendwie in einen Rausch geraten, mehr, mehr und noch mehr sehen. Konnten gar nicht mehr aufhören. Sind von einem Ende zum anderen Ende gehetzt. Ach ja, Kutschfahrt durch den Central Park haben wir uns auch noch gegönnt. Der Kutschfahrer meinte, dass wir ziemliches Glück dieses Jahr hatten, letztes Jahr war um diese Zeit über einen halben Meter Schnee in New York.

Im Trump-Tower den großen Wasserfall angeschaut. Dass sowas mal Präsident werden wird, hatten wir damals wohl nicht gerechnet. Vor Tiffany sind wir auch gestanden, leider kein Frühstück davor genossen. Hatten auch keinen roten Kater dabei. (Insider für Liebhaber des Films) Mexikanisch waren wir in einer Sudentenkneipe abends essen. Laut, bunt, voller junger Menschen, die den Abend genossen.

Mittags in einem Mix-Art Restaurant gegessen, dass italienische Küche hatte, aber mehr wie ein spanisches Lokal aussah, alle Kellner waren Südamerikaner, wenigstens die älteren Herren, denen das Lokal wohl gehörte hatten italienische Wurzeln.

Festgestellt, dass Essen gehen in einer Weltstadt kein billiges Vergnügen ist, selbst in einer Bar für junge Leute. Dann natürlich auch noch an einem Stand, die berühmten New Yorker Hot Dogs probiert, natürlich mit Sauerkraut und allem Drum und Dran. Das war ein einmaliges Erlebnis. Einmal und nicht wieder. Zumindest von dem Stand, wo wir die zwei gekauft haben, schmeckte es sagen wir mal bescheiden.

Irgendwann während dieses ganzen Sightseeings haben wir auch in einem Lokal den ersten richtigen Hamburger gegessen. Nicht diese Fast Food Dinger. Der war klasse, so wie man sich einen richtigen Burger vorstellt.

Unser den ersten Blueberry Muffin aus einer Bäckerei nahe unseres Hotels gegessen. Dazu noch Menschen und noch mehr Menschen. Kein Himmel ist zu sehen, nur wenn man den Kopf weit in den Nacken legt. Alles ist irgendwie grau in grau. Überrascht gewesen, dass wir das Fenster unseres Hotelzimmers in der fünfundzwanzigsten Etage öffnen konnten. Ideal also um rauszuschauen oder wenn man andere endgültigere Absichten hegt. Der Ausblick grandios und unheimlich. Um runter zu schauen musste man sich sehr weit aus dem Fenster lehnen. Und ganz klischeemäßig sah man auf der Straße fast nur Yellow Cabs. Die berühmten gelben New Yorker Taxis.

Im Central Park standen wir an dem eingezäunten Wasserreservoir. Es war Ende Januar, wir dick vermummt, und da joggte ein New Yorker mit Walkman in den knappsten Sporthosen und einem Muscleshirt an uns vorbei. Kälte wird manchmal halt doch sehr subjektiv wahrgenommen.

Mir fiel dabei auch der Film „der Marathonmann" mit Dustin Hoffmann ein. Der spielte hier an diesem Zaun, im Hintergrund der See und die Silhouette der Stadt, als er in Panik vor den Bösewichten den Weg entlang rannte, auf dem wir nun standen. Am Ende des dritten Tages ging es zurück zum JFK Flughafen. Drei Tage, in DER Weltstadt mit aller ihrer Hektik. Dabei aber auch ruhige Plätze wie den Central Park oder den Winter Garden gefunden. Oder die Museen, Plätzen und Orten die man sonst nur aus dem Fernsehen kannte, näher kennengelernt. Menschenmassen, Hochhäuser. Irgendwann kommt man in einen Rausch, es gibt so viel was man noch sehen muss, aber dann doch keien Zeit dafür findet. Die ganze Stadt hat eine gewisse Hektik an sich, die einen mitnimmt. Puuuh, Luft holen, entspannen. Zur Ruhe kommen. Manhattan, wo 24/7 Betrieb ist liegt nun hinter uns. Die Füße tun weh.

Naja, nun saßen wir im Flieger. Draußen war es dunkel als er abhob Richtung Miami. Dem Rentnerparadies und Sündenpfuhl der Achtziger. Etwas mehr wie drei Stunden Flug bis wir im Miami Airport wieder Boden berührten. Welches Glück wir hatten, Karten für dieses größte Sportereignis zu bekommen erfuhren wir gleich bei der Ankunft. Bei der Kofferausgabe standen schon Dutzende von Leuten, alle mit Schildern in der Hand. Überall das gleiche darauf. „We buy Superbowl Tickets, to any price" oder sie boten für unsere Tickets zum Teil astronomische Preise von drei- bis viertausend Dollar pro Ticket.

So könnte man sich einen Urlaub in den USA auch finanzieren. Man bucht die Reise in Deutschland, und verkauft dann die Tickets, am Veranstaltungsort des Superbowls, an Interessenten mit genügend Geld. So hätte man fast den kompletten Reisepreis wieder drinnen und kann sich dann das Spiel in einer der unzähligen Sportsbar anschauen. Auf dem Weg zum Ausgang und unserem Bus war es fast wie ein Spalierlaufen   Auf dem ganzen Weg wurden wir von Leuten angesprochen „Do You have tickets? We buy any ticket" Irgendwann war diese ständige Fragerei sehr lästig. Aber es zeigte uns auch, was für einen Stellenwert diese Sportveranstaltung innerhalb der Gesellschaft hat und wie verrückt die Leute in den USA sind. Vor allem auch, was sie bereit sind zu tun bzw. zu bezahlen nur um bei diesem Spiel live dabei zu sein.

Im Dunkeln vom Flughafen nach Miami Beach gefahren. Einsame Straßen, nur die Straßenlaternen. Ganz automatisch kommen Bilder hoch von schwarzen und weißen Ferraris, Sonny Crockett und Ricardo Tubbs, pastellfarbene Shirts unter Armani Anzügen hoch. Dazu die Musik von Jan Hammer mit der Titelmusik der Miami Vice Serie. Das Zimmer doppelt so groß wie das in New York. Die Vorhänge zugezogen. Erschöpft von drei Tagen Herum Gerenne, Flug und Transfer fielen wir ins Bett. Müde. Schlafen.

Der nächste Morgen. Zum Fenster gegangen und die Vorhänge zurückgezogen und dann das riesengroße **WOW**. Welch ein Unterschied. Gestern noch, graue Gebäude, graue Menschen, grauer Himmel. Alles Grau in Grau. Und nun, strahlendblauer Himmel, Blick auf den Strand und den Atlantik. Gestern gab es nur eine einzige

Farbe, jetzt alles hell, leuchtend, bunt, Palmen. Raus aus dem Bett, runter frühstücken. Ein Frühstücksbüffet mit allem was das Herz begehrt. Das erste Mal French Toast gegessen. Eier, Speck, Toast, frischen O-Saft. Gestern war noch Schwarzweiß Fernsehen, heute totales überdrehtes Farbfernsehen. Lust heraus zu gehen und alles in einem aufzusaugen

Totaler Absturz innerhalb von 10 Minuten während des Endes eines Filmes, ging es in den tiefsten Keller. Auslöser keine Ahnung. Weinkrämpfe, Zittern, die Fäuste würden am liebsten gegen die Wände schlagen. Druckabbau, Entlastung der Psyche, Schmerz. Den will ich spüren.

Ich will nicht mehr. Die Traurigkeit ertränkt mich. Kriege keine Luft mehr. Der Schmerz im Kopf ist dermaßen unerträglich. Zwei Tavor intus. Verzweiflung wird nicht weniger. Es ist einfach zu viel. Zu viel Schmerz, zu viel Verzweiflung, zu viel Traurigkeit und zu wenig Leben in mir drinnen. Ich gebe auf. Ich will nicht mehr kämpfen. Kann es nicht einen verdammten Ausschalter geben.

Die Tavor sind endlich am Wirken, dazu die Schlafmedikamente und ein Diazepam. Wenn schon nicht den großen Schlaf, dann wenigstens den kleinen. Zum Glück dauert es nicht lange bis die Augen zufallen und ich abtauche ins Vergessen.

Wie finde ich den Weg zurück nach Miami?

Sehr schwierig gerade, obwohl eine Nacht dazwischen liegt. Durch die Medikamente habe ich einen deutlichen Hang Over, irgendwie werde ich nicht richtig wach. Keine Kraft, keine Hoffnung, kein Glauben an eine Verbesserung.

Naja, was soll es. Auf nach Miami. Auch im Sunshine State haben wir eine geführte Tour gemacht. Haben in zuerst in einem Art Einkaufzentrum gestoppt. Kleine Läden mit Innenhof und Brunnen. Dort hat sich Gaby noch ein Superbowl T-Shirt gekauft. Die wussten schon, was sie dafür verlangen. Sie nehmen die Touristen aus, wo es nur geht. Egal, so haben wir so etwas wie einen Beweis, da gewesen zu sein.

Weiter ging die Fahrt bis Little Havanna. Dort zu einer kleinen Pause gestoppt. An einem Stand hielten wir an für kubanischem Kaffee und Enchiladas Con Queso oder Con Carne. Also gefüllte Teigtaschen mit Gemüse und Käse oder mit Fleisch. Viele der Teilnehmer des Ausfluges standen etwas rat- und hilflos am Stand und wussten nicht weiter. Englisch half hier nur sehr, sehr bedingt weiter. Spanisch war die einzige Sprache, die hier verstanden wurde. Gaby kramte ihre alten, in der Volkshochschule erworbenen, Spanischkenntnisse hervor, umso für die Teilnehmer der Tour als Übersetzerin beim Bestellen in dem Straßenverkauf zu helfen.

Dann ging es raus aufs Land. Genauer gesagt wir fuhren in die Everglades. Irgendwo mitten drin war ein Laden, der Krokodilshows, sowie einen Ausflug mitten rein in diese Flusslandschaft anbot. Alles mit diesen typischen flachen Booten mit den großen Propellern am Ende. War echt klasse, diese Landschaft ist sehr faszinierend. Die Everglades sind ja kein Sumpf, sondern ein sehr breites Flussdelta. Man hat das Gefühl es ist stehendes Gewässer, aber das stimmt nicht. Ganz langsam bewegt sich der Fluss dem Meer zu.

Endlose Grasflächen, die sich mit offenen Wasserbereichen abwechseln. Darüber sind wir mit einem Höllenlärm gerast. Zwischendrin gab es immer wieder Stopps wo wir Alligatoren, Krokodile und viele Vögel gesehen haben. Es gibt sogar richtige stabile Inseln wo sich Hirsche und andere Huftiere aufhalten können. Der Guide hatte sehr gute Augen, entdeckte immer wieder welche von den Panzerechsen und stoppte zum Fotografieren. Eine große Schnappschildkröte haben wir auch noch gesehen.

Wenn sie mal in den Everglades verloren gehen, dass Wasser ist nicht tief, vielleicht einen bis anderthalb Meter. Sie können da nicht ertrinken, es gibt auch nur eine kleine Strömung. Alles nichts Dramatisches.

Aber halten sie sich von dem Getier fern. Naja, Alligatoren fressen keine Menschen, wir wären ihnen zu salzig. Heißt es zumindest. Gut zu wissen und woher soll ich denn wissen, was da auf mich zu schwimmt? Ganz einfach, hat es eine Runde Schnauze dann haben sie Glück gehabt. Die Alligatoren haben runde Schnauzen. Sie sind also zu salzig für seinen Geschmack. Sollte das, was da auf sie zu schwimmt jedoch eine eckige Schnauze haben, viel Glück im nächsten Leben. Die Krokodile nehmen auch gewürztes Fleisch.

Vielleicht ist das Krokodil satt und verschmäht sie als Nachspeise. Aber es gibt auch anderes Getier, vor dem sie sich in Acht nehmen sollten. Viele Menschen haben ihre in Gefangenschaft aufgewachsen Pythons, als sie zu groß wurden, einfach in den Everglades ausgesetzt, wo sie sich aufgrund der hohen Nahrungsvielfalt wie Ungeziefer vermehrt haben. Und die Viecher können ziemlich groß und unangenehm werden. Habe ich ihnen schon gesagt, dass ich eine panische Angst vor Schlangen habe?

Kleine Randnotiz. Im Vivarium Karlsruhe gibt es eine große Anakonda. Diese haben wir uns mal angesehen, als sie ihr(e?) Ei(er) ausgebrütet hat. Sie zuckte dabei die ganze Zeit mit ihrem riesigen Körper. Durch die Muskelkontraktion erhöht sie ihre Körperwärme, um die richtige Temperatur zur Eierausbrütung zu erzeugen. Ein paar Wochen später waren wir wieder dort. Eier waren ausgebrütet. Man muss noch wissen, der Gang der zwischen den Schlangen, Fröschen und Fischen die dort ausgestellt sind ist stockdunkel. Nur die Schaukästen sind erleuchtet. Also wir kommen zu dem Schaukasten, wo bisher die Anakonda drinnen war. Und jetzt war die Tür zu diesem Kasten weit offen und keine Anakonda war zu sehen. Dunkler Raum, frei kriechende mehrere Meter lange Schlange. Panik umschreibt das Gefühl nur sehr unzureichend. Riesige Panik, mit schreiend davonlaufen wohl eher. In meinem Kopf Bilder von dieser Schlange, die irgendwo im Dunkeln auf der Suche nach Beute ist. Ist sie über mir? Oder auf dem Boden? Ich konnte ja nichts sehen. Nur mit sehr großer Selbstbeherrschung konnte ich mich zwingen, nicht panisch raus zu rennen. Wahrscheinlich haben sie den Käfig sauber gemacht, oder die Schlange irgendwo anders verlegt. Aber Angst vor Schlangen plus eine lebhafte Phantasie erzeugen ziemlich starke panische Gefühle

Zurück in die Everglades. Ein Höhepunkt war, der Besuch eines nachgebauten Dorfes der Seminoles, eines Indianerstammes, die früher hier in dieser Flusslandschaft gelebt haben. Unser Tour Guide meinte beim Aussteigen aus dem Boot und dem Betreten des Dorfes noch

„Be careful, here lives two brown snakes. The different is not huge between the two snakes. But one of these is not poison. But the other… when sie bites You, it could be, that You are in thirty seconds dead"

Ja, danke, genau das richtige für jemand mit einer Angst vor Schlangen. Und was macht Gaby, die ganze Zeit während wir durch das Dorf schlenderten, schaute sich nach den beiden Schlangentypen um und war ganz enttäuscht, dass sie keine von beiden gesehen hat. So unterschiedlich sind halt die Wahrnehmungen oder Vorstellungen von Menschen mit und ohne Schlangenphobie. Ich muss ja sogar die Füße hochlegen, wenn im Fernsehen etwas über Schlangen berichtet wird. Aber Gaby kam dann doch noch zu ihrem einmaligen Schlangenerlebnis. Im Anschluss an die Fahrt gab es noch eine kleine Krokodil/Alligator Show. Wie man zum Beispiel seinen Kopf in die Schnauze eines Krokodils stecken kann. Geht solange gut, bis man etwas im Maul berührt. Dann schnappt es unerbittlich zu. Sollte dann noch Kopf, Arm oder Fuß im Maul stecken, es gibt gute Prothesen.

Ok, außer für den Kopf. Das war dann wohl ihr letzter Fehler. R.I.P. sagt man dann so schön.

Hinterher konnte man sich mit unterkühlten Babykrokodilen fotografieren lassen. Warum unterkühlt? Sie sind wechselwarme Tiere, können ihre Körpertemperatur nicht selbst regulieren. Sind also von der Außentemperatur abhängig. Je kälter sie sind, desto unbeweglicher, desto weniger das Risiko das es zubeißt. Selbst ein Babykrokodil kann im aufgewärmten Zustand sehr schnell und beißlustig sein und dabei einen Finger oder ähnliches ziemlich verletzten.

Und dann gab es noch eine riesige Anakonda in einem großen Käfig. Die dickste Stelle war bestimmt vom Durchmesser wie mein Oberschenkel und der ist nicht gerade klein. Der Käfig war so groß, dass man als Tourist zu der Schlange in den Käfig steigen konnte und sich dabei mit ihr zusammen fotografieren ließ. Ja, Gaby stieg ohne Furcht in diesen Käfig rein. Lächelnd, freudestrahlend. Leider gibt es davon keinen bildlichen Beweis. Ich schaffte es nicht so nah an den Käfig heran zu gehen um Gaby dabei zu fotografieren. Das Vieh war mir zu unheimlich. Gaby hat es sogar gestreichelt und geschwärmt, wie toll sich die Schlangenhaut anfühlt. Ich brauchte DAS nicht. Wirklich nicht.

Es gab auch noch anderes unheimliches Getier. Nicht in den Everglades oder in der Wildnis. Nein direkt im Hotelzimmer. Die klammheimlichen Herrscher von Miami Beach. Auf Spanisch hören sie sich sogar fast lustig an „La Cucaracha" ja es gibt sogar ein Lied über diese Tierchen. Auf Deutsch sind es einfach nur Kakerlaken. Miami und vor allem Miami Beach muss davon fast überquellen. Millionen oder Milliarden leben da im Untergrund. Zum Glück hielten sich die Tierchen in unserem Hotelzimmer deutlich zurück. Eine tauchte mal kurz hinter einem Bilderrahmen auf, eine andere war in der Nähe des Telefons. Also normalerweise treten sie ja in deutlich größeren Mengen auf. Aber es blieb bei den Beiden und das war auch gut so. Ich mag die Viecher nicht so besonders. Hatte mal in Karlsruhe auf einer Baustelle mit den Tierchen zu tun und da waren es einige Hundert von ihnen. Ich finde sie einfach nur ekelhaft. Mich schüttelt es mir noch, wenn ich an die Baustelle denke.

Als ich dann das Ungeziefer in unserem Hotelzimmer sah, wurde ich schon nervös. Ich hatte eigentlich erwartet in New York etliche dieser Tierchen zu sehen. Es gibt ja diese Horrorgeschichten, wo die Kakerlaken nachts auch ihren Verstecken kriechen und im Schlaf den Speichel von einem aufsaugen. Hatte schon einige Berichte gesehen, wie groß die Plage in New York ist. Der ewige Kampf zwischen Kakerlake und Schädlingsbekämpfern, diesen ungleichen Kampf werden wohl die Kakerlaken am Ende gewinnen. Aber in New York, kein einziges dieser Viecher gesehen, stattdessen in Miami, wo ich mit ihnen gar nicht gerechnet hatte. Aber bei zwei Stück blieb ich noch entspannt

In der Zeit in Miami fanden wir dann auch näheren Kontakt zu dem Pärchen, dass wir im Zubringerbus zum Flugzeug, ersten Mal gesprochen haben. Wir haben etwas Gemeinsames getrunken und sind ins Gespräch gekommen. Ulrike mit ihrem Freund, den Namen fällt mir einfach nicht mehr ein. Er spielt auch absolut keine Rolle in der Geschichte. Ulrike hat sich nach der Superbowl Reise relativ auch schnell getrennt. Sie hatten auch nie so richtig zueinander gepasst.

Wir waren gemeinsam auf diesem Ausflug. Der Kontakt wurde intensiver. Am Abend vor dem Superbowl beschlossen wir gemeinsam nach Miami Beach zu laufen. Ganz Miami Beach war Partyzone. Jeder feierte den kommenden Superbowl. Unser Hotel lag vielleicht fünfzehn bis zwanzig Gehminuten vom Ocean Drive und Umgebung entfernt. Der ganze berühmte Ocean Drive und die Nebenstraßen waren voller feiernder Gäste vibrierte von Leben. Viel Lärm aus Bars und Diskotheken, hupende Autos, tausende Menschen auf der Suche nach Party, viel Alkohol und mehr. Wir suchten nur ein Lokal, wo wir gemeinsam was essen konnten. Entschieden haben wir uns in einer Parallelstraße zum Ocean Drive für eine Sushi Bar.

Zu der damaligen Zeit war Sushi in Deutschland noch sehr exotisch und sehr teuer. Bei einem Geburtstag von mir, hatte sich Gaby ein Jahr vorher für ca. 30 Mark Sushi bestellt. Geliefert wurden dann 7 oder 8 Teile. Ein verdammt stolzer Preis, für das Wenige, was da serviert wurde. Wenn man sich überlegt, wie normal heute dieses Essen geworden ist. Es gibt Sushi ja heute sogar schon beim Aldi in der Kühltheke.

In dieser Sushi Bar bestellten wir eine Dschunke für 4 Personen. Das Sushi wurde immer auf kleinen Booten serviert. Also unsere Dschunke war da ein klein wenig größer. Sie war vielleicht siebzig Zentimeter lang und zwanzig bis fünfundzwanzig Zentimeter breit. Das ganze Oberdeck voll beladen mit Sushi. Wir aßen wie die Verrückten alle Sorten die da aufgetischt wurden. Gaby machte da auch noch eine Erfahrung der anderen unangenehmen Art.

Wie schon gesagt, Sushi war uns zumindest nicht so bekannt. Auf dieser Dschunke gab es auch einen großen Klecks einer grünen Paste. In ihrer Unerfahrenheit meinte sie, dass sei wohl so etwas wie

Guacamole und nahm eine sehr große Portion von diesem grünen Zeug. Heute wissen wir natürlich was es ist. Keine Guacamole sondern Wasabi. Grüner japanischer Meerrettich. Höllisch scharf. Ideal in kleinen Dosen zum Sushi. Als Gaby nun diese große Menge an Wasabi im Mund hatte, da stellte sie sehr schnell fest, wie groß der Unterschied zwischen Guacamole und Wasabi ist. Chilis sind scharf, brennen auf der Zunge und beim Schlucken. Die ätherischen Öle von Wasabi steigen dagegen direkt in Nase hoch. Räumen in den Nebenhöhlen auf und rauben einem den Atem. Wie diese bekannten Bonbons Vom besten Freund des Fischers mit Eukalyptus und Menthol, aber das mit hundert multipliziert. Die Augen weiteten sich in Entsetzen, als sie merkte was die da im Mund hatte und die ätherischen Öle ihre Wirkung freisetzen. Es brauchte einen sehr langen Moment bis sie wieder Luft bekam. Aber sie schaffte es, dann aber mit einer sehr freien Nase und Nebenhöhlen, doch weiter zu essen.

Wir Vier haben so viel von dem Sushi gegessen, dass wir das Gefühl hatten zu platzen. Und trotzdem war immer noch was auf dieser Dschunke übrig. Auf dem Heimweg zum Hotel, meinte Ulrike, dass es die Möglichkeit gibt an einer Eiweißvergiftung zu sterben. So benebelt wir waren, so beängstigend war die Vorstellung. Am Vorabend des Superbowl wegen zu viel Sushi an einer Eiweißvergiftung sterben. Hätte was. Aber zum Glück haben wir die Überdosis Fisch mit Reis dann doch ohne zu sterben überstanden.

Der große Tag war dann da. Am Vormittag mussten wir aber natürlich noch ans Meer. Das Hotel lag ja direkt am Sandstrand von Miami Beach. Richtig heiß war es nicht, angenehmes Wetter. Ins Meer mussten wir natürlich auch. Wie heißt es dann immer so schön umschrieben, das Bad war erfrischend. Sehr erfrischend. Später stießen dann noch Ulrike und Freund dazu. Es war wirklich entspannend, an dem endlosen langen Sandstrand zu liegen und dabei die Gewissheit haben, am Abend das wichtigste Sportereignis zu erleben. Am Nachmittag war es dann soweit. Es ging endlich los. Der Hauptgrund für unsere ganze Reise. Superbowl 29. Das Spiel zwischen den San Francisco 49ers und den San Diego Chargers. Unser Bus brachte uns in die Nähe des Stadions. Uns und achtzigtausend andere Glückliche, die eine Karte erhalten haben. In weiser Voraussicht erhielten wir unsere Karten erst kurz vor dem Eingangsbereich. Damit wir ja nicht die Chance haben unsere Karten anderweitig zu verscherbeln. Leider saßen wir von Ulrike und ihrem Freund getrennt. Aber das machte sowieso nichts. Er war Fan des falschen Teams. Das der San Francisco 49ers. Kurze Erklärung. Die NFL, die National Football League ist eigeteilt in die NFC, die National Football Conference und die AFC, die American Football Conference. Der Sieger der NFC spielt im Superbowl gegen den Sieger der AFC.

Dreizehn sehr lange Jahre hat die NFC die AFC dominiert. Deklassiert, vernichtend geschlagen. Da ich ein Herz für Außenseiter habe, den Underdog liebe, hasse ich seit dieser Zeit die Teams der NFC. Selbst heute noch, wo die Bilanz eher Richtung AFC ausschlägt, kann ich kein NFC Team unterstützen. Aus Prinzip nicht. Jeden Superbowl den sie verlieren zelebriere und genieße ich von ganzem Herzen. Schaue in mir wieder und wieder an, nur um mir zu bestätigen, dass das AFC Team hat gewonnen.

Bei unserem Superbowl Besuch waren die San Francisco 49ers aus der NFC die großen Favoriten bei den Fans und Buchmachern. Ihre Gegner, die San Diego Chargers aus der AFC dagegen der absolute Außenseiter. Leider gab es keine Sensation, das Spiel verlief, wie es erwartet wurde. Deutlich und chancenlos gingen die Chargers gegen die 49ers unter. Den meisten im Stadion hat es gefallen. Habe ich schon gesagt, dass ich NFC Teams hasse? So ein Superbowl ist natürlich ein nationales Highlight der Amerikaner. Angefangen von der Nationalhymne, den Düsenjets, die pünktlich mit dem letzten Ton über das Stadion donnerten, bis zur Halbzeitshow. Alles perfekt inszeniert. Auf jedem Sitz des Stadions gab es Sitzkissen, die mit allerlei Präsenten gefüllt waren. Unter anderem mit solchen Leuchtstäben, die wenn man sie knickt, anfangen zu leuchten. Am Ende der Halbzeitshow schalteten sie die komplette Beleuchtung im Stadion aus und alle nahmen ihre Leuchtstäbe und schwenkten sie. Achtzigtausend Leuchtstäbe in der Dunkelheit, hat schon was.

Genauso die Stars der beiden Mannschaften mal live zu sehen. Steve Young, Neon Deion Sanders, Jerry Rice oder von den Chargers

Junior Seau. *Leider hat er sich vor ein paar Jahren mit einer Schrottflinte das Leben genommen. Bei jeder derartigen Nachricht kommt so etwas wie Neid auf, derjenige hat etwas geschaffen was ich nicht hinkriege*

Und zur Bestätigung des Elends, weinte sogar der Himmel. In Miami, im Januar, Regen, wo war der Sunshine State? Die ganze Zeit davor und nach dem Spiel strahlend blauer Himmel. Aber eine kurze Zeit während des Spieles begann es zu regnen. Aber was spielt es für eine Rolle, gar keine. Da das Spiel extrem einseitig und langweilig war, war der Regen eine willkommene Abwechslung. Nach Abpfiff ziehen die Sieger, dieses Mal also die San Francisco 49ers immer diese Gewinnershirts mit der Aufschrift „World Champion" und dem Abbild des Siegerpokals oder ähnliches an. Natürlich hat das Verliererteam auch solche Shirts produziert und sie werden eigentlich klammheimlich eingestampft. Lustiger weise wurden aber manche, natürlich inoffiziell, außerhalb des Stadions verkauft. So als Rarität.

Nach dem Spielende, als wir uns endlich aus dem Stadion herausgeschoben hatten, bekam ich noch einen kleinen bis mittleren Panikanfall, als wir unseren Bus nicht mehr auf Anhieb fanden und wir wie verrückt über den Busparkplatz rannten um unseren Bus zu finden. Je mehr Zeit verging, wir dabei an einigen falschen Bussen vorbei rannten, desto stärker wurde die Nervosität. Stellte mich schon vor, wie wir ganz alleine auf dem dunklen Parkplatz standen und keine Idee, wie wir bloß vom Stadion wieder ins Hotel kommen sollen. Aber bei aller Panik, haben wir dann doch noch den einzig wahren Bus gefunden. Unseren. Erleichterung.

Immer noch bin ich total verzweifelt. Die Nachwirkungen des letzten Samstages sind immer noch zu spüren. Seit dem Wochenende habe ich noch eine Blasenentzündung geholt. Gestern deswegen bei meiner Hausärztin gewesen. Das trägt nicht gerade zu Verbesserung meiner Stimmung bei. Heute Termin bei meiner Ergotherapeutin. Der Weg dorthin war schon sehr anstrengend. Die Verzweiflung ist übermäßig. Die Menschen um mich herum, habe das Gefühl dass alle mich nur anstarren. Das Haus zu verlassen. Im Kopf ständig diese

Traurigkeit, am liebsten wäre ich wieder umgekehrt. Aber Termin ist Termin. Ausgemacht ist ausgemacht. Egal wie es mir gerade geht.

Pflichterfüllung! Möchte irgendwie einfach nicht mehr weiter. Auf dem Heimweg auch noch ein Lied gehört, dass mir sehr nahe geht. War anstrengend, nicht in der Straßenbahn in Tränen ausbrechen. Fassade aufrecht halten. Bin so traurig. Fühle mich gerade, als ob ich eine Tonne schwer wäre.

Bin am überlegen, ob ich schon in einer Phase bin, in der ich um Hilfe zu bitten soll. Als ich heute mit der Straßenbahn an der Psychiatrie vorbeifuhr und aus dem Kopfhörer „An deiner Seite" von Unheilig lief, War ich sehr, sehr versucht. Aber dann kommt wieder die andere Stimme. So schlimm ist es ja nicht, so suizidal bin ich ja nicht. Also bleib draußen. Du brauchst keinen Schutz.

Keine Ahnung, kein Gespür für mich. Was will ich, was ist gut für mich? Welch ein Witz, welch eine Verzweiflung, welch eine Traurigkeit. Ich werde es wohl nie schaffen auf meine Bedürfnisse zu reagieren

Zurück nach Miami. Auch wenn es mir mal wieder schwer fällt, mich darauf zu konzentrieren. Letzter Tag. Später Nachmittag startet unser Flieger nach Hause. Wie üblich bis 10 Uhr Zimmer räumen. Was machen wir solange? Erst Mal noch einmal runter an den Strand. Das letzte Mal Miami Beach Feeling. Die restliche Zeit haben wir mit Ulrike und ihrem Freund in der Lobby Billard gespielt. War recht lustig. Vier Leute die keine Ahnung haben wie man die Kugeln einlocht, oder mit einem Queue umgeht, versuchen unter mehr oder weniger Verzweiflung die Kugeln in diese Löcher zu kriegen. War bestimmt spaßig anzusehen, wie wir uns angestellt haben.

Am Nachmittag dann endlich der Bus, der uns zum Flughafen brachte, wie nett die Leute am Flughafen sind, wenn man ihr Land wieder verlässt. Unser Flieger verlässt Miami um nach einer kurzen Zeit wieder in Orlando zu landen. Erst dann geht es auf die Reise über den Atlantik. Mitten in der Nacht, konnte nicht schlafen, während neben mir Gaby friedlich vor sich hin schlief, gingen plötzlich die Anschnallzeichen an. Der Pilot meinte was von ein paar Turbulenzen.

Gaby schlief tief und fest weiter, während ich mir ausmalte, mitten über dem Atlantik, abzustürzen. In die beide Richtungen tausende und abertausende Kilometer Wasser. Welch eine angenehme Vorstellung. Aber das wird wohl vielen so gehen, wenn sie über Stunden nichts als Wasser unter sich haben. Wenn man über Land fliegt, gibt es ja immer noch die trügerische Hoffnung, man könnte es ja noch bis zu einem Flughafen schaffen um dort zu landen. Aber über Wasser? Keine Chance. Ich hasse Phantasien. Natürlich passierte nichts. Bis auf das bisschen Gewackel war es ein ruhiger, entspannter und sicherer Flug.

Randstory. Wir haben auch schon schlimmeres erlebt, als wir Jahre später nach Kreta flogen und den Ausläufern eines Gewitters versuchten zu entkommen. Als es immer wieder Luftlöcher gab, die das Flugzeug um einige hundert Meter mehrmals absacken ließen. Die Leute um uns herum, unterhielten sich nur noch mit ihren Kotztüten. Die Stewardessen mit dem Nachschub kamen fast nicht mehr hinterher. Während ich im Mittelgang saß, und gar keine Übelkeit verspürte, obwohl ich nicht mal die harmloseste Achterbahn fahren kann, weil es mir sofort schlecht wird. Aber in diesem Flieger fand ich es eigentlich ganz spaßig, wenn beim Absacken der Magen sich nach oben erhob.

Aber der Flug von Orlando zurück nach Frankfurt verlief ohne Probleme. Nach dieser Woche Flucht vor dem Alltag, vor dem was uns oder besser mich erwartete, waren wir wieder schnell drinnen. Wir blieben mit Ulrike weiterhin brieflich und auch telefonisch in Kontakt. Nach ihrer Trennung zog sie zurück in ihre alte Heimat Hamburg. Das sollte noch eine wichtige Rolle spielen. Abwarten und weiterlesen.

Die übliche Arbeit in der Schreinerei, die genauso besch..eiden weiter gingen, wie vor dieser Urlaubswoche. Aber das rückte im Vergleich zu den privaten Themen ziemlich in den Hintergrund. Die Gedanken kreisten immer noch unverändert um das eine Thema, genauso wie vor dem Urlaub. Immer noch stand ich vor der Entscheidung, wie es in meinem Leben weitergehen sollte. Das Buch und das Thema Transsexualität gingen mir nicht mehr aus dem Kopf.

Ich besorgte mir mehr Bücher zu dem Thema. Ich verschlang sie alle. Geschichten von Menschen, die ihren Traum wahr machten, aber auch von solchen, die es sich nicht getraut haben. Aus Rücksicht oder Angst der Familie gegenüber. Die Frage des Wagens oder Nichtwagens beschäftigte mich fast Tag und Nacht. Auf der einen Seite die Angst vor dem Unbekannten, wobei dies eigentlich das noch viel zu harmlos klingt.

Wenn ich mich entscheide, diesen Weg zu gehen, dann verändere ich alles in meinem Leben. Alles. Ich stelle es komplett auf den Kopf. Wenn ich Pech habe, zerstöre ich mein Leben. Alles. Auch das Leben von Gaby. Verliere alles was ich bis dahin mir aufgebaut habe, nicht dass das besonders viel gewesen wäre. Verliere vielleicht auch meine Familie, die sich angewidert von mir abwendet. Aber es war alles was ich hatte. Setze mich unter Umständen Hohn und Spott aus. Ich habe nicht gerade die Parademaße einer Frau. Große Hände, kräftiger Körper, schon damals Ansatz zur Fettleibigkeit. Wenn ich in den Spiegel schaute, wie soll ich DAMIT als Frau leben, mich in der Öffentlichkeit sehen lassen. Ich muss doch auffallen wie ein bunter Hund. Wollte ich das wirklich alles auf mich nehmen, nur um diesen einen innerem Gefühl zu folgen?

Einem Gefühl folgen, für mich fast unmöglich. Durch die lange Zeit der selbstauferlegten Emotionslosigkeit, des Funktionierens auf Teufel komm raus, war ich innerlich wie abgestorben. Und nun kommt diese seltsame, extrem befremdliche Emotion hoch. Ein Gefühl drängte massiv nach außen. Das durfte, das konnte doch nicht sein. Nicht ich. Warum ausgerechnet ich?

Aber dieses so starke Gefühl ließ sich nicht mehr, wie damals in der Pubertät, verschweigen oder verdrängen. Zu diesem Zeitpunkt hatte das Gefühl endlich einen Namen Es war gut zu wissen, dass das Empfinden nicht pervers ist, dies was eine riesige Erleichterung. Aber der Gedanke an die Aufgabe, diesen Weg bis zum Ziel zu gehen, ließ mich daran zweifeln.

Was, wenn ich alles damit kaputt mache? Meine Beziehung damit zerstöre? Nur noch mehr zum Außenseiter werden. Die Liebe der eigenen Mutter verliere.

Als es noch ein unnatürliches, pervers Gefühl war, und ich die Einzige mit solch einem Empfinden gewesen bin, da war es leichter es zu verdrängen. Zu sagen, verschwinde.

Es blieb, es kämpfte, mal mehr oder weniger im Vordergrund, um seine Daseinsberechtigung. Aber im Grunde stand der Sieger schon von vorneherein fest. Die Stimmen dagegen waren auf verlorenem Posten. Die Vernunft veranstaltete nur noch Rückzugsgefechte. Es durfte nicht, was nicht sein durfte.

Zum ersten Mal in meinem Leben war ein Gefühl stärker als aller Wille. Mit jedem Tag wuchs der Wunsch nach dem Frausein. Ein Vierteljahr kämpfte ich mit mir, so langsam kam so etwas wie eine erste Akzeptanz meiner Transsexualität.

Im März war es dann soweit. Ein erster Schritt musste getan werden. Mein Bart musste ab. Das Symbol, dass ich mir vor ca. zwölf Jahren wachsen ließ, um meine Zweifel bezüglich meiner eigenen Männlichkeit zum Schweigen zu bringen. Nur um mir selbst zu beweisen, ich bin ein Mann! Nun zwölf Jahre später ist dieser Versuch gescheitert, oder zumindest standen wir am Anfang des endgültigen Scheiterns.

Die Tätigkeit an sich war relativ schnell erledigt. Erst mit dem Elektrorasierer die langen Haare weg und dann mit einem Nassrasierer die Stoppeln entfernen. Alles in allem vielleicht eine Aktion von vielleicht zwanzig Minuten oder einer halben Stunde. Aber die Auswirkungen brauchten etliche Wochen, bis sie einigermaßen erträglich waren. Die Rasur erzeugte in Gaby und mir einen regelrechten Schock. Gaby hatte mich ja noch nie ohne Bart gesehen. Sie kannte ihren Michael nur mir diesem Rauschebart. Es war ja sogar einer der Gründe, warum sie mich beim ersten Kennenlernen so interessant fand. Ihr gefielen Männer mit Bärten. Vielleicht hatte das was mit ihrem Vater zu tun. Und nun war er ab.

Das Gesicht das ihr und mir im Spiegel entgegen blickte, war das meiner Mutter. Nach zwölf Jahren mit Vollbart war mir gar nicht mehr bewusst, wie groß die Ähnlichkeit zwischen meiner Mutter und mir ist. Natürlich fiel das Gaby auch auf und das in einer Zeit, knapp ein Jahr nach dem Tod meines Vaters, wo der Telefonterror meiner

Mutter, ihre ständigen Anrufe und Belästigungen auf einem ziemlichen Höhepunkt waren. Sprich die Spannungen zwischen ihr uns beiden waren am Kochen.

Und nun musste Gaby tagtäglich in ein Gesicht schauen, dass sie eigentlich immer ziemlich aufregte und für ordentliche Wut sorgte. Sie konnte mir fast wochenlang nicht mehr ins Gesicht blicken, so unangenehm war ihr der Anblick. Das Gesicht hatte ja nichts mehr gemein mit dem Bild, dass sie die ganze Zeit von ihrem Freund, ihrem Ehemann hatte. Der Unterschied war wirklich frappierend und erschreckend. Aber mir ging es ja genauso. Auch ich war geschockt, über diese verblüffende Ähnlichkeit zwischen Mutter und Sohn oder besser gesagt, angehende Tochter. Aber auch geschockt, wie weiblich das schon Gesicht aussah. Sogar schon ohne Hormone.

Jeder Blick in den Spiegel, beim nun alltäglichen Rasieren, beim auf die Toilette gehen, beim Baden, immer kam ich am Spiegel vorbei und erschrak über mein Ebenbild. Da gab es schon einige Momente, wo ich mir überlegte, ob ich diesen Weg wirklich weitergehen sollte. Wenn ich heute mein Bild von damals mit dem von heute vergleiche, ist es durch die Hormone noch einmal deutlich fraulicher geworden. Aber schon im Ausgangsgesicht fand ich sehr viel weniger markante männliche Züge. Natürlich fiel das neue Outfit auch den anderen Menschen auf, meiner Mutter, meiner Schwester mit Freund, meiner Kundschaft im Geschäft. Für alle mussten wir ja eine Erklärung finden. Warum plötzlich der Bart ab war. Bei den meisten genügte ein einfaches „Wollte mal was neues ausprobieren" Der Rest glaubte dieser Aussage vielleicht nicht, aber was der tatsächliche Hintergrund war, soweit gingen ihre Spekulationen dann mit Sicherheit doch nicht.

Der erste Schritt war getan. Wie ging es nun weiter? Der Kampf hatte erst richtig begonnen. Wobei ich mir eigentlich immer sicherer wurde, dass dies der richtige Weg für mich ist. Aber ich war noch nicht bereit den Schritt nach außen zu wagen. Was im Nachhinein höchstwahrscheinlich ein ziemlicher Fehler gewesen ist. Im Inneren die Frau, nach außen hin der Mann, der Sohn. Eine immer schwerer werdende Diskrepanz

Im Sommer flogen wir mit meiner Mutter nach Kefalonia. Als Sohn. Aber für mich wurde in diesen vierzehn Tagen immer klarer, dass es die letzten Ferien des Michael Röder waren. Es fiel mir zunehmend schwerer der Mann zu sein, denn der Rest der Welt zwar noch sah, aber eigentlich für mich schon so gut wie tot war. Dabei gleichzeitig immer die Frau versteckt zu müssen, die mit so großer Macht nach außen drängte. Dieser Spagat forderte ihren Preis. Die ersten Depressionen kamen. Besonders schlimm nach den samstäglichen Besuchen bei meiner Mutter, wo ich den lustigen, entspannten Michael geben musste. Ich habe einen Vorteil und gleichzeitig großen Fluch. Wenn ich in eine Rolle schlüpfe, wie um diese Zeit den Sohn, dann schalte ich meine innersten Gefühle ab. Ich spüre nichts mehr von der Verzweiflung und der Traurigkeit. Auch die weibliche Seite war dann unterdrückt. Ich schalte sie ab, verdränge sie in die hintersten dunkelsten Ecken in meinem Kopf. Ich spiele jede Rolle perfekt. Genau das, was mein Publikum von mir sehen möchte. Natürlich hat dies einen hohen, zum Teil auch lebensgefährlichen Preis. Der Moment, wo ich endlich meine Maske fallen lassen kann und wieder ich sein. Dann kommen die Gefühle mit aller Macht wieder hervor. Sie überfluten dann alles.

Wobei ich mir bis heute nicht klar bin, ob es dieses Ich überhaupt gibt. An diesen Samstagen, wenn die Haustür im Haus meiner Mutter hinter uns zu fiel, da fiel dann auch die Maske und die ganzen verdrängten Emotionen kommen wie Scheiße aus einem verstopften Klo wieder hoch. Enttäuschung und Wut über mich selbst, weil ich mein wahres Ich wieder mal verleugnet habe. Ein Selbsthass, wie ich ihn schon lange nicht mehr gekannt hatte kam jedes Mal hoch.

Während der Heimfahrt fiel ich mit jedem Meter den wir uns von meiner Mutter entfernten tiefer und tiefer ins Loch. Die Tränen flossen. Und das schlimmste an der Situation war, dass ich Gaby mit in diesen Strudel der Dunkelheit riss. Sie ließ sich von meiner Depressivität anstecken. Bei ihr lösten diese Mitabstürze sehr oft heftige Spannungskopfschmerzen aus, schon fast Migräneanfälle. Viele Sonntage konnte sie nur mit sehr viel Schlaf und abgedunkelten Räumen überstehen. Meist erst gegen späten Nachmittag ließen die

Beschwerden soweit nach, dass sie es schaffte aus dem Bett herauszukommen. Das alles durch meine Schuld.

Wenn ich heute auf diese Anfangszeit zurückblicke sehe ich das viele Positive. Wie die Verwandlung immer weiter fortschritt, das Leben bunter wurde. Aber ich habe auch in diese Zeit angefangen so etwas wie ein Tagebuch zu schreiben. Da fällt mir erst wieder auf, dass es auch dunkle Tage gab. Der Spagat zwischen äußerem Auftreten und innerem Bedürfnis wurde immer größer. Wie zwei gleichgepolte Magnete die sich gegenseitig abstoßen. Diese Zeit der privaten Veränderung und der gleichzeitigen Überforderung in der Schreinerei war eine implosive Mischung. Hatte es ja früh gelernt, dass Explosionen nicht funktionieren, von anderen unterdrückt, bzw. nicht verstanden wurden. Also richtete ich die ganze Wut, die ganze Verzweiflung auf die Person die sich nie wehrte, es gewohnt war Schläge psychischer Art einzustecken, die sich schon genug selbst hasste, auf mich.

Auf der einen Seite wurde der Panzer oder der Schutzwall immer undurchdringlicher, während im Innern der andere Teil den ganzen Hass, die ganze Traurigkeit zu spüren bekam und sich dabei immer weiter schrumpfte. Ich hasste mich, ich ekelte mich vor mir selbst.

Mit dem Thema Frau werden ging natürlich auch die Überlegung einher, welchen neuen Vornamen ist denn für mich wählen würde. Ich brauchte dazu gar nicht lange zu überlegen. In der Schule gab es früher eine Susanne, und ich fand den Namen schon damals toll. Also beschloss ich, dass mein zukünftiger Vorname Susanne Katharina lauten soll. Zweitnamen finde ich irgendwie schön, man kann mit ihnen an bestimmte Personen erinnern. In meinem Fall ist eine Hommage an meine Großmutter, die ebenfalls mit zweiten Vornamen Katharina hieß. So war dieses Problem auch geklärt

Im Sommer und Herbst begann ich damit anzufangen, mich intensiv nach weiblicher Bekleidung umzuschauen. Was angesichts der körperlichen Größe äußerst schwierig war. Internet steckte noch in den Kinderschuhen. Läden in Karlsruhe mit einer guten Auswahl an Frauenbekleidung in Übergrößen waren noch recht spärlich vorhanden. Erst später entdeckte ich, dass es auch in Karlsruhe einen

Laden von Ulla Popken gab. Und damit endlich die Freiheit und die Auswahl sich altersgerecht anzuziehen. Meine ersten Teile kaufte ich in einer Boutique relativ nah zur Schreinerei. Ich entdeckte ihn beim Vorbeilaufen. Aber die Sachen waren eher auf einen älteren Kundenstamm ausgerichtet. Wie sagt man so schön, etwas altbacken. Aber zu der Zeit nahm ich alles, was ich kriegen konnte. Ich war immer noch auf der Suche nach meinem Style. Das Outfit, in dem ich mich wohl fühle und auch das Zutrauen bekomme, damit an die Öffentlichkeit zu gehen. Wie bei allen Neuerschaffungen braucht man seine Zeit, bis man das richtige Gespür entwickelt, wie die Kreatur, dieser neue Mensch auszusehen hat.

Ich habe zu dieser Zeit auch einige falsche Entscheidungen hinsichtlich meiner Ausstattung getroffen. Im Kopf war immer noch Kampf der beiden Geschlechter und in dieser Phase war es schwer, sich noch darauf zu konzentrieren, welche Moderichtung die richtige ist. Ich kaufte Sachen, die Damen vielleicht tragen, die zwanzig Jahre älter sind. Die, aus heutiger Sicht auch nicht zu meinem Typ passen. Aber man lernt aus Erfahrung, auch Irrwegen den richtigen Weg zu finden. Als ich dann nach einigem Suchen, den Laden von Ulla Popken fand, das war das eine. Dann aber noch über die Schwelle zu treten und mich umzusehen, das andere. Einen Vorteil hatten die ganzen geschmacklichen Fehlinvestitionen. Ich konnte inzwischen meine Konfektionsgröße bestimmen. Das erleichtert die Sache dann doch ungemein.

Das erste Mal im Laden war ich noch mit Latzhose, bei einer meiner Fluchten aus dem Geschäft. Raffte all meinen Mut zusammen und ging hinein, mit der üblichen Ausrede, was für meine Frau zu suchen. Was im Nachhinein wohl auch eine ziemlich blöde Ausrede war. Welche Frau würde wohl ihren Mann losschicken um Bekleidung für sie zu kaufen? Sehr unwahrscheinlich, oder? Mir war es damals egal, ich hatte einen Grund hineinzugehen und mich umzuschauen. Kaufte mir auch einen roten Cardigan und ein Top mit einem Rüschenkragen. Beides habe ich sogar heute noch, aber ich habe es so gut wie gar nicht angezogen. War etwas overdressed, mehr fürs Büro als für den Alltag geeignet. Das erste anziehbare, alltagstaugliche Kleidungsstück war ein dunkelgraues Kleid. Langärmelig. Auch das hängt noch im Schrank und wird von mir zumindest wenn es kälter wird immer noch gerne getragen.

Gekauft hat es aber Gaby, die alleine in den Laden musste, während ich draußen vor dem Laden stand und nickte oder den Kopf schüttelte. Je nachdem was sie gerade in der Hand hielt und hochhob. Jetzt so im Nachhinein klingt mein Verhalten so lächerlich. Muss wohl auch etwas befremdlich für die Verkäuferinnen ausgesehen haben. Was sich aber bei weitem schwieriger gestalten sollte als aller Bekleidungsartikel waren die Schuhe. Heute ist es kinderleicht, Damenschuhe in der Größe dreiundvierzig zu bekommen. Von High Heels bis Flip-Flops. Für jeden Anlass, gibt es Damenschuhe in Übergröße.

Leider war dem, Mitte der Neunziger noch nicht so. Nur ganz wenige Läden führten überhaupt Übergrößen und wenn dann zu astronomischen Preisen. Entweder sind in den letzten zwanzig Jahren immer mehr Frauen geboren worden, oder haben sich so entwickelt, dass sie auf großem Fuß leben. Damals kostete ein Paar simple schwarze Pumps in dreiundvierzig zwischen hundert und hundertsiebzig D-Mark. Heute kriege ich ein ähnliches Paar Pumps bei zum Beispiel Deichmann deutlich unter dreißig Euros. Für Leute die die D-Mark nicht mehr kennen, oder vergessen haben, dass es sie einmal gab. Ein Euro entspricht grob zwei D-Mark.

Zum Glück fand Gaby im C&A in der Schuhecke des Kaufhauses, Schuhe in Übergrößen. Keine große Auswahl, war auch sehr schwankend, manches Mal gab es vier oder fünf Paare zur Auswahl, manches Mal ein einziges oder gar keines. Man musste also öfters hingehen und dann noch Glück haben, das etwas Gescheites dabei war. Wir hatten Glück und ergatterten ein Paar schwarze Pumps. Also war auch dieses Problem erst einmal gelöst.

In diesem Kleid sind auch die ersten Bilder von Susanne entstanden. Im Wohnzimmer, mit dem grauen Kleid, geschminkt (zu grell), die Haare hatten noch einen deutlichen männlichen Schnitt. Und die Augen strahlten eine so riesige Unsicherheit aus.

Gaby versuchte das Beste daraus zu machen. Aber als ich die Bilder sah, war es eine ziemliche Ernüchterung, gemischt mit großer Enttäuschung. Die Person, die mir da entgegen sah, hatte wenig von einer Frau, trotz Kleid und Schminke. Wie sollte ich denn jemals so draußen durch kommen?

Die Angst, als Freak angesehen zu werden, dass die Leute mein Leben lang mit dem Finger auf mich zeigen werden, war groß. Wieder war der Kampf zwischen Wunsch und Wirklichkeit, zwischen Hoffnung und Realität am Gange. Aus den Büchern wusste ich ja, dass ich ein ganzes Jahr so herumlaufen musste, bevor überhaupt mit der Hormontherapie begonnen werden konnte. Ein ganzes Jahr! SO? War es da nicht einfacher, zu kneifen und so weiterzumachen wie bisher?

Leider gab es diese Alternative aber nicht mehr. Im Inneren hatte die Frau schon gesiegt. Die Frage war nur noch ob sie es auch nach außen schaffen würde und was wenn nicht? Zurück konnte ich nicht mehr, wollte es auch nicht mehr. Aber wenn der Weg nach vorne durch mein äußeres Erscheinungsbild unmöglich ist. Welche Alternative habe ich dann noch?

Im Herbst habe ich mir bei Otto einen gelben Mantel bestellt. Ich musste es unbedingt probieren aus dem Haus zu gehen. Das Gefühl testen, wie es ist, als Frau auf der Straße unterwegs zu sein. Das Verlangen danach wuchs, gleichzeitig aber auch die Angst davor. Ich, oder besser gesagt wir, da ich es ohne Gabys Unterstützung wahrscheinlich gar nicht geschafft hätte, machten mich zurecht und wollten am späten Abend den ersten Schritt hinaus machen. Die ersten paar Versuche scheiterten noch in der Wohnung. Die Angst war zu groß, obwohl die Dunkelheit einen so guten Schutz abgab. Erst beim dritten oder vierten Mal schaffte ich es meinen Fuß vor die Tür zusetzen.

Das Haus in Kandel in dem wir wohnten hatte den Eingang hinten, also nicht vorne auf die Straße raus. Wir mussten also erst über den Hof, die Einfahrt entlang, bis wir auf der Straße waren. Nie mehr kam mir die Straßenbeleuchtung so grell vor. Schon diese ersten Schritte kosteten eine enorme Überwindung. Von unserem Haus waren wir sehr bald im Neubauviertel von Kandel. Diese Strecke haben wir mit

Bedacht gewählt, weil dort die Wahrscheinlichkeit am geringsten war, irgendwelche Menschen zu treffen. Ein kleiner Spaziergang vielleicht knappe zwanzig bis dreißig Minuten, länger dauerte das Ganze nicht. Eine einzige Frau kam uns entgegen, vorsichtshalber haben die die Straßenseite gewechselt, als wir sie von weitem auf uns zukommen sahen. Ich konnte keine Sekunde entspannen, so nervös, so ängstlich war ich die ganze Zeit. Bevor ich wieder ins Haus ging, musste Gaby die Einfahrt und den Hof des Hauses checken, ob die Luft rein war und ich die letzten Meter ins Haus gehen, oder eher rennen konnte.

Irgendwann wird sich bei ihnen wohl die Frage stellen, oder hat sich schon gestellt, wie ging Gaby eigentlich mit dieser ganzen Situation um? Wie genau, kann ich ihnen leider auch nicht sagen. Da rückt sie selbst mir gegenüber nicht mit einer richtigen Antwort heraus. Nicht weil sie es nicht will, aber sie hat große Schwierigkeiten über ihre eigenen Gefühle und Empfindungen zu reden. Sie hat es nie gelernt, offen mit Gefühlen umzugehen. Wahrscheinlich hat sie ebenso wie ich es nie in der Familie gelernt und hat halt auch nicht die klinische Erfahrung die ich in den letzten Jahren gesammelt habe. Wenn man vielleicht auch sonst wenig mitnimmt von einem Klinikaufenthalt, aber das (fast) offene Sprechen über Gefühle gehört mit Sicherheit dazu. Man wird sich seines Selbst bewusster. Das hat seine Vor- und Nachteile. Einer dieser Vorteile ist für sie, dass sie nun dieses Buch lesen können.

Eine der Nachteile ist, man redet manches Mal zu viel über seine Gefühle. Aber ich habe da einen Vorteil, den meisten psychisch Kranken gegenüber. Ich kann von meinen Problemen reden, aber nicht so als ob es meine wären, sondern die einer anderen Person. Das bin nicht ich, über den ich gerade rede, sondern so als ob ich über irgendeine dritte Person rede, die gerade nicht im Raum ist. Das macht die Sache manchmal viel leichter, aber beim Therapeuten so viel schwieriger. Er bekommt diesen depressiven Anteil ja gar nicht zu fassen. Aber das Erlernen über Gefühle zu sprechen, heißt noch lange nicht, dass ich mich ganz öffnen kann. Aber wir schweifen vom Thema ab. Psyche und Kliniken, dazu werden wir noch kommen. Zurück zu Gaby.

Einmal sagte sie mir, dass sie am Anfang, bei den ersten Schritten von mir noch recht neutral war, sie aber gleichzeitig nicht wusste, ob und wie weit sie mit mir diesen Weg gehen kann. Nun sie geht diesen Weg bis heute mit mir. Ihr dafür Dank zu sagen, ist eigentlich viel, viel, viel, viel zu wenig. Das ich mit Gaby mehr als Glück habe, sie an meiner Seite zu haben, ist stark untertrieben. Warum sie an meiner Seite geblieben ist? Ihre Antwort war, weil sie den Menschen liebt der in mir steckt, egal welches Geschlecht dieser Mensch nun hat. Sie nennt es Liebe. Das klingt so locker, so einfach.

Aber überlegen sie einmal, wie sie reagieren würde wenn ihr Partner zu ihnen sagt ich will Frau werden und sie damit nicht nur mit einer Transsexuellen zusammenleben müssen, sondern sie auch von mehr oder weniger einem Tag auf den anderen in einer lesbischen Beziehung leben. Oder im umgekehrten Fall, wenn ihre Frau zu ihnen sagt, sie fühlt sich als Mann und sie würden urplötzlich als schwules Paar in der Öffentlichkeit auftreten. Wären sie dazu bereit? Wäre ihre Liebe dafür stark genug? Diesen Schritt mit ihrem Partner mitzugehen? Egal was die Anderen um sie herum dann vielleicht von ihnen, ihrer neuen Beziehung halten würden?

Wenn sie diese Fragen mit einem JA beantwortet haben, zolle ich ihnen meinen größten Respekt. Nicht viele sind dazu bereit, diesen schwierigen Weg mitzugehen.

Oder ist ihre Liebe ihrem Partner gegenüber so auf das vorgegebene Geschlecht fixiert, dass sie es nicht schaffen, die inneren Werte ihres Partners über die Äußerlichkeiten anzuerkennen?. Die Angst vor dem Gerede, dem Getuschel hinter ihrem Rücken.

Keine Angst, verurteilen werde ich sie deswegen nicht, wenn sie zu dieser zweiten Gruppe gehören und die Beziehung zu ihrem Partner beenden würden. Nicht jeder schafft es, oder hat den Mut und das ist ok. Für diejenigen ist dieser Schritt auch der leichtere. Leider bleibt dann ihr Ex-Partner alleine zurück und das ist in dieser Situation sehr schrecklich. Ich habe einige Transsexuelle kennengelernt, bei denen die Beziehungen deswegen in die Brüche gingen und sie litten fürchterlich darunter. Manche durften ihre eigenen Kinder nicht mehr sehen, wurden als Perverse oder schlimmeres bezeichnet. Viele haben in solchen Momenten auch versucht sich das Leben zu nehmen.

Mir ist schon bewusst, dass ich eines der großen Lose mit Gaby gezogen habe. Ihre Liebe muss extrem stark sein, dass sie die nun über drei Jahrzehnte bei mir geblieben ist. Wenn man sich überlegt, was sie alles mitgemacht hat. Erst einen Mann kennen und lieben gelernt, geheiratet, dann eröffnet ihr Mann, dass Er lieber eine Sie sein möchte und als das alles überstanden ist, kommt dann noch die schweren psychischen Erkrankungen dazu. Mit unzähligen Klinikaufenthalten, zum Teil weit weg von zu Hause. Wenn das keine Liebe ist, was dann.

Soll ich ihnen mal sagen, was das schlimme daran ist, all das kann ich ihr nicht wirklich verstehen. Ich kann mir einfach nicht vorstellen, dass ein Mensch, Gaby, mich lieben kann. Mich, diesen großen stinkenden Scheißhaufen. Ja, an manchen Tagen habe ich wirklich das Gefühl, genau das zu sein. Ich bin es doch nicht wert geliebt zu werden. Wie kann man mich mögen? Aber schon wieder bin ich der Zeit weit voraus und muss nun wieder umschwenken auf das Jahr 1995. Der innere Druck, es endlich öffentlich zu machen, wuchs.

Ich wagte einen Probelauf. Ulrike, die wir Anfang des Jahres auf unserer Superbowl Reise kennengelernt haben, war für mich ein guter Anfang. Sie wohnte weit weg in Hamburg und wir waren nicht so sehr befreundet, dass eine negative Reaktion große Auswirkungen auf unser Leben hätte.

Ich setze mich also hin und schrieb ihr einen Brief, in dem ich ihr erklärte, dass ich mich als Frau fühlen würde, ob sie denn weiterhin mit mir befreundet bleiben wollte, so in der Art. Denn Brief dann auch abgeschickt und ganz nervös auf eine Antwort gewartet.

Sie müssen nun auch etwas auf die Antwort warten. Im Fernsehen, würde man das jetzt eine unerwartete Werbeunterbrechung nennen. Hier ist es eine Unterbrechung aus aktuellem Anlass. Gestern Abend trafen wir uns mit Sonja, wieder in unserem üblichen Irish Pub. Sonja ist oder besser war auch depressiv. Hatte wie es so schön heißt eine depressive Episode. Ist aber aus weitestgehend aus ihr heraus, ist wieder arbeiten, führt ein normales Leben. Der Abend war wie immer schön. Uns gut unterhalten, unseren Spaß gehabt. Auch ich. Zumindest oberflächlich. Problem ist aber immer, dass sie versucht mich zu motivieren, zum Beispiel wieder ein paar Stunden in der Woche arbeiten zu gehen. Um aus dem Gedankenkarussell des ständig wiederholenden Tagesablaufes, dem Kreisen der Gedanken, dem sich Einsperren in den eigenen vier Wänden auszubrechen. Sie unterstützt mich, bei der Überlegung, meinen alten Betrieb anzuschreiben und nachzufragen, ob sie nicht eine Arbeit für ein paar Stunden in der Woche für mich haben würden. Dadurch soll ich dann die Kraft finden, mich wie Münchhausen am eigenen Schopf aus dem Sumpf bzw. Loch herauszuziehen. Das alles klingt in diesen Momenten, wo ich dort in dem Pub sitze so locker. Ja, alles kein Problem, ich schreib den Abteilungsleiter mal an und frage nach.

Sie hat ja mit ihren Argumenten auch Recht. Zumindest nach meinem Verstand. Aber, genau das berühmte Aber, wenn man irgendwelche Entschuldigungen anführen will. So nachdem Motto „ich würde ja gerne, aber..." Was mache ich also, wenn ich nicht die Kraft dazu habe, so tief in der Depression hänge, dass mir jeder Mut zum Leben fehlt, wie soll ich dann die Kraft aufbringen, die Mail zu schreiben und die Stunden zu arbeiten. Es ist jedes Mal ein Schuldgefühl da, wenn ich von unseren Treffen weg gehe. Fühle mich als Versagerin, weil ich nicht die Kraft aufbringe, so etwas eigentlich selbstverständliches und einfaches, wie ein paar Stunden zu arbeiten, nicht schaffe. Das Gefühl, zu blöd zu sein, unfähig, eine einzige Enttäuschung zu sein. Können sie mich verstehen, was in mir da vorgeht? Eher nicht, oder? Ich probiere es zu erklären, doch es klingt schon jetzt wie eine Entschuldigung für meine Unfähigkeit. Ich lebe in einer Welt, die vollkommen schwarz ist, in der an manchen Tagen und Wochen fast unmöglich ist, aus meinem Schneckenhaus heraus zu kommen. In der sie nicht mal Kraft haben, sich zu duschen oder die Haare zu waschen. Alleine die Vorstellung dies tun zu müssen, ist schon eine enorme Anstrengung. Manches Mal schaffe ich es unter größten Anstrengungen wenigstens alle vierzehn Tage etwas für zu tun.

An vielen Tagen kostet der Kampf am Leben zu bleiben und nicht aufzugeben so viel Kraft. Oder sich in diesen Wochen nicht selbst zu verletzen, weil mal wieder die Traurigkeit und die Wut auf einen selbst nicht auszuhalten ist, das ist so anstrengend. Dann ist für nichts anderes mehr Platz. Es kostet ebenso ungeheuer viel Kraft, sich abends hinzustellen und zu kochen. Alleine schon sich Gedanken zu machen, was koche ich diese Woche ist so kräfteraubend. Aber ich tue es, Gaby zuliebe. Wenn ich schon den ganzen Tag „faul" zuhause herum hänge und sie nach fast zehn Stunden vom Geschäft zurückkommt, dann hat sie es doch mindestens verdient, dass etwas Warmes und Leckeres auf dem Tisch steht. Wenigstens eine einzige Sache, für die ich nützlich bin und einen Sinn macht.

Aus dem Haus, unter fremde Menschen zu gehen. Mit der Straßenbahn zu meiner Ergotherapeutin oder zu meiner Psychotherapeutin in der PIA, der psychiatrischen Institutsambulanz, zu fahren, erfordern ungeheure Kraftanstrengungen. Wie so oft, zwinge ich mich dazu, weil ein ausgemachter Termin ein Verpflichtung ist, die ich einzuhalten habe, egal, wie es mir gerade dabei und damit geht. Eine Verpflichtung ist für mich wie ein heiliges Versprechen, das ich einhalten muss und wenn es das letzte wäre, was ich tun würde. Also würden sie es in solch einer Verfassung schaffen, sich um einen Job zu bemühen? Einige werden mal wieder mit dem Argument kommen, ich müsse doch endlich mit dem Gejammer aufhören und ins Tun kommen. Wissen sie wie sehr ich mich dafür hasse, dazu nicht die Kraft aufzubringen? Ich hasse mich aus tiefsten Grund, ich mich hasse mich so, als ob ich selbst meiner schlimmster Feind wäre.

So Werbepause beendet, zurück wieder zum ursprünglichen Thema. Das Warten auf die Antwort von Ulrike. Sie kam sogar relativ schnell. Und war sehr positiv. Sie bedankte sich für meine Offenheit, fand es sogar klasse und erklärte uns dabei noch, dass sie selbst lesbisch sei. Wir haben dann auch noch ein paar Mal telefoniert und dabei einen Satz gesagt „Es mir doch egal ob Michael oder Michaela, der innere Mensch zählt, alles andere ist egal". Das hat mir doch etwas

Mut und Hoffnung gemacht, dass vielleicht auch andere Menschen es genauso sehen könnten. Dann haben wir etwas ausgemacht, was sehr viel Mut und Überwindung von mir verlangen wird. In Dezember werden Gaby und ich sie in Hamburg besuchen, als Frau. Ein ganzes Wochenende. Das ist natürlich eine ziemliche Herausforderung.

Hätte heute eigentlich zu meiner Hausärztin gehen sollen, hatte diese Woche eine Blasenentzündung und die ist jetzt fast weg, aber sie wollten von mir noch eine Urinprobe zur Kontrolle und die Ärztin will mich wahrscheinlich auch noch sehen. Aber ich habe keine Kraft für dies. Ich bin so antriebslos, so verzweifelt, so traurig, ich kriege es einfach nicht hin, aus dem Haus zu gehen, in die Straßenbahn zu steigen und dort wieder im Wartezimmer eine kleine Ewigkeit auszuharren. Ich will ins Bett, mich mit Medikamenten abschießen. Fire and forget! Gleichzeitig kann ich das aber nicht, weil heute Nachmittag die Tierärztin kommt, wegen einem unserer Wellensittiche. Leider liegt der Termin so, dass ich alleine bin, wenn sie kommt. Das ist eine ungeheure Belastung für mich. Weiß nicht was ich tun muss, traue es mir nicht zu den Vogel einzufangen, also muss es die Tierärztin machen. Fühle mich da wieder als Versagerin. Brauche bei dem Termin nicht mal was tun. Außer mich rechtzeitig fertig zu machen. Mich zu rasieren, Deo aufzulegen, Straßenbekleidung anzuziehen. Aber schon das ist an oder über der Grenze des Machbaren. Ich kann nicht mehr und gleichzeitig weiß ich, dass ich es schaffen werde. Einfach weil ich es muss. Ich habe Angst, dass der Wellensittich so krank ist, dass er dann doch stirbt. Ich habe schon dem letzten Wellensittich beim Sterben zusehen müssen. Hilflos, dazusitzen, während Stück für Stück das Leben aus dem kleinen Körper entweicht. Ich sitze da, heule, will einfach nicht mehr. Jedes Elend ist mir zu viel. Die Emotionen sind zu viel. Keine Abgrenzung vorhanden. Überborden mich. Ich ertrag es einfach nicht mehr. ZU VIEL. VIEL ZU VIEL. Das Bedürfnis mich zu verletzen ist groß, sehr groß, weil ich die Emotionen in meinem Kopf nicht mehr kontrollieren kann. Sie überfluten mich. Ertränken mich. Ich brauche ein Ventil zum Druck ablassen. Blut muss fliesen. Und hört mir auf mit Skills und solchem Scheiß. Darüber bin ich längst hinaus. Schmerz und Blut sind gerade so verlockend. Nicht vor dem Tierarztbesuch, aber danach? Ich bin so müde, so lebensmüde. Auch des Ankämpfens gegen die Krankheit bin ich zu müde, zum Weitermachen zu müde. Alles ist zu anstrengend. Aufzuhören, aufzugeben, klingt in meinen Ohren richtig gut.

In einem Video, wo es um Depression und Borderline geht, wo jemand versucht zu erklären wie es sich anfühlt, so zu fühlen wie man fühlt, da geht es auch um das Thema Suizid. Da kommt dann diese Zeilen dabei vor…

„Wenn man Abschiedsbriefe schreibt, seine Sachen ordnet, Pläne für den Suizid macht……"
„Du bist der Meinung, das zu tun ist purer Egoismus?"
„NEIN! Es ist die pure Verzweiflung, die Angst vor Morgen, es sind die inneren Schmerzen, die Schmerzen die man nicht sieht… die einen dazu verleiten"

Dies sind solch wahre Worte! Wenn man einen Gott anfleht, an dem man nicht glaubt, aber in seiner Verzweiflung ihn bittet einen zu erlösen. Ein Fingerschnippen vom ihm und alles wäre vorbei. Gleichzeitig weiß man aber, dass es ihn und den Fingerschnipp nicht gibt. Was tue ich, wenn ich zu feige bin. Oder wie lange bin ich noch zu feige?

Ja, Hamburg. Das erste Mal nicht nur im Dunkeln um die Häuser schleichen, oder sich mal kurz auf die hell erleuchtete Hauptstraße trauen. Nein, drei volle Tage, vierundzwanzig Stunden als Frau unterwegs sein. Ich war aufgeregt und verängstigt zu gleich.

Aber bis dahin waren es noch ein paar Monate. Ließ mir am anderen Ohr auch noch ein Ohrloch stecken. Das erste hatte ich mir noch als Mann stechen lassen, da war sogar meine Mutter dafür. Seltsam, aber egal. Ein Ohrloch hatte ich also schon, nun musste das zweite her. Die Verkäuferin in dem Juwelierladen schaute zwar etwas seltsam, aber tat es trotzdem. Nun hatte ich also wie fast jede Frau zwei Ohrlöcher und muss nicht mehr diese unangenehmen Ohrclips tragen.

Am zwanzigsten Oktober hat meine Mutter Geburtstag. Diesen wollten wir, die ganze Familie, meine Mutter, die Familie Staiger, Petra mit Jochen und ihrem ersten Kind Lennart, sowie Gaby und mir, gemeinsam feiern. Gefeiert sollte in Erlangen werden, wo die Familie Staiger in der Zwischenzeit ja wohnte. Damit dieses Wechselspiel zwischen Michael und Susanne endlich ein Ende hat, hatte ich mir fest vorgenommen, es der ganzen Familie zu sagen. Endlich reinen Tisch zu machen und ihnen die Wahrheit zu sagen.

Freitagnachmittag stiegen wir in den Zug, der uns nach Erlangen brachte. Zu diesem Zeitpunkt war ich sehr fest entschlossen, mich endlich zu outen. Aber der Freitag ging herum, ohne dass ich es schaffte. Wollte eigentlich zuerst meiner Schwester in einem ruhigen Moment darüber reden, aber es fand sich keiner. Ein gemeinsamer Spaziergang war die nächste Chance. Und wieder nicht den Mund aufgemacht, wieder nicht den Mut gefunden, mir die Last von der Seele zu reden. Irgendwann war die Angst davor so groß, dass ich mir einredete, ein Brief an Petra und ihre Familie zu schicken, wäre wohl einfacher. Gleichzeitig war aber auch die Enttäuschung über mich selbst, meine Feigheit so riesengroß. Wir fuhren heim, ohne das Thema auch nur anzukratzen. Habe mich dann die nächsten Tage an den Computer gesetzt und begonnen den Brief an die Staigers zu schreiben. Aber er blieb auf dem Rechner und nahm nicht den Postweg zu meiner Schwester. Er blieb sogar noch etliche Monate dort liegen. Geschrieben habe ich ihn im November 1995, abgeschickt erst Ende Februar 1996. Solange brauchte ich, um mich zu überzeugen, ihr die Wahrheit zu sagen.

Ein Vierteljahr habe ich es geschafft, clean ohne Verletzungen zu bleiben. Das letzte Mal war es in der Klinik. Heute ist es wieder passiert. Ich habe dem inneren Druck der sich in mir in den letzten Tag aufgebaut hat, nicht mehr standgehalten und mich wieder einmal geritzt. Der Anspannungslevel stieg von jetzt auf gleich auf über neunzig von einhundert. Keine Chance noch irgendwelche Skills anzuwenden. Der Anspannungslevel war einfach zu hoch um noch runter zu skillen. Ich wollte zu dem Zeitpunkt auch keine Skills mehr, ich wollte nur noch den Schmerz und das Blut. Im Kopf war nur noch „Tue es, jetzt! Lass Blut fließen". Habe mich wieder am linken Unterarm verletzt. An der Ober- und Unterseite. Die Verzweiflung war zu stark. Der Druck ist nun wenigstens kurzfristig weg. Der Kopf ist gerade ziemlich leer, bin so müde, erschöpft. Aber dafür ist die Enttäuschung vor mir selbst größer geworden. Mir fehlt gerade die Kraft und die Inspiration zum Weiterschreiben. Kopf zu leer.

Dazu verstarb heute auch noch einer unserer Wellensittiche. Nicht das ich zu ihm ein besonders nahes Verhältnis gehabt hätte, aber erneut einem Tier beim Sterben zu sehen zu müssen, zu sehen wie das Leben erlöscht, ist schwer zu ertragen. In meiner jetzigen psychischen Verfassung, ich bin so übersensibel, angespannt. Jede Emotion um mich herum, im Fernsehen kleinste Szenen, eine Textzeile in einem Lied, oder jetzt der Tod des Wellensittichs all das wirft mich derartig aus der Bahn. Ich breche regelrecht zusammen. Emotionale Reizüberflutung. Wie Schläge die einem verpasst werden, ohne dass man sich wehren kann.

Also blieb ich für die Familie über Monate immer noch der Michael. Obwohl es mir schwerer und schwerer fiel. Wie bei einer Schere gingen die beiden inneren Personen immer weiter auseinander. Diese wechselnden Rollenspiele, der gleichzeitige große Stress im Geschäft, wurden anstrengender

Ich schaffte es, wieder nach sehr viel Hin und Her, soll ich oder soll ich nicht, bei der Selbsthilfegruppe für Transsexuelle in Karlsruhe anrufen. Die Telefonnummer hatte ich aus einem Buch über TS gefunden. Ansprechpartnerin war eine Michaela Säger. War erst Ewigkeiten besetzt, wollte schon aufgeben. Dann gab es doch noch ein Freizeichen. Das Gespräch dauerte nicht all zu lange. Sie wollte mir Unterlagen zu schicken. Haben uns für Freitag zu einem persönlichen Gespräch im Haus der AOK verabredet. Dazu hat sich mich zu einem Informationsveranstaltung über das Thema Transsexualität am Samstag ebenfalls im Haus der AOK eingeladen.

Das Gespräch war am Dienstag. Die Tage bis Freitag gingen so langsam. Die Nervosität stieg dafür exponentiell an. Wie wird es wohl sein, die ersten anderen Transsexuellen zu treffen. Von der Stimme her, war es ihre auch sehr dunkel und tief. Damals hatte ich vielleicht noch so etwas wie Hoffnung, dass durch die Hormone oder was auch immer, die Stimme, wie soll ich sagen, etwas heller, weiblicher klingen könnte. Aber dem ist leider nicht so. Stimmbruch ist nicht heilbar. Kurzer anatomischer Exkurs, in der Pubertät werden die Stimmbänder der jungen Männer simpel ausgedrückt ausgeleiert und dadurch wird die Stimme tiefer. Im Gegensatz zu den Stimmbändern bei Frauen, diese bleiben gespannt und dadurch höher. Und durch die Hormone werden die Stimmbänder leider nicht wieder gespannt. Die beiden einzigen Möglichkeiten etwas an der Stimme zu ändern, sind ein operativer Eingriff, wo angeblich mit einem Golddraht die Stimmbänder wieder so weit gespannt werden, dass die Stimme wieder etwas höher wird. Es soll sogar nur unter örtlicher Betäubung gemacht werden, damit man selbst bestimmen kann, wie die eigene Stimme später klingen soll. Klingt ziemlich gruselig und ich habe Angst davor, dass bei der OP was schief gehen könnte und die Stimmbänder beschädigt werden, naja und man dann nicht mehr sprechen kann. Also scheue ich mich sehr gegen diese Möglichkeit. Die Andere ist Logopädie. Männer sprechen eher aus dem Bauch was die Stimme zusätzlich tiefer macht, Frauen sprechen eher mit einer Kopfstimme. Dadurch wird sie weicher und etwas höher. Wobei ich gerade an keine der beiden Möglichkeiten eigentlich denke. Ich habe die letzten zwanzig Jahre mit dieser Stimme gelebt. Habe damit, als Verkaufsberaterin, am Telefon oder persönlich mit Kunden verhandelt, meine Freunde kennen mich mit dieser Stimme. Also ist das Bedürfnis danach heute nicht besonders groß etwas daran zu ändern. Klar gibt es Momente, wenn ich unter Fremden bin, in der Straßenbahn oder ähnlichem und etwas sagen muss, dann gibt es ab und an seltsame Blicke, so nachdem Motto, die Stimme passt aber gar nicht zum äußeren Erscheinungsbild.

Zurück zum ersten Treffen mit einer anderen Transsexuellen. Es wurde Freitag und Gaby und ich waren zur verabredeten Zeit am vereinbarten Ort. Aber leider war von unserer Gesprächspartnerin nichts zu sehen. Sie kam erst 3 Stunden später, Gaby ist in der Zwischenzeit mit dem Zug schon wieder zurück nach Hause in Kandel, gefahren. Meine eigene Stimmung war zu dem Zeitpunkt auch schon nicht mehr die beste. Drei Stunden Warterei umsonst. War sauer und enttäuscht.

Der Hausmeister meinte, dass sie meist erst gegen achtzehn Uhr eintreffen würde. Also lief ich ca. zwei Stunden durch Karlsruhe. Ständig am Grübeln, am Zweifeln. Bin ich es wirklich, oder ist das alles nur ein Hirngespinst. Eine Spinnerei. Aber dafür dauert die Spinnerei so lange. Ist eine Spinnerei so stark, dass der Wunsch nach dieser Spinnerei immer ausgeprägter wird? Nein!

Als ich kurz nach achtzehn Uhr wieder im Haus der AOK eintraf, war sie endlich auch da. Wie ich später erfuhr, war sie wohl nie die zuverlässigste. Sie hatte zu der damaligen Zeit die einzige Vollzeitstelle in dem eingetragenen Verein für Transsexuelle in Karlsruhe. Den sie aber bald darauf wieder verlor, weil sie gewissen Schindluder mit ihren Stelle trieb. Private Ferngespräche und anderer Amtsmissbrauch wurden ihr vorgeworfen. Zumindest waren das die Aussagen von einigen anderen aus der Selbsthilfegruppe, die sie später über sie äußerten. Aber das war und ist ihr eigenes Problem.

Ich weiß nicht wie oder was ich mir unter ihr vorgestellt habe, wie sie aussieht. Ein Teil ihrer Geschichte habe ich ja in einem Buch gelesen. Als sie ihre Vornamensänderung hinter sich hatte, füllte sie ihre Badewanne mit Sekt und nahm ein Bad darin. Dieser Frau saß ich nun gegenüber. Kann heute nicht mehr genau beschreiben wie sie aussah. Ist auch egal. Weiß noch, dass sie doch sehr weiblich aussah, nur irgendwo im Hintergrund war ein kleines bisschen des Mannes noch zu sehen. Wie bei mir heute auch noch. Der Mann lässt sich nie ganz verleugnen.

Aber in der kommenden Zeit, als ich sehr intensiv Bio-Frauen beobachtete, wie sie sich bewegten, sich anzogen, wie sie in der Öffentlichkeit auftreten, da stellte ich fest, dass es nicht das typische Verhalten von Frauen gab. Ein jede, war anders. Mit oder ohne einem maskulinen Touch, dick oder dünn, sexy oder Trampel. Alles war vertreten.

Ich war auf der Suche nach DEM typischen Verhalten das alle Frauen haben müssen. Nur um festzustellen, dass es keine einheitliche Verhaltensmustern bei Frauen gibt. Also muss es doch auch eine Nische für eine Frau wie mich geben.

Bei dem Gespräch erklärte sie mir die weitere Vorgehensweise, ein Jahr als Frau leben, ohne hormonelle Unterstützung, dass ich zwei Gutachter brauche, für die Vornamensänderung und die geschlechtsangleichende Operation. Dinge die ich im Großen und Ganzen schon gewusst oder geahnt hatte. Sie lud mich zum heutigen Gesprächsrunde der Selbsthilfegruppe ein, sowie am morgigen Samstag zu einer Informationsveranstaltung.

Zur heutigen Gesprächsrunde hatte ich nach dieser langen unnötigen Wartezeit irgendwie keine Lust mehr. Ich wollte nur noch nach Hause. Aber diese morgige Veranstaltung hörte sich interessant an. Da hatte ich schon Interesse an einer Teilnahme. Also verabschiedete ich mich und war fest entschlossen morgen wieder zu kommen.

Aus dem morgigen Tag wurde dann heute, Samstag. Ich machte mich bereit, zog mein Kleid an, machte mich so weit als möglich hübsch. Alles war bereit. Doch dann kam mit einem Mal die Angst hoch, am helllichten Tag als Frau in der Nähe meiner Arbeitsstelle herum zu laufen, Dass Risiko das ich jemandem über den Weg laufe, der mich vielleicht erkennen könnte, war groß. Die Angst wurde übermächtig, quasi mit dem Schlüssel fürs Auto in der Hand, machte ich kehrt. Die Angst war zu viel. Gleichzeitig wuchs dann immer mehr die Verachtung vor mir selbst. Ich hasste meine eigene Feigheit, nicht zu dem stehen können was ich sein wollte.

Aber wenige Wochen später musste ich den Weg in die Öffentlichkeit, am helllichten Tag dann definitiv gehen. Keine Alternative, keine Rückzugsmöglichkeit. Anfang Dezember war es soweit. Die Fahrt zu Ulrike nach Hamburg stand an. Von Freitag bis Sonntag waren wir in der Hansestadt, als ultimative Entscheidungshilfe, ob ich den Weg weitergehen werde bzw. muss.

Oder ob es wirklich doch nur eine Spinnerei von mir ist. Die Bahnkarten waren gekauft, das Hotel gebucht, es gab also kein Zurück mehr. Beim Packen der Tasche, war ich kurz am Überlegen, ob ich nicht vorsichtshalber ein paar Kleidungsstücke von Michael mitnehmen soll. Aber ich habe mich dagegen entschieden. Dieses Wochenende gehörte alleine Susanne. Mit all dem Risiko, dass ich dabei eingehen muss.

Die Generalprobe, eine Woche vorher verlief richtig gut. Sind Sonntagabend von Kandel nach Karlsruhe gefahren. Dunkelgraues Kleid, Mantel, Hut, Schminke. Los ging die Fahrt nach Karlsruhe. Erster Stopp Tankstelle. Während Gaby tankte, saß ich im hellen Licht der Tankstelle. Keiner schaute. In Karlsruhe sind wir dann die Kaiserstraße entlang gelaufen. Hell erleuchtete Einkaufsstraße. Das Licht der Läden und Straßenlaternen erleuchteten die Dunkelheit und ich mittendrin. Liefen über eine Stunde durch die hellen Straßen und Einkaufspassagen. Natürlich war immer noch eine sehr starke Unsicherheit vorhanden. Aber mit der Zeit legte sie sich mehr und mehr. Es kamen uns etliche Leute entgegen, keiner schaute uns komisch an. Gaby warf ab und zu einen Blick zurück auf die Leute, ob sie sich vielleicht hinter unserem Rücken sich umdrehten und uns nachgafften. Aber keiner tat es. Es war eine gelungene Generalprobe für das nächste Wochenende. Hamburg kann kommen.

Hamburg

Ein Wochenende verändert alles

Das Wochenende ist nun da. Natürlich stieg wegen der Generalprobe die Nervosität. Vor allem weil, es einige Schwierigkeiten zu überwinden galt. Erstes großes Problem. Gaby musste mit unserer Katze Krümel, ein Erbstück meiner Oma aus Burrweiler, nach Durlach zu meiner Mutter fahren. Krümel konnten wir ja nicht drei Tage alleine zuhause lassen. Deswegen haben wir uns entschlossen, sie bei meiner Mutter zur Obhut abzugeben. Mitgehen konnte ich ja schlecht, als Frau meiner Mutter gegenüber treten, wäre da nicht empfehlenswert gewesen.

Also fuhr Gaby alleine dorthin. Das war aber noch nicht das Hauptproblem. Sondern jetzt kommt das zweite deutlich größere Problem auf mich zu. Unser Treffpunkt war der Karlsruher Hauptbahnhof. Um diesen zu erreichen, muss ich mit dem Zug von Kandel nach Karlsruhe fahren, das Auto war mit Gaby und Krümel belegt. Also in den sauren Apfel beißen und den Zug nehmen. Das bedeutete, ich musste am helllichten Tag raus. Das erste Mal. Um den Bahnhof in Kandel zu erreichen, muss man einen etwas weiten Fußweg quer durch die Stadt zurückzulegen.

Aus dem Haus raus, ein gutes Stück die Hauptstraße entlang laufen, wo viele Leute mich wohl sehen werden. Dann am Bahnhof, unter den anderen Wartenden, auf dem Präsentierteller stehen, bis der Zug kommt. Und das alles als Frau. Gaby war weg, unterwegs zu meiner Mutter. Die letzte Möglichkeit zu kneifen, war vertan. Also Hose, Bluse und Mantel angezogen. Geschminkt, den Bartschatten mit Camouflage (eine sehr stark deckende Schminke aus der Apotheke) abdeckt. Musste nur noch die Tür öffnen und rausgehen. Hatte ja nicht unbegrenzt Zeit. Zögern oder verschieben ging nicht. Ein Zug wartete auf mich. Ich musste raus, einfach raus und loslaufen. Ich zog die Wohnungstür hinter mir zu.

Rien ne va plus. Nichts geht mehr. Schritt für Schritt über den Hof auf die Straße. Nicht recht oder links schauen. Versuchen nach außen möglichst entspannt zu wirken, alles ganz normal. Möglichst keine zu auffälligen Augenkontakte. Der Weg zum Bahnhof geschafft, ohne das ganz Kandel auf mich gezeigt hat. Keine Auslacher gehört. Stehe mit einem Dutzend anderer Fahrgästen und warte auf die Regionalbahn. Die Überraschung, einer der anderen Fahrgäste ließ mir als Frau sogar den Vortritt. War total baff. Bedankte mich mit einem Lächeln und einem Kopfnicken. Nächster Stressfaktor. Hauptbahnhof Karlsruhe. Hoffentlich kommt Gaby bald. Stehe mittendrin in diesen Menschenmassen, die um mich herum laufen und rennen, um ihre Züge zu erwischen. Die vielen Menschen, die Hektik machten mich extrem nervös. Und Gaby kam einfach nicht. Wo blieb sie nur. Die glühenden Kohlen auf denen ich saß, wurden immer heißer. In zehn Minuten kommt unser ICE Richtung Hamburg und von ihr immer noch nichts zu sehen. Zum Glück war sie wenige Minuten später dann doch da. Parkplatzprobleme. Wir erreichten noch unseren Zug.

Wie wird wohl der Zugschaffner reagieren, war meine nächste Angst wenn er unsere Fahrkarten kontrolliert. Vor allem, weil auf der Bahncard ja noch mein männlicher Namen standen. Wie würden sie auf den Namen und die dazu nicht passende äußere Erscheinung reagieren? Wurden sogar zweimal kontrolliert, da in Frankfurt Schichtwechsel war. Ging aber in beiden Fällen ohne Komplikationen. Im Abteil gab es von anderen ein paar komische Blicke, aber daran werde ich mich wohl gewöhnen müssen.

Sechs Stunden später erreichten wir Hamburg. Ulrike erwartete uns schon. Hatte sich sehr verändert. Hat achtzehn Kilo abgespeckt, die langen Haare vom Januar waren sehr kurz geschnitten. Ihr ganzes Auftreten war sehr selbstbewusst. Fast schon männlich. Gestand uns, dass sie auch schon überlegt hatte, ob sie vielleicht auch transsexuell wäre, aber sie entschied sich dann doch nur lesbisch zu sein. Ihr Auftreten, ihr dominantes Verhalten waren wirklich bewundernswert. Sie hatte sich wirklich innerhalb dieses Jahres stark zum Positiven verändert. Mit der U-Bahn ging es zu unserer Pension. Etwas frisch gemacht und dann in ein Steakhouse zu Abend gegessen. Dann gingen wir auf Tour. Wir trafen uns mit Udine, der Freundin von Ulrike in einer Art Studentenkneipe. Waren auch noch ein paar andere Leute an unserem Tisch. Ulrike meinte, Udine hätte ansonsten ziemliche Probleme mit Männern. Aber durch meine weibliche Ausstrahlung hätte sie keine mit mir. Das fand ich schon mal klasse.

Naja, ein großes Problem gab es dann doch. Badischer Dialekt trifft Hamburger Hochdeutsch. Zwei Welten trafen aufeinander. Meist habe ich irgendwas gesagt und die alle anderen am Tisch verstanden nichts davon. Schauten mich irritiert an. Hätte auch Chinesisch reden können. Wusste nicht, dass die sprachliche Barriere zwischen Süd- und Norddeutschland so deutlich sind. Aber die Hauptschuld lag wohl bei mir und meinem doch sehr breiten badischen Ausdrucksweise. In ihren Augen stand immer wieder ein „Häh, haben nichts verstanden, was hat sie eben gesagt?" Der Blick ging dann meist Richtung Ulrike, sie musste dann als Übersetzerin herhalten.

Nach der Aufwärmrunde in der Kneipe ging es weiter. Gemeinsam fuhren wir auf den Hamburger Dom. Dem größten Volksfest im Norden. Dort etwas herum gelaufen, den Fahrgeschäften zugeschaut. Spaß gehabt. Weiter ging die Tour durch etliche Schwulen und Lesbenkneipen. Dort richtig wohl gefühlt. Hatte da das Gefühl, kein Exot mehr zu sein. Nicht mehr dieses Gefühl einer Außenseiterin gehabt. Fühlte mich als Frau dort wohl. Aber dieser Tag hatte auch nicht nur positives. In der U-Bahn gab es immer wieder irritierte Blicke. Das war aber noch auszuhalten. Besonders wenn man in einer Gruppe unterwegs ist.

Aber zwei Situationen waren dann doch von der heftigeren Art. Sie ließen mich wieder nachdenklich werden. In einer U-Bahn Station redete mich eine etwas angetörnte Frau an, was ich denn sei. Sie sei auf der Suche nach männlicher Begleitung. Ob ich nicht mit wollte. Stand dieser Frau und dieser Situation hilflos gegenüber. Wusste einfach nicht, wie ich reagieren sollte. Hätte wahrscheinlich die blöden Sprüche von dieser dummen Frau wohl ohne Widerstand über mich ergehen lassen. Gaby und Ulrike haben mich dann weg von der Frau gezogen. So eine dumme Art von Anmache, traute mich nicht mich einfach zu wehren.

Die andere Situation war dann in einem Auto, als wir an einer Ampel standen. Irgendein Besoffener schaute ins Auto, sah mich und rief seinen Kumpel herbei und machte sich über mich lustig. Ulrike saß vorne auf dem Beifahrersitz. Als sie merkte, was da abging, wollte sie schon aus dem Auto stürmen und dem Typ eines aufs Maul geben. Zum Glück für alle, schaltete aber die Ampel vorher auf grün und wir konnten weiter fahren.

Diese beiden Situationen ließen mich im Hotel dann doch noch grübeln. Muss ja davon ausgehen, dass ich in Karlsruhe während der kommenden Jahre in ähnliche Situationen rutschen könnte. Was mache ich dann. Da gibt es keine Ulrike, die sich todesmutig auf diese Idioten stürzt und mich beschützen will. Nein, solche Situationen werden ich zukünftig wohl alleine ausstehen müssen. Lernen mich selbst zu wehren, oder über der Situation zu stehen.

Sehr schlecht geträumt. So schlecht das es auch noch Stunden danach mit runterzieht. Meine Neffen verkauften in der Wohnung meiner Mutter, Eintrittskarten für das Anschauen eines American Football Spieles im Fernsehen. Dazu haben sie auch Leute der Pforzheim Wildsocks eingeladen. Leute an die ich keine guten Erinnerungen habe. Wollte sie definitiv nicht dabei haben. Zu viele negative Erinnerungen, wusste nicht wie damit umzugehen, wenn ich sie wiedersehe. Meine Schwester schnauzte mich an, dass sei ihr völlig egal: Sie hätte sie eingeladen und damit fertig. Klingt alles etwas wirr, vieles lässt sich auch in Worten schwer ausdrücken, oder ist schon nach dem Aufwachen verblasst. War wie üblich in den Träumen, dass mich jemand fertig macht, mich zusammen scheißt. Keine Rücksicht auf meine Bedürfnisse, meine Verletzlichkeit nimmt. Ist ja immer das Thema in meinen Träumen. Dass mich jemand runter macht, ich nichts wert bin. Neu war nur bei diesem Traum, dass es meine Schwester war und nicht wie sonst meine Eltern, dabei besonders mein Vater. Diese Träume sind meist so realistisch. Besonders die Momente wo ich fertig gemacht werde. Und dies hängt dann nachdem Aufwachen wie ein Klotz an meiner Psyche. Es zieht mich dermaßen runter. Kriege dann keinen Boden mehr unter die Füße. Es ist Montag. Großeinkaufstag. Ich muss raus, für die Woche Abendessen organisieren. Keinen Plan, was ich machen soll, würde mich am liebsten in ein Loch verkriechen. Deckel darauf, einschlafen und nie mehr aufwachen. Ich merke, wie meine Gedanken langsam aber sicher immer wieder Richtung Suizid wandern. Wie dieser Ausweg wieder verlockender wird. Die Hoffnungslosigkeit erdrückt mich.

Zweiter Tag in Hamburg, nach diesem ersten Tag, der viele Hochs aber auch große Zweifel beinhaltete, war dieser Tag und auch der kommende Tag richtig gehend entspannend. Dieser zweite Tag war erst einmal geprägt von den typischen touristischen Erkundungen. Wir haben die Speicherstadt, die Einkaufsmeile, den Hamburger Michel und den Hafen besichtigt. Mein Gott war es an diesem Dezember Wochenende kalt in Hamburg. Es blies ein eiskalter Wind, mein Mantel hatte nur Knöpfe und der Wind blies durch die

Zwischenräume. Deswegen zukünftig nur noch Jacken und Mäntel die einen Reißverschluss haben! Waren danach völlig unterkühlt. Haben den Norden Deutschland und dessen Klima völlig unterschätzt.

    Sind dann zu einem Italiener um uns zu stärken und etwas im Warmen zu sein. Dort ein Problem. Ich musste auf die Toilette. Auf welche gehe ich jetzt? Die wohin ich früher immer ging oder auf die des zukünftigen Geschlechts? Hatte Angst, dass ich auf der Damentoilette auffallen würde, irgendjemand schreien würde, da ist ein Kerl auf dem Damenklo. Aber ich entschied mich für das Risiko oder den neuen Weg. Als Frau musst du auch auf die Damentoilette. Fertig aus. Als ich mit meinen Erledigungen fertig war und ich raus aus der Kabine wollte, da war eine Oma mit ihrem Enkelkind am Waschbecken zugange. So mutig war ich noch nicht, mich an so einem intimen Ort anderen Frauen und ihren möglichen Blicken auszusetzen. Also musste ich eine kleine Ewigkeit warten, bis die beiden endlich fertig waren und ich die Waschbecken für mich alleine hatte. Gaby und Ulrike hatten sich schon gefragt, ob ich irgendwie den Weg nicht zurück gefunden hätte. Nachdem Italiener fuhren wir zurück in die Pension. Das Herumlaufen in der Kälte hatte doch einiges an Kraft gekostet. Gaby legte sich etwas hin, während ich zu aufgedreht war um die Ruhe zu finden. Besserte etwas mein Makeup auf und versuchte die letzten Stunden Revue passieren zu lassen. Am Abend gingen wir dann wieder los. Erst auf den Weihnachtsmarkt. Mit Glühwein und Bratwurst gestärkt. Danach ins Kino. Schauten uns den Film Sieben an. Ich weiß nicht, ob sie den Film kennen, aber dieser Film ist für mich einer dieser Filme, die so verstörend sind und meine Psyche angreifen, dass ich ihn mir heute nicht mehr anschauen kann. Zu krank ist dieser Film. Aber zu der damaligen Zeit war ich so dermaßen mit mir selbst und dem Beobachten der Welt um mich herum beschäftigt, dass mir dieser Wahnsinn in diesem Film gar nicht auffiel.

    Im Kopf nur ständig die Frage, wie ich in der Öffentlichkeit herüber komme. War so in mir gefangen, dass die Verstörtheit des Filmes gar nicht an mich heran kam. Wie heftig und schockierend der Film in Wirklichkeit ist, habe ich zum ersten Mal erlebt als ich ihn mir

Monate später in Ruhe im Fernsehen anschaute. Danach habe ich ihn nie wieder angeschaut. Zu der damaligen Zeit war er nur irgendein Actionfilm. Ulrike hatte die Wirkung des Filmes schon damals gefühlt. Ihr ging der Film zu sehr nach, sie war nicht mehr in der Stimmung für weitere Aktivitäten. So fuhren wir zurück in die Pension. Tag zwei war vorüber. Trotz einiger kleiner Unsicherheiten wurde das Frausein für mich zur Normalität, es war nichts mehr Besonderes für mich. Das war wohl das Beste was mir passieren konnte. Am Freitag war es noch außergewöhnlich und erregend die Frau aus ihrem Käfig herauszulassen. Die Unsicherheit über die gewonnene Freiheit machte mich nervös und angespannt. Am Samstag war die Frau frei, sie fühlte sich als Frau und ich war nicht mehr Mann. Ich genoss es einfach. Dadurch stieg mein Selbstvertrauen. Gut, immer wieder gab es kleinere Unsicherheiten. Aber sie wurden schnell überwunden. Ich ignorierte die komischen Blicke bzw. nahm ich sie mit der Zeit gar nicht mehr wahr. Wenn es ihnen nicht passen sollte, ihr Pech. Scheiß drauf, ich war ich selbst. Das Äußere passte zum ersten Mal zum inneren Gefühl.

Der letzte Tag in Hamburg, war ein weitestgehend entspannter Tag. Nachdem Frühstück sind wir zu Ulrikes Freundin Udine. Sind zu viert an einem wunderschönen Sonnentag, bei eisigen Temperaturen an der Alster spazieren gegangen. Bis zur Abfahrt unseres Zuges noch einen Döner geholt und bei Udine Brettspiele gespielt. Dann wurde es Zeit zum Aufbruch. Beide brachten uns an den Bahnhof. Kurz nach halb Sieben kam unser Zug in den Hamburger Hauptbahnhof und unser Ausflug nach Hamburg war damit zu Ende.

Im Abteil saß ein älteres Ehepaar, die Frau schaute immer wieder etwas irritiert in meine Richtung. Später setzte sie sich dann auf meine Seite, wahrscheinlich um nicht ständig diese, für sie komische, Person anschauen zu müssen. Aber das war mir so was von egal. Ich schwamm gerade auf einer Welle der Euphorie und Selbstsicherheit, dass diese Blicke einfach von mir abprallten. Kurz nach Mitternacht waren wir wieder in Karlsruhe. Von Depression keine Spur.

Als Fazit dieser drei Tage möchte ich ziehen: Am Freitag war es für mich noch schwer als Frau. Da hatte ich noch Zweifel, die daraus entstanden sind, weil es das erste Mal war, eine Frau am helllichten Tag zu sein. Diese zwei blöden Zwischenfälle, haben mich kurzfristig ins Schwanken gebracht. Doch die letzten beiden Tage waren wirklich sehr positiv. Sie haben mich in meinem Entschluss bestärkt eine Frau werden zu wollen. Ich fühle mich als Frau wohl, deutlich wohler als in meiner Rolle als Mann. Eine Frau bin ich, einen Mann spiele ich nur. Am liebsten würde ich sofort damit beginnen, wenn die Angst nicht wäre. Wie reagiert meine nähere Umwelt auf mich. Würde diese kleine, meine, Welt kollabieren, so dass ich danach gar nichts mehr hätte?

Keine Freunde und keine Familie mehr? Am liebsten wäre es mir, mein bisheriges Leben einfach nur als Frau weiterzuführen. Da das aber nicht sehr wahrscheinlich ist, werde ich mir ein dickeres Fell zulegen müssen, um das Unverständnis der näheren Umgebung und die vielleicht kommenden Anfeindungen von intoleranten Menschen ohne langes Grübeln abwehren zu können, ohne gleich in Verzweiflung abzustürzen.

Habe mich heute nach meiner Ergotherapie mit Katrin getroffen. Hat mich dort abgeholt und wir sind in ein Café gefahren. Das gleiche Café, in dem ich im Herbst 2013 meine Schwester zum letzten Mal lebend gesehen habe. Dieses Gefühl jetzt hier wieder zu sitzen, hinterlässt einen deutlichen traurigen Nachhall. Aber die Zeit, die ich heute dort mit Katrin verbracht habe, war eine schöne Zeit. Sie ist eine wichtige Person für mich geworden. Mit ihr kann ich offen über die ganze depressive Problematik reden, aber auch gleichzeitig über ganz alltägliche Dinge. Es ist ein gegenseitiges Verständnis da. Die Zeit mit Reden verging wie im Flug. In diesen anderthalb Stunden war Licht und Wärme in meinem Leben. Es war dieses Gefühl, wieder eine andere Person zu sein, eine die keine Probleme hat, die ein normales Leben führt. Aber, wieder mal dieses Aber, keine fünf Minuten später, als wir uns verabschiedet haben und ich an der Straßenbahnhaltestelle saß, kam erneut die Dunkelheit und die Traurigkeit nach oben gekrochen und verschluckten all das Licht, dass vor wenigen Minuten noch in meinem Kopf herrschte.

Der Druck des Selbstverletzens ist wieder da. Durch die Aktion letzte Woche ist die Hemmschwelle wieder gesunken und ich bin wieder stark in der Versuchung weiter zu machen. Neue Schnitte, neues Blut. Ja, natürlich weiß ich, dass es falsch ist, dass es keine dauerhafte Lösung sein kann und darf. Aber welche Alternative gibt es um gegen diesen inneren Schmerz anzukommen. Wenn im Kopf alles nur noch schwarz ist, das Leben eine einzige Qual, du wieder einmal nicht weißt, wie du die Stunden, den Tag überstehen oder überleben sollst, was hilft dann? Welche Strategie hilft gegen Verzweiflung? Welcher Skill hilft 24/7? Der Akkupunkturball, laut Musik hören, Eiswürfel in den Händen? All das hilft kurzfristig gegen das Verlangen sich zu verletzen. Es lindert die Symptome, aber nicht das was dahinter steckt. Dieser schwarze Nebel, der alles verhüllt, einem die Luft zum Überleben nimmt, dagegen hilft kein Skill. Und wenn der Nebel zu erdrückend wird, dann sorgt die Klinge zumindest für einige Zeit, keine lange, aber wenigstens ein paar Stunden, dafür dass Ruhe im Kopf herrscht. Der Selbsthass der nachdem Ritzen ganz von alleine kommt, ist der Preis den ich dafür bezahlen muss.

Alles hat seinen Preis, Einige Stunden ohne die Traurigkeit, ein klarer, freier Kopf. Dafür aber die Stimme die immer wieder sagt „Versagerin, hast wieder mal dich und alle anderen enttäuscht. Bist einfach zu schwach, zu dumm, um diesen Kampf zu gewinnen. Du ekelst mich an"

Die Zeit nach Hamburg war eine harte Zeit. Wieder Mann spielen. Michael gegen allen inneren Widerstand hervor zerren und Susanne wieder verstecken und einsperren müssen.

Wieder die Männersachen anziehen, fiel mir unheimlich schwer. Wieder in die vorgegebene Rolle schlüpfen zu müssen, noch mehr. Ich wollte es nicht mehr, aber ich musste. Keine Alternative. Und wie immer, war ich in der Rolle exzellent. Rollen zu spielen, Rollen, die andere von mir erwarteten, die ich im Mangel von Alternativen über Jahre spielte und perfektionierte.

Mir fehlt mein Frausein. Ich hasse meine männliche Rolle immer mehr. Gleichzeitig hasse ich mich selbst, weil ich immer noch so feige bin, immer noch Angst vor dem Gerede anderer Leute habe. Einerseits möchte ich von meiner Umwelt als Frau wahrgenommen werden, anderseits aber habe ich Bammel vor deren Reaktion. Ich hasse meine Zerrissenheit zwischen meinem Verlangen nach Frausein und andererseits das feste Verwachsen sein mit alten Traditionen.

Heute Abend schauten wir uns eine Folge von "Spenser" an. Am Ende der Folge besucht Spenser seinen Vater. Während ich dabei zuschaute wie sie sich herzlich grüßten, hatte ich ein Déjà-Vu Erlebnis. Ich stellte mir auf einmal vor, wie es bei mir wäre, wenn Vater noch leben würde. Ich stellte mir vor, ich würde ihn als Frau besuchen und er hätte mich trotz allem, genauso wie in der Serie, in den Arm genommen. Da vermisste ich ihn. Ich sehnte mich immer noch danach von ihm irgendeine Art von Nähe, Akzeptanz, Liebe zu bekommen. Als sein Sohn aber auch als seine zukünftige Tochter. Aber das alles sind natürlich nur Wunschträume.

Mein Vater ist und bleibt tot, ich werde niemals das erhalten was ich mir am sehnlichsten wünschte. Ob er mich jemals so akzeptiert hätte, weiß ich nicht, aber wenn ich ihn mir ins Gedächtnis rufe, wie er sein Leben lang war, kann ich es mir nicht vorstellen. Also, alles vergebliche Liebesmüh, Wunschdenken. Bin jetzt mehr als fünfzig Jahre alt und beide Eltern sind nicht mehr am Leben und trotzdem ist dieses kleine Kind in mir, dass sich dermaßen nach der Liebe seiner Eltern sehnt, es auch nicht wahr haben will, dass es sie niemals mehr bekommt.

Zurück aus Hamburg, habe ich noch einmal den Kontakt zu der Frau aus der Selbsthilfegruppe gesucht. Erst nach einigen vergeblichen Versuchen habe ich sie wieder erreicht. Sie hat mich eingeladen für den fünfzehnten Dezember. An diesem Abend würde die Selbsthilfegruppe ihre Weihnachtsfeier abhalten. Treffpunkt wäre das Haus der AOK. Von dort aus würden sie dann zu einem Italiener in der Nähe gehen. Einem Lokal, dass ich vom Vorbeigehen gut kannte. Ganz in der Nähe der Schreinerei. Sind vielleicht etwas mehr als fünf Minuten Laufweg von dort entfernt. Und man hat von außen einen sehr guten Einblick ins Innere des Restaurants.

Es fällt mir immer schwerer, diese Traurigkeit auszuhalten. Bin dermaßen niedergeschlagen und verzweifelt. Habe mich nicht weiter verletzt, Druck ist immer noch da. Um die Schnitte herum ist die haut rot. Leicht entzündet, obwohl ich die Wunden danach desinfiziert habe. Aber diese verkrusteten Schnitte sind so breit, dass die Haut schwer arbeiten muss um diese Wunden zu schließen. Gerade bin ich am Überlegen, ob ich quer schneide zu den verschorften Wunden. Als die alte Wunden wieder etwas aufzureißen. Aber ich bin stark geblieben und habe trotz allem Verlangen nicht zur Klinge gegriffen.

Meine Motivation, meine Energiereserven sind nicht vorhanden. Pure Resignation. Sitze hier, schreibe diese Zeilen, kämpfe mit den Tränen, habe keine Hoffnung, keinen Glauben an mich und meine innere Stärke. Der Gedanke daran, dieses Gefühl noch Jahre auszuhalten ist unerträglich und die Gedanken beginnen wieder um das Thema Suizid zu kreisen. Noch nicht intensiv, noch nicht konkret. Aber vorsichtig umkreisen die Gedanken wieder das Thema. Um mit jedem verdammten Tag wird der Kreis enger. Aber zum Glück für mein Leben, ist die Resignation, die Kraftlosigkeit so stark, dass das Engagement für dieses Thema es nicht schafft in einen engeren, lebensbedrohlichen Gedankenkreis zu kommen. Am liebsten würde ich nur noch ins Bett, eine große Menge an Medikamenten einwerfen und wegdämmern. Ohne Gedanken, ohne Träume. Vergessen, weg von der Verzweiflung.

Das erste Mal als Frau unterwegs

Je näher der Freitag heran rückte, desto mehr steigerte sich die Nervosität vor diesem Treffen, dieser Weihnachtsfeier. Vor den unbekannten Menschen. Wie werden die anderen sein, wie mich annehmen? Oder werden sie mich ablehnen, weil ich nicht authentisch bin? Lauter solches Zeug ging mir durch den Kopf. Die Ambivalenz hatte ich in dieser Zeit stark im Griff.

Zog mich um, schminkte mich. War bereit zum Gehen, als mich die Angst wieder packte. Nur durch Gabys gutes Zureden konnte ich mich auf den Weg machen. Das Problem in der Gegend, wo die Werkstatt, das Restaurant und das Haus der AOK liegen, sind die

Parkplätze. Diese sind ziemliche Mangelware. Dauerte eine ganze Weile, bis ich einen fand. Er musste ja zwei Kriterien erfüllen, einerseits recht nah an der Pizzeria, damit ich keinen langen Weg, alleine, im gefühlten Rampenlicht habe. Andererseits durfte aber auch nicht zu nahe an der Schreinerei sein. Die Gefahr, dass ich unter Umständen einem bekannten Gesicht begegne, wollte ich um jeden Preis verhindern. War dermaßen nervös, war ständig dabei die Umgebung zu scannen, ob ich vielleicht doch jemand sehe, der mich erkennt. Aber dem war nicht so.

Am Treffpunkt standen schon einige Leute herum. Wusste nicht, ob sie das nun sind, oder nicht. Sahen alle schon so fraulich bzw. männlich aus. Ich als noch relativ unerfahrene Frau, kam mir da so auffällig vor.

Ich umschlich erst einmal die Gruppe, um ja sicher zu gehen, dass das die Gruppe ist, zu der ich stoßen sollte. Dann bin ich ins kalte Wasser gesprungen und auf die Leute zugegangen und habe gefragt, ob ich hier richtig wäre und ja das war ich.

Wurde sehr freundlich aufgenommen. Den ersten Kontakt hatte ich mit Nick, einem Mann, der früher Frau gewesen ist. Begrüßte mich, als würden wir uns schon eine Ewigkeit kennen. Das nahm dann doch ordentlich die Scheu. Nach und nach fand ich auch Kontakt zu den anderen aus der Gruppe. Waren zwei Rollstuhlfahrerinnen mit dabei. Eine davon Claudia, hatte MS und ist trotzdem diesen Weg gegangen. Die andere war Katharina, die wegen eines Suizidversuches aufgrund ihrer TS, Probleme mit dem Laufen hatte. Da noch nicht alle da waren und es ziemlich kalt war, sind Nick mit seiner Freundin, Claudia und ich hoch in den Gruppenraum. Dort weiter geredet und mich dabei immer wohler und sicherer gefühlt. Irgendwann kam dann auch noch die Frau Säger mit dazu und wir waren vollständig. Gemeinsam gingen wir dann die wenigen Meter bis zum Italiener.

Da war wieder die Nervosität. Auf der einen Seite schützt natürlich die Gruppe besser vor Anfeindungen, man gibt sich gegenseitig Halt. Auf der anderen Seite kann eine so auffällige Personengruppe erst recht Neugier und Blicke auch sich ziehen. Aber es ging. Es war ein ganz normales Treffen von Leuten bei einem Italiener. Keiner schaute komisch herüber. Wir fielen erst nachdem Essen auf, als die Frau Säger anfing, Dutzende von Mandarinen zu schälen und Räucherkerzen anzuzünden. Hätte nur noch gefehlt, dass sie mit Singen von Weihnachtslieder begonnen hätte. DA fielen wir erst auf. Aber das hatte dann nichts mit der TS zu tun, es waren nur die Gebaren einer bestimmten Person die uns auffällig machten. Da waren wir kurz davor raus zufliegen. Von allen Seiten hagelte es ziemlichen Protest gegen diese Belästigung. Auch die Gruppe beschwerte sich bei Frau Säger beleidigt und unter Protest hörte sie dann endlich mit diesen ganzen Auffälligkeiten auf.

Unterhielt mich während des Essens sehr gut mit Nick, seiner Freundin Sandy, Dagmar, von der Stuttgarter Selbsthilfegruppe, und einigen anderen. Bei den beiden Rollstuhlfahrerinnen stellte ich noch eine gewisse Reserviertheit fest. Kann man aber verstehen, ich wäre bei neuen Leuten auch immer erst etwas vorsichtiger. Musste natürlich viel von mir erzählen, wie wann ich es festgestellt hatte. Wie das mit Gaby und unserer Beziehung ging, wie sie als Partnerin damit umgeht. Als Neue muss man halt die Neugierde der Alteingesessenen befriedigen. War richtig entspannend und alles fühlte sich so gut und vor allem richtig an.

Nachdem Essen wurden noch einige organisatorische Dinge die Selbsthilfegruppe betreffend für kommende Jahr besprochen. Da wurde ich dann doch still. Mitte Januar soll das nächste Treffen der Gruppe sein und sie wollen dabei in Rollenspielen üben, wie man sich z.B. verhält, wenn man blöde angemacht wird. Dachte mir noch, hmmm Rollenspiele, nicht gerade so mein Fall. So vor vielen Leuten mich zu spielen, stellte mir das doch ziemlich schwierig vor. Aber die Idee ist natürlich grundsätzlich nicht verkehrt. Gegen dreiundzwanzig Uhr verließen wir das Lokal. Es war ein gelungener Abend, der mich noch weiter darin bestärkte diesen Weg zu gehen.

Zu einigen aus der Gruppe, wie Nick und seine Freundin, war es ganz leicht Kontakt zu finden, andere waren etwas hochgeistig, wie Dagmar, oder andere noch etwas vorsichtig der Neuen gegenüber. Aber wie in jeder Gruppe, muss man dort hineinwachsen, sich aneinander gewöhnen und damit Vertrauen schaffen. Gerade mit

Dagmar und Nick sollte ich noch einiges erleben. Sehr viel Positives erleben. Der Weg zum Auto ging ich ganz anders, nicht mehr so verkrampft, den Kopf erhoben, nicht mehr so auf der Hut.

Nein ich ging aufrecht, war „nur" eine ganz normale Frau auf dem Weg zu ihrem Auto.

Es wird immer schlimmer. Die Stimmung wird schlechter und schlechter. Habe das Gefühl, als würden Tonnen an Gewicht auf meinen Schultern lasten. Die Traurigkeit füllt mich mehr und mehr aus. Und ich muss noch sechs Tage warten, bis ich meine Therapeutin wieder sehe. Sechs lange, verzweifelte Tage. Soll ich sie anschreiben, wie es mir gerade geht? Nein lass es doch, du belästigst sie doch nur. Wegen dem bisschen willst du sie stören? Was wird sie wohl von dir denken, wahrscheinlich, nur wegen dem! stört sie mich in meiner Arbeit?

Natürlich weiß ein Teil meines Verstandes, dass dem nicht so ist. Dass sie mich ernst nehmen wird. Dass sie mich so gut kennt, ich sie nicht grundlos anschreiben würde. Aber sehr wahrscheinlich werde ich es doch nicht tun. Diese vernünftige Stimme ist immer noch so klein, gegenüber der anderen die so dominant ist. Alles blockiert. Es ist natürlich auch eine gewisse Angst und Sehnsucht vor bzw. nach einem möglichen Klinikaufenthalt. Einerseits der Schutz vor äußeren Einflüssen. Aber Schutz vor mir selber schafft auch die Klinik nicht. Meine Dämonen ziehen mit mir dort ein. Und was soll es bringen. Außer mit Medikamenten ruhig gestellt zu werden, passiert ja nicht.

Aber ich hätte halt rund um die Uhr, die ganze Woche jemanden zu reden. Aber außer einem Abstand zu der alltäglichen Einsamkeit und den Gedanken, die hier in den eigenen vier Wänden herumspuken gibt es ja nicht. Keine Ahnung, wie ich diese sechs Tage herum bringe. Zum Glück sind zwei davon Wochenende und der Montag, wo Gaby wie immer frei hat. Also drei Tage an denen ich vielleicht etwas Stabilität von Gaby bekomme. Hoffentlich.

Nun ist es fast schon eine Woche her, seit ich die Gruppe besuchte. Ich glaube der Besuch hat in mir einiges verändert. Das Thema

Transsexualität hat viel von seinem schwärmerischen verloren. Es ist auf den Boden der Realität gelandet. Nicht im negativen Sinne gesehen. Bisher war meine Transsexualität etwas heimliches, nur im engsten Kreis bekannt. Aber jetzt muss ich beweisen, dass ich auch im Alltag den Wunsch nach Frausein verwirklichen kann. Irgendwo drinnen ist aber immer noch eine winzige Unsicherheit, ob es nicht doch nur eine Spinnerei ist. Das ist eigentlich meine größte Angst, dass sich mein Wunsch nach Frau sein irgendwann in Luft auflöst, wie eine Seifenblase zerplatzt und ich vor einem Scherbenhaufen stehe.

Am einundzwanzigsten Dezember hat Mutter angerufen und uns die freudige Botschaft verkündet, wir sind Tanten bzw. aus ihrer Sicht Tante und Onkel geworden. Petra hat einen Sohn geboren. Lennart soll er heißen. Diese Nachricht hat mich in ein Loch gestürzt. Ich verspüre Neid in mir. Neid auf die Normalität der Beziehung von Petra und Jochen. Manchmal wünsche ich mir, dass alles nur ein schlechter Traum ist. Warum kann ich nicht einfach normal sein? Warum muss ausgerechnet ich so geworden sein? Wieso ausgerechnet ich, die ja nicht zu den Mutigsten gehört. Wieso muss es mich erwischen und ich mich mit so einer Last herumschlagen? Und dazu auch noch ein schlechtes Gewissen Gaby gegenüber, dass ich ihr keine „normale" Familie bieten kann. Dass sie all das Mitmachen muss. Wobei dies sind wohl wieder nur meine eigenen Gedanken. Gaby hatte wohl in Wirklichkeit nie so gedacht. Aber ich bin recht gut darin im Phantasieren.

Weihnachten und Silvester 1995. Beide Tage verbrachten wir bei meiner Mutter. Blieben sogar einige Tage dort, weil das Wetter so schlimm wurde mit Eisregen, das an Autofahren nicht mehr zu denken war. Um uns die zwanzig Kilometer Anfahrt nach Karlsruhe zu sparen, sind wir für ein paar Tage zu meiner Mutter gefahren. In dieser Zeit gab es einen gewaltigen Streit wegen des ständigen Telefonterrors von meiner Mutter. Endlich einmal ihr die Meinung gesagt, was natürlich zu Tränen von ihrer Seite führte. Dann als wir zwischen den Tagen wieder zuhause waren kam es ja auch zu diesem fiesen Telefonanruf von ihrer Seite von dem ich schon geschrieben habe. Wo sie Gaby und mich beschimpfte, ihre Einsamkeit und Frust herausließ und dabei alles kaputt machte, was noch an Zuneigung zu meiner Mutter vorhanden war. Zuneigung weg, Abhängigkeit immer noch da, also die Zähne zusammen beißen und Silvester wieder auf Friede, Freude, Eierkuchen gemacht.

Der Anfang des Jahres 96 war ich schon etwas niedergeschlagen. Das Geschäft und gleichzeitig das Problem mit der immer noch versteckten Transsexualität war eine sehr explosive Stimmung.

Mitte Januar war das erste Treffen der TS Selbsthilfegruppe. Bei der Weihnachtsfeier waren es noch große Pläne die sie da gehabt haben. Übrig geblieben davon ist nichts. Hatte in dieser Woche großen beruflichen Stress, ein Auftrag der in seiner Größe mich und den Betrieb an den Rand der Kapazitäten brachte. Freitag war das Treffen. Hatte wegen dem Geschäft keine Zeit mehr mich umzuziehen. Ging dann in Latzhosen hin und wollte mich eigentlich entschuldigen und wieder gehen. Nick jedoch meinte, es sei egal, ich könne auch so daran teilnehmen. Also blieb ich. Die eigentlichen Leiter der Gruppe Frau Säger und eine andere Frau von der Weihnachtsfeier waren nicht anwesend. So wurde daraus eine lockere Gesprächsrunde. In deren Verlauf besprochen wurde, dass die Partner gerne zu diesen Treffen mit kommen können. Habe dann Gaby telefonisch gefragt, ob sie nicht vorbei kommen will und die Leute kennen lernen möchte. Sie freute sich über die Einladung und kam dann vorbei. Traute sich nur nicht hereinzukommen und blieb vor der Tür sitzen, bis das Treffen vorbei war.

Danach gingen die wenigen Teilnehmer mit Gaby und mir ein nahegelegenes Restaurant. Dort kam dann auch Gaby in einen guten und offenen Kontakt mit den anderen Teilnehmern. Von da an, war sie eigentlich bei jedem Treffen mit dabei. Wurde wie ich, ein Teil der Gruppe. Konnten leider nicht so lange bleiben, weil ich Samstag wieder ins Geschäft musste um dort eine größere Ladung Holz abzuladen, die ich für den Großauftrag der Kleinschreinerei brauchte.

Das Leben als Frau wurde immer normaler und es wurde Zeit, anzufangen, meiner Familie gegenüber mit offenen Karten zu spielen. Der lange schon geschriebene Brief an meine Schwester und ihren Mann wurde noch mal etwas überarbeitet und beinahe wieder zur

Seite gelegt, aber Gaby schnappte sich den Brief hielt kurz an einem Briefkasten an und weg war er. Unterwegs Richtung Erlangen. Nun hieß es abwarten, wie sie wohl darauf reagieren werden. Die Nervosität stieg von Tag zu Tag. Akzeptieren oder Verdammen. Diese Frage beschäftigte mich die ganze Zeit des Wartens. Aber eigentlich war es völlig egal, wie sie reagieren würden. Ich hatte keine Alternative mehr. Wusste, dass der eingeschlagene der Richtige war. Egal was sie sagen werden.

Sie haben dann auch mit einem Brief geantwortet. Anfangs traute ich mich nicht ihn zu lesen. Bat Gaby in einmal zu lesen und mir dann zu erzählen, was drin steht, weil ich mich zu sehr fürchtete ihn selbst in die Hand zu nehmen. Das führte dann zu Spannungen zwischen Gaby und mir. Ich solle ihn doch selber lesen, sie sei nicht dafür da, meine Briefe zu lesen.

Hatte natürlich recht damit. Mit einer Todesverachtung nahm ich dann den Brief zur Hand und las ihn. Der erste Eindruck war zwiespältig. Er war nicht so negativ wie befürchtet, aber auch nicht so positiv wie erhofft. Im Nachhinein natürlich verständlich, wenn der eigene Bruder einem von einen Tag auf den anderen mitteilt, dass er nicht mehr der Bruder ist, sondern die Schwester sein will. Meine Schwester ist ausgebildete Erzieherin und dort erhält man auch ein gewisses Grundwissen in Psychologie. So ähnlich wie bei mir in der Meisterschule oder der Weiterbildung zum technischen Betriebswirt. Basics halt. Diese wendete sie nun auch in ihrem Brief an.

Ob die Transsexualität nicht eine Flucht von den jetzigen Problemen sei. Welche Probleme? Von was sprach sie da? Sie versucht mich zu verunsichern. Ob das nicht alles nur eine Einbildung sei. Man merkte in diesem Brief, wie viel von unserem Vater in ihr steckte. Diese Nulltoleranzhaltung. Ihre Meinung ist die einzige was zählt und sie hat natürlich auch in allem Recht. Was ich gut finde ist gut, was ich schlecht finde muss für alle anderen auch schlecht sein. So war ihre Einstellung.

Als Erstes in ihrer Antwort bittet sie mich darum, zu versuchen weiterhin als Mann so zu Recht zu kommen, erst später will sie versuchen mich zu akzeptieren. Natürlich denkt sie erster Linie an sich selbst, dann erst komme ich. Nach dem Motto "Ich habe nichts dagegen das du eine Frau sein willst, aber wenn du zu uns kommst, musst du ein Mann sein" Wie soll ich das den bewerkstelligen? Natürlich ist es ihr gutes Recht so zu reden bzw. zu schreiben, aber dann soll sie doch bitte ihre Belehrungen für sich behalten und den Kontakt mit mir abbrechen.

Also ihr zuliebe das Frau sein nur im Verborgenen ausleben und in der Öffentlichkeit weiterhin meine männliche Rolle zu spielen? Mit keinem Wort geht sie darauf ein, dass ich dieses Gefühl schon seit einer Ewigkeit habe, für sie ist dieses Problem erst vor kurzem entstanden. Also ist dem auch so. Fertig! Was nicht sein kann, darf auch nicht sein. Manche Sachen stößt mir immer noch besonders sauer auf, z.B. ihr Wunsch dass ich es Mutter niemals erzählen soll. Sie würde, nach Petra Meinung, das nicht verkraften! So kurz nachdem dem Tod von Vater, wie soll sie dann noch diese Nachricht verkraften?

Ich soll ihr lieber irgendetwas vorspielen, oder mich total von ihr lösen. Ihr etwas vorspielen werde ich nicht mehr lange schaffen, dazu ist die Susanne in mir schon viel zu stark. Jeden Tag drängt sich Susanne weiter und weiter ins Tageslicht. Also bliebe, nach Petras Überlegung ja nur die Trennung.

Nur was ist schlimmer, die absolute Trennung, oder die Ehrlichkeit? Was für einen Grund soll ich ihr dafür geben? Soll ich sie dermaßen beleidigen, dass sie mich rausschmeißt? Oder ihr ohne ersichtlichen Grund von heute auf morgen sagen, so das war das letzte Mal das wir uns gesehen haben, lebe wohl? Ist da nicht Ehrlichkeit besser ihr zu gestehen, eine Frau zu sein? Ist eine unerklärliche Trennung wirklich weniger schlimm, als zwar den Sohn zu verlieren aber dadurch eine Tochter zu bekommen? Ich bin doch nicht gestorben, ich bin innerlich immer noch die Gleiche, ob ich jetzt mit einem Rock oder einer Hose herumlaufe. Außerdem will ich den Kontakt zu Mutter nicht ganz abbrechen, sie ist immerhin meine Mutter! Bei all der Wut und auch (krasses Wort) Hass, die ich auf sie habe, ist und bleibt sie dennoch meine Mutter. Vielleicht einschränken, aber ganz weg, das kann und will ich auch nicht. Daraus ergibt sich dann zwangsläufig die Frage, was soll ich machen, wenn ich meiner

Mutter zuliebe weiterhin den Michael spiele, mir aber durch die Hormone die ich bekommen werde, ein Busen wächst und mein gesamtes Aussehen weicher und damit deutlich weiblicher wird? Keine Sorge Mutter, alles ok. Ich hab in letzter Zeit nur zu viel Kalbfleisch gegessen. (damals gab es einen ziemlichen Skandal, als festgestellt wurde, dass Kälber durch die Mästung erheblich höhere Östrogenwerte aufwiesen).

Natürlich ist es mehr als verständlich, dass sie am liebsten am Status Quo nichts ändern würde. So bräuchte sie sich nicht auf neuen Gegebenheiten, auf vielleicht entstehendes Gerede einstellen und sie müsste sich nicht der ganzen Problematik stellen, mit meiner innerlichen und vor allem äußerlichen Veränderung intensiver befassen.

Natürlich hinterfragte ich meine Entscheidung wieder und wieder. Es ließ nur meine Zweifel wieder hoch kommen, auch die Frage, ob ich das alles wirklich auf mich nehmen will. Ja, ich will, eigentlich muss ich es sogar. Denn den Weg zurück zur vorherigen Normalität war nicht mehr möglich. Viel zu weit schon war ich diesen Weg schon gegangen. Meine Inneres war endlich die Frau, die zu sein sie sich immer schon gewünscht hatte. Aber noch traute ich mich nicht, weiter zugehen, als bisher. Die nächsten Schritte anzugehen, endlich zu dem Psychologen Kontakt aufnehmen, es auch meiner Mutter sagen, damit dieses ständige Bäumchen oder Persönchen Wechsel Dich Spiel endlich aufhört. Es war fast nicht mehr aus haltbar. Dieses Auf und Ab schlug sich immer mehr auf die Stimmung. Emotionale Achterbahn, genauso schnell wechseln die Stimmungen. Susanne auf der Spitze, beim Rest geht es genauso schnell abwärts. Und ich fand nicht den Mut aus dieser Achterbahn auszubrechen, ließ ich mich wie eine Flipperkugel hin und her schleudern.

Erst als es Gaby zu viel wurde und sie die ganze Situation nicht mehr aushielt, weil sie durch meine Stimmungsschwankungen selbst immer mehr unter Druck geriet, bewegte es sich etwas vorwärts.

Immer Öfters, durch dieses ständige Wechselbad meiner durchdrehenden Emotionen, bekam sie heftige Spannungskopfschmerzen, fast Migränemäßig. War dadurch teilweise ganze Sonntage außer Gefecht gesetzt. Das durch meine Schuld, meine Unentschlossenheit, meine gegenwärtige Situation. Gott, wie ich mich dafür hasste. Aber erst Gaby schaffte es, da Stopp zu sagen. Sie hielt die Situation nicht mehr aus und rief beim dem Frauenarzt und TS Spezialisten Dr. Hoffmann an. Damit begann der nächste Schritt. Ich musste einen kleinen Lebenslauf schreiben und ihm hinschicken, einige Zeit danach rief erneut sie wieder an und machte den ersten Termin für mich aus.

Der Tag rückte näher, zum ersten Mal in meinem Leben hatte ich einen Termin bei einem Psychologen. War natürlich ziemlich nervös. Eine Stimme in mir sagte „Geh nicht dorthin, du bist fehl am Platz". Fragte mich, wie gehe ich dorthin? Fuhr früher nach Hause, trug etwas Camouflage und Schminke auf. Dann wieder zurück nach Karlsruhe. Traf mich mit Gaby und gemeinsam fuhren wir dann zur Praxis. Nach der obligatorischen Datenerfassung, mussten wir noch etwas im Wartezimmer Platz nehmen. Unter einigen Bio-Frauen, die auf einen normalen Termin beim Frauenarzt warteten.

Ich war nervös, schwitze wie verrückt. Die Sprechstundenhilfe ging mit mir ganz normal um. War für mich überraschend. Aber ich war ja nicht die erste Transsexuelle die dort in der Praxis vorsprach. War überrascht, dass erste Mal mit Frau Röder angesprochen zu werden. War ein seltsames, aber verdammt gutes Gefühl. Das Gespräch mit Dr. Hoffmann verlief sehr gut. Stellte mir einige Fragen zur Person, wieso weshalb warum und solche Sachen. Die fünfzig Minuten vergingen wie im Fluge. Nächsten Monat habe ich nun meinen nächsten Termin bei ihm. Danach fühlte ich mich richtig als Frau. Doch vor unserer Haustür dann wieder dieses Versteckspiel. Gaby musste wieder zuerst die Lage abchecken, bevor ich mich traute, aus dem Auto auszusteigen und in die Wohnung zu gehen.

Der nächste Schritt war dann das Gespräch mit meinen Schwiegereltern, Gabys Eltern, Hans und Toni. Wenn sie mich nicht ablehnen würde, wäre alles sehr viel einfacher. Ich müsste nicht mehr immer die zwanzig Kilometer nach Kandel fahren um mich dort umzuziehen.

Es ist geschehen, ich habe es ihnen gestanden. Sie haben es relativ gefasst aufgenommen. Toni hatte größere Probleme damit es zu verstehen, als Hans. In erster Linie machte sie sich natürlich Sorgen um Gaby. Wie sie damit zurechtkommt, ob sie unter dieser Umstellung leidet. Was ja völlig normal ist, da Gaby ihre leibliche Tochter ist. Doch Gaby konnte sie in der Hinsicht scheinbar beruhigen. Hans war es allen Anschein ziemlich egal, er ist mit seinen Gedanken wahrscheinlich eher bei seiner schweren Herzkrankheit. Sie haben verständlicherweise Schwierigkeiten, zu verstehen was in mir vorgeht, aber sie wollen versuchen mich so zu nehmen wie ich bin.

Es ist klar, dass das ein langer Prozess sein wird, das kann nicht innerhalb dieser anderthalb Stunden vonstattengehen, die wir dort waren. Man kann nicht einfach einen Schalter umlegen und von jetzt auf gleich sagen, wir haben keinen Schwiegersohn mehr, sondern nur noch eine Schwiegertochter. Aus einer normalen Heteroehe wird eine lesbische Beziehung. Ihre Toleranz gegenüber Andersartigen wurde stark strapaziert. Es ist doch ein Unterschied, wenn man Toleranz gegenüber jemandem Fremden zeigen muss, oder wenn urplötzlich Jemand aus nächster Nähe sich so outet. Werde ich von ihnen auch noch in einem Jahr als Mensch akzeptiert, oder werde ich dann als Perverser geschnitten?

Ich habe ja auch über ein Jahr gebracht, bis ich soweit war. Wenn ich mutig genug bin, werden wir vielleicht am Sonntag zu Muttertag sie mal kurz besuchen. Was ich mich im Nachhinein frage, mögen sie mich nun als Menschen oder nur als den "Mann" den Gaby geheiratet hat? Übereinstimmend sind wir zu dem Ergebnis gekommen, dass Gabys Bruder die größten Schwierigkeiten haben wird mich zu verstehen oder zu akzeptieren. Wir beide waren uns noch nie besonders grün, aber wenn er es nun erfahren würde wäre es vermutlich ganz aus. Warten wir mal ab, wie es weitergehen wird.

Seit dem Besuch bei Dr. Hoffmann fühle ich mich innerlich gestärkt. Mein Selbstvertrauen ist gewachsen. Die Transsexualität kommt immer mehr aus seiner dunklen Schmuddel Ecke heraus. Sie tritt ins Tageslicht. Seit ich den Mut gefunden habe mich langsam zu outen, bin ich mir sicherer denn je. Die Leute sollen mich so nehmen wie ich bin. Es ist eine ganz große Erleichterung, mich endlich nicht mehr verstellen zu müssen. So zu sein wie ich innerlich wirklich bin.

Ich habe nun beschlossen am nächsten Donnerstag, ist irgendein Feiertag, nach der Schwiegermutter auch mit meiner Mutter zu reden. Egal was Petra denken mag. Sie muss es erfahren. Mich so akzeptieren wie ich bin, oder sie soll es bleiben lassen. Wir beiden schätzen zwar das sie zu weinen anfängt und sich beklagen wird, aber nichts desto trotz werde ich es tun, im eigenen Interesse. Gibt keinen anderen Weg.

Heute ist Muttertag. Bruni ist bei Petra in Erlangen. Deshalb beschlossen wir Toni alles Gute zum Muttertag zu wünschen und bei ihr vorbeifahren zum Gratulieren. Ich hatte mein blaues Kleid an. Vorsorglich, um nicht auf Gabys Bruder zu treffen, riefen wir in der Sachsenstraße an. Tatsächlich war er mit seiner Familie da. Beschlossen deshalb zu warten, bis er wieder fort war. In der Zwischenzeit gingen wir ins Kino. Anschließend dann in die Sachsenstraße gefahren. War doch ziemlich nervös, wie werden sie auf mich reagieren werden? Die ersten paar Sekunden schaute Toni noch etwas komisch, aber das verging sofort wieder. Dann war es ganz normal. Wie sonst auch. Zumindest äußerlich war ihnen nichts anzumerken. Keine komischen Blicke oder Bemerkungen. Wenn es mit allen so einfach wäre, wie mit ihnen nicht auszudenken. Aber sehr wahrscheinlich ist das nicht. Bei einigen Leuten werde ich aller Voraussicht nach, einige Rückschläge einstecken müssen. Nun bin ich im Hinblick auf Donnerstag gespannt. Wie wird es mit Bruni sein. Werden Tränen fließen und Vorwürfe laut werden, oder wird sie es akzeptieren?

Ich stellte fest, je mehr Leute ist es erzähle, desto sicherer werde ich mir, in meiner Entscheidung. Es ist so eine große Befreiung, endlich etwas von diesem inneren riesigen Druck loszuwerden. Die innere Dunkelheit schwindet mehr und mehr. Wird immer heller in meinem Inneren. Ich schäme ich mich auch kein bisschen für mein Aussehen. Natürlich war ich beim ersten Mal nervös gewesen, als mich ein Teil der Familie als das sah, was ich bin. Aber Reue oder Scham, waren in mir nicht zu spüren. Eher die Erleichterung ihnen nichts mehr vorspielen zu müssen. Eine sehr heftige Enttäuschung, die mir den

Boden unter den Füßen wegzog, kam dann doch am nächsten Tag von den Beiden. In einem Telefongespräch mit Hans, Gabys Vater bedankte ich mich für ihre Toleranz und neugierig wie ich war, fragte ich, wie ich denn herüber gekommen bin. Die Antwort war dann doch sehr, sehr ernüchternd „Für sie sähe ich immer noch wie Michael aus. Die Augen seien zwar schon etwas weiblich gewesen der Rest aber sei immer noch Michael gewesen" Klar kann ich keine Wunder erwarten, wie auch, alles in allem bin ich erst seit knapp einem halbem Jahr auf dem Weg eine Frau zu werden. Vor allem gibt es ja derzeit noch keine richtigen körperlichen Veränderungen. Habe noch keine Hormone erhalten, dass Gesicht, der Körperbau war immer noch sehr maskulin. Da helfen auch keine Camouflage oder Schminke. Und es war ja das allererste Mal, dass sie es mit Susanne zu tun bekamen. Also objektiv betrachtet war die Antwort mehr als verständlich, aber nichts desto trotz war ich ziemlich ernüchtert. Gaby versuchte mich zu trösten, mich zu umarmen, aber ich fühlte mich trotzdem ihrer Nähe so einsam und verzweifelt. Konnte keine Nähe zulassen. Manchmal frage ich mich wirklich wie lange ich das alles noch aushalte? Wie lange es dauert bis aus Aushalten, ein normales Umgehen mit dieser Situation wird. Normalität herrscht. Die Gedanken sich beruhigen und nicht mehr ständig darum kreisen.

Wie sage ich es meiner Mutter?

Christi Himmelfahrt 1996. Heute ist es nun passiert. Ich habe es meiner Mutter erzählt. Ich bat sie ins Wohnzimmer und sie solle sich doch bitte setzen. Begann mit "Ich habe ein Problem", In dem Moment, merkte man richtig wie bei Bruni die Angst hoch kam, dass ich eine schwere Krankheit hätte. So nachdem Motto Willy 2.0.

Als es endlich raus war konnte sie es, glaube ich, nicht so richtig begreifen. Deshalb nahm sie es gefasster auf als wir beide erwartet hatten. Natürlich flossen dabei die Tränen, aber nicht so stark, wie erwartet. Die erste Reaktion war fast typisch Mutter. Sie machte sich mehr Sorgen ums Äußerliche, das Geschäft und wie es mit dem weitergehen soll. Wie ich dort SO weiterarbeiten kann. Das war ihr wichtiger, als meine persönlichen Empfindungen. Die menschliche

Seite, meine Seite, blieb völlig außen vor. Ich selbst will im Moment noch gar nicht so weit vorausdenken. Für mich ist es im Augenblick wichtiger, es meiner näheren Umwelt wissen zu lassen, was mit mir, in mir, los ist. Ich will mein Frausein in meinen täglichen Alltag integrieren. Erst wenn das geklappt hat und das Probejahr mindestens rum ist, dann erst beginne ich darüber nachzudenken, wie es beruflich weitergehen soll. Aber das wollte Bruni anfangs nicht verstehen. Bruni denkt nicht an den nächsten sondern schon an den übernächsten Schritt. Dadurch entsteht vielleicht auch ihre eigene Schwarzmalerei.

Sie hat es sich innerlich wahrscheinlich noch nicht richtig bewusst gemacht, was es heißt, das ihr Sohn transsexuell ist. Dass sie den Sohn verliert und dafür eine Tochter gewinnt. Sie hat sich auch Vorwürfe gemacht, was sie in meiner Erziehung bloß falsch gemacht hat, dass ich SO geworden bin. Was soll das denn heißen, bin ich irgendwie falsch? Bin ich irgendwie zu einem perversen Etwas mutiert? Klar ist es nicht alltäglich, dass dem seinem eigenen Kind so etwas passiert, aber ich bin doch ihr eigen Fleisch und Blut. Egal ob mit oder ohne das Ding zwischen den Beinen. Warum kann ich nicht einfach ihr Kind sein, egal ob Susanne oder Michael? SO zu werden, das klingt fast so, als ob es ihr lieber gewesen wäre ich hätte eine schwere körperliche Krankheit als DAS!

Ich hoffe Gaby und ich haben ihr das wenigstens ausreden können. Ob sie mich verstanden hat, wie es in mir aussieht, weiß ich nicht. Genauso wenig weiß ich nicht, ob sie sich vorstellen konnte wie ich mich fühle, wenn ich niedergeschlagen bin. Wenn die Dunkelheit an mir zehrt.

Für jemanden, der nicht davon betroffen ist, ist es wahrscheinlich auch schwer es zu verstehen. Deshalb habe ich ihr auch das Buch "Im falschen Körper" gegeben. Darin ist ja ziemlich gut beschrieben um was es bei dem Thema Transsexualität geht. Ich hoffe sie liest auch darin. Dadurch würde sie vielleicht auch akzeptieren, das ich anders bin, als sie es sich vielleicht vorgestellt hat. Bin vielleicht nicht so normal (was mir ja selbst noch schwer fällt, mir einzugestehen das ich nicht "normal" bin) als das was sie sich sie für mich vorgestellt hatte.

Als wir irgendwann auf Kleider zu sprechen kamen, kramte sie zwei Hosen heraus, die ihr zu groß wären. Dies war für mich ein sehr komisches Gefühl, Sachen von meiner Mutter zum Anziehen zu bekommen. Ich wusste nicht wie ich darauf reagieren sollte. In solchen Momenten frage ich mich dann immer wieder, bin ich es wirklich oder ist das alles nur eine Einbildung von mir? Oder ist es normal von seiner Mutter Sachen zu bekommen und sich dabei unwohl zu fühlen? Ich weiß nicht wie ich mich da verhalten soll. Ist es der Anfang vom Ende, sprich meine Transsexualität ist nur eine Einbildung meiner Psyche, oder ist es nur schwierig beim ersten Mal offen von Frau zu Frau zu reden? Ich glaube für Mutter wäre es bestimmt auch nicht schlecht, wenn sie ebenfalls mal mit einem Psychotherapeuten oder Psychiater reden würde, um ihre Probleme mit der BNN, der Schreinerei, ihrem Verlust von Vater und nun noch meine Veränderung zu verarbeiten.

Mutter hat Angst nicht stark genug zu sein, um all die Belastungen auszuhalten. Aber Gaby und ich glauben, sie weiß gar nicht wie stark sie wirklich ist. Natürlich schmerzt sie der Verlust von Vater an manchen Tagen besonders, und es ist beschissen, wenn niemand daheim auf einen wartet, aber auch das wird sie überwinden müssen. Dabei kann ihr niemand helfen, sie muss damit alleine fertig werden.

Im Geschäft ist sie so resolut und selbstsicher wie "frau" nur sein kann. Dort macht ihr niemand ein X für ein U vor. Dort trägt sie eine große Verantwortung für ihren Arbeitsbereich. Legt sich ohne zu zögern mit ihrem Chef an. Nur zu Hause versucht sie gerne die Verantwortung jemanden anderen zu geben und hinten herum Einfluss auf seine Entscheidung zu nehmen. So wie sie es jahrelang bei Vater getan hat und es nun bei mir versucht. Nur ist niemand mehr daheim. Sie muss ganz alleine die Verantwortung tragen. Davor hat sie, glaube ich zumindest, noch Angst.

Nachdem Geständnis begann Mutter zu kochen (kochen beruhigt ihre Nerven) und wir alle versuchten wieder so etwas wie Normalität in den Abend zu bekommen. Ich bin schon sehr neugierig, wie sie reagiert wenn sie mich zum ersten Mal als Frau sieht. Auch auf mich bin ich sehr gespannt, wie ich mich dabei fühle. Bin ich stark genug um das alles auf mich zu nehmen? Bin ich mutig genug auch bekannten Gesichtern als Frau gegenüber zu treten? Bei fremden Leuten ist es mir relativ egal, was sie sehen, Hauptsache sie lassen mich in Ruhe, aber in der Familie? Fühle ich mich dann als verkleideter Mann oder als eine Frau. In solchen Momenten steigen meine Zweifel stark in mir hoch. Ich hoffe aber, dass sich das wieder legen wird. Ich habe immer noch Angst davor, dass das alles sich in Luft auflöst und ich mit leeren Händen vor einem Trümmerhaufen stehe. Wie ich diesen Schock verdauen sollte, wüsste ich noch nicht. Ich hoffe Dr. Hoffmann kann mir da helfen. Daheim zog ich das neue Seidenkleid an, und war mir wieder ziemlich sicher.

Ein paar Tage sind vergangen. Hatte heute Nachmittag gab es einen Disput mit Bruni. Sie will es einfach nicht meine Transsexualität wahrhaben. Sie versucht mir eine Angstpsychose einzureden. Das ich aus lauter Angst vor dem Geschäft in eine andere Identität fliehen will. Gleichzeitig versucht sie mir indirekt zu drohen in dem sie laut darüber nachdenkt, das Geschäft zu schließen und mich auf die Straße zu setzen. Natürlich sagt sie so etwas nicht offen, aber es ist gut zwischen den Zeilen zu lesen. Bruni und Petra verkennen dabei aber, dass das alles schon viel länger zurückliegt. Zu diesem Zeitpunkt war ich fast noch ein Kind und die Belastung mit dem Geschäft lag in weitester Entfernung. Damals war ja mein Vater noch mit seinem Geschäft „verheiratet". Beide wollen es einfach nicht einsehen, dass zwischen den beiden Problemen keine Gemeinsamkeiten bestehen. Für Petra und Bruni begann mein Problem erst als sie davon erfahren haben. Auf meinen Hinweis, dass das alles schon vor sehr langer Zeit begann, sind beide gar nicht eingegangen.

Sie will mich auch, wenn Petra und Jochen wieder mal in Karlsruhe sind, zur Rede stellen. So eine Art Tribunal. Dort will sie, oder alle drei gemeinsam mich zu überzeugen versuchen, dass ich falsch liege und mir alles nur einbilde. Wenn es dann mit Argumenten nicht klappt, wird wahrscheinlich die Erpressungsmethode angewandt. Wenn du nicht so willst, wie wir es wollen, dann mache ich das Geschäft zu, guck dann wie du dann mit deiner Spinnerei zu Recht kommst. So etwas wie du kann mein Geschäft nicht leiten.

Ob ich zudem allem aber Lust habe weiß ich noch nicht. Petra wird wieder ihr oberlehrerhaftes Verhalten an den Tag legen und nach dem Standpunkt argumentieren, sie alleine hat das Recht gepachtet und ich liege wieder mal mit allem falsch, so wie sie es schon so oft getan hat. Wenn man in einer Diskussion ihrer Meinung ist, dann ist alles ok, aber wenn nicht dann hat man halt Unrecht. Sie weicht um keinen Zentimeter von ihrer Meinung ab. So wie es früher auch mit Vater war. Aus unzähligen Diskussionsversuchen habe ich meine Konsequenzen gezogen und aufgegeben. Man kann mit niemanden diskutieren, der in seiner Meinung wie ein harter Fels ist. Unnachgiebig.

Was sie aber geschafft haben, ist einen erneuten Samen des Zweifels in mir zu legen. Natürlich fragt in mir ein leises Stimmchen, ob sie vielleicht nicht doch Recht haben. Dadurch wächst auch meine Panik, was ist wenn es so wäre?

Dann aber sprich in mir eine andere laute Stimme. Sie haben definitiv nicht Recht. Du bist wirklich transsexuell. Du bist, wirst eine Frau. Sie versucht nur deine Krankheit für sich selbst erklärbar zu machen. Oder es nur der Versuch ist, dass zu verhindern was in den nächsten Monaten und Jahren auf uns alle zukommt. Ich glaube auch, dass sie da eher an sich selbst denkt, als an mich.

Der nächste Termin bei Dr. Hoffmann stand an, habe die Chance genutzt und mich bei Hans und Toni umgezogen. Das Gespräch verlief eigentlich wie alle weiteren sehr enttäuschend. Dachte eigentlich, dass alle Psychologen bei ihren Gesprächen etwas mehr in die Tiefe gehen würden. Dinge hinterfragen, Probleme besprechen, mir beratend zu Seite stehen. Stattdessen war es eher Smalltalk. Gerade so, als ob er nur kontrollieren will, ob ich als Frau erscheine und fertig. Häkchen dran gemacht. Bis zum nächsten Mal. Aber vielleicht lag es ja auch an mir, weil ich es einfach nicht schaffte, offen Probleme anzusprechen. Stattdessen vergrabe ich die Schwierigkeiten und mache auf Daumen hoch, alles super, alles ok. Wie soll er da auf den Gedanken kommen, welche Konflikte ich alles auszustehen habe.

Gaby kümmerte heute um eine Erbmasse meines Vaters. Sein Aquarium in Durlach. An diesem Wochenende war auch die Familie

Staiger aus Möhrendorf seit Donnerstag zu Besuch bei unserer Mutter. Der Empfang war relativ kühl. Ich war wieder mit der weißen Hose und dem roten T-Shirt da. Außerdem hatte ich noch die Haarspange auf dem Kopf. Alles im allem sah ich schon etwas weiblich aus, auch ohne das ich Camouflage aufgetragen hatte. Irgendwie hatte ich das Gefühl, als gingen Petra und Jochen mir aus dem Weg. Die Gespräche waren auf das Notwendigste reduziert. Es tat mir innerlich schon sehr weh, wie sie mich zu ignorieren versuchten. Wollen sie nichts mehr mit mir zu tun haben? Oder bildete ich mir ihr ihre Distanz nur ein?

Einerseits hätte es mich schon interessiert was sie denken, aber auf der anderen Seite hatte ich auch Angst vor ihrer wahrscheinlichen negativen Antwort. Also ließ ich es bleiben. Nachdem Gaby mit dem Aquarium fertig war, lud uns Bruni zum Essen ein.

Eine Mutter sieht rot

Vorher gab es noch einmal Knatsch mit Bruni. Sie hatte Angst mit mir gesehen zu werden. Dass sie jemand aus dem Geschäft, oder sonst wo, sieht und sie fragt was mit ihrem Sohn los ist. „Was soll ich denn denen sagen?" jammerte sie mir vor. „Die Wahrheit" musste ich ihr knallhart sagen, diese Antwort was ihr auch nicht recht. Irgendwann muss sie sich sowieso entscheiden. Sie wird irgendwann nur die Alternative haben - entweder sie steht hinter mir und sie begleitet mich auf meinem Weg, oder wir müssen getrennte Wege gehen. Es gibt nur diese zwei Möglichkeiten. Dazwischen gibt es nichts. Dabei konnte man sehr gut merken, dass sie viel mehr Angst um ihren eigenen Ruf hat, als das sie sich Sorgen um mich macht. Sie hat viel mehr Angst vor dem Gerede anderer, was diese mehr oder weniger fremden Menschen über sie vielleicht sagen werden, als Rückgrat gegenüber diesen zu zeigen. Diese Einstellung hat sie schon das ganze Leben. Was denkt der oder die wohl über mich, scheint die ganze Zeit in ihrem Kopf zu kreisen.

Sie nimmt immer noch an, dass ich das alles, nur als Flucht vor der Verantwortung benutze, mir alles einbilde. Sie droht mir mit dieser schweren Operation und ihren Komplikationen. Das hat sie aus dem Buch "Im falschen Körper" herausgelesen, aber das wichtigere, die

Erzählungen der vielen Transsexuellen darüber wie es in uns aussieht, das scheinbar nicht. Natürlich habe ich einen gewaltigen Schiss vor der Operation. Ich war ja noch nie in meinem Leben in einem Krankenhaus. Wenn nun diese Operation mein erster Aufenthalt wäre, das wäre schon sehr krass.

Sie machte mir Vorwürfe, was ich denn machen würde, wenn sie sich aus Verzweiflung oder Enttäuschung (was wahrscheinlicher ist) über mich, Selbstmord begehen würde. Was ist das für ein Verhalten, einen mit so etwas unter Druck zu setzen, nur um das eigene Ziel durchzusetzen. Ich konnte es nicht fassen, dass sie nach so einem Druckmittel greift. Leider klappte ihr Drohversuch nicht. Ich musste ihr einfach sagen, dass das ihr eigenes Problem ist. Lieber wäre es ihr wohl, wenn ich solange wie möglich allen etwas vorspiele bis ich es selbst nicht mehr aushalte und stattdessen selbst Suizid mache. Das wäre für sie einfacher, Problem gelöst. Das klingt zynisch. Ist es auch, aber was sollen diese Aussagen bewirken, diese Erpressungsversuche. *Was ist das für eine Mutter, die einen so unter ihren Willen zwingen will?*

Ein weiterer Samstag und wieder mal nach Durlach gefahren. Ja, ich bin wirklich masochistisch veranlagt. Sie weiterhin, nach all ihren Vorwürfen und Erpressungen, zu besuchen und zu tun, als wäre dass all nicht geschehen. Hatte wieder die weiße Hose an, dazu die eine helle bedruckte Bluse. Als Ohrringe die großen vergoldeten mit den künstlichen Steinen dran. Dazu hatte ich etwas Camouflage aufgelegt und einen Hauch braunen Lidschatten. Als sie mich das erste Mal so sah, hatte ich fast das Gefühl, die Augen fallen ihr aus dem Kopf. Sie will und kann es immer noch nicht verstehen. Trotz einiger Wochen die seither ins Land gingen, hat sie sich immer noch nicht damit befasst. Sie hofft immer noch, dass dieser ganze Spuk sich von alleine in Luft auflösen wird. Je schneller desto besser. Alles nur ein böser Traum ist, oder eine Spinnerei, eine Verrücktheit des eigenen Sohnes und er sich schon wieder besinnen wird.

Erneut musste ich ihr erklären, dass dem nicht der Fall sein wird. Dass es für mich kein Zurück mehr geben wird. Gaby und ich versuchten ihr nochmals begreiflich zu machen, dass das alles ein

Ergebnis aus den letzten fünfzehn bis siebzehn Jahren ist. Und nicht erst im letzten Jahr entstanden ist, sondern ich da erst entdeckte, was eigentlich mit mir los ist. Auch versuchte ich ihr klar zu machen, dass sie sich entscheiden muss, auf welcher Seite sie steht. Ich kann ihr das nicht abnehmen. Entweder sie versucht mich so zu nehmen wie ich bin, dann kommen wir weiter zu Besuch. Wenn es ihr aber peinlich ist, sich mit mir zu zeigen, dann Pech gehabt.

Die meisten sind doch verständiger als man glaubt. Wenn man aber versucht so eine Sache klammheimlich unter den Teppich zu kehren, dann lässt man der Spekulation freien Raum. Und die Phantasie der Leute kann mal manchmal äußerst abartig sein. Dies alles wird verhindert durch Offenheit und Ehrlichkeit, dann werden eventuelle Gerüchte im Keim erstickt.

Aber ich muss mein Leben selbst leben, ich will mir nicht mehr von anderen, vorschreiben lassen, wie ich mein Leben zu führen habe. Mitten in unserem Gespräch merkte man urplötzlich wie ihr das ganze Thema zu viel wurde und sie geistig abschaltete. Ich glaube sie bekam gar nicht mehr alles mit, was wir ihr erzählten.

Sie hackte vorher natürlich immer wieder auf ihrem Lieblingsthema, dem Geschäft, herum. Wie es damit weiter gehen soll, wenn ich als Frau daherkomme. Es wurde mir langsam leid, ihr immer und immer wieder das gleiche zu erzählen.

Was mir dann doch etwas wehtat, war die Reaktion von Petra. Sie hat Mutter scheinbar gesagt, mit mir könne sie sich nicht in der Öffentlichkeit sehen lassen. Scheinbar schämt sie sich auch meiner. Warum erfahre ich das hinten herum, warum sagt sie es mir nicht selbst? Es war wieder das gleiche wie bei Bruni. Auch sie denkt nur an sich selbst, wie peinlich es für sie sein könnte, mit mir gesehen zu werden. Einerseits versetzte mir Petras Reaktion einen Stich ins Herz, aber andererseits wenn sie sich meiner schämt, dann soll sie doch dahin gehen, wo der Pfeffer wächst. Das habe ich nicht nötig, dass man sich meiner Schämen muss. Ich bin weder pervers noch sonst was. Wenn man es „lustig" brachtet, hat sich die Natur nur einen Scherz erlaubt und mich in den Körper eines Mannes gesteckt. Etwas Wut erlaubte ich mir dann aber doch, ich kann auch ohne sie diesen

Weg gehen. Auch wenn es mir sehr schwer fallen wird. Wir finden bestimmt auf diesen Weg einige andere, die trotz allem zu uns stehen werden. Die größte Enttäuschung war diese grundsätzliche Ablehnung. Nicht einmal ein Versuch sich mit meinem Problem auseinander zu setzen. Keiner setzte sich mir meiner Situation auseinander. Ihnen allen ging es nur ums eigene Ich. Allen dreien wäre es am liebsten sie könnten mich wieder in meine alte Schablone pressen. Natürlich ist mir klar, dass erst sehr wenig Zeit vergangen ist, seit sie es wissen aber warum versucht sich keiner von ihnen mal mit dem Thema zu befassen und sich in mich hinein zu versetzen. Nein es wird einfach abgelehnt, ist halt einfacher.

Einen großen Vorteil hat aber diese Ablehnung. Ich habe es geschafft das zu enge Band zwischen Mutter und mir etwas anzureißen und selbstständiger zu werden. Ich mache mir keine Sorgen mehr, was denkt Bruni oder was erwartet sie von mir? Nein, entweder sie steht zu mir so wie ich bin, oder sie soll es bleiben lassen, andere Alternativen gibt es keine. Auch wenn es ihr schwer fällt, das zu akzeptieren.

Ich merke an mir selbst, seit es Bruni weiß, fühle ich mich viel befreiter, habe deswegen, Sonntagsmorgen so gut wie keine negativen Gedanken mehr. Mir ist es auch relativ egal geworden, wie sie darauf reagiert. Ich weiß, dass es Leute gibt die mich so akzeptieren wie ich mich fühle, sei es in der Selbsthilfegruppe oder Hans und Toni. Aber irgendwo im Hintergrund nagte doch der Schmerz über die Ablehnung, ich bin ein Familienmensch und deswegen tut die die Ablehnung in der Familie besonders weh auch wenn ich es nicht zugeben will.

Meine Mutter versucht mich herauszufordern, wie ernst es mir wirklich ist. Dazu gehörte zum Beispiel, dass sie sich von einem Tag auf den anderen bei uns zum Frühstück in Kandel angemeldet hat. So nach dem Motto, mal sehen, ob sie auch den Mut hat, vor der eigenen Haustür als Frau aufzutreten, oder er nur bei seiner eigenen Mutter, als Schockmoment so auftritt. Weit ab von zuhause. Hatte den Verdacht, dass sie sich in diesem Fall mit Petra abgesprochen hat. Aber das kann natürlich auch meine eigene Paranoia sein. Als sie aus dem Zug stieg und mich in den Frauensachen sah, war sie doch etwas überrascht. Auch dass Gaby mich ständig mit „sie" und Susanne anredete hat sie überrascht. Was da wohl an Gedanken in ihrem Kopf gekreist sind?

In dieser Zeit träumte ich sehr viel und zum Teil waren sie meist auch sehr heftig. Hauptsächlich davon, dass mich entweder meine Schwester oder meine Mutter, in allen möglichen Situationen fertig machten. Dass sie mit mir nichts mehr zu tun haben wollen, ich aus ihrem Leben verschwinden solle. Sie mich derartig mit ihrer starken Dominanz, ihrer Null Toleranz Haltung, unter Druck setzten, dass ich keine Chancen hatte mich zu wehren. Warum sollte es im Traum anders sein als im wirklichen Leben.

Im Sommer bin ich zum ersten Mal in einem Kleid nach Durlach. Sie war doch ziemlich geschockt mich so zu sehen. Es legte sich zwar etwas aber so richtig verdaut hat sie es scheinbar nicht. Am Erscheinungstag hat sie wenigstens nicht viel dazu gesagt. Aber am Tag danach hat Bruni bei mir angerufen und mir nochmals die Ohren voll gejammert über mein gestriges Erscheinungsbild. Sie hätte immer noch Probleme damit, was die Leute denken wenn sie mich "so" sehen. Was so ein kleines Wort für eine abwertende Wirkung hat.

Petra würde sich mit mir auch nicht mit einem Kleid auf der Kaiserstraße sehen lassen und so ging es eine halbe Stunde weiter. Aber immer ging es um sie, um Petra, darum, was andere Leute denken könnten. Mit meiner Figur als Frau wäre ich ja auch ziemlich unglaubwürdig. Meine dicken Arme, die ganze Statur. Mit dem Tod vom Vater ging es zum Schluss dann auch noch los. Sie hätte seinen Tod immer noch nicht überwunden und dann komme ich auch noch, so nachdem Motto "und nach alldem mit deinem Vater, jetzt kommst du jetzt auch noch und haust mir eine rein"

Ich glaube am liebsten würde sie mir nicht mehr erlauben nach Durlach zu kommen. Nur ihre Angst alleine zu bleiben, ohne unseren üblichen samstäglichen Besuch, hält sie noch(?) davon ab. Ich blieb ruhig und gelassen und versuchte sie von meinem Standpunkt zu überzeugen, was mir aber wahrscheinlich nicht gelungen ist. Ihre Angst sich vor irgendwelchen Leuten mit mir zu blamieren, tut mir schon weh. Ich stelle in solchen Situationen immer wieder fest, dass ich, obwohl ich im Recht bin, ein schlechtes Gewissen habe. Ich bin da halt innerlich immer noch das kleine brave Kind das seine Mutter enttäuscht und dadurch ihre Liebe verlieren kann. Ich hänge immer noch zu fest an dem Faden der mich mit Bruni verbindet.

Ich glaube das ist auch unser größtes Problem. Bruni sieht in mir immer noch das Kind, dem man Ratschläge erteilen muss, statt der Erwachsenen die selbst auf ihren eigenen Füssen stehen kann.

Ständig fielen mir immer wieder zwei Sätze von Bruni ins Gedächtnis. "**Du weißt ja nicht was Hans und Toni wirklich über dich denken**" und "**Als lesbisches Paar hat man es ja nicht leicht eine Wohnung zu finden**". Oh ja, zum dem Zeitpunkt, hatte sie eine wirkliche „liebevolle" Art mir eine in die Fresse zu hauen.

Neuer Termin bei Dr. Hoffmann. Beim letzten Mal hat er mir ja Blut abgenommen, um zu schauen, was meine Chromosomen sagen. Es gibt ja eine kleine Minderheit, bei denen die Chromosomen der Person trotz männlichem Geschlecht mehr X als Y Chromosomen aufweist. X steht für weiblich, Y für männlich. Jedoch dem Untersuchungsergebnis nach bin ich biologisch zu einhundert Prozent ein Mann. Ich hatte zwar gehofft, dass ich eine Art Alibi hätte, aber es ist auch so kein Drama. Wäre zwar schön gewesen, aber es ändert nichts an den Tatsachen. Im Kopf bin ich eine Frau. Bei der Blutuntersuchung haben sie auch festgestellt, dass meine Leberwerte allerbesten wären. Man könne also ohne weiteres mit den Hormonspritzen beginnen. Ich war erstmal überrascht wie schnell es damit losgeht. Mit einem Mal bekam ich so etwas wie Panik. Ich brauche dafür noch Bedenkzeit. Wir beschlossen damit bis nachdem Urlaub zu warten. Aber ab Oktober beginnt meine der endgültige Schritt zur Frau!

Fühlte mich anschließend richtig gut drauf. Die Vorfreude auf die Spritzen machte sich bemerkbar. Das es endlich losgeht. Aber gleichzeitig habe ich auch Angst davor. Wenn ich die Hormone bekomme, gibt es kein Zurück mehr zu Michael. Ich habe wieder mal eine Riesenangst vor dem Unbekannten. Ich fühle mich wie Jemand dem man die Augen verbunden hat und am Rand eines unbekannten Abhangs steht. Unten stehen auf der einen Seite Gaby, Nick und

Katharina und der Rest der Selbsthilfegruppe und rufen "Spring es sind nur ein paar Zentimeter", aber auf der anderen Seite sind Bruni, Familie Staiger und zum Teil auch ein Teil von meinem Verstand die schreien ständig "Du stehst am Rand der höchsten Schlucht, spring nicht du könnest dich umbringen" Auf wen soll ich nun hören. Diese Unsicherheit nagte in mir. Ich habe einfach Angst davor loszulassen.

Am Abend rief dann noch Bruni an und sprach mich auf die Untersuchungsergebnisse an. Als ich ihr erklärte ich sei biologisch ein Mann, aber nichts desto trotz bleibe ich bei meinem Wunsch Frau zu werden. Sagte ihr auch, dass ich im Herbst mit der Hormonbehandlung beginnen kann. Da begann sie langsam auszuflippen. Erst begann sie auf der Selbsthilfegruppe rumzuhacken, sie sei doch viel zu einspurig was dort abginge, es würde dort nicht über die Nachteile des Prozesses gesprochen. Es würde alles nur in einem rosafarbenen Licht betrachtet, lauter solche Sachen bekam ich von ihr zu hören. Ich hatte fast den Eindruck sie verwechselt die Gruppe mit irgendeiner Sekte. Sie versucht krampfhaft ja nur irgendjemandem die Schuld für das alles zu geben. Einmal ist es Gaby, dann die Gruppe, oder Dr. Hoffmann.

Als nächstes kamen die vielen Nachteile die man als Frau hat, zum Sprechen. Man würde doch von der Männergesellschaft unterdrückt und wie man so etwas freiwillig auf sich nehmen kann, sei ihr völlig schleierhaft. Ich sei doch psychisch labil und würde von den Leuten beeinflusst, kam hinterher auch noch dazu. Langsam hatte sie sich dann in einen Rausch hineingesteigert. Es kam meine Größe zur Sprache, dass ich doch einen sehr frauenuntypischen Körper hätte. Ich versuchte ihr zu erklären, das ich für mein Aussehen nicht kann, das dafür die Gene der Eltern verantwortlich sind, dann schnauzte sie zurück, sie habe ja gewusst, dass ich ihr die Schuld gebe, so irgendwas gab sie zurück.

Wann habe ich ihr denn die Schuld für meine Transsexualität gegeben? Damit näherten wir uns dem Höhepunkt des Gespräches. Hans und Toni bekamen auch ihr Fett weg. Früher wäre ich immer auf die beiden nicht gut zu sprechen gewesen, da sie sich nie um uns gekümmert hätten, jedoch seit sie es wissen, würde ich nur noch ständig bei ihnen rumhängen. Wie geht der Spruch, Eifersucht isst eine Leidenschaft, die mit Eifer sucht was Leiden schafft. Ja, da schwang eine gehörige Portion Eifersucht von ihr mit. Sie will mich mit Niemand sonst teilen. Das ich ihr Besitz bin, mit dem sie verfahren kann, wie es ihr gerade passt. Und wenn ihr Spielzeug nicht das macht, was sie will tritt sie ganz ordentlich aus.

Bei mir stieg jetzt langsam aber sicher die Galle hoch. Auf den Vorwurf gegenüber meinen Schwiegereltern antwortete ich ihr „Nur weil sie nicht ständig bei uns anrufen sind, sie doch an unserem Werdegang interessiert". Das brachte bei ihr das Fass zum überlaufen. Sie habe es ja gewusst, keifte sie ins Telefon, ich wolle sie nur loswerden, gut sie riefe bei uns nicht mehr an, wenn wir von ihr nichts wissen wollen. Ich versuchte ihr ruhig zu erklären, dass wir sie weder loswerden wollen noch nichts von ihr mehr wissen wollen, sondern einfach nur gerne etwas mehr Freiraum hätten. Keine täglichen Anrufe mehr. Wo man als erstes immer gefragt wird, was treibt ihr jetzt? Dieses Gefühl ständig kontrolliert zu werden macht sich da ganz einfach breit.

Ich möchte von ihr einfach als Erwachsene behandelt werden, nicht mehr wie ein kleines Kind! Ich möchte von ihr wie eine Gleichberechtigte behandelt werden, nicht wie der kleine Sohn, dem man noch vorschreiben kann was er tun und lassen soll. Aber zu allem dem kam ich gar nicht, sie ließ mich einfach nicht mehr richtig zu Wort kommen. Ja mit meinen Eltern oder auch meiner Schwester zu streiten, schlechte Idee. Sie ersticken jedes Wort von meiner Seite. Dann ging es weiter mit dem Geschäft „Du wirst schon sehen mit dem Geschäft, ich steige da aus kümmere du dich doch selbst darum", „Sieh zu, wie doch selbst zu, wie die ganzen Schulden abgezahlt werden können". „Soll doch die Schreinerei doch auf Michael Röder laufen dann weißt du wie schwer es ist ein Geschäft zu führen". Dabei verkannte sie nur die Situation, dass die Firma ihr gehört und ich nur eine Angestellte bin. Und ich hätte einen Teufel getan, diese Schreinerei zu übernehmen! So oder so ähnlich ging weiter und weiter. Wahrscheinlich hätte sie mir noch endlos weitere Vorwürfe gemacht, aber es wurde mir zu viel. Ich fand den Mut einfach den Hörer auf die

Gabel zu legen ohne einen weiteren Ton zu sagen. Für sie klingt es wahrscheinlich nicht nach sehr viel, aber für mich war es so etwas wie eine kleine Rebellion gegen meine übermächtige Mutter.

Anfangs, nachdem Gespräch fühlte ich mich noch ganz o.k., aber eine halbe Stunde später begann die Grübelei. Ich machte mir selbst gegenüber Vorwürfe so das Gespräch unterbrochen zu haben. Statt sauer auf sie zu sein, weil sie mich so im Stich lässt, wurde ich wütend auf mich. Hasste mich selbst dafür. Ich hatte starke Schuldgefühle deswegen. Ich will sie nicht verlieren, ich habe meine Mutter gern.

Aber habe ich sie wirklich gern, oder ist es nur eine Abhängigkeit? Wenn sie sich von mir abwenden würde, stände ich alleine da. Ohne Liebe der Mutter. Aber was zur Hölle tut sie mir da an. Das kann doch keine Liebe sein. Das ist einer Mutter unwürdig. Wie kann so verrückt sein. Ist es wohl auch. Das ist doch keine Liebe! Sie konnte es bestimmt spüren, wie groß meine Abhängigkeit ihr gegenüber war und konnte deswegen wie auf einem Klavier mit meinen Emotionen spielen. Ich muss versuchen, neue Bekannte zu finden. Einen Ersatz für die verlorene "Heimat" finden. Neue Schultern an denen ich mich ausheulen kann und Freude teile. Ich merke langsam wie alleine Gaby und ich sind. Keine Freunde mit denen man was erleben kann, oder sich einfach nur treffen kann um zu reden, lachen und Spaß zu haben.

Ich hasse meine Kontaktscheue. Nur durch sie sind wir so alleine, weil ich mich nicht traue aus mir heraus zu gehen. Ich habe auch Angst davor die Stelle in der Schreinerei zu verlieren, ich weiß, dass ich die Schreinerei nicht ohne ihre Hilfe führen kann, von der ganzen Buchhaltung habe ich absolut keine Ahnung. Ich weiß nicht wie ich mich verhalten soll, wenn ich arbeitslos werden sollte. Wieder die altbekannte Angst vor dem Unbekannten. Bin überfordert wenn ich mich um eine neue Stelle bewerbe, oder was mache ich mit meiner Transsexualität? So wie es im Moment läuft ist es ganz in Ordnung. Im Geschäft einfach als "Es" und in der Freizeit "Sie". Aber gerade in dieser Zeit, war der Stress im Geschäft für mich dermaßen groß und nicht mehr aushaltbar, dass die Beendigung dieses Arbeitsverhältnisses ein Segen gewesen wäre. Aber, aber, aber. Immer diese Aber im Kopf. Wenn ich nun aber zum Arbeitsamt müsste dann muss ich vor denen und dem neuen Betrieb meine Weiblichkeit eingestehen. Die Angst lächerlich gemacht zu werden, nicht angenommen zu werden, steckt wie ein riesiger giftiger Stachel in mir. Mir fehlt da einfach die innere Stärke, das Rückgrat, um sagen zu können, leck mich doch alle am Arsch! Sorry, für den Kraftausdruck.

Ich bin zu pragmatisch, nur keine Veränderung. Denn Veränderung heißt Neues und damit Unbekanntes, und das wiederum heißt auch das Risiko einzugehen einmal auf die Schnauze zu fliegen. Das will ich nicht! Lieber in der gewohnten Scheiße stecken bleiben, da weiß ich wie sie riecht, sich anfühlt, als das Risiko einzugehen, daraus auszubrechen, in der Hoffnung, dass sich dort keine Scheiße befindet

Für die Vornamensänderung und alles andere, braucht man immer zwei Gutachten. Auf Empfehlung von jemandem aus der Selbsthilfegruppe nahm ich zu einer weiteren Psychologin Kontakt auf. Der erste Besuch bei meiner zweiten zukünftigen Gutachterin. Frau Dr Plischka. Bin doch ziemlich nervös. Angst vor dem neuen Unbekannten. Wir es bei ihr genauso locker zugehen wie bei Dr. Hoffmann? Den ganzen Arbeitstag unterbewusst nervös gewesen. Ich war mit dem Kopf nirgendwo richtig mit dabei.

Es ist geschafft, der zweite Kontakt zu einem Psychiater ist hergestellt. Kurz vor halb sechs fuhren wir mit der Straßenbahn bis zum Hauptbahnhof, und von dort die restlichen Meter bis zur Praxis. Nach zwanzig Minuten warten war ich endlich dran. Ging alleine zum Gespräch. War doch etwas anderes als bei Dr. Hoffmann. Die Fragen waren intensiver und etwas bohrender. Nach anfänglichen Allgemeinfragen fragte sie mich z.B. was ich für typisch weiblich oder männlich halte. Da stutze ich erstmal, ich brauchte einige Sekunden bis mir dazu etwas einfiel. Mehrmals wies sie darauf hin, dass ich es mir wirklich überlegen soll, immer wieder, ob ich mir auch sicher bin den Weg weiter zu gehen zu wollen. Ich antwortete ihr, dass ich das ständig tue, jeden Tag frage ich mich das. Eine andere Frage war das ich mir überlegen soll, ob ich nicht auch so leben könnte, als Mann in Frauen Sachen. Leider fiel mir diese passende Antwort erst im Nachhinein ein. Nicht machbar. Definitiv nicht machbar. In mir ist kein Mann, war es vielleicht noch nie, sondern nur eine Frau.

Ist schwer zu beschreiben, warum es so ist. Wie soll man etwas leben, von dem ich weiß, dass es nicht stimmig ist? Fühlen sie sich in ihrer Geschlechterrolle wohl? Sind sie sich sicher, dass sie eine Frau oder Mann sind und auch bleiben wollen? Genauso sicher bin ich mir, dass ich trotz aller Widerstände innerlich eine Frau bin.

Ich habe jetzt viel geschrieben, wie schwer es mir meine Mutter und Schwester es gemacht haben, Frau zu werden. Wie sie mir wieder und wieder Steine zwischen die Beine geworfen haben. Aber irgendwann haben sie es dann doch akzeptiert. Keine Ahnung, ob es an meiner Beharrlichkeit, der Eingewöhnungszeit an die neue Situation lag, irgendwann war ich für sie „sie" und Susanne. Sie gingen mit mir auch in die Öffentlichkeit. Zeigten sich offen mit mir. Es wurde für alle Seiten ganz normal, mit Susanne unterwegs zu sein. Natürlich musste zum Beispiel meine Mutter in der Nachbarschaft, in ihrem Freundeskreis es kundtun, dass ich jetzt als Frau unterwegs bin. Vielleicht hat sie dabei gelernt, dass die allermeisten Menschen sehr verständnisvoll und tolerant sind. Meine Mutter hat sich psychologische Hilfe gesucht. Hier in Karlsruhe gibt es eine Einrichtung, genannt „die Brücke". Dort kann man ohne Anmeldung mit psychologisch geschulten Menschen reden. Ich denke, dass dies auch einen großen Anteil an ihrer Akzeptanz hatte. Ob sie jemals in mir ihre Tochter sah, oder ich für sie im Innersten der Sohn blieb, der als Frau herum läuft, das weiß ich natürlich nicht, aber das spielt für mich auch keine Rolle. Sie nahm mich zumindest so, wie ich geworden bin. Und nur das ist was zählt.

Bei meiner Schwester gab es irgendwann mal auch eine Situation, wo ich sehr stolz und glücklich über ihre Reaktion war. Einer meiner Neffen meinte einmal beim Schlafengehen, ob ich denn ihr Bruder sei, wegen der tiefen Stimme und so. Da meinte sie, nein das ist meine Schwester Susanne. Fertig aus. Das sagt eigentlich alles!

Trans in USA

Im September 1996 flogen wir erneut in die USA zum Urlaub machen. Die Superbowl Reise ein Jahr vorher, hatte Appetit auf mehr gemacht. Drei Wochen Florida standen an. Natürlich musste ich diese

Reise noch als Mann antreten, da im Reisepass ja das Geschlecht der Person drinnen steht. Zur damaligen Zeit also leider noch männlich. Also musste ich mein Erscheinungsbild und zum Teil auch die Bekleidung zwangsläufig dem Geschlecht anpassen, dass im Pass stand. Aber im Koffer waren auch etliche Kleider und andere Accessoires für Susanne mit dabei. Sind hinüber geflogen, habe das Mietauto entgegen genommen und ab diesem Moment waren wir autark. Die Größe des Landes, der Straßen und alles andere, waren anfangs doch sehr gewöhnungsbedürftig. Vier oder fünfspurige Autobahnen. Man wird von riesigen Trucks problemlos überholt. Anfangs weiß man gar nicht wohin man schauen soll. Von Miami aus sind wir erst einmal Richtung Orlando. Ziel war Disney World.

Haben uns Fahrt Richtung Norden spontan entschlossen herunter vom Highway zu fahren und über die Landstraße Richtung Orlando zu fahren. Das war noch sehr viel gewöhnungsbedürftiger als der Highway. Endlos lange, gerade Straßen, die Landschaft um einen herum veränderte sich kaum. Man verlor das Gefühl für die Entfernung. Auf der Fahrt gab es auch einige denkwürdige Erfahrungen, die wir dort gesammelt haben. Das erste woran ich mich erinnere sind diese Briefkästen die einsam an der Straße stehen, von dem dazugehörigen Haus keine Spur. Die Vorstellung hier eine Autopanne zu haben, eines dieser einsamen Häuser zu suchen um dort um Hilfe zu bitten. Es fallen einem sofort diese typischen Splatterfilme ein. Gruselig. Oder als wir durch eine typische amerikanische Kleinstadt fuhren und uns ein Polizeiauto entgegen kam, hinter uns wendete und unserem Auto folgte. Peinlichst genau hielten wir uns an die vorgeschriebene Geschwindigkeitsbeschränkung. Es war ein seltsames Gefühl, ständig das Polizeiauto im Rückspiegel zu sehen. Das da keine Nervosität aufkam, wäre gelogen.

Oder als wir hinter einem dieser großen LKWs herfuhren und wir im Rückspiegel einen natürlich schwarzen Truck sehr schnell näher kommen sahen. Und uns dann auffuhr, dass wir nur noch eine einzige große schwarze Fläche sahen. Vor uns ein Truck hinter uns ein Truck. Wenn der schwarze Truck nur etwas mehr Gas gegeben hätte, wären wir wohl mit unserem japanischen Kleinwagen zwischen diesen den beiden Trucks zerquetscht worden. Wir waren ziemlich erleichtert, als der Truck hinter uns endlich abbog.

Bei all den Ereignissen auf dieser Fahrt, fallen einem sofort irgendwelche Horror- oder Actionfilme mit durchgeknallten Cops oder Truckern oder Serienkillern ein. Wo die Bösen entweder erst schießen, ermorden oder zerstückeln und dann erst nach dem Grund fragen.

Lauter solche Gedanken gingen uns da durch den Kopf. Natürlich sind das Klischees und basiert rein auf unterschwelligen Ängsten und Vorurteilen, made in Hollywood. Mit größter Wahrscheinlich wäre keine dieser Vorstellungen wahr geworden.

Ein paar Kilometer von Disney World und den ganzen anderen Parks rund um Orlando entfernt, fanden wir ein SIX Motel. Irgendwo hatten wir gelesen, dass diese SIX Motels gut und preiswert wären. Und sie waren sauber, ruhig und ideal gelegen. Genau richtig für unsere Unternehmungen.

Noch drei Tage bis ich wieder einen Termin bei Frau Fischer, meiner Therapeutin habe. Bin immer noch am Grübeln, wie ich ihr gegenüber trete. Wie ich ihr klar mache, wie schlecht die psychische Verfassung gerade ist. Weiß ja genau, dass wenn ich in ihrem Zimmer sitze, wieder unbewusst den Schalter umschalte und einen auf cool mache und auf die distanzierte Rolle umschalte. Keinen Kontakt mehr zu meiner tiefen Dunkelheit bekomme. Nun bin ich am Überlegen, mich hinzusetzen und meine ganzen Emotionen aufzuschreiben und ihr vorzulegen. Gedanken kreisen darum, ob ich es schaffe auf meine innere Stimme zu hören. Die, die sagt ich brauche Hilfe, ich tanze wieder auf dem Seil im Wind. Auf mein Gefühl oder auf die abwertete Stimme hören. Wie groß ist das Bedürfnis nach Sicherheit und Schutz, Geborgenheit und Abgeschiedenheit? Oder ist alles nur eine große Übertreibung?

Mehrere Tage haben wir uns Zeit genommen, diese kitschige bonbonfarbige Version einer heilen Welt genannt Disney World zu erkunden. Anschließend war der nächste Park, das Epcot Center, Disneys Vorstellung der technischen Zukunft, gesponsert ganz zufällig von irgendwelchen amerikanischen Firmen und den verschiedenen Länderpavillions an der Reihe. Dritter Disney Park waren die MGM Disney Studios. Als letzter und einziger Park der nichts mit Disney zu tun hatte, besuchten wir noch die Universal Studios. Danach war es dann auch genug mit Parks.

Disney World ist Kitsch in Reinkultur. Alles strahlt so eine Sauberkeit, aufgepresste Freundlichkeit aus. Man könnte meinen, dass die ganzen Mitarbeiter am Morgen erst einmal so eine Pille einwerfen um in diese „wir sind ja so glücklich" Stimmung zu kommen.

Es gab unzählige animierte Rundfahrten, zum Beispiel durch den afrikanischen Busch. Mit einem Boot ging es an künstlichen Elefanten, Nashörnern, Krokodilen und anderem Getier, aber auch animierten Menschen vorbei. Teilweise in lustigen Szenen. Als weiße Forscher und ihre dunkelhäutigen Lastträger sich auf einen Baum flüchteten und ein Nashorn versuchte sie mir seinem Horn aufzuspießen. Oder die animierten Schlangen und Krokodile in der dunklen Höhle. Eine weitere animierte Rundfahrt ging zu den Pirates of the Caribbean. Ziemlich genau sieben Jahre später entstanden daraus dann die Filme mit Johnny Depp als Captain Jack Sparrow. Aber das war damals noch weit weg. Wieder in einem Boot fuhr man an Seeräuberschiffen vorbei, die mit Kanonen eine Stadt angriffen. Die nächste Szene sah man dann die Seeräuber besoffen, raubend und plündernd durch die Stadt sich bewegen. Selbstverständlich das alles jugendfrei, damit auch die kleine Kinder dabei zusehen konnten.

Natürlich gab es auch viele Achterbahnen, Flugsimulatoren, bei denen ich dann außen vor blieb. Da bin ich doch sehr empfindlich. Wenn es mir in den Magen fährt, hört der Spaß auf. Bin ein einziges Mal als Jugendlicher auf der Karlsruher Messe, einem Jahrmarkt, ein Fahrgeschäft mitgefahren. Das war nicht sehr lustig. Die ganze Fahrt, zwei Plattformen, die sich kreisend auf und ab, vorwärts und rückwärts bewegten. Nein! Das war definitiv nicht mehr lustig, fand es fast zum Kotzen. Im wahrsten Sinn des Wortes. Seit dieser Zeit weiß ich auch wie lange ein paar Minuten in so einem Fahrgeschäft sein können. Deswegen steige ich nie wieder in eine Achterbahn oder ähnliche Fahrattraktionen mehr ein. Never again.

Das Gespräch mit meiner Therapeutin ist vorüber. Da ich mir selbst nicht traute, ihr gegenüber offen über meine derzeitigen Empfindungen zu berichten, habe ich meine Emotionen aufgeschrieben und ausgedruckt. Besonders auch im Hinblick, dass ich mich zwei Tage vorher wieder am gleichen Arm verletzt habe. Dieses Mal jedoch quer. Dadurch entsteht halt eine Art Schachbrettmuster oder wie sagte einmal eine Krankenschwester, ich würde mir eine Art Excel-Tabelle in den Arm ritzen. Ja stimmt irgendwie, lauter kleine Quadrate sind dabei entstanden. Natürlich sind ihr die alten noch nicht ganz verheilten und die neuen frisch verkrusteten Schnitte aufgefallen. Ist ja auch nicht zu übersehen. Den Brief habe ich gefaltet vor sie gelegt. Hat mich gefragt, ob sie ihn lesen soll, oder ob ich es ihr nicht erzählen will. Hier sind die wichtigsten Ausschnitte davon:

- Bin emotional instabil. Jede Emotion, die von innen oder außen an mich heran kommt, sei es Fernsehen, I-Net, alles haut gerade ungefiltert durch, bringt mich zum Heulen und Verzweifeln.

- bin dermaßen verzweifelt und traurig, dass ich es nicht mehr aushalte. Will nichts mehr spüren, jeder Tag ist eine einzige Qual.

- Um diesem psychischen Schmerz auszuhalten, verletzte ich mich wieder. Danach ist dann wenigstens für ein paar Stunden der Schmerz weg und ich kann etwas durchatmen. Und die Versuchung nach mehr, ist gerade sehr stark.

- schaffe es fast nicht mehr, mich zu irgendwas aufzuraffen. Muss mich zu allen Aktivitäten so zwingen. Fällt alles so schwer. Als ob Tonnen auf mir lasten. Ob es das Einkaufen ist, der Besuch heute bei ihnen oder bei meiner Ergotherapeutin. Selbst das abendliche Kochen für Gaby ist

eine Aufgabe, die ich nur unter größten Anstrengungen noch packe. Ich will mich nur noch verkriechen, mich abschießen, vergessen.

- kriege alltägliche Dinge nicht mehr auf die Reihe, sei es so einfache Dinge wie Duschen, die allgemeine Körperpflege, Frisör oder ähnliches

- Mir ist alles egal, starre Löcher in Wände, will einfach nicht mehr. Völlig resigniert und ohne Hoffnung

– ich möchte nicht mehr weitermachen, schaffe es auch nicht mehr. Die Verzweiflung ist so groß, dass ich einfach nicht mehr kann, nicht mehr will, aufgeben ist eine Option, die langsam wieder hochkommt

Habe es geschafft, dass geschriebene auch in Worte zu fassen. Erst am Ende der Sitzung hat sie den Brief gelesen und zu den Akten geheftet. Waren beide der Meinung, dass die Situation sehr angespannt ist, zum Glück noch nicht soweit wie im April. Aber soweit wollen wir es auch nicht wieder kommen lassen. Haben dann entschieden, dass ich wieder stationär gehen soll. Hat auf der P31 angerufen und mich für kommenden Dienstag angemeldet. Neue Stations- und Oberärztin. Mal sehen, wie die beiden sind. Natürlich steigen die Nervosität und die Angst. Neue Patienten, neue Ärztinnen. Wie wird es werden?

Am Ende des Gespräches, war Frau Fischer zufrieden, dass ich es geschafft habe, mich rechtzeitig zu melden und nicht zu warten bis es fast wieder zu spät ist.

Jetzt sollte ich eigentlich zurück nach Disney World. Fällt mir aber gerade nachdem Gespräch mit Frau Fischer schwer. Die Offenheit und der daraus resultierende Aufenthalt in der Psychiatrie machen es mir schwer. Wir waren bei den Fahrgeschäften. In diesen ganzen Parks gab es viele verschiedene Möglichkeiten dem Rausch der Geschwindigkeit nachzugeben. Ob es angelehnt war an Star Wars, Zurück in die Zukunft oder ähnliches. Gaby ist sie alle gefahren und hatte riesigen Spaß dabei. Man sah es ihr an, wenn sie mit einem breiten Grinsen wieder heraus kam.

Ich saß derweilen draußen herum und wartete. Da die einzelnen Fahrgeschäfte gut besucht waren, dauerte die Warterei natürlich meist eine kleine Ewigkeit. Ich saß dann da ziemlich nervös herum. Damenjeans, Damentop, die noch kurzen Männerhaare so weit als möglich drapiert. Und während ich da so in meiner Nervosität herumsaß, spazierten tausende andere Besucher der Parks an mir vorbei. Viele Menschen machen mich nervös, vor allem auch in dieser neuen Rolle. Dies trug nicht gerade zu meiner Beruhigung bei.

War jedes Mal erleichtert, wenn Gaby endlich wieder zurück kam und mir freudestrahlend von der tollen Fahrt erzählte. Aber zum Glück gab es nicht nur solche heftigen Highspeed Fahrgeschäfte, sondern auch Dinge die wir gemeinsam machen konnten. Im Universal Park gab es eine Attraktion angelehnt an den Film „Der weiße Hai". Wir wurden in ein Boot verfrachtet. Vor uns sah man gerade noch ein anderes Boot verschwinden. Unser Guide vorne im Boot, begann etwas über die Geschichte des Dorfes zu erzählen, als er einen „Notruf" vom dem voran fahrenden Boot bekam. Es würde von etwas angegriffen, dann brach die Verbindung ab. Der Guide tat so, als ob er in Panik ausbrechen würde. Kurz darauf fuhren wir um einen (künstlichen) Felsvorsprung und sahen das andere Boot, am Ufer. Völlig zerstört und brennend. Unser Guide bekam es mit der Panik zu tun, so nachdem Motto „Oh, mein Gott was ist denn hier passiert. Nichts war zu erkennen. Dann ruckte unser Boot leicht, noch größere Panik beim Guide. Und dann tauchte mit einem richtig heftigen Wasserschwall, direkt links vom Boot einer riesiger weißer Hai auf und schnappt nach den Gästen im Boot. So wie im Film halt. Aus Plastik. Und alle die links saßen wurden dabei ziemlich nass. Natürlich saßen wir auf der linken Seite und unsere Hosen waren nass. Dafür konnte Gaby den ach so gefährlichen Plastikhai berühren. Dann tauchte er wieder unter. Unser Guide suchte Schutz in einem Bootshaus. Doch wie es sich für einen verrückten weißen Hai gehört, rammte er das Bootshaus, bis das Holz splitterte und er unserem Boot immer näher kam. Also fuhren wir wieder raus auf offene Wasser. Bei dem Angriff auf das Bootshaus hatte der böse, böse Hai aber eine Ladung Dynamit im Maul. Warum auch immer. Natürlich lag in unserem Boot ganz zufällig auch ein Gewehr. Mit diesem zielte dann der Bootsführer auf den Hai. Nach den obligatorischen Nieten traf er dann doch das Dynamit und mit einem großen Knall flog der Hai in die Luft. Juhu, wir waren gerettet und unser Boot fuhr zurück in den ursprünglichen Auslaufhafen. Show zu Ende, „hope You enjoy the show and good bye". Wenn man sich dann überlegt, dass dieser Hai ca. alle halbe Stunde in die Luft fliegt und vorher diese ganze Show abzieht. Naja, dass nimmt schon etwas die Spannung.

Die beste Show die wir besuchten, hatte aber damals Disney. Wir wussten anfangs nicht, ob es irgendein Fahrgeschäft ist, oder etwas anderes. Mir fiel da gerade natürlich nicht das Wort Rollercoaster für Achterbahn ein. Aber Hände sind multilingual. Wir machten so eine Auf und Ab Bewegung mit den Händen und der Typ am Eingang schüttelte den Kopf. Also sind wir beide rein. Alles ist mit längeren Wartezeiten verbunden. Erst wird draußen gewartet und dann kommt man in einen Vorraum, wo die Leute dicht gedrängt stehen, um die Preshow anzusehen, als Zeitüberbrückung. Man konnte einen Roboter erkennen, der hinter einer Konsole stand mit vielen Schaltern. Ganz links und rechts auf der Bühne standen zwei Glassäulen. In einer davon war ein knuddeliges Wesen. Der Roboter erklärte dann, dass sie nun mittels Teleportation das goldige Wesen von der einen Säule in die nächste teleportieren werden. Es gab einen Knall und viel Rauch und das Wesen verschwand und erschien in der anderen Säule. Zwar ziemlich zerzaust, aber heil und unverletzt. Das arme Ding dachten wir uns noch.

Dann ging es in den Hauptraum. Ein runder Saal, mit ansteigenden Sitzen. Als ich mir die Sitze genauer anschaute erkannte ich, dass an jedem Stuhl solche Rollbügel angebracht waren, die über den Kopf gezogen werden und im Schoß verriegelten. Da bekam ich Panik, dass es doch ein wie auch immer geartetes Fahrgeschäft wäre. Wollte schon raus aus diesem Raum. Aber Gaby beruhigte mich und wir nahmen Platz. Das was da dann ablief, war eine absolut perfekte Show, die mit den eigenen Ängsten spielte. Da verstand ich auch, warum diese Bügel angebracht waren, ohne sie wären wohl viele Besucher angsterfüllt aufgesprungen und davon gerannt. Das verhinderten diese starken Bügel.

Diese letzten Zeilen mit der Haishow und die andere angefangene Attraktion sind die ersten Zeilen, die ich in der Klinik schreibe. Der erste Tag ist fast herum. Bin mit einer fünfundachtzigjährigen Frau im Zimmer. Die ständig darauf herum reitet ich sei doch ein Mann, und das wieder und wieder. Das ich in einer lesbischen Beziehung lebe, will sie auch nicht kapieren. Ständig fängt sie wieder an von Mann, Mann, Mann.

Das alles lässt mein sowieso nicht allzu dickes Nervenkostüm ziemlich flattern. Dazu noch ein paar andere Dinge die mich noch zusätzlich belasten. Im ersten Gespräch mit meiner Oberärztin, meinte sie knallhart, das wir die Dauer des Aufenthaltes gleich festgelegen, egal wie es mir zum Entlasstermin geht. Das ist noch ok, damit kann ich leben. Dann zurück zu ambulanten Therapie und wenn es da nicht klappt, kann ich wieder kommen. Den Zeitrahmen von drei Wochen habe ich mir ja selbst auch schon irgendwie vorab gesetzt. Wenn ich in drei Wochen aus der Klinik gehe, beginnt Gabys Urlaub. Wir könnten als die Zeit die wir bis dahin getrennt verbrachten, dann gleich wieder nachholen. Aber es gibt ein anderes Problem, bzw. könnte es noch zu einem ziemlichen Problem werden. Die Oberärztin meinte bezüglich meiner Selbstverletzungen „Wenn sie sich auf der Station verletzten, dann muss man sich fragen, ob sie dann überhaupt auf der richtigen Station bin". Sprich, verletzt dich selbst und du fliegst von der Station und kommst auf die Geschlossene.

Nein, dass baut absolut keinen Druck auf. Nein, da bleibe ich völlig entspannt. Wenn es nicht mehr geht, dann soll ich mich sofort bei der Pflege melden. Was sollen sie denn tun, wenn die Verzweiflung überhandnimmt und alles andere erstickt. Mit Tavor abschießen, oder mich mit Witzen in bessere Stimmung bringen *Ironie aus* Oder mich stundenlang vorm Pflegezimmer sitzen lassen. Keine Ahnung. Wenn also etwas passieren sollte und ich mich verletzte, lasse ich mich verbinden und packe meine Tasche. Auf eine andere Station, vor *allem, wenn ich nicht weiß auf welche, keine Chance. Da gehe ich lieber. Dieses Mal bin ich ja freiwillig hier. Da wird kein Richter eine Zwangseinweisung ausstellen. Weiß natürlich nur nicht, wie Frau Fischer darauf reagieren wird. Natürlich kann es gut gehen und nichts passiert, aber alleine dieser Zwang sich zurückhalten zu müssen, erhört den Druck ungemein. Und wenn es nicht dieses Mal ist, vielleicht beim nächsten.... FUCK! Ich hasse solchen verdammten Druck. Vielleicht soll ja die Aussage mich motivieren. Aber es passiert eher das Gegenteil, es setzt mich, wie schon gesagt unter Druck. Als krönender Abschluss dann noch erfahren dass jemand aus meiner Vergangenheit hier gerade sein Praktikum macht. Ein ehemaliger Jugendspieler der Pforzheim Wildsocks arbeitet hier auf der Station. Das weckt sehr schlechte Erinnerungen an die Kündigung meines Trainerpostens und wie mich da viele im Stich ließen, von denen ich dachte sie wären meine Freunde. Aber das war nur am ersten Tag so. Einundzwanzig weitere sollen noch folgen. außer ich verletze mich selbst.*

Gerade fällt mir natürlich ein, ich kann mich auch an Stellen ritzen wo sie es nicht sehen, die Oberarme, oder die Oberschenkel, aber wäre das ehrlich? Ihnen und auch mir gegenüber? Nein! Der Druck wächst, die Angst davor, Fehler zu machen, nicht geliebt zu werden, wird durch diese Aussage bestärkt. Ende der Woche ist Oberarztvisite. Ich hoffe, ich finde den Mut und die Kraft über die Angst und den Druck zu sprechen. Erster Tag und schon so viel Stress. Nicht gut. Bin jetzt nur gespannt, wie die Nacht mit der alten Frau wird. Und die nächsten einundzwanzig Tage. Ein Teil will nur nach Hause, auch wenn es dort nicht besser sein wird.

Wir saßen nun also festgeschnallt in unserem Stuhl, es wurde dämmerig und ein großer Monitor ging an. Ein paar außerirdische Wissenschaftler von Planeten XYZ begrüßten uns Erdlinge. Wir alle würden Zeugen einer großen technischen Errungenschaft werden. Das was wir vorhin im Kleinen gesehen haben, wollen sie nun hier im Großen demonstrieren. Sie schicken einer ihrer Wissenschaftler mit der gleichen Technik von ihrem Planeten zu unserem. Spot an, in der

Mitte des runden Saals stand eine große Glassäule, wie wir sie schon draußen sahen, nur deutlich größer. Der Prozess begann, die Wissenschaftler drückten ein paar Knöpfe. Anfangs noch ganz entspannt, doch ist irgendetwas ging schief. Es entsteht Hektik. Eine Frauenstimme meint irgendwas scheint nicht so zu klappen, wie es soll. Panik bricht bei ihnen aus. Wir Zuschauer werden wohl langsam auch nervös, was jetzt wohl kommen wird. Es wird dunkel im Saal, man hört es zischen und brummen, irgendwas tut sich in der Glassäule. Wieder Spot auf die Säule und drinnen steht ein riesiges, beängstigendes Monster, wie aus den besten SciFi, Fantasy und Splatterfilmen. Gruselig. Und dieses Monster fängt an zu brüllen, gegen die Glassäule schlagen. Es wird richtig laut. Ein dieser von weit entfernten Wissenschaftlern meint noch, wir müssen uns keine Sorgen machen, dass Glas der Säule würde schon halten. Dann absolute Dunkelheit. Das Monster hämmert und schreit, schreit und hämmert. Und dann ein Geräusch das keiner hören will. Das Geräusch von brechendem Glas. Noch mal ein kurzer Spot auf die Säule. Jeder sieht das große Loch und die Säule ist leer. Das Monster ist nun hier in diesem Saal unterwegs. Es ist absolut dunkel. Die eigene Phantasie beginnt zu galoppieren. Man hört die weit entfernten Schritte des Monsters. Sie kommen immer näher. Man versucht ganz ruhig zu sein. „Lass es bloß an mir vorbei gehen". Noch näher. Stockfinster. Es spielt sich alles im Kopf ab. Dann stoppen die Schritte genau hinter einem. Das Monster stand wirklich genau hinter mir. Ich hielt die Luft an, bloß kein Geräusch machen, ich hörte das Biest atmen, spürte sogar seinen heftigen stoßweisen warmen Atem in meinem Nacken. Wirklich, sie spüren, wie dieses Monster hinter innen, seinen Atem ausstößt. Spätestens da war klar, wieso die Bügel an den Sitzen angebracht waren. In dieser absoluten Dunkelheit, dem Gefühl, dass ein Monster genau hinter mir steht, seine Nasenlöcher nur wenige Zentimeter von meinem Nacken entfernt, breit mich zu töten. Die Panik, die diese Situation in einem auslöst ist überwältigend. Der Fluchtreflex schreit nur noch „weg, weg, renn was du kannst" Doch das Biest entfernte sich wieder, man konnte genau hören, wie sich die Laufgeräusche immer weiter entfernten. Dann ging noch ein Monitor an. Darauf erkennbar eine Gruppe Soldaten. Schwer bewaffnet und mit so einem Scanner, das das Monster aufspüren soll. Das Licht ging an. Man konnte sehen, wie sich die Soldaten von oben herab seilten und in verschiedene Richtungen ausschwärmten und wieder wurde es unverhofft dunkel. Man hörte nur das Piepsen dieses Gerätes. Ein Soldat brüllte zu seinem Sergeanten, dass es ganz in seiner Nähe sei und weiter auf ihn zukommt. Dann sieht man Mündungsfeuer und hört die Schüsse und dann auf einem ein Geräusch, wie wenn ein riesige Hund mit lautem Knirschen in einen Knochen mit Fleisch beißt, nur viel heftiger und lauter. Der Soldat stieß noch einen schrillen Schrei aus und war dann tot. Und genau in diesem Moment tropfte etwas von oben herab auf meine Bekleidung. Die Tropfen waren keine Einbildung, etwas tropfte wirklich von oben herab. Ich dachte in dem Moment nur noch „Oh, Scheiße, wie kriege ich die Blutflecken aus den Sachen heraus?" Die anderen Soldaten versuchten es noch zu schnappen, doch es verschwand durch eine der Türen.

Das Licht ging an und der erste Blick ging dahin, wo das Blut herab getropft war. Natürlich war nichts zu sehen. Es war alles nur eine große perfekt inszenierte Show und ein Spiel mit den menschlichen Urängsten. Und natürlich hatte jeder Besucher das Gefühl, dass das Monster nur genau hinter ihm stehen geblieben ist und ihm den Atem in den Nacken blies. Eine perfekte Illusion. Allen, die daran teilgenommen hatten, sah man noch den Schrecken und die Angst im Gesicht an, gemischt mit einer großen Erleichterung, dass bei all dem, was einem da die Phantasie vorgegaukelt hat, es doch nur Show war.

Es gab noch eine weitere Show, die mit ähnlichen Tricks gearbeitet hat. Das war im Epcot Park. Ich weiß nicht, ob sie noch den Film kennen „Liebling, ich habe die Kinder geschrumpft"? Die Show hieß dort nun angelehnt daran, Liebling ich habe das Auditorium (mit uns als Zuschauern) geschrumpft. Hauptsächlich lief ein Film in 3D. Wir als Zuschauer hatten das Gefühl, alles aus einem Karton zu sehen. Die Schauspieler waren riesengroß. Eine riesige Würgeschlange näherte sich dem Karton und streckte ihren Kopf hinein. Also für mich gibt es angenehmeres als einen übergroßen Schlangenkopf in 3D direkt vor mir zu sehen. Das war das erste Schockmoment. In dem Film gab es auch eine Vervielfältigungsmaschine. Von einem Schauspieler fiel nun eine weiße Ratte in dieses Gerät und auf einmal stürmten tausende von Ratten auf uns zu. Und man konnte spüren, wie tausende von Ratten zwischen unseren Füßen hindurch rannten. Viele der weiblichen Besucher fingen an zu schreien und die Füße hochzuziehen, damit sie ja keine Ratte berührten. Auch dass, nur reine Illusion. Wir haben uns eine ganze Weile überlegt, wie sie das wohl angestellt haben.

Von allen Parks hinterließ der Epcot Park, den negativsten Eindruck. Bis auf das mit den Ratten, übrigens gesponsert von Kodak, waren die anderen Attraktionen eher bescheiden. Vor allem diese riesige silberfarbene Kugel, die das Wahrzeichen des Parks ist. In der Kugel war nur eine Informationsfahrt, gesponsert von AT&T, über die Entwicklungsgeschichte der menschlichen Kommunikationstechnik. Vom Faustkeil zum Handy und Computer dieser einen bestimmten Marke. Ganz zufällig natürlich. So was von laaaaaangweilig. In diesem Park gibt es ja auch diese Länderpavillons. Wo die Amerikaner sich vorstellen können, wie es in der restlichen Welt aussieht. Deutschland bestand hauptsächlich aus Oktoberfest, Bier, Blasmusik und einem Shop für Christbaumkugeln. Stimmt, genauso sieht ja Deutschland auch überall aus und nicht anders. Wo habe ich bloß mein Dirndl hingelegt? Ach ja, eine Maß muss ich ja auch noch trinken.

Klischee an Klischee, eines schlimmer als das andere. Die Italiener bestanden nur aus einem verkleinerten Venedig mit Gondeln. Es fehlte nur noch der singende Gondoliere. Die Nationenpavillons wechseln ja öfters. Aber ich glaube jedes Land sieht dann nur eine Karikatur seines eigenen Heimatlandes. Besonders passend fand ich den amerikanischen Pavillon. Der natürlich der größte war und gesponsert wurde von Coca-Cola und American Express. Beim Verlassen des Epcot Parks blieb wirklich nichts übrig, als Enttäuschung.

Eine kleine Anekdote zum Schmunzeln am Ende. Wir kauften unser erstes Slush-Eis und bekommen einen Hirnfrost der heftigen Art. Wer das noch nie erlebt hat, weiß nicht wie schnell und vehement diese Kopfschmerzen kommen. Es ist so als würde ein Eispickel innerhalb von Sekunden mit aller Gewalt ins Gehirn getrieben, Ein

Schmerz der ziemlich fies zwischen den Augen sitzt und sich schnell nach oben fortsetzt. Erst langsam, wärmte sich das Gehirn wieder auf und der Schmerz ließ endlich nach. Was lernten wir daraus, trinke deine Slushie nur langsam und mit Bedacht ansonsten tut es höllisch weh.

Danach waren die Parks rund um Florida abgegrast und wir wandten uns der Wissenschaft zu. Cape Canaveral stand als Nächstes auf unserem Besuchsprogramm.

Der erste komplette Tag in der Klinik. Meine fünfundachtzigjährige Zimmergenossin musste wieder draußen auf dem Flur schlafen und muss dort die Nachtschwester ziemlich auf Trapp gehalten haben. Dafür hatte ich das Zimmer für mich und eine wunderbare entspannte Nacht. Ein guter Cocktail aus Schlaf- und Beruhigungsmitteln waren ebenso daran beteiligt. Sogar die Träume war dieses Mal still. Das erste Mal um fünf Uhr morgens auf die Toilette gemusst. Das ist mir zuhause schon ewig nicht mehr passiert. Der Tag war geprägt von einer gefühlsmäßig absolut starken Kälte der Resignation. Ja Resignation ist für mich eine Eiseskälte, während die Verzweiflung so heiß ist, dass sie alles verbrennt

Dazu habe ich ein Gedicht geschrieben. Ist nicht relevant für die Geschichte, sie können es also auch gerne überspringen, oder sich doch die Mühe machen und es zu lesen. Bei einigen gab es nachdem Lesen sogar einige Tränen. Wie ist es bei ihnen?

Resignation und Kälte

Die Resignation....
Ein endlose Eiswüste,
Minus dreißig Grad
Ein eisiger Wind bläst
kein Baum kein Busch
nur Eis und diese Kälte
irgendwo dort liege ich,
allein, nackt in Fötushaltung

friere und zittere um mein Leben
merke, wie mir immer mehr die Wärme entweicht
muss was dagegen tun,
steh doch auf,
mach Feuer, bewege dich
Doch die Kälte saugt
den letzten Lebenswillen
aus mir heraus.
Kann mich nicht mehr bewegen
will es auch nicht
Die Kälte kriecht in die letzten Ritzen
sie tut in den tiefsten Knochen so weh
Zu müde, zu kraftlos
warum gegen unausweichliches ankämpfen
kann nicht mehr, will nicht mehr
wann ist es endlich vorbei?

Die Verzweiflung ist....
wie an einem Scheiterhaufen gebunden,
um einen herum brennt alles,
die Flammen lassen die Haut Blasen werfen
der Körper besteht nur noch aus Schmerz
die Flammen fressen
den letzten Hoffnungsfunken
und dann wird einem
ein glühendes Eisen
in das Hirn getrieben
Der Schmerz ist unerträglich
ich will schreien
aber kein Ton kommt über meine Lippen
der Schmerz frisst meine Seele
ganz und gar, bis nichts mehr bleibt
ich bin nur noch Schmerz
kann nicht mehr, will nicht mehr
wann ist es endlich vorbei?

Und dann zu guter Letzt
kommt noch die Traurigkeit,
sie ist so stark, so erdrückend
es fühlt sich an,
als wäre der Schmerz und die Trauer
aller Menschen
in mir konzentriert
All diese Trauer
zu spüren ist Verzweiflung ohne Ende,
den Schmerz aushalten zu müssen
ist unerträglich

Kann nicht mehr, will nicht mehr
wann ist es endlich vorbei

Ich möchte nichts mehr fühlen
nichts mehr ertragen
einfach NICHT mehr sein

Ja dieses „endlich vorbei sein" beschäftigt mich doch sehr. Nichts mehr fühlen zu müssen. Ruhe, absolute Ruhe und ewiges Vergessen. Kein Gedanken mehr, nur Stille und nicht mehr sein. Das Bedürfnis danach ist immer noch da. An wenigen Tagen schwächer, an vielen Tagen unerträglich stark. Begleitet mich jeden Tag. Ist immer noch der einzige Ausweg denn ich für mich sehe.

Wobei es gibt heute auch sehr gute Nachrichten. Ich bin aus dem Zimmer mit der Fünfundachtzigjährigen heraus und habe mein „altes" Einzelzimmer bekommen. Aber so resigniert wie ich bin, kann ich mich darüber nicht freuen. Denke eher an den Tag, wenn ein Neuzugang mir wieder dieses Zimmer wegnehmen wird. Warum sich also freuen. Die Pflege ist heute mal wieder besonders nett. Frau Minzer hat ein längeres Schwätzchen mit mir gehalten. Ich merke wirklich wie sich alle Sorgen machen, helfen wollen.

Wenn ich hier am Laptop sitze und schreibe, dann merke ich nichts von der Resignation. Doch kaum verlasse ich ihn, schon ist sie wieder da. Die Versuchung sich einfach ins Bett zu legen und nichts tun, außer auf irgendeinen Punkt zu starren, ist groß. Vielleicht liegt es auch am Tavor, dass ich viermal am Tag kriege, dass die Verzweiflung außen vor bleibt.

Dies war das letzte Ziel das wir von unserem bisherigen festen Standort in Kissimmi, in der Nähe von Orlando erreichen konnten. Also besuchten wir den berühmten Raketenstartplatz. Aus der Ferne sahen wir auch ein Space Shuttle, dass schon an seiner Rampe zum Start fertig gemacht wurde. Wir haben die verschiedenen Raketen stehend und liegend gesehen, mit denen die Amerikaner in das Weltall und auf den Mond gestartet sind. Eine komplette Apollo Rakete lag in einem Stück auf einer Rampe. So konnte man gut die enormen Ausmaße der Rakete sehen, nur um damit ein paar Leute ins Weltall oder auf den Mond zu schießen.

Dieser Bereich, wo sich die Astronauten aufhielten sieht so winzig aus, im Vergleich zu den Raketentriebwerken die nötig waren, um dass bisschen Mensch zu den Sternen zu schicken. Wie immer war auch hier der überall überbordende Nationalstolz der Amerikaner zu spüren. Seht her Welt, was wir geschaffen haben, wir sind das beste Land der Welt. Vielleicht stimmt das auch, wenn man genügend Dollar zur Verfügung hat. Der, in unserem Falle, die normale Amerikanerin, hat, bei zwei bis drei Jobs pro Tag, nicht viel Zeit für solchen Patriotismus. Morgens bediente sie uns in dem Restaurant, wo wir frühstückten, abends stand sie dann in einem Fastfood Restaurant und wahrscheinlich hatte sie über die Mittagszeit noch einen dritten Job um über die Runden zu kommen. Das ist die andere Seite des gelobten Landes. Hast du Geld, bist du der King, hast du nichts, dann Pech gehabt, sieh zu wie du über die Runden kommst. Aber dies war nicht unser Problem. Wir haben nur festgestellt, dass das Leben im sozialen Deutschland doch einige große Vorteile hat.

Von Orlando aus fuhren wir wieder runter in den Süden. Miami Beach war unser nächstes Ziel. Ein Arbeitskollege von Gaby hatte uns ein Hotel empfohlen. Wir also dorthin. Geplant waren in Miami Beach einige Tage zu verbringen. Ocean Drive, die langen Sandstrände, dass ganze Art Decco Viertel besichtigen, mit all den ganzen berühmten pastellfarbigen Häusern. Bekannt noch aus der Achtziger Serie „Miami Vice". Im Hotel eingecheckt, kommen aufs Zimmer, sitzt schon die erste Kakerlake auf dem Tisch. Eine weitere am Telefon. Wir hatten ein Stück Kuchen von einer Fastfoodkette dabei. Vorsichtshalber wollten wir es in den Kühlschrank legen, da war auch eine weitere Kakerlake, die Hallo sagte. So langsam wurde es deutlich ekeliger. Das es hier Kakerlaken gibt, war uns noch vom letzten Jahr bekannt, als wir in dem sehr guten Hotel waren. Dort gab es auch nur zwei, sehr zurückhaltende, dieser Schabentiere. Licht an und weg waren sie. Diese hier jedoch in dem Hotel, sahen uns eher an, als wollten sie sagen „Was macht ihr hier in unserer Bude, haut ab". Ok, wir wollten sowieso gleich wieder los, den Strand anschauen und ein Bier in einem Supermarkt kaufen und dann weiter zum Ocean Drive. Unser Reiseführer empfahl da ein bestimmtes Deli-Restaurant. Ganz klischeemäßig wurde mir meine Dose Budweiser in einer braunen Packpapiertüte überreicht. Damit ja keine Kinder sehen, dass hier Alkohol verkauft wurde. Mein erstes Bier aus einer Tüte. Strand war ok. Da könnte man ein paar Tage relaxen. Nach Bier und Strand dann weiter mit dem Auto zum berühmten Ocean Drive. Die Parkgebühren in dieser Gegend sind astronomisch hoch. Aber was bleibt einem anderes übrig, als diese Wucherpreise zu bezahlen. Das irgendein Cop unser Auto abschleppt, wäre der Super GAU gewesen.

In dem Deli-Restaurant dann zum ersten Mal eine richtig unfreundliche Bedienung erlebt. Trotzdem egal, wenn das Essen so toll sein soll, muss man es probieren, egal wie unfreundlich die Bedienung ist. Es war so wie man es heute aus vielen Sendungen über die amerikanische Küche kennt. Pfundweise gekochte Rinderbrust genannt Pastrami, oder Corned Beef und dabei meine ich nicht das klein gehäxelte Zeug was es hier bei uns aus der Dose gibt, sondern ein richtiges Stück Rindfleisch. Dazu Sauerkraut und komische schmeckende Salzgurken. Ganz klassisch bestellten wir uns ein Reuben Sandwich. Corned Beef, Emmentaler Käse, Sauerkraut dazu die Gurken und eine Cola. Meine Erfahrung, hmmm, ich würde es nicht nochmal bestellen. Vielleicht noch einmal in New York, aber hier in Miami war mein Verlangen nach jüdischen Deli-Restaurants bedient.

Zurück ins Hotel, wir hatten vorsichtshalber alle Lichter in unserem Zimmer angemacht, in der Hoffnung, dass das Licht die ekelhaften Viecher vertreiben würde. Tja, diese Kakerlaken waren kein lichtscheues Gesindel. Sie liebten nicht nur die Dunkelheit, das Lampenlicht war ihnen genauso angenehm. Nach einer ersten groben Schätzung waren es ca. fünf bis sechs dieser Krabbeltiere. Was tun. Entschieden uns erst mal fürs Bleiben. Gaby wollte etwas Wäsche aus dem Koffer in eine Schublade einer Kommode tun. Doch die war schon besetzt. Genau, mit den gleichen Viechern. Mir wurde es langsam unheimlich und ekelerregend.

Wollte nicht alleine im Bett schlafen. Also kam Gaby rüber in meines. In der Nacht musste sie aufs Klo und störte eine größere Kakerlaken Party in der Badewanne. Während wir schliefen, lief Gaby eine über den Arm, diese flog dann quer durch das ganze Zimmer. Am nächsten Morgen fanden wir eine zerquetsche Kakerlake in unserem Bett. Was sie und der Rest ihrer Familie noch alles getan haben, während wir schliefen, will ich eigentlich gar nicht so genau wissen. Ob sie unseren Speichel getrunken haben, oder die Reste des Reuben Sandwichs aus unseren Zähnen gepellt haben. Egal, ES WAR ZU VIEL. Morgens um sieben Uhr, total fertig vom schlechten Schlaf und dieser Horde an Schabentieren, haben wir unsere Koffer geschnappt und sind aus dem Hotel ausgezogen. Der Portier war ganz überrascht, wir wollten doch einige Tage bleiben, wieso also jetzt dieser plötzlich Aufbruch?

In dem ganzen Stress fiel mir das englische Wort für Kakerlaken „Cockroach!" nicht mehr ein. Mir fiel bloß dieses dämliche Lied „La Cucaracha" ein. Das habe ich ihm dann vorgesungen. Da hat er bloß genickt und uns unsere Pässe wieder gegeben. Scheinbar waren wir nicht die Ersten, aber mit Sicherheit auch nicht die letzten, mit diesem Problem. Bloß weg von diesem Ort. Wir hofften bloß, dass keine der Viecher sich in unsere Koffer geschlichen haben. Keine Hotels mehr in

Miami. Zumindest keine Billigen. Nur noch Motels waren angesagt. Auf diesen Schock hin wollten wir so weit als möglich von Miami weg.

Den südlichsten Punkt den wir erreichen konnten, war Key West. Der südlichste Punkt der USA. Anfangs des zwanzigsten Jahrhunderts wurde Key West an das Schienennetz angeschlossen. Der Tourismus begann aufzublühen. Auf dem Weg Richtung Key West wurden viele Inseln mit Brücken überquert. Bei einigen hätte es sich bestimmt gelohnt, mal eine Pause einzulegen. Suchten erst direkt in der Stadt nach einem schönen Hotel. Aber die Preise waren astronomisch hoch. So blieb dann doch nur ein Motel am Stadtrand mit Continental Breakfast. Darauf waren wir echt gespannt. Waren mittwochs angereist und wollten eigentlich erst die Woche darauf wieder zurückfahren. Aber die Preise für Übernachtungen verdoppeln sich an den Wochenenden. Also blieben wir bloß bis Freitag. Schauten uns das schöne Städtchen an, besuchten das Sloppy Joe, die ehemalige Lieblingskneipe von Ernest Hemingway. Ein Mojito musste dort einfach sein. War dort auch zum ersten Mal als Frau in einem Seidenkleid unterwegs. Das erste Mal im den Vereinigten Staaten. Leider schwitze ich bei diesen Temperaturen und in Seide sehr stark. Aber es war ein klasse Gefühl dort so unterwegs zu sein. Vielleicht war es hier auch etwas einfacher. Key West war oder ist für seine Schwulenszene sehr bekannt. Erwartete da einfach mehr Toleranz gegenüber Anderslebenden. Da dachte ich mir, wenn die das können, warum dann du nicht auch.

Apropos Hemingway. Natürlich besuchten wir auch sein Haus dort mit den vielen Katzen. Zu seinen Zeiten sammelte er ja nur Katzen mit sechs Krallen an den Vorderfüßen. Aber in der Zwischenzeit wird das wohl nicht mehr so rigoros kontrolliert. Daher leben viele Katzen auf dem Grundstück ein recht sorgenfreies Leben. Mit manchen konnten wir sogar Kontakt aufnehmen und sie ließen sich streicheln.

Am diesem seltsam geformten Ponton der den südlichsten Punkt der USA darstellt, ließen wir uns von einem Einheimischen gemeinsam fotografieren. Zum Glück ist er nicht mit unserer Kamera abgehauen.

Natürlich gingen wir auch ans Meer zum Schnorcheln. Es war ein richtiges Wow Erlebnis. Zum ersten Mal sahen wir die bunte Welt der tropischen Fische. Welche Farben, grelles Gelb, tiefes Blau, alles war an diesem Strand zugegen. Gaby fand auch einen Hot Dog Verkäufer und kaufte ihm ein paar Brötchen ab. Schaute zwar etwas irritiert, als so eine Touristin die Brötchen so ganz ohne Hot Dog wollte. Aber mit Händen und Füßen erklärte esie ihm, wofür sie diese Brötchen brauchte. Fische anlocken. Und sie kamen in Scharen. Nur schade, dass wir keine Unterwasserkamera hatten. Wären bestimmt tolle Bilder geworden. Am Freitag ging es zurück Richtung Norden. Da sahen wir, warum sich die Preise am Wochenende verdoppelten. Hunderte von Harley Fahrern, ganze Pulks kamen uns entgegen. Irgendwie war ich froh, dass wir von dort zur richtigen Zeit verschwanden. Wahrscheinlich, wären die meisten, ganz normale Leute gewesen, aber als neu entstehende Transe war es mir noch zu riskant in so einer riesigen Menge an Bikern das Wochenende zu verbringen. Ach ja, das Continental Breakfast will ich ihnen nicht vorenthalten. Es gab in Plastik verpackte Croissants und Brötchen, künstlichen schmeckenden Orangensaft. Ob da je eine Orange bei der Herstellung dabei gewesen ist, ich weiß es nicht. Butter und Marmelade auch nur abgepackt und der ganze Raum strahlte so eine angenehme Toilettenatmosphäre aus. Am Ende des Frühstückes lag vor jedem Gast ein riesen Haufen an Plastikmüll.

Key West hat bestimmt seinen Reiz, den zu entdecken, ich gerne noch einmal versuchen würde. Den berühmten Sonnenuntergang auf Fishermans Warf so richtig genießen. Die ganzen Leute, die Schausteller und alles andere. Aber das würde ja erst in der Zeit nach 2012 gehen. Achtung Spoileralarm, ab diesem einen letzten Tag war das Frau sein wirklich angeschlossen. Aber bis dahin dauert es noch eine ganze Weile.

Welch ein scheiß Tag. Bin nur am Resignieren. Will einfach nicht mehr. Die Tränen fließen. Werde mit Tavor zugedeckt. Frau Schlosser, Frau Untermüller versuchen mich auch dieser Resignation und dem Tal der Tränen heraus zu holen. Doch es klappt einfach nicht. Die

Traurigkeit frisst mich auf. Mit großen Bissen verschlingt sie die Lebensenergie. Eigentlich wollte ja heute Nachmittag Katrin kommen. Sie war so mein kleiner Rettungsanker. Frau Schlosser meinte noch, dass ich mit ihr doch dann eine halbe Stunde spazieren gehen könnte. Ja, ein kleines bisschen Freude war da, dass sie mich besuchen kommt. Doch dann, schickte sie eine SMS das es ihr nicht gut ginge, sie noch viel zu erledigen hätte und weitere tausend gute, verständliche Gründe um diesen Besuch abzusagen. Habe ihr zurück gesimst, dass es schon ok wäre. Was hätte ich sonst schreiben sollen? Wie sehr ich enttäuscht bin? Wie traurig es mich macht, versetzt zu werden?

Jaja, sie haben alle Recht. Sie hat wirklich stichhaltige Gründe, wichtige Gründe, unaufschiebbare Gründe. Also darf ich ihr doch keinen Vorwurf machen. Es ging doch bloß um einen kleinen Besuch bei mir, zum Hallo sagen. Wie sollte ich also auf sie sauer sein. Bin ich auch nicht. Darf ich auch nicht. Der einzige Mensch, der meine Wut, meinen Frust abbekommt, ist die die es auch verdient, ich selbst. Der Wunsch gegen Wände zu hauen, mir wehzutun ist so unglaublich stark. Wie ich mich hasse, wie ich einfach nicht mehr will. Wird es Zeit, die Heliumflasche zu bestellen? Halte das Leben nicht mehr lange aus. Die neue Oberärztin kam dann auch noch um nach mir zu sehen. Gab mir noch fünfundzwanzig Milligramm Seroquel. Ich lag dann im Bett, vom Gefühl würde ich sagen, dass ich die ganze Zeit wach war, aber das könnte auch täuschen und ich habe ab und an gedöst.

Und als ich mit nichts mehr rechnete kam dann Katrin doch noch auf einen Kurzbesuch. Hat mich natürlich gefreut, dass sie es trotz allem Stress und eigener schlechter psychischen Gesundheit vorbei kam. Blieb nicht lange. Sie war hundemüde von der letzten schlaflosen Nacht und dem ganzen Stress mit den Steuern, den Märchen lernen usw. und trotzdem kam sie vorbei. Ich war von den Medikamenten so benebelt dass nichts an mir mehr heran kam. Durch die Medikamente und meine innere Blockade fiel es mir schwer, aus mir heraus zu kommen. Es war nicht unser bestes Treffen, aber es war wenigsten unser Treffen. Bin ihr auch sehr dankbar, dass sie, gegen ihren inneren Schweinehund angekämpft hat, und mich trotz all ihrer Sorgen und

Belastungen besucht hat. Sie hat es geschafft, dass die Verzweiflung nicht mehr ganz so groß war. Blieb nicht lange, man sah ihr an, wie kaputt und fertig sie war. Sie schlief fast im Stehen ein.

Bei mir begann das Seroquel auch zu wirken. Der Körper wurde nach dem Abendessen immer müder und müder. Habe mich um dreiviertel Sechs mich hingelegt, Damit ich nicht zu lange schlafe habe ich sogar für alle Fälle den Wecker gestellt. Nachdem Schellen des Weckers habe ich ihn jedoch ausgeschaltet und gedacht nur noch einen kleinen Moment weiterschlafen. Nur kurz die Augen noch mal schließen. Sie waren so schwer. Jetzt ist 8Uhr Abends, als ich einigermaßen zu mir komme. Aber die Mattigkeit die von dem Medikament ausgeht spüre ich bis ins Innerste. Also für mich bleibt das Seroquel ein segensreiches Teufelszeug. Reagiere bei jeder Einnahme äußerst sensibel darauf. Wie sagte Frau Fischer mal zu mir, als ich ihr von meinen Erfahrungen mit der winzigen Dosis Seroquel erzählte „Ich sei ein Mimöschen" damit hat sie wohl recht. Wenn ich mal wieder den Wunsch habe, mich abschießen zu wollen, dann wäre Seroquel meine erste Wahl. Wirklich. Mir geht es zu Hause nicht sehr gut, Gaby fährt ins Geschäft und ich pfeife mir die riesige homöopathische Dosis von fünfundzwanzig Milligramm rein und bin den ganzen Tag weg. An manchen Tagen bestimmt kein Problem.

Auf der Rückfahrt von Key West, suchten wir einen Ort, der noch nah genug an Miami lag, aber gleichzeitig auch in der Nähe zum Meer lag. Wir hatten nach all den ganzen hektischen Tagen ein Bedürfnis nach Ruhe. Einfach mal so mal Strand liegen, im Meer baden, ein Buch lesen und sich entspannen. Dies alles fanden wir in dem kleinen Ort Dania. Die Wahl fiel deswegen auf diesen Ort, weil es auch hier ein SIX Motel gab. Wir waren einfach sehr zufrieden mit den bisher besuchten Motels dieses Unternehmens. Also „never chance a good Motel". In der Nähe war ein großes Einkaufszentrum, in der Innenstadt von Dania fanden wir eine Bakery, die vom Frühstück bis zum Abendessen alles im Sortiment hatte. Die Bedienungen waren nett. Das Essen lecker. Sind also von da an regelmäßig dorthin gegangen. Besser und leckerer als all die McD, Wendy und Burger

Kings. Freundlich waren sie ja, die Kellnerinnen. Aber schon etwas begrenzt in ihrer Intelligenz. Eine fragte uns mal wo wir denn herkommen würden. Germany war die Antwort. Liegt drüben über dem Atlantik in Europa. Sie nickte zwar, aber spätestens jetzt, war ihr Gehirn mit dieser Informationsflut überfordert. System overload, kein Abbruch möglich. Ich vermute, dass ihre Welt an den Stränden von Florida endete. Europa hätte auch auf dem Mars liegen können, oder der Mond des Jupiters sein können. Zu weit weg.

Sie fragte uns noch, wie Deutschland den so vom Umriss her aussehe. So gut es ging, versuchte ich Deutschland auf eine Serviette zu zeichnen. Ihr Kommentar sprach dann Bände „Oh, looks like an potato" und ist gegangen. Dem ist nicht mehr hinzuzufügen. Naja, sie hat es dennoch geschafft unsere regelmäßigen Bestellungen richtig zu notieren und brachte uns auch immer das Gewünschte an den Tisch. Man muss auch mit den kleinen Dingen zufrieden sein.

Einmal sind wir mit dem Auto nach Miami gefahren, gab so eine Einkaufszeile wo wir einen goldigen Strampelanzug der Miami Dolphins fanden und kauften. Den wollten wir unbedingt unserem neugeborenen Neffen Lennart schenken. Doch leider hatten wir das Pech, dass irgendein Idiot unseren Kofferraum knackte. Unser ganzes Gepäck hatten wir ja zum Glück immer oben im Zimmer. Nur so Kleinigkeiten, wie dieser Strampelanzug blieben im Kofferraum liegen. Das erfuhren wir aber erst am nächsten Tag. Wir entdeckten, dass wir unseren Kofferraum nicht mehr öffnen konnten. Fuhren zur Autovermietung, mit der kleinen Hoffnung, dass der Einbrecher den Kofferraum nicht aufbekommen hat. Von dieser Illusion heilte uns der Werkstattmeister dann ziemlich schnell. Großer Schraubenzieher ins Schloss und gedreht, der Kofferraum war offen. Leider waren die Mickey Mouse Tassen und der Strampelanzug weg. Wegen dieser Kleinigkeiten, brach dieser blöde Idiot in unserem Auto ein. Ärgerlich.

Vorteil dieses Einbruches war, dass wir einen besseren Wagen mit Klimaanlage und ein Radio mit Kassettenteil bekamen. Das war cool, dass wir in dieser Hitze endlich eine Klimaanlage hatten. Der Nachteil an diesem Einbruch war, dass wir zwar die Tassen, aber nicht mehr den Strampelanzug in der passenden Größe fanden. So wurde aus

Lennart leider nie ein Miami Dolphins Fan. Was schade ist, es würde ihm wesentlich besser stehen ein Dolphins Fan zu sein, als einer von Bayern München. Sorry Lennart, das musste jetzt sein. Und das bloß wegen so einem dummen Einbrecher. Natürlich hatten wir auch das Glück, dass wir jedes Mal das komplette Gepäck aus dem Wagen heraus nahmen und so bis auf diese zwei Kleinigkeiten nichts Wichtiges gestohlen wurde.

Und da wir schon in Miami waren und ich ein besonderes großer Fan des Football Teams der Miami Dolphins war und bin, beschlossen wir uns Karten für ein Ligaspiel der Dolphins zu besorgen. 1986 sah ich mein allererstes NFL Spiel auf Videokassette, zwischen den New York Jets und den Miami Dolphins. Die Dolphins gewannen damals unglaublich 46:41. Seit der Zeit Hardcore Dolphins-Fan in guten wie in den vielen, noch mehr vielen, und den ganz vielen schlechten Zeiten, die bis heute immer noch anhalten. Seit diesem Spiel waren sie mein Lieblingsteam. Ja, man braucht als Fan dieses Team eine endlos lange Geduld und noch viel größere Leidensbereitschaft. Sie haben es bis heute nicht mehr aus dem Mittelmaß heraus geschafft. Leider.

Wir fanden das Stadion, die Vorkaufstelle und innerhalb weniger Minuten und einer gedeckten Kreditkarte waren wir im Besitz zweier Karten. Sogar relativ guten Karten. Sehr viel weiter unten, zwar an den Goalposts, aber man konnte die Gesichter der Spieler erkennen. Wir haben bei diesem Spiel einer der besten Quarterbacks aller Zeiten zu schauen können – Dan Marino. Und wie hieß der Gegner. Genau wie bei meinen allerersten Spiel auf VHS, die New York Jets. Es war das gleiche Stadion, wo wir ein Jahr zuvor den Superbowl besuchten. Aber beide Spiele waren unterschiedlich wie Tag und Nacht. Während des Superbowls war es im Stadion fast leise. Bei diesem heutigen Spiel, war kam von den heimischen Fans ein ohrenbetäubender Lärm und Geschrei. Es war richtig laut. Wenn ca. siebzigtausend Fans „Offense" oder „Defense" brüllen ist das ein einmaliges Erlebnis. Um uns herum waren eine Menge Dolphins Fans verkleidet. Anfangs schauten sie noch etwas stutzig, wem wohl unsere Sympathien gelten. Aber als wir mit ihnen mitbrüllten waren wir herzlichst willkommen. Das Spiel gewonnen sie dann auch noch. Wir waren uns einig, nie wieder

Superbowl, entweder ein reguläres NFL Liga Spiel, oder wenn möglich noch ein Collegespiel, wo die Stimmung wohl noch intensiver sein soll. Da sind die Rivalitäten unter den verschiedenen Unis und deren Fans deutlich stärker ausgeprägt.

Nachdem Spiel brannte der Hals vom vielen Schreien. Völlig heiser, aber extrem glücklich über dieses Erlebnis und den Sieg verließen wir das Stadion. Auf dem Rückweg zum Highway war es mir dann zeitweise doch etwas mulmig. Wir fuhren durch ein stark herunter gekommenes Viertel. Egal wie ich es schreibe, kann man es als leicht rassistisch auslegen. Das Viertel war überwiegend von Leuten mit dunkler Hautfarbe bewohnt. Und ich konnte machen was ich wollte, es kamen mir immer wieder Bilder aus Nachrichten in den Kopf, wo Touristen überfallen und ermordet wurden. Auch wenn man sich ständig einzureden versucht, das sind nur arme Leute die hier wohnen, die wollen von dir gar nichts, aber diese innerste Angst lässt sich nicht so leicht kontrollieren. Natürlich ging alles gut. Der einzige Kontakt mit Verbrechen war wirklich nur dieser kleine Einbruch in unseren Wagen.

Apropos Wagen. In den USA haben fast alle Autos Automatikgetriebe. Kein lästiges Schalten könnte man jetzt denken. Locker und leicht zu fahren. BÄÄÄÄÄÄÄH, falsch gedacht. Wir wollten uns eigentlich abwechseln mit dem Fahren. Irgendwann stand ich in einer kleinen Stadt an einer Ampel. Sie zeigte Rot. Stellte dann den Hebel von Drive auf Neutral. So wie beim Schaltgetriebe in den Leerlauf. Tja, nun wurde die Ampel grün und ich wollte diesen sch.... verda.... Hebel wieder auf Drive stellen, nichts passierte. Er bewegte sich keinen Millimeter. Hinter uns natürlich einige Autos. Anfangs noch etwas gehupt, als sie aber merkten, wir sind Touristen und haben irgendein technisches Problem, fuhren sie einfach an uns vorbei. Ohne zu fluchen, den Stinkefinger zu zeigen und was man sonst noch alles an unflätigen Äußerungen und Gesten in Good Old Germany bekommt. Der Umgangston auf den Straßen, egal ob Highway oder Landstraße war deutlich besser als bei uns zuhause. Vielleicht haben die Amerikaner in der Zwischenzeit von uns gelernt, wie man sich nicht verhalten sollte. Ist ja inzwischen schon eine kleine Ewigkeit her, wo wir unsere eigenen Erfahrungen gemacht haben. Auf jeden Fall ging bei mir die Drive-Stellung immer noch nicht rein. Wurde mit der Zeit schon panisch und war halber am Durchdrehen. Habe dann mit Gaby die Plätze getauscht und bei ihr klappte es auf Anhieb. Hätte wahrscheinlich nur richtig auf das Bremspedal treten müssen, dann wäre der Schalthebel wieder auf Drive eingerastet. Dank Gaby, konnten wir endlich weiterfahren, nachdem die Ampel wieder auf Grün umsprang. Ab diesem Moment blieb es bei der Einteilung. Gaby Pilot, ich Navigator. Nach dieser für mich gefühlten Schmach wollte ich nicht mehr hinters Lenkrad. Autos mit einem Ganggetriebe sind mir tausendmal lieber.

Doch zurück zum eigentlichen Urlaub. Von Dania aus, unternahm Susanne weitere zögerliche Schritte auf amerikanischem Boden. Ein weiterer Vorteil eines Motels. Die Anonymität, keiner kümmert sich da um den Anderen. Wir fuhren nach Miami Beach. Gingen dort am Strand spazieren, auf einem Spielplatz entstanden die ersten Bilder von ihr. Noch ziemlich verklemmt saß sie da. Die Augen immer am Absuchen der näheren Umgebung. Unsicher. Zeigt jemand mit dem Finger, gibt es Blick von irgendwo? Es aber es gab keine. Aber trotz aller Nervosität war es ein so befreiendes Gefühl. Nach dem Ausflug auf Key West mit dem dunkelblauen Seidenkleid hatte ich dieses Mal ein zweilagiges Kleid aus Baumwolle, in hellblau, bedruckt mit kleinen Obststücken. Leider bin ich heute zu fett für dieses Kleid geworden. Auch wenn ich nicht mehr hinpasse, weggeben kann ich es einfach nicht. Es stecken zu viele positive Erinnerungen an diese Anfangszeit darin.

Waren aber nicht nur am Strand sondern auch einkaufen. In der Mall unten am Wasser, wo auch ein paar schöne Bilder entstanden, dann sogar noch in einem großen Kaufhaus, wo ich mir, natürlich unter Hilfe von Gaby, ein Kleid gekauft habe. Oben weiß und unten burgunderfarben. Leider waren die Farben nicht Waschmaschinenecht und das Rot verfärbte das weiße Oberteil stellenweise ziemlich. Schade. So vom Schnitt hätte es mir gefallen, aber verfärbt kann es niemand mehr anziehen. Da lobe ich mir doch die deutschen Übergrößenläden. Da bekommt man wirkliche Qualität. Aber egal der

Versuch war es wert. Und außerdem war es ein weiterer Test, als Frau in der Öffentlichkeit zu bestehen. Und das hat geklappt, das war das wichtigste. Auch wenn es aus heutiger Sicht es schon ein gewisses Risiko war, in den USA als Frau aufzutreten. Wenn die Polizei uns mal kontrolliert hätte, was hätten wir dann wohl mit mir gemacht?

Im Pass stand immer noch der mehr und mehr verhasste männliche Name, den ich eigentlich gar nicht mehr hören wollte. Am liebsten aus dem Gedächtnis für alle Zeiten streichen. Auch beim Geschlecht stand groß und deutlich das „M" für Male, männlich. Wie hätten sie wohl reagiert, wenn sie eine Person aufgegriffen hätten, die tagsüber als Frau unterwegs ist, aber in Wirklichkeit drunter ein Mann ist. Ich weiß nicht, ob es stimmt, aber ich meine in Florida waren sie da nicht sehr tolerant. Aber da kann ich mich natürlich auch täuschen. Aber auf jeden Fall wäre es nicht sehr spaßig geworden, sich mit den Gesetzeshütern auseinander zu setzen. Ich hatte nicht einmal ein Schriftstück dabei, in dem irgendwie drin steht, dass ich transsexuell bin. Es kommen dann auch so Bilder in den Sinn, zusammen mit vielen Männern in einer Zelle zu sitzen. Panik wäre da wohl untertrieben. Am zum Glück ging alles gut. Kein Kontakt mit der Polizei. Ich konnte mein Frausein ausleben, soweit es halt ging. Aber es war ein tolles Gefühl.

Wir verbrachten auch viel Zeit am Strand. Er lag in einem Naturschutzgebiet, nicht weit von unserem Motel entfernt. Gegen ein kleines Eintrittsgeld konnten wir den Strand dann nutzen. Alle paar Meter standen diese typischen Tischbankkombinationen. Und sogar Grillplätze gab es reichlich. Und das alles im Schatten großer Nadelbäume die fast bis ans Meer reichten. So konnte man gemütlich im Schatten liegen und wenn man Lust hatte sich ins Meer stürzen zum Abkühlen. Unter der Woche waren wir die einzigen Menschen die hier ihre Zeit verbrachten. Nur an den Wochenenden wurde es voller, da kamen dann die Leute aus der Umgebung, um sich dort mit der Familie zu treffen, zu feiern, zu grillen und im Radio Sport zu hören. Ich habe mir damals geschworen, dass wenn ich jemals wieder dorthin zukehre, ich mich im Supermarkt mit Grillkohle und Ribeye-Steaks versorge und die dann am Strand auf den Grill werfe. Das

Meer, die Sonne ein kühles Bier und ein Steak auf dem Grill ist doch eine schöne Vorstellung. Aber auch unter der Woche waren wir nicht ganz alleine an unserem Strandplatz. Es gab Eichhörnchen. Sehr neugierige Eichhörnchen, die sich sofort an die Untersuchung unserer Sachen machten, wenn wir ein paar Schritte weg waren. Natürlich kaufte Gaby im Supermarkt ungeröstete Erdnüsse zum Füttern. Die wurden mit sehr großer Begeisterung angenommen. Anfangs noch schnappte sie sich die Nüsse und rannten weit weg, ins Gebüsch zum Verstecken. Aber da sie immer mehr von den Nüssen bekamen und sie vom hin und her rennen immer müder wurde, versteckten sie die Nüsse immer näher an unserem Liegeplatz. Zum Schluss vergruben sie die letzten Nüsse direkt an unseren Füßen. Bin mal gespannt, ob sie sie jemals wieder finden werden.

Samstagvormittag in der Klinik, bin müde, kann aber nicht schlafen. Höre Musik und die Tränen kommen. Bruce Springsteen „singt gerade von keiner Niederlage, kein Aufgeben". Ja, aber nicht für mich. Habe das Gefühl der personifizierte Rückzug und die immer währende Niederlage zu sein. Ok, das klingt jetzt ziemlich selbst mitleidig. Aber egal ob es so klingt, oder ob es ehrlich klingt. SO sind gerade meine Gedanken. Denke an Petra, meine Schwester. Obwohl wir kein enges Verhältnis hatten, ich sie trotzdem verdammt noch mal vermisse. Jedes Springsteen Lied ist eine ewige Erinnerung an sie. Mache den MP3 Player aus, halte den Schmerz der kommt nicht aus, will ihn nicht fühlen.

Will mich eigentlich nur ins Bett legen und die Wand anstarren oder die Augen zumachen um alles hinter mir zu lassen. Frage mich gerade, warum bin ich hier? Was ist hier anders als zuhause. Ich bin alleine, dass bin ich unter der Woche auch zuhause. Schaffe es nicht Kontakt zu anderen Patienten aufzubauen. Das einzige was mich davon abhält wieder ins Bett zu legen, ist das Schreiben hier. Das ist in der Zwischenzeit kein Zwang, aber eine gute Art und Weise, die Zeit doch wenigstens etwas sinnvoll zu nutzen. Eine Verpflichtung zum Weitermachen, zum Nicht aufgeben. Nicht für mich, aber immer mehr Leute wollen das hier lesen, was ich in meinem Kopf fabriziere. Aber es ist ein schwerer Kampf mit der Lethargie, die mich ruft und lockt. Ich fühle mich so schwer. Diese Resignation ist manches Mal schlimmer, als die Verzweiflung. Durch den Schmerz kommt Bewegung in die Psyche. Mal kann heulen, Bedarf holen und nehmen, kann sich eine Seroquel geben lassen und weg schlafen oder die Rasierklinge nehmen und das Blut fließen lassen. Man kann gegen den Schmerz ankämpfen, nicht dass ich gewinne, aber ich kämpfe. Der Schmerz dabei zerreißt mich innerlich, aber es gibt Dinge die man tun kann.

Hier in der Resignation, gibt es gar nicht was ich tun kann. Ja hier auf diese Tasten eintippen in der Hoffnung dadurch so etwas wie Leben zurück zu bringen. Aber eigentlich will ich nicht mehr. Erinnern sie sich noch an das Gedicht, einige Seiten vorher? Die Kälte die mich verschlingt, ich kann und will nicht mehr dagegen ankämpfen. Ich bin so müde, so traurig, will eigentlich, dass die Kälte bis in mein tiefstes Innerstes eindringt, ich für immer einschlafe und nie mehr aufwache. Angeblich soll sich ja die Kälte beim Erfrierungstod irgendwann fast warm anfühlen, bevor nichts mehr spürt. Es wäre geradezu schön, dieses letzte Gefühl von Wärme zu spüren um dann für immer die Augen zuzumachen. Klingt irgendwie ziemlich suizidal. Aber dazu müsste ich mich aufraffen und das packe ich gerade nicht. Wie gerne würde ich den Tod begrüßen. Berühre mich mit deiner Sense und lass es endlich vorbei sein. Was ist das für ein Leben noch? Entweder lethargisch oder schmerzerfüllt. Dazwischen so gut wie gar nicht mehr.

Ist das noch Leben? Will ich so leben? MUSS ich so leben? Wenn es nach Gaby, meinen Freunden, Frau Fischer, meiner Therapeutin, Frau Siegt, meiner Krankenschwester die mich betreut, der Klinik, sie alle wollen, dass ich weiter lebe, weiter mache. Weil ich ein so liebenswerter, toller, Mensch bin. Manches Mal hasse ich sie alle dafür, warum können sie mich nicht loslassen?

Wann erreiche ich die Kante zum dunklen Abgrund wieder? Ich will ja eigentlich nicht sterben, aber so leben kann ich nicht mehr lange. Wenn man bei Liedern bleibt „Die Straße die ins Nirgendwo *führt und ich soll doch endlich darin einsteigen" Wie lange kann ich dieser Einladung widerstehen?*

Wenn wir gerade bei Songtexten sind, es gibt von Kurt Cobain einen erst nach seinem Suizid veröffentlichte B-Seite einer Single mit dem Titel „I hate myself and I wanna die" So sieht es in mir aus. Ein Satz der alles aussagt!

Schaue durch mein vergittertes Fenster
in der Psychiatrie
sehe Menschen
lachend durch die Straßen gehen
fröhlich, sich des Lebens freuen
ich schaue sie an
verstehe ihr Lachen nicht,
was kann es für einen Grund
zum Lachen geben?
Erst in diesen Situationen
wird mir klar
dass nicht alle Menschen
in der gleichen Hölle
wie ich leben

An diesem wunderschönen Strand in Florida hätte ich beinahe zum dritten Mal im Wasser mein Leben ausgehaucht. Zweimal als Kind und dieses Mal fehlte nicht mehr viel und ich wäre im hüfthohen Wasser ertrunken. Nein, kein Witz. Wir trieben so gemütlich auf der Wasseroberfläche, Schaukelten auf den leichten Wellen, genossen die Sonne und beobachteten die startenden und landenden Flugzeuge.

Gaby hatte urplötzlich einen Einfall. Sie fing an, sich mit einem Mal auf der Wasseroberfläche zu drehen. Die Arme bewegten sich wie schnelle Windmühlenflügel. Mit ihnen holte sie Schwung für die Drehung. Ich solle es doch auch mal probieren, es würde so Spaß machen. Also machte ich es ihr nach. Mit einem winzigen, aber entscheidenden Unterschied. Sie behielt den Kopf immer über Wasser, während ich meinen untertauchte. So fing ich an zu drehen. Anfangs machte es wirklich Spaß, drehte mich schneller und schneller. Aber irgendwann, wurde meine Luft knapp. Und da kam das Problem, durch die schnellen Drehungen habe ich die Orientierung von oben und unten verloren. Ich war gerade in so tiefem Wasser, dass meine Arme den Grund nicht berühren konnten. Ich bekam Panik, drehte dabei noch schneller, verlor aber dabei immer mehr die Orientierung und die Atemluft. Ich glaube ich hätte mich solange weiter gedreht bis ich ohnmächtig oder sogar ertrunken wäre. Zum Glück berührte mich dann Gaby ganz kurz mit meinen Fingern. Ein Anhaltspunkt. Ich konnte mich auf diesen Punkt konzentrieren, wusste wieder was oben und unten war und endlich mit diesem inzwischen panischen Drehen um die eigene Achse aufhören.

Gaby dachte die ganze Zeit, es würde mir solchen Spaß machen, dass ich gar nicht mehr aufhören wollte. Erst als ich, schwer nach Luft atmend auftauchte und sie beschimpfte, warum sie mich solange hatte drehen lassen, ohne einzugreifen, da wurde ihr der Ernst der Lage zum ersten Mal bewusst. Ich hatte dann irgendwie die Schnauze voll vom Meer, wollte nur noch raus und fluchte innerlich wie ein Rohrspatz. Zum Schluss ging es wirklich um Leben und Tod. Es hätte nicht mehr viel gefehlt und ich wäre Hopps gegangen.

Nach drei Wochen ging dann auch dieser Urlaub mit den vielen Eindrücken zu Ende. Es war ein schöner Urlaub, aber ich wusste auch, dass es der letzte Urlaub für lange Zeit sein würde, für welchen man einen Reisepass brauchte. Warum? Wenn sie irgendwo hinfliegen, wo ein Pass gebraucht wird, steht immer das Geschlecht drin, beim Reisen mit dem Personalausweis steht nur der Name drin, kein Geschlecht. Ein Reisepass mit einem weiblichen Vornamen und dem Geschlecht männlich würde unweigerlich im besten Fall zu Irritationen, im schlimmsten Fall zum Zurückschicken führen. Also war mir klar, dass wir die nächsten Jahre wohl nur in Länder fahren würden, bei denen man nur einen Personalausweis bräuchte. Also zum Beispiel alle klassischen Urlaubsländer Europas. Von Spanien bis Griechenland und vielleicht auch mal der Norden Europas. Alle die im Schengener Abkommen dabei waren. Da waren die Möglichkeiten für die nahe Zukunft.

Transgender Starting Up

Wie schnell einen der Alltag wieder in den Fingern hat, merkte ich verdammt schnell. Der Stress im Geschäft ließ die ganze Erholung innerhalb von Stunden verfliegen. Dieser Auftrag mit der Feuerschutztür nagte an mir. Das Geschäft war nur noch ein riesiger Klotz am Bein. Ich aber zu feige, diesen Klotz abzustreifen und irgendwo oder irgendwas Neues anzufangen. Neuanfänge, fremde Menschen und Umgebungen sind wir schon immer verhasst und machen mich sehr nervös und ängstlich. Also behalte ich lieber dich Angst die ich kenne, als auszuprobieren, ob das Neue gar nicht so schlimm ist.

Gleichzeitig ging es aber auf der anderen Seite, dem Weg eine Frau zu werden, weiter voran. Die ganzen Monate vorher, bekam ich von meinem Psychologen und Frauenarzt Dr. Hoffmann schon Tabletten mit Östrogen. Als Vorbereitung für den ersten großen Tag. Der Tag an dem ich meine erste Progynon Spritze bekam. Das Progynon ist ursprünglich ein Präparat für Männer mit Prostatakrebs. Durch dieses Medikament wird die männliche Testosteron Produktion (männliche Hormone) reduziert und der Krebs wird kleiner. Gleichzeitig wuchsen aber den Männern Busen, sie verweiblichten. Und genau diese Umstände machten das Medikament für Fälle wie mich so ideal. Das Medikament gab es auf dem deutschen Markt schon gar nicht mehr und musste deswegen jedes Mal in Griechenland oder sonst wo in Europa bestellt werden. Drei Ampullen kosteten insgesamt sechzig D-Mark. Und die Wirkung hielt dann meist zwischen vier und sechs Wochen an. Als ich, Anfang Dezember 1996 die erste Spritze intus hatte, war es ein Gefühl, als würde ich schweben. Es machte mich glücklich und ich konnte kaum abwarten, die ersten Wirkungen zu spüren. Es dauerte auch nicht lange, bis die Brüste anfingen zu spannen, man langsam die ersten leichten Erhebungen zu sehen bekam. Es ging voran. Jede noch so kleine Veränderung hob die Stimmung und die Vorfreude auf zukünftige Zeiten.

Ne geile Zeit

Die nächste, und genauso wichtige Veränderung in unserem Leben war eine Anzeige in einem kostenlosen Wochenblatt, wo ein Verein, Frauen für den Aufbau einer American Football Mannschaft suchten. Ich dachte ich träume, als ich die Anzeige entdeckte. Die Chance endlich doch noch meinen Lieblingssport ausüben zu können, beflügelte mich ungemein, ließ mich innerlich jubeln, aber gleichzeitig hatte es auch was Beängstigendes für mich.

Keine Ahnung, wie sie auf eine transsexuelle Frau reagieren würden. Gaby hat dann den Kontakt hergestellt und wir trafen uns an einem Samstag in einer Vereinsgaststätte. Natürlich musste ich mit offenen Karten spielen. Ihnen meine Situation erklären und hoffen, dass sie mich nicht ablehnten oder mich als Freak betrachteten. Zu meiner großen Freude, war es für die beiden Coachs Axel und Bastian, sowie dem Team völlig in Ordnung. Kein Zögern gar nichts. Sie begrüßten mich ganz herzlich im Team und losging es. Alles in allem waren die kommenden vier Jahre die turbulentesten, aufregendsten, verrücktesten und wildesten Zeiten in meinem Leben. Ich selbst habe mich da stark verändert. Äußerlich und innerlich. Die Person, die ich heute bin, ist in diesen prägenden Jahren entstanden.

Meine Schwester prägte einmal einen Satz, als sie eine Klassenfahrt nach Prag machten, noch vor Mauerfall und allem. Sie beschrieben die Fahrt zurück durch die Tschechoslowakei und die damalige DDR folgendermaßen, Dort drüber war alles wie in einem Schwarzweiß Film, kaum waren wir wieder über der Grenze nach Deutschland (bzw. damals BRD) war es wie im Farbfernsehen. Genauso war es bei mir in dieser Zeit. Wenn ich zurückblicke auf die Zeiten als Michael, war alles bis dahin Grau in Grau ohne Farben. Beim beginnenden Aufleben von Susanne wurde alles von einem Tag auf den anderen immer mehr in Farbe getaucht. Das Leben wurde richtig bunt, abwechslungsreich, fast bin ich sogar versucht zu sagen, zum ersten Mal in meinem Leben war ein Gefühl von Normalität, Freude und wirklich Spaß am Leben da.

In dieser Phase meines Lebens hatte ich fast das Gefühl normal zu sein. Ich will nicht verhehlen, dass es auch in dieser Zeit kurze Momente gab, wo ich grübelte. Aber dafür gab es viel mehr Momente die wie Feuerwerk waren. Hell, bunt, laut und leuchtend und vor allem fröhlich.

Wie in einer Art Rausch. Momente in denen das Leben, wie heißt es so klischeehaft, lebenswert war. Es waren wohl die besten Jahre meines Lebens, bevor ich wieder mit voller Wucht auf der Fresse landete und mit ziemlicher Brutalität zurück in die Wirklichkeit geholt wurde. Leider kamen diese Zeiten nie wieder auch nur ansatzweise zurück.

Aber bevor ich zu diesen beginnenden dunklen Jahren komme, bleiben wir erst einmal bei diesem, im großen Ganzen, vier oder fünf Jahre andauernden Sommer der Susanne Röder. Wirklich, im Rückblick, waren diese Jahre, in denen es noch am ehesten so etwas wie Glück und positive Erlebnisse gab. Wenn ich eine Lichterkette als Sinnbild meines Lebens nehme, dann würde ich für diese Zeit die am hellsten leuchtenden farbigen Glühbirnen nehmen. Davor und vor allem danach wurden die Birnen schwächer, keine bunten Lichter und an vielen Stellen gäbe er in den letzten Jahren sind wohl gar keine Birnen mehr in der Fassung, so dunkel war und ist es.

Es gab in dieser Zeit zwei Säulen auf denen mein privates Leben aufgebaut war. Diese waren auf der einen Seite, der American Football Sport und die andere Seite die Transsexualität.

Wobei ersteres ohne zweites gar nicht passiert wäre. Erst durch mein Erwachen als Frau wurde das Leben zum einem Leben. Michael war so schüchtern, zu sehr verschlossen, introvertiert. Ein einsames Wesen, das zu anderen Menschen so gut wie keinen Kontakt, geschweige denn Freundschaften finden konnte. Nie das Gespür und Einfühlungsvermögen hatte, um Kontakte zu knüpfen. Er war gefangen in einem Kokon, aus selbstaufgestellten Regeln, Verboten die ihn einschnürten und die Luft zum Atmen nahmen. Dazu eine Abneigung auf sich selbst. Er konnte die auch beim ihm wahrscheinlich schon vorhandenen Möglichkeiten nicht einsetzen, weil er nicht mal wusste das er sie hatte. Sie waren so tief verschüttet oder begraben unter pseudomoralischen Vorstellungen, die er sich selbst auferlegt und anerzogen hatte.

Erst Susanne konnte sich aus diesem Kokon befreien und sich entfalten. Naja, ich wurde kein schöner, bunter Schmetterling. Wir wollen ja nicht übertreiben. Vielleicht irgend so eine Mischung zwischen Nachtfalter und Schmetterling. Nicht besonders hübsch, aber mit einem einnehmenden Wesen. Als Susanne konnte ich mit anderen Menschen unbefangen kommunizieren, meine extrem starke Empathie oder Übersensibilität konnte endlich raus aus ihrem Gefängnis und sich entfalten. Ich kann von fast jedem Menschen, der mir gegenüber steht oder sitzt, die Stimmung erspüren. Kann sagen, ob er gut oder schlecht drauf ist. Kann dem Menschen auch gut zuhören und noch bessere Ratschläge geben. Habe kein Problem im Mittelpunkt zu stehen und genieße auch die Aufmerksamkeit. Das soll wirklich nicht eitel klingen, es fühlte und fühlt sich immer noch sehr gut an, mit anderen Menschen offen reden zu können, auch mal die Aufmerksamkeit auf sich zu ziehen.

Zwei Stunden Ausgang am Sonntag aus der Klinik. Gaby hat mich zur Mittagszeit abgeholt und wir sind nach Hause gefahren und haben dort ein spätes Frühstück, Brunch oder wie immer sie es nennen wollen, eingenommen. Zuhause war es in Ordnung. Gegen Ende kam dann wieder die Unruhe, die Nervosität, vor der Rückkehr in die Klinik, der Angst vor dem Montag. Auf der Fahrt dorthin wurde es immer schlimmer. Dort dann war die Kraft fast zu Ende. Die Kraft, die das bisschen Verstand noch zusammenhielt, als Bollwerk gegen die beginnende Verzweiflung. Die ersten einsamen Tränen begannen zu fließen und immer noch versuchte ein Teil in mir alles so zusammenzuhalten, dass nichts nach außen dringt. Bloß nicht zusammenbrechen, bloß keine Schwäche zeigen. Frau Untermüller kam dann zum Gespräch, in dessen Verlauf die Tränen mehr und mehr flossen, die Verzweiflung heißer und heißer wurde und der Druck sich zu verletzen, ziemlich anstieg.

Aus diesem Grund gab sie mir 25mg Quetiapin aus der Bedarfsmedikation. Wieder die unerträgliche Schwere verschlafen. So wie auch heute. Zwanzig Minuten nach Einnahme war ich weg und schlief zweieinhalb Stunden. Danach war dann die Anspannung wieder auf ein erträgliches Maß gesunken. Der Schneidedruck war deutlich gesunken. Aber ich kann mich doch nicht jedes Mal, wenn die Verzweiflung wieder so groß wird, für zwei Stunden abschießen? Und das was das Medikament mit mir macht, ist auch so das angenehmste. Immer habe ich hinterher das Gefühl, nicht richtig wach zu werden. So als ein Teil meines Gehirns immer noch betäubt ist.

Down – Set – Hut – Die Beastie Girls

Ich kann eloquent sein, die Leute unterhalten oder mich mit anderen stundenlang unterhalten oder diskutieren. All das war so neu für mich, aber ich gewöhnte mich sehr schnell daran. Stellte sogar fest, dass ich so etwas wie ein Leader sein kann. Wurde sogar beim Football, Captain der Mannschaft. Bei bestimmten Dingen war richtiges Engagement da und konnte bei der Vertretung meiner Interessen auch sehr laut werden. All das was ich die einunddreißig Jahre vorher nie geschafft habe, nie getraut habe, das war jetzt da. Endlich heraus aus dem eigenen Gefängnis. Ok, wem auch gegenüber, hätte ich befreien sollen? Gab ja niemand, außer zwei sturen, unnachgiebigen Felsklötzen namens Eltern. Chancenlos.

Aber jetzt in der neu gewonnenen Freiheit, ja da lebte ich auf. Neue Räume eröffnen neue Möglichkeiten. Diese oben genannten beiden Säulen vermischten sich manches Mal, wenn wir zum Beispiel Geburtstage feierten. Dann wurde aus zwei Gruppierungen problemlos eine Einzige. An anderen Tagen waren wir nur mit einer der Gruppen separat unterwegs. Dies alles in eine chronologische Auflistung zu bringen ist so gut wie unmöglich. Deswegen beschreibe ich beide Säulen einzeln, erwähne aber auch, wann und wo sich die beiden Teile unseres neuen Lebens vermischten.

Beginnen wir mit dem Football. Beim ersten Training der Beastie Girls waren wir an die fünfundzwanzig Spielerinnen. Jedes Alter war dabei vertreten. Dazu zwei Coaches. Das reicht eigentlich für den Spielbetrieb in der Damen Bundesliga vollkommen aus. Noch drei bis fünf Frauen mehr und wir wären von der bestehenden

Mannschaftsstärke so gut aufgestellt, dass wir auch mal Verletzungen kompensieren könnten. Das erste Training fand im Winter in der Halle statt. Der zweite Coach Bastian entpuppte sich als ein richtiger Schleifer. Kondition und Muskelaufbau waren in dieser Trainingseinheit das Ziel. Es war eine extreme Schinderei und Anstrengung, aber in einer Gruppe Frauen machte trotzdem einen Heidenspaß.

Der nächste Tag war dafür weniger schön. Wir hatten dermaßen Muskelkater, dass jede Stufe und erst recht eine ganze Treppe, zur riesigen Herausforderung wurde. Solchen Muskelkater hatte ich später noch ein einziges Mal. Aber dazu kommen wir noch später. Die nächsten Trainingseinheiten fanden dann auch endlich mal draußen statt. Es gab den ersten körperlichen Kontakt, sprich es wurde getackelt, geblockt. Leider machte mir zur damaligen Zeit der Headcoach Axel keine allzu großen Hoffnungen, dass ich jemals in einem offiziellen Spiel teilnehmen dürfte. Zu dem Zeitpunkt, dachte er auch noch, dass er eine große Zukunft als Frauen Footballtrainer hat.

Leider war die Art und Weise wie er mit uns Spielerinnen umging, so falsch wie es nur sein konnte. Es ist ein großer Unterschied Männer oder Frauen zu coachen. Ich habe in meiner karriere als Coach beides getan. Frauen zu coachen ist tausendmal schwieriger. Man kann, den Umgang mit männlichen Spielern nicht eins zu eins auf Frauen übernehmen. Frauen reagieren auf bestimmte Dinge ganz anders, heftiger und konsequenter. Beispiel dafür? Gerne. Wenn wir zum Trainingsauftakt Runden um den Platz laufen mussten, kam schon mal so ein Satz wie „Beweg deinen fetten Arsch vorwärts sonst muss ich dir Beine machen". Wenn dieser Satz bei einem Training mit Männern gesagt wird, lacht derjenige darüber, weil er weiß das es ein, wie soll ich sagen, Scherz war. Einer der motivieren soll, schneller zu laufen. Vielleicht gibt es noch eine Retourkutsche, aber dann tut er das, was der Coach von ihm will und die Aussage ist schon wieder vergessen. Kein Mann fasst dies als Beleidigung auf.

Machte der Coach eine solche Aussage gegenüber einer Frau im Training, nimmt sie das persönlich, sehr persönlich, welche Frau hört schon gerne in aller Öffentlichkeit, dass sie einen „fetten Arsch" hat.

Sie schluckt diese heftige Beleidigung in diesem Moment herunter, denkt sich aber dabei „du unsensibles Arschloch, warum tue ich mir das nur an? Das habe ich nicht nötig. Spiel doch dein Spiel alleine weiter" und geht aus dem Training und kommt nicht wieder. Beim Männertraining muss man öfters brüllen, die brauchen das irgendwie. Vielleicht so eine Geschichte vom Leitwolf oder dem Oberlöwen. Keine Ahnung, warum, aber ihnen macht das nichts aus. Das gehört dazu.

Brüllt man aber zu viel in einem Damentraining herum, gibt es entweder Tränen, Verweigerung oder ein „Das muss ich mir nicht bieten lassen". Die Spielerin geht und kommt nicht wieder zurück. So erging es auch den so gut gestarteten Beastie Girls. Ein halbes Jahr unter dem Coach Axel und aus einem Fast-Bundesligateam mit fünfundzwanzig Aktiven, blieben noch vier Spielerinnen übrig. Die dann auch irgendwann ohne die Coachs dastanden. Denn wegen vier Spielerinnen fährt er nicht zum Training. Er war halt ein unsensibler kleiner Idiot. Wir standen eigentlich so gut wie vor dem Aus. Nur zu viert, ohne Trainer. Keine Perspektive mehr. So schnell wie es begonnen hatte, so schnell war die Hoffnung am Sterben. Wir versuchten zwar halbherzig uns weiterhin zu treffen und das Training irgendwie am Leben zu erhalten. Aber es war vergebene Liebesmüh.

Tanja, eine der übrig gebliebenen Spielerinnen erinnerte sich dann irgendwann daran, dass es schon früher einmal einen Damencoach gegeben hat. Damals bildeten die Damen aus Karlsruhe und Freiburg eine Spielgemeinschaft. Die aber auch irgendwann in die Brüche ging. Aber an den Coach mit Namen Andreas, an den konnte sich noch erinnern. Also nahmen wir, übrig gebliebener Haufen, Kontakt mit ihm auf. Es gab sogar noch eine zweite Alternative. Es gab noch Dominik. Ein sehr guter Coach, mit viel Erfahrung, Gespür und Einfühlungsvermögen für die Mannschaften. Trainierte Bundesligateams, meines Wissens war er auch mal Assistentcoach bei der Nationalmannschaft. Er schaffte sogar das fast unmögliche, dass Gaby mal einen Ball fing. Normalerweise standen der Ball und Gaby auf Kriegsfuß. Das einzige was Gaby vom Ball bekam, war ein blauer Fleck auf der Lippe.

Eigentlich der ideale Coach für uns. Er hatte auch das Einfühlungsvermögen um mit uns Damen umzugehen. Leider war er zu dieser Zeit doch etwas wechselhaft. Er wollte gerne auf mehreren Hochzeiten bzw. Mannschaften tanzen. Und sein Ruf innerhalb der Badener Greifs war nicht der beste.

Ganz im Gegensatz zu Andreas. Er spielte selbst viele Jahre bei den Herren in der Offensiveline. Hatte die entsprechende Reputation und den Segen des Vorstandes. So viel die Wahl auf ihn. Es war zu der damaligen Zeit die richtige Entscheidung. Durch Dominik bekam ich dann aber etliche Jahre später die große Chance von der Spielerseite auf die Trainerseite zu wechseln. Aber dass dauerte noch. Unter unserem neuen Coach Andreas kam wieder so etwas wie Regelmäßigkeit ins Training.

Heute war der erste relativ gute Tag hier in der Klinik, fand Kontakt zu einer netten Mitpatientin namens Kalinka, bis Gaby kam, haben wir uns auf meinem Zimmer unterhalten, habe ihr das Gedicht gezeigt von der Resignation, Verzweiflung und Traurigkeit und sie hatte deswegen sogar kleine Tränen in den Augen.

Gaby war heute auch noch da, wir sind dann zum Haydnplatz gegangen und haben die Herbstsonne genossen. War eine entspannte Zeit. Am Abend zum ersten Mal mich ins Raucherzimmer getraut, dort mit Kalinka und zwei anderen Frauen unterhalten. Schade ist nur, das Kalinka in die Psychosomatische Klinik wechselt. Also kaum eine Freundin zum Reden gefunden und schon ist sie wieder weg. Leider. Mal sehen was nun die Zukunft an neuen Mitpatienten bringt. Aber wie schon gesagt, heute war ein sehr entspannter Tag hier in der Klinik. Gehe fast mit einem Lächeln ins Bett. Befürchte nur, dass es nicht lange anhält, zum Beispiel habe ich die Befürchtung, dass ich morgen mein Einzelzimmer verliere. Es gehen 2 Leute in die andere Klinik. Also sind 2 Betten in 2 Doppelzimmern frei. Schätze mal, dass sie mich in eines der beiden verschieben werden. Das würde dann meiner Stimmung wohl nicht besonders gut tun. Aber auch die Erfahrung lehrt mich, dass nach einem Tag der für meine Verhältnisse relativ gut verlief, meist ein Absturz danach folgte. Aber ich sollte nicht unken. Positiv sollten sie ihr Leben beenden. So oder so ähnlich ging doch dieser Spruch. Ok, das war makaber, sorry. Mein Zynismus schlägt mal wieder durch.

Das erste Drittel des Klinikaufenthaltes habe ich nun hinter mir. Noch genau zwei Wochen liegen vor mir. Am nächsten Montag will die Oberärztin der Station unbedingt mal Gaby kennenlernen. Bei Gaby bricht deswegen schon Panik aus. Hoffe ich konnte sie etwas beruhigen, dass sie sie nur kennenlernen will und zu schauen, warum sie einen so positiven Einfluss auf mich hat

Beim Football kehrte so etwas wie eine Regelmäßigkeit ein. Vor allem trainierte Andreas auch mit so wenigen Spielern wie wir anfangs waren. Seine eigentliche Arbeit als Coach ist unbestreitbar gut, er hat mich, auch in meiner eigenen Trainerlaufbahn, geprägt. Nach und nach kamen ein paar der alten Spielerinnen zurück und neue kamen hinzu. Leider schafften wir es nicht mehr zu der ursprünglichen Spieleranzahl zurück. In besten Zeiten waren wir zwischen fünfzehn bis siebzehn Spielerinnen. Es hätten wirklich nur noch ein paar gefehlt und man hätte sich erneut Gedanken machen können, ob wir an einem Ligabetrieb teilnehmen.

In dieser Aufbauphase erfuhr Sandra, eine ehemalige Spielerin aus Freiburg, dass Andreas wieder ein Damenteam trainierte. Zusammen mit ihrer Freundin die in der Nähe von Rastatt wohnte, tauchten sie beim Training auf. Sandra in der Hoffnung, auf eine Beziehung zum Coach, Die Freundin aus Rastatt, in der Hoffnung, dass sie und Sandra zusammen kommen könnten. Sandra und war seit den Tagen wo Karlsruhe und Freiburg zusammen trainierten und versuchten ein Team aufzubauen, in den Coach verliebt. Und das war schon eine kleine Ewigkeit her. Aber immer noch war er ihr Traummann. Sie hoffte nun, dass sie durch die Trainingsteilnahme eine neue Chance auf seine Liebe bekommen würde.

Fuck Freundschaften

Kurzer Stopp um einen Blick auf das Liebesleben des Andreas und Sandra zu werfen. Wüsste sonst nicht wie ich das sonst ohne Probleme im Erzählfluss bei dem eigentlichen Footballthema unterbringen sollte. Natürlich sind Gaby und ich auch sehr in dieses Thema involviert. Sonst hätte dieser Erzählbruch ja keinen Sinn.

Andreas, Sandra Gaby und ich entwickelten eine immer engere Freundschaft, auch außerhalb des Trainings. Besonders Sandra war zu dem Zeitpunkt eine tolle Freundin zu mir. In diesem Zeitraum waren wir vier so gut wie unzertrennbar. Unternahmen fast jedes Wochenende etwas zusammen, fuhren auch gemeinsam in Urlaube. Waren also ziemlich dick befreundet. Ironie der Geschichte, ich habe sie zusammen gebracht, oder zumindest habe ich die beiden mit etlichen Schüben und gutem Zureden in die richtige Richtung dirigiert, bis aus den Beiden ein richtiges Paar wurde, dass sie dann sogar irgendwann heirateten und zwei Kinder bekamen.

Aber auf der anderen Seite, am Ende der Geschichte, war ich auch dafür verantwortlich, dass die Ehe in die Brüche ging. Andreas war dann doch nicht der der Traummann, den sie sich in ihren Gedanken erhoffte. Als die Beziehung am zerbröckeln war, habe ich habe Sandra zum ersten Rechtsanwalt geschleppt. Wir haben sie bei uns zuhause aufgenommen, als sie aus der gemeinsamen Wohnung ausgezogen ist. Alles im allen nahm unser damaliger „Noch" Freund Andreas diese Aktion ziemlich persönlich und wir gingen mit sofortiger Wirkung getrennte Wege. Statt sich zu fragen, was er eigentlich falsch gemacht hat, schob er mir die ganze Schuld zu. Naja, ich habe keine Bilder von Frauen mit dicken Titten mir heimlich im Internet angeschaut. Oder meine Frau lieblos bzw. wie mein persönliches Eigentum behandelt, das man benutzen und wegwerfen konnte wie man wollte. Aber es ist ok, wenn er mir die Schuld für sein eigenes Versagen gibt.

Aber nichts desto trotz war die gemeinsame Zeit mit uns Vieren eine schöne Zeit. Es gab mir die Hoffnung, endlich so etwas, im Falle von Sandra, die beste Freundin gefunden zu haben, nach der ich mich sehnte. Was sich dann aber Jahre später auch als Irrtum herausstellen sollte. Aber da presche ich zu weit vor. Die gemeinsamen Jahre, wo wir alles teilten bereue ich nicht. Sie waren intensiv, manches Mal zu intensiv, aber sie waren gut. Und wir alle haben sie genossen. In dieser Zeit wurde ich beim Football so etwas wie die rechte Hand des

Coachs. Übernahm ab und an auch mal das Training, wenn Andreas nicht konnte, oder er seine etwas abgedrehten Phasen hatte, wo er Sandra, das ganze Team, uns zum Teufel schicken wollte und uns alle einfach auf dem Trainingsplatz zurückließ und mit seinem Auto verschwand. Oder in den Abenden, als Sandra und Andreas begannen eine Beziehung aufzubauen, wie oft habe ich verzweifelte Anrufe von Sandra bekommen, dass er sie nicht in die Wohnung lässt, sie nicht mehr sehen will, dass Schluss sei und lauter solches Gerede.

Wie oft bin ich dann noch abends oder fast in der Nacht, nach Graben-Neudorf gefahren um die Wogen wieder zu glätten. Nein er war nicht immer ein netter Charakter. Aber er zählte zu unseren engsten Freunden und da schaut man über solche Fehler gerne mal darüber hinweg. Sie fallen gegenüber den schönen Momenten nicht so ins Gewicht.

Aber jetzt, Jahre später, als nichts mehr als Gleichgültigkeit und Enttäuschung übrig geblieben ist, bin ich auch froh, diese Seiten zu schreiben, endlich mal das zu erzählen was mich geärgert hat, ohne je eine Ton gesagt zu haben. Ja, da ist schon sehr viel Wut dabei. Darüber zurück gelassen zu werden, keinen richtigen Dank abbekommen zu haben.

Vielleicht, oder sehr wahrscheinlich ist dies wie so vieles meine eigene persönliche subjektive Sicht auf die Situation. Andere werden es wahrscheinlich anders sehen, ihre eigene Sicht auf die Dinge haben. Aber dies ist mein Buch. Ich erzähle sie aus meiner Sicht. Wem es nicht gefällt kann gerne sein eigenes Buch über seine Sicht der Dinge schreiben.

Wenn wir schon dabei sind, noch einen abschweifenden Exkurs zu Sandra, von der ich wie schon geschrieben mir erhoffte endlich so etwas wie eine beste Freundin zu haben. Auch das war ein Griff ins Klo um es einmal unfein auszusprechen. Durch die Schwangerschaften veränderte sich unsere Beziehung. Ich kann mit Kindern nicht umgehen, weiß sie nicht zu handhaben. Wie soll ich mit einem fremden Kind umgehen, wenn ich mit meinem eignen, inneren, Kind nicht gut umgehe. Je kleiner desto mehr will ich nichts von ihnen wissen. Vielleicht bin ich da ein zu starker, emotionaler Krüppel. Bei mir wird kein Helfersyndrom geweckt, wenn mich zwei Babyaugen anschauen. Vielleicht will ich auch nur nicht die Gefühle zulassen, weil ich nicht weiß, wie ich dann mit diesem Gefühl der Nähe zu dem hilflosen Geschöpf umgehen soll. Ihm auf eine Art Schutz, Sicherheit und Liebe zu bieten, geht einfach nicht. Vielleicht weil ich es nicht gelernt habe, oder nie bekommen habe. Na also, sag ich doch. Ich bin ein emotionaler Krüppel.

So zurück zu Sandra, nachdem sie ihre beiden Kinder bekam, wurde es merklich ruhiger in unserer Freundschaft. Die Wellenlängen, haben sich verändert. Für sie waren mit einem Mal die Kinder das wichtigste und ich wollte noch irgendwie die alte Art der Freundschaft aufrechterhalten, was natürlich nicht funktionierte. Ich hatte es ihr einmal während ihrer Schwangerschaft von meinen Befürchtungen erzählt, dass unsere Beziehung darunter leiden könnte. Aber sie glaubte mir nicht.

Nach der Geburt sah man sich dann nicht mehr so häufig, die Gespräche drehten sich dann meist mehr oder weniger um die Kinder. Man musste auf sie aufpassen, sie versorgen. Vielleicht passiert das öfters zwischen Paaren oder Freundinnen, dass sie sich nach der Geburt in zwei völlig verschiedenen Welten befinden und diese Welten irgendwann keine Gemeinsamkeiten mehr haben. Und so langsam aber sicher, driftet diese Beziehung auseinander, ohne dass man es eigentlich will. Aber es passiert einfach. Nicht mit Absicht, aber man kann nichts dagegen tun. Und so gingen auch unsere beiden Welten auseinander.

Nicht ohne vorher noch Sandra mit Jörg, einem Schulkameraden aus der Zeit zum technischen Betriebswirt zu verbandeln. Ja, die Beiden haben sich über uns kennengelernt, sich verliebt und haben geheiratet. Hätte das Verkuppeln zu diesem Zeitpunkt fast professionell betreiben können.

Wie oft habe ich im Anschluss, fast schon Therapiegespräche mit Jörg oder Sandra geführt. Wie oft habe ich, die beginnende Beziehung versucht zu stabilisieren, voran zu bringen. Ob es bei einem Spaziergang am Rhein war, oder bei uns in der Wohnung. Ja, sie haben dann zueinander gefunden. Natürlich haben sie sich gemeinsam gefunden, aber einen gewissen Anteil nehme ich mir einfach heraus. Im Beraten von anderen Menschen und lösen ihrer Probleme, da bin ich richtig gut.

Aber statt das Sandra und ich irgendwie wieder näher kommen, wurde die Kluft zwischen uns dadurch noch größer. Jörg hat schon einen sehr speziellen Charakter. Ist, ich bin mal ganz böse, etwas verklemmt und sehr konservativ. Über die Jahre wurde es sehr leise. Es gab gelegentliche Telefongespräche ab und an. Sehr wenige Besuche. Als Gaby und ich dann heirateten und wir sie einluden und sie diese Einladung ziemlich brüsk ablehnten war es mit der Freundschaft endgültig vorbei. Dabei hatte sie mir wenige Monate zuvor, noch fast überschwänglich zu meinem Geburtstag gratuliert. Umso mehr waren wir dann über ihre schriftliche Absage enttäuscht.

Vor allem was sie uns da vorwarfen war schon klasse krass. Er, Jörg, schrieb in seiner Antwort, dass wir entweder nur von unseren Katzen oder meiner Krankheit reden würden, und wir auch immer seinen Geburtstag vergessen würden. Klar redet Gaby gerne über ihre „Kinder" und ich erzähle auch von meiner Krankheit. Aber wir haben immer noch mehr als genügend andere Themen zum Reden. Was ihnen, die jetzigen Freunde wohl bestätigen können

Wenn sie bei uns waren, und über andere Themen, wie Katzen und Krankheit sprachen, da hat mich ihr Verhalten und Denkweise persönlich sehr erschreckt und auch sprachlos gemacht. Jörg war schon immer eher konservativ. Aber wie sie dann über Flüchtlinge, Kopftuch tragende Frauen und weitere Themen äußerten, war am Ende fast schon braunes Gedankengut. Da wurde mir bewusst, wie weit wir uns voneinander entfernt haben und es keine gemeinsame Zukunft geben wird. Egal wie viel uns in der Vergangenheit verband. Natürlich bedauere ich es, dass gerade diese, eine der ersten und intensivsten Freundschaften auseinander ging. Aber manches Mal muss man loslassen, auch wenn es wegen der „guten alten Zeit" schwer fällt.

So genug über vergangene Freundschaften gelästert. Bin ich zu gehässig, nachtragend? Will ich mich an manchen Personen rächen? Wobei, ist noch Wut auf die beiden vorhanden? Nein, ein bisschen, na schon noch mehr. Bin ich bereit, die Vergangenheit ruhen zu lassen? Kann ich ihnen verzeihen? Ruhen ja, verzeihen schon schwieriger. Akzeptieren, das geht. Sie wurden zu wildfremden Menschen deren Schicksal mit egal geworden ist.

Entscheiden sie selbst über das was ich über bestimmte Personen geschrieben habe. Sie dürfen nun beginnen zu richten. Entscheiden sie für sich, ob es nachtragend ist, oder ich in meinen Sätzen, doch ein klein wenig Objektivität mitschwingt.

In der Nacht schlecht geträumt, einsam in Seoul. Verzweifelt auf der Suche nach Zuhause. Fremde Zeichen, die ich nicht entziffern konnte. Fremde Menschen, fallen unter ihnen auf. Bin die Einzige, die anders als die Masse aussieht. Niemand spricht meine Sprache. Ich werde immer verzweifelter und panischer. Will nur noch nach Hause. Irre umher, komme nicht mal in die Nähe von zuhause. Soweit der Traum. Der Tag wurde danach nicht besser. Habe morgens von meiner roten Karte Gebrauch gemacht und mir wieder Quetiapin geben lassen. Zwei Stunden Vergessen, zwei Stunden keine Resignation oder Verzweiflung spüren. Fühle mich gerade wie auf einem riesigen Benzinsee und warte auf den Funken der das alles entzündet. Der Druck sich selbst zu verletzen ist permanent da. Was hält mich zurück? Die Pflege wird mich nicht verdammen, wenn es passiert, dann passiert es halt. Keine Bestrafung, kein Anschiss. Also warum nicht die Klinge nehmen. Bin ich zu resigniert, habe keine Kraft dazu, oder hält mich die Angst vor der Oberärztin zurück, wobei das ja in der Zwischenzeit auch geklärt ist. Solange ich keine suizidalen Handlungen mit der Klinge mache oder mich dermaßen schwer verletze ist es auch von ihrer Seite ok. Also was verdammt noch mal hindert mich daran? Haben mir auch angeboten am Nachmittag eine zweite Quetiapin einzunehmen, umso wieder all den Problemen zu weiterhin zu entfliehen. Dieses Mal habe ich sie aber abgelehnt. Ich kann mich doch nicht nur noch abschießen lassen?

Vielleicht bin ich zu resigniert um mich zu irgendwas aufzuraffen. Geht mir ja mit der Körperpflege nicht anders. Kriege es nicht auf die Reihe, das mit dem Duschen und allem anderen. Alles ist so verdammt schwer. Das Leben wiegt ein paar Tonnen zu viel. Ach ja, mein Einzelzimmer habe ich immer noch, surprise, surprise.

Wie man richtig tackelt

So nach allem dem Frustabbau, bezüglich einer ehemaligen Freundin, wieder zurück zum Football. Sandra aus Freiburg stieß zum Team dazu. Ebenfalls ihre Freundin Jessie aus den damaligen gemeinsamen Footballtagen von Karlsruhe und Freiburg. Sie blieb jedoch nicht allzu lange dabei, da sie sich eigentlich Hoffnung auf eine Beziehung mit Sandra machte, was aber durch die Beziehung zu Andreas zunichte gemacht wurde. Intrigen, Liebeskummer und viel mehr. Hatten damals fast eine eigene Telenovela am Laufen. Als ihre Chancen auf Sandra schwanden, verschwand auch sie aus dem Training. Ja, Frauen Football ist kompliziert und zum Teil ist es neben dem Footballfeld fast anstrengender. Eigentlich waren die Kämpfe und Querelen neben dem Feld sehr viel komplizierter als alles auf dem Feld. Denn da gibt es eindeutige Regeln, was richtig und falsch ist, doch neben der Seitenlinie, da gibt es keine Regeln.

Sie sehen es gab genügend Probleme neben dem Feld. Aber mit der Zeit, haben sich die Probleme gelegt, Wir wurden zu einem Team. Auf und auch neben dem Feld. Oft waren wir gemeinsam nach dem Training noch unterwegs zum Essen oder Party machen. Unsere Wohnung wurde mehr oder weniger zum inoffiziellen Vereinsheim der Beastie Girls. Es gab regelmäßige jährliche Trainingslager, wo wir alles machten, was man auch in Trainingslagern so macht, nur halt im kleineren Kreis.

Das erste war schon einmal sehr denkwürdig. Ein Freund von Andreas hatte eine Jagdhütte mitten in den Feldern des Elsass. Es war eine ziemlich provisorische Hütte. Neben an ein kleiner See. Auf einer sehr unebenen Wiese trainierten wir, unter anderem als Krafttraining haben wir das Auto des Freundes, einen Geländewagen durch die Gegend geschoben. Am Abend saßen wir dann am Lagerfeuer, tranken gemeinsam Alkohol, genossen das Beisammensein unter Gleichgesinnten, unter Freunden. Mit Sandra habe ich gemeinsam, eine Flasche von irgendwas hochprozentigem, leer gemacht. Uns hat es wirklich gefallen. Alle schliefen in der Hütte, in Schlafsäcken eng beisammen. Alle, nein nicht alle. Unser Coach hatte eine ziemlich heftige allergische Reaktion auf das Stroh oder das Fell eines Tieres. Auf jeden Fall konnte er in dieser Hütte nicht schlafen und musste deswegen in seinem Auto pennen, was natürlich alles andere als bequem war und deutlich auf seine Stimmung drückte. Aber egal, dem Rest war der Spaß nicht vergangen. Am Ende des Sonntages sind wir dann noch in den benachbarten Teich zum Plantschen. Was wir bis dahin nicht wussten war, dass in diesem Teich unter anderem auch Hechte schwammen. Haben sie so einen Fisch schon mal gesehen? Sind nicht gerade kleine Fische. Die haben ein relativ großes Maul mit vielen spitzen Zähnen. Gebissen wurde keiner, aber als wir erfuhren, was da in dem Teich war uns doch etwas mulmig zumute und keiner traute sich ein zweites Mal in den Teich. Aber das Wochenende war ein voller Erfolg.

Deswegen haben wir im Jahr darauf wieder eines gemacht. Dieses Mal wieder im Elsass, bei Elke, einer unserer Mitspielerinnen und eine sehr gute Freundin bis zu ihrem viel zu frühen Tod. Dieses Mal hatten wir sogar einen richtigen Sportplatz zur Verfügung. Der Sportplatz des Dorfes, an dessen Rand Elke auf einem landwirtschaftlichen Hof wohnte. Wieder in sehr kleinem Kreise, acht Spielerinnen waren wir gerade mal. Aber es half uns aus acht Spielerinnen zumindest 6 enge Freundinnen zu werden. Aber wie so vieles im Leben, nichts bleibt für die Ewigkeit.

Elke lebte zum Zeitpunkt des Trainingslagers getrennt von ihrem Mann. Eigentlich sollte dieser auf seinem anderen Hof in den neuen Bundesländern sein. Aber nein, mitten in der Nacht tauchte er völlig überraschend auf. Die ersten die unfreiwillig seine Bekanntschaft machten, waren Gaby und ich, weil wir im Wohnzimmer auf einer Bettcouch schliefen und er im Dunkeln dagegen stieß. Noch unangenehmer war es dann für Andreas und Sandra, die im Schlafzimmer des Hauses schliefen und er ziemlich laut und überraschend auf diese unbekannten männlichen Schläfer im „Ehebett" reagierte. Es gab einiges an Diskussionen, bis er endlich wieder verschwand und sich in einem Hotel einquartierte. Ja, es waren sehr improvisierte Trainingslager, die die Beastie Girls abhielten. Aber jedes Mal hatten wir eine Menge Spaß daran. Trainieren und feiern im ausgewogenen Mix. Besser konnten die Wochenenden gar nicht sein.

Zusätzlich zu den Trainingslagern gab es aber auch noch einige andere Vergnügungen, entweder bei uns, in der Wohnung von Andreas, oder auch in Schrebergärten von Mitspielerinnen. Es gab zum Beispiel Sangriapartys, Halloweenfeiern, Diskothekenbesuche, Weihnachtsfeiern im kleinen Kreis der Spielerinnen und Trainers, inclusive Pokale oder Plaketten für die herausragenden Spielerinnen der Saison. Oder wir besuchten gemeinsam Volksfeste. Was auch immer, wir haben alles gemeinsam gemacht. Und einmal sogar gerieten ein paar von uns, aus Versehen in das Rotlichtviertel von Karlsruhe. Diese fünf Jahre waren wir eine echt gute Einheit. Leider blieb es aufgrund der Mannschaftsstärke immer nur beim Trainieren. Und es gibt für jeden Sportler nichts Frustrierendes als immer nur zum Training zu kommen, ohne sich jemals gegen ein anderes Team zu spielen. Wenn man Spielzüge immer nur gegen Dummies oder ein paar eigene Mitspielerinnen übt, wenn man immer die gleichen Leute tackelt, wird es einem irgendwann langweilig und es baut sich Frust auf. Aber es sollte sich ändern.

Ein Schweizer Damen Footballteam lud uns zu einem Scrimmage in Winterthur ein. Für die Nichtfootballer unter uns, bedeutet Scrimmage so eine Art inoffizielles Freundschaftsspiel. Die Vorgaben des Verbandes müssen nicht eingehalten werden. Es geht lockerer zu. Locker bedeutet aber nicht, dass es nicht zur Sache geht. Aber bei diesem Spiel kann zum Beispiel der Coach noch mit auf dem Feld stehen und Anweisungen ans Team geben. Das Turnier war eigentlich ein reines Männerturnier. Wir Damen sollten Samstag so etwas wie im Vorprogramm antreten. Als Appetithappen, als Exotenshow. Guckt mal, es gibt sogar, die Frauen Football spielen. Aber uns war es egal, die Vorfreude ließ unsere Herzen höher schlagen.

Leider war unsere Personaldecke zu dünn, um dieses Abenteuer zu beginnen. Es musste eine Lösung her. Doch wo kriegt am so schnell neue, zumindest etwas erfahrene Spielerinnen her? Antwort. Aus

Stuttgart. Da gab es damals ein weiteres Team im Aufbau wie wir, die Stuttgart Silver Arrows Ladies. Das war noch lange vor der Zeit, in den späteren 2000er Jahren, als die Silver Arrows Ladies die in zwischen geschaffene zweite Damenbundesliga dominierten und ich für eine kurze Zeit sogar als Coach zu diesem Team gehörte.

Wie der Kontakt zustande kam, kann ich leider nicht mehr sagen, aber auch das Stuttgarter Team war von der Idee ziemlich angetan. Natürlich musste sich unsere beiden Teams erst einmal kennenlernen und beschnuppern. Das machten wir in zwei ganztägigen Trainingseinheiten. Einmal in Stuttgart und beim zweiten hier bei uns in Karlsruhe. War eine gute Zusammenarbeit zwischen Baden und Schwaben. Was ja nicht so alltäglich ist. Als sie bei uns zu Besuch waren, haben wir hinterher auf dem Platz noch den Grill angeschmissen und Steaks gegrillt. Bei dem gemütlichen Zusammensitzen wurde die Verbindung zwischen den Teams intensiviert. Beide Seiten fanden sich sympathisch und waren bereit als Team zu spielen.

Es konnte also am kommenden Wochenende losgehen Richtung Schweiz nach Winterthur. Wir alle waren aufgeregt und konnten es kaum erwarten uns mit dem schweizerischen Team zu messen.

Ich hatte doch geschrieben, dass wir gemeinsam gegrillt haben. Dabei war noch so viel Fleisch übrig, das Elke, eine von unserer Mitspielerinnen, anbot das nicht gegrillte Fleisch mitzunehmen, einzugefrieren und kurz vor der Abreise anzubraten. So hätten wir schon was für den Samstagabend zu essen. Leider stellte sich das als ein großer Fehler heraus. Das Fleisch war schon einmal eingefroren. Das hatten wir nicht gewusst und durch das erneute Einfrieren des rohen Fleisches wurde es verdorben und war nicht mehr geeignet.

Der entscheidende Samstag war da, früh morgens holte uns ein Reisebus ab. Erst ging es nach Stuttgart um die Spielerinnen der Silver Arrows abzuholen und dann weiter Richtung Winterthur. Nach ein paar Stunden Fahrt erreichten wir unser Ziel. Es war ein ziemlich großes Turnier, viele Leute, großes Festzelt und dann würde es natürlich auch viele Zuschauer bei unserem Spiel geben. Ursprünglich abgemacht war zwischen den Schweizerinnen und uns, dass wir erst ein gemeinsames Training machen und dann gegen späten Nachmittag das Scrimmage abhalten sollten.

Habe es heute wieder getan, mich selbst verletzt. Bin schon mit einem seltsamen Gefühl aufgewacht. Hatte Küchendienst, was heißt, dass ich mit jemandem zusammen, die Tabletts mit Essen, morgens, mittags und abends aus dem Essenswagen heraushole und auf die Tische stelle. Keine Ahnung, wie ich es beschreiben soll, die ganzen letzten Tage hatte ich eine Art Summen vom angestautem Druck im Kopf. Der Selbsthass war da, sehr heftig. Dieser Wunsch sich selbst zu verletzen war immer da. Als permanentes Hintergrundsummen. Da half auch kein Quetiapin oder Tavor. Am Vormittag habe ich angefangen gegen meine Zimmerwand zu schlagen. Kopfhörer auf, mal wieder Bruce Springsteen. Dachte an Petra, das mir (m)eine Familie fehlt. Eine Sehnsucht nach einer mütterlichen Umarmung habe. Kann mir schon vorstellen, was sie jetzt denken. Die Frau ist einundfünfzig Jahre alt und sehnt sich nach Mutters Umarmung. In dem Alter, was soll das denn? Und außerdem hätte ich wohl nie im Leben von meiner leiblichen Mutter so etwas bekommen.

Den Kopf gegen die Wand gelehnt und mit der rechten Faust, wieder und wieder mit einiger Wucht gegen die Wand gehauen. Nach zwei aufgeschlagenen Knöchel hat noch mein Verstand eingegriffen und ich bin vor zur Pflege und habe mir eine Tavor geholt. Geholfen hat es nicht viel. Durfte dann noch die Gastfreundschaft der Pflege genießen und direkt vor dem Stationszimmer Platz nehmen. Man kann es natürlich auch anders sagen, sie wollten mich im Blick haben. Oder positiver gesagt, sie machten sich Sorgen um mich. Immer noch das Summen im Kopf. Druck. Dabei Hr. Mann, mein neues Tablet/Laptop Teil gezeigt und ihn etwas in meinem Buch lesen lassen. Er fand es gut geschrieben und will wissen wie es weitergeht. Geht es ihnen genauso? Aber wie immer, zweifele ich an den Aussagen, kann ihnen keinen Glauben schenken, etwas von mir gut finden, unvorstellbar. Kann einfach nicht sein. Selbst jetzt, wo das Buch fertig ist, zweifele ich alles an.

Nachdem Mittagessen habe ich mir wieder eine Quetiapin geben lassen. Knappe zwei Stunden mit Toilettenpause geschlafen. Das Summen war immer noch da. Über zwei Wochen haben ich nun nicht mehr geduscht. Heute habe ich mich entschlossen es zu tun. Aber nicht ohne Hintergedanken. Ich war zu dem Zeitpunkt schon jenseits dieser schmalen Grenze zwischen der Aushalten und Selbstverletzungsdruck. Schnappte mir mein Duschzeug, meine Handtücher und zu guter Letzt meine Rasierklinge. Klar dachte ein Teil in mir vielleicht noch, du musst es ja nicht tun, du kannst die Klinge auch in ihrer Verpackung lassen und einfach frisch geduscht ohne sich zu verletzen wieder aus dem Bad gehen. Bullshit. Die Klinge lag offen auf dem Waschbecken. Geduscht, mich abgetrocknet und anzogen. Da hätte ich mein Zeug nehmen und aus dem Bad gehen sollen. Aber stattdessen, war dieses Art Summen lauter denn je. Also nahm ich die Klinge und schnitte mir lange Längs- und Querstreifen auf meinen rechten Arm. Solange bis es ruhig im Kopf wurde. Die Stille war so angenehm, entspannend.

> Wenn die Klinge ins Fleisch schneidet
> das erste Blut fließt
> der Hass auf einen selbst
> der Ekel vor dem Bild im Spiegel
> erst einmal weniger wird
> Die Unruhe im Kopf sich legt
> mit jedem Tropfen Blut
> wird es ruhiger in dir
> Für eine sehr begrenzte Zeit
> hast du Frieden mit der Person
> die du am meisten hasst

Bin danach vor zu Frau Untermüller. Habe die Wunde mit Papiertaschentüchern und einem Handtuch abgedeckt, damit die anderen Patienten nicht sahen, was ich getan habe. In der geschlossenen Faust hielt ich die Klinge. Sie schaute mich an, ich öffnete die Faust und sie sah die Klinge. Da wusste sie, dass es wieder passiert ist. Ohne großes Aufregen, in aller Ruhe versorgte und verband sie die Schnitte. Dafür war ich ihr sehr dankbar. Irgendwann meinte sie nur kurz „sie hätte so was schon erwartet" womit sie natürlich recht hatte. Alle Anzeichen sprachen den ganzen Tag schon, direkt und indirekt dafür. Aber nun ist Frieden im Kopf. Zumindest für die nächste Zeit. Hoffentlich. Jetzt steigt die Spannung vor nächsten Freitag, was wohl die Oberärztin dazu sagen wird?

Aber aus dem gemeinsamen Training mit den Zürcherinnen wurde nichts. Wir sollten direkt und sofort das Scrimmage spielen. Ohne jede Vorbereitung, gleich ins kalte Wasser. Problem war nur, dass unser Bus mit den richtigen Spieltrikots, die wir von den Badener Greifs geliehen bekommen haben, schon wieder weggefahren ist. Jeder hatte nur sein altes Trainingstrikot bei seinen Sportsachen. Mit diesen Trikots mussten wir nun auch auflaufen. So standen wir als ein Team der bunt zusammengewürfelten Trikots auf dem Feld. Während unsere Gegnerinnen alle in einheitlichem Dunkelblau antraten. War natürlich ein ziemlich krasser Unterschied. Hier die „heimischen" Zürich Lightning Ladies, alle Jerseys und Hosen in adretten einheitlichem Blau und Grau. Dort die Gäste, also wir, aus Stuttgart und Karlsruhe in roten, blauen, weißen, grünen, golden und bestimmt noch ein paar mehr Farbschattierungen an Jerseys und Hosen.

Die Tribüne war reichlich mit Zuschauern bestückt. Sie sollten ihren Spaß haben. Wir hatten ihn auch. Eine Maxime von Coach Andreas war, dass das Training immer härter sein muss, als das Spiel. Er hatte Recht. Und unser Training war eindeutig härter, als das was uns da auf dem Feld entgegen stand. Diese erste Begegnung mit einer anderen Mannschaft verlief ziemlich einseitig zu unseren Gunsten. Wir schafften es zwei Mal in ihre Endzone, sie kein einziges Mal. Wir bekamen Beschwerden vom Schiedsrichter, dem gegnerischen Trainer und einigen der Spielerinnen, dass wir zu hart ran gingen. Ja, es stimmt. Wir waren hart. Aber nicht brutal. Wir haben nur sehr körperbetont gespielt, wie mir es im Training gelernt haben. Eher ein Kollisionssport als ein Kontaktsport.

In der Defense tackelten wir hart, wenn wir in Ballbesitz waren blockten wir hart, unsere Ballträgerinnen waren schwer vom Gegner zu tackeln. Manche, ich auch, suchten den Kontakt zur gegnerischen Spielerin. Möglichst tief rennen, und mit dem Helm das Shoulderpad der anderen Spielerin suchen und dann bäääm Kontakt. Wir verschafften uns schnell eine Menge Respekt. Bitte nicht falsch verstehen, wir spielten nicht unfair, oder gegen die Regeln. Wir hatten nur weniger Angst. Weniger Angst getackelt zu werden, weniger Angst beim eigenen Tackeln. Sorry, ich hoffe ich überfordere sich nicht zu sehr mit diesen Footballbegriffen. Also um es kurz zu erklären, Tackeln bedeutet den ballführenden Gegenspieler zu Boden bringen. Wichtig, nur derjenige Spieler der den Ball hat, darf getackelt werden. Am besten geht man mit der Schulter auf Hüfthöhe an den anderen Spieler und mit beiden Armen greift man um den Gegner herum und versucht seine Beine zu fassen bekommen, so dass er bzw. sie gestoppt wird und zu Boden gebracht wird. Sobald man mit dem Knie oder Ellenbogen den Boden berührt ist der Spielzug zu Ende. Das klingt brutal? Ist es nicht. Beide Spieler(innen) haben entsprechende Ausrüstung, die den Aufprall dämpfen und so vor Verletzungen schützt. Natürlich kann es wie bei jedem Sport zu Verletzungen kommen. Aber der eigentliche Tacklevorgang sieht für sie als Zuschauer meist schlimmer aus, als es für die beiden Spielerinnen ist. Meistens zumindest.

Es gibt einen Spruch von Vince Lombardi, einem der bekanntesten American Football Coaches der NFL (US Profiliga) *„Football ist kein Kontaktsport. Tanzen ist ein Kontaktsport. Football ist ein Kollisionssport"*

Also die Schiedsrichter das Spiel abpfiffen, waren die Züricherinnen sehr wahrscheinlich heil froh darum. Wir dagegen hätten noch ewig so weiterspielen können. Es hat so wahnsinnigen Spaß gemacht. Uns war richtig zum Feiern zumute. Nachdem Spiel bekamen wir einiges Lob der Zuschauer zu hören, was für ein klasse Spiel wir abgeliefert hätten.

Am Abend wurden wir in einem Haus der Schweizer Armee untergebracht. Zum Abendessen gab es dann diese Steaks. Sie erinnern sich noch, die was zweimal eingefroren wurden. Das Ergebnis von diesem Abendessen war, dass fast das gesamte Team mit Übelkeit, Erbrechen und Durchfall zu kämpfen hatte. Und am nächsten Tag war unser zweites Scrimmage angesetzt.

Die letzten beiden Tage war Gaby kurz vor achtzehn Uhr zu Besuch in der Klinik. Wir saßen unten im Hof und haben gemeinsam die Sonne zwischen zwei Gebäuden untergehen sehen. Bis die Schatten uns erreichten und der Hof der Klinik kühl und abweisend wurde. Dann ist sie nach Hause gefahren

Heute war ich alleine unten, selber Platz, selbe Sonne, aber es war nicht dasselbe. Geister der Vergangenheit waren heute dabei. Ich stellte mir vor, dass Gaby neben mir saß, aber es waren zum ersten Mal seit langem meine Mutter und meine Schwester in meinen Gedanken, wenn ich in die Sonne starrte. Und all dies machte mich tief traurig. Der Verlust, das Verlorene, dass niemals Ausgesprochene stand heute in dieser untergehenden Sonne. Und der Gedanke an den Tod, der Gedanke an das Beenden des Lebens stellte sich wieder ein. Verlockend, endlich weg von allem. Habe ich ihn zum Teufel gejagt? Nein, ich ließ ihn neben mir sitzen. Als Freund. Stumm schauten wir beide dem schwindenden Licht nach. Wie lange noch?

Die Träume werden immer schlimmer und heftiger und vor allem bleiben sie in der Erinnerung haften. Sie sind noch ganz klar in meinem Kopf. So als ob ich real dabei gewesen wäre. Im Endeffekt klingt der erste Traum vielleicht banal für sie, aber für mich sind sie äußerst unangenehm. Im ersten Traum, machten wir Urlaub in einer Hotelanlage in Ägypten. Aber der Ort sah eher wie Kairo aus. Wir mussten in einem Hinterhof eines Hauses übernachten, um den laut hupender Kreisverkehr fuhr. Um in dem Hof zu schlafen, mussten wir Strohmatten organisieren, um darauf unsere kleinen Zelte zu stellen. Ich schaffte nur eine Matte zu besorgen und dann war kein Platz mehr für mich. Nur meine Eltern und meine Schwester hatten Platz gefunden. Alles war ganz eng. Irgendwann ging es dann weiter, dass ich meine Familie in dieser sehr arabischen Stadt verlor. Ich suchte und suchte und fand sie nicht. In dem Traum konnte ich den

Autolärm hören, die arabischen Stimmen, immerzu schrien sie in der unbekannten Sprache. Kann die Strohmatten beschreiben, den Hinterhof. Alle Details kann ich aufzuzählen. Aber gefunden habe ich meine Familie nicht mehr. Für mich verloren in der Stadt. Einsam, alleine.

Der zweite Traum war dann der richtige Horror. Meine Oma hatte ein baufälliges Haus im Elsass, sogar solche Details träume ich und behalte sich auch noch in meiner Erinnerung. Dieses Haus haben wir besichtigt. Da gab es drei Katzen mit einigen jungen Kätzchen. Wir überlegen ja, zu unseren zwei Katzen noch zwei kleine dazu zu nehmen. Aber was machen wir mit dem Rest? Ins Tierheim wollten wir sie nicht bringen. Die Vorstellung die Katzenmamas mit ihren winzigen kleinen Kätzchen einzusperren, war uns ein Graus. Mir kam dann in den Sinn, dass meine Großmutter wenn ihre Katze geworfen hatte, diese ganz jungen Kätzchen in einem Eimer ertränkt hat bis auf eines, wegen der Milch der Mutter. Und dieses verdammte Bild mit den toten Kätzchen geht mir nicht mehr aus dem Kopf. Diese winzigen Kätzchen in einem Eimer unter Wasser drücken, bis sie tot sind. Qualvoll ertrinken. Horror. Richtiger Horror sind diese Bilder. Selbst jetzt heule ich noch bei der Vorstellung. Nein, diese Bilder gehen einfach nicht mehr weg. Ich schlafe auch sehr schlecht, kriege fast jedes Mal mit, wenn die Nachtschwester ins Zimmer kam. Habe ihr dann kurz zugewunken. So wie es üblich ist, dass sie sieht, ob man wach ist oder schläft.

Na klasse, Freitagnachmittag und Frau Fischer kommt mich besuchen. War etwas überrascht, dass ich nach drei Wochen schon gehen soll. Guckte irritiert. Hörte von der Pflege, dass meine Stimmung noch sehr wechselhaft sei. Aus diesem Grund soll ich am Montag mit der neuen Oberärztin Frau Subotic darüber reden, ob man nicht verlängern kann. Sie wollte ebenfalls mit ihr noch darüber reden. Was aber wahrscheinlich nicht geklappt hat, weil Frau Fischer schon lange weg war, bevor die Frau Subotic wieder auf Station kam. Also wird es wohl wieder bei mir hängen bleiben. Das Gefühl von Ameise gegen Elefant, kommt wieder hoch. Ich die kleine verängstigte Ameise gegen die übergroße Oberärztin. Werde doch wieder mal keine

Argumente finden, um meinen Wunsch nach Verlängerung des Aufenthaltes adäquat herüber zu bringen. Erstarre in Ehrfurcht und bin sprachlos, zu keinem Gegenargument mehr fähig. Wie ich das hasse! Wie ich mich hasse!

Zurück zum Football in Winterthur. Als unsere Gegenspielerinnen erfuhren dass bei uns fast die ganze Mannschaft mit Durchfall und Erbrechen zu kämpfen hatte, da wäre das Wort Schadenfreude noch deutlich untertrieben. Sie haben nach dem ersten Spiel einen solchen Respekt vor uns gehabt, dass vor dem zweiten Spiel fast schon Angst hatten. Daher war ihnen jedes Mittel recht, dass uns schwächte. Vor dem Spiel war die Toilette wirklich der meist besuchte Ort. Entweder oben oder unten kam uns alles wieder vorne hoch, bzw. hinten raus. An diesem Tag regnete es auch noch wie aus Kübeln. Wir spielten dieses Mal auch nicht auf dem Hauptplatz, der war den Herren vorbehalten. So hatten wir auf diesem Nebenplatz auch keine Zuschauer mehr. Was eigentlich schade war. Einzig die Spielerinnen der Zürich Lightings und der Beastie Girls/Silver Arrows Ladies sahen dieses Spiel. Und eine der Hauptakteurin auf dem Feld war meine Person. Mir ging es noch einigermaßen, fühlte mich fast fit. Aus diesem Grund bekam ich in vielleicht siebzig Prozent der Fälle den Ball und tanke mich im wahrsten Sinne des Wortes durch die Reihen der Schweizerinnen. Zum Teil hingen bis zu fünf Spielerinnen an mir und ich stampfe immer noch weiter, bis sie es endlich schafften mich umzuwerfen. Entweder durch das Gewicht, was an mir hing, oder sie haben meine Beine zu fassen gekriegt und mich dadurch getackelt. Ich war in meinem Leben nie eine der Spielerinnen, die ihre Gegner austanzte. Ich bin vieles, aber mit Sicherheit nicht grazil oder leichtfüßig. Mein Stil war der eher der des Hulk, diesem grünhäutigen Superhelden. Mitten rein ins Getümmel. Einfach die Gegenspielerin umrennen. Masse und Kraft ergeben eine Mischung die schwer zu tackeln ist. Außer man weiß wie es geht. In dem Vorbereitungstraining mit den Silver Arrows Ladies zeigte eine Spielerin der Stuttgarter wie es geht. Statt mich oben anzugreifen, sprang sie mir einfach vor die Beine und ich fiel um wie ein nasser Sack. Aber den Zürcherinnen fiel das immer erst sehr spät ein. Sie probierten es immer und immer wieder oben. Und da hatten sie keine Chance gegen mich. Während des Spiels hatte ich von mir immer den Eindruck, dass ich ganz flott gerannt bin, aber wenn ich mir jetzt die Videos vom Spiel anschaue, sehe ich, wie langsam ich war. War nichts mit Speed.

Das Spiel ging leider mit zwei zu eins Touchdowns verloren. Die Zürcherinnen hatten einen wirklich flinken kleinen Runningback. Das sind die, die mit dem Ball laufen. Zweimal entwischte sie unserer Verteidigung und rannte in die Endzone. Wir schafften es leider nur einmal, durch einen Lauf von Sandra, von der ich weiter oben schon geschrieben habe. Wir hatten dann noch eine gute Chance auf den Ausgleich. Wir marschierten übers Feld, ohne das wir gestoppt werden konnten. Doch leider litt die Ganggenauigkeit der Schiedsrichteruhr unter dem Druck mit dem wir immer näher der Endzone und dem Ausgleich kamen. Die Zeit verrann im wahrsten Sinne des Wortes. Die doch ziemlich parteiischen Schiedsrichter ließen die Uhr immer schneller laufen und so lief die Zeit aus, als wir nur noch wenige Meter vor der Endzone waren. Schade dass wir das Spiel verloren hatten, aber wer weiß, wie das Spiel gelaufen wäre, wenn wir alle fit genug gewesen wären.

Aber ich will keine schlechte Verliererin sein. Der knappe Sieg ging schon in Ordnung. Auf jeden Fall wussten wir nun endlich wo wir leistungstechnisch standen und diese zwei Spiele haben richtig Lust auf mehr gemacht. Wir hatten Blut geleckt, wollten mehr. Aber leider mussten wir fast ein dreiviertel Jahr warten, bis sich eine neue Gelegenheit bot. Trotz aller intensiven Suche nach weiteren neuen Spielerinnen blieb der Erfolg aus. Wir knapsten immer um die 15 Spielerinnen herum und dabei waren auch einige, die noch lange nicht bereit waren, sich mit vollem Einsatz aufs Spielfeld zu wagen. Es waren bei den Interessierten zum Teil schon ein paar lustige Frauen dabei. Manche hatten Angst sich die Fingernägel kaputt zu machen. Eine Neue warf bei einer Tackleübung einfach den Ball weg. Also wir sie dann ganz entsetzt fragten warum sie das gemacht hat, meinte sie „was hätte ich den sonst tun sollen, mich umrennen lassen?". Jep, genau das. Den Ball festhalten und sich tackeln lassen.

Es gab auch richtig geile Trainingseinheiten. Wir trainierten auf einem Art Aschenplatz. Ähnliches Material wie auf den roten Tennisplätzen. Nach einem Regenguss stand die Hälfte des Platzes unter Wasser. Hat uns das abgehalten vom Training? Natürlich nicht. Irgendwann waren wir vom Regen und dem Kontakt mit dem Boden nass bis auf die Haut, dass uns jeder weitere Kontakt mit der Feuchtigkeit nichts mehr ausmachte. Wir schmissen uns in das Wasser, waren über und über mit diesem feinen roten Zeug bedeckt. Zum Schluss tackelten wir in der tiefsten Stelle der Wasserlache. Wir waren tropfnass, dieser feine Sand oder Staub war in allen Körperöffnungen eingedrungen. Selbst in der Ritze im meinem Hinterteil war das Material noch zu finden. Mein geliebtes Glückstrainingsshirt hat bis heute noch einen leichten Rotstich, weil dieses Material beim Waschen nicht heraus ging. Aber wir hatten an diesem Tag so viel Spaß, gerade bei so einem Sauwettertraining, alle waren von Kopf bis zu den Füßen nass und dreckig ohne Ende, aber sehr glücklich. Bis heute gilt dies als eine der besten und spaßigsten Trainingseinheiten der Beastie Girls in den Annalen.

Nachdem Abenteuer Winterthur stand dann eine ganze Weile wieder reines Training auf dem Plan. Aber immer nur Training führt auch zu Lustlosigkeit, wenn sich kein Ziel auftut. Warum sich zweimal die Woche schindet. Das kann, wenn man Pech hat, schnell zu Abgängen bei den Spielerinnen führen. Zum Glück gab es aber noch die Aktivitäten außerhalb des Spielfeldes, die das Team zusammen schweißten.

Im Frühjahr 1999 erhielten wir unsere zweite Chance uns wieder zu beweisen. Erneut erhielten wir eine Einladung von den Züricherinnen. Dieses Mal war es ein ziemlich exotischer Ort, wo das Spiel stattfinden sollte. Zumindest für ein American Football Spiel. Das Spiel sollte in Flims stattfinden. Skifahrer werden das wohl eher kennen, als Footballfans. Flims ist ein sehr bekannter Wintersportort in der Schweiz. Dort sollte unser drittes Spiel gegen die Zürich Lightings stattfinden. Aber nicht auf einem grünen Rasen, sondern oben auf dem Berg im Schnee. Auf eintausendsechshundert Metern, auf einem Leicht abfallenden, eingeebneten Schneefeld sollte dieses Spiel stattfinden.

Vielleicht lehne ich mich da jetzt zu weit aus dem Fenster, aber ich behaupte mal, dass dieses Spiel, das höchstgelegene Footballspiel zweier Damenmannschaften oder überhaupt zweier Footballteams in Europa war.

Wie eine Frau die Morgen zur Schlachtbank oder zur Hinrichtung geführt wird. So komme ich mir gerade vor. Hilflos vor dem was kommen wird, ausgeliefert sein. Mein Vertrauen in Herrn Kuhe, dem Pfleger mit dem ich über das Thema der Verlängerung gesprochen habe, sinkt gegen Null. Es war ja Frau Fischers und mein Wunsch, dass der Aufenthalt verlängert wird. Gegen die klare Aus- bzw. Ansage der Oberärztin Frau Subotic mit ihren drei Wochen. Er sicherte mir zu, dass er in der Visite mich unterstützen würde, aber ich vertraue ihm nicht, dass er etwas sagt, oder meine Seite gut vertritt. Aber ich vertraue hier auch Frau Fischer nicht, dass sie, wie sie es am Freitag versprochen hat, mit der Oberärztin Frau Subotic reden wird und für meine Seite einsteht. Am Ende sitze ich in der Visite, versuche das Thema anzusprechen und stelle dann fest, dass weder Herr Kuhe noch Frau Fischer mit der Oberärztin gesprochen haben, und es nun so herüber kommt, als wäre das alle auf meinem Mist gewachsen.
Danke für Nichts. Vertraue niemandem. Jeder tut dir nur weh, jeder verletzt dich, jeder enttäuscht dich. Warum sollte es also bei der morgigen Visite anders verlaufen, als in den vielen Situationen in meinem bisherigen Leben. Viel zu oft ist dieses Vertrauen schon enttäuscht worden. Ja klar, glaub an das Gute im Menschen. Das der Herr Kuhe oder Frau Subotic auf dich hören, offen sind, vielleicht auch bereit sind ihre Meinung zu revidieren. Sorry, ich bin so verzweifelt, dass ich lachen muss, zumindest im Geist laut lachen muss. Denn ansonsten würde ich wohl weinend zusammenbrechen. Im Kopf ist nur noch „Hat doch eh alles keinen Sinn" „Bin ein Spielball, den man in die Ecke treten kann" Eigentlich will ich nicht mehr. Heute Abend wäre ein guter Abend sich von der Welt zu verabschieden, für immer.
Die Angst steckt bis zu den letzten Atomen in meinen Knochen. Der ganze Körper vibriert vor Angst. Vor der unvermeidlichen

Enttäuschung. Könnte jetzt sagen, dass es ja nur eine weitere Enttäuschung im Umgang mit anderen Menschen ist. Also sollte ich daran schon gewöhnt sein, aber ich bin es nicht. Wie heißt dieser böse Satz, Die Hoffnung stirbt zuletzt, aber sie stirbt mit Sicherheit und unter Verzweiflung, Traurigkeit und Tränen.

Sagt oder zeigt mir einen, EINEN EINZIGEN Grund zum Weitermachen. Einen Menschen, Gaby mal ausgenommen, der mal sagt, ich steh zu dir, du kannst mir vertrauen. Ich werde dich definitiv NICHT enttäuschen. Hahaha! Vertraue anderen Menschen, und dir wird nur wehgetan. Mein Verstand versucht dagegen zu steuern, versucht daran zu erinnern, dass ich Freunde habe, denen ich vertrauen kann, das es auch Therapeuten wie Frau Fischer oder Frau Westgrün-Meier in der Mainzer Psychiatrie/Psychosomatischen Klinik gibt, bei denen so etwas wie ein kleines Pflänzchen des Vertrauens sprießt. Aber das kleine Kind, das schon so viel Schmerz bisher erfahren hat und gerade noch mehr davon erlebt, das ist zu übermächtig.

Irgendwann wann morgen in der Visite wird auch einer meiner Lieblingsfragen kommen „Frau Röder, was möchte sie eigentlich? Welche Ziel haben sie bei diesem Aufenthalt". Diese Frage bringt mich ein jedes Mal an den Rand der Verzweiflung. Ich habe kein Gespür für mich, meine Bedürfnisse oder was gut für mich ist. Ich bin für mich selbst einfach nur eine Seele in einer schwarzen Box.

Wie beneide ich Menschen, die klar äußern können, was sie möchten oder was sie brauchen. Ich kann es für jeden anderen Menschen sagen, kann mich für jeden anderen Menschen stark machen. Meine Empathie ist gegenüber jedem anderen Menschen so stark, dass ich fast immer genau spüre, was meine Gegenüber intuitiv braucht. Aber für mich selbst, keine Chance. Ich könnte am Abgrund stehen, mit einem Fuß über der Dunkelheit balancieren, fast schon das Gleichgewicht verlieren, ich würde es nicht spüren. Oder sogar schon im Fallen in die Dunkelheit mich fragen, ob das schon eine Krise ist. Ist irgendwie schon ein Armutszeugnis.

Vertrauen

>Vertrauen in einen anderen Menschen
>die schwerste Übung
>vertrauen, dass jemand da ist
>der einen auffängt
>Doch es war niemand da
>zu oft schon enttäuscht worden
>zu viele Male alleine gelassen worden
>Aus schmerzlichen Erfahrungen gelernt,
>dass Vertrauen immer im Schmerz endet
>Alleine, keiner da
>der die Hand zur Hilfe bietet
>Vertrauen ist Schmerz

Heute Abend bin ich dem Abgrund sehr viel näher gekommen. Welchem Abgrund, dem des Nicht-Mehr-Leben-Zu-Wollens Abgrund. Ich will einfach nicht mehr. Der Schmerz, die Verzweiflung wird stärker als das Gefühl der Zuneigung Gaby gegenüber.

Aber betrachten wir es doch mal von der logischen Seite. Was würde eine Verlängerung denn wirklich bringen. Würde sich dadurch etwas in meiner extremen depressiven Stimmung ändern? Nein natürlich nicht. Also was soll dann die Verlängerung? Schutz vor mir selber? Brauche ich denn Schutz? Da sind wir wieder bei der Frage, nach dem Gespür für einen selbst.

Wenn ich widererwarten doch Verlängerung bekommen würde, was nicht passiert. Aber nehmen wir es einmal rein spekulativ an, dass es so wäre, dann versaue ich Gabys Urlaub. Denn am ursprünglichen Entlasstermin beginnt, ihr vierzehntägiger Urlaub. Zeit die wir gemeinsam verbringen könnten. Aber ich lasse sie wieder mal im Stich. Eigentlich sollte ich also darauf drängen, bloß nicht länger da zu bleiben. Gott, wie ich mich hasse. Alles an mir ist eine einzige Enttäuschung!

Ich habe keine Kraft mehr, all die Verzweiflung, die Traurigkeit und die Resignation auszuhalten. Ich will mich nicht umbringen, aber ich sehe diesen Weg als einzigen Ausweg, um von all dem Leid wegzukommen. Wann ist das eigene Leid so groß, dass es das Leid, dass ich anderen damit zufüge, überwiegt?

ICH WILL NICHT MEHR!

Der Tag ist da. Und wenn du denkst du hast dir schon das schlimmste ausgemalt, dann aber lernst es geht noch schlimmer. Nachdem ich erfahren habe, dass Frau Fischer und Herr Kuhe doch noch mit Frau Subotic gesprochen hatten, keimte so etwas wie ein kleiner, winziger Hoffnungsschimmer auf. Aber wie gestern schon befürchtet oder erwartet, vertraue niemandem. Mal wieder eine Enttäuschung erlebt.

Noch vor der Visite gab es noch das Gespräch zwischen Oberärztin, Gaby und mir. Schon da kam der Aufenthalt zum Sprechen und sie blieb bei ihren drei Wochen. So wäre es ja vereinbart, und eine Verlängerung käme ja einem Scheitern der Therapie gleich. Ich hielt es in dem Zimmer mit ihr nicht mehr aus, bin raus gestürmt, die Tränen flossen.

Tja, wer hat die drei Wochen festgelegt? Sie, ohne Absprache mit mir. Ist halt so, fertig! Wenn andere immer besser wissen, was für einen gut ist. Und warum kommt eine Woche Verlängerung einem Scheitern gleich? Als dann Gaby noch sagte, dass sie ab nächste Woche Urlaub hat, warf sie diese Totschlag Frage in den Raum, ob ich mich mit dem Aufenthalt bestrafen will, statt schöne Dinge mit meiner Frau zu unternehmen. Es ist doch schön, wie eine Frau mich beurteilt, die meinen Krankheitsverlauf allerhöchstens über meine Akte kennt. Vielleicht noch etwas von Frau Fischer an Informationen bekommen hat, mich aber ansonsten auf der Station zwei mal vier Minuten während der Visite sieht. Und damit maßt sie sich an, mich zu kennen und beurteilen.

Warum nimmt denn niemand mal Rücksicht, auf meine Bedürfnisse. Wenn ich was dagegen sage, bekomme ich sofort zu hören, ich habe natürlich unrecht und verhalte mich wie ein bockiges kleines Kind. Wie immer, solange ich nach der Pfeife von jemand anderem tanze ist es gut, aber wehe ich sage mal etwas dagegen, hagelt es Schuldzuweisungen. Keiner nimmt irgendeine Art von Rücksicht. Ich habe ja immer Unrecht, liege völlig falsch mit dem was ich will. Bin so undankbar. Die Anderen, meine Eltern, der Chef, Dr. Kazel, Frau Subotic, alle wissen es besser. Immer. Keine Zweifel an sich. Ich bin nur das kleine Kind, die Angestellte oder die Patientin. Woher soll ich auch wissen was richtig für mich ist.

Nie meinte einer mal „Sie haben Recht, Frau Röder, ich habe mich geirrt, wir machen das jetzt so wie sie meinten". Deswegen, schöpfe keine Hoffnung mehr, wenn dir jemand etwas verspricht. Er hält es sowieso nicht ein. Wenn ich an den heutigen Tag denke, fließen die Tränen. Der Schmerz, die Enttäuschung, die Wut. Und keine Chance sie irgendwo rauszulassen. Also lasse ich die Wut an mir aus. Meinen Selbsthass befeuern, bis er weißglühend meine Seele verbrennt. Frage mich gerade, in wie weit ich Frau Fischer noch trauen kann. Ohne sie wäre ich ja gar nicht auf die Idee gekommen, Verlängerung zu wünschen, obwohl es mir nach wie vor nicht gut geht. Was hat sie mit der Oberärztin besprochen. In der späteren Visite an diesem Tag, hatten Frau Subotic und ich uns nichts mehr zu sagen. Gleich zu Ende. Wut in mir.

Ich habe keine Lust mehr, keine Kraft mehr zum Weitermachen, zum Weiterleben. Wie oft habe ich das schon gesagt, hier geschrieben, wie oft bis es das letzte Mal sein wird. Juliane, eine Mitpatientin meinte, ich soll Rücksicht auf Gaby nehmen, auf die Jahrzehnte lange Beziehung, auf die Liebe zwischen uns, so etwas kann man doch nicht so einfach wegwerfen. Sie möchte auch nicht mit jemandem befreundet sein, der sich vielleicht bald umbringt. Habe ihr trotzdem auf Facebook eine Freundschaftsanfrage geschickt.

Frau Schlosser von der Pflege, eine ganz Resolute, möchte ein Buch das kein Ende hat, nicht lesen. Nur wenn es ein Ende hat, dann will sie es lesen. Aber GOTT VERDAMMTE SCHEISSE, keiner von euch allen sagt mir, wie ich in dieser Welt aus Verzweiflung und Traurigkeit leben soll oder kann. Hier gibt es keine Schmerzmittel, die den Schmerz lindern. Ihr sagt nur ich muss darin weiterleben, für euch, weil ihr den Schmerz des Verlustes nicht ertragt. Ihr alle verdammt mich und meine massiven, dauerhaften Suizidgedanken als reinen Egoismus.

Nach dem heutigen Tag ist das Vertrauen in einen anderen Menschen noch weiter geschwunden. Lass wirklich N I E M A N D E N an dich heran. Sie werden dich nur enttäuschen und verletzten. Ja natürlich haue ich da einen Rundumschlag heraus. Treffe mit Sicherheit auch Freunde, die es wirklich nicht verdient haben. Aber darf ich nicht auch mal wütend auf die ganze scheiß Welt sein?

Ich hasse mich, mein Aussehen, meine Psyche, alles an mir ist zum kotzen. Ich hasse es, dass ich immer nur davon rede, dass ich nicht mehr kann, aber nichts dagegen tue. Ich hasse meine Feigheit, diesen Mut aufzubringen um selbst Hand an sich zu legen. Dies was jeden Tag unzählige verzweifelte, für mich mutige Menschen tun, über ihr Leben zu selbst zu bestimmen und es auf eigenen Wunsch beenden.

Gerade laufe ich blindlings auf den Abgrund zu, sehe den Rand nicht, will ihn nicht sehen. Aber wie immer werde ich rechtzeitig stoppen. Entweder dann den Schmerz aushalten oder mich bei Frau Fischer melden. Du bist ein riesengroßer Feigling! Ein Grund mehr dich zu hassen.

Es wird ein Spaß, wenn das Buch mal wirklich veröffentlicht ist, was die Leute dazu sagen werden. Heute Abend hat Frau Schlosser die Zeilen von gestern und heute gelesen und doch einiges „anders gesehen". Vor allem das mit dem allein gelassen werden, hat ihr doch etwas aufgestoßen. Hat es wohl als Kritik an der Pflege gesehen. Liebe Frau Schlosser, natürlich war immer jemand von der Pflege da, ich war äußerlich nie alleine. Ihr wartet, im Gegensatz zu den nie anwesenden Ärzten und Therapeuten, immer für mich da. Aber meine innere Einsamkeit, an meine Verzweiflung, da seid ihr nicht heran gekommen. Ihr habt die Symptome gelindert, habt mir viele Male zugehört, aber trotzdem fühlte ich die schwere Einsamkeit. Sobald die Tür zum Patientenzimmer wieder geschlossen war, kam sie mit Macht zurück. Nach diesem ganzen Tag, ist die Wut verbraucht, die Tränen getrocknet, zurück bleibt das Gefühl der endlosen Resignation. Erinnern sich noch an das Gedicht mit der Resignation und der

Verzweiflung. Heute ist die Resignation so übermächtig, mir ist es innerlich so kalt, ich möchte, dass der Schmerz für immer aufhört.

Momentan ist die Planung wieder sehr konkret geworden. Nicht dieses verschwommene „irgendwann mal", sondern eher ein, warum nicht jetzt. Im Einkaufskorb von Amazon liegt immer noch seit Frühjahr, die Flasche Helium. Wie riecht Helium. Ist es geruchslos? Jaja, je nachdem wer diese Zeilen in nächster Zeit liest, könnte sich Sorgen machen. Um mich, welch ein Witz. Ich kichere leise vor mich hin, kann fast nicht damit aufhören. Wer sollte sich Sorgen machen, Gaby, die Freunde, die klinische Seite? Natürlich tun das Alle, und das was ich hinterlasse wird großer Schmerz sein. Aber geht einfach weg, lasst mich doch in Ruhe. Verschwindet einfach. Ich will es auch. Einfach nicht mehr aufwachen und verschwinden.

WOW, das klingt ziemlich heftig, wenn man die Zeilen noch einmal durchliest. Aber vielleicht ist es auch nur die Worte des kleinen inneren wütenden Kindes, das so seine Wut herausschreit, weil es seinem distanzierten Beschützer entwischt ist. Aber ich würde für die Handlungen dieses kleinen wütenden Kindes meine Hand nicht ins Feuer legen!

Ok, wie kriege ich nach all dem Fragen nach Vertrauen und den Erfahrungen der Enttäuschungen wieder die Kurve zum höchstgelegenen Footballspiel bzw. Scrimmage das in Europa gespielt wurde?

Es klingt nach all den vergangenen Tagen so profan. Auf jeden Fall erhielten wir die Einladung und sagten sofort zu. Dieses Mal waren nur die fünfzehn Spielerinnen, der Karlsruher Beastie Girls mit dabei. Um fünf, wirklich fünf(!) Uhr morgens holte uns der Bus ab. Am späten Vormittag erreichten wir den Wintersportort Films. Schon beim Aussteigen und erst recht beim Einsteigen in die Gondeln fielen wir auf wie bunte Hunde. Während alle mit ihren Skianzügen und ihren Skis herumstanden, hatte jeder von uns seine Sporttasche und das Shoulderpad und seinen Helm in der Hand. Wir wurden angeschaut, als wären wir irgendwelche Aliens die zu Besuch in Flims waren und nicht wussten, was man dort eigentlich trägt und macht.

Auf der Zwischenstation war unsere Gondelfahrt zu Ende. Zum ersten Mal sahen wir das hergerichtete Spielfeld. Eine platt gewalzte Schneefläche. Die Linien mit orangener Sprühfarbe auf die weiße Fläche gesprüht. Als wir so Spielfeld betrachteten kribbelte es schon ganz gewaltig in uns. Endlich loslegen. Es gibt nichts schöneres, als nach langem Training endlich wieder das Spieltrikot überzustreifen und sich mit der gegnerischen Mannschaft zu messen. Komfort vor und nach dem Spiel erwartete uns keiner. Endlich spielen, war die einzige Prämisse. In einem kalten Schuppen für die Planierraupen mussten wir uns umziehen. Das bedeutete für hinterher natürlich auch, keine warme Dusche oder andere Annehmlichkeiten. Aber das war uns vor dem Spiel sowas von egal. Hauptsache endlich wieder spielen. Alles andere war sekundär. Die Veranstaltung war sehr gut organisiert. Es gab sogar einen Sprecher, der den Zuschauern während des Spieles ein paar Infos über das Spielprinzip und solche Sachen zukommen ließ. Vor dem Spiel gab es sogar einen Einlauf bei dem jede einzelne Spielerin und die Coaches vorgestellt wurden. Ein tolles Gefühl seinen Namen zu hören und dabei auf das Spielfeld zu laufen.

Dann ging es endlich zur Sache. Ergebnis vorne weg, es wurde ein Unentschieden mit dem beiden Teams zufrieden sein konnten. Da wir so wenige Spielerinnen waren und von den fünfzehn auch einige noch recht unerfahrenen, hieß das für den Rest von uns den sogenannten Iron Football. Also permanent auf dem Platz stehen, Offense und Defense zu spielen. Keine Verschnaufpause. Eine ganze Stunde lang. Klingt nicht viel? Dann probieren sie es mal aus. Vor allem wenn die Spieluhr immer wieder stoppt. Dann werden schnell aus einer Stunde anderthalb Stunden oder mehr. Und das auf Schnee.

Am Anfang war der Schnee noch schön hart, man konnte gut darauf laufen. Aber mit zunehmenden Spiel und der mittäglichen Sonne wurde der Schnee immer weicher und weicher. Zum Schluss sank man mit den Schuhen bis zu den Knöchel ein. Und dann legen sie mal einen Spurt hin um eine Gegenspielerin zu stoppen, oder Raumgewinn zu erzielen. Es wurde körperlich extrem anstrengend. Jeder Schritt wurde mehr und mehr zur Qual. Wir alle mussten unsere Kraftreserven bis auf Äußerste in Anspruch nehmen, um einen Schritt vor den anderen zu machen. Der Schwung des Spieles wurde gegen Ende des Spieles doch ziemlich gebremst. Aber egal, Zähne zusammenbeißen und weitermachen. Wenn man so im Geschehen drinnen ist, merkt man die körperliche Qual so gut wie gar nicht. Ist zur sehr fokussiert auf all das was auf dem Platz passiert. Seine Aufgabe erfüllen. Nach der Führung durch die Züricherinnen mussten wir unbedingt den Ausgleich erzielen und wir schafften es dann durch den Lauf auch noch. Zum Schluss wollte jedes Team eigentlich nur nicht mehr verlieren. Die Konzentration lag die meiste Zeit auf der Verteidigung. Leider gab es neben dem vielen positiven auch ein negatives Highlight, eine Züricherin verletzte sich so schwer, dass sie mit dem Hubschrauber abgeholt und ins Tal geflogen werden musste. Aber nach unseren Informationen, hat sie die Verletzung gut überstanden. Dann endlich hatte der Schiedsrichter, die gleichen wie damals in Winterthur und genauso „unparteiisch" wie beim letzten Spiel, ein Einsehen und pfiff das Spiel ab. Aber egal wie sie gepfiffen haben, es war ein klasse Match, dass jedem eine Menge Spaß gemacht hat. Nach dem obligatorischen Abklatschen nachdem Spiel, fiel die Anspannung ab und mit einem Mal wurden die Füße dermaßen schwer. Ich stand am Spielfeldrand und wusste beim besten Willen nicht mehr, wie ich die vielleicht einhundert Schritte bis zur Umkleide schaffen sollte. Meine Beine versagten mir einfach den Dienst. „Nö, habe keine Kraft mehr, bin total fertig" „Such dir doch ein anderes Körperteil, dass dich bis dort drüben trägt. Uns hast du lange genug gequält". Nur mit Mühe konnte ich meine beiden Füße bewegen, sich endlich in Bewegung zu setzen. Es wurde zu einer echten Tortur, die paar Meter zu laufen. Keine Kraft mehr, Beine wie Pudding. Welche eine Erleichterung, endlich sitzen zu dürfen, die Beine zu entlasten. Mir war völlig egal, dass keine Dusche vorhanden war. Ich war zu diesem Zeitpunkt nur noch platt und müde. Selbst zum Duschen. Das war wirklich das körperlich anspruchsvollste Spiel meiner Fotoballkarriere. Erst eine kleine gefühlte Ewigkeit später waren meine Beine wieder bereit sich in Bewegung zu setzen. Haben dort oben an einer Schneebar noch etwas getrunken. Der Preis für dieses Getränk war fast so hoch, wie wir über dem Meeresspiegel waren. Zur

Strafe ließen wir die Gläser mitgehen. Also bei dem Preis, musste das Glas definitiv inklusive sein. Erst nach der Abfahrt und wieder im Bus auf der Heimfahrt erwachten die Lebensgeister von uns allen wieder. Zum Glück hatten wir vorgesorgt und einiges mitgebracht. Ein bisschen Essen, aber auch einiges an Alkohol. Eine ganze Batterie dieser kleinen Fläschchen mit dem billigen, süßen Likör und einiges an Bier. Noch beim losfahren wurde richtig gefeiert, aber noch einer gewissen Zeit machte sich die sehr starke körperliche Belastung bemerkbar. Immer ruhiger wurde es im Bus, bis dann die meisten in einen Schlaf verfielen. Nach diesen drei Freundschaftsspielen, die sehr gut verlaufenen waren, war den Verantwortlichen des Teams, also dem Coach und mir als Mannschaftskapitän und Spielführerin klar, dass etwas passieren musste. Wir wollten, nein eigentlich mussten wir, den nächsten Schritt hinbekommen, endlich einen regelmäßigen Spielbetrieb aufzubauen.

Ich schotte mich ab. Baue Mauer um mich wieder auf. Massive Mauern, aus Stahlbeton, Keinen Holzzaun. Nur um keinen Schmerz an mich heran lassen. Alles verriegeln. Keine Nähe zulassen. Keiner soll auch nur in meine Nähe kommen. Nähe bedeutet unter Umständen Hilfsangebote, Zuwendung. Nach diesen zwei letzten Tagen sind das Dinge die ich nicht fühlen will. Ertrage sie nicht, aber gleichzeitig sehne mich danach.

Ich wehre mich dagegen. Denn wenn ich sie an mich heran lasse, bedeutet das Fühlen müssen. Schmerz und Verzweiflung spüren. Das Tränen unweigerlich fließen werden. Und das will ich einfach nicht mehr. Will den Schmerz im Kopf nicht mehr fühlen müssen. Nähe zur Pflege, aber auch Gaby ist unerträglich. Ich brauche den Stahlbeton um nicht zu verzweifeln. Würde am liebsten der Welt den Stinkefinger zeigen. Aber zu sehen würden ihn nur die Leute bekommen die mich mögen, mir Hilfe oder Nähe anbieten würden. Diejenigen, für die der Stinkefinger gedacht ist würden ihn nicht sehen, oder er wäre ihnen egal.

Frau Untermüller wollte eigentlich um halb sieben auf ein Gespräch vorbei kommen. Nun verschiebt es sich um eine halbe

Stunde. Obwohl ich weiß, dass sie gute Gründe hat schmerzt es mich. Der Verstand versucht dem kleinen traurigen und sehr wütenden Kind klar zu machen, dass dies kein Liebesentzug ist. Aber der Verstand ist zu nüchtern, das kleine Kind versteht einfach nicht die Sprache, mit dem der logische Verstand gerade versucht ihr die Gründe zu erklären. Sie sind so nüchtern, ohne Emotion

Keine Nähe zulassen.

Drei Tage sind seither vergangen. Morgen ist wieder Visite. Immer noch der innere Kampf um Verlängerung oder nicht. Eigentlich will ich ihn, tue auch alles um sie zu bekommen. Habe einen Brief an die Oberärztin geschrieben um in der morgigen Visite... tja was? Ihn ihr vorlege, weil ich zu viel Angst habe mein Anliegen mündlich zu vorzulegen? Oder benutze ich ihn nur als Gedächtnisstütze und bin erwachsen genug und trage mein Anliegen mündlich vor. Aber egal wie, es wird nichts an der Tatsache ändern, dass ich nächste Woche Dienstag entlassen werde. Ja klar, sie können mich eine absolute Schwarzmalerin nennen, aber im Endeffekt, ohne Einbildung, kann ich die Leute, auch eine Oberärztin, gut genug einschätzen. Und meine Einschätzung sagt ganz klar, sie wird morgen Nein sagen. Nun ist nur die Frage welche Person wird morgen in der Visite sitzen. Der distanzierte Beschützer, der allen den Stinkefinger zeigt und so tut als wäre ihm jede Entscheidung völlig egal und drastisch gesagt „Vertraue niemanden, du wirst eh nur verletzt und alle sind nur Ar...löcher". Dann ist zumindest äußerlich nichts vom inneren Schmerz erkennbar. Schließe ihn tief in mir ein. Sorry für diese Ausdrucksweise und die Ungerechtigkeit, die in diesen Worten mitschwingt. Ich schlage um mich, treffe dabei mehr Menschen die mir helfen wollen und auf meiner Seite stehen. Natürlich gibt es auch noch die Andere Stimme im Kopf, der gesunde Anteil, der dagegen interveniert und verhindert, dass der distanzierte Beschützer im wahren Leben alles kaputt schlägt, was mir lieb und teuer ist.

Oder sitzt morgen das kleine traurige Kind in der Visite. Dann wird es schmerzhafter, emotionaler. Es kommt mit dieser Zurückweisung nicht klar, fühlt sich nicht geliebt, ausgestoßen und zurückgesetzt.

Dann werden wie beim gescheiterten Paargespräch die Tränen fließen. Aber es kann auch sein, dass Morgen dann mehr als nur Tränen fließen. Wenn die Enttäuschung und die Verzweiflung Hand in Hand gehen kann die Klinge zum Einsatz kommen. Ich habe eine solche Angst vor dieser morgigen Visite. Schreien vor Verzweiflung könnte ich. Am liebsten mich in Luft auflösen, oder so weit als möglich fliehen, nur um irgendwie dem Konflikt zu entkommen. Aber es gibt dieses Entkommen nicht. Ich muss da durch.

Habe sogar Frau Fischer angeschrieben um sie um Rat, Hilfe, Unterstützung gebeten. Oder was weiß ich zu bekommen. Sie wollte sich am späten Nachmittag melden. In der Zwischenzeit ist halb Sieben abends. Und sie hat sich nicht gemeldet. Bin ich froh oder enttäuscht darüber. Auch hier die gleiche Gespaltenheit. Der distanzierte Beschützer „Na, ist doch klar. Auch ihr kannst du nicht vertrauen, wusste ich es doch", der kleine Anteil des gesunden Erwachsen meint „Sie wird mich schon nicht vergessen, sie hat sich bisher immer um mich gekümmert, ihr kannst du vertrauen"

Momentan ist jedoch leider der distanzierte Beschützer sehr mächtig. Mach die Mauern zu, verriegele alles. Lass niemand ran. Ansonsten bedeutet das nur Schmerz.

Der alles entscheidende Tag ist da. Wobei, mein Gefühl sagt mir ja die ganze Zeit, dass alles schon entschieden ist. Die Bewegungs- und Ergotherapie waren Stationen vorher, aber mit den Gedanken war ich schon in diesem Arztzimmer beim Gespräch. Habe mich auch von beiden Therapeutinnen verabschiedet.

Ich sitze in der Reihe und warte darauf, dass ich dran bin und die Tür aufgeht. Endlich dieser Moment kommt, vor dem ich die ganze Zeit solche Angst hatte. Frau Untermüller versucht mich, als ich verängstigt vor dem Zimmer sitze, zu unterstützen, mir Kraft zu geben. Das es gut ist, meine Bedürfnisse zu äußern. Egal was dabei herauskommt, allein das Dahinterstehen oder das Einstehen für meine Bedürfnisse sei schon ein Erfolg. Ist es wirklich ein Erfolg, wenn ich sage, was ich möchte und wieder mal ein Nein zu hören bekomme? Für mich klingt das zu sehr nach Niederlage, nach Schmerz. Die Tür geht auf, werde aufgerufen. Drinnen sitzt neben Frau Subotic auch noch Frau Schlosser, eine Schwester, von der ich nach einem Gespräch den Eindruck habe, dass sie keine Befürworterin meiner Verlängerung ist. Eigentlich jemand der gar kein Befürworterin von mir ist. Also, doppelte Ablehnung im Zimmer. Habe mich bei Frau Subotic für mein Verhalten, bei dem gescheiterten Paargespräch entschuldigt. Dann verließ mich aber der Mut, und ich wollte ihr einfach den Brief geben, damit sie ihn liest. Aber sie wollte das nicht. Therapeutische Herausforderung nennt man so etwas. Also habe ich mit Gestammel, Zögern und viel Angst meine Argumente für die gewünschte Verlängerung vorgetragen. War so nervös, dass ich teilweise sogar vergessen habe, welche Argumente ich aufgeschrieben habe. Und dann kam die Überraschung.

Weil meine Gründe nachvollziehbar seien und ich sie so gut vorgetragen habe, gewähren sie mir diese eine Woche Verlängerung. Ich war völlig perplex. Sie haben mir zugestimmt. Ich kann bleiben. Das war so völlig überraschend. Als ich aus dem Zimmer raus ging, schwebte ich auf einer Wolke der Euphorie. Eine völlig neue Erfahrung. Vor allem hier in der Klinik. War doch bisher nie bei den Entlassungen auf meine Gefühle oder Bedürfnisse eingegangen worden. Der distanzierte Beschützer war perplex, war still, hielt seine so verletzende Klappe. Der gesunde Erwachsene hatte gewonnen. Keine Beschimpfungen mehr, nein großer Dankbarkeit und Freude war da.

Diese Euphorie hielt den ganzen Tag an. War wie auf Wolke Sieben. Stunden später, kam dann auch so etwas wie ein schlechtes Gewissen Gaby gegenüber hoch, dass ich sie noch eine Woche alleine lasse und das obwohl sie Urlaub hat. Aber im Innern fühle ich es, dass es gut ist, diese Woche mehr zu haben. Mir tut vor allem der Kontakt auch mit Juliane tut. Ihre Dominanz, ihre innerliche Stärke, die auch durch ihre psychische Erkrankung zu spüren ist. Können sie sich noch daran erinnern, dass ich mir mal geschrieben habe, dass ich mir jemanden wünsche, der sich für mich einsetzt, bedingungslos, wenn *ich in Schwierigkeiten bin? Ja, hier habe ich sie gefunden. Welche Schwierigkeiten? Naja, sagen wir mal, bei einem Suizidversuch. Die zu mir(!) sagt, dass sie mir beisteht, wenn ich Hilfe brauche. Die, die jede Tür eintreten würde, wenn ich in Gefahr wäre. Sie ist verdammt ehrlich, hält mit ihrer Meinung nicht hinter dem Berg. Das aber gleichzeitig auch von ihren Freunden erwartet. Eine völlig neue Erfahrung. Ich hoffe, die Freundschaft bleibt auch nach dem Aufenthalt in der Psychiatrie so bestehen. Momentan tut sie mir und ihre Art sehr gut. Sie stärkt mein erwachsenes Ich und das ist gut. Noch habe ich Angst, dass sich die Freundschaft auflöst, vor allem wenn sie dann in die Psychosomatische Klinik für sechs Wochen geht. Wo sie neue Leute kennen lernen wird, besonders durch die intensiveren Therapien, in denen man sich als Patient deutlich näher kommt, als hier auf der Psychiatrie. Sind einfach zu viele Freundschaften schon auseinander gegangen, als der Alltag wieder zugeschlagen hat. Da erst zeigt sich, wie stabil oder tragfähig die Freundschaft sein wird.*

Ich bin aus der Klinik raus. Vier Wochen sind herum. Der Kontakt mit Juliane bleibt bestehen. Wir schreiben uns regelmäßig per WhatsApp. Sie blieb ja eine Woche länger drinnen. Habe sie auch besucht. Als sie dann entlassen wurde, hatte sie eine Woche Zeit bevor sie in die Psychosomatik ging. In dieser Woche war ich einmal bei ihr, und sie einmal bei mir. Jeder von uns fuhr einmal Straßenbahn. Vor allem für sie eine neue sehr anstrengende Erfahrung. Aber wir beiden haben es geschafft, haben die Ängste überwunden und gegenseitig besucht. Saßen beisammen und das Feeling aus der Klinik war da und es war schön. Als sie bei mir war, habe ich für sie gekocht. Sie ließ sich auf das Risiko ein, ob es ihr schmecken würde. Und es hat ihr geschmeckt.

Auch diese Woche war allgemein noch sehr schön. Mir ging es in dieser Zeit für meine Verhältnisse recht gut. Der Wunsch, oder die Hoffnung nach DER einen besten Freundin wurde stark. Naja, es gab auch gewisse Rückschläge, sie würde in einem Notfall nicht mehr meine Tür eintreten, wie sie es noch in der Klinik ankündigte. Ich wurde nach und nach mal wieder der starke Part, als sie sich bei mir einhängte und ich, soll ich sagen wie immer, die Führung übernehmen musste. Ich würde mich auch gerne mal führen lassen. Aber wie so oft, verwendet meine Umwelt meinen massigen Körper, die äußerliche Ausstrahlung von Stärke, als Rückenhalt. Die Schulter an die man sich anlehnen kann. Ohne auf das zu achten, was in meinem Inneren ist. Schwäche und Verzweiflung. Aber ich kann halt auch, diese starke Rolle problemlos spielen, wenn jemand diese Rolle verlangt. Problemlos bin ich die stählerne Jungfrau in ihrer glänzenden Rüstung, bereit Menschen in Not zu helfen. Was für ein pathetischer Sch.. Aber neunundneunzig Prozent aller Menschen in meiner Umgebung wollen, dieses Supergirl, das trotz eigener innerer Traurigkeit die anderen beschützt. In einem Comic gibt es eine Stelle wo der Held einen Witz erzählt „Kommt ein Mann zum Arzt, sagt zu ihm bin total traurig und verzweifelt, sagt der Arzt, in der Stadt ist der große Clown Tomaso. Der beginnt alle Menschen zum Lachen und Fröhlich sein, da müssen unbedingt hin, daraufhin sagt der Patient aber ich bin Tomaso" Und irgendwie fühle ich mich wie Tomaso. Mache alle glücklich nur nicht mich selbst. Ja, ok. Noch mehr Pathos. Man könnte fast über so viel Selbstmitleid kotzen.

Juliane ist nun in der psychosomatischen Klinik und mein Gefühl spielt verrückt. Sie meldet sich nicht mehr so oft, eigentlich bin ich es, die sich immer wieder meldet und sie reagiert nur sehr sparsam darauf. Meine Gefühle spielen Achterbahn. Ich bin froh, wenn sie antwortet, verfluche sie, wenn sie schweigt. Bin eifersüchtig, habe Angst sie zu verlieren. Jaja, ich weiß, dass ist es typisches Borderline Problem, dieses hassen und gleichzeitig vergöttern. Manches Mal gleichzeitig, manches Mal ganz kurz hintereinander. Schwarz und Weiß.

Habe sie auch einmal in der Klinik besucht und sie war an ihrem zweiten Wochenende in der Klinik, als sie nur Ausgang zwischen Frühstück und Abendessen hatte, Samstag und Sonntag bei uns. Stephan, ihr Freund war krank, so konnte oder wollte sie nicht nach Hause. Saßen die ganze Zeit zusammen, haben gekocht, geredet, Musik gehört oder was auch immer man sonst noch macht. War eine wirklich schöne Zeit. Jede Minute habe ich genossen. Oder Gaby und *ich haben die beiden, eine Woche später, spontan an ihrem Geburtstag zuhause besucht. Wenn sie leibhaftig vor mir steht, dass ist sie eine ganz andere Person. Ich spüre ihre Freundschaft in diesem Moment zu mir. Zum Teil auch dieses „Beste Freundin Feeling". Ich genieße diese gemeinsame Zeit, sie löst sehr positive Gefühle aus. Nein, Stopp! Nicht das was sie sich jetzt wahrscheinlich vorstellen. Es ist dieses enge Gefühl der Freundschaft, zu einer sehr guten, engen Freundin. Einer Freundin mit der man alles teilen kann, sich gegenseitig hilft. Das was ich mir unter einer hmm ich traue mich fast gar nicht mehr, dass Wort auszusprechen, besten Freundin vorstelle.*

Aber wenn sie in der Klinik ist, habe ich das Gefühl, ich störe sie. Sie will nichts mehr mit mir zu tun haben. Und diese für mich so gegensätzlichen Signale machen mich total kirre. Sie geht mit einem anderen Patienten namens Roman spazieren, redet ganz persönliche Sachen mit ihm, während ich nur so kurz angebundene Nachrichten bekomme und das auch nur wenn ich ihr zuerst schreibe. Sie reagiert nur noch, kein Agieren mehr. Anfangs gab es wenigstens noch ein Hallo am Morgen oder ein Schlaf gut am Abend, jetzt ist alles auf ein mehr oder weniger langes Ja oder Nein beschränkt. Mein Verstand versucht dagegen zu steuern, so etwas wie Vernunft beizubehalten. Ich weiß über den Verstand, dass ich anfange zu klammern. Aber der vernünftige Teil in mir, wird auf der zerstörerischen Achterbahn der Gefühle einfach mitgerissen und seine vernünftigen Worte werden vom schnellen Fahrtwind einfach davon geblasen.

Ich hasse mich für die Angst sie zu verlieren. Für die Eifersucht, nicht mehr ihre beste Freundin zu sein zu dürfen. Für die Wut dass sie sich nicht meldet. Für dieses Chaos in meinem Kopf, dass ich nicht abstellen kann. Für meine Feigheit, sie nicht auf mein Gefühlschaos anzusprechen, weil ich Angst habe sie dann für alle Zeiten zu verlieren. Ich hasse mein Chaos im Kopf dermaßen, dass ich ihn am liebsten gegen eine Wand hämmern würde. Ich hasse diese VERDAMMTE Achterbahn der Gefühle und dieses Nichtaussteigen können. Die Fahrt hört nie auf, ohne Unterbrechung immer weiter und weiter ohne irgendwo zu stoppen. FUCK!

Bundesliga, wir kommen

Eine längere Zeit, etliche Wochen, sind vergangen, bis ich jetzt wieder den Kopf oder den Willen habe, an diesen Seiten weiter zu arbeiten. American Football war das Thema. Der Ice Bowl in Flims. Danach hatte wir wirklich Lust auf mehr, auf regelmäßige Spiele gegen andere Teams. Endlich zu wissen, warum wir uns zweimal die Woche, bei jedem Wetter, selbst im Schnee und heftigen Regen auf dem Trainingsplatz trafen. Und wir bekamen die Chance auf sehr viel mehr. Ganz neue Perspektiven haben sich uns eröffnet. Leider schafften wir es nie, die erforderliche Anzahl an Spielerinnen selbst zusammen zu bekommen. Wir scheiterten immer kurz davor, die zwanzig Spielermarke zu knacken. Wir blieben einfach immer bei diesem mehr oder weniger harten Kern von zehn bis dreizehn Spielerinnen. Dann kamen und gingen immer wieder interessierte Frauen, aber naja es fehlte ihnen an der Begeisterung für diesen so tollen Sport, leider.

Keine Ahnung mehr, wie oder wer den ersten Kontakt zu den Munich Cowboys Ladies zustande kam. Vielleicht über eine der Websites, wo wir als Team im Aufbau drinnen standen. Oder über irgendwelche andere Kanäle. Auf jeden Fall er kam zustande und das war das wichtigste. Die Coaches telefonierten miteinander und der erste Kontakt wurde intensiviert. Sie hatten großes Interesse uns in ihrem Team zu integrieren. Was das bedeuten sollte, was alles auf uns zukam, dass wussten wir zu diesem Zeitpunkt noch nicht richtig. Was wahrscheinlich auch gut war. Die Vorfreude auf unserer Seite war riesengroß. Die Münchnerinnen waren ein recht erfolgreiches Team das in der Damen Bundesliga spielte. Uns packte das Fieber, endlich nicht mehr nur davon zu träumen, sondern selbst auf dem Feld gegen starke Teams zu stehen. Wer wäre da nicht aufgeregt gewesen. Vor zwei Jahren waren wir kurz vor dem Aus gestanden und nun war die Chance auf einen großen Auftritt gegeben. Bundesliga Luft zu schnuppern. Ich bin immer noch stolz ein Teil dieses Münchner Teams gewesen zu sein. Bis heute hängt mein Trikot mit der #48 in meinem

Kleiderschrank und wird in Ehren gehalten. Als Erinnerung an eine großartige sportliche Zeit.

Auf jeden Fall, nach einigen Telefonaten, luden uns die Spielerinnen der Munich Cowboys Ladies uns zu einem gemeinsamen Wochenende mit Trainingslager ein. Gaby und ich, hatten uns ja mit unserem Coach Andreas und seiner Freundin Sandra ziemlich angefreundet, so war ich als „Assistenztrainerin" oder Spielertrainerin bei diesem ersten Zusammentreffen stark mit involviert. Bei diesem ersten gemeinsamen Treffen zwischen München und Karlsruhe war Andreas nicht mit dabei. So war ich neben Spielerin, Teamsprecherin und so etwas wie ein Aushilfscoach. Früh Samstagsmorgen packten wir unsere Ausrüstung und sonstige Bekleidung ins Auto und ab ging es die ca. drei Stunden Richtung München, bzw. Starnberg. Dort war der Spielort der Munich Cowboys Ladies. Das gemeinsame Trainingslager fand auch dort statt. Zu der damaligen Zeit gab es noch keine Navigationsgeräte, oder zumindest hatten wir keines. Wir fuhren also Konvoy und wir als vorderstes Auto hatten die Wegbeschreibung zum Stadion. Und oh Wunder, wir haben es auch wirklich ohne elektronische Hilfsmittel gefunden. Also dann nichts wie umgezogen und die ersten Trainingseinheiten mit den Münchnerinnen absolviert. Wir haben relativ schnell gemerkt, dass wir, was Härte, Können beim Tackeln, auf einem sehr gutem Niveau waren. Deutlich besser als wir erwarteten, für ein Team mit so wenig Spielerfahrung. Ich kann heute privat an Andreas unserem damaligen Coach kein gutes Haar mehr lassen, aber dass was er dem Team und auch mir im Bereich Football beigebracht hat, war schon eine Leistung und dafür zolle ich ihm bis heute meinen Respekt.

Es machte einen Heidenspaß. Den ganzen Tag nur Football im Kopf. Tackeln, blocken, Kondition (was ich bis heute als einziges an diesem Sport hasse). Am Abend dann ein gemeinsames Essen bei einem Italiener in München. Über Nacht wurden wir dann auf die Wohnungen der Spielerinnen und Trainer verteilt. Wir mussten uns etwas auf die Hinterfüße stellen, damit Gaby, Sandra (als unsere beste Freundin damals) und ich in einer Wohnung unterkamen. Der Sonntag stand dann noch einmal im Zeichen der Spielzüge, damit wir ungefähr eine Ahnung bekamen, was von uns erwartet wurde. Die Münchner Coaches stellen uns auch auf die Positionen die wir in Karlsruhe schon gespielt bzw. trainiert hatten. Ich durfte auf meiner geliebten Position des Fullbacks in der Offense und ab und an auch als Linebacker in der Defense ran.

Was an Fullback so genial ist? Wie geht dieser blöde Spruch „mittendrin statt nur dabei". Man ist das Kraftpacket, das mitten durch die gegnerischen Reihen pflügt. Meist schafft man nicht viele Meter, zu viele Gegenspielerinnen sind da versammelt, aber diese paar Meter waren das Geilste was es für mich gab und gibt. Ich möchte mir keiner anderen Position auf dem Feld tauschen.

Das gemeinsame Trainingslager war ein absoluter Erfolg. Wir wurden Vereinsmitglieder der Munich Cowboys, Abteilung Damen Football. Doch für mich gab es kein Happy End. Zu dieser Zeit hatte ich zwar schon meine Vornamensänderung hinter mir, hieß also nun ganz offiziell Susanne, aber gesetzesmäßig war ich immer noch ein Mann. Und die Münchnerin, die für unsere Spielerpässe zuständig war, machte mir keine großen Hoffnungen, dass ich in meinem Zwischenstadium von Mann zu Frau, eine Spielberechtigung bekommen würde. Ich war so sehr enttäuscht darüber. Ich sah mich schon am Spielfeldrand stehen, in Straßenbekleidung, während der Rest der Beastie Girls auf dem Feld spielen durfte. Ich glaube nicht, dass ich die Fahrten mitgemacht hätte. Es hätte zu sehr geschmerzt. In dem Telefongespräch, wo sie mir die enttäuschende Botschaft verkündete, meinte sie noch, sie will alles versuchen um doch noch eine Spielberechtigung zu bekommen, aber große Hoffnung hätte sie keine. Ich verfluchte mein Leben, das mich in so eine Situation gebracht hat. Die Tage gingen ins Land, der Saisonstart rückte immer näher, die Aufregung in unserem Team wuchs, während bei mir die Enttäuschung darüber immer größer wurde.

Bis zu diesem einen Tag, als <u>der</u> Anruf aus München kam. Der Verband hat mir eine Spielberechtigung ausgestellt. Ich kann spielen. Ich hätte vor Freude Luftsprünge machen können. Hätte die Welt umarmen können. Natürlich waren auch alle vom Team erleichtert und freuten sich mit mir. Es konnte losgehen.

Das erste Spiel war in Rüsselsheim, gegen die Damen der Razorbacks. Dies war noch die kürzeste Fahrt für uns alle. Der Bus der Münchnerinnen holte uns in Karlsruhe ab und weiter ging die Fahrt bis Rüsselsheim. Umziehen, die Vorbereitung in der Kabine, wenn die Anspannung steigt, ein berauschendes Gefühl. Und für alle Zeiten wird mich Bon Jovi's „It's my life" an diese geile Zeit erinnern. Vor jedem Spiel lief dieses Lied in voller Lautstärke in der Kabine.

Raus aufs Feld, die Passkontrolle, das Laufen durch das Spalier der eigenen Mitspielerinnen, die lauten Anfeuerungsrufe, Gänsehaut pur. Das Spiel war eine relativ eindeutige Sache für uns. Wir gewannen am Ende doch deutlicher als gedacht. Gaby war so aufgeregt und wollte ihren Einsatz nicht verpassen, dass sie fast drei Stunden lang ihren Helm aufbehielt und dadurch beinahe einen Hitzeschlag bekam. Ich war dann auch noch Punter und Kicker für das Team. Noch nie gemacht, aber ich habe es hin bekommen. In dieser Eigenschaft habe ich, zumindest hatte man mir das damals gesagt, den ersten erfolgreichen PAT, Point after Touchdown, für das Team erzielt. Sie fragen sich was genau denn ein PAT ist.... Nun, für die, die sich mit Football nicht so auskennen, nach jedem Touchdown, wenn der Ball in der gegnerischen Endzone gelandet ist, hatte das Team noch die Chance einen Zusatzpunkt zu erzielen, wenn sie es schafft, das Football-Ei über die Querstange und zwischen die beiden senkrechten Stangen zu kicken. Das ergibt dann denn sogenannten Punkt nachdem Touchdown. Und ich habe den allerersten erfolgreichen Punkt erzielt. Stolz ja klar, das bin ich bis heute. Aber noch besser gefiel mir, eine Situation als Fullback, als ich eine Spielerin der Razorbacks glatt überlaufen habe und sie auf den Rücken fiel. Sie musste anschließend vom Feld getragen werden. Ok, das klingt brutal, ist es ja zum Teil auch. Aber das gehört zum Spiel und irgendwie macht es einen auch stolz, dass man härter als seine Gegenspielerin war und es gezeigt hat, wer den härteren Schädel hat. Ich hatte es ja schon geschrieben, dass Football kein Kontaktsport war sondern ein Kollisionssport ist. Und meine Gegenspielerin hat bei dieser Kollision den Kürzeren gezogen. Sie war natürlich nicht schwer verletzt, nur etwas benommen, aber so erwirbt man sich Respekt beim Gegner. Das ging aber nicht nur mir so, dass geht wohl jedem Spieler oder Spielerin so. Wenn der der Gegner Respekt vor einem hat dann zögert er vielleicht beim nächsten Mal etwas, gibt nicht mehr einhundert Prozent und das eigene Team kann mehr Raumgewinn erzielen.

Das alles klingt natürlich sehr brachial, aber das ist es nicht. Es ist ein Teil dieser faszinierenden Sportart, aber nur ein sehr kleiner. Das wirklich geile an diesem Sport ist dieses, als Einheit funktionieren zu müssen. Jeder der elf Spieler(innen) die auf dem Feld stehen hat eine Aufgabe, die erfüllt werden muss. Egal ob in der Offensive oder der Verteidigung. Nur wenn alle genau das tun, was von ihnen gefordert ist dann hat das Team Erfolg. Und durch diese enge Zusammenarbeit wird eine tolle Kameradschaft gebildet. Eine die man wohl sehr selten in einer anderen Sportart findet. Ok, ich gebe es ja zu, dass ich da nicht objektiv bin. Für mich wird Football wohl immer der beste Mannschaftssport der Welt bleiben.

Die nächsten Wochen in der laufenden Saison, wurden dann zu einer ziemlichen anstrengenden Fresserei von Autobahnkilometern. Selbst zu den „Heimspielen" mussten wir ja bis München fahren. Wir spielten auch in Köln, bei den Cologne Crocodile Ladies. Es war ein wirklich fast lustiges Spiel. Dieses Mal musste ich in der dezimierten Offenseline aushelfen. Meine Gegenspielerin wollte mir wohl auch etwas Respekt beibringen, zeigen wer die Härtere ist, oder mich einschüchtern. Beim fast jedem Spielzug hämmerte sie ihren Helm gegen meinen. Sie wollte halt zeigen wie tough sie ist. Leider klappte es nicht, ich stand nur da, habe sie geblockt und ausgelacht. Da war ich vom Training in Karlsruhe bei weitem schlimmeres gewöhnt. Den härtesten Schädel von uns Karlsruherinnen hatte Gaby. Ein schlecht sitzender Helm hinderte sie nicht daran, einem eine mit dem Helm mitzugeben. Nicht umsonst bekam Gaby irgendwann vom Team den Spitznamen „Ironhead".

Auch wenn es jetzt arrogant herüber kommt, es gibt noch etwas worauf ich sehr stolz bin. Das Spiel gegen die Noris Rams aus Nürnberg. Das erste war ein sehr gelungener Block für unseren Quarterback, als sie los lief und eine Gegenspielerin sie jagte um sie im Backfield zu sacken. Kurz davor sie zu tackeln. Ich bemerkte, dass unser Quarterback in Schwierigkeiten steckte. Also machte ich kehrt und versuchte zu verhindern, dass die Gegenspielerin zum Tackle kam. Mit vollem Schwung, kam ich von der Seite angerannt. Sie sah mich nicht kommen, war zu sehr auf den Tackle fokussiert und dann blockte ich sie zur Seite weg. Völlig unvorbereitet flog sie fast horizontal übers Spielfeld. Unser Quarterback war sicher und konnte den Spielzug zu Ende laufen. Das klingt wieder so hart. Aber ich kann ihnen nur versichern, dass es von außen viel härter aussieht als es ist. Durch die Ausrüstung und die ganzen Polster wird vieles aufgefangen. Wenn sie mal einen Footballspieler sehen, oder einen kennen, fragen sie ihn mal wie es sich anfühlt getackelt zu werden oder selbst zu tackeln. Sie werden dann ein begeistertes Glitzern in den Augen des Spielers oder Spielerin bemerken. Deswegen macht der Sport so viel Spaß.

Aber mal wieder abgeschweift, dass eigentliche, auf das ich so stolz bin, ist die Tatsache, dass ich die einzige Karlsruher Footballspielerin bin, die es geschafft hat, in der Damenbundesliga einen Touchdown zu erzielen. Oder zumindest die Allererste. Leider blieb es auch bei diesem einen. Plus der Tatsache, dass ich wahrscheinlich die erste (und vielleicht einzige) Transsexuelle war oder bin, die in der Bundesliga einen Touchdown erzielt hat. Leider waren es auch die einzigen Punkte gegen die Nürnbergerinnen. Wir verloren das Spiel gegen eine überlegene Nürnberger Mannschaft. Eine Mannschaft, die lange Zeit im Süden das Maß aller Dinge war und gegen die Münchnerinnen ungeschlagen blieb. Erst im Rückspiel im Münchner Dantestadion passierte dann die kleine Sensation und München besiegt die Nürnbergerinnen in einem knappen denkwürdigen Spiel. Und wir waren dabei, standen mit auf dem Feld. Kämpften alle bis zum Umfallen, um diesen Sieg möglich zu machen.

Nachdem diesem unserem ersten Spiel in Nürnberg, gab es dann noch leider auch einige unschöne Anfeindungen von Seiten der Damen aus Nürnberg. Natürlich bezog sich dies auf meine Transsexualität, die angebliche körperliche Überlegenheit und ein paar Vorwürfe, die im wahrsten Sinne unter der Gürtellinie waren

Fünf Wochen nach meiner letzten Entlassung bin ich wieder in der Psychiatrie gelandet. Wieder mal intensive Suizidgedanken. War schon am Berechnen, wie viel Helium ich für meinen Suizid benötige. Ob mir ein Liter genügt, oder doch lieber die 1,8 Literflasche nehmen soll. Denn in vielen Bewertungen hieß es, dass die Flaschen des Öfteren nicht vollständig gefüllt wären. Den Rest gaben mir dann die terroristischen Anschläge in Paris, wo fast zweihundert Menschen starben. Ich konnte mich von all diesem Schmerz der Menschen, die dort getötet oder verletzt wurden, all dieser Trauer der Hinterbliebenen nicht mehr distanzieren. Ich stellte mir immer wieder vor, wie es ist, von einer Bombe zerfetzt zu werden. Von einem Maschinengewehr getroffen zu werden. Und dazu kamen die Gedanken, was für einen Schmerz, welche Verzweiflung fühlen die Menschen, die jemanden verloren haben, denn sie geliebt haben. Den sie noch wenigen Stunden zuvor liebevoll verabschiedet haben und nun für immer weg, TOT ist. Die Empathie ließ mich ihren Schmerz ganz ungefiltert spüren, so als ob es mein eigener wäre. Erlebte all diesen Schmerz, als ob ich mittendrin gewesen wäre, ohne jede Chance mich davon distanzieren zu können.

Ich will in so einer gewalttätigen Welt nicht mehr leben. In einer Welt wo brutale Gewalt herrscht. Das ertrage ich einfach nicht mehr. Gaby meinte in einem Satz „Ich würde die ganze Last der Welt auf meinen Schultern tragen" und sie hat damit irgendwie Recht. Ich schaffe es einfach nicht, mich von diesem Schmerz abzugrenzen. Er trifft mit voller Gewalt. Ich ertrage dies nicht mehr. Als ich dies dann Frau Fischer, meiner Therapeutin schrieb, hat sie mir einen Platz „gebucht" in der Psychiatrie

Ich will fliehen
davon rennen, so weit als möglich
ich halte es nicht mehr aus
weg von Zuhause
weg von der Klinik
und vor allem weg von mir
je weiter desto besser

ich ertrage das Leben nicht mehr
ich ertrage die grausame Welt nicht mehr
und vor allem
ich ertrage mich nicht mehr
Irgendwo, in einem dunklen Loch
sich verkriechen
Aber egal, wohin ich mich wende
ich bin immer mit an diesem Ort
kein Entkommen vor mir selbst
Es soll endlich Schluss sein
Keine Verzweiflung, keine Traurigkeit mehr
Ruhe und Frieden das suche ich
und kann sie doch nie finden

Ich muss gerade über den vorletzten Satz dieses Gedichtes lachen. Ruhe und Frieden. Klingt fast wie ein Spruch auf einem Grabstein „Ruhe in Frieden". Wenn das nicht passend ist. Finden sie das nicht amüsant?

Gerade habe ich diese Sicherheit oder die Gewissheit den Suizid irgendwann tun zu können. Eine innere Klarheit. Weniger Angst davor. Eine Ausweg gefunden zu haben. Und nun, was tun mit dieser Aussage? Schweigen und in Ruhe auf den richtigen Zeitpunkt zu warten, oder sich gegen diese Gedanken wehren. Jemandem davon erzählen? Wem? Derzeit fühle ich mich so alleine, alleine gelassen von allen. Selbst die Pflege hier auf Station hält Abstand, lässt mich unbeachtet liegen. Sie haben die HK, die häufige Kontaktaufnahme gestrichen. Ich müsste also selbst vor ins Pflegezimmer und ihnen davon erzählen. Aber ich habe gerade das Gefühl, dass es eigentlich irgendwie niemanden interessiert. Also lasse ich es wohl. Ja, ich weiß im Kopf, dass es ungerecht gegenüber denen ist, die mir tagtäglich helfen und unterstützen. Aber diese Stimme hat hier gerade nichts zu sagen. Also wohin mit diesen Gedanken? Wie immer, in meinem Kopf, wo dann der Kampf unaufhörlich tobt

In dieser Saison waren wir so erfolgreich, dass wir uns, als zweiter der Gruppe Süd für die Playoffs qualifizierten. Es kam zum Halbfinale gegen die Damen der Berlin Adler. Wir mussten nach Berlin.

Sonntagabend, Klinik. Wut, Enttäuschung, Selbsthass am oberen Anschlag. Sonja hat mich versetzt, natürlich nicht grundlos. Wie immer gibt es eine gute nachvollziehbare Erklärung dafür. Sie ist krank. Und trotzdem bin ich wahnsinnig enttäuscht. Vielleicht, weil sie es auch erst eine Viertelstunde nach dem vereinbarten Zeitpunkt geschrieben hatte. Sie wollte mir eigentlich vom Thailänder Essen mitbringen. Da ich mein Klinik Abendessen ohne anzurühren weggestellt hatte, gab es mit einem Schlag kein Abendessen mehr. Naja, ist ja nicht so, dass ich vom Fleisch falle, aber die Enttäuschung nagt sehr stark an mir. Vertraue niemand, sie tun dir nur weh. Würde am liebsten alle schreiben, schreien „IHR KÖNNT MICH ALLE AM ARSCH LECKEN"!

Sorry für diese drastischen Worte, aber so fühlt ein Teil von mir gerade. Diese unkontrollierte Wut, die am liebsten alles zerstören würde. Sie ist wie ein tollwütiger Hund, den ich mit aller Gewalt an der Leine halte. Zum Glück sind diese Gedanken nur ein Teil meiner Gedanken. Ein sehr lauter, aber oder nur ein Teil davon.

Würde am liebsten allen die Freundschaft kündigen, nur um zehn Minuten später in tiefster Verzweiflung zu versinken und alle um Verzeihung bitten. Diese emotionale Achterbahn nimmt rasant an Fahrt auf und ich muss mit meinem Verstand extrem aufpassen, dass meine momentane starke Borderline Störung nicht die Oberhand gewinnt und ich Freundschaften zerschlage, wie eine übergroße, fette Susanne im Porzellanladen. Aber es gab noch einen kleinen Hoffnungsfunken von der Welt. Ich saß mit meiner Wut, meiner Verzweiflung im Zimmer und Frau Rot kam überraschenderweise ins Zimmer und fragte mich nach meinem Gemütszustand. Konnte meine Tränen nicht zurückhalten und erzählte ihr vieles, obwohl sie nicht zu den Pflegekräften gehört, die mein Vertrauen haben. Berichtete von meiner Wut, meiner Verzweiflung, meiner emotionalen Achterbahnfahrt. Auch das ich nichts zu essen bekommen habe. Sie hat sogar noch versucht, mir noch ein übrig gebliebenes Mittagessen zu geben. Aber in der Phase wollte oder konnte ich das schon nicht mehr annehmen. Zu viel Nähe. Nur eine Tavor nahm ich noch an. Ich bin gerade sehr instabil in meiner Psyche

Halbfinale Berlin. Die meisten von uns waren schon freitags nach München vorgefahren um von dort aus am Samstag im Münchner Bus mitzufahren. Ich musste da leider noch was Berufliches erledigen. Deswegen bin ich am Samstagmorgen auf die Autobahn, bis über Frankfurt raus und dann quer durch Deutschland Richtung Osten bis ich auf die A9 gestoßen bin, und den vereinbarten Treffpunkt irgendwo zwischen München und Berlin erreichte. Dort sammelte mich der Bus auf und die Fahrt zum Halbfinale ging weiter. Am frühen Abend erreichten wir unser Hotel in Berlin.

Für mich ist es das bisher erste und einzige Mal, wo ich die Hauptstadt besuchte. Teilte mein Zimmer mit Elke. Gaby musste leider zuhause bleiben und auf unsere Kiddies aufpassen. Nein nicht unsere Kinder, unsere Katzen waren damit gemeint. Sie fand leider keinen Catsitter für die Beiden und musste deshalb auf die Fahrt und das Spiel verzichten. War schwer für mich, da der große Rückenhalt wegfiel. Nachdem Abendessen bin ich noch mit einigen Münchner Spielerinnen durch Berlin gezogen. Mit einem regulären Doppeldecker-Linienbus haben wir einige der Sehenswürdigkeiten erfahren. Das Brandenburger Tor, der Reichstag waren mit dabei. U-Bahn sind wir auch noch gefahren. Allzu lange konnten wir aber nicht unterwegs sein. Mussten frisch und ausgeruht sein für das morgige Spiel. Sonntagmorgen ging es dann ins Stadion. Ein richtiges Stadion, keine Spielfeld, wo außen ein paar wenige betonierten bzw. gepflasterte Reihen sind, wie wir es bisher immer hatten. Nein ein Stadion mit rundum laufenden Tribünen. Fassungsvermögen mindestens für zwanzig bis fünfundzwanzigtausend Leute. Natürlich waren so viele Zuschauer nicht da. Frauen Football ist noch mehr Randsport einer ohnehin Randsportart, trotz der immer größeren Berichterstattung im Fernsehen. Aber es war wirklich toll, dort einzulaufen. Wann hat man schon mal die Chance in so einem Stadion zu spielen. Ich nie mehr. Also versuchten wir unser bestes die Berliner Damen und besonders ihren wieselflinken Runningback zu stoppen. Was uns leider nicht gelang. Wir schafften es die ganze Zeit nicht den Angriff der Berlinerinnen zu stoppen, so dass wir eine deutliche Niederlage einstecken mussten. Aus der Traum vom Finale. Das Erreichen des Halbfinales war mein sportlich erfolgreichstes Ergebnis. Es war für eine lange Zeit das letzte Mal, dass ich Damen Bundesliga gespielt habe. Durch einen neuen Job musste ich montags fit sein. Und die langen Fahrten quer durch Deutschland steckte ich einfach nicht mehr so gut weg. Vor dem neuen Job waren die Montage noch nicht so stressig, wie sie ab dem Jahr 2000 wurden. Davor konnte man sich montags noch in Ruhe von den langen Autobahnfahrten erholen. Schade ist es nur, dass diese eine Saison für die meisten die einzige war in der sie Bundesligaluft schnuppern durften. Wären wir nur ein Jahr länger dabei geblieben, wären wir mit München zusammen deutscher Meister geworden. Daisy, machte diese nachfolgende Saison im Münchner Trikot noch mit und ist damit die einzige Karlsruher Spielerin, die deutsche Meisterin im Damen Football geworden ist. In vielem war das Jahr 2000 das Ende der relaxten Zeit. Der Wind wurde bei mir in beruflicher Hinsicht rauer und härter. In diesem Jahr kam es dann auch zum Ende der Beastie Girls. Wir wollten nach dieser Saison, die uns so sehr Spaß gemacht hatte, unbedingt ein Karlsruher Team auf die Beine stellen.

Leider war dies der Anfang vom Ende. Im Bestreben unseren Spielerkader um jeden Preis aufzufüllen haben wir auch Spielerinnen aufgenommen, die dieses Team langsam von innen wie ein Geschwür zerfraßen. Die ganze Zeit vorher waren wir ein Team. Alles gemeinsam war die Devise. Aber die Neuen brachten Unruhe ins Team, es begannen sich kleinere Grüppchen zu bilden. Da konnten dann plötzlich die nicht mehr mit der auskommen, oder jene hatte was mir der der. Es kam zu immer größeren Reibereien und Spannungen, bis das Team auseinander brach. Dank meines Gespürs, fühlte ich es schon früher als die anderen, wie die Schwierigkeiten begannen und wer die Störenfriede waren. Schwarzseherin wurde ich da noch ab und an genannt. Aber ich sollte Recht behalten. Im Grund hätten der

Coach und ich da schon durchgreifen und die Störenfriede ganz brutal herausschmeißen müssen. Aber wir haben es nicht getan, aus Angst eine Chance zu vertun. Die Chance als ein Karlsruher Bundesligateam zu starten. Dieser Chance stellten wir höher als den bisher vorherrschenden Teamspirit. Wir hätten zwar die Chance verpasst mit einem eigenen Team zu starten, aber wenigstens hätten wir noch ein Team gehabt. So war der Traum eines Karlsruher Damen Footballteams vorbei. Statt Team und Bundesliga, wurde das Team auseinander gerissen.

2004 hatte ich noch einmal die Chance auf ein Comeback in der Bundesliga. Die Münchnerinnen riefen bei mir an und bekundeten ihr Interesse. Haben mich zu ihrem Trainingslager eingeladen. Bin dann irgendwohin im Bayrischen Wald gefahren, Immer noch ohne Navi, musste ich mir den Weg per ausgedruckter Wegbeschreibung suchen. Fand es auch, Freitag, Samstag und Sonntag sollte das Trainingslager dauern. Bis heute habe ich eine bleibende Erinnerung daran. Am Samstagmorgen, beim Aufwärmen, habe ich mir einen Rückenwirbel dermaßen verschoben, dass die Schmerzen schon auf einen ziemlich hohen Level waren. Konnte mich nicht mehr bewegen. In einer Klinik in der Nähe untersuchten sie den Wirbel, konnten aber nichts tun, außer diesen Wirbel mit Schmerzmitteln zu betäuben. Das Trainingslager war für mich beendet. Hätte noch bis zum Ende des Trainingslagers am Sonntag bleiben können und zuschauen. Aber neben den körperlichen Schmerzen tat auch das untätige Zuschauen verdammt weh. Unbedingt mittrainieren zu wollen und es nicht können, ist extrem frustrierend. Aus diesem Grund hatte ich mich dann entschieden, dem Trainingslager Adieu zu sagen und mich ins Auto zu setzen und Richtung Heimat zu fahren. Was gar nicht so leicht war. Trotz der vielen Schmerzmittel tat der Wirbel höllisch weh. Vor allem das Sitzen im Auto war eine Qual. Jede Unebenheit auf der Fahrbahn spürte ich. Und das vier Stunden lang. Und dieser Wirbel ist wirklich eine bleibende Erinnerung an dieses Trainingslager, denn bis heute springt er alle paar Wochen oder Monate heraus und bereit Schmerzen.

Im gleichen Jahr habe ich noch ein Spiel für München absolviert, wieder in Starnberg, wo alles begann. Da ich nicht gerne mit dem Auto alleine lange Strecken fahre, hatte ich mich entschlossen mit dem Zug zu fahren. Aber auch das war Stress pur. Das Spiel war wieder gegen die Damen der Berlin Adler. Dieses Mal stand ich in der Defense Line. War für mich nicht so erfolgreich, da mich immer wieder mehrere Damen der O-Line geblockt haben. Aber dadurch hatten wenigstens andere Spielerinnen von uns, die Chance auf einen gelungenen Tackle.

Auf dem Heimweg Richtung Karlsruhe wurde mir klar, dass mir die weite Anfahrt einfach zu viel Kraft raubte. Schweren Herzens nahm ich meinen Abschied als aktive Footballspielerin. Tat es mir leid? Eigentlich nicht. Irgendwie war zu diesem Zeitpunkt der Schwung und vor allem die Leidenschaft heraus. Es wurde anstrengend, vor allem mental. Und mir fehlte die Gemeinschaft, der Zusammenhalt. Und so weinte ich eigentlich meinem Ende als Spielerin keine Träne nach. Dachte mir, dass war es mit dem Footballsport. Was soll es, die geilen Zeiten waren endgültig hinüber. Erst später, wurde mir klar, welch großes Glück ich hatte, diesen Sport auszuüben und dann kam auch das Gefühl des Vermissens wieder hoch. Die Freundschaften, den Teamgeist, der eingeschworene Haufen. Das vermisse ich.

Jetzt blieb nur noch die Funktion als sogenannter „Armchair Quarterback", also jemand der im Sessel sitzt und alles besser weiß als der Coach oder die Spieler auf dem Feld. Dazu noch die Möglichkeit über die Spielekonsole Football zu daddeln. Aber das ersetzt nie diese positive Anspannung vor dem Spiel, diese Art von Lampenfieber. Oder die Zeit, wenn man auf dem Feld steht. Bereit ist für das Spiel. Dieses Kribbeln im Bauch, kurz bevor der Ball gesnapt wird. Diese Erfahrung mit elf anderen Spielerinnen gemeinsam zu kämpfen um zu gewinnen oder verlieren. Aber man tut es als Team. Aber es sollten fast noch drei gute Jahre mit dem Football folgen. Aber dazu kommen wir noch später.

Was würde ich heute machen, wenn jemand kommen würde und mich fragen würde „Hey, hast du nicht Lust, wieder die Ausrüstung anzuziehen und aufs Feld zu gehen?". Oh ja, die Lust hätte ich schon noch, der Virus American Football lässt mich wohl niemals mehr los. Die Frage wäre nur, was würde mein Körper dazu sagen? Würde er die Strapazen noch einmal auf sich nehmen? Keine Kondition mehr vorhanden, ein schweres Übergewicht das ich mit mir herumschleppe. Ich kann es wirklich nicht sagen, ob der Körper noch einmal in die Lage kommen würde zu spielen. Nein, nüchtern betrachtet bin ich zu alt, zu ungelenkig, zu steif und alles andere was mit dem Altern kommt. Der Geist aber würde auf jeden Fall noch mal wollen, nochmal probieren. Wenn das Umfeld stimmen würde, der Teamgeist vorhanden wäre, JA, ich würde es zumindest noch einmal probieren. Definitiv.

Start ins Frauenleben

So viel zu der einen Säule, der sportlichen, die meine gefühlten goldenen Zeiten getragen haben. Kommen wir jetzt zur anderen Säule, meiner Transsexualität, bzw. dem was in dieser Zeit der eigenen Findung alles passiert ist. Das letzte was ich dazu geschrieben habe, waren die Anfänge in der Selbsthilfegruppe, die Weihnachtsfeier, wo alle Alteingesessenen noch große Pläne hatten, was sie in dieser Gruppe im kommenden Jahr alles machen wollten. Von Rollenspielen, Schminkkurse und vielem mehr, war die Rede. Doch was war davon geblieben im neuen Jahr? Absolut nichts.

Die Michaela S. wurde ja gefeuert, weil sie Gelder veruntreut hatte, bzw. ihre Stelle für private Telefongespräche und einiges mehr missbraucht hatte. Als ich dann, bzw. bald wir, Gaby war meist auch mit dabei, zur der Selbsthilfegruppe stießen, war es nur noch ein nettes Zusammenkommen von Leuten die das gleiche Problem miteinander verband. Es gab ernste Gespräche, aber die meiste Zeit waren entspannte Gesprächsrunden. Nicht mehr aber auch nicht weniger. Im Endeffekt war ich froh darum, dass es so geworden ist. Es waren meist immer die gleichen Leute, die dabei waren. Ab und an kam mal jemand Neues dazu, aber lange blieben sie alle irgendwie nicht. Der harte Kern, Gaby und ich, dann noch Nick, Katharina und Claudia waren eigentlich immer anwesend.

Nick war oder wurde es relativ schnell zum Mittelpunkt innerhalb und außerhalb der Gruppe. Er hielt den Kontakt zu Transsexuellen in ganz Deutschland, reiste zu verschiedenen Treffen. Er war sehr engagiert. Und er war nebenbei auch noch der Mittelpunkt im Karlsruher Kreis. Er wurde zu einem guten Freund. Wir verbrachten sehr viel Zeit gemeinsam. Ob mit Gesprächen, den nächtlichen Vergnügungen oder dem Besuch von Clubs und Diskotheken. Wir waren eigentlich fast jedes Wochenende zusammen, wenn nicht gerade die andere Seite der Football unsere Aufmerksamkeit forderte oder wir beide Seite bei Partys in unseren Räumlichkeiten vereinigten. Nick zeigte mir, wie man das Leben richtig leben kann. So etwas wie Spaß haben kann. Zum ersten Mal in meinem Leben wurde aus Ernst Spaß. Und Nick zeigte mir, wie das geht. Wie man ein gutes Leben führen kann. Es war eine gute Mischung. Ich wurde durch mein neues Leben offener und Nick zeigte mir, was man damit alles anstellen kann.

Fast zwei Wochen bin ich in der Klinik. Obwohl ich am Anfang es nicht gedacht hatte, habe ich Kontakt zu den anderen Mitpatienten bekommen. Wir sind eine Gruppe von sechs bis acht Leuten, wir spielen abends Rommè und reden miteinander. Aber trotzdem geht mir Juliane und die Freundschaft zu ihr nicht aus dem Kopf. Sie hat mich einmal hier besucht und ich habe ihr versucht klar zu machen, wie gerne ich sie als sehr gute Freundin, oder sogar als beste Freundin hätte. Jetzt im Nachhinein bin ich mir nicht mehr sicher, ob die Gefühle auf Gegenseitigkeit beruhen. Sie meinte, dass sie noch nie eine Freundin hatte und daher nicht wie wisse, wie sie sich verhalten soll. Einen für mich gefühlten Super-GAU gab es dann an einem Freitag, als ihre Schwester aus Dänemark zu Besuch kam und wir, Juliane, Stephan ihr Freund, ihre Schwester und ich gemeinsam in die Stadt fuhren um dort etwas zu essen und den Abend gemeinsam zu verbringen. Hatte sogar verlängerten Ausgang erhalten. Nach einer Stunde im dem Lokal, wurde es ihr mit einem Mal zu viel und sie wollte sofort nach Hause und machte allen unmissverständlich klar, dass sie mich nicht dabei haben wollte. Keine Ahnung wieso. War dadurch, frustriert, traurig und auch wütend. Sie wollten mich eigentlich noch in der Klinik absetzen, aber ich war zu wütend und wollte nicht so früh wieder zurück sein, dass ich Juliane nur sagte, dass ich lieber zu Fuß zurück in die Klinik gehe. Was es bei ihr ausgelöst hatte, weiß ich nicht. Aber im Innersten wusste ich irgendwie, dass etwas kaputt gegangen ist. Keine Ahnung, ob es noch zu retten ist, oder wie in einem anderen ähnlichen Fall mit dem Abbruch der Freundschaft endet. Ja, ich bin ein gebranntes Kind, was das angeht. Meist, will ich von den Menschen einfach zu viel. Wahrscheinlich wird dies Beste-Freundin-Gefühl wohl nie passieren. Entweder weil ich von Anfang an zu viel möchte, bzw. auch von dem Gegenüber bekomme, wenn man mit dieser Person in einer Klinik ist, wo die Emotionen viel näher unter der Oberfläche sind. Aber dann draußen, wenn der Alltag für beide Parteien gegenwärtig ist, will ich immer noch diese Nähe aus der Klinik haben, dieses 24/7 für-immer-zusammen-Gefühl. Während die andere Seite ganz unbewusst eine, wahrscheinlich normale, Distanz aufbaut. Ich sehne mich so sehr nach dieser Art von Nähe, dass die Gefahr besteht, dass ich zu sehr klammere, eifersüchtig werde und weitere hässliche Emotionen in meinem Kopfkino ablaufen.

Naja, sie wird die nächsten Wochen, es ist vor Weihnachten, bei ihren Eltern verbringen, mit Stephan ihrem Freund, statt mir. Obwohl sie ja ursprünglich, gar nicht Weihnachten dort verbringen wollte. Jaja, die verflixte Eifersucht, sie wollte mal mit mir dort hochfahren. Es ist so schwer, diese Stimme im Kopf unter Kontrolle zu halten, dass, sie keine Dummheiten macht. In dieser Zeit werde ich, ihr zwar zu Weihnachten und Silvester gratulieren, aber ansonsten werde ich versuchen, der Versuchung zu widerstehen, sie öfters anzuschreiben. Im neuen Jahr, wenn sie wieder zuhause ist, werde ich ihr wohl einen Brief schreiben, ihr meine Gefühle schreiben und schauen was dann passiert. Gerade jetzt, schreit diese eifersüchtige, wütende Seite lautstark im Kopf. Trotz der hämmernden Techno Musik die gerade im Kopfhörer dröhnt. Für den Weihnachtszettel „Ich brauche einen besseren, lauteren Kopfhörer, damit ich diese eifersüchtige Stimme endlich übertöne! Aber tief drinnen weiß ich, dass es vorüber ist. Einfach so, ohne zu wissen warum.

Zurück zu den goldenen Zeiten der Frau Susanne. Die Treffen in der Selbsthilfegruppe wurden eigentlich sukzessive nebensächlicher. Wir kamen in immer näheren Kontakt mit Nick aus der Gruppe. Irgendwie war er so etwas wie der Macher, der aktivste Teilnehmer, er hielt Kontakt zu anderen Selbsthilfegruppen in Baden-Württemberg und darüber hinaus. Der Kontakt wurde dazu privat immer intensiver. Es entwickelte sich eine enge Freundschaft. Anfangs gingen wir nachdem Gruppentreffen noch in ein benachbartes Lokal, was doch ziemliche Überwindung kostete. Die Blicke, die wir von den anderen Gästen manches Mal bekommen haben, dieses große Fragezeichen im Gesicht, machten mir Angst. War noch zu unsicher anderen und mir gegenüber. Was sind denn das für Typen, konnte man den Blicken entnehmen. Diese Blicke spürte ich zu diesem Zeitpunkt wie Pfeile die sich in meine Seele bohrten. Aber den anderen ging es wohl nicht viel anders. Vielleicht machte es ihnen wegen der etwas längeren Erfahrung nicht mehr so viel aus. Wer weiß. Ich war auf jeden Fall froh, Teil einer Gruppe zu sein und Gaby an meiner Seite zu wissen. So konnte ich diese „Woher sind denn all diese Freaks entsprungen" Blicke ignorieren oder zumindest weitestgehend ausblenden.

In der ersten Zeit, gingen wir nach dem gemütlichen Beisammensein, dann wieder nach Hause. Aber schon bald, kam dann die Frage von Nick, ob wir nicht Lust hätte noch bei ihm vorbei zu kommen und mit ihm was zu trinken. So entwickelte sich erst langsam, aber dann immer schneller, dieses Aftershow-Leben nach der Selbsthilfegruppe. Nach den ersten Treffen in Nicks Wohnung mit viel Bier und noch mehr Reden über das Leben, die TS und alles andere was von Wichtigkeit war, kamen dann die ersten gemeinsamen Nachtaktivitäten. Zum ersten Mal im Leben von Gaby und mir waren wir in einer Diskothek. Keiner dieser Techno Diskotheken sondern unserem Geschmack entsprechend eher die damals aufkommende Crossover Musik, dieser Mix aus Metal und Rap Musik, kombiniert mit vielen anderen Musikstilen. Dazu unter anderem auch Rammstein. All das erlebten wir in unserem ersten Besuch in der Katakombe. Der erste von vielen Besuchen, die wir dort noch abhielten. Laute Musik, von Gothic über Industrial und Crossover war alles vertreten. Die Lautstärke am Anfang war sehr laut, ungewohnt laut. Aber es war so klasse, den Bass, die Lieder in DIESER Lautstärke zu erleben, zu erfühlen. Einfach klasse. In der Zeit danach folgten noch einige Besuche in anderen Musikclubs. Aber immer mit dem gleichen Musikstil. Laut und hart war unser Ding. Und ich lernte dabei, dass diese laute Musik auch die Gedanken in meinem Kopf zum Schweigen brachten. Kein Chaos mehr, kein Grübeln, alles fort geblasen, von dieser hämmernden Musik.

Irgendwann kamen wir dann auch zu der damals wohl legendärsten Diskothek im Großraum Karlsruhe. Die „Garage" in Rastatt. Sie wurde zu unserer Stammdiskothek. Egal ob wir mit den Footballerinnen oder mit Nick und seinen Freunden dort waren. Manches Mal waren wir auch mit beiden Seiten gleichzeitig dort. Anfangs meist nur bis spätestens 2 Uhr. Aber auch diese Zeiten verschoben sich immer weiter nach hinten. Vor allem ab dem Zeitpunkt, als Gaby den Spaß am Tanzen entdeckte. Am Anfang war die Hemmschwelle noch riesengroß, der Mut dafür war noch deutlich geringer. Meist war sie, kurz bevor wir gehen wollten, fast bereit, es auf die Tanzfläche zu wagen. Aber nur fast. Hin und her gerissen vom Rhythmus trotz der guten Musik der Garage konnte sie sich nicht überwinden.

Samstags lief meist 80er Musik, Crossover und gute klassische Rockmusik. Aber Gaby ist eine, die sich zur Musik bewegen muss. Anfangs stand sie noch bei uns, tanzte auf der Stelle und traute sich immer noch nicht, diesen Schritt zu tun. Raus ins flackernde Licht. Aber nach dem vielleicht zehnten Besuch, gab es kein Halten mehr. Sie verschwand auf der Tanzfläche und ward den Abend nicht mehr gesehen. Ab und zu blitzte noch ihr Kopf aus der Masse hervor, oder sie kam für wenige Sekunden raus um was zu trinken und dann wieder zu verschwinden. So kam es, das wir uns, sobald Gaby die Garage betreten hatte nur noch kurz tschüss sagten und dann war sie auf die Tanzfläche verschwunden. Highlight eines jeden Samstagabends in der Garage war Rammstein's „Engel". Wenn sie die ganzen Leute sich auf der Tanzfläche in Reihe aufstellten und sich alle gemeinsam und gleich bewegten. Gänsehaut!

Meine eigenen Tanzbewegungen beschränkten sich auf das Nicken des Kopfes bzw. das Wippen eines Fußes im Takt des Basses. Zu mehr traute ich mich einfach nicht. Die Angst aufzufallen, ausgelacht zu werden, angeglotzt zu werden waren einfach zu groß. Auch heute noch, ist diese Angst zu stark um den Weg zur Tanzfläche zu finden. **_Nur einmal habe ich es in der Psychiatrie geschafft, tanzen zu gehen. Einmal im Monat ist dort eine Art Disco. Dort bin ich mit einigen Mitpatienten hin und habe mich sogar auf die Tanzfläche getraut. Und so schlecht fühlte es sich gar nicht an._**

Gaby blieb dann meist auf der Tanzfläche, bis wir sie herunterziehen mussten, weil wir gehen wollten oder schon langsam das Putzlicht anging. Die Nächte wurden länger und länger. Zum Teil ging es erst zwischen vier und fünf Uhr wieder Richtung Heimat.

Ende 1997 kam dann noch ein weiteres Kriterium dazu. Ich erhielt meine ersten Hormonspritzen. Und je weiter der Busen wuchs, der ganze Körper am Verwandeln war, umso mehr rutschte ich mit einunddreißig Jahren in meine eigentliche erste, richtige Pubertät. Für mich die geilste Zeit meines Lebens. Für eine Partnerin die sowieso schon vier Jahre älter ist und sich im Gegensatz zu mir als Erwachsene fühlte und auch so lebte, war es eine schwierige Zeit. Bei mir wurde Pubertät im Erwachsenenalter und -körper in vollen Zügen ausgelebt. Ganz im Gegensatz zu meiner richtigen männlichen Pubertät als heranwachsender Jugendlicher. Die habe ich einfach verdrängt, nicht ausgelebt, auf die Seite geschoben. Irgendwie war ich in dieser ersten männlichen Pubertät schon erwachsener als jeder Erwachsenere es jemals sein könnte. Und konservativer, spießiger, dass es mich heute noch erschreckt. Und selbst wenn ich die männliche Pubertät erlebt hätte, mit wem hätte ich sie damals ausleben sollen.

Das war dieses Mal so viel anders. Bedeutend anders. Verantwortungsgefühl, Rücksichtnahme, egal total egal. Ich wollte nur noch Spaß haben, Paaaaaaaaarty ohne Ende. Das Berufsleben... fuck off. Kein Interesse daran. Zum Glück für mich, war, ich ja zu dem Zeitpunkt meiner eigener Chef. Keiner der mich kontrollierten konnte, ob und wie lange ich bei der Arbeit war. Wenn ich dieses Verhalten als Angestellte in einem anderen Betrieb an den Tag gelegt hätte, wäre wohl der Chef nicht so begeistert davon gewesen. Aber so, was kümmerte mich die Schreinerei. War froh, wenn ich dort nicht sein musste. Raus und Fun haben, das war die Devise. Endlich einmal ausbrechen aus den Zwängen, lebendig sein. Auch wenn es auf Kosten von Gaby ging. Ich konnte leider nicht anders. Ich war da auf einem Egotrip, nur noch Action. Wer mitmachte, super. Wer fehlte, tja der hatte einfach eine geile Zeit verpasst.

 Ich war in dieser Phase meist mit unterschiedlichen Leuten bis zu vier oder fünfmal die Woche in der Garage oder anderen Clubs und Diskotheken. Dienstag Schlagernacht, Donnerstag Gothic Night, Freitag meist gemischt, samstags dann der beste Tag, was die Musik und Leute betraf. Sonntags dann ab und an auch noch. Ich stresste meine Beziehung ganz gewaltig. Dieses ständige Gefühl sich austoben zu müssen, dieser ständige Hunger nach Leben, scheiß auf den grauen Alltag, es zählte nur noch das auf Tour sein. Wenn eine Party von drei Uhr zu Ende war, war es keine gute Party. Dazu kam dann auch noch ein erheblicher Konsum von Alkohol. Meist in Form von einigen Bieren und dann ging es meist weiter mit Tequila, deinem mexikanischem Freund und Helfer. Unser Kultgetränk zu dieser Zeit. Egal ob, bei Mannschaftsfeiern mit den Bestie Girls und im TS Freundeskreis. Tequila war immer mit dabei. Aber ich war allem nicht abgeneigt.

 Gaby war in dieser Zeit mit Sicherheit die meiste Zeit am Anschlag ihrer Geduld. Die Beziehung auf einer Belastungsprobe. Sie hatte ja im Gegensatz zu mir noch einen richtigen Job und musste meist morgens sehr früh raus. Vor allem in der Zeit, wo wir noch überm Rhein, in Kandel gewohnt haben. An vielen Tagen, während ich mit Dagmar, Philipp, beide aus der Selbsthilfegruppe in Stuttgart, und Nick und wahrscheinlich anderen bis in die frühen Stunden redete, diskutierte, Musik hörte, zu viel Alkohol trank, war Gaby mit der Situation psychisch und physisch total überfordert. Sie war eine fünfunddreißigjährige Frau. Sie war nicht mehr die jüngste, brauchte ihren Schlaf. Meist zog sie sich irgendwann ins Schlafzimmer zurück und verpennte die nächsten Stunden, bis sie dann mehr oder weniger unsanft von mir aus dem Reich der Träume geweckt wurde und uns nach Hause fahren musste. Zu Anfang all dieser Zeit wohnten wir noch in der Pfalz, in Kandel. Bis zu jenem einen Abend, wo sich alles änderte. Nein, nichts dramatisches, es hätte nur dramatisch werden können. Wir auf dem Nachhauseweg. Wieder eine dieser langen Nächte. Gaby aus dem Schlaf gerissen, ab ins Auto. Ich konnte und wollte auch nicht mehr mit dem Auto nach Kandel fahren. Zu viel Blut im Alkohol. Ja, ich war da ziemlich eigennützig, auf mein Wohl, mein Vergnügen ausgerichtet. Warum auch Rücksicht nehmen, ich hatte ja meine Chauffeurin. Wenn ich sie brauchte, weckte ich sie. In dieser Nacht, wie in vielen anderen vergangenen Nächten auch. Doch in dieser Nacht passierte dann beinahe ein Unglück. Wenige Kilometer, bevor wir zuhause waren, hatte Gaby einen Sekundenschlaf, ich habe es nicht einmal richtig mitbekommen, war zu alkoholisiert, irgendwo zwischen weggetreten und zu aufgedreht. Schon in Gedanken mehr im Bett als noch im Auto. Doch dann, wir beiden wurden mit einem Schlag fast hellwach und nüchtern, als wir uns urplötzlich zwischen rechter Spur und Standspur wieder fanden. Gaby schaffte es, dass Auto wieder unter Kontrolle zu bringen. Danach waren wir dermaßen geschockt und mit den Nerven runter. Dieses Ereignis war der letzte Tropfen, der den Ausschlag gab wieder zurück nach Karlsruhe zu ziehen.

Als wir dann in Karlsruhe unsere neue Wohnung hatten, wurde Gaby immer noch aus dem Schlaf gerissen, wenn ich endlich mitten in der Nacht, dann doch noch nach Hause wollte. Sie stand immer noch neben sich, aber sie musste kein Auto mehr fahren.. Immer wieder passierte es, dass sie Sekundenschlaf hatte. Aber dieses Mal waren wir zu Fuß unterwegs. Das schlimmste was ihr passierte, war, dass sie im Laufen einschlief. Zum Teil lief und schlief sie gleichzeitig auf dem Nachhauseweg.

Diese verdammte emotionale Achterbahn. Eben sitze ich noch im Wohnzimmer, lachte über „The Big Bang Theory" und gehe dann nur auf das Klo und schon überfällt mich die Traurigkeit, die Verzweiflung. Eben noch lachend, jetzt auf der Kloschüssel ist der Gedanke an Suizid, an Selbstverletzung da. Da sitze ich mit meiner heruntergelassenen Hose und will nicht mehr leben. Zwanzig Schritte zwischen dem Lachen über eine Comedyserie und dem Wunsch nach Erlösung vom diesem unerträglichen Leben. Dreieinhalb Wochen bis zum nächsten Klinikaufenthalt. Schaffe ich das?

Dazu kommen gerade noch beginnende Zahnschmerzen dazu. Die Angst vor dem Zahnarzt steigert sich immer mehr. Aus Angst wird Panik. Will wegrennen. Weit weg vom Schmerz im Kopf und jetzt auch an den Zähnen. So weit weg, bis alles nur noch ein einfaches dunkles Vergessen ist. Nichts mehr fühlen. Weder psychischen und physischen Schmerz. Ich könnte vor schreien vor Angst. Die ganzen Emotionen von damals sind wieder da. Das kleine Kind ist nur noch pure Panik.

Hatte diese Woche ein Gespräch mit meiner Therapeutin Frau Fischer. Sie hat mir angeboten, wenn ich einen passenden Termin bekomme, dass sie mich begleiten würde. Kann ihr gar nicht sagen, wie dankbar ich ihr für dieses Angebot bin. Welche(r) Therapeut(in) macht das für ihre Patientin? Ich kann ihr vertrauen. Ein Satz, der mir in meinem Leben nicht leicht gefallen ist, in meinem Wortschatz nur schwer vorkommt. Und dieses Vertrauensgefühl habe ich nur sehr wenigen Menschen gegenüber

Als der Rhein wieder östlich lag

Die Entscheidung wieder nach Karlsruhe zurück zu ziehen war eine der besten Entscheidungen, die wir trafen. Da waren wir mittendrin im Leben und nicht wie in Kandel zu weit vom Schuss. Wie schon ein paar Mal im Leben hatten wir das Glück, zu richtigen Zeit am richtigen Ort zu sein. Die Schreinerei lag immer mehr im Sterben, knapp ein Jahr vor dem endgültigen Abschalten der Maschinen, als ein Kunde zu mir kam. Er hatte in der Parallelstraße ein Wohnhaus, in dem wir schon des Öfteren kleinere Reparaturen durchgeführt hatten.

Er kam nun zu mir, da sein Schwiegervater aus Altersgründen aus dem zweiten Obergeschoss ins Erdgeschoss umziehen musste. Aus diesem Grund, wollte er die beiden Wohnungen renovieren. Neuer Bäder im ganzen Haus und in den beiden Wohnungen neue Türen und Laminatboden. Ich schaute mir die obere freie Wohnung an und war begeistert. Fasste meinen Mut zusammen und fragte ihn, ob er schon Mieter für diese Wohnung hätte. Hatte er nicht, also bekundete ich unser Interesse daran und er bekundete zurück und wir hatten die Wohnung. Endlich wieder Stadtkinder sein. In guter Lage, die Innenstadt gut zu Fuß erreichbar, viele Läden in begehbarer Nähe. Noch war die Wohnung in einem ziemlich heruntergekommen Zustand, aber wir waren in absehbarer Zeit wieder Karlsruher Bürger und keine Karlsruher, die im Kandler Exil lebten.

Viele verstehen es nicht, dass es uns gefällt hier zu leben. Große Wohnung, Altbau. So wie wir es vorgestellt haben. Ja, wir haben vorne raus auf der gegenüberliegenden Straßenseite Häuser, hinten raus ebenfalls Häuser von der Parallelstraße. Das ist für viele unserer Freunde zu eng. Es können viele Leute zu uns in die Wohnung schauen. Aber das stört mich irgendwie nicht. Was sollen sie auch sehen? Ne, fette Frau, die tagsüber am Laptop sitzt und abends zwei Frauen, die gemeinsam essen und fernsehschauen. Sollen sie doch. Mich stört es nicht. Wir haben ja nicht mal Vorhänge an den Fenstern. Hat die Wohnung auch Nachteile? Ja, einen ziemlich großen. Die Parkplatzsituation. Für die vielen Bewohner gibt es einfach zu wenige Parkplätze. Wenn man einen guten Tag erwischt, findet man einen nahegelegenen Abstellplatz für sein Auto. Aber an schlechten Tagen, oder in den Abendstunden dreht man manches Mal zehn oder zwanzig Runden bis irgendwo ein Parkplatz frei wird. Vor allem spät abends, wenn man heim kommt, sind Parkplätze wahre Glücksfälle. Meist dreht man diese Runden auch nicht alleine. Es ist dann wie dieses Spiel Reise nach Jerusalem. Wenn man zu richtigen Zeit am richtigen Ort ist hat man einen Parkplatz, wenn nicht war ein anderer in glücklicherer Position. Aber wir wohnen jetzt über zwanzig Jahre hier. Das wir uns an dieses tägliche Parkplatzroulette gewöhnt hätten, wäre gelogen. Aber wir sehen es als kleinen Preis an, den wir zu zahlen bereit sind, für diese Wohnung in unserem Stadtteil.

Zahnarzttermin ist heute fällig. Seit heute sechs Uhr kann ich nicht mehr schlafen, liege wach, dämmere weg, nur noch Panik in meinem Kopf. Dabei bin ich bei diesem Termin nicht einmal alleine. Frau Fischer hat mir angeboten mich zu begleiten und ich hab das Angebot dankend angenommen. Ein innerer Countdown beginnt. Noch zehneinhalb Stunden. Kann mich auf nichts mehr konzentrieren. Nur noch Furcht. Alles dreht sich im Kopf um diesen Termin. Noch acht Stunden. Kann nicht mal mit einkaufen gehen. Wenn ich die Wahl treffen müsste, zwischen tot sein und Zahnarzt. Ich hätte das tot sein gewählt. Definitiv. Im Kopf weiß ich, dass es nicht so schlimm werden wird. Aber für das kleine Kind, dem kleinen Jungen, der damals diese Schmerzen ertragen musste ist jeder Besuch beim Zahnarzt wie ein erneuter Besuch in der alten Hölle. Die Hölle die immer noch so machtvoll im Dunklen lauert. Wieder ist der Zeiger an der Uhr weiter vorgerückt. Ich fühle mich gerade als würde die Uhr die Zeit bis zu meiner Hinrichtung herunter zählen. Und natürlich läuft, wie im Film, auch bei mir die Zeit viel schneller als sonst herunter. Dazu fällt mir das Lied von Johnny Cash ein, wo er von den letzten fünfundzwanzig Minuten bis zu seiner Hinrichtung singt. Das klingt hart, aber es ist wirklich so. Bei jedem Blick auf eine Uhr rechne ich mir aus, wie lange noch. Und je näher dieser Termin rückt, desto mehr und mehr steigert sich meine Panik. Nur mit äußerster Kraftanstrengung kann ich den Fluchtreflex und die Angst in ihren dunklen Käfig sperren. Das kleine schreiende verzweifelte Kind gleich mit. „Halt endlich deine Fresse" brüllt der kontrollierende Teil „Wir müssen da durch. Egal wie. Halt einfach die Fresse, du hast hier nichts zu melden! HÖR AUF!". Ich kann die Zeit nicht aufhalten. Irgendwann ist es soweit. Zähneputzen, anziehen, zur Straßenbahn und die 3 Haltestellen fahren. Lieber eine Bahn früher nehmen. Nicht dass Frau Fischer auf mich warten muss. Nein, musste sie nicht. Natürlich war ich viel zu früh da. Also wartete ich unten vor dem Hauseingang. Und das in der vorweihnachtlichen überfüllten Kaiserstraße. Ich will weg, wegen der vielen Menschen und der Angst die immer schwerer zu kontrollieren ist.

Frau Fischer ist da. Erleichterung macht sich breit. Sie ist wirklich da. Ja klar, sie hat doch gesagt, dass sie kommt. Aber zuvor war ständig die Frage im Kopf „Kommt sie auch wirklich?", „Ist wirklich rechtzeitig da, oder muss ich den Fahrstuhl in das fünfte Obergeschoss doch alleine fahren?" Nein, sie ist rechtzeitig da. Ich bin nicht alleine. Bin dankbar. Sie strahlt eine große Sicherheit aus. Vertrauen? Noch unsicher. In ihrer Antwort auf meine Mail wegen des Termins schrieb sie als Antwort „Gemeinsam kriegen wir das hin. Ich pass auf Sie auf." Kann ich ihnen beschreiben, was dieser Satz in mir auslöst? Jemand passt auf mich auf... erste Reaktion, auf mich.. und ich lache. Warum sollte jemand auf mich aufpassen? Mich? Das kann nicht sein. Wieso sollte jemand das tun. Jaja, jetzt kommt wieder dieses blöde Gelabber (sorry), weil ich es verdient habe, weil ich es wert bin. Nein. Bullshit.

Kann ich ihr da vertrauen? Nein, natürlich nicht. Du kannst, nein du darfst niemandem vertrauen. Vertraue und der Schmerz ist da.

Aber vielleicht, passt sie ja wirklich auf. Vielleicht darf ich ihr, ihrem Versprechen, doch trauen, vertrauen? Sie lässt mich spüren, dass ich nicht alleine bin. Das ist eine sehr positive Erfahrung. Gerade, dort die erste Zeit, im Fahrstuhl auf dem Weg zur Praxis wurde aus mir wieder dieser kleine verängstigte Junge. Alles andere war weg. Ich musste durch diese Tür in die Praxis. Es führte kein Weg daran vorbei. Ich schrumpfte. Nicht körperlich, wobei das schon klasse wäre. Weg von einsachtzig Körpergröße und einhundertfünfzig Kilos zu einer besseren fraulichen Figur. Aber ich schrumpfte innerlich. Es war nur noch Furcht, die Angst vor dem Schmerz. Der Erinnerung an das nicht ertragbare. Wie bei einem Tunnelblick. Das schwere Gefühl der Unausweichlichkeit. Allein mit dieser Angst.

Aber dieses Mal ist jemand dabei, der mich begleitet. Der mich beschützt. Ist es lächerlich, wenn eine über fünfzigjährige Frau sich in diesem Moment klein, so klein wie man mit elf Jahren ist, fühlt? Wenn sie wollen, können sie mich auslachen, sagen, ich soll mich wie eine Erwachsene benehmen. Ist doch bloß ein Zahnarzttermin. Wegen so *was, so einen Aufstand. Fertig gelacht? Wovor haben sie eigentlich Angst, dass ich im Gegenzug dann auch mal über sie lachen darf?*

Ok, die meisten werden wohl nicht gelacht haben, sondern Verständnis haben. Frau Fischer versuchte im Wartezimmer immer wieder die erwachsene Seite zu reaktivieren und stabilisieren. Sei es durch Atemübungen, Ablenkungsstrategien z.B. mit 5,4,3,2,1 was kann man sehen, hören oder riechen. Fünf Dinge die ich sehe, Fünf die ich höre und fünf die ich rieche. Dann vier Dinge usw. runter bis eins. Und wenn das nicht half, dann mit ganz profanen Themen, was es zu Weihnachten zu essen gibt, oder ähnliches. Dann wurde es ernst. Der Weg zum Behandlungszimmer. Versuchen, dass kleine ängstliche Kind nicht an die Oberfläche zu lassen. Ruhig zu bleiben. Um jeden Preis. Lag es daran, dass der Zahnarzt meine Phobie ernst nahm? Oder daran, dass seine Patientin mit ihrer Therapeutin erschienen ist? Oder er war von sich aus ein verständnisvoller Zahnarzt? Zwei Dinge, die ich in meinem Kopf nicht zusammenkriege. Zahnarzt und verständnisvoll. Bisher war es eher so, dass diese beiden Worte eher zwei gleich gepolte Magnete waren, die sich gegenseitig abstießen. Nein, ich muss diese Leute, egal ob Zahnarzt oder die zahnmedizinischen Fachangestellte (so ist seit 2001 die offizielle Berufsbezeichnung), die meine Zähne röntgte oder beim Bearbeiten des Zahnes geholfen hat, alle waren sehr nett und verständnisvoll.

Während der Zeit, in der ich auf dem Folterstuhl, oder war es dieses Mal wirklich nur ein Zahnarztstuhl, hielt Frau Fischer die ganze Zeit meine Hand. Es war ein gutes Gefühl. Ein neues Gefühl. Traue es mich fast nicht zu schreiben, ist mir fast peinlich. Ich fühlte mich beschützt, als wenn eine Mutter die Hand ihres Kindes hält, es begleitet und bei ihm ist, wenn es Schmerzen hat oder Hilfe braucht. Sehe ich da irgendwo welche Zeigefinger die etwas drohend winken? Vergesst es. Mir ist es völlig klar, dass es meine Therapeutin Frau Fischer ist und nicht meine Mutter. Und natürlich ist mir auch klar, dass Frau Fischer mich nicht jedes Mal zum Zahnarzt begleiten kann und wird. Aber sie versucht neue Erfahrungswerte in mir zu verankern. Das nicht alle Menschen böse sind, dir Schmerzen zufügen und dich enttäuschen wollen. Sondern das es auch Menschen gibt, die dir helfen, die dich unterstützen. Und natürlich will sie auch versuchen, dass ich mit mir selbst einen anderen Umgang lerne. Nicht dieser gewalttätige Umgang zwischen den verschiedenen Anteilen in mir, sondern einen eher liebevollen. Dass dieser Anteil des kleinen Jungen nicht mehr weggesperrt wird, nicht mehr ins dunkle Loch sich verkriechen muss, sondern dass ich es schaffe, diesen verletzten, traurigen Anteil selbst in den Arm nehmen und ihn trösten kann.

Ok, das war too much. Jetzt wird es auch mir zu viel. Das ist etwas, was nicht geht. In mir herrscht immer noch die brutale Gewalt, die Unterdrückung der verletzlichen Teile. Wie soll ich liebevoll mit mir umgehen. Mir, der Person, an der alles hassenswert ist?

Aber Frau Fischer ist eine geduldige Frau. Sie weiß, dass sie keine Veränderung innerhalb eines Zahnarztbesuches oder ein paar Therapiestunden erreichen kann. Aber sie macht es wie der Tropfen, der stetig den Stein aushöhlt. Sie schafft Vertrauen, zu ihr, zu ihren Aussagen und vielleicht irgendwann ein Vertrauen zu mir selbst. Ok, das ist noch Science Fiction oder eher Fantasy. Aber nach diesen zwei Stunden, in denen sie mir beigestanden ist, nicht von meiner Seite gerückt ist, meine Hand gehalten hat, hat sie sehr viel neues Vertrauen gewonnen. Vielleicht, aber nur vielleicht hat dieses Schwarz-Weiß Denken einen winzig kleinen Sprung bekommen. Naja nicht übertreiben. Aber wenn man bei Sprüngen bleibt. Wissen sie wie man harte Granit- oder Marmorblöcke aus dem Steinbruch gebrochen hat? Man hat Löcher gebohrt und in diese Holzkeile getrieben. Und nichts ist passiert. Der harte Stein blieb an Ort und Stelle. Dann machte man die Keile nass und diese bisschen Wasser und ein aufquellender Holzkeil sprengt Tonnen von Stein. Und vielleicht ist das auch die Strategie. Keine Holzkeile nach und nach in die Schwarz-Weiß Welt zu treiben. Denkschemata bearbeiten bis diese aufbrechen.

Nach so viel philosophischem noch einmal zurück zum Zahnarzt. Leider war der Besuch nicht so erfolgreich. Durch meinen starken Würgereiz und einer Zunge, die ich vor lauter Anspannung nicht entspannen konnte, kam der Zahnarzt nicht an den Zahn heran. Er musste nicht mal viel machen. Aber selbst dieses bisschen habe ich durch meine Anspannung verhindert. Einzige Möglichkeit um in

Ruhe in meinem Mund zu arbeiten ist eine Vollnarkose. Da ich auch noch einige Zahnstumpen habe, die heraus müssen, wäre die Vollnarkose die beste Lösung. Doch dazu muss die Krankenkasse erst einmal zustimmen. Da kommt dann auch Frau Fischer erneut ins Spiel. Sie müsste dazu irgendetwas schreiben, bezüglich Phobie und Würgereiz, dass es ohne Narkose nicht geht, oder so was in der Art. Wenn dann die Krankenkasse ein Einsehen hat, dann ab ins Koma und ran an meine Zähne. Sie wollen mir auch etwas vorschlagen, wegen der vielen Zahnlücken. Mal sehen. Übermorgen habe ich einen Beratungstermin. Alleine.

Nach zwei Stunden, ohne eigentlichen Erfolg, der Zahn tut mir heute beim Beißen immer noch weh, waren wir wieder draußen. Ich bekam ein großes Lob vom Zahnarzt, wie gut ich mich verhalten habe, wie tapfer ich gewesen bin.

Ich kann gar nicht sagen, wie dankbar ich Frau Fischer für ihre Begleitung bin. Dafür sind Worte eigentlich viel zu profan. Ich hätte sie gerne umarmt, als Dankeschön. Weiß aber nicht, ob ich, sie, wir damit eine Grenze überschreiten würden. Aber ich hätte es in diesem Moment gerne getan.

Nächste Woche sehe ich sie wieder, im Rahmen einer halbstündigen Therapiesitzung. Wieder einmal wurde mir bewusst, wie wenig ich Worten vertraue und wie sehr Taten, wie zum Beispiel dem Halten von Händen in einer angstauslösenden Situation. Oder wenn Worte, dann solche die mit Taten einhergehen. Diese zwei Stunden waren eine einzige vertrauensbildende Maßnahme.

Als der Zahnarzt nach der Behandlung mir die Hand geschüttelt hat und sagte, dass ich es gut gemacht habe, da war sofort das Misstrauen wieder da, ob er es ernst meint, oder mich nur anlügt. Selbst bei Frau Fischer, als wir uns unten auf der Straße verabschiedeten und sie mich lobte, war dieses Misstrauen wieder kurz da. Worte. Ich schaffe es nicht Worten zu vertrauen. Worten mit Handlungen, oder Handlungen, ja, das verstehe ich. Haben sie es verstanden? Ich bin mir nämlich nicht ganz sicher, ob ich mich verständlich ausgedrückt habe.

<<*Danke Frau Fischer für Ihre Unterstützung!*>>

Nun hatten wir also eine Wohnung. Mit einem nagelneuen Bad, aber der Rest in keinem gutem Zustand. In den nächsten Wochen habe ich während der Arbeitszeit, im Erdgeschoss und in unserer zukünftigen Wohnung, die alten Türen herausgerissen, einen Spanplattenboden verlegt, dabei soweit als möglich versucht die schiefen Böden, von bis zu fünf oder sechs Zentimeter Höhenunterschied auszugleichen. Darauf dann einen Laminatboden verlegt und neue Türen gesetzt. Die Malerarbeiten haben wir auswärts vergeben. Dazu fehlte dann einfach die Zeit und vor allem die Lust. Das Heruntermachen der alten Tapeten war schon spaßig genug. Es war zum Teil eine Zeitreise durch die Geschmäcker der vergangenen Jahrzehnte und Mieter. Bis die mehreren Schichten herunter waren, das war Arbeit genug. Zum Glück hatten wir dann beim Umzugstermin viele Freunde die uns halfen. So wurde die anstrengende Arbeit auf viele Schultern verteilt. Im Gegensatz zu heute. Da wäre so ein Umzug wohl nicht mehr zu schaffen. Wir haben jetzt einen qualitativ hochwertigen Freundeskreis, aber die Quanität für einen weiteren Umzug würde wohl fehlen. Und in meiner jetzigen psychischen Situation ist allein der Gedanke aus der Wohnung irgendwann heraus zu müssen von panischer Natur.

Können sie sich noch daran erinnern, als ich geschrieben habe, dass Tequila damals unser Getränk war? Nachdem alles in der Wohnung am Platz stand machten wir eine Einweihungs-/Helferparty und ich versprach mit allen einen gemeinsamen Tequila zu trinken. Geplant war, eine kurze Rede und dann mit allen gleichzeitig einen Tequila zu trinken. Das war die Theorie. Doch die Praxis sah dann etwas anders aus. Es kam so, dass ich den ganzen Abend über, mit einzelnen Personen, oder Grüppchen immer wieder einen Tequila trinken musste. Statt nur einem Tequila hatte ich am Ende irgendwo zwischen dreizehn und sechzehn Tequilas intus. Irgendwann habe beim Zählen dann den Überblick verloren. Nachts um Drei, war es dann zu viel. Mir war es zu viel. Wollte mich bloß kurz mal ins Bett legen und weg war ich. Die große Alkoholmenge, neben Tequila gab es ja auch noch Bier und anderes, forderte ihren Tribut. Voll bekleidet schlief ich im

Bett ein und war vollkommen weg. Das war das Ende meiner Tequila-Zeit. Ich hatte eindeutig zu viel davon abbekommen.

Wollen sie noch über was lachen? Ok, ich also nachts um drei mit viel zu viel Alkohol im Bett. Morgens um 9 Uhr klingelte dann das Telefon. Meine „liebe" Mutter war dran. Wollte wissen, wie die Party war. Ich, nach nur sechs Stunden Schlaf und mit immer noch zu hohen Alkoholpegel, musste meiner Mutter von der vergangenen Party erzählen. Ich habe eine Angewohnheit beim Telefonieren. Meist laufe ich mit dem Telefon durch die Wohnung. So auch an diesem Morgen. Ich lief und berichtete, bis zu dem Moment, wo mir mit einem Mal richtig schlecht wurde. Konnte nur noch zu meiner Mutter sagen „warte mal kurz" dann habe ich denn Hörer soweit als möglich weggehalten und in die Kloschüssel gekotzt. Als es mir dann wieder etwas besser ging und ich wieder etwas zu meiner Mutter sagen wollte, hatte sie einfach aufgelegt. Naja, wer hört schon jemand gerne beim Übergeben zu, auch wenn es nur am Telefon war. Aber so war ich sie los und konnte endlich wieder ins Bett und meinen Rausch ausschlafen.

Durch den Kontakt mit der TS Selbsthilfegruppe haben wir einige interessante Leute kennengelernt. Unter anderem Philip.

Die Zahnschmerzen sind schlimmer geworden. Ein Tag vorm Heilig Abend. Was tun? Einfach nichts tun, es bleiben lassen und auf das Beste hoffen? Nur um dann wahrscheinlich doch an den Feiertagen doch hin zu müssen? Also habe ich mich überwunden noch einmal dorthin zu gehen. Alleine. Reiner Funktionsmodus. Wusste ja, dieses Mal musst du alle Panik weg, ganz weit weg schieben. Der Termin war wieder beim gleichen Zahnarzt. Er kannte also mich und meine Probleme. Das war natürlich gut, er wusste was ihn erwartet und ich wusste im Gegenzug, dass er Verständnis für mich hatte. Aber nichts desto trotz, hätte gerne jemanden dabei gehabt. Jemand der auf mich aufpasst, tröstet und stärkt. Es war nicht so leicht wie zwei Tage zuvor. Erst fand er keine Ursache für die Schmerzen. Fragte sogar einen älteren Kollegen um Rat. Wollte mich, wegen Ratlosigkeit, fast schon mit Schmerztabletten heimschicken. Dann wollte er noch was probieren. Dazu musste er erst einmal die Region um den Zahn betäuben, was nicht einfach war. Es wirkte einfach nichts. Das Gefühl, der dumpfe Schmerz blieb. Acht bis zehn Spritzen bis runter zum Knochen verteilte er. Das war schon mal ein sehr unangenehmer Start. Der Zahnarzt rammte die Spritzen zum Teil so tief, dass seine Hände vor Kraftanstrengung zitterten und er dann fast einen Krampf in den Händen hatte. Als dann endlich so etwas wie ein taubes Gefühl um den Zahn entstanden war, entfernte er die alte Füllung von Hand und machte eine neue darauf. Die ganze Zeit war ich brav. Zusammenreißen, die ganze Zeit die Angst ganz tief im Innersten vergraben. Da wo keiner mehr hinkommt, wo nichts mehr ist. Fast kein Würgereiz, dafür war es schmerzhaft. Wieder kamen die negativen Dinge hoch, auch wieder diese Art von Gedanken, wenn es anfängt zu schmerzen, dann bis du halt doch wieder alleine. Alleine Aushalten, alleine mit den Ängsten zu sein. Natürlich weiß ich im Kopf, wie ungerecht das den anderen Menschen gegenüber ist, dass ich den Menschen, die mir bisher geholfen haben, sie mit solchen Gedanken vor den Kopf stoße. Aber tief drinnen, da wo die Dunkelheit schwärzer als schwarz ist, wo das kleine Kind wohnt, da ist wieder dieses Gefühl von Alleine gelassen zu werden wieder da. Wenn die richtigen Schmerzen kommen, bis du alleine. Keiner da. Wie immer.

Lass nichts und niemand an dich ran. Am Ende bist du alleine gelassen. Das schlimme an diesen Gedanken ist, dass ein Teil weiß, dass es absoluter Quatsch ist, mit diesem allein sein. Aber dem anderen Teil ist das egal. Und obwohl beide ein der derselben Person entspringen, sind diese Gedanken strikt voneinander getrennt. Es gibt keine Verbindungen zwischen diesen beiden Gefühlsebenen. So als ob es zwei unterschiedliche Menschen wären.

Philip war ein Frau zu Mann Transsexueller, den wir über Nick kennengelernt haben. Erst nur zusammen mit ihm, später haben wir uns mit Philip auch alleine getroffen. In Stuttgart in seiner Wohnung, oder auch bei einem Weihnachtsfest bei uns. Philip war, oder ist es wahrscheinlich, immer noch ein netter Kumpel. Habe mich mit ihm sehr gut verstanden. Er war auf fast jeder Party bei uns mit dabei. Problematisch wurde er ab und an nur nach zu viel Biergenuss. Dann wurde er richtig geschwätzig und so verdammt hochgeistig philosophisch, dass man ihm fast nicht mehr folgen konnte. Manches Mal sogar bis zur Unerträglichkeit. Während wir anderen meist nur lustiger wurden, entwickelte er so wirre philosophische Diskurse, aber auf eine sehr negative Art. Aber dennoch war er die meiste Zeit ein lieber Kerl.

Bei einer Feier, bei dem beiden Seiten, also Football und TS wieder einmal bei uns in der Wohnung zusammentrafen, waren Simone, mit uns die dienstälteste Spielerin, und Philip auf einem Sessel gemeinsam eingeschlafen und am nächsten Morgen hatten beide dicke fette Knutschflecken am Hals. Woher die wohl gekommen sind? Wahrscheinlich ganz von alleine über Nacht.

Wir waren auch einmal zu einem Thanksgivingsessen bei Nicks damaliger Freundin irgendwo im Schwäbischen eingeladen. War unsere übliche Clique dabei, die sich sonst meist bei Nick, ein Stelldichein gaben. Doch dieses eine Mal waren wir bei ihr zuhause. War so geplant, dass wir nach dem Essen nicht nach Hause fuhren, die Nacht dort verbrachten und am Sonntag nach dem Frühstück wieder heimfuhren. Es gab wie beim klassischen Thanksgivingsessen in den USA, einen Truthahn und alle möglichen Beilagen. War richtig lecker und reichlich. Natürlich gab es auch genügend zu trinken. Die Stimmung wurde immer lustiger und entspannter. Im Laufe der Nacht leerten sich immer mehr Gläser und immer mehr der Partygäste verabschiedeten sich ins Bett. Zum Schluss waren nur noch Philip und Ursula und ich wach. Es wurde geredet, geredet und diskutiert. Irgendwann wurde es mir dann auch zu viel und ich zog mich in ein anderes Zimmer zurück, wo Gaby schon schlief und ich nun auch schlafen wollte. Doch die beiden fanden und fanden kein Ende beim Quatschen. Das Haus war hellhörig und ich konnte wegen der lauten Unterhaltung der Beiden einfach nicht einschlafen. Wenn ich eines hasse wie die Pest, dann, wenn mich jemand am Einschlafen hindert. Dann werde ich sauer, richtig sauer. Und sie hörten einfach nicht auf. Sie drehten sich in ihrer Diskussion immer weiter im Kreis ohne jemals wieder da herauszukommen. Versuchte dann sie zu bitten, ins Bett zu gehen, nütze nichts, dann versuchte ich wieder in die Diskussion einzusteigen. Ebenfalls sinnlos. Will nur meine Ruhe und finde bei denen beiden keine. Hätte ihnen beiden am liebsten den Hals herumgedreht. Irgendwann bin ich dann doch wieder zu Gaby und habe versucht zu schlafen.

Aber meine Rache folgte. Da die meisten anderen ja rechtzeitig ins Bett gegangen sind und ihr Alkoholpegel abgebaut war, waren sie am Sonntagmorgen relativ früh wieder fit. Gaby und ich standen mit der Mehrheit auf und ich hatte ein perfides gutes Gefühl dabei, diese beiden Herrschaften, die endlich eingeschlafen waren, durch laute Aktionen am Weiterschlafen zu hindern und zum Aufstehen zu zwingen. Sie sahen so richtig fertig aus. Mein ist die Rache, sprach Susanne. Hindere mich am Schlafen und ich werde aggressiv und rachsüchtig.

Aber die nachhaltigste Erinnerung an Philip habe ich an ein Treffen von Transsexuellen in Stuttgart. Zum Reisegepäck für die Veranstaltung gehörten eine Flasche weißen Tequila, Zitronen und Salz. Gegen Ende dieser Veranstaltung trafen sich dann Philip, ich und noch drei andere Leute und wir leerten die Flasche Tequila. Danach gingen zu irgendjemandem, der in der Nähe der Veranstaltung wohnte. Ja, die Erinnerungen sind da etwas verschwommen. Dort entdeckten Philip und ich bei deren Alkoholika, eine Flasche mit einem Rest braunen Tequila. Den haben wir auch noch leer gemacht. Danach haben wir uns noch eine Flasche Calvados geschnappt und uns zurückgezogen. Hier unterscheiden sich dann die Erinnerung von Philip und mir. Er meint, dass wir die Flasche Calvados in der Küche getrunken haben, während ich mir ziemlich sicher bin, naja so sicher wie man sich nach dem ganzen getrunkenen Tequila halt sein kann, dass wir im Bad auf Toilettendeckel und Badewannenrand saßen und aus der Flasche den Calvados getrunken haben. Wir hatten beide schon einiges intus, als Gaby und ich, gegen drei Uhr morgens, uns wieder auf den Heimweg machten. Ich fühlte mich trotz der großen Menge an Hochprozentigem noch recht fit. Habe Gaby aus dem Irrgarten der Stuttgarter Innenstadt sicher auf die Autobahn gebracht.

Am Leonberger Buckel wollte ich wirklich nur kurz die Augen schließen, weil der Alkohol nun doch langsam seine Wirkung tat. Als ich sie wieder aufmachte, waren wir fünf Minuten von daheim entfernt. Anderthalb Stunden war ich weggetreten. Habe Gaby die ganze Strecke alleine fahren lassen. Das tat mir so unendlich leid. Ich penne meinen Rausch aus, während sie alleine die ganze Strecke hinter sich bringen muss. Ich habe selbst heute noch ein schlechtes Gewissen, wenn ich daran denke. Habe immer noch das Gefühl sie alleine gelassen zu haben.

Wobei andersherum fand ich gar nicht mal schlecht. Wir, Nick, Gaby und ich, fuhren zu „Rock am See", einem Open Air Konzert mit vielen damals bekannten Crossover Bands wie Faith No More oder damals unbekannten wie Subway to Sally in Konstanz. Headliner war die Band Rammstein, die damals am Beginn ihrer Karriere standen. Sie und ihre Bühnenshow wollten wir unbedingt sehen. Aber die Show wurde ihnen von Subway To Sally gestohlen. Deren Auftritt hat uns umgehauen. So eine Art von Musik war was völlig Neues für unsere Ohren. Also Karten gekauft und mal runter nach Konstanz gefahren. Irgendwann nach Mitternacht war das Konzert vorüber und wir endlich wieder beim Auto. Eigentlich sollte Nick fahren, war ja auch sein Auto. Aber Gaby war auf der Rückbank schon eingeschlafen und Nick hielt nur das kalte Gebläse wach. Ich war, wie bei jeder Autofahrt, wenn ich nüchtern war, fit. Also habe ich mit Nick die Plätze getauscht. Saß am Steuer mit zwei schlafenden Mitfahrern und genoss diese ruhige Fahrt. Um diese Zeit war die Autobahn so gut wie leer. Keinen Stress mit anderen Verkehrsteilnehmern. Man konnte seinen Gedanken nachhängen, während unter einem die Autobahn dahin zog. Die zwei Stunden Fahrzeit waren sehr angenehme Stunden.

Ich bin heute müde, so sehr müde. Lebensmüde. Jede Stunde ist das Gefühl da, als ob meine Kraft schwindet und das Leben aus mir herausrinnt. Ein Gefühl, also ob, ich nicht mehr lange zu leben habe. Die Besuche beim Zahnarzt haben mich ausgelaugt, eine leere Hülle zurück gelassen. Und es waren ja nicht die letzten, sondern erst der Beginn. Wie meinte Frau Fischer etwas lapidar „da haben sie ja noch einiges vor in 2016". Und ich will das nicht. Ich will lieber sterben, als wieder und wieder diesen Weg zum Zahnarzt zu gehen. Die Angst, der Schmerz, das Gefühl des Alleine seins, all das fordert ihren Tribut. Nein, äußerlich, da bin ich nicht wirklich alleine. Aber diese dünne Schicht Verstand umhüllt nur die die innere Einsamkeit und den Schmerz. Der Wunsch nach der Erlösung ist riesig. Und die Angst davor ebenso. Ich will schlafen und habe Angst vor dem Schlaf, weil dort in dieser Welt all die negativen Träume auf mich lauern. Letzte Nacht hat mich meine Mutter wieder und wieder niedergemacht. Dabei gab es im wahren Leben nie diese offenen Äußerungen von Enttäuschung. Wenn es diese Enttäuschungen gab, waren es ja die der leisen, aber umso schmerzhafteren Töne. Solche Situationen wie hier im Traum, sind nur Traumgespinste meiner verquerten, aber im Traum so überbordenden, extrem realistischen und schmerzhaften Phantasie.

Es gab solche Momente nie im wahren Leben zwischen ihr und mir. Warum also in diesen verdammten Träumen? Wie sagte meine erste Psychotherapeutin, Frau Schwarzfuß, während des allerersten Klinikaufenthaltes „Frau Röder, alle Personen in ihren Träumen, das sind sie selbst" Na dann, warum mache ich mich fast jede Nacht selbst so fertig und spiele dazu noch meine eigene Mutter? WTF?

Warum habe ich Angst vor dem Einschlafen, warum finde ich trotz dem Mehr an Medikamenten nur so schwer in den Schlaf? Ich will nicht schlafen, ich will nur einschlafen, nicht mehr träumen und nicht mehr aufwachen, ich will schlafen, ich bin so müde. Ich habe Angst vor jeder Minute der Nacht. Vor den Geistern die da herum streifen. Und wieder wirken die Medikamente nicht richtig. Werde nur sehr langsam müde. Und warum erhöhe ich dann nicht einfach meine Dosis an Medikamenten? Schieße mich mit mehr Dominal, mehr Diazepam, und dazu noch einen ordentlichen Schuss Tavor ins Reich des Vergessens. In die Schwärze des kleinen Todes? Warum tue ich das nicht? Es ist zum Verrückt werden

Eine andere Transsexuelle, die damals ab und an unsere Wege kreuzte war Dagmar. Für mich in der Erinnerung, die Grande Dame in unserer Gruppe. Warum? Sie war von unserer ersten Begegnung an, so sicher in ihrem Auftreten als Frau. Da gab es nie den geringsten Zweifel, oder zumindest erweckte sie denn Anschein. Sie strahlte wie, bewegte sich wie, war wie eine richtige Bio-Frau. Anfangs fand ich sie ziemlich spröde, eingebildet. Aber das legte sich dann mit der Zeit, als wir beide jeweils hinter die Fassade der anderen schauten. Ich habe mit ihr auch eine komplette Nacht mit Sekt und Puschkin Wodka verbracht und nur geredet und geredet. Zwei Seelen die ihre Erfahrungen über diese totale Umkrempeln des eigenen Lebens, dieses ganzen neuen Erfahrungen, die man mit sich selbst und dem Umgang mit anderen Menschen macht. Dieses Gefühl von Schwestern, die in einem fremden Land sich ihren Weg bahnen müssen.

Was erinnert mich an meisten an Dagmar? Es ist mit einer recht simplen Frage verbunden. Sie stellte sie mir mal in einer ruhigen Minute. „Wie hast du es geschafft, dich so schnell den neuen Namen Susanne zu finden?" Ich war von dieser Frage ziemlich überrascht. Erst da wurde mir klar, dass dieser Prozess, sich einen neuen Namen selbst zu wählen, für viele so schwer sein kann. Für mich war es im Gegensatz schon von Anfang klar, dass ich Susanne heißen wollte. Dieser Name fühlte sich vom ersten Moment so richtig an. Es gab nie auch nur ein Zögern. So und nicht anders, wollte die Frau in mir heißen. Beim Zweitnamen, diesen Luxus, habe ich mir dann doch etwas mehr überlegt. Erst einmal, fand ich es klasse, dass ich ja es nun selbst in der Hand hatte. Meiner Mutter zufolge, war bei meiner Geburt kurz überlegt worden, ob ich einen Zweitnamen bekommen sollte. Stefan war die Überlegung, nachdem Zweitnamen meines Vaters. Aber sie hatten sich dann dagegen entschieden. Meine Schwester bekam dann den mir noch „verweigerten" Zweitnamen. Sie hieß Petra Simone. Da ich ja dieses Mal, die Chance auf den Zweitnamen selbst in der Hand hatte, nutze ich sie. Also entschied ich mich für den Zweitnamen Katharina. Zu Ehren meiner Oma.

1998 war es dann soweit. Ich hatte von beiden Psychologen die Gutachten in der Hand. Damit dann zum Standesamt und die Vornamensänderung beantragt und auch relativ schnell bewilligt worden. Dies wird die kleine Lösung genannt. Man(n) hat zwar einen weiblichen Vornamen, aber dem Gesetzgeber gegenüber ist man immer noch ein Mann. Im theoretischen Fall, dass man ins Gefängnis müsste, würde man in den Männerknast kommen. Ich war nach der Vornamensänderung laut Gesetz „Herr Susanne Katharina Röder" Zum Glück wird beim Personalausweis das Geschlecht nicht angegeben. Nur im Reisepass wird dies verlangt. Nachdem Personalausweis gingen dann die ganzen Änderungen weiter. Vom Meisterbrief, über Weiterbildungsmaßnahmen, all das wollte ich ändern. Nichts mehr sollte an den alten Namen erinnern. Vor allem auch im Hinblick auf die beruflichen Veränderungen, die ja in den nächsten Monaten und Jahren anstanden.

Das Ende des väterlichen Lebenswerks

1998 war sowieso ein Jahr in dem ich mehrere Dinge für alle Zeiten hinter mir abbrach und für alle Zeiten vergessen wollte. Michael sollte für alle Zeiten in die Vergessenheit verschwinden, als ob es ihn nie gegeben hätte. Genauso war es mit der beruflichen Vergangenheit. Bruni und ich kamen überein, die Schreinerei zu schließen. Die Rentabilität war nicht mehr gewährleistet. Außerdem hatte sie keine Lust mehr auf die ganze Buchhaltung und ich sowieso die Schnauze voll, von all dem was zur Schreinerei gehörte. Also entschieden wir uns die Schreinerei dicht zu machen und alles was möglich war zu verkaufen und den Rest zu entsorgen. Fiel es mir leicht, dieses Stück Vergangenheit loszulassen? Nein, es war eine große, unbeschreibliche Erleichterung. Dieses nicht gewollte Erbstück loszuwerden, war so befreiend. Es war ja niemals meine Schreinerei. Erst die meines Vaters, dann die meiner Mutter. Ich war nur froh, dort heraus zu kommen und endlich mein eigenes, selbstbestimmtes Leben führen zu können. Egal was die Zukunft auch brachte, es war alles besser als weiterhin mit Latzhosen zur Arbeit zu gehen. Diesen nie gewollten Beruf für hoffentlich alle Zeiten an den Nagel zu hängen.

In diesem Jahr räumte ich das komplette Leben, das meinen Vater ausmachte, aus. Jede große Maschine, jede Fräse, Bohrmaschine wurden verkauft. Mit jedem Verkauf schwand ein Stück der Schreinerei, ein Stück meines Vaters, ein Stück Erinnerung. Sie wurde leerer und leerer. Bis die Räume so leer wie meine Emotionen zu diesem väterlichen Lebenswerk, waren. Mein Vater hat sich wohl in dieser Zeit heftig in seinem Grab umgedreht, oder mich von seiner Wolke im Himmel verflucht. Mit jedem Stück das hinausging, von der Kreissäge bis zur Spanplatte fühlte ich mich freier. Innerhalb einiger Monate war die Werkstatt und alles was in ihr stand, leer und nur noch Geschichte. Alles was mein Vater sein eigen, sein Leben nannte, war nach diesen paar Wochen nur noch eine unangenehme Erinnerung. Als ich zum letzten Mal durch den Hausflur auf die Straße ging, die Tür hinter mir zu fiel, war ich so froh, dieses Stück Vergangenheit erledigt zu haben. Ich laufe heute immer wieder an dem Haus vorbei, in dessen Hinterhof ich fast zwanzig unzufriedene Jahre als Schreiner verbrachte, aber es kommen keine Gedanken des Bedauerns hoch.

Eine Erinnerung, die ich, ebenso wie den alten Vornamen für immer vergessen wollte. Nichts sollte mehr an das Alte erinnern. 1998 war das Jahr Eins. Davor gab es nichts. Soweit die Theorie. Aber natürlich kann man zu dem Zeitpunkt ganze Vierunddreißig Jahre nicht abstreifen, wie einen alten stinkenden Socken und wegwerfen. Mir wurde erst in den kommenden Jahren richtig klar, wie diese am liebsten nicht mehr existierenden Jahre mein Leben, meine Gedanken immer noch beeinflussen.

Arbeitslos und die Arbeit mit Behinderten

Mit dem Ende des Jahres 2000 war dann das Ende dieser, in Bezug auf Freizeit, goldenen Jahre angebrochen. Sportlich der Höhepunkt aktiv und recht erfolgreich in der Bundesliga zu spielen. Auf dem Weg zu der Frau zu werden, die innerlich schon ein Leben lang geschlummert hat, wurden durch die Vornamensänderung, die Akzeptanz in der Familie und im gewonnenen Freundeskreis ein großer Schritt Richtung Normalität gemacht. Beruflich gab es auch noch einmal ein, entspanntes dreiviertel Jahr. Anderthalb Jahre nach Aufgabe der Schreinerei, war ich arbeitslos, Das erste Jahr noch relativ entspannt durch das Arbeitslosengeld Eins. Endlich kam wieder relativ regelmäßig Geld auf mein Konto. Was wollte ich nun in meiner Zukunft machen?

Ich stellte mir eher etwas, wie soll ich sagen, sozialeres vor. Weiblicheres? Irgendwas, dass mit anderen Menschen zu tun. Anderen helfen. Von der Warte traf es sich gut, das ich 1999 eine Stelle in der Schreinerei der Behindertenwerkstatt in Hagsfeld, einem Stadtteil von Karlsruhe angeboten bekam. Die Arbeit mit behinderten Menschen fand ich sehr reizvoll. Zwar würde ich da auch in einer Schreinerei arbeiten, aber in meiner Vorstellung wäre das ja nur der sekundäre Part der Arbeit. Im Vordergrund stand, nach meiner Erwartung, die Betreuung und das Arbeiten mit den Behinderten. Also sagte ich zu und es wurden die schlimmsten zwei Monate in meiner beruflichen Laufbahn. Eine Zeit, an die ich eigentlich nur mit größtem Grausen zurückdenke. Nein, das hatte ich nichts mit den behinderten Menschen zu tun, wenn ich das hätte tun dürfen, was ich im Vorstellungsgespräch verstanden habe, oder es mir zumindest so vorgestellt hatte, dann wäre ich vielleicht immer noch dort angestellt. So habe ich nicht einmal die Probezeit überstanden.

Statt der Arbeit mit Behinderten, arbeitete ich zwar in der gleichen Werkstatt wie sie, aber mehr auch nicht. Im Endeffekt war ich genau da wieder gelandet, wo ich nie mehr in meinem Leben landen wollte. In einer hundsgewöhnlichen Schreinerei, mit all der nicht mehr gewollten Maschinen- und Handarbeit. Die trotz des außenstehenden Schild und ihrem sozialem Auftrag, der Arbeit mit Behinderten, eine stinknormale Schreinerei war, die Gewinn erzielen musste. Der gleiche Druck wie in den letzten Jahren in der eigenen Schreinerei. Nur war ich nicht mehr so wie früher. Ich hatte begonnen mich körperlich zu verändern und auch psychisch. Ich wollte mit diesem Früher nichts mehr zu tun haben NIE MEHR!

Das hatte man mir beim Vorstellungsgespräch irgendwie verschwiegen. Ich hatte erwartet eine Art Sozialarbeiterin zu sein, während der Chef der Schreinerei einfach nur eine weitere Schreinerin wollte. Erst als ich dort anfing, wurde mir gesagt, dass sie neben der Behindertenwerkstatt, neben der Arbeit mit den Behinderten, auch eine ganz normale Schreinerei am Laufen hatten. Die trotz der augenscheinlichen Gemeinnützigkeit auf Gewinn arbeiten musste. Also so wie in jeder anderen gewöhnlichen Schreinerei auch. Und das wollte ich ja nie wieder tun. Dementsprechend war auch meine Leistung. Ich hatte keinen Bock darauf. Schon nach wenigen Tagen, hatte ich die Schnauze voll. Und das merkte man mir und meiner Leistung an. Ich baute Bockmist, richtigen Bockmist. Machte dumme, wirklich dumme Fehler. Jeder Tag war eine echte Qual. Aber Aufgeben kam ja nicht in Frage. Wenn ich kündigen würde, hätte ich für drei Monate kein Geld vom Arbeitsamt bekommen. Das wollte und konnte ich mir nicht leisten. Also machte ich weiter und weiter. Egal, wie verhasst der Tag auch war. Jeden Morgen dort anzufangen, der Horror.

Auf dem Heimweg, im Auto, war Metallica mit den alten, richtig schnellen und lauten Songs mein Abschalten, mein Nicht-Mehr-Denken-Müssen. Nur mit dieser hämmernden Musik, war der Scheißtag raus aus meinem Kopf. Wie schon gesagt, ich hasse jeden einzelnen Tag, es war sogar noch schlimmer, als damals in der eigenen Werkstatt. Da konnte ich wenigstens raus, wann ich wollte. Wuchs mir die Arbeit über den Kopf, machte ich einfach zu, bzw. ließ meine Lehrling mit der Arbeit zurück, während ich spazieren ging, oder einfach in die Stadt ging. Hier konnte ich nicht weg. Hier musste ich die achteinhalb Stunden durchmachen. Mit jedem Tag, hasste ich diese Arbeit mehr und mehr. Und je mehr Hass, desto mehr Unkonzentriertheit, desto mehr Fehler. Ein Kreislauf, der schlimmer und schlimmer wurde. Ich war im Kopf absolut blockiert. Die einfachsten, normalsten Dinge die jeder Schreiner aus dem Effeff kennt, waren einfach nicht mehr da. Ein absoluter Teufelskreis, in dem mich selbst verfangen hatte. Anfangs war mein Chef noch geduldig, aber am Ende war er nur noch stinksauer auf mich und ich im Gegenzug auf ihn. Er meinte, er hätte eine erfahrene, professionelle Schreinermeisterin angestellt, die hilft den vom der Geschäftsleitung erwartete Umsatz zu erfüllen. Stattdessen kostete ich ihn durch meine Lustlosigkeit und Fehlern nur Zeit und Geld. Auf der anderen Seite, hatte ich erwartet in einem sozialen Bereich arbeiten zu können. Das meine handwerkliche Erfahrung nur zur Unterstützung bei der eigentlichen Arbeit mit den Behinderten gebraucht würde. Stattdessen war ich gefangen in dem Beruf, den ich niemals wieder auch nur im Ansatz machen wollte. Wir beide waren jeweils von der anderen Seite maßlos enttäuscht. So war es nur noch eine Frage der Zeit, bis diese berufliche Zusammenarbeit zu Ende ging. Am Ende haben wir beide einen Auflösungsvertrag geschlossen. So konnte ich weiterhin, das Geld vom Arbeitsamt beziehen und er war mich schnellstmöglich los. Am Ende, als ich das letzte Mal durch das Tor fuhr, war es mit einem Stinkefinger. Froh, endlich dieses unerfreuliche Kapitel hinter mir gelassen. Wahrscheinlich hat mein, jetzt ehemaliger, Chef das gleiche getan oder seinem Schöpfer gedankt, mich endlich so zu sein. Aber selbstverständlich kann ich nicht nur eine Seite sein und froh sein, diesen Job los zu sein. Es war auch die andere Seite, die ein Gefühl von Versagen in meinem Kopf pflanzte. Und die endgültige Bestätigung nicht als Schreinerin zu taugen. Ok, so stimmt es natürlich auch wieder nicht. Ich habe in den Jahren, in denen ich, nach dem Tod meines Vaters, verantwortlich für die Ausführungen der Arbeiten war, so gut wie nur zufriedene Kunden gehabt. Also lag es wohl eher am Umfeld und den gegenseitig, gesetzten falschen Erwartungen, dass ich hier gescheitert bin.

In der Zeit der Arbeitslosigkeit lernte ich auch eine Frau kennen, die eigentlich eine ziemlich gute Idee hatte. Zwar auch wieder etwas mit dem Arbeiten an Holz, aber eine die ich mit gut vorstellen konnte. Sie wollte eine Werkstatt aufziehen, in dem Leute, unter fachlicher Aufsicht, nämlich meiner, Möbelstücke fertigen konnten. Sie also für die Benutzung der Maschinen bezahlten und gleichzeitig qualifizierte fachliche Beratung bekommen, sowie den Umgang mit den Maschinen lernen. Gleichzeitig wollte sie diese Werkstatt auch für sozial benachteiligte Menschen zugänglich machen, ihnen die Möglichkeit geben, sich kreativ zu betätigen oder auch entsprechende Abendkurse abzuhalten. Diese Idee war nicht neu, es gab schon solche funktionierenden Einrichtungen in Baden.

Sie und ich knüpften in dieser Zeit Kontakte zur Caritas und Diakonie, sowie zu lokalen Politikern. Wobei ich schwer gegen meine politischen Einstellungen kämpfen musste. Ich bin wohl eher eine

Linke, als rechts von der Mitte. Aber wie sich da die Partei mit dem „S" vorne, verhalten hatte, davon wir ich doch sehr enttäuscht. Besonders eine Politikerin die mit einer ehemaligen Fernsehrichterin verwandt ist, war mir in ihrem Verhalten dieser Idee gegenüber und mit ihrem allgemeinen menschlichen Verhalten, sehr unangenehm aufgefallen. Dafür waren die Politiker mit dem großen „C" vorne sehr positiv gegenüber diesem Projekt eingestellt. Das stellte mein politisches Verständnis vollkommen auf dem Kopf. Leute, dessen politischen Einstellungen ich nicht unbedingt teile, waren auf unserer Seite, während die Seite die ich favorisiere sehr große Bedenken dagegen hatte. Ich lernte, in diesen Kontakten, dass Politik auf Bundesebene ganz etwas anderes ist als auf kommunaler Ebene. Auf dieser unteren Ebene wird sehr viel menschlicher gearbeitet als dort oben, wo es nur noch ums taktieren und die Wiederwahl geht. Wie schon gesagt, wir waren auf einem guten Weg. Bis, irgendwann der Frau, ich sag mal salopp, die Sicherung durch knallte, ihre Sachen packte und das Projekt halbfertig in die Tonne kloppte. Was leider das Ende dieser Idee in Karlsruhe war. Das wäre wirklich ein Projekt gewesen, das mir gefallen hätte. Wo ich dahinter gestanden hätte, mich wirklich zum ersten Mal für etwas zu engagieren. Wovon ich mir vorstellen konnte, dass es mir Spaß macht. Eine völlig neue Kombination, Spaß und Arbeit, und das gleichzeitig. Das einzige, was diese durchgeknallte Spinner bei ihrem überhasteten Auszug zurückließ, war eine total gestörte Katze, die sie früher meist nur mit Ölsardinen fütterte und völlig vernachlässigt war.

 Diese Katze hatten Gaby und ich nun urplötzlich an der Backe. Wir versuchten sie in unseren bestehenden Katzenhaushalt mit Judith und Sarah, zu integrieren, aber das ging total schief. Die Katze Musch, war sehr verhaltensgestört und sehr aggressiv gegenüber unseren beiden Katzen, dass wir sie trennen mussten. Wir hatten sie in unser Esszimmer gesperrt, ein Gitter trennte sie vom Rest der Wohnung und unseren beiden Fellknäueln. Jedes Mal wenn eine von ihnen am Gitter vorbei lief, sprang Musch gegen das Gitter und fauchte und schlug mit der Pfote gegen das Gitter. Mit der Zeit litten unsere beide Katzen, aber auch wir, stark unter dem Verhalten von Musch. Wussten nicht mehr, was wir noch tun sollten. Der Ist-Zustand war untragbar und auf Dauer für alle Beteiligten inclusive Musch nicht zumutbar. Es tat uns Leid für Musch, dass sie auch bei uns keine Zukunft hatte, aber es ging nicht anders. Wir mussten sie abgeben. Gabys Mutter, die selbst einen liebevollen Kater hatte, nahm sie auf. Dort verhielt sie sich anfangs nicht besser, fauchte und fiel den armen Kater an, der nicht recht wusste, was da mit ihm passierte. Aber mit der Zeit haben die beiden sich dann doch auf eine Weise arrangiert. Sie wurden zwar nie Freunde, aber sie konnten sich respektieren und so meist friedlich nebeneinander leben. Musch erlebte noch einige schöne Jahre. Selbst mit einer Diabetes, die sie sehr wahrscheinlich von ihrer früheren schlechten Ernährung bekam. Sie ließ sich von meiner Schwiegermutter sogar ohne großes Aufsehen, ihre tägliche Insulinspritze verabreichen. Was mich bei der ganzen Sache doch wütend macht, ist das Verhalten der ehemaligen Besitzerin. Wie man so unverantwortlich mit einem Tier umgehen kann, das geht nicht in meinen Kopf hinein. Jeder Depp kann sich heute ein Tier zulegen. Die offiziellen Vermittlungsstellen fragen zwar nach, aber es gibt so viele Wege sich anderweitig ein Tier zu besorgen. Da fragt keiner, in welches Umfeld das Tier kommt. Denen ist es völlig egal, Hauptsache die Kohle stimmt.

Am Wochenende wieder Zahnschmerzen gehabt. Dieses Mal nicht der Zahn der vor Weihnachten Probleme machte, sondern die Zahnstumpen taten ordentlich weh. Ich wusste, ich musste was dagegen tun. Aber ich kriege es nicht geschaff. Die Angst lähmt mich derartig. Und gleichzeitig weiß ich, dass es keinen Ausweg gibt. Ich muss es machen lassen. Aber die Angst davor, ist so hoch wie der Mount Everest. Derzeit ist es einfacher an Suizid zu denken um dadurch dem Zahnarzt zu entgehen. Obwohl ich wieder mal keine schlechten Erfahrungen gemacht habe, sogar mit Frau Fischer dort war, einen sehr verständnisvollen Zahnarzt hatte, die Angst kriege ich nicht aus mir heraus. Ich könnte ja als Entschuldigung anbringen, dass der Chirurg ja meinte, ich brauche eine Begleitperson, die mich dann auch die nächsten Stunden nach der OP nicht alleine lässt. Aber das sind fadenscheinige Rückzugsgefechte. Natürlich würde Gaby einen Tag Urlaub nehmen und mich begleiten. Es ist Angst, oder weit mehr als das. Es ist Panik. Und egal was bisher auch passierte, vor allem positives, ändert nichts, aber auch gar nichts an dieser Panik. Ich würde derzeit lieber sterben, als mich den weiteren Behandlungen eines Zahnarztes anzuvertrauen. Die Vorstellung dort wieder und wieder hin zu müssen, der pure Horror. Ich werde von der erwachsenen Frau zu dem kleinen Kind und kann nicht dagegen steuern. Sobald das Thema Zahnarzt auch nur ansatzweise hoch kommt, schreit dieses kleine Kind vor Verzweiflung und dem zu erwarteten Schmerz panisch auf. Ich finde kein Mittel dagegen. Zum Glück habe ich durch Massage des Zahnfleisches bei den Zahnstumpen den Schmerz weg bekommen. Also muss ich ja gerade nicht mehr dringend dorthin und kann die Zahnentfernung noch hinausschieben am besten bis zum Sanktnimmerleinstag. Tot sein, oder Zahnarzt? Tod! Angelika, eine enge Freundin, meinte ich soll daran denken, wenn ich wieder ein vollständiges, funktionierendes Gebiss habe, wie es sich anfühlt wieder richtig beißen und kauen zu können. Oder wenn ich lache, dann nicht mehr wie ein zahnlose alte Hexe aussehe. Natürlich wäre das ein gutes Gefühl, nicht mehr nur diese paar Zähne im Mund zu haben, aber der Weg dorthin.... ich glaube nicht, dass ich ihn packen werde. Alleine in keinem Fall. Und ich glaube nicht, dass ich immer jemanden finde, der mich begleitet und mit mir gegen diese verflixte Panik beisteht.

Technischer Betriebswirt

Nach diesen zwei gescheiterten Versuchen, einen neuen Job zu finden, machte das Arbeitsamt Druck, da ich bisher nicht vermittelt wurde, dass ich eine Weiterbildungsmaßnahme oder ähnliches antreten soll. Die Vorschläge waren nicht besonders gut. Es waren reine Beschäftigungsmaßnahmen. Wie bewerbe ich mich richtig und lauter solchen Kram. Nichts was mich herausfordern würde. Dieses halbe oder dreiviertel Jahr wäre reine Zeitverschwendung gewesen. Zum Glück war ich zeitgleich selbst auf der Suche nach einer Weiterbildungsmaßnahme. Und ich wurde fündig, die Möglichkeit mich zum technischen Betriebswirt weiterbilden zu lassen klang sehr interessant.

Also bin ich damit zum Arbeitsamt und habe gefragt, ob sie mir nicht stattdessen diese Maßnahme bezahlen. Und das Arbeitsamt genehmigte und bezahlte mir die Weiterbildungsmaßnahme zum technischen Betriebswirt. Eine deutlich sinnvollere und auch für meine zünftigeren Berufspläne wertvollere Beschäftigung. Ein dreiviertel Jahr war dafür veranschlagt. Das klingt so anstrengend, nach viel Lernen und wenig Spaß. Ok, lernen das stimmte schon, ab und an. Vor den Prüfungen.

Ich habe Angst, vor jeder beschissenen Nacht und vor dem Bett und das was es bedeutet. Träume. Jede Nacht diese verdammten Träume. Ich will endlich meine Ruhe haben.

Im März 2000 ging es los und sollte bis Ende des Jahres gehen. Lauter verschiedene Männer und ich als einzige Frau, trafen sich zum ersten Mal. So menschlich unterschiedlich die Teilnehmer waren, genauso unterschiedlich war die Bildung der Einzelnen. Dies war bei manchen Unterrichtseinheiten deutlich zu spüren. Fächern wo höheres mathematisches Wissen gefragt war, Formeln lösen und solche Dinge, da waren die Herren mit Abitur und Studium klar im Vorteil gegenüber einer Hauptschülerin mit Meisterprüfung. Da hatte ich echt meine Schwierigkeiten mitzuhalten und nicht den Anschluss zu verlieren. Bei manchen Formeln musste ich definitiv passen. Meine Schulbildung war da einfach nicht so weit fortgeschritten. Das war zum Teil doch frustrierend und ich fühlte mich dann doch etwas be- oder eingeschränkt, wenn die Anderen so locker und leicht die Formel umstellten, bis sie zu der Vorgabe passte, dass man dann endlich die Zahlen einsetzen konnte um das entsprechende Ergebnis zu bekommen.

Aber im Gegenzug gab es auch Fächer, wo ich, als Einzige, richtig glänzen konnte. Eines dieser Fächer war die klassische Buchhaltung. Das gleiche Fach, in dem ich schon in der Meisterschule so gut konnte. Hier war es noch deutlich krasser. Die gleichen Leute, die bei höherer

Mathematik so bravourös glänzten, versagten bei der für mich immer noch so einfachen Buchhaltung. Dieses Zahlen verschieben in die unterschiedlichen Konten, die Buchungssätze, all das war so easy. Bis heute weiß ich nicht, warum so viele andere damit erhebliche Schwierigkeiten haben. Vor allem, man musste nur ans Ende der Bilanz schauen. Waren da die Ergebnisse gleich, stimmte die ganze Arbeit. Stimmte sie nicht, tja, dann hatte man wohl einen Teil der Ein- bzw. Ausgaben falsch verbucht. Wo lag da das Problem? Das war dann eine ziemliche Befriedigung, die in meinen Augen so klugen Leute, verzweifeln zu sehen. Mich zum Teil um Hilfe fragten. Für mich war das so einfach wie eins und eins zusammen zu zählen, während es für die anderen so etwas wie eine schwierige Wurzelberechnung war. Während sie zum Teil die komplette Stunde brauchten um die Aufgabe zu lösen, war ich deutlich früher damit fertig. So glichen sich die unterschiedlichen Wissenstärken, dann doch wieder aus. Ich liebe Zahlen und damit auch die Buchhaltung. Diese Symmetrie. Zahlen können nicht lügen oder falsch gedeutet werden. Eine 1 ist eine 1. Und wenn man diese beiden zusammenzählt kommt 2 heraus. Klare unumstößliche Regeln. Einfach und simpel

Die Zahnschmerzen sind immer noch mal mehr oder weniger da. Und damit auch die Gewissheit, baldmöglichst etwas dagegen zu tun. Es wird immer klarer, dass ich es nicht mehr allzu lange hinauszögern kann. Vor allem nicht so lange, bis ich die Möglichkeit einer Vollnarkose bekomme. Und damit kriegt dieses kleine Kind immer größere und größere Panik vor diesem unausweichlichen Moment. Dem Verstand wird klar, dass er auf diesem Zahnarztstuhl sitzen muss, alleine ohne all die anderen Anteile. Und dem kleinen Kind wird davor angst und bange. Und dieser Anteil bestimmt dabei meine Gefühlslage mehr und mehr. Je unausweichlicher dieses Ereignis wird, desto mehr schreit und schreit und schreit dieses kleine Kind. Es würde lieber sterben, als sich freiwillig noch einmal auf diesen Folterstuhl zu setzen. Egal wie oft es inzwischen positive Erfahrungen mit Zahnärzten gab, keine erreicht diese dunkle Ebene, wo das Kind in seiner Panik sitzt.

Im Kopf ist nur noch ein einziges panisches Schreien. Mir wird damit auch immer klarer, dass ich, um den Zahnarztbesuch überhaupt zu packen, dieses schreiende kleine Kind mit seiner unfassbaren Angst Gewalt antun muss. Mein Verstand, muss wie mein Vater, diesem verzweifelten Kind gegenüber übergriffig werden. Es fesseln und knebeln und in das tiefste Verlies meiner Psyche zu sperren. Da wo kein Licht hinein und kein Laut herauskommen kann. Nur in einem reinen Funktionsmodus kann ich diesen Zahnarztbesuch überstehen. Aber immer noch würde ich lieber sterben, oder besser gesagt tot sein, als mich einem Zahnarzt anzuvertrauen. Obwohl ich inzwischen weiß, dass die Zahnärzte in der Klinik, wirklich einfühlsame Ärzte sind. Aber dieses Wissen ist gegenüber der Angst so unbedeutend.

Es ist wieder soweit. Habe die vier Wochen zuhause überstanden und bin bei meiner ersten Intervallaufnahme in der Psychiatrie. Frau Fischer schrieb mir in einer Mail kurz bevor ich auf meiner Station kam „Ich habe heute schon den mit den Kolleginnen über Ihre Zahnproblematik und Ihre große Angst davor berichtet. Sie werden die Unterstützung hierbei bekommen". Nun bin ich bekanntermaßen niemand, der anderen Menschen vertraut, besonders im Hinblick auf dieses extrem schwierige Thema. Ja, Frau Fischer vertraue ich (immer mehr)! Durch ihre Begleitung beim ersten Besuch ist das Vertrauen deutlich gewachsen. Wie es hier mit den Ärzten und Pflegern auf der Station aussieht, bleibt abzuwarten. Zumindest heute bei der Aufnahme wusste die Therapeutin noch absolut nichts von allem. Mal sehen, ob sich das ändern wird, wenn nächste Woche die Oberärztin wieder im Hause ist. Wenn ich eines nicht gebrauchen kann, dann sind das irgendwelche „unterstützenden" Worte. Worte sind Schall und Rauch. Sie verschwinden, lösen sich auf, können falsch verstanden werden. Das hilft dem kleinen Kind wahrlich nicht. Es braucht jemand, dass es physisch bei der Hand nimmt. Wie soll ich es ausdrücken, die Hand einer Mutter. Innen drin ist nur ein elf Jahre alter Junge, der unbeschreibliche Angst hat und vor Verzweiflung nicht weiß wohin und daher nach Hilfe sucht. Weichei? Soll mich nicht so anstellen? Geht ihnen so was gerade durch den Kopf? Können nicht nachvollziehen, warum ich wegen eines simplen Zahnarztbesuches solch eine große Panik habe?

Mögen sie Schlangen, Ratten, Spinnen? Nein, haben sie Angst vor diesen Tieren? Dann stellen sie sich mal vor, sie würden in einer dunklen kleinen Kiste mit diesen Tieren eingesperrt sein. Oder haben sie Höhenangst? Nun dann stellen sie sich vor, sie stehen am Rand eines vierhundert Meter hohen Gebäudes, ohne Sicherung. Ohne Brüstung. Wird ihnen bei einem dieser beiden Möglichkeiten mulmig zumute, oder sie bekommen es mit einer erdrückenden Angst oder noch besser mit einer Panik zu tun. Na dann, können sie wenigstens ein bisschen meine traumatische Panik vor dem Zahnarzt verstehen.

Aber vielleicht sind sie auch sie eine toughe Person, der das alles nichts ausmacht, dann halten sie mich halt für ein Weichei. Dann wünsche ich ihnen, dass sie niemals in so eine Panikstimmung kommen.

Zurück zum Aufenthalt in der Psychiatrie, Tag eins. Mal sehen, was in diesen zwei oder drei Wochen zu diesem Thema passiert. Ich betätige mich als die übliche Schwarzseherin. Es wird bis auf ein paar gut gemeinte Worte nichts, absolut nichts passieren. Am Ende werde ich es wieder alleine überstehen müssen. Wie immer. Ok, das war zynisch und ungerecht. Mal wieder. Aber obwohl ich mir immer wieder sage, überdenke die Äußerung, überprüfe sie auf ihre Richtigkeit, kriege ich die Zweifel nicht aus dem Kopf.

Die meisten Hoffnungen sind doch nur dafür da, um enttäuscht zu werden. Klar gibt es einige sehr wenige Menschen, die die Hoffnung wecken, einem beistehen. Aber die allermeisten Hoffnungen, die von anderen vordergründig geweckt werden, sind Schall und Rauch. Wieder nur Worte, die beim kleinsten Wind verweht werden und nichts zurück lassen als eine einzige Enttäuschung.

Vielleicht liegt es gerade an diesen sukzessiven Zahnschmerzen, dass ich so drauf bin. Aber dieses Gefühl des Alleingelassen werden, ist so dominierend. Was wird von der Aussage von Frau Fischer übrig bleiben? Ich will sie eigentlich gerade alle verfluchen, aber ein kleiner Teil der hofft noch auf Anfang nächster Woche. Das Der- oder Diejenige mit der Frau Fischer sprach, kommt und zu mir sagt, ich *weiß Bescheid, stehe ihnen bei und helfe ihnen. Aber mit der ganzen Wut in mir, mit der Wut der Alleingelassenen, ist nicht mehr viel Platz für die Hoffnung auf Unterstützung. Könnte gerade herausschreien „Leck mich alle am Arsch, danke das ihr meine so spärliches Vertrauen in andere Menschen noch weiter untergraben habt"*

Während der Weiterbildung habe ich mich auch mit einigen der Klassenkameraden angefreundet. Einige der Freundschaften hielten sogar einige Jahre danach. Mit Karl-Heinz verband uns Jahre später die Freude am Motorradfahren. Mit Jörg hielt die Freundschaft sogar noch etwas länger. Er war immer ein bisschen verklemmter als üblich. War manches Mal seltsam drauf. Hatte sehr konservative Ansichten, Lebte bis zu ihrem Tod bei seiner Mutter. Wen er nicht auf mich zugekommen wäre, ob wir uns nicht mal treffen, wäre es wohl eine Freundschaft geworden. Aber es entwickelte sich mit der Zeit doch irgendwie eine. Keine tiefe, aber dennoch eine Freundschaft. Aber wie schon weiter vorne beschrieben, ist die Freundschaft, ich kann nicht mal sagen leider, auseinander gegangen. Manchmal trauere ich Freundschaften nach. Aber dieser, absolut nicht.

Auch mit Karlheinz war es anfangs eine engere Bekanntschaft. Wir trafen uns zu gemeinsamen Touren mit dem Motorrad. Aber auch hier schlich sich heimlich ein immer größerer Abstand zwischen den Treffen und Kontakten ein, bis dann irgendwann absolute Funkstille war, ohne dies bewusst zu wollen. Leise, still und heimlich entschlief die Freundschaft ein.

Zurück zum eigentlichen Thema. Der Weiterbildung zum technischen Betriebswirt. Von Anfang an herrschte eine sehr lockere Beziehung zwischen den Lehrern und Schülern. Ursprünglich war die ganze Weiterbildung als Tagesschule gedacht. Von morgens 8:30Uhr bis 16:30 oder 17:00Uhr. Aber meist hatte der bzw. die Lehrer nach 15Uhr keine große Lust mehr und wir konnten irgendwann zwischen drei und vier Uhr verschwinden. Was uns natürlich nicht unrecht war. Von der Zeiteinteilung her, war es wirklich eine lockeres dreiviertel Jahr. Aber nicht falsch verstehen, lernen mussten wir trotzdem. Sogar nicht zu knapp. Gefordert wurden wir die ganze Zeit. Man merkte es nur nicht so zwischen den Tagen. Erst als Tests anstanden oder später dann die Abschlussprüfungen, da merkten wir, dass es eine ganze Menge Stoff war, den wir in unsere Köpfe hineinpressen mussten. Im Grunde genommen oblag es unserer eigenen Verantwortung, was wir von dem allen uns aufschrieben oder auf eine sonstige Art konservierten. Wir bekamen einige kopierte Seiten, Hinweise aus Büchern und das was wir während des Unterrichtes mitschrieben. Daraus mussten wir dann den Stoff für die Prüfungen lernen.

Meine Art des Lernens war eigentlich recht simpel. Ich hatte sie mir irgendwann angewöhnt. Sie ist Zeit intensiv, aber sie funktionierte für meine Bedürfnisse am besten. Aus all dem Stoff, mit vielem Text, markierte ich die meiner Meinung nach wichtigsten Passagen. Diese Passagen schrieb ich mir dann wiederum auf einen separaten Block. Dann wieder versucht daraus mittels farbigen Textmarker die Quintessenz herauszuholen. Den Stoff immer weiter aufs wesentliche reduzieren. Wenn ich das dann drin im Kopf hatte, ging es ans Abfragen. Gaby spielte die Fragestellerin und ich versuchte die Fragen unter Zugabe von Hirnschmalz wieder zu extrahieren und so eine gute Antwort zu finden. Während des dreiviertel Jahres war das noch ganz ok. Da gab es alle paar Wochen mal einen Test. Erst als die Abschlussprüfungen begannen und die Prüfungen in mehr oder weniger kurzen Zeitabständen anstanden, da wurde diese Art des Lernens doch sehr aufwendig. Ich benutze unseren großen Esszimmertisch, darauf dann die ganzen Bücher verteilt, die von Hand vollgeschriebenen Seiten und alles was an Notizen vorhanden war. Gegen Ende gab es dann keinen Abend mehr, an dem ich nicht schriftlich zusammenfasste und dabei gleichzeitig schon versuchte den Stoff zu verinnerlichen. Meist half das Schreiben um schon eine größere Menge des Stoffes im Kopf zu haben. Der Rest war halt Wiederholung und Wiederholung, bis der Stoff saß.

Einen Vorteil habe ich noch. Vor Prüfungen bin ich meist ein Nervenbündel, es herrscht in mir eine wahnsinnige Nervosität und Versagensangst, angespannt bis unter die Haarspitzen. Aber sobald ich einen Prüfungsraum betrete, ist das alles weg. Bin ich die Ruhe selbst. Alle Emotionen werden verdrängt und ich laufe in einem reinen, stabilen Funktionsmodus. Ich kann mich auf die anstehenden Aufgaben voll und ganz konzentrieren. Diese Möglichkeit hatte mir schon fast zehn Jahre früher gute Dienste bei der Meisterprüfung geleistet. Also hatte ich bei den Prüfungen auch sehr gute Noten bekommen. Es stand also nicht mehr viel im Weg, bis ich mich technischer Betriebswirt nennen durfte und vielleicht endlich aus dem Schatten meines Vaters, der Schreinerei und allem was damit zu tun hatte, befreien konnte. Es gab dann nur noch eine mündliche Präsentation über ein frei zu bestimmendes Thema, dass man mit Hilfe von Folien und einen Overheadprojektor einem Prüfungsausschuss präsentieren musste. Auch das war kein Problem. Der kurze, ca. fünfzehnminütige Vortrag verlief völlig reibungslos. Fragen die gestellt wurden, konnte ich locker beantworten. Es war damit nur noch eine Aufgabe zu bewältigen. Die Abschlussarbeit. Wie eine kleine Doktorarbeit über ein bestimmtes Thema. Doch bevor es dazu kam, wurde ich zu einem Vorstellungsgespräch bei der Fa. Kober eingeladen. Sie hatten noch meine alten Bewerbungsunterlagen. Sie stammen noch aus der Zeit der Arbeitslosigkeit, als ich Bewerbungen noch und nöcher verschickte. Hatte sie schon komplett vergessen. Diese meldeten sich nun, kurz vor Ende der letzten Prüfung bei mir und vereinbarten einen Termin für ein Vorstellungsgespräch. Es verlief ganz positiv. Was ich mir damals erwartete, kann ich mit Klarheit hier und heute nicht einmal mehr sagen. Vielleicht wirklich etwas in Richtung technischer Betriebswirt oder so etwas Ähnliches in der Art. Schlussendlich war es aber ein reiner Job als Verkäufer. Verkaufen sollte ich Beschläge und alles was dazu gehört. Also alles, von der Drückergarnituren, über Fenster- und Möbelbeschläge, und was der Schreiner sonst noch an Beschlägen in seinem Betrieb braucht. Aufgrund meiner langjährigen Erfahrung als Schreiner versprachen sie sich da Erfahrung und gute Absätze. Eigentlich nicht das was ich mir so richtig vorgestellt habe, aber die Aussicht auf gutes Geld in einer guten Firma, habe mich gegen den Abschluss und für den Job entscheiden lassen. Natürlich bedauere ich das heute, dass ich nicht noch die restliche Zeit bei der Weiterbildung geblieben bin. Also schmiss ich die Weiterbildung hin und fing im November 2000 bei der

Fa. Kober als Verkaufsberaterin für Baubeschläge an. Deswegen kann ich heute nur sagen, dass ich ein Vierfünftel technischer Betriebswirt bin, ohne den letzten, entscheidenden Abschluss.

Doch es kam dann dort alles ziemlich schnell anders. In das Büro wo mein neuer Schreibtisch stand waren schon sieben Leute beschäftigt. Einer davon hatte die damals von allen gehasste und undankbarste Aufgabe Zimmertüren zu verkaufen. Zu diesem Zeitpunkt, war das dort das absolute Stiefkind. Wenn man in der ganzen Abteilung, nur irgendjemanden fragte, ob er Türen verkaufen wolle oder Toiletten putzen, ALLE wirklich alle, hätten sich bekreuzigt und fürs Toiletten putzen entschieden. So verflucht war diese Stelle.

Anderthalb Wochen bin ich in der Klinik. Keine wie auch immer geartete Unterstützung bezüglich Zahnarztes gab es in dieser Zeit. In der Visite mit dem Stationsarzt wurde mit klipp und klar gemacht, dass ich beim Thema Zahnarzt alleine durch müsste. Ich war dermaßen enttäuscht, wirklich nur riesig enttäuscht, Kein bisschen wütend, trotz den Hoffnungen die die Mail von Frau Fischer geweckt hat. Es war dieses kalte Gefühl von „Ich habe es doch gewusst. Ich werde doch nur enttäuscht, all meine Befürchtungen alleine da durch zu müssen, haben sich bewahrheitet". Keine Hilfe, keine Unterstützung. Habe dann selbst, dieses Mal aus reiner Wut und unter Missachtung meiner eigenen Bedürfnisse nach Schutz und Hilfe, einen Termin ausgemacht. Als ich bei der Pflege dann den Termin nannte, haben sie als winziges Zugeständnis, mir den auf Station arbeitenden Auszubildenden als Begleitung mitgeschickt. WTF, was soll das, ich brauche doch kein Kind an meiner Seite, der mich mit so Standardsätzen versucht zu trösten. Aber was soll dieser kleine elfjährige verzweifelte Kind, das in seinem Trauma gefangen ist, mit einem jungen Mann der vielleicht gerade mal etwas über zwanzig Jahre alt ist, anfangen? Wie soll so jemanden, dem kleinen elfjährigen Kind Schutz bieten?

Als der Termin dann anstand, habe ich ihn doch mitgenommen. Warum da, mit der Station herum diskutieren? Hätten es sowieso nicht verstanden. War lieb gemeint, aber es lief an meinen Bedürfnissen komplett vorbei. Also sind wir zwar zu zweit hin und ich habe die kurze Behandlung über mich ergehen lassen, nur um gesagt zu kriegen, dass an dem Zahn nichts mehr zu reparieren sei, also entweder mit den Schmerzen leben, oder ihn mit den anderen zwei Zahnfragmenten ziehen. Fuckfuckfuck. Bin überfordert. Zurück in der Klinik, hat mich dann Frau Manzel, die Pflegedienstleiterin, mit Quetiapin abgeschossen. Einfach wegdämmern. Im Endeffekt war es vielleicht auch gut, denn wenn nicht, wer weiß was ich dann an dem Nachmittag angestellt hätte. Der Druck der Rasierklinge war so verlockend. Und wer schläft der sündigt nicht, oder verletzt sich nicht selbst. Es vergeht fast kein Tag, wo ich nicht mit dem Quetiapin abgeschossen werde. Aber die Stimmung ist so unterirdisch. Die Verzweiflung so groß. Natürlich hat dies auch mit den anstehenden zahnärztlichen Behandlungen zu tun. Aber auch jetzt, wo, die eine Art stille oder friedliche Koexistenz zwischen mir und meinen Zähnen besteht. Sie sind die meisten Zeit friedlich, das Essen klappt einigermaßen, also selbst jetzt, wo die Angst vor dem Zahnarzt, eher minimal ist, bin ich in eine sehr schweren Depression gefangen. Alles fühlt sich aussichtslos, hoffnungslos, verzweifelt an. Finde keinen Anschluss zu den anderen Patienten. Gut, die meisten sind auch nach neunzehn Uhr nicht mehr draußen, sondern auf ihren Zimmern. Spätestens um einundzwanzig Uhr dreißig wenn die Medikamente für die Nacht ausgegeben werden sieht man sie zum letzten Mal. Aber andererseits bin ich auch froh, im Zimmer bleiben zu können. Zu lesen, spielen oder Filme zu sehen. Das sind halt die Vorteile, die ich dieses Mal durch ein Einzelzimmer habe.

 Bin gerade am Überlegen, ob ich die Verlängerungswoche in Anspruch nehme, oder Mitte oder Ende nächster Woche nach Hause gehe. Schlecht geht es mir hier in der Klinik, ebenso wie zuhause. Aber da habe ich wenigstens Gaby bei mir. Und da ich keinen Anschluss an andere gefunden habe, vielleicht wird es Zeit die angestrebten zwei Wochen, wie von der Klinik gewünscht, anzunehmen und nicht noch eine Woche dranzuhängen.

 Frau Schlosser wollte unbedingt, trotz anderer Absprachen, dass ich in den nächsten Aufenthalten entweder in die Depressionsbewältigungsgruppe oder in die CABASP Gruppe einzusteigen. Aber im Endeffekt lohnt sich das, bei nur zwei Wochen Aufenthalt? Wenn ich wirklich auch in Zukunft nur die zwei Wochen bleibe, dann habe ich ja im Grunde genommen nur eine komplette Woche. Lohnt es sich? Was kann ich von dieser CABASP Gruppe oder der Depressionsbewältigungsgruppe noch lernen, was ich in den letzten neun Jahren noch nicht gelernt habe? Mal abwarten, was beim nächsten Aufenthalt passieren wird. Beim letzten Mal hier in der Klinik hatte die Frau Magilon auch die Musiktherapie angesprochen. Aber alles in Allem, sind die Möglichkeiten bei diesen Kurzaufenthalten sehr eingeschränkt und schwierig umzusetzen.

Zum Glück darf ich das Wochenende nach Hause. Kann eine Nacht wieder im eigenen Bett schlafen und habe jemanden um mich, der die Einsamkeit etwas wegnimmt. Die Nachtschwester hatte einen interessanten Gedanken aufgeworfen. Warum es mir tagsüber nichts ausmacht, alleine im Zimmer zu bleiben, aber am Abend, das Zimmer zum Gefängnis wird. Kann es daran liegen, dass ich durch das abendliche Zusammensein mit Gaby, es gewöhnt bin dass jemand um mich ist? Auf so eine einfache Idee bin ich noch gar nicht gekommen. Aber es könnte was Wahres dran sein. Tja, manches Mal sind die eigenen Gedanken wie blockiert oder vernagelt um das einfachste zu erkennen.

Auch das ist ein Grund zu überlegen, ob ich die nächste Woche die Koffer packe um dieser abendlichen Einsamkeit zu entkommen, oder doch auf die Verzweiflung höre und noch eine Woche in Sicherheit der Klinik verbringe. Aber ehrlich, was soll sich denn in dieser Woche groß verändern. Kann es natürlich beantworten... nichts. Wenn kriselt gibt es Quetiapin und ich bin für zwei Stunden weg. Aber ist das die Lösung, kann es die Lösung sein? Nein! Ansonsten müsste ja Frau Fischer, als meine Therapeutin mir eine hunderter Packung davon verschreiben und mich zuhause den ganzen Tag wegbeamen. Auch keine gute Perspektive.

Andere Frage an mich, habe ich denn überhaupt noch irgendeine Perspektive? Jetzt werden sich viele wieder an den Kopf fassen und sich fragen, wie kann man sich nur so hängen lassen. Auf Facebook hatte Letzt eine gute Freundin gepostet „Warum hast du

Depressionen, es gibt doch so viel Schönes auf der Welt, dann kam die Frage zurück, warum hast du Asthma, es gibt doch so viel Luft zum Atmen" Ich finde es gerade ziemlich passend.

Meine zwei Wochen sind morgen eigentlich vorbei, Mittwoch wäre der Tag, wo ich meine Koffer hätte packen müssen. Und irgendwie habe ich mich darauf eingestellt. Doch mein schlechter psychischer Zustand hat meine Therapeutin Frau Kolb dazu bewogen, mir eine Woche Verlängerung zu gewähren. Bin ich darüber froh? Ein klares Jein. Meine Ambivalenz springt dabei gerade im Kreis und weiß nicht mehr wo vorne und hinten ist. Flipper im Kopf. Natürlich ist es auf der einen Seite gut, noch eine Woche Schutz und die Möglichkeit des Auffangens zu haben. Zu jeder Zeit Ansprechpartner haben. Auch wenn das Vertrauen immer noch nicht besonders ist. Das ist die positive Seite. Die andere Seite, die jeden Abend herauskommt, ist die, die die Einsamkeit spürt. Dieses Alleine auf dem Zimmer sitzen. Das ist der härteste Teil des Aufenthaltes. Keinen Kontakt zu Mitpatienten haben. Sich austauschen können, Karten zu spielen, auch mal über andere Themen zu reden oder sogar mal lachen. Ja, auch das kann bei einem guten Kontakt mit anderen Menschen mal passieren. Mir fehlt gerade jetzt, wo ich diese Zeilen an einem Abend hier in meinem Einzelzimmer schreibe, Gaby so sehr. Dieses Gefühl, einen Menschen um mich zu haben. Man braucht nicht mal viel reden, oder permanent sich auf dem Schoß hocken. Nein es genügt zu wissen, dass sie da ist, auch wenn sie im Nebenzimmer mit etwas anderem beschäftigt ist. Aber man muss nur rufen und schon hört man ihre Stimme und ich weiß, ich bin nicht alleine. Und das ist die dunkle Kehrseite, der Woche Verlängerung. Ich zähle jeden Abend die Stunden bis zur Medikamentenausgabe. Das ist für mich das Zeichen, der Abend ist endlich vorbei. Noch etwas schreiben oder skypen mit Gaby und dann ist wieder ein Abend geschafft. Nur noch drei, Mittwoch bis Freitag. Dann kann ich übers Wochenende wieder nach Hause. Gerade gehen mir die Gedanken durch den Kopf, ob ich nicht am Freitag in der Visite frage, dass sie mich am Samstag entlassen. Die zwei oder drei Tage nächste Woche machen den Kohl auch nicht fett, oder die

Stimmung besser. Ich habe nun noch zweieinhalb Tage Zeit um mich zu entscheiden es zu tun, oder es bleiben zu lassen.

Frau Fischer ist aus dem Urlaub zurück. War heute kurz auf Station. Und ich habe Angst vor ihr. Wie verrückt ist das denn? Die einzige Frau, der ich in diesem Haus so weit als möglich vertraue. Und ich habe das Gefühl, ein schlechtes Gewissen, ohne das es einen Grund dafür gibt, dass ich irgendwas angestellt habe. Als ich sie sah, hatte ich das Gefühl, als würde mich meine Mutter mit der Hand im verbotenen Bonbonglas erwischen. Ja, ich weiß, sie ist nicht meine Mutter, ich habe auch nicht unrechtes gemacht. Warum ist dann dieses scheiß Gefühl da? Und nein, für alle Hobbypsychologen, es ist KEINE Übertragung. Ich kann immer noch erkennen, dass sie nur meine Therapeutin ist, auch wenn sie mir beim Zahnarztbesuch die Hand gehalten hat.

Das Türenimperium

Mit dem Beginn meiner Arbeit bei der Fa. Kober hatte ich noch die große Hoffnung, dass ich die Panik und dieses Streben nach Perfektion endlich hinter mir gelassen habe. Endlich nicht mehr mit den Händen arbeiten! Nur noch mit dem Kopf. Preise aus dem Katalog, Rabatte abziehen, Angebot oder Auftrag schreiben fertig. Klingt doch so easy, und am Anfang war es das dann auch. Da war es normaler Stress in einem neuen Umfeld, einem neuen Betätigungsfeld.

Heute wieder einmal den Beweis bekommen, dass Frau Fischer definitiv die einzige ist, der man hier in der Klinik vertrauen kann. Ich bin jetzt über zwei Wochen schon auf Station und nichts, nada, ist wegen meinen Zähnen passiert. Frau Fischer ist der zweite Tag nach ihrem Urlaub da und schon ruft eine Frau Reeb (wahrscheinlich vom Sozialdienst der Klinik) bei der Krankenkasse an und fragt dort nach den zuständigen Mitarbeitern, die eine Vollnarkose genehmigen können und was sonst noch alles an Unterlagen gebraucht wird. Warum, warum in Dreiteufelsnamen, hat man das nicht schon viel früher veranlasst. Dass hätte doch Frau Subotic oder Frau Kolb doch auch schon veranlassen können.

Hatte heute wieder einem massiven Panikanfall wegen all dem was beim Zahnarzt auf mich zukommt. Es ist ja nicht mit einem Besuch und einer Vollnarkose getan. Das kleine Kind, ist immer wieder zurück in diesem ersten November 1975. Wenn ich in dem Modus bin, hat der Verstand keine Chance mehr zu greifen. Er wird einfach in diesem Sog der Panik hin und her geschleudert.
ICH WILL NICHT MEHR – DER TOD IST EINE SO EINFACHE LÖSUNG – WARUM NICHT DARAUF ZUGREIFEN?

So jetzt wieder zurück zu den ersten Wochen meines Arbeitsbeginns bei der Fa. Kober. Meine Aufgabe waren Beschläge und nichts als Beschläge. Doch mir gegenüber saß ein junger Mann, mit Namen Enrico, ein Zeuge Jehova, das habe ich mir komischerweise behalten. Dieser war so etwas wie der Paria in der Abteilung, weil als einziger in der Beschlagabteilung Holz saß, ohne irgendetwas mit den Beschlägen zu tun zu haben. Sozusagen, ein Einzelkämpfer, der auch partout nichts mit den anderen in der Abteilung zu tun haben wollte. Sein Bereich waren ausschließlich die Zimmertüren, sonst nichts. Ich hatte ja weiter vorne dran schon geschrieben, wie beliebt diese Sparte im Hause Kober damals war. Und, dass er ein Paria war, ließen ihn auch alle spüren. Er war weder in der Abteilung noch im Lager, wo die Türen angeliefert und kommissioniert wurden beliebt. Zu diesem Randgeschäft Türen, dass wohl die meisten am liebsten aufgegeben hätten, war er menschlich ein doch sehr seltsamer Typ. Ob es an seinem Glauben lag, oder einfach nur an seine normale menschliche Art war, keine Ahnung. Die Abneigung mancher Mitarbeiter ging soweit, dass sie ihn im Lager am Kragen packten gegen die Regalwänden drückten und ihm sonst was androhten

Und irgendwie rutschte ich innerhalb weniger Wochen, von meiner Arbeit mit den Beschlägen langsam aber sicher immer mehr hinüber zu den Türen. Er brauchte halt mal da Hilfe oder ein Angebot musste kalkuliert werden und da ihm sonst keiner helfen wollte, sollte doch die Neue, also ich, ihm beistehen. Der Paria gab Ruhe, und die Neue war beschäftigt und ließ die anderen ihre Arbeit machen. So langsam begann ich mich neben den Beschlägen auch mit den Zimmertüren intensiver zu befassen. Wie man sie einbaute, wusste ich ja noch, Wie die Türen innen aufgebaut waren, welche Arten von Türen es gab, all das Hintergrundwissen wurde mit jedem Angebot das ich erstellt habe vertieft. Nach und nach wurde es mit den Beschlägen immer weniger und der Bereich Türen immer mehr. Aber ich war noch meilenweit entfernt, als mich als einen Experten für den Bereich Türen zu nennen. Dann kam das große Problem.

So, mein Aufenthalt in der Psychiatrie neigt sich zum Ende und endlich finde ich ein klein wenig Kontakt zu anderen Mitpatienten. Leider zu spät, noch ein Wochenende zuhause und 2 Tage Aufenthalt hier, dann ist die erste Intervallaufnahme zu Ende. Neuen Termin gibt es schon. Vier Wochen wieder zuhause. Mal sehen, wie das mit dem Zahnarzt weitergeht. Momentan, halten sich die Schmerzen in Grenzen, Mal mit mal ohne Ibuprofen. So dass ich sie, bis auf einige kleinste Ausreißer, fast nicht merke. Also muss ich doch gar nicht mehr zu Zahnarzt. Mein Gott, was bin ich doch gut im Verdrängen.

Das große Problem war, dass mein Türenkollege das Handtuch warf und in den Betrieb eines seiner Verwandten wechselte. Es gab keinen Ersatz, keinen der für ihn einspringen konnte, außer mir. Von heute auf morgen stand ich ganz alleine mit den Türen da. Beschläge musste ich nun keine mehr verkaufen. Was mir irgendwie auch ganz recht war. Mein Job war nun ausschließlich alles, was mit Türen zu tun hat. Und ehrlich gesagt, ich hatte verdammt wenig Ahnung von diesem Geschäft und niemand der mir irgendwie helfen oder fragen konnte. Keine Verbindungen, weder zu den Schreinern, als meine Kunden, noch zur Industrie, als meine Lieferanten.

Aber es hatte auch einen sehr, sehr großen Vorteil. Ich hatte keinen Chef mehr. Keinen dem ich Rechenschaft ablegen musste. Naja, theoretisch schon, aber er war mit Leib und Seele Verkäufer von Beschlägen und war nur froh, wenn er so wenig wie möglich mit diesen Türen zu tun hatte. Von dem ganzen Metier hatte er absolut keine Ahnung. Machte aber auch keine Anstalten dies zu ändern. Er war heil froh, wenn er von mir nichts hörte und ich auch nichts von ihm. Wir waren im gleichen Büro, aber arbeiteten in zwei verschiedenen Welten. Und dieses stille Übereinkommen, du lässt mich in Ruhe arbeiten und ich verhalte mich still und leise und nerve nicht, funktionierte richtig gut. So langsam arbeitete ich mich in die Materie ein, bekam langsam Kontakt zu Schreinern und auch mit den Türenherstellern klappte die Kommunikation mit der Zeit besser. Wie hieß es so schön, ich machte mir langsam einen Namen. Die Umsätze wuchsen von Jahr zu Jahr. Ich konnte in Ruhe vor mich hinarbeiten, ohne gestört zu werden. So waren die ersten zwei Jahre noch relativ gut. Ich merkte, dass ich das Perfektionsstreben nicht so einfach ablegen konnte, wie ich es erhofft oder mir gewünscht hätte. Aber es klappte im Endeffekt doch richtig gut. Diese Zeit war ziemlich stressfrei.

Die drei Wochen der ersten Intervallaufnahme sind vorüber. Was bleibt davon übrig? Ehrlich gesagt, oder sehr zynisch betrachtet, nicht allzu viel Gutes.

Ich habe es geschafft, 3 Wochen Alleinsein zu überstehen. Ohne richtigen Kontakt zu den Mitpatienten und ohne richtigen Kontakt zur Pflege. Bei den Patienten war es schwierig für mich, fand dieses Mal nicht die Kraft auf andere zuzugehen. Erst in den letzten 3-4 Tagen wurde das besser. Aber da war es dann zu spät.

Bei der Pflege hatte ich auch irgendwo das Gefühl, dass sie nicht recht wussten was mit mir anfangen sollten oder wollten. Auch da auch kam kein richtiger Kontakt zustande. Mit großer Wahrscheinlichkeit liegt es an mir, hätte halt öfters auf die Pflege zu gehen sollen, sie um ein Gespräch bitten sollen. Aber was sagen? Es wäre doch eh immer das gleiche. Sie kennen ja nah so vielen Aufenthalten meine immer gleichen verzweifelten Sätze. Vielleicht war es auch nur Einbildung, dass sie mir alle irgendwie aus dem Weg gingen. In den letzten Aufenthalten kam die Pflege immer wieder mal rein und hat nach mir geschaut, dieses Mal so gut wie nicht. War wahrscheinlich keine HK angesetzt, oder sie wussten nicht was mit mir anfangen sollten. Wenn es kriselte, dann gab es das gute Quetiapin und ich war für ca. zwei Stunden weg. Wäre es nicht am besten gewesen, mir morgens und mittags einfach Quetiapin zu geben und mich so ruhig zu stellen? Aber da bin ich mal wieder zu ungerecht ihnen gegenüber.

Dann auch das Gefühl völlig allein gelassen zu werden mit der Panik vorm Zahnarzt. Nach der Mail von Frau Fischer kurz vor ihrem Urlaub, wo es hieß, dass die Kolleginnen informiert seien und mir beistehen würden. Hatte schon, eine gewisse Hoffnung auf die Zeit hier in der Klinik gesetzt und dann die absolute Ernüchterung. Anfangs meinte jeder, er wisse bei dem Thema von keiner Information von Frau Fischer, und dann nach der ersten Visite, die endgültige Klarheit, es wird niemand dir beistehen. Der völlige Vertrauensverlust zu den Therapeuten und Pflege. Vertraue keinem, jedes Vertrauen wird am Ende nur enttäuscht. Das einzig "positive" war, dass die Pflege von sich aus, die Ibu Dosierung von 400 auf 600mg erhöht haben. Und das sie mir „großzügiger Weise" für den Besuch beim Zahnarzt einen Auszubildenden mitgaben. Ok, das ich die kompletten 3 Wochen ein Einzelzimmer hatte, das war wirklich sehr positiv.

Dann eine junge Therapeutin die Angst (?) hatte in meine Dunkelheit zu sehen und immer nur von Vernunft und positiven Dingen reden wollte. Ist auch besser, nicht nach hinten ins Dunkle zu sehen, sondern nach vorne, positive Gedanken. Die ca. 15 Minuten in der Woche nicht mit düsterem Gejammer zu vergeuden. Aber wohin mit der Dunkelheit? Vielleicht wollte sie auch nur mein Jammern nicht hören. Bestes Beispiel... als ich einen sehr heftigen Panikanfall bezüglich Zahnarzt hatte und ich ihr sagte, dass ich einen Unterstützer brauche, der mir beisteht, da versuchte sie mich damit abzulenken, dass ich mir überlegen sollte, welche Fragen ich dem Zahnarzt bezüglich der weiteren Behandlung stellen möchte. Obwohl ich ihr gesagt habe, dass ich ab einem gewissen Punkt geistig abschalte, nichts mehr mitkriege nur noch Ja, Ja sage und im Kopf bloß noch Leere habe. Nicht mehr weiß, um was es in dem Gespräch ging. Das ich deswegen jemandem dabei haben muss, der mit klarem Kopf das Gespräch begleitet und sich die Sachen ganz nüchtern merkt. Aber darauf ging sie gar nicht ein. Allein, allein, war das Gefühl danach.

Aber ich verlange schon wieder viel zu viel von ihnen allen. Es ist ja keine Psychotherapie hier.

Frau Fischer meinte mal während einer Therapiestunde, dass die arme kleine Susanne wieder kein Schäufelchen bekommen hat und deswegen alleine außen bleiben muss.

Und dies ist mir da wieder eingefallen, Wieder hat die Kleine kein Schäufelchen bekommen. Aber warum auch, bei 2-3 Wochen Aufenthalt. Warum auch, bei, wenn ich Pech habe, nur einer kompletten Woche und jeweils 2 Wochenfragementen am Anfang und Ende. Da lohnt sich ja keine Therapie anzufangen, wenn ich nach der ersten oder max. zweiten Stunde wieder gehe. Ja, ich weiß, ich muss mich selbst darum kümmern, wenn ich was haben möchte. Und wenn ich die Kraft dazu nicht habe, wie dieses Mal?

Fr. Schlosser will/wollte mich immer noch unbedingt in CABASP oder die Depressionsbewältigungsgruppe stecken. Und da sie eine extrem resolute Frau ist, bei der ich nie weiß, woran ich bei ihr bin, macht sie mir Angst. Misstraue ihr. Sie tut manchmal so hilfsbereit, wenn man versucht die hingestreckte Hand zu greifen, dann kriegt man einen Schlag auf die Finger. Liebe Frau Schlosser, können sie sich vorstellen, dass Patienten eine zuverlässige, vertrauensvolle Pflege brauchen? Sie hat auch den Bogen heute viel zu weit überspannt. War im Pflegezimmer und habe mich mit einer anderen Pflegerin unterhalten und da ich dieses Thema auch schon mal mit Frau Schlosser hat, machte ich in meinen eine flapsige(!) Bewegung mit der Hand und einem Finger in Richtung der Frau Schlosser.

In diesem Moment, ist sie hoch gegangen, als hätte ich sie zu tiefst beleidigt. Schrie mich an, „Man zeigt nicht mit Fingern auf andere Personen! Das gehe ja gar nicht, wo kommen wir den dahin, also das ist doch das letzte". Sie verließ das Pflegezimmer und immer noch beschwerte sie sich lautstark über diese in meinen Augen harmlose Geste, aber in ihren Augen wohl tödlichste Beleidigung. Und das tat sie auch noch vor den Patienten, die draußen im Flur auf die Visite warteten. Und sie kam immer noch schimpfend wieder zurück. Sie konnte sie gar nicht mehr einkriegen. Selbst ihre Kollegin schaute wegen ihrer Reaktion ziemlich irritiert ihr nach, bzw. mich an. Fühlte *mich so schuldig. Es war ein Gefühl, als hätte ich vor allen Leuten eine schallende Ohrfeige bekommen, ohne zu verstehen warum ich sie bekommen habe. Ok, das ist natürlich meine Sicht der Dinge. Wenn man Frau Schlosser wohl befragen würde, wäre mein Zeigen mit dem Finger wohl etwas ganz verwerfliches und sie hätte natürlich JEDEN Grund darüber wütend zu sein. Selbstsicherheit ist was feines, wenn man sie hat, Frau Schlosser.*

Warum soll ich in CABASP? Hatte es achtzehn Wochen in Freiburg. Je 2x Gruppen- und Einzeltherapie in der Woche. Dort entlassen, mit den Worten, dass sie mir alles beigebracht hätten und ich nun alle Werkzeuge in der Hand hätte um CABASP zu nutzen. Wie soll dann Karlsruhe was noch verändern, was Freiburg nicht schon geschafft hat.

Und Depressionsbewältigungsgruppe? Warum nicht, ja vielleicht kann ich dort noch was lernen, was ich in all den ganzen Einzel- und Gruppengesprächen in den letzten fast neun Jahren noch nicht gehört habe. Und wenn, dann wird sowieso nur der Kopf und nicht das kleine innere Kind angesprochen. Und ohne es, wird es keine Heilung geben. Aber wenn sie mich beschäftigen wollen, dann sollen sie es halt tun.

Wie gehe ich hier heraus? Hat sich etwas positiv verändert? Nein! Bin ernüchtert, hoffnungsloser und verzweifelter denn je. Wenn zu der psychischen Problematik auch noch eine körperliche, wie der Zahnarzt dazu kommt und ich bei dieser keinen Ausweg finde, wird die psychische Belastung bedeutend größer. Der letzten kleinen Hoffnung beraubt, so etwas wie einen Betreuer/Unterstützer für meine Zahnproblematik zu bekommen. Das frustriert und macht wütend. Die einzige, die mir hilft, ist auch die einzige, die das in sie gesetzte Vertrauen nie enttäuscht hat, Frau Fischer. Aber sie kann leider, wegen zu vieler anderen genauso wichtiger Aufgaben & Patienten, nicht die Lösung sein.

Ich weiß, ich klinge, wie eine Schallplatte mit einem Sprung, die wieder und wieder das gleiche sagen. „ich kann und will nicht mehr". Aber es sind auch die kleinen Tropfen, die ein Fass füllen und überlaufen lassen. Die Gedanken mit der Plastiktüte und dem

Einschlafen sind immer mehr verlockender und ich spiele in Gedanken gerade durch, mal probeweise sie über den Kopf zu ziehen, nur um zu wissen, wie es sich anfühlt.

Vieles von dem, was hier steht, ist ungerecht, sehr subjektiv und aus neutraler Sicht übertrieben oder falsch. Das stimmt, sagt mein Verstand. Aber mein Gefühl, mein kleines trauriges, verzweifeltes Kind, hat genau DAS in diesen Wochen gefüllt. Ganz subjektiv

Wie Sand unaufhörlich
durch meine Finger rinnt
so rinnt auch mein Lebenswillen
durch die Seele
nicht aufzuhalten
mit jeder Minute
wird der Sand, der Lebensfunke
weniger in mir
Nicht mehr allzu lange
und vom Sand
dem Lebenswillen
ist nichts mehr da
Es bleibt nichts zurück
ein paar wenige Körner in der Hand
zu viel um zu sterben
zu wenig um weiterzumachen

Warum auch?

Aber mit den Jahren, die ins Land gingen, wurde aus der verschwundenen Angst vor dem Versagen wieder eine sehr deutliche. Die Probleme mit der Arbeit wurden nicht weniger. Das Geschäft lief gut, konnte nicht klagen, aber ich wollte mehr und perfekt sein. Ich setze mich immer mehr unter Druck. Und der Druck zeigte sich dann mit Schlafstörungen und die Depression begann mich langsam aufzufressen. Versagensängste kamen hoch. Etwas was ich mit der Schreinerei hinter mir lassen wollte.

Aber objektiv betrachtet, war dass alles nur in meinem Kopf. Diese Angst vor Zurecht- und Zurückweisung war lähmte und belastete mich immer mehr. Dabei erwartete keiner, dass dieser Bereich der Bauelemente aus seinem hintersten Winkel, jemals heraus kommen könnte. Ich hatte alle Freiheiten. Außer mir war ja niemand da, um das kontrollierte was ich da eigentlich tat. Sie freuten sich wahrscheinlich, dass die Umsätze doch überraschenderweise stiegen. Erwartet hatte es, glaube ich zumindest, eigentlich niemand. Das alles lief recht gut. Ich saß zwischen Leute die Drückergarnituren, Leim, Schrauben, Möbelbeschläge verkaufte, hatte aber mit ihnen eigentlich nichts mehr zu tun. Es gab dann noch eine andere Abteilung, in der Stahltüren, Garagentore, Dachfenster und alles was mit beweglichem Metall zu tun hatte, verkauft wurde. Diese Abteilung erhielt einen neuen Chef. Keinen internen, den alle erwartet hatten, sondern jemand von außerhalb. Aus Baden-Baden. Rolf Meckler hieß der gute Mann. Er wurde also Chef der Abteilung Bauelemente. Also allem, was mit Stahl- und Holztüren, Garagentoren und Fenstern zu tun hatte. Und dann kam er auf die, für mich damals, beschissene Idee, die Stahltüren mit den Holztüren zu vereinigen. Alles in einem Büro. Mit einem Mal musste ich meinen angestammten, seit Jahren gewohnten, Arbeitsplatz räumen und zu den Stahlleuten wechseln. Im Rahmen dessen, wurden mehrere Büros mit ihren Mitarbeitern komplett rochiert. Die Leute vom Stahlbeschlag, mussten aus ihrem alten Büro weichen. Die Bauelemente zogen dort ein. Und ich zog im zuge dessen mit. Zum vielleicht besseren Verständnis..., ich saß vorher in einem Büro in dem eigentlich nur mit Schreinern Geschäfte gemacht wurden. Im Gegensatz zu den Stahlleuten. Deren Kundschaft waren eigentlich ausschließlich Schlosser oder Metallbauer. Zwei ganz andere Welten. Ich bin kein Freund von Metall. Von den ganzen Sachen, die Schreiner kauften, hatte ich wenigstens noch etwas Ahnung, aber alles was mit Stahl zu tun hat, war ein Buch mit sieben Siegeln für mich. Auf jeden Fall war großes Büro tauschen angesagt.

Mit einem Mal saß ich bei Leuten, die ich noch nicht kannte, und saß direkt meinem neuem Chef gegenüber. Was ja Sinn macht, denn er sollte neben dem Stahlbereich mich auch bei den Holztüren unterstützen. Das hörte sich anfangs stark nach Einschränkung und Kontrolle an. Nach diesen ersten Jahren mit einer fast absoluten Freiheit, sollte jetzt ein neuer Chef auf meine Finger schauen. Etwas was ich gar nicht leiden kann. Ich brauche (m)einen Freiraum. Jemand der von oben auf mich herunterschaut und meine Arbeit kontrolliert, erstickt mich. Da war ich echt nicht begeistert. Anfangs war ich von diesem Mann alles andere als angetan. Ihn als Workaholic zu beschreiben, wäre fast noch untertrieben. Meist war er schon um kurz nach sechs Uhr im Büro und blieb, nachdem er einen Schlüssel fürs Haus bekam bis schätzungsweise mindestens neunzehn Uhr dort. Keine Pausen, er ernährte sich nur von Zigaretten und Unmengen von Kaffee. Und er war der geborene Hektiker mit einem gewissen Hauch Choleriker. Seine laute Art und Weise Dinge anzugehen, machte mir schon Angst. Dazu die Frage, wie weit greift er in meine Arbeit ein, welche Vorschriften wird er mir aufs Auge drücken?

Es dauerte eine Weile, bis ich ihn schätzen lernte, wir uns besser verstanden. Und er mir immer noch weitestgehend meinen Freiraum ließ. Vielleicht lag es aber auch daran, dass die meisten seiner Mitarbeiter eher Dienst nach Vorschrift machten, wie viele andere dort im Haus. Arbeitszeit war von 7:15Uhr bis 16:45Uhr. Und neunzig Prozent der Mitarbeiter machte sehr, sehr pünktlich Feierabend. 16:50 waren die Flure und die Büros mit einem Schlag wie ausgestorben. Naja, vielleicht durch die Jahre der Selbstständigkeit war es für mich nicht so schlimm mal etwas länger zu bleiben. So kamen wir uns mit der Zeit näher. Ich lernte über seine Hektik hinwegzusehen.

Am schlimmsten an ihm, war seine Fahrweise im Auto. Viele weigerten sich schon mit ihm zu fahren. Seine Hektik beim Autofahren war fast schon unerträglich. Kennen sie das, wenn sie sich eine Taube zu Fuß bewegt? Wie der Kopf immer nach vorne und hinten ruckt? Und genauso war er beim Autofahren. Ständig ruckte der Kopf vor und zurück. Es war nicht zum Aushalten. Ich musste dauernd in die andere Richtung schauen. Das klingt lustig, naja, auf der einen Seite war es das auch. Zumindest für die Leute die nicht mit ihm fahren mussten. Menschlich kamen wir uns näher. Ich wurde so inoffiziell so was wie eine Art Stellvertreter. Wie heißt es immer so, seine rechte Hand.

Aber all das stellte noch nicht das große Problem dar. Müßig zu spekulieren, aber vielleicht hätte ich in der Zeit, die Angst noch unter Kontrolle gebracht. Mein Absturz begann langsam und schleichend. Die Firma Kober war ein Großhandel, der zwischen Industrie und dem Handwerker stand. Also von der Industrie in größeren Mengen kaufte und an die Handwerker, vom Schreiner, über Schlosser und Installateure usw., verkaufte. Was der Handwerker dann damit machte war nicht mehr unser Problem. Wir verkauften dem Handwerker ein Produkt was er für einen Auftrag brauchte und fertig. Wir waren Zwischenhändler, nicht mehr aber auch nicht weniger.

Herr Meckler hat dies geändert. Unser Hauptgeschäft war eigentlich folgendes. Wir erhielten von unseren Handwerkern Teile von Ausschreibungen in dem die Anforderung der Türen, Beschlägen usw. aufgelistet war. Auf Grundlage dessen erstellten wir ein Angebot über das entsprechende Material. Fertig. Die Kalkulation zu erstellen und an den Architekten weiterzuleiten, war die Arbeit des anfragenden Handwerkers. Nicht unsere Baustelle.

Das alles ändere sich nun nach und nach. Wir bauten so etwas wie eine inoffizielle Konkurrenz zu den Handwerkern, unseren Kunden, auf.

Vier Wochen sind herum, bin wieder in der Klinik. Vorher aber, gab es ein Gespräch mit meiner Therapeutin und der Oberärztin der Station zum Klären, was die Ziele für meinen Aufenthalt sein sollen. Also hauptsächlich Stabilisierung, Anspannung abbauen. Welche Therapien ich besuchen soll und welche definitiv nicht. Alles was mich stressen könnte, wurde gestrichen. Alles was Emotionen in mir auslösen könnte, gestrichen. Nicht mal Musiktherapie darf ich machen, da durch die Musik ebenfalls Emotionen hervorgerufen werden, die zu einer Destabilisierung führen könnten. Kein CBASP, keine Depressionsbewältigungsgruppe. Sie gingen sogar auf meine Vorschläge ein, dass es nicht mehr 2+1 Woche heißt, also zwei Wochen mit der Option von einer Verlängerung. Worum ich dann jedes Mal, für mein Empfinden, betteln müsste. Nein die Oberärztin ging ganz schnell auf meinen Vorschlag von 3-1 Wochen ein. Also Standardmäßig drei Wochen Aufenthalt und wenn es mir davor schon reicht, kann, muss aber nicht, früher nach Hause gehen. So ist der Druck bei mir bei weitem geringer. Dieses Gespräch tat gut, es war einer der Momente, wo ich wirklich das Gefühl hatte, eine gute Unterstützung zu bekommen. Diese wütenden Stimmen waren da ganz ruhig. Zufrieden damit, dass man sie wahrgenommen hat.

Bei dem Gespräch war dann auch noch die Frau Reeb, die Sozialarbeiterin dabei. Sie soll sich um Möglichkeiten der Zahnbehandlung umsehen, da ja meine ursprüngliche Zahnklinik, nach einigem Hin und Her, die Behandlung unter Narkose abgelehnt hat. Sie hat dann nach einigem Suchen eine andere Zahnklinik, die Zahnakademie, gefunden und dort angerufen. Bei denen klang dass alles so einfach, so nach dem Motto „Klar machen wir Narkose, wo ist das Problem?" Also haben Frau Reeb und ich am nächsten Montag dort einen Termin für ein Beratungsgespräch. Frau Fischers Versuch mir, Sicherheit und auch Vertrauen in andere Menschen der Psychiatrie zu geben schlägt zumindest kleine Wurzeln. Der Frust, die Wut über das Alleine gelassen zu werden, versucht sie aufzuweichen.

Ich bin jetzt eine Woche hier in der Klinik. Meine Verzweiflung, die totale Hoffnungslosigkeit ist schier unerträglich. Habe mir angewöhnt, neben den Rasierklingen nun auch ständig einen Müllbeutel mitzunehmen. Es gibt einfach ein gutes Gefühl, zu wissen, alles dabei zu haben um mein Leben zu beenden. So nachdem Motto, wenn ich wollte, könnte ich es tun, jederzeit.

Habe den Beutel abgegeben und auch von meiner Verzweiflung und suizidalen Gedanken gesprochen. Resultat, ich kriege jetzt viermal am Tag Tavor und habe Ausgangsverbot. Dieser Gedanke an diesen Ausstieg mit dem Müllbeutel verlockt immer mehr. Eine Stimme in mir versucht mir die ganze Zeit mal vorzuschlagen, sie einfach mal probeweise über den Kopf zu ziehen. Nur um zu sehen bzw. zu fühlen, wie es ist. Wie es sich anfühlt. Dann noch die entsprechenden Medikamente einnehmen und es wäre hoffentlich endgültig vorbei. Das hört sich mit jedem Tag verlockender an. Auch der Druck sich wieder selbst zu verletzen ist gewachsen. Der Wunsch endlich wieder Spannung abzubauen, die Seele frei machen. Aber erneut habe ich es geschafft, diesen Druck auszuhalten, ihm nicht nachzugeben. Keine neuen narben auf meinem Arm.

Montag, das Beratungsgespräch in der Zahnakademie ist heute. Zusammen mit Frau Reeb dort hingefahren. Es tat gut, jemanden dabei zu haben. Jemanden der im Notfall auch für mich einspringen kann, wenn mir Worte oder die Kraft fehlt.

Der Besuch war ok. Ausstattung genauso nüchtern und funktionell wie in der Amedis Klinik. Zahnärztin war sachlich, leider nicht ganz so einfühlsam wie in der anderen Klinik. Dafür war das Thema Narkose kein Problem. Termin für den Eingriff auch gleich bekommen. Montag 4. April um 13:45Uhr soll der Eingriff stattfinden. Nun wusste ich nur nicht, wie es mit dem Psychiatrieaufenthalt weitergeht. Meine drei Wochen wären ja herum gewesen. In der Visite bei Frau Subotic kam dies natürlich auch zur Sprache. Sie fragte mich, ob ich mir schon darüber Gedanken gemacht hatte, wie es weiter gehen sollte. Natürlich hatte ich das. Bin dabei zu drei möglichen Szenarios gekommen.

Die Erste, ich gehe nach den vereinbarten drei Wochen und ziehe den Zahnarztbesuch alleine durch. Sprich nur mit Gaby als Begleitung

Die Zweite, ich gehe nach Hause und werde kurz vor dem Eingriff wieder aufgenommen. Also Donnerstag oder Freitag vor dem vierten April.

Und die dritte Möglichkeit wäre, ich bleibe hier in der Klinik, bis nachdem Eingriff und gehe dann so bald ich mich vom dem Eingriff erholt habe.

Frau Subotic meinte dann, welche Version ich bevorzuge. Habe zu ihr gesagt die Dritte, erwartet habe ich, dass sie dies ablehnen wird. Aber zu meiner sehr großen Überraschung hat sie mir geantwortet „Gut, dann machen wir das so" Keine Diskussion, dass ich jetzt ca. drei Wochen länger bleibe. Wie schon gesagt, ich war sehr überrascht. Wieder einmal hielten die Stimmen die Klappe, bzw. waren sprachlos, dass ihre negativen Erwartungen doch nicht erfüllt wurden. Das sich hier um einen gekümmert wird.

Aber es bedeutet auch eine Verlängerung in der Einsamkeit, gegen das Gefühl, dass alle eine große Gruppe sind, nur, wie sagt es Frau Fischer immer so treffend „nur die kleine Susanne findet keinen richtigen Anschluss" Jeder versteht sich mit jedem. Nur bei mir sind es gerade einmal zwei Leute, zu denen ich etwas engeren Kontakt habe. Aber gleichzeitig verstehen sie sich auch mit den anderen sehr gut. Und ich nicht. Wie nennt man das? Genau die verdammte Eifersucht. Natürlich ist da wieder mal viel Kopfkino dabei.

Mal wieder zurück zur den Zeiten bei der Fa. Kober und die Zeit mit Herrn Meckler. Er hatte einen, in seinen Augen, einfachen und simplen Plan um nicht nur Material zu verkaufen, sondern ein ganzes Komplettpaket den Bauherren anzubieten. Sprich, warum unnötige Angebote an Kunden machen, die sowieso Schwierigkeiten haben werden, den Auftrag zu erhalten. Wenn er, Hr. Meckler, den Bauleiter überzeugt, alles direkt mit der Firma Kober abzuwickeln, dann hat er alles aus einer Hand. Muss sich nicht mit vielen Handwerkern herumschlagen. Für viele der Bauleiter klang das nach einem guten Plan.

Er kannte aus seiner vorherigen Stelle einen Montagebetrieb und mit ihm zusammen begann sein Plan zu reifen und konkretere Formen anzunehmen. Also organisierte er Ausschreibungen von Bauleitern und Bauunternehmungen. Er begann den Schlossern Konkurrenz zu machen. Offiziell gab das Angebot der Montagebetrieb ab, aber Herr Meckler war der „Strippenzieher". Dies führte zu ziemlichen Kontroversen im Haus. Die die ganze Zeit während seiner beruflichen Zeit dort anhielten.

Noch schlimmer wurde es dann, als er anfing, das Prinzip auf die Holztüren zu übertragen, also auch hier direkt mit Bauunternehmungen zusammen zu arbeiten. Da brach der Protest erst richtig los. Bei den Verkaufsberatern für Schlosser gab es Einzigen, der sich dagegen sträubte. Und dann auch die Konsequenzen zog und sich eine andere Stelle bei einem Zulieferer der Firma Kober suchte.

Da war mein Widerstand eher leise. Traute mich nicht, laut zu widersprechen und fügte mich dadurch schneller. Leider. Aber als dann die Leute vom Bereich Holzbeschläge von diesen Plänen erfuhren und Angst bekamen, dass ihre Schreinerkunden dadurch sauer werden und zur Konkurrenz abwandern könnten, da stellte sich der Spartenleiter schon etwas auf die Hinterbeine. Er machte sich lautstark bemerkbar. Aber am Ende nütze aller Aufstand nichts. Er ging ebenfalls.

Herr Meckler bekam freie Hand, solange es nur unauffällig geschah. Manchmal war der Montagebetrieb derjenige, der das Angebot abgab, manches Mal auch unter der Hand der Herr Meckler direkt. Je nachdem, ob es eine öffentliche oder eine beschränkte Ausschreibung war. Beim Stahl fing es an, dass die Objekte immer größer wurden, ganze Wohn- oder Industrieobjekte wurden angegangen. Er spielte dann den Planer und Organisator, den Montageleiter und was noch sonst noch alles an verantwortungsvollen Bereichen anfiel. Und ihm machte es nichts aus. Er fühlte sich in dieser Rolle wohl, konnte seine Hektik und Energie auf diese vielen Aufgaben fokussieren. Er hatte endlich einen Grund morgens um Sechs der Erste im Büro zu sein. Und der Letzte der zwischen neunzehn und zwanzig Uhr den Betrieb wieder verließ. Wie das seine Frau zuhause aushielt mit ihm, keine Ahnung. Sehr zu seinem Leidwesen fand diese Idee beim Rest vom Büro wenig Gegenliebe. Alles mit zu viel Arbeit verbunden.

Die einzige, die da wenigstens etwas mitzog war ich. Mir machte es nichts aus, auf Mittag zu verzichten oder mal eine Stunde länger bis zum Ladenschluss zu bleiben. Das wurde dann Fluch und Segen zugleich. Segen in dem Sinne, dass ich zu seiner Vertrauten wurde, jemand der zumindest in gewissen Teilen seine Ideen teilte. Fluch, dass ich immer mehr in eine Rolle zwängen ließ, die ich nicht wollte. Ich sollte die gleiche Rolle im Holzbereich übernehmen, wie er im Stahl. Am Anfang waren es nur ein paar kleine Einfamilienhäuser mit vielleicht zehn bis fünfzehn Türen. Noch machbar

Heute ist Montag und der Tag. Besuch bei der Zahnakademie. Zähne ziehen unter Vollnarkose. Nachdem der Narkosearzt erst gestern Sonntagvormittag(!) angerufen hat und mich dabei vor eine

fast unlösbare Aufgabe gestellt hat. Montags innerhalb weniger Stunden noch schnell eine Überweisung von meiner Hausärztin zu besorgen. Und das am ersten Tag, nach ihrem Urlaub wieder aufmacht. Hektik war angesagt. Die Hektik steigerte sich noch nach oben, als die Klinik anrief und fragte, ob ich nicht schon 3 Stunden früher kommen könnte. Das brachte das Blut so richtig in Wallung. Vor allem weil Gaby noch unterwegs einkaufen war und ich nicht wusste, ob sie es rechtzeitig schafft, vorbei zu kommen und mich abzuholen. Der Panikspiegel stieg weiter in die Höhe. Aber wie immer, es klappte.

Waren sogar 20 Minuten früher da, als es der neue Termin verlangte. Allzu lange musste ich nicht warten. Dann saß ich auf dem Stuhl. Keine Ahnung, ob es am Tavor lag, oder ich einfach stoisch den Eingriff erwartete, es war keine Angst mehr da. Noch ein Rest Hektik vom Vormittag, aber die Angst war weg. Naja, vielleicht auch einfach verdrängt. Der Anästhesist legte den Zugang und ich machte die Augen zu und war dann irgendwann weg. Zum Glück, habe ich das Verlieren des Bewusstseins nicht mitbekommen. Das war noch die einzige Angst gewesen. Aber man kriegt diesen Übergang zwischen Wachsein und Narkose nicht mehr mit. Und das ist klasse.

Das Nächste was ich dann wieder bewusst mitbekam, war Gaby, die neben mir saß und mich wieder unter den „Lebenden" begrüßte. War gar nicht mal so groggy, wie gedacht oder erwartet. Wenn der Narkosearzt mich nicht daran gehindert hätte, wäre ich schon aufgestanden. Keine Nachwirkungen, keine Übelkeit oder ähnliches. Musste nur noch kurz zum Röntgen und dann konnten wir schon gehen. Zurück in der Klinik. So beim Bewegen oder Reden merkte ich, dass noch ein kleiner Rest des Narkose in mir steckte. Ließ mir noch eine Quetiapin geben und verschlief den letzten Rest der Narkose Nachwirkung und des beginnenden Stimmungstief. Aber alles in allem war es eine gute Entscheidung gewesen, die Zahnakademie und die Vollnarkose zu wählen. Sie haben meine Angst sehr ernst genommen und ich fühlte mich dort sehr gut betreut und versorgt. Ganz im Gegensatz zu dem Verhalten zuletzt in der Amedis Klinik.

Wieder ist eine lange Zeit vergangen, eine Zeit in der ich weder den Kopf noch die Kraft hatte, mich um meine Vergangenheit und geschweige denn um diese schwarze, verzweifelte hoffnungslose Gegenwart zu kümmern. Es ist nicht viel mehr als Vegetieren. Die Sonne geht auf und wieder unter, ohne bewusst wahrgenommen zu werden. Die Tage nur aushaltbar, durch eine Routine, die das Denken ausschaltet.

Die Flügel

Wenn du in deinem Leben
In einer Sackgasse steckst
Du dich umschaust
dein Leben betrachtest
und zu einem Schlusspunkt kommst
Du eine letzte Bilanz ziehst
Das Leben nur noch aus
einem unerträglichen Schmerz
bodenlose Verzweiflung
und endlose Traurigkeit besteht
Du für dich keinen anderen Ausweg findest,
als den Tod
der Tod als eine wunderbare Erlösung
der Tod, als Freund, der dich
vom Schmerz des Lebens befreit
Du wünscht dir Flügel
die du ausbreiten kannst
und dich davon tragen
Ins Nichts, wo alles endet
Befreit vom Elend und der Verzweiflung
Flügel die erst in diesen letzten
klaren Momenten zu wachsen beginnen
Frei sein von Verzweiflung, Schmerz und Traurigkeit
Ich sehne mich nach diesen Flügel
Schaue ich hinter mich

Kann ich sie schon sehen
Fliege, fliege doch endlich
einfach los

Du bist frei, frei für immer

Die Vergangenheit ist gerade so weit in den Hintergrund getreten. Vor allem weil sie so in einer immer wieder kehrenden Gleichmäßigkeit ertrinkt. Meist der gleiche Trott. Die Gegenwart ist dermaßen Platz einnehmend, dass alles andere dagegen, wie heißt es so flapsig Pillepalle ist.

Die Wochen vergehen, zuhause und dann wieder Klinik, zuhause und dann wieder Klinik. Diese immer wiederkehrende Routine. Und nirgendwo ist das Gefühl da, richtig in Sicherheit zu sein. Bin ich zuhause, sehne ich mich nach der Sicherheit der Klinik. Bin ich in der Klinik, sehne ich mich nach der Geborgenheit von daheim. Überall die gleiche Verzweiflung, Traurigkeit und Suizidgedanken. Ein Gefühl, als würden Tonnen von Trauer auf meinen Schultern und Brust liegen. Als würde ich keine Luft mehr kriegen, oder ertrinken.

Und beim Aufenthalt im April, irgendwann vor oder nach der Zahn-OP habe ich zum ersten Mal DIE Grenze überschritten. Die ganze Zeit stand ich nur am Rande des Abgrundes und schaute in die tiefe Dunkelheit. Aber an einem Tag habe ich den Schritt über den Abgrund in die Leere gewagt. Auch wenn es nur eine sehr kurze Zeit war, es hat viel verändert!

Was ist passiert, ich habe zum ersten Mal meine Suizidmethode mit der Plastiktüte über dem Kopf ausprobiert. Aus einem spontanen Impuls habe ich sie genommen und sie mir über den Kopf gezogen. Vielleicht nur eine einzige Minute. Aber diese Minute veränderte etwas in meinem Kopf. Zum ersten Mal hatte ich den Mut gefunden und es das allererste Mal probiert. Aus Theorie wurde eine konkrete Möglichkeit. Und es fühlte sich gar nicht schlimm an. Nein im Gegenteil, es war so erleichternd. Ich kann mir zum ersten Mal wirklich vorstellen, es zu tun. Als würde sich eine Tür zu einem langen ersehnten, erhofften Ausweg öffnen. Die Hemmschwelle sank.

Ich pendelte zwischen Euphorie und einem Gefühl das man als Angst bezeichnen könnte. Aber die Euphorie überwog bei weitem. Vielleicht den Zeiger etwas mehr in die Richtung des Auswegs aus dieser so unerträglich, verzweifelten Dasein, dass sich Leben nennt.

Doch trotzdem sitze ich immer noch hier und den Lebenden und kämpfe jeden Tag gegen dies verfluchte Leben.

Zurzeit schreibe ich nur mit sehr langen Phasen der Untätigkeit. Kann mich nicht konzentrieren. Immer noch ist die Vergangenheit hinter dieser alltäglichen, andauernden Traurigkeit nur schwer anzuschauen oder über sie zu schreiben. Zwischen diesem Absatz und dem oberen liegen gute drei Monate. In dieser Zeit, gab es Veränderungen. Von außen betrachtet, sogar positive. Die Zahngeschichte ist nun für die nächste Zeit erledigt. Nach einer zweiten Vollnarkose, bei dem sie den Abdruck für meine Prothesen genommen haben sind diese nun fertig und ich trage sie tagtäglich. Anfangs noch sehr ungewohnt, Ein vollständige Zahnreihe in meine Mund zu sehen, war was völlig Neues. Das Sprechen mit dem ganzen Plastik im Mund fiel schwer. Beim Kauen konnte ich wieder den ganzen Mund benutzen und nicht nur einzelne Zahnbereiche.

Und von allen Seiten, immer wieder die gleichen Sätze voll des Lobes. Wie gut ich nun mit diesem, nun wieder vollständigem, Gebiss aussehen würde und dass müsse doch bestimmt auch mein Selbstwertgefühl steigern. Ich könne doch endlich mal wieder lächeln ohne das ich andere mit diesen Zahnlücken erschrecke. Und das Beste waren die Aussagen, wie toll und mutig ich dass alles hinter mich gebracht habe. Dass ich doch stolz auf meine Leistung sein könne.

Also ich bin weder stolz auf diese Leistung, warum auch. Ich bin nie stolz auf meine vergangenen Leistungen. Es hat mit Zahnschmerzen begonnen und wie bei einer Geröllawine löste dieser Zahnarztbesuch den nächsten, übernächsten usw. Irgendwann erhielt das eine solche Eigendynamik, dass es nicht mehr zu stoppen war. Ich stolperte von einem Termin zu anderen, ohne noch groß Kontrolle darüber zu haben.

Natürlich hätte ich auch Nein sagen können, da haben sie Recht. Es hat mich keiner gezwungen. Da war mal wieder der Kopf, die

Vernunft die stärkere, die alle anderen zum Schweigen. Aber Zufriedenheit oder stolz auf meine Leistung geht gar nicht.

Zufrieden mit meinen vergangenen Leistungen ist etwas so vollkommen Absurdes. Egal, ob Meisterprüfung, Das Mann zu frau werden, die GA-OP, all das klingt im Nachhinein so banal, so trivial. Nichts besonders.

Wie kommen wir nun nach diesen vielen Zeilen wieder zurück zum Anfang vom Ende meiner beruflichen Karriere? Wir waren dabei, dass mein Büroleiter, der Herr Meckler, immer mehr als Konkurrenz zu unseren Kunden auftrat. Es reichte nicht mehr nur Materiallieferant für unsere Kunden sein, er wollte mehr. Ob er nur für das Unternehmen mehr Geld einnehmen wollte oder es ihm auch um eine persönliche Anerkennung geht, weiß ich nicht. Ich denke es ist von beidem etwas. Diese innere Unruhe, die ihn immer weiter und weiter trieb.

Er fing an, direkt die Wohnungsbaugesellschaften anzuschreiben und die Ausschreibungsunterlagen von dort anzufordern. Um dadurch die komplette Leistung anzubieten, also inklusive Montage. Alles aus einer Hand so zu sagen. Die komplette Abwicklung. Mit der Zeit, als die Abteilungsleitung und die Chefetage merkten, dass sich von den Kunden niemand beschwerte, und die Aufträge klappten, die Einnahmen stimmten, wurde die Ablehnung immer weniger. Man ließ ihn gewähren.

Anfangs machte er sein Ding erst im Stahlbereich, aber irgendwann war das nicht mehr genug. Wie geschrieben, wollte er nun das Gleiche auch bei den Holztüren. Und ich habe nicht Nein gesagt. Da hätte ich es noch stoppen können. Ich musste ja meinen angestammten Platz in der Beschlagabteilung räumen und zu den Bauelementen umziehen. Und ich saß nun diesem Hektiker par excellence nun jeden verdammten Tag gegenüber. Anfangs war er mir total zuwider. Seine Art und Weise mit den anderen Mitarbeitern der Abteilung umzugehen ließ das Feingefühl doch etwas missen. Ich schrieb ja schon, dass er ein extremer Workaholic war. Irgendwann bekam er dann neben dem Prokura, seinen eigenen Schlüssel und den

Zugangscode für die Alarmanlage. Dann konnte er kommen und gehen wir er wollte. Wovon er auch ausgiebig Gebrauch machte. Wenn sie ihm ein Feldbett aufgestellt hätten, er wäre wohl 24/7 in der Firma geblieben.

Ich war so irgendwo dazwischen, natürlich wäre ein Teil von mir aus sehr gerne pünktlich aus dem Geschäft. Vor allem, da ja Überstunden durch die Stechuhr zwar exakt nachgewiesen werden konnten, aber es für die Mehrstunden keine Vergütung in Form von Freizeit oder mehr Geld gab. Alles „just for fun".

Aber die Arbeit machte sich nicht von alleine. So kam es öfters vor, dass Hr. Meckler und ich fast die einzigen noch in der ganzen Abteilung waren. So rutschte ich irgendwie langsam in die Rolle der Vertrauten von ihm hinein. Alle Planungen besprach er mit mir. Wir wuchsen enger zusammen. Hatte ich anfangs noch eine große Angst vor ihm, verwandelte sich die Angst zumindest in Akzeptanz. Ich nahm mir auch mehr Freiheiten heraus. Beispiel dafür, als er einem mit einem Kunden telefonierte und er einen flapsigen Spruch losließ, als sie noch eine halbe Stunde überbrücken mussten, da meinte er zum Kunden in dieser Zeit könnte man ja noch mit einer Frau „was anfangen", da meinte ich lapidar zu ihm „und was machst du in den restlichen 27 Minuten?". Ja manches Mal ist meine Klappe schneller als das Gehirn.

Er war ja eigentlich auch mein Vorgesetzter bei den Holztüren, aber da er mit seinem Stahlbereich so viel zu tun hatte, war er froh, dass er mit meinen Aufgaben nichts zu tun hatte. Kritisch wurde es nur dann, wenn ich in Urlaub ging, oder krank war. Dann brach Panik bei ihm aus. Er musste ja meine Arbeit mit übernehmen, was ja ursprünglich sowieso geplant war. Musste, wenn nicht verschiebbar, Angebote erstellen, Liefertermine weitergeben, die Auslieferung kontrollieren. So kam es schon vor, dass er mich am Strand auf Kreta anrief und mich nach diesem oder jenen Auftrag befragte. Das ging mir dann doch deutlich zu weit. Aber die Unabhängigkeit die ich sonst das Jahr über hatte, hier musste ich, für sie bezahlen. Allzeit bereit für Chef und Betrieb.

Auf der einen Seite schmeichelte es mir natürlich, dass mein Chef ohne mich nicht auskam, aber auf der anderen Seite war es extrem nervig, an fast jedem freien Tag oder im Urlaub gestört zu werden. Ich muss auch dazu sagen, dass ich nach einiger Zeit ein Arrangement mit dem Bereich Bauelemente und dem Abteilungsleiter getroffen hatte.

Eigentlich musste immer jemand aus dem Bereich Bauelemente den Freitagnachmittag, und Samstagvormittag für mögliche, meist private Kunden, für Beratung und Verkauf anwesend sein. Dieses Arrangement war bei allen äußerst unbeliebt. Denn eigentlich war Freitagnachmittag schon um 13:30 Feierabend. Und der Laden schloss aber erst um 18 Uhr. Und am Samstag war der Verkauf auch noch einmal viereinhalb Stunden geöffnet. Diesen Dienst haben alle gehasst. Hielten es für vergeudete Zeit, das verkürzte Wochenende tat allen ziemlich weh.

Dann kam ich und bot an, diesen Dienst regelmäßig zu übernehmen. Das hatte natürlich einen bestimmten Grund. Gaby hat einen 4 Tage Woche und daher stets den Montag frei. Also habe ich angeboten, diesen Wochenenddienst dauerhaft zu übernehmen, wenn ich dafür immer den Montag frei bekommen würde. Meine Kollegen waren hellauf begeistert, der Abteilungsleiter stimmte nach Absprache mit dem Firmeninhaber ebenfalls zu. So hatten Gaby und ich ein verschobenes Wochenende von Sonntag und Montag, was sehr viele Vorteile hatte. Wir konnten montags in Ruhe einkaufen, ins Schwimmbad gehen, wenn es nicht mehr so voll war oder später auch Motorradtouren machen, auf Strecken, die am Wochenende für Zweiräder gesperrt waren.

Für alle ein perfektes Arrangement. Ich mochte diese ruhige Zeit. Es gab Tagen, da kam man mit den Kundengesprächen gar nicht mehr hinterher und an manchen war es fast einsam. Man saß alleine, oben im ersten OG im Büro, konnte in Ruhe Dinge erledigen, zu denen am während der regulären Arbeitszeit nie richtig kam. Dabei wartete ich auf den Anruf von der Ausstellung, dass Kundschaft da wäre. In dieser Zeit war ich manchmal die einzige Person in dem ganzen ersten Obergeschoss.

Eine gutes Arrangement definitiv, wenn da nicht die regelmäßigen Anrufe meines Chefs am Montag gewesen wären. Ich finde den Auftrag nicht, oder wann werden diese oder jene Türen geliefert. Meist waren es mindestens zwei bis drei dieser Anrufe pro Montag. Und jedes Mal stieg in mir eine Angst hoch. Habe ich alles richtig gemacht, gibt es irgendwo Probleme. Und wenn es mal keine Anrufe gab, dann lag am Dienstag mein Schreibtisch voll mit lauter Kundenanfragen. Der Stresspegel stieg langsam aber unaufhörlich.

Bin wieder im Rahmen dieses Case Management in der Klinik. Ja, die regelmäßigen Aufenthalte haben nun einen offiziellen Namen. Diesen hat die deutsche soziale Welt von den Amerikanern übernommen, unter anderem hat nun auch die Psychiatrie in Karlsruhe diesen Begriff in ihrem Repertoire. Was dieses Case Management ist? Eine auf den Einzelfall zugeschnittene Hilfestellung, bei dem der notwendige Versorgungsbedarf des Patienten ermittelt wird. Sprich, man beleuchtet die Probleme der Patientin, in diesem Fall meine, und versucht sie in allen relevanten Dingen zu unterstützen. Daher ja meine sehr regelmäßigen Aufenthalte hier auf dieser Station. Der beständige Rhythmus von vier Wochen zuhause und drei Wochen in der Klinik sollen mich so weit stabilisieren, dass ich das Leben überstehen kann.

Die inzwischen fünf oder sechs offiziellen seit Anfang 2016 und die zwei inoffiziellen am Ende des Jahre 2015 waren nicht so angetan um mich zu stärken. Erst der letzte Aufenthalt hat so etwas wie winzig kleine Lichtblicke gebracht. Zum ersten Mal war auch so etwas wie Unterstützung zu merken. Ich hatte zum ersten Mal einmal in der Woche ein Gespräch mit einer guten Therapeutin und der Kontakt zur Pflege hat sich soweit geändert, dass sie nun von sich aus einmal am Tag auf mich zukommen um mit mir über Wetter, Urlaub, Suizidgedanken, Katzen, Todeswunsch zu reden. Beim GO Spiel, diesem japanischem Strategiespiel, das ich sehr verehre und gerne spiele, wird mit schwarzen und weißen Steinen gespielt, wie passend für jemand mit Borderline, deren Denken sich fast sich ausschließlich in Schwarzweiß bewegt.

Auf jeden Fall habe ich mir beim letzten Mal angewöhnt, in Gedanken, am Tagesende entweder einen weißen oder schwarzen Stein in eine Schale zu legen. Und beim letzten Mal gab es wirklich ein paar weiße Steine in der Schale. Ganz im Gegensatz zu den vorherigen Aufenthalten.

Was brauche ich denn eigentlich für die weißen Steine? Schwere Frage, aber momentan leicht zu beantworten. Es geht um so etwas einfaches und doch so kompliziertes, Vertrauen in andere Menschen. Das kleine, aber derzeit so extrem wütende Kind tobt in mir. Hat Angst vor weiteren Enttäuschungen von anderen Menschen. Und derzeit geht es in diesen Aufenthalten eigentlich nur darum, dass dieses kleine Kind wieder Vertrauen in andere Menschen bekommt. Jeder noch so kleinste Vertrauensbruch wird sofort als „Sie haben mich nicht mehr lieb" abgewertet. Damit setzte ich natürlich extreme hohe Erwartungen in meine Gegenüber. So hoch, dass sie eigentlich fast nur scheitern können.

Aber genau dieses braucht derzeit das nur noch so schwer, zu bändigende Kind, das sein „Urvertrauen" in anderen Menschen zu gut wie verloren hat. Vertrauen. Das Gefühl über neu erlerntes Vertrauen, sich selbst wieder schätzen lernen und auch lernen, dass andere Menschen da sind, die es lieben.

Leider ist bei diesem Aufenthalt schon eine Person weniger da, zu dem das innere Kind ein klein wenig Vertrauen gefunden hatte. Es ist Ferienzeit und meine erste regelmäßige Therapeutin bei diesen ganzen Aufenthalten ist im Urlaub. Mit ihr habe ich beim letzten Mal doch einige positive Erfahrungen gemacht. Nun gibt es einen neuen Arzt hier, der mich als Vertretung übernimmt und schon ist wieder dieses große Misstrauen da. Die Hand liegt schon wieder über den schwarzen Steinen.

Nach einigen Jahren in der Firma, begannen irgendwann dann still und leise die ersten psychischen Probleme. Wie sehr hatte ich gehofft, dass durch die Schließung der Schreinerei so etwas wie Entspannung in das berufliche Leben eintreten könnte. Nicht mehr mit den Händen arbeiten zu müssen, nur noch Kopfarbeit, wie Angebote,

Auftragsbestätigungen und Lieferscheine erstellen. Das sollte doch kein Problem sein. Nicht mehr Chef sein müssen, alles alleine entscheiden zu müssen. Jemandem haben, der einem in Krisen oder bei Unsicherheit und zu klärenden Fragen hilft. Das klang so viel entspannter. Aber meine eigenen hohen Erwartungen an mich selbst, das verzweifelte und natürlich auch unmögliche Anrennen an mindestens einhundert Prozent Perfektion oder wenn möglich sogar noch mehr, ließen mich sehr schnell wieder an meine Belastungsgrenze kommen.

Der Grund? Ich hatte den Bereich Türen auch mit dem Hintergedanken übernommen, dass es anfangs dafür eigentlich keinen richtigen Chef und keine Verantwortlichen über mir gab. In der ganzen Abteilung, mit über zwanzig Mitarbeitern wollte keiner diese Arbeit übernehmen. Viele meinten, dass ich nicht wüsste, auf was ich mich da einlassen würde. Türen machen nur Ärger. Sie mieden die Türenabteilung wie der Teufel das Weihwasser. Aber ich dachte mir, hier konnte man freier arbeiten, keiner sagte mir was ich tun solle, oder warum ich das so und nicht so getan habe. Es interessierte einfach keinen so richtig. Solange ich keine Fehler machte und in Ruhe meiner Arbeit nachging, konnte ich tun und lassen was ich wollte. Die Türen waren das absolute Stiefkind im Betrieb. Und dieses freie Arbeit war für mich doch sehr angenehm, da es mir sehr schwer fiel und auch fällt mich jemandem anderen unterzuordnen. Ich brauche Freiraum um mich zu entfalten und das bot zumindest anfangs diese Türensparte. Aber schon bald gab es erste kleine Risse in meiner Psyche. Ich hatte Probleme mit dem Einschlafen, oder auch dem Durchschlafen. Lag z.T. schon früh morgens wach, grübelte, was der Tag wohl bringen würde, liegt irgendein Problemfall schon wieder auf meinem Schreibtisch oder habe ich an das gedacht oder das. Habe ich etwas Wichtiges vergessen?

Der Stress zeigte erste Spuren. Irgendwann nach 2002 hielt ich es nicht mehr aus. Ich suchte mir Rat bei der einzigen Therapeutin die ich noch aus meiner Übergangszeit als Transsexuelle kannte. Leider hatte sie inzwischen aufgehört und die Praxis verkauft. Also saß ich dann eines Tages dort vor der neuen Psychiaterin Fr. Dr. Kekler. Tja, ich schreibe mit Absicht Psychiaterin. Denn eines lernt man schnell, im Kontakt mit Psychiatern. Sie haben alles, nur keine Zeit. Zu dieser Zeit war mir der Unterschied zwischen einem Psychotherapeuten und Psychiater noch nicht geläufig. Rezept oder Krankmeldung ausstellen das ging flott, aber die Betreuung des Patienten war nicht sehr einfühlsam. Es geht eigentlich immer nur schnell rein... „Wie geht es ihnen?" Was kann ich für sie tun? Probieren wir doch mal dieses Medikament aus und dann nichts wie raus. Draußen sitzen schon genügend andere Patienten.

Auf jeden Fall begann da die lange Odyssee durch die Welt der Antidepressiva. Ein Medikament verschrieben bekommen, einige Monate ausprobiert, als sich keine Verbesserung einstellte, probieren wir ein neues und wieder ein neues. Insgesamt 13 Jahre haben ich so alle möglichen und unterschiedlichen Antidepressiva probiert. Von den sogenannten SSRIs, also Serotonin Wiederaufnahmehemmer, auch aus der Gruppe der Non-Adrenalin Antidepressiva oder den trizyklischen Antidepressiva und was weiß ich noch alles. Dutzende der unterschiedlichsten Funktionsweisen und Hersteller. Die Namen, sie kamen und gingen. Irgendwann verlor ich den Überblick über das was ich alles schon ausprobiert habe. In der hintersten Ecke der Küche, sammelten sich mit der Zeit immer mehr unterschiedliche Packungen mit allen möglichen Farben der Tabletten. Vieles ausprobiert, aber bei allen war das Ergebnis trotzdem negativ. Keines der Medikamente zeigte über einen längeren Zeitraum einen positiven Effekt. Einen Effekt gab es leider dann doch. Der große Nachteil bei fast jedem Antidepressiva. Es verändert den Stoffwechsel und/oder verursacht Hungerattacken. Egal weshalb, aber die allermeisten die etwas gegen Depression & Co. nehmen, haben große Gewichtsprobleme. Ich war schon immer übergewichtig. Aber durch die Einnahme der Medikamente kamen noch mindestens 30-35 Kilogramm hinzu.

Neben den beginnenden Schlafstörungen begannen dann auch noch Angstattacken sich breit zu machen. Besonders an den Wochenanfängen war es extrem heftig. Die Psyche schlug auf dem Magen. Ich bekam am Morgen Übelkeit und einen immer wiederkehrenden starken Würgereiz. War oft so schlimm, dass ich zuhause blieb. Natürlich mit Schuldgefühlen. Meist war die Panik vor der Arbeit am Wochenanfang enorm hoch, flachte dann mit jedem Tag weiter ab und am Samstag, dem letzten Arbeitstag der Woche, waren sie so gut wie weg. Aber nur um am nächsten Wochenanfang wieder das Spiel von vorne zu beginnen. Aber dieses ständige Auf und Ab der Stimmung zermürbt mit der Zeit die Psyche

Es wurde leider zu einem häufig wiederkehrenden Problem. Mindestens einmal im Monat passierte es, dass ich mich krank melden musste. Denke mal, irgendwann haben sie es auch im Geschäft mitbekommen, dass es immer die Tage am Wochenanfang waren, an denen ich mich krank meldete. Aber diese Gefühl der Verantwortung und der Drang nach Perfektion und Anerkennung, habe ich nicht mit der Schreinerei abgeschlossen und aufgegeben, sondern es ist ein Teil von mir. Egal ob quasi selbstständig oder als Angestellte. Ich trage sie in meinem Kopf weiterhin mit mir herum.

Wie geschrieben, fing Hr. Meckler an unseren Kunden bei Ausschreibung Konkurrenz zu machen. Nachdem dies immer besser klappte, war es nur noch ein kurzer Sprung, dies auch bei den Holztüren zu probieren. Hatte ja geschrieben, dass es erst mit Einfamilienhäusern und einem Bauträger begann. Der Bauträger schickte die Kunden zu mir, ich habe sie in allen Bereichen beraten, dann auf dem Bau, die Maße genommen, bestellt, geliefert und die Montagefirma hat dann die Türen eingebaut. Ich habe anschließend die Rechnung über das gesamte Paket gestellt. Das war zu diesem Zeitpunkt noch relativ locker und leicht. Da konnte ich noch die ganze Verantwortung auf meinen Schultern tragen. Die Verantwortung für alles zu haben, war in dieser Zeit noch erträglich.

Aber mit der Zeit wuchsen die Bauvorhaben. Mehrfamilienhäuser und größere Objekte kamen an die Reihe. Da traten dann die Montagefirma vordergründig und die Fa. Kober, in meiner Person im Hintergrund, gemeinsam auf. Ich stellte die kompletten Preise für die Materialien zusammen, schickte diese der Montagefirma, die schlug grob gesagt noch die Preise für Montage und üblichen Zuschläge darauf und dann ging das Angebot hinaus. Aber mit der wachsenden Größe der Häuser, wuchs auch die Verantwortung, dass alles organisatorisch und terminlich passen musste. Fehler durften eigentlich keine passieren, da Verzögerungen unter Umständen zu teuren Konventionalstrafen führen konnten. Aber selbst wenn diese nicht drohten, war jede Verzögerung mit großem Stress gegenüber dem Bauunternehmen, dem Bauleiter und der Montagefirma verbunden. Für alle Parteien war ich ja die verantwortliche Sachbearbeiterin. Wenn es Probleme gab landete alles bei mir auf dem Tisch, egal was. Zumindest war das damals mein Gefühl.

Born to be wild

Nach so viel trockenen Geschichten aus meiner beruflichen Zeit bei der Fa. Kober ein Intermezzo, aus dem privaten Bereich. 2004 wurde ich vierzig Jahre alt. Über meine Mutter hatten wir Andrea, eine Geschäftskollegin von ihr kennen gelernt. Wir sind uns bei diesen Treffen auch näher gekommen. Haben bei Mutters Geburtstag einige intensive Gespräche geführt. Hatte sie und ihren Freund Gerald auch zu meinem Geburtstag eingeladen. Irgendwann an diesem Abend sind Andrea und ich auf eine Art Schnapsidee gekommen. Gerald, ihr Freund, ist seit Jugendtagen begeisterter Motorradfahrer. Tja und mit unseren nun vierzig Lenzen kamen Andrea und ich auf eine anfangs verrückte Idee. Wir beide, in unserem nicht mehr ganz so jungen Alter, machen gemeinsam den Motorradführerschein. Aus diesem am Anfang noch als Jux geäußerten Gedanken, wurde dann doch schnell Ernst. Bestärkt vom Zuspruch vieler Freunde, wollten wir es angehen. Die Einzige, die wie immer dagegen war, war meine Mutter. Sie sah mich schon tot, irgendwo in einen Unfall verwickelt. Auch da mal wieder kein Zutrauen in ihre Tochter. Und die mehr als deutliche Bemühen sie unter Kontrolle zu halten. Mutter und Zweiräder egal welcher Art und Weise, standen auf extrem Kriegsfuß. Angefangen von Mofas als Teenager, oder Roller, die meine Schwester im Urlaub fuhr bis jetzt zu meinem Wunsch den Motorradführerschein zu machen. Für sie waren es alles nur Maschinen, die einem früher oder später durch Unfälle sterben lassen. Meist aber früher. Aber ich ließ mich dieses Mal nicht beirren, blieb bei meiner Entscheidung, juhu ein kleines bisschen meinen Willen durchgesetzt.

In unserer Nähe fanden wir auch eine Fahrschule. Welch ein Fiasko. Ich glaube wenn wir dort geblieben wären, hätten wie beide heute, mit Sicherheit, nicht den Führerschein. Der Fahrlehrer hat irgendwie seinen Beruf oder zumindest seine Aufgabe verfehlt. Wir waren keine einzige Stunde mit dem Motorrad auf der Straße. Es gab einen Park & Ride Parkplatz in der Nähe. Auf dem sind wir zwölf oder mehr Fahrstunden immer im Kreis gefahren. Immer und immer wieder. Und das in immer die gleiche Richtung! Mal die Fahrtrichtung zu ändern, hatte er keinen Bock oder er traute es uns nicht zu. Also links abbiegen das konnte ich dann irgendwann schon fast perfekt. Nur rechts abbiegen, tja das wäre problematisch geworden. Bin ja nie eine gefahren. Und ständig hatte er was zu kritisieren. Stundenlang im Kreis fahren und immer seine Stimme im Kopfhörer unter dem Helm. Das wieder übersehen, da nicht den Blinker gesetzt oder irgendwelche andere Kleinigkeiten. Mit der Zeit hatten wir beide das Gefühl, zu unfähig und zu blöde fürs Motoradfahren zu sein. Wir glaubten wir würden es wohl nie erlernen, es wohl nie zu schaffen den Führerschein zu erhalten.

Dazu kam noch eine sehr unangenehme Eigenart des Fahrlehrers, er tätschelte unheimlich gerne. Besonders bei Andrea, weil die wohl deutlich fraulicher als ich war, aber selbst bei mir hat er den Rücken betatscht oder über die Oberschenkel gestreichelt. Schüttelt mit jetzt noch. Im Nachhinein kann man sich nur fragen, warum wir es so lange mit ihm und dieser Fahrschule ausgehalten haben. Vielleicht, hatten wir einfach schon zu viel Geld in diesen Unternehmen investiert.

Wir beide fürchteten mehr und mehr die Fahrstunden und den Fahrlehrer. Statt Freude und Spaß am Motoradfahren zu vermitteln, machte er uns immer mehr Angst. Ließ uns glauben, dass wir nie richtig vorankommen würden. Es wurde Oktober, ab diesem Monat fanden keine praktischen Fahrstunden mehr statt. Erst im nächsten Frühjahr sollte es weitergehen. Zum damaligen Zeitpunkt eine herbe Enttäuschung. Wir haben ja gehofft, wenigstens einmal vor der Winterpause auf der Straße fahren zu dürfen. Das wurde dann doch nichts.

Aber im Nachhinein war diese Pause unser Glücksfall. Nächstes Frühjahr trafen sich Andrea, Gerald und wir beide uns zu einem Brunch. Bei diesem gemeinsamen Essen brach in Andrea die Angst vor diesem Fahrlehrer durch und die Tränen kamen. Sie zitterte am ganzen Körper vor Angst diesem Kerl wieder gegenüber zu stehen.

Es war klar, wir beide würde kein weiteres Vierteljahr oder noch länger, mit DEM Fahrerlehrer überstehen. Wir sind auch nicht mehr hin, hatten keine Kraft mehr für diese ständige Kritik, dieses idiotische im Kreisfahren und seine Übergriffe. Und damit war dann auch der Traum vom eigenen Motorradführerschein so gut wie ausgeträumt. Hatten keine Hoffnung mehr.

Sechs Tage bin ich inzwischen wieder in der Klinik. Der Druck und die Anspannung der letzten Woche waren heute zu groß. Habe mir wieder mal den kompletten Unterarm aufgeritzt. Sechs Wochen habe ich es vorher geschafft, ohne jede Art der Selbstverletzung. Anspannung ist weg, dafür ist das Gefühl der Einsamkeit schier unerträglich. Hatte auch ein Gespräch mit dem neuen Arzt auf der Station. Wie toll er es findet, dass ich mich abends nicht auf dem Zimmer verkrieche, sondern mich in den Speisesaal setze und schaue, ob ich mit jemandem Kontakt finde. Ich kann nicht definieren, wo der Unterschied zwischen dem letzten Aufenthalt und diesem liegt. Aber dieses Mal ist die Einsamkeit sehr viel schmerzhafter, sehr viel unerträglicher als beim letzten Mal. Da war es ok, abends mit dem Laptop alleine im Speisesaal zu sitzen und Videos zu schauen oder Spiele zu spielen. Würde am liebsten gerade abbrechen und nach Hause gehen, so sehr schmerzt diese Einsamkeit und die Leere.

Nächster Tag. Neue Herausforderung. Eine die mir große Angst macht. Ganz überraschend haben meine Zimmernachbarin und ich in zweieinhalb Stunden einen Gesprächstermin mit der Oberärztin, Psychologin und weiß ich noch wem. Mal wieder vorm einem „Tribunal" sitzen. Die Angst vor der Obrigkeit, dazu noch die Ungewissheit worum es bei dem Treffen geht? Kann an nichts anders mehr denken. Ich hasse solche Termine auf die ich mich nicht einstellen kann. Im Kopf kreist immer nur noch die Frage, was habe ich falsch gemacht? Wie sieht die Bestrafung aus? Im Kopf andauernd nur Spekulationen. Wie eine Schachspielerin versuche ich die nächsten Züge vorher zu sehen. Geht es darum, dass wir, auf unterschiedliche Arten jemandem gesagt haben, wir kommen mit der Krankheit des anderen nicht zurecht? Es ist echt zum kotzen. Nachher noch Ergo. Keine Ahnung, ob ich es schaffe, mich darauf zu konzentrieren. Das kleine Kind hat gerade eine panische Angst vor dem was mich da erwartet. Umzug? Rausschmiss? Gedanken kreisen. Bin gerade wie ein Hund, der seinem Schwanz nachjagt, dabei immer schneller wird, immer verrückter und doch nie das Ziel erreicht. Aber alles nur Spekulationen. Was, wieso, warum. Gott ich werde echt noch verrückt.

Und am Ende hatte die Intuition mal wieder Recht. Erst einmal das positive, es war kein Tribunal, die Oberärztin, mein behandelnder Arzt, so wie die Psychologin verhielt sich sehr fair, sehr offen. Aber das Ergebnis war dann doch das erwartete. Aus ärztlicher Sicht sei es besser, sie würden uns trennen. Nicht immer wird aus negativ und negativ positiv. Sondern manchmal wird aus negativ und negativ nur so etwas wie eine andere Art von Negativität. Eine weitere kleine Hölle für uns.

Aber es wurde ja noch besser „Ironie aus" Meine neue nachgerückte Zimmergenossin war eine Frau aus den Balkanländern, Kroatien, Serbien oder in der Richtung. Tagsüber haben wir uns eigentlich ganz gut verstanden. Sie hat die letzten Tage unten auf der geschlossenen P10 verbracht, wo die, härteren Fälle mit z.B. Psychosen, Manien und anderen schweren Erkrankungen untergebracht sind. Aber ständig, ohne Pause redete und redete sie. Meinte sie hätte gerade so etwas wie eine manische Phase. Oh ja, das merkte man. Dann kam die Nacht. Und die wurde richtig heftig für sie und etwas für mich. Mit meinen ganzen Schlafmedikamenten eingeschlafen. Ich habe natürlich angefangen zu schnarchen. Laut einer Nachtschwester gehöre ich zu den Top Drei aller Zeiten auf der Station, was die Lautstärke meines Schnarchens angeht. Nun, meine neue Zimmernachbarin war schon tagsüber leicht überdreht, aber in der Nacht da wurde es deutlich heftiger, nachdem sie bei der

Geräuschkulisse nicht mehr schlafen konnte. Sie wurde laut, machte im ganzen Zimmer alle Lichter an, in der Hoffnung mich endlich irgendwie wach und ruhig zu kriegen. Ihre Nerven waren doch ziemlich angespannt und auch zwei Tavor brachten sie nicht richtig runter. Erst als sie ihr dann Quetiapin gaben, in Dosen, bei denen ich komatös werden würde, schlief sie dann endlich ein. Von ihrem ganzen nächtlichen Herum toben habe ich dank meiner Medikamente nur sehr weniger mitbekommen. Das, das Licht anging, das hat mich kurz gestört, dass sie irgendwas lautes gesagt hat, habe ich auch nur im Halbschlaf mitbekommen. Am nächsten Morgen, nach einer Nacht, die für beide zum Vergessen war, hatten wir beide ein schlechtes Gewissen der Mitpatientin gegenüber. Ich, weil ich geschnarcht habe, sie weil so herum getobt hat. Ende vom Lied, die nächste Trennung. Jetzt habe ich die dritte Neue auf dem Zimmer innerhalb von 2 Tagen und sie schnarcht. Zum Glück, dämpfen die Ohrstöpsel 97% ihrer Geräusche, so dass ich doch schlafen konnte. Aber dieses ganze Hin und Her belastet meine Psyche extrem. Heute war noch Gruppenvisite und ich erzählte von meiner Resignation und Hoffnungslosigkeit, dass ich die nicht mehr loswerde. Dass ich Angst habe, schlechter entlassen zu werden als ich gekommen bin. Ich bin so müde, des Lebens überdrüssig. Will nicht mehr kämpfen. Wenn es einen Ausschalter geben würde, ich würde ihn drücken, nur um dieser Traurigkeit zu entkommen.

Apropos keine Hoffnung mehr. So standen wir bei unseren zukünftigen Führerscheinen auch da. Von Angst gepackt, keine Perspektive mehr. Bis zu meiner Geburtstagsfeier zum Einundvierzigsten. Genau ein Jahr nach unserem spontanen Entschluss nie wieder hinten drauf zu sitzen, zumindest für Andrea, oder in meinem Fall überhaupt mal richtig Motorrad zu fahren. An diesem Geburtstag wendete sich das Blatt mit einem Schlag von aussichtslos zu neuer Hoffnung. Daisy, eine unserer ältesten Freundinnen, schlug die Fahrschule Dehm aus Eggenstein vor. Da hätte sie den Führerschein gemacht und der Dehm wäre ziemlich cool. Ok, die Fahrschule lag ca. 20 Kilometer außerhalb von Karlsruhe und nicht wie die Grabscher Fahrschule in unmittelbarer Nähe zu unserer Wohnung. Aber die Beschreibung von Daisy ließ uns zum ersten Mal wieder Hoffnung schöpfen. Also wir los, dort vorgesprochen und die Fahrschule für sympathisch empfunden.

Alleine schon, die allererste Fahrstunde wird mir ewig in Erinnerung bleiben. Er zeigte mir das Motorrad und meinte dann, als er mir noch einmal Kupplung, Bremse, Gas und Schaltung erklärt hat „So, du fährst jetzt mal diese Straße hoch, an deren Ende liegt rechts eine Straßenbahnhaltestelle. Dort wendest du und kommst wieder zurück. Ich warte hier solange" Erster Gedanke Schock „Wie, ich ganz alleine?", „Ja klar, Problem damit" fragte er zurück. „Äh nein", also fuhr ich diese kleine fast nicht befahrene Straße rauf und wieder herunter. Und das Ende der Straße lag eindeutig außerhalb seines Blickfeldes. Ich fuhr also ganz alleine, ohne richtige Kontrolle das erste Mal auf einem Zweirad. Und das auf einer richtigen Straße! Nach ein bis zwei Stunden auf diesem kleinen Sträßchen ging es dann auf die erste richtige Tour. Wir fuhren kreuz und quer durch die Kleinstadt, aufs Land raus und zum allerersten Mal konnte ich fühlen, warum Motorradfahren ein so geiles Gefühl ist. Etwas was, der Grabscher nie, nie geschafft hat.

Herr Dehm weckte die Freude am Fahren in uns. Natürlich gab es genug Kritik, das ist auch ok. Aber erst einmal kam sie nicht dauernd, sondern wirklich nur dann, wenn die Kritik gerechtfertigt war und in einen ganz anderen Ton. Nicht diese Von-Oben-herab Kritik, sondern mit einem freundlichen Unterton. Klar war auch gelegentlich Strenge mit dabei. Aber auch mit Strenge kann man unterstützen und aufbauen, das Selbstvertrauen in seine Fahrkünste fördern oder total zerstören. Und diese beiden Fahrschulen waren wie schwarz und weiß. Super sch.... und super gut! Absolut konträr. Wir beide, Andrea und ich stiegen jedes Mal mit einem Grinsen vom Motorrad, wenn die Stunde herum war.

Genauso, sollte sich das Fahren anfühlen, zum ersten Mal auf der Landstraße irgendwo zwischen 80 und 100km/h. Das war wirklich einer der wenigen Momente, wo sich ganz von alleine ein breites Grinsen auf meinem Mund breit gemacht hat. In diesem Moment war ich dermaßen froh den Mut aufgebracht zu haben, diesen Führerschein in Angriff zu nehmen. Klar gab es auch Momente, die anstrengend waren, Abläufe, die gefühlte Ewigkeiten brauchten, bis sie in meinem Kopf drinnen waren. Aber der Fahrlehrer ließ einem nie im Stich, egal wie oft man die Übung falsch machte. Wenn ich mir vorstelle, wie die beim dem Anderen abgelaufen wären, sowohl Andrea wie ich wären mit heulenden Augen vom Motorrad abgestiegen und nie wieder auf eines drauf.

Irgendwann war es dann soweit, die Prüfung stand an. Zuerst die theoretische. Ich glaube da hatte Herr Dehm sich Sorgen gemacht, ob ich sie bestehen würde, weiß nicht mal warum er diese Zweifel hatte. Andrea war ein wandelndes Nervenbündel. Ich wusste, dass ich nicht versagen konnte, das war schlicht weg unmöglich. Sämtliche Prüfungsfragen stammen ja aus den ganzen Fragebögen, die wir die ganze Zeit in den Theoriestunden ausfüllen mussten. Und wir hatten ja alle Fragebögen zuhause. Also habe ich jeden Fragebogen auswendig gelernt, jede Frage wieder und wieder gelernt, bis ich sie fast singen konnte. Ich wusste, ich kann nicht durchfallen, war mir zu 99% sicher. Und genauso kam es. Habe ihn in fünf Minuten ausgefüllt, noch einmal alle Fragen kontrolliert ob ich auch keinen Flüchtigkeitsfehler gemacht hatte und dann hieß es warten. Wollte und konnte ja nicht nach nur sechs Minuten den Fragebogen schon wieder abgeben. Wie hätte das denn ausgesehen? Alle anderen saßen noch grübeln vor ihren Bögen, während ich mich langweilte und hoffte, dass endlich jemand aufstehen würde und als erster den Bogen abgeben würde. Es waren sehr langweilige Minuten, bis der erste aufstand und ich gleich hinterher.

Andrea folge erst eine ganze Weile später und war noch nervöser als zu Beginn der Prüfung. Sie hatte von Anfang an das Gefühl, dass sie es verbocken wird. Und beinahe hatte sie auch recht damit. Ein oder zwei Fehlerpunkte mehr und sie wäre wirklich in der Theorie durchgefallen. Mich schaute der Fahrlehrer ganz entgeistert an, wie konnte ich nur null Fehler haben? Das hatte er nicht definitiv nicht erwartet. War ein gutes Gefühl, dass sich jemand so in mir getäuscht hatte.

Bei der praktischen Prüfung war es dann eher umgekehrt. Wie immer, wenn es ums Praktische geht. Da war ich die nervöse, die das Gefühl hatte es nicht zu schaffen. Theorie bin ich immer gut. In der Praxis eher mittelmäßig. Egal ob Gesellen- und Meisterprüfung oder wie jetzt das Fahren unter Beobachtung des Fahrprüfers. Aber ich habe es beim ersten Anlauf geschafft, obwohl ich in einem Kreisverkehr eine Ehrenrunde gedreht habe, weil ich die Anweisungen des Fahrlehrers nicht verstanden hatte. Brachte mir zwar Kritik vom Prüfer ein aber was spielt das hinterher für eine Rolle. Ich hatte meinen neuen Führerschein incl. der Erlaubnis ein Zweirad zu fahren. Andrea folgte mir dann ein paar Tage später und bestand ebenfalls ihre Prüfung.

Die nächste Frage, war dann, welches Motorrad darf es denn sein. Einen Reiskocher, eine Bayrische Gummikuh, oder ganz was anderes? Für alle die nicht so in dem Motorradslang bewandert sind. Reiskocher sind japanische Motorräder, und die ominösen Gummikühe sind BMW Motorräder. Damals war die Freundschaft zwischen Andrea, Gerald und uns beiden noch recht eng. Gerald arbeitete bei einem Motorradhändler in Freiburg, der sich auf italienische Zweiräder spezialisiert hatte. Also alles von Aprillia, Ducati und Moto Guzzi. Und Gerald Empfehlung war die 750er Breva von Moto Guzzi. Wenn man bei diesem Verbalhornungen bleibt, dann war die Moto Guzzi wohl ein italienischer Traktor. Habe sie Probe gefahren und mich in den Sound, den Look verliebt. Es war bei mir fast Liebe auf den ersten oder den anderthalben Blick. Sie ist keine PS strotzende Maschine, aber für mich als Anfängerin optimal. Also kurz entschlossen, sie in Freiburg gekauft und zum ersten Mal alleine, ohne Stimme des Fahrlehrers im Ohr von Freiburg nach Karlsruhe getuckert. Und dann voller Stolz vor unserem Haus abgestellt. Alles meins!

Bin dann auch mit dem Motorrad zu Arbeit gefahren. Einfacher Grund, wir wohnen in einer Gegend in der Parkplätze rar gesät sind. Da war es doch sehr viel bequemer, das Motorrad fast direkt vorm Haus abstellen zu können und keine ewigen Runden mit dem Auto zu drehen. Aber es gab auch Momente, in den das Motorradfahren anstrengend war. Sommer. Hitze. Für alle die noch nie auf einem Motorrad saßen, und schwarze Motorradklamotten bei über 30° an hatten, das ist schweißtreibend. An der Ampel stehen, die natürlich ums Verrecken nicht Grün werden will und der Schweiß läuft dir innen an der Hose entlang in die Stiefel. Ich glaube so ähnlich fühlt sich auch ein Stück Fleisch an, das bei niederer Temperatur gegart wird. Da verflucht man sich, die Sonne, die Wärme und alles um einen herum. Man schaut voller Neid in die voll klimatisierten Autos, wo die Fahrer ganz entspannt der Hitze trotzen. Aber dann, wenn die Ampel auf Grün umschaltet, man den Gashahn aufdreht, die Beschleunigung spürt und die langsamen Autos hinter einem zurück bleiben, der Fahrwind zu spüren ist, dann ist all das vergessen. Sitzt man auf dem Motorrad nimmt man auch die Gerüche der Umgebung wahr, was einem in seiner Autokiste vollkommen entgeht. Ja, genau dann weiß man wieder, warum man das bisschen Schwitzen in Kauf nimmt. Weil der Rest so viel Spaß macht.

Dieses kleine Kind, ist wieder mal so enttäuscht worden. Versprechen wurden nicht eingehalten. Der ganze Tag war nur braune Ausscheidung. Erster schlimmer Traum nach knapp zwei Wochen dazu eine sehr anstrengende Bewegungstherapie. Und warum muss ich Idiotin dann in der Ergotherapie auch die Starke spielen und für alle anderen aus der Gruppe an der Bandsäge stehen? Warum immer erst hinterher merken, dass es mich an schlechte alte Zeiten erinnert. Tag wurde nicht besser.

Dann, als krönender Abschluss hat die Krankenpflegerin keine Zeit für das tägliche, mit der Pflege vereinbarte Gespräch. Zu viel Arbeit, zu wenig Zeit. Und dann auch noch um Entschuldigung bitten und vor mir ein OK erwarten, dass sie beruhigt nach Hause kann. Warum verstehen die Leute nicht, dass eine Entschuldigung nicht das ersetzt, was kaputt gegangen ist und es auch keine Absolution für die Tat ist. Dieses „Entschuldigung" dient doch einzig und alleine der Beruhigung des Verursachers. Mit viel Mühen wird hier versucht ein sehr empfindliches Kartenhaus aus Vertrauen und Zuverlässigkeit aufzubauen und dann kommt jemand und macht es, wenn auch nicht im Absicht, wieder kaputt. Und dann ein Entschuldigung. Wird dadurch das Kartenhaus wieder aufgebaut? Nein!

Ist mir denn eine ernstgemeinte Entschuldigung nichts wert? „Nein ist es mir nicht!". Wieder das Gefühl, dass ich übertrieben undankbar bin, dass es nie genug ist? Sie haben Recht, ich bin wirklich undankbar. Meine Bedürfnisse über das von anderen stellen. Es macht mich wütend. Vor allem auch deswegen, weil ich ja nicht wütend sein darf. Sie hat zu wenig Zeit und hat sich entschuldigt, was WILL ich denn mehr? Was hätte sie dann tun sollen, wenn es nach mir gegangen wäre, fragen sie? Besser planen bzw. andere Aufgaben delegieren können. Sich irgendwie Zeit freischaufeln. Bin ich zu anspruchsvoll? Gönne ihr den Feierabend nicht? Ist es denn wirklich SO dramatisch, dass sie das Gespräch aus sehr guten Gründen absagen musste? Ja und Ja.

Erstes Ja. Natürlich gönne ich jedem den Feierabend. Aber wenn ich etwas bei der Fa. Kober oder in der Schreinerei verbockt hatte, da musste ich halt auch den Fehler korrigieren, auch wenn es länger dauert. Und es ging ja nicht um Stunden. Fünfzehn Minuten hätten vielleicht gereicht

Zweites Ja, es war wirklich dramatisch, ich heulte, die Enttäuschung war zu groß. Die Anspannung schoss auf fast einhundert Prozent. Habe mit der Faust gegen Wände geschlagen, war nur noch einen winzigen Schritt von größerer Selbstverletzung entfernt. Ich hasse mich, nicht sie. Ich wurde mit Medikamenten abgeschossen, damit ich ruhig genug zum Schlafen wurde.

Es ist alles, WIRKLICH ALLES, gerade zu viel!

Aus der gemeinsamen Zeit des Motorradführerscheins entstand zur damaligen Zeitpunkt, eine Freundschaft. Zumindest von unserer Seite. Wie es auf der anderen Seite aussah, das merkten wir dann schnell ein paar Jahre später, als sich der Kontakt rapide abkühlte und wir ganz plötzlich abgemeldet waren. Ich verstehe, dass Prinzip Freundschaft nach all den Jahren immer noch nicht.

Aber als die Freundschaft noch stark war, luden sie uns ein, mit ihnen an den Lago Maggiore zu fahren. Mitsamt den Motorrädern.

Dort, rund um den See, waren entsprechende Touren geplant. Diese Einladung nahmen wir nur zu gerne an. Gaby und ich, sind von Karlsruhe zusammen auf der Breva nach Freiburg gefahren. Dort am nächsten Morgen die Motorräder von Gerald, Andrea und unsere Guzzi auf Anhänger geladen und die Reise begann. Zwei Autos, drei Motorräder und ein Roller auf den Anhängern machten sich auf die knapp vierstündige Fahrt in den Süden. Das erste Mal in Bella Italia. Der erste Blick auf den See, kurz vor und kurz nach der Zollstation von der Schweiz herüber nach Italien. Wunderschön. Damit begann die Liebe zu der Landschaft rund um den Lago Maggiore. Schon einen Hauch der Adria, aber das Ganze noch mit einem Hauch schweizerischer Exaktheit. Und das nur knappe 4 Stunden von Zuhause. Wenn es jemals mit einem Lottogewinn klappen sollte, dort ein Häuschen mit Seezugang, das wäre eine Überlegung.

Eine Woche lang fuhren wir durchs Tessin, oder auf kleinen Straßen auf italienischer Seite die Berge rund um dem See rauf und runter. Die Landschaft wunderschön, das Motorradfahren klappte immer besser. Es war ein schöner Urlaub. Die Ferienwohnung lag in Traffiume, oberhalb von Cannobio. Dieses Cannobio ist malerisches Städtchen mit romantischer Altstadt und einer Flaniermeile direkt am See. Dort lecker Eis essen gegangen. Ein Laden verkaufte Handgemachte Ravioli und andere leckere Pasta. Natürlich davon gekauft. Der Versuchung konnten wir nicht widerstehen. In diesem Laden hätte ich wirklich Geld lassen können, wenn wir gewusst hätten, wie wir sie nach Hause transportieren könnten. Es so schwer von dort Abschied zu nehmen. Aber wir kamen immer wieder. Anfangs noch zweimal mit Andrea und Gerald, bis, wie geschrieben, die Freundschaft von ihrer Seite sich in Luft auflöste.

Aber wir kamen dann mit anderen Freunden und Motorrädern zurück. Gaby machte zwei Jahre nach mir ebenfalls den Motorradführerschein. Natürlich ebenfalls bei der Fahrschule Dehm. Sie übernahm dann die graue 750er Breva, mit der wir die letzten beiden Jahre gemeinsam unterwegs waren und ich kaufte mir die größere Variante die 1100er Breva. Und seit dieser Zeit gilt bei uns wirklich der Spruch „Nie wieder hinten drauf!" Andere Freunde von uns hatten ebenfalls Motorräder und so fuhren wir mit denen an den Lago, wie er bei uns nur kurz hieß. Jedoch übernachteten wir nicht mehr in Ferienwohnungen. Dieser Ort hatte einen wunderschönen (ich glaube, ich verwendete dieses Wort ziemlich oft im Zusammenhang mit dem Lago Maggiore), also einen wunderschönen, ruhigen Campingplatz, der früher mal ein botanischer Garten gewesen war.

Dort habe ich zum ersten Mal kampiert, also in einen Zelt übernachtet und den Urlaub als Camper verbracht. Nein, verabschieden sich von dem Gedanken an so ein kleines Zelt in das man hinein kriechen muss, mit Isomatte und Schlafsack. Mit so einem kleinen Campingkocher, auf dem man Essen und das Wasser für den Kaffee warm macht. Alles etwas provisorisch. Nicht bei uns. Das Zelt was wir hatten, war ein großes Hauszelt, mit richtigen Bettgestellen, einem Zwei-Platten-Kocher, Geschirr, Töpfe und sogar Bettwäsche. Es fehlte nur noch die Geschirrspülmaschine. Also werden jetzt die Puristen sagen „Bow, das ist doch kein Campen, das ist ja schon fast eine Ferienwohnung. Und Recht haben sie.

Dies war Luxuscampen. Aber, diese Variante war die einzige, für die ich mich erwärmen konnte. So eine winziges Zelt und alles andere was dazu gehört geht gar nicht. Einen gewissen, hohen, Komfort brauche ich schon. Wir brachten nur unsere Bekleidung mit und fertig. Alles andere war vorhanden. Aber selbst das war mir schon Abenteuer genug. Als es einmal regnete, und das tut es ab und an am Lago, war die Bekleidung so schnell klamm. Ab dann machte es einfach nicht mehr so richtig Spaß. Feuchte Klamotten, über Stunden tragen müssen, sehr unangenehm. Und auch die nächtlichen Ausflüge zum Klo waren nicht so der Reißer. Oder, dass Duschen nur in den Duschräumen möglich ist. Jedes Mal Duschzeug und Handtuch mitnehmen und bloß nichts vergessen. Die sanitären Einrichtungen waren dort super sauber, aber trotzdem war es umständlich. Ich glaube das war wohl meine erste und einzige Erfahrung in einem Zelt. Wenigstens musste ich mich nicht um den Abwasch kümmern. Ich koche und der Rest machte den Abwasch.

Beim nächsten Mal buchten wir so ein Mobile Home. Als so etwas wie ein größeren Wohnwagen. Mit zwei Schlafzimmern, einer Dusche und WC im Zuhause und wenn es regnete, blieb alles trocken. Das ist Camping für mich. Ja ich weiß, ich bin da ein Weichei.

Aber nicht nur den Lago Maggiore entdeckten wir mit dem Motorrad in den nächsten Jahren. Mit Andrea und Gerald fuhren wir ein Wochenende in die Vogesen. Ebenfalls sehr schön der, ich sage es mal salopp, elsässische Schwarzwald. Nur gibt es dort viel weniger Verkehr. Es ist viel, viel ruhiger, deutlich weniger Raser. Kleine einsame Straßen. Super zum Cruisen. Aber wir nahmen natürlich auch die Sehenswürdigkeiten mit, die zu jeder typischen Motorradtour in den Vogesen gehört. Die Col de la Schlucht, den Grand D'Ballon. Die wichtigen Treffpunkte für Zweiradfahrer.

Noch einmal fuhren wir Andrea und Gerald an den Lago Maggiore, aber dann wurde der Kontakt weniger und weniger. Hat jetzt nichts mit dem Thema zu tun, aber ich war besonders enttäuschend von Andrea, dass sie nicht bei der Beerdigung meiner Mutter war. Denn die beiden verbindet eine gemeinsame langjährigen beruflichen Zeit, es war fast schon ein Mutter Tochter Verhältnis und dann blieb sie einfach der Beerdigung fern.

Aber zurück zu den angenehmeren Dingen in dieser Zeit. Das Motorrad wurde schon so etwas wie der Freizeit Mittelpunkt von uns und unseren Freunden. Wir nahmen auch die Allgäuer und die angrenzenden österreichischen Alpen unter die Räder. Besonders gut war, dass wir im Allgäu eine Ferienwohnung fanden, wo Carmen und Franz, so hießen die Vermieter, selbst begeisterte Motorradfahrer waren. Mit ihnen haben wir etliche Tagestouren unternahmen. Zum Teil saßen wir dabei sieben bis acht Stunden im Sattel. Wobei der Transport eines Autos, zweier Motorräder, zweier Katzen und meiner Mutter, dazu noch Gepäck und Lebensmittel, schon ein gewisses logistisches Problem darstellte. Drei Fahrzeuge die gefahren werden wollen und zwei Leute mit Führerschein. Ohne Anhänger! Ist rein rechnerisch schwer zu schaffen. Aber zum Glück hatten wir zu diesem Zeitpunkt einen sehr, sehr netten Nachbarn namens Markus. Er hatte öfters die vertrauensvolle Arbeit übernommen unsere Kiddies, also unsere beiden verwöhnten Katzenkinder, zu hüten. Ja und bei mehreren Urlauben war er bereit, uns zu helfen, die ganzen Sachen ins

Allgäu zu bringen. Er fuhr das Auto, mitsamt Muttern, den zwei Katzen Sarah & Judith, und all dem notwendigem Gepäck in Richtung Allgäu. Gaby und ich folgten dem Auto dann auf unseren Motorrädern.

Unser Leben mit Samtpfoten aller Art

Ich mache hier mal einen mehr oder weniger großen Cut, um ihnen von Verhältnis zwischen Gaby, unseren Katzen und mir zu erzählen. Genau in dieser Reihenfolge läuft es bei uns zuhause. Sorry Gaby, das war doch jetzt etwas böse und sarkastisch. Aber für Gaby sind unsere Katzen wirklich so etwas wie Kinder. Und diese werden nach Strich und Faden verwöhnt. Nicht das jetzt der Verdacht aufkommt, dass Gaby nur diejenige ist. Auch ich stehe voll und ganz hinter dem Konzept des Verwöhnens. Wir beide sind schon von klein auf mit Katzen aufgewachsen und wir beide lieben diese Tiere. Lieben oder vielleicht vergöttern.

Wahrscheinlich mache ich mir jetzt bei halb Deutschland unbeliebt. Hunde sind nett, aber die besseren Haustiere sind Katzen. Ich würde mir vielleicht sogar einen kleinen Hund zulegen, wenn es mit der Krankheit nicht ständig diese Klinikaufenthalte geben würde und ich mich nicht davor ekeln würde die Hundescheiße (ist das das politisch korrekte Wort dafür?) aufzuklauben.

Gaby hat dieses Verrückt-nach-Katzen Gen und das Verwöhnen der Stubentiger von ihren Eltern geerbt. Oder würden sie in ihrem Urlaub in Venezuela einen winzig kleinen Kater, vielleicht nur ein paar Tage alt, von anderen Touristen nehmen und ihn im Endeffekt dann ins Flugzeug mitnehmen und nach Deutschland schmuggeln? Nein? Sie würden das Ding so schnell wie möglich wieder loswerden wollen. Zum Glück waren Gabys Eltern da anders und sehr viel fürsorglicher.

Er, Milagro – das Wunder auf Spanisch – war der letzte Überlebende eines Wurfes an einem Strand in Venezuela. Der erste Gedanke war natürlich, wir können das kleine unglaublich süße Würmlein doch nicht nach Hause mitnehmen. Wie soll das denn gehen? Was sollen wir mit ihm machen? Ihn zurückbringen zu seinem

Wurf, dann würde jammervoll verhungern. Also keine Option. Immer noch war die Vorstellung ihn mit nach Deutschland zu nehmen, total abwegig. Also haben sie versucht ihm mit Schlaftabletten einen so weit als möglich angenehmen Tod zu geben. Problem war nur, der Kater schlief einfach vierundzwanzig Stunden, wurde wach und schrie dann nach Futter. In diesem Moment waren Hans und Toni, Gabys Eltern, diesem Kater verfallen. Mit Milch und Zwieback und allem was zur Verfügung stand, päppelten sie den Kater etwas auf. Es reifte der Plan, ihn doch mit nach Deutschland zu schmuggeln. Versteckt in der weiten Hosentasche von Gabys Mutter ging der Kater in Venezuela und Deutschland durch den Zoll. Und als ob er es ahnen würde, genau in diesen so wichtigen Momenten machte dieses winzige Häuflein Katze keinen Mucks. Obwohl es natürlich verboten ist, Tiere zu schmuggeln, durfte er während des Fluges natürlich aus dem Schutz der Hosentasche heraus und selbst die Stewardessen gaben ihr Bestes um ihm etwas Fressbares zu geben. Spätestens nach dieser Geschichte wissen sie, woher Gaby dieses Leidenschaft für Katzen hat.

Unsere Familiengeschichte ist auch mit Katzen verwoben. Die erste die zu uns kam war Musch. Eine Europäisch Kurzhaar Katze, von Nachbarn angeschafft und dann enttäuscht links liegen gelassen, als sie sich nicht als das erhoffte Schmuse- oder Haustier entpuppte. Sie war eine Freigängerin und irgendwann saß sie dann vor unserem Fenster im Esszimmer oder hinten auf unserem Balkon und jammerte. Anfangs noch, wehrten sich meine Eltern mit Händen und Füßen dagegen, die Katze zu beachten geschweige denn, sie hereinzulassen. Aber das Maunzen einer Katze, sowie die Betteleien der eigenen Kinder, lässt dann auch irgendwann das Herz von Eltern schmelzen. Wir ließen sie herein und ab diesem Zeitpunkt gehörte sie zu uns. Die Nachbarn waren froh sie losgeworden zu sein und wir hatten unser erstes Haustier. Wie schon gesagt, sie war Freigängerin, was natürlich bedeutet sie hat uns auch des Öfteren mit Geschenken überrascht. Von tot bis lebendig.

Es machte ihr dann einen Heidenspaß zuzuschauen, wie die Dosenöffner sich auf der Jagd nach der Maus anstellten. Wenn Katzen lachen könnten, sie wäre wahrscheinlich vor Lachen vom Sofa gefallen.

Mein Vater arbeitete ja oft sehr lange noch in der Werkstatt. Niemand wusste genau, wann er kommen würde. Bis auf Musch. Vielleicht hörte sie das Garagentor oder es war kätzische Intuition, aber sie spürte es wann mein Vater kam, dann wollte sie unbedingt raus und begrüßte meinen Vater am Garagentor und kam mit ihm wieder herein. Es war eine schöne Zeit mit ihr, die leider viel zu früh zu Ende ging, als sie eine vergiftete Taube fing und von ihr gefressen hatte. Nach einer kurzen schweren Zeit mussten wir sie leider einschläfern.

Die nächste Katze, die zu uns kam, war Zottel. Sie wurde in der Küche meiner Oma geboren. Ein Mix aus allem möglichen Genpools. Aber dadurch gerade so schön. Ein bisschen Perser war dabei und wegen ihres zotteligen Fells bekam sie halt den Namen Zottel. Wir hatten uns sofort in sie verliebt. Also zog sie bei uns ein. Sie war ein verschmustes Tier, aber es hatte seine Tücken. Man konnte sie gerade noch streicheln und mit einem Mal legte sie die Ohren an und fiel einem an. Alle, nein nicht alle. Gaby war da die erste Ausnahme. Bei ihr verhielt sich Zottel niemals so. Da war sie immer, zu unserem Erstaunen, eine ganz Brave. Sie war eine Freigängerin in kleinem Rahmen. Sie ging etwas in den Hof oder ein kleines bisschen in den Garten hinter dem Haus. Aber nie so weit weg. Und sie kam, wenn man sie rief. Bis sie eines Tages nicht mehr auftauchte und verschwunden blieb. Die Verzweiflung war groß. Wir suchten die ganze Nachbarschaft, fragten auch die Nachbarn um uns herum. Keiner wusste was. Angeblich. Irgendwann haben wir dann im Tierheim angerufen und dort erzählte man uns, unser Nachbar zur Linken, hätte Katzenfallen angefordert und aufgestellt weil es dort „so viele" Wildkatzen leben würden. Zottel war in eine dieser Fallen hinein geraten und danach im Tierheim gelandet.

In diesem Moment hätte ich zum ersten Mal einen Menschen töten können, oder zumindest derart zusammenschlagen können, dass er nur noch aus der Schnabeltasse sein Essen zu sich nehmen könnte. Die Wut über diesen Menschen war riesig. Nein es war mehr als Wut, ich, wir hatten einen Hass auf diesen, in unseren Augen; verrückten Menschen. Mein Vater und ich überlegten uns ernsthaft in irgendwo in eine Ecke zu drängen und ich nach Strich und Faden zu verprügeln. Tue meinem Tier etwas zu Leide und du erlebst mich so, wie du mich noch nie erlebt hast und mich auch nie erleben willst. Aber auch Zottels Leben war irgendwann vorbei und auch sie mussten wir einschläfern lassen.

Der letzte in der Reihe der Katzen im Hause meiner Eltern war Paul. Er war der erste Kater und von den bisherigen der süßeste und goldigste, aber leider auch die tragischste. Paul fand mich in einer Katzen Nothilfe Station. Wirklich er fand mich, nicht um gekehrt. Er war noch ziemlich jung und kam auf mich zu wackelt, wich mir nicht von der Seite und schon war es geschehen. Er war so ein Schussel, so eine Art Verrückter, und taub.

Durch einen Milbenbefall konnte er von Kinderbeinen nichts hören. Wenn er seine fünf verrückten Minuten hatte, jagte er durch die Wohnung, die Garderobe an einem Ende hoch und am anderen Ende wieder herunter. Er knallte gegen offene Schranktüren wenn er wie ein Wirbelwind durch die Wohnung fegte. Nichts konnte ihn stoppen. Mit Vorliebe saß er in der Küche, fast ganz oben, unter der Zimmerdecke, auf den neuen Küchenmöbeln, handgemacht in der eigenen Schreinerei. Und mein Vater hatte eine ziemliche Angst, dass der Kater die Schränke zerkratzen würde, aber gleichzeitig spielte er mit ihm dort oben. Mit seinem ausgeklappten Maßstab wedelte er vor ihm hin und her und Paul jagte dann der Spitze des Maßstabes nach. Ich glaube, dies war die erste Katze bzw. Kater zu dem er eine engere Beziehung einging. Mein Vater hatte sich ein großes Aquarium zugelegt, das im Wohnzimmer stand und Pauls Angewohnheit war ins Wohnzimmer zu stürmen und dabei eine Zwischenlandung auf dem Deckel des Aquariums zu machen und sich umzuschauen. Nun eines Tages, mein Vater reinigte gerade das Aquarium, stürmte der Kater wieder ins Wohnzimmer, will auf dem Deckel des Aquariums landen und stellt im Landeanflug fest, der Deckel ist nicht da. Mit einem lauten Platsch landete er im Wasser. Tropfnass kletterte er aus dem Aquarium und rannte tropfend und sich schüttelnd durch die

Wohnung, verflog von mehreren Dosenöffnern die verzweifelt versuchten in einzufangen und trocken zu kriegen.

Er hatte auch so eine Schusseligkeit an sich. Mit seinem Vorderkörper konnte er sich wunderbar mit dem Vorderteil an Sachen vorbei winden. Dann ein Blick zurückwerfen und schauen ob das Ding noch steht. Nur um es dann seinem Hinterteil abzuräumen. So fielen ihm einige Bilderrahmen oder ähnliches zum Opfer.

Leider durfte er nicht allzu lange bei uns bleiben. Durch irgendeine Krankheit bekam er Wasser in die Lungen. Über kurz oder lang wäre er daran langsam erstickt. Die letzten Tage seines kurzen Lebens lag er meist unter der Couch oder einem Schrank und japste heftig nach Luft. Es war so traurig in leiden zu sehen und nicht helfen zu können. Er wäre an dem Wasser in seiner Lunge langsam erstickt. Schwersten Herzens mussten wir tun, was getan werde musste. Der schwerste Weg eines Tierbesitzers. Sein Tod ließ in meiner Mutter den Entschluss reifen, sich nie wieder eine Katze zuzulegen.

Gaby und ich zogen dann Ende der Achtziger aus und erbten dann relativ bald Krümel, die Katze meiner Oma, nachdem sie ihren Schlaganfall bekommen hatte. Von einem Tag auf den anderen wurde aus einer Freigängerin, die eigentlich nur zum Schlafen hereinkam, eine reine Wohnungskatze. Was eigentlich sehr schwer und hart klingt, ging relativ reibungslos über die Bühne. Die ersten Wochen saß Krümel nur unter unserem Bett. Jeden Abend legte sich Gaby stundenlang dann neben das Bett, versuchte mit ihr zu kommunizieren. Gab ihr Futter, zeigte die Klokiste und mit der Zeit wurde aus ihr eine verschmuste Hauskatze. Bei ihr haben wir dann feststellen müssen, was der Unterschied zwischen einem Landtierarzt und einem Tierarzt für Kleintiere ist. Der Unterschied betrug ziemlich genau das Leben unseres Krümels. Beim Landtierarzt waren wir zuerst wegen der obligatorischen Impfungen. Das mit Krümel was nicht stimmte, das ist ihm aber gar nicht aufgefallen. Dazu mussten wir erst durch Zufall zu dem anderen Tierarzt. Sie sah immer irgendwie fett aus, obwohl er nicht zu viel fraß, war beim Spielen ziemlich kurzatmig. Der Tierarzt für Kleintiere stellte einen schweren Herzfehler bei Krümel fest. Dazu Wasser im Gewebe, alles was halt so ein Herzfehler an Nebenwirkungen hat. Und das hat dieser grobschlächtige Landtierarzt alles nicht bemerkt. Er mag ja für Kühe, Pferde und andere Großgetier gut sein, aber Hund und Katz dafür war er völlig ungeeignet. Nachdem Besuch beim anderen Tierarzt bekam Krümel nun täglich eine Viertel Herztablette, die eigentlich für Menschen gedacht war. Und es half. Die Herzprobleme wurden deutlich besser. Trotz Herzfehler wurde Krümel doch noch 16 Jahre alt. Krümel machte noch unseren Umzug von Kandel nach Karlsruhe mit, aber dort mussten wir sie leider bald danach einschläfern, weil sie an einem Tumor im Kiefer litt, der immer weiter wucherte.

Das Leben ohne unsere erste gemeinsame Katze hinterließ ein Loch in unserem Herzen. Wir mussten die Leere wieder füllen. Dazu holten wir uns zum ersten Mal zwei junge Katzen aus dem Tierheim. Judith und Sarah. Fünfzehn Jahre durften wir mit ihnen beiden Zeit verbringen. Eine schöne Zeit. Gleich am ersten Tag, als sie bei uns einzogen, haben sie voller Neugier die Wohnung besichtigt und beim Schlafengehen, lagen sie schon mit uns zusammen im Bett. Wobei uns, eigentlich übertrieben ist. Sie lagen bei Gaby. Bei mir hält es leider keine Katze lange aus, da ich mich nachts ziemlich bewege.

Unser Haus hat einen kleinen Hinterhof, der vor ewigen Zeiten begrünt wurde. Da stehen, riesige Bäume, einige Rosenbüsche. Ein kleines bisschen Rasen und ein Beet gab es. Beide Samtpfoten waren von klein auf, zwei wirklich harmlose Vertreter ihrer Spezies. Deswegen konnten wir mit ihnen auch problemlos in den Garten gehen. Wir hatten die Gewissheit, dass keine der beiden Anstalten machen würde, über die Mauern in andere Höfe zu springen. Meist genossen sie einfach nur die frische Luft, die Erde, das Gras unter ihren Pfoten. Sie waren schon so sehr Wohnungskatzen, das sie jedes Mal, wenn sie auf Toilette mussten, hoch in unsere Wohnung auf Katzenklo gingen. Niemand hatte ihnen jemals gezeigt, dass man das auch in die Erde machen kann.

Beide waren wirklich sanftmütige Katzen. Es gab sehr selten mal eine Gefauche oder eine wilde Jagd zwischen den beiden. Aber wenn sie im Hof waren, dann erwachte doch so etwas wie ein rudimentärer Jagdinstinkt. Natürlich nutzen auch Vögel diesen Hof, als Futter- oder

Rastplatz. Und dann ging vor allem Judith auf die Jagd. Stopp, bevor sie sich aufregen, dass die bösen Katzen, den armen Vögeln etwas tun, kein einziger Vogel ist jemals zu Schaden gekommen.

Wenn Judith auf der Jagd war, dann hatte sie auch manchmal Erfolg. Sie erwischte einen meist jungen und unerfahrenen Vogel. Aber dann war Ende. Sie hatte ihn zwar gefangen, hatte ihn im Maul, aber wie es nun damit weitergehen sollte, dass wusste sie nicht. Meist genügte ein einfaches Handaustrecken und der Vogel fiel aus dem Maul in Gabys Hand. Dort erwachte der Vogel dann meist sehr schnell aus seiner Schockstarre und flog wieder davon. Die beiden waren wirkliche Ladies.

Sarah und Judith hatten leider das Pech, in einer Phase, bei uns zu leben, wo wir sehr reisefreudig waren. Gerade mit den Motorrädern. Also mussten sie, zumindest wenn es ins Allgäu ging, mit. Hatten leider keine Wahl. Die arme Sarah wurde schnell reisekrank, nach einer halben bis dreiviertel Stunde wurde es ihr dermaßen schlecht, dass sie in den Katzenkorb schiss, pinkelte und kotzte. Irgendwo um Stuttgart herum passierte es jedes Mal. Die Andere, Judith, der machte das Fahren nicht aus. Nur dieses verdammte Eingesperrt sein im Korb. Diesem Unmut machte sie dann auch lauthals allen im Auto publik. Es konnte sein dass sie das, mit kleinen Pausen zum Luftholen, fast die ganzen zweieinhalb bis drei Stunden Fahrzeit tat. Die Tonlage lag meist ziemlich deutlich im Wutbereich. Während aus dem anderen Korb meist jammervolle Geräusche kamen, weil ihr die ganze Zeit nur übel war. Ich höre schon den Aufschrei der vielen Katzenexperten, wie konnten wir nur diese armen Katzen auf unsere Urlaubsfahrten mitnehmen. Sie derart quälen. Es stimmt, die Fahrt war für beide der pure Stress, aber beide Katzen waren sehr auf Gaby fixiert. Es gab leider irgendwie keine Alternative zum Mitnehmen. Irgendwo habe ich gelesen, dass es Katzen gibt, die auf Orte gebunden sind, und es gibt Katzen, die auf Personen bezogen sind. Und unsere beiden waren eindeutig personenbezogen. Also war es für uns und sie besser, zusammen zu bleiben, trotz der 2 ½ Stunden Fahrt. Unten im Allgäu genossen sie aber die Zeit, denn Ferienwohnung hatte einen Balkon auf dem sie gerne ihre Zeit verbrachten und abends in der

Dämmerung oder der Dunkelheit auf Nachtfalterjagd gingen. Alles in Allem war der Urlaub auch für sie eine zumindest erträgliche Zeit und sie hatten ihre Freude an dem, zuhause nicht vorhandenem, Balkon. Und sie konnten in der Nacht an der Seite von Gaby im Bett schlafen

Als nun Sarah Anfang 2012 verstarb und Judith alleine zurück blieb, holten wir gegen ihre ode unsere Einsamkeit zwei junge Katzen von der Katzenhilfe. Schönheiten waren sie zu der Zeit nicht. Ihr bis dahin kurzes Leben ist nicht so gut mit ihnen umgegangen. Ein Kater, Eliah, und eine Kätzin, Hannah. Ja, wir haben so einen Ticke, nennen alle unsere Katzen nach biblischen Namen. Beide stammen aus einem Wurf einer rumänischen Straßenkatze, die dort eingefangen wurde. Nach der Geburt des Wurfs, wurden Mutter und die Kiddies per Auto nach Karlsruhe gebracht. Von dort landeten sie dann bei uns in der Wohnung.

Wobei, beinahe hätte das ja nicht geklappt. So eine durchgeknallte Tussie hat sich unsere Wohnung angeschaut und sie für nicht katzengerecht gehalten. Man muss dazu sagen, unsere Wohnung ist annähernd einhundert Quadratmeter groß, Altbau mit einer Raumhöhe von 3,20 Metern. Und die Katzen können fast die komplette Höhe in der Wohnung durch Schränke, Kratzbäume und ähnliches erkunden. Also Platz genug. Und dann kommt diese Frau daher und fängt an, uns und die Wohnung zu kritisieren. Das ging gar nicht! Wir haben uns dann bei der Leiterin der Katzenhilfe beschwert und wenige Tage später brächte sie die beiden jungen Kätzchen zu uns in die Wohnung.

Dadurch, dass sie die meiste Zeit ihres jungen Lebens in Rumänien gelebt hatten, waren sie in keiner besonders guten Verfassung. Das Fell struppig und mit Löchern. Abgemagert und verhärmt. Auch sehr schreckhaft sind sie gewesen. Aber es gibt nichts, was Gaby nicht bei Katzen hin bekommt. Dank fürsorglicher Pflege und sehr viel Geduld, wurde aus den beiden doch noch sehr prachtvolle Vertreter der Gattung Katze.

Kaum war Hannah und Elia bei uns eingezogen, verstarb leider auch Judith. Und so wurden aus drei Katzen nur noch zwei. Bei diesen beiden, merkt man aber auch ihre Abstammung. Jahre, in denen

Generationen vorher wild lebten, sich ihr Futter selbst suchen oder jagen mussten. Die Ihre Sinne immer auf Achtung haben, dass ja niemand sie einfangen, verletzen oder töten kann. Die beiden sind von der Körpergröße eher klein. Auch dies ist wohl, dem Genpool geschuldet. In dieser feindlichen Umgebung, haben wohl große Katzen deutlich weniger Überlebenschancen, weil sie viel mehr Futter benötigen. Dazu kommt von Hannah und Elia ein fast unbändiger Freiheitsdrang. Sie haben noch nie etwas ohne Wände gesehen, waren nie außerhalb unserer Wohnung. Haben keine Ahnung, wie die Welt da draußen aussieht. Sie sind, trotz all der Jahre, noch bei jedem lauten Geräusch sehr ängstlich. Aber trotz all der Angst, versuchen sie immer wieder durch die Wohnungstür zu entschwinden. Fünf Jahre waren unsere Rumänen die alleinigen Herrscher der Wohnung.

Doch dann haben die beiden Dosenöffner eine ziemlich blöde Idee, in den Augen von Hannah und Elia. Wir träumten von einem Quartett. Also haben wir uns 2017 entschlossen, noch einmal zwei junge Katzen zu adoptieren. Wieder waren es zwei Geschwister. Sehen aus, wie eineiige Zwillinge. Aus der Ferne haben wir bis heute Schwierigkeiten, die beiden zu unterscheiden. Wir haben uns schon überlegt, dem Kater, der eine riesiges Tier ist, eine blonde Strähne zwischen den Ohren zu färben. So könnten wir die beiden, dann besser unterscheiden. Ganz ruhig bleiben, das war ein Scherz! So etwas würden wir doch niemals machen. Wir sind doch keine Rabeneltern.

Born to be wild Part Two

Hier lassen wir mal die Katzen etwas links liegen und kommen zurück zu dem Thema Motorradfahren. Zu unserem Nachbarn Markus, der unser Auto erst ins Allgäu gebracht hat und mit dem Zug wieder zurück nach Karlsruhe fuhr. Und das gleiche auch wieder zur Heimfahrt. Er kam mit dem Zug aus Karlsruhe angereist und brachte Auto samt Inhalt wieder in die Heimat zurück.

Dort im Allgäu verstanden wir uns von Anfang an sehr gut mit Carmen und Franz. Wir haben viele auch sehr große Touren von acht oder mehr Stunden mit ihnen zusammen auf dem Motorrad verbracht.

Von Franz stammt auch der Ausdruck, dass unsere beiden Moto Guzzi Breva, sich wie Traktoren anhören. Mit den Beiden wurden Kindheitserinnerungen wieder lebendig, als wir Touren ins Montafon unternahmen, die Silvretta Hochalpenstraße mit ihren vielen Kehren hinunterfuhren. Durch die Orte fuhren, wo ich als Kind viele Sommerurlaube verbrachte. Jedes Haus in den Orten, immer noch erkenne. Die Stauseen an Ende des Tals, hoch oben gelegen. Eisig kalt und in wunderschönen Panorama eingebettet. Überall im Montafon stecken Erinnerungen an kindliche unbedarfte Zeiten, an Wanderungen die wir als Familie unternahmen. Kann heute immer noch zeigen, wo wir auf welche Wanderung gegangen sind.

Jetzt war der Motorradsattel unser zweites Zuhause. Aber es gab nicht nur schöne Momente, auch schmerzhafte, und ärgerliche. Zum Beispiel, mein erster Sturz mit Gaby als Sozius, auf der Fahrt hoch zum Hahntenjoch. Wollte nur mal kurz am Straßenrand anhalten um ein Bild zu schießen. Dabei auf dem Schotter neben der Straße die Kontrolle und das Gleichgewicht verloren und einfach umgefallen. Zum Glück noch in die richtige Richtung, auf der anderen Seite war ein Abgrund, der fünfzig Meter in die Tiefe ging. Verletzt wurde niemand, außer meinem Stolz, einem Stück Kupplungshebel und einem, zum Glück nur leicht, verbogenen Schalthebel unten. Wir konnten zum Glück die Fahrt äußerlich problemlos fortsetzen. Innerlich war es doch ein Warnschuss. Ich zitterte. Die Angst vor einem erneuten Unfall spielte in Gedanken die ganze Heimfahrt noch eine Rolle. Immer wieder musste ich erkennen, dass mir die Erfahrung fehlte, die Routine um die Maschine perfekt zu beherrschen.

Beim Auto war es kein Problem, da hatte ich schon meine zwanzig Jahre Erfahrung auf dem Buckel um ganz intuitiv die richtigen Dinge zu tun. Dies fehlte mir natürlich beim Motorrad. Zwar konnte ich durch die Erfahrung auf der Straße viele brenzlige Situationen mit anderen Verkehrsteilnehmern schon im Vorfeld erkennen, aber das Auto hat einen riesigen Vorteil. Wenn sie bremsen brauchen sie sich keine Gedanken um ihr Gleichgewicht machen. Sie haben vier Räder und können nicht umfallen. Beim Motorrad haben sie das nicht. Wenn ihnen, zum Beispiel, jemand im Kreisverkehr die Vorfahrt nimmt, machen sie ganz automatisch und unbewusst die Breme zu. Tja, das nächste was sie dann mitkriegen ist, dass sie auf dem Boden liegen und das Motorrad halb auf ihnen drauf. Keine Chance für den Gleichgewichtssinn. So passierten ein paar Umfaller. Meistens schuldlos, wenn ein Autofahrer mich übersah, meine Geschwindigkeit oder deutlich bessere Beschleunigung unterschätzte. Aber es gab auch gewisse Situationen, wo ich mich überschätze, zu hohe Geschwindigkeit, oder in Situation bremste, in Schräglage kam und das Umfallen nicht mehr verhindern konnte. Aber es blieb immer bei kleinsten Unfällen, das einzige was ich fast regelmäßig austauschen musste, war der Kupplungshebel und ab und an den Blinker auf der linken Seite. Irgendwann bekam ich dann Mengenrabatt auf die Teile. War ja der beste Kunde für diese beiden Teile.

Richtig schön mit den Touren wurde es, als Gaby und ich jeweils ihre eigenen Maschinen hatten. Ich konnte meine 90PS besser ausreizen und Gaby konnte ihr eigenes Tempo fahren, was deutlich langsamer, aber damit auch sicherer, als mein Tempo, war. Ich war fasziniert von diesem Rausch der Geschwindigkeit. Dieses problemlose Beschleunigen, dieser Kraft unter dem Hintern. Kurz am Gasgriff drehen und die schwere Maschine machte einen Satz nach vorne. Die Geschwindigkeit machte mich auf eine Art süchtig

Ich habe Angst. Entsetzliche Angst. Ich steuere auf wieder auf diesen einen Punkt zu. Diesen winzig kleinen extrem schwarzen Punkt, der alles verschlingt. Dieses schwarze tiefe Loch das alles zerstört, zermalmt. Die Gedanken kreisen nur noch um die entsetzliche, unerträgliche Traurigkeit und Verzweiflung. Nur noch Schmerz und noch mehr Schmerz im Kopf. Nicht mehr aus haltbar. Kann nicht mehr, will nicht mehr. Ich will eigentlich nur noch, dass es endlich und endgültig aufhört. Der Tod ist so verlockend. Ein Ausweg, DER Ausweg! Auch wenn die Ambivalenz es verhindert, ich wünsche mir nur noch den Tod. Der Gedanke an die Plastiktüte ist stark und verlockend. Wie kann man diese extreme Verzweiflung in so etwas wie Worte fassen? Es gibt keine richtigen Worte für diesen Schmerz.

An diesem Punkt war ich schon einmal im Frühsommer 2015, als ich die neun Wochen aus Sicherheitsgründen eingeschlossen war. Aber dieses Mal gibt es keinen Ausweg.

Ich muss in zweieinhalb Tagen wieder so tun als ob ich funktioniere, den Alltag überstehen kann und dabei habe absolut KEINE Ahnung wie das gehen soll. Ich schaffe es nicht und doch werde ich es tun. Dazu muss ich in etwas mehr als einer Woche in ein Flugzeug steigen und noch mehr funktionieren. Einen Urlaub an einem der schönsten Orte der Welt und ich könnte schreien vor Angst. Oh Gott, keinen Ausweg, keine Erlösung. Wohin mit diesem psychischen Schmerz? Wenn Tränen und Selbstverletzung nicht mehr ausreichen, dir keine Entlastung mehr bringen

Wenn ich bald aufgebe, seid nicht böse, ja? (Spruch Internet)

Wie gerne würde ich endlich aufgeben und all den Sch... hinter mir lassen. Ruhe und Frieden finden. Nichts mehr sein als nur noch ein verwehender Hauch Erinnerung

Das Türenimperium schlägt zurück

Kommen wir nach dem doch recht vielen positiven Momenten zurück zum beruflichen. Da wurden die Zeiten deutlich schlechter für mich. Nicht für den Betrieb. Der hatte nämlich in der Zwischenzeit gemerkt, dass man mit dem ehemaligen Stiefkind Holztüren einen guten Umsatz und Gewinne machen konnte. Es wurde noch jemand eingestellt. Damit vorbei die Zeiten der Freiheit, als ich schalten und walten konnte wie ich es wollte, vorbei. Eingestellt wurde Guido, ein ehemaliger Mitarbeiter der Firma bei der wir, also meine Ex-Schreinerei, unsere Spanplatten, Türen usw. einkauften. Er hatte schon eine jahrelange Erfahrung mit dem Bereich Türen, war mit den Vertretern der Türenlieferanten zum Teil beim Du. Ironischerweise hatte die Firma vor kurzem Konkurs angemeldet und er hatte sich daraufhin bei der Fa. Kober beworben. Es kam eine ganz andere Mentalität mit ihm in „meinen" Türenbereich. Wenn ich ehrlich bin, fühlte ich mich übergangen, mir einfach so jemanden zur Seite zu stellen. Aus betrieblicher Sicht mit Sicherheit mehr als verständlich, für mich aber, war es ein Eingriff in meine Freiheit.

Aber immer noch war Herr Meckler mein Spartenleiter, oder einfacher gesagt mein nächsthöherer Boss. Immer noch war seine Philosophie der klammheimlichen Konkurrenz zu den Schreinern und Schlossern das Maß der Dinge in diesem Bürozimmer. Mit Udo nahm der Kundenstamm an Schreinern deutlich zu, er hatte durch seine jahrelange Arbeit in diesem Gewerbe die Kontakte zu den entsprechenden Schreinern. In der Zeit davor, musste ich öfters noch fast Missionsarbeit leisten. Den Schreinern erst erklären, dass die Fa. Kober auch Türen verkaufte und viele von den Schreinern waren noch äußerst misstrauisch diesem neuen Anbieter gegenüber. Ein bisschen konservativ die Schreinerleute „Ich kaufe meine Sachen, nur bei Firmen, die ich schon seit Jahren kenne". Udo kannten die Schreiner und sie kannten ihn. Damit war schon eine ganz andere geschäftliche Basis zwischen Käufer und Verkäufer geschaffen. Etwas das ich nie ganz so hinbekam. So fuhren wir mehrgleisig, er bediente seine alten Connections, ich meine und nebenbei organisierte ich die Abwicklung mit den Bauträgern.

Solange es bei den Einfamilienhäusern blieb, war es ok, dass schaffte mein Nervenkostüm gerade noch so. Aber es wurde heftiger. Und damit begann das Ganze mir über den Kopf zu wachsen. Der nächste Auftrag war ein Zehnfamilienhaus. Zehn Familien beraten, zehn unterschiedliche Türenmodelle bestellen, Lieferzeiten organisieren, Montagetermine zwischen Wohnungsbesitzer und Montagebetrieb organisieren, Koordination zwischen Montagebetrieb, Bauträger, Architekt vorantreiben. Bei Problemen auf der Baustelle, Lösungen oder schnelle Entscheidungen treffen. Immer wieder Jetzt!, Gleich! Sofort! Wo bleibt! Warum ist es noch nicht geliefert! Wir brauchen es sofort! Was sollen wir tun? Muss sofort auf die Baustelle kommen! Müssen klären! Das Wort muss wurde mir immer verhasster. Stand zwischen Bauträger, Architekt, Wohnungsinhaber, und Geschäft. Es wurde mir zu viel. Konnte zwischen Arbeit und Privatem mich nicht mehr abgrenzen. Die Arbeit verfolgte mich am Tag und in der Nacht.

Konnte nachts nicht mehr schlafen. Konnte nicht aufhören zu grübeln, ob ich an dies oder das gedacht habe, stellte mir alle mögliche Fehler vor, oder suchte Details, an die ich möglicherweise nicht gedacht hatte. Wie oft, war ich kurz davor, mitten in der Nacht aufzustehen und am liebsten jetzt zur Fa. Kober zu fahren um zu kontrollieren, ob oder ob nicht die eingebildeten Fehler passiert sind.

Die ersten Anzeichen einer Überforderung wurden stärker und stärker. Einschlafen war nur noch mit hohen Dosen von Schlafmedikamenten möglich. Mir wuchs es immer deutlicher über den Kopf. Da hätte ich eigentlich schon Stopp sagen müssen. Aber wenn ich eines nicht kann, dann das! Bin ja stark, kann das, kriege alles schon hin. Habe doch keine Probleme mit Stress und viel weiteres dummes BlaBla. Und ich hätte der Firma und vor allem mir eingestehen müssen, nicht die Leistung zu bringen, die ich von mir erwartete. Dadurch kam dann auch die Angst, wenn ich scheitere, verliere ich die Anerkennung meines Chefs und meine Stelle?

Das erste Gespräch mit Herrn Rezack gehabt, beim dem ich etwas von der kleinen Susanne herauslassen konnte. Er meinte zwar, dass wäre schon ein paarmal passiert, aber ich kann mich daran nicht erinnern, dass sie sich bei ihm heraus getraut hat. Oder habe es auch nur verdrängt. Normalerweise sind unsere Gespräche eher kopflastig. Er ist ja der große Freund der DBT hier auf Station und damit schon fast disqualifiziert für Nähe. Wir beide haben eine sehr ironische Ader, die in den Gesprächen, an die ich mich noch erinnere, immer sehr stark im Vordergrund war. Keine ernsthaften Gespräche, sondern eher ein gegenseitiges Aufziehen. Aber heute war es irgendwie anders. Vielleicht waren wir heute anders. Auf jeden Fall war es ein gutes Gespräch auf der emotionalen Ebene

Je länger nun das Türengeschäft lief, desto besser für die Fa. Kober und für mich immer schlimmer. Der Umsatz im Türenbereich stieg weiter, der Stern von Hr. Meckler begann langsam zu sinken. Er musste sich immer mehr im Stahlbereich engagieren. Also waren Udo und ich mehr oder weniger führungslos. Nicht dass das an unserer Leistung war geändert hätte. Wir kamen auch ganz gut alleine zurecht, das Geschäft lief immer besser. Umsätze und Gewinnspannen waren zur Zufriedenheit. Die Türenabteilung war nicht mehr nur das Stiefkind im Kreis der anderen Abteilungen, nein, man schenkte uns so langsam mehr und mehr Beachtung. Die Jahre des Aufbaus, zeigten Früchte. Aber es dauerte nicht lange, bis die Geschäftsleitung meinte die Holztürenabteilung brauchte einen eigenen Spartenleiter. Mein alter Chef der Hr. Meckler, an dessen Macken, seltsame Art und Weise ich mich nun endlich gewöhnt hatte, war zu sehr im Stahlbereich eingespannt. Daher wäre keine richtige Kontrolle über den Holzbereich vorhanden.

Also wurde jemand Neues eingestellt, ich bekam einen neuen Chef. Und wie es der „Zufall" will, war es Udos ehemaligen Chef aus der schon genannten pleite gegangenen Firma. Die beiden verstanden sich aufgrund der jahrelangen Zusammenarbeit natürlich von Anfang an blendend. Und mit Hartmut, so hieß mein neuer Chef kamen natürlich noch mehr Schreiner zur Fa. Kober. Durch seine Verbindungen, wurde aus der Nebenstelle Türen eine wichtige Sparte. Er zog Schreiner an, die vor wohl niemals eine Tür bei der Fa. Kober gekauft hätten. Große Objekte wurden mit einem Mal über ihn und die Fa. Kober abgewickelt. Auch war er mit vielen Türenlieferanten auf du und du. Fürs Geschäft natürlich ideal. Das war ja auch der Hintergedanke bei seiner Einstellung.

Udo und Hartmut verstanden sich blind und hatten auch bei der Fa. Kober den gleichen guten Draht zueinander.

Noch knappe 3 Tage, dann startet unsere Reise in eines der Paradiese dieser Welt. Seychellen wir kommen. Alle beglückwünschen mich bzw. uns zu dieser Reise und wünschen uns alles Gute. Und ich kann es nicht mehr hören. Würde am liebsten alles absagen, stornieren, irgendeinen Unfall fingieren. Aber Gaby freut sich so sehr auf diese wunderschönen Inseln, die wir da zu sehen bekommen. Und sie hat es verdient. Bei alldem was ich ihr abverlange, was sie mit mir ertragen muss. Ihr zuliebe werde ich diese Reise antreten.

Doch in mir, da ist nur Angst, unerträgliche, laut schreiende Angst. Wovor? Wenn ich ihnen das sage, werden sie höchstwahrscheinlich lachen. Haben sie keine Hemmung, sie können mich wirklich ruhig auslachen.

Nein, es ist keine Flugangst. Es ist die Angst vor dem Airport in Dubai, mich dort in diesem riesigen Flughafen zu verlieren, unseren Anschlussflug zu verpassen. Zu spät zu kommen, gestrandet in einer fremden Welt. Dann Angst davor, in der Nähe des Hotels keinen Supermarkt oder etwas in dieser Art zu finden, einen Laden, wo wir unser Wasser und andere Getränke für den Strandausflug oder abends für den Balkon zu finden. Angst vor schlechtem Wetter, das wir keine Sehenswürdigkeiten sehen, keine geilen Bilder nach Hause bringen. Die Leute enttäuscht von mir sind, weil es so wenige Bilder von den tollen Inseln gibt. Falls das passiert, dann gebe ich mir die Schuld dafür. Was ist fürs Wetter kann, nichts und trotzdem gebe ich mir für jeden Regentag die Schuld.

Angst, dass wenn wir zurückkommen, unsere Katzen tot sind, verhungert oder verdurstet. Mein Kopf sagt mir, dass absoluter Schwachsinn ist, das definitiv nichts passieren wird. Daisy hat nun schon zweimal auf unsere Kiddies aufgepasst. Sehr gut sogar aufgepasst. Also gibt es dafür keinen logischen Grund. Warum sollte es bei dritten Mal nicht klappen. Wir haben ja sogar einen „Backup" Catsitter in der Hinterhand. Genauso ist die Wahrscheinlichkeit groß, auf den Inseln irgendwelche großen oder kleinen Supermärkte zu finden. Die Einheimischen müssen ja auch irgendwo ihre Lebensmittel und alles andere kaufen. Wieder kein logischer Grund für die Angst. Jedes Jahr landen Millionen von Menschen als Zwischenstopp in Dubai und finden ihre Anschlussflüge. Warum also sollten wir unseren nicht finden? Na, sie wissen was jetzt kommt, auch hier keinen logischen Grund für diese Angst.

All das sagt mir mein Kopf und die Argumente sind absolut stichhaltig und trotzdem schreit und schreit dieses kleine Kind vor Angst. Nur mit allergrößter Mühe schafft es der Verstand, dieses Kind anzuketten, das es nicht ausbricht und irgendwelche Dummheiten macht.

Die Welt besteht nur noch aus Türen

Kleiner Einwurf der Lektorin. Diese Erzählung über meine Zeit bei der Fa. Kober wurde über einen Zeitraum von mehreren Monaten in einem sehr schlechten psychischen Zustand geschrieben. Dadurch passiert es immer wieder, dass Dinge unnötigerweise wiederholt werden. Ich habe zwar versucht, beim Editieren des Geschriebenen, doppeltes zu löschen oder zu überarbeiten. Aber nicht alles habe ich gefunden und wohl einiges übersehen. Man möge es mir verzeihen.

Zurück ins Jahr 2006, wo sich meiner neuer Chef und mein Kollege immer besser verstanden. Die gemeinsamen Jahre im anderen Betrieb wieder aufleben ließen und ich immer mehr das Gefühl hatte außen vor zu sein und vom ersten Platz ins dritte Glied abzurutschen, oder das berühmte fünfte Rad am Wagen zu sein. War ich eifersüchtig? Hatte ich das Gefühl zu wenig gewürdigt zu werden? Ja, definitiv Ja. Die ganzen Schreiner, die großen Objekte, als diese gingen an mir vorbei. Mir blieben, gefühlt, nur die Brosamen. Das Kleinvieh, das bedient werden musste aber am Absatz nicht den großen Ausschlag gab. Mir blieben die Privatkunden, die Häuslebauer und ein paar kleinere Schreiner.

Hätte ich diese Aufgabe mit den großen Objekten gepackt, wahrscheinlich nicht. Naja, obwohl ich auch schon Aufträge mit mehreren hundert Türen abgewickelt habe. Aber in dem Zustand damals, hätte ich massive Probleme mit dem entstehenden Stress bei solch einem Auftrag gehabt. Was mich aber etwas enttäuschte, war, dass ich nicht mal gefragt wurde. Es war einfach Chefsache. Großaufträge besprechen und mit dem Außendienstler auf gute Zusammenarbeit einen trinken gehen. Ja, sie haben Recht, das war schon etwas unter der Gürtellinie. Es ist dieses Gefühl von Ausgegrenzt sein. Einsamkeit, nicht zur Gruppe dazu zu gehören. Auch wenn es gelegentlich mal Lob von einigen Kunden gab, wie „Bei ihnen, Fr. Röder bestelle viel lieber, da weiß ich das es auch klappt, bei den anderen Beiden geht zu oft was daneben", war ich nicht mehr in der Gruppe der Türenverkäufer drinnen. Draußen. Alleine. Damals noch unbewusst, ist dies eines der zentralen Themen meiner Psyche.

Aber dieses Lob setzte natürlich mein krankhaftes Streben nach Perfektion noch mehr unter Druck. Das was ich machte musste perfekt sein, die Kunden mindestens einhundert Prozent zufrieden sein und selbst dann war ich noch nicht zufrieden. Beispiel dafür? Gerne. Eine fast perfekte Lieferung von Türelementen und passenden Türschlössern. Nun rief der Kunde an, dass bei der Lieferung vier Schrauben fehlen würden. Vier winzige Schrauben, mehr nicht. Er machte kein Drama daraus, war nicht ärgerlich oder sonst was. Ich sollte sie ihm einfach bei der nächsten Lieferung nachliefern. Aber für mich waren diese vier kleinen Schrauben ein Beweis dafür, dass ich versagt hatte.

Je besser, es bei Udo und Hartmut lief, desto mehr wollte ich bei den beiden mitspielen, dazugehören. Aber für mein Gefühl, war Hartmut nichts anderes wie mein Vater, den man auch nichts recht machen konnte. Egal wie viele Türelemente ich auch verkaufte, oder die Leute gut beraten habe, nie hatte ich das Gefühl, dass er es bemerkte oder geschweige denn ein Lob dafür hatte. Ist dies gerecht gegenüber den Beiden? Ich weiß es nicht, aber ich schreibe diese Zeilen ja nicht als objektiver Betrachter, sondern als eine Frau, die mit ihren Gefühlen von Ausgeschlossen sein, dramatisch gesagt von nicht geliebt zu werden, zu kämpfen hatte.

Dieser Wunsch nach Anerkennung von oben, ließ mich Dinge anstellen, an deren Ende meinen Zusammenbruch stand. Ich komplett mit den Nerven fertig war und meinen ersten Klinikaufenthalt zur Folge hatte.

Aber bis dahin war es ein nicht mehr allzu langer, aber dafür belastender Weg, aus dem ich, je länger es dauerte, keinen Ausweg mehr fand. Begonnen hat alles mit einem Bauträger, für den Rolf, also Hr. Meckler und ich schon kleinere Objekte wie z.B. Einfamilienhäuser abgewickelt hatten.

Das war für meinen krankhaften Perfektionismus gerade noch zu packen. Es gab relativ wenige Unwägbarkeiten, oder größere Probleme. Es war zu schaffen. Auch klar, das diese Art von Aufträgen zu Spannungen zwischen meinem neuen Chef Hartmut und Rolf, meinem Ex-Chef führten war wohl klar. Hartmut kam aus einem Betrieb, der sich klar als reiner Zulieferer für den Schreiner oder den Schlosser sah, Rolf dagegen aus einem Umfeld, wo die Grenze zwischen Zulieferer und Montage fließender war. Hartmut sah es also nicht so gerne, wenn ich seinen bzw. unseren Kunden Aufträge wegnahm. Aber um im Rennen um Umsatzzahlen und dem hungrigen Versuch nach Anerkennung, sah ich keinen anderen Weg, als den von Rolf weiterzugehen. Und ich ging ihn weiter, bis zu bitteren Ende.

Stufe eins. War das Zehnfamilienhaus. Alles wie sonst auch bei den kleineren Bauvorhaben nur zehnmal so viel. Die Beratung war noch ok, dass mochte ich schon immer. Den direkten Kontakt mit den Kunden. Beim Aufmaß da begann es schon langsam schwierig zu werden, bloß keine Fehler machen. Alles richtig aufgenommen? Baupläne mit dem Aufmaß verglichen und kontrolliert? Bestellung auch richtig herausgeschickt? Lieber nochmal kontrollieren, bist du dir wirklich sicher? Nochmal kontrollieren! Die Auftragsbestätigung lieber auch das dritte Mal prüfen, nicht dass ich was übersehen habe.

Den Überblick über die ganzen unterschiedlichen Wohnungen zu behalten war schwierig. Der eine wollte das mit dem, der andere dies mit das. Da stieg der Stresspegel, dann die Montage. Bei Komplikationen musste ich hinfahren, entscheiden, zusammen mit Monteur, Architekt eine Lösung finden. Jetzt, sofort, gleich, Wörter die mir immer schlimmer aufstießen. Meine Überforderung fast am Anschlag. Aber ich musste es durchziehen, wollte ja nicht als Versagerin da stehen. Wollte meinem Chef unbedingt beweisen, was für eine tolle Mitarbeiterin er hat. Die Nächte wurden schlechter, konnte fast nicht mehr Ein- oder Durchschlafen. Dachte selbst an den Wochenenden fast nur noch über diesen Auftrag nach. Wie war ich heilfroh, als endlich die Abnahme vorüber war und ich nicht mehr an diese Baustelle denken musste. Aber bis heute fahre ich nicht gerne an diesem Haus vorbei. Es ruft, obwohl eine ewige Zeit her, immer noch unangenehme Gefühle wach. Ich wollte eigentlich so etwas nie wieder mitmachen. Dieses alleine dastehen, die Last der Verantwortung zu tragen, so gut wie keine Unterstützung von meinem neuen bzw. auch dem alten Chef zu bekommen. In vielen Situationen war ich überfordert von dem was von mir wieder und wieder verlangt wurde.

All das war aber nichts im Vergleich zu dem was noch kommen sollte. Der Druck in mir wuchs weiter, mich beweisen zu wollen oder zu müssen. Vor allem weil Udo und Hartmut durch die immer besseren und intensiveren Kontakte zu den Schreinern an deutlich größere Ausschreibungen heran kamen. Und aus vielen Ausschreibungen wurden dann auch Aufträge. Aufträge, die natürlich dem Umsatz, das Ansehen und die Zufriedenheit der Beiden wachsen ließ, während ich auf den kleinen Aufträgen sitzen blieb.

Aber das Jahr 2006 war der ganze Stress mit den großen Bauvorhaben begann hatte nicht nur seine schlechten Seiten. Es gab auch zwei große Veränderungen in meinem Leben. Die eine betraf meine Transsexualität die andere meine Lieblingssportart

GA-OP – Endlich frei

Beginnen wir also mit dem einschneidensten Ereignis. Im wahrsten Sinne des Wortes. Seit 1995 lebe ich nun schon als Frau. Jedoch fehlte noch der letzte Schritt, das noch vorhandene männliche Körperteil zu entfernen, das mich an meine Vergangenheit als Mann erinnerte und damit verhinderte in der Öffentlichkeit als richtige Frau wahrgenommen zu werden. Ich entschied mich 2006, etwas mehr als zehn Jahre nach den ersten Schritten endlich die geschlechtsangleichende Operation zu vollziehen. Es folgen einige Recherchen im World Wide Web. Viele OP-Techniken habe ich mir angeschaut. Erfahrungsberichte gelesen, mir die Bilder von Endergebnissen angeschaut. Im Netz und unter den Transsexuellen geisterte ein fast mystischer Name, der mit großer Ehrfurcht ausgesprochen wurde. Dr. Daverio. Ein Arzt aus der Schweiz, der dort und in Deutschland mit eigenen Kliniken für Schönheits-Operationen, der einzig wahre Spezialist für geschlechtsangleichende Operationen. Der Experte für Mann zu Frau, aber auch Frau zu Mann Operationen. Er war so etwas wie der Messias unter all den vielen Operateuren. Dem, bei dem sich jede(r) Transsexuelle ohne großes Zögern unters Messer begeben würde. Die erste Wahl.

Leider mit einem großen Aber. Die Operationskosten werden nicht von der Krankenkasse übernommen. Trotzdem pilgerte ich im Sommer 2005 zu seiner Privatklinik in Potsdam und mir einen Kostenvoranschlag, eine Untersuchung und Tipps für die Genehmigung der Kostenübernahme durch die Krankenkasse zu holen. Mit dem Zug ging es über Berlin nach Potsdam. Das Gespräch verlief sehr positiv, die Klinik machte einen sehr feinen, kompetenten und vertrauensvollen Eindruck. Ich fuhr mit der Sicherheit nach Hause, dass ich mich am liebsten hier, von ihm operieren lassen würde. Seine Ausstrahlung, seine Kompetenz, die Empfehlungen im Netz hatten wirklich nicht zu viel versprochen. Jetzt musste ich nur noch die Krankenkasse von der Richtigkeit meiner Entscheidung überzeugen. Doch die anfängliche Euphorie verflog schnell. Trotz der vielen imponierenden Ergebnisse, stellte sich die Krankenkasse quer. Egal welche Argumente ich ihnen auch schrieb, jedes Mal kam die Ablehnung. Immer mit der Begründung, dass es ja auch in Deutschland genügend von der Kassenärztlichen Vereinigung zugelassen Chirurgen gab, die dieses OP durchführen könnte. Ihr Vorschlag war die OP in Mannheim durchführen zu lassen.

Aber nach Recherchen im Internet und den Bilder der Endergebnisse, war das für mich eher abschreckend als vertrauenerweckend. Aber auch andere OP-Techniken in anderen Krankenhäusern waren nicht dass was ich mir erhoffte. War schon kurz davor, alles hinzuwerfen. Wollte nicht den unerwünschten Penis gegen eine operative Monstrosität eintauschen. Es gilt so einfach und so banal, aber ich wollte wenigstens ein zufriedenstellendes Ergebnis haben. Und schließlich ging es ja um meinen Körper. Ich musste mit dem Ergebnis den Rest von meinem Leben verbringen. Bei jedem Toilettengang, jedem Duschen, Schwimmbad oder Sauna hatte ich das zukünftige Erscheinungsbild vor mir und der Gedanke daran, mich jedes Mal zu schämen, nicht wie eine Bio-Frau auszusehen, war riesengroß. Aber nachdem ich mich nun für die geschlechtsangleichende Operation entschieden hatte, wollte ich endgültig nicht mehr mit dem Ding zwischen meinen Beinen leben. Es musste etwas passieren! Also weiter gesucht, Bilder und

Informationen gesammelt. Eine Klinik nach der anderen abgehakt oder in die engere Auswahl genommen. Irgendwann fand ich das Markus Krankenhaus in Frankfurt. Da waren Die Erfahrungsberichte recht positiv. Als kam es irgendwann an die Spitze der möglichen Kliniken

Wie immer brauchten meine Ambivalenz und ich etwas länger, noch längeres Zögern, ein Hin und Her überlegen, bis ich den Mut aufbrachte und den ersten Kontakt herstellte. Juli 2005 waren Gaby und ich, zu ersten Gesprächen bei Prof. Dr. med. S. Sohn. Auf mich machte er einen sehr vertrauensvollen und kompetenten Eindruck. Seine ruhigen Erklärungen der Sachlage und Beschreibung der OP machten auf uns den Eindruck in den richtigen Händen zu sein.

Doch es gab ein Problem. Mein Gewicht. Durch die Antidepressiva und zum Teil auch den Essgewohnheiten, mussten 20 Kilogramm herunter. Innerhalb des nächsten halben Jahres. Es war schwierig, aber es klappte. Ich habe von Juli bis Dezember 2015 die geforderten zwanzig Kilogramm abgenommen. Hauptsächlich natürlich durch weniger Essen und bewussteres Essen. Trennkost war damals groß modern. Und man kann sagen was man will, es hat geholfen. Und es war auch wichtig auf ein Ziel hin abzunehmen. Nicht nur so „einfach zum Spaß". Ein Ziel spornt an und da ich nachdem Gespräch wusste, dass die Wartezeit bis zur OP ca. ein halbes Jahr dauerte, war Zeitrahmen und Menge klar definiert. Das alles machte es psychologisch sehr viel leichter und klarer. Die Krankenkasse gab in diesem halben Jahr auch noch ihre Zustimmung. Es war nur noch eine Frage von Monaten bis es endlich soweit sein würde.

Danach nie mehr die lästigen Fragen an Gaby, ob man etwas von dem Teil sehen kann. Nein, dann wäre es endlich so wie ich es schon in meinen jugendlichen Träumen erhofft hatte, komplett Frau sein, ohne Schwierigkeiten sich im Spiegel anzuschauen. Ohne Nachzudenken ins Schwimmbad, Sauna oder ähnliches gehen können. Die Monate fielen einer nach dem anderen, das Gewicht fiel dabei mit. Im Dezember kam das Schreiben, dass ich am 12. Januar meinen OP-Termin habe. Dieses Schreiben im den Händen zu halten, war noch einmal eine Stufe mehr. Vorher war es nur ein Ungefähr, ein

Irgendwann. Jetzt konnte ich die Tage zählen, bis es soweit sein würde. Bildlich gesprochen jeden Tag ein Stück vom Maßband abschneiden. Das machte die ganze realer und damit stieg natürlich auch die Angst und die Nervosität vor DIESEM einen Tag. Ich muss auch dazu sagen, dass ich in meinem bisherigen Leben noch nie(!) davor oder auch danach stationär in einem Krankenhaus wegen einer körperlichen Krankheit gewesen bin. Ich bin körperlich noch absolut vollständig. Blinddarm, Mandeln alles noch an seinem Platz. Bis dahin hatte ich nur eine einzige Vollnarkose hinter mir. Und die war in der Karlsruher Zahnklinik. Sie war nicht besonders angenehm gewesen. Der Weg ins Vergessen war beängstigend. Mein Sichtkreis wurde immer kleiner und kleiner. Bis ich in die Schwärze abglitt. Dieses Schrumpfen der Sicht, war wie ein gefühltes Sterben. Und das Empfinden dabei machte mir Angst, ich wollte so etwas nicht noch einmal empfinden. Deswegen dauerte es auch zehn Jahre, bis ich den Mut für diesen großen Eingriff fand.

Mein erster Krankenaufenthalt und dann gleich solch ein schwerer Eingriff. Eine OP die mehrere Stunden dauern wird. Dazu kompliziert ist, weil Nervenbahnen, die fürs Spüren und Fühlen zuständig sind, nicht durchtrennt werden dürfen.

Egal wie die Operation ausgeht, so oder so wird mein Leben sich vollständig verändern. Ein sehr seltsames Gefühl, dass sich innerhalb von wenigen Stunden nichts mehr ist, wie es vorher war. Ein Teil von mir, wird sterben, damit ein anderer Teil endlich richtig leben kann.

Zu dem Zeitpunkt war ich, nach dem Gesetz, rechtlich noch ein Mann und offiziell mit Gaby verheiratet. In den Eheringen standen immer noch Gaby und Michael. Und nennen sie es Sentimentalität oder Angst. Ich wollte in Anbetracht dessen was bald kommen würde den Bund mit Gaby erneuern. Nicht mehr als Mann und Frau sondern als zukünftige Frau und Frau. Als Gaby und Susanne. Aus diesem Grund hatte ich mir zu Weihnachten zwei Verlobungsringe gekauft. Einer für Gaby und einer für Susanne mit dem Datum vom 24.12.05. An Heiligabend war es dann soweit, ich hielt nochmals um ihre Hand an. Fragte sie, ob sie mit mir auch als Frau weiterhin zusammenbleiben wollte und diese neue Art von Partnerschaft mir eingehen möchte. Und sie hat Ja gesagt. Es war ein glücklicher Moment und eine große Erleichterung für mich. Irgendwie fiel eine große Last ab, als ich merkte, dass Gaby mich trotz der anstehenden Veränderungen an mir, mich immer noch liebte. Es gab mir Sicherheit und Halt für die kommenden Zeiten. Die Gewissheit nicht alleine sein zu müssen.

Egal wie man des dreht und wendet, egal wie die Angst die Seele klein macht und man hofft das dieser Tag niemals kommen sollte, die Zeit ist unerbittlich. Irgendwann war der Termin da, ich musste in den Zug steigen und mich dieser OP stellen. Natürlich war die Ambivalenz sehr stark. Da ist die Angst vor der OP und gleichzeitig auch riesige Freude für die Zukunft als Frau. Endlich den letzten endgültigen Schritt zu tun, endlich auch körperlich das ganz sein, was im Kopf schon seit langen Jahren vollzogen war. Das letzte Stück Mannsein verschwindet. Sich ansehen können und sich körperlich endlich angekommen fühlen. Auf die Zeit danach, wenn alles vorüber war, darauf freute ich mich. Das Unbekannte, das vor mir lag, schreckte mich. Aber ich war, ironisch ausgedrückt, Manns genug mich dem allem allein zu stellen und es hinter mich zu bringen. Mein Zug ging um acht Uhr von Karlsruhe ab. Ich verabschiedete mich von Gaby, ohne ein großes Brimborium. Ging fort, so als würde ich nur Brötchen holen gehen und nicht einen lebensverändernden Schritt tun. Ich war dann unterwegs Richtung Frankfurt.

Rien ne va plus – Kein Zurück mehr!

Ich hatte alles genau recherchiert, wie ich vom Frankfurter Bahnhof mit der Straßenbahn zu Klinik kam. Funktionierte alles tadellos. Dort angekommen, die erste Untersuchung. Dabei gleich die erste schlechte Nachricht. Ich habe zu lange mit der OP gewartet. Mein Penis war durch die zu lange Einnahme des Östrogens zu sehr geschrumpft. Die vorhandene Haut reichte nicht mehr für eine ausreichende Tiefe der Neo-Vagina. Es gab zwar noch die Möglichkeit, durch Entnahme von Haut aus einem meiner Unterarme die Vagina zu vertiefen, aber ich hatte Bilder von solchen Armen gesehen. Jeder Frau-Mann Transsexuelle musste das ja zum Aufbau des Penis durchmachen und die Bilder der vernarbten Unterarme sahen zum damaligen Zeitpunkt, schön umschrieben, nicht ästhetisch aus. Ironischer Weise sind meine Arme heute weit mehr vernarbt als alles was ich mir damals vorstellen konnte. Ich entschied mich erstmal mit einer weniger tiefen Vagina zufrieden zu sein. Aus zwei Gründen. Der erste war das mit diesem sehr großen narbigen Unterarm. Der zweite und Hauptgrund ist, dass ich wohl nie mit einem Mann schlafen werde. Daher ist die Tiefe der Vagina sekundär. Ich war und werde wohl immer mit Gaby zusammen war. Bei mir kam nie die Frage nach einem anderen Partner auf. Vorrangig wichtig war für mich, dass die sexuelle Erregung über die Klitoris klappt und ein Orgasmus möglich ist. Alles andere ist zweitrangig. Die Operation zu überstehen, war die Prämisse. Ob die Vagina nur tiefer ist oder nicht, stand nicht im Vordergrund. Funktionsfähigkeit und die natürliche Optik mit den Schamlippen und allem anderen, das war wichtig.

September 2016 - Seychellen

So, der Urlaub auf den Seychellen ist leider wieder herum. Die Angst vor dem Flughafen von Dubai war auf dem Hin- und Rückflug absolut unberechtigt. Selbst in meiner Panik war der Weg zum Gate für den Weiterflug problemlos zu finden. Wir hatten über zwei Stunden Zwischenstopp im Flughafen. Ich wusste, wohin wir mussten und trotzdem schaute ich ständig auf die Uhr, bloß um das Einchecken nicht zu verpassen. Zu nervös, um die architektonische Schönheit des Flughafens und dessen Duty-Free-Shops richtig zu genießen.

Von Frankfurt bis Dubai im A380 von Airbus. Neues Flugzeug, nettes Personal, viel Platz auch für die Beine. Die Stunden verflogen wie im Flug, kleiner Scherz am Rande. Es gab so viele Möglichkeiten der Ablenkungen durch das Bordprogramm. Man konnte gar nicht alles ausprobieren. Sechs Stunden gingen schnell herum. Hatte ich Angst vor dem Flug. Nein. Fliegen ist eines der sichersten Verkehrsmittel. Keinen Gedanken an einen möglichen Absturz.

Endlich im Flieger, auf dem Weg Richtung Seychellen. Leider ein kleineres Flugzeug, mehr Passagiere und damit natürlich auch enger. Alles geklappt. Wir sitzen im Richtung Flugzeug. Auf Mahe, während der Fahrt vom Flughafen zur Fähre, erlebten wir schon mal ein kleines bisschen Paradies. Palmen, tropische Flora, angenehmes Wetter.

Endlich auf La Digue angekommen. Die Menschen um uns herum, reagieren langsam immer gereizter. Sie alle, wir inclusive, wollen nur noch das Hotel erreichen. Aufs Zimmer kommen. Ankommen, Auspacken, nach mehr als einem dreiviertel Tag Anreise. Als die Fähre anlegte, entstand, wie auch beim Flughafen, der Kampf um die Koffer. Jeder wollte der erste sein. Danach die Suche nach dem richtigen Reiseveranstalter, damit endlich der Urlaub beginnen kann. Ich nehme mich davon nicht aus. Ich bin immer voller Angst. Klappt alles? Sind die Koffer alle da? Wo ist unser Transportmittel zum Hotel? Es wurde gedrückt und geschoben. Ich hatte genug von den vielen Menschen. Wollte endlich meine Ruhe haben. Alleine mit Gaby sein. Endlich waren unsere Koffer und das Auto zum Hotel gefunden. Ab diesem Moment ist Urlaub. Nichts kann mehr schief gehen. Nur noch wenige Minuten und wir sind in unserem Zuhause für die nächsten Tage.

Endlich auf dem Zimmer, vom Blick auf das türkisfarbene Wasser, unsere Bucht, die Palmen wirklich beindruckt. Die Spannung lässt endlich nach. Angekommen. Letztes Bedenken von Gaby ausgeräumt. Sie hat einen kleinen Lebensmittelladen gefunden, wo es Getränke zum Kaufen gibt. Damit sind alle notwendigen Anforderungen zum Erholen erfüllt.

Fahrrad geliehen. Dachte eigentlich, dass schon ich das packe, obwohl ich absolute keine Kondition habe. Aber das war ein Trugschluss. Bei jedem kleinsten Anstieg musste ich absteigen und schieben. Negativer Höhepunkt war die Fahrt zum Source de Argent. Vielleicht knappe zwei Kilometer. Mehr nicht. Aber es waren immer kleine Hügel die wir überwinden mussten. Also absteigen und schieben. Dann riss noch meine Hose und ich scheuerte mir den Oberschenkel auf und wir bekamen bei der Bank kein Geld. Nichts klappte an diesem Tag. Und dann waren wir mit Hilfe eines Taxis trotz aller Widrigkeiten doch noch am Strand Source de Argent. Der Silberquelle.

Dieser einmalige Strandabschnitt mit den Granitfelsen, dem Meer mit seinen vielen Blautönen. Der feinpudrige Sand. All das ist so wunderschön, dass man es fast nicht begreifen kann. Das man im Anblick dieser Schönheit vor Freude heulen könnte. Und ich habe geheult. Aber aus Verzweiflung und Traurigkeit. Die Schönheit kam nicht an mich heran. Ich wollte nicht mehr weitermachen. Alles, was an diesem Tag nicht klappte, schlug so schwer auf meine Stimmung. Dann natürlich den ganzen Tag mehr als unsicher und nervös gewesen, ob der Taxifahrer uns auch wirklich abholen wird. Vertraue in solchen Fällen eigentlich niemandem. Gehe immer vom Worst Case aus. Hatte wirklich panische Angst davor. Ich hätte es zu Fuß nicht geschafft, zum Hotel zurückzukehren. Der wundgescheuerte Oberschenkel brannte wie Feuer. Aber wie so oft, trifft meine Schwarzseherei nicht zu. Der Taxifahrer kam und fuhr uns wieder ins Hotel.

Aber trotz der Tränen gab es auch wunderschöne Momente. Entspannung pur. Die Tage mit Schwimmen im Meer und Pool, lesen, essen oder einfach die Schönheit der Umgebung ins sich aufnehmen. Es gab viele Momente, in denen der ganze Schmerz und die Verzweiflung wie weggewischt waren. Dahin geschmolzen unter tropischer Sonne. Es tat gut Abstand von den ganzen negativen Gefühlen zu haben.

Zweite Insel, Praslin. Größer und unübersichtlicher. Erste Enttäuschung, das Hotel ist einige Minuten vom Strand entfernt. Nach La Digue waren wir vom Strand und seinem Umfeld verwöhnt. Aus dem Zimmer, direkt an den Strand, Palmen, Sand, Meer. Perfekt.

Hier mussten wir laufen. Dazu war dieser Strand auch kein Traumstrand. Lang, breit und er stank nach Fisch, war voller Seegras und hatte kein Flair. Dafür fanden wir schnell einen Supermarkt, für die Getränke und auch noch eine Bank, wo wir Geld abheben konnten. Vor allem das Geld machte mir Sorgen. Die Barreserven gingen zur Neige. Musste in der Bank wieder den Funktionsmodus aktivieren. Meine Englischkenntnisse hervor holen. Aber als wir endlich die

Rupien in der Hand hielten, war ich wieder ein Stück erleichtert. Es war immer so ein Spiel zwischen starker Anspannung in Stresssituationen wie der Bank und einer großen Entspannung, wenn wir das Meer und den Strand genossen.

Vallée de Mai. Der Jahrmillionen alte Urwald im Herzen von Praslin. Sollte man unbedingt besichtigen. Sehr beeindruckend. Der Führer durch diesen Dschungel ließ Ängste in mir aufsteigen, nachdem er erzählte, dass es hier doch Schlangen gibt. Danach achte ich peinlichst darauf, dass Fenster und Türen dicht geschlossen waren. Eine Schlange in unserem Zimmer wäre der Horror gewesen. Durch diesen beeindruckenden Urwald gibt es einen Rundweg von ca. zwei Stunden Dauer. Es war beeindruckend da zu laufen. Kein Sonnenlicht traf den Boden, die hochgewachsenen Palmen und andere Bäume mit ihren riesigen Blättern verhinderten das. Dazu herrscht, da es ja ein Tropenwald ist, eine ziemliche Schwüle. Irgendwann bekam ich wegen diesem Zwielicht und der hohen Luftfeuchte Panik. Wollte nur noch heraus. Das geht bei mir sehr rasant. Urplötzlich ist ein Punkt erreicht, wo mir das Drumherum zu viel wird. Will weg, raus, kriege keine Luft mehr. Sofort! Bei jeder Wegbiegung hoffte ich auf das Ende vom Weg. Aber es gab noch eine Biegung und noch eine. Endlose Minuten ging es weiter und weiter, der Schweiß lief mir an allen Seiten herunter. Hatte so die Schnauze voll. Fluchte innerlich laut und äußerlich ein auch kleines bisschen. Dann endlich waren wir wieder aus diesem Urwald heraus. Tropfnass saßen wir bei einem kühlen Eistee. Ich froh, dieser Enge und der schwülen Luft entkommen zu sein. Es war mir unbegreiflich, wie Menschen das, Tage, Monate, oder sogar ihr Leben in so einer Umgebung aushalten.

Highlight des Urlaubs, zumindest was die grandiose Unterwasserwelt betrifft, war Anse Lazio. Dort hatten wir das Glück einen kleinen Kopffüßler, also einen Kalmar vor die Kamera zu bekommen. So ein Tier hatten wir bisher noch nie in Natura gesehen.

Die letzten Tage auf Mahe. Das erste Mal in einem großen Hotel. Der erste Schock. Das Zimmer so winzig. Die Hotelzimmer auf Praslin und La Digue waren riesig. Platz ohne Ende. Bestimmt zwischen zwanzig und fünfundzwanzig Quadratmetern. Dazu noch Duschen, die fast größer als dieses Zimmer waren, in denen man zu zweit gleichzeitig duschen konnte. Und nun DASS! Ein Doppelbett, und rundherum vielleicht noch anderthalb Meter zum Laufen. Keinen richtigen Schrank. Ich sah es Gaby an, sie hätte am liebsten aus dem Hotel ausgecheckt. Der Raum war kleiner, als die Kabine auf der Mein Schiff 1 in der Karibik. Aber der Mensch, auch wir, gewöhnt sich an alles. Dafür war in diesem Hotel vieles besser. Büffet, abendliche Cocktails, Pizza am Nachmittag, sogar ziemlich gute Pizza.

Zum Meer nur wenige Meter. Leider kein Strand wie Anse Lazio. Ungeeignet zum Schnorcheln. Aber zum Plantschen und Abkühlen war er uns auch recht. Eigentlich noch ein paar schöne Tage, in einem Paradies, auf das viele wohl neidisch wären. Wenn da nicht mein Kopf wäre. Kaum in Mahe angekommen, kreisten schon meine Gedanken um den Abreisetag. Dabei hatten wir noch vier Tage vor uns! Wir mussten am Abreisetag vormittags unser Zimmer räumen. Aber abgeholt werden wir erst gegen frühen Abend. Wie verbringen wir die Stunden dazwischen? Was passiert mit unserem Gepäck? Können wir überhaupt noch ins Meer? Wie können wir duschen und, und, und. Ständig kreisten die Gedanken um die Zukunft, statt die Gegenwart in diesem prachtvollen Ambiente zu genießen.

Im Endeffekt war alles gar kein Problem. Duschen, Gepäckaufbewahrung ohne Schwierigkeit. Am Abend, als die Abreise immer näher rückte stieg erneut die Panik. Komm unser Shuttlebus pünktlich? Erreichen wir unser Flugzeug? Ganz heftig wurde es, als alle anderen Hotelgäste abgeholt wurden, und wir immer noch da saßen. Am Ende waren wir noch die letzten Gäste. Ich wurde unruhig, nervös und sehr angespannt. Haben sie uns vergessen? Wie kommen wir bloß zum Flughafen. Innerlich mal wieder die Welt und alles weitere verflucht. Malte in immer schwärzeren Farben die nahe Zukunft aus. Gestrandet auf den Seychellen. Kein Geld für den Rückflug. Und dann? Tja, dann kam der Shuttlebus doch noch. Wir waren rechtzeitig am Flughafen und saßen trotz aller Schwarzseherei im Flugzeug nach Hause.

Würde ich diese oder so eine ähnliche Reise wieder auf mich nehmen. Natürlich! All diese wunderschönen Eindrucke, der höhere

Erholungswert, der Reiz eines kristallklaren Meeres, die Fauna unter Wasser. Ja, dafür hat und wird sich dieser Stress, all die panischen Gedanken, immer lohnen. Und selbst wenn es all das positive für mich nicht geben würde, alleine für Gaby und ihren Spaß am Urlaub würde ich das auf mich nehmen.

Der erste Tag in der Frankfurter Klinik. Nach der Untersuchung bei der Ärztin kam ich auf mein Zimmer. Das Bett, das ich ab Morgen fünf Tage nicht mehr verlassen darf. Alles dann nur noch im Liegen. Vom Essen bis Sche...en. Aber bevor es so weit war, hatten die Ärzte noch ein unerwartetes Problem für mich. Eine riesige Kanne Abführflüssigkeit stand für mich bereit. Die sollte ich in den nächsten zwei Stunden leeren. Komplett. Im Nachhinein war dies eigentlich das schlimmste was ich da im Krankenhaus erlebt hatte. Der erste Schluck, war gar nicht so schlimm. Schmeckte irgendwie nach Vanille, aber der Nachgeschmack wurde dann doch eklig, Der Abgang nach Aluminium war fast zum kotzen. Widerlich! Es würgte mich ab dem zweiten Schluck. Und ich hatte noch gut zwei Liter dieser Flüssigkeit vor mir. Ich wusste anfangs nicht, wie ich das herunter bringen sollte. War schon kurz davor, zur Pflege zu gehen und fragen, ob es keine andere Möglichkeit gab dem Darm zu entleeren. Hätte auch einen Einlauf, diesem eklig schmeckenden Abführmittel, vorgezogen. Aber naja, ich habe es dann doch geschafft. Halbes Glas Abführmittel, dann einen großen Schluck Mineralwasser zum Geschmack egalisieren. Und dieses Spiel wieder und wieder. Abführmittel schlucken, kurz davor es wieder auszuwürgen, schnell mit viel Wasser nachspülen, bis endlich nach einer gefühlten Ewigkeit die Kanne leer war.

Der Schritt in den Abgrund

Es ist passiert. Ich habe meinen ersten richtigen Suizidversuch hinter mir. Oder war es doch nur ein halbherziger? Wo ist die Grenze, zwischen dem einen und dem anderen? Ich denke es war von beidem etwas. Im Nachhinein kann ich nicht mit Sicherheit sagen, ob ich es wirklich bis zum Ende durchgeführt hätte, oder ob ich doch noch die Kurve gekriegt hätte. Ich habe es rechtzeitig gestoppt, aber nur weil es eine Reaktion von außen gab. Der Kopf zu dem Zeitpunkt war leer, Eine solche Stille im Kopf.

Wie begann diese Tat, obwohl das klingt so verbrecherisch, also besser, wann begann die Handlung, die hier auf diesem Klo beinahe alles beendete.

Beim letzten Aufenthalt war der Freitag der Tag der Entlassung. Die abschließende Visite auch gleichzeitig das Abschlussgespräch. Dort fiel dann von Hr. Kriz, dem Psychologen der Station, einen Satz der mich dermaßen wütend gemacht hat. Eine Wut, die in den fünf Wochen Zuhause nicht abflaute, sondern immer wieder befeuert wurde und auf einem sehr hohen Level war und blieb. Ich hätte am liebsten die ganzen sechs Wochen herum gebrüllt. Nichts konnte mich herunter bringen. Und wie lautete dieser Satz der diese unerträgliche Wut auslöste? „Fr. Röder, wir wissen doch beide, dass sie zuhause keinen Mist machen werden und wir uns in fünf Wochen wiedersehen!" und das in einem für mich so sarkastischen Ton.

Weiß ja nicht einmal mehr, ob der Satz wirklich so gesagt wurde, oder ich ihn nur so verstanden habe. Nur das negative heraus hören wollte oder konnte. Wahrscheinlich hat Hr. Kriz diesen Satz ganz anders gemeint oder was auch immer. Aber wie heißt es so schön, die Botschaft bestimmt der Empfänger. Und ich hatte den Satz, nach ein paar Stunden, so in meinem Kopf, wie er da oben steht. Und das kleine Kind in mir, war so wütend darüber nicht ernst genommen zu werden, ausgelacht zu werden. Der zweite Gedanken war dann, aus der Wut geboren. Denen allen zeige ich es. Wenn ihr mir nicht glauben wollt, dass ich einen Suizid durchführen kann, dann beweise ich es euch. Ihr wolltet es nicht anders. Ihr habt mich herausgefordert und das habt ihr davon. Ich war mir zum ersten Male sicher, dass ich es durchziehen würde. Ich hatte ja alles im Kopf, die Planung stand schon lange und jetzt war auch der Impuls da. Ursprünglich wollte ich es eigentlich Zuhause machen. Hatte ja fünf Wochen Zeit dafür. Mehr als genug Zeit zum „euch zeige ich es"

Ich wollte es wirklich tun, fast jeden Tag nahm ich es mir vor, nachdem Gaby zur Arbeit war. Doch ich schaffte es irgendwie dann doch nicht. Immer wieder kamen wie auch immer geartete kleine

Hindernisse dazwischen. Mal oder oft, waren es die beiden Katzen, die mir nicht die Zeit gaben. Sie arbeiteten sozusagen im Schichtbetrieb. Immer eine Katze war wach, während die andere sich zum Schlafen zurückzog. Natürlich wäre es, objektiv betrachtet kein Problem gewesen, diese Hindernisse zu überwinden. Wahrscheinlich aber sträubte sich mein Verstand bewusst und zum Teil unbewusst gegen diesen Wunsch, des sich beweisen wollen. In all den fünf Wochen schaffte ich es nicht es auch nur ansatzweise zu probieren.

Jedoch nun in der Klinik war es an diesem Tag irgendwie anders. Ich hatte noch abends ein Gespräch mit einem Pfleger, wo es auch um das Thema Suizid ging und er zu mir sagte, ich sei niemand, der das lange planen würde, sondern wenn ich es tue, dann spontan. So Raptus artig. Und so war es auch irgendwie. Mir ging es den ganzen Tag psychisch nicht so gut, aber auch nicht so schlecht. Unter den schlechten Tagen, war es fast ein guter. Hatte eine hohe Anspannung und bekam am frühen Abend deswegen auch 2,5mg Tavor. Doch diese Menge verpuffte ohne große Wirkung.

An späten Abend war es soweit. Es war nach 22 Uhr, fast alle Patienten waren schon in ihren Zimmern, ich saß alleine im Speisesaal, als der Impuls kam. Von da an, verlief alles wie automatisch. Die Gedanken gaben Ruhe. Eine Stille, als hätte ich den Lautstärkeregler in meinem Kopf auf Mute gestellt. Die Plastiktüte aus dem Zimmer geholt. Alle Gedanken waren weg und irgendwie verstummt. Mit der Plastiktüte in der Hosentasche noch einmal kurz im Speisesaal hingesetzt. Kurzes Zögern. Vielleicht in der Hoffnung, dass jemand in mir drinnen, Protest einlegt. Aber die Leere im Kopf war immer noch da. Gleichzeitig auch eine Ruhe. Eine entspannte Ruhe, die Gewissheit, dass es nun so weit sein würde. Auch keine Panik vorm Sterben. Es war entschieden. Ruhe!

Auf der Toilette den Kopfhörer ins Handy, ein Ohr noch frei, um zu kontrollieren, ob man ein verräterisches Rascheln der Plastiktüte hören würde. Als das nicht der Fall war, Kopfhörer auf fast volle Lautstärke, und die Tüte mit den Händen zugehalten. Nach einer geschätzten Zeit von vielleicht zehn Minuten, habe ich nochmal die Tüte angehoben und etwas Frischluft hinein gelassen. Aber in diesem kurzem Augenblick auch kein Zögern, oder Hinterfragen dessen was ich da gerade tat. Also wieder Tüte zu und jetzt war die Situation klar. Kein Stopp mehr. Ich merkte wie langsam der Sauerstoff knapp wurde, wie es in der Lunge zu brennen begann. Wie die die Luft immer knapper und knapper wurde. Hätte ich es stoppen können? Oder besser gesagt hätte ich es stoppen wollen? Darauf habe ich immer noch keine Antwort. Denn der Impuls aufzuhören kam von außen, ohne mein Zutun.

Warum bin ich noch hier und schreibe diese Zeilen? Ein einziger lauter Ping hat mich zurückgeholt. Jeden Abend vor dem Schlafen gehen, wenn ich in der Klinik bin, schreiben Gaby und ich uns über Messenger. Und es war kurz nach halb elf Uhr, als Gaby mich wie üblich anschrieb und ich den ersten Ping in meinem Kopfhörer hörte. Da hatte ich noch die feste Absicht, es zu ignorieren, einfach weiter machen, es weiter austesten, wie lange ich es unter der Plastiktüte aushalte. Und ich wollte nicht damit aufhören, besonders als es langsam mit dem Sauerstoff weniger wurde. Irgendwie war ich jetzt bereit zu gehen. Zu Sterben. Doch dann kurz darauf das zweite Ping, die nächste Nachricht. Da kam zum ersten Mal wieder ein kleiner Gedankenfunke. Das Gehirn erwachte. Das Bewusstsein setzte wieder ein und damit auch die Erkenntnis, dessen was ich da gerade tat. Ich nahm die Plastiktüte vom Kopf. Der Sauerstoff füllte die Lungen, ich wurde wieder ins Leben zurückgeholt. Bin wie aus einem gedanklichen Koma erwacht, habe Gaby eine kurze Nachricht geschickt und bin vor zur Nachtdienst. Zum Glück oder Unglück hatte gerade die beste Krankenschwester oder Pflegerin der Station Nachtdienst. Ihr vertraue ich sehr und ihr habe ich es auch gestanden, was ich gerade getan habe. Wäre an diesem Abend jemand anderes zum Nachtdienst eingeteilt gewesen, wäre ich aufgestanden und hätte so getan, also ob nichts passiert wäre. Aber dann wäre die Gefahr gegeben, es noch einmal und noch einmal zu tun. Die meisten anderen, hätten mich nach so einer Aktion sofort runter auf die geschlossenen Stationen verfrachtet. Aber durch ihre einfühlsame Art und auch mit dem Wissen, was eine Nacht auf einer geschlossenen Station bei mir anrichten würde, sowie meiner Zusicherung, wieder klar im Kopf sein, wieder absprachefähig bin, durfte ich auf der Station bleiben. War nun wieder klar im Kopf, die Stille war weg. Tausend Gedanken schrien wieder wild durcheinander. Die Gefahr war beseitigt. Erst mit der Stille kommt der Tod.

Natürlich können jetzt viele argumentieren, dass so ein Verhalten gar nicht geht, suizidale Menschen gehören zu ihrer eigenen Sicherheit auf die geschlossene Station um die Sicherheit für ihr Leben zu gewährleisten. Etwas was eine offene Station, nicht schafft, da dort die Patienten sich soweit von Eigen- und Fremdgefährdung distanzieren müssen. Die Kapazitäten an Pflegekräften sind dort auch deutlich geringer, als auf Stationen für Krisenmomente, die dafür angelegt sind mit Menschen in sehr schweren Lebenssituationen umzugehen. Ich hätte die Entscheidung akzeptieren müssen, wenn sie in dieser Situation gesagt hätte, ich muss runter in überwachte Sicherheit. Aber der Impuls, der Raptus war weg und damit auch die Gefahr, dass ich weitermache. Natürlich weiß ich, dass so eine Entscheidung Geschlossene oder Hier bleiben ein Vabanquespiel ist. Ich war zu dem Zeitpunkt froh, dass die Nachtschwester sich dagegen entschieden hat.

Was hat das Ganze mit mir gemacht? War das danach anders als das davor? Ja, eine dünne Membrane wurde durchstoßen, ein Blick auf die andere, dunkle, Seite habe ich erhascht. Habe ich ein schlechtes Gewissen? Ja und Nein. Ja sagt die Ratio, wenn ich daran denke, was dies alles ausgelöst hätte. Welche Kausalkette da gestartet wäre. Wie viele Menschen ist damit verdammt hätte. Ja, dass tut mir leid. Nein sagt das Gefühl, weil es sich in mir die Tat nicht schlecht anfühlt. Es war gut zu spüren, dass es machbar ist.

Natürlich sage ich zu jedem Suizidgefährdeten, tut es bitte nicht. Denkt an eure Mitmenschen. Die Menschen denen ihr mit dieser Tat ein Stück Seele herausreißt. Sie mit Schmerz und Trauer überfüllt. Aber selbst wenn ihr vordergründig niemand habt, denkt an die Menschen, die die finden und dadurch einen traumatischen Schock erleben werden. Diese Tat hinterlässt immer Spuren in den Herzen und Seelen anderer Menschen!

Kurze Pause, durchatmen, sammeln. Abstand kriegen

Ja, die Kanne mit dem Abführmittel, war im Nachhinein, das Schlimmste was mir in der Zeit in der Frankfurter Klinik passiert ist. Klingt seltsam, dass ein bisschen, oder sehr viel mehr Abführmittel, das schlimmste sein soll. In Anbetracht der Schwere der OP, der Risiken und was alles hätte schief gehen können. Aber es war wirklich so. Dieses Zeug zu schlucken, war nur ekelhaft. Und da ich sowieso ein Problem habe, flüssige Medikamente oder ähnliches herunter zu kriegen, die seltsam oder eklig schmecken, war es definitiv das Schlimmste. Ehrlich gesagt, hätte ich lieber ein Einlauf über mich ergehen lassen, als dieses Zeug zu schlucken.

Der nächste Tag war es dann so weit. Kurz nach sieben Uhr kam der Pfleger und veranstaltete einen Kahlschlag bei meinen Schamhaaren. Vorher gab es noch eine dieser kleinen LMAA Pillen. Kriegte dann die hübschen, hinten offenen Klinikhemdchen angezogen. Dann hieß es warten, bis ein Pfleger mich abholte und mitsamt Bett hinunter zum OP-Raum brachte. Hatte ich Angst? Nervös? Nein, da nicht mehr. Lag es an der Tablette oder daran, dass ich dachte, es ist nur eine WIN-WIN Situation sein? Warum Win-Win Situation? Nun, klappt die Operation dann bin ich meinem Ziel Frau zu sein, den letzten großen Schritt näher gekommen. Rein äußerlich unterscheidet mich dann nichts mehr von jeder Bio-Frau. Gewonnen! Sollte aber bei der Operation etwas schiefgehen, Herzversagen, Kreislaufzusammenbruch o.ä. Und ich würde mein Leben auf dem OP-Tisch verlieren. Was soll's. Dann wenigstens als Frau sterben und so beerdigt werden.

Mit dem Fahrstuhl ging es runter zu den Operationsräumen. Über eine Art Durchreiche gelangte ich in die „heiligen" Hallen der Chirurgie. Bammel hatte ich eigentlich nur vor der Narkose. Diesem Gefühl vor dem Ko. Doch es ein sehr angenehmes Einschlafen. Den Übergang von Wachsein zur Narkose bekam ich überhaupt nicht mit. Eben noch wach und dann ganz schnell weg. Es war ein netter Anästhesist, er erklärte mir alles, die Liege auf der ich lag, war so herrlich, fast kuschelig, warm. Er redete immer weiter mit mir und dann mit einem Mal war ich im Reich der Dunkelheit. Ohne

Übergang, als ob man ein Licht ausgeschaltet hat. Noch heute schwärme ich von dieser zweiten Narkose. Welch ein Unterschied zu ersten! Träumt man in der Narkose? Nein, Also eher im Reich des Vergessens.

Narkose ist ein Segen, man bekommt nichts mit, die Lebensuhr ist wie angehalten, man ist jenseits des Lebens aber noch nicht über der letzten Schwelle.

Dann nach einem, für mich nur kurzen Moment, spürte ich leichte Ohrfeigen in meinem Gesicht. Dieses Augen zu und wieder auf, für mich eine Sekunde, für den Operateur eine anstrengende sechsstündige Arbeit. Als ich dann auf dem Weg, vom Aufwachraum zurück ins Zimmer war, begrüßte mich ein Pfleger mit den Worten „Willkommen im neuen Leben FRAU(!) Röder. Obwohl noch halb benebelt, musste ich dort das erste Mal schon breit grinsen. Ich war glücklich. Wenige Stunden nach dem Aufwachen fühlte ich mich sogar so fit, dass ich das Gefühl hatte, aufstehen zu können und heimzufahren. So gut ging es mir. Keine Schmerzen. Keine Übelkeit, Keine Müdigkeit. Kein Gefühl von Neben-sich-stehen. Ich habe zwei Stunden nach dem Aufwachen schon mit Gaby und meiner Mutter telefoniert und ihnen erzählt, wie gut ich mich fühle und im Scherz gesagt, dass ich mir gar nicht sicher bin, ob sie mich schon operiert haben.

Ich war glücklich. Ich weiß, dass ich mich wiederhole, aber ich kann es nicht oft genug schreiben, welche positiven Gefühle mich da überflutet haben. Wenn ich mit dieser dunklen Sonnenbrille der Depression auf mein Leben zurück blicke, habe ich das Gefühl, es war der einzige wirklich glückliche Moment bzw. Tag unter all den trüben Tagen. Am Ziel eines langen und schweren aber auch richtigen Weges zu sein. Die Operation war an einem Donnerstag und am Samstag haben mich dann Gaby und meine Mutter besucht. Dort hat Gaby auch ein Bild von mir geschossen. Ich glaube es ist das einzige Bild, bei dem ich aus tiefsten Herzen strahle. Selbst heute noch, ist es das einzige Bild, das positive Emotionen in mir auslöst.

Nach der Operation war ja fünf Tage absolute Bettruhe angesagt. Einige Tage nach dem Eingriff, wurden die ganzen Verbände entfernt.

Das war ein riesiger Spaß... Diese ganzen riesigen Pflaster mit dem mein Unterleib zugepflastert war zu entfernen, da kriege ich heute noch eine Gänsehaut. Mit diesen verdammten Pflastern könnte man gefühlt einen LKW abschleppen. So sehr haften die Dinger an meiner Haut. Die abzuziehen war Hölle... Hölle... Doch, das Beste kam zum Schluss. Der Doktor kam, befand die Wundheilung für sehr gut, war mit der Ergebnis der Operation sehr zufrieden. Und dann *Trommelwirbel* ohne Vorwarnung nahm er seinen Finger und schnalzte über die neu geschaffene Klitoris. Ein rein wissenschaftlicher Test, ob sie denn überhaupt funktionierte. Und JAAAAAAA, JAAAAA, JAAAAA, sie funktionierte. Oh mein Gott, ich hätte schreien können, so empfindlich war sie. Wahrscheinlich kennt jede Bio-Frau dieses Gefühl, wenn der Partner(in) mit dem Finger absichtlich oder unabsichtlich über die Klitoris fährt. Man hat das Gefühl man müsste aus dem Stand oder besser Liegen an die Decke springen. So heftig war das Gefühl. Aber es machte mich auch sehr glücklich. Alles war nun so wie es sein sollte.

Mitte November 2017

Nach nun fast zwei Jahren im Case Management auf immer derselben Station, denselben Pflegekräften habe ich mich entschieden, durch die äußeren Umstände nicht ganz freiwillig, etwas Neues ausprobiert. Seit heute bin ich auf einer der geschlossenen Abteilungen hier in der Psychiatrie. Der Intensivstation.

Warum? Wie schon gesagt nicht ganz freiwillig. Meine übliche Routine im Case Management sind ja fünf Wochen zuhause und vier Wochen in der Klinik. Jedoch gab es bei der nächsten geplanten Aufnahme, ziemliche Schwierigkeiten. Ich muss dazu sagen, dass ich gerade in einer Phase stecke, in der es mir ziemlich schlecht geht. Ausgemacht war deswegen, dass ich schon nach 4 Wochen wieder kommen könnte. Wie üblich sollte ich freitags anrufen und den Aufnahmetermin für die darauf folgende Woche erfahren. Am Freitag wusste dann niemand auf der Station überhaupt etwas von einer Aufnahme. Hieß nur ganz lapidar, soll Montag wieder anrufen

Gesagt getan, wieder mit dem gleichen frustrierenden Ergebnis. Erneut wusste niemand von einer geplanten Aufnahme. Also eine weitere anstrengende Woche zuhause. War über die Behandlung von Seiten der Pflege und Therapeuten auf „meiner" Station sehr enttäuscht. Als ich das letzte Mal entlassen wurde, waren ganz klar der Anruftermin und das Aufnahmeprocedere besprochen und in den Kalender der Station eingetragen. Ich stand daneben, als der Termin eingetragen wurde. Also dürfte es doch kein Problem sein, mir eine klare Antwort zu geben. Egal ob es ein positiver oder negativer Bescheid über die kommende Aufnahme ist, aber zumindest kann ich doch erwarten, dass die Pflege einen Blick in den Kalender wirft und bei den Ärzten oder Therapeuten nachfragt, was man nun der Frau Röder sagen soll, wenn sie heute anruft

War wütend, enttäuscht. In meiner Verzweiflung, dass wieder mal eine Aufnahme nicht wie plant klappte, habe ich eine Mail an Hr. Kriz, den Psychologen der Station geschrieben und mich über die Art und Weise der Absage beschwert. Daraufhin machte er sich die Mühe und hat mich angerufen. In der kommenden Woche waren zwei Feiertage. Er meinte dann zu mir, nach den Feiertagen könnte ich aufgenommen werden. Aber vorsichtshalber sollte ich am Feiertag nochmals anrufen. Gesagt, getan. Und? Genau, wieder das gleiche negative Ergebnis. Station voll. Keine Aufnahme möglich. Der innere Schmerz war danach riesig. Mein kleines wütendes Kind schrie unentwegt „Niemand liebt dich, sie wollen dich nicht mehr haben, alle enttäuschen dich nur". Es fühlte sich zurück gestoßen, ungeliebt, wie der letzte Dreck.

Dieses Gefühl wurde mit jedem Tag stärker und stärker, bis fast nur noch das wütende kleine Kind am Toben war. Alle anderen Anteile zogen sich verängstigt vor diesem heftigen Tobsuchtsanfall tief zurück. Mit dieser sehr kindlichen Wut, die mich mehr und mehr verschlang bis auch der kleinste Winkel von dieser Wut erfüllt war. Es hämmerte nur noch „DIE lieben mich nicht mehr", „DIE lassen dich im Stich". Natürlich war dieser Satz nüchtern oder aus der Sicht des gesunden Erwachsenen betrachtet nicht wahr. Es gibt deutlich mehr Pflegekräfte dich mich schätzen als nicht. Und dass die Aufnahmen nicht klappen, darauf hat objektiv betrachtet die Station keinen großen Einfluss. Neue Patienten, die aus den geschlossenen Abteilungen verlegt werden, haben Vorrang. Aber diese Stimme der Vernunft ist nur ein laues Lüftchen im Sturm der wütenden Emotionen. Es verhallte fast ungehört, fortgerissen von Gefühl des nicht geliebt werden

Mit diesem wütenden Kind musste sich nun meine ambulante Therapeutin auseinander setzen. Sie selbst war über die Verfahrensweise meiner Station not amused und hätte gerne was geändert. Aber leider ist ihr Einfluss dort gen Null. Mit aller ihr zur Verfügung stehenden Kraft versuchte sie wieder etwas von dem zerstörten Vertrauen aufzubauen. Sie fand etwas Zugang zum inneren Kind. Sie bot an, mich auf ihre Station, die sie neben den ambulanten Patienten noch mit betreut, aufzunehmen. Hier hätte sie die Kontrolle, könnte solche Dinge wie Aufnahmen besser planen und umsetzen. Aber, hier kam halt das große Aber. Es ist eine geschlossene Station, eine Intensivstation für alle Arten psychischer Erkrankungen. Hauptsächlich Patienten in einer starken Psychose oder einer manischen Episode. Dort wird auch mal fixiert, die Patienten sind in einem deutlich schlechteren und heftigeren psychischen Zustand als auf meiner üblichen Station, wo es fast ausschließlich Depressive gibt.

Tja, nun sitze ich hier auf der Geschlossenen. Es ist Abend. Den ersten Tag habe ich hinter mir. Wie es sich anfühlt? Nicht sehr gut. Ich muss wirklich meinen Hut ziehen, vor den Pflegekräften, Ärzten und Therapeuten. Sie haben es definitiv nicht leicht hier. Den ganzen Tag ist es laut, ein Fixierter der in seine Hose uriniert hat und sich darüber laut beschwert und bittet, dass man ihn losmacht. Ob es gerechtfertigt ist oder nicht, kann ich nicht beurteilen. Oder ein russisch sprechender Patient, der einfach nicht in normaler Zimmerlautstärke reden kann oder will. Meine Zimmernachbarin murmelt den ganzen Tag vor sich hin. Im Waschbecken liegen nasse Slipeinlagen. Von was nass? Im günstigsten Fall vom Wasser, im ungünstigsten... naja, dass können sie sich wohl selbst denken. Vieles ist hier gar nicht möglich, was ich ansonsten von der anderen Station gewohnt bin. Die Küche ist ein abgesperrter Bereich. Kein Zugang für Patienten. Viele sind halt hier *so psychisch krank, dass einiges strenger und enger reglementiert wird. Die Regeln der Station sind klar und eindeutig formuliert. Wer dagegen verstößt, hat ein Problem. Aber es muss ja so sein. Mit den wenigsten Patienten kann man vernünftig reden geschweige denn diskutieren.*

Die Reinigungskräfte gehen hier fast fünfmal am Tag durch und putzen den Boden und die Toiletten. Es ist schon eine andere, deutlich härtere Umgebung. Kein Vorwurf an meine Mitpatienten. Sie sind halt deutlich kränker, nicht absprachefähig

Im Einführungsgespräch mit dem Oberarzt meinte er, es gibt viele Blumen im Garten Gottes und bei manchen braucht man etwas Zeit, bis man sie lieben lernt. Ob ich die Zeit dafür habe, oder sie mir nehme? Aber es ist natürlich auch ein anderer Betrachtungswinkel zwischen dem Arzt und mir als Patient zwischen all diesen unterschiedlichen kranken Blumen. Er sieht sie aus beruflicher, neugieriger aber distanzierter Sicht. Es ist sein Beruf und ganz wichtig, er hat die Schlüssel für die Freiheit. Der Abstand zwischen Arzt und Patient. Ich sitze hier auf der gleichen Ebene wie all die anderen Patienten

Nun ist Abend, es ist etwas ruhiger, Zumindest an dem Ort, wo ich gerade sitze und diese Zeilen schreibe. Zwei Zimmer weiter, aus dem Raucherzimmer schallt immer wieder Lärm zu mir. Ich habe Angst vor der Nacht. Hoffe, dass meine Zimmernachbarin in der Nacht Ruhe gibt und nicht irgendwelche Lichter anmacht. Eigentlich ist ausgemacht, dass ich es drei Tage ausprobiere um dann vor dem Wochenende zu entscheiden, ob ich länger bleibe oder gehe. Genau jetzt, ist der Wunsch zu gehen, stark ausgeprägt.

Meine Therapeutin meinte, ich hätte alle Optionen frei. Ich kann Morgen gehen, die drei Tage bleiben, was immer ich will. Egal für was ich mich entscheide, es ist in Ordnung. Sie bat mich nur, nicht heute Nacht um Zwei Uhr den Aufstand zu proben und versuchen nach Hause zu fliehen.

Das sie mir alle diese Optionen gibt, dafür bin ich ihr sehr, sehr dankbar! Sie schafft es immer wieder, dass ich ihr vertraue. Als Einzige. Das kleine wütende Kind fühlt sich mal wieder bestätigt.

Habe mich gestern auf Grund der Anspannung wieder einmal verletzt. Heute Nachmittag kam dann der Pfleger zu mir und meinte, dass er später den Verband wechseln will. Nachdem Essen hieß es nun von gleicher Stelle... machen wir Morgen. Bestätigung Nummer eins für meine wütendes Kind. War doch klar, vertraue niemandem, keiner hält sein Wort. Du bist nicht wichtig! Bestätigung Nummer zwei, Frau Fischer hat in der Übergabe am Mittag die Pflege gebeten, mir nachmittags ein Gesprächsangebot zu machen. Natürlich ist das nicht passiert. War doch klar. Warum sollte es hier klappen? Die sind hier doch davon noch mehr überfordert als auf der Depressionsstation. Nichts funktioniert, keiner kümmert sich um mich.

Klingt so kindisch. Aber genauso läuft es gerade in meinem Kopf ab. In solchen Situationen bin ich keine über fünfzig Jahre alte Frau, sondern ein kleines vielleicht achtjähriges Kind. Das sich wünscht, ernst genommen zu werden, behütet werden, sich auf das Wort eines Erwachsenen verlassen zu können. Der Druck ist groß, wieder irgendwelche Dummheiten zu machen. Sicherheitshalber habe ich ja zwei Rasierklingen mitgebracht. Das Kind will Aufmerksamkeit, koste es was es wolle

Mal sehen, wie es weiter geht. Wie die Nacht verläuft, der morgige Tag startet. Der erste Morgen auf der Geschlossenen. Die Nacht war durchwachsen. Meine Zimmernachbarin saß die ganze Nacht am Tisch mit eingeschaltetem Licht. Zum Glück haben die Medikamente etwas geholfen. Jedoch bei der Diskussion zwischen Patienten und Nachtdienst morgens um halb fünf oder fünf, da wirkte es nicht mehr zu gut. Trotz Ohrstöpsel bekam ich so viel davon mit, dass ich eine Stunde nicht schlafen konnte. Und der Tag ging auch nicht besser los, als er gestern geendet hatte. Nichts klappte, Frühstück und Mittagessen waren falsch, weil noch niemand meinen Speiseplan in den Computer eingetragen hatte. Der Verbandswechsel klappte auch nicht, trotz „wir kümmern uns drum". Die Blutabnahme, die Tetanusspritze, alles ging irgendwie nur schief. Und im Kopf die Wut des kleinen Kindes und ein selbstzufriedenes Lächeln des distanzierten Beschützers nach dem Motto „Ich habe es dir doch gesagt, sie wollen dich auch nicht"

Die nächsten Tage in der Frankfurter Klinik vergingen recht eintönig. Man kann nicht allzu viel machen, wenn der Radius in dem man sich bewegen darf die Größe eines Bettes hat. Es war immer mehr oder weniger der gleiche Rhythmus. Aufwachen, Katzenwäsche mit Waschlappen und Rasierer. Frühstücken, lesen, Musik hören, Mittagessen, weiter lesen, Musik hören, etwas fernsehen, Abendessen, schlafen. In diesen fünf Tagen habe ich zwei Harry Potter Bände komplett gelesen. Aber es war ok. Das einzig besondere war das dreimal tägliche Bougieren der neuen Vagina mit einem Plug oder Dildo. Das sollte verhindern, dass die neue Vagina sich wieder zurück bildet. Selbst Toilette gehen war tabu. Für den Urin steckte ein Katheder in der Blase von oben durch die Bauchdecke. Deswegen auch nichts mit auf der Seite einschlafen. Rückenlage mit hoch gestelltem Rückenteil des Bettes. Ich glaube ich habe ziemlich geschnarcht, wenn es mal mit dem Schlaf einigermaßen funktionierte. Für das große Geschäft gab es die Bettpfanne. Und ich in meiner Unbedarftheit habe sie irgendwie hmmm ungünstig verschoben und damit das bisher erste und letzte Mal ins Bett gemacht. Mann, war mir das peinlich. Schämte mich dermaßen dafür. Aber die Krankenschwester nahm das ganz locker. Meine höchste Hochachtung vor dem Beruf der Kranken- oder Altenpflege.

Ach ja, meine Zimmernachbarin, auch eine frisch operierte Transsexuelle konnte nachts nicht schlafen. Wie auch, wenn man den ganzen Tag verpennt. Dafür hat sie dann nachts mit dem Fernseher gesprochen. Hat in diesen Daily Soaps mit den Rollen mitgefiebert, mit ihnen gesprochen. Wenn man da schlafen will, ist das schwierig.

Nach fünf Tagen war es endlich so weit. Endlich wieder aufstehen können. Wobei das Können, sehr schwerfiel. Der komplette Kreislauf war durch das Liegen heruntergefahren. Die ersten Schritte waren so als würde man sich auf einem schwankenden Schiff bewegen. Und ich hatte nach kurzer Zeit, den im Nachhinein etwas verrückten Drang, mich unter die Dusche zu stellen. Endlich mal wieder Haare waschen, den Geruch von fünf Tagen im Bett liegen, abwaschen. Problem war dabei, dass ich immer noch den Blasenkatheder in meiner Bauchdecke stecken hatte. Also musste ich diesen irgendwo im Bad aufhängen, damit ich beide Hände für das Ausziehen der Klamotten, frei habe. Wie ich nun mit buchstäblich herunter gelassener Hose da stehe, versagt mein Kreislauf. Mir wird schwindlig, die Beine werden weich, schwanke hin und her, wäre um ein Haar hingefallen und hätte mir den Katheder aus der Bauchdecke gerissen. Das war wirklich knapp. War ein ziemlicher Schock und ich danach deutlich vorsichtiger. Der Rest vom Duschen klappte dann problemlos

Nachdem ich nun meine Bewegungsfreiheit wieder hatte, wenn auch noch mit Blasenkatheder, konnte ich mich im Krankenhaus wieder frei bewegen. Nach ein paar Tagen, wurde ich auf einen Gynäkologenstuhl verfrachtet und die Harnröhre wurde geöffnet. Der erste Urinstrahl traf dann natürlich die vor mir sitzende Ärztin. Auch ein peinlicher Moment. Die nächsten Tage vergingen auch in eintöniger Gleichmäßigkeit. Der einzige Unterschied zu den ersten fünf Tagen, ich musste nun normal auf die Toilette und die Harnmenge jedes Mal protokollieren. Damit sie kontrollieren konnten, ob meine Blase dabei auch vollständig entleert wird. Sobald dies erreicht war, wurde es Zeit die Koffer zu packen und nach Hause zu gehen.

Das erste Mal als ich auf dem Toilettendeckel saß wollte meine Hand, wie die letzten Jahre üblich, den Penis herunterdrücken, aber da war ja nichts mehr. Der erste Moment war ein Schock, das Ding ist weg. Im nächsten Moment die große Erleichterung DAS DING IST WEG!!!

Alles in allem war ich gerade mal knappe zehn Tage in der Klinik. Eine für mich überraschend sehr kurze Zeit die ich dort verbracht habe. Irgendwie auch zum Glück. So lange war ich zu dem Zeitpunkt noch nie von Gaby getrennt. Das sollte sich dann im den kommenden Jahren doch deutlich ändern. Es kam noch etlichen Zeiten, wo wir für viele Wochen getrennt waren, oder eine Wochenendbeziehung führten. Aber um noch kurz bei dem Thema zu bleiben, wieder zuhause musste ich meine neugestaltete Vagina mehrmals am Tag für ca. 20 Minuten bougieren, damit sie ihre Form behielt. Ansonsten war damit die körperliche Verwandlung vollendet. Ich war nicht mehr nur innerlich, sondern nun auch äußerlich die Frau die schon immer da war.

November 2017

Ja, die ersten Tage auf der Geschlossenen waren sehr ungewohnt und ich war mir nicht sicher, ob oder wie ich dies hier aushalten sollte. Das Schwarz-Weiß Denken war sehr stark ausgeprägt. Ich verglich die neue Station mit der alten seit annähernd sechs Jahren vertrauten Station, obwohl das gar nicht möglich ist. Verglich die Aktionen und Reaktionen von Menschen die mich und meine Krankheit schon eine halbe Ewigkeit kennen, mit Menschen die maximal eine kurze Erklärung zu mir von Frau Fischer, meiner Therapeutin, bekommen hatten. Wie soll das gehen? Natürlich gar nicht. Aber mein Denken war halt in dem Moment auf 1 oder 0, Ja oder Nein, Alles oder Nichts, eingestellt. Und das das alles nicht funktionieren kann ist doch klar. Aber sagen sie das mal meinem inneren Kind. Das ist von solch einer Logik nicht zu beeindrucken oder überzeugen. Mein Fluchtreflex schrie nur noch weg, weg. Aber ich blieb. Eine Woche lang, dann bot man mir ein Schlupfloch an und ehe ich mich versah, war ich schon wieder draußen. Unsicher ob ich nun zukünftig hier mein Case Management verbringen soll. Montag Visite, dabei erfahren, dass Frau Fischer krank ist. Nur die Ärzte der Station waren da. Keiner der mich richtig kannte. Bekam Panik, dass die Absprachen mit dem jederzeit entlassen werden, nicht mehr funktionieren. Also nichts wie raus aus der Station. Wer weiß, wie lange Frau Fischer noch krank ist.

Eine Woche später bin ich wieder hier. Gleiche Station, die gleichen, sorry, durchgeknallten Patienten, nichts hatte sich scheinbar verändert. Aber es war anders. Ich war anders? Der Kontakt zur Pflege war mit dem ersten Tag da, die Hilfe, die Unterstützung in Krisensituationen. Vielleicht half es, dass sie relativ schnell merkten, wie es um mich steht. Am zweiten Tag, stark genervt von meiner Zimmernachbarin, schlug ich aus lauter Verzweiflung mit der Faust gegen die Wand und Hilfe kam. Und gleichzeitig waren damit auch die Gesprächsangebote da. Es läuft trotz, oder gerade wegen der

Geschlossenen, richtig gut. Und ich fühle mich besser, als auf der alten P40.

Dort ist ständig die Angst vor der großen, unerträglichen Einsamkeit da. Der Druck unbedingt jemanden zu finden, der diese Einsamkeit füllt. Jemand mit dem man abends spielen und reden kann. Hier auf der geschlossenen Station ist dieser Druck weg. Kann man das verstehen? Vielleicht bin ich hier nicht so der Freak oder die Freakin mit den vielen Narben und den Verbänden. Die fallen hier gar nicht auf. Frau Fischer meinte, dass auf dieser Station jeder so sein kann, wie er will bzw. kann.

Ja, ich bin hier abends alleine, aber hier sind keine Mitpatienten, mit denen ich unbedingt Freundschaft schließen muss. Auch wenn die Raucher auf der Station so etwas wie eine Gemeinschaft haben, ich will da gar nicht dazu gehören. Die Einsamkeit ist ertragbarer. Es schmerzt nicht, alleine abends am Laptop zu sitzen. Ich komme mit mir aus, brauche keinen der um jeden Preis bei mir sein muss. Es ist irgendwie fast paradox, auf der Geschlossenen mit all den psychotischen Menschen sich freier und wohler zu fühlen, als auf der offenen Depressionsstation. Ich habe nicht mehr das Gefühl vor den anderen Patienten eine Rolle spielen zu müssen. Muss nicht mehr stark sein. Die Aushilfstherapeutin spielen, die für alle Sorgen und Nöte der anderen ein offenes Ohr hat. Muss nicht davor Angst haben, von einer Gruppe mich ausgegrenzt zu fühlen. In diesem „verrückten" Setting kann ich, ich selbst sein. In mir baut sich kein Druck nach neuen Bekanntschaften auf. Auch der Wunsch, irgendwo die mögliche beste Freundin zu finden, ist weg. Es ist eine wahnsinnige Erleichterung nicht mehr eine Rolle sein müssen.

Footballcoach

Nachdem nun das Thema Transsexualität weitestgehend abgeschlossen war, passierte das nächste positive Ereignis. Eines das mich die nächsten vier Jahre begleitete, bevor es abrupt und schmerzhaft endete. Aber der Anfang war die Erfüllung eines Traumes. Endlich wieder American Football. Nicht mehr als aktive Spielerin, sondern als Headcoach. Ein Team in Pforzheim suchte für seine Jugendmannschaft genauso jemanden. Wie es dazu kam, tja, wie die Jungfrau zum Kinde. Vor ewigen Zeiten, noch als Team der Beastie Girls in Karlsruhe, hatten wir mal eine kurze Zeit einen Coach namens Dominik. Vielleicht erinnern sie sich noch? Ein paar hundert Seiten vorher habe ich schon von ihm erzählt. Auf jeden Fall bekam ich einen überraschenden Anruf von ihm. Er wäre Coach bei den Pforzheim Wildsocks und diese wollen ihre Jugendmannschaft neu aufbauen und dabei hat er an mich gedacht. So kam dann die Frage, ob ich nicht Interesse hätte, Headcoach des Pforzheim Wildsocks Jugendteams zu werden? Die Jungs wären im Alter zwischen vierzehn und neunzehn Jahren. Ich musste nicht lange überlegen, keine Sekunde zögern. Endlich konnte ich all das wieder tun, was ich meiner subjektiven Meinung als einziges wirklich gut kann, nämlich American Football zu spielen und coachen. Die ersten Erfahrungen hatte ich ja gesammelt zu Zeiten der Beastie Girls, wenn ich mal aushelfen musste, bzw. durfte.

Im Einzelgespräch meinte Frau Fischer heute, dass die Depression mit dem Alter herunter brennen würde. Was bedeutet das? Darüber mache ich mir gerade ziemliche Gedanken. Gegenwärtig bin ich ja auf der geschlossenen Station und meine Zimmernachbarin ist in einem erhobeneren Alter. Und so wie sie zu enden, wäre für mich die Hölle auf Erden. Sie liegt den ganzen Tag nur noch im Bett und schaut dumpf auf einen Punkt in der Ferne oder sie hat die Augen zu (und schläft?). Die einzige Abwechslung sind gelegentliche Zigaretten und die drei Mahlzeiten am Tag. Ansonsten macht sie gar nichts. Wenn das Herunterbrennen ist, will ich so nicht enden! Da wäre jeder Tag eine Qual und Folter. Ist dann nicht ein selbst gewählter Tod besser, als so zu werden und im Grunde genommen nur auf den Augenblick zu warten, wenn der Sensenmann endlich kommt?

Das Training ab und zu mal bei den Damen zu übernehmen, war eine Sache. Aber nun die Verantwortung zu tragen für ein ganzes Team, es sogar in den Ligabetrieb zu führen, das war ein ganz neuer Level für mich.

Und ich liebte es, liebte das Gefühl von Verantwortung zu übernehmen. Hatte freie Hand beim Aufbau des Teams. Traute ich es mir zu? Ja natürlich! Ich hatte nicht den Hauch eines Zweifels, war mir absolut sicher dass ich dieser neuen Herausforderung gewachsen war. Ohne zu zögern sagte ich Dominik zu. Ich war bereit und voller Tatendrang. Letztes Hindernis war dann nur noch das Bewerbungsgespräch mit Kai, dem Vorsitzenden des Vereins. Wir trafen uns in einem Pub ganz in unserer Nähe. Nach einer halben Stunde über die Vorstellung des Vereins und meiner eigenen, war klar, ich hatte den Posten als Headcoach der Wildsocks Juniorz. Wir verstanden uns gut, alles verlief zur beiderseitigem Zufriedenheit. SO ein Glücksgefühl hatte ich zuvor selten. Endlich wieder einen Traum leben dürfen.

Ich konnte loslegen. Als neuer Headcoach war dann die Überlegung, wenn ich als zweiten Coach dazu nehme. Denn Offense und Defense zusammen konnte ich nicht machen. Headcoach und dann noch beide Bereiche übernehmen, waren vom Arbeitsaufwand zu viel. Ich musste mich auf eines von Beiden konzentrieren. Ich brauchte Hilfe. Meine Wahl erst auf die Offense und auf Daisy, unsere Mitspielerin aus alten Tagen der Beastie Girls. Sie hatte genügend Zeit in Karlsruhe und München in der Defense verbracht. Ihr traute ich zu, dass sie eine gute Defense aufstellen kann. Ein Anruf genügte und sie war ebenfalls mit dabei. Die nächste die es erfahren hat, war Elke, ebenfalls eine Ehemalige der Beastie Girls. Ich wusste, dass sie zwei Söhne im richtigen Alter für das Jugendteam hatte. Und vor allem wussten die beiden auch, wie man Football spielt. Jean, der ältere von Beiden, war ein ausgezeichneter Quarterback und Jochen aka „Randy" war ein idealer Receiver. Zwei Schlüsselpositionen hatte ich damit schon besetzt.

Das Problem war nur, dass sie tief im Elsass wohnten und eine Anfahrt von vielleicht 80 Kilometern hatten. Ich wusste, dass beide Söhne, aber auch Elke vom American Football große Fans waren, oder besser gesagt, man kann sie schon Footballverrückt nennen. Sie war bekennender Fan der Green Bay Packers, leider ist niemand ganz perfekt. Beide Söhne waren von klein auf beim Training der Beastie

Girls mit dabei. Hatten Football im Blut. Also sie nun hörten, dass es eine Möglichkeit gab, selbst Football zu spielen, waren alle Drei Feuer und Flamme. Die weite Anfahrt wurde in Kauf genommen. Ja, wenn man diesen Sport über alles liebt, ist es egal wie weit man dafür fahren muss. Wenn einen dieser Footballvirus befällt, gibt es keine Heilung mehr. Man brennt für American Football.

Wenn aus Schmerz ein verzehrender Schmerz wird
Wenn aus Verzweiflung abgrundtiefe Verzweiflung wird
Wenn aus Trauer eine erstickende Traurigkeit wird
Warum mache ich weiter?
Wenn Hoffnung vergeht, zur Hoffnungslosigkeit wächst
Wenn jeder Tag nur noch Schwärze bietet
Wenn der Grund zum Weiterleben nicht mehr in dir steckt

Wenn du nur noch für Andere am Leben bleibst
Warum gehe ich nicht?

Weil ich zu feige für diesen Schritt bin?
Wenn ich auch den Mut für dies verloren habe
Wie halte ich das Leben nur noch aus?

Ende Januar 2018

Der zweite Aufenthalt im Rahmen des Case Managements auf der geschlossenen P10 hat begonnen. Am liebsten hätte ich ihn abgesagt. War wieder sehr ambivalent. Doch Frau Fischer war im Gegenzug sehr konsequent und ließ mir kein noch so kleines Schlupfloch. Fünf Wochen war ich zuhause. Die letzten drei Wochen wurde die Leere immer größer. So als würden die Gefühle sich nach und nach ins Nichts auflösen. Zurück bleibt nur ein leeres Gefühl im Kopf und ein unstillbarer Hunger nach Gefühlen jeder Art. Sehnsüchtig hofft man auf die Verzweiflung und Traurigkeit. Nur um überhaupt etwas zu fühlen, zu spüren. Nichts ist schlimmer als Leere. Nichts zu spüren ist Hölle auf Erden

Nach über einer Woche ist die Leere immer noch da. Die fehlende Depression lässt das kleine Kind ziemlich in den Vordergrund treten. Wut, Frust sind massiv da. Misstrauen gegen Jeden und Alles. Will keine Nähe, weil die Verletzbarkeit bedeutet, aber auf der anderen Seite ist die Gier nach Nähe riesengroß

So begann im Frühsommer das Abenteuer Football Coach. Die erste Zeit war ich schon nervös. So unter den Blicken der Seniors und der Eltern der Jugendlichen, dass Training zu leiten. Erfülle ich ihre Erwartungen? Haben sie Probleme, dass die Jugend von zwei Frauen trainiert wird? Noch dazu von einer Transe. Schon relativ bald das erste Scrimmage, ein Art lockeres inoffizielles Freundschaftsspiel, ohne Schiedsrichter, Chain Crew und allem. Es ging nur um Praxis sammeln. Und für die wenigen Stunden gemeinsamen Trainings, haben wir uns ganz gut geschlagen. Es ließ den Vorgeschmack auf eine mögliche Teilnahme am Ligabetrieb von allen Seiten wachsen. Ich glaube auch, ich habe in diesen ersten Trainingsstunden den Verein, die Spieler und die Eltern auf meine Seite gebracht. Mit der Zeit wuchs durch die Mundpropaganda in den Schulen die Teilnehmerzahl im Training und die Mitglieder des Teams. Nun war auch die erforderliche Menge an Spielern vorhanden. Von der Spieleranzahl waren wir bereit für die kommenden Ligabetrieb.

Im Frühjahr waren wir im Trainingslager in der Nähe von Annweiler. Ein verlängertes Wochenende nur mit den Jungs und Football von morgens bis abends. Theorie und Praxis. Man merkte den jungen Spielern die Begeisterung an. Der Hunger auf mehr. Mehr Training, mehr Spiele, mehr Action. Und auch das Verlangen endlich das Gelernte in die Tat umzusetzen. Die Wiederholungen um Wiederholungen der Spielzüge, das Kraft- und Konditionstraining. Je näher das Frühjahr 2007 kam desto mehr fokussierte sich den ersten Spieltag. Die Erwartungen waren natürlich groß. Jeder will siegen, jeder weiß, wie sehr Niederlagen schmerzen.

Wir waren bereit. Wussten zwar nicht was uns erwartet, aber wir waren bestmöglich vorbereitet. Der Ligabetrieb konnte losgehen. Viele der ersten Spiele konnten wir nur aber nur unter Erfahrung sammeln verbuchen

Die Depression ist im Vergleich zu den letzten Jahren weniger geworden. Dafür ist umso mehr die ganze Borderline Symptomatik sehr stark. Ich bin seit einiger Zeit auf Facebook in einer Borderline Gruppe für über Dreißigjährige. Lange verstand ich nicht, von was sie dort drinnen genau sprachen. Diese emotionale Achterbahn, dieses schnelle Wechseln der Stimmungen, diese z.T. fast brüllende Wut, dieses Gefühl manchen Menschen am liebsten an die Gurgel zu springen. Nur um wenige Momente danach wieder in größte Verzweiflung zu fallen. Auf und Ab. Das alles erlebe ich gerade selbst. Dieses dauerhafte schwere, alles lähmende Tuch der Depression ist weg. Jetzt springen die Emotionen hin und her. Von Wut zu Hass auf mich. Von Traurigkeit zu Verzweiflung. Frust und wieder Wut. Vor allem aber ein sehr viel näheres Stehen am schwarzen Abgrund. An vielen Tagen, oder in Momenten fehlt manchmal nur noch ein kleines bisschen Rückenwind um aus dem Flirten mit dem Abgrund in einen Raptus Zustand zu gelangen. Diese Übersprungshandlung, wie ich sie bei beiden vorherigen Suizidversuchen erlebte.

Tue es jetzt und sofort. Da wird nicht mehr darüber nachgedacht ob es richtig oder falsch ist. Aufstehen und tun, bis es vorbei ist. Nach dem Versuch im Juli 2017 weiß ich auch, dass es machbar ist, dass es keine erschreckende Vision ist, sondern eine sehr leicht auszuführende Aktion. Vor allem mit Unterstützung einer größeren Menge Medikamente wäre es fast ein Leichtes. Und in dieser Achterbahnfahrt ist es leichter es zu tun. Ich habe die Kraft für die Ausführung. Fühle mich stark. Nichts lähmt mich. Bin frei. Ich könnte sofort loslegen. Und trotzdem wehrt sich ein anderer Teil mit aller Macht dagegen. Versucht um keinen Preis in diesen Zustand des Raptus zu kommen.

Zurück zum American Football, der einzigen richtigen Leidenschaft in meinem Leben. Ich hatte als Motto für diese Saison „ONE TEAM,

ONE SPIRIT" ausgegeben. Ein Team, eine Einheit, nur so konnten wir etwas bewegen

Ein Freundschaftsspiel vor Saisonbeginn gegen die Karlsruhe Greifs ließen schon Hoffnungen auf eine gute Saison wachsen. Der allererste richtige Gegner. Schon erfahrener als wir. Unser Team, bisher noch nie richtig als ein Team geprüft, bzw. unter realen Bedingungen zusammen gespielt, schlug sich tapfer. Man merkte noch einige Defizite, aber die Jungs begannen sich als Team zu fühlen und zu denken. Ein gutes Zeichen!

Die ersten Spiele der Pforzheim Wildsocks Juniorz begangen. Ich zum ersten Mal an der Seitenlinie, die Jungs genauso unerfahren wie ihr Coach in solch einer Situation. Wir verloren. Zwar mit vollem Einsatz dagegen gewehrt, aber wir verloren. Was schon sehr enttäuschend war. Für mich als Coach, die sich natürlich selbst, die Spielzüge, das Training hinterfragt. Sowie auch frustrierend für das Team, das so hart trainiert für einen Sieg trainierte hatte. Anfangs klappen die Playcalls nicht so richtig, das Team wusste oft nicht, wie sie die Spielzüge umsetzen sollen. Es fehlte die Routine, das Automatische. Ohne Nachdenken, zu wissen, was zu tun ist. Das Team war auch frustriert und fragte sie mit Sicherheit, warum die ganze Plackerei. Warum dieses Üben und wieder Üben der Spielzüge. Dieses fast schon stupide Einüben der immer gleichen Playcalls.

Aber es kam der Tag, auf den der Verein, das Team, die Eltern der Spieler und wir als Coaches so sehnsüchtig gewartet haben. Der erste Sieg! Die Gegner waren die Backnag Wolverines. Ein Team das damals etwas weiter zurück im Aufbau war, als wir. Darf ich sagen, mein(?) Team gewann 30:0. Die Wolverines waren chancenlos. Zum Schluss, als das Spiel in den letzten Minuten lag und es klar war, dass es nur noch eine Frage der Höhe des Sieges war, ließ ich meine Mannschaft abknien. Man tut dies aus Respekt gegenüber dem gegnerischen Team, Mal will sie nicht demütigen, respektiert ihre Leistung und schlägt aus der eigenen Überlegenheit kein Kapital mehr. Lässt dem Gegner noch etwas Stolz übrig.

Leider habe ich auch Coachs anderer Team getroffen, die sich um dieses Fair Play und den Respekt keine Deut scherten und bis zur letzten Sekunde gnadenlos weiter Volldampf spielen, obwohl sie sehen, dass die gegnerische Mannschaft schon am Boden liegt. Physisch am Ende und nur noch auf den Abpfiff wartet.

So ging es mir in meiner zweiten Season, beim einem Heimspiel, als wir wirklich gegen Ende keine Power mehr hatten, die Niederlage war klar abzusehen, aber der andere Coach nicht daran dachte, das Gas heraus zu nehmen und mit den erzielten Punkten zufrieden zu sein.

Nachdem historischen ersten Sieg der Juniorz wurden wir als Coaches von der Spieler, die NFL als Vorbild, mit einer Getränkedusche für den Sieg gefeiert. Alles in allem waren es am Ende der Saison noch zwei weitere Siege und zwei weitere Getränkeduschen. Am Ende der Saison freuten sich alle aufs das nächste Jahr, wenn die neue Saison wieder startete

Die Jahre dort als Coach waren wirklich eine Freude. Sie hat vieles das zu der Zeit schon im Argen lag noch erträglich gemacht. Beim Coachen konnte ich mich mental verausgaben, das so gut wie nicht vorhandene Selbstvertrauen etwas aufbauen. Als ich 2008 zum ersten Mal in einer psychosomatischen Klinik war, bin ich mit Patienten mit denen ich mich dort angefreundet habe, zu einem Training gefahren. Sie waren im positiven Sinne fast geschockt, welch eine Veränderung in mir vorging, als ich den Trainingsplatz betrat. Sie kannten mich nur als zurückhaltende, fast emotionslose und stille Freundin bzw. Patientin. Doch kaum auf dem Platz kam die emotionale, die engagierte und begeisternde Susanne zum Vorschein. Auch sie würden sich wohl wundern, wenn sie nach der Lektüre dieses Buches, mich am Spielfeldrand sehen würden. Wie ich schreie, anfeuere, mit Leidenschaft bei der Sache bin. Das hat nichts mit der Person zu tun, die hier überwiegend in diesem Buch vorkommt.

Bin immer noch auf der Achterbahn beim zweiten Aufenthalt auf der Geschlossenen. Derzeit könnte ich fast vor Wut, Frust, Verzweiflung platzen. Das Verhalten anderer Menschen bringt mich manchmal zur Weißglut. Am liebsten lautstark die ganze Welt anschreien. Würde am liebsten aus meiner Haut herausbrechen, weg rennen, rennen bis ans Ende, nein nicht der Welt, sondern ans Ende meines Lebens. Fast jeder Tag hoher Schneidedruck. Wieder mal diesem Druck nachgegeben. Derzeit reicht mir ein Arm nicht mehr, es müssen beide Arme sein. Es ist nie genug tief. Wieder das starke Verlangen bei Amazon, die Skalpelle zu kaufen um endlich einmal tief genug zu schneiden. Dabei weiß ich nicht einmal, was ich danach machen sollte. Bisher war ja die Wundversorgung problemlos zu erledigen. Egal ob zuhause oder in der Klinik. Es reichten Desinfektionsmittel und Verbandszeug zum Versorgen der Wunden. Aber nach einem so tiefen Schnitt muss die Wunde genäht werden und sie wird mit großer Sicherheit auch mehr bluten. Was bedeutet ich muss das Haus verlassen, in eine Notaufnahme fahren bzw. laufen und dort die Wunde versorgen lassen. Und Gerüchten zufolge sind die Ärzte dort nicht sehr höflich zu Menschen, die so etwas mit sich machen. Soweit der Verstand. Und je tiefer der Schnitt, desto größer ich ja auch das Risiko, Muskeln, Sehnen oder Nervenbahnen dauerhaft zu schädigen.

Dort diese andere Stimme in mir die schreit „Fuck, was stellst du dich so an, ich hasse mich, ich will mir richtig wehtun, will mich mal richtig bluten sehen. Also nimm es das Skalpell und tue es einmal richtig!"

Die Träume werden wieder schlimmer, realistischer. Bin übers Wochenende zuhause von der Klinik. Tagsüber und nachts das gleiche. Kennen sie Horrorfilme? Vielleicht erinnern sie sich an solche Szenen, wenn das Grauen aus der Dunkelheit nach jemanden greift und dieser dann laut schreiend in die lauernde Dunkelheit gezogen wird? Sie kennen solche Szenen? Genau das träume ich. So kurz vorm hinüber gleiten in den Tiefschlaf kommt dieser Traum hoch. Etwas zieht mich in eine Dunkelheit hinab, die schwärzer als alles was man sich vorstellen kann. So dunkel, dass selbst Licht nicht aus dieser Schwärze entkommen kann. Ich habe Angst vor dem Einschlafen, vor dem was da im Dunkeln lauert.

Ich möchte nicht mehr. Ich habe keine Lust mehr am Leben. Draußen scheint die Sonne, aber nichts verdrängt diese Dunkelheit in meinem Inneren. Ich habe keine Kraft mehr, heute wäre ein schöner Tag um loszulassen. Bei strahlendem Sonnenschein ins Dunkeln entschwinden. Ich hasse mich. Sehe mir die Wunden an, die ich mir am Freitag zugefügt habe und wieder der Gedanke im Kopf, zu wenig, nicht tief genug, mach weiter. Lass mich bluten, lass den Schmerz heraus, wenn du selbst nicht schreien kannst, dann lass dein Blut deine Stimme sein!

Alles ändert sich in diesem Jahr

2008 war ein Jahr der Wende, das Jahr der großen Veränderungen. Es markiert ein weiteres entscheidendes Jahr. Nur zu vergleichen mit 1995, als ich mich dafür entschieden haben, den Rest meines Lebens in der Rolle zu leben, in der ich mich innerlich sah und fühlte. Nun 2008 war auch so ein Jahr, welches die Weichen neu stellte und es radikal veränderte

Fangen wir mit der Weiterführung des Positiven fort. Sportlich lief es immer besser. Ich war etabliert und akzeptiert als Coach der Wildsocks Juniorz.

Januar 2018

Was passiert mit mir, ich rutsche gerade immer tiefer in eine Suizidspirale. Der Satz „ich will nicht mehr" wird immer lauter und lauter und nimmt mehr und mehr Raum ein. Dabei habe ich mir vorgenommen, in einer Woche aus der Klinik zu gehen. Bin dann ja schon zwei Wochen über der üblichen Zeit. Das fühlt so sehr als Versagen an. Ist es nicht besser trotz der besch..eiden Stimmung nach Hause zu gehen um dort unter Umständen wieder in die Leere und Emotionslosigkeit zu rutschen und wieder zu funktionieren? Oder doch noch hier bleiben, vielleicht noch eine weitere Woche dran zu hängen. In der Hoffnung, auf irgendwie Art und Weise noch die Kurve zu kriegen. Der Beginn einer erneuten wunderbaren Ambivalenz

Vor kurzem wurde mir klar,
das ich und alle anderen auch
auf einen Punkt zu steuern

einem Punkt, der unausweichlich ist
und früher oder später jeden von uns trifft

Das Sterben erwartet uns erbarmungslos
ohne Gnade
und ich kann nur noch auf diesen letzten Punkt starren
voller Angst vor diesem letzten Moment,
voller Verzweiflung vor der Unausweichlichkeit
voller Resignation, dass es keinen Ausweg gibt
voller Anspannung, wann es soweit sein wird

nur um zu verpassen
wie das Leben um mich herum lebt

Aber warum leben, wenn es doch
so oder so
zu Ende geht?
Warum auf den Schmerz warten
auf den Verlust eines geliebten Menschens
oder meines eigenen
Wenn das Ende unausweichlich ist,
warum nicht das Wie und Wann selbst bestimmen?

Wir Juniorz waren zu einer guten Einheit verschmolzen. Wir hatten in diesem Jahr ein tolles intensives Trainingslager in der Sportschule Schöneck, wo sich sogar schon die deutsche Fußball Nationalmannschaft auf Länderspiele vorbereitet hatte. Wir hatten den schönsten Sieg meines Lebens, in dieser Saison. Gegen die Badener Greifs gewannen wir sehr deutlich, auf ihrem eigenen Platz hat die Mannschaft sie mit 33:0 geschlagen. Es war eine ziemliche Befriedigung für mich, den Verein zu schlagen bei dem wir früher unser Damenteam hatten. Dem Vorstand zu zeigen, was ich kann, wie gut ich geworden bin. Das war hinterher die schönste Getränkedusche in meiner leider etwas kurzen Trainerkarriere

Gaby und ich haben uns in Pforzheim mit den Eltern Martina und Gebhardt eines Spielers näher angefreundet. Die Freundschaft wurde mit jedem Training, jedem Spiel, enger. Wir verstanden uns auch jenseits des Platzes sehr gut, so dass wir des Öfteren nachdem Samstagstraining noch zu ihnen fuhren, gemeinsam aßen, redeten, zum Teil auch übernachteten und uns wirklich gut verstanden. Ich für meinen Teil hielt die Freundschaft zum damaligen Zeitpunkt für sehr eng. Am Ende des Jahres hätte ich wirklich geschworen, dass dies eine unverbrüchliche, feste Freundschaft geworden ist. Wegen Marianne Faithfull und eines Songs um eine Frau in einer Midlife Krise, haben wir uns gemeinsam an einem Wochenende ein BMW Cabrio gemietet und haben zu viert eine Tour quer durch den Schwarzwald bis ins Allgäu hinein gemacht. Dort Samstagsabend in Hindelang übernachtet und sonntags auf der Heimfahrt haben wir auf der Autobahn dann den BMW rennen gelassen. Schon zu der damaligen Zeit, hatten Gaby und ich Pläne erneut zu heiraten. Und zu der damaligen Zeit war ich mir absolut sicher, dass Martina bei der Zeremonie eine unserer Trauzeugen sein wird. Zu dem Zeitpunkt konnte ich mir wirklich nicht vorstellen, dass diese Freundschaft jemals enden könnte

Ich mache einen Burnout

Doch es gab ja auch noch die geschäftliche Seite. Wo ich gefühlt immer mehr in den Hintergrund rutschte. Alle wichtigen, großen Aufträge landeten bei Udo und Hartmut. Die beiden waren natürlich auch mit dem Außendienstler unseres Hauptlieferanten per Du. Kannten sich seit Jahren. Immer mehr kam das Gefühl hoch, draußen vor zu sein. Kein Teil der Gruppe zu sein. Außen vor. Einsamkeit.

Dann bekam ich im Jahr 2007 die Chance, besser gesagt, die vermeidliche Chance auf DAS große Geschäft. Die Chance, es denn beiden zu zeigen, dass ich auch ohne ihre Unterstützung oder Hilfe, im Konzert der Großen mitspielen kann. So etwas wie Größenwahn befiel mich. Dieses Mal musste ich auch nur das Material nur liefern. Keine Montage organisieren, oder mich mit Bauleitern herum ärgern. Einfach Türen bestellen, liefern und gut ist. Fertig!

Der Auftrag beinhaltete den Neubau eines Altersheimes mit drei weiteren Wohnblöcken für betreutes Wohnen. Jeder dieser Blöcke mit jeweils 10 Wohnungen. Große Wohnungen, viele Türen. Die Klientel war betucht, konnte sich also definitiv hochwertige Türen leisten. Wir hatten einen Hauptlieferanten für Türen, und dann gab es noch einen holländischen Türenhersteller, angeblich die Nummer Eins in Holland, der nun versuchte einen Fuß in den deutschen Markt zu bekommen. Dessen Preise waren extrem günstig gegenüber der deutschen Konkurrenz. Um mit der Konkurrenz mithalten zu können, habe ich auch von denen ein Angebot für das Bauvorhaben eingeholt. Und es war wirklich unschlagbar.

Und der Montagebetrieb Burg, mit dem wir schon oft zusammen arbeiteten erhielt den Zuschlag. Da war noch Euphorie vorhanden, jetzt kann ich es ihnen allen mal zeigen. Aufgrund der früheren negativen Erfahrungen mit dem Lieferanten, hatten wir deren Chef für Deutschland zu einem Gespräch vor Ort. Dabei sicherte er uns zu, dass die Fa. Keinhardt sich deutlich verbessert hatte, was Qualität und Lieferzuverlässigkeit angeht. Und im Rahmen dessen mir einen perfekten Ablauf des Auftrages zusicherte. Ich ließ mich von denn, im Nachhinein absolut leeren, Versprechungen täuschen. Es ging nur um das sich Beweisen müssen. Hey Hartmut, schau mal, was für eine gute Mitarbeiterin ich bin. Lass mich nicht außen vor. Nimm mich in euren elitären Kreis auf.

Aber es wurde ein Auftrag nach Murphys Law. Katastrophal. Alles, wirklich alles, was schief gehen konnte mit dem Türenhersteller ging auch schief. Liefertermine wurden nicht eingehalten, die Qualität der gelieferten Türen war auf das extremste schlecht. Keine Unterstützung durch den Türenlieferanten, keine Unterstützung im eigenen Betrieb. Tage wurden zur Hölle auf Erden. Keine Ruhe mehr im Kopf. Keine Sekunde Entspannung mehr. Ständig unter Strom stehend. Die Gedanken kreisten nur noch ununterbrochen um diese Baustelle. Am Tag im Geschäft, in der Nacht keine Pause, sie kreisten auch da weiter und weiter nur um dieses Thema. Selbst im Traum hatte ich keine Ruhe mehr.

Doch irgendwann gab es einen Punkt, wo ich am Ende war. Psychisch wie physisch. Mit den Nerven am Ende. Der Auftrag entwickelte sich zu einem immer größeren Horrorszenario, der sich meiner Kontrolle mit jedem weiteren Tag mehr und mehr entzog. Die Ordner wuchsen, wegen denn immer weiter ansteigenden Reklamationen, mehr und mehr an. War, bis über beide Ohren komplett, überfordert. Keine Kraft mehr, reagierte nur noch instinktiv.

Irgendwann haben andere Handwerker die Reparaturen an den Türen vorgenommen, weil der der Montagebetrieb Burg, als eigentlicher Auftraggeber, sich weigerte, den Pfusch an den Türen weiter kostenlos auszubessern. Und es war wirklich ein Graus, was da geliefert wurde. Fehler die unvorstellbar sind. Die Holländer waren bei der Schadensregulierung absolut keine Hilfe. Man konnte dort beim zuständigen Sachbearbeiter anrufen, sich beschweren, ihn anschreien, nett sein, egal was, aber ich spürte wie es denen, auf Deutsch gesagt, am Arsch vorbei ging. Das sie nur noch genervt waren, wenn ich wieder anrief und eine weitere Reklamation kundtat. Kennen sie den Spruch, einem Ochsen ins Horn pfetzen? Genau so ähnlich war es mit den Mitarbeitern der Fa. Keinhardt, wenn ich mit ihnen telefonierte.

Ich konnte drohen, bitten, flehen. Es war ihnen völlig egal. Es fehlten ihnen auch die Einsicht und der Wille, diese von ihnen produzierte Scheiße auszubügeln. Man muss es wirklich so drastisch sagen. Ich glaube derjenige Sachbearbeiter hatte nachts keine Albträume wegen dieses Auftrages. So eine miserable Unterstützung und ein Leck-Mich-Am-Arsch Mentalität habe ich mit den all den anderen Lieferanten niemals erlebt! Vor allem auch deshalb, weil die Fa. Kober die ankommenden Rechnungen sofort beglich, was uns natürlich ein entsprechendes Druckmittel nahm. Über ein Jahr, zog sich bis dahin der Auftrag schon hin. Im Jahr 2008 war der Auftrag nur noch ein einziges Chaos und ich mitten drinnen. Von allen Seiten Druck, von unserem Firmeninhaber, der endlich Geld für die gelieferte Waren sehen wollte. Dann natürlich die Fa. Burg, die endlich ihren Auftrag abschließen wollte bzw. musste, da die Bauleitung die Geduld verloren hat und in der Zwischenzeit schon mit Konventionalstrafen drohten, dann von meinem Spartenleiter Hartmut, der zwar kein Interesse hatte mir zu helfen, aber den Druck den er abbekam, einfach nach unten weiterleitete. Mag sein, dass ich da einiges verkläre, oder nicht ganz richtig darstelle. Aber in dieser Zeit, war mein Gehirn schon auf Durchzug. Ich war da, tat meine Arbeit, aber geistig ist vieles nur noch verschwommen. Mit so viel Hass, Enttäuschung und Frustration und vor allem Verzweiflung überdeckt, dass die Erinnerung nicht mehr so klar ist. Übertrieben gesagt, war es fast ein Dissoziieren über einen sehr langen Zeitraum.

Ende Februar 2018

Bei diesem Aufenthalt in der Klinik hatte ich eine Ewigkeit gebraucht, Frau Fischer zu beichten, dass ich Probleme mit einem Zahn hatte. Fast 3 Wochen habe ich es ihr verschwiegen. Die Panik vor dem Zahnarzt lähmte mich. Wie Vogel Strauß den Kopf in den Sand steckt. In so einer Situation täte ich das am liebsten und würde den Kopf nie mehr heraus strecken wollen. Als ich es ihr erzählt habe, hat sie natürlich einen Termin in der Zahnakademie ausgemacht. Und dieser Tag war heute. Morgens um 8:30 Uhr war der Termin. Von der Klinik bin ich alleine losgefahren, alleine dort hin. Gewartet und alleine auf dem Zahnarztstuhl mich hingesetzt. Ende vom Lied war, dass ich nächsten Montag erneut kommen soll, weil die Behandlung unter Vollnarkose durchgeführt werden muss. Nichts neues, nichts dramatisches, ist schon oft gemacht worden. Schon fast Routine. Nichts wovor noch Angst haben muss, sagt der Kopf. Ja klar hat er Recht. Aber manchmal glaube ich, dass selbst tausend gute Besuche beim Zahnarzt nicht diesen einen Tag mit all seinem Horror aufwiegen.

Aber als ich aus der Zahnakademie herauskam, waren nur noch das kleine traurige und das kleine wütende Kind anwesend. Das kleine traurige Kind suchte verzweifelt jemanden, der es in den Arm nimmt und tröstet. Im Kopf war das Bild eines kleinen Kindes das verzweifelt die Arme ausstreckt und hofft das Mama es in den Arm nimmt. Aber natürlich gibt es keine Mama. Selbst Stunden später steht es da und wartet mit ausgebreiteten Armen auf Tröstung. Und der einzige, der gesunde Erwachsene, es trösten sollte, macht sich rar.

Das wütende Kind, zeigt gerade der ganzen Welt den Stinkefinger. Ist auf übelste wütend, schreit immer wieder „Ihr habt mich alleine gehen lassen, ihr habt mir nicht geholfen, ihr habt mich mit meiner Angst alleine gelassen. ICH HASSE EUCH ALLE. EUCH KANN MAN NCIHT VERTRAUEN"

Es ist Februar 2018 und arschkalt. Sich draußen in dem schneidenden Wind aufzuhalten, schmerzt richtig. Nachdem Zahnarztbesuch, hätte ich am liebsten irgendwohin verkrochen, bis die Kälte mich durch und durch gefroren hätte. Abwarten bis ich erfriere. Natürlich unrealistisch. Also bin ich wohl oder übel zurück zur Straßenbahnhaltestelle gegangen, sah die Tram auf mich zukommen und da war die Stimme im Kopf so laut „Nur noch ein Schritt, ein einziger Schritt, wenn die Straßenbahn kommt, dann ist alles vorbei. Die erste Straßenbahn ließ ich passieren, bei der zweiten wieder „Noch einen Schritt, noch einen verdammten Schritt" und wieder blieb ich auf der Haltestelle stehen. Bei der dritten Straßenbahn war es mir inzwischen so kalt, dass ich in sie einstieg und in die Klinik zurückfuhr. Klingt irgendwie scheiße, wenn man den Gedanken hat, sich vor eine Straßenbahn zu werfen um sein Leben zu beenden und dann kneift weil es einem zu kalt wird. Inkonsequent wäre wohl das Wort das einem dazu einfällt. Mir eher Feigheit, keinen Mumm in der Hose zu haben. In der Zwischenzeit sitze ich wieder in der Klinik und meine zwei kleinen Kinder sind jeder in seiner eigenen persönlichen Hölle, die eine fleht immer noch um etwas Liebe und Zuneigung, die andere flucht und flucht weiter lautstark vor sich hin. Verdammt die Welt und alle, die sie allein gelassen haben.

Als ich der Pflege alles erzählte, wie es mir gerade ging, kam ein anderer hochgradig psychotischer Patient aus seinem Zimmer, fing fast hysterisch an zu lachen und rief nur noch „Das ist ja ein Mann, das ist ja ein Mann". Wie heißt es so schön, mitten in die Fresse rein. Tat meiner Stimmung auch nicht gerade gut. Herr Recker von der Pflege gab ihm dann deutlich zu verstehen, dass es genug sei und wenn er so weitermacht dann könnte der gerne fixiert werden. Dann *war er auf einmal ganz still. Später hatte dann auch noch Frau Fischer ein ernstes Gespräch mit diesem Patienten. Aber die Worte waren ausgesprochen, konnten nicht mehr zurück genommen werden, Schmerz war da, eine weitere Wunde. Aber die zwei kleinen Kinder waren so heftig am Toben und Verzweifeln, dass diese weitere schmerzende Wunde dabei fast unterging. Weil die Stimmen so tobten, gab es noch eine Quetiapin, damit ich mal ein paar Stunden schlafen konnte und damit etwas Abstand von den überwallenden Gefühlen bekam.*

Der große Auftrag war zu viel für mich. Wobei die Größe ja nicht das Problem war. Es war diese nicht mehr kontrollierbare Welle an Reklamationen und dem dadurch entstehenden Druck von außen. Das die ganze Sache kein Ende nehmen wollte. Jeden Tag nur noch mehr Probleme die entstanden. Irgendwann kam der Punkt, wo ich nicht mehr agieren konnte. Wo mir die Kontrolle aus den Händen gilt. Verfluchte mich selbst, dass ich so dumm gewesen war, gegen mein Bauchgefühl zu handeln, nur aus Angst nicht akzeptiert zu werden, nicht den Respekt abzukriegen den ich in meinen Augen verdient hatte.

Ich hatte in diesem Zeitraum sieben Tage die Woche keine Ruhe mehr. Selbst an den Wochenenden bekam ich Anrufe von der Fa. Burg, weil wieder etwas falsch oder schlecht geliefert wurde. Dass wieder etwas kaputt sein und ich unbedingt, am besten gleich trotz Sonntag, aber spätestens Montagmorgen sofort und gleich das klären müsse. Dienstag müssen die neuen Türen da sein, egal wie. Es sei ihm egal, er brauche sie und ich soll mich gefälligst dahinter klemmen.

Ich gebe ihnen mal ein Beispiel wie die Dinge abliefen zwischen dem Sachbearbeiter der Fa. Keinhardt und mir. Ich bekam freitags aus Holland den Anruf, die restlichen Türen die noch offen sind und dringend auf der Baustelle gebraucht werden, sind nun fertig produziert und werden heute auf den LKW verladen. Damit sie sich eine Vorstellung machen können, wir reden hier von einer Stückzahl von mindestens fünfzig bis sechzig Türen! Samstagvormittag werden die Türen direkt auf die Baustelle geliefert. Das klang doch wirklich vielversprechend. Also ich die Fa. Burg angerufen und die tolle Neuigkeit weiter gegeben. Er natürlich auch begeistert „endlich klappt mal etwas richtig". Also organisiert die Fa. Burg so viele Helfer wie möglich um dieses vielen Türen umgehend in die einzelnen Wohnungen zu verteilen. Ich dachte mir zum ersten Mal kannst du etwas entspannt ins Wochenende gehen. Doch weit gefehlt. Am Samstag warten dann etwa zehn Leute auf die große Türenlieferung. Und was kam? Ein Bulli! Einer dieser alten VW Busse, aus denen so oft Campingbusse gebaut wurden, kam auf die Baustelle geschlichen und drinnen waren sage und schreibe vier Türen! Und ein kleines Grinsen über so viel Dummheit und Arroganz bei ihnen vorhanden? Wenn ich das nun mit vielen Jahren Abstand dazwischen lese, kann ich ein kleines bisschen darüber schmunzeln. Es hat auch wirklich nur noch eine Pose, was die Fa. Keinhardt da abgeliefert hat.

Aber zu dem Zeitpunkt war es keine Pose sondern reale, heftige Überforderung meiner Leistungsgrenze. Je länger der Auftrag ging, des mehr fiel ich in einen Zustand der Apathie und Resignation, die Depression verstärkte sich zusehest. Ich konnte nur noch heulen, war überfordert, ständig nervös und angespannt und psychisch am Ende. Keinen Ausweg mehr da. Ein Gefühl von Alleinsein bzw. von allein gelassen werden. Jeder, und vor allem meine direkten Vorgesetzten, schaute geflissentlich zur Seite, man konnte fast ihre Gedanken von den Augen ablesen, „Gott sei Dank nicht mein Problem, ich muss mich damit nicht herumschlagen". Irgendwo im Hinterkopf schwirrt noch ein Satz meines Chefs herum, dass er keine Lust hat, sich in den inzwischen auf ca. 13 dick gefüllte Ordner angewachsenen Auftrag einzuarbeiten. Ich tat noch meinen Dienst, aber jedes Klingeln des Telefons ließ mich zusammen zucken. Ich schaute immer voller Panik aufs Display, ob es eine der Horrornummern war. Ich lief auf einen zu, oder war schon mitten in einem heftigen Burnout drinnen. Erst am Ende, als ich nur noch reagierte, aber selbst das immer mit dem Gedanken „ich kann nicht mehr und ich will nicht mehr", da musste Hartmut dann das Ruder bzw. die Leitung über den Auftrag übernehmen. Vielleicht ist es meine Einbildung oder Verklärung nach all den Jahren, dass ich so etwas wie Vorwurf spürte, dass er doch noch mit in diesen Strudel hinein gezogen wurde und die Scheiße an der Backe hatte. Heute fühlt es sich so ähnlich an, wie die Enttäuschung meines Vaters, dass ich nicht alleine damit zurechtgekommen bin.

Natürlich färbte diese Apathie, diese „ich kann nicht mehr" auf die Freizeit ab. War auch im Training manches Mal gereizter, wenn etwas nicht klappte oder reagierte lauter als es notwendig gewesen wäre. MArtina und Gebhardt, mit denen wir uns weiterhin regelmäßig trafen und dabei auch über die Situation sprachen, meinten auch, dass es so nicht weitergehen könnte

Frau Dr. Kekler, meine Psychiaterin, bei der ich seit Jahren regelmäßig in Behandlung wegen Depressionen und Angstgefühlen war und mir in diesen vielen Jahren, viele, viele Antidepressiva schon verschrieben hatte, gab mir den Rat mich doch mal in einem stationären Rahmen behandeln zu lassen. Alle aus meinem privaten Umfeld hielten das für eine gute Idee. Ich wehrte mich anfangs noch dagegen, schwebten vor mir doch Bilder aus dem Film 'Einer flog übers Kuckucksnest'. Geschlossene Türen und Fenster, mit Medikamenten zu gedröhnte Patienten, Lobotomie und kalte gefühllose Krankenschwestern. Sie lächeln? Ich kann es verstehen, heute. Aber woher sollte ich wissen, wie die Realität aussah? Damals war alles was mit Psycho... zu tun hatte, etwas gegen das ich mich mit Hand und Fuß wehrte. Obwohl ich unbewusst schon mein ganzes Leben einen gebraucht hätte. Aber ICH, ich brauche doch so was nicht. Bin stark, bin Susanne, habe keine Probleme. Aufgeben, ich doch nicht!

Der nächste Aufenthalt beim Zahnarzt. Dieses Mal wartet der Anästhesist auf mich. Gaby hat mich in der Klink abgeholt und zum Zahnarzt gefahren. War nicht mal nervös oder richtig ängstlich, wie beim Besuch eine Woche vorher. Mit den Gedanken war ich ständig schon einen Tag weiter. Da stand ein Gespräch mit Frau Fischer an. Ein Gespräch vor dem ich, wie seit langem nicht mehr Angst hatte. Hintergrund waren sehr unterschiedliche Signale, die ich von ihr empfangen habe. Grundgedanke war, ob ich nicht noch um eine Woche verlängere. Unter der Woche hieß es noch von ihrer Seite „Ich hätte kein Problem damit, sie noch 1-2 Wochen dazubehalten, wenn es notwendig ist". Da stellte ich mir natürlich die Frage, was ist notwendig. Da stritten mal wieder beide Seiten in meinem Kopf. Die Eine sagte, vier Wochen sind vereinbart, bist schon sechs Wochen da und jetzt willst du noch eine siebte Woche haben, das geht ja gar nicht. Die andere verzweifelte und meinte, ihr wäre es lieber, nach und mit all den Suizidgedanken und den Erlebnissen vom Zahnarzt noch eine Woche Auszeit zu nehmen, bevor es nach Hause geht. Hin und her gingen die Pro und Contra. Was wäre das Leben schön ohne Ambivalenz. Immer schneller, immer lauter, immer chaotischer. Ich sprach mit der Pflege mehrmals darüber, dass ich gerne eine Einschätzung von Frau Fischer hätte, ob sie es für sinnvoll erachtet, eine Woche länger in der Klinik zu bleiben. Jedoch kam das dann bei Frau Fischer irgendwie falsch an. In der Oberarztvisite am Freitag, wenige Tage nach ihrer Aussage übers Bleiben, meinte sie nun kurz und bündig „Sie wollen eine Aussage, nächste Woche Mittwoch Entlassung". Ich war wirklich geschockt. Erst so und nun das genaue Gegenteil. Und das an einem Freitag, wo es keine Chance auf Klärung geben wird. Also nehme ich diese unterschiedlichen Signale mit ins Wochenende und zum Zahnarzt, der damit fast zur Nebensache wurde. Am Montag war durch den Zahnarzt und die Vollnarkose immer noch keine Klärung möglich. So allmählich kam ich in Panikmodus.

    Dienstag dann das Gespräch mit Frau Fischer. Bin da schon irgendwie davon ausgegangen, am nächsten Tag, böse gesagt, hinaus geworfen zu werden. Aber ich bin nicht mehr die Susanne wie vor noch ein paar Jahren. Ich schaffe es bei Frau Fischer, meine Ängste und Sorgen über dieses Gespräch sowie ihre Person, anzusprechen. Das ist für mich ein sehr großer Fortschritt. Und Frau Fischer ist halt Frau Fischer, sie entschuldigte sich für die Situation bei der Oberarztvisite. Wäre etwas viel auf einmal gewesen. Es sei halt etwas blöd gelaufen. Und darum bin ich so froh, sie zu haben. Sie ist Frau genug, auch zuzugeben, dass sie auch mal Fehler macht. Das ist gelebte Glaubwürdigkeit. Im Gespräch, das dann besser lief, haben *wir uns auf eine Woche Verlängerung geeinigt. Ich denke das ist die richtige Entscheidung*

Was ist stationäre Psychotherapie?

Die Situation im Beruf war an einem Punkt angelangt, wo gar nichts mehr ging. War nur noch eine ausgebrannte, leere Hülle. Das Ende des nervlichen Fahnenmastes war erreicht. Ich ließ mich überzeugen, den Kontakt zu der psychosomatischen Station H5 im Diakonissenkrankenhaus in Karlsruhe aufzunehmen. Erst das Vorgespräch und dann war es soweit. Nach Ende der Footballsaison verabschiedete ich mich tränenreich vom Team und allen Eltern. Sogar Martina, zu diesem Zeitpunkt noch sehr eng mit uns befreundet, kam extra aus Pforzheim, um mich, bei meiner Einlieferung in der Klinik, zu unterstützen

Das war ich nun, Station H5, meine Heimat für die nächsten Wochen. Das erste was beeindruckte, aber auch irritierte, war, dass die Tür zur Station immer offen stand. Sie wurde nicht abgeschlossen. Nicht das was ich erwartet habe.

Zum ersten Mal auch mit einer fremden Frau auf einem Zimmer. Um mich herum weitere unbekannte Mitpatienten. Man muss froh sein, dass Susanne dort in der Klinik war und nicht mehr Michael. Er wäre total verschüchtert und unsicher im Zimmer geblieben. Ohne jemals mit seiner Umwelt zu interagieren. Susanne hat da keine Probleme mit dem Kontakten knüpfen. Recht schnell lernte ich Markus und Nicole lernen. Mit Markus war es der Beginn einer wunderbaren Freundschaft. Und Nicole ließ mich eine bisher dato unbekannte weibliche Seite in mir kennenlernen. Die Eifersucht.

Ich verstand mich mit den beiden von Anfang an ziemlich gut. Aber schnell entwickelte sich doch eine deutlich tiefere Freundschaft zu Markus. Wir spielten zusammen regelmäßig Basketball auf einem Schulhof in der Nähe der Klinik. Natürlich kamen da auch die Fragen nach meiner Transsexualität. Und da ich Markus sehr sympathisch fand, hatte ich auch keine Probleme es ihm zu erzählen. Auch Nicole war neugierig und hat mir eine Menge Fragen gestellt. Mit der Zeit entwickelte sich dann aber zwischen uns eine Art Kampf um Markus.

Wer sollte ihn bekommen? Nicole hatte ein Auge auf ihn geworfen, obwohl er verheiratet ist. Das störte sie aber nicht. Wir beide, Nicole und ich buhlten um die Aufmerksamkeit von Markus. Jede von uns wollte in seiner Nähe sein. Wollte ihn eigentlich ganz für sich alleine. Ohne die lästige Konkurrenz. Markus gingen dann die Avancen von Nicole immer mehr gegen den Strich. So dass er sich dann für die Freundschaft zu mir entschied und gegen Nicole. Ich war froh, eine Konkurrentin ausgestochen zu haben. Auch wenn ich körperlich nichts von Markus wollte, im Gegensatz zu Nicole, war ich glücklich und froh ihn für mich gewonnen zu haben. Wobei diese Situation ein sehr heftiges und kontroverses Nachspiel für mich noch hatte.

Das Konzept der Klinik war tiefenpsychologisch angelegt. Sprich wir bohren in der Vergangenheit, bis wir den Punkt gefunden haben, wo alles begann. Meine Therapeutin war eine Frau Schwarzfuß. Sie erklärte mir einmal kurz und präzise, wie Tiefenpsychologie funktioniert. „Stellen sie sich vor, sie haben eine Wasserleitung in ihrer Wand. Und in dieser Wasserleitung ist ein kleines Loch wo immer Wasser austritt. Erst wird die Wand, dann der Gips durchfeuchtet und zum Schluss die Tapete. Es gibt immer größere Flecken an der Wand. Sie können jetzt einfach die nasse Tapete entfernen, den Gips trocknen und wieder frisch tapezieren. Aber ist das Problem damit beseitigt? Nein! Die Wasserleitung leckt immer noch. Und irgendwann entstehen wieder neue Flecken. Um das Problem zu beseitigen, muss die Wand aufgeschlagen werden, bis das Rohr frei liegt. Dann können sie das Rohr flicken, neu Verputzen und Tapezieren. Danach habe sie keinen Wasserschaden mehr – genau DAS ist Tiefpsychologie"

Sie konnte mit wenigen gezielten Fragen die „Wasserleitung" bzw. den Punkt finden, wo es weh tat und dann in diesem Punkt bis an die Grenze des Belastbaren darin herum stochern. Wobei es sehr lange dauerte, bis sie es annähernd geschafft hatte, einen Zugang zu meiner inneren Burg zu finden, wo ich all die Jahrzehnte die Gefühle eingeschlossen hatte und sie niemals anschaute, hoffte sie dort zu vergessen oder noch tiefer versenken wollte. Meine Burg war aus sehr hartem Material und der Zugang gut versteckt. Ich hatte in den letzten Jahrzehnten fast perfekt gelernt, meine Gefühle in dieser Burg zu verstecken. Das lief ganz automatisch ab, Gefühle, vor allem Negative, kommen und werden sofort gepackt und in einen der vielen Kerker meiner inneren Burg gesteckt. Nur um nach außen hin alles abzublocken, perfekt zu funktionieren.

Aber Frau Schwarzfuß schaffte es dann doch mich an den Rand der Tränen zu bringen. Und hier kommt erneut Markus ins Spiel. Nach dieser Folter, genannt Einzeltherapie, standen mir die Tränen schon knapp unter den Augenlidern. Noch ein kleines bisschen länger und ich hätte meine Tränen vor Frau Schwarzfuß nicht mehr verstecken können. Aber ich bin eine starke Frau, die in über drei Jahrzehnten gelernt hat, keinen Schmerz, keine Trauer, keine Verzweiflung zu zeigen. Also ging ich auch aus diesem Einzelgespräch ohne Tränen heraus.

Bis zum dem Punkt, wo mir Markus im Flur mir über den Weg lief und fragte, was los sei. Und zum ersten Mal in meinem Leben, hatte ich eine starke Schulter zum Ausweinen. Ich ließ mich in seine Schulter fallen und heulte ohne Ende. Auch völlig überraschend für die anderen Patienten, die mich bisher als unnahbar oder unangreifbar hielten. Ich glaube, dass Markus bis zum heutigen Tag nicht versteht was er da gemacht hat und warum ich ihm dafür meine Leben lang dankbar sein werde. Für mich war es das allererste Mal, wo ich das Gefühl hatte, hier ist eine starke Person, die so kräftig ist, dass sie mich und meine Tränen tragen kann. Ich wusste, dass ich bei ihm absolut sicher war. Dieses Gefühl, das allererste Mal in meinem Leben so etwas zu spüren, ist unglaublich intensiv und bis heute unvergesslich.

Natürlich blieb das auch beim Therapeutenteam nicht unbemerkt, wie eng und intensiv die Freundschaft zwischen Markus und mir sich entwickelte. Irgendwann kam dann auch Frau Schwarzfuß bei einem Einzel mit diesem Thema an. Es wurde eine Stunde im Schwitzkasten. Fünfzig Minuten mit einer Therapeutin, die einem mit unangenehmen Fragen bombardiert sind sehr lang. Sie kam da auf meine Transsexualität zu sprechen, dass ich ja noch nie Sex mit einem Mann gehabt hätte, ob ich denn glücklich mit meiner Frau wäre, mir vielleicht ein Mann als Partner lieber wäre. Ich vielleicht mit diesem Mitpatienten mir Sex wünschte. Lauter solche und ähnlichen Fragen, die zum Teil sehr persönlich und intim waren und nur sehr schwer zu beantworten sind.

Ich versuche mal meine Gedanken zu dem Thema zu ordnen. Ja, ich denke ich hatte für einen sehr kurzen Moment gewisse Gefühle für Markus. Gefühle die über das hinaus gingen was man Freundschaft nennt. Ob es Markus auch vielleicht auch so ging? Keine Ahnung. Vielleicht ja, vielleicht nein. Wenn ich jemals bei Gaby auf den Gedanken gekommen wäre sie zu hintergehen, dann hier in der Klinik, in diesem einen winzigen Augenblick der psychischen Überlastung. Mit ihm hätte ich es mir da vorstellen können. Betonung auf Vorstellen! Mehr aber auch nicht. Aber diese Phase der Versuchung war sehr, sehr kurz und schnell siegte wieder Rationalität über das Gefühl.

Das was da im meinem Kopf abging war eine neue Sicht auf meine weibliche Seite, aber das war es dann auch. Wir beiden wussten, dass wir mit diesem möglichen kurzen Moment, die Menschen, die wir über alles lieben, kaputt gemacht hätten. Beide Beziehungen, unser komplettes bisheriges Leben, wäre zerstören worden. Dieser einmalige Wunsch nach Nähe, dass hätte das Leben von vier Menschen zerstören können. Dies war eine absolutes NoGo Situation. Deswegen beließen wir es bei einer tiefen Freundschaft, die bis heute immer noch anhält. Für mich ist Markus einer der wichtigsten Menschen in meinem Leben. Seine Schulter hat es ermöglicht, dass ich zum ersten Mal schwach sein durfte und dabei wusste, es kann mir nichts passieren.

Eine weitere enge Freundin habe ich neben Markus auch dort noch gefunden. Angelika, kurz vor dem Ruhestand und auch ausgebrannt zu dem damaligen Zeitpunkt. Sie vermittelte mir ebenso wie Markus, dass sie keine Scheu vor mir als Transe hatte. Mit einer unglaublichen Selbstverständlichkeit akzeptierte sie mich als Frau, ohne Wenn und Aber. Es waren viele kleine Dinge, wie z.B. das Zupfen meiner Augenbrauen an einem Abend, das mir vermittelte eine richtige Frau zu sein.

Selbst der Kampf mit Nicole um Markus und das Gefühl, siegreich aus diesem Kampf hervor gegangen zu sein, war ein weibliches Gefühl des Triumphs. „Er gehört mir". Es ist schwer in Worte zu fassen, wo der Unterschied zwischen allgemeinem, männlichen und weiblichen Triumph liegt. Ich definiere diesen weiblichen Triumph darin, dass ich den Mann den ich auf einer Art unbedingt wollte, der Konkurrenz weg geschnappt habe.

Der dritte Aufenthalt auf der Geschlossenen geht langsam zu Ende. Noch ein Wochenende zuhause und am Montag heißt es Koffer packen und nach Hause fahren. Ich bin froh, dass ich sieben Wochen bleiben konnte, obwohl ja wie immer nur vier Wochen vereinbart waren. Bei diesem Aufenthalt konnte ich lernen, dass alles flexibel ist, alles an die aktuelle Situation angepasst werden kann. Natürlich soll es nicht zur Gewohnheit werden, länger zu bleiben, aber bei diesem Aufenthalt war es gut, zu erfahren, dass es diese Flexibilität für Notfälle geben kann.
Es waren dieses Mal fast sieben Wochen. Eine lange Zeit, aber ich merke auch, wie der Wunsch zu gehen immer größer wird. Das ich Abstand von der Klinik, den Mitpatienten und meiner Zimmernachbarin bekomme. Es fällt mir gerade schwer, mir vorzustellen, länger hier zu bleiben. Und das ist ein untrügliches Zeichen dafür „Geh heim, schnellstmöglich". Gerade meine letzte Zimmernachbarin bringt mich fast jeden Tag mit ihrer Art und Weise an die Obergrenze meiner Anspannung. Der Wunsch, sie anzuschreien, ja manchmal am liebsten zuzuschlagen, weil die Wut auf ihr Verhalten und die Uneinsichtigkeit mich zur Weißglut bringen. Die ach so bekannte Achterbahnfahrt der Borderline. Und nun verstehe ich auch, was es heißt Probleme mit der Impulskontrolle zu haben. Denn bei ihr, muss ich oft an mich halten, um die schädigenden bzw. gewalttätigen Impulse zu verhindern.

Sie werden sich fragen, warum ich so viel über Beziehungen und Freundschaften rede und so wenig über die therapeutische Arbeit auf der Station. Ehrlich gesagt, von der therapeutischen Seite ist nicht so viel hängen geblieben. Naja, ausgenommen, die Einzel, in denen es an die Substanz ging. Die Freundschaften waren dass, was diesen Aufenthalt so gut machte. Wobei dort konnte ich, nach meiner bescheidenen Erfahrung, eine der besten Therapien überhaupt erleben. Nennt sich konzentrative Bewegungstherapie (KBT). Die beste Erfahrung, die ich jemals hatte. Sie klingt mehr nach Sport oder Bewegung. Ist aber nicht. In keiner anderen Therapie habe ich so viel über mich und die Beziehung zu anderen gelernt. Und das mit den einfachsten Mitteln wie Schnüre, Holzstücke, Kissen und Stofftieren und was weiß ich noch alles.

Wir sollten einmal nur eine Burg bauen in der wir uns wohl und sicher fühlen. Aus den oben genannten einfachen Materialien. Und anschließend haben wir dann in der Gruppe die einzelnen Burgen analysiert. Hat die Burg einen Eingang? Wenn ja wohin zeigt er? Ist er groß oder klein? Gibt es Mauern? Wenn ja hohe? Und so weiter und so weiter. Jede durfte seine Beweggründe sagen, warum er sie so gebaut hat und der Rest der Gruppe gab dann ein Feedback, welchen Eindruck sie von dieser Burg haben.

Oder es gab so eine Übung, wo man auf der einen Seite des Raumes steht, mit dem Rücken zur Gruppe. Die Gruppe steht auf der anderen Seite des Raumes nebeneinander. Nacheinander meldet sich dann einer der Gruppe mit Namen und geht langsam und leise auf den gegenüber Stehenden zu. Dieser muss nun in sich hinein fühlen und erspüren, wann derjenige einem zu nahe kommt und dann sofort Stopp sagen. Es ist sehr interessant, wie das Gefühl oder das Gespür anschlägt, wenn der Sicherheitsabstand unterschritten wird und wie krass der Unterschied zwischen Menschen ist, die man mag und Menschen denen man kritisch gegenüber steht. Es sind teilweise mehrere Meter Differenz zwischen Nähe und Distanz. Zwischen Freund und Feind. Dieses unbewusste Gespür zu erleben war sehr neu und vor allem lehrreich. Aber gleichzeitig war es auch zum Teil schmerzhaft, wenn ich auf jemanden zu ging und er viel zu früh Stopp sagte. Während ich gerne noch etwas näher gekommen wäre.

Dies waren nur zwei von vielen Beispielen der konzentrativen Bewegungstherapie. Aber sich da zu erleben war lehrreich. Aber auch das Feedback der Anderen zu bekommen, den Spiegel vorgehalten bekommen. Eine neue Sicht auf mein Unbewusstes wurde da eröffnet. Mir hat diese Therapie sehr viel geholfen, mich besser zu verstehen und in einem anderen, neuen Licht zu sehen. Beim zweiten Aufenthalt konnte ich sogar ein paar Mal Einzeltherapie in der KBT bekommen. Aber davon dann etwas später, wenn es soweit ist.

Was zum Teil sehr nervig oder auch anstrengend war, das waren die Gruppentherapien. Man saß im Kreis, ein Therapeut war anwesend. Aber dieser verhielt sich in der Zeit völlig neutral. Das Gespräch entstand nur unter den Patienten. Und oft kam es vor, dass die Gruppe sich schweigend gegenüber saß, weil keiner den Mut hatte, etwas zu sagen. Wenn es dann doch zur einer Gesprächsrunde kam, war es zum Teil schwierig, die Dynamik der Gruppe aufzuhalten, wenn sie sich auf ein Gruppenmitglied eingeschossen hat, weil etwas angesprochen wurde, was die Gruppe gegen den einen anderen aufbrachte. Dann konnte man urplötzlich ganz alleine da stehen und bekam von allen Seiten Schelte. Einige Male wurde es sogar ziemlich unschön, weil es auf eine persönliche wertende Schiene ging. Nicole, sie wissen noch... die Konkurrenz um Markus, erlebte es am eigenen Leib, wie es mit einem Mal ist, so etwas wie eine Ausgestoßene zu sein. Es war so heftig, dass sie mir fast Leid tat. Nein eigentlich nicht fast, sie tat mir wirklich leid. Mir kamen Erinnerungen an meine Schulzeit hoch, als ich froh war, zu einer Gruppe zu gehören, auch wenn es nur als Randfigur war. So bot selbst diese Position Schutz vor äußeren Einflüssen. Alleine dazustehen ist schmerzhaft. Denn eine Gruppe verleitet auch gerne mal auf einen Einzelnen verbal einzuprügeln.

Von Frau Schwarzfuß haben sie ja schon gelesen. Die Einzel bei ihr waren meist eine sehr anstrengende Zeit. Oft ging ich mit großer Angst in diese Stunde. Nicht wissend, was mich dieses Mal erwarten würde. Wo das Innere nach außen gestülpt wurde, man sich schutzlos fühle, Worte wie Sandpapier, die mir meine Haut heruntergerissen und mich verletzt zurück ließen. Nach dieser Stunde war ich sehr oft wie ausgebrannt und leer. Alleine nach diesem Seelenstriptease. Raus geworfen aus dem Zimmer und nicht wissend wohin mit all dem Schmerz und der Verzweiflung, die da entstanden sind. Aber im Nachhinein waren auch diese schmerzvollen Gespräche lehrreich und haben mich gelehrt, wie es in mir aussieht und mir auch gezeigt, wie ich selbst mich selbst besser analysieren kann. Was machte ich, wenn es mir in den Stunden zu viel wurde, wenn die Fragen zu schmerzhaft waren? Ich schaltete mein Gehirn auf Durchzug. War da, konnte zwar Fragen beantworten, aber eigentlich war der größte Teil weg. Leere. War in einer anderen Welt. Irgendwie.

Nach zehn Wochen war Schluss. Es ging nach Hause. Was blieb von dieser Zeit hängen? Ging es mir danach besser? Nein, eher das Gegenteil war der Fall. Irgendwo tief im mir vergraben wurde in dieser Zeit etwas angestoßen, etwas Dunkles. Es gab keine Heilung, eher wurde die seelische Verletzung noch mehr aufgerissen.

In der Zeit danach wurden die Depressionen nicht besser sondern deutlich schlimmer. Das Leben wurde langsam aber sicher immer mehr zu einer Hölle. Das was früher versteckt war kam nun heraus. Ich war schlauer was meine Psyche angeht, aber das half mir auch nicht weiter. Es war wie eine Gebrauchsanweisung auf Chinesisch. Die Lösung stand darin, aber ich verstand sie einfach nicht. Wobei erst Jahre später stellte ich fest, dass die Gebrauchsanweisung bei meinem Gerät gar nicht funktioniert.

Apropos Gerät. Während dieses Aufenthaltes hat mich Markus auch mit dem Virus Apple infiziert. Ich habe dort von ihm meinen ersten iPod gekauft. Noch die ganz alten, mit dem Click Wheel. Damit fing es an, dass ich zu einem Jünger von Steve Jobs wurde. Seit dieser Zeit bin treuer Kunde der Fa. Apple und ihrer Produkte. Jedes Handy ist ein iPhone, jedes Tablet ein iPad. Wer es noch nie eines benutzt hat, weiß nicht, welche Magie in diesen Geräten steckt. Wer sie benutzt, wird mir nur zustimmen können. Diese Geräte polarisieren. Für die einen ist es überteuerter Scheiß, für die anderen das Maß der Dinge.

Brich das Gesetz! Ein Satz der mir bis heute schwer fällt. Bedeutet es doch sich außerhalb der Gruppe sich aufzuhalten. Gegen Vorschriften oder Gesetze verstoßen, der blanke Horror. Während des Klinikaufenthaltes kam der zweite Teil der Batman Trilogie heraus. Markus und ich wollten ihn unbedingt anschauen. Aber das Problem war, der Film endete erst nach 22Uhr. Und 22Uhr ist der späteste Termin um zurück in der Klinik zu sein. Wir mussten also ganz bewusst das Gesetz brechen. Als wir aufbrachen, haben wir bei der

Pflege schon durchblicken lassen, dass es unter Umständen etwas später werden könnte. Nun wir saßen im Kino, der Abspann lief irgendwann kurz nach 22Uhr und ich saß auf glühenden Kohlen. Wollte am liebsten aufspringen, zum Auto rennen. So schnell als möglich zurück in die Klinik. Mich bei allen für die Verspätung entschuldigen. Es war mir SO dermaßen unangenehm, gegen diese Regel zu verstoßen, zu spät zu kommen. Etwas das ich sowieso schon immer hasste. Markus war nach dem Kinobesuch ganz relaxt, rief kurz in der Klinik an, dass wir etwas später kommen und gut war. Wie habe ich mich fast geschämt, zu spät in der Klinik zu kommen. Böse Susanne, hat eine Regel gebrochen, soll oder wird, nein muss bestraft werden. Dabei war es irgendwie schon wichtig, diese Erfahrung zu machen, mal die verhärteten Denkmuster aufzubrechen, sich selbst mehr Freiraum zu geben. Hatte die Verspätung Konsequenzen? Jein, sie wurden zwar im nächsten Einzel angesprochen, aber ich glaube die Frau Schwarzfuß wusste auch nicht so recht, wie sie sich verhalten soll. Einerseits war da ein klarer Regelverstoß, aber auf der anderen Seite war es wichtig für Frau Röder aus dem engen Korsett der eigenen Regeln auszubrechen. Freiheit erleben.

Ich vermisste danach auch dieses Gefühl von Freunden umgeben zu sein, eigentlich fast 24/7 einen Freund oder Freundin um mich zu haben. Draußen war es einsamer als in der Klinik. Die immer stärker werdende Depression machte das Leben im Beruf, im Verein als Coach nicht leichter. Es wurde immer schwerer, sich nicht verschlingen zu lassen.

Frau Schwarzfuß betreute mich nach der Entlassung auch ambulant weiter. Nach einigen Monaten draußen, wurde mir klar, so kann es nicht mehr weiter gehen. So dass ich nach ein paar Monaten wieder zurück in die Klinik wollte. Vielleicht in der Hoffnung, dass sie beim zweiten Mal endlich den Fehler in System finden würden und ich diese unendliche Traurigkeit loswerden würde.

Stationär – Runde Zwei

oder als zweite Überschrift, wie ich meine Therapeutin erpresste, mich wieder auf der Station aufzunehmen. Die schon erwähnte

Therapeutin Frau Schwarzfuß hatte mir angeboten, nach dem stationären Aufenthalt, mich auch ambulant weiter zu behandeln. Wofür ich auch sehr dankbar war. Bei dem Mangel an Therapeuten, ist ein solches Angebot fast Gold wert. Im September wurde ich entlassen. Bis Januar war ich dann einmal die Woche bei ihr.

Im Ende Januar hatte ich das Gefühl, dass vieles was im ersten Aufenthalt angestoßen wurde und nun nach vorne drängte, in einem weiteren stationären Aufenthalt weiter verarbeitet werden sollte. Es war so viel, dass ich das Gefühl hatte, ich bekomme das nicht mehr in einem ambulanten Rahmen hin. Naja und irgendwie hoffte ich auch auf so einen Aufenthalt mit all den guten Kontakten wie beim ersten Mal. Ich wurde nachdem ersten Aufenthalt so etwas wie süchtig nach sozialen Kontakten. Alles um meine innere Einsamkeit zu füllen. Eine Einsamkeit, die seit der Kindheit unerfüllt geblieben ist. Und je älter ich wurde, desto stärker in mir brannte.

Doch zurück zum eigentlichen Thema. Ich hielt es für gut, aus welchen Gründen auch immer, bewusst oder unbewusst, wieder zurück in die Klinik gehen.

April 2018

Für sie waren es nur ein paar Zeilen zwischen letzten und diesem aktuellen Eintrag. Für mich waren es fast sieben Wochen Zuhause. Sieben Wochen die nicht besonders gut verliefen. Sieben Wochen ohne eine Zeile zu schreiben. Es jetzt, wo ich wieder hier in der Klinik sitze, habe ich die Kraft weiter zu schreiben. Vor allem die letzte Woche vor der Aufnahme war sehr schwierig. Ich habe große Probleme mein inneres wütendes Kind unter Kontrolle zu halten. Ich werde schnell reizbar und bin sehr schnell von den Menschen um mich herum enttäuscht. Ich schreibe mit Absicht enttäuscht, weil das für mich viel schlimmer ist, als die Wut auf Etwas. Denn in diesem Fall hat man noch Empfindungen, sucht auf eine Art noch die Kommunikation mit dem anderen Menschen. Aber ist man, also ich, enttäuscht, dann macht sich eine bleischwere Resignation breit. Eine tiefe Hoffnungslosigkeit und das Vertrauen in andere Menschen, selbst die mir nahe stehen, ist unmöglich. Wollte eigentlich vor dem Wort unmöglich noch ein fast einfügen, aber gerade ist die Enttäuschung allen Menschen gegenüber so allumfassend, dass kein Raum für ein fast geben ist.

Aber diese Achterbahn der Emotionen hat auch seine gute Seite. Ich kann anderen Menschen, auch denen die ich zu meinem Freundes- bzw. Bekanntenkreis zähle, meine ehrliche Meinung sagen. Naja, zumindest dem weiteren Bekanntenkreis.

Jetzt sagen sie wahrscheinlich und wo ist das Problem? Ist doch nichts dabei. Leider ist jedoch sehr viel dabei. Ich habe das zwar schon mal geschrieben, aber hier sage ich es nochmals. Ich habe Angst vor Einsamkeit, eine sehr große Angst. Und einem Menschen die ehrliche Meinung zu sagen, kann bedeuten, dass die Beziehung ganz schnell beendet wird. Und dieses Gefühl der Einsamkeit versuche ich um jeden Preis zu verhindern. Ich habe Menschen kennen gelernt, vor allem in den vielen Klinikaufenthalten, mit denen ich draußen wohl nie Kontakt aufgenommen hätte. Menschen mit einer für mich sehr negativen Art. Man könnte sie auch als Arschlöcher bezeichnen. Und in meinem bisherigen Leben habe ich lieber die Nähe von diesen Ar... Menschen gesucht, als einsam zu sein oder zu bleiben. Dies hat sich im letzten halben Jahr sehr deutlich zum Positiven verändert.

Beispiel? Ich traf vor kurzem den Partner einer Freundin, der selbst wahrscheinlich depressiv ist. Früher hat er mich schon mal gefragt, ob ich ihm nicht eine hundertprozentige Suizidmethode nennen könnte. Also ein Mensch der mich triggert, mich belastet, mir nicht gut tut. Nun ist dieser Mensch auch wieder in der Klinik und hat mich angeschrieben, ob wir uns nicht mal treffen können. Mir war klar, dass er entweder auf das Thema Suizid kommt, oder er mich als Notnagel gegen seine Langeweile in der Klinik betrachtet. Noch vor einem halben Jahr, hätte ich diesem Treffen zugestimmt, obwohl mit auch damals schon klar war, was er für Ziele bei diesem Treffen hat und das mir dieses Treffen psychisch nicht gut tun würde. Hinterher hätte ich wieder einmal einen hohen Preis dafür gezahlt. Vielleicht selbstschädigendes Verhalten, Suizidversuch oder ähnliches. Aber lieber mit einem Jemand zusammen sein, der dich kaputt macht, als *alleine sein. Denn diese Vorstellung ist der blanke Horror. Aber diese Angst ist derzeit so gut wie weg.*

Also diesen Menschen habe ich nun auf dem Klinikgelände getroffen und eine große Wut kam hoch, als ich ihn sah. Ich sagte ihm ehrlich meine Meinung, was ich von ihm halte. Er war da ziemlich sprachlos. Von der Freundin habe ich erfahren, dass ich für ihn gestorben bin. Und es macht mir nichts aus. Absolut nichts. Keine Panik, jemand Bekanntes zu verlieren. Kein Gefühl der Angst, keine Panik davor jemand aus meinem Kreis heraus zustoßen.

Dann war ich nun wieder in der Klinik. Aufenthaltsdauer war knapp sechs Wochen. Und in dieser Zeit habe ich mir immer wieder den Vorwurf gefallen lassen müssen, dass ich die Klinik und meine Therapeutin gezwungen habe, mich wieder aufzunehmen. Das ich solchen Druck gemacht habe, dass sie gar nichts anders konnten. Ich hätte ihnen die Pistole auf die Brust gesetzt.

Was für eine unqualifizierte Aussage. Kann ich jetzt im Nachhinein sagen. Und dabei schwingt eine ganze Menge Wut mit. Aber damals hat mich diese Aussage sehr schwer getroffen und mich deutlich belastet. Ich hatte das Gefühl, dass beim ersten Aufenthalt so viel angestoßen wurde, so viele Baustellen aufgemacht aber nicht bearbeitet wurden. Ich hoffte aus meiner damaligen Sicht, dass ich die Probleme die immer mehr hoch kamen, in den Griff zu bekommen. Was natürlich eine illusorische Sichtweise ist.

Was ich dieser Klinik, aber auch allen anderen zum Vorwurf mache, ist eine Scheuklappentherapie. Sie schauen nicht nach den ganzen Symptomen, sondern picken sich das heraus, was für ihre Klinik, ihre Ausbildung passend ist. Sie versuchen immer wieder Patienten in eine für sie passende diagnostische Schublade zu stecken. Ich habe ab dem ersten Klinikaufenthalt Tagebuch geschrieben. Dies habe ich auch den Therapeuten zu lesen gegeben. Vieler der Sätze, die da drinnen stehen, passen zur Symptomatik einer Borderline Störung. Zumindest um mal einen gewissen Verdacht zu entwickeln. Aber keiner hat sich jemals gefragt, ob es nicht sein könnte, dass die Frau Röder mehr als nur Depressionen und Burnout hat. Aber dies passte nicht in die Schublade, in die sie mich ganz pauschal gesteckt hatten.

Das klingt jetzt alles sehr zynisch und nach einseitiger Wut und Enttäuschung. Und all das stimmt. Aber hätte man mir damals schon die Diagnose oder zumindest den Verdacht auf Borderline gestellt, hätte ich mich viel früher mit der Erkrankung auseinander setzen können und hätte mir jahrelanges Tingeln durch verschiedene Kliniken quer durch Deutschland gespart. Wobei es natürlich es fragwürdig ist, ob und wie ich mit dieser Diagnose Borderline umgegangen wäre. Hatte ja schon Probleme Depression zu akzeptieren. Der Begriff Borderline war absolut unbekanntes Gebiet. Das waren jetzt sehr viele „hätte" in den letzten Sätzen. Wie heißt dieser flapsige Spruch, hätte, hätte Fahrradkette....

Natürlich ist all das nur Spekulation. Wer weiß, wie ich damals reagierte hätte. Und nochmals ein Hätte. Es ist eine große Wut vorhanden, die aus der Hilflosigkeit erwächst, sich auf die Aussagen der Spezialisten zu verlassen zu müssen, dass sie einen auf den richtigen Weg leiten können. Aber es sind leider auch nur Menschen, und keine Allmächtigen! Und jeder Mensch kann sich nur bis zur eigenen Decke bzw. Vorstellung strecken. Da wo diese endet ist Schluss. Bei manchen, wie Frau Fischer ist der Himmel das Limit, bei anderen schon die Unterseite des Tisches.

Was ich auf jeden Fall bei diesem Aufenthalt gelernt habe, es ist sehr viel schwieriger das zweite Mal in der gleichen Klinik aufzuschlagen. Es ist etwas ganz was anderes zum ersten Mal in unbekannten Gefilden zu landen, als beim zweiten Mal in schon vertrautes Umfeld. Die meisten in einer Klinik sind das erste Mal dort und sind damit alle in der gleichen Situation, unbekanntes Umfeld, keine weiß, was als nächstes kommt. Das schweißt als Gruppe zusammen. Kommt man aber das zweite Mal dorthin, kennt man schon alles, weiß, was auf einen zukommt. Alle Abläufe kennt man schon. Ist darin schlauer als die Patienten um einen herum. Dieser Vorteil baut aber gleichzeitig eine Distanz zu ihnen auf. Man ist anders als alle anderen.

Dazu gibt es auch gewisse oder sehr konkrete Vorstellungen was die Mitpatienten angeht. Und es ist nie wieder so wie beim ersten Mal. Kontakte sind viel schwieriger aufzubauen, weil man einen ganz anderen Background hat. Diese Erfahrung habe ich sehr schmerzlich erfahren müssen. Ich entwickelte einen Art Hochmut, weil ich ja alles schon kannte und vieles besser wusste. Kam wahrscheinlich sehr arrogant herüber. Damit machte ich mir keine Freunde. Blieb fast die ganze Zeit über Außenseiterin. Hätte ich in der Gruppentherapie, ganz im Gegensatz zu meiner sonstigen Verhaltensweise, nicht den Mund aufgemacht und mich für eine andere Patientin eingesetzt, dann wären Christiane und ich bis heute keine Freunde. Ich weiß nicht mehr, worum es ging, aber ich habe ihr in einer schwierigen Situation beigestanden und sie unterstützt. Sie kam nach der Gruppentherapie auf mich zu und hat sich bei mir bedankt. Daraus entwickelte sich nach und nach eine feste Freundschaft.

Was blieb noch hängen vom Aufenthalt? Ich hatte das Angebot auf Einzelstunden in KBT, der konzentrativen Bewegungstherapie, bekommen. Sie waren unglaublich lehrreich und hat mir erneut bestätigt, dass dies eine der besten Therapienformen überhaupt ist. Wenn man mit profanen Mitteln, einem Seil, vielen Plüschtieren, Holzklötzen und anderen Dingen, mehr intuitiv als bewusst seinen Lebensweg darstellt und ihn sich mit der Therapeutin hinterher anschaut und dabei zu hören bekommt, was sie darüber denkt, das ist teilweise wie eine Dusche unter eiskaltem Wasser. Man, jaja ich, wird wacher und viele Momente des Lebens werden klarer, verständlicher. Es regt deutlich zum Nachdenken an. Es fasziniert auch, wie vieles, das sich unbewusst im Kopf abspielt, von einer erfahrenen Therapeutin erkannt wird.

Gegen Ende dieses zweiten Aufenthaltes merkte ich, das die Depression immer noch nicht besser wurde und ich mehr und mehr verzweifelte, an dem was da an Gefühlen hochkam und immer noch kommt, da begann ich schon Panik zu schieben, wie es weitergeht, wie ich mit all dem Hochgespülten zurechtkomme. Die Antwort war ziemlich lapidar, ernüchternd und enttäuschend. Oberarzt und meine Therapeutin haben sich bei mir entschuldigt, dass sie während der Therapie zu tief gebohrt haben. Das beim Bohren zu viel mit hochgekommen sei, was eigentlich unten bleiben sollte. Aber das war es dann auch.

Keine Lösung oder eine Hilfe wie es nun, nach der Entlassung weitergehen sollte. Wochen die zwar lehrreich waren, bezüglich mich selber kennenzulernen, aber wie ich mit all dem weiterleben, weitermachen sollte, darauf blieben sie mir die Antwort schuldig. Ich war verstörter als bei der ersten Entlassung. Wusste nicht ein noch aus. Vielen geht es so, dass sie meinen, sie würden viel zu früh aus der Klinik entlassen. Sie wären noch nicht so weit. Aber die Wahrheit ist, dass es nie einen richtigen Zeitpunkt geben wird. Jede Klinik schafft, vor allem wenn das Drumherum von Mitpatienten, Pflege und Therapeuten stimmt, eine Schutzblase. Es ist wie im Winter an einer warmen Quelle zu sitzen. Man will diesen warmen und gemütlichen Ort nie mehr verlassen. Ich will nicht bestreiten, dass es immer wieder auch Entlassungen gibt, die wirklich zu einem ungünstigen Zeitpunkt kommen. Aber die meisten wollen einfach nicht mehr in den Alltag. Da nehme ich mich nicht aus. Es gab mehr als einen Klinikaufenthalt, wo das Gehen schwer fiel.

In diesem verwirrten und verzweifelten Zustand nach der Entlassung traf ich wieder auf die Welt. Mit einem Gefühl, das mein Inneres in tausende Scherben zerbrochen war stand ich wieder in der ungeschützten Realität. Und die erste harte Konsequenz aus diesem verwirrten Zustand betraf meinen so innig geliebten Job als Jugendcoach der Pforzheim Wildsocks. Nein eigentlich war und ist es kein Job. Ein Job ist etwas, was man tut, weil man es tun muss. Aber Coach war für mich Berufung! Mit Sicherheit alles andere als ein Job! Eher eine Quelle, an der ich zumindest etwas Selbstvertrauen tanke konnte. Zu wissen, dass ich was gut kann, und an genau der richtigen Stelle bin. Die Arbeit mit den Jungs war jeden verdammten Moment wert. All das war Balsam für mein nicht vorhandenes Selbstwertgefühl. Aber diese Stütze wurde mir dann von einem Moment auf den anderen genommen.

Die Entlassung als Coach
Mein Herz wird zerrissen

Natürlich war ich nicht mehr die gleiche Person, die 2006 mit dem coachen anfing. Viel zu vieles, was Jahrzehntelang im Verborgenen mich gequält hatte, kochte nun hoch. Ungeklärtes, Unausgesprochenes war da und verschwand auch nicht mehr. Ich grübelte viel und die Depression wurde stärker und stärker.

Nun zurück, auf der Trainerbank, saß eine sehr viel nachdenklichere Susanne. Eine Susanne, der vielleicht auch das letzte Quäntchen Begeisterung fehlte, dass sie noch vor diesen beiden Klinikaufenthalten hatte. Man merkte mir an, dass ich oft mit den Gedanken weit weg war. Viele der Leute, die ich vorher noch als zum Teil enge Freunde bezeichnet habe, gingen auf Distanz. Waren zurückhaltender. Viele, die dem ersten Klinikaufenthalt noch positiv gegenüber standen, waren nun nicht mehr begeistert, dass ich ein zweites Mal in die Klinik ging. Ich glaube bei vielen war ein Missverständnis vorhanden. Sie hatten wohl irgendwie gehofft, Susanne geht in die Klinik und wenn sie draußen ist, wird alles so sein wie früher. Das hätte bei einer Blinddarm OP oder einem anderen körperlichen Erkrankung funktioniert. Aber die Psyche zu heilen ist sehr viel schwieriger und die Erfolgsquote deutlich geringer.

Während und nach dem Aufenthalt baute sich zwischen uns schleichend eine unsichtbare Mauer auf. Die Freundlichkeiten wirkten aufgesetzter, distanzierter. Wenn ich jetzt böse wäre und ich kann böse sein, da es ja mein Buch ist, dann würde ich sagen sie hatten Probleme mit dem Stigma von vielen psychisch Erkrankten. Sie wussten nicht, wie damit umgehen. Angst davor etwas Falsches zu tun oder sagen. Deswegen schweigt man lieber. Und je mehr man schweigt, desto größer wird der Graben.

Der endgültige Bruch kam dann beim Spiel gegen die Crailsheim Titans. Das Überteam in dieser Saison. Bei jedem Gegner den sie bisher trafen, habe sie deutliche Siege eingefahren. Die Chance zu gewinnen war sehr gering. Wir hatten so gut wie keine Chance zu gewinnen. Der Verein wusste es, ich als Coach wusste es und vor allem auch die Spieler wussten es. Der Glaube an die eigene Stärke war vor diesem Spiel nicht sehr ausgeprägt.

Vor dem Spiel hält jeder Coach noch eine Motivationsrede ans Team. Sie war an diesem Tag schon etwas speziell. Unter Umständen auch meinem psychischen Zustand geschuldet. Ich meinte zum Team, dass jeder da draußen erwartet, dass ihr verliert. Eigentlich ist nur noch die Höhe der Niederlage interessant. Keiner rechnet mit einem Sieg von uns. Und ihr könnt rausgehen, aufgeben, die Niederlage einfach hinnehmen. Aber ihr könnt auch alle überraschen in dem ihr euer bestes gebt, es ihnen so schwer wie möglich macht.

Aus diesem Grund könnt ihr ganz befreit aufspielen. Keiner erwartet etwas von euch. Verlieren wir, wie die anderen überdeutlich, dann war es das, was alle erwartet haben. Aber drehen wir das Spiel, bringen sie an den Rand einer Niederlage oder sogar weiter, das wäre es doch ein riesen Überraschung und ein grandioses Gefühl. Geht raus, ihr habt keinen Druck, spielt euer bestes Spiel. Wir können so oder so nur gewinnen. Ihr habt keine Chance, also nutzt sie!

Und das Team hat fabelhaft gespielt. Die Partie ging 7:0 für Crailsheim aus. Sie bissen sich an unserer Defense die Zähne aus und unsere Offense stand zweimal an der Goalline der Titans. Leider hat es beide Male nicht geklappt. Wir haben das Spiel verloren, aber für mich fühlte es sich wie ein Sieg an. Sich gegen den ansonsten so dominierenden Gegner so knapp geschlagen zu geben ist in meinen Augen ein großer Erfolg. Auch die Crailsheimer betonten, dass das Spiel gegen uns das härteste der ganzen Saison war. Was will man eigentlich mehr?

Jetzt kommen wir aber zum Problem. Martina, die ich bis dahin als eine meiner engsten Freundinnen bezeichnete, hat nun Fetzen dieser, in meinen Augen, Motivationsrede mitangehört. Und bei ihr ist hängen geblieben, „ihr habt keine Chance" und „Könnt auch gleich aufgeben". Nur die negativen Sätze blieben in ihrem Gedächtnis. Aber keiner sagte was, nur hinten herum wurde geredet, keine Chance sich zu rechtfertigen.

Tja, das Ende vom Lied war, ich bekam einige Tage später Besuch von Kai, dem Vorstand, und Gebhardt, Martinas Ehemann. Beide sehr verlegen. Unsicher wie sie mir diesen Schock beibringen sollten. Sie machten mir klar, dass ich mit sofortiger Wirkung meinem Posten als Headcoach verloren hätte. Sie hatten ihr Kommen telefonisch angekündigt und irgendwie merkte ich, dass etwas definitiv nicht stimmte. Nun saßen mir gegenüber und versuchten, dieses

Herausreißen meines Herzens, mit schönen Worten zu kaschieren. Aber egal, wie süß oder vernünftig ihre Worte auch klangen, es war ein Schmerz der schier unerträglich war. Ein Gefühl von Verrat, In-Stich-gelassen werden. Es war ja nicht nur das ich meine Stelle als Coach verlor. Ich verlor auch alle Freunde, oder solche für die ich diese Menschen gehalten habe. Mit denen ich die letzten Jahre fast jedes Wochenende verbrachte habe. Als sie mir die Entlassung verkündeten, musste ich mit den Tränen kämpfen. Das einzige in meinem Leben, von dem ich sagen konnte, DAS kann ich, darin bin ich wirklich gut. Das eine, was mir so etwas wie Selbstvertrauen gegeben hat, war mit einem Schlag von jetzt auf gleich weg. Aus dem Herzen gerissen. Der letzte Halt, in dieser beginnenden Dunkelheit, war weg. Sport und Freunde mit einem Schlag weg. Diesen Schmerz zu beschreiben ist nicht möglich. Ich glaube sie wissen auch gar nicht, wie sehr mir ihre Entscheidung wehgetan hat. Welche Verzweiflung sie in mir auslösten. Welches Loch sie da erschufen.

So stand ich nun im Frühjahr 2009 ohne alles da. In meinem Kopf herrschte das reine Chaos. Die Depression wurde stärker und stärker. Jeder Tag war erfüllt mit einer Traurigkeit und das einzig stabilisierende Etwas war nun auch noch weggefallen.

In mir wuchs der Gedanke, irgendwo muss es doch jemand oder etwas geben, das mir in dieser Situation helfen kann, um aus dieser Traurigkeit heraus zu kommen. Es wurde fast eine Obsession, diese Suche nach einer Lösung. Zu der Zeit, dachte ich wirklich, dass es nur diese eine richtige Klinik braucht, nur diesen einen richtigen Therapeuten brauche und mit einem Fingerschnippen verschwindet all die Dunkelheit und die Traurigkeit und ich kann wieder ein normales Leben führen.

Ja, heute weiß ich, wie absurd das klingt. Das der einzige Mensch, der Hilfe bringen kann, ich selbst bin. Aber damals war ich noch unerfahren mit diesem ganzen Krankheitsbild und seinen Schattierungen. Ich suche also mit immer größerer Dringlichkeit nach einer Lösung für diese Krankheit. Dieser Wunsch endlich diese Depression los zu werden war übermächtig. So fing ich an nach einer weiteren Klinik zu suchen. Eine, die das emotionale Chaos meines

Lebens in meinem Kopf beseitigen kann. So bin ich dann auf die Asklepios Klinik Höhenbrand in der Nähe von Göttingen gestoßen. Nun ist Göttingen nicht mal um die Ecke von Zuhause. Eine direkte ICE Fahrt dauert dreieinhalb Stunden. Beim ersten Vorgespräch hatte ich zur Unterstützung Angelika dabei. Tja, heute viele Jahre danach, bin ich schlauer und weiß, dass ich immer auf meinen Bauch hören sollte. Aber damals, war ich noch viel zu viel Erwachsener, zu viel Kopf, ohne Kontakt zu meinem inneren Kind. Denn das hatte sich damals gleich beim ersten Gespräch deutlich gegen einen Aufenthalt ausgesprochen. Aber ich habe nur auf meinen Verstand gehört und es sehr bereut dort gewesen zu sein

Vierzehn Wochen für nichts

Vierzehn Wochen war ich in dieser Klinik. Als Schlagwörter für diese Wochen kann ich nur sagen, eine absolut(!) vergeudete Zeit. Es irgendwie freundlicher auszudrücken ist mir, nicht mal leider, unmöglich.

Ein Oberarzt der Patienten, unter anderem mich, derartig fertig macht, das sie innerlich daran kaputt gingen und heulend zusammenbrachen. Ein Oberarzt der mehr durch Druck und Strafe auffiel, als durch Hilfe.

Dazu unterbesetztes Pflegepersonal, dass gefühlt nie wirklich Zeit für einen hatte.

Keine richtigen Einzel, ständig wechselnde Therapeuten, weil immer wieder einer krank wurde. Dort muss zu der Zeit eine richtige Seuche grassiert haben.

Ein Noro-Virus Ausbruch mit all seinen Auswirkungen am eigenen Leib erlebt und erlitten. Es war da wirklich zum Kotzen.

Psychotherapie die das Wort wirklich nicht verdient. Ein in meinen Augen nicht vorhandenes Konzept der bei Behandlung der verschieden psychischen Erkrankungen. Keine richtigen Gespräche, wie auch in teilweise fünfzehn oder maximal dreißig Minuten.

Natürlich ist das alles nur meine subjektive Sicht. Es gibt mit Sicherheit Menschen, denen der Aufenthalt in Höhenbrand insbesondere im Wüstenhaus geholfen hat. Aber bei mir, was eindeutig das Gegenteil der Fall

Aber alles schön der Reihe nach. Vierzehn Wochen, weit weg von Zuhause. Was für mich nicht leicht war. Zum ersten Mal in unserer Beziehung war ich so weit weg, dass Gaby nicht mal schnell zu Besuch kommen konnte. So weit entfernt und so lange getrennt waren wir noch nie voneinander, wie in dieser Zeit. Es kostete mich großer Überwindung, Karlsruhe hinter mir zu lassen.

Und was mich bei diesem Aufenthalt sehr überrascht hat, war der Unterschied zwischen Süd- und Norddeutschland. Ja, es mag einen Aufschrei geben, aber für mich ist Göttingen schon tiefstes Norddeutschland. Scherzhaft würde ich sagen, dass ich manchmal meinte, das Meer riechen zu können.

Die meisten Mitpatienten kamen aus dem Norden oder der Mitte Deutschlands. Und damit verbunden war zumindest anfangs, eine ziemliche Schwierigkeit mit der Verständigung, zwischen dem Süden und Norden. Ja, wir hier im Süden, sind nicht für unser Hochdeutsch bekannt. Es wird hier viel Dialekt gesprochen. Für alle die das nicht glauben wollen, ein kleines Beispiel. Die badische Rheinebene zwischen Mannheim, Karlsruhe und Freiburg ist grob über den Daumen gerechnet hundertachtzig Kilometer lang. Allein hier gibt es schon dutzende unterschiedliche Dialekte. Sogar innerhalb von Stadtteilen wird ein anderer Dialekt gesprochen. In Durlach, wo ich geboren wurde, wird aus ei ein oi, Droi woiche Oier in oinerer Roih, oder auf hochdeutsch drei weiche Eier in einer Reihe. Oder das einfache S wird durch ein Sch ersetzt. Ein Ist wird hier Isch ausgesprochen. Und wenn man dann noch ein bisschen Hessen, Schwaben und die ganzen Bayern hinzurechnet, dann sind es eine unzählbare Menge verschiedenster Dialekte. So viel zum sprachlichen Diskrepanz zwischen hier im Süden und dem was nördlich vom Main liegt. Umgangssprachlich wird die Maingrenze auch gerne als Weisswurstäquator bezeichnet.

Mit diesem Dialekt traf ich nun im für mich tiefen Norden ein, war sehr lange Zeit eine Exotin unter den Mitpatienten.

Aber nicht nur Dialekt war ein Unterschied. Weiter ging es mit so was Profanem wie dem Essen. Das es Problem mit dem Dialekt gibt, dass wusste ich noch von unserem Besuch in Hamburg. Aber das es auch beim Essen diese Unterschiede gibt, davon war ich dann doch überrascht. Allein schon die Diskussion über einen simplen Kartoffelsalat brachte die Gemüter in Wallung. Südlich des oben genannten Weisswurstäquators macht man in meist nur mit Fleischbrühe, Zwiebeln, Essig und Öl. Ok, man kann noch streiten ob eine fein gehobelte Gurke hinein kommt oder nicht, Das ist aber auch schon alles. Selbst im Spannungsgebiet zwischen Baden und Schwaben, ist man sich beim Kartoffelsalat weitestgehend einig. Im Norden dagegen, werden für mich so unverständliche Lebensmittel wie Mayonnaise, Äpfel, Essiggurken u.v.m. unter den Kartoffelsalat gemischt. An einem Abend haben wir sogar einen kleinen Wettstreit über den besten Kartoffelsalat ausgefochten. Jemand machte einen norddeutschen und ich einen badischen Kartoffelsalat. Dazu gab es für manche noch so etwas Exotisches wie Maultaschen. Einen Sieger gab es natürlich nicht, aber es war sehr spannend diese mannigfachen Unterschiede in einem Land zu erleben. Oder Spätzle, auch die waren im Norden nicht so verbreitet. Ich ließ mir sogar extra von zuhause meinen Spätzlehobel schicken und sie selbst zu machen. Dazu noch in Verbindung mit Käse und gerösteten Zwiebeln, sehr exotisch, aber lecker

Die Mitpatienten waren auch das einzig Positive. Dirk, der trotz anfänglicher Bedenken, sich zu einem guten und verständnisvollen Menschen mir gegenüber entwickelte. Oder Valeska, die mir einen Schal häkelte, der ich bis heute noch benutze. Der kulturelle Austausch von Nord und Süd. Dieses Zusammenraufen von nördlicher Zurückhaltung und südlicher Offenheit. Aber irgendwann fanden wir dann doch zusammen. Ja, sorry an alle die sich gerade aufregen. Aber ich bin aus dem Süden und für mich fühlt es sich so an. Wer anderer Meinung ist, sie sei ihm gegönnt. Aber wie schon mal geschrieben, es ist mein Buch, meine Empfindungen.

Aber nun zum ganzen Negativen aus dieser Zeit. Angefangen, bei der persönlichen Psychotherapeutin. Bei ihr, sollte es eigentlich einmal die Woche ein Gespräch für 30 Minuten geben. Wer sich in der Psychotherapie auskennt, kann sich vielleicht vorstellen, dass das für eine stationäre Psychotherapie recht wenig ist. Natürlich besteht ein Unterschied zwischen dem Aufenthalt auf der H5 und dem Wüstenhaus. Das eine ist tiefenpsychologisch angelegt, das Konzept hier war mehr…? Ja, was mehr? Es könnte, sollte, vielleicht verhaltenstherapeutisch sein? Aber selbst bei diesem Konzept sind 30 Minuten sehr wenig. Wenn dann noch sehr oft ein Therapeut wegen Krankheit ausfällt und das Gespräch bei einem nicht vertrauten Therapeuten auf maximal fünfzehn Minuten gekürzt wird, dann ist das ein sehr schlechtes Zeugnis für diese Klinik.

Diese Situation gab es nicht nur einmal. Es war eher die Regel als die Ausnahme. Was soll man in gerade mal 15 Minuten mit dem Therapeuten besprechen? Meist sind es ja sehr problematische Themen die man ansprechen möchte und das braucht seine Zeit. Die richtigen Worte in fünfzehn Minuten zu finden und in das Gespräch mit dem Therapeuten zu kommen, nahe zu unmöglich. Aus meiner persönlichen Erfahrung kann ich nur sagen, dass dies zu kurz ist. Einerseits um etwas zu besprechen aber andererseits ist es auch zu kurz um Vertrauen zum Therapeuten aufzubauen. Und Vertrauen ist das alles entscheidende bei einer Therapie.

Tja und dann wurde ich auch noch von meiner Therapeutin und dem Oberarzt in Konflikte hinein geschickt und dann alleine gelassen. Das war das erste Mal, aber auch leider nicht das letzte Mal in Kliniken, wo mich jemand ermutigte einen Konflikt anzusprechen und dann als ich mich dazu überwunden hatte, diesen anzusprechen, ohne Rückenhalt da stand. Im Wüstenhaus gab es einen Mitpatienten, dessen Art mich auf die Palme brachte. Je länger ich mit ihm auskommen musste, desto höher wurde die Palme.

Heute, im Rückblick, kann ich gar nicht mehr genau sagen, warum das so war. Es gibt Menschen, mit denen ich einfach nicht kompatibel bin. Egal was derjenige sagt oder tut, es bringt mich alles auf die schon erwähnte Palme. Und als ich das meiner Therapeutin erzählte, hat sie mir empfohlen dies in der Gruppenrunde anzusprechen. Auf meine Einwand das ich davor Angst habe, bekam ich in der Oberarztvisite von ihr und dem Oberarzt zu hören bekommen, sie werden es mit Sicherheit schaffen werden, mich in Konflikte zu verwickeln. Also mit Absicht in einen Crash führen. Schocktherapie, so was in de Art. Und ja, sie haben es wirklich geschafft. Ermuntert von Therapeutenseite und den Mitpatienten suchte ich den Konflikt mit dem Mitpatienten. Und eine für mich völlig neue Erfahrung, und ich wurde komplett von allen alleine gelassen. Leider war dies das erste, aber nicht das letzte Mal wo mir so was noch passierte.

Im Wüstenhaus gab jeden Montag eine Morgenrunde, wo Patienten, Pflege und Therapeuten zusammen saßen und man Probleme mit anderen Patienten, Pflege und Therapeuten ansprechen konnte. Bin in solchen Situationen nicht unbedingt die Mutigste, ehe die Stille. Habe eine gewaltige Angst, davor aufzufallen oder ausgegrenzt zu werden. Das man mit dem Finger auf mich zeigt. Davor allein zu sein, von den anderen gemieden werden. Das ist eine Horrorvorstellung von mir. Alleine, ohne jede Schutz. Seit jüngsten Tagen schon ein gewaltiges Schwarzes Etwas, dass mir Angst macht.

Also an diesem Montagmorgen, nach einem Wochenende, an dem ich mir immer wieder Gedanken gemacht habe, wie ich das Problem bloß ansprechen soll, ist es nun endlich oder leider soweit. Und es ging in die Hose, aber so was von.

Dieses Gefühl hinterher, wenn man merkt, in diesem Fall ich, dass man total alleine gelassen wurde. Das Anliegen ist vorgetragen und nun hoffte ich auf eine gewisse Zustimmung. Vor allem von den Leuten, die vorher noch so offensichtlich auf meiner Seite standen. Aber alles schweigt. Verlegenheit macht sich breit. Irgendwie hoffe ich noch, dass irgendjemand mir zustimmt. Nur ein Einziger. Aber von keiner Seite kommt Unterstützung. Sogar das genaue Gegenteil. Das derjenige mehr Zuspruch erhält als man selbst, ist ein wirklich sehr beschissenes Gefühl. Wenn man mit einem Schlag in die Rolle des Bösewichtes gedrängt wird, der Problemverursacher urplötzlich Opfer einer böswilligen Verleumdung ist. Dass schmerzt. Bis heute. Ich hatte mir schon Zustimmung erhofft, dass ich aus dieser Schurkenrolle wieder heraus komme, vor allem auch von anderen Patienten, die mir noch kurz vorher zugestimmt haben, aber jetzt nicht den Mund aufmachen. Klar weiß ich, dass meine Abneigung nicht objektiv oder gerechtfertigt war. Das dieses Ich-kann-dich-nicht-leiden, ihn getroffen hat und damit vielleicht auch falsch gelegen habe.

Ok, Stopp! Dass letzte stimmt nun gar nicht. Ich konnte nicht mit ihm. Weder vor noch nach diesem Montag konnte ich mit ihm auskommen. Muss ich mich deswegen schlecht fühlen? Nein! Aber für dieses Nein, brauchte ich die Zeit von damals bis heute.

Wenn ich die Zeit zurückdrehen könnte, dass wäre ein Moment. Das würde bestimmt spannend werden. Ich wäre gerne noch einmal dort. Aber dann mit all dieser Wut, die heute in mir steckt. Auch mit der Einstellung, das es mir egal ist, ob jemand mit meinen Aussagen zu Recht kommt oder nicht. F**k Off. Leb mit meiner Wahrheit. Diese Energie die zerstören kann, aber auch voller Leben steckt. Damit noch einmal in diese Situation hinein, wäre interessant.

Der nächste Klinikaufenthalt auf der Geschlossenen. Die Borderline Störung macht sich immer massiver bemerkbar. Ich sitze jeden Tag in einer Achterbahn der Gefühle. Bin ihnen schutzlos ausgeliefert. Unfähig diese Fahrt zu stoppen. Gefühlt alle paar Minuten wechselt die Stimmung von heftiger Wut, starkem Hass, bis zur tiefsten Verzweiflung. Besonders diese Wut ist schwer zu ertragen. Bin wütend auf alle und alles. Jede noch so winzige Kleinigkeit bringt mich auf 180. Am liebsten würde diese Wut heraus und herum schreien, die Menschen anbrüllen, sie zusammenstauchen, manchmal will die Wut sogar mit den Fäusten sprechen. Damit einher geht ein Gefühl von Vertrauensverlust. Misstrauen gegen Menschen denen ich bisher uneingeschränkt vertraut habe. Der Wunsch mich zu verletzen ist dermaßen stark. Aber ich schaffe es nicht, die Klinge zu nehmen und mich zu ritzen. Stattdessen, bleibt alles in mir drinnen und dort verseucht diese Gefühlschaos meine Psyche. Nicht zu wissen, was man in einer viertel oder halben Stunde fühlt. Up oder Down? Das Gefühl, dass alles nicht mehr ertragen zu können ist übermächtig. Ich wünschte mir meine schwere Depression zurück. Die ist auch schrecklich, aber durch sie entsteht kein so gefährlicher, explosiver Mix. In der Depression denke ich auch oft an „Ich kann nicht mehr, ich will nicht mehr", aber es fehlt die Kraft etwas dagegen zu tun. In diesem jetzigen Borderline Modus ist die Gefahr Dummheiten zu machen, um so vieles höher. Man ist so mit Energie aufgeladen. Dieses Gefühlschaos ist wie eine Überdosis an Energy-Getränken. Keine bleierne Müdigkeit, die einen aufhält Dummes zu tun. Nichts kann die Gedanken, dieses Auf und Ab bremsen. Es ist ein Gefühl, als wäre es im eigenen Körper zu eng. Als würde sich im Innern ein Druck aufbauen, der die Hülle und das Leben sprengt.

Aller schlechten Dinge sind drei

Und um ein Haar hätte ich alles und vor allem mein Leben aufs Spiel gesetzt. Ich war nun schon über ein halbes Jahr in dieser Achterbahn und ich ertrug die Fahrt nicht mehr. Wollte aussteigen, es beenden. Und an einem Freitag, an dem ich sogar richtig gut drauf war, habe ich ohne groß nachzudenken die Plastiktüte genommen und sie mir über den Kopf gezogen.

Natürlich war dies keine so spontane Aktion, wie sich das hier liest. Es gibt da mehrere Phasen, die vorher im Kopf und in Handlungen ablaufen, bis es dann in dieser Tat mündet. Die erste Phase sind die Tage, an denen der Wunsch, dieser Achterbahn zu entkommen, stärker und stärker wird. Und als einziger möglicher Ausweg schält sich der Gedanke an einen Suizid heraus.

Irgendwann kommt dann zu den Gedanken auch die erste Handlung. Ich habe mir eine Plastiktüte organisiert. Das ist Phase zwei. Die dritte ist dann mit dieser Plastiktüte in der Jeans herumzulaufen. Immer mehr fokussiert sich der Gedanke auf diesen Ausweg. Die Gewissheit, den Ausweg bei sich zu haben, die Plastiktüte anzufassen, zu spüren, dass sie real ist. Der Ausweg im wahrsten Sinne greifbar ist. Was mich dann im Nachhinein am meisten erschreckt hat, war das ich an diesem Tag einen wirklichen guten Tag hatte. Nein, nicht ironisch, ernsthaft gemeint! Im Sport lief es gut, Visite lief gut. Es war der Freitag vor Pfingsten. Ich hatte zwei Übernachtungen zuhause an diesem verlängerten Wochenende. Es hätte nicht viel besser laufen können. Ich war wirklich gut drauf. Und genau in dieses Gefühl fiel Phase vier, der Suizidversuch. In diesen ersten drei Phasen gibt es noch Möglichkeiten, dagegen anzugehen. Diese Gedanken und Vorbereitungen zu stoppen. Hätte nur den Mund aufmachen müssen. Aber in Phase vier, ist es fürs Stoppen zu spät. Da ist nichts mehr im Kopf außer dem Gedanken, es jetzt zu tun.

Ich erwartete eigentlich immer, dass ich es tun würde, wenn es mir schlecht geht, aber mit diesem Hochgefühl diesen Schritt zu gehen, war erschreckend und beängstigend zugleich. So aus heiterem Himmel. Im wahrsten Sinn des Wortes, heiter. Diese Phase vier war wieder von dieser großen Stille im Kopf begleitet. Keine Gedanken mehr. Eine Art von Klarheit, nur auf diesen einen Gedanken fixiert. Keinen Widerspruch vorhanden. Stille. Gehen. Jetzt!

Mit dieser Tüte über dem Kopf, war ich bereit zu gehen. Aber nach vielleicht einer Minute habe ich es geschafft, sie wieder vom Kopf herunter zu nehmen. Ich könnte jetzt sagen, dass die Vernunft gesiegt hat, aber das stimmt nicht. Ich habe die Plastiktüte mit leerem Kopf aufgesetzt und auch wieder abgesetzt. Erst danach setze das klare Denken wieder ein und damit auch die Frage, wie ich damit umgehen soll. Wieso habe ich das getan?

Pfingsten, drei Tage Zeit zu überlegen, ob ich es für mich behalte oder ob ich mit Frau Fischer darüber rede. Nun eigentlich war nicht die Frage ob ich es erzähle, sondern eher wie ich es ihr sage. Das dies keine leichte Sache werden würde, war mir irgendwie schon klar. Als ich dann aber am Dienstag nach Pfingsten ihr die Plastiktüte auf den Tisch gelegt habe und ihr berichtete, was ich getan hatte, dann brach so etwas wie die Hölle über mich herein. Die Heftigkeit ihrer Reaktion hat mich dann doch überrollt. Aber im Nachhinein hatte sie natürlich recht mit ihrer Reaktion. Sie war stinkesauer auf das was ich da getan habe und das ließ sie mich deutlich spüren. Ich war mir über die großen Konsequenzen meiner Handlung bis dahin nicht so ganz im Klaren. Das ich, mit dieser Handlung, den von uns beiden unterschriebenen Therapievertrag gebrochen habe, dass ich die ganze therapeutische Beziehung, die sie in so mühevoller Vertrauensarbeit aufgebaut hat, mit einem Schlag aufs Spiel gesetzt habe. Sie hat mir derartig den Kopf zurechtgerückt, dass ich erst überrascht, dann geschockt war, und zum Schluss innerlich zusammengebrochen bin.

Erst so langsam sickerte es in mein Gehirn, was ich getan hatte und welche Folgen dies nach sich ziehen kann. Frau Fischer zu verlieren, würde mir den Boden unter den Füßen wegziehen. Das wäre der GAU unter den allen möglichen Optionen. Im Grunde genommen, wäre das vielleicht der letzte Schubs Richtung Abgrund. Das kann sie wohl auch nicht wollen, aber sie musste schon ihrer Art von Wut und Enttäuschung darüber, dass ich eine Grenze überschritten habe, Luft machen. Jetzt werde ich in dieser Situation auch noch zynisch, aber irgendwie muss es heraus. Bei aller Frustration von Frau Fischer geht es eigentlich nur darum einen Suizidversuch während eines Klinikaufenthaltes zu verhindern. Sie stellt sich nur schützend vor die Pflege und die Ärzte. Sie sollen ja nicht einen Schock bekommen, wenn sie mich irgendwo tot auffinden würden. Jetzt in diesem Augenblick drängt sich eine Frage immer mehr nach vorne „Wann gilt dieser Therapievertrag eigentlich? Nur in der Zeit, wo ich mich in der Klinik aufhalte, oder 24/7? Das ist eine sehr fundamentale Frage. Wann ist es also ok, wenn ich einen Suizidversuch unternehme? Zuhause ok, dann auch kein Abbruch der therapeutischen Beziehung? Wenn in der Klinik, könnte Frau Fischer dann die therapeutische Beziehung beenden. Sie meinte, bei unserem letzten Gespräch, dass sie weiß, dass sie einen möglichen Suizid nicht verhindern kann.... Ok, Stopp! Jetzt muss ich mir selber ein Time Out geben. Das Thema wird zu viel, triggert und lässt mich über Dinge nachdenken, über die ich nicht nachdenken sollte

Lieber zurück zu einer anderen schlechten Zeit. Aber diese habe ich hinter mir und ich lebe noch. Zurück nach Göttingen. Die Einzel bei den Therapeuten waren also die meiste Zeit einfach nur vergeudet. Stattdessen durfte ich dann irgendwann in eine Gruppentherapie. Diese Gruppengespräche sollten scheinbar die entscheidende Therapie sein. Das Rückgrat der Behandlung. Mich dort mit wildfremden Menschen über meine Probleme zu unterhalten. Meine Spezialität. Ok, das war wieder mal ironisch. Ich saß dort drinnen und hielt meine Klappe. Ein einziges Mal machte ich meinen Mund auf und fragte nach, was ich im Bezug zu diesem Mitpatienten tun soll. Ihre Antwort war wie bei allen, sprich es an. Was dabei dann passierte, haben wir ja ein paar Seiten vorher schon erfahren. Alles in allem, war auch diese Therapieform bei mir nicht erfolgreich. Der absolute Höhepunkt bei all diesen Therapien war dann noch eine Visite beim Oberarzt. Dieser schenkte mir vor versammelter Mannschaft, also Therapeuten und Pflege dermaßen eine ein, dass ich heulend zusammenbrach und mich wirklich als absolutes Dummchen und Versagerin vorkam. Als jemand, der zu blöde ist, der das Geschenk dieses Aufenthaltes nicht zu schätzen weiß. Zu blöde, um die Therapien und deren tolle Hilfe zu verstehen. An Allem, aber auch wirklich an allem, war ich alleine schuld. Die Therapeuten, die Pflege und alle anderen waren so bemüht mir zu helfen und sie haben ja absolut nichts Falsches getan. Welch eine Arroganz. Natürlich kam auch das allseits beliebte Todschlagargument

„Ich hätte mich nicht bemüht, hätte mich nicht auf die Therapien eingelassen"

und jetzt kommt mein absoluter Lieblingssatz

„Ich wolle gar nicht gesund werden".

Was wollen, oder können sie darauf antworten? Nein, ich finde es wirklich spaßig, traurig, verzweifelt und hoffnungslos zu sein. Alles war meine Schuld! Wer so einen Oberarzt hat, braucht keine Therapie mehr. Manchmal habe ich wirklich das Verlangen, mich in einen ICE zu setzen, bis nach Höhenbrand zu fahren, dem Oberarzt meine Diagnosen auf den Tisch zu knallen und ihn anschreien, was für unfähige Leute hier arbeiten, vor allem er selbst. Dass keiner von ihnen sich mal die Frage gestellt hat, ob hinter der Depression nicht noch mehr stecken könnte. Warum sie ********* (sehr lautes Fluchen) sich nicht einmal Gedanken gemacht haben, ob es noch was anderes geben könnte. Hinweise habe ich ihnen genug gegeben. Wie oft kam dieses Entweder Oder, dieses Schwarz oder Weiß in meinen Sätzen vor. Hat sich keiner mal gefragt, dass das was ich da beschreibe auf eine Borderline Störung hindeuten könnte? Dieses schwarz/weiß Denken, der Selbsthass, das sehr geringe Selbstwertgefühl usw.. Wären sie unter Umständen aufgewacht, wenn ich mir damals schon Wunden zugefügt hätte? Meine Therapeutin, meine Bezugspflegerin, alle hatten mein Tagebuch zum Lesen, darin stehen mehr als genügend Indizien drinnen. Sie hätten nur mal kurz die derzeitige Behandlung und die Diagnose in Frage stellen müssen. Aber das wäre wohl zu viel verlangt, da hätten sie selbst denken müssen, etwas tun müssen, was außerhalb ihrer üblichen Arbeitsweise lag. Was Initiative voraussetzen würde. Und das wäre wirklich zu viel verlangt. Es klingt nach sehr viel Frust, Wut und Enttäuschung, aber das Gefühl ist bis heute noch da. Enttäuschung ist das Wort was mir spontan in den Sinn kommt, wenn ich an diese vierzehn Wochen dort denke.

Heute frage ich mich, warum bin ich dann dort geblieben? War es die Angst davor als Versagerin zu gelten? Wieder keine Besserung der Depression erleben zu haben? Dieser Satz, mit dem sie wollen ja nicht gesund werden, hat das so ein Schuldgefühl ausgelöst, dass ich ihnen beweisen wollte, wie sehr ich mich bemühe?

Angst davor nach Hause zu kommen und die Enttäuschung von meiner Mutter zu spüren, immer noch depressiv zu sein? Aber die größte Angst dabei war wohl, nicht mehr geliebt zu werden. Kein braves kind zu sein. Wenn ich vorzeitig gehe, dann sind die Leute dort von mir enttäuscht und mögen mich nicht mehr. Klingt etwas neben der Spur, aber so habe ich mein ganzes Leben gedacht, bloß Niemanden enttäuschen, ungeliebt zu sein.

Es war nicht alles schlecht in Höhenbrand. Es gab auch ein paar Dinge, die mir gefallen haben. Ich konnte zum ersten Mal in meinem Leben töpfern, was ein tolles Erlebnis war. Dieses Gefühl, etwas wie z.B. eine Tasse zu erschaffen, etwas nützliches, dauerhaftes, was jemand anderer regelmäßig benutzen kann. Etwas das überdauert. Dies war eine neue gute Erfahrung. Ich bin keine filigrane Künstlerin, meine Tassen sehen eher so aus, als ob ein Höhlenmensch mit groben, unfähigen Händen versuchen etwas nützlich und schönes zu erschaffen. Im Grunde genommen war es ja auch so. Ich hatte noch nie mit Ton gearbeitet und meine Technik war primitiv, aber es war etwas, dass ich ganz alleine geschaffen habe. Darauf war ich stolz. Auch wenn hinterher niemand jemals diese Becher auch nur einmal benutzt hat, war diese Erfahrung sehr gut.

Ich frage mich manchmal, wenn irgendwelche Kakerlaken, oder andere Lebewesen unsere Kultur in ein paar hunderttausend oder Millionen Jahren ausgraben und sie meinen Becher finden, welche Diskussion damit losgehen würde. Sie sich vielleicht fragen, wie eine ehemals technisch so hoch entwickelte Kultur neben Computer auch so primitiv sein konnte. Ob diese Tasse vielleicht irgendeinem primitiven heidnischen Zweck gedient hat.

Transsexuell zu sein, hatte in dieser Klinik auch einen Vorteil. Da sie nicht wussten, zum wem ins Zimmer sie mich stecken sollten, bzw. nicht wussten wie meine mögliche Zimmernachbarin auf mich reagieren würde, hatte ich den kompletten Aufenthalt ein großes Einzelzimmer.

Jetzt stockt diese positive Aufzählung schon wieder und mir fallen wieder negative Dinge ein. Zum Beispiel die Unterbesetzung der Pflege. Dieses nie Zeit für einen haben. Selbst wenn es einem schlecht ging, um man um Hilfe bat, kam sehr oft die Antwort „jetzt keine Zeit, kommen sie später wieder". Dies motiviert natürlich, sehr ironisch gesprochen, sich später wieder zu melden. Denn ganz böse gesagt, entweder ist man später tot, hat Dummheiten gemacht oder sich anderweitig Hilfe organisiert. Aber wofür ist denn die Pflege da, wenn nicht in erster Linie um Hilfe in Krisenmomenten zu geben. Selbstverständlich hat die Pflege auch andere, organisatorische Aufgaben. Aber diese sollten gegenüber der Not des Patienten immer zurück stehen. Eigentlich. In Wahrheit gab es selbst nachts keine Pflegekraft im Haus. Es gab schon jemandem, diese war aber für mehrere Häuser zuständig. Also immer zwischen den Häusern hin und her wandern. Also bloß nachts keine Hilfe brauchen. Es wäre möglicherweise eine lange Wartezeit vonnöten, bis Hilfe eintrifft. Hätte dort jemand einen Suizid probiert, derjenige wäre wohl frühestens am Morgen aufgefunden worden. Aber selbst das stelle ich jetzt mal in Frage. In allen anderen Kliniken, kommt morgens jemand zum Wecken ins Zimmer und alle Mahlzeiten werden gemeinsam auf Station eingenommen. Was bedeutet, dass ein Fehlen allerspätestens beim Frühstück aufgefallen wäre. Nicht so in Höhenbrand. Die Mahlzeiten wurden im Haupthaus in einer großen Kantine ausgeteilt.

Alle Patienten, aus allen Häusern, trafen sie dort zu den Mahlzeiten. Dort konnte jeder kommen und gehen, wie es einem passte. Es gab keine Kontrollen. Keinem würde auffallen wenn ich oder jemand anders dort nicht auftauchen würde. Es gab auch keine Aufsicht. Man war sehr oft sich selbst überlassen. Klar, könnte man es als Eigenverantwortung betiteln, sich an die Regeln zu halten, sich um Schlaf und Essen selbst zu kümmern, aber in psychisch schwierigen Situationen, auf sich selbst aufzupassen ist eine nur schwer zu bewältigende Aufgabe. Ganz krass gesagt, man hätte dort mehr als genügend Zeit jedwede Art von Dummheiten zu machen.

Es gab auch Mitpatienten, die diese Freiheit genutzt haben um sich zum Beispiel Alkohol zu besorgen und diesen dann freigiebig genossen haben. Auf der anderen Seite waren sie aber dann so penibel, dass jemand eine Verhaltensanalyse schreiben musste, weil sie sich Hautrötungen beim Umgang mit einer Wärmflasche zugezogen hatte. Ich finde diese Diskrepanz irgendwie nicht stimmig. So ein Hin und Her an Regeln, habe ich in keiner anderen Klinik mehr erlebt.

Was ich dort auch noch kennengelernt habe, war sehr viel weniger erbaulich. Während meines Aufenthaltes kam der Noro-Virus über die Klinik. Wer ihn noch nie hatte, weiß nicht was es heißt diesen Virus in einem zu haben. Wer ihn aber schon mal am eigenen Leib erlebt hat, weiß wie „beschissen" sich diese Erkrankung anfühlt. Meist dauert der Virus nur wenige Tage, bevor es einem wieder besser geht, aber diese Tage sind Hölle.

Vor allem auch wie schnell diese Krankheit sich ausbreitet und es einen selbst treffen kann. Innerhalb von ca. drei Stunden wurde aus „mir geht's gut" ein „Mir geht es echt beschissen", und das im wahrsten Sinn des Wortes. Man weiß mit einem Schlag nicht mehr, wo es zuerst heraus kommen will. Ich hing am Waschbecken und habe mir die Seele aus dem Leib erbrochen und gleichzeitig meldet sich der Darm mit sehr starkem Durchfall. Die nächsten Tage wusste ich nicht mehr, wo ich zuerst hinrennen sollte. Pendelte zwischen Klo und Waschbecken, bzw. manches Mal kam erst hinten und dann oben was heraus. Oder umgekehrt, je nachdem wer sich zuerst meldete. Diese Tortur kostet den Körper dermaßen Kraft und Energie, dass ich nur noch im Bett liegen konnte. Appetit, Hunger war keiner Vorhanden. Es war allein schon extrem schwirig, den Wasserhaushalt aufrecht zu halten. In dieser Zeit waren ca. 2/3 aller Patienten von dem Noro-Virus befallen. Und da reden wir von vielleicht achtzig oder mehr Patienten. Keine geringe Anzahl. Der ganze Klinikalltag entfiel, es war nur noch ein Kampf gegen die Ausbreitung des Virus. Zum Glück dauert es nur ein paar Tage, bis der Körper sich erholt. Aber dieser Virus war einer dieser „Once in a lifetime" Erlebnisse. Eines, vom dem man mit Schaudern erzählen kann, wie man es überlebt hat. Aber gleichzeitig hofft, dass dies einem nie wieder passieren möge.

In diesen ganzen vierzehn Wochen habe ich Gaby nur dreimal insgesamt gesehen. Ich war von Ende Oktober bis Anfang Februar in Höhenbrand. Diese Klinik war auch in ihrer Wochenendpolitik ganz anders als alle Kliniken. Bei jeder anderen wurde Wert darauf gelegt, dass die Patienten an den Wochenende nach Hause fahren sollten. Hier wurde sogar explizit darauf hingewiesen, dass es solche Vereinbarungen nicht geben würde. Alle Patienten müssen auch das Wochenende in der Klinik bleiben! Seltsam.

Einmal kam Gaby mit Bruni hoch nach Göttingen gefahren. Die anderen beiden Male war ich in Karlsruhe. Das erste Mal an Weihnachten. Da durften wir wenigstens nach Hause. Morgens um fünf Uhr bin ich zum Bahnhof in Göttingen um einen der ersten ICEs am Heiligabend zu erreichen. Ich hatte aufgrund der Konstellation der Feiertage das Glück einen Tag länger zuhause bleiben zu dürfen. Musste also erst am zweiten Weihnachtsfeiertag zurück. Das alles war Stress pur. Warum ich mir diesen Stress angetan habe? Weg von Höhenbrand, diesen Ort und wenn es nur für wenige Momente ist, vergessen. Heimweh, Sehnsucht nach der Geborgenheit des Zuhauses. Die ganze Zeit, fühlte ich mich, trotz aller Freundschaften und Kontakte wie ein Alien.

Die Hektik, die Hetzerei und die vielen Menschen, die wie ich auch schnellstmöglich nach Hause wollten, waren sehr anstrengend. Vor allem die Rückfahrt machte mir schwer zu schaffen. Aber ich hatte ja das Glück, wenigstens einen ganzen Tag, den ersten Feiertag zuhause verbringen zu können. An Silvester dann das gleiche Spiel, morgens um fünf Uhr aus der Klinik um den Zug kurz vor sechs Uhr zu bekommen. Jedoch gab es an diesem Tag einen Wintereinbruch, der den ganzen Fahrplan der Bahn durcheinander brachte. Der Zug in Göttingen hatte Verspätung, dadurch verpasste ich den Anschluss in Mannheim. Bei eisigen Temperaturen auf dem Bahnsteig gestrandet. Unsicher, was ich tun sollte. Traute mich wegen der vielen Menschen und der Angst, einen möglichen Zug zu verpassen, nicht in die warme Bahnhofshalle, deswegen saß ich über eine Stunde in eisiger Kälte auf einer kalten Bank zwischen den Gleisen. Panik im Kopf, Immer die Frage, was soll ich tun, was soll ich tun, was soll ich tun. Wie komme ich bloß nach Hause. Die innere Anspannung zum Zerreißen. Große Probleme, mich auf die neue Situation einzulassen. Nur noch den Wunsch endlich nach Hause zu kommen. Und am Neujahrstag ging es gleich wieder zurück. Ich war gerade mal etwas mehr als ein Tag zuhause. Aber ich bin froh, es trotzdem getan zu haben. Endlich wieder Gaby um mich zu spüren, endlich diese Einsamkeit im Herzen verschwunden. Bei so wenigen Tagen, bleibt nicht viel was man gemeinsam machen kann. Aber selbst nur zuhause sitzen und in die Glotze starren, oder sogar meiner Mutter zu Weihnachten gratulieren waren in diesem Moment besser als alles andere.

Zurück wieder nach Höhenbrand und im Bauch eine wachsende, riesige Angst vor dem Ort, den Therapeuten und Ärzten. Eigentlich wollte ich nicht mehr zurück, ein positives Ergebnis dieses Aufenthaltes lag zu dieser Zeit schon in weiter Ferne. Aber aufgeben war keine Option. Egal, wie immer in meinem Leben, zog ich die Sache bis zum Ende durch, ohne jede Rücksicht auf eigene Gefühle. Jemand von außen muss Stopp sagen, bzw. den Aufenthalt beenden.

Jetzt im Nachhinein muss ich wirklich sagen, dass diese vierzehn Wochen dort, die reinste Vergeudung an Zeit waren. Der Aufenthalt brachte eher einen Rückschritt als die erhoffte Verbesserung. So alleine gelassen von einer Klinik, habe ich mich davor und danach nie mehr gefühlt. Selbst die Psychiatrie hat ein Konzept, dass ich nachvollziehen kann. Ob man ein Konzept gut findet, dass ist wieder eine ganze andere Geschichte. Aber Hauptsache es gibt einen roten Faden. Einen

Sinn hinter all diesen Aktivitäten. Gibt es keinen, stehen all die unterschiedlichen Therapien alleine für sich da. Ohne Bezug und alles.

Wollen sie noch etwas richtig Bescheuertes hören? Das Abschlussgespräch mit meiner Therapeutin. Uns beiden war klar, dass die Zeit in Höhenbrand mich nicht vorwärts gebracht hatte. Das wir nicht kompatibel sind. Und trotzdem bettelte ich um Anerkennung, wollte hören, dass ich wieder kommen darf. Das sie mich nicht als ewige Versagerin betrachten. In meinem Inneren lechzte jemand nach einem einzigen „das haben sie gut gemacht, wir alle mögen sie...".

Als ich Anfang Februar wieder zuhause war und die Depression mehr und mehr von meinem Leben verschlang, suchte ich umso mehr nach DER Hilfe. Irgendwo musste es doch eine Klinik, einen Therapeuten geben, der das Wirrwarr in meinem Kopf entknoten kann und ich wieder ein normales Leben führen lässt, oder das was ich unter meiner damaligen Art als normalen Leben verstand. Ich warte auf den einen Herkules, der meinen gordischen Knoten mit einem Hieb spalten konnte und ich dann gesund in den Sonnenuntergang wanken konnte

CBASP - Oder es ist nie genug, Frau Röder

Im Geschäft lief es trotz der ganzen Klinikaufenthalten nicht besser. Hatte inzwischen die Möglichkeit, aus dem stressigen Büro und der mich psychisch belastenden Arbeit heraus zu kommen. Mein neuer Arbeitsplatz war nun unten in der Ausstellung. Zu meinen Aufgaben gehörte die Betreuung und Beratung der Kunden, die in die große Ausstellung der Fa. Kober kamen. In der Regel waren dies hauptsächlich Privatkunden. Mein Aufgabenbereich umfasste eigentlich fast alles, ausgenommen Sanitär und Werkzeug. Das Spektrum reichte von den Zimmertüren bis zu Haustüren, über Garagentore, Dachfenster mit dem ganzen Zubehör und Beschläge, sowie Drückergarnituren.

Ohne angeben zu wollen, war ich wohl die Einzige, die sich in zu dieser Zeit in all den Bereichen gleich gut auskannte. Klar, in den Büros gab es immer Jemanden, der besser war. Weil es sein Bereich war. Derjenige sich zum Beispiel mit Garagentoren auskannte, oder einen dessen Fachgebiet die Beschläge waren. Aber keiner konnte mehr als sein eigenes spezielles Fachgebiet.

Ich dagegen schaffte es alleine, ohne allzu große Hilfe von außen, mir zu der ganzen, ziemlich umfangreichen, Produktpalette Fachwissen anzueignen. Zumindest genug, dass ich es verkaufen konnte. Und wenn ich jetzt noch ein bisschen angeben darf, ich war wirklich gut darin. Viele meiner Kunden, wollten sich beim nächsten Auftrag nur noch von mir beraten ließen. Es gab sogar Kunden, die kamen nach einem abgewickelten Auftrag zu mir und gaben mir Trinkgeld für die tolle Beratung. Ja, reden kann ich. Verkaufen kann ich. Überzeugen kann ich. Alles im allem, war es eine gute Stelle. Weg von den stressigen Großaufträgen, hin zu unüberschaubaren Aufgaben. Kundenberatung war wirklich mein Ding.

Es klingt gut, aber irgendwie kann man bei all den oben genannten Sätzen immer ein großes Aber hören. Denn es gab Probleme. Nicht bei der Arbeit, aber in mir drinnen. Bei jedem Kunden der kam, hatte ich Panik, Versagensängste und Angst vor den fremden Menschen, die etwas von mir wollten. Würde ich ihre Anforderungen erfüllen, würde ich es schaffen, keine Fehler zu machen? Kauft der Kunde bei mir etwas, wird es registriert, dass ich etwas verkauft habe. Bekomme ich Schwierigkeiten, wenn ich zu wenig verkaufe? Erfüllt von unbegründeten Ängsten, bloß nicht meinen Abteilungsleiter Marco den ich sehr schätze oder den Firmeninhaber zu enttäuschen. Könnte nicht geliebt werden. Das ewig wiederkehrende Thema.

All diese voran gestellten Fragen habe ich ja schon weiter oben mit Ja beantwortet. Ja, die Kunden, meine Chefs, alle waren mit mir und meiner Arbeit zufrieden. Nur die Frau Röder niemals mit der Frau Röder. Ständig hinterfrage ich meine Aussagen, habe ich auch nichts vergessen? Es ratterte ständig in meinem Kopf. Suchte Fehler, wo keine Fehler waren. Perfekt sein, dass musste ich. Selbstverständlich merkte man mir äußerlich nichts von all diesen Gedanken an. Ich war perfekt darin, meine innere Gefühlswelt zu verbergen. Zu funktionieren, ohne Nachzudenken. Erst wenn ich wieder aus der Situation raus war, fing das Gedankenkarussell wieder an sich zu drehen.

Also suchte ich weiter nach DER Klinik, die mich retten kann. Ich hatte nun schon fast zwei Jahre durchweg schwere Depressionen. Fast kein Tag verging, wo die Dunkelheit nicht meine Begleiter war.

Irgendwann stieß ich dann im Internet auf CBASP. Eine Therapieform für chronisch Depressive, denen andere Kliniken nicht helfen konnten. Für diese Krankheit gibt es sogar einen eigenen Fachbegriff, die Dysthymie. Klang so passend für meine Symptome. Das wäre doch was für mich. CBASP bedeutet Cognitive Behavioral Analysis System of Psychotherapy übersetzt ungefähr kognitiv-verhaltenstherapeutisch-analytisches Psychotherapie-System. Es gab sogar eine Klinik in Freiburg, also nicht so weit weg von Zuhause.

Also versuchte ich mein Glück dort. Irgendjemand musste doch mal den Schalter in meinem Kopf umlegen. Mich heilen. Es war bei mir noch nicht angekommen, dass Niemand außer mir selbst diesen Schalter umlegen kann. Hoffte auf eine Initialzündung von außen. Zu der Zeit hoffte ich wirklich, wie bei einem entzündeten Blinddarm, dass nur Jemand kommen muss und die magischen Worte sagt und alles wäre wieder gut oder noch besser normal.

Die Erkenntnis, dass ich nichts mehr, von dem was die Therapien bisher nach oben gespült haben, wieder unter den Teppich kehren kann, unterdrückt bekomme, das war mir noch nicht klar. Im Kopf war immer der Satz „Jetzt muss es doch endlich klappen", „Es muss doch wieder weg gehen", wo ist der Eine, der mir hilft?" Die Option zu resignieren, war noch nicht vorhanden. Ich muss es um jeden Preis schaffen. Aber ein Muss, ist bei psychischen Erkrankungen eher destruktiv aller fördernd.

Ein Gedicht aus der Zeit, als ich 2010 auf der Warteliste für Freiburg stand und diesen Kampf zwischen der Hoffnung und der Resignation in dieser Zeit zeigt

Freiburg
Hauptstr. 5
Mitte Juli
Hoffnung auf
Veränderung

3 ½ Monate warten
Wie soll ich das aushalten?
Jeder Tag ist erfüllt von einem
Schmerz
Verzweiflung und Hoffnungslosigkeit
Was siegt?
Die Hoffnungslosigkeit bis dahin?
Oder
Die Hoffnung auf die Zeit danach?
Ich weiß nicht, ob ich die Kraft habe
Noch zu warten auf
Hoffnung
Aber halte durch
Mache weiter
einen Fuß vor den anderen stellen
keine Schwäche nach außen zeigen,
darauf sollte man doch stolz sein
Es immer wieder zu packen,
nicht an der Verzweiflung
zu ertrinken
Selbsterhaltung
ist aktiv und eingeschaltet
Leider!
45 Jahre lang Stärke gezeigt
Wird es da nicht mal Zeit
Für ein kleines bisschen
Schwäche
Das Gefühl sehnt sich danach
Der Verstand sagt,
dass darf nicht sein
NEIN, niemals NEIN
Also atme ich weiter,
obwohl es innerlich schwarz ist
tot

Nach dem üblichen Vorgespräch hatte ich nun einen Platz in Freiburg bekommen. Die Station 5 war nun für die nächsten zwölf Wochen mein neues Zuhause. Das Konzept von CBASP war auf genau diese zwölf Wochen ausgelegt. Die Behandlung ging nach einem vergebenen Zeitplan vonstatten. So und so viel Wochen waren für das und das geplant.

Was bedeutet CBASP denn nun. Mit diesem Fachchinesisch konnte ich, aber sie wahrscheinlich auch, gar nichts anfangen. Ich versuche es mal in verständlichen Worten zu erklären, wie ich CBASP verstanden habe. Hmmm, das ist schwerer als eigentlich gedacht. CBASP soll den Selbstwert des Patienten steigern. Und durch die Steigerung des Selbstwertes wieder ein positiveres Gefühl von sich selbst zu erlangen. Seinen Selbstwert erhöhen. Unabdingbare Voraussetzung für eine Heilung. Um dadurch raus der langen Depression zu kommen. Um es mal ganz vereinfacht darzustellen.

Viele Depressive, bei denen die Krankheit chronifiziert ist, neigen dazu sich mehr und mehr zurück zu ziehen, die Welt außen als etwas Schlechtes zu sehen, oder etwas, was ihnen Angst macht. Je weiter sie sich zurückziehen, desto mehr (subjektive) negative Erfahrungen machen sie. Dadurch werden die schon vorhanden destruktiven Gedanken noch weiter verstärkt. Also eine immer schneller werdende Abwärtsspirale. Durch CBASP soll der Patient in Alltagssituationen wieder positives Feedback bekommen und damit das Selbstbild, den Selbstwert steigern und auch Lebensmut finden.

Wie wird das angestellt. In der Gruppen- aber auch in Einzeltherapie werden Situationsanalysen erstellt. Darin werden ganz konkrete problematische Situationen in denen sich der Patienten schlecht gefühlt hat, aufgearbeitet. Diese werden theoretisch in der Situationsanalyse besprochen, aber auch in einem Rollenspiel nachgespielt. Ich sehe schon viele sich erschrecken, Rollenspiel oh mein Gott. Ja, das habe ich anfangs auch gedacht, aber nicht nur die innere Einstellung muss geändert werden, sondern auch die Körpersprache.

In einer Wissenschaftssendung haben sie getestet was es für einen Unterschied macht, mit einer offenen und einer zusammen gekauerten

Haltung in eine schwierige Situation zu gehen. Alle Teilnehmer standen vor der schon schwierigen Aufgang des Bungeejumping. Alle wollten auch springen. Die Hälfte der Teilnehmer sollte sich vor dem Sprung klein machen, die Arme vor dem Körper verschränken. Dann sollten sie springen. Keiner tat es. Diese negative Körperhaltung hat ihre innere Angst wachsen lassen. Die andere Hälfte, hatte die Aufgabe, vor dem Sprung die Arme hochzureißen, wie bei einem Torjubel. Jeder von ihnen sprang ohne zu zögern. Diese positive Haltung fördert den Mut, das Selbstvertrauen.

So viel nun zur Theorie. Für alle die eine bessere oder qualifizierte Beschreibung von CBASP haben, dürfen sie gerne für sich behalten.

Nun war ich in Freiburg. Wie in Höhenbrand damals wieder insgesamt vierzehn Wochen. Warum vierzehn, wenn ich weiter oben geschrieben habe, zwölf Wochen dauert die Therapie? Meine Therapeutin war 2 Wochen im Urlaub, aus diesem Grund die Verlängerung.

Wie bei vielen dieser speziellen Therapieformen sind diese Woche die Einzel sehr klar strukturiert.

Die ersten Wochen sind die Phase der Prägungen. In dieser Zeit wird ermittelt, welche Personen den Patienten in der Vergangenheit besonders geprägt haben und welchen Einfluss sie dabei hatten, dass der Patient so geworden ist. Da sind natürlich meist die Eltern vorne mit dabei.

Das nächste Thema das der Therapeut dann angeht, ist dann die Übertragungshypothese. Wie überträgt der Patient seine bisherigen, meist negativen Erfahrungen aus der Kindheit auf sein alltägliches Verhalten. Zum Beispiel bei der eigenen Mutter. Von ihr hat man gelernt, dass man keine Emotionen zeigen darf, sonst wird derjenige von ihr abgelehnt. Deswegen zeigt er/sie nun auch keine Emotionen mehr

Oder eine andere Übertragungshypothese der allseits beliebte Therapeut, wenn der Patient zu ihm kommt, dann ist er freundlich zu ihm, aber nur weil das sein Job ist. Er ist zu allen freundlich. Wenn ich wieder gehe, wird sich der Therapeut sich über mich lustig machen.

Jeder einzelne Patient hat seine ganz persönlichen, individuellen Verhaltensmuster. Die werden dann versucht im Gespräch aufzuzeigen.

Wenn dies alles ermittelt wurde geht es weiter Richtung Gegenwart. Der Kiesler-Kreis, viele Fragebögen und noch mehr Situationsanalysen kommen dann zum Einsatz. Es wird ermittelt, was löse ich mit meinem Verhalten aus, welches Bild vermittle ich damit anderen von mir? Der Kiesler-Kreis ist wie ein Ziffernblatt aufgebaut. 12 Uhr ist dominantes Verhalten. 3 Uhr ist freundlich, 6 Uhr submissiv bzw. unterwürfig und 9 Uhr feindlich. Zwischen 12 Uhr und 3 Uhr ist der Bereich Freundlich-dominant. Zwischen 3 Uhr und 6 Uhr ist Unterwürfig freundlich. Von „6 Uhr bis 9 Uhr" ist feindlich unterwürfig. Zuletzt dann noch von 9 Uhr bis 12 Uhr ist der Bereich feindlich dominant. Mittels Fragen wird vom Therapeuten ermittelt, welche Anteile stärker und schwächer ausgeprägt sind.

Mit den Situationsanalysen werden dann ganz konkrete Momente aus dem Alltag des Patienten erfasst und analysiert. Wie ist die Situation abgelaufen, wie hat der Patient ursprünglich darauf, meist negativ, reagiert. Im zweiten Schritt der Situationsanalyse werden dann Lösungswege erarbeitet. Durch diese Analysen soll dann langsam aber sicher das Verhalten zum Positiven verändert werden.

Das ist, meine persönliche kurze Zusammenfassung, wie CBASP funktioniert.

Gleich bei der ersten Gruppentherapie, zwei Tage nach meiner Ankunft, musste ich wieder mal die Starke spielen. Als sie jemand fürs Rollenspiel suchten, habe ich mich ganz klar gemeldet. Vor fremden Menschen eine Rolle spielen, wo ist das Problem. Kann ich. Sie haben Recht, das klingt nach Sarkasmus. Ist es auch, aber nur zum Teil. In Freiburg hatte ich den Begriff Außen- und Innenministerium erfunden. Das Außenministerium ist der Funktionsmodus. Er kann alles erledigen. Problemlos aber auch emotionslos. Das Innenministerium ist für die Gefühle zuständig. Zeigt sich so gut wie nie, wenn andere Menschen im Raum sind. Vor allem Menschen denen das IM nicht vertraut. Es kommt meist nur dann heraus, wenn es alleine ist. Es dauert aber noch drei Jahre, bis ich endlich die richtige Therapieform und die für mich richtigen Bezeichnungen für das IM und das AM gefunden habe. Damit greife ich etwas vor.

2010 in Freiburg, habe ich sehr viele Situationsanalysen geschrieben. Für die Gruppe aber auch für das Einzel. Zum ersten Mal in diesen so unterschiedlichen Klinikaufenthalten traf ich auf eine engagierte und extrem leidenschaftliche Therapeutin. Sie ist heute noch die Koryphäe auf diesem Gebiet. Zwischenzeitlich ist sie sogar in Berlin an der Hochschule. Frau Maria-Uta Brachmüller. Inzwischen hat sie sogar die Professoren Würde erhalten. Mit ihr habe ich viele Gespräche geführt, sie hat mich einige Mal dazu gebracht, das IM herauszulassen und es ihr zu zeigen. Sie hat sich sehr angestrengt mir zu helfen. Hat sich sehr engagiert, Verbindung zu mir aufzubauen. Leider jedoch nicht mit dem Erfolg, den sie sich gewünscht hat. Naja, ich natürlich auch… irgendwie

Warum war dieser Aufenthalt auf eine Art dann doch noch ein Erfolg, obwohl es bei mir zu keiner Verbesserung der Depression gekommen ist?

Wir, ich, Borderliner sind Menschen, denen es unglaublich schwer fällt anderen Menschen zu vertrauen. Sie haben meist in ihrer Kindheit etwas extrem traumatisches erlebt und sind dadurch sehr misstrauisch gegenüber anderen Menschen und deren Worten geworden. Nun Frau Brachmüller hat es geschafft Vertrauen aufzubauen. Nicht durch Worte. Sondern durch ganz konkrete Handlungen. Worte bleiben bei mir im Verstand hängen, sie erreichen nicht die Gefühlsebene. Worte können lügen. Ein Beispiel dafür das sie es geschafft, mich gefühlsmäßig zu erreichen. Es ist sogar das wichtigste Bespiel in meiner Erinnerung. Während eines Einzels brachte sie mich an den Rand eines Zusammenbruchs. War so zum Heulen und Verzweifeln, dass ich zu ihre sagte, ich halte das nicht mehr aus, ich will hier raus. Sofort! Bin aufgestanden, wild entschlossen zu gehen. Nur weg von diesem Schmerz.

In diesem Moment ist sie ebenfalls aufgestanden und hat sich vor die Tür gestellt und gesagt „Frau Röder, ich möchte nicht, dass sie gehen!". DASS habe ich verstanden. Durch ihr Aufstehen hat sie mir gezeigt, dass sie sich Sorgen um mich macht und sie mich nicht alleine lassen will. Nur durch dieses Blockieren der Tür, habe ich ihre Sorge und ihre Hilfsbereitschaft gespürt. Hätte sie diesen Satz im Sitzen gesagt, wäre ich an ihr vorbei gelaufen ohne den wahren Sinn der Worte zu verstehen. Habe ich das für sie verständlich erklärt, warum dieses Aufstehen so wichtig war? Das Worte lügen können, aber Taten nicht? Für mich sind Handlungen elementar wichtig, weil diese Tat auch meine Gefühlsebene verstanden hat.

Anderes Beispiel, nicht so dramatisch, eher lustig. Waren sie schon mal beim Therapeuten? Meist sitzen sich Patient und Therapeut gegenüber und immer ist ein kleiner Tisch dazwischen. Warum? Habe noch nie erlebt, dass ein einziger Therapeut diesen Tisch benutzt hat, außer für Kaffeetassen. Also warum steht dieser Tisch dann da? Distanz zwischen Therapeuten und Patienten? Diese Frage habe ich auch Frau Brachmüller gestellt. Sie wusste darauf auch keine Antwort, aber danach räumte sie bei jedem Einzel den Tisch zu Seite. Jedes Mal wenn ich vor ihrer Tür saß und wartete, bis ich hinein konnte, hörte ich wie sie denn Tisch verrückte. Nichts großes, aber es zeigte mir, dass sie mich und meine Bedürfnisse ernst nahm und wertschätzt.

Aber nicht nur die Therapeutin schaffte es Vertrauen aufzubauen. Auch mein Bezugspfleger schaffte es durch Taten mir Vertrauen einzuflößen. 2010 war schon das dritte Jahr in dem ich diese permanente schwere Depression hatte. Mein Lebenswille schwand. Ich machte mir zum ersten Mal sehr konkrete Gedanken, wie ich mein Leben beenden könnte. Ich wollte keine Schmerzen beim Sterben haben, ich wollte möglichst einschlafen und nie wieder aufwachen. Die üblichen Methoden fielen damit mehr oder weniger alle weg. Aber das Internet findet für alles eine, wie auch immer geartete, Antwort. Ob sie zur Frage passt, nun das kann und muss natürlich nur der Fragesteller eruieren. In meinem Fall stolperte ich über den EXIT BAG. Meine jetzige Therapeutin hat sich über das Wort ziemlich aufgeregt. Sie hält das Wort für extrem zynisch. Ist es das?

Nun ein Exit Bag ist im Grunde genommen eine Plastiktüte mit einem weichen Klettverschluss am Hals. Man zieht sie sich über den

Kopf und erstickt dann am eigenen CO2, das man ausatmet. Ich fand und finde diese Lösung immer interessant. Ja, natürlich ist das auch makaber und zynisch, dies als Lösung zu betiteln. Es gibt selbstverständlich keine ideale Lösung. Aber ist persönlich stehe immer noch hinter der Ausführung. Auf jeden Fall habe ich dies auch mit meinem Bezugspfleger in Freiburg besprochen und das ich auch eine Plastiktüte für alle Fälle dabei hätte. Erst hat er mit Worten versucht mir Lebensmut und Unterstützung zu geben. Ich verstand nur blablabla. Er ging dann und ich dachte mir schöne Worte, aber wie immer helfen tun sie mir nicht. Wenige Minuten kam er zurück und forderte sehr dominant die Plastiktüte ein, damit ich keine Dummheiten mache. Auch hier verstand ich erst in diesem Moment, wie sehr er sich Sorgen um mich und mein Leben machte. Es gibt in einem Lied einen wichtigen Satz. Sinngemäß geht er so, dass Verletzungen nicht durch noch so schön angesprochene Worte heilen. Und genau so ist es. Worte heilen nicht. Taten heilen!

Freiburg war auch so etwas wie der Start meiner Borderline Störung. Start ist der falsche Ausdruck, sie kam hier zum ersten Mal in den Vordergrund. Die erste Selbstverletzung, das erste Mal dissoziiert. Was das ist? Es ist, als ob sich der Geist vom Körper trennt. Ich habe in meinem Fall nichts mehr von außen wahrgenommen. Die ganze Welt, war wie ausgeblendet. Hörte nichts mehr, sah nichts mehr. Bekam nichts mehr mit. Wie konnte das passieren? Unser Kunsttherapeut war ein etwas seltsamer Kauz, um es mal höflich auszudrücken. Er hatte auch seine guten Momente, zum Beispiel machte er mich aufmerksam, dass ich es nie schaffte über den vorgegebenen Rand eines Blatt Papiers hinaus zu zeichnen. Dass ich immer schön im Rahmen bleibe, keinen Ausbruch versuche. Die Aussage fand ich sehr interessant und stimmig.

Aber an diesem einen Tag sprach er mich mehrmals mit Herr Röder und „er" an. Wieder und wieder. Andere Mitpatienten haben ihn ebenfalls darauf aufmerksam gemacht, aber die Ausrutscher passierten weiter. Um meine Anspannung abzubauen, schlug er dann vor, dass ich auf einem großen Blatt Papier, das er an die Wand hängte, mit einem Graphitstift malen sollte. Ich habe damit angefangen, das ist das letzte was ich noch bewusst wahrnahm. Danach war ich irgendwie weg. Die Gedanken rasten im Kopf und irgendwann begann ich immer heftiger gegen die Wand zu schlagen. Schneller und härter. Ich war wie weggetreten. Alles um mich herum nicht wirklich real. Erst als sie mich von der Tafel und der Wand wegzogen, bin ich wieder zurück in die Realität gekommen. Entsetzte Augen schauten mich an. Besonders der Kunsttherapeut war sichtlich geschockt, über das was da passiert ist. Im Grunde genommen waren alle geschockt von dem was da passiert ist. Nur ich nicht. Wie soll ich sagen, es fühlte sich auf eine Art richtig und gut an. Der Schmerz in der Hand, die Anspannung war deutlich geringer geworden. Der Selbsthass der die ganze Zeit während der Therapiestunde anwuchs, war weniger. Ich habe alles richtig gemacht, das war mein Gefühl.

Nach dieser Aktion war die ganze Station im Aufruhr. Mit so etwas hatte wohl niemand von den Therapeuten und Pflege gerechnet. Der Beginn völlig neuer Erkenntnisse. Vieles tauchte jetzt auf, was vorher verborgen war. Gedanken, die vorher noch im einem Nebel lagen, wurden klarer.

Aber auch in Freiburg, trotz aller Bemühungen der Therapeutin und Pflege Vertrauen zu schaffen, gab es wieder diese eine Erfahrung, die das Vertrauen, dass sie aufbaut hatten, mit einem Schlag in Scherben zerstörte. Erinnern sie sich noch an Höhenbrand? An den Mitpatienten, dessen Verhalten mich ziemlich genervt hatte und man mir geraten hatte, es vor allen anzusprechen? Wo ich dann merkte, wie schnell man ganz alleine auf weiter Flur sein kann? Wie schnell man zum „Bösewicht" wird. Es ist für mich bis heute, schwer verständlich, von der gleichen Person, zum gleichen Thema, urplötzlich zwei unterschiedliche Signale zu bekommen. Erst hüh, dann hott. Bin dann verwirrt und weiß nicht mehr, was richtig und falsch ist.

Egal. Hier gab es einen ähnlichen Mitpatienten. Manfred hieß er. Seine Art und Weise waren mir sehr unangenehm. Oder besser gesagt, seine Art und Weise nervten mich richtig. Und je länger dieses Gefühl anhielt, desto mehr wurde daraus ein rotes Tuch. Wut und Anspannung. Wie in Höhenbrand, auch hier wieder die Empfehlung von Frau Brachmüller und anderen, dies doch mit ihm zu klären. Und ich Idiotin tue es auch noch.

Habe ich denn nichts vom ersten Mal gelernt? Nein! Dieses Mal suchte ich das Gespräch unter vier Augen. Ich war zumindest in meiner Erinnerung ganz ruhig und sachlich. Habe ihn nicht persönlich angegriffen, sondern ihm versucht zu erklären, was mich an seinem Verhalten stört. Es gibt ja diese verschiedenen Ebenen, auf denen man seine Kritik äußern kann. Blieb immer auf der Ich-Ebene. Machte keine pauschalisierten Vorwürfe sondern blieb immer dabei, was mich an ihm stört. Ob ich den richtigen Ton getroffen habe, keine Ahnung. Meiner Meinung nach Ja, aber vielleicht haben sie ja eine andere Meinung.

Es entwickelte sich eigentlich ein recht gutes Gespräch. In meinen Augen. Ich bin da raus gegangen und war mit dem Ergebnis sehr zufrieden. Habe das, was mich stört angesprochen. Ob er sich ändert, dass liegt außerhalb meiner Möglichkeiten. Ich war gefühlt, gemäß Kiesler-Kreis im freundlich-dominanten Bereich. So wie es jeder Therapeut gerne sieht. Wenn sie es bis hier geschafft haben, mir zu folgen, dann kennen sie mich etwas und entscheiden sie für sich selbst ob es richtig war oder doch zu heftig. Aber im Endeffekt müssen sie mir vertrauen, oder auch nicht, ob ich so weit als möglich die Wahrheit gesagt habe.

Danach fühlte es sich richtig gut an. Endlich mal jemandem gesagt zu haben, was mich stört. War schon etwas stolz, dass ich es getan hatte. Mit diesem Gefühl ging es dann auch ins Einzel. Sagte ihr, dass ich es geschafft habe mit Manfred ein Gespräch zu führen und ich ihm gegenüber immer im freundlich dominanten Bereich war. Hatte irgendwie schon erwartet, dass es positives Feedback geben würde.

Und Nein. Es gab einen richtigen Schlag in die Fresse. Sorry für die Ausdrucksweise, aber genauso fühlte es sich in dem Moment an. „Wie konnten sie das nur tun?" Wie können sie ihn nur SO angreifen?", „Er wäre nachdem Gespräch total zusammen gebrochen und wäre beinahe suizidal". Vorwürfe ohne Ende. Und das schlimmste war, sie verlangte, dass ich mich beim ihm entschuldige. Warum? Weswegen? Was habe ich denn falsch gemacht? Ihr habt mich doch ermutigt. Ihr meintet doch, rede mit ihm. Und jetzt wieder alleine. Wieder niemand auf meiner Seite. Das schmerzt und zerstört Vertrauen. Schneller als alles andere. Ob meine Handlung richtig oder falsch war, das ist natürlich die Entscheidung von jedem Einzelnen. Was mich aber besonders verletzt hat, war das erst die Ermutigung kam, ich soll die Aussprache suchen und nun danach bin ich erneut die Böse, die viel zu weit übers Ziel hinaus geschossen ist. Was ist falsch daran, jemandem zu sagen, was mich an ihm stört? Ich verstehe es immer noch nicht!

Ja, ich habe mich beim ihm entschuldigt. Aber es viel mir schwer und vor allem fehlt mir bis heute die Einsicht, warum. Ich habe ihm nur meine persönliche Meinung gesagt, was mich an ihm stört. Ohne ihn als Mensch anzugreifen oder ihn unter die Gürtellinie zu treffen.

Aber ich beugte mich dem Druck, den man auf mich ausübte und es fühlte sich richtig besch..eiden an. Ich bin, weiß Gott, jemand, der in seinem Leben schon genug Dummheiten und Fehler gemacht hat. Für manche habe ich die Konsequenzen tragen müssen und mir einen Anschiss anhören müssen. Aber in diesem einen, einzigen Fall, da fühlt es sich immer noch falsch an, dem Druck nachgegeben zu haben.

Wenn wir schon dabei sind, Schuldzuweisungen zu besprechen, es gibt noch jemand über den ich gerne etwas schreiben möchte. In der Klinik lernte ich Monika kennen. Wir verstanden uns eigentlich auf Anhieb sehr gut. Wir beide hatten den gleichen zynischen Humor. Waren auf einer Wellenlänge. Es war eine richtig gute Freundschaft. Eng, verständnisvoll und hilfreich. Waren sie schon mal in Psychotherapeutischen Kliniken oder Psychiatrien? Dort ist es relativ leicht Freundschaften zu finden und zu schließen. Man ist in einer mehr oder weniger gleichen Krise, hat deswegen zumindest immer ein Thema über das man sich unterhalten kann. Man ist 24 Stunden zusammen, in und außerhalb der Therapien, gemeinsam beim den Mahlzeiten. Lernt die Gegenüber besser und intensiver kennen. Wenn man also nicht gerade unter großer Schüchternheit leidet, oder sozial unverträglich ist, findet man Freunde. In dieser Umgebung fällt es leicht, über sich zu erzählen, dies schafft eine Vertrauensbasis. Sehr schnell weiß man viel, manchmal auch viel zu viel vom Anderen. Aber die meisten Freundschaften aus den Kliniken überleben nicht lange nach der Entlassung. Meist schaffe ich es aus jedem bisherigen Aufenthalt eine bis maximal zwei Freunde zu behalten. Die anderen, verschwinden trotz großen Beteuerungen irgendwann wieder im Grau des Alltags. Die gemeinsame Verbindung, die psychische Erkrankung, wird schwächer, der jeweilige Alltag wieder vorherrschend und schon schwindet der Kontakt. Nicht dass sie jetzt denken, ich mache diesen Menschen einen Vorwurf. Nein, mir geht es ja genauso. Ich lasse ja auch mit der Zeit manche Kontakte schleifen. Es wird nicht mehr so wichtig, wie es dem Anderen geht.

So, aber Monika gehörte nicht zu diesem Personenkreis, sie gehörte für eindeutig ab der ersten Minute, wo wir uns kennenlernten, zu dem Typ Mensch, mit dem ich befreundet sein wollte. Mit ihr konnte ich reden. Unsere Denkweise war ziemlich gleich. Sie hatte diesen gleichen beißenden Zynismus, denn ich auch habe. Auch mein Mundwerk ist in gewissen Situationen schneller als das Gehirn und zack ist eine sarkastische Antwort raus. Manchmal hatte ich wirklich das Gefühl, dass wir wie Schwestern wären. So gut und eng war das Verständnis. An vielen Abenden schlichen wir uns aus dem Gebäude und setzten uns hinten beim Gebäude der Kunsttherapie und redeten, lästerten, lachten. Oh ja, lästern konnten wir beide sehr gut. Es waren schöne Momente. Verbindende Momente. Monika nahm ich als Freundin mit aus der Klinik und die Freundschaft hielt noch lange Jahre.

Leider heute nicht mehr. Ich kann es natürlich nur aus meiner Sicht erzählen, warum diese Freundschaft in die Brüche ging. Wenn sie Monika fragen würden, gebe sie ihnen wohl eine andere Sichtweise oder Schuldige. Aber wie so oft schon gesagt, mein Buch, meine Geschichte. Monika hat eine gute Seite, aber auch eine sehr dunkle Seite. Sie war immer recht aufbrausend, gleich auf 180, gab dies auch kund, und war von ihrer Meinung überzeugt. Diese gab sie auch mit recht spitzer Zunge, also mit einem sehr sarkastischen Unterton von sich.

Anfangs nicht zu mir, da war es eher die Beziehung zu ihrem Mann. Der ihr nichts recht machen konnte, alles nur falsch machte. Ob das so stimmt, kann ich von außen nicht so gut beurteilen. Aber, wenn sie von ihm erzählte oder ich dabei war, als sie mit ihm redete, er bekam immer einen auf den Deckel von ihr.

Wie schon mein ganzes Leben war ich immer noch auf der Suche nach dem Best Friend forever. Monika erfüllte viele der Kriterien. Und eine Zeitlang war es auch wirklich so. Wir verstanden und ergänzten uns. Unser Humor lag auf der ähnlichen Wellenlänge. Aber auch in unserer Depression fühlten wir ähnlich. Hatten eine recht lange depressive Karriere hinter uns. Der Schmerz war oft der gleiche. Oder die Andere verstand den Schmerz der Anderen, ohne ihn groß erklären zu müssen. Das tat wirklich gut. Es war wirklich eine besondere Freundschaft.

Aber wie oft, Dinge und Menschen verändern sich. Wir haben uns in der Zeit nach der Klinik verändert. Was ja absolut menschlich ist. Wir hielten Kontakt, wir besuchten uns gegenseitig. Auch als sie sich von ihrem Mann zumindest räumlich trennte und sie nach Freiburg zog. Natürlich könnte ich jetzt sagen, ich habe mich nicht verändert, nur sie hat sich so krass in eine andere Person gewandelt. Aber vielleicht hat sie sich nie geändert und ich habe es nur nicht wahr haben wollen. Die ersten Anzeichen gab es recht bald. An einem Geburtstag von mir, wozu ich meine engsten Freunde eigentlich immer gerne zu einem gemeinsam Essen einlade, war sie unausstehlich. Egal was man sagte, es kam eine unpassende, aggressive Antwort von ihr. Besonders auf Markus, sie erinnern sich, hatte sie sich eingeschossen. Egal was er sagte, sie ging auf Opposition. Selbst wenn er gesagt hätte, dass der Himmel blau ist, hätte sie ihm an den Kopf geworfen, dass das nicht stimmt. An diesem Abend, war es mir zum ersten Mal unangenehm, fast peinlich mit ihr befreundet zu sein. Ihr Verhalten gegenüber meinen anderen Freunden war fast so, dass ich mich dafür schämte. Der Wunsch mich bei allen für ihr Verhalten zu entschuldigen war sehr stark. Mit der Zeit wuchs nicht die räumliche, aber geistige Distanz. Wir wurden stiller. Ich begann sie nicht mehr zu vermissen. Es war keine Leere mehr da, wenn ich nichts von ihr hörte. Wie, wenn die Dämmerung anbricht und man dann urplötzlich merkt, dass die Dunkelheit schon herein gebrochen ist. Sie hatte sich dann auch komplett aus den sozialen Medien und anderen Kontakt zurück gezogen, mit der Begründung, O-Ton „Dass sich, ja eh keiner bei ihr melden würde". Ok, ich bin jetzt mal ganz böse und schreie meine Wut über die zerbrochene Freundschaft heraus „So wie du dich verhalten hast, ist das auch kein Wunder"

Höhepunkt und Ende unserer Freundschaft war dann ein SMS Chat, in dem sich mich fragte welche denn meine bevorzugte Honigmethode sein. Sehe ich da gerade ein Fragezeichen auf ihrer Stirn? Honig stand bei uns schon recht bald als Synonym für Suizid. In der Klinik durfte dieses Wort nicht offen unter den Patienten ausgesprochen werden. Für die meisten Patienten hat dieses Wort einen starken Reiz oder Verlangen. Es könnte triggern. Aber da wir dieses Thema nicht aussparen konnten, nannten wir es irgendwann Honig.

Nun bekam ich diese SMS mit der Honiganfrage. Ich erklärte ihr, dass ich niemandem meine Methode erzähle, vor allem niemandem, der so stark psychisch krank ist. Was würde das mit mir machen, wenn ich erfahre, dass sie sich oder jemand anderes genauso umgebracht hat? Heute in diesem riesigen Informationspfuhl genannt Internet findet doch jeder etwas sorry „passendes".

Wollte dann wissen, warum. Doch sie versuchte abzuwiegeln. Rein informativ. Selten so gelacht. Was soll der Mist. Keiner fragt nur mal so zum Spaß, wie man sich umbringt. Ich habe versucht sie zum Reden zu bringen, doch sie blockt immer ab. Versuchte sie telefonisch zu erreichen, sie persönlich zu hören. Zwar schaffe ich es auch aus SMS oder anderen Nachrichten die Stimmung des Senders zu erahnen, aber wenn man seine Stimme ist sehr viel leichter die Emotionen zu fühlen und einzuschätzen. Aber sie ging nicht ans Telefon. So langsam blickte meine innere Warnleuchte. Als sie partout nicht sagte, was sie bedrückte, dann machte ich mir echte Sorgen und schrieb ihr, wenn sie nicht mit mir sprechen würde, bzw. diese Suizidgedanken mir nicht näher erklären würde, dann würde ich die Polizei anrufen. Gefahr in Verzug. Wenn ich das tun würde, dann wäre unsere Freundschaft beendet, war ihre Antwort. Natürlich war da der Zwiespalt, die Angst, dass eine Freundin mir die Freundschaft kündigt, mit er Verantwortung gegenüber eines Notfalls.

Und ich habe nicht die Polizei angerufen. War es ein Fehler es nicht zu tun? Keine Ahnung. Ob sie heute noch lebt, auch keine Ahnung. Aber im Gegensatz zu damals ist es mir heute egal. Klingt hart, ist aber leider die Wahrheit. Würde ich ihr verzeihen, wenn es wieder zu einem Kontakt kommen würde? Sehr wahrscheinlich Ja. Aber ich bin auch nicht mehr die Gleiche, wie früher. Ich halte Kontakte nicht mehr auf Teufel komm raus. Die letzte Zeit ist die Einsamkeit nicht mein Freund, aber wir kommen besser miteinander aus. Ich darf Freundschaften schließen, erhalten und pflegen. Aber nicht um jeden Preis. Nicht um den Preis, mich selbst aufgeben zu müssen.

Es gab noch jeweils eine Mail hin und zurück, wo jeder der Anderen sehr heftig ihre (vermeidlichen) Fehler vorwarf. Ja, da war ich nicht auf der sachlichen Ebene. Nachdem ich ihre Mail gelesen hatte, da konnte ich mich nicht zurückhalten. Sie warf mir Dinge an den Kopf, die sehr auf die persönliche Ebene gingen, die mich als Menschen kritisierten. Daraufhin war ich auch so frei und habe im gleichen Ton zurück geschrieben. Da ging es wirklich Auge um Auge, oder eher Zeile um Zeile. Auch mit der Gewissheit, dass dies der letzte Kontakt zu ihr sein würde.

War das professionell? Haha, klares Nein. Aber ich darf auch mal ein normaler Mensch sein und muss mich nicht immer reflektiert benehmen. Mal über die Stränge schlagen, ist auch mein Recht.

Aber zurück zum eigentlichen Thema. Freiburg, CBASP und Co.. Was hat mir der Aufenthalt gebracht, außer dass sich meine Borderline Störung zum ersten Mal Raum verschaffte? Bin ich weiter gekommen, oder hat mir der Aufenthalt geholfen? Das klingt wieder so nach Schwarz/Weiß Denken. Entweder hat sie mir ganz klar geholfen oder gar nicht. Dazwischen gibt es nichts. Was aber nicht stimmt. Es gab schon eine Graustufe dazwischen. Gegen Ende des Aufenthaltes wurde meine Therapeutin immer verzweifelter, weil sich trotz ihrer, wirklich guten, Behandlung keine Besserung einstellte. Irgendwann kam dann der Satz von Ihr **„Frau Röder, egal was ich tue es ist nie genug! Sie haben alle Werkzeuge, warum setzen sie sie nicht ein?"**

Dies hat sich wohl für alle Zeiten in mein Gehirn eingebrannt. Bei diesen Worten musste ich erst einmal schlucken. Das waren schon heftige Worte, die ich da zu hören bekam. Heute weiß ich, dass es leider die falschen Werkzeuge waren. Wie wenn eine Schreiner einen Gabelschlüssel bekommt, um Holz zu bearbeiten. Das ihre Werkzeuge vielleicht oder wahrscheinlich bei Dysthymie, der chronischen Art der Depression helfen kann, aber halt nicht unbedingt bei einer Borderline Störung. Es gibt schon etliche Menschen, welche die Frau Brachmüller fast auf Händen tragen, fast wie einen Guru behandeln, weil sie sie von ihren andauernden Depressionen geheilt hat. Es gibt definitiv Erfolgsgeschichten, aber leider nicht bei mir.

Jetzt konnte ich ihr vorwerfen, warum haben sie so auf der Depression herum geritten und haben nicht mal über den Tellerrand geschaut und überlegt, ob es neben der Dysthymie auch andere psychische Symptome geben könnte. Ich glaube, dass sie ab einem gewissen Zeitpunkt den Verdacht hatte, dass die Dysthymie nur vordergründig das Problem ist. Vielleicht hatte sie da schon einen Verdachtsmoment auf die Borderline Störung. Dass dem so ist, zeigte sie mir bei einem speziellen Einzel, zusammen mit meinem Bezugspfleger Herrn Meier. In diese Stunde wollte sie mal was Neues anzuprobieren. Es würde sich Schematherapie nennen. Und diese eine Stunde war so was wie das Highlight der therapeutischen Arbeit, während des Aufenthaltes. Die Beiden sprachen zum ersten Mal mit dem traurigen, kleinen inneren Kind. Nicht mit dem Kopf, mit der Ratio, zum allerersten Mal durfte die Traurigkeit da sein und sich zeigen, ohne gleich wieder in ihren dunklen Kerker eingesperrt zu werden. Das traurige Kind, sah zum ersten Mal, so etwas wie Tageslicht und fand Kontakt zu mir!

Dieses Einzel war emotional sehr anstrengend. Die Tränen flossen. War aufgewühlt und verwirrt. Aber zum ersten Mal in meinem Leben gab es so etwas wie einen Lichtblick. Auch wenn dies nur für eine Millisekunde Licht in meine allumfassende Dunkelheit brachte, so wusste ich nun, dass es überhaupt Licht gab. Etwas, was mir keine der vielen Therapiestunden und Aufenthalte in den Klinken bisher zeigen konnte. Im wahrsten Sinne war diese Erfahrung, diese eine Stunde

Schematherapie mit einer CBASP Therapeutin eine Erleuchtung und was noch wichtiger war das es eine Art von winzig kleiner, aber dennoch, Hoffnung gab.

Dieses Gefühl der Hoffnung war so wichtig. In diesem Jahr in des Freiburger Aufenthaltes wuchs die Depression unkontrolliert ins Unermessliche. Und damit auch der Wunsch nach Erlösung von diesem Gefühl. Suizid war ein sehr häufiges Wort, das damals als Ausweg, aus dieser Verzweiflung genannt Leben, entstand, im Kopf hängen blieb und nicht mehr weg gegangen ist. Über vieles aus der Vergangenheit wird der Schleier des Vergessens ausgebreitet. Gefühlt ist dieser Wunsch erst im Zeitraum nach 2012 entstanden. Aber im Rahmen dieses Schreibens habe ich auch meine Tagebücher aus der Zeit gelesen und bin doch erschrocken, wie stark dieser Gedanke nach Suizid schon damals war.

Was passierte noch in Freiburg. Mit Hilfe des Sozialdienstes der Freiburger Psychiatrie, habe ich meine Erwerbsminderungsrente beantragt. Die Frau vom Sozialdienst war in diesem Fall sehr hilfsbereit und stand mir, als ich in der Außenstelle der Freiburger Rentenversicherung stand, bei. Dieser Schritt war schon ein psychisch schwieriges Unterfangen. Seit ich fünfzehn Jahre alt bin, habe ich eigentlich immer gearbeitet. Und jetzt, auf einmal, soll es da eine Auszeit geben. Mir einzugestehen, dass die Krankheit stärker war, als ich mir es mir gegenüber zugeben wollte. Das es besser wäre, sich erst einmal um die Krankheit zu kümmern, um wieder auf beiden Beinen zu stehen, bevor das belastende Arbeitsleben wieder hinzukommt.

Einige Jahre später, hat die Krankheit wohl den Kampf endgültig gewonnen. Nachdem die Rente zweimal für jeweils zwei Jahre befristet genehmigt wurde, bin ich nun dauerhaft verrentet. Und dazu noch einen Behindertenausweis mit derzeit fünfzig Prozent.

Die innere Anspannung ist gerade unerträglich. Die Emotionen toben in mir. Pendle derzeit jede Stunde zwischen, extremer, fast zerstörerischen Wut, alles verschlingender Verzweiflung und einer unerträglichen schwarzen Leere, wo die Emotionen wie ausgeschaltet sind. Was sogar schlimmer ist, als die Wut und die Verzweiflung.

Diese Leere lässt dich fragen, ob du noch lebst, ob du jemals wieder etwas fühlen kannst. Am liebsten Schreien, um zu kontrollieren, ob man überhaupt noch da ist. Stellen sie vor, sie sind blind, taub und stumm. Vegetieren in absoluter stiller Dunkelheit. Vielleicht gibt das einen Eindruck dieser emotionalen Leere. Man, ich, will um jeden Preis wieder etwas fühlen, sich spüren. Wenn dies bedeutet, sich selbst zu verletzen, dann tut man es. Kein Preis ist zu hoch, um wieder ein Gefühl zu erleben. Sich am Leben fühlen. Die letzten Wochen waren geprägt von dieser Leere. Es gab zwar einige kurze heftige Ausschläge der Emotionen. Aber so heftig sie waren, so schnell verschwanden sie wieder in der Schwärze der absoluten Leere.

In diese Phase sollte ich, gemäß Absprache von Ende Juni mit Frau Fischer, heute, an diesem Donnerstag, wieder turnusgemäß in die Psychiatrie aufgenommen werden. Tja und zum ersten Mal klappte es nicht. Dafür gibt es sehr gute Gründe. Die Lage auf Station sei gerade sehr angespannt und wie nannte es Frau Fischer, herausfordernd. Und beide Worte sind genau das was ich nicht brauche. Bin selbst permanent angespannt. In diesem Zustand auf eine Gruppe Mitpatienten zu treffen, deren Dynamik Stress erzeugt, wäre kontraproduktiv. Oder krasser ausgedrückt, es wäre selbstzerstörerisch, dorthin zugehen. Das sagt der Verstand, der Anteil des gesunden Erwachsenen. Aber das innere wütende Kind, dass schreit und tobt „Keine Verlässlichkeit mehr, kein Vertrauen in die Station" „Habe es doch immer schon gewusst, dass sie mich nicht mögen. Sie können mich alle am Arsch lecken". Sorry, für diese Worte, aber genauso fühlt und denkt es in diesem Moment. „Nun weiß ich es, dass ich niemandem vertrauen kann" „Sie tun mir alle nur weh". Klingt pauschalisiert und ist es auch. Aber dieses Entweder sie mögen mich, oder sie hassen mich, dieses Denken in nur zwei Farben, schwarz und weiß ist die Denkweise des wütenden inneren Kindes. Es ist Gefühl pur, keines vernünftigen Gedankens fähig. Nimmt keine Rücksicht auf Andere. Das seine Aussagen verletzen, ist diesem Teil völlig egal. Mir nicht. Deswegen bleiben diese Gedanken in meinem Kopf, nehme keinen Vorschlaghammer und zerstöre alles um mich herum.

Dies ließ die Emotionen sehr hoch kochen. Als ich dann beim Duschen die Brause fallen ließ und sie kaputt ging, da zerbrach auch eine Hemmschwelle in mir. Seit ca. einem Vierteljahr war ich stark, habe ich mich nicht mehr selbst verletzt. Aber heute war es soweit. Zu viel auf einmal. Heute durfte die Rasierklinge wieder blutige Muster auf meiner Haut zeichnen. Klingt das pathetisch.

Ich hielt dem Druck nicht mehr stand. Konnte den Drang nicht mehr stoppen. Das schlimme heute war nur, dass ich damit fast nicht mehr aufhören konnte. Erst der Unterarm, dann der Oberarm. Und immer noch nicht war es genug. Obwohl das Blut floss, fühlte sich es sich an, als wäre es nicht ausreichend. Das Verlangen weiter und weiter zu machen, beide Arme von den Fingern bis zur Schulter, danach mit den Beinen weitermachen, bis der Körper nur aus Schnitten besteht. Das unter Kontrolle zu bekommen, war trotz Tavor, psychisch aber auch physisch Schwerstarbeit. Selbst einen Tag danach, schaue ich mir die Verletzungen an und denke mir, mach weiter, es war viel zu wenig, was du da getan hast. Jetzt in diesem Moment, wo ich diese Worte tippe, kämpfe ich gegen den Wunsch mich erneut weiter zu verletzen. Der Wunsch heftiger, tiefer zu schneiden ist da. Nicht nur an der Oberfläche ritzen. Nein den Körper zerstören, das will ich jetzt gerade tun. Wie krank das klingt, nach einer ziemlich heftigen durchgeknallten Person. Wie ich mich hasse, wie ich gerne ich mich zerstören würde.

Alles andere als Schema F

Mit diesem Kapitel greife ich etwas vor, bzw. gehe dabei nicht mehr ganz chronologisch vor. Aber durch die ganzen vorherigen Kapitel mit den anderen Kliniken, passt dieses besser an diese Stelle, als dahin wo es nach Einhaltung einer strikter Zeitlinie eigentlich stehen müsste.

Letzte Station meiner klinischen Odyssee durch Deutschland war die Uniklinik Mainz. In Freiburg hatte Frau Brachmüller, mit dieser einen Probestunde Schematherapie, Hoffnung geweckt. Hoffnung, dass es doch noch eine passende Klinik für mich geben würde. 2010 und 2011 war Freiburg an der Reihe, wie schon geschrieben ohne die erhoffte Besserung.

2011 hatte ich nun den Begriff Schematherapie im Kopf. Ohne die geringste Ahnung was das bedeutet. Also machte ich mich mit Doktor Google auf die Suche nach einer Klinik, die diese Schematherapie im Angebot hat. Fündig wurde ich nur auf der Website der Uniklinik Mainz. Also mit großer Hoffnung, die Station angeschrieben. Doch leider gab es schlechte Nachrichten. Die Station für Schematherapie war derzeit nicht aktiv, weil es derzeit keine Ärzte, Therapeuten und Pflegekräfte mehr für diese besondere Art der Therapie geben würde. Erst vor kurzem hätten fast alle Therapeuten die Station verlassen. Kein entsprechend geschultes Personal derzeit vorhanden. Es könne etwas dauern, bis die Station wieder eröffnet wird.

Das war sehr frustrierend. Auf die Frage, wann das sein werde, gab es keine konkreten Antworten, nur Vertröstungen. Vielleicht dann, oder dann oder am verflixten Sankt Nimmerleinstag. Immer und immer wieder schrieb ich dorthin um nur wieder vertröstet zu werden. Erst zwei Jahre später, 2013 eröffnete die Station endlich wieder ihre Pforten. Mit einer endlos langen Warteliste. Nicht nur die Frau Röder hatte ein großes Interesse an der Schematherapie. Zwischen 2011 Freiburg und 2013 Mainz, lag noch 2012 mit dem ersten Aufenthalt in der Karlsruher Psychiatrie. Zu diesem Thema komme ich noch. In der Psychiatrie wurde zum ersten Mal auch die Diagnose Borderline gestellt. Aber dazu mehr in ein paar Seiten

Als ich endlich das OK bekam, dass ich einen Platz in Mainz auf der Station 5 habe, war ich nervös. Die Borderline Diagnose offiziell gerade mal ein Jahr alt. Was würde mich da in Mainz erwarten. Ein Teil ging mit so etwas wie Hoffnung hin. Ein anderer, vertrauter Teil hatte Angst vor dem was mich erwartet

Vorab einen kleinen Exkurs. Borderline zu behandeln ist schwierig. Obwohl sie mit Sicherheit eine der Persönlichkeitsstörungen ist, die am besten untersucht worden ist. Unzählige Bücher, unzählige Geschichten. Aber trotz alle dem, ist sie eine der am schwersten zu behandelnden Störungen. Es gibt sogar die Aussage, dass Borderline nicht heilbar ist, sondern man kann nur lernen kann, besser damit umzugehen.

Im Laufe der Jahrzehnte haben sich im Grunde genommen, nur zwei Therapieformen als wirksam erwiesen. Die eine ist DBT, die Dialektisch-Behaviorale Therapie. Sie wurde von Marsha M. Linehan, die selbst eine Borderline Störung hatte, entwickelt. Sie ist diejenige Therapieform, die gute bis sehr gute Erfolge erzielen kann und die in den meisten Kliniken für Borderline Störung angewandt wird.

So und mit den nächsten Sätzen steche ich im Sicherheit richtig in ein Wespennest. Ich mag sie nicht! Bitte beachten, die Betonung liegt auf ich! Es gibt unter den Lesern oder Erkrankten sehr viele, denen sie geholfen hat, besser mit ihrer Erkrankung umzugehen. Aber ich mag sie immer noch nicht. Wenn man die Diagnose erhält, befasst man sich zwangsläufig intensiv mit der Krankheit. Sucht Hilfe, Lösungen die einem helfen, mit der Krankheit umzugehen. Ebenso zwangsläufig stößt man dabei auch auf die DBT. Die erfolgreichste und am weitesten verbreitete Therapie. Habe ich ihnen schon gesagt, dass ich sie nicht mag? Ja und so langsam muss ich wohl auch erklären warum. Noch eines vorweg, an alle die mich wegen meiner Aussagen gleich steinigen wollen. Ich habe noch keine stationäre DBT Therapie gemacht, obwohl ich mich in Freiburg und Mannheim um einen Platz bemüht habe.

Ja, wie kann ich dann, ohne eigene Erfahrung, DBT kritisieren. Meine Erfahrungen beruhen auf der Arbeit mit Pflegekräften in der Psychiatrie, die in meinen Aufenthalten versuchten mit mir DBT zu machen, sowie Freunden und Bekannten die in verschiedenen Kliniken diese Therapieform erprobten und auch erlebten. Und natürlich auch aus Büchern. Vielen Büchern.

Also jetzt zum Grund, warum ich DBT nicht mag. Das Hauptaugenmerk liegt, meiner Meinung nach, fast ausschließlich auf der praktischen Anwendung, es ist mir zu sehr kopflastig angelehnt. Überspitzt gesagt, wenn man in eine bestimmte Situation kommt, dann sollte man das und das tun, damit es einem besser geht. Oder es zumindest leichter auszuhalten ist. Jep, das klingt zu vereinfacht, zu oberflächlich. Sie mögen Recht haben mit ihrer Meinung. Aber für mich ist diese Einstellung Wenn-sie-in-eine-schwierige-Situation-kommen-dann-tun-sie-das, die Quintessenz der DBT. So ab jetzt können sie mich zerreißen

Sehr viele Borderliner haben in ihrer Kindheit sehr traumatisierende Erlebnisse gehabt. Haben ein großes Defizit an Nähe und Geborgenheit. Und das ist genau DAS was mich an dem DBT stört, bzw. dass was ich davon kennengelernt habe. Die meisten Borderliner sehnen sich nach einer Art kindlicher Nähe und mütterlicher Geborgenheit. Und jetzt kriege ich den Bogen zur Schematherapie. Diese hilft bei diesem Verlangen. Das kleine, traurige innere Kind findet dort Nahrung. Lernt zum ersten Mal in seinem Leben was es heißt geborgen zu sein. Ok, man soll nicht verallgemeinern. Also rede ich von mir. Ja, ich habe dort zum allerersten Mal, ein Gefühl gehabt, dass da jemand ist, der mich hält und mich, ganz flapsig mein trauriges Kind, umarmt. Liebe, Vertrauen zu mir selbst herstellt, aufbaut und stärkt.

Keine Ahnung, ob sie nun etwas schlauer sind, ob ihnen nun klarer ist, warum ich ein so großer Freund der Schematherapie bin. In der Schematherapie geht man davon aus, dass der Mensch mehr oder weniger vier vorherrschende Anteile hat.

Darf ich vorstellen, der distanzierte Beschützer. Derjenige, der verhindert dass etwas an Gefühlen rein oder raus geht. Man könnte ihn als Türsteher betrachten. Ein Comedian aus Mannheim prägte mal den Satz „Du kommsch hier net noi". Genau das ist der Job des distanzierten Beschützers. Früher war er einmal sehr nützlich, in den Anfangszeiten des Traumata. Da hatte er unter Umständen die Aufgabe, die Psyche zu schützen, dass sie nicht daran zerbricht. Aber mit der Zeit wurde er zum Selbstläufer und entwickelte ein starkes Eigenleben und lässt nun gar nichts mehr rein oder raus. Und er fühlt sich dabei immer noch im Recht. Selbst mehrere Jahrzehnte danach, blockiert und behindert er die Heilung. Immer noch mit dem veralteten Argument, das er mich schützen muss. Und dann stellen sie sich mal vor, wie sie gegen meinen Türsteher, der riesige zwei Meter zwanzig groß ist, sehr breite Schultern hat und voller Muskeln ist, angehen. Der lacht mich bloß aus, wenn ich was sage.

Der nächste Anteil, ist wohl der hinterhältigste von allen. Den kennen auch die DBTler da draußen. Der strafende und fordernde Elternteil, oder den inneren Kritiker bei der DBT. Dieser Anteil ist schuld daran, dass wir, ok ich, uns wertlos fühlen, ungeliebt, nichts richtig machen können. Alles was ich anfasse, mache ich falsch. Unfähig etwas gut zu machen. An all dem ist der strafende und fordernde Elternteil beteiligt

Der schwierigste Anteil ist, das traurige und bzw. oder wütende Kind. Das nie gelernt hat, was Liebe ist. Sich nach diesem Gefühl so sehr verzehrt. Gleichzeitig nicht weiß, wohin mit all seiner Wut, all dem Schmerz. Das sich hasst, sich nur hassen kann, weil es sonst niemand hat, den es hassen kann. Das die Wut auf sich selber richtet, weil ich es nicht besser verdient habe. Man sich selbst nichts wert ist. Das seinen riesigen Schmerz in jedweder Art von selbstschädigenden Verhalten Raum gibt. Die meisten tun das wohl mit dem so flapsig klingenden Ritzen, der wohl signifikantesten klischeehaftesten Art der Selbstverletzung. Aber es gibt auch viele Borderliner, die nicht durch ihre Narben auffallen. Die andere Arten der Selbstschädigung gefunden haben, Alkohol, Drogen, Sex, zu viel oder zu wenig essen usw.

Der letzte Anteil ist der wichtigste, aber zugleich auch bei den meisten Erkrankten der kleinste Anteil. Der des gesunden Erwachsenen. Er sollte der Chef in diesem Zirkus sein. Der die negativen Anteile in ihre Schranken weist und sich liebevoll um das kleine innere Kind sorgt. Der es tröstet, wenn es Liebe und Zuneigung braucht, aber auch seine Grenzen aufzeigt, wenn die Wut mal wieder durch die Decke will. Aber wie schon gesagt, dieser Anteil ist, bei mir, der kleinste. Wenn mein distanzierter Beschützer 2,20 Meter groß ist, dann ist der gesunde Erwachsene naja, maximal 25cm groß. In zu stärken, ihm seine Rolle aufzuzeigen für die er geschaffen ist, das ist die Aufgabe der Schematherapie.

Das Kind
Wollte nur etwas
Liebe, Zuneigung

eine Umarmung
Anerkennung
Doch dies bekam es nicht
Stattdessen stellte das Kind
fest, dass es auch ohne
all das geht
dass es niemanden interessiert
Für braucht man das,
Liebe?
Zuneigung?
Absolut unnötig
zum funktionieren

Als Erwachsene sind die Emotionen
durch die Jahrzehnte
ohne
die Liebe
verödet und abgestorben
Wie eine Pflanze ohne Wasser
Sie ist so tot,
dass das Positive
was sie von anderen
Menschen bekommt,
weder spüren noch fühlen kann

Soweit die Theorie. Also der große Tag war da. Im Zug Richtung Mainz. Schon die Hinfahrt, mit Koffern, im ICE und IC war Stress pur. Volle Bahnsteige, Suche nachdem Sitzplatz. War da schon kurz davor umzudrehen. Dann komme ich auf die Station, und das erste was ich sehe, ist eine Pflegerin, die herzlich und laut lachend eine Patientin umarmt. Was sollte denn der Sch…? Das habe ich ja noch nie gesehen, dass es so eine Nähe zwischen Pflege und Patient gibt. Der erste Gedanke war Flucht, oh mein Gott, wo bin ich da hingeraten. Wie kann die Patientin sich das nur gefallen lassen? Alles in mir widerstrebte sich, bei diesem Gedanken. Jemand kommt mir psychisch und vor allem auch physisch zu nahe. Der Zustand von Nähe ist schon immer ein schwer aushaltbares Gefühl. Das Überschreiten meiner inneren Grenze. Denn Nähe bedeutet Schmerz, Verletzbar sein. Alles Dinge, die ich um jeden Preis vermeiden möchte. In diesem ersten Moment, als ich die Tür öffnete, war ich mir sicher, dass ich das niemals zulassen würde. Nie, nie, niemals. U-N-V-O-R-S-T-E-L-L-B-A-R!

Aber meist kommt es anders. Es passieren Dinge in einem, die die eigene Sichtweise komplett verändern. Die Frau, die diese Patientin umarmte, war die Pflegeleiterin Frau Kartz-Sehm. Sie hat eine so natürliche, und vor allem nicht gekünstelte Herzlichkeit, eine sehr glaubhafte Herzlichkeit in sich. Und mit dieser Herzlichkeit geht sie großzügig um. Sie schafft jeden menschlichen Eisblock durch ihre Wärme zum Schmelzen zu bringen.

Als ich nach zehn Wochen wieder nach Hause fuhr, wollte ich partout die Station nicht ohne eine Umarmung von ihr verlassen. Es fühlte sich so gut an, diese ehrliche, nicht gespielte, Fürsorge. Zum allerersten Mal in meinem Leben, gab es so etwas, wie soll ich es ausdrücken, wie eine Mutter, die einem in den Arm nahm. Ein bisher noch nie richtig dagewesenes Gefühl. Zum ersten Mal bekam dieses innere, traurige Kind so etwas wie Liebe, Geborgenheit, Verständnis zu spüren. Noch heute, einige Jahre sind inzwischen ins Land gegangen, erinnere ich mich immer noch mit einem sehr angenehmen Gefühl an diese Umarmungen.

Vieles hat sich mit diesem Klinikaufenthalt verändert. Aber vieles auch nicht. Fangen wir mit dem an, dass sich positiv verändert hat. Großes Wort – Vertrauen. Dort habe ich etwas wieder gefunden, was ich vielleicht noch nie richtig hatte. Das Vertrauen in andere Menschen. Irgendwie klingt das fast banal. Vielleicht ist es das auch für sie, oder die meisten Menschen. Aber wenn man von klein auf lernt, dass Menschen, die einem nahe stehen einen verletzen können und es auch tun, dann ist Vertrauen zu einem Menschen fassen, ein großer Schritt. Ohne diesen Aufenthalt, wäre das Vertrauen, dass zwischen Frau Fischer und mir entstanden ist, wohl niemals möglich geworden.

Ohne die mühevolle Aufbauarbeit auf der Station 5 in Mainz, den Gesprächen mit meiner Therapeutin Frau Westgrün-Meier, der ganzen Pflegekräfte dort, wäre ich heute immer noch wie ein geprügelter Hund, der vor jeder Hand, die die sich ihm entgegen streckt, Angst und Misstrauen hat. Dabei wäre es auch egal, ob diese Hand mir helfen oder schaden will. Es wäre völlig egal. Vertraue niemandem, jeder der dir zu nahe kommt, bereitet dir Schmerzen. Lass niemanden an dich heran. Vertrauen ist Schmerz und Enttäuschung. Selbst heute, braucht es nicht viel, dieses Vertrauen zusammen zu reißen.

Aber heute gibt es, zumindest bei einigen Leuten wie Frau Fischer zum Beispiel, eine sehr stabile Vertrauensbasis. Auch wenn zwischen uns mal ein Sturm tobt, der Teile dieses mühsam gebauten Hauses zerstört, dann bleibt immer noch das stabile Fundament unserer Beziehung vorhanden. Solange dieses Fundament besteht, solange kann man das Haus des Vertrauens immer wieder aufbauen. Nicht immer leicht, aber es klappt.

Dann habe ich gelernt, in welchem Modus ich mich befinde. Wer gerade im diesem chaotischen Steuerhaus die Führung übernommen hat. Das macht das Chaos nicht leichter erträglich, aber jeder dieser Anteile braucht eine andere Herangehensweise. Wenn der distanzierte Beschützer mal wieder am Steuer ist, dann muss er anders behandelt werden, als zum Beispiel das traurige Kind.

Apropos distanzierter Beschützer. Derjenige, den ich nie richtig geschafft habe zu beseitigen. Dass Schlüsselerlebnis meines Aufenthaltes. Sechs Wochen hat meine Therapeutin Frau Westgrün-Meier versucht diesen verdammten distanzierten Beschützer zur Seite zu schieben. Ihn schrumpfen zu lassen. Wieder und wieder saßen wir mit den verschiedenen Stühlen in ihrem Zimmer. Wieder und wieder sollte ich ihm, einen andersfarbigem Stuhl, die Meinung sagen. Ein um andere Mal scheiterte ich daran. Nach sechs Wochen meinte Frau Westgrün-Meier, dass wir die Therapie abbrechen und bei einem späteren Aufenthalt versuchen sollen dieses Problem anzugehen. Vielleicht klappt es dann besser. Die Entlassung war schon terminiert. Mir blieben nur noch wenige Tage dort. Aber ohne große Hoffnung, dass sich in den wenigen Tagen noch etwas bewegen ließ.

Dies fühlte sich so richtig nach Versagen an. Nach einem weiteren Scheitern in einer langen Reihe des Scheiterns. Der strafende und fordernde Elternteil lässt hier stark grüßen. Ich bekam diese Schutzmauer, die alles an sich abprallen ließ nicht weg. Sehr kurze Momente gab es, wo dieser schwere, muskelbepackte distanzierte Beschützer mal weg war. Aber die meiste Zeit bewegte er sich keinen Zentimeter. Vielleicht einen ganz kurzen Moment, aber ehe man an ihm vorbei kam, stand er schon wieder an seinem Platz und ließ nichts mehr passieren. An manchen Tagen war auch so etwas wie ein höhnisches Lachen in meinem Kopf und eine Stimme meinte „Du schaffst es nie, mich abzuschaffen". Ich war geneigt, dieser Stimme Recht zu geben. Bis, zu einem gewissen Augenblick.

Bitte jetzt nicht lachen, es ist wirklich so passiert. Morgens um halb fünf, als ich auf die Toilette ging, hatte ich eine Art Erleuchtung, wie ich es schaffen könnte, diesen Beschützer doch noch loszuwerden. Es klingt so unglaubwürdig, wenn ich das hier schreibe. Aber es ist wahr.. Mitten auf dem „Topf" kam mir die Erkenntnis, warum es bisher nicht klappte. Ich brauchte keinen Stuhl mit einem Imaginären Distanzierten Beschützer, Nein ich brauchte eine reale Person. Ein Mensch aus Fleisch und Blut, der diese Rolle übernimmt. Der diesen gleichen ironischen Ton drauf hat, wie diese Stimme im Kopf. Mit dieser Erkenntnis dann gleich morgens zur Therapeutin gerannt. Sie hellauf begeistert. Zum Glück konnte ich nach einigen Hin und Her meinen Aufenthalt verlängern.

Ein paar Tage später war es soweit. Herr Matusecz, ein Pfleger, war instruiert. Er saß neben mir auf dem Stuhl und Frau Westgrün-Meier forderte mich auf dem distanzierten Beschützer ordentlich die Meinung sagen. Das habe ich getan. Nein eigentlich stimmt das nicht. Nicht gesagt, sondern geschrien, gebrüllt, wie noch nie in meinem Leben. Zum ersten Mal brüllte ich all die Wut heraus. So laut, dass sie durch die geschlossene Tür noch auf der ganzen Station zu hören war. Ich glaube, Herr Matusecz, hat es in dem Moment bereut, sich auf dieses Experiment eingelassen zu haben. Aber mir hat es sehr geholfen, diese Visualisierung. Das dieses theoretische Konstrukt im Kopf eine physische Präsenz bekam. Je lauter ich wurde, desto mehr strahlte Frau Westgrün-Meier. Endlich hatte sie einen kleinen Erfolg erzielt. Ein Fortschritt, an den wir beide nicht mehr glauben wollten. Wie tat das gut, diese Wut herauszulassen, diesem Anteil mal endlich die Meinung zu geigen. All das, was jahrelang nicht heraus konnte, stürmte wie eine Flutwelle aus mir heraus. Die anderen Patienten, mit denen ich engeren Kontakt hatte, waren von diesem Ausbruch überrascht. Dass so etwas in mir stecken könnte, damit haben sie, ich und die Therapeutin wohl nie gerechnet. So gut und befreiend dieser Ausbruch in der Therapiestunde auch war, er hatte leider keine allzu lange Wirkung auf meinen distanzierten Beschützer. Zwar hatte er erfahren müssen, dass es auch ohne ihn gehen kann, aber nach wenigen Tagen war dieser innere Türsteher wieder da und blockierte die Emotionen erneut. Aber diese Explosion der Wut, des Frustes ließen hoffen, dass es noch möglich ist an gefühlt unerschütterlichen Dingen zu rütteln, bis sie zusammen fallen. Diesen negativen Modi zu zeigen, dass es auch ohne sie geht. Auch wenn sie im Innern immer noch versuchen die Kontrolle zu er- und behalten.

Zu Herrn Matusecz habe ich auch noch eine weitere positive Erfahrung zu erzählen. Eines Tages war meine Abspannung dermaßen groß, dass ich nicht wusste wohin damit. In Mainz hatte ich immer einen Baum, der, wenn meine Anspannung zu groß war, unter meinen Schlägen leiden musste. An diesem Tag war das Verlangen, zu diesem einen Baum zu gehen, riesengroß. Aber ich hatte wenigstens noch so viel Grips im Hirn, dass ich, bevor ich irgendwelche Dummheiten machte, zur Pflege ging. Aber trotz Gespräch, Medikamenten war die Anspannung in mir zum Zerreißen. Ich wusste nicht mehr wohin mit mir. Lag auf dem Zimmer, mit dem Gefühl vor lauter Anspannung schreien zu müssen. Eigentlich hätte zu dieser Zeit Herr Matusecz seine Berichte in die unterschiedlichen Krankenakten schreiben müssen. Was er auch tat, aber er sorgte sich auch um mich. Also hat er seinen ganzen Schreibkram genommen und hat sich zu mir ins Zimmer gesetzt. Das ist für mich ein großes Zeichen von ehrlicher Nähe und Sorge. Eine Sprache, die auch mein inneres Kind problemlos verstand. Handeln ist besser als tausend Worte.

Was habe ich alles nicht diesen Wochen nicht geschafft? Was hat sich nicht verändert. Vor allem der Umgang mit mir selbst. Dieses Gefühl von Selbsthass, der so gut wie nicht vorhandene Selbstwert. Der liebevolle Umgang mit meinem inneren Kind. Daran krankt es bis heute.

Kleines Beispiel dafür. Recht früh, während des Aufenthaltes, gab es eine kleine Imaginationsübung. Stellen sich vor, sie laufen über einen Feldweg, rechts und links wogende Weizenfelder. Blauer grenzenloser Himmel. Angenehme Temperatur. Ein perfekter Tag. Nun sehen sie ein kleines Kind auf sich zu rennen. Ihr inneres Kind. Stellen sie es sich vor. So genau wie möglich. Wie sieht es aus? Junge oder Mädchen was für Haare haben sie ihm gegeben? Dieses Kind streckt ihnen vertrauensvoll die Hände entgegen. Lachend rennt es auf sie zu, will, dass sie es in den Armen nehmen. Es liebevoll umarmen. Ihm zeigen, dass sie es mögen, es beschützen.

Und haben sie es getan, hat es geklappt? Haben sie ihr Kind umarmt? Also ich konnte es nicht. Mein inneres Kind ist in meiner Erinnerung blond und eine Junge von vielleicht sechs oder sieben Jahren. Warum Blond, keine Ahnung. Meine Schwester hatte, auch in meiner Erinnerung flachsblonde Haare. Vielleicht stammt die Vorstellung von da. Und ein Junge, dass erklärt sich aus meiner Geschichte wohl von selbst. Nun dieser Junge stürmt lachend auf mich zu, umarmt mich auf Höhe der Hüfte. Sein Lachen spüre ich am ganzen Körper. Und was mache ich, ich strecke meine Hände in die Höhe um ja nicht dieses *Ding* berühren zu müssen. Es widert mich richtig an. Habe absolut keine Ahnung, wie ich damit umgehen soll. Ertrage seine Nähe nicht. Will ihn nur von mir wegstoßen. Keine Nähe zulassen. Bis heute ist dieses imaginäre Zusammentreffen mit einem unbändigen Ekel und Hass diesem Kind und mir selbst gegenüber behaftet. Es ist keine angenehme Erinnerung. Immer noch, selbst nach Jahren weiß ich immer noch nicht, wie ich mit diesem Kind umgehen soll.

Was mich selbst fasziniert ist der Gedanke, dass in dieser Situation ich eine Jungen im Kopf habe. Wenn ich aber mein inneres trauriges Kind visualisiere, dann ist es ein Mädchen, gerade mal vier oder fünf

Jahre. Also noch jünger als der Junge. Dieses Mädchen sitzt in einer engen dunklen Gasse. Als Behausung dienen ihr ein paar alte Kartons. Alles ist verdreckt, düster und beklemmend. Sie hat ein schwarzes Kleid an. Das Gesicht konturlos, immer im Dunkeln. Wahrlich kein schöner Platz zum Leben. Und trotzdem lasse ich sie dort leben. Vorne, da wo diese Gasse in die lichtdurchflutete große Straße mündet, genau da steht mein großer starker distanzierter Beschützer. Lässt nicht rein oder raus aus dieser Gasse. Dabei sehnt sich dieses kleine Mädchen nach nichts mehr, als nach der Nähe einer liebevollen Mutter, nach menschlicher Wärme. Jemand der sie vor dem Unbill der Welt beschützt. Es ist diese Sehnsucht nach dem Urvertrauen. Das was man nicht spüren kann, ist das was ich um jeden Preis fühlen will. Ich habe keine Mutter mehr, sie ist lange begraben und selbst wenn sie noch da wäre, sie könnte mir aller Wahrscheinlichkeit nach, nicht das geben, was ich mir mehr als alles andere wünsche.

Es gibt nur eine Person, die diesem Kind Liebe, Trost und Schutz bieten kann. Theoretisch. Das bin ich selber. Mein Anteil des gesunden Erwachsenen sollte diese Rolle übernehmen. Sollte die Mutterrolle übernehmen. Kann es aber nicht. Allein der Gedanke an dieses Kind bringt mich zum Würgen. Und dann hasse ich mich selbst umso mehr. Ende.

Welche Therapien gab es sonst noch? Was haben DBT und Schematherapie gemeinsam? Zum Beispiel die Achtsamkeitsgruppe. Was ist das? Nun es geht um das Was und Wie.

Was tue ich? Durch das Wahrnehmen, Beschreiben und Teilnehmen

Wie tue ich es? Ohne zu werten. Konzentriert auf die Aufgabe. Tun was notwendig ist, um diese Aufgabe zu erfüllen

In dieser Stunde wird sich auf einen einzigen, zum Teil winzigen Aspekt des Lebens konzentriert. Wie zum Beispiel das Verzehren eines einzelnen Gummibärchens. Ja eines einzigen. Keine Handvoll, nur einen. Ziel bzw. Aufgabe ist es, sich dieses Bärchen zu nehmen, es mal in die Hand zu nehmen, zu erfühlen, sein Aussehen genau betrachten. Riecht es? Wie fühlt es sich an? Wie ist die Konsistenz? Danach das Bärchen in den Mund zu stecken und versuchen den Geschmack von ihm so umfassend wie möglich zu erschmecken und beschreiben. Ist er süß, sauer, welcher Geschmack. Verändert sich die Konsistenz wenn es länger im Mund bleibt? Man könnte sehr wahrscheinlich noch viele Fragen nach so einer Kleinigkeit wie diesem Gummibärchen stellen. Wichtig bei dieser Übung ist, dass man sich mit allen Sinnen darauf einlässt und sich ausschließlich nur darauf konzentriert. Akzeptieren was auch immer kommt bzw. passiert. Und das alles, ohne die Sache, das Ding, den Mensch zu bewerten. Um beim Beispiel Gummibärchen zu bleiben. Kein boah, ich hasse den Himbeergeschmack. Das ist eine Bewertung. Ich schmecke Himbeere, Punkt, das ist eine Feststellung. Die ganzen Übungen sollen eine Akzeptanz für die Welt um einen herum entwickeln, Dinge, Menschen zu nehmen sie sind. Dinge die man nicht ändern kann hinzunehmen, ohne unnötige Energie und Ressourcen darauf zu verschwenden. In der DBT gibt es einen Begriff der „Radikalen Akzeptanz" dafür.

    Jetzt mache ich mich bei allen DBTlern noch unbeliebter. Sorry, alle da draußen, denen DBT geholfen hat, von dieser Therapie überzeugt sind. Ich hasse dieses Wort der „radikalen Akzeptanz". Dieser Begriff umfasst genau das, was ich an DBT nicht mag. Radikale Akzeptanz, dass klingt für mich(!) nach reiner Kopfsache. Das ist keine Spur von Wärme dabei. Das ist das, warum die Schematherapie für mich eindeutig besser ist. Betonung auf für mich! Da wo in der DBT der reine Kopf angesprochen wird, da wird in der Schematherapie auch noch das Herz, das Gefühl, die Emotion angesprochen. Damit will ich es aber belassen zu diesem Thema. Es werden sich auch so schon genügend Menschen über diese Sätze aufregen.

    Aber zurück zum eigentlichen Thema, der Achtsamkeit und das was ich erzählen wollte. Einmal hatten wir die Aufgabe ein rohes Ei senkrecht aufzustellen, so dass es von alleine stehen bleibt. Geht nicht, sagen sie? Unmöglich! Merken sie wie sie innerlich dies schon abwerten bzw. bewerten? Warum so ablehnend, wenn sie es noch nie probiert haben? Denn es geht, ich habe es selbst geschafft. Man schafft es aber nur, wenn man sich wirklich sehr darauf konzentriert, wo der Schwerpunkt des Ei liegt, dann vorsichtig korrigiert und das wieder und wieder und wieder. Und dann ist der große Moment da, das verflixte Ei steht von ganz alleine. Welch ein Triumph, welch ein befriedigendes Erlebnis. Einzige Schwierigkeit ist, diese ganze Übung nicht zu bewerten. Es wieder und wieder zu tun, oder dieses sch..öne Ei voller Wut und Frustration an die Wand zu werfen. Dieses eine Ei ist mir wohl für alle Zeit in meinem Gedächtnis verankert.

In einer anderen Gruppentherapie hatte ich eine wirklich blöde Idee. Eine die uns allen große Schwierigkeiten bereitete, weil sie an den Grundfesten unseres eigenen Ichs rüttelte. Es ging da irgendwie um Selbstwert und wie wir uns selber wahrnehmen, bzw. wie uns andere sehen. Jede durfte oder musste, je nachdem wie man es sieht, dann reihum etwas von sich erzählen. Ich berichtete dann von dem Unterschied der Eigenwahrnehmung und dem wie mich meine Freunde sahen. Die Therapeutin griff das Thema gerne auf. Daraus entwickelte sich dann eine sehr emotional anstrengende Hausaufgabe.

Ja, dort in Mainz gab es sehr viele Hausaufgaben. Am Mittwochnachmittag gab es sogar eine spezielle Gruppe für die Hausaufgaben. In dieser Speziellen, mussten wir nun alle aus der Gruppe, unsere Freunde anschreiben und bei ihnen nachfragen, was sie von einem hielten, warum sie mich mögen, welche Gründe es gab, dass sie mit mir befreundet waren. Ich bekam Antwort von jedem, den ich anschrieb. Es zu lesen, die Mails anschauen, all das positive, was sie über mich schrieben, war schon anstrengend. Aber dann, in der nächsten Gruppentherapie Ausschnitte daraus vor den Mitpatienten vorzulesen, war irgendwie surreal. Sie müssen es einmal probieren, lesen sie eine emotionale Botschaft, die sie betrifft, einmal in Gedanken und einmal laut. Sie werden feststellen, dass die ausgesprochenen Worte sehr viel mehr Emotionen hervorrufen als die rein Gedanklichen.

Beim Lesen auf dem Laptop war es mir schon unverständlich, dass meine Freunde und ich von der gleichen Person reden. Mir! Aber es laut vorzulesen, machte alles noch viel unerklärlicher. Es war mir da besonders unbegreiflich, es kam mir fast wie Lügen vor. Sie mussten doch sehen, welch schlechter Mensch ich doch bin, warum schreiben sie dann so etwas? Bis heute bin ich für ihre Zeilen dankbar und gleichzeitig glaubt ein anderer Teil von mir, ihnen bis heute nicht.

Zweifelt immer noch die Ehrlichkeit der Aussagen an. Kopf ja, Herz Nein, das kann und darf nicht sein. Ich sagte ja, dass sich trotz Therapie meiner Selbstwert immer noch nicht verbessert hat

Eine letzte Geschichte aus der Welt der Schematherapie und warum ich sie für die beste Therapie halte. Und Nein, wir streiten jetzt nicht darüber. Sie zeigt, wie intensiv diese Therapie ist, wie sehr sie neben dem Verstand auch das innere traurige Kind in uns mit einbezieht. Eine weitere Imaginationsübung mit Frau Westgrün-Meier. Sie hält meine Hand, ich schließe die Augen. In Gedanken nimmt sie mich mit zu sich nach Hause. Wir setzten uns auf ein großes Sofa, gegenüber von einem Kamin. Darin brannte ein Feuer und die Wärme war spürbar. Über dem Kamin hing ein großes Bild. Auf dem Sofa lag eine weiche, kuschelige Decke. Sie machte uns heißen Kakao und sie deckte mich zu und wir tranken ihn. Zum ersten Mal entstand ein Geborgenheit oder Vertrauen. Das innere traurige Kind, fühlte sich versorgt, behütet, geschützt. Etwas das es bisher noch nie so erfahren hatte. Natürlich weiß ich nicht, ob ihre Beschreibung der Wohnung mit der Realität übereinstimmt. Ob sie wirklich so fast klischeehaft wohnt. Ob der wärmende Kamin tatsächlich existiert. Aber das spielt auch keine wirkliche Rolle. Was zählt, war das Gefühl von Schutz und Geborgenheit. Dass, nachdem sich das innere traurige Kind schon immer verzehrte.

Natürlich ist diese Therapie, sehr speziell und sehr wahrscheinlich für viele ungeeignet. Viele werden sagen, dass ist viel zu viel Nähe. Da dringen fremde Menschen in meine Schutzzone vor. Da ich auch nur meine eigene Erfahrung berichten kann, weiß ich natürlich auch nicht, ob die Therapie bei allen anderen Patienten das gleiche Empfinden auslöste. Aber ich vermute es. Meine Zimmernachbarin Sabine, die sehr viel Leid erfahren hat, hat mir so ähnliches aus ihrer Therapiestunde erzählt. Wie schon gesagt, viele werden solche engen, oder emotionalen Stunden mit einer Therapeutin hassen. Aber jeder muss für sich selbst die richtige Therapie finden. Das, worin er oder sie sich wiederfindet. Ob es nun DBT oder Schematherapie ist.

Ich habe dort sehr viele interessante Menschen kennengelernt, wie Sabine zum Beispiel. Meine Zimmernachbarin. Die fast jede Nacht in ihren Alpträumen gefangen war, so dass sie schreiend und sich herum wälzend in ihrem Bett lag. Zum Teil war es so schlimm, dass sie in ihren Alpträumen aus dem Bett fiel. Es wurde fast schon eine Art nächtliche Routine. Ihrem Alptraum beginnen, es schreit und wälzt sich. Werde davon wach und drücke den roten Knopf, Nachtpflege kommt, weckt sie vorsichtig und tröstet sie. Ich muss es nochmals sagen, so viel menschliche Nähe von Seiten der Pflege und Therapeuten habe ich vorher und hinterher nicht mehr erlebt. Ok, eine Ausnahme gibt es doch. Die Frau Untermüller aus der Psychiatrie in Karlsruhe. Aber dazu komme ich später.

Man lernt auch zu relativieren. Ich habe dort wirklich schlimme Auswirkungen der Borderline Störung erlebt. Arten der Selbstverletzung, die meine Vorstellung ziemlich sprengten. Manche schnitten sich tiefe Wunden ins Fleisch, sie mit vielen Stichen genäht werden mussten. Denen das Risiko, dauerhafte Nerven- und Muskelschäden zu bekommen in ihrer Verzweiflung völlig egal war. Oder die, die sich mit einem entflammten Haarspray, ganze Arme selbst verbrannte. Wunden, die äußerlich tiefe Narben hinterließen. Aber viel größer waren die Narben auf der Seele, Geist, Psyche, wie immer man es nennen mag. Wie groß mag die innere Verzweiflung sein, wenn man sich den Arm verbrennt, sich bis fast auf die Knochen schneidet. Wie unerträglich groß muss der innere Schmerz sein, wenn dieser qualvolle äußere Schmerz eine Entlastung ist.

Was vom Aufenthalt übrig bleibt, ist eine tiefe Dankbarkeit dieser Station, den Pflegekräften und den Therapeuten gegenüber. Sie haben mir sehr viel über mich beigebracht. Manche Mauern zumindest zum Wackeln gebracht, dass ich nun weiß, dass sie, obwohl sie so massiv aussehen, auch einstürzen können. Und durch Mainz ist immer noch so ein winziges Stück Hoffnung vorhanden. Nicht alle Hoffnung ist verloren.

Vielleicht fragen sie sich nun am Ende des Kapitels, wenn es doch etwas gebracht hat, warum mache ich dort nicht weiter? Warum die ersten positiven Eindrücke nicht weiter vertiefen und auf eine Verbesserung meiner Situation hoffen. Gute Frage. Also grundsätzlich wäre ich sehr gerne bereit, die Schematherapie wieder aufzunehmen.

Aber wie jede Klinik, nimmt sie keine akut suizidalen Patienten auf. Dafür sind weder Mainz noch andere psychotherapeutischen Kliniken ausgelegt. Um dort Therapie machen zu können, muss eine, soweit als mögliche, stabile psychische Verfassung gegeben sein. So dass keine Gefahr eines wie auch immer gearteten Suizids besteht. Und genau da, wird es für mich schwierig. Ich kann derzeit keine einhundertprozentige Garantie für mich übernehmen. Derzeit stehe ich für so eine anstrengende Psychotherapie, leider so nah am Abgrund.

Ambulant – wer braucht schon stationär

Jetzt habe ich schon von so vielen stationären Therapien erzählt, dann will ich auch noch kurz von meinen ambulanten Therapien erzählen

Mein erster Versuch war ganz in der Nähe unserer Wohnung. Dachte noch zu mir, wäre toll, wenn es klappen würde. Dann müsste ich nicht so weit durch die Gegend kutschieren. Ich hätte es eigentlich wissen müssen, dass es nicht gut gehen kann. Welche(r) einigermaßen gute Psychotherapeut(in) hat auf Anhieb Termine frei. Das sollte doch jeden stutzig machen. Aber ich war zu dem Zeitpunkt noch zu unerfahren und freute mich, dass sie mir so schnell einen Termin anbot. Aber nach drei Sitzungen war schon wieder Schluss. Ich habe es beendet. Diese Frau redete mir, wie soll ich sagen, zu esoterisch. Als ich ihr erzählte, dass ich Schwierigkeiten habe, raus unter Menschen zu gehen, fragte sie warum. Dann habe ich ihr von meiner Angst erzählt, dort aufzufallen. Das Menschen mit dem Finger auf mich zeigen könnten. Da meinte sie, ob ich mich für den Mittelpunkt der Welt halte, ob Gott nichts Besseres vorhätte, als mir Steine in den Weg zu legen. WTF Gott? Was soll man gegen dieses Argument einwenden? Gut das war dann das letzte Mal, das ich zu ihr gegangen bin.

Die nächste und auch längste Beziehung zu einer Therapeutin dauerte ungefähr ein Jahr. Nach meinem ersten Klinikaufenthalt hatte die dort behandelnde Therapeutin mir angeboten mich danach ambulant weiter zu betreuen. Es war eine tiefenpsychologische

Therapie die dort ansetzte, wo wir in der Klinik aufgehört hatten. Es war weiterhin sehr anstrengend. Physisch und auf eine Art auch psychisch. Fast ein ganzes Jahr, war ich bei ihr in Behandlung. Ob es mir geholfen hat, kann ich gar nicht sagen. Sehr oft bin ich aus der Therapiestunde heraus und bin wie aus einem Traum erwacht, keine Erinnerung an das was in dieser letzten Stunde gesprochen wurde. An sehr viele Therapiestunden kann ich mich eigentlich gar nicht mehr oder nur sehr verschwommen erinnern. Sehr oft, ging ich nach der Stunde raus und wusste nicht mehr, wie ich dorthin gekommen bin, bzw. über was wir gesprochen haben. Es war weg. So als ob ich hinterher aus einer unbekannten Parallelwelt wieder in die Realität wechselte. Keine Ahnung, ob das schon ein Dissoziieren war oder nicht. Auf jeden Fall war vieles weg. Ich weiß, dass ich geredet habe, aber was, das war nicht mehr vorhanden. Stand vor dem Auto, oder knapp außerhalb des Klinikgeländes und fragte mich, wie ich hierher kam.

Als ich nach Göttingen in die Klinik ging, bzw. als ich zurückkam, habe ich mich bei ihr nicht mehr gemeldet. Tiefenpsychologie und Verhaltenstherapie waren nach meinem Ermessen beide gescheitert, deswegen wollte ich da auch keine weitere ambulante Therapie mehr machen. Ernüchterung war da. Alle Sinne waren nun auf Richtung CBASP gerichtet. Meine Therapeutin in Freiburg, hat sich vor meiner Entlassung auch darum gekümmert, wie es ambulant weitergeht, wenn ich wieder zuhause bin. Durch ihre sehr guten Connections konnte ich mir einen Termin für ein Vorgespräch in Mannheim organisieren. Wenn das klappt, konnte ich dort ambulant CBASP weitermachen.

Einmal in der Woche fuhr ich nun mit dem Zug nach Mannheim. Von dort weiter mit der Straßenbahn zur einer ambulanten Außenstelle des ZI. Beim ersten Besuch hatte ich erst ein Aufnahmegespräch mit dem Leiter dieser ambulanten Einrichtung, dieses Gespräch wurde, aus welchen Gründen auch immer, sogar auf Video aufgezeichnet. Als dann als Formalitäten geklärt waren, gab es bei Frau B. Einzelstunden. Diese Frau B. war zum damaligen Zeitpunkt auch noch sehr jung und unerfahren. Leider. Sie versuchte mir zu helfen, eine Vertrauensbasis zu mir aufzubauen. Mich in die Therapie einzubeziehen, auf das ich an meinen Problemen arbeiten konnte. Aber leider lief es nicht besonders gut. Das Öffnen ihr gegenüber klappte nicht so recht. Für mich gab es keinen Grund ihr zu vertrauen. Keinen Beweis dass sie dieses Vertrauen, das ich investierten muss, auch rechtfertigt. So kam es, wie es kommen musste. Sie eröffnete mir, dass ich sie mit meiner Erkrankung überfordere. Es würde ihr Leidtun, aber sie sehe keine Chance diese Therapie hier weiterzuführen. Na toll, wieder eine Ablehnung. Wieder hatte ich das Gefühl gescheitert und versagt zu haben. Dieser Satz, dass ich sie, viele, alle überfordere tut mir in der Psyche so verdammt weh. Abgelehnt werden und damit wird in mir automatisch damit gleichgesetzt, du wirst nicht geliebt. Wir mögen dich hier nicht. Verschwinde.

Sorry liebe Mannheimer, ich mache mich jetzt auch bei ihnen gleich sehr unbeliebt. Es war schmerzhaft von der Therapeutin abgelehnt zu werden, aber ich war auf der anderen Seite froh, nicht mehr nach Mannheim zu müssen. Mannheim strahlt für mich eine solche Feindlichkeit gegenüber Fremden aus. Ich war schon in vielen Städten, aber in keiner wurde ich so negativ angemacht wie dort. In keiner Stadt hatte ich solche Angst in der Öffentlichkeit angepöbelt zu werden. Ich hatte Angst vor Mannheim. Der Weg vom Bahnhof, durch die Fußgängerzone glich für mich einem Spießrutenlauf. Nirgendwo, wurde ich so dumm angesprochen, so hinter meinem Rücken getuschelt. Trotz der inzwischen deutlich dickeren Haut, kam die Blicke, die Sätze, die Handlungen mir zu nahe. Viel zu nahe, Ich verfluchte jeden dieser Donnerstage, wenn ich durch die Fußgängerzone musste. Ja, das ist meine subjektive Sicht. Man kann sie mögen oder nicht. Aber doch nur darum geht es. Mannheim hat mit Sicherheit schöne Plätze und Orte, nette Menschen und alles was das Leben dort lebenswert macht, aber ich habe davon leider nichts gefunden.

Letzter Versuch der ambulanten Therapie, eine Praxis für Schematherapie in Speyer. Für beide Therapien nahm ich schon einige Kilometer in Kauf. Beide Städte liegen so ca. sechzig Kilometer von meinem Zuhause entfernt. Mannheim war noch recht gut mit der Bahn erreichbar, da es mehrere direkte Verbindungen gab. Vom ICE bis zur Regionalbahn. Alles war ohne Umsteigen machbar. Speyer war nun nicht mehr unbedingt ein Bahnknotenpunkt. Der Aufwand mit öffentlichen Verkehrsmitteln war deutlich größer. Aber es soll ja nicht heißen, ich würde mich nicht um meine Genesung sorgen. Also nahm ich, trotz sozialer Phobie die weiten Anreisen zu den Therapien auf mich. Zum Glück gibt es Kopfhörer. Dadurch wurde der Stress, unter so vielen Menschen zu sein, geringer. Und diese Bahnfahrten entwickelten sich zu einem ziemlichen Geldfresser. Pro Therapie, war ich immer irgend zwischen dreißig bis fünfzig Euros los. Keine Erstattung von der Krankenkasse möglich.

In Speyer hatte ich das Vorgespräch mit einer älteren Therapeutin, die einen kompetenten Eindruck in Sachen Schematherapie machte. Wahrscheinlich war es die Praxisinhaberin, mit der ich das Gespräch führte. Aber als es dann an die regelmäßigen Therapiestunden ging, saß mir eine junge Frau gegenüber. Bei ihr war mir schon von Anfang an klar, dass es nicht sehr lange dauern würde, bis sie überfordert sein würde. Ich begann von meinem Leben zu erzählen, meinen Hoffnungen und Wünschen. Da gingen schon die Rollläden bei ihr herunter. Und so kam es, wie es kommen musste. Nach 3 Therapiestunden, sprach sie dieses Wort Überforderung aus. Wieder jemand, den ich überfordere. Wieder dieses Gefühl der Ablehnung. Des nicht geliebt werden. Die Bestätigung des inneren Gefühls, welch ein schlimmer Mensch in mir steckt. All diese Ablehnung bestätigt wieder und wieder das Gefühl des Selbsthasses und Abneigung vor einem selbst.

Die Frage, die ich mir dabei halt stelle ist folgende. Ich habe im Vorgespräch schon sehr viel von mir erzählt, sie wussten also, dass ich kein leichter, einfacher Fall bin, Warum in drei Teufels Namen setzt man mir dann jeweils eine junge unerfahrene Therapeutin gegenüber. Ich verstehe bis heute nicht, warum in Mannheim und Speyer solche unerfahrenen Menschen mit mir Therapie machen sollten. Natürlich brauchen sie Erfahrung und die bekommt man nur durch die praktische Arbeit mit Patienten. Aber müssen sie das immer mit mir machen? Wut mischt sich Enttäuschung. Bin ich es nicht wert, dass man einen Erfahrenen an meine Seite stellt?

Zum Glück hat sich das dann in späteren Jahren in der PIA mit Frau Fischer geändert. Bei ihr war niemals das Gefühl da, sie zu überfordern. Sie hat diese starke vertrauensvolle Ausstrahlung. Nichts, oder sehr wenig kann sie aufgrund ihrer langjährigen Erfahrung in der Psychiatrie erschüttern. Das tut mir sehr gut. Sie erzeugt wieder und wieder eine Vertrauensbasis!

2012 – Der Tod kommt sehr nahe

oder verdammt, ich bin endlich und sterblich. Das wäre auch eine passende Überschrift gewesen.

Klingt heftig, war es auch. Bevor sie weiter lesen, möchte ich mich für vielleicht manchen Pathos entschuldigen, denn sie auf den nächsten Seiten lesen werden. Dieses eine Jahr hat viele Urängste in mir aufgeweckt. Dinge über die man sich eigentlich nicht so oft Gedanken machen sollte, wurden real, greifbar und erschreckend. Ich wurde mir extrem meiner eigenen Sterblichkeit bewusst. Das meine menschliche Maschine, mit ihren Teilen eines Tages aufhören wird zu funktionieren. Ich habe keine Angst vor dem Tod, dem Nichts. Aber vor dem Sterben, davor fürchte ich mich. Fragen sie sich jetzt, was das soll, dieses ganze Buch schreibt sie von Lebensmüdigkeit und Suizid und gleichzeitig hat sie Angst vorm Sterben. Wie passt denn das?

Diese unbekannte Datum, irgendwo in der Zukunft, das ist das erschreckende. Nicht zu wissen wie und wann es passiert. Geht es schnell oder ganz langsam? Wie groß sind die Schmerzen? Spürt man, wie das Leben in einem erlischt, merkt man diesen letzten Moment seines Lebens? Immer wieder ertappe ich mich dabei, wie es mir diesen Moment des Sterbens vorstelle. Bei einem Autounfall, wenn der Motorblock einen zerquetscht. Beim Flugzeugabsturz, wenn es auf dem Boden aufschlägt oder explodiert. Alle möglichen und unmöglichen Szenarios spiele ich immer wieder durch. Bei jeder Nachricht mit Todesfolge, kommt dieser Gedanke hoch, wie ist dieser letzte Moment. Und je mehr man darüber nachdenkt, desto verrückter drehen sich die Gedanken im eigenen Kopf. In diesem Jahr, war ich wohl kurz davor die Kontrolle über diese Gedanken zu verlieren. Das diese Gedanken mich beherrschen und nicht umgekehrt.

All diese unbekannten Faktoren beängstigen mich. In diesem Jahr kreiste dieses Thema fast jeden Tag in meinem Kopf herum. Wie, wann, wie schlimm. Wieder und wieder. Der Tod war keine abstrakte Größe mehr, sondern mit einem Mal ganz real. Als ob eine Horrorfigur, urplötzlich lebendig von ihnen steht. Klar weiß man, irgendwo im Hinterkopf, eines fernen Tages wird es soweit sein. Die Betonung liegt auf eines fernen Tages. Aber es ist normalerweise so abstrakt und jenseits aller Vorstellungen, dass diese Gedanken gar nicht auftauchen. Ja, wenn man hört, wenn jemand in der Familie oder aus dem Freundeskreis stirbt, dann wird es einem für kurzen Moment bewusst, wir alle sind endlich, aber dann verschwindet es wieder in der Versenkung.

In einem Lied heißt es, dass wenn die Seele Angst vorm Sterben hat, dann lernt sie niemals zu leben. Man verlernt wirklich das Leben, wenn der Tod die Gedanken beherrscht. Und hier kommen auch meine Suizidgedanken und Versuche ins Spiel. Wenn es sowieso eines fernen oder nahen Tages passiert, warum nicht nach meinen eigenen Spielregeln? Warum nicht den Termin mit klarem Verstand wählen, dem Sensenmann ein Schnippchen schlagen. Hey, Gevatter Tod, statt auf dich zu warten, bis du in einem unpassenden Moment kommst, wähle ich den Tag lieber selber. Du brauchst dich nicht um mich bemühen. Diese Art von Sterben macht mir im Gegensatz zu diesem nicht kontrollierbaren Ende keine Angst. Nein eher das Gegenteil. Es beruhigt, weil ich die Kontrolle nicht aus der Hand gebe. Zu gehen, weil man genug hat, auf eine Art, die einem persönlich zusagt. Bei meinen letzten beiden Versuchen mir das Leben zu nehmen, war keine Spur Angst da. Welches Gefühl dann? Ehrlich gesagt gar keines. Es war eine angenehme Leere im Kopf. Vielleicht das Gefühl, es geschafft zu haben? Keine Ahnung, wie ich das genauer beschreiben soll. Krass?

Ja! Sie können jetzt natürlich einwenden, dass diese Gedanken meiner Depression und all den anderen Erkrankungen geschuldet sind. Das ich nicht so denken würde, wenn ich psychisch gesund und stabil wäre. Oder das es fast ungerecht ist, sich das Leben zu nehmen, wenn es andere gibt, die gerne leben würden, aber krankheitsbedingt nicht das Glück haben. Das ich mein Leben wegwerfe. Ja, da gebe ich ihnen recht, aber ich habe so viel probiert und getestet. Nichts hat sich geändert. Wo ist der Punkt, wo man aufgeben darf? Niemals? Oder gibt es eine zeitliche Begrenzung? Da wird es sehr philosophisch und die Meinungen gehen da sehr weit auseinander. Irgendwo habe ich den Satz einmal gehört, Leben ist ein Recht, keine Pflicht! Ich finde diesen Satz als Leitmotiv sehr passend. Keiner darf mir das eigene Recht auf Leben wollen absprechen, aber ebenfalls absolut niemand hat das Recht mir vorzuschreiben, wie lange ich es zu leben habe. Muss ich es bis zum bitteren Ende ertragen? Über dieses Thema sind sehr wahrscheinlich schon viele Bücher geschrieben worden. Jeder Mensch darf bei diesem Thema, das jeden irgendwann betrifft, seine eigene Meinung haben. Gleichzeitig darf niemand kommen und einem seine eigene Meinung aufdrücken. Und hier setze ich mal einen Punkt. Sonst kommen wir nicht weiter in der Geschichte.

Die Wahrscheinlichkeit bei mir an Krebs zu sterben, ist signifikant größer als wohl bei anderen. Meine ganze Familie ist von ihm, ganz dramatisch, dahingerafft worden. Die erste in der Reihe war meine Mutter. Von ihr habe ich ihnen schon erzählt. Auch wenn vieles zwischen uns nicht richtig war, hat mich ihr langsames Sterben zum Nachdenken über den Tod gebracht. Meine sehr ambivalente Beziehung zu meiner Mutter hat sich auch bei ihrem Tod fortgesetzt. Ihr Tod war ein Schock. Irgendwie konnte ich mir nicht vorstellen, dass sie wirklich einfach so stirbt und die Welt sich weiter dreht. Und dann ist es doch passiert. Dies brachte mein ganzes Weltbild zum Schwanken, wenn nicht sogar zum Einsturz. Ich konnte mir gar nicht ausmalen, dass trotz allem was in unserem gemeinsamen Leben passiert ist, sie so ein Loch hinterlassen hat. Ist Blut dicker als Wasser? War sie mir doch nicht so egal, wie ich es mir eingebildet habe? War es ein Ende, mit vielen offenen Fragen, ja das auf jeden Fall.

Der zweite und vierte Tod ereilte dann unsere beiden Katzen. Im Februar erst Sarah und dann im September auch noch Judith. Fünfzehn Jahre waren sie an unserer Seite. Seit wir in unserer jetzigen Wohnung leben, waren sie mit dabei. Haben uns in Urlaube begleitet, haben meine wilde Phase miterlebt. Waren ungewollt Gäste auf fast legendären Wohnungspartys. Ok, nicht ganz freiwillig. Weder das Reisen noch die Partys. Man kann jetzt sagen, fünfzehn Jahre sind für eine Katze eine gute Lebensspanne. Ja, kann man so sagen. Aber ein Leben ist ein Leben. Und diese oder die nachfolgenden Katzen sind mehr als nur Katzen für uns. Ob unsere Denkweise normal ist, darüber kann man streiten. Unsere Katzen sind für uns mehr. Wir haben keine Kinder. Was ich deutlich mehr bedauere, als Gaby, aber das liegt irgendwie mir und meiner Transsexualität verborgen. Ich wäre gerne selbst Mutter geworden. Da, das mit den Kindern nicht möglich war, sind halt unsere Katzen für uns so etwas wie ein Ersatz dafür geworden.

Nicht falsch verstehen, wir stecken sie nicht in irgendwelche Kleidchen oder etwas anderes schräges. Wir versuchen schon sie so artgerecht als möglich für eine Hauskatze zu halten. Aber sie haben absolute Narrenfreiheit. Sie tanzen uns, wenn man es böse ausdrücken will, auf der Nase herum und wir lassen uns das gefallen. Nein, nicht nur gefallen, wir freuen uns auch darüber. Wir sind die Diener der Katzen und sind stolz darauf. Fast könnte man es überspitzt als SM Beziehung betrachten. Sie rufen, wir kommen. Sie sind Priorität Nr. Eins. Inzwischen tanzt uns die vierte und aufgrund unseres eigenen Alters, die wohl letzte Katzengeneration auf der Nase herum.

Aber zurück zum eigentlichen Thema, das Sterben und der Tod im Jahr 2012. Katzen und andere Haustiere haben eine kürzere Lebenserwartung. Man übernimmt also nicht nur die Verantwortung für ihr Leben sondern leider auch für ihr Ende. Als es im Februar darum ging Sarah von ihrer Erkrankung zu erlösen, war es eine schwere Entscheidung. Oder auch nicht. Die Entscheidung war richtig, nur was die Konsequenzen daraus sind so schwer zu tragen. Die Verantwortung für ein Leben zu übernehmen, bedeutet auch sich bewusst dafür entscheiden, dieses Leben unter Umständen auch wieder zu nehmen zu müssen. Auf eine Art Schuld zu sein, dass sie sterben müssen. Für mich nicht leicht. Auch weil man, ok besser ich, beim Sterben dabei ist. Man streichelt sie noch, während die Tierärztin die Spritzen aufzuziehen und ihnen die tödliche Injektionen gibt. Man streichelt weiter, bis man die schreckliche Nachricht hört, dass das Herz aufgehört hat zu schlagen. So direkt mit dem Vorgang des Sterbens bin ich bisher noch nie mit einbezogen worden. Zu spüren, wie dass ein Leben erlischt, so leise und unauffällig ist traurig und es schmerzt unendlich.

Erst da spürt man die plötzliche Leere. Das aus einem geliebten Tier oder auch Menschen ein Stück totes Fleisch geworden ist. Die Seele, der Geist oder Persönlichkeit, egal wie immer man es nennen will ist verschwunden. Zurück bleibt eine Hülle, von der man hofft, dass sie sich doch bitte irgendwie wieder bewegen möchte. Was sie natürlich nicht tun wird. Ich hatte bisher das Glück oder was auch immer, nur bei unseren Katzen direkt dabei zu sein. Bei allen Menschen die gestorben sind, kam die Nachricht erst, als sie schon gestorben waren. Ich setze mich jetzt vielleicht in die Nesseln, oder stochern in einem Hornissennest, wenn ich sage, dass das Sterben bei Menschen leichter zu ertragen ist. Denn in den seltensten Fällen war ich bisher dabei. Eine Freundin von mir, arbeitete ehrenamtlich in einem Hospiz und sie meinte, dass das Arbeiten, das Begleiten der Menschen bei ihrem Sterben, einem die Angst vor dem Sterben nimmt.

Immer ist irgendwie beim Sterben eine Institution wie Krankenhaus o.ä. involviert. Ganz, ganz böse gesagt, nimmt sie einem meist die Sterbebegleitung ab.

Meine Mutter saß, als mein Vater im Sterben lag, zuhause an seinem Bett. Ich bewundere ihren Mut dafür. Den letzten Wunsch zu erfüllen zuhause im eigenen Bett, in vertrauter Umgebung zu sterben ist wahrscheinlich, dass beste was man in dieser Situation tun kann. Auch sie war dabei als mein Vater den letzten Atemzug gemacht hat. Ihn bis zum Schluss begleiten. Dafür verdient sie Respekt und Dankbarkeit

Bei meiner Mutter war nun das Krankenhaus dazwischen. Mir fehlte der Mut, sie zu begleiten. Ich hatte sogar eine wahnsinnige Angst davor. Wollte es am liebsten verdrängen. Wie ein kleines Kind, sich die Augen und Ohren zuzuhalten, in der Hoffnung dass dann alles gar nicht passiert. Sollte es eines Tages bei Gaby so weit sein und ich müsste dann die Verantwortung übernehmen, sie auf ihrem letzten

Weg zu begleiten, ich würde es tun. Bis zum allerletzten Moment. Das bin ich ihr schuldig. Ihr die Hand zu halten. Sie spüren zu lassen, dass sie nicht, NIE, alleine ist. Das sie bis zum Ende das Gefühl haben wird, ich bin da, alle Tage bis zum Ende.

Das nächste, wo sie mich verurteilen können, ist das Gefühl, dass mir der Tod unserer beiden Katzen in diesem Jahr näher ging, als der Tod der eigenen Mutter. Sie hinterließ ein großes Loch. Aber bis heute habe ich eine innere Distanz zu ihrem Leben und ihrem Tod. Es sind nun etliche Jahre vergangen, aber seit der Beerdigung war ich nicht mehr am Grab von meinen Eltern. Es gibt keine Nähe zu Beiden. Vater und Mutter ja. In der Borderline Szene gibt es das Wort „Erzeuger". Das sind die Menschen, die sie geboren haben, aber jedwedes Gefühl für sie abhandengekommen ist, bzw. nie vorhanden war. Ich will nicht so drastisch sein, meine Eltern als reine Erzeuger zu betiteln, aber es ist irgendwas dazwischen. Es gab Nähe, aber nur in sehr distanzierter Version. Versorgt, betreut aber im Endeffekt lieblos. Also bin ich ein Rabenkind, wenn ich meinen Eltern nicht die Liebe und hmm Ehrfurcht entgegenbringe?

Als nächste in der Reihe der Tode war eine Freundin, die mit mich anderthalb Wochen vorher noch zu einem Vorgespräch in eine Klinik begleitet hatte. Sie hatte schon einmal einen Herzinfarkt, diesen scheinbar gut überstanden. Was mich an diesem Tod so mitnahm, war das plötzliche. Alle anderen Tode waren aufgrund der Erkrankungen vorhersehbar bzw. zu erwarten. Aber dieser kam, wie man so unschön sagt, aus heiterem Himmel. Der Anruf ihres Freundes kam, dass er sie, als er von der Arbeit kam, tot auf dem Bett gefunden hat. Das warf in meinem Kopf eine weitere Frage auf. Erst kam der Schock, wie so etwas nur passieren konnte und gleich im Anschluss, wie fühlt es sich an, alleine zu sterben? Hat sie es noch gespürt?

Wieder kommt in diesem Moment die Angst vor diesem unbekannten Moment hoch. Unwissenheit und Unkontrollierbarkeit sind zwei Dinge, mit denen ich nicht gut umgehen kann. Auch die Vorstellung, nach Hause zu kommen und den geliebten Partner tot aufzufinden, welch ein Schock. Sind sie am Stutzen, wie ich doch so etwas sagen kann? Ich, die doch immer und immer wieder vom Suizid redet. Ich würde Gaby auch in diese, um es milde auszudrücken entsetzliche Lage bringen. Nach Hause kommen und den geliebten Partner tot aufzufinden. Und dann noch mit der Gewissheit, dass derjenige (ich), sich das Leben genommen hat. Keine Krankheit, sondern mit eigenen Händen herbei geführt. Eine Vorstellung, bei dem wohl die meisten erschauern oder entsetzt wären. Bin ich mir dessen bewusst, was ich ihr damit antue, Ja definitiv. Wie oft habe ich schon diese Situation in meinem Kopf durchgespielt, wie sie nach Hause kommt, die geschlossene Schlafzimmertür sieht und ihr das klar macht, dass etwas Schreckliches passiert ist. Wie sie die Tür öffnet und mich findet. Sehr grausig. Aber würde es mich davon abhalten? Nein!

Jetzt hier in diesem Moment, bei klarem Verstand würde ich auch nicht diesen Schritt tun. Aber in einem Zustand des Raptus Melancholicus, das klingt so harmlos, da ist mein rationelles Denken ausgeschaltet. Es gibt keine Stimme der Vernunft mehr. Der Fokus ist auf einen winzigen Punkt gerichtet. Alles was außerhalb dieses Punktes liegt, nehme ich nicht mehr wahr. Dann ist auch kein Gedanke mehr vorhanden, was ich damit den Menschen antue, die mich lieben.

Die letzte in der Reihe der Todesfälle, war meine Schwiegermutter Toni. Dies hat vor allem Gaby sehr schwer getroffen. Die beiden hatten eine sehr innige Beziehung miteinander. Besonders oder wegen dem sehr überraschenden Herztod ihres Vaters verband die beiden so viel. Sie konnten oft stundenlang über die unterschiedlichsten Themen reden. Sie war auch im Alter immer noch gut informiert und hatte zu allem eine eigene Meinung und das meine ich im sehr positiven Sinne.

Toni hatte eine lange Krankheitsgeschichte hinter sich. Angefangen von Asthma bis hin zu COPD. (engl.: chronic obstructive pulmonary disease) Dies ist ein Oberbegriff für eine chronische Bronchitis und ein Lungenemphysem. In Folge dessen, kommt es zu einer dauerhaften, fortschreitenden Erkrankungen der Atemwege. Sie wird dadurch charakterisiert, dass das Ausatmen durch eine Verengung der Bronchien behindert wird. Im Laufe ihrer Erkrankung musste ein großer Teil ihrer Lunge entfernt werden. Aber trotz allem stand sie mitten im Leben. Selbst als sie nur noch mit Sauerstoffflasche sich draußen bewegen konnte, blieb sie bis zuletzt mobil.

Im Gegensatz zu meiner leiblichen Mutter, behandelte sie mich wie einen erwachsenen Menschen und nicht wie ein unmündiges Kleinkind. Unser Kontakt war nicht oft, aber auf ihre Art, nahm sie fast einen größeren Platz in meinem Herzen ein, als Bruni. Ich glaube der Tod von Toni, war der negative Höhepunkt des Jahres. Trotz all ihrer gesundheitlichen Probleme war es fast ein Schock, wie schnell es auf einmal ging. Wie von einem Tag auf den anderen das Herz aufhörte zu schlagen. Mit einem Mal diese grausame Leere im Herzen spürt und diese große Lücke im Leben und vor allem im Herzen entsteht.

Um dieses für sie wie mich sehr anstrengende Thema zu einem Ende zu bringen. Noch eine letzte Sache. Eine letzte Todesnachricht und dabei für mich die schlimmste, war 2014, zwei Jahre nach dem Jahr des Todes. Dieses Mal traf es meine Schwester. Das war der Schlag, der bis heute am meisten weh tut. Petra und ich waren nicht die Geschwister, die andauernd zusammen hockten, oder permanent in engem Kontakt standen. Schon von Kindesbeinen waren wir, wie beschrieben, zwei sehr unterschiedliche Charaktere. Ihr ganzer Lebensweg war ein anderer. Aus meiner Sicht, würde ich sagen, ein besserer, aber dann bin ich wohl zu sehr subjektiv. Sie hatte vieles, was ich sehr lange vermisste. Freunde, eine eigene Familie, die Anerkennung meiner Mutter.

Das soll jetzt nicht neidisch klingen, alles was sie in ihrem Leben erreicht hat, gönne ich ihr von ganzem Herzen. Alles hat sie sich erarbeitet, mit eisernem Willen, einem großen Herzen und viel Mut.

Und sie war meine Schwester. Etwas, das sonst niemand auf der Welt war. Einzigartig und unersetzbar. Und sie war die letzte Familienangehörige. Keine Ahnung, ob es noch jemand so geht, wenn einem klar wird, dass man mit der Todesnachricht zur Vollwaisen geworden ist. Dass man damit die letzte der Familie ist. Das unser Familienname mit mir stirbt. Für mich war es wie ein Beben. Niemand mehr da, zu dem man sagen kann, wir sind Familie.

Als meine Schwester starb war sie unter fünfzig Jahren, hatte drei fast ausgewachsene Söhne und einen Ehemann. Ihr Verlust und ihr Schmerz muss mit Sicherheit unermesslich groß gewesen sein. Kann es nur vermuten, denn wir haben nach dem Tod von Petra so gut wie kein Wort mehr gesprochen. Finde ich es schade? Ja, es ist schade, aber wie schon gesagt, die Beziehung zu Petra und ihrer Familie war mehr als nur räumliche Distanz. Es ist schwierig, dieses Auseinanderleben und trotzdem die familiäre Nähe zu erklären. Jeder von uns beiden, war nicht Teil des Anderen. Aber bei ihr verspürte ich zum ersten Mal beim Tod eines der Familienangehörigen Trauer und Verlust. Wenn man es von außen betrachtet, war der Kontakt zu meinen Eltern intensiver, als zu meiner Schwester. Aber im Gegensatz zu ihnen fallen mir bei Petra, sehr viele positive Momente ein und ich habe immer noch das Bedürfnis, mich bei ihr für manche Sachen aus unserem Leben zu entschuldigen.

Was würde ich ihr heute sagen, bzw. welche Zeilen schreibe ich ihr? Dass ich sie wirklich vermisse. Ich würde sie gerne ein einziges Mal von ganzem Herzen in den Arm nehmen und ihr sagen, wie toll ich sie als Schwester finde. Etwas, was wir wohl nie getan haben. Was in unserer Familie allgemein ein großes Manko war. Aber sie würde ich wirklich gerne mal von Herzen, mit all den Emotionen in den Arm nehmen. Sentimental oder sogar heuchlerisch, meinen sie? Kann sein. Ich weiß nicht einmal, was Petra davon halten würde, wenn ich sie in den Arm nehmen würde. Ob sie das gleiche für mich empfinden würde? Vieles, was ich bis heute über mich gelernt habe, weiß sie mit Sicherheit gar nicht. Das soll keine Rechtfertigung sein, auch wenn es vielleicht zum Teil so klingt. Ich kann leider nur aus meiner Sicht, dies alles beschreiben.

Wenn sie noch am Leben wäre, hätte ich ihr diese Zeilen sagen können? Keine Ahnung. Wir werden es auch nie erfahren. Zu vieles blieb in unserer Familie ungesagt und ungetan. Dinge, an die man erst denkt, wenn es zu spät ist. Wenn es nicht mehr änderbar ist. Gefühle, die unter einem dicken Panzer aus Eis verborgen waren. Dieser Panzer, der erst durch einen Verlust die Sprünge bekommt, die notwendig sind, um Gefühle auszusprechen.

Danke Petra, dass du meine Schwester warst, ich liebe dich, auch wenn ich es dir nie zeigen konnte

Noch belastbar? Eine kleine traurige Geschichte übers Sterben habe ich auch noch. Wir hatten früher in unserem Wohnzimmer eine Voliere mit Wellensittichen. Dabei war ein winzig kleiner nackter Vogel dabei. Zwutzel, in unserem Dialekt ein Synonym für winzig. Wegen eines Gendefektes hat er irgendwann fast alle seine Federn verloren. Aber nicht seinen Lebensmut. Er war ein wirklicher Kämpfer. Stellte sich seinem Leben. Konnte nicht mehr fliegen, war klein und winzig. Aber e r bewegte sich geschickt mit Schnabel und Krallen an den Stäben von einer Sitzstange zu anderen. Irgendwie war er der Liebling von allen. Im Winter bekam er sogar eine Rotlichtlampe, damit der kleine Kerl nicht fror. Aber irgendwann begann auch sein Lebenslicht zu flackern. Er saß nur noch unten auf dem Boden, zitterte und war vielleicht auch schon blind. Er war abzusehen, dass seine letzten Stunden angebrochen waren. Ich habe ihn dann aus dem Käfig geholt und auf meine Hand gesetzt. Dieses nackte hilflose Etwas. Das er spürt, er ist nicht alleine und er hat hoffentlich auch die Wärme der Hand gespürt. Er konnte sich nicht mehr richtig bewegen, konnte nicht mehr richtig auf seinen Krallen stehen. Lag nur da und versucht immer wieder auf die Beine zu kommen. Es war herzzerreißend. Sechs Stunden saß er auf meiner Hand. Ich versuche ihm zuzureden, endlich loszulassen, dass es ok ist zu gehen. Wir alle haben ihn lieb und er soll über die Regenbogenbrücke gehen. Dort kann er mit seinen neuen Federn zusammen mit Artgenossen frei herum fliegen. Diesem Leid zuzusehen zerriss mein Herz. Klar, hätte ich ihm den Hals herumdrehen können und er wäre wahrscheinlich kurz und schmerzhaft gestorben. Aber so eine brutale Handlung schaffte ich nicht. So trug ich ihn einen ganzen Nachmittag mit mir in der Wohnung herum. Aber er wollte nicht aufgeben. Bis dann abends Gaby kam und mich ablöste. Kaum war er dort auf ihrer Hand wurde er endlich erlöst. Es sehr ein schwer zu ertragendes Gefühl, Jemandem oder Etwas beim Sterben zuzusehen. Auch wenn es für manche doch

„nur" ein Wellensittich war. Ja, verdammte Scheiße, es war nur ein lumpiger Vogel, aber trotzdem ein geliebtes Lebewesen und selbst ein Wellensittich hat ein Recht auf einen guten Tod.

Hinter den Gittern der Psychiatrie

Die vielen Tode haben in mir, wie weiter oben geschrieben, diese Urangst vor dem Sterben aufgeweckt. Wie die Büchse der Pandora, konnte ich die Gedanken zu diesem Thema nicht mehr in ein vernünftiges Maß einschränken. Mehr oder weniger täglich, war der Tod Teil meiner Gedankenwelt. Stimmt so nicht ganz, es war nicht der Tod, sondern das Sterben, dass ich so fürchtete. Der Tod war das Ende, die Erlösung und die Hoffnung auf ein Ende der Verzweiflung. Angst machte der Weg dorthin.

Das Sterben wurde zu einer realen, mich extrem beängstigenden Person. Wie sterbe ich, wie fühlt es sich an. Wann passiert es? Alles so ohne eigene Kontrolle. Wäre es dann nicht besser es selbst zu tun. Selbstbestimmt? Der Kreisel in meinem Kopf drehte sich schneller und schneller. So schnell, dass ich immer mehr den Kontakt zur Wirklichkeit verlor. Das ging so lange schlecht, bis Angelika davon genug hatte. Zu der Zeit chatten wir fast täglich. Immer mehr wurde sie zu meiner Beichtmutter.

Heute ist es trotz strahlend blauem Himmel und über 35° im Schatten nicht Tag geworden. Zumindest nicht in mir. Es herrscht eine rabenschwarze Düsternis. Kein Stern erleuchtet diese Dunkelheit. Habe Morgen Termin beim Ohrenarzt und in der Psychiatrie haben sie heute Blut und Urin von mir abgenommen. Sie wollen schauen, ob die Schmerzen im Bauch und Darm real oder eher psychosomatisch sind. Es kommt die Angst hoch, Angst vor schlechten Nachrichten, eine unheilbare Krankheit oder was auch immer, zu haben. Die Angst vorm unkontrollierten Sterben. Wie realistisch dieser Gedanke ist, rein faktisch eher sehr gering, gefühlsmäßig klingt es wie eine kommende Wahrheit.

Bin inzwischen so lange zuhause, wie in den letzten zweieinhalb Jahren nicht mehr. Die siebte Woche ist schon herum, ich gehe auf die achte Woche daheim zu. Und derzeit ist eine erneute Aufnahme in weiter Ferne. Die Situation auf der Station ist weiter sehr angespannt. Also nicht für mich geeignet. Ebenfalls hat die Klinikleitung, Oberärzte oder wer auch immer, andere Vorstellung als Frau Fischer. Sie machte mir ganz klar, dass sie mich derzeit nicht aufnehmen würde. Zumindest keine elektive Aufnahme. Im Rahmen einer lebensbedrohenden Krise selbstverständlich. Aber ob ich das jemals schaffen werde, mich so weit fallen zu lassen, dass ich die Verantwortung abgeben möchte? Kann ich mir leider vorstellen. Wobei die Situation immer angespannter wird. Ich bin immer mehr auf diesem Dead Man Walking. Es gibt keinen Ausweg. Es heißt entweder ertragen, was immer unerträglicher wird oder sterben. Doch solange ich noch diese Zeilen schreibe, ist der Raptus Melancholis in unerreichbarer Entfernung. Wie ich das alles gerade hasse. Mich hasse. Ich komme mir fast vor wie Prometheus, der an diesen Felsen geschmiedet ist und täglich kommt der Adler und frisst seine Leber. Diese wächst immer wieder nach, und das Spiel wiederholt sich Tag für Tag. Immer wieder der gleiche unerträgliche Schmerz. Jeden Tag aufs Neue und keinen Ausweg. Ich möchte nicht mehr sein. Wenn das bedeutet Tot zu sein, dann ist auch das ok. Wenn nur das scheiß Sterben nicht wäre. Gerade sehnt sich wirklich ein Teil von mir nach dem Raptus. Aufstehen und gehen. Für immer, ohne Nachzudenken, ohne Panik, ganz ruhig auf und davon.

Dieser Beichtmutter wurde es langsam zu viel. Zu verzweifelt klangen die Gedanken, die ich ihr schrieb. Sie machte sich ernsthafte Sorgen um mich. Sie wollte nicht, dass ich Suizid beging. Und so saßen wir eines Tages in der Aufnahme der Psychiatrie. Der Beginn einer bis heute anhaltenden Beziehung. Dass ich bis heute Gast sogar Dauergast, in dieser Klinik bin, hätte ich wohl damals nicht erwartet.

Wie in jeder Art von Krisenambulanz, ob physisch oder psychisch, braucht man sehr viel Geduld. Stunden vergehen, bis man endlich an die Reihe kommt. Dr. Stall hieß, bzw. heißt der behandelnde Arzt. Er nahm sich die Zeit für ein kurzes Gespräch. Meist ist es wirklich sehr kurz. Dabei geht es eigentlich „nur" darum, abzuchecken wie es um den Patienten, in diesem Fall mich, momentan steht. Drastisch gesagt, macht sich der Arzt ein Bild, in wie weit ich eine Gefahr für mich oder andere bin. Sollte einer dieser Punkte zutreffen, wäre ich ein Fall für die Psychiatrie. Aber nach vielleicht fünfzehn oder maximal zwanzig Minuten im Funktionsmodus mit perfekt sitzender Maske entschied er, ich wäre kein Fall für diese.

Wie fühlt sich das an? Als würde einem Jemand einen Tritt in den Hintern geben. Meine schlimmsten Befürchtungen wurden wahr. Der eingebildete Kranke kam mir in den Sinn. War ja klar, ich übertreibe wieder einmal. Wusste ich es doch, so schlimm ist es doch gar nicht. Draußen war ich wieder. Angelika war entsetzt, konnte nicht glauben, dass sie mich wieder gehen ließen. Wie das sein könne, ich wäre doch stark suizidal. Sie konnte es nicht fassen. Mir war es in dem Moment egal. Fühlte mich taub, so als wäre ich in einer Blase gefangen, in der alles ein bisschen leiser, langsamer, enttäuschter war. Der strafende und fordernde Elternteil meinte höhnisch zu mir, dass es klar war dass sie mich nicht nehmen würden. Wie immer würde ich doch alles nur übertreiben. Versagerin, eine Enttäuschung, dröhnte es in meinem Kopf. Jetzt wo ich aus der Situation draußen war, war auch die Fassade weg. Die Traurigkeit bohrte sich wieder in den Vordergrund. Zum Glück bot mir dann Dr. Stall regelmäßige ambulante Termine in der psychiatrischen Institutsambulanz, kurz PIA, an. An einem dieser Termine brach ich dann doch heulend vor ihm zusammen. Gaby war mit dabei. Als ich dann so heulend vor ihm saß, bekam zum ersten Mal in meinem Leben eine Tavor zur Beruhigung. Er gab mir etwas Zeit zu überlegen, ob ich nicht da bleiben möchte. Er persönlich würde es begrüßen. So saßen Gaby und ich im Hof der Klinik und überlegten was ich tun soll. Ambivalenz ist echt etwas sehr beschissenes. Immer diese zwei Stimmen im Kopf. Pro oder kontra. Ja oder Nein. Niemals eine klare Entscheidung treffen können. Mit knapper Mehrheit und Unterstützung von Gaby entschied ich mich fürs Bleiben. Was hätte wohl Dr. Stall gemacht, wenn ich Nein gesagt hätte.

Was dann passierte, kann man dann Glück, Zufall, Fügung oder was auch immer, nennen. Ich kam auf die richtige Station. Dort traf ich zum ersten Mal Frau Fischer, die Pflegekräfte waren schwer in

Ordnung. Was wäre passiert, wenn ich auf einer anderen Station gelandet wäre? Nicht Frau Fischer, die Herrn Kuhe und Mann, Frau Manzel und all die anderen kennen gelernt hätte? Und vor allem auch Frau Untermüller nicht. Sie ist das Prunkstück dieser Station. Die Schwester der alle Patienten vortrauen. Die, die sich wirklich Zeit nimmt, um sich mit dir und deinen Problemen zu befassen. Die Einzige, die es schafft, und es auch darf, mich zu berühren, oder das ich panisch werde.

Hätte dieses Vertrauen, dass ich bis jetzt in die Klinik habe, überhaupt entstehen können? Wäre auf einer anderen Station die Versorgung ebenso gut gewesen? Oder wäre die Aufnahme eher etwas Einmaliges, Abschreckendes geworden? Darüber kann man spekulieren. Aber ich bin froh, auf der für mich richtigen Station gelandet zu sein.

In den ersten Stunden oder Tagen machte mir die verschlossenen Eingangstüren und Gitter vor den Fenstern schon zu schaffen. Als Dr. Stall mich mit dem Fahrstuhl auf die Station fuhr und sich dieser hinter mir schloss, wurde mir richtig bewusst, du kommst hier nicht mehr alleine raus. Du bist gefangen. Wie in einem Knast. Permanent angewiesen darauf, dass jemand mit Schlüsselgewalt dich wieder raus lässt. Meine bisherigen Erfahrungen mit Kliniken waren immer so, dass die Türen offen standen. Dass man kommen und gehen konnte wie man wollte.

Frau Fischer machte gleich beim Aufnahmegespräch, in mir recht schnell die Hoffnung zunichte, dass hier so etwas wie eine Psychotherapie stattfinden würde. Stabilisierung, nur darum ginge es. Das war anfangs schon schwer zu verkraften. Irgendwie hatte ich ja doch die Hoffnung so etwas wie eine Therapie zu bekommen. Die Chance auf Verbesserung.

Aber wie heißt es immer, man gewöhnt sich an alles. Auch an die geschlossenen Türen, dieses Bitten müssen, dass man einen heraus lässt. Aber mit der Zeit änderte sich die Einstellung zu den Gittern und verriegelten Türen. Sie wurden eine Art von Sicherheit. Ich konnte nicht heraus, aber dafür konnte auch niemand herein. Die Welt war draußen ausgesperrt. Dies hatte etwas wahrlich Beruhigendes.

Und selbstverständlich schaffe ich es auch hier wieder problemlos Kontakte zu knüpfen. Leute zum Reden, spielen, Kaffee trinken, oder was auch immer, zu finden. Da stellte ich fest, dass hier die anderen Patienten auch nicht viel anders wie in den bisherigen Kliniken waren. Menschen mit psychischen Problemen. Aber Menschen.

Die einzig krassen Patienten, ohne dass sie etwas dafür konnten, waren die an Demenz erkrankten, älteren Menschen. Die irgendwie von den Altenheimen eine Zeit lang in die Psychiatrie abgeschoben wurden. Sie auf Station zu haben, war zum Teil schon anstrengend. Wenn man morgens um halb acht auf den Klo geht, noch halber schläft und ein alter Mann mit heruntergelassenen, voll geschissenen Hosen kommt einen entgegen, dass kann schon einen Schub in den Tag geben.

Die älteren Damen und Herren, die ich in den ersten Jahren auf „meiner" Station getroffen habe, deren Verstand sich immer weiter zerfaserte, waren schon schwierig. Deren Erinnerungen mit jedem Tag ein bisschen mehr erlöschen. Diese Menschen können nichts für ihre Krankheit. Keiner hat es sich herausgesucht an Demenz zu erkranken. Ich machen ihnen alle keine Vorwürfe. Wie sage ich es, ohne zu verletzen oder herab zu würdigen. Aber sie waren aber wirklich fehl am Platz in der Psychiatrie. Sie hätten eine gute unterstützende Betreuung in einem Alten- oder Pflegeheim bekommen sollen. Stattdessen schiebt man sie ab. Sie taten mir leid, aber gleichzeitig war ihre distanzlose Nähe schon anstrengend. Wenn man genug mich sich selbst zu tun hat und eigentlich niemand in seine Reichweite lassen will, weder körperlich noch emotional, dann ist es schwierig damit umzugehen.

In diesem Aufenthalt wurde auch zum ersten Mal die Diagnose Borderline gestellt. Die ersten, blutigen Selbstverletzungen fanden da statt. Habe dort zum ersten Mal dieses Ventil zum Abbau der inneren Anspannung bei jemand anderen kennengelernt. Und dann kam auch sehr schnell der Gedanke es einmal bei mir auszuprobieren. Das fühlte sich so richtig an, so als ob alles in mir nur auf diesen Moment gewartet hätte. Endlich das gefunden, was stimmig ist und sich verdammt nochmal richtig anfühlte.

Die ersten Schnitte, habe ich mit der Klinge eines Spitzers gemacht. Kleine, vorsichtige Schnitte. Noch zaghaft. Aber ich lernte sehr schnell, wie gut diese Methode hilft, sich der Anspannung, des inneren Drucks, zu entledigen. Nun kann man sich die Frage stellen, wurde ich dort erst zum Selbstverletzen verleitet, oder kam nur etwas heraus, was schon lange in mir schlummerte. Für mich, als direkt Beteiligte, passt Aussage Zwei besser. Mein ganzes Leben lang war die Anspannung, die Verzweiflung und damit auch die Borderline Störung schon da, nur zeigte sie sich nicht nach außen. Alles blieb schön unter Verschluss. Hinter den dicken Mauern meiner inneren Burg. Erst in diesem Moment, als ich diese Frau mit ihrem Verband sah, wusste ich, da gibt es ein Ventil für all den Schmerz und Traurigkeit. Aber es ist wie mit Drogen und Alkohol, erst genügt ein kleines Schnapsglas, ein Joint zum Herunterkommen. Aber wenn man nicht aufpasst, dann wird das eigene Verlangen nach Mehr und Heftiger immer stärker. Anfangs waren wirklich nur ein paar kleine Schnitte an Oberarm. Heute reicht zum Teil nicht einmal mehr ein komplett aufgeritzter, aufgeschnittener Arm. Selbst wenn er schon völlig mit Blut bedeckt ist, reicht das viele Mal nicht mehr aus. Ich weiß, dass diese Art von Spannungsabbau die falsche Art ist, mit dem inneren Druck umzugehen. Aber leider finde ich an manchen Tage keine andere Lösung für mich. Jetzt kommt natürlich der Einwand "Und was ist mit Skills?" Natürlich kenne ich Skills. Habe selbst meine eigene Skillskette. Auch immer dabei, wenn ich in die Klinik gehe. Sehr oft hilft sie, ab und zu leider auch nicht. Aber will ich dieses Ventil auch wirklich loswerden? Diese Frage stelle ich mir oft. Natürlich ist der Wunsch da, damit aufzuhören. Aber an den schlimmsten der schlimmen Tage, da erzielt kein angelernter Skill diese Ruhe in einem Selbst. Da ist ein Skill nur Ablenkung, ist diese weg, kommt auch der Druck wieder. Kein Skill hat leider diese lang anhaltende Wirkung. Außer Quetiapin, aber das hat andere Nachteile.

Es ist selbstzerstörerisch, aber gibt kein besseres Ventil als dieses. Das man sich schadet, dass man unzählige Narben bekommt, stigmatisiert wird. Ja alles richtig. Es ist wichtig, andere Wege zum

Stressabbau zu finden. Aber ich stelle mir des Öfteren die Frage, ob es eines Tages nicht mehr nur genügt, sich zu verletzen?

Skills, die was man in den Kliniken lernt, sind sehr oft hilfreich. Manches Mal. Vielen Menschen, auch mir, helfen sie, wenn die Anspannung langsam kommt. Sie wahrnimmt. Aber in anderen Situationen, wenn meine Anspannung sehr schnell, sehr hoch geht, dann habe ich nur zwei Optionen, Aushalten oder zur Klinge zu greifen. Nicht immer schaffe ich das Aushalten. Deswegen meinen Respekt an alle, die es geschafft haben, clean zu bleiben. Die andere Wege gefunden haben, um mit ihrem Schmerz, dem inneren Druck besser umzugehen. Eigene. bessere Strategien gegen dieses selbstschädigende Verhalten gefunden haben. Ich leider nicht immer.

Wie fühlte es sich an, die Diagnose Borderline bekommen zu haben? Ehrlich gesagt, auf eine Art fast gut. Eine Erleichterung. Die ganzen Jahre zuvor, war immer die Frage in mir, warum funktionieren diese ganzen unterschiedlichen Therapien bei mir nicht? Irgendeine müsste doch fruchten. Fühlte mich unfähig, zu blöde diese ganzen Therapien zu verstehen. Jetzt mit dieser Diagnose ergab alles einen Sinn. Endlich eine Erklärung für das was da in mir tobte und schrie. Irgendwie war es wie damals mit der Transsexualität. Endlich zu wissen, dass es ein Wort, einen Begriff für all das gibt. Dass ich nicht alleine bin. Das ich keine Versagerin war und bin. Naja zumindest bei der Krankheit, dass alles war mehr eine Erleichterung als ein Schock oder Belastung. Vor allem auch, weil zu dem damaligen Zeitpunkt immer noch die Depression wie ein schwerer Mantel über der Borderline Störung lag. Sie hat vieles noch unter Verschluss gehalten. Erst im letzten dreiviertel Jahr, habe ich erfahren, wie heftig diese emotionale Achterbahn im Kopf wirklich sein kann. Wie viel Spannung ein Kopf entwickeln kann.

Zurück zum ersten Aufenthalt in der Psychiatrie. Das Schöne an diesem und den weiteren Aufenthalten war, dass ich schnarchte. Schön für mich, nicht für die Anderen. Aber dadurch bekam ich eines dieser seltenen Einzelzimmer. Laut zu sein, hat auch seine Vorteile. Sieben Wochen dauerte der erste Aufenthalt und die Zeit dort fühlte sich gut an. So gut, dass ich kurze Zeit später wieder in der Krisenambulanz stand und um Aufnahme bat.

Ein großer, wirklich großer Fehler. Irgendwie hatte ich, die natürlich naive, Vorstellung davon, dass alle Station so wäre wie die meine. Der Schock, dass dem nicht so ist, war riesig. Meine Station war eine kleine mit ca. zwanzig Betten. Die andere Station war dagegen riesig. Achtundzwanzig Betten gab es, die Station war düster, der endlose Flur hatte etwas von einem Set bei einem Horrorfilm. Später erfuhr ich, dass es auf meiner Station gebrannt hat. Dadurch musste die Station von Grund auf renoviert werden. Deswegen hatte sie, diesen neuen Flair, ganz im Gegensatz zu den anderen. Die Pflegekräfte auf der anderen Station machten auch eher den Eindruck, als wären sie besser für eine Knastaufsicht oder als Feldwebel in der Bundeswehr geeignet. Freundlich und hilfsbereit klang anders. Nach ein paar Stunden war mir klar, Ich will hier raus. Jetzt, so schnell als möglich. Aber das wurde ein Kampf. Wurde von der Pflege angeblafft, von der Ärztin beschimpft. Und die anderen Patienten sahen eher nach Gruselkabinett aus. Da war es wieder vom großen Nachteil, dass die Tür abgeschlossen war. Da wurde aus der Freiheit auf meiner ersten Station ein Eingesperrt sein in dieser Neuen. Bis fast 22 Uhr kämpfte ich darum, dass der AvD, der Arzt vom Dienst, noch bei mir vorbei kommt. Der anwesende Pfleger, war alles, nur nicht höflich, als ich immer wieder um ein Gespräch mit dem verantwortlichen Arzt bat.

So gegen 22 Uhr kam er dann endlich vorbei. Gaby saß zuhause, immer noch bereit ins Auto zu springen und mich abzuholen. Jedoch verhieß das Gespräch mit dem Arzt nichts Gutes. Ihm wäre es lieber, wenn ich die Entlassung, zumindest bis morgen früh verschieben würde. Ich solle dann Morgen früh mit den ständigen Ärzten der Station reden. Diese könnten dann die Entlassung in Angriff nehmen. Äußerst widerwillig gab ich nach. Wenigstens war ich alleine in dem Zimmer. Aber ich schlief trotzdem nicht sehr gut.

Am nächsten Morgen saß ich gleich vor der Pflegestation und wartete auf den zuständigen Oberarzt. Immer wieder ging ich der Pflege und allen anderen auf die Nerven, indem ich ständig nachfragte. Aber es dauerte bis in den Nachmittag bis sich etwas tat. Hier hatte ich wirklich Glück im Unglück. Der eigentliche Oberarzt der Station war nicht im Hause und die Vertretung war ausgerechnet der Oberarzt „meiner" Station, er kannte also noch mich und meine Situation. Nach langem Hin und Her, Diskussionen unter den Ärzten und mit mir, konnte ich endlich nachmittags entlassen werden. Aber die zuständige Ärztin der Station machte mir im Abschlussgespräch noch einige Vorwürfe und beim Aufschließen der Stationstür meinte dieser unangenehme Pfleger noch, wenn man es freundlicher ausdrücken will, „Besuchen sie uns nie wieder". Daran habe ich mich gehalten. Nie wieder diese Station. Bis heute hat diese eine Station einen ziemlich hohen Gruselfaktor bei mir. Ich dankte allen Göttern und sonstigen höheren Mächten, dass ich aus der Station heraus war.

Durch diese Aufenthalte, hatte ich wenigstens die Chance bekommen mich regelmäßig, alle paar Wochen, in der psychiatrische Institutsambulanz vorzustellen. Im Laufe der nächsten beiden Jahre hatte ich eine Ärztin, die einfühlsam wie ein Holzhammer war und einen anderen Arzt, dem irgendwie das Engagement fehlte. Aber alle blieben auch nicht lange genug um Vertrauen zu ihnen aufzubauen. Erst als 2014 Frau Fischer sich bereit erklärte mich in der PIA zu betreuen, konnte durch die Regelmäßigkeit der Treffen eine Vertrauensbasis geschaffen werden.

Nach 2012 mit dem ersten Aufenthalt folgten dann in den nächsten beiden Jahren schon zwei Aufenthalte pro Jahr. Aber egal wer mein zuständiger Arzt bzw. Psychologin war, ich hatte das Glück immer wieder auf die gleiche Station, wie beim ersten Aufenthalt, zu kommen. Dafür bin ich allen, die dafür alle Hebel in Bewegung gesetzt haben, zu großen Dank verpflichtet. Durch diese regelmäßigen Aufnahmen entstanden auch eine Verbundenheit und ein Vertrauensverhältnis mit der Pflege und den Ärzten. Obwohl, bei den Ärzten eher nicht. Frau Fischer wechselte von der Station in die PIA und hatte mit dem Alltag auf Station nichts mehr zu tun. Was dann danach kam, war schon seltsam. Die Psychiatrie ist auch ein Ausbildungsort für angehende Psychologen und Ärzte. Diese doch sehr unerfahrenen Ärzte wurden jetzt auf die Menschheit bzw.

Patienten losgelassen. Ganz böse gesagt, sie hatten von Tuten und Blasen (noch) keine Ahnung. Weniger böse gesagt, sie waren noch neu und unerfahren in ihrem Beruf. Hatten Probleme mit Patienten, vor allem den schweren Fällen. Es fehlte die Erfahrung, wie man mit anstrengenden Patienten umgeht. Vieles was sie sagen, klang mehr nach Lehrbuch, als nach Hilfe. Zwei kleine Beispiele dafür, wie so der Umgang zwischen den neuen Ärzten und mir war.

Beispiel Eins, es war eine junge Ärztin, der ich sagte, dass wegen der Borderline Erkrankung mein Selbsthass und Selbstekel sehr groß sind. Daraufhin meinte sie als guten Ratschlag, ich solle mir doch liebevoll über den eigenen Arm streicheln und mir dabei immer wieder sagen, wie sehr ich mich mag. Ich war wirklich perplex. Was sollte der Scheiß? So einen Satz erwarte ich vielleicht von Jemandem, der vom Metier keine Ahnung hat und in seiner Unbedarftheit diese Aussage heraus lässt. Ohne zu ahnen, welche Lawine dieser Satz auslösen kann. Keine Ahnung, wie es ihnen mit so einer Aussage geht, aber ich finde, mir einfach zu sagen, ich solle mich nur selber streicheln dann würde der Selbsthass und die eigene Abneigung meiner Person verschwinden, das klingt doch sehr naiv. Im Gegenteil, irgendwie macht so ein Satz es alles nur noch viel schlimmer. Mich zu spüren, ist eines der schlimmsten Gefühle überhaupt. Der Hass wächst dadurch nur noch mehr. Auch wenn sie vielleicht noch nicht so viele Patienten mit Borderline hatte, sollte man mit solchen Aussagen etwas vorsichtiger sein. Mich traf diese Aussage ziemlich heftig. Fühlte mich in meiner Krankheit nicht ernst genommen. Es ist so, wenn sie zu jemanden mit Anorexie sagen, du musst doch nur ein bisschen mehr essen, oder bei Depression sagen, man müsste einfach nur mal wieder lustiger sein. Kann sein, dass ich da etwas übersensibel reagiere, aber ich kann nicht anders darüber denken.

Zweites Beispiel. Während eines Aufenthaltes ging es mir, mal wieder, sehr schlecht. War am Heulen, wollte nicht mehr weitermachen. Alles fühlte sich nur noch so sinnlos an. Der Abgrund, die Dunkelheit waren wieder einmal sehr nahe. Die Pflege schickte dann den Arzt auf mein Zimmer. Unter Tränen erzählte ich ihm gerade, wie unerträglich die Verzweiflung ist, wie groß der Wunsch nach Erlösung ist. Ok, wenn ich mal ins Reden komme, ist es schwierig mich zu stoppen. Ich also redete mir meine Verzweiflung von der Seele, als dieser zukünftige Arzt, Psychologe, Therapeut, oder was auch immer, mitten in meiner Verzweiflung aufstand und einfach ging. Ohne einen Ton zu sagen, aufgestanden und aus dem Zimmer raus.

Aber nicht um irgendwie Hilfe, Medikamente oder Unterstützung vom Oberarzt oder Pflege zu holen. Nein er ging einfach, ließ mich alleine. Hatte er keine Lust mehr, einen anderen Termin oder Feierabend? Ich weiß es nicht. Er war einfach weg. Nicht mal Bedarf hat er mir angeboten. Er verschwand einfach. WTF, was soll das? Wenn er mit meinen Emotionen überfordert war, und deshalb Jemanden geholt hätte, der erfahrener ist, wäre alles ok gewesen. So aber, kam erst ein großes Fragezeichen, kommt er wieder, wo ist er hin? Dann eine große Wut, wie kann er mich jetzt, in diesem Moment alleine lassen? Und als letztes kommt die Wut auf mich selbst hoch. Keiner da, an dem ich diese Wut abreagieren konnte. Also ging ich auf die Person los, die ich sowieso schon immer hasste, mich. Hohe Anspannung, Druck, heftiges Verlangen nach der Klinge wurde geweckt. Ich war danach wirklich geschockt. Das Vertrauen in die zuständigen Ärzte war gleich Null. Wäre in solchen Momenten, nicht der gute Kontakt zur Pflege gewesen, ich wüsste nicht, was ich getan hätte. So konnte ich dann das Gespräch mit jemandem Vertrauten von der Pflege fortsetzen, die Wut noch einigermaßen kanalisieren, ohne dass es zu Verletzungen kam.

Warum lässt man solche unerfahrenen, angehenden Ärzte alleine auf Menschen in zum Teil schweren Krisen los? Warum ist da kein erfahrener Therapeut oder Arzt dabei?

Erst mit dem Jahr 2016 hielt auf der Station so etwas wie Professionalität Einzug. Herr Kriz wurde der Psychologe auf Station. Der erste richtig erfahrene Psychologe seit Frau Fischer in die PIA wechselte. Und Herr Kriz war ein großer Freund der Schematherapie, was mich anfangs auch sehr freute und vielleicht die Hoffnung wachsen ließ hier etwas Schematherapie machen zu können. Aber Zeiten ändern sich und damit auch manchmal die Einstellung zu

Dingen und anderen Menschen. Ich hatte anfangs wirklich Hoffnung, zumindest ein kleines bisschen Schematherapie live in Karlsruhe abzukriegen, Aber dem war nicht so. Manchmal hatte ich das Gefühl, dass Herr Kriz irgendwie am falschen Platz ist. Von seiner Einstellung und Gesprächen gehört er eigentlich auf eine richtige psychotherapeutische Station. Die Fragen die er stellte, die Ziele an denen er mit einem arbeiten wollte, waren eher Ziele in einer stationären Psychotherapie. Ob er glücklich oder zufrieden ist, in einer Psychiatrie zu arbeiten, würde mich mal interessieren. Was mich dann ziemlich enttäuschte, war seine Aussage gegenüber der P10, der Intensivstation. Der Station, auf der ich meine letzten Aufenthalte hatte. Er meinte, diese Station bräuchte keine richtigen Psychologen. Er würde sich dort unten nicht wohl fühlen. Meine Interpretation seiner Sätze sind „Die Patienten sind zu psychisch krank, verrückt, als das eine therapeutische Arbeit möglich wäre".

Er versteht wahrscheinlich bis heute nicht, warum ich mich trotz der Widrigkeiten für die P10, die Intensivstation entschieden habe. Das ist wohl bei fast allen so, mit denen ich gesprochen habe. Wie kann man nur? Warum denn nicht auf eine normale offene Station? Ich bin es wirklich langsam satt, mich wieder und wieder zu erklären zu müssen. Ich verstehe es ja selbst nicht so ganz, warum es dort für mich besser ist.

Negativer Höhepunkt meiner sogenannten Karriere in der Klinik, war dann Sommer 2015, als ich sehr starke und vor allem konkrete Suizidgedanken hatte. So stark, dass es keine Alternativen mehr zu einem Klinikaufenthalt gab. Ich hatte da nur noch die Wahl, freiwillig zu bleiben, oder eine Zwangseinweisung. Am liebsten wäre ich davon gerannt. Weiter und weiter. Weg von allen den Problemen. Aber wie beim Hasen und Igel, ich bin, egal wo ich mich verkrieche schon da. Mit dem Rest Verstand habe ich mich dann doch für einen freiwilligen längeren Aufenthalt entschlossen. Zu dem Zeitpunkt rotierten meine Gedanken fast ausschließlich nur noch um die Themen, Sterben, Tod, Lebensmüdigkeit und Angst. Saß in einem sich schneller drehenden Gedankenkarussell fest. Keine Bremse mehr im Kopf vorhanden

Nachdem ich sehr drastisch überzeugt wurde, mich in die Obhut der Klinik zu begeben, kam ich wieder auf meine inzwischen gewohnte Station. Allerdings wurden meine Freiheiten weitestgehend eingeschränkt. Keinen Ausgang. Gar keinen. Weder alleine noch in Begleitung. Das ganze fast neun Wochen lang. In dieser Zeit wurde vieles ausprobiert, aber keines half wirklich. Um dieses ständige Kreisen der Gedanken zu unterbinden, versuchten sie mich mit einer Spritze für mehrere Tage auszuknocken. Keine Ahnung, was es war, aber es wurde eine sehr schlimme Zeit. Sie meinten es wirklich gut, also haben sie die Dosis des Medikamentes erhöht, damit es ja auch wirklich wirkt. Nur das Problem ist, dass ich bei Medikamenten eine richtige empfindliche Mimose bin. Bei mir wirken schon fast homöopathische Dosen. Kleines Beispiel, viele kennen Quetiapin. Es gibt Leute aus meinem eigenen Bekanntenkreis, die nehmen zum Schlafen 300mg und mehr, können dann immer noch schlecht schlafen. Ich nehme nur 25mg und bin für 2-4 Stunden weg.

    Diese eine Spritze, sollte mich ca drei Tage ruhig stellen, im Grunde genommen, Schlafen, Essen und Toilette. Auf diese drei Dinge schrumpften meine Betätigungen. Aber statt der geplanten drei vielleicht vier Tagen war ich über eine Woche wie ein Zombie unterwegs. Ständig in einer Zwischenwelt. Ich war gefangen in meinem Kopf, war müde, die Welt fühlte sich wie in Watte gepackt. Ich lief über die Station, aber so, als ich mich durch einen wahnsinnig zähen Nebel in meinem Kopf bewegen muss.

    Die sieben oder acht Tage waren die reinste Hölle. Gefangen in diesem Medikamentennebel, hatte das Gefühl, da nie mehr heraus zu kommen. Alleine schon Denken war eine enorme Anstrengung. Der ganze Körper taub, der Kopf wurde nicht mehr klar. Jede körperliche Betätigung war zu viel. Schaffte es nicht mal mehr mich morgens frisch zu machen. Konnte mir nicht mal mehr die Bartstoppeln aus dem Gesicht kratzen. Irgendwann sahen meine letzten vorhandenen Bartstoppeln wie ein 3-Tage-Bart aus. War mir völlig egal, ob ich von den anderen Patienten, wegen dieses Bartschattens, schräg anschaut wurde. Wäre die Welt untergegangen völlig egal. Vielleicht wäre es mir gar nicht aufgefallen. Hätte man mir ein Messer an die Gurgel gehalten, völlig egal. Aber es war kein gutes völlig egal. Es war ein völlig egal, das Panik verursachte. Das Gefühl nie mehr aus diesem Gedankensumpf heraus zu kommen. In dieser Watte zu ertrinken. Die Pflege war schon etwas besorgt, dass die Dauer der Spritze solange anhält. Hätte ich da wirklich die Kraft gehabt, mir etwas anzutun, ich hätte es probiert. Dieser Zustand war psychisch nicht mehr ertragbar.

Aber nicht genug, dass ich über eine Woche in diesem alptraumhaften Zustand verbrachte. Nein, sie wollten in diesem Aufenthalt auch noch Lithium probieren. Lithium ist eigentlich ein recht probates Mittel gegen Suizidgedanken. Keiner weiß genau, wie dieses Salz funktioniert, aber es funktioniert. Außer man heißt Susanne. Das war dann Arschkarte Nummer zwei. Bevor man Lithium erhält, muss man sich erst einmal durch ein mehrseitiges Merkblatt durchkämpfen, um am Ende sich mit seiner Unterschrift zur weiteren Behandlung bereit erklären. Lithium hat einen sehr schmalen Wirkbereich. Zu wenig davon, wirkt es nicht, zu viel kann man sich im schlimmsten Fall vergiften. Um diesen Wirkungsbereich herauszufinden, wird am Anfang in kurzen Abständen Blut abgenommen, um den Lithiumspiegel im Blut festzustellen. Um es dann entsprechend hoch oder herunter zu dosieren. Nun kam mein Mimöschen wieder zum Vorschein. Um das was ich jetzt schreibe, muss man beachten, dass ich zu dem Zeitpunkt am Tag ca. 5 mg Tavor zur Beruhigung bekam und Diazepam zum Schlafen. Nachdem dem dies geklärt ist, weiter zum Lithium. Einer der Nebenwirkungen von Lithium kann verstärkter Harndrang sein. Kann, muss aber nicht. Aber natürlich gab es bei mir diese Nebenwirkung. Tagsüber war es noch einigermaßen kontrollierbar. Aber in der Nacht, wenn der Kopf durch Beruhigungs- und Schlafmittel fast komatös ist, aber die Blase sich meldet, dann passierte es, dass ich nicht mehr rechtzeitig wach wurde. Es ging, im wahrsten Sinn des Wortes, teilweise in die Hose. Es ist ein wirklich peinlicher und erniedrigender Moment, wenn man realisiert, dass man sich eingenässt hat. Noch erniedrigender wird es, wenn man nun jeden verdammten Abend die Nachtschwester klammheimlich um eine Windel bitten muss, damit der erst Schwung Urin nicht Bett und Nachthemd versaut. Jeden Morgen, die Scham mit diesem dicken Paket unter dem Nachthemd auf die Toilette zu gehen. In der Hoffnung, dass keiner erkennt, was du da trägst. Als ich damit zu den Ärzten ging, hieß es, das kann nicht sein. Die Blasenschwäche muss von etwas anderem kommen. Musste sogar einen wenig einfühlsamen Urologen der Klinik über mich ergehen lassen. Aber mir wurde immer noch nicht geglaubt. Es traten neben der Blasenschwäche dann auch noch Koordinations-, Sprach- und Denkprobleme auf. Ich schwanke wie betrunken durch die Gegend, konnte nicht mal mehr klare Sätze formulieren und selbst einfachste Rechenaufgaben waren nicht mehr lösbar.

Da meinte selbst die Pflege, ich solle mit der Einnahme des Lithiums aufhören. Erst nach all diesen Schwierigkeiten, sahen es dann auch endlich die Ärzte der Station ein und ich konnte die Einnahme des Lithiums stoppen. Bitte nicht falsch verstehen, Lithium ist ein guter Wirkstoff, der schon vielen Menschen geholfen hat, diese Symptome treten wirklich nur bei sehr, sehr wenigen Menschen auf. Wenn sie die Chance bekommen Lithium zu nehmen, dann nutzen sie sie. Nicht alle heißen Susanne.

Während dieses Aufenthaltes war ich nachts dermaßen mit Beruhigungsmittel zu gedröhnt, dass es fast regelmäßig passierte, dass ich auf der Toilette einschlief. Zum Teil eine längere Zeit. Meist bis der Nachtdienst seine Runde machte und mich nicht im Bett fand. Dann klopfte er gegen die Toilettentür und ich schrak aus meinem Dämmerzustand hoch. Aber nach einer solange Zeit in dieser Haltung waren meist meine Beine eingeschlafen. Versuchen sie dann mal mit tauben Beinen aufzustehen. Es funktioniert nicht. Ich wollte aufstehen und die Beine knickten weg. Dies kostete einem Kleiderständer sein Leben, als ich ihn mit meinem Gewicht und tauben Beinen umriss und zerlegte.

Diese neun Wochen waren wirklich eine sehr anstrengende Zeit. Sehr belastend für Körper und Geist. Wenn das Leben auf diese eine Station eingegrenzt wird, keine Ausweichmöglichkeit, dann wird man reizbar. Mir ging mit der Zeit alles auf die Nerven. Die anderen Patienten, die Pflege, die Ärzte, alles war nur noch nervig. Im Laufe der Wochen, ohne die Möglichkeit raus zu gehen, schrumpft der Raum um einen immer mehr. Nach dieser Zeit hatte ich das Gefühl in einem immer kleiner werdenden Käfig zu sitzen.

Der einzige Lichtblick in dieser heftigen Zeit, es war Sommer. Dadurch durfte ich dann einmal am Tag für eine Stunde in den Therapiegarten. Klingt hochtrabend, ist aber im Grunde genommen eine Wiese mit Bäumen und einigen Bänken. Egal, Hauptsache mal weg von der Station und etwas Grünes um einen. In Begleitung einer Pflegekraft hin und wieder zurück. Diese eine Stunde war die einzige, wo ich wirklich alleine für mich war. Eine Stunde in der Sonne auf einem Liegestuhl. Kopfhörer auf und endlich mal für mich sein. Was aber spaßig war, in der obersten Etage war die Suchtstation. Und viele der Patienten warfen ihre leere Bier- und sonstigen Flaschen in den Therapiegarten. Wenn man dann spazieren ging, konnte ich mir die besten Glasscherben für Selbstverletzungen und mehr heraus suchen.

Im Spätherbst 2016 veränderte sich mein Verhältnis zur Psychiatrie noch einmal grundsätzlich. Ein weiterer Aufenthalt stand an. Der Klinikleiter war verstorben, ein neuer Klinikchef und eine neue Oberärztin gab es für meine Station. Die neue Klinikleitung hatte neue Ideen. Waren früher alle Stationen geschlossene Stationen, so sollten nun, nur noch zwei der sieben Stationen zur Krisenintervention dienen und damit geschlossen bleiben. Alle anderen sollten fort an offen sein. Man konnte also nun kommen und gehen, ohne jedes Mal darum zu bitten, dass man heraus gelassen wird. Aber ich habe es schon mal geschrieben, dass mich geschlossene Türen nicht stören. Sie bieten auf eine Art auch Schutz vor Außen. Das war das kleinere Problem. Die neue Oberärztin das größere.

Gleich beim ersten Aufnahmegespräch meinte sie zu mir, Aufenthalt begrenzt! Drei Wochen! Dann wieder Entlassung! Da war ich erst einmal geschockt. Wie drei Wochen? Was wenn es mir nicht besser geht? Egal. Drei Wochen, das ist der Plan. Aber zum Glück, war es nur ein Teil des Planes. Das wusste ich aber in diesem Moment der Aufnahme noch nicht. Wusste nicht mehr, wo mir der Kopf steht. Was sollte das? Sie kennt mich nicht, macht aber gleich so eine Ansage. Das verstieß gegen alle bisherigen Regeln. Unmut machte sich breit. Wut brannte innerlich hoch. War frustriert, enttäuscht, fühlte mich alleine gelassen. Nicht ernst genommen. Unerwünscht, dass trifft es wohl am besten. Ich ging wirklich nach diesen drei Wochen. Aber als ich ging wusste ich aber, dass ich in vier Wochen wieder aufgenommen werde. Der Start eines regelmäßigen Rhythmus. Eine festgelegte Zeit zuhause, dann eine festgelegte Zeit auf Station. Anfangs waren vier Wochen zuhause und drei Wochen Klinik. Ab 2016 hatte diese Vereinbarung auch eine offizielle Bezeichnung. Das Case Management war geboren. Auch diesem vier und drei Wochenrhythmus wurde dann im Laufe der Zeit ein fünf bis sechs Wochen zuhause und dann vier Wochen Klinik. Anfangs war ich noch immer noch auf meiner Station, aber die Zuverlässigkeit der terminlichen Zusagen wurde immer schlechter. Trotz Absprachen und Zusagen klappte keine geregelte Aufnahme mehr. Immer wieder vertröstet oder mit Aussagen „Kein Bett frei" abgekanzelt. Das weckte die Wut und die Enttäuschung. Was sollte das alles? Machten sie das mit Absicht, fragte ich mich immer wieder?

Ich mich meiner alten Station Lebewohl zu sagen und wechselte auf die Geschlossene. Ja wirklich, ich ging freiwillig auf die Geschlossene. Unter all die psychotischen, manischen, suizidalen und was weiß ich noch für andere Patienten. Da wo jeder mit einem klaren Gedanken nur weg will, da ging ich freiwillig hin! Das hatte etliche Vorteile. Zum einen, ich hatte nun auch während des stationären Aufenthaltes Frau Fischer weiterhin als Therapeutin. Dadurch war auch eine Verlässlichkeit bei der Aufnahme gegeben. Ich bekam einen Termin und ein Bett war frei. Ganz im Gegensatz zu meiner alten Station. Bei Frau Fischer ist ein Wort ein Wort. Auf der alten Station ist ein Wort nichts wert. Zusagen und Versprechungen wurden zuletzt immer wieder gebrochen.

Auch wenn ich immer wieder alles verfluchte, jedes Mal riesige Angst davor habe, neue unbekannte Menschen kennenzulernen, gehe ich doch immer wieder hin. Auch wenn es jedes Mal schwierig war, sich auf jemand unbekannten im Zimmer einzulassen.

All diese Aufenthalte haben mir geholfen. Haben zu meiner Stabilität beigetragen, mich am Leben erhalten, trotz der Suizidversuche. Ich bin dankbar, diese Stabilisierungsmöglichkeit erhalten zu haben. Bis jetzt diese neue Regelung in Kraft getreten ist.

Habe es nun endgültig realisiert, was es für meine Zukunft bedeuten wird, ohne die regelmäßigen Kontakte auf der P10 auszukommen. Keine Sicherheit, kein Auffangnetz mehr zu haben. Heute wurde in mir das Kapitel Case Management wohl für alle Zeiten begraben. Ok, das klingt jetzt ziemlich borderlinisch und nach reinem Schwarz/Weiß. Mag falsch sein, aber das sind die Gedanken. Es ist schwierig an etwas anderes wie diese beiden Pole zu denken. Es ist keine Hoffnung mehr vorhanden, dass es noch einmal klappen könnte. Und selbst wenn, wäre der ganze Vertrauensbonus weg. Absoluter Neubeginn.

Zwei Gründe sprechen dagegen, dass das Case Management jemals wieder fortgesetzt wird. Einer ist, dass es eine neue Anweisung der Klinikleitung gibt. Durch diese wird eine Aufnahme fast unmöglich gemacht. Durch Brandschutzbestimmungen dürfen keine Patienten mehr auf dem Flur liegen. Sie müssen, egal wie schnellstmöglichen in einem Zimmer untergebracht werden. Um zu gewährleisten, dass es mit dem Zimmer auch klappt, werden alle Patienten, die einigermaßen absprachefähig und stabil wirken, umgehend auf eine der offenen Stationen verlegt oder entlassen. Ob sie wollen oder nicht. Diese Kriterien treffen ja auf mich zu. Also würde ich spätestens nach ein paar Tagen, wenn das erste Bett auf einer offenen Station frei wird verlegt. Und da könnte ich dann sogar auf meiner Horrorstation landen. Ob es mir nun passt oder nicht. Passe ich also noch ins Schema oder böser gesagt, die Schublade, die sich die Oberärzte im Haus haben einfallen lassen? Das wäre ziemlich besch...eiden für mich. Aber es keine Chance sich dagegen zu wehren.

Das zweite Problem ist die derzeitige Belegung der Patienten. Zurzeit herrscht eine sehr große Gewaltbereitschaft unter den Patienten. Eine sehr belastende Situation für die dort arbeitende Pflege und die Therapeuten. Es ist fast eine lebensbedrohliche Situation. Es geht derzeit eher ums Überleben, überspitzt gesagt. Da würde ich mich mit Sicherheit sehr schnell, sehr unwohl fühlen und die Pflege hätte keine Zeit sich auf die Frau Röder einzustellen. Die Pflege ist mit den anderen Patienten an oder über ihrer Belastungsgrenze. Es könnte sich niemand auf die Bedürfnisse der Frau Röder einstellen. Das ist nicht als Vorwurf gedacht! Ich weiß, dass sie es gerne tun, wenn die Zeit und die Möglichkeiten vorhanden sind. Beides ist aber gerade nicht vorhanden. Also beide Gründe verständlich und nachvollziehbar. Aber dennoch fühlt es sich extrem bescheiden an!

Mit Müh und Not, habe ich im letzten dreiviertel Jahr, mich an die neue Umgebung gewöhnt. Es wurde eine Vertrauensbasis geschaffen. Vertrauen, dass für mich so wichtig, so elementar ist. Wir waren auf einem sehr guten Weg. Ich schaffte es endlich auf der P10, dieses chronische Gefühl der Einsamkeit etwas hinter mir zu lassen. Konnte endlich lernen, dass ich auch alleine zurechtkomme, ohne unbedingt zu einer Gruppe gehören zu müssen. Das es auch ok ist, abends alleine irgendwo zu sitzen. Hatte endlich nicht mehr diesen Druck um jeden Preis jemanden kennenlernen zu müssen. Endlich habe ich gelernt, dass ich mir selbst genügen kann. Das die Einsamkeit nur in meinem Kopf entsteht und das ich dieses Gefühl auch überwinden kann. Das Loch der Einsamkeit muss nicht mehr auf Teufel komm raus mit Kontakten gefüllt werden. Endlich nicht mehr auf dieser verzweifelten Suche nach dem BFF, dem Best Friend Forever. Diese imaginäre Hatz nach der Person mit der ich 24/7 befreundet sein will. Egal wie. Dieses Gefühl war nun endlich weg. Zum ersten Mal seit, vielleicht zum ersten Mal in meinem Leben war dieses Gefühl nicht mehr so drängend. Darüber war ich wirklich heilfroh.

Und jetzt ist alles weg. Für mich wäre nur noch ein Platz auf der Offenen möglich. Wo diese Gefühle der inneren Einsamkeit sofort wieder hoch kommen würden. Würde ganz automatisch versuchen, dieses Gefühl mit neuen Kontakten, egal wem, zu füllen. Würde wieder die Fassade hochziehen, den Clown, den Entertainer oder den Therapeuten spielen. Alle mit meiner Eloquenz, meinem Charme, meiner Redegewandtheit und Stärke umgarnen. Ganz unbewusst. Dass alles nur, um irgendwo dazu zu gehören. Nicht, dass mich diese Rolle anstrengen würde. Nein, diese Rolle beherrsche ich aus dem Effeff. Jahrzehnte lange Erfahrung, mich hinter einer gut funktionierenden Fassade zu verstecken.

Just in diesem Moment habe ich nur noch die Möglichkeiten, zurück zur offenen Station oder der ambulanten Therapie. Dazu hat mich Frau Fischer, ohne es zu ahnen, bei unserem letzten Treffen sehr stark unter Druck gesetzt. Sie meinte in einem Satz, dass derartige häufige Besuche in der Psychiatrischen Institutsambulanz (PIA) eher ungewöhnlich seien. Normalerweise wären drei bis vier Wochen der übliche Rhythmus. Sie macht diese engmaschigen Termine nur wegen meiner psychischen Verfassung. Grundsätzlich vorne weg, selbstverständlich bin ich dankbar, dass ich die Chance bekomme wöchentlich in die PIA zu kommen.

Aber es impliziert auch, dass erstens es nur eine begrenzte Zeit möglich ist, diese regelmäßigen wöchentlichen Termine aufrecht zu halten.

Zweitens höre ich gerade diese Stimme im Kopf, dass ich Frau Fischer unter Druck setzen würde. Dieser Satz vor einer kleinen Ewigkeit in Freiburg gesprochen, geistert immer noch in meinem Kopf herum „Es ist nie genug für sie, Frau Röder". Bin ich wirklich jemand, der nie genug kriegen kann? Der nur nimmt und nimmt? Kriege ich mehr, als ich verdiene?

Drittens macht der Satz auch Angst. Angst vor der Zukunft, wenn die Gesprächstermine wieder ausgedehnt werden. Was bedeutet, ewige Zeiten zuhause alleine mit dem psychischen Chaos in meinem Kopf. Ein Chaos, das gefühlt mehr und mehr alles erstickt.

Eine Entscheidung von einer nicht zu beeinflussenden Seite, ein paar sehr anstrengende Patienten, drehen mein Leben komplett auf links. Für mich bedeutet es eine Abkehr von der Sicherheit der letzten drei Jahre. Egal, wie groß die Scheiße (sorry) auch war, ich wusste, dass ich sie nur eine begrenzte Zeit aushalten musste, bevor ich wieder in der Sicherheit der Klinik gehen konnte. Auch wenn ich jedes Mal den Sinn der Maßnahme vor der nächsten Aufnahme anzweifelte, war ich froh, wenn ich wieder mit dem Koffer in der Klinik stand.

Ob ich mich zuhause nicht sicher fühlen würde, hat meine Ergotherapeutin gefragt. Gute Frage, natürlich ist zuhause sicher. Aber auf eine andere Art. Daheim ist Geborgenheit, Schutz vor der Welt draußen. Ich entscheide ob, wie und wann ich die Welt zu mir herein lasse. Jetzt kommt das Aber. Aber was passiert, wenn ich zuhause nicht mehr kann und die rote Karte zeigen will, weil ich Hilfe benötige. Wem soll ich sie daheim zeigen. Meinen Katzen, den Wänden? Ok sorry, das war jetzt sehr zynisch. Aber es ist doch so, es ist niemand da, keiner der mir hilft, mich unterstützt, mich vielleicht auch vor mir selber schützt. Keiner der mich im Pflegezimmer neben sich sitzen lässt, um zu verhindern, dass ich irgendwelche Dummheiten mache.

Dass das Case Management so enden würde, damit hätte ich nun wirklich nicht gedacht. Ich konnte mir vorstellen, dass ich unter Umständen mal die Schnauze voll haben könnte, von diesem ständigen Wechsel zwischen Klinik und Zuhause. Oder dass Frau Fischer die therapeutische Beziehung beendet, weil ich nochmals richtige heftige Dummheiten angestellt habe. Das alles waren Szenarios die ich mir vorstellen konnte. Aber dass Oberärzte und Gewalt eine Aufnahme verhindert, dass hatte ich nicht auf dem Schirm.

Diese Erkenntnis zieht mir komplett die Füße weg. Eine heftige Verzweiflung hat mich erfasst. Pure Resignation verschlingt alles. Heute an diesem Tag, wo ich diese Zeilen schreibe, weiß ich nicht mehr, ob ich in einem Jahr, zur gleichen Zeit, noch am Leben bin. Ich will nicht mehr leben! Die Vorstellung, diese ganze Traurigkeit, Verzweiflung über Monate zu ertragen, übersteigt meine Leidensfähigkeit um einiges. Ich sehne derzeit wirklich diesen einen Impuls herbei, wo ich mir ohne Reue und Nachzudenken, das Leben nehme. Derzeit ist es keine Frage des Ob, sondern eher eine Frage des Wann. Das klingt jetzt hart, brutal, lebensverachtend, vielleicht sogar zynisch und egoistisch. Aber darf ich nicht auch mal böse sein, gegen die Regeln des Zusammenlebens verstoßen? Muss ich um jeden Preis es allen Recht machen? Gegenüber all den Menschen, die mich mögen ist dieser Gedanke fast ein Sakrileg. Ein Tabu. Sie wollen, dass ich weiter lebe. Aber das ist mir gerade völlig egal. Ich versuche mich daran zu erinnern, die positiven Gedanken all derer, die mir nahe stehen, zu fühlen. Es ist aber so schwer gegen dieses Gewicht, das mich in die Dunkelheit lockt, anzugehen.

Damit es klar ist, an all dem hat Frau Fischer keine Schuld, Ihr wäre es ja auch lieber, wenn die Situation eine andere wäre. Mit Case Management und allem was dazu gehört. Sie ist genauso hilflos der Situation wie jeder andere. Auch, dass das engmaschige Gesprächsangebot in Bälde vorüber sein wird, ist ok. Ihre Ressourcen sind auch nur begrenzt. Nein, ehrlich gesagt, finde ich es doch ziemlich Kacke. Aber ich darf ja nicht mehr fordern. Das steht mir nicht zu. Es ist gerade wirklich alles zum Kotzen. Jeder weitere Tag ohne das Case Management ist ein immer schlechterer Tag. Die Vernunft, der gesunde Erwachsene versucht all die negativen Aussagen zu relativieren, aber es ist so schwierig.

Ich kann nicht mehr
Ich bin stark lebensmüde
Die Verzweiflung erstickt mich
Die Traurigkeit frisst den letzten Funken Hoffnung
Genug von allem
Erstarrende Resignation

F**k, gerade brauche ich diese Kraftausdrücke, um all die Frustration herauszulassen. Dieses „keine Ahnung mehr, wie es weitergeht" in Worte zu fassen. Jep, sie können jetzt sagen, stell dich nicht so an, wenn es wirklich so dringend ist, dann geh doch auf die offene Station. Haben sie schon einmal Hunde- oder Katzenfutter probiert? Was würden sie sagen, wenn ihnen jemand, bei jedem Hungergefühl, immer wieder eine Teller Katzenfutter vorsetzt. Mit der Begründung, es wäre doch besser, als Verhungern. Wie lange würden sie dieses Essen zu sich nehmen? Ok, sie können jetzt sagen, dass der Vergleich hinkt, weil in der Ausnahmesituation des Verhungerns wohl jeder auch auf das verhasste Essen zu greifen würde. Jeder? Wirklich jeder? Jetzt, just in diesem Moment, ziehe ich das Verhungern vor. Ich hasse das, was man mir da vorsetzt, viel zu sehr. Wieder mal Schwarz/Weiß Denken. Kann oder will ich ihnen widersprechen? Nein, sie haben ja Recht. Es wirklich ein extremes Pendeln zwischen den Polen.

Bockig wie ein kleines Kind, höre ich das gerade? Auch das ist zum Teil richtig. Aber wenn ich mit all meiner Erfahrung inzwischen weiß, was gut bzw. suboptimal für mich ist, ist das nun bockig oder nur konsequent?

Wie ich mein Leben gerade hasse. Mich selbst sogar noch mehr hasse. Wie gerne würde ich aus diesem Zirkus, genannt Leben, aussteigen.

Eigentlich hat sich mit diesem letzten Kapitel der Kreis geschlossen. Aus der Vergangenheit wurde Gegenwart. Ich könnte das Buch jetzt beenden. Aber sie müssen oder dürfen noch drei weitere Kapitel erwarten. Ein sehr kurzes und zwei in denen ich auch zeigen will, dass nicht alles nur verzweifelt, traurig, und hoffnungslos war. ja, in denen ich erzähle, dass es auch gute, zumindest nach außen hin, Tage gab. Tage, um die mich wohl die meisten Menschen beneiden werden. Momente mit fast paradiesischem Flair.

Was seid ihr nur für Menschen?

Sie, genau wie ich, werden bei der Lektüre festgestellt haben, dass ich schon etwas schwierig oder kompliziert sein kann. Habe manches Mal deutliche Schwierigkeiten im Umgang mit mir selbst und Anderen. Bin nicht leicht zu verstehen. Bin in vielem dickköpfig, starrsinnig, verbohrt. Nur sehr schwer in meinen Überzeugungen zu ändern. Nur eines ist für mich mein Leben lang fest verwurzelt. Der Umgang mit Freunden. Wenn ich mit Jemandem Freundschaft schließe, dann halte ich diese Freundschaft aufrecht, versuche sie mit Leben zu füllen. Gerade, weil ich weiß, wie es ist Jahrzehntelang ohne Freunde auszukommen, ich meine Freundschaften. Vielleicht manchmal zu sehr, wenn die Angst vor der Einsamkeit wieder hoch kommt.

Daher mal eine Frage an Angie aus Mainz, Juliane aus Karlsruhe, Claudia auf Pforzheim, was sollte euer unverständliches Verhalten? Wir waren, jeder zu seiner Zeit, wirklich eng miteinander befreundet. Haben sehr vieles geteilt. Leid aber auch viel Freude. Es war eine schöne Zeit, die mir gemeinsam verbracht haben. Habe die Zeit mit euch sehr genossen. Ich hätte für euch (fast) alles getan. Hätte versucht, die Welt aus den Angeln zu reißen wenn ihr es wolltet. Bei euch allen, war der Wunsch und das Gefühl da, das unsere Beziehung etwas besonders ist. Etwas das Jahre überdauern kann. Etwas das wie eine unverbrüchliche Freundschaft klang. Und ihr zerstört es. Wie mit einem Fingerschnippen. Oder einem schweren Vorschlaghammer.

Ihr verschwindet, von einem Tag auf den anderen. Ohne ein Wort, ohne zu sagen warum ihr geht. Was falsch lief? War euch allen die gemeinsame Zeit vorher nichts wert? War die Freundschaft, ich, euch so gleichgültig, dass ihr sie so problemlos weggeworfen habt?

Gibt es etwas Schlimmeres für einen, wenn ein Freund aus dem Leben verschwindet, ohne einen Grund zu sagen? Seit von jetzt auf gleich nicht mehr erreichbar, kündigt die kommentarlos die Freundschaft. Ohne einen einzigen Ton. Weg! Verschwunden!

Habe ich was falsch gemacht? Was ist passiert, dass ihr euch abwendet? Ich möchte mich da von keiner Schuld frei sprechen. Vielleicht habe ich wirklich was absolut blödes angestellt. Aber warum sagt ihr dann nichts? Ich hätte es wahrscheinlich kapiert, wenn ihr mir einen Grund für den Abbruch gegeben hättet. Oder warum redet man als Freunde nicht über das Problem? Wie heißt dieser blöde Spruch „Wozu sind denn Freunde da".

Ihr alle habt mich mit einem großen Fragezeichen zurück gelassen. In mir ist einerseits eine große Wut und Enttäuschung, so im Stich gelassen zu sein. Aber noch schlimmer ist dieses Gefühl, oder dieser Gedanke „Was habe ich nur falsch gemacht?", „Was?". Und diese Frage wird für alle Zeiten unbeantwortet bleiben. Ihr habt mich in großer Unsicherheit und Zweifel zurück gelassen. Vom Gefühl her, mich benutzt, und als ihr nicht mehr wolltet, wieder einfach ausgespuckt.

Wir hätten auch im Streit auseinander gehen können. Selbst das wäre in Ordnung gewesen. Das wäre dann wenigstens ein Abschluss gewesen. Kann sich noch jemand an Monika erinnern und wie wir mit einem Streit auseinander gingen? Ja es tat weh, aber es gab ein richtiges Ende, einen Abschluss. Schmerzhaft, aber ich hätte die Freundschaft mit euch Dreien abhaken können. Aber so, bleibt nichts als offene Fragen und mit der Zeit immer größer werdende hilflose Wut.

Wenn ich an die schönen Zeiten zurückdenke, mir vorstelle, was wir alles gemeinsam getan haben, wie nah wir uns standen und jetzt? Früher war ich entsetzt, verletzt, enttäuscht. Verzweifelt. Jetzt bin ich nur noch wütend. Angefressen! Richtig wütend. Würde ich euch meine Wut, meinen Zorn am liebsten ins Gesicht schreien. Euch sagen, wie sehr ihr mir wehgetan habt. Das das was ihr getan habt, gegen alles verstößt, was ich für richtig halte.

Sorry, dass musste noch raus. Doch wie schon gesagt, die letzten beiden Kapitel sollen auch noch eine andere positivere Seite zeigen.

Willst du mich heiraten oder Schon wieder?

Als meine Schwester 2014 starb, war neben all der Trauer auch der Gedanke da, was passiert eigentlich, wenn Gaby oder ich einmal krank werden sollten. So krank, dass derjenige keine eigenen Entscheidungen mehr treffen kann. Hat der Andere dann überhaupt eine Möglichkeit der Einflussnahme? Unsere Beziehung hatte zu diesem Zeitpunkt ja keinen offiziellen Charakter mehr.

Darf ich mit entscheiden, wenn es um das Leben meiner Partnerin geht, oder bin ich außen vor, weil es nichts keine offiziellen Papiere für eine Beziehung gibt? Wenn es zum Beispiel um das Weiterleben oder der Zustimmung bzw. Ablehnung von lebensverlängernden Maßnahmen geht. Hatte der andere überhaupt ein Stimmrecht? Oder wären wir da den Entscheidungen der Ärzte ausgeliefert? Egal was wir untereinander vereinbart haben?

Aus diesem Grund wollte ich unsere Beziehung nochmals offiziell machen. So das auch der Gesetzgeber weiß, wir gehören zusammen. Mit Standesamt, Feier und Brautkleid und allem. Vor allem Brautkleid. Bei unserer ersten Hochzeit 1993 war ich schon neidisch auf das Brautkleid von Gaby. Obwohl ich es da noch nicht sein durfte.

Seit ich als Frau lebe, war mir klar, das, sollten wir noch einmal heiraten, das ich auf jeden Fall, das Brautkleid dieses Mal anziehen will. Das war Grund Nummer zwei. Welcher der wichtigere war?

Nun, für Kopf, ganz klar die Sicherheit im Notfall. Wieder gegenseitig mehr Einfluss & Entscheidungsmöglichkeiten im Krankheitsfall haben. Aber für die Emotionen war nur Brautkleid, Brautkleid wichtig. Endlich selber im Brautkleid das Ja-Wort zu geben. Brautkleid, Brautkleid.

Also machten wir uns dann ans Organisieren. Das wichtigste zuerst. Das Brautkleid. Nicht so leicht zu finden, wenn man in meiner Größe sucht. Aber, wie es der Zufall wollte, hatte Ulla Popken genau das richtige zur richtigen Zeit im Angebot. Hatte mir auf Anhieb gefallen. Nein, einen Schleier hatte es nicht, aber das musste auch nicht sein. Ein klassisches Brautkleid aus dem Brautmodenladen war mir ehrlich gesagt zu teuer. Für einen Tag, ohne kirchlichen Brimborium, da wollte ich keine tausende von Euros ausgeben. Ja trotz Brautkleid Wunsch schon noch auf dem Teppich bleiben. Und das Kleid von UP war ein schöner Kompromiss zwischen Leistung und Preis. Ja, natürlich wäre ein Schleier schön gewesen. Aber mal ehrlich, egal wie teuer das Brautkleid auch war, es hängt für den Rest meines Lebens im Schrank. Egal ob es nun 200 oder 2000€ kostet. Also weg mit dem Gedanken an einen Schleier.

Wissen sie wie schwer es dann ist, auch noch passende Schuhe in der passenden Farbe und in Übergröße, zu bekommen? Auf etwas größerem Fuß zu leben, ist im normalen Leben relativ leicht geworden. Aber ein paar ganz spezielle weiße Schuhe, die zum Brautkleid passen mussten, das ist wirklich sehr schwierig.

Dann die ganzen behördlichen Anträge stellen. Auf das Standesamt gehen, nach Hochzeitstermin schauen, Brautkleid, ganz wichtig, nicht vergessen. Ort für das Essen heraussuchen. Hat er am Hochzeitstag die Kapazitäten? Hochzeitstorte bestellen, wie soll sie aussehen, wie viele Stockwerke, welche Füllung sollten die einzelnen Etagen haben? Wussten sie, dass es immer eine ungerade Anzahl sein muss, denn ansonsten würde es Unglück bringen. Scheinbar haben wir bei der Anzahl alles richtig gemacht, toi toi toi!

Was gibt es abends zuhause? Soweit waren wir uns bei allem einig. Doch bei Thema Feier, da war die Meinungen doch etwas geteilt. Gaby ist nicht so das Partygirl, ihr wäre es am liebsten gewesen, Hochzeit, wir zwei plus Trauzeugen. Noch ein gemeinsames Essen, fertig. Das war es. Nachmittags am liebsten schon wieder zurück in die Freizeitklamotten. Da dachte ich ganz anders. Ich wollte eine große, besser eine riesige Feier, zwanzig, fünfzig, hundert Leute. Nicht dass wir so viel zusammen bekommen hätten, aber träumen darf man ja. Warum sollte ich denn ein Brautkleid mir kaufen, wenn es nur um die paar Minuten im Standesamt und ein Essen zu viert geht. Nein, ging gar nicht. Und Gaby gab zwar widerwillig, aber sie gab dann doch nach. So wurde es dann doch eine Feier mit 20 Freunden. Ich habe diesen Tag sehr genossen. Vom morgendlichen Frisörtermin, über das gemeinsamen Essen bis hin zum ausklingen lassen Zuhause. Jeder Moment war wunderschön und ja natürlich habe ich es genossen im als Braut im Mittelpunkt zu stehen.

Bei den Trauzeugen waren wir uns schnell einig. Markus und Daisy waren die beiden Auserwählten. Beide haben ihre Aufgabe mit Freude und vielleicht auch etwas Stolz erfüllt.

Ich bin müde, so müde. Ich versuche ein normales Leben zu führen, mich nicht von der Krankheit unterzukriegen zu lassen. Treffen mit Freunden, dabei öffentliche Verkehrsmittel benutzt. Ins Schwimmbad gegangen, dort in vollen Becken gegessen. Das kühle Nass auf der Haut gespürt. Die Nähe der Fremden ertragen. Ach ja, Karten für Theater habe ich auch gekauft, Und nächstes Wochenende ist Kino angesagt. Diese Woche, drei Termine, Frau Fischer, Frau Siegt und Frau Nägele. Und die Überlegung diese Woche alleine nochmals ins Schwimmbad zu gehen.

Aber warum hilft es nicht? Es ist ein reines Aushalten. Das fällt mir so schwer, diese alles zu ertragen. Es erschöpft mich, leert meine letzten Kräfte.

Neun Wochen zuhause und die Nerven liegen blank und liegen frei. All dem Schmerz ausgesetzt. Mag nicht mehr. Innen tobt eine Wut, eine Frustration, die nicht raus kommt, aber glüht, innerlich verbrennt. Ich mag nicht mehr. Keine Kraft mehr, keine Zukunft mehr. Aus und vorbei

Einladungen wurden heraus geschickt und viele kamen. Die Aufregung stieg. Vorfreude machte sich breit. Der große Tag war da. Schon beim Frisör zu sitzen war toll, aufregend. Die Haare wunderschön hochgesteckt, mit kleinen weißen Blüten im Haar. Bistra, unsere Frisörin hat eine tolle Arbeit abgeliefert. Dann schnell nach Hause, ins Brautkleid geschlüpft. Hoffentlich an alles gedacht? Wie war die Tradition? Etwas Neues, etwas Gebrauchtes, etwas Geliehenes und etwas Blaues. Ja, alles da. Das Neue, das Brautkleid, etwas Gebrauchtes, den Ehering meiner Mutter. Etwas Geliehenes, von einer Freundin die Haarspange. Und was Blaues, das Strumpfband. Also alles da. Es konnte losgehen. Im Konvoi zum Standesamt. Es gab den einen und anderen Glückwusch per Hupe von anderen Verkehrsteilnehmern.

Wie auch immer sie sich die Zeremonie im Standesamt vorgestellt haben, revidieren sie sie nach unten. Die Standardversion dauert ca. fünfzehn Minuten. Wir hatten uns für die Deluxe Version entschieden, in der die Standesbeamtin, noch etwas Persönliches von uns mit einfließen ließ. Diese dauerte dann naja, höchstens zwanzig Minuten. Romantik ist anders. An diesem Samstag ging es dort zu wie in einem menschlichen Taubenschlag. Die Hochzeitsgruppe vor uns, raus. Dann kurzes Vorgespräch mit der Standesbeamtin, in den Saal hinein und los ging es. Rechts und links von uns Markus und Daisy, als Trauzeugen. Sie mussten dann mit ihrer Unterschrift die Trauung bezeugen. Dann waren wir dran. Die alles entscheidende Frage wurde gestellt. „Wollen sie die hier anwesende Gaby Röder zu ihrer Frau nehmen?" da habe ohne zu überlegen, wie aus der Pistole geschossen Nein gesagt. Natürlich Scherz.

Mit Freuden habe ich ja gesagt und umgekehrt Gaby genauso. Das war es auch schon. Husch, husch, nichts wie raus, die nächsten die sich trauen, stehen schon bereit. Draußen gab es noch einen kleinen Sektempfang, wo jeder der Lust und Laune hatte Sekt bekam.

Als wir so da standen, kam Frau Fischer vorbei. Ja genau, meine Therapeutin. Im März, als wir unsere Planungen starteten, meinte sie zu mir „Frau Röder, wenn es zeitlich passt, dann komme ich vorbei und werfe Rosenblätter über sie beiden". Da dachte ich noch, sie kann ja viel reden, wenn der Tag lang ist. Nie hätte ich damit gerechnet, dass sie es wirklich macht. Und nun stand sie da, mit einem Korb voller Rosenblätter.

Während Gaby und ich da standen, wurden wir von ihr mit Rosenblättern überhäuft. Ich war total baff und glücklich, dass sie als erstes daran erinnerte und dann es auch noch wirklich getan hat. Das hat mich wirklich im Herzen gerührt. Deswegen vertraue ich ihr auch so. Sogar meine Ergotherapeutin, ließ es sich nicht nehmen, persönlich vorbei zu kommen und uns zu gratulieren.

Anschließend ging es dann weiter zu unserem Lieblingsitaliener. Dort gemütlich zusammen gesessen und das tolle Essen und die Stimmung genossen. Viele Freunde um uns herum, die mit uns diesen besonderen Tag genossen. Ganz wie es Brauch ist, habe Gaby und ich gemeinsam das erste Stück der Hochzeitstorte angeschnitten. Es war ein wirklich schöner Tag.

Paradiesische Tage

Der Tod hatte auch eine positive Seite. Sie ermöglichte uns, die Welt und damit zahlreiche Paradiese für uns zu entdecken. Meine Mutter hinterließ uns eine gewisse Summe Geld. Das was übrig geblieben ist, vom Verkauf des Hauses meiner Oma. Ende 2012, nachdem so vielen, die von uns gegangen sind, dachten wir, für all die Trauer diesen Jahres, für all das was von uns gegangen ist, wollten wir uns etwas Neues, etwas was wir uns sonst nie hätten leisten können, erleben. Luxus und paradiesisch. Das waren die Vorgaben die wir im Kopf hatten.

Mit diesem Vorhaben sind wir Ende des Jahres ins Reisebüro. Es gab in uns eine Sehnsucht nach weißem Strand, türkisfarbenem Wasser, azurblauem Himmel. Dazu eine Artenvielfalt unter Wasser, so dass wir dem Schnorcheln frönen konnten.

Bei diesen Attributen fiel als allererstes das Wort Malediven. Das Synonym für Paradies. Kleine Inseln, weißer Strand, Meer und Korallenriffe. Wir gingen dann aus dem Reisebüro und hatten entsprechende Prospekte dabei. Über die verschiedenen Internetportale mit Hotelbewertungen, dann versucht DAS richtige zu finden. Aber es gab zu viele Inseln, Optionen, und Auswahlkriterien, als das wir uns auf eines richtig festlegen konnten. Also wieder zurück ins Reisebüro. Wieder hin und her überlegt, als an einem anderen Schreibtisch, das Wort Kreuzfahrt fiel. Da spitze ich meine Ohren. Freunde von uns sind begeisterte Kreuzfahrer und haben uns immer wieder von TUI und der Mein Schiff Flotte erzählt. So wurde ganz spontan aus dem ursprünglichen Reiseziel Malediven eine Kreuzfahrt in die Karibik. Zwei Wochen quer durch die Karibik. Und weil einmal nicht reichte, bzw. es noch ein paar andere Inseln gab, die wir noch nicht besichtigt hatten, starten wir zwei Jahre später eine weitere Schiffsreise in die Karibik. Beim ersten Mal starteten wir von Barbados, bei der zweiten von der Dominikanischen Republik in den Urlaub.

Ich bin ja nicht gerade klein und schmal. Was wir gelernt haben, fliege nie mit der Economy-Class zehn Stunden nonstop. Das geht ziemlich an die Substanz, so eingepfercht im Flieger zu sein, mit hunderten von anderen Leuten. Du weißt irgendwann nicht mehr wohin mit deinen Beinen. Du sitzt zu dritt nebeneinander. Kannst fast die Arme nicht aufstützen. Das Essenstablett passt nicht zwischen dich und die Reihe vor dir. Kannst nicht entspannen. Sitzt verkrampft im Sitz. Und zählst die Stunden herunter bis zum Ziel.

Auf der zweiten Reise waren wir wenigstens ein bisschen schlauer und haben den Rückflug in der Premium Economy-Class gebucht. Fünfzehn Zentimeter mehr Platz. Klingt nicht viel, aber das sind Welten. Fünfzehn Zentimeter zwischen „ich weiß nicht mehr wohin mit meinen Beinen", zu „ich kann mich bequem hinsetzen". Fünfzehn Zentimeter machen zehn Stunden Flug so viel erträglicher, aber auch fast sechshundert Euro teurer.

Natürlich ist das Jammern auf sehr hohem Niveau. Zehn Stunden Enge für das was man in diesen vierzehn Tagen erlebte, ist zu verschmerzen. Aber trotzdem, lieber ein paar, viele, sehr viel Euros ausgeben, um wenigstens etwas mehr Beinfreiheit zu haben.

Wir haben auf diesen zwei Reisen so viele Eindrücke und Schönes gesehen, dass es fast für mehr als ein Leben reicht. Auf Barbados sind wir mit mehreren Meeresschildkröten geschnorchelt. Zusammen mit diesen friedvollen Tieren nebeneinander im Meer geschwommen. Es ist ein wundervoller Anblick sie durch das Meer gleiten zu sehen. Sorry, wenn auf den nächsten Zeilen noch öfters das Adjektiv wunderschön oder wundervoll benutze. Aber die Eindrücke waren es auch wirklich, wunderschön.

Auf Antigua, der Insel, die so viele Strände hat, wie das Jahr Tage, haben wir Rochen gefüttert und gestreichelt. Sie sind uns um die Beine geschwommen, so viele das das Wasser um einen herum, voll mit den Rochen war. Wir wissen jetzt auch, dass sich ihre Haut fast wie Samt anfühlt. Richtig weich. Und dann verschlampt eine gewisse Drogeriekette genau die Kamera mit den ganzen Unterwasserbildern der Rochen. Ärger. Wut. Danke für nichts. Aber zum Glück kann einem niemand die Bilder in seinem Kopf stehlen.

Haben auf Antigua auch unseren ersten Traumstrand erlebt, als wir ein Taxi mieteten und uns vom Taxifahrer an (s)einen Strand bringen ließen. Noch immer ist dieser eine Moment abgespeichert, als das Taxi in diesen Feldweg einbog und wir den ersten Blick auf dieses türkisfarbene Wasser, den blendend weißen Strand warfen. Er war wirklich so weiß, dass man fast nicht hinschauen konnte. Dieser erste Gedanke, dass es so etwas Schönes, gar nicht in der Realität geben kann. Es war mehr als ein Türkis, es war eine ganze Palette der unterschiedlichster Türkisfarben. Ein wirklicher Augenöffner.

Auf Domenica waren wir zwei Mal. Beim ersten Mal haben wir die Schönheit dieser tropischen Vulkaninsel bewundert. Einen Wasserfall im Dschungel gesehen. Dabei aber gehofft nicht etwas langem schlängelnden zu begegnen. Auf dieser Insel gibt es Würgeschlangen, die mehrere Meter groß werden können. Im Emerald Pool, einen kleinem Süßwasserbecken mitten im Dschungel gebadet. Dort wurden auch Szenen aus dem berühmten Film „Pirates Of The Caribbean" gedreht. Smaragdgrünes glasklares Wasser. Darin schwammen sogar kleine Garnelen. Im Hintergrund des kleines Sees ein pittoresker Wasserfall unter oder hinter den man sich stellen konnte. Zwar viele Touristen am Pool, aber die wenigsten trauten sich das was wir taten, Kleidung aus und hinein. Nein, nicht was sie jetzt denken, nackt. Wir wussten, als wir den Ausflug buchten, um die Bademöglichkeit. Also hatten wir schon vorab den Badeanzug angezogen. Gut, das wir es getan haben. So haben wir aus diesem Ausflug etwas Einmaliges geschaffen.

Zwei Jahre später haben uns das Erlebnis Domenica noch mehr einmalige Erlebnisse beschert. Dieses Mal waren wir zum Whalewatching da. Wir hatten die Chance Pottwale beim Schwimmen an der Oberfläche zu beobachten und dabei entstanden auch diese fast schon klischeehaften Fotos abtauchender Wale mit ihrer Fluke. Und unser Bootsführer war gut, so gut, dass wir mehrere Male die Möglichkeit hatten, diese tollen Tiere beim Atem holen, dem Schwimmen und Abtauchen zu beobachten. Viele hundert Bilder gab es auf diesem Ausflug und ein paar sind wirklich gelungen.

Auf der Insel Saona vor der dominikanischen Republik erlebten wir den fast ultimativen Strand und Meer. Einen Sand, fast so fein wie Mehl. Kein Steinchen störte das barfuß laufen. Mit Speedbooten donnerten wir dorthin. Unterwegs noch einen Zwischenstopp eingelegt. Mitten im Meer auf einer Sandbank angehalten und Rum mit Cola getrunken. Bis zum Horizont nur das warme, türkisfarbene, kristallklare Wasser. Dabei auch Seesterne gefunden und natürlich fotografiert. Als wir uns von Meerseite der Insel und seinem Strand näherten, war es schon beeindruckend. Farben, die man sich nicht einmal in seinen schönsten Träumen vorstellen konnte. Am weißen Strand, die Palmen, das Wasser. Wenn mir das jemand vorher gezeigt hätte, wäre ich von Photoshop ausgegangen. Solche Farben kann es in der Wirklichkeit nicht geben. Aber es gibt sie. Mit eigenen Augen gesehen.

Auf den einer der britischen Junferninseln, der Virgin Gorda, wanderten wir erst durch und zwischen riesigen tonnenschwere Granitfelsen, die schattigen Höhlen bildeten. Sie sahen aus, als hätte eine Riese, diese gigantischen Blöcke aus Granit einfach so hingeworfen. Die Felsen immer wieder umspült vom angenehm warmen Wasser. Dann tritt man aus diesem Dämmerlicht in den azurblauen Himmel und sieht 'The Bath' vor sich. Ein Sandstrand umgeben von weiteren Granitfelsen. Die Vorstellung, dass hier vor ein paar Jahrhunderten noch Piraten über diesem Sand gelaufen sind, macht es nur noch faszinierender.

Von St. Maarten, diese Insel die geteilt ist, in einen französischen und holländischen sprechenden Teil waren wir enttäuscht. Von dieser Insel haben wir am wenigsten gesehen, weil wir so von dieser riesigen Menschenmenge geschockt waren, die auf diese Insel mit einem Schlag losgelassen wurde. Sechs Kreuzfahrtschiffe lagen an der Pier. Riesige Pötte mit teilweise viertausend oder mehr Passagieren. Und die meisten davon Amerikaner. Mit nur einem Ziel, Geld auszugeben. Auf den ersten fünfhundert Metern waren fast ausschließlich teure und noble Schmuck- oder Bekleidungsgeschäfte. Das war mir zu viel, zu eng, habe all diese Menschen nicht ertragen. Wir haben umgedreht und haben den Tag auf dem Schiff verbracht. Erst am Abend waren wir dann an der Reihe. Segeln mit einem Katamaran in den Sonnenuntergang. Am Horizont war sogar die Black Pearl von Jake Sparrow zu sehen. Top!

Auf St. Lucia und Curacao waren wir per Schnorchel unterwegs. Haben Wracks mit unzähligen tropischen Fischen erkundet. Auf Curacao, eine ehemalige holländische Kolonie, wurden wir fast schon Klischeemäßig beim Bummel von jemandem angesprochen, der uns bestes Gras, Speed, or something else, verkaufen wollen.

Isla Magarita, vor Venezuela gelegen. Auf ihr haben wir das Elend des real existierenden Sozialismus kennen gelernt. Armut. Menschen und Tiere litten darunter. Versorgungsengpässe, lebenswichtige Medikamente die nicht zu bekommen sind. Es war die einzige Insel, bei der ich wirklich froh wieder weg zu kommen. Nicht wegen der Menschen oder der Natur. Sondern wegen der Politik und deren Folgen. Unsere Tour wurde von einer bewaffneten Polizeieskorte begleitet. Wegen der Armut hat diese Insel, dieses Land eine enorm hohe Verbrechensrate. Kein sehr beruhigendes Gefühl. So viel Staatspräsenz macht mir irgendwie ein mulmiges Gefühl.

Auf Isla Margarita erlebten wir die Schönheit des Mangrovenwaldes. Seeadler, Pelikane, Kormorane, Seesterne und Seepferdchen konnten wir aus der Nahe bestaunen. Oder an einem einsamen Strand, konnten wir große Schwärme von Pelikanen im

Formationsflug beobachten, und gleichzeitig versuchte eine alte Frau selbst hergestellte Souvenirs zu verkaufen, um ein paar Dollar zu verdienen. Und immer die Hunde die um einen schlichen, mit einem dermaßen traurigen Blick, als hätten sie in ihrem Leben schon so viel Leid, Schmerz und Hunger erlebt, dass es für tausend Jahre reichen würde. Kennen sie das Buch Mieses Karma? Das was diese Hunde an Elend erleben, DASS ist mieses Karma!

Landschaftlich sehr reizvoll. Aber das drum herum, sehr bedenklich. Ich kann jetzt sagen, dass ich vor diesem Elend die Augen verschließe, was auch stimmt. Aber ich kann aber diesem Elend nichts entgegensetzen. Stehe dieser Verzweiflung der Menschen und Tiere hilflos gegenüber. Das hat mich sehr hinunter gezogen.

Auf Bonaire erlebten wir die Schönheit des Segeln, als wir mit einem holländischen Paar und ihrem Segelboot im kleinen Kreis entlang der Küste flogen. Es war ein perfekter Tag. Ruhiges Wasser, kein Wellengang, doch genug Wind, das das Boot nur so dahin flog. Wir saßen weit vorne und genossen den Wind in den Haaren, die Geschwindigkeit des Bootes, die Schräglage, wenn das Boot gegen den Wind steuerte. Hoffe, das stimmt seemännisch so. Ist auch egal. Es war klasse. Hätte das noch stundenlang so weitermachen können. In solchen Momenten träumt man vom Segelboot und dessen Freiheit.

Vor Tobago sind wir auch gesegelt. Aber in einem anderen Wind und anderem Wellengang. Das war heftig. So sehr, dass Kapitän und seine Frau mehr als eine Tablette gegen Seekrankheit verteilen musste. Der Katamaran schwankte, wie verrückt hier und her. Fiel in die Wellentäler und erhob sich daraus wieder. Stampfte und rollte. Nichts für schwache Mägen. Für einen erfahrenen Segler, war es wahrscheinlich ein Klacks. Für uns Landratten, schon an der Grenze des Ertragbaren. Der Kapitän, ein Deutscher, erzählte uns, wie er das Boot von Hamburg durch den Atlantik bis nach Tobago gebracht hat. Wie sie in der Kombüse, beim Schlafen, im heftigen Wellengang, hin und her gerollt sind. Alleine die Vorstellung lüpft meinen Magen und eine gewisse Übelkeit steigt hoch. War ich noch auf Bonaire vom Segeln total begeistert, nach Tobago wurde die Begeisterung deutlich relativiert.

Im französischen Martinique erlebten wir die Schönheit des längsten Riffs der Karibik. Sahen elegante und tödliche Barrakudas. Eine Muräne ließ sich auch noch blicken. Das sind so die Highlights, auf die wir gewartet haben. Wir lieben die Unterwasserwelt. Danach ging es noch zur Ilet Caret. Ein winziges Eiland, mitten im karibischen Meer. Im Grunde genommen ein Sandhaufen, mit ein paar Palmen. Aber ein wunderschöner Sandhaufen. Vom Boot lief man durch weichen Sand zum Inselchen. Das Wasser war wie immer kristallklar und türkis. Einfach im Wasser liegen, sich von den Wellen schaukeln lassen. Augen zu, vor sich hin träumen und alles Schwierige für einen Moment vergessen.

Zu all diesen unterschiedlichen, bunten, von Schönheit überquellenden Inseln gab es noch den Luxus auf der (alten) Mein Schiff 1. Essen und Trinken so viel man wollte. Alles, oder fast alles, war im Preis mit inbegriffen. Es gab einen Grill, der 24 Stunden offen hatte, ein Restaurant, das jeden Tag zwei 5-Gänge-Menüs servierte. Und man konnte so viel man wollte, kreuz und quer, davon bestellen. Schmeckte einem etwas besonders gut, dann bestellte man es eben nochmals. Und nochmals, wenn der Hunger so groß war. Cocktails bis zum Abwinken. Alles was das Herz begehrte und noch viel mehr. Es waren zwei schöne Fahrten mit unglaublichen Eindrücken. Auch wenn es uns diese Reisen finanziell sehr belasteten, war es mir wichtig, Gaby etwas zurück zu geben für all die Unterstützung, die ich von ihr in diesen Jahrzehnten bekommen habe. Und es hat sich gelohnt, selbst nach Jahren locken diese Erinnerungen noch ein Lächeln auf Gabys Gesicht. Das einzig negative, was man zu dieser Art des Reisens sagen kann, ist, dass man nur sehr wenig von dem Land, den Leuten oder der Insel allgemein sieht. Meist ist es wie bei einem Blick durchs Schlüsselloch. Man sieht einen kleinen Ausschnitt, aber das ganze Drumherum kann man nicht erkennen. Und so ist es auch bei diesen Ausflügen vom Schiff aus. Man sieht einen kurzen, zwar wunderschönen, aber trotzdem kurzen und zum Teil auch einseitigen Blick auf die Inseln mit ihrer Flora und Fauna.

Es ist alles so leer in mir. Ich bin so traurig. Ich bin so verzweifelt. Habe das Gefühl unter der Anspannung zu platzen. Und das wieder und wieder in ständigem, unaufhaltsamem Wechsel. Der Blick in die Zukunft ist trüb und hoffnungslos. Schwer jeden Tag irgendeine Motivation fürs Leben zu finden. Ich versuche zwar in Kontakt mit ihm zu bleiben. Aber es ist so schwer. Am Wochenende waren Gaby und ich mit Freunden Essen. Dorthin sind wir mit der Straßenbahn gefahren. Obwohl ich schon nach zwei Haltestellen mehr als genug hatte von den lauten, hektischen, fröhlichen Menschen, in ihrem ganz normalen Leben, bin ich sitzen geblieben. Habe es ausgehalten.

Waren sogar tags darauf im Schwimmbad, habe volle Becken mit fröhlich herum tollenden Kindern und entspannten Erwachsenen erlebt. In den kommenden Wochen habe ich noch Kino- und Theaterbesuche organisiert. Alles um der Welt zu zeigen, ich gehe nicht unter. Ich versuche im und am Leben zu bleiben. Aber ich Wirklichkeit halte die Welt um mich herum nicht mehr aus. Die Anspannung ist unerträglich. Sie muss irgendwie nach außen, aber keine Ahnung wie. Die Leere frisst einen Stück für Stück den Lebenswillen weg. Will mich nur noch auflösen, wie ein Hauch im Wind. Der Eiswürfel in dieser Sommerhitze. Nichts soll übrig bleiben. Weg, von allem

Schrei im Mund
lautlos
Schmerz im Herzen
verzweifelt
Anspannung im Kopf
zerrissen
keinen Ausweg
Schwarz
keine Hoffnung
Müde vom Leben
Lebensmüde

Das wirkliche Paradies

Aber all die Schönheit der Karibik verblasst gegen die Schönheit einer Inselgruppe im indischen Ozean. Den Seychellen. 2016 haben wir unsere Motorräder und meine umfangreiche Comic Sammlung verkauft. Dass wir unsere Motorräder verkauften war zum Teil einem Aspekt der Borderline Erkrankung geschuldet. Genauer gesagt, dem „Hochrisikoverhalten", wenn ich auf dem Bike saß. Auf Deutsch ich war zu langsam für die 90PS meiner Moto Guzzi, oder sie zu schnell. Auf jeden Fall suchte ich den Rausch der Geschwindigkeit, schneller, schräger. Aber nach einem Beinahe-Unfall, bei dem ich fast frontal auf einen entgegenkommenden Lieferwagen geknallt wäre, war es Zeit das Motorradfahren an den Nagel zu hängen. Noch einmal so viel Glück werde ich wohl nicht mehr haben.

Und die Comicsammlung. Ja, das fiel schon schwerer. Eine umfangreiche Marvel Sammlung hatte ich über vier Jahrzehnten mir angeschafft. Früher dachte ich mal, sie sind unverkäuflich, konnte mich nicht davon trennen. Waren ein Teil meines Lebens. Aber nüchtern betrachtet, stand sie bloß im Regal und verstaubte. Vielleicht muss man sich auch von liebgewonnenen Sachen mal trennen. Und so langte das Geld für die nächste Traumreise. Seychellen, wir kommen. Von Frankfurt über Dubai zur Hauptinsel Mahe.

Bis Dubai im nagelneuen A380. Das erste Mal Platz ohne Ende. Selbst in der Economy Class. Und der Flieger war nicht zum Bersten überfüllt. Wir saßen zwar in einer Dreierreihe aber der dritte Platz blieb unbesetzt. Ein Gefühl, dass man als Normalsterblicher gar nicht vom Fliegen kennt. Dazu ausgezeichnetes Essen, zumindest für eine Fluglinie. Netter Service und ein Unterhaltungsprogramm vom Feinsten. Gefühlt über einhundert Filme, Musikalben und Spiele. Noch nie vergingen 6 Stunden im Flugzeug so schnell. Vorm Flughafen Dubai hatte ich schon eine gewaltige Angst. Er ist ja einer der größten Flughafen der Welt. Ein Drehkreuz im internationalen Flugbetrieb. Im Vorfeld schon eine ziemliche Panik davor gehabt. Hatte Angst, dass wir uns in den riesigen Hallen verirren könnten und so unseren Weiterflug auf die Seychellen verpassen. Aber wie das so ist mit den

Ängsten, man bauscht sie im Vorfeld auf, um dann festzustellen, wie einfach es war, sich dort zurechtzufinden. Problemlos fanden wir das Gate für den Flug auf die Seychellen. Dann hieß es warten. Einmal zwei Stunden in Dubai und dann noch einmal drei Stunden auf die Fähre Richtung Praslin und La Digue. Flugdauer von Dubai auf die Seychellen noch einmal vier Stunden. Dieses Mal war der Flieger richtig voll. In Dubai trafen sich alle Seychellen Urlauber in diesem Flieger. Der Flughafen Auf Mahe, winzig. Wir waren der einzige Flieger dort.

Viereinhalb Tage auf La Digue, dann weitere viereinhalb Tage auf Praslin und zum Abschluss noch einmal viereinhalb Tage auf Mahe. Leider hatten wir die kleinste und schönste Insel La Digue schon am Anfang, die ursprünglichste Insel Praslin in der Mitte und zum Schluss die größte und touristisch am besten erschlossene Hauptinsel Mahe.

Die Fahrten mit der Fähre von und zurück Richtung Mahe, war im wahrsten Sinn des Wortes zum Kotzen. Alle die mit dieser Fähre fuhren, waren hauptsächlich Touristen auf den Weg Richtung Praslin und La Digue. Alle mussten innen sitzen. Keine Frischluft. Aus eigener, vergangener Erfahrung weiß ich, dass innen in einer Fähre sitzen, der Übelkeit ziemlichen Vorschub leistet. Diese Fähre war nun nicht gerade langsam, und der Seegang sehr rau. Irgendwie fuhren wir quer zu den Wellen, so dass es ständig ein starkes Auf und Ab gab. Wir hatten auf beiden Fahrten das Glück, einen Fensterplatz zu ergattern. So konnten wir, zum Glück, den Horizont im Blick halten. Das hilft meistens gegen die Übelkeit. Die Fahrt dauerte eine knappe Stunde. Nach ca. zwanzig Minuten wurde uns selbst außen und mit dem Blick fest am Horizont doch noch übel. Aber zum Glück hatten wir vorgesorgt und Kaugummis gegen Reisekrankheit dabei. Von denen, die innen saßen, begonnen immer mehr und mehr die Kotztüten zu benutzen. Gaby machte sich dann viele neue Freunde, als sie anfing, unsere Kaugummis an die grün und zugleich blass aussehenden Mitfahrer zu verteilen. Ich glaube so dankbar habe ich selten andere Menschen gesehen.

Dann endlich, nach mehr als einem dreiviertel Tag Anreise erreichten wir verschwitzt, müde und aufgeregt zugleich, das erste Ziel. Unser Hotel, das Patatran lag direkt an der Anse Patatas. Die Kartoffelbucht. Aber so profan der Name, so unbeschreiblich schön war allein schon diese Bucht. Weißer feiner Sand, ohne jedes Steinchen. Umrahmt wird der Strand von wuchtigen Granitfelsen. Die zum Gesamtbild wunderbar passen. Palmen, die fast bis zur Dünung der Wellen wuchsen. Diesen Anblick in so etwas Profanes wie Worte zu fassen, ist mir fast unmöglich. Aber in der heutigen Zeit, nutzen sie mal GIDF. Dr. Google wird ihnen bestimmt einige Bilder davon zeigen. Vielleicht verstehen sie dann, wie schwer es ist, dies zu beschreiben. Unser Hotelzimmer, war riesig. Platz ohne Ende und ein atemberaubender Blick aufs Meer. Aus dem Bett aufstehen und dann dieser Blick. Besser kann es fast nicht sein. Auf La Digue gibt es so gut wie keine Autos. Höchstens ein paar Taxis und LKWs sind dort unterwegs. Noch vor einigen Jahren waren sogar noch Ochsenkarren im Einsatz, um Touristen zu ihrem Hotel zu bringen. Aber die sind inzwischen wahrscheinlich schon in Rente oder in einem Eintopf gelandet. Das meiste wird dort mit dem Fahrrad erledigt.

Wir haben uns auch Fahrräder ausgeliehen um die Insel zu erkunden. Sich zu verirren ist unmöglich. Es gibt nur eine Straße die entlang der Westseite und noch ein bisschen um die Nordspitze herum im Osten weitergeht. Alles in allem ist diese eine Straße wie die Insel insgesamt vielleicht vier oder fünf Kilometer lang. Theoretisch machbar. Also los mit den Fahrrädern.

Lag es an der salzigen Luft, an der Feuchtigkeit, keine Ahnung. Aber trotz Wartung, waren die Bremsen grenzwertig. Ich in meiner Naivität, hatte die Vorstellung, dass die Straße, die entlang der Küste führt, ebenerdig sein muss. So Hollandmäßig. Aber erstes kommt es anders und zweitens als man denkt. Es gab etliche kleinere Hügel. Rauf, ohne eine richtig funktionierende Gangschaltung ist anstrengend, aber im Notfall hilft da auch schieben. Aber runter, juhu, mit Bremsen, die nicht richtig ziehen, auf einer Straße, die gerade ein bisschen breiter ist, als ein Lieferwagen, das gibt ein flaues Gefühl im Magen und einen gewissen Nervenkitzel. Ich hoffte, dass nicht zufällig eines der wenigen Autos gerade um die nächste Kurve kommt, wenn wir abwärts rollten. Denn die bremsen nämlich nicht für Radfahrer.

Die weiteste Strecke zum Radeln war der Weg zum Source de Argent. Zum Strand der Silberquelle. Klingt nach nicht viel. Aber in der Realität gehören dieser Strand, oder Strände zu den Top Ten der Welt. Ein Rumhersteller aus der Karibik, hat an diesem Strand in den Achtzigern seinen Werbespot gedreht. Vielleicht erinnern sich noch manche an das besondere B****i Feeling. Riesige Granitfelsen unterteilen immer wieder einzelne Strandabschnitte. Jeder anders, jeder mit seinem eigenen Flair. Aber alle wunderschön. Es raubt einem den Atem, wenn man diese paradiesische Umgebung in Natura erlebt. Natürlich vorausgesetzt, man mag diese Art von einmaligem tropischem Ambiente.

Am Ende des Strandes gab es dann noch eine Saftbar mit ganz frisch gepressten Säften, die von jungen und aufgedrehten Rastafaris betrieben wurde. Dort zu sitzen und der Sonne beim Untergang zuzusehen ist unbezahlbar.

Aber selbst dort, an diesem Platz, der mit seiner Schönheit, dass das Herz zum Überlaufen bringt, gibt es die Dunkelheit. Genau hier, saß ich und war gefangen in einer schweren Depression. Ich heulte und war so verzweifelt. All die Schönheit prallte von meinem schwarzen Panzer ab. Es war so schrecklich, gefangen in der eigenen Trauer, kam nichts an mich heran.

Chinesische Touristen. Das Mysterium auf La Digue. Am Source de Argent, sogar in und am unseren Hotel tauchen sie urplötzlich auf. Wie nach einem Fingerschnippen schienen dutzende, oder hunderte von chinesischen Touristen urplötzlich auf der Bildfläche. Fotografieren Tausende von Selfies. Ausschließlich Selfies. Immer war ein Chinese im Bild. Hypothetische Neugier, gibt es unter den abertausenden von Bildern die die Chinesen mit ihren Handysticks geschossen haben, wohl eines ohne wo kein Chinese darauf zu sehen ist? Wie ein Haufen Ameisen oder Heuschrecken wuseln sie kreuz und quer und schnatterten dabei lautstark. Konnte nirgends hinschauen, ohne nicht über eine größere Anzahl von Asiaten zu stolpern. Es waren nur chinesische Wortfetzen zu hören. Aber gerade als man anfängt davon genervt zu sein, sind sie mit einem Schlag verschwunden. Von einer Sekunde zu anderen, weg. So als ob sich alle gleichzeitig in Luft aufgelöst haben. Wie ein Spuk sind sie fort. Und man fragt sich dann, ob das alles real war oder nur eine Einbildung.

Wenn wir jemals wieder die Chance haben auf den Seychellen Urlaub zu machen, nach La Digue würde ich sofort wieder reisen. Alle Tage, hier in diesem Paradies, waren entspannend, wie selten in einem Urlaub zuvor. Jeder Strand, den wir sahen, war toll bis fantastisch. Diese Kombination, aus Baden, Schnorcheln, Entspannen, Essen und Trinken, dass alles in angenehmen 30° und einer nicht viel kälteren Wassertemperatur fördert den Entspannungsfaktor ungemein. Man kann die Zeit, im positiven Sinne, an einem vorbeifließen sehen.

Leider musste ich Neptun einen Tribut für diese Reise bezahlen. Bei Wellengang stolperte ich am Riff und verlor den Ehering meiner Mutter. Eine der wenigen Erinnerungen an sie, die ich gerne mochte. Aber es gab keine Chance, den Ring wieder zu finden.

Am fünften Tag wechselten wir mit der Fähre von La Digue nach Praslin. Der Wechsel verlief nicht so positiv. Unser neues Zuhause war anfangs schon enttäuschend. Das Hotel lag abseits vom Strand. Hatte zwar ebenfalls geräumige Zimmer, aber bis zum Strand musste man ca. zehn Minuten laufen. Und am Strand stellen wir fest, dass er zum Baden ungeeignet war. Breit, flach, nichts mehr mit Idylle, wie auf La Digue. Voller Seegras und es stankt gottserbämlich nach Fisch. Da waren wir nach diesen vorangegangen Tagen schon sehr ernüchtert. Hinterfrage natürlich auch meine Entscheidung, dieses Hotel ausgewählt zu haben

Aber Praslin, hat schon seine Reize. Aber dadurch, dass es deutlich größer als La Digue ist, reicht hier ein Fahrrad nicht mehr. Wir waren so mutig oder im Nachhinein so verrückt, dort für zwei Tage ein Auto zu mieten. Um jedwedes Risiko auszuschließen haben wir natürlich eine Vollkaskoversicherung abgeschlossen. Erst hinterher haben wir erfahren, dass Vollkasko auf den Seychellen kein Vollkasko ist. Bei Schäden am Auto, war eine Selbstbeteiligung von eintausend(!) Euro fällig. Also jeden kleinen Schaden, Kratzer, oder ähnliches am Auto hätten wir selbst bezahlen müssen. Aber wie schon gesagt, zum Glück haben wir das erst auf der Nachbarinsel Mahe, unserer dritten Station, davon erfahren. Sonst wären wir wohl nicht so entspannt durch die Landschaft gefahren

So sind wir, besser gesagt Gaby, ins Auto gestiegen. Dabei ist zu beachten, dass auf den ganzen Seychellen, als Erbe der britischen Eroberung, Linksverkehr ist. Das bedeutet, Lenkrad auf der rechten Seite. Zum Glück war es ein Automatikgetriebe. So musste sie sich neben der ungewohnten Fahrseite nicht auch noch mit einem Schaltknüppel auf der falschen Seite auseinandersetzen. Meinen großen Respekt, dass Gaby das fast ohne Problem gemeistert hat. Und am wichtigsten auch ohne Sachschaden. Und dazu noch mit einer Beifahrerin, die sichtlich nervös und laut wurde, wenn sie das Gefühl hatte, das Gaby dem Straßenrand zu nahe kam. Den im Gegensatz, zu Zuhause, war neben der Straße nichts. Meist war es nur ein großer Graben. Wären wir da hinein zu kommen, hätte das Auto auf dem Bodenblech aufgesetzt und das wäre sehr, sehr teuer geworden! Aber immer noch bin ich stolz auf Gaby, wie souverän sie dieses Abenteuer gemeistert hat.

Praslin hat noch einen großen ursprünglichen Urwald. Das Valle de Mai. Gut zu besichtigen. Dort wächst auch das Wahrzeichen der Seychellen, die Coco de Mer. Warum Meeres-Kokosnuss? Als die Nüsse an verschiedenen Inseln der Seychellen, oder sogar am indischen Subkontinent, am Strand angespült wurden, konnte sie keiner der Einwohner, der einheimischen Flora zuordnen. So nahmen die Bewohner der Inseln an, dass die Nüsse im Meer wachsen müssen und von dort an den Strand kamen. Daher der Name. Die Coco der Mer, ist eine ganz spezielle Frucht, oder besser gesagt Samen. Die weibliche Frucht, also die Kokosnuss, sieht in etwa so aus wie ein weibliches Geschlechtsteil. Der männliche Blütenstängel naja, wie ein männlicher Penis. Sie brauchen nicht zu lächeln. Es ist wirklich so. Eine Ähnlichkeit zu beiden Geschlechtsorganen ist nicht zu bestreiten. Selbst die Toiletten für Mann und Frau sind mit diesen beiden Teilen der Palme gekennzeichnet

Legenden sagen, dass sich in stürmischen Nächten, die beiden Teile zusammentreffen und sich dann paaren. So sollen diese Coco de Mer entstehen. Diese Kokosnüsse riesig und keine Leichtgewichte. So eine Frucht wiegt bis zu fünfundzwanzig Kilogramm. Man sollte also vorsichtig sein, wenn man unter dieser Palme steht. Wenn sie einen trifft, gibt das mehr als nur Kopfschmerzen. Aber so ähnlich wie die Paarung, fallen die Kokosnüsse nur in der Nacht. Das ist im Gegensatz zur ersten Behauptung eine Tatsache. Sie fallen wirklich ausschließlich in der Nacht. Safety First.

Apropos Kokosnüsse, haben sie schon jemals davon geträumt, so eine frische Kokosnuss in der Hand zu halten, ein Strohhalm in der Kokosnuss und den leckeren kühlen Saft davon zu trinken? Stellen sie sich das gerade vor? Wenn ja, dann vergessen sie es. Es schmeckt nicht. Zumindest schmeckt es nicht so, wie wir Mitteleuropäer uns das vorstellen. Dieser typische Geschmack nach Kokosnuss fehlt. Wir stellen uns den Geschmack ähnlich einer Dose Kokosmilch vor. Aber genauso schmeckt es eben nicht. Wir haben inzwischen in der Karibik und auf den Seychellen es versucht. Nein, dieses Kokoswasser schmeckt nirgends. Das schmeckt einfach nach nichts, mit einem Hauch von abgestandener Kokosnuss. Mehr nicht. Meiner Meinung nach lohnt sich das Geld für dieses Erlebnis nicht. Nehmen sie lieber eine Pina Colada. Da kommen sie ihrer Vorstellung von Kokos deutlich näher. Auch wenn dieses Kokoswasser so wahnsinnig tolle Eigenschaften besitzt. Bäh!

Das Vallée de Mai, ist ein sehr beeindruckender Wald. Seit Jahrmillionen wachsen hier schon die Palmen. Dieser Wald ist so alt, dass er den Kontinentaldrift live miterlebt hat. Überall wachsen die Coco der Mer, dazwischen eine große Vielfalt der verschiedensten Flora. Eigentlich wollten wir das ganze ohne Guide machen, aber nach ein paar Metern im diesem Urwald, haben wir umgekehrt und haben doch eine Führer gebucht. Alleine kann man nicht diese Vielfalt erkunden. Er hat uns so vieles und spannendes über dieses Ökosystem erzählt. Das hätte wir alles verpasst.

Ich hatte da auch den Schock meines Urlaubs. Habe ich erzählt, dass ich eine panische Angst vor Schlangen habe? Ich habe extra nachgeschaut, ob es Schlangen auf den Inseln gibt. Das war eine der Grundbedingungen, dass ich diesen Urlaub gebucht habe, keine

Schlangen! Den Schlangen und ich im gleichen Lebensraum das geht nicht gut. Nicht für die Schlange, aber für mich. Und wirklich nirgends habe ich im Internet einen einzigen Hinweis auf Schlangen gefunden. Und nun stehen wir mit dem Tourguide, der ein ausgezeichnetes Deutsch sprach, mitten in diesem Millionen alten Dschungel und er erzählt mir, seelenruhig, das es natürlich auf den Seychellen Schlangen geben würde. Sogar zwei Arten von Würgeschlangen. Keine Ahnung, ob er die Wahrheit sagte, oder nur ein bisschen Gruselfaktor mit einflechten wollte. Er erzählte von einem Grillabend unter einem Baum, als urplötzlich ein Ast aus dem Baum fiel und sich dann schnellstmöglich vom Grill davon schlängelte. Der Ast war eine Schlange, die panisch vor dem Feuer des Grills flüchtete. Alleine die Vorstellung, Gänsehaut! Phobisch! Seit diesem Zeitpunkt mochte ich keine offenen Fenster oder Zimmertüren mehr. Es könnte sich ja etwas Schlängelndes in unser Hotelzimmer verirren. Schüttelt mich sogar jetzt noch, als ich diese Zeilen schreibe.

Den schönsten Strand zum Schnorcheln war Anse Lazio, viele Reiseführer führen in unter den schönsten der Seychellen oder sogar der ganzen Welt. Auch hier wieder Postkartenidylle. Aber wirklich beindruckend war die Artenvielfalt unter Wasser. So viele unterschiedliche tropische Fische. Unser persönliches Highlight war, einen wunderschönen kleinen Kalmar abzulichten. Das Glück genau zur richtigen Zeit auf den Auslöser unserer Unterwasserkamera zu drücken und dabei ihn zu erwischen war unbezahlbar.

Wollen sie noch einen kleinen weiteren Horrormoment? Für die, die den uralten Film „Der weißen Hai" noch im Kopf haben und denen Schnorcheln und Unterwasser sowieso schon suspekt ist. Genau hier am paradiesischen Anse Lazio gab es 2013 den letzten und tödlichen Haiangriff. Weiter draußen, da wo die Boote ankerten, ist es passiert. Ein frisch verheiratetes Paar, er taucht und kurz bevor er in Boot einsteigen konnte, wurde er von einem Hai tödlich verletzt. Vor den Augen seiner Frau. Selbstverständlich ist in tropischen Gewässern immer ein Risiko dabei ins Wasser zu gehen. Als Mensch dringt man dabei in das Jagdgebiet der Haie vor. Und man steht dann halt nicht mehr am Ende der Nahrungskette.

Und irgendwie geistert das schon etwas im Hinterkopf herum. Ich versuchte zu vermeiden, mich vor der prachtvollen Unterwasserwelt zu weit ins tiefere Wasser hinaus zu locken zu lassen. Aber selbst das, was wir in diesen ersten fünfzig Meter vom Strand weg sahen, verschlug uns den Atem. Ich hoffe wirklich, dass Gaby es noch schafft ihren Tauchschein zu machen. Wenn es in Ufernähe schon so eine grandiose Artenvielfalt gibt, wie muss es dann erst bei den weiter draußen liegenden Riffen sein. Auch mit dem Risiko das man einem Hai begegnen könnte. Nüchtern betrachtet ist das Risiko wirklich minimal, da war die Wahrscheinlichkeit größer bei der ungewohnten Autofahrt zu sterben.

Am zweiten Tag mit dem Auto, waren wir beide schon etwas entspannter. War der erste Tag noch voll mit Sehenswürdigkeiten, wie das Vallée de Mai oder die Besichtigung vom Anse Lazio, war Tag zwei eher der Erholung gewidmet. Wir fanden einen schönen ruhigen Strand, wo wir ganz alleine waren. Wir konnten im Sand liegen, Schnorcheln und versuchen kleine Rochen in Strandnähe zu jagen. Einfach die Seele baumeln lassen. Am Abend des zweiten Tages stellten wir das Auto unbeschadet vor dem Hotel wieder ab. Abenteuer Linksverkehr geschafft.

Am dritten Tag haben wir einen Bootsausflug gebucht. Dabei wäre ich fast ertrunken, oder zumindest fühlte es sich so ähnlich an. Aber alles der Reihe nach. Der Ausflug ging zur Insel Curieuse. Eine kleine, fast unbewohnte Insel. Ungefähr drei Quadratkilometer groß. Bevor wir dort landeten, stoppte das Boot zum Schnorcheln, an einer winzigen, Insel aus Granitfelsen und einer einzigen Palme oben darauf. Sehr fotogen. Wir alle also raus zum Schnorcheln. Problem war aber, dass dort gerade eine sehr starke Strömung herrschte. Unter Umständen hätte ein sehr erfahrener und konditionell guter Schwimmer es geschafft gegen die Strömung zu schwimmen. Aber wir alle auf dem Boot haben es nicht geschafft. Dadurch, dass wir mit dem Kopf unter Wasser steckten und auf Schnappschüsse warteten, merken wir gar nicht, wie wir abgetrieben wurden. Erst als man den Kopf aus dem Wasser nahm, sah man, dass sich das Boot schon wieder weiter entfernt hatte. Ich versuchte, gegen diese Strömung anzuschwimmen, kam aber gefühlt dem Boot nicht näher. Mit Gaby und mir waren noch etliche Andere im Wasser. Jeder von ihnen kam nicht mehr Richtung Boot. Eine gewisse Panik machte sich schon breit. Der Crew des Bootes blieb nichts anderes übrig, als das Schlauchboot ins Wasser zu lassen und die ganzen Touristen wieder einzufangen. Ziemlich als letzte, war ich an der Reihe. Aufgrund meines Gewichtes, schafften Crew und ich es nicht, mich ins Boot zu wuchten. Was taten sie also? Sie nahmen einen Rettungsring, ich zog ihn über meinen Kopf, so dass er unterhalb meiner Arme lag. Dann machten sie das Seil fest und gaben Gas mit ihrem Schlauchboot. Wie ein toter Wal, Größe stimmt ja auch fast, wurde ich hinterher gezogen. Aber jede Welle, über die das Schlauchboot fuhr, oder selbst erzeugte, überspülte mich. Jedes Mal einen kurzen Moment war ich unter der Welle, aber dieser Moment war eine gefühlte Ewigkeit, wenn man keine Luft bekommt, oder Salzwasser schluckt. Die Wellen kamen in so kurzen Abständen, dass ich sehr damit zu kämpfen hatte, Luft zu schnappen. Bevor es wieder über mir zusammen schlug. Nicht lustig, definitiv nicht lustig. Zwischendurch, hatte ich immer wieder das Gefühl des Ertrinkens. War ich froh, als wir endlich am Boot waren und ich die Treppe zum Katamaran hoch steigen konnte. Hatte dann die Schnauze voll, vom Meer, von mir und allem. Innerlicher Stinkefinger. Als wir dann auf Curieuse gelandet sind, war geplant, die Insel zu Fuß überqueren und auf der anderen Seite wieder aufgelesen zu werden. Hatte dazu keinen Bock. Nach diesem Ritt auf und unter den Wellen, wollte ich nicht mehr laufen. Wollte meine Ruhe. Immer noch stinkig. Gaby und der Rest der Touristen liefen los und erkundeten das Inselinnere und die ehemalige Leprakolonie. Ich blieb alleine am Strand. Das Boot ankerte draußen in der Bucht. Als es Zeit zum Aufbruch wurde, hat die Crew mich abgeholt und ich bin als einziger Tourist mit meiner, kurzfristig eigenen Crew, um die Insel geschippert. Hatte auch was. Als wir den Strand erreichten, bin ich vom Boot aus ins Wasser gesprungen, so elegant wie es einem Wal an Land halt möglich ist. So konnte ich dann Gaby, als sie ebenfalls den Strand erreichte persönlich begrüßen. Auf der Rückfahrt, saß ich ganz vorne an einer der Spitzen des Katamarans. Genoss die schnelle Fahrt über die Wellen. Dieses Auf und Ab und das Gefühl des Dahingleitens. Wäre ich mutiger gewesen, hätte ich mich aufgerichtet und gebrüllt „ Ich bin die Königin der Welt". Natürlich habe ich es nicht gemacht. So blieb der Gedanke im Kopf und ich genoss still die rasende Fahrt.

Vom Hotel aus gab es einen Shuttlebus zum Anse Lazio. Denn nahmen wir am letzten Tag auf Praslin. So mussten wir den Weg nicht nochmal mit dem Auto fahren. Nach dem Tag am Strand gestaltete sich die Heimfahrt leicht abenteuerlich. Der Bus nahm eine andere Route zurück. Es ging auf engen Sträßchen, quer über die Insel. Viele Hügel rauf und wieder runter. Hatte irgendwie gar nicht damit gerechnet, das diese Insel so viele Sträßchen hat. Die Straßen so eng, das unser Bus in einer Haarnadelkurve auf der einen Seite an die Felsen schrammte und zwischen dem entgegenkommenden Bus und unserem nur wenige Zentimeter Platz waren. Hatte schon die Befürchtung, dass der andere Bus unsere Seite eindrückt. Und genau an dieser Stelle im Bus saß ich. Wohin mit meinen Beinen, wenn der Bus in unseren gekracht wäre? Die wären nämlich bei einer Kollision in eine ziemliche Bredouille gekommen. Aber die Fahrer sind Profis. Bis auf die Schrammen ist Bus und Passagieren nichts passiert. Das sind die kleinen Geschichten, die neben den vielen wunderschönen landschaftlichen Eindrücken, der Reise ihre Würze geben.

Komme heute zurück von meiner Therapeutin. Mir und ca. einem weiteren Dutzend Patienten wurde nun auch fast offiziell verkündet, dass das Case Management, zu diesem Zeitpunkt nicht mehr fortsetzbar ist. Es gibt keinen Alternativplan, keine Idee mehr.

Für uns alle, die auf dieses Arrangement angewiesen waren, fühlt es sich wie ein Schlag ins Gesicht an. Dazu wird nun, auch noch die Oberärztin meiner ehemaligen Station auf die Intensivstation als Oberärztin versetzt. Dabei war sie auch einer der Gründe, warum ich gewechselt bin. Und jetzt ist sie schon wieder in meiner Nähe, vorausgesetzt eine Aufnahme würde in diesem Leben noch einmal klappen.

Heute schmerzt dies wieder besonders. Dass dieses Netz der Sicherheit weg ist, das macht Leben schier unerträglich.

Raptus Melancholis. Auf dich warte ich. Hoffe und sehne ihn herbei, da er als einziger Ausweg erscheint. Wann kommt der Impuls. Gleichzeitig herbei sehnen und Angst davor. Der Teil der Leben will, schaudert bei diesem Gefühl. Der Teil der nicht mehr kann, am Ende ist, der will nur Erlösung. Egal wie sie aussehen mag. Aber knallhart gesagt, ist der Raptus die wahrscheinlichste Möglichkeit der großen Erlösung.

Gestern hatte ich wieder mal einen fast euphorischen Tag. Die Aussicht, mit diesem Buch bald fertig zu sein und es vielleicht bald herauszubringen hat meine Stimmung in Euphorisches abgleiten lassen. War gestern Abend wirklich am überlegen, keine Nachtmedikamente zu nehmen und die Nacht durchzuarbeiten um es fertig zu kriegen. Zum Glück habe ich es nicht gemacht. Der heutige Morgen, als die ganzen Endorphine sich in Wohlgefallen aufgelöst haben, war schrecklich. Irgendwie ist es wie nach einem Saufabend mit dem obligatorischen Kater am nächsten Morgen. Und heute Morgen war mein Kater gewaltig. Ich steckte in tiefster Depression. Das Gefühl, nicht mehr zu wollen, nicht mehr kämpfen zu müssen, war so unendlich groß und die Verzweiflung war fast körperlich zu spüren. Heute wünsche ich mir von ganzem Herzen nichts als Erlösung. Auch wenn ich damit sehr viele in ein Meer der Trauer und des Schmerzes werfe.

ICH KANN NICHT MEHR, ICH WILL NICHT MEHR…

Fucking ERLÖSUNG, wo bist du, ich bin so MÜDE

Leere wird angefüllt durch Verzweiflung
Schmerz und Traurigkeit
Dieser Schmerz ist so unerträglich
kein Entkommen aus dieser Hölle

Triff eine Entscheidung
Was möchtest du? Was ist dein Ziel
Du musst sagen was du möchtest

Ich kann es nicht
Gelähmt in diesem dunklen Sumpf
Nicht mehr die Kraft zum Weiterleben
Angst das Wort auszusprechen
Ertragen, ertragen

Ich sehne mich nach jemanden
der mir diese Last abnimmt
Jemand, der mich zum Frieden leitet

Jemand der die Last eine Zeit lang für mich trägt

Doch diesen Jemand den gibt es nur in meinen
Träumen, Wünschen und Hoffnungen
Doch wie alle Hoffnungen ist auch diese vergebens
Die Realität ist eigentlich untragbar geworden

Wenn die Hölle nichts mehr Besonderes ist
Wenn all der Schmerz, Verzweiflung
und Unerträglichkeit, tagein tagaus
das Sein bestimmen

Warum?

Wenn das Gefühl zum Verstand sagt
Ich mag nicht mehr, ich ertrag es nicht mehr
bitte lass mich gehen
wenn das Gefühl gefangen ist vom Verstand,
eingesperrt, verdammt zum auszuhalten
bis zum natürlichen Ende

Ich mag nicht mehr
Niemand
der dir hilft

Du bist allein
So unendlich allein

Letzter Teil unseres Inselhüpfens. Die Tage auf Mahe. Das erste große Hotel. 180 Zimmer. Zum Vergleich auf La Digue waren es nur fünfundzwanzig und auf Praslin sogar nur sechs Zimmer und dabei Platz ohne Ende. Nun kommen wir auf unser Zimmer und das ist kleiner als die Kabine unseres Kreuzfahrtschiffes. Gaby reagiert beim ersten Anblick ziemlich geschockt und panisch. Glaube, sie wollte am liebsten weg von diesem Hotel. Mir erging es nicht viel anders. Es dauerte bis in den nächsten Tag hinein, bis wir uns daran gewöhnten. Mahe ist noch einmal deutlich größer als Praslin. Um mehr von der Insel zu sehen, hätten wir wieder ein Auto gebraucht. Aber der Transfer von der Fähre bis zum Hotel, mitten durch den belebten Verkehrsknotenpunkt Viktoria, die Hauptstadt der Seychellen, ließ uns Abstand davon nehmen. Das Wahrzeichen der Hauptstadt eine Miniaturausgabe des Big Ben aus London. Drumherum ein Kreisverkehr. Ohne jedwede Regeln. Zumindest habe ich keine verständlichen Regeln erkannt. Egal wohin man auf dieser Insel wollte, man musste durch diesen Kreisverkehr. Alle Wege führen nicht nach Küssnacht, sondern auf Mahe durch diesen Kreisverkehr. Bei aller Fahrkunst von Gaby im Linksverkehr von Praslin, hier wäre ein Unfall fast vorprogrammiert. Das war eine Nummer zu groß für uns Ungeübten. Besonders dann, als uns eine Dame der Rezeption höflich auf die hohen Selbstkosten bei einem Unfall mit einem Leihauto hinwies.

Aber wenn wir schon einmal hier sind, da wollten wir doch nicht nur im Hotel bleiben. Aber es gab eine Lösung. Wir charterten ein Taxi. Hatten unseren eigenen persönlichen Chauffeur und Reiseführer. Der besondere Vorteil dabei, wir brauchten keine Straßenkarten und Reisebücher. Unser Taxifahrer, ein älterer Herr, kannte alle Sehenswürdigkeiten. Ob den Hindu Tempel in Viktoria, die Teeplantage, die schönsten Strände. Manche Kleinigkeiten haben mich besonders fasziniert. Etwa das wild wachsende Zitronengras, das bei uns als Spezialität verkauft wird. Oder die Zimtbäume, die einen ganzen Wäldchen bildeten. Wir kennen Zimt ja nur in Pulverform, oder als kleines Stück zum Reiben. Aber hier waren es Bäume, richtige Bäume, etliche Meter hoch. Man konnte sich einfach ein Stück Rinde nehmen, es trocknen, zerreiben und schon hatte man Zimtpulver. Einziger Nachteil dieser ganzen Tour, war leider das schlechte Wetter. Viele Strände waren durch den Regen und den Wind leider nicht so schön wie auf Bildern im Fernsehen oder Internet. Aber die acht Stunden waren sehr vergnüglich. Unser Taxifahrer, konnte sehr viel erzählen. Auch über Zeiten, wo die Seychellen noch ein armes Land waren, als die Bewohner zum Teil hungern mussten. Aber auch viele Anekdoten der lustigen Art. Schön war natürlich auch, dass wir jederzeit stopp sagen konnten um etwas zu fotografieren oder besichtigen. Wir lernten auch ein kleines bisschen der dunklen Zeiten kennen, als es hier auf der Insel noch Sklavenhaltung gab. Aber auch Menschen die damals schon für deren Befreiung kämpften. Ganz in der Nähe, dieses Ortes für freie Sklaven gibt es den Mission Logde View. Vor dort aus hatten wir einen wunderschönen weiten Blick über die Insel. An diesem Punkt stand auch schon Elisabeth, Königin von England und hat ihren Tee geschlürft.

Ein kurzer entspannter Moment unter so vielen anstrengenden. Gerade liegen alle Menschen und Katzen zusammen im Bett. Alle sechs Bewohner friedlich vereint. Jeder genießt die Ruhe

Apropos Tee. Dies ist eines der beliebtesten Getränke auf den Seychellen. Dort trinkt man ihn aber gewöhnlich mit Milch. Was ich ganz gerne mag. Starker Tee mit Milch und Zucker, lecker.
Sollten sie jetzt vor lauter Begeisterung auf die Idee gekommen sein, auf die Seychellen auszuwandern und dort ihre Millionen auszugeben, das können sie leider vergessen. Haus und Grundstücke dürfen nur von Einheimischen erworben werden und auch nicht an Ausländer veräußert werden. Für alle die, die es trotzdem dorthin zieht, hat die Regierung der Seychellen, ein künstlich geschaffene Landzunge angelegt. Dort stehen dann sehr teure „Reihenhäuser".

Aber jedes diese Reihenhäuser hat selbstverständlich einen eigenen Anlegeplatz für ihre Yacht.

Nach diesen sehr kurzen zwei Wochen, will ich gerne noch einmal auf die Seychellen. Aber mit anderen Vorstellungen. Ich muss nicht mehr, alles sehen. Das nächste Mal würde ich die meiste Zeit auf La Digue verbringen. Nur die letzten zwei oder drei Tage vor dem Rückflug, würde ich zwangläufig in einem Hotel auf Mahe verbringen. In einem Hotel direkt am Strand und dort relaxen, lesen, essen, trinken und schlafen. Alles was einen Urlaub ausmacht. Solltest sie sich fragen, ob sich deswegen die ganze Anreise lohnt, kann ich nur eindeutig Ja sagen. Wenn sie mir nicht glauben, kommen sie, staunen sie und erleben sie ein Paradies auf Erden. Man bekommt sehr viel erholsame Zeit für seinen Urlaub. Wenn es mir irgendwann oder irgendwie möglich ist, werde ich zu diesem Traumziel zurückkehren

Aber leider hat alles irgendwann ein Ende, und die Reise zurück nach Deutschland stand an. Wieder Dubai, wieder kein Problem. Unser Shuttle zum Flugzeug, zeigte uns wie groß der Flughafen in Wirklichkeit ist. Fast eine halbe Stunde brauchte das Shuttle bis es unseren Flieger gefunden hatte. Innerlich hatte ich mir dabei spaßeshalber die Frage gestellt, ob wir anstatt zu fliegen, mit dem Bus nach Deutschland fahren. Leider war es kein A380 mehr. Was bedeutete weniger Platz und Enge. Aber auch diese Zeit in der eingeengten Economy-Class geht vorbei. Und einen halben Tag später sind wir wieder im deutlicher unangenehmeren Frankfurt gelandet. Zumindest was das Wetter angeht. Ich vermisse, das Meer und sein Rauschen, die Farben die irgendwie einfach intensiver sind und die Entspannung, welche diese drei Inseln mir gegeben haben.

Bin so müde
So unendlich müde
Des Lebens so müde
müde
müde
müde

Die Anspannung, die Wut und die Aggression sind so heftig, dass ich eine eiserne Regel von mir gebrochen habe. Nach 2015 und den Erfahrungen mit Lithium, wollte ich in diesem Leben keine Psychopharmaka mehr nehmen. Aber diese destruktiven Gedanken werden mehr und mehr. Aber diese Anspannung, Wut und Aggression, drängen immer stärker nach Außen. Ich bin streitbarer, lauter, explodiere schneller und heftiger. Dies alles führt zu einer Belastung meiner Beziehungen.

Aus diesem Grund habe ich mich letzte Woche entschlossen, ein neues Medikament gegen genau diese negativen, zerstörerischen Emotionen zu nehmen. Die gute Nachricht zuerst, die Wut und alles drum herum sind weniger geworden. Aber ich bezahle einen Preis dafür. Mir ist schwindlig, übel und mein Kopf fühlt sich an, als ob ich leicht betrunken wäre. Habe das Gefühl, das durch diese Tabletten meine Psyche verändert wird und das ist etwas was ich hasse! Alles in allem kein angenehmes Gefühl.

Nun muss mich ich mit meiner erfahrenen Ambivalenz entscheiden, was wichtiger ist. Der positive Effekt, dass die Wut und Aggression weniger und aushaltbarer geworden ist. Oder die vielen Nebenwirkungen, die dieses Medikament noch hat. Meine Tendenz geht derzeit, wohl eher dahin, zu sagen Nein danke. Dieses Gefühl nicht mehr ich selbst zu sein ist sehr belastend.

UPDATE: Ich nehme das Medikament immer noch. Die Wut und die Aggression sind deutlich geringer. Auch die Nebenwirkungen. Derzeit frage ich mich gerade, ob das Medikament überhaupt wirkt. Wut und Aggression werden wieder stärker. Aber in dieses Vakuum, das die verschwundene Wut hinterlassen hat, wurden von der Verzweiflung und die Traurigkeit wieder aufgefüllt. Ich schlafe auch wieder schlechter, Träume die wieder so realistisch sind. Die Angst vor den Nächten wächst. Ich resigniere immer mehr

Das Ende vom Buch meines Lebens

Die Seiltänzerin verlässt das Seil

Nun stehen sie und ich, kurz vor dem Ende dieses Buches. Die letzten Zeilen sind geschrieben. Mein Leben auf den voran gegangenen Seiten erzählt. Und da sie es gerade in der Hand halten oder auf einem Tablet lesen, beweist mir, dass ich es geschafft habe, dieses Buch doch noch zu veröffentlichen. Und sogar Käufer und Leser gefunden habe, die ein Interesse an meinem Leben haben.

Diese letzten Zeilen speichere ich noch ab, schalte den Laptop aus und gehe. Fertig. So war es eigentlich geplant. Das ist aber gelogen. Wenn sie ihr Manuskript fertig haben und sich jetzt denken, es ist geschafft, dann ist da eine trügerische Hoffnung. Zumindest wenn sie ein Buch in einem Eigenverlag herausgeben möchten. Diese ganzen Seiten zu überarbeiten, Schreibfehler ausbügeln, Logikfehler ausmerzen, alles wieder und wieder zu lesen um ja keinen Fehler zu übersehen. Nur um beim nächsten Lesen festzustellen, dass es andere bisher unentdeckte Fehler gibt. Da nicht aufzugeben ist Schwerstarbeit. Härter als die ganze Schreibarbeit vorher. Das war im Nachhinein der angenehmere Part.

Gerade will ich am liebsten alles nur noch in die Mülltonne werfen und resignieren. Die Nachbearbeitung nimmt kein Ende, raubt einem den letzten Nerv. Kostet mich Energie die nur schwer aufzubringen ist und ebenso schwer regenerierbar. Wenn man es positiv sehen will. Trotz aller negativen Gefühle, muss doch noch eine unbekannte Kraftquelle vorhanden sein, die mich speist und am Leben lässt. Was Segen und Fluch gleichzeitig für mich ist. Ein Teil hängt wie ein nasser Sack in den Seilen. Will nicht mehr, hat vom Leben genug, doch der andere Teil zieht ihn immer noch mit. Schleppt sich weiter. Schritt für Schritt

Fuck Ambivalenz!

Es ist doch noch geschafft. Eine Zeitlang habe ich wirklich nicht mehr daran geglaubt, dieses Buch zu Ende zu bringen. Es war ein mühsamer Weg, dieses Buch in ein passendes Format zu bringen,

Danke, dass sie mich begleitet haben und bis zum Schluss dabei waren. Leben sie wohl

Wenn sie sich nun wundern, dass das Buch kein richtiges Ende oder Abschluss hat. Das es einfach so mittendrin aufhört. Das stimmt. Mein Leben ist ja noch nicht zu Ende. Wie soll dann das Buch ein Ende haben? Sie haben mich auf dem bisherigen Weg begleitet. Den Rest werde ich nun ohne sie gehen. Auf vielleicht haben sie Interesse, wie es weitergeht, dann melden sie sich einfach mal bei mir. Ich erzähle es ihnen dann......

Ich habe die Schnauze voll von meiner eigenen verdammten Hölle. Höllenfürst und Opfer zugleich. Ich ertrage all den Schmerz, die Verzweiflung nicht mehr. Verfluchte, verdammte Hölle du hast gewonnen, ich räume meinen Platz. Ich gehe. Für immer. Wenn jemand Lust hat, er kann meinen Platz haben.

An diesem Tag
dem allerletzten
bin ich aufstehen
und gegangen

Für immer
Ganz leise
ohne Aufsehen
Niemand hat es gesehen
wie ich verschwinde,
wie ein Hauch
den keiner spürte

Endlich frei von all
der Traurigkeit
Werde fliegen
ins Vergessen
Wie ein Stein
den man in

einen See versenkt
Abtauchen in die
ewige Dunkelheit
Erlösung
Doch meine Erlösung
ist der Schmerz
der Dagebliebenen

Wie dieser Stein,
der auf dem Weg
in die Dunkelheit
auf der Oberfläche
des Lebens
Wellen erzeugt
so wird mein Gehen
im Nachhinein
Wellen des Schmerzes
erzeugen
Zu Allen die mir
nahe standen
kann ich nur sagen

Es tut mir leid
für euch alle
Aber der Schmerz
in mir war
einfach zu groß

Trauert, weint um mich
Oder verflucht und hasst mich
Beides habe ich verdient

Lebt Wohl

Epilog Eins
Verfluchtes Seil

Trotz allem
steht
Susanne
die Seittänzerin
immer noch
mühevoll
auf ihrem
Seil des Lebens

Gespickt mit den Scherben
der Verzweiflung
Wie Kleber
ist sie mit
dem Seil verbunden
verflucht
verdammt
auf diesem Seil
auszuharren

Keine Chance loszulassen
wie sehr sie
sich es
auch wünscht

Ich zerre und reiße
aber nichts gibt nach
außer der Seele
sie wird dabei
unter Schmerz zerrieben
Ich hasse mich

Wie lange muss

ich
diesen Weg
noch aushalten

Wo ist ein Ende, wenn man es sich wünscht´

Epilog Zwei
Ein letztes inneres Zwiegespräch

„Dramaqueen!"
„Warum?"
„Seit fast 700 Seiten jammerst du nur, Versagerin"
„Bin ich nicht"
„Natürlich bist du eine"
„Warum machst du mich so fertig?"
„Schau dein Leben doch an, ein einiges Versagen"
„Nein, es gibt auch Gutes"
„Du bist nicht wert. Keiner liebt dich"
„Nicht wahr, viele Menschen mögen mich"
„Sicher?"
„Ja!"
NEIN! Sie tun nur so! Du und dein Vertrauen"
„Was ist daran falsch?"
„Es gibt so etwas wie Vertrauen nicht"
„Du machst mich immer nur nieder"
„Du hast es nicht anders verdient!"
„Ich verachte dich"
„Na und, ich dich noch mehr!"
„Du kotzt mich an"
„Du bist einfach nur Dreck"
„Warum kannst du mich nicht lieben"
„Dich?"
„Ja, mich"
„Niemals. Du bist nicht liebenswert"
„Du tust mir weh"
„Ja, so ist es auch gut. Du bist ein Nichts"
„Kannst du nicht ein einziges Mal lieb zu mir sein?"
„Verschwinde doch endlich. Geh sterben"
„Würde ich ja gerne, aber du lässt mich nicht"
„Ja, ich weiß"

Grinst, geht und zeigt dabei lächelnd den Stinkefinger.

„Ich HASSE DICHMICHUNS SO SEHR"

Anmerkung der Autorin:

Vielleicht haben sie, beim Lesen dieses Buchs, den Eindruck gewonnen, dass ich in diesem Buch zu oft über die destruktiven und zerstörerischen Gedanken und Taten in mir geschrieben habe, ohne dabei auf die positiven Momente zu achten. Objektiv wird es auch diese geben. Warum habe ich sie dann nicht so aufgeführt? Weil sie flüchtig wie ein Windhauch sind. Bleiben nicht so präsent im Kopf oder Herzen hängen

Ich bin zwei Personen in einem Körper. Inneres Kind und Funktionsmodus. Beide haben keinen Kontakt zueinander. Entweder oder. Brauche ich den Funktionsmodus, dann rufe ich ihn ab. Emotion abgeschaltet. Wenn ich ihn nicht mehr brauche, alleine oder in Sicherheit bin, dann schalte ich ihn ab und das kleine traurige Kind kommt mit Macht wieder hervor. Dieses Switchen zwischen diesen beiden extremen Zuständen geht ganz automatisch, ohne bewusstes Steuern.

Thema Selbstverletzung. Immer wieder taucht SVV in diesem Buch auf. Man könnte meinen, ich tue es ununterbrochen. Aber es wieder gibt sehr lange Zeiten, wo der Druck nicht so vehement ist, wo ich den Drang etwas entgegensetzen kann. Aber ich entschuldige mich nicht dafür, wenn es passiert. Es gehört zu mir. Natürlich versuche ich mit Skills und Aushalten gegen diese Selbstschädigung anzugehen. Ein Kampf zwischen zwei starken Seiten. Beide wollen ihren Willen durchsetzen. Und es gibt Zeiten, in den die helle gewinnt und Zeiten in den die Dunkelheit zu übermächtig ist.

Sie werden nach der Lektüre dieses Buches festgestellt haben, dass es etliche Schreibfehler und irritierende Textpassagen enthält. Selbst nach dem vierten Korrekturlesen sind immer noch Unstimmigkeiten auf diesen knapp 700 Seiten vorhanden

Dieses Buch wurde im Amazon Selbstverlag veröffentlicht. Ich war für dieses Buch, Autor, Lektor, Graphikgestalterin und noch einiges mehr. Fehler passieren. Zuerst wollte ich mich dafür entschuldigen, aber nein das werde ich nicht. Alles wurde nach besten Wissen und

Gewissen überprüft. Nicht alle habe ich gefunden. Niemand ist perfekt. Auch ich nicht!

Jedweder Fehler in diesem Buch, den ich trotz mehrmaligen Korrekturlesens übersehen habe, geht auf meine Kappe. Ich hoffe sie haben dieses Buch trotzdem mit Interesse gelesen

Danksagung

Am Ende dieses Buches möchte ich noch einigen Menschen Danke sagen. Für Ihre Freundschaft, für ihre Hilfe, für manchen Tritt in den Hintern, aber auch liebevolle Umarmungen

Besonderer Dank an
Markus, Birgit, Katrin, Gabi, Uwe, Angelika, Daisy und all den Ungenannten, die meinen Weg in diesen Jahrzehnten gekreuzt haben. Vielleicht ein Versuch des Verzeihens, ebenfalls Danke an Bruni, Willi und Petra. Die einzige Familie die ich hatte. Es gab auch gute Momente.

Ganz besonders Dank an S.F.

P.K. & Andrea N.
Der P10 ganz besonders
Aber auch der P40
Und der Station 5 in Mainz
H. B-R. für die herzlichen Umarmungen und ihr Lachen

Und der allergrößte Dank und die letzte Worte gelten
Gaby
In großer Dankbarkeit, für eine Liebe, die ich nie wohl ganz verstehen werde

Printed in Poland
by Amazon Fulfillment
Poland Sp. z o.o., Wrocław

50133520R00387